U0909644

徐志摩散文全编

A Collection of Prose of Xu Zhimo

韩石山／编

天津人民出版社

图书在版编目（CIP）数据

徐志摩散文全编 / 韩石山编．—天津：天津人民出版社，2005（2006 重印）
ISBN 7-201-05047-8

Ⅰ．徐…　Ⅱ．韩…　Ⅲ．散文－作品集－中国－现代　Ⅳ．I266

中国版本图书馆 CIP 数据核字（2006）第 023688 号

天津人民出版社出版
出版人：刘晓津
（天津市西康路 35 号　邮政编码：300051）
邮购部电话：（022）23332446
网址：http://www.tjrm.com.cn
电子信箱：tjrmchbs@public.tpt.tj.cn
上海中华印刷有限公司印刷　新华书店经销
*
2005 年 5 月第 1 版　2006 年 4 月第 2 次印刷
850 × 1168 毫米　32 开本　41.625 印张　4 插页
字数：1,000 千字　印数：3,001–7,000

定　价：65.00 元（上、下册）

书前赘语

韩石山

徐志摩是一位诗人。你知道，全都知道。突然一天，有人说，他是一位散文家，你的吃惊不亚于听说张飞用的不是丈八长矛，而是青龙偃月刀。

张飞不会用青龙偃月刀，但徐志摩确确实实是一位散文家——成就不在诗歌之下，甚至巍然超乎其上。

这可不是我的私许。我没有那么高的见识。

《徐志摩全集》（天津人民出版社）的《写在前面的话》里，我引用了叶公超、杨振声、梁实秋赞赏徐志摩散文的话，文体所限，点到为止。既已点到，就不必重复，那就再看看别的同时代人的评价吧。

《不够知己》（Imperfect Understanding）是温源宁的一本英文著作，有一节专谈徐志摩，在说过徐志摩个性的魅力之后，接着说："这就是为什么他的散文会比他的诗好那么多：他的散文要比诗更富有他的个性。读他的散文，我们能立刻感受到他个性的美和脱俗的光彩。他的面部表情、说话的腔调、语言的节奏，活跃而富有生气，有时会委曲婉转涉及有趣的事物，继而又会顺利回归闲聊的中心主流，是那么急切、那么热情，好像什么都不为，只是为了闲聊而闲聊——这一切在他的散文中随处可见。"

许君远在《怀志摩先生》文中说，据我的观察，当年称赞徐志摩散文的，总比称赞他的诗的人多。他的散文有美丽的情调与淡远的风趣，笔端既充满感情，叙述亦自委婉。他的诗以后有人能及得上，散文也有人与他在别一途径上齐名，“但他的活泼的笔调，幽美的情趣，与夫新鲜的迭字，跳纵的气势，则是任何也学不来的”。所以有如此高的境界，作者认为其原因是，“徐先生则完全受了西方文学的洗礼，采取西文的菁华，酿成空前的文体，这在文学史上实在有不可没灭的价值”。

毋庸讳言，对他的散文，也不是没有疵议。当年就有人说他的散文是“跑野马”。对这样的讥评，他自己并不忌讳，一九二五年给《京报副刊》写的一篇文章，就取名为《再来跑一趟野马》。可就是这跑野马，也有人反而更其喜欢。杨振声就说过：至于他那“跑野马”的散文，我老早就认为比他的诗还好。那用字，有多生动活泼！那颜色，真是“浓得化不开”！那联想的富丽，那生趣的充溢！尤其是那态度与口吻，够多轻清，多顽皮，多伶俐！而那气力也真足，文章里永远看不出懈怠，老那样像夏云的层涌，春泉的潺湲！（杨振声《与志摩最后的一别》）

须注意的是，徐志摩散文的胜处，绝不仅止于情调之高雅，文辞之清丽。只从这个层面上赞赏徐氏散文的人，实在是小看了徐志摩其人。他是个有大志的人。海外求学的经历，回国后种种的努力，在在都说明了他的志业，乃是改造中国社会，使之尽快臻于文明富强。这样的个人抱负，这样的社会理念，除了在诗歌里作有节制的表现外，大都挹注于他的散文作品中，成为其坚实的魂魄，生动的气韵。

然而，为什么在他生前，直到死后这数十年间，他的散文没有得到应分的尊崇，反倒是他的诗名日甚一日，经久不衰呢？

此中原委，不难索解。徐志摩一生的行事，可分为四个方面，一是婚恋，一是社会功业，一是诗歌，一是文章即散文。此四者，又可分为两对。婚恋配的是诗歌，社会功业配的是文章。常人看重的是他的婚恋，也就兼及诗歌，不看重的是他的社会功业，其文章也就难以彰显。

还有一个原因，也不能不提，那就是他的散文除了文采还有思想，而这思想，又不是一个简单的正确与错误可以了断。错误固然可斥之为荒谬，正确不也是一种单调？可惜的是，他的思想，既难归之于错误，又不是那么单调，这样一来，束诸高阁不理不睬，也就是最好的处置。

他已故去，不会在乎什么。遗憾的是我们这些后人。这样斐然的文采，这样丰盈的思想，几十年来听凭风吹雨打，无人眷顾，竟如荒野的庙祠，日见倾圮，又似古代的鼎镬，任其锈蚀。万幸的是，庙祠可以倾圮为瓦砾，鼎镬可以锈蚀为尘埃，徐志摩留下的是文章，纵然加之以秦火，施之以禁令，只要一册尚存，必将传之久远。

好在欣逢盛世，秦火不再，文运昌盛，禁令重开，徐志摩的散文，多年前已迭次出版。天津人民出版社在出版《徐志摩全集》的同时，又将散文部分析出，出版《徐志摩散文全编》。此书收文相对最全，校勘亦称精良，以年序编排，疑难处还略加注释，既便于全部统览，也便于单篇品读。于徐志摩，于喜欢徐氏散文的读者，不能不说是一件幸事。

说了这么多，绝非强加于人。术业各异，志趣难同，理当各取其便。唯有一点想提醒诸位：凡为文者，最向往的莫过于一种完美的表达。你或许鄙弃他的为人，或许不赞同他的思想，然而，面对这样一种完美的表达，那么酣畅又那么滋润，那么随意又那么雄浑，你真的就不怦然动心？

此书重版之际，写几段话在这里，不敢言序，还是叫做赘语好些。

二〇〇六年三月十四日于潺湲室

目　录

一九二〇年

一九二一年

一九二二年

一九二三年

一九二四年

一九二五年

一九二六年

一九二七年

一九二八年

一九二九年

一九三〇年

一九三一年

一九〇九年

徐志摩散文全编

A Collection of Prose of Xu Zhimo

PROSE

论哥舒翰潼关之败[①]（片断）

……夫禄山甫叛，而河北二十四郡，望风瓦解，其势不可谓不盛，其锋不可谓不锐。乘胜渡河，鼓行而西，岂有以壮健勇猛之师，骤变而为羸弱顽疲之卒哉？其匿精锐以示弱，是冒顿饵汉高之奸谋也。若以为可败而轻之，适足以中其计耳，其不丧师辱国者鲜矣！欲挫其锐，非深沟高垒，坚壁不出也不可，且贼之千里进攻，利在速战，苟与之坚壁相持，则贼计易穷。幸而潼关天险，西连京师，粮运既易，形势又得，据此以待援军之集，贼粮之匮，斯不待战而可困敌也。哥舒之计，诚以逸待劳，而有胜无败之上策也。奈何元（玄）宗昏懦，信任国忠，惑邪说而诅良谋，以至于败。故曰：潼关之失实国忠而非哥舒也……

① 约于1909年在开智学堂读书时作，未刊，陈从周《徐志摩年谱》辑存片断。

一九一三年

徐志摩散文全编

A Collection of Prose of Xu Zhimo

PROSE

论小说与社会之关系[①]

无神仙鬼怪，不足以成小说；无喜怒哀乐，不足以成小说；无奸盗邪淫，不足以成小说；无贫贱富贵，不足以成小说；无忠孝节义，不足以成小说：博哉小说之范围也。执三尺童子而语以大学之道，在明明德，则不疾首蹙额昏然欲睡者几希；若与之谈桃园结义，梁山寻盟，则不眉飞色舞精神焕发者又几希：伟哉小说之能力也。小说之范围其博如彼，小说之能力其伟如此，宜乎嗜之者众矣。嗜之愈众，关系于社会愈大，而遂影响于数千年之历史。有不忍卒读者，皆小说有以致之也。夫小说入人之深既不可思议矣，故读《西游记》至唐僧受厄，则悚然惊，迨后遇救，则复泰然喜。牛鬼蛇神，一若真有其事也者，遂养成数千年来迷信之社会。人人拟之汉武秦皇，咸欲求长生不死丹矣。至读《水浒传》诸集，观其豪饮大嚼，结义寻盟，则莫不欣然羡之。致使满目棘荆，盗贼充斥。黄巢朱温之徒，方将乘间窃发，为帝为寇矣。至如"红楼"、"西厢"，诲人淫乱，为社会之蠹贼。《三国演义》虽表彰忠义，然

① 载一九一三年七月杭州一中校刊《友声》第一期，署名徐章垿；一九八八年一月陕西人民出版社《徐志摩研究资料》存目。

推戴君主过甚，为专制之积弊。然则吾国数千年专制黑暗之历史，盗贼淫乱之社会，虽皆谓小说有以致之可也。乃者欧化东渐，人心西顾，新学者流，知旧时之小说贻害于社会也，提倡改良。于是著译并起。一般之新小说，遂流行于社会。其中最占势力者，莫侦探小说爱情小说若。其文字之劣下无论矣。孰意其诲淫诲盗，更有甚于昔者乎。向之所谓诲盗者，犹不失人先之勇，出后之仁，分均之义。且其为之也显，而防之也易。今也皆以阴谋诡计出之，蛇蝎其心，豺狼其行。其为之也隐，而防之也难。侦之之法愈密，而奸人之计愈巧，卒至侦探之方穷。而彼之计且日益新异，离奇变幻，鬼神莫测。社会之蒙其害，岂有既乎。欧洲各国于外交上不讲公理，惟诈是尚。毕斯麦[①]、拿破仑三世之狡诈黠猾，惟利是图，西史流传。方为吾中国社会忧，更奚堪此觚谲诪张之小说，家弦户诵，决其流而扬其波也。即若最著名之侦探小说类，多据一二侦探家之事实而铺张扬厉之。故离奇其事，以显侦探之巧。庸讵知诲盗即基于此。福尔摩斯多那文之辈，世有几人哉。至于爱情小说，则弊更甚。向之所谓诲淫者，虽一时不胜其情欲，桑间濮上，穴隙逾墙，出于苟且，然此不过行之暧昧，终未敢明目张胆，以逾礼义之大防。如今之所谓言情小说、艳情小说者，假自由名义，遂淫乱目的，窃文明虚声，忘廉耻大义。行之者坦然，笔之者岸然。摹写爱情，略无顾忌。昔也犹有礼义廉耻为之范，今则侈口于文明自由。谁得而侵我，贻害社会，岂“红楼”、“西厢”等所可同日而语哉。法兰西淫风之甚，人口减少，安知不影响于此乎。吾故曰新小说之侦探爱情二种，其流弊之烈，更加甚于旧小说。然而译述诸家，且惟利是务，不顾是书之流毒于社会。是以侦探爱情小说日充斥，则社会奸轨日多，

---

① 毕斯麦：今译为俾斯麦。

淫乱日甚。然则如之何而后可？曰新小说固改良社会之药石也，视其种类性质何如耳。侦探爱情而外，若科学、社会、警世、探险、航海、滑稽等诸小说，概有裨益于社会。请备言之。科学小说，发明新奇，足长科学知识。社会小说，则切举社会之陋习积弊，陈其利害，或破除迷信，解释真理，强人民之自治性质，兴社会之改革观念，厥功最伟。警世小说，历述人心之险恶，世事之崎岖，触目刿心，足长涉世经验。探险、航海小说，或乘长风破万里浪，或辟草莱登最高峰，或探两极，或觅新地，志气坚忍，百折不回，足以养成人民之壮志毅力。至若滑稽小说，虽属小品文字而藉诙谐以讽世，昔日之方朔髡奴，亦足以怡情适性，解愁破闷。凡诸所述，皆有益小说也。其裨益社会殊非浅鲜。有志改良社会者，宜竭力提倡之，勿使诲淫诲盗之小说，占优胜之位置，以为吾中国社会前途祸也。

一九一四年

徐志摩散文全编

A Collection of Prose of Xu Zhimo

PROSE

镭锭与地球之历史[①]

吾人知镭锭存在于地球内，由其不绝崩坏，可得发生热力。然当开尔屏卿计出地球年龄之际，尚未知地球中有镭锭者存。故地球因镭锭而得迟延冷却之期，亦未经计算。迄今既明藉此可生大热，以缓地球冷却，则地球年龄之长，必不止仅前人所知之数而已。然往时仅知自地球初态以至于今，逐渐冷却，无时或间，与是说互为矛盾。是非殊难遽决。顷有 Joly[②]教授著 Radio-activity and Geology[③]，其间论此问题，颇饶兴味。中有解说二条，专以判释是疑。其一曰："地球含镭锭最多之部，仅在地壳外表。设深入地中之部所含镭锭之量，亦似地壳所含，则其发生之热，足使地球温度岁有所增。而实际不然。盖多量之镭锭，仅存于地壳外部，内部则含之至微，竟有绝无之处。是以仅由存于地球表部之镭锭所发生之热，必不足增高全球之温度，只可谓之得迟延地球之冷期耳。"其二曰：

---

① 载一九一四年五月杭州一中校刊《友声》第二期，署名徐章垿；一九八八年一月陕西人民出版社《徐志摩研究资料》存目。

② Joly：可能即约翰·乔利（John Joly，1857—1933），爱尔兰地质学家和物理学家。他发明了提取镭的方法，并提倡用镭来治疗癌症。

③ Radio-activity and Geology：《放射性与地质学》。

“设地球内部亦多含镭锭，如其表部，则所生之热，因被地壳所蔽，不得外泄，次第蓄积，若邂时机，骤由内部迸出，其热强大足以熔融地壳。如是则地球必至复白热熔融体之故态矣。”

但细审是二说，亦觉未必尽然。盖存于地壳之镭锭，所生热力，足温地球全部或大部，固也。如谓不能增加热度，然地球温度愈入内部愈高，此尽人知之。且低温体之热，不能移于高温，亦人所素知。是故在地壳所生之低温热，必不能传于具有高温之地心。既不能传入地心，自必仍存于地壳。然则地壳温度，安得而不升乎?

又氏之第二解说，乃出自意度，非理之正轨。盖地中所含镭锭，其量之多，固远不如地壳。且普通放射性质（如镭锭铀等），若经固有之周期，必减其放射能力之半。考镭锭周期，为一千七百六十年，铀（Uranium）之周期，为六十亿年。设地球上之铀与镭锭，非自地外供给，则六十亿年前铀之放射能力，必二倍于今。即过去之千万年中，所有铀量，亦必较今为多，已可断言。在往时之放射能力，仅能缓地球之冷，而不能使之不冷。则尔后之力，将愈趋愈弱，大热诚无由而发。夫当地壳冷却之初，所含镭锭量，为不能保地球之不凝结。而谓今日之量，反足熔融地壳，是往时之镭锭量反不如今日之多。则又不解之尤者也。

抑今者更有难解之事焉。即当五千六百万年以前月由地球迸出，其时呈熔融状态，而自转极速。洎乎晚近，则地球经一公转之时间，月仅自转一次耳。而月球自转之所以迟者，乃因地球与月互相吸引，以致月面发生潮汐故也。既生潮汐，则知月球呈熔融状态时大热，必次第散失，质渐凝固。迄今经时五千六百万年，其温度低降愈甚，而冷亦远过地球。此其自转之所以较迟于地球。然月与地球始本一体，既经分离，而冷却之度，乃相差如是。所以然者，非以其所含镭锭之量不同而何?

但镭锭既能缓地球急冷，何以不克防月球骤寒？是理益入渺茫，而解释莫由矣。

综观上述，则自镭锭发现以来，于地球历史之研究上，不特不能渐臻阐明，乃致窈奥无绪，更且难乎探索矣。

一九一七年

徐志摩散文全编

A Collection of Prose of Xu Zhimo

PROSE

志摩随笔[①]

（一）汤山温泉

孔使君邀予游小汤山，浴于温泉，风于残荷枫叶之间；登土山望西山脉势之宛延，行吟相答于荒村眉月之下，拄杖感喟于行宫残瓦：此盖行在禁地，小民固不得适意为肆观，今纵目頫卬，淖濯如是矣！未可易也。濒行顾孔君而笑曰："独恨未挈松胶鹿脯，与君共醉于汤山怪石之颠。"

（二）天津水祸

天不厌祸，津直之民既苦于兵，复没于水，市廛半浸，舫

① 约一九一七年作，陈从周辑，原稿（五）至（十）无标题，为陈从周所拟；载一九四七年十一月十五日《申报》，题为《志摩随笔》；又载一九四八年六月一日《永安》月刊第一〇九期；一九八八年一月陕西人民出版社《徐志摩研究资料》存目。采自《申报》。

筏遍行，逸者露处，留者窘庐，犬桥于檐，鸡号于脊；舟以行野，一洼靡涯；佳田茂黍鞠为巨浸，老柳古槐，青梢廑拂，天未愍凶，呼号无恤。嗟夫！一村之陷，百里可拯；一府之饥，周转可济；方今祸遍神州，谁与为援哉？朱门弃余肉，道上载饿骨，云泥有判，苦乐不均，虽有大力，莫之能救。

（三）廖传文

娟姐为予言，廖传文者，真世间痴情种子也。自幼嗜《红楼梦》，辄自许为宝玉；适有一表妹寄居其家，善病工愁，又俨然一潇湘后身也。二人相依若命，昕夕不离。未几女殁，廖哭之恸；遂痴狂若癫。父母强为之纳室，终不豫。婚数月，乘间逸去，祝发洞庭，结茅屋焉。尝过北京什刹海，世所传黛玉焚稿地，趋而痛哭之，三日夜，泪尽血出，家人环劝不听也。方其父抚杭时，每日辄挈其表妹扁舟游湖，一小婢为奉笺墨，兴至即扣舷联句，不啻神仙中人也。

（四）吴　语

吴侬软语，倾藉一时，盖柔转如环，令人意消也。然男子作之不方且俗，即女子其喉音粗者，则其语不纯。坊间类操吴语，其实真苏产亦少。娟姐语予，尝去苏州，有张七小姐者，此真妙绝尘寰矣，使腔宛好如玉盘珠走，而其发音尤天赋清越，迥异寻常；固毋须其软语生风，即謦欬微闻，已足令神魂飞越；且不特语妙已也。其秋波，其皓腕，其檀口，其樱唇，并周旋流转，若合节奏，宜嗔宜喜，此之谓矣。所谓国色者，允宜擅此，俗夫但识检貌，抑未喻也。

（五）野 猪

野猪最猛而难猎，田人伺其群而剽取其最后者，其性犯火而突，故不操火而取坚竹锐端，傅油以为兵。一猎夫尝抵一猪，猪穿腹而奔，其脏腑曳出，累累挂荆丛间，蹑之数里，猪张卧一涧中，复冲其腹，暴腾人颠；异日其徒见猪僵，而人竹并碎。（纪事尚简而不失意，此稿之初，字盖兼倍，三削而得此，自以为无可增减矣。然安知不后之视此，又多见其繁文赘字也。）

（六）辟鼠器

蒋复璁言，隆福寺有售辟鼠器者，二小匣中杂砖石，一以悬，一以瘗，则鼠绝于室，无不验者。尝有外人欲厚佣之不可，请鬻其技万金亦不可，毁其器而穷其故不得也。志摩曰："盖自魏晋之际，而符箓之术颇出，今闾里相传魔胜之法，多不可理验。方士取水画环于壁，咒焉，而举室之蚊尽集；然晚辄放去，杀之则其后不灵。是与辟鼠器盖相类，然彼秘方术不肯传，何欤?

（七）摄影奇事

一女子摄影于同生，异日往取，辞以不慎，重摄而又以毁辞。如是者三，女恚。相师曰：“不敢欺，影实无恙，而事有足怖者。”因出片示女，则其身后俨然一男子像也。俞重威为予言如此，男子盖其［故］夫也。

（八）京　语

南人客北地者，往往苦于言语；初学京语，其荒谬有足捧腹者，陈介石先生是已。先生以南人所称之面布面水，北人概曰脸布脸水也，遂据说文通假之例，以为面食之面，当读亦如若脸。一日，入饭舍，昂然谓佣保曰：“要鸡丝炒脸。”佣保辞不省，先生顿足曰：“焉有北京人而不解鸡丝炒脸者！”一时传为笑谈。

（九）命　相

命相虽不经，亦足发是，以为君子不弃焉，至于几微妙令，不爽累黍，亦有足骇者矣。某有乡人善相，有许君其妻屡产而不育男；且复产，许君往相焉。曰：“即令君夫人腹之左偏有黑痣二日者，左足不豫，其产雄也。”其他言之验若亲闻见。亟归而验之，果如相者言，异日生子焉。

（十）牙牌数

牙牌数有时殊神隽，余姑丈蒋谨旃先生尝乡试。占之吉，有句云：“更欣依傍处，时与贵人俱。”发榜日，独行上东山，及颠而见费景韩先生，冉冉自塔下。互诘来意，相与嗢噱，移时下山沽酒，复登；才上石除，费驰，蒋亦驰，费先登，喘息于山亭；酌焉。因相与论试事，费曰“昨梦马创足”，蒋因贺必中，今日驰，君先登，捷足之兆应矣！忆牙牌诗言，贵人得毋费欤？犹冀可得副车。及发，费售而蒋竟黜。

又蒋百里先生，庚戌正月将出任军官学校校长，占之得最后数，诗曰：“一二三四五六七，八九相逢数乃毕，老阳未变不能生，占者逢之静者吉。”及后蒋因事自戕，其时盖阳历九月，而阴历八月也，亦可谓巧合矣。

附：陈从周按语

“志摩早期随笔”十则，诗人徐志摩遗稿也。徐氏以新诗名世，世乃不知其早年尚邃于旧学。今兹所辑，系得于其哲嗣如孙内表阮处，为丁丑劫烬之余；属先董理刊出；其他尚有说文离骚等札记，及致其师新会梁先生函数通，容后续刊。虽然零锦碎玉，非世所珍；然雪泥鸿爪，亦足留当时过眼行云也。呜呼！诗人化鹤西去，倘重来华表，将不识人间何世矣！录竟为之怆痛不已。

丁亥八月陈从周记

一九一八年

徐志摩散文全编

A Collection of Prose of Xu Zhimo

PROSE

致南洋中学同学书[①]

民国七年八月十四日，志摩启行赴美，诸先生既祖饯之，复临送之，其惠于摩者至，抑其期于摩者深矣。窃闻之，谋不出几席者，忧隐于眉睫，足不逾闾里者，知拘于蓬蒿。诸先生于志摩之行也，岂不曰国难方兴，忧心如捣，室如县磬，野无青草，嗟尔青年，维国之宝，慎尔所习，以骕我脑。诚哉，是摩之所以引惕而自励也。传曰：父母在，不远游。今弃祖国五万里，违父母之养，入异俗之域，舍安乐而耽劳苦，固未尝不痛心欲泣，而卒不得已者，将以忍小剧而克大绪也。耻德业之不立，遑恤斯须之辛苦；悼邦国之殄瘁，敢恋晨昏之小节：刘子舞剑，良有以也；祖生击楫，岂徒然哉。惟以华夏文物之邦，不能使有志之士，左右逢源，至于跋涉间关，乞他人之糟粕，作无儇之妄想，其亦可悲而可恸矣。垂髫之年，辄抵掌慷慨，以破浪乘风为人生至乐，今自出海以来，身之所历，目之

① 一九一八年八月三十一日作；初载上海南洋中学同学会会刊《南洋》杂志第一卷增刊号（一九三〇年六月）。收入陈从周编《徐志摩年谱》，题名《民国七年八月十四日徐志摩启行赴美文》，现题名为本全集编者改。采自《徐志摩年谱》。

所触，皆足悲哭呜咽，不自知涕之何从也，而何有于乐？我国自戊戌政变，渡海求学者，岁积月增。比其反也，与闻国政者有之，置身实业者有之，投闲置散者有之。其上焉者，非无宏才也，或蔽于利。其中焉者，非无绩学也，或绌于用。其下焉者，非鲋涸无援，即枉寻直尺。悲夫！是国之宝也，而颠倒错乱若是。岂无志士，曷不急起直追，取法意大利之三杰，而犹徘徊因循，岂待穷日暮而后奋博浪之椎，效韩安之狙？须知世杰秀夫不得回珠崖之飓，哥修士哥不获续波兰之祀。所谓青年爱国者何如？尝试论之：夫读书至于感怀国难，决然远迈，方其浮海而东也，岂不慨然以天下为己任？及其足履目击，动魄刿心，未尝不握拳呼天，油然发其爱国之忱，其竟学而归，又未尝不思善用其所学，以利导我国家。虽然我徒见其初而已，得志而后，能毋徇私营利，犯天下之大不韪者鲜矣，又安望以性命，任天下之重哉！夫西人贾竖之属，皆知爱其国，而吾所恃以为国宝者，咻咻乎不举其国而售之不止。即有一二英俊不诎之士，号呼奔走，而大厦将倾，固非一木所能支。且社会道德日益滔滔，庸庸者流引鸩自绝，而莫之止，虽欲不死得乎？窃以是窥其隐矣。游学生之不竞，何以故？以其内无所确持，外无所信约。人非生而知之，固将困而学之也。内无所持，故怯、故蔽、故易诱；外无所约，故贪、故谲、故披猖。怯则畏难而耽安，蔽则蒙利而蔑义，易诱则天真日汩，耆欲日深。腐于内则溃其皮，丧其本，斯败其行。贪以求，谲以忮，放行无忌，万恶骈生。得志则祸天下，委伏则乱乡党，如水就下，不得其道则泛滥横溢，势也不可得而御也。如之何则可？曰：疏其源，导其流，而水为民利矣。我故曰："必内有所确持，外有所信约者，此疏导之法也。"庄生曰："内外犍。"朱子曰："内外交养。"皆是术也。确持奈何？言致其诚，习其勤，言诚自不欺，言勤自夙兴。庄敬笃励，意趣神明，志足以自固，识足以自察，恒足以自立。若是乎，金石可穿，鬼神可格，物虽欲厉之，容可信乎！信约奈何，人之生也，必有严师［至］友督饬之，而后能规化于善。圣人忧民生之无度也，为之礼乐以范之，伦常以约之。方今沧海横流之际，固非一二人之力可以排奡而砥柱，必也集同志，严誓约，明气节，革弊俗。积之深，而后发之大，众志成城，而后可有为于天下。若是乎，虽欲为不善，而势有所不能。而况益之以内养之功，光明灿烂，蔚为世表，贤者尽其才，而不肖者止于无咎。拨乱反正，雪耻振威，其在斯乎？其在斯乎？或曰：子言之易欤！行子之道者有之而未成也，奈何？然则必其持之未确也，约之未信也，偏于内则俭，骛于外则紊。世有英彦，必证吾言。况今日之世，内忧外患，志士贲兴，所谓时势造英雄也。时乎！时乎！国运以苟延也今日，作波韩之续也今日，而今日之事，吾属青年，实负其责。勿以地大物博，妄自夸诞，往者不可追，来者犹可谏。夫朝野之醉生梦死，固足自亡绝，而况他人之鱼肉我耶？志摩满怀凄怆，不觉其言之冗而气之激，瞻彼弁髦，惄如捣兮，有不得不一吐其愚以商榷于我诸先进之前也。摩少鄙，不知世界之大，感社会之恶流，几何不丧其所操，而入醉生梦死之途？此其自为悲怜不暇，故益自奋勉，将悃悃愊愊，致其忠诚，以践今日之言。幸而有成，亦所以答诸先生期望之心于万一也！八月三十一日徐志摩在太平洋舟中记。

志摩杂记（一）①

十月十五日起，同居四人一体遵守协定章程，大目如六时起身，七时朝会（激耻发心），晚唱国歌，十时半归寝，日间勤学而外，运动散步阅报。

雄心已蓬勃，懒骨尚支离；日者晚间入寝将十一时，早六时起身，畏冷，口腻，必盥洗后始神气清爽，每餐后辄迟凝欲睡，在图书馆中过于温暖，尤令懒气外泄，睡魔内侵；惟晚上读书最为适意，亦二十年来习惯之果。生平病一懒字。母亲无日不以为言，几乎把一生懒了过去，从今打起精神，以杀懒虫，减懒气第一桩要事。

因懒而散漫，美其称曰落拓，余父母皆勤而能励，儿子何以懒散若是，岂查桐荪先生之遗教邪！志摩自是血性大，奈何幼时及成人，遂不闻丝毫激刺语；长受恶社会之薰陶，养成一种恶观念，恶习气，散漫无纪至于如此。从今起事事从秩序着

① 约一九一八年十月作，陈从周辑；载一九四八年一月二十一日、四月二十八日《申报》，题目分别为《志摩杂记（一）》、《志摩杂记》，文首有陈从周按语；一九八八年一月陕西人民出版社《徐志摩研究资料》存目。采自《申报》，用此题，陈从周按语附后。

手，头头是道，再要乱七八糟，难了难了。

可怜志摩失其性灵者二十余年矣！天不忍志摩以庸暗终其身也，幸得腾翩北游，濯羽青云，俯视下界，乃知所自从来者，其黑暗丑陋鄙塞龌龊，安足如是！反顾我身则犹是黑暗丑陋鄙塞龌龊之团体中之分子耳。其所有之持实未尝或缺，平日同在鲍鱼肆中，故习于臭，今忽到芝兰世界，始自惭形秽（以人性本善也）。于是始竭力磨其黑暗，剥其丑陋，辟其鄙塞，洗其龌龊，朝夕兢兢焉，而犹惧不逮。知矣，而行未从也；立矣，而未能前也。即使于此能行矣前矣，而难保他日之投身昔所从来之社会，虽有磨剥辟洗之心，而物欲腐于外，根性（恶根性）突于内，其不丧无常者几希焉！望磨剥辟洗之功也乎？摩以是战栗咒想，戴发弁股勿能自已也。

日者思想之英锐透辟，殆有生以来未尝有也。无论在昔混浊之社会中未尝思念及此，即自出海以来，至于距今十余日前，其颟顸壅塞，曾未尝一见天日之光也。请言今日之所思。

读梁先生之意大利三杰传，而志摩血气之勇始见。三杰之行状固极壮快之致，而先生之文笔亦夭矫若神龙之盘空，力可拔山，气可盖世，淋漓沉痛，固不独志摩为之低昂慷慨，举凡天下有血性人，无不腾骧激发有不能自已者矣！昔以为英雄者，资自天也，不可得而冀也；今以为英雄之所以异于人者，以其能持一往之气，奔迅直前而无所阻阂也。孔子曰："我欲仁斯仁至矣！"至于自贬其志气拘于庸凡，斯其自求为庸凡。而不可得也非常哉。向使志摩能持读三杰之意气，而奔迅直前也：则玛志尼志摩也，加里保的志摩也，加富尔志摩也。惟其势有所外压而气有所中衰，则九仞之功或亏一篑。夫千古咸仰事变，怀彼三杰之意气者，不知其千万也！彼其不成者，气有所衰而意有所夺也。

志摩意气方新，桓桓如出栅之虎，以为天下事不足治也。

虽然此浮气也，请循其本，志摩以为千古英雄圣贤之能治其业也，必有所藉。所藉者何？才乎，学乎，运乎？皆其旁支而非正干也。正干者何？至诚而已矣。天之能化，地之能造，无他，亦至诚而已矣。夫至诚然后几于神之所运金石穿焉；故神然后能成，志摩不敏，请致其诚。诚者本也。本立而道生，本之不立，则其学其识皆如陆子所谓藉寇兵赍盗粮者也。故愿于此沧海横流之日而揭橥致良知之说，以为万物先。世有君子，其予谅乎？

“不忮不求，何用不臧”，忮，害也，嫉也。文正云：“善莫大于恕，德莫凶于妒”；妒者妾妇行琐琐奚比数。天分高者未尝肯折节，性气傲者未尝肯下人，若其欠修养之功，其极必至满怀荆棘，乖戾蹇诟，要之非大人之概也。君子以国家为先，以育才为业，拔下驷于中庸，甄琨瑶于瓦石；其贤于我者，则从而习之；其才于我者，则亲而敬之；一以成人，一以自成，此乐天知命之道也。忮忌小人之事也，伐性伤德何以得人？是故不自爱则已，如其有天下之心，则不忮其先已。

《论语》曰：“君子不重则不威，学则不固。”非矫为矜庄之意也，故曰主忠信。非自外也，学者苟识天下之大，而后自视缺然，知缺而后能敬，敬生畏，畏天命，畏大人，畏贤人之言。畏者虑其行而自至也，天下事汇之繁颐曾勿能尽其一二。由是观之，梓匠舆人吾勿如也，内有所谨，则外有所重，而后知求均已适用之学也。

葛尔敦曰：蛮夷之性无远虑而贪婪，此其德之所以与禽兽邻也。试冥目而求诸我，其德不邻于蛮夷也几希？可不惧哉！可不惧哉！

二十九日读任公先生《新民说》，及《德育鉴》，合十稽首，喜惧愧感，一时交集。不记宝玉读宝钗之《螃蟹咏》而曰：“我的也该烧了！”今我读先生文亦曰：“弟子的也该烧了!”(未免轻亵!)

知道即是良知，知过即是致知，直截痛快，服膺！服膺！

附：陈从周按语

志摩杂记数则，是诗人徐志摩游学新大陆与英伦时的作品，都是信手写来，随记随辍的文章；有些类似日记，有些类似杂感，写得非常零乱，颇费爬梳。进珊主编嘱为辑录，现在特地将它排比起来，姑名之曰“志摩杂记”。这些零锦碎玉中，依稀可以想像到徐氏当年的气概风度，引起读者无限的回忆。

三十七年一月十五日陈从周记

志摩杂记（二）[1]

是晚余天休诵其所著文于好而博士之居，凌来语：曷往一听，题为《中国之社会革命》。七时与道宏浸之同往。列席者可十五人，皆通人硕士，好而博士华颠虬髯，翩然而出，一室肃然，余氏乃始诵其文。先溯革命之史，继揭中国之隐忧，及今日西南之扞格，维新与守旧之激战，终谓治中国宜以经济为先。其论议不无可取，但摭材过窘，多不切要。既已，好而征询凌氏之意，凌鸱笑而起，丑诋余氏为不识不知，以一隅之见概括全国，并不直其所主张。余氏褊浅人也，兴而哗辩，竟涉私人之意气，无可解决。好而谘他人之意而折衷之，道宏犹力指余氏取材之不允当，并斥余氏为自暴其短，无非欲为之辞，以炫高明。当时余未剖析权量其间。而余复哓哓不已，好而卒止之始已。

论曰：吾以是觇其微矣！余不学无术，器量褊浅，一遭抨击而悻悻不能已，至于凌，其亦险滑可畏人哉！尖刻刺讽，务

---

① 约一九一八年十月作，陈从周辑；载一九四八年六月一日《永安》月刊第一〇九期，题为《志摩早期杂记二》，文首有陈从周按语；一九八八年一月陕西人民出版社《徐志摩研究资料》存目。陈从周按语附后。

倾人以为快，其寻常笑语殷勤，实则利剑之藏于腹也。吾以是而兴悲，今夫能舍意气，竭其力以事邦家者，又有几人哉！小有才，便侈然自泰，有贤于我者，则排挤之，以显己长，且复矫饰状貌以愚人，然人终不被愚，徒见其心劳日拙耳。

朱熹云："且慢我只一个浑身，如何兼得许多。"福尔摩斯云："人之于学，譬犹治宝，择其最精而通用者，而次之以序，则庶几矣！不然，以有涯随无涯，盲搜妄讨，庞杂凌乱，不可以作巫医。"二语可相对照。

鲁尝云："世有专学而无家。"家百里曰："其言无所不能者，其实一无所能也。"凡性气高傲人，往往旁骛不肯专一，此所谓聪明误也。志固不可不大，而亦不可过大，必笃必颛，乃实乃张，读书所以致用，若摇惑眩乱，如入深雾，不知西东矣！

忠言逆耳，圣贤亦知其然，而于心气高傲人尤甚。人之谤己者，辄掊击之，怒绝之，是钳忠谏之口，而塞自新之涂也。余昔亦未尝知己之有过，有责我者，乃反覆强辩，必直己曲人而后已，因是诤言绝矣。后乃力自戒勉，始知谀我者，贼我也，毁我者，成我也。

附：陈从周按语

志摩早期杂记（二），为诗人徐志摩留学新大陆与英伦时之作，其哲嗣积锴贤阮属为董理者。一部分已分刊于三十六年十一月十五日，三十七年一月廿一日，三月三日，四月二十八日《申报·春秋》，及《文学》周刊二版。兹者逸梅先生属移录以实《永安》，遂记数语，俾读者得以参证也。

三十七年四月十二日陈从周记于随月楼

一九二〇年

徐志摩散文全编

A Collection of Prose of Xu Zhimo

PROSE

安斯坦相对主义[①]
——物理界大革命

1 Einstein—Relativity: The Special and the General Theory, Methuen & Co., London, 1920.[②]

2 Eddington. A. S. —Space, Time, and Gravitation: An Outline of the General Relativity Theory, Cambridge University Press, 1920.[③]

3 Harrow—From Newton to Einstein.[④]

4 Freundlick—The Foundations of Einstein Theory of Relativity, Cambridge Univ. Press, 1920.[⑤]

5 Hugh Elliot—The Principle of Relativity. Edinburgh Re-

---

① 约一九二〇年作；载一九二一年四月十五日《改造》杂志第三卷第八期；初收一九八〇年台湾时报文化出版事业有限公司《徐志摩诗文补遗》。采自《改造》杂志。

② 爱因斯坦：《狭义与广义相对论》，麦修恩出版社，伦敦，1920 年。爱因斯坦，徐译安斯坦。

③ 艾丁顿：《空间、时间与万有引力：广义相对论概要》，剑桥大学出版社，1920 年。

④ 哈罗：《从牛顿到爱因斯坦》。

⑤ 弗龙得里克：《爱因斯坦相对论的基础》，剑桥大学出版社，1920 年。

view, Oct. 1920, pp. 316—331.[①]

6 Wilden Carr—The Principle of Relativity—Its Philosophic and Historic Aspects. Macmillan, London, 1920.[②]

吾秋天过巴黎的时候君劢送我一本安斯坦自著的《相对主义浅说》，告诉我要是有辰光，不妨研究一下。我离开巴黎就在路上看了一遍，字是一个个都认得的，比喻也觉得很浅显的，不过看过之后，似乎同没有看差不多。我可也并不着急，因为一则我自己科学的根柢本来极浅，二则安斯坦之说素，元不是容易了解之东西。到了英国，我又把那本书覆看一下，结果还是“山东人吃麦冬，一懂不懂”，于是我想要懂总得请人指导。谁知问了许多人，大家都很客气，一样的说不懂。吾同住有位学工程的，算学物理都很精明，我就同他谈起，我问他你看安斯坦的学理怎么样，他回答说他不管。我说这事体关系很大，你们学科学的不能不管。他气烘烘的说，你要听他可糟了，时间也不绝对了，空间也不绝对了，地心吸力也变样儿了，那还成世界吗？我碰了一个钉子，倒发了一个狠，说难道就此罢了不成，他的学理无非解释宇宙间的现象，奈端[③]的深浅阔狭，我多少理会一点，难道见了安斯坦就此束手。我也不再请教人了，自己去瞎翻。另外看了几本书，几篇杂志文字。结果可不能说完全失败，虽然因为缺乏高深数学知识的缘故，不能了解他“所以然”的道理，不过我至少知道了那是什么一会事。今年秋天科学会在南京开年会的时候，听说任鸿隽先生讲上一篇安氏的“相对说”，同时饶毓泰在吾国年会也讲

① 休·艾略特：《相对的原则》。《爱丁堡评论》，1920年10月，第316—331页。

② 瓦尔登·卡尔：《相对的原则——它的哲学与历史方面》，伦敦，1920年。

③ 牛顿：徐译奈端。

一样的题目，任、饶两位当然是完全明白，不过听他们的人，有没有听懂，可又是一件事。这一回罗素到南京科学会里又讲安斯坦。我看见那篇译文，老实说除非有过研究的人，否则一席之谈决不会有多大效力。

安斯坦在物理界的革命，已经当代科学家认可。譬如英国科学界领袖汤姆生（J.J.Thompson）[1] 就尊他为奈端第二。无论如何他发动了这样一件大事业，应该引起全世界注意，不但是爱科学的人当然研究，就是只求常识的人，既然明白奈端的身分，就不可不知道安斯坦的价值。五百年前谁也不知道地是个球并且在那里转的。现在读书人要不知地动，就让人家笑话。现在讲安斯坦相对说的，总还觉得他不十分真确，普通人更不来管什么“绝对”与“相对”。可不知道科学的发明，本来是铢积寸累，等到一成立，就好比将宇宙的奇谜，猜破了一点儿，这一点儿究竟的价值不管，就论他帮助物质文明方面，已经是“人力用天”的一个证据。所以安斯坦的相对说，在目前多少还是希罕，过上几千年，也许竟为奈端先生更进一解，那时人家要不知道他学说的大概，就要觉得难为情，正未可知。总之近几百年科学的成绩真是人类最可引为得意，最名贵的家传遗产，要不枉为二十世纪的人，总得利用这个时期，来领略这点儿泄漏的天机。

所以我费了许多工夫，只看懂了一点儿，固然我自己是笨，不过恐怕世界上笨人，总不止一个我。而且我笨虽笨，总还有一点“三个不相信”的傻气，不懂定规要看他懂来，再加之身在外国，有书报看。国内的人就使很想学，也许买不到书报，只好随他去——如此情形恐怕很普通。再则新文化运动以来，大家起劲抢买抢看抢讲抢写抢翻译的东西，不是社会主义

---

① J.J.Thompson：生平不详。

的新旧各式，就是女子剪发“啊呀的吗”种种的问题——总不外求新“文”，不见得求新“化”。蓝宁[①]自然比福禄益德(Freud)[②]来得有趣。马克思自然比安斯坦来得有味，阶级战争论自然比新心理学来得神气，“苏维埃”政府自然比“相对学说”来得俏皮。不过那些表面似乎乏味的东西，到像陈酒橄榄一样，越吃滋味越厚。那些长枪大戟的主义虽然容易舞弄，过了不多时，可觉得渐渐的气味起来了。所以我不管范围不范围，想试讲讲那面目可憎的“相对学说”，来引起非自然科学家的注意。我未讲之先，请让我道一声歉。

第一，我虽然冒昧写这一篇，并不承认我对于此道有多大理会，也许竟是隔靴搔痒，完全不对。

第二，我总连我吃奶的力气都使出来，将我自以为懂几点，用最平浅最直率的话来写。诸位看了，无论乐意不乐意，总请原谅。我唯一的目的只要因这一篇烂话，引起大家的兴趣，随后买书来自己研究，我就满意得很。众位要知宇宙间的玄妙，并非读自然科学的人的专利，凡是诚心求真确知识的人，都应该养育一种不怕难、好奇的精神，方才可以头头是道。我烂话未说，烂引子倒已经不短，赶快讲正经罢。

诸位想记得前清时代官场的告示，说革命党是要杀头的。其实不单是政治革命，在旧政府盛威之下不免受罪，就是科学革命，在旧观念牢锁之下，初起的时候，也不免受同样的苦楚。吾们中国人是大量，天是圆也罢天是方也罢，洋人可不然。大家知道当初歌白尼发现“地动说”的时候，那一班声声上帝耶稣的教士，一个个都着了忙，说那不是发了昏了吗？只

---

① 蓝宁：今译列宁。

② Freud：今译弗洛伊德（1856—1939），奥地利精神病学家，精神分析学派的创始人，主要著作有《释梦》、《精神分析学引论》等。

有上帝造的地是宇宙的中心，太阳是上帝造来照我们的，那里有地动的道理，可怜歌白尼就同徐锡麟、秋瑾一样的让“上帝子孙”杀死了。但是人虽可灭，他指破的真理可不能灭。从此就开开自然科学的大门，引起后来无限的光荣。等到加列利华出来，又是一个不学好的革命党。他好事不做做坏事，辛辛苦苦的造起一个长管子，叫做什么“千里镜”。他从这“千里镜”里东张西望，爽性连天象的变迁，实际的情形，全写了出来。什么太阳系呀，行星呀恒星呀，将从前老式的占星学完全推翻，凭着科学的方法，起造了近来天文学的基础。又那里知道一班神父们，又大发其威，逼得加老先生对天发誓，否认自己的发明，并且承认原来是太阳盘地，他从前说地盘太阳，无非开玩笑罢了。直到奈端又是一个“过激党”。他看见苹果落地，就触了机，说为什么一定是苹果落地，不是地落苹果呢。他东想想西想想，想出许多自然法令出来。说是地心有吸力的，啰哩啰嗦的一大堆算学方式，微分呀积分呀，将宇宙间种种现象，都用他那几个公式去解释。以后也没有人难得到他，并且他的发明，成了近代物质文明的柱子，试问那一件工程，不应用奈端的物理。到如今好几百年再也没有人发生疑问，大家相信地心吸力好像上帝子孙相信有天父一样。地心吸力是看不见摸不着，不过有这回事；天父也是看不见嗅不出的东西，不过有这回事。后来又出了一个无赖，名字叫做达尔文。他研究的结果对世上人说，你们以为你们老祖宗是叨上帝的光生下来的，其实不然，人类的祖宗不知道在几千万年之前，他那尊容虽然不得而知，不过我们可以知道人类同猴子原来是一支上来的伯叔兄弟。他这么一说不要紧，那一班“上帝子孙”又大起恐慌，说这还了得，达老儿不是来打破我们的吃饭家伙吗。幸亏十九世纪究竟文明了一点，达尔文没有上断头台也没有受火化。就剩教士们痛哭流涕把达尔文骂得臭死。但是真理始终不能让迷信盖住，到如今没有一个人（除开一部分上帝特别加料的糊涂虫）不承认达尔文在生物学界革命的功劳。

所以天文、物理、生物都经了一番大革命，而且这革命运动的舞台，就在一两人脑壳子里面。我们也知道他们革命经过的困难如此如此。但是自然界的发明是层出不穷的。他们几位大家无非是开了一扇门，大家好进去，这门可谁也不能关。等到那门关的时候，恐怕也就是人类闭幕的时候了。所以近年来物理界、化学界的新发见，时常有。科学家现在告诉我们说物质并不是不变，只要速度有变迁，物质也跟着起变迁。其实电子说的意义简直打破物质的观念。所有的东西，无非是无量数至小的电子集合起来的种种现象。无依无靠的就在大地上东一堆西一堆，自由存在。有时飞来飞去，他那速度简直不可以言语形容。还有光呀，热呀，动呀，他们自身（离开物体）说都各有重量，可以算得出来。其余有趣的发明，我此时也不及说了。

上面这二段话，谁也会说。不过我还是把他写下，因为这里面包含一个教训，我们不可不注意。再则我这篇文字本来不是让科学家看的，我意思只要引起普通人对于科学常识的兴趣罢了。那一个教训，照我看来是如此：人本来是“软耳朵”，先入为主的动物，相信了上帝、《圣经》就不相信歌白尼与达尔文，相信了自由竞争制度，就不相信社会共产主义，这不相信表明一种偏见，不管他有理没理我只不认账。这类态度吾们读书人决计不可有。古人说得是，“学问深时意气平”。这个平就表明一种服从真理不任情感的精神，吾们现在对于物理界的知识，大半是从老式的教科书上来的。奈端说长我们也说长，他说短我们也说短，因为他的话是科学的金科玉律、万劫不变的。现在可不兴了，德国又出了一个过激党，叫什么安斯坦，他的学理卓然成立，就是不能将奈老先生的心血一起推翻，至少可与他平分衽席。不过他的结论，同奈端一样，也是从一堆一堆算学方式里面找出来的。你要懂他“所以然”，那非懂他所用的数学不可。我个人是绝对不懂，不过我们也没有懂奈端的数学。我们承认奈端的物理，因为他的是解释自然界现象最适合的一个方式。现在安斯坦说奈端不见得全对，我也有一个解释，也可以讲得通，并且有实际的科学证据。所以我们除非自己情愿放弃做二十世纪人的机会，否则大家须要“平”着意气，来听安老先生解释宇宙现象的新说素。

安斯坦那个革命成功最快。不上几年工夫已经科学界的认可，在科学史上，算是一桩非常的事体。我下面讲的是（一）“相对说”的意义（怎样相对法?）；（二）“四量”说的意义(Four Dimensions)[①]〔这 Dimension 我暂时译做量，不知道适用否〕；（三）安斯坦对于哲学的贡献，此外我不管。

相对是绝对的反面。譬如你说那姑娘好看，我说她不好看，这是因为我们各人有自己的（主观的）标准，所以好看不好看，都只相对而非绝对的。又比如晚上走路，好像月亮跟着我们走一样，又如两车并列甲车开的时候，甲车里人以为是乙车开。诸如此类，凡就个人假定的标准，来观察事物，都含有相对的意味。譬如一向科学家假定时间空间是不变的是绝对的，反之速度是更变的相对的。（例如：一车每小时行十里，他车行二十里，所经之时与地都系绝对，所异者速度耳。）

还有天文家告诉我们天王星的轨道比海王星的轨道椭圆径短多少，地球的速度比太阳慢多少，意思说这是我们推算的结果，只要你有本事跑到宇宙外面去看星绕的运动，就可以证明我们的推论。地质学家说第几层岩土有如何如何证据，算起来应该在一万年前，意思说你若然能够跑回到一万年前者，就可

① Four Dimensions：今译“四维”。

以看见一样的地土，化学家说分子是如此如此结合的，意思说你若能将你眼睛放到原子界里面，你就可以证明我们推论的确实。总而言之，人的五官的能力是极有限的，就是用机器来帮助，也不能直接观察自然界内部的现象。科学的方法就是补这个缺憾，用简直的办法，找出许多不可思议的奥妙出来。安斯坦的相对说也是如此，你若然一定要“亲眼目睹”才相信，那是除非将一只眼睛，仍旧留在眉毛鼻子中间，还有一只飞来飞去同光差不多快，那时你两只眼睛的报告就要起冲突，同样一件东西，左眼说长右眼说短，左眼说大右眼说小——总而言之，在你身上的眼睛，看东西只见三量，就是“长”、“高”、“宽”，再也没有了，你飞的那只眼睛，可非但看见三量，而且看见第四量——就是我们平常看不见的“时间”，也变成量了。要是你全身在空间飞动，速度时常改变，有时相近光的速度，那时你就可以看见四量的现象。

我们还是用比方。你有时在水边或是山上，看见一个大鸟从你身旁飞过。最近的时候他那高低长短阔狭，都很清楚，但是他飞得远你觉得身子愈扁起来了，你有没有这样经验？假使这个鸟是一个星，要是从我们地面横飞过，我们所见当然与他静止时不同。再譬如你们学堂里又蠢又厚的大黑板，离开了墙壁往前平飞过去（仍与墙并行），你要是站在旁边看，就觉得他愈飞得远愈薄，那厚量差不多递减到零度。等到他照样飞回来的时候，他那厚量也就渐渐的恢复原状。要是他跟着墙壁的方向飞出去，（即如墙的方向是从东到西，）那时你看见高量、厚量依旧不变，就是宽量渐渐递减。要是望上冲去，那时厚阔不变就是高量渐减。总而言之，我们所观察的体量，跟着物体的速度而变。反而言之，我们的视官要是放在那动的黑板上，我们望出来的东西，当然也就有差异。观察的人总假定他自身是静止的，而他所观察的事是行动的。他以为人家之量有时觉得短了、狭了、低了，他自己的量可是不变的。这句话好像很矛盾，是长如何能同时不是长，是宽如何能同时不是短呢？你们灶间里的火叉，如何能同时三尺二又是四尺一呢？讲相对说的人说有这回事。因为长短阔狭并非物体绝对的固有性，实在是相对的意义。那可能的差别就在观察人的立脚点不同；我们都是用心里的识别来判定外界的事物。

这第一步你们明白了没有？要是还不清楚我再用实在的譬喻。你们到过上海北京游戏场的，一定见过“哈哈镜”。你望哈哈镜里一看，就由不得你不笑。因为你的三量全不对了——你鼻子有尺把长，口有面盆阔，两个脚倒成了“三寸丁树皮”诸如此类。现在我们看宇宙间的东西，也就很像看哈哈镜一样。歪曲的程度以我们所看事物的速度（或动率）为标准。不过麻烦的地方，就在无从对证这样是歪曲的那样是不歪曲的，因为我们不能知道什么是绝对的动，我们所知道的动，都是以我们自身的动为标准的相对观念。所以我们所有的论点全是正当全是符合的。

还有一点特别的地方，就是在动得极快的东西上面，所有的事情都好像来得极慢。假使我们能够用千里镜观察一个动体上面的事情，我们就发现此地过了一点钟，他们（动体上）的钟只走了几分钟（大家的钟都是瑞士老牌），并且所有的事情照我们观察，都慢起来了。犹之乎看影戏，戏里面的情节过得异常的快，时间同空间一样都有伸缩。反而言之你若然跑到那动体上去，你就觉得那边事情都是照常一样，你要是来观察我们地球的情形，你觉到我们的事情慢得异常，你要用千里镜一望，我们的钟走了几分，你的钟已经一点。这样说起来，似乎两面不能全对。可是主张“相对说”的说是的他们都对的。我记得我们小说上说的“山中方七日世上已千年”仿佛是“相对说”的一个证据。

以上一大串废话无非要说明物体的动率或速度与时间空间的关系。你们要是有耐心，再听我讲下去。

时间空间的观念，有时因心理作用也发生相对的现象。我们不说“春宵一刻值千金”吗？不说“欢娱嫌夜短，寂寞恨更长”吗？大概诸位都有这种经验。还有初吃鸦片烟醉了的人，神经上就起变化，连时间空间的观念都异常起来了。天旋地转还不算，房子凭空高得同山一样，狗长得同牛一样，昏头搭脑，走头〈投〉无路，这还不算，时间凭空的像象鼻子一样，愈弄愈长，过一夜天好像过了几十年百把年，有时简直长得莫名其妙，出乎人类经验之外，[①] 吃醉了酒也是大同小异将寻常的时间空间观念，完全缠糊涂了。

还有下等动物对于时间空间也不知觉，可是他们的标准一定与我们的不同。常言道鹅眼看人低，又说马伏人的缘故因为他看人好像一座山。那不知晦朔的蟪蛄，当然有特别的时间观念。究竟是那一个对呢？谁也不能说谁不对，因为时间空间都是与觉察的主体——心——相对的观念罢了。

现在我们真要讲到“关子”了，可也愈难讲了。难的缘故就因为要解说“相对说”的关键，那看不见摸不着无形无踪的第四量就插了进来。要形容他比什么事体都难，因为人的经验里没有相似的东西好比喻，就是你想像也恐想不出来的。你要是去问明考贺斯基最先发明第四量的人，他告诉你因为 x 长 y 短，一大堆的算学方式，你永远也弄不清楚。总而言之，那是一种数理的推论。数学用符号，符号可没有物质的意义。这第四量也就是一个符号，这个符号也不能翻做一件有棱有角的东西。不过用科学方法求出来不可思议的事情，只要他前题合法

---

① 徐志摩原注：De Guincy Essay on “Opium”。本书编者注：德·昆西关于“鸦片”的文章。

论理合法，我们就不得不承认。第四量是不可思议，地心吸力、电子量又何尝可思议呢？不要慌，让我想想法子看。

还是用比喻，——只要用的比喻近情，多少总可以烘托一点出来。我们寻常量东西，无非说多少高、多少长、多少宽，这就所谓三量。假使我们桌子上放一本洋装的《康熙字典》，两个人同时来量那本书的三量，而且两个人都量得很准，不过他们的结果可不一致。这一个说八寸高那一个说三寸高；这一个说五寸宽那一个说八寸宽；这一个说三寸长，那一个说五寸长。为什么缘故二个人不对呢？很简单：一人是将书竖在桌上，一个将书平放在桌上。所以高、宽、长无非是擅定的名称，是纯粹对于观察人相对的意味。讲到“相对说”也不免发生相似的误解，一误解可从此弄不清楚。我们日常都说上下为高，宽长可不一定。并且在空间，更无所谓上下，我们所谓三量都是擅定的，只要长、宽、高互有直角关系就算。所以如其有两个人同时量一件东西，结果不符合，我们就说大概他们各人的量法不同。你所谓高是我所谓宽，你所谓长是我所谓高。分开来说似乎不对（比如一说三寸高一说八寸高）三量总起来，结果还是一致，体积大小全体总是一样的，那差别是称谓的关系并非实际的关系。现在让我将这一条解释应用到在空间速度极高的动体，那时候地面上人看他离得愈远好像愈扁，同时在动体上的人可没有觉察什么扁不扁。我们就问是否含有前面所得量书同样的关系。没有高与宽二个看法都一样，就是长量不对了。这长量所失并非是称谓的关系。不过要是在三量以外另有一第四量，也许长量虽失，第四量到增了，所以结果还是四四与二八都是十六。讲“相对说”的人说就是这个缘故——就是因为有四量的缘故。这第四量叫做时间，在那动体上（照我们在地上看，参看前文）的时间慢了，同时他那长度短了。一得一失恰好抵消，所以结果还是一样。

但是我们从来不觉得这第四量是什么缘故呢？那是因为在地面上的人，永远不能觉察那“时量”的不一致。时间总是一致的，因为我们只有一个标准。因为他永远是不变的，我们就不去管他也没有器官来觉察他。如其要实验这点差异，除非照上文说的我们能够到一个动体上去，他那速率与我们的大不相同；但是等到时量发见差异的时候其余三量不跟着受影响，截长补不足，结果还是一样。总而言之，三量的空间与第四量的时间，并不是两桩独立的事情。宇宙间只有一件事情就是“四量的‘时空间’”（Space，time of four dimensions）。

上文说物件在空间，无论你如何量法，他那体积（长乘宽乘高）总是不变的——这体积是一个独立的事实。距离也有同样的关系。假使你要决定一物件与你立足处的距处，你知道那件物体是在你之东三尺，北四尺，那你只须应用几何定律，算出那物件与你的距离是五尺（勾方加股方的方根等于弦），方向是正东北。但是假使你那罗盘不对了，他那北极到指了正西北，东的方向倒变了正东北，我们算出来的结果，似乎不一致。因为那时候那件物体是在你之北二尺，东四尺半。但是求出来的答数还是照样五尺。这个比喻无非表明随你如何量法，实在的距离只要我们量得对，总是不变。

所以我们知道实际的距离、实际的体积（在三量的世界）不因量法的不同发生差异，现在在四量的宇宙间，也有同性质的一件物事，这叫做“时隙”（Interval，我随便译做“时隙”，不过他不与普通观念一致，或者为避误解起见，爽性叫他做“音德伏尔”，你们能有相当的译名更好），就是在两件事情中间的“时隙”。我们上面说在动体上的观念，与在地上的观念有长度与时间的差别；不过用时——空间空量两件事情间的“时隙”，结果是一致无二，犹之距离与体积，总是不变的。（注意下文）在一个人出世与断气（死）的“时隙”，照一个人看来，算他是一千英哩同七十五年，另外一个人（在动体上的人）看来可是几百万哩路同七十六年。[①] 这两个不同的观察因为主观不同犹之上面不同的量距离法。但是在这里不变的质量是什么呢？照他们说那不变的质量是：那个人生一生所经过距离的乘方减去在同时期内光所经过距离的乘方。[②]这个质量是永不移动的，随便你如何观察。你千万不可应用普通"时隙"的观念来模拟此四量宇宙的"时隙"，你普通观念愈深愈不能理会。这是一种算学上所谓虚数或是虚式，犹之"负一的方根"（Imaginary quantity such as [③] $\sqrt{-1}$，etc.）。在三量的世界上我们可以一直接代表两点间的距离。但是在四量的时间空间，我们没有法子来代表两桩事情中间的"时隙"。我们只可用算学方式来表现他，就是孔子、耶稣也没有觉察那"时隙"的器官。你愈想从经验里求观察，你愈想愈糊涂。你只要检验他那前提确实不确实，论理用到不用到。虽然是确实用到，你接受他结论就是，否则不去理他就是。

对非科学人讲科学，只有应用常识的比喻引证。讲"相对说"尤其如此。就是安斯坦自己，也一直用比喻。他书里所用的是火车，说明相对的理由，有时还不免夹入专门名词。我们没有科学根柢的人，一看就头疼，心理上就起一种失望心，再也看不过了。我现在又要用比喻，你们请留心听着。假使人类

---

① 徐志摩原注：This Illustration was used by Dr. J. H. Jeans at a Meeting of the Royal Society, February, 1920. 本书编者注：1920 年 2 月 J.H. 吉恩斯博士曾在皇家学会的回忆上用过这一例证。

② 徐志摩原注：The square of the distance travelled by the man between his birth and death minus the square of the distance travelled by light during the same period. 本书编者注：一个人一生经过的距离的平方减去在同一时间里光线经过的距离的平方。

③ 虚数，例如。

都不生眼睛，那时我们就永远没有光的观念，不生耳朵就没有声的观念，假使宇宙之间只有一个地球是物质，那时我们生在地球上，就永远不能决定地球是动还是静。这无限的空间丝毫不能帮助我们。他也许是生根的，也许是不可思议的快动，我们渺乎小哉的人类社会，还是照样进行，一点没有区别。就是在我们日常生活，我们决定一物体动定的方法，无非以旁的东西为标准，看他变换了地位没有——如其变了，我们知道他是动，否则静。但是假使在宇宙间竟没有东西来做标准，那时我们区别动静的能力也就不能发生。并且如其有这样情形，连那问题都没有意味。地体动也罢不动也罢，既然没有对照的东西，我们就无法可想。我们只知道有地体的存在。就使我们说地是动的，这动的观念，也是虚的，想像而已。并且既然宇宙间只有一个地，那时连空间的观念都变成虚了。因为空间的观念根据于物质运动的事实；既然我们没有动的观念，就没有空间的观念。

但是假使宇宙间除开我们所住的地以外，还有一个物体，这两个物体面对面的相互的动。那时结果当然是无论实际上如何动法，我们只觉得一成不变，或者只觉察两体忽近忽远的依直线行动。就是两体间距离的增减，可以使我们知道地位的变迁——所以是动。如其竟没有第三体来做标准，我们对于地体动的观念，也就止此而已。同时如其有人在第三体上面观察，可以看出那原先两体不同的动法——一个也许老在那里翻滚斗，一个也许似要大流星一般的动。但是如其那两体都没有觉得那三体，他们当然无从觉察他们自身异样的动法。他们所能觉察的无非是两体间的距离忽增忽减而已。如其后来那两体觉察了那第三体的存在，他们也许以所觉察的距离变迁，原因于第三体而非他们自身的缘故（犹之坐火车看景物）。总而言之，他们所能知道不外距离的更动。绝对的动是非但不可知，并且没有意义：因为没有绝对的动，就没有绝对的空间，绝对的动既没有意义，绝对的空间也没有意义。

所以我们知道空间的观念与动的观念全以物体的存在为标准。空间依靠物质：离开物质，空间要没有意义（因为无从捉摸）。吾们不能看也不能触。空间并不是一样东西：他是一个意思，他的存在全然依据我们物质的观念。照这样推论下去，我们可以说因为空间以物质为标准，所以空间的大小，就以物质的密度为标准。按科学家算，直径三万五千万英哩(350 000 000 miles) 的水球，可以充满空间的全体。但是事实上宇宙间平均的物质密度比水的密度差得多，所以我们宇宙所包含的空间大约是直径400 000 000 000 000 miles 的球体。所有的东西全在这个大圈子里面，圈子外面这句话又是没有意义了。假使在这大圈里面，有一个物件永远依直线进行，结果还是在圈子里面。在事实上光的速度总算极快，但是光只能在圈子内行动：他好像我们绕地球旅行一样，也绕着这大圈子走，照算要走十万万年（1000 000 000 years)，方才能循绕一周。因此就有人说，我们也许可以看见十万万年前的事物，他们的光已经绕空间圈一周又回到老地方来了。哀定登教授（Eddington）甚至说有许多螺旋形的星气或星云（Spiral nebular)，实在是我们自己星系的幻景。照这样说起来岂不是十万万年前的鬼又回到老家了吗?

看到这里，我知道你们一定不耐烦起来了。这究竟什么一会事，如何空间既然有一定的容积又没有边际的呢？容积既然有限止，何以又不在边际的里面呢？要说明这一点我们又要用老法子了——比喻。一量的空间是一条线（只有长量)，但是你要是将那条线的两端联起来，他的两端就没有了，不过他那长度还是有一定的，是不是？二量的空间是一个平面，平面是有边际的。但是这平面要是卷成一个圆体，那时平面的边际就没有了，可是他那面积还是可以量得出来，是一个定量。所以你说他无限也可以，说他有限也可以。无限的意思是说他没有头尾，有限的意思是因为他有一定的面积。

所以无论是深是平面要有一定的范围，除非弯起来。一根直线要是一径往前去，长度就无限了；如其他要有一定的长度同时又没有头尾，他总得弯成一个圈子。这一弯就发生了二量的观念，就是说，弯的结果当然包含了一个面积，有了面积就有长宽可量，所以是二量。所以，虽然一条线元来只有长度——就是只有一量——他联起来的时候，就包含了二量的空间。关于平面也是一样的道理。假使平面是完全平的，那就没有一定的面积了。如其他要有一定的面积，同时又没有边际，那他只可以弯成一个三量的球体，那时就包含了一定的容积，像一个球，或者像一个圆柱体，或者像一个香肠之类。

我们宇宙所占据的空间，科学家说也是没有边际的，不过同时有一定而且可测量的容积。这个道理可以照样的解释，就是，我们三量的空间也弯成四量了。安斯坦自己说那个东西是一个圆柱体；有人说不是圆柱体，那都是算学上的区别，我们不去管他。难懂的地方，就是那第四量一进来，我们视觉的能力就不相干了。要来想像一个圆面，或者圆体有一定的面积可同时没有边际，那是容易得很。因为在三量范围里面，讲到空间弯做四量式，那时只可以比喻推想，隐隐有这样一个意思，可不能以言传了。结果是我们的空间是一个可量的体，是那体里面，我们可以一直依直线（我们以为直线）进行，可永远出不了这圈子，走了几万万万哩，还是回到老地方。你说他奇，他原来是奇，不过奇的意思，无非说不是寻常经验所能理会罢了。

“相对主义”照现在的成绩，还没有完全打破绝对的观念，因为他们承认宇宙间还有绝对不变的情形。照哀定登教授说起来，有一个绝对的过去，有一个绝对的将来。我们对于时间的观念依旧是无终无始无限展申不歇的一件东西。不过“同时发生”（Spontaneity）的观念已经打破。譬如甲乙两桩事情发生，我看是同时的，你看是甲先于乙，他看是乙先于甲。照“相对主义”说起来，谁也不能说谁不对。我们三个人所观察的全对：因为（同时）这个观念不是绝对而是相对。这是依各观察的人时间标准而定，时间标准无所谓对不对。

还有更要紧的一件东西，安斯坦一班人承认是绝对的①就是光的速度，他总是不变，无论你用什么时间空间的标准。所以安斯坦的相对学说，简直将奈端的物理颠到一转。奈端认定同时间空间是一定的，安斯坦证明时间空间是相对的。奈端认定速度是不一定的，可变换的，安斯坦说速度是永远不变的。你看有趣不有趣？

按照奈端物体在空间常依直线进行不息，除非为外力所阻。就是说那物体移动的时候从此直到彼点经过两点间最短之距离。按照安斯坦一个物体动是动的，不过不是在空间动，而在“时间空间”动。而且他自一点至彼点经过两点间最长之距离。他进行的时候他当然碰到弯的很利害的空间部分。他说相近物质的空间曲度最高，离物愈远，亦愈平。所以物行近他物的时候，他实际进入一个畸形的空间。但是他依旧进行；不过因为那弯空间的缘故，我们望出来就觉得那所经过的终并非直

---

① 徐志摩原注：最先发见光速度不变的试验是有名的 Morley - Michelson Experiment。要知简单说明看 Wilden Carr 那本书上的首尾二章，要知详细看安斯坦及哀定登的书。本书编者注：Morley-Michelson Experiment：莫利—迈克耳孙实验。现一般称为迈克耳孙—莫利实验（Michelson-Morley Experiment）。美国物理学家迈克耳孙（A.A.Michelson，1852—1931）和化学家莫利（E.W.Morley，1938—1923）一起进行的测定光速和地球相对于其周围空间的运动的实验，对爱因斯坦的相对论学说做出了重要的贡献。

线而为弯的轨道。这一条就是所谓安斯坦的“普通相对说”(General Theory of Relativity, the other being the Special Theory)。讲时间空间相对的是“特别相对说”，他这条说来，代替奈端地心吸力的推测。因为物质终向地心是原因于时空间之弯曲，而并非物物相吸的缘故，原来力的观念，是以人事来做定自然（Anthropomorphism)，他那来源是人与外物交接现象的经验。(比如用手推车车动，我们说动的缘故是以人力与车交接的结果。）这样说起来，那相对学说的确是离开人事经验来解释自然现象的进步，就是所有现象都用纯粹物质意义来解释，更没有人为的方法及情感搀杂在里面。

这相对学说对于哲学也有极大的贡献。哲学界时常发生一个问题，不可思议的事情可以相信吗——到什么程度？斯宾塞曾经说过凡为不可思议的事情都是虚的。——就是说凡是真的事情都可以思议的。这句话语病极大。我们听见练内功打拳的人，只要拳头向你一晃（没有到你身上）你就皮破、血流或是受伤。不接触而能传力是一桩不可思议的事体。但是地心吸力就是这样一件不可思议的假定。第四量至多也不过如地心吸力那样不可思议。但是因为我们听惯了是地心吸力也就不觉得他如何离奇。现在第四量的说来是新发生的，从来没有听见过，我们自然觉得离奇。我前面说过，只要你有一只飞眼就可以觉得四量的现象。我们决计不可以五官的能力来限制自然的奥妙。你只要有第六种器官，你就可以发现这不可思议的四量世界。总而言之，一桩事体的确否，不必全靠体质的解释；因为体质解释的意思，就是以色声香味触为范围。

有人反对“相对说”，说他无非是一种玄思，并没有科学的真义。照现在莫名其妙的哲学派别之多，也怪不得人家起那样的疑心。不过“相对说”决计不是无聊的玄想，有两个理由。第一因为“相对说”是科学试验的结果，并不是空口说白话，而且随时可用科学方法来覆验的。第二“相对说”根本没有玄想的意味，因为他完全脱离人生的感情意气经验种种，是纯粹唯物的性质。寻常哲学多少总脱不了以人心解释自然。“相对说”是澈底澈面抛开人间世的理论。我们人类一部智识史是发源于以个人为宇宙中心一直到放弃个人观念，这“相对说”可算最后的一期。此是“自然法”的最后胜利，其范围之广为从前所未曾梦见。这是一个佛家所谓“大澈悟”，从此吾们勘破宇宙原来是一个盲目的机械，他那结构完全不是人的官觉所能推测。其实这不可思议的程度，亦与奈端的假定相差不远。力，时间，空间，动，都是看不见觉不得嗅不出的一种概念。我们但只想像有这么一会事。科学的法令无非是一种适用的假设。只有另外有一个假设出来能够解释宇宙间现象更为确切详尽，我们当然迎新弃旧。就是这种观念在吾们脑筋里面拌熟了，我们才容易忘记他们的来源本质，倒信以为天造地设的真理。不要说别的，就是物质自身原来也是一种观念，或者一种概论，从经验上发生出来的，并不是一个原始绝对的事实。你如其说“相对说”里面似乎矛盾很多，你可忘记了，你现在信以为真的道理也是一样的矛盾，不过你不留心他就是了。伊太就是绝对哲学的一个设想，既不是根本于观察，也不是起源于试验，无非矫揉造作的一种说素罢了。他包含许多不可能和不相容的性质；他承认在自然界有一个“绝对”，这一个至微的绝对，说可以代表我们所观察的那个宇宙的全体。总之，要是有矛盾的话，矛盾是在天然界自身组织里面，并不是在解释天然的相对学说。主张绝对说一样与主张相对说犯矛盾，并且更多。就因为他们的话陈旧的缘故吾们就“习焉不察”。宇宙不是一匹布，人心不是一管尺，布可以用尺量，宇宙不是一定可以用心量。“相对说”无非将天然界实际的状况，不管他有理没有理——公开出来罢了。总之，他那来源背景，是清清楚楚的观察与试验。科学的方法自从几百年前发生到如今一直领着我们往“试验与谬误”的路上走，走到现在居然发见了最简单的宇宙组织的内容，难道，我们一味先入为主的崛强不肯服从事实吗？我们只要跟着科学走，总错不到那里去。

罗素游俄记书后[①]

B. Russell "The Theory and Practice of Bolshevism"[②]

尼采有言："蛇不能弃蜕则僵，人心亦然，其泥执而不变者，岂心也乎哉。"

罗素世代簪缨，一国望族，其决然弃世俗之浮华，研数哲之秘妙，已非常心所可儿。方战事之殷，罗素因仁人之心，训和平之德，乃不谅于政府，夺其教席，拘之狴犴。罗氏怒。罗氏不能不怒，舍名与数，言政及变，书出不胫而走。罗氏不复以哲学士名而以社会改造家闻；不复以和平派名而以急进党闻；不复以康桥教授名而以主张基尔特社会主义闻。侵假而罗氏观俄变而惑焉，而神往焉，而奖教焉，而宣导焉，而自认以共产主义为宗教焉，苏维埃之炽益盛，罗氏遂亲临按之。罗氏

① 约一九二〇年作；载一九二一年六月十五日《改造》杂志第三卷第十期，署名志摩；初收一九八〇年台湾时报文化出版事业有限公司《徐志摩诗文补遗》。采自《改造》杂志。

② B. 罗素：《布尔什维克主义的理论与实践》。

游俄见蓝宁，访屈老次基探高干[①]，尤即俄之泼洛涞汏沿以听舆诵焉。巡游毕，罗氏归，其意爽然、惘然、怅然、淆然，著书纪其游而加论断焉。罗氏不悦，罗氏不怿，罗氏复东，罗氏今掌教中原。吾愿其以变济吾之常，以发震我之蛰，尤愿其勿因我青年口头笔头之恭维，而徒誉我如杜威，徒谄我如狄更生。吾青年乏个性，善迁务新，其蔽犹之顽旧，吾愿罗氏医之。

吾因评罗氏之书，不觉遂旁及其人，令吾言书。

评罗氏之书不可不先揣罗氏之心理，叙之得二端焉。罗氏言人道崇和平，罗氏尊创作恶抑塞，其书盖论鲍尔雪维克之巨作也。游历者之言病肤浅，新闻记者之言病琐碎，"康拉特"(Comrade)[②] 之言蔽于张，"波淇洼"[③] 之言失之隐，罗素则不然，无党故蔽不著，爱真故言毋讳，阐人道故韪否皆出于同情，奖文化故按察皆援纯理为准绳，凡此皆罗氏独具之德，无论是否其说者所当共认也。

顾罗氏言苏俄何似？吾非作扎记式之读书录，故略其枝叶而论其本干。

美国《国民周刊》始载罗素游俄之文而节罗氏言，颜其标曰："余信共产主义而赴俄，但……"但者犹言既见俄而不复信共产主义也。罗氏自叙其意曰："吾强不得已而拒鲍尔雪维克主义，以有二因焉：其一采鲍尔雪维克法以登共产主义，人类须付之代价过巨，其二就使付价矣，而谓鲍尔雪维克所昌言能得之结果可一蹴而几，吾不信也。"

---

① 屈老茨基，今译托洛茨基（1879—1940），苏共早期主要领导人之一。高干，今译高尔基（1868—1936），苏联作家，主要作品有小说《母亲》，自传体三部曲《童年》、《在人间》、《我的大学》等。

② Comrade：今译同志。

③ 波淇洼：当为法文"bourgeois"（资产阶级）一词的音译。

然本年五月罗氏著文名《民治与革命》载美国《解放》杂志，亦论鲍尔雪维克，吾节译其要言如次："余确信真纯之进化有恃于国际社会主义之胜利，即不得已而须付极巨之代价以致此胜利亦值。余亦确信国际社会主义一日不克胜，世界一日不得真正之和平。止此泯棼之上法奈何，强社会主义之势力而弱其反抗者而已，无他道。一言以蔽之，吾信'援力益增则和平之来亦益速'。吾言社会主义吾非谓非驴非马之制度，吾直谓澈底澄清，根干枝叶全体之变迁，例之则蓝宁所尝试者是已。使是最后之胜利实为和平之本质，则此战争所引起之种种不幸——因财阀反抗力所引起之不幸——吾等必默受而无怨。"

准此则罗氏直已受正式鲍尔雪维克之洗礼，知心朝礼南无阿弥陀佛，自顶至踵一"红人"矣。何以一朝脚踏实地，遽尔尽汗前言，吾向谓哲学家出言立说多少必有根底，其然岂其然邪。

说者有谓罗氏爱鲍尔雪维克者，实缘意兴之冲动，非出真诚之信仰，又误以苏维埃之俄土为其理想之人间天上之共产制度。故一临事实而幻想破，一即尘缘而香火坠。此解或信于常人，吾于罗氏有惑焉。夫罗氏阐数理浃名学，籀哲理应人事，其机其密其确切其微妙举世似无出其右者，如何发言经世，一任情感，与庸众齐辙哉。且罗氏不尝言应付代价以致革命乎，不尝言应忍不幸以全革命乎？俄国之有内乱外患，罗氏知之。苏维埃之为初次试验，罗氏知之。俄民之濒水火灾馑，罗氏知之。乃至屈老次基编红军杀白将，此欧美五尺童皆知之，罗氏必知之。共产党之专制，罗氏知之。苏俄尚在过渡而非共产主义完成时期，罗氏亦知之。其国内之不幸，原因于举世波淇洼政府之反抗，罗氏亦知之。总之俄国内幕之情形，罗氏固不俟亲临其地而早知之审且切。吾读罗氏游俄之记盖无一事不早为言苏俄者道破，亦无一事不在有常识人理想之中，罗氏既游欧当益坚其所尝确信者，而不当讶其所见之新奇。

使其未尝有昔日之宣言而得游俄之结论如此，则吾以人道和平自由诸标准量之甚吻。然罗氏一则曰确信，再则曰确信，今确信犹然，而所信之事物适相矛盾，吾又安知其今日所确信者，不起变化于将来。或者罗氏一朝汉家之文化，又逞其不世之词锋，另辟思想之途径。此大哲学家吾爱之慕之不如吾异之疑之。罗氏以英伦贵族下降“红”尘，复一跃登云临视下界，而取向日自身所笑骂不痛不痒之地位。此地位如何，请聆其妙论。

“鲍尔雪维克说之谬，在于侧重经济之不平，以为此路通而路路可通。吾不信社会问题之复凑而可抉一题以概万汇者，然使吾择一事为政治之主恶，则吾宁择权力之不平以概其余。吾不认此权力之不平，乃可以共产党独裁政治或阶级战争所可纠正而无憾。能致此权力之平等者，惟有和平与长期之渐进而已。”又言曰：“人与人善毋悖毋根毋暴毋侵，均布化育，善用余闲，陶发美术奖进科学，凡此，皆言政治者所当慎重商榷者也。予不信革命与战争可得而扶植真正之进化。吾尤确信今日之事在于减灭战事所发生之残忍之气象。以此，故吾虽明认鲍尔雪维克与俄民殊特之关系，吾不愿其蔓延，吾尤不赞西欧大党之承袭其哲理。”

此罗氏游苏俄而后之结论也。彼向言国际，今言吾国，向蕲社会主义之胜利，今祝阶级战争之消灭。向言世界之和平有恃国际社会主义之胜利，今言和平有恃于迂缓之和平，不提社会主义。向言虽付巨值所不惜，今言货劣送我亦不要，况付钱乎。向言必斗反抗社会主义之势力，今砼砼戒斗。向言援力益增（援，援俄也）则和平之来亦益速，今大声疾呼禁人毋蹈俄覆辙。向尊蓝宁之事业为澈底澄清之英雄事业，今痛心疾首惟苏俄现象是惧。向宣言艰难困苦皆最后成功之必须回目，今言水过深火过热，宁和平毋激烈，约而言之，入红境者，红心红德之罗素也；反白邦者白心白德之罗素也。试味其“以和平致和平”之程序，吾不知是资本家之言乎？抑波淇洼之言乎？而断然非“非波淇洼”之言也。法律也，秩序也，自由也，平等也，文明也，教育也，和平也，吾不知所谓波淇洼者读罗素文而其心花怒放心痒难搔为何如也。更引申其论理则罗素必抗劳工之罢工权，以罢工含战争之性质而绝对的不和平也。罗素必抗大实业之国有，以此要求实含阶级冲突之意义也。吾尚喜罗素未忘其基尔特主义之沾带，然其提之也，仅仅为陪衬起见，而非昔日著书鼓吹之精神矣。且罗氏所谓，“权力之不平”吾疑焉。罗氏以社会崎岖之现象，实权力之不平而非财力之不平为厉阶焉。

罗氏不尝言基尔特社会主义乎，奈何健忘若此，竟将廓尔奥与奇霍布孙诸同志朝夕谆谆批评现社会最强之理由，与红盔红甲同炉共化哉！“基尔人”曰：政治权之实质无他，经济权耳。吾操其实而名自傅，彼揣其末故遗其本，此实近年言职业代议式之开宗明义章也。且试观罗氏所谓权力者何，而其矛盾自显。其言曰：“财力之不均非资本制度之大弊也，其大弊在于权力之不均。”又续言曰：“占有资本者（注意此主体）行使其势力于社会逾越常轨，彼几属于控制教育新闻机关之全体，以支配普通人民之知识……”以下罗素屡引及影戏，吾不耐为作翻译，然其大意已可见。一言以概之曰：“资本家掌权。”然此资本家非所谓经济能力之集中点乎。而罗氏贸贸然曰资本制度之不良非财力之不均，实权力之不均也。此矛此盾实已显相牴牾，更不须解释。吾即不从马克思言“经济制判”说，吾亦愿问罗氏彼资本家何以能控制教育与言论乃至影戏事业。金钱金钱，资财资财，万能无不能，罗先生故逗读者笑乎，抑诚忠厚如此也。

由此论之，罗素已竟一度之轮回。其始起为贵族为澄静之哲士，人间色相非所问也。(罗素最精贡献为其三大本之Principia Mathematica[①]，吾偶读之盖满卷皆唵嘛叭唻咥也)，及战事起而罗氏忽焉心血来潮，训和平讲人道，竟干国法，受羁束，罗素遂开杀戒，著《战时之公道》，言“德国社会民主主义”，著《社会改造之原理》，著《乐土康庄》（此是我文言的译名，有人翻作《提议到自由去的路》到也剀切详明，不过“提议”的字样，只有美国印本上有，原本上是没有的。）竟大谈其社会主义而皈依于基尔特派，及著《民治与革命》而罗素已遍体腥红。然后入红邦观红光，大失望，脱尽红气，复归于白，大白而特白，一度轮回，功德圆满。此后变化何如非我所敢知矣。

使我有暇，我犹且细针密缕觵校罗氏之观察，今姑止此矣。吾著此篇之意非专评罗之书，亦非评罗素之为人，吾所欲言者，乃在天下事理之复凑，消息之诪张，非实地临按融合贯通者，不能下纯正之判断。罗氏研擘哲理深潜如此，宜可以免情感作用矣，而犹且未能。然吾尤佳罗氏之质直公平，有爱于红则竟红，爱衰则复归于白，今国内新青年醒矣，吾愿其爱红竟红，爱白竟白，毋因人红而我姑红，毋为人白而我勉为白，则我篇首所引尼采语有佳证矣。

---

① Principia Mathematica：拉丁文，《数学原理》，乃罗素论数学与逻辑之间联系的著作。

评韦尔思之游俄记[①]

H. G. Wells "Russia in the Shadows", 1920.[②]

吾论罗素游俄文既多唐突，又涉儇薄。其实吾固未尝评罗氏之记载，亦未论罗氏之理想；吾独揭罗氏先后对俄态度之矛盾以为不按事实一任情感者引戒耳。罗书佳处俱在，今译文已塞市，更不烦复说。今吾欲言者乃在比较罗氏与韦尔思。

韦尔思"今世著作界之王"也。其新书《世界史》，雄才大笔，网罗百家之言，都三四十万言，其初属稿距出版才寒暑一周耳。书既成，韦氏游俄。既归亦为文纪其所见闻（共五篇，按登伦敦之 Sunday Express[③]），使吾以哲学界之后许罗素，则仅此著作界之王差可与抗衡乎。

---

① 约一九二〇年作；载一九二一年六月十五日《改造》杂志第三卷第十期，署名志摩；初收一九八〇年台湾时报文化出版事业有限公司《徐志摩诗文补遗》。采自《改造》杂志。

② 韦尔斯著《阴影中的俄罗斯》，1920 年版。韦尔斯（1866—1946），英国作家，主要作品有科幻小说《时间机器》和《星际战争》、社会问题小说《基普斯》、《托诺—邦盖》及历史著作《世界史纲》等。

③ Sunday Express：《星期日快报》。

罗与韦皆留俄十余日。罗氏赖翻译，韦氏亦赖翻译。罗氏见蓝宁而浅之，韦尔思亦见蓝宁而嘲之。罗氏言高干（Maxim Gorki）[①] 大病且死，而恐俄之光明随与俱寂。韦氏闻之而惊，入俄即探高干，高干未死，高干无恙；高干壮硕如十五年前（韦氏初见之）；高干为狂俄之砥柱；高干救科学，高干挽文艺，高干奖美术；微高干则俄之文明其逝矣。罗氏见高干居穷窭（高干仅身上破衣一袭耳）困床苦咳，遽哗言其将死。哗言幸不中：韦氏喜，高干亦自喜，举天下爱高干爱俄之文明者盖无不喜也。

韦氏写苏俄，韦氏实绘苏俄；盖无一语无精神，无一语无彩色也。韦氏状苏俄之穷之衰之败之荒之枯之惨之难之憔悴之不幸，极矣，蔑以加矣。

然则韦氏亦诛"鲍雪维几"乎？韦氏亦毁"苏维埃"法乎？韦氏亦詈"共产囚"乎？此皆读者所欲得而知也。

韦氏未赴俄，未尝言俄事（按作者所知）。韦氏未尝同情红党。韦氏未尝主共产。韦氏既临俄乃言俄事。

韦氏既状苏俄之苦难，断曰："读者得毋以此颠连荒颓之现象为'鲍雪维几'所赐欤？否，否！吾不云然。……此荒毁之庞俄初非一已成之。广厦而为外力所倾残，其为制也自生而自灭。建此大而无当之钜城者，非共产主义也，资本制度实为之。纵此伟大之民族入六年筋力疲绝之盲争者，亦非共产制度也，全欧之帝国主义实为之。更令此残窘趣死之人民，缠绕于寇侵叛乱而扼之以封锁之暴者，亦非共产主义也，法之财魔英之'报蠢'实为之。"其结论曰：

一、"俄之文明几殆矣，未尝如是其衰也。如此更阅一稔，则通体且溃。全俄将荡尽，独农村存耳。城市将圉灭，路轨将

---

① Maxim Gorki：今译马克西姆·高尔基。

烂，交通败而天人莫援矣。”

二、“然此非鲍党之咎，亦非共产制之故也。嗟吾读者，非然也，非然也！彼‘鲍雪维几主义’实方今唯一之政治，差可挽全俄之倾覆于庶几耳。即使美与列强迅与之援，则其前途犹有望焉。”

三、“是苏维埃政府无经验乏能耐至于极矣。将依共产主义或较和缓之共产主义，重新全俄社会之组织，盖非列国慷慨之协助不为功。”

四、“将致此协助必先与西欧及美通贸易。然鲍党以私人之贸易为盗而产为劫，故可与贸易之团体，独政府自身而已。求此贸易安全而有效，亦唯有以国家为机关，尤莫妙于国际之组织。”

韦氏以墨以炭写俄民之生活而毅然为鲍党卸责任，恳恳以全化育为先而丐列强之援力，何其心宽言深而意长也！韦氏游苏俄之科学院美术院，而谒全俄之才智。全俄之才智，盖饥如狼，衣履不蔽体，形容枯槁，声音喑哑，执药而试，橐笔而画，操刀而刻，其灵半灭，其心半僵，韦氏游其间，几疑身在狴犴之丛也。韦氏不忍，韦氏动情，故为大声告世人为此人间之菁华乞慈悲也。

韦尔思有雅号曰“人心之美术家”。其气概广如海，其识见明于炬，其鉴别精如神，其估计细于毫，其立言之尺寸分明良可慕也。韦氏言俄败而不言苏俄败。韦氏不喜马克思[1]而不恶马克思之从者。韦氏主张集合主义（Collectivism[2]）而不害俄国之共产主义。韦氏言救俄民，亦言救俄文明。彼既脱寻常“康拉特”（Comrade）之犷气狞态，亦一洗书生教授之执顽浅尝，从容大雅，致足乐哉。

今吾得而结案矣。罗素哲学教授也：其平素支配之材料为方程为数目，其所籀之理论高妙宏辟非俗士所能几。韦尔思小说家也：其平素支配之材料为贵族为平民为大宫为陋巷，为物价为俗尚，为人心之几微，为大千世界之形色。罗素因哲理而及社会问题，悬理想以为鹄；韦尔思甄万象之变幻，以擘治化之微旨。罗氏为科学家，常抑情感而求真理，然一涉意气，即如烟突泉涌蓬生而不已。韦氏为文学家，常纵情感而求文章，及临事理之复凑，转能擘画因果发为谠论。罗氏未赴俄即慕共

---

① 徐志摩原注：韦尔思憎马克思之书，尤憎马氏之胡。其论马克思“无所不在之大胡”（Marx's Omnipresent Beard）令人喷饭。吾笔拙不能传其趣独译其意耳。“吾故不爱马克思，今来俄直仇之矣。马克思之石像，马克思之肖影，马克思之模型——盖无往而非马克思也。其面部十六七皆胡——庞然，庄然，绒然，索然——其用器官不已难乎。（俗传苏小妹嘲乃兄大胡云，‘送食几番无觅处，忽闻毛里一声传’，可与韦尔思之评马胡子对照。英文学家 G. K. Chesterton 亦尝著文嘲达尔文之大胡）……是胡也犹之其书（资本论）蔓而无节富而无当。……此‘无所不在之大胡’之印象逆我甚矣。吾恨不能执马氏而薙之。日者有暇，吾且执剪与刀，以从事马氏之《资本论》而题吾书曰‘马克思之剃胡’。”

韦氏观察一小学校，问其学生曰汝习英文乎？曰然。英之文学家汝最喜谁，同声而应曰韦尔思。曰爱其何书，学生立背韦氏之著作至十余种之多。韦氏知受治，大怒引去。其后韦氏更不知会，选择一校而察焉，精神设备反视前者为佳。韦氏更问其学生曰汝亦尝闻英人名韦尔思者乎？童子皆谢否。更检其藏书室，韦氏之著作盖一无所有。苏俄之招待外国名人，往往事前预备，暴长掩短，类如此也。

韦氏文既登伦敦《星期快邮报》，陆军大臣邱吉尔（Winston Churchill）著文答之（邱氏现为仇俄派之领袖）。韦氏亦驰书丑诋之，至有味也。

② Collectivism：集体主义。

产制度，悠然以俄土为天国；及一即事实而设想全虚，则心灰意懒，复为和平之劝。韦氏未尝言共产制度而早知俄土之残破，故能雍容探检，郑重文明，反为共产党作辩护，要亦以人道和平为终归。罗氏终是书生，故见难而惧，谆谆以俄辙为戒。韦尔思富常识，知革命之成败，有自然之背景，其来也非劝告所能御，使其无因则虽有大力勿能致，故不为迂说不谈哲理以聒世。

故法国革命，英国不必革命，非英国人不知自由平等友爱也。俄国革命，德国亦革命，一采劳动专制，一采普通选举，非必德国人有爱于红党之仇也。俄国革命，英国不必革命，非必俄国人之政治理想视英人为急进也。使俄以共产而民安之，英留王室而民亦安之，则自有史乘民族殊特之关系，不可得而齐也。就使俄革命一旦完全败灭，非必共产之遂不可复行于他国，亦非必其败亡之原因在于共产制自身之不可行也。天下偾事之多，举二谚足以概之，“削足纳屦”、“因噎废食”是矣。

一九二一年

徐志摩散文全编

A Collection of Prose of Xu Zhimo

PROSE

在赠给狄更生的《唐诗别裁集》上题写的献言与赞辞[①]

献　言

书虽凋蠹，实我家藏，客居无以为贶，幸先生莞尔纳此，荣宠深矣！

徐志摩敬奉　十年十一月剑桥

① 一九二一年十一月作；载徐完白《徐志摩逸事一则》文中，文刊一九五四年十二月一日香港《人生》半月刊第九十八期。该文收入一九八六年台湾版《云游——徐志摩怀念集》，改名为《徐志摩与狄更生》。采自《云游——徐志摩怀念集》。

赞　辞

举世扰扰众人醉，先生独似青山雪；高山雪，青且洁，我来西欧熟无睹，惟见君家心神折，嗟嗟中华古文明，时埃垢积光焰绝，安得热心赤血老复童，照耀寰宇使君悦！

西游得识狄更生[1]先生，每自欣慰。草成芜句，聊志鸿泥。

徐志摩　十年十一月剑桥

---

① G. L. Dickinson：英国学者。

THE STATUS OF WOMEN IN CHINA[①]

CHANG·HSU HAMILTON·HSU

Submitted in partial fulfilment of the requirements for the degree of Master of Arts in the Faculty of Political Science Department, Columbia University.

Ⅰ. Introduction

No doubt the modern Feminist movement owes its origin and inspiration to Mary Wollstonecraft, whose "Vindication of the Rights of Woman" is certainly worthy of what Mr. Brailsford called "one of the most remarkable books that have come down to

① 这是作者在美国哥伦比亚大学政治学系硕士毕业时写的论文原文，作于一九二一年；哥伦比亚大学图书馆藏；采自哥大图书馆复印本。后附的译文为复旦大学英文教授谈峥先生所译。文中脚注和文末注释均为徐志摩原注。

us from that opulent age".① Her originality lies in the first exploration of the problems of the society and morals from a standpoint which recognised humanity without ignoring sex. She it was who first raised a protest against the exaggeration of sex, which instilled into women the "desire of always being women". She flouts that external morality of reputation, which would have a woman always "seem to be this and that", because her whole status in the world depends on the opinion which men hold of her. She demands that a woman shall be herself and lead her own life.

As the French Revolution succeeded in stirring up a democratising tendency, this great message succeeded in awakening the consciousness of the fair sex, and in giving rise to a formidable movement, which aimed at the complete emancipation of the half of mankind. With the ever-increasing strength and dimensions of the Feminist teachings, it was not long, in Professor Wards' words, that "all the forces of the society were brought into action, and those vast complement forces which women alone can wield be given free rein, and the whole machinery of society be set in full and harmonious operation."② Herbert Spencer, an advocate of woman's rights himself, some fifty years ago, was even suspicious of the legitimacy of women's claims being pushed beyond the normal limits.③

The Western women having attained the ideal of equitable

---

① H. N. Brailsford, Shelley, Godwin and their circle; p. 204.

② L. F. Ward, Dynamic Sociology. Vol. Ⅰ: 657.

③ H. Spencer, Principles of Sociology, Vol. Ⅰ: 790.

standing between men and women, it is now high time that their Eastern sisters, in their turn, reflect and reverberate what has long been envied and aspired. Professor and Mrs. Dewey, in their recent tour to Japan and China, assured us of "an undeniable fact that nowadays the woman question is most interesting and significant, not in the West but in the East". ① Likewise, Dr. Arthur H. Smith, with profound insight and deep interest, writes of the great change in women's position now taking place in China: "The most comprehensive and far-reaching change of all, greatly transcending in importance the spectacular alterations in the form of government, is the potential, and in part the actual, liberation of women in China — one of the great events in the social history of mankind". ②

The problem of women in China today is a well-nigh all-inclusive and all important one. It is a problem not only social, cultural and intellectual, but economic and moral as well. For when considering the question of women, we are considering that of one half of the entire population, in close touch with and exerting constant and unlimited influence on the other half. To understand the Chinese civilization, its strength and weakness, its backwardness and progressive features, to know its present need of reform and improvement in order to meet the new conditions, and gauge its probable course of modification and development, the status of women is a problem that merits unbiased study and

① John Dewey, Letters from China and Japan.

② Dashford, China: 144.

careful consideration in its various phases; all the more so because family system is the foundation of Chinese social structure, and embodies the moral code of China and the principles of government.

Accounts have not infrequently been given and pictures drawn by Europeans and Americans depicting the unhappy lot and the ill-fated position in which the Chinese women are cast. To the Western travelers who have no leisure to make an inquiry into the true nature of things and to the missionaries who are ever ready to make a never-too-strong appeal for the "oppressed", the wretchedness of the Chinese women has formed a suitable and constant theme for charcoal painting on black paper. She has always been portrayed as a hopelessly wretched thing with a pair of crippled feet, scarcely able to walk, serving as a toy and slave to her master, the husband, having no recognition in society and being constantly confined in her home. This reminds us of one celebrated dictionary which defines lobster as "a little red fish that walks backward". The truth, however, is that the average Chinese woman is no more a hopelessly wretched thing that the lobster is "a little red fish that walks backward". While admitting that some of the accounts given by the veracious travelers and fanatical missionaries may be true, we maintain that if those instances were true at all, they would be only exceptions to the rule rather than the rule itself.

Even the recognised authorities on social sciences do not always seem to warrant accuracy or at all events anything near to accuracy, when they collect and manipulate social data, and draw conclusions from them. What the ethnologist Westermarck conceived of the status of women in China can not fail to amuse, if not actually irritate, the readers who are in the least familiar with things genuinely Chinese.[①] Even Herbert Spencer seems to have relied upon unreliable sources about China, particularly concerning the position of women, and hence was apt to form conclusions contradictory to actual facts. Space does not permit the enumeration of fallacies which were committed by these writers.

In view of the fact that, in the Occidental world, every thing Chinese, whatever it may be, is liable to cause misunderstanding and misconceptions, it will not be entirely out of place to throw some new lights, as far as is within my capacity, upon the woman question in China, which awaits immediate and adequate solution.

That the question of women is no longer to be delayed is due to the fact that women themselves have begun to seek and demand its solution. As early as 1860, the question took on the form of an organised movement in the agitation against foot-binding. The evil of that practice was first taken notice of by the foreign missionaries who — be to their credit — aroused the attention of the public. Interest of the movement was immediately stirred up in some intelligent Chinese of influence and official rank. The so-called "Natural-Foot Society" was consequently organized and an Imperial decree issued to promote the reform. Since then the

---

① Westermarck, The Subjection of Wives: "In China women are not allowed to go and worship in the temples", etc. —a statement which is diametrically opposite to facts.

question has been gaining momentum and widening its scope all the time. Today we hear throughout the length and breadth of the country the clamor for Emancipation of Women, abolition of concubinage, marriage by free choice, equal educational opportunity with men — co-education, economic independence, social freedom, women suffrage and other privileges that they have been hitherto denied. Magazines and newspapers are published by women themselves and men who are their sympathizers to agitate and advocate their ideas. They are winning support and awakening interest of the public in general. Since last autumn when the agitation for co-education was started, many colleges and schools have been seriously contemplating its expediency and feasibility. While we are watching this movement with immense interest and deep concern, we propose to devote the following pages to the different features of the question.

Ⅱ. Traditional Status

In order to understand the traditional status of women in China in its proper setting, we have to grasp two fundamental principles upon which the Chinese life and thought are built, because the Chinese woman, not unlike her sisters in the West, is the result of cumulative heredity and cramped environment. In the first place we must understand the Chinese idea of filial piety as taught by their great teachers, notably Confucius and as woven into the fabric of their private and social life. The unswerving devotion of child to parents is in the eyes of the Chinese the highest and most essential of all virtues. Of the five Principles which Confucius taught to govern human relationships, filial piety is the most fundamental and most strongly emphasized. Loyalty to the ruler, obedience of wife to husband, love between brothers and confidence between fellowmen are but variations and ramifications of the same principle. Confucius expressly said that it is impossible for a man who is devoted to his parents to be disloyal to his ruler or act improperly in his other relationships. To show how this principle has molded the Chinese life, one can find numerous instances. The celebrated "twenty four stories of filial piety" which include the case of a woman nursing her toothless mother-in-law at her own breast and that of a son purposely letting slip buckets of water which he carried on his shoulder in order to amuse his aged parents are typical examples.

Another principle that we must bear in mind in order to understand the traditional status of women in China is the Chinese conception or theory of nature. This theory is best expounded in an old classic, called the "Book of Changes", "one of the most curious and most mysterious documents in the world" in the opinion of a western scholar. According to this conception, the universe is composed primarily of two fundamental forces or elements — the yin or negative element and yang or the positive element. Yang means strength, light, motion; yin means meekness, darkness and rest. Yang is everything that is positive, rigid and masterly; yin is everything that is negative, pliable and humble. In the case of human beings, yang is the male and yin, the female. Since these two elements are ever-present in all forms of existence, harmony and good order are secured only when each element is kept strictly within its proper limit. While they must co-operate for the existence of universe and preservation of human beings, each has distinctly its own functions to perform and rules to observe, and they must be kept apart and not allowed to mingle.

Having these two fundamental principles clear in mind we can proceed to analyze the traditional status of women in China in a better light.

Nothing is more erroneous and misleading than to say, as the western writers on China usually do, that the Chinese have no respect and recognition for women. In contrast with the degradation of the Greek household and the contempt of the female sex in the Roman law, woman's position is held very high by the Chinese. Theoretically speaking, woman in China is an absolute equal of man. The Chinese word for wife, "chi" means "equal" to the husband. In the teachings of Confucius, one finds many instances where he held the position of woman equal to that of man.[①] He prescribed the ceremony of the so called "Personal Receiving" which he urged people of all classes — from the day laborer to the emperor himself — to observe. This consists of a personal call at the bride's home on the part of the bridegroom in order to receive her. It is intended as a man's tribute to woman before they are married.

In law the Chinese woman is given full recognition as man, nay, woman is favored with more immunities than man. It is cu-

---

① H. C. Chen, Economic Principles of Confucius and His School. Vol. I, page 72.

rious to notice that while the westerners are proud of their woman's position, a woman becomes in countries like France a minor and a dependent after marriage. The law does not recognize the right of woman to dispose of her own property; her husband may[ii] prevent her from doing so. In China, however, she may do with it whatever she wishes, to sell or to buy, to alienate common property, to draw bills and to give whatever to their daughters as dowry and what not.

In the Chinese home, the mother is just as important as the father. Respect and filial devotion are due to the female no less than to the male parent. In fact some think that children ought to feel more grateful and be more devoted to their mother than their father for it is she who suffers more in bringing them up. In molding the children's character and superintending their education during youth, the mother has oftentimes far more weight than the father. That this is true is shown by the fact that imperial honors and decorations were often bestowed upon mothers of those who distinguished themselves in official service. As for the parents, the female children are loved and considered just as much as male ones, nay, even more, for we constantly hear that girls are called by their parents "one thousand ounces of gold" or "jewel" while boys are often merely "puppies". The evil of female infanticide has been taken by many western writers as one of the results of degradation of woman. That this is purely due to economic considerations will be discussed elsewhere in this paper.

The practice of concubinage is frequently taken as another humiliation that the Chinese woman is subjected to. That the practice has a far more justifiable end than what we are usually willing to admit, we shall see later; that it is not a humiliation to the wife may be seen when we inquire how the concubine is taken. Under ordinary conditions, no husband can take a concubine without the permission of his wife. It is curious, but true, that oftentimes the wife has more weight in selecting the concubine than the husband himself. In the household, the position of the wife is indisputably superior to that of the concubine who is only a "waiting" or "standing girl" (as the Chinese word for concubine indicated) to the wife as well as to the husband. The former is the mistress of the latter who is the former's subordinate. Even the children of the concubine have to call the wife "mother" and their own mother some less dignified name. Although physically, the concubine is a younger and usually more attractive woman, law and custom forbid the husband to show any preference for her against the wife whose superior position must ever be recognized. So it is not infrequent to find the standing of a wife elevated rather than degraded by the presence of a concubine in the household.

Foot-binding is a thing that admits of no defense. This practice was originated about A. D. 900 although some believe it belongs to a much earlier period.① This is supposed to have been originated by a concubine of a dissipated prince of the last days of the Tang Dynasty to suit his perverted taste. Since than the practice became general among the upper class women. Binding usually begins when the girl is between five and seven years of age.

---

① E. T. C. Werner's Descriptive Sociology of the Chinese, Table V, col. 13.

The idea is to prevent the natural growth of the feet and to mold them in an artificial manner so that they will look like the attractive "golden lilies". This was supposed to be a form of beauty and a mark of gentility. The effect is always to deform the feet and considerably weaken the pedestrian ability for life. This awkward practice is, however, not universal among all classes of people. Among the poor and especially the farmers, whose women have to work in the field, the evil as a rule does not exist. This subject has been constantly a source of derision and ridicule on the part of the western writers. To them it is a horrible thing that women should suffer physical discomfort in order to satisfy the taste of man; but is it much more horrible than waist binding and tight-lacing that prevail in the West?

As the westerners have begun to realize the undesirability of waist-binding, so the Chinese have begun to realize the evil of foot-binding. The fight against it can be traced back to the beginning of the late Ching Dynasty. Emperor Kanghsi (1662—1723) attempted to put a stop to it over two hundred years ago. But it was an old custom which was not easy to give up outright. The second and more successful fight was started by the Christian missionaries. As early as 1870, missionary schools for girls began to forbid the practice among the students.[①] Four years later, we find the first anti-foot-binding society established in Amoy. The same society was organized at Shanghai in 1895. Literature was circulated, broadcast and mass meetings were addressed as to the evil of the practice. At last, public opinion was aroused and

---

① Pott: The Emergency in China, pp. 120—123.

attention was drawn to the significance of the attempt of the high officials. The first man of rank who lent his support to the reform movement was Chang Chih Tung. It was largely through his influence that the Empress Dowager Tsi Hsi issued the Edict of 1902, strongly discouraging the practice although not prohibiting it absolutely. This act from the Court produced a great influence in the direction of reform and together with the activities of the Natural Foot Societies, accomplished a great deal. Today the parents would not even think of binding the feet of their girls, because the so called "golden lilies", once the pride of every woman, is a thing now to be ashamed of. Although in the interior and backward provinces the evil has not yet been entirely eliminated, it is safe to say that the practice will die its natural death in due course of time.

It must be admitted, however, that in many cases the Chinese women did not receive such consideration as they were entitled to. She was not given equal footing with man. The case of divorce is a striking example.① According to law, man may get rid of his wife on one of the seven grounds including barrenness of children over which she has no control, while divorce was scarcely granted to woman except for leprosy and long continued desertion on the part of the husband. The case was rendered far worse by the fact that the divorced woman was looked down upon by society whatever might be the ground for divorce. Divorce on the ground of barrenness of children, however, rarely occurred

① This refers to the laws prior to the republic; the existing divorce law gives no preference to men.

in practice. Taking of concubine or adoption of child from relative usually served as a remedy.

Then comes the Chinese theory of sexes, the yin and yang — their difference and their segregation. "Woman is as different from man as earth is from heaven" is a saying of Confucius. Since they are different in nature, they ought to be, so the old Chinese theorists argued, kept apart and not allowed to mingle. It is prescribed in the old classics that man and woman should not touch the hands of each other in giving things and in receiving them. They should not sit together in the same apartment nor exchange compliments about each other, not even in the case of brother and sister-in-law. In Chinese society and all social functions either one or the other sex is present but seldom both. The result of this strict separation is the jejuneness of social life, lack of understanding between the sexes and the absence of sociability and other more active qualities in woman.

This is an application of the theory of yin and yang which we dwelt upon at the beginning of the chapter. Since man is by nature a more virile, adventurous, robust and masterly being while woman a more delicate, timid , modest and docile one, it is only fitting, in the opinion of the ancient Chinese, that they should be assigned different functions, duties and spheres of activities, to the former, the more active and responsible departments of life and the latter, the more domestic and less varied ones. Home then naturally forms the most fitting place for woman and in that capacity she rules supreme. Since the home is the cornerstone of the social and political organization in China, it is a sphere of activity large and important enough for woman to confine herself in.

The bearing and the bringing up of children, the superintending of their education, molding of their character, directing or helping in directing the estate, looking after all the domestic affairs — cooking, sewing, spinning and weaving are duties and responsibilities that will keep her hands busy enough. Just as man should not mingle with her in these matters, so she should leave man alone to take charge of the remaining affairs. This is the explanation of "subjugation" and "degradation" of woman in China.

It is of great interest to notice the contrast between the Chinese standard of ideal womanhood and that of the West. Instead of sociability, attractiveness and romantic qualities, the Chinese admire modesty, devotion and chastity. By modesty is meant humbleness in desire, simplicity in taste, dignity and courteousness in deportment. By devotion is meant willingness in the performance of household duties, self-denial in conformity to the wishes of parents and parents-in-law, and due obedience to the husband with the sole view to promoting the happiness and prosperity of the entire family. Chastity means strict virginity before marriage and absolute and exclusive devotion to the husband after. These virtues which we exact from and admire in a woman are clearly the results of the two fundamental principles, namely, the filial piety and the Chinese conception of nature.

With this end in view, female education naturally limits itself to the inculcation of moral principles, besides lessons in domestic science and practical household duties. The method of training has accomplished its ends most wonderfully. Practically in all cases, the observance of the moral code is carried out with remarkable precision and often beyond its requirement. Extreme modesty results in the complete confinement in the home, which we have discussed. Devotion to parents and husband has called into being many practices which seem to be at once curious and remarkable. We constantly hear stories of women nursing old mothers-in-law at their breasts when the latter can no longer take other kinds of food, of daughters days and nights without rest at sick-beds when their parents are ill, and there are cases of cutting off their own flesh as a medicine to revive their dying parents or husbands and of praying the gods to cut short their own lives in order to prolong the like of their parent when they are superstitious enough to do so. The idea of chastity is carried out to even greater extreme. Remarriage after death of husband is to strongly condemned by society that a woman who has only bare subsistence to live on would scarcely think of doing so even when she is young at the time of her husband's death. This is sometimes carried even further by the widow committing suicide in the belief that she may accompany her husband to the other world. Terrible and inhuman as these practices may seem to us, it must be conceded that they call forth such noble qualities as self-sacrifice, devotion to moral principles, subordination of physical desire to spiritual elevation — qualities that merit the highest praise and sincerest admiration.

Nor are heroines of national distinction wanting in the Chinese history. Besides the two most distinguished mothers who made their sons the celebrated Confucius and Mencius, we find numerous women whose wise direction is said to be the cause of their son's greatness. Then Mu-lan whose soldierly genius made her the idol of the race and Tze Hsi whose iron hand ruled the country for over forty years can, without pretension, compare with Joan of Are and Elizabeth of the West. In ancient time, women were appointed commissioners to collect ballads and folk songs from the people.① Large numbers of them distinguished themselves as poets, artists and painters. In the great Chinese biographical encyclopaedia of 1628 volumes, no less than three hundred and seventy-six are devoted to the lives of great women.②

With such an inherent moral stamina and essentially sound principles under which they have been trained for centuries past, there is no ground for despair that the woman in China will not fully attain her rightful status in due time.

Ⅲ. Educational Status

We turn to the position of Chinese women as regards their education. It has been a popular notion that girls in a Chinese family are considered inferior to boys, and, consequently are given little or practically no education. Such a statement accounts for the erroneous interpretation of our mode of conduct and expressing ideas. Take for instance our traditional mode of educating girls. We are willing to admit the imperfections and inadequacy

---

① H. C. Chen: Economic Principles of Confucius & His School, Vol. Ⅰ, p. 74.

② Headland: Home Life in China, Chapter on Women.

of our system, which is radically different from that of the West. On the other hand, we are prepared to deny the false implication that we use it because we consider our girls inferior to boys. It is given them because, according to our ideas, it best suits them, just as in the West a special training is given to boy who is going to take up a particular profession. With us, all girls are potential mothers, and a method of education with that end in view is accordingly adopted. To us, at any rate, to the conservative elements of our community, education does not necessarily include the mechanical application of reading and writing. It rather consists in the apprehension of lofty ideas and the understanding of the philosophy of life. It is this form of education which enables a Chinese girl to manage a family at an age when a girl in the West has scarcely left schooling. (It often happens the mother, either through ill-health or old age, delegates all her duties to her young daughter-in-law.) Girls in China called to help their mothers almost from infancy have received all the domestic knowledge which their mothers possess. Many women (especially of the farmer's class) also have a stern, practical knowledge of field labor. Breeding silkworms, weaving, making garments, embroidery, as well as cooking, care of the house, social etiquettes, and all the acts connected with the birth and rearing of children are embraced in domestic training. On the other hand, she is not devoid of literary training. Indeed it is not uncommon to find girls in villages capable of reciting famous verses and relating historical chronicles and romance. I wonder whether an average factory girl of New England would be able to recite off-hand a stanza from Shakespeare or any other poet. But the poems of Li Tai Peh and

Su Tong Po are on the lips of all our village women folks.

The above statement relates to village women. Of the girls belonging to the middle and upper classes, the educational status is much higher. Before the introduction of the Western educational system,[①] our girls as well as boys received their education under the instruction of private tutors. As a rule, a well-to-do family invited a distinguished scholar to teach its children.[②] Thus the girls were trained with as much eagerness and care as their brothers except that they had to discontinue their schooling generally at the age of fifteen. The general method and contents of education for girls of old China has been so exhaustively dwelled upon by recognized writers like Miss Margaret S. Burton[③] and Ida Belle Lewis[④] that I think it wise to leave the details unelaborated. What I want to emphasize here is that, even in the days past, it would be unfair to say that girls were neglected educationally. My contention is strengthened by the fact that there were on our historical records, scores upon scores, of women of literary distinction whose works rank favorably with famous scholars.

Whatever the form of education may happen to be, it is an undeniable truth that our ancestors, and even the conservative minds of today, unequivocally meant in training girls to make them virtuous mothers and competent wives. No wonder they ab-

---

① Modern educational system was adopted in 1905, upon the abolition of the old form of civil service examination.

② The tutorial system still persists to some extent at the present time.

③ Burton: The Education of Women in China, 1911.

④ Lewis: The Education of Girls in China, 1919. Ch. I.

hor the new teachings which urge women to strive for freedom and independence, socially, economically, as well as politically. They persistently advocate the strict division of function between men and women. It may not be irrelevant here to quote what Lord Byron[①] has to say in regard to women, which, I take it, is singularly similar to our traditional conception of the female sex. He says: "Thought of the state of women under the ancient Greeks — convenient enough. Present state, a remnant of the barbarism of the chivalric and the feudal ages — artificial and unnatural. They ought to mind home — and be well fed and clothed — but not mixed in society. Well educated, too, in religion — but to read neither poetry nor politices — nothing but books of piety and cookery. Music — dancing — also a little gardening and ploughing now and then. I have seen them mending roads in Epirus with good success. Why not, as well as haymaking and milking?"

So much for the traditional education of women. But we are more interested in the recent developments. So let us proceed.

As to the origin of modern education for women in China, credit must be given to the mission workers, Catholic and Protestant alike, who, as early as the first quarter of the Nineteenth Century, began agitation for female education. Their aim, of course, has been no other than the ascendancy of missionary influence, which is at present time formidable — a thing liberal Chinese look at with embarrassment in advocating unified national control of education. Nevertheless, that they have promoted ed-

---

① Quotation from Schopenhauer: Studies in Pessimism.

ucation in China, we feel obliged to concede.

With the introduction of Western religion and trade, learning and civilization, especially during the last forty or fifty years, Eastern minds have been broadened, and schools for girls have been established in increasing numbers. The following statistics① show the numbers of boy and girl students in the schools of several districts in 1914:

	Boys	Girls	Total
Peking[iii]	52 499	4 212	56 661
Kianhsu	238 416	32 080	270 496
Kuangtung	215 307	3 902	219 209
Yunnan	202 366	13 502	215 868
Sinkiang	2 477	—	2 477
Shanxi	283 060	4 564	287 624
Jehol	10 996	510	11 506[iv]
Kirin	28 102	2 989	31 091

These figures were picked up at random from among those compiled by the Ministry of Education for the whole Republic. They are instructive because the localities are separated from one another by great distances. Poorly developer regions, like Sinkiang, in the extreme Northwest, and Jehol, formerly the Manchu emperors' hunting district, Northeast of Peking, show results such as might be expected. Complete figures for recent

① Report of the Ministry of Education in 1914.

years are not available, but a steady increase has been maintained. Thus the total number of students in 1914 was, in round numbers, 3 500 000, and that of 1917, 4 000 000. The total number of schools and colleges in 1914 was 108 000 which in 1917 had increased to 120 000.

Let us go a step further and see how the number of girls in school compares with the total number of girls of school age.

In 1910 the Ministry of Interior reported to the United States Department of State a population of 331 188 000.[①] In "Some Problems in Administration", Dr. G. D. Stayer places the proportion of school children to the total population of United States at 17.4%. Assuming that the same proportion will be approximately correct for China, there are probably in the Republic today about 56 626 712 children of school age. Half of these, or 28 313 356, are probably girls.[②]

In 1912, Catholic missions reported 49 981 girls in school; in 1916, Protestant missions reported 49 987 girls in school; in 1918, the government reported 170 789 girls in government schools. Thus, from the latest statistics available of the three branches of education, there is a total of 270 692 girls in school.[③] The number of girls who probably do not attend schools is 28 042 412. The proportion of girls not in education is 95% of the girls in school age. Besides, as Dr. Lewis pointed out,

---

① Bashford: China, p. 19.

② Lewis: The Education of Girls In China. pp. 40—41.

③ Catholic Missions: Zeitschrift fur Missions-Wissenschaft; Protestant Missions: Mission Year Book, 1917; Government Report, 1918.

four-fifths of those who do enter educational institutions are registered in the first three years of the course.[①] Education for girls in China has, in reality, just begun.[②]

Nevertheless, female education is becoming more and more popular, and the example set by patriotic women educators has done not a little towards enlisting general support in this direction. A decade ago, a viceroy of Hupeh Province requested the Manchu throne to decorate Mrs. Wu, who had contributed a sum of 500 000 taels toward the educational expenses of the Hupeh Provincial Government, thus relieving the financial strain in the management of the various government schools which would have been closed but for this munificent contribution. About the same time another woman, Mrs. Wei, who had traveled a great deal in Japan, gave $ 50 000 for the establishment of a special department for translation of books for the enlightenment of her fellow provincials in Honan. Accordingly, in the year of 1914, we find the following school statistics for the provinces of Hupeh and Honan, which compared favorably with those of other provinces:

	Boys	Girls	Total
Hupeh	231 237	6 971	238 298
Honan	163 339	2 831	156 170[③]

① See Lewis, The Education of Girls in China: Ch. 3.

② But it would be a great error to suppose that only those girls attending schools receive education; on the other hand, it must be borne in mind that schools for girls are relatively a recent phenomenon, and that our girls were used to being educated under private tutorial system, which still persists today.

③ Figures from Reports of the Ministry of Education.

The next step in the advancement of female education consisted in sending girl students abroad for the completion of their studies. The Manchu viceroy, Tuan Fang, initiated the movement of sending girls abroad under government auspices, but this did not mark the very beginning of Chinese girl students' emigration to foreign countries. Some who had private means or missionary support had gone abroad decades earlier. Thus in 1885, Dr. Yamei King, a native of Ningpo (Chekiang), was graduated from Cornell University as a Dr. of medicine. Ten years later, she was followed by Mary Stone, Ida Kahn, and King-eng Hu who were graduated in medicine from American universities. The trail blazed by these pioneers has been followed by many others, but this quartet is still regarded as the leading women physicians.[①]

In 1905 the Manchu Government, in response to the popular demand for governmental reforms, dispatched five high Commissioners to study constitutional system of the West as a preliminary to the drafting of a Constitution for China. One of these Commissioners was the enlightened Manchu, Tuan Fang, who, on being appointed to the viceregal post of Nanking, once the Southern Capital of China, immediately put into practice what he had learned in the course of his travels in foreign countries. At that time such American institutions as Yale, Harvard and Wellesley had promised scholarships to Chinese students. Viceroy Tuan therefore ordered that an examination be held for all who were de-

① China Mission Year Book of 1915.

sirous of going to the United States to study under government support, this being open to both men and women. In July, 1907, over 600 candidates, including 50 women, presented themselves, of whom 12 men and 3 women were selected. In the following year the United States agreed to waive payment of the balance of its share of the Boxer Indemnity amounting to $ 13 000 000 gold, in favor of the Chinese government, which, in appreciation of such generosity, decided to expend this sum in educating Chinese students in American colleges and similar institutions. The first batch of young men went over in 1909. Subsequently it was decided to send girl students under the same auspices, and in 1914 the first group of girls went to the United States. Since then the number of students going abroad, with government and private support, has increased.

As it has thus become common practice for young women to study in foreign universities, the next step in advance would seem to be coeducation in China. This, it appears, however, is some-what premature, as great prejudice remains to be overcome. Not until very recently does this problem loom large on the educational horizon in China. Progressive young men and young women join hands in sweeping away the obsolete conventionalities and become enthusiastic advocates of coeducation as the fundamental step in the endeavour of emancipating women. This new movement spreads like wildfire. As to the history of coeducation① in China, the Christian College in Canton, the Beulak School and the Utopia of Shanghai were the pioneers. In 1913

① Milliard's Review, article on coeducation, May 29, 1920.

the Government Board of Education published "The System of the Primary Schools", in which it was stated that girls and boys from 7 to 11 years of age might have lessons in one classroom. Last year the decision was passed in the national educational convention of Shansi to the effect that coeducation might be carried on in the colleges and universities. The first fruit of this decision was the admission of two girl students into the French Institute of Peking, a preparatory school for students going to France, and also seven girls enrolled themselves as special students in the Peking Government University. At the same time the Day School of the World's Chinese Students' Federation took some girl students in Shanghai, and the Potung Middle School also admitted girls. Now the practice comes to be general, and many colleges and schools, such as the Government Teachers College of Nanking, the First Normal School of Hangchow, are arranging for the admission of girls next term, and several hundreds of girls are expected to enroll in these schools.

IV. Economic Status

In discussing the economic status of women, one has to bear in mind, as Spencer has urged us, the economic structure of the particular country to which they belong. For it is upon the economic structure that the social environment is largely formed. Where modern industrialism is practically unknown and the economic mode is essentially domestic or even handcraft, women's work tends, in the main, to be limited to superintending the family and managing domestic expenditure, although they may, on occasion, produce a large part of the commodities consumed in the home. So long as the economic life remains unchanged, the division of function between the sexes is in consequence bound to be unaffected. One who happens to be amazed at the rigid domesticity of the Chinese women has only to be reminded of the Englishwomen before the advent of Industrial Revolution or the American women of the colonial times when domestic system formed the groundwork of the economic society.

Granting women's activity being confined to directing domestic consumption, it would be even then false to consider her as economically unproductive. Of course it is difficult to measure in terms of money whether a morning miss is worth ten or fifteen cents or the rearing of a child a certain amount of silver or gold. Nevertheless that the service of the household has great economic value goes beyond doubt. In fact the husband's success or failure in whatever career he may happen to pursue depends partly, if not largely, upon the thrift or extravagance of his mistress — a fact true of the Occidental world as well as the Orient. It is in this sense alone that a good housewife is a productive force. Women form, in other words, the conservative power of a community. Indeed, the Vindicator of women's rights, Mary Wollstonecraft, while demonstrating the falsity of the notion that makes the place of women in creation entirely dependent on their usefulness and agreeableness to men, never undervalued the supreme importance of women's domestic duties and had a keen appreciation of the sanctity of these duties.[①]

Thus the Chinese girls are given a kind of practical education which prepares them to be competent wives and capable mothers. Their sphere of activities is destined to be their home. Their economic dependence springs from the fundamental notion that women are not supposed to participate in anything other than those which belong to the domestic circle. Consequently the idea of financial independence for which the modern Feminists have been most boisterously clamouring has rarely occurred to the mind of a Chinese woman who is brought up among teachings, traditions and indeed superstitions, which tend but to suppress her initiative and deprive her of individuality.

In China, as elsewhere, home is woman's realm. In it she is the accredited ruler. As a rule she, in the capacity of a housewife, takes into her hands the management of the whole family. She superintends property and regulates expenditures. She is well versed in culinary art (almost without exceptions) and is supposed to prepare food for the family. Even baking must not be overlooked for bakers only supply lower classes. As the tailoring trade still remains imperfectly developed, an ordinary housewife has to equip herself with the art of sewing so as to enable her to provide every kind of garment for herself, her husband and children. It is no uncommon thing that all articles of apparel, including shoes, are literally manufactured or done by hand, and so likewise is the supply of bedding or wadded quilts which like the

---

① The Woman Question-Introduction to "A Vindication of Woman's Rights", p.46.

wadded garments must be ripped open from time to time, cleaned and renewed. Then, of course, the presence of children inevitably throws upon her additional burdens if she still has moments to spare, she often takes up her favourite work of embroidery, which actually forms a much talked of subject among Chinese women.

"If from fancy work and cooking
You can save some precious hours,
You should spend them in embroidering
Ornamental leaves and flowers."①

If one turns to rural districts, one will be surprised at the extreme industry and hard working spirit which characterize every farmer's wife. Aside from discharging the ordinary functions assigned to a housewife, she assists also in field labor. "She is often seen", in Prof. Headland's words, "hitched up with the husband and the donkey to the plough, the handle of which the son holds". ② When the wheat harvest comes on, all the available women of the family help in reaping, and in the autumn harvest likewise every threshing floor witnesses a large number. In cotton growing districts the women and girls are busy for a large part of the time in the fields.

The preparation of this indispensable staple for use occupies the hands of millions of Chinese women, from its collection in the field — a most laborious work since the plant grows so slowly — to its appearance as garments and its final disappearance as flat

① Headland: China's New Day, p. 53.

② Headland: China's New Day, p. 53.

padding to be used in shoe-soles. "The ginning, the scutching or separation of fibres, the spinning[vi], the cording, the winding and starching, and especially the weaving are all hard and tiresome work."① In some regions every family installs an old-fashioned loom, upon which the diligent rural woman spends much of her time. It may be mentioned in passing that within the past few years the competition of machine twisted cotton yarns is severely felt in the cotton regions of China, and many who just managed to exist in former days are now finding themselves on the verge of starvation.

With regard to silk industry, likewise, women play a very important part. Dr. H. C. Chen has given us an admirable account of the minute processes of that marvelous industry② which occupies practically the whole Spring season of almost every rural woman in the Eastern provinces, notably Chekiang and Kiangsu, where the enormous silk production has long distinguished China as one of the foremost silk — producing countries. It has recently been estimated that not less than 20 000 000 of the Chinese population are in connection with this industry.③ In a "good year" the toil of an industrious woman is compensated with a small amount of profit which either forms part of her annual saving or helps to defray expenses incurred in cases of emergency.

Domestic service and nursing are the commonest employ-

① A. H. Smith: Village Life in China, p. 276

② 2. H. C. Cheng: Economic Principles of Confucius and His School, pp.66-68.

③ La jeunese: Special Labor Number, May, 1920. Labor conditions in Shanghai, p. 30.

ments for women in Chinese society. When the "busy season" is over, country-women flock into towns and cities for employment. Generally they are employed as chambermaids, or more correctly maid servants. Nursing is another opening. As the Chinese people prefer to feed babies with human milk, good nurses often command high prices. In the cities women are not infrequently found as shop-keepers assisting their husbands or other close relatives.

It is indeed deplorable that Chinese women are burdened with the drudgery of caring for large families, assisting in crops, and other outside toils, while opportunities for gainful occupations are rarely open to them. Since the introduction of Western civilization, however, our sisters have not failed to respond to the new situation and for the first time dimly perceive, as Mary Wollstonecraft perceived a century and thirty years ago, the dignity and independence which would accrue to women from opening to them the world of labor and permitting them to earn their living.

The women of China are today becoming more and more self-reliant and no longer have to depend upon their brothers for expression of their grievances and desires. The education which they are deriving from modern schools fits them to take larger part in community activities; they can no longer be confined within the walls of their own house. Into the relief of distress, as well as other philanthropic work, they are already entering heart and soul. The honorary chairman and the president of the Chinese Ladies Red Cross Society, established two years ago in Reking, are Madame Hsu Shilh-chang, wife of the President of the Chinese Republic, and Madame Hsiung Hsi-ling, wife of an ex-premier.[①] The example of service given by these distinguished women is being followed eagerly by admiring fellow country-women.

Among the professions taken up by modern educated women, the most common is teaching, but nursing and medicine are becoming increasingly popular. A school of law and politics for women was established in Peking in 1912 by women lawyers returned from Paris, but is soon went out of existence. A Miss Cheng, recently graduated in law also in Paris, attended the Peace Conference in 1919 as correspondent for various native newspapers and was a few months ago in the United States on a lecture tour in behalf of the Chinese people. Other women are entering business and the manufacturing industries. A young widow is in charge of the Women's Savings Department of the Shanghai Commercial and Savings Bank, a thriving Chinese institution, and women are becoming expert manufacturers, especially in Canton, where no less than forty factories, making socks, shirts and the like, are owned and operated entirely by women, while in others women and girls furnish all the labor. The Yu Hung Knitting Company, for instance, does a business of more than $100 000 a year, and the manager is a woman, Mrs. Sheh Tsao-see.[②]

China has definitely entered the era of Industrial revolution. The irresistible factory system has called into being many attendant problems never known to Chinese history, among which

---

① Far Eastern Review, The Uplifting of Women in China, August, 1918.

② Trans-Pacific, March, 1920, p. 58.

that of women labor is especially worth consideration. The famous "La jeunese" has recently prepared a special Labor Number for the Labor Day of May 1st, in which detailde reports with reference to labor situation all over the country are published. The following table[①] shows the main industries in which women are being employed, the number of women workers in each of the industries, their working time, and wages in the City of Shanghai, the manufacturing center of China:

Industry	No. of workers	Working time	Wages (per day)
Textile	50 000	12 hrs.	$ .20-.45
Printing Publishing	&1 400	9 hrs.	$ .20-.45
Silk manufacturing	50 000	12 hrs.	$ .20-.40
Socks manufacturing	12 000	Not regulated	$ .50-1.00
Cigarettes manufacturing	10 000	Not regulated	$ .20-.30
Paper manufacturing	600	9 hrs.	$ .20-.25
Electricity	300	Not regulated	$ .25-.45
Match manufacturing	500	Not regulated	$ .15-.20
Confectionary manufacturing	600	Not regulated	$ .17-.33
Waste	500	9 hrs.	$ .15-.40

① La Jeunesse, May, 1920. Labor Conditions in Shanghai, pp. 1-83.

manufacturing			
Tea picking & selecting			$ .15-.20
Shoe manufacturing	15 000	—	—
Pig mane manufacturing	5 000	—	—
Tailoring	—	—	—
Domestic service			$ .10-.50

From the above table we notice that long working time and low wages are characteristics. Prof. and Mrs. Dewey, on their recent tour to the Far East, after visiting some of the factories reported the following: "There is not even the pretense at labor laws...And the wages of the operatives in spinning department is 30 cents a day, at the highest 32 cents. In the weaving department they have piece work and get up to 40 cents."[1] Wages are indeed alarmingly low: hence the extreme low standard of living. According to Mr. Moh, one of the industrial captains of the day, wages for textile workers have increased 80% since the Republic[2] (1912). Ten years ago a daily wage of 17 or 18 cents was common; five years ago 24 or 25 cents; now 30 cents and more. This increase, Mr. Moh asserted, does well to keep pace with the inflation of prices in the recent years.

There is no legislative regulation with reference to working time. In order to put out maximum product, the employers find

① J. Dewey, Letters from China and Japan.

② Recent Industrial Problems, La Jeunese, p. 21.

excuse to retain the two shifts system in the case of the textile industry, each shift consisting of 12 hours. Some factories employing women workers even go so far as to extend to 13.5 hours a day.[1] Sanitary conditions in the factories are equally unfavorable. Many factory buildings were built long ago hence inadequately provided as to sanitation. While there is neither employers liability law nor social insurance, most of the employers have nevertheless provided for their factory hands medical care in case of ailment, and rather comprehensive provisions regarding pensions in case of incapacities resulting from accidents or otherwise. Besides, savings among the workers is much encouraged and free elementary education is in some cases extended to the children of the workers.

Following is a concrete instance illustrative of enlightened treatment of female workers in the City of Shanghai:

The Commercial Press,[2] the largest printing establishment in the Far East, employs about 400 women and girls, most of whom work in the bindery, where the folding, stitching and other lighter work are assigned to them. These women, as well as in other departments, work side by side with the men, which is uncommon in China. The experiment has been worked out well and the result is very satisfactory. At quitting time, the women have the privilege of leaving five minutes before the men. The women are well paid; they are given a bonus in proportion to the record and importance of their service, and a certain amount of

---

① Recent Industrial Problems, La jeunese, p. 22.

② Annual Report of the Commercial Press for 1918.

allowance is set apart as pension for the old retired employees or the families of the deceased. Profit sharing is a part of the system and the key men of each department are share holders of the company. The Press runs a savings department which pays 9% interest per annum on fixed deposits and 8% on current account on money deposited by its employers. This purports to encourage the workers to lay by their earnings against rainy days. The workrooms are spacious, well-ventilated. School privileges from kindergarten to high school training are maintained for their children. An evening school is kept for the younger members of the firm, and a self-improvement club with school facilities has been opened by the workers themselves under the patronage of the company. A small hospital has been established by the Company for the sick employees and for injuries in the work-rooms. An attendant is always present, and a well-trained physician visits the hospital once a day. The clinic is open to outsiders as well as employees and their families. Nine hours work and Sunday holidays are maintained — features seldom found in a Chinese workshop.

In the printing department a female worker is not only allowed to retain her position during child birth, but she is given one month off before and another month after confinement. What is more, she is given an extra $5.00 when she leaves and another $5.00 on her return. Nursing babies of mothers working in the factory are allowed to be brought in to be fed during work hours. A garden, made attractive with shrubs, flowers, and seats scattered about on the lawn, furnishes a delightful resting place for the employees when off duty. All these enlightened ways with which the press has been treating its workers have contributed considerably to the enormous success of its enterprize.

Most of the women workers in China are unorganized. But a recent strike[①] of the women workers of a socks manufacturing factory resulting favorably of the strikers has demonstrated to the industrial toilers a fundamental lesson that organization is the necessary weapon to fight with. Henceforth for the first time there[vii] appear on local papers announcements of women craft unions either recruiting new members or proposing reorganization. It may be mentioned in passing that the encouragement and moral support which they receive from the new intellectual class are worthy of appreciation. Since the question of emancipation of women is gradually passing from metaphysical stage to the positive stage, the problem of female employment presents itself as a refreshingly fascinating theme for discussion in the intellectual circles.

The foregoing account will have made clear how a Chinese woman contributes to the society in her economic capacity. Before we dismiss this subject, we might as well devote some space to the discussion of the lot of a poor Chinese girl. The Problem presents itself in three main phases: namely, female infanticide, domestic slavery, and prostitution.

One can not read books on China by missionary writers without coming across passages depicting and deploring the inhuman practice of female infanticide. Some even go so far as to hold that it is the chief cause for the high infant mortality prevalent in China. The following quotation is but one of the innumerable similar accounts of their genius of making mountains out of molehills:

---

① The Eastern Times, May 25-29, 1920.

"A girl baby is greeted with a frown. She is despised and rejected of man. Her swadding clothes may become her burial clothers, for infanticide is a common practice in China. Her father may cast her into some baby tower, where birds may come and feast upon her flesh. She may find a watery grave in a neighbouring river. She may be buried alive in the mud floor of the dark and dingy room where she was born."① Another famous missionary author② wrote to the effect that he witnessed instances upon instances of babies being thrown upon rubbish heaps by their cruel parents and abandoned to the voracity of the domestic animals. Of course in many minds this belief no longer remains, for numbers of travelers who have visited the Orient have contradicted the shameful calumny.

That the missionary reports are unworthy of criticism or refutation is obvious to those who but understand their motives. On the other hand, we do not pretend to deny that such practices do exist. True there are unnatural creatures who in a moment of desperation, or to hide a misfortune, abandon little newly born creatures; but it is a crime punished by every code of law, and is as frequent in America or Europe as in China. Misery and vice lead to the same consequences. It is said that the abandonment of children is explained by the privation of their parents. This argument is essentially false; the privation is not so great as people wish to make out, and, then, numerous means exist to protect childhood from want. In the first place, law punishes infanticide

① Monabb, Women in the Middle Kingdom, pp. 14—15.

② Dennet, Democratizing Tendency in Asia.

as it does murder of close relatives; and in addition to this, the State subsidizes public foundling establishments.[①] There are, besides, benevolent institutions founded by private persons, where abandoned children find asylum and protection. Not only have these establishments a special object defined in the regulations, but also give reward to mid-wives who bring a foundling or denounce a case of infanticide.

It is extremely rare to hear of infanticide in towns, where the means of existence are more abundant than in the country. (In fact, with the possible exceptions of Canton and Foochien, the institution of "la saint enfance" is practically unknown in other provinces.) Even in the latter, certain customs exist by which the bringing up of children, especially of girls, is promoted. In the poor agricultural districts a girl is often taken to her betrothed home before marriage. Her mother puts off a responsibility, whereas her mother-in-law is only too willing to secure an additional hand. When her husband attains a certain age, formal marriage takes place and cohabitation is allowed. This helps us to understand how a custom grows out of economic necessity.

There exists also for poor parents another means of escaping privation and protecting the existence of their female children; this is the sale of the child to a rich family, in which it will become a servant.

The word "sale" shocks delicate ears, and seems to have some taint of slavery; but we must not be alarmed at words. The children sold are brought up by the family that buys them, and

---

① See Dr. Tsu Yu-Ying; Philanthropic Spirit in China.

work for it until their maturity. They are then dowried, and afterwards married, and become free. These women who have been purchased children are able to receive every right that maternity confers, and their origin is not a stain. As an established usage, it has come to the assistance of numerous families, and even promote their increase. This, however, we can not accept without blame. It is obvious that economic necessity has compelled those poor parents to part with their children. It is also obvious that so long as the lot of the poor, especially in the rural districts, remains unameliorated, —that is, the fundamental cause for such practice is not removed—abolition of the "sale of children" through legal means would inevitably result in consequences much more undesirable than the system itself. Since the establishment of the Republic law forbids the continuation of this usage, but it is only loosely enforced.

Lastly, China is not free from the well-nigh universal social evil—prostitution, to which many innocent souls fall victims. While poverty is, on the whole, as Dr. Sanger safely speculates, "A direct and proximate cause of this vice", it is too simple to explain the situation in China.

In old-fashioned Chinese communities the mutual obligation of the units in the family is well recognized and there is consequently no great need for vocational training among women or for opportunities of self-support. In the coastal provinces and in the large commercial cities, however, the family system is rapidly breaking down and the responsibilities of the individuals are not so clearly recognized. Orphans who have no uncles to take care of them, girls for whom no husbands can be found, widows without sons or other relatives to support them and discarded wives and concubines, who are thrown entirely on their own resources, are occasional in the country districts but are increasingly numerous in the cities and in those parts of the country in which improved communication is making such radical changes in the old institutions. For this increasingly large class of women, 99% of whom are illiterate and know only domestic work, there is no field whatsoever. The demand for domestic servants does not nearly exhaust them, even in rural communities, and the average young Chinese woman who finds herself alone in the world has usually to choose between begging, prostitution and suicide.

A large percentage of those who are endowed with youth and good looks find their way into public or private brothels. Those women not only can not support themselves because they have neither opportunity nor training, but they seldom conceive of the necessity of supporting themselves because tradition would have them believe that a woman is a dependent and is wholly unaccustomed to assume the responsibility of directing her own affairs. Because there is so little that women can do, so little that she is fitted to do; because she makes so little resistance against whatever evil fate may assign her; and above all, because social system which once afforded women something like adequate protection is breaking down, the growth of systematized prostitution in every big commercial center in China has been enormous and is most difficult to check. No amount of moral instruction or[viii] legislation can check such a tendency in a people when it is guided almost wholly by economic traditions.

In a purely Chinese community of the old order all classes

are, contrary to foreign opinion, peculiarly prudish and puritanical. Moral laxity is regarded with horror and the very word of prostitution is unknown. Imagine, therefore, the effect the introduction of a highly organized vice has upon the general moral integrity of such communities. As an antidote for the strong tendency towards general moral disintegration, which is only too apparent in the big Chinese trading centres, there is nothing so effective as education and work. China must develop industries in all communities, which will provide women of the poor and illiterate classes with the means of earning an honest living, and which will afford the growing numbers of educated Chinese women the opportunities which they need to do clerical and professional work.

Conclusion

We are now prepared to strike a summary note at the Chinese woman as she is at present. The Emancipation movement had its dawning chapter in the Anti-Foot-Binding agitation, which has been treated at considerable length in one of the preceding chapters. The Revolution of 1911 setting all social potential forces to action rang in the ears of our sisters as a challenge to discharge what they owe to society. Whereupon they gave a heroic response and exclaimed to the world that they were now awakened to their mission and determined to fulfil it. Thus, the example set by a woman, a revolutionary pioneer, who sacrificed her life in 1907 in a plot against the corrupt Manchu government, was soon followed by many others. During the Revolution thousands of girls joined the Amazon corps of "Dare to Die" soldiers. Many served Red Cross as nurses at the battle front. They were frequently under fire and some of them were wounded.

"Votes for Women" cries the women of the West in this Twentieth Century; and in more than a dozen countries, including Great Britain, that great stronghold of traditional conservatism, women now have been enfranchised. "Votes for women" cried also a section of Chinese women in 1913, and a band of suffragettes delighted their militant sisters of America and Europe when they invaded the sanctuary of the provincial legislature in Canton, that beacon light in China of all progress, and similarly clamoured for enfranchisement.

Although that agitation proved a mere nine days' wonder and became calm thereafter, the question of the right of representation has recently been renewed and reinforced with fresh efforts. Toward the end of February, 1920, modern-educated women in Canton called a mass meeting[①] to discuss the questions of how to get that right recognized by leading men in that province. The outcome of that meeting was the election of eleven members to form a committee for executive work. More meetings since have been held to consider the methods of fighting for parliamentary positions. This movement consists of three groups of educated women: that is, members of Y. W. C. A. and graduates of mission schools, teachers whose policy is conciliatory and peaceful and who form the major force of the agitation, and finally those

① Far East Fortnightly, Feb. 14, 1920.

women who had a taste of parliamentary representation in 1912. The occasion of this movement is the making of the constitution now proceeding in Canton. They demand that in the new constitution the right of woman suffrage be incorporated.

But this is not all. The women of the Chinese Republic today are committed to a more laudable ambition than political freedom. To be sure, that coveted privilege or right will not be refused if freely voted by the national Parliament, but the time is not yet ripe for a Republic-wide campaign in its favor. The time is, however, ripe for a nation wide agitation for the emancipation of the Chinese women in order that the hands that "rock the cradle" shall truly rule the world, not so much in the legislature, as lawmakers, but in other equally important spheres of usefulness. And this is now being vigorously pushed forward through the instrumentality of education—education in the broadest sense of the word.

Since the new Renaissance, or the "intellectual reawakening" as Professor Dewey① puts it, which originated in the "Literary Revolution" and reaches culmination in the "Student Revolt", the question of emancipation women has received a new forcible impetus and has aroused the animated discussion in the press, especially in periodicals. For instance, a semimonthly was started a few months ago entitled "Emancipation and Reconstruction", in almost every issue of which some phase of women's

① Prof. Dewey has written many articles in regard to the "Intellectual Reawakening" and the "Student Revolt", which appeared on New Republic, Asia, and other periodicals.

emancipation is discussed. Popular monthlies, like "The Renaissance" and "The Journal of Young China's Association", also give prominence to this burning question. Thus the latter at one time issued a special Women's Number, containing articles written by Chinese women. Women themselves have also started a number of periodicals, among which "Chinese Ladies Journal", "The New Women", "The Voice of Women" are the most powerful in influencing the public.

As the rising generation of Chinese women is gradually gaining education, it is to be expected that their first struggle for emancipation should concern love and marriage problems in which they are vitally interested. The "philosophic wedding" of the past, by which the parties concerned practically had no voice in the matter of matrimony, might suit their fore-fathers, but for almost half a decade "free love" has become their veritable battle cry. Cases have been known of girls committing suicide to escape marriage in the old, conventional way. Gradually men have become reconciled to the blending of the old and new. Parents are not unaware of the clange of their children's environment, and many are judiciously cooperating in the reform movement. Consequently, today young couples choose for themselves, but they also consult their parents before their choice.

It may be of some interest to translate a portion of an article entitled 'Choosing A Husband'[①] from "The Chinese Ladies Journal", in order to show the direction in which the matrimonial

---

① Chinese Ladies Journal: October, 1919.

wind is blowing in China.

"According to modern Chinese custom a son or daughter has the right to make his or her own choice in matrimony without interference from parents. Chinese, for thousands of years, have followed the custom of having such choice made by the parents rather than the couples themselves. This bad custom often caused unhappiness, because the parents cared very little for the element of love between the young people. Since Western civilization came Eastward, this custom has gradually changed. Young lovers have often misused the term "free marriage" and considerable immorality has resulted.

"Since love should be lifelong, and since there is nothing so fine as love, the marriage of young people should not be decided upon in a short time. It is necessary to investigate the man's habits and character with great care, so as to avoid future regrets on the part of the contracting persons. Following are the important points for Chinese women to consider in making their choice, and we should like to bring them forth and discuss them with young girls who are looking for husbands:

"1. Appearance and knowledge—A beauty should match a husband of good education and appearance, and a shout woman should marry[ix] a giant husband. It is necessary to judge the man's intellect as well as his character, in order that couple maybe well matched.

"2. Age. The best time for marriage is between the age of 20 to 28. Look for a husband who is neither too old nor too young. Generally, husbands should be older by two or three years.

“3. Occupation. Has your prospective husband an independent occupation? What kind of work is he doing? Is his income sufficient for his living without depending upon his father's property?

“4. Property. How big is your fiance's house? Is it rented or is it his own property? Has he saved any money? Has he any other property? His wealth should be well balanced with that of your own family.

“5. Relations. Are his parents still living? Has he any brothers or sisters? How many servants? Do his parents love him? Do they interfere in everything he does? How about his affection for his brothers and sisters or other members of that family?

“6. Health. Is he in good health? Has he any hereditary disease?

“7. Living. Does he live extravagantly or economically? Does he smoke, drink, or gamble? What is his income and how does he spend it? Is there any balance left after he has paid his expenses?

“8. Temper. How does he treat his friends and servants? This will enable you to learn what his temper is.

“9. Character. What is his opinion of public affairs? Has he done anything to cause him to lose his public respect?

“10. Other investigations. Is he clean in living and eating? How about his friends?

“The above points may be learned by interview or by correspondence, or by getting information from his neighbours. If his morals are satisfactory, an engagement may be entered into.

In this way you will never regret your action. If you marry a husband with whom you are not acquainted, how can you love one another? This is very important matter, which every young woman should consider. Do not be too shy to investigate. This is a matter of vital importance for it means your lifelong happiness."

It is difficult to say how far this advice will be followed, but it is certain that new principles are gradually adopted. The old style of wedding was very elaborate, but the new marriage ceremony is quiet and unpretentious. Not only is the modern bridegroom dressed in Western evening dress or morning coat, but after the ceremony the newly married couple drives away for the honeymoon, all this being in contrast to the formidable old-fashioned dinner party.

The Western leaven is therefore working, and one may well ask, is the Chinese girl of today more romantic than her mother or grandmother? Indeed she is, and, the old fetters being slowly loosened, she means to assert her rights.

Alongside of the agitation for co-education, the young generation clamours for social reform. In the old days the desire for social intercourse was only partially satisfied for the gatherings and meetings always excluded the other sex. Even today we find few places where young men and women can meet and have wholesome and properly chaperoned social intercourse. In this connection mention is due to the Y. W. C. A. workers who are doing well to cooperate with Y. M. C. A. in the promotion of this innovation. Joint meetings are held at least once a week.

In the case of Peking Y. W. C. A., the following quotation may serve as evidence. "The open courts of the Association dwelling teemed with groups of men and women on their way from one street to another, and the enthusiasm with which they played the games and entered into all the sports of the evening promised well for the future of a normal and adequate social life."①

In regard to the struggle for vocational freedom, sufficient details have been given in the preceding chapter. In short women have been employed in factories in Shanghai and other large cities where the example was set by foreign employers, and in a few communities Chinese shop girls are beginning to appear. But in the interior only such work as can be done in the home, such as the spinning of cotton thread and the weaving of straw braid has been made available. Associations for economic opportunities have been recently organized among the women themselves. The main purpose is to remove the conventional prejudice against women and to provide new openings for them on the one hand, and, upon the other, provide themselves with adequate knowledge and training to take up proper professions. The outlook is promising although it may take time to accomplish the desired end.

The recent student movement, which has been stirring the whole Republic, is the best example of the modern Chinese women taking her place in community affairs. When various student

---

① Uplifting of Women, Far Eastern Review: Aug., 1918.

unions organized a National Union of Students, the women students affiliated their union with the National Association. At an inaugural meeting in Tientsin, a Miss Wang, of that city's First Girls' Norman School, took the chair by popular acclamation. In the course of her speech she is reported to have said: "Conditions are very dark. Some lay all the blame on our unenlightened Government. I, little sister, say the most unenlightened of all are our Chinese women. First we bind our feet; second, our minds are fettered; third, we are inferiors and slaves of our husbands. Today, in the union of our women's society and the students' association, we are freeing ourselves from the ancient restrictions."①

Here we have the voice of China's rising women, no longer leading lives of seclusion, but coming out to discharge their duties towards the public. As a woman orator has finely put it: "We are taught by our Sages to obey our fathers and mothers, but our Republic is the father and mother of all our 400 000 000. In the crusade against foot-binding, concubinage, domestic slavery and in other social reforms, China's women are doing yeoman work, and time alone will show the extent of their influence.

Bibliography

1. Bashford, China: An Interpretation.

① Translated for "The New Women", Oct., 1919.

2. Burton, The Education of Women in China.

3. Burton, Notable Women of Modern China.

4. Boggs, Chinese Womanhood.

5. China Mission Year Books.

6. China, Social and Economic Conditions, American Academy of Political and Social Science 1912.

7. Cecil, Changing[X] China.

8. Dickingson, Letters from a Chinese Official.

9. Densett, Damocratizing Tendency in Asia.

10. Dewey, Letters from China and Japan.

11. Faber, Famous Women in China.

12. Giles, The Civilization of China.

13. Goodsell, The Family.

14. Headland, Home Life in China.

15. Headland, The New Day of China.

16. Liang and Tao, Village Life in China.

17. Monabb, Women in the Middle Kingdom.

18. Parsons, The Family: An Ethnographical and Historical Outline.

19. Pott, The Emergency in China.

20. Ross, The Changing Chinese.

21. Smith, Village Life in China.

22. Werner, China of the Chinese.

23. Werner, Descriptive Sociology of the Chinese.

24. Westermarck, The History of Human Marriage.

25. The Woman Question: Ellen Key, G. Lowes Dickingson, etc.

Periodicals

1．Asia.

2．Far Eastern Review.

3．The Far Eastern Republic.

4．The Far East Fortnightly.

5．Millard's Review.

6．La Jeunese.（Chinese）

7．Chinese Ladies' Journal.

8．The New Women（Chinese）.

9．Other references in Chinese.

编者注：

i 此处原文无“not”一字，编者据上下文补。

ii 原文为“my”，编者据上下文判断应为“may”。

iii 原文中对北京的英文拼法不统一，有的地方是“Peking”，有的地方是“Pekin”，现统一为“Peking”。

iv 原来作者把上面一行山西的数字打到下面来了。现编者根据前面两个数字的总和改。

v 此处原文为“as as”，据上下文改。

vi 原文误为“spining”，为编者所改。他处此字拼错的，编者径改，不一一说明。

vii 此处原文为“ther”，据上下文改。

viii 原文为“of”，据文意改。

ix 原文为“mrry”，据文意改。

x 原文为“Chinging”，似为“Changing”之误，故改。

附：《论中国妇女的地位》译文[①]

章·汉密尔顿·徐

（论文是为满足哥伦比亚大学政治学系硕士学位的要求而递交的。）

一、导　论

毫无疑问的是，现代女权主义运动是从玛丽·沃尔斯通克莱芙特(Mary Wollstonecraft) 那里起源和得到灵感的。布莱尔斯福德先生称她的《妇女权利的合理性》一书为“那个多产的时代留给我们的最有价值的著作之一”[②] 是毫不夸张的。这是她首次在没有忽视性欲的情况下从认可人性的观点，探索了社会和道德的问题，这便是她的独创性。也是她首次对夸大性欲的作用提出了抗议，认为正是它在女性心中植入了“要永远做女人的欲望”。她嘲弄了注重名声的肤浅道德，因为它总是要让女人“看上去怎样怎样”，女人在社会上的地位完全取决于男人对她们的看法。她要求女人回到自我，过她自己的生活。

就像法国革命掀起了一股民主化的浪潮，这一伟大的信息唤醒了妇女的觉悟，并引起了一个以解放半个人类为目的的波澜壮阔的运动。随着女权主义的力量与规模的不断扩大，不久，用沃德教授的话来说，“各种社会力量都投入了行动，那些只有女人才能驾御的巨大后备力量充分焕发了出来，使整个社会机器进入全速的、和谐的运作。”[③] 赫伯特·斯本塞本人是女权主义的拥护者，但在约五十年前，连他也担心妇女对权利的要求会越过合理的界限。[④]

---

① 由谈峥先生翻译。

② H. N. 布莱尔斯福德：《雪莱、哥德温及其小圈子》，第 204 页。

③ L. F. 沃德：《动力社会学》，第一卷第 657 页。

④ H. 斯本塞：《社会学原理》，第一卷第 790 页。

西方妇女已经实现了男女平等的理想，现在，轮到她们的东方姐妹来思考这一她们长久以来一直羡慕和追求的目标了。杜威教授及夫人在最近访问过日本和中国之后，要我们确信“一个无可否认的事实，即当今妇女问题之重要与有意义，不在西方而在东方”。① 类似地，阿瑟·史密斯先生怀着浓厚的兴趣，以深刻的洞察力这样评价正在中国发生的妇女地位的变化：“在中国，最广泛和最深刻的变化是潜在的并部分已经实现了的妇女解放。它在重要性上大大超越了引人注目的政府形态的变化，是人类社会史上的重大事件之一。”②

中国今天的妇女问题几乎是一个至关重要、无所不包的问题。它不但是一个社会、文化、思想的问题，也是一个经济和道德的问题。因为在考虑妇女问题的时候，我们是在考虑着整个人口的一半，它和另外的一半紧密相关，并不断对其发挥着难以估量的影响。要了解中国文化，了解它的长处和弱点，它的落后性和进步性，要懂得它当前为了适应新的状况而进行改良和革新的必要，并估量它改革和发展的可能进程，都必须对不同阶段的妇女地位问题进行公平的、仔细的考虑，因为家庭制度是中国社会结构的基础，而且包容了中国的道德准则和政治原则，我们尤其有必要这样做。

欧洲人和美国人经常叙述和描绘中国妇女的不幸生活和处境。对没有闲暇来了解事情真相的西方旅游者和随时准备着为“受压迫者”打抱不平的传教士来说，中国妇女的悲惨生活成了他们描述中国的黑暗最合适的永恒主题。她们总是被描述成拖着一双伤残的脚，几乎连走路都不会的可怜无助的人。她们是她们的主人——丈夫——的玩物和奴隶，总是被关在家里，在社会上毫无地位。这使我们联想起了一本著名的字典，它把龙虾定义为“一种倒行的红色小型水生动物”。但实际情况是，普通的中国妇女并非可怜无助，正如龙虾也不是“倒行的红色小型水生动物”一样。我们承认一些诚实的旅行者和狂热的传教士的记述可能是正确的，但我们坚持认为如果这些事例是真实的话，它们也不过是例外，而不是典型。

---

① 约翰·杜威：《中国与日本来信》。

② 巴须福德：《中国》，第 144 页。

即便是社会科学领域内公认的权威，在收集和利用社会资料，然后从中得出结论的时候，也不一定总是准确，甚至与事实大相径庭。文化人类学家威斯特马克对中国妇女地位的看法，可能会让对中国的真实情况稍有一些熟悉的读者感到又好气又好笑。[①] 连赫伯特·斯本塞似乎也依赖关于中国，尤其是关于妇女地位的不可靠的资料来源，以致经常得出和事实相反的结论。因篇幅所限，我就不在这里一一列举这些作者所犯的错误了。

鉴于在西方，不管是什么东西，只要与中国有关，就容易引起误解，所以我想就我能力所及，对有待及时合理解决的中国妇女问题作一些新的探讨，不是完全不合时宜的。

妇女问题的解决之所以不可再加拖延，是因为妇女本身已经开始要求解决它。早在一八六〇年，这一问题就以反对妇女裹脚的一次有组织的论争的形式出现了。外国传教士首先注意到了裹脚的坏处。引起公众注意的功劳应该归于他们。在有影响、有地位、受过良好教育的中国人中间，立刻发生了对这一运动的兴趣。结果人们组织了所谓的“天足会”，朝廷还颁发了一道圣旨来促进这一改革。从此以后这一运动的势头越来越大。今天在全国上下，我们都可以听到妇女要求解放、取消蓄妾制度、自由恋爱结婚、享有和男子平等的教育机会——男女同校、经济独立、社交自由、享有选举权等其他以前女性被剥夺的权利的呼声。妇女和同情她们的男子出版了杂志和报纸，来宣传和提倡他们的主张。他们正在赢得支持，并引起普通公众的兴趣。自去年秋天开始了男女同校的争论，许多大学和学校开始认真考虑其可行性。在浓厚的兴趣和密切的关注中面对这一运动的同时，我想以下面的篇幅来探讨妇女问题的不同方面。

二、传统地位

要理解在中国固有环境中妇女的传统地位，我们必须理解两条基本

---

① 威斯特马克：《妻子的臣仆地位》：“在中国，不允许妇女去敬神”等等。这一说法和事实是截然相反的。

的原则，中国人的生活和思想都建筑于这两条原则上面；因为中国妇女和她在西方的姐妹们相似，是累积的遗传和拘束的环境的结果。首先我们必须理解中国人的先师，尤其是孔子，教导的“孝”的观念，这一观念浸透了他们的私人和社会生活。在中国人的眼里，子女对父母的不懈热爱是所有美德之中最高和最基本的。在孔子教导的支配人际关系的五条基本原则之中，孝是最根本的，最受强调的。对统治者的忠诚，妻子对丈夫的服从，兄弟之间的友爱，还有人与人之间的信任不过是孝的变化与派生。孔子明白地说，孝顺父母的人是不会犯上作乱的。我们可以找到很多例子，来说明这一原则如何塑造了中国人的生活。有名的“二十四孝”记录了这样典型的故事：一位妇女把自己的奶喂给年迈无齿的婆婆吃；一个儿子有意让扛在自己肩上的一筒水滑落，逗他年高的父母发笑。

为了理解中国妇女的传统地位，我们必须记住的另一条基本原则是中国人的自然观或自然理论。一本叫做《易经》的古代经典著作最好地解释了这一理论，并被一位西方学者视作“世界上最有趣也是最神秘的文献之一”。根据这一自然观，宇宙在根本上是由两种基本的力量或元素——阴（消极元素）和阳（积极元素）组成的。阳指的是刚强、光明、运动；阴指的是柔顺、黑暗和静止。阳是一切积极、刚硬和支配的东西；阴是一切消极、柔弱和恭顺的东西。在宇宙的构成中，天代表着阳；地代表着阴；阳是太阳，阴是月亮。就人而言，阳是男子，阴是女子。因为阴、阳在万物中都存在，所以只有当它们都被严格地限制在本身的范围之中，才能获致和谐与秩序。尽管阴、阳也必须合作，宇宙才能存在，人种才得延续，但他们有其各自的功能与规律，必须区分清楚，不可混淆。

我们的头脑中清楚地有了以上两条基本原则之后，可以着手更好地分析中国妇女的传统地位了。

谈论中国的西方作家经常说，中国人不尊重妇女。没有比这种说法更错误和引人误解的了。和古希腊家庭中妇女的卑贱地位，还有罗马法中对妇女的蔑视相比较，中国妇女的地位是很高的。从理论上说，中国妇女和男子是绝对平等的。中国字“妻”的意思是和丈夫“齐”。在孔夫子的教训中，我们可以找到很多例子，证明他认为妇女的地位和男子是平等的。[①] 他规定了所谓的“迎亲”仪式，要求各个阶层的人——从打零工的人到皇帝——都要照办。仪式的内容是新郎要亲自上新娘的家去迎接她。其用意是在结婚前表示男子对女子的敬意。

在法律上，中国妇女和男子享用同样的地位，不，她比男子享有更多的优待。有意思的是，尽管西方人对他们的妇女享有的地位感到自豪，但在一个像法国这样的国家，妇女在婚后就成了受扶养的家属。法律不承认妇女有处置自己财产的权利；她的丈夫可以阻止她。但在中国，妇女可以随意处置她的财产，可以出售或购买产业，转让共有财产，开立票据，赠送女儿嫁妆，等等。

在中国的家庭里，母亲和父亲同样重要。子女必须对母亲和父亲同样尊重和孝顺。事实上，有些人认为子女应当对母亲比对父亲更感恩、更孝顺，因为她在抚养他们的过程中受苦更多。在儿童的青少年期，母亲在塑造他们的性格、督促他们的教育上起的作用经常比父亲更大。杰出官员的母亲经常得到朝廷的封赠，就证明了这一点。父母对女儿和儿子一样珍爱和重视，不，要更珍爱和重视，因为我们经常听到父母把女儿称作“千金”或者“掌珠”，儿子却被称作“犬子”。许多西方学者认为溺杀女婴是妇女地位低下的结果。在这篇论文里的其他地方，我将说明这完全是出于经济原因。

蓄妾制度经常被认为是中国妇女所受到的另一羞辱。我们在后面将说明，这一做法比我们通常所愿意承认的有一更为合理的目的。当我们了解了妾是如何娶进门的时候，我们就不会认为它是对正妻的羞辱了。在一般情况下，不得到正妻的允许，丈夫是不可娶妾的。滑稽但也是真实的是，在挑选妾上面妻子比丈夫经常更有发言权。在家庭中，正妻的地位毋庸置疑地要高于妾，而妾不过是妻子和丈夫的“侍女”或（中国字“妾”所象征的）“立女”。妻是妾的主人，而妾是妻的下属。甚至连妾的孩子也要称正妻为“妈妈”而叫自己的亲生母亲一个不那么尊贵的称呼。尽管在生理上，妾是一个更年轻和通常来说更有吸引力的女人，但法律和习俗禁止丈夫对她显示任何偏爱，正妻的优越地位必须始终得

---

① H. C. 陈：《孔子及其学派的经济原则》，第一卷第72页。

到尊重。所以，如果家中有一个妾，我们经常可以发现正妻的地位提高了，而不是降低了。

我无法为裹脚辩护。这种做法起源于公元九〇〇年左右，也有人认为它开始得更早。[①] 据说是唐朝末期的一位放荡君主的妾为了满足他变态的嗜好而发明的裹脚。从那以后，这一做法在上层妇女中间普及开来。裹脚一般在女孩子长到五岁到七岁之间开始实施。其用意是阻止脚的自然生长，把它们人工地塑造成可爱的“金莲”模样。这据说是一种美，并且是出身高贵的标志。其结果总是使脚变得畸形，并终身极大地削弱了行走的能力。这种引起不便的做法并不是在所有阶层中间普遍施行的。在穷人，尤其是女人必须下地劳作的农民中间，这种痛苦的作法一般是不存在的。裹脚经常引起西方作者的讥讽和嘲笑。他们觉得女人为了满足男人的趣味而忍受肉体上的痛苦是一件可怕的事；但它难道比在西方流行的束腰、裹胸要可怕得多吗?

正如西方人已经开始意识到束腰的害处一样，中国人也已经认识到裹脚的不良结果。反对裹脚的斗争可以追溯到最近的清朝的早期。在两百多年前，康熙皇帝（一六六二～一七二三）就试图禁止它。但裹脚是一种古老的习俗，不容易一下子就被消灭。第二次更成功的斗争是由基督教传教士发起的。早在一八七〇年，传教士开办的女子学校就开始禁止学生裹脚。[②] 四年后，在厦门就成立了第一个反对裹足的会社。一八九五年在上海成立了一个同样的会社。人们散播传单，召开大会，宣传裹脚的坏处。最后，终于唤起了公众的共鸣。人们开始注意到高层官员的努力的重要性。第一个支持这一改革运动的大臣是张之洞。主要是通过他的影响，一九〇二年慈禧太后才发布了诏令，强烈地劝阻但不是绝对地禁止裹脚。朝廷的这一行动大大地推动了改革，并和天足会的行动一起，获得了极大的效果。今天的父母根本不会考虑替自己的女儿裹脚，因为过去女人引以自豪的所谓“金莲”，现在成了她们感到耻辱的东西。尽管在内地的落后省份这一陋习还未被全部消灭，但可以肯定地说随着时间的流逝不久它就会自然消亡。

---

① E. T. C. 魏纳：《中国的描述社会学》，表5，第13列。

② 波特：《中国的非常时刻》，第120—123页。

但我们应当承认，在许多情况下中国妇女并未得到她们理应获得的尊重。她并未得到和男子平等的地位。离婚就是一个突出的例子。根据法律，妻子只要犯了“七出”之条，包括她无法控制的“无子”，丈夫就可以把她休掉。女子离婚的请求很少得到批准，除非是丈夫患麻疯病或长期遗弃妻子。不管离婚的原因是什么，社会都会歧视离了婚的女子，这使要求离婚的女子的境况变得更糟。但实际上，很少有因为无子而离婚的。通常是娶一个妾或者从亲戚那里过继一个孩子作为补救措施。

随后让我们来讨论一下中国人关于性，或者说关于阴和阳——它们之间的区别和把它们隔离开的必要——的理论。孔夫子的格言是，“女子和男子之间的区别，就像是地与天之间的区别”。因为他们的本性不同，所以中国古代的理论家们认为，他们应当被隔离开来，不能混在一起。在古代经典中规定，男女授受不亲。他们不应在一间屋子里坐在一起，甚至连叔嫂之间也不能互致问候。中国的社交界和所有社交场合，通常都是清一色的男子或女子出席，很少有男女一起出席的。这一严格隔离的结果就是社交生活的枯燥无味，两性之间的缺乏理解，和女子缺乏社交能力和其他活泼的品质。

这是我们在这一章的起首讨论的阴、阳理论的实际应用。在古代的中国人看来，既然男子天生强壮、刚毅、喜好冒险和发号施令，而女子天生柔弱、胆小、谦卑、恭顺，那么给他们分配不同的职务、责任和活动领域就是十分合适的了。男子应当被分配给生活中更积极、更需负责的领域，女子则应被分配给家庭和较简单的领域。于是家庭自然而然地成了妇女最合适的领地，在那里她是绝对的统治者。因为家庭是中国社会和政治组织的基石，妇女被局限于其中的这个领地是够大和够重要的。生育和抚养儿童，督促他们的教育和塑造他们的性格，经营或帮助经营产业，操持所有的家务——烹调、缝纫、纺线和织布，这些职责和责任够她忙的。正如男子不应插手她的这些事情，她也应当不去干预男子处理其他的事务。这就是中国妇女的“臣仆”或“卑贱”地位的解释。

比较中国和西方对理想女性的不同标准是很有意思的。中国喜欢女人的端庄、贞洁和有献身精神，而不是活泼、浪漫和有吸引力。我说的端庄指的是在自己的欲望上很谦抑，在口味上很简单，在举止上很庄重有礼。有献身精神指的是干家务活卖力，为满足父母和公婆的愿望而忘我克己，并为了增进整个家庭的幸福和繁荣而服从丈夫。贞洁指的是在婚前保持严格的童贞，在婚后对丈夫绝对地忠诚专一。我们所要求并赞美的女人的这些美德，显然是两条基本原则，即孝和中国人的自然观的结果。

着眼于这一目的，女子教育在家政学和实际的家务活外，就局限于道德准则的灌输了。这种训练方法极好地达到了它的目的。几乎在所有情况下，妇女都严格地遵守道德准则，还经常超过其要求。我们已经提到过，过分的端庄造成妇女足不出户。对父母和丈夫的忠诚造成了许多奇特而又惊人的做法。我们常常可以听见这样的故事，媳妇给已经无法吃其他食物的婆婆喂奶；父母生病时女儿衣不解带地在床边服侍；甚至有为了救自己濒死的父母或丈夫，割下自己的肉作药引的，或者如果相信迷信的话，向神灵祈祷缩短自己的生命以延长父母的生命。贞洁的观念也被发挥到更为过分的地步。丈夫死后再婚会受到社会强烈的谴责，以致一个妇女只要能够勉强维持生活，即便丈夫死时她还年轻，也不会考虑再婚。有时，还有寡妇因为相信自己可以陪丈夫去阴曹地府而自杀的。尽管这些做法在我们看来是可怕或者非人的，但我们还是必须承认，它们是出于一些高尚的品质，比如自我牺牲、恪守道德准则、让肉欲服从于精神的升华——这些都是值得获得最高称赞和最真诚欣赏的品质。

在中国历史里面，也不乏民族性的女英雄。除了著名的孔子和孟子的两位杰出的母亲外，我们还可以发现很多妇女，她们的教导据说是其儿子成才的原因。还有因其军事天才成为民族英雄的花木兰，还有用铁腕统治全国四十余年的慈禧，可以和西方的圣女贞德和伊丽莎白一世女王相比而毫不逊色。在古代，妇女被任命为采风者，从民间收集歌谣。①许多人成为著名的诗人、艺术家和画家。在共有一千六百二十八卷的中国大传记百科全书中，共有三百七十六卷是写杰出妇女生平的。②

---

① H. C. 陈：《孔子及其学派的经济原则》，第一卷第 74 页。

② 赫德兰：《中国的家庭生活》，关于女性的一章。

中国妇女有着如此的道德耐力，还有过去几千年来她们一直被据以训练的基本上正确的原则，所以没有理由对她们最终完全获得其应得的地位感到绝望。

三、教育地位

我们现在转而讨论就教育而言中国妇女的地位。流行的看法是，在中国家庭里，女孩子被看做低男孩子一等，所以几乎得不到或只得到很少教育。这种看法是对我们的行为和表达方式作出错误解释的结果。拿我们教育女孩子的传统方式做例子吧。我们愿意承认，我们的制度和西方的极为不同，还有缺点和不足。但另一方面，我们准备否认这一错误的推论，即我们用这个制度是因为我们认为，女孩子低男孩子一等。我们用这一方式教育女孩，是因为我们认为，这最适合她们，正如在西方，一个准备做特殊职业的男孩，就受到一种专门的教育一样。我们把所有女孩都看做潜在的母亲。着眼于这一目的，我们采取了相应的教育方法。对我们来说，至少对我们社会中的保守分子来说，教育不一定必须包括阅读和写作的呆板学习。它更应当是对崇高理想和生活哲学的理解。正是这种形式的教育，使一个中国女孩在同年龄的西方女孩尚未离开学校时，就已经在管理家务了。（经常发生的情况是婆婆健康不佳或年事已高，就把她的所有责任托付给年轻的媳妇。）在中国，女孩几乎从婴儿时代起就需帮助母亲，并从她那里学得了所有的家务知识。许多女人（尤其是农民阶层的）还有关于繁重的田间劳动的实用知识。家务的训练包括养蚕、织布、缝衣、刺绣，还有烹调、打扫住宅、社交礼节和所有与养育儿童有关的知识。另一方面，她也不是完全缺乏文学修养。实际上，农村姑娘能够背诵诗词或讲述历史故事和传奇，并非是不寻常的事。我怀疑，新英格兰的一个普通工厂女工，是否能未经准备就背出一节莎士比亚或其他诗人的诗来。但李太白和苏东坡的诗，是我们所有农村妇女，都能随口道来的。

上面说的是农村妇女。至于中层或上层阶级的女孩，她们的教育地位要高得多。在西式教育制度引入中国之前，[①] 我们的女孩和男孩一样，是从私人教师那里受的教育。一般来说，一个富有的家庭总是请一个有名的学者来教自己的孩子。[②] 所以，女孩子和她们的兄弟们同样受到认真仔细的教育，只是一般来说她们在十五岁就停止上学了。旧中国女子教育的一般方法与内容，已被著名的作者如玛格丽特·S. 伯顿[③] 小姐和艾达·拜勒·路易丝[④] 详尽地讨论过，我就没有必要在这里牵扯细节了。我想在这里强调的是，即便在过去，说中国女孩在教育上受到了忽视也是不公平的。在我们的历史记载里面，有许多在文学上有成就的妇女，她们的作品和著名的男性学者相比毫不逊色。这一事实支持了我的观点。

不管这种教育的形式是什么，无可否认的事实是，不管是我们的祖先还是现在的保守分子，都明确地试图把女孩训练成高尚的母亲和称职的妻子。无怪乎他们把怂恿妇女争取社会、经济和政治自由的新主张视作洪水猛兽。他们坚持男子和女子应严格分工。在这里我想引用一下拜伦勋爵[⑤] 关于妇女的有意思的见解，他的观点和我们关于女性的传统观念非常相似。他说："想到古代希腊妇女的状况——真是够方便的。妇女现在的状况，是骑士和封建时代的野蛮制度的残余——做作又不自然。她们应该专管家务——要给她们吃得好，穿得暖——但不能让她们在社会上和男子混杂在一起。要让她们受到良好的宗教教育——但不能让她们读诗歌或政治——只能读敬神的和烹调学的书籍。音乐，跳舞，再加上一点园艺和偶尔的耕作。在伊庇鲁斯我看到她们能很好地修路。除了制干草和挤奶外，为什么不能让她们干一点这样的活呢?"

关于传统的女子教育我们就讨论到这里。但我们对最近的发展更感兴趣，所以让我们继续下去吧。

中国妇女现代教育的起源，应当归功于传教士，既包括天主教也包

---

① 中国在取消了旧的科举制度以后，在 1905 年采纳了现代教育制度。

② 私人教师制度如今仍一定程度地存在着。

③ 伯顿：《中国妇女的教育》，1911 年。

④ 路易丝：《中国女孩的教育》，第一章，1919 年版。

⑤ 转引自叔本华：《对悲观主义的研究》。

括新教的。他们早在十九世纪初，就开始宣传女子教育。他们的目的当然只是增加传教士的影响。他们现在的影响是如此之大，以致开明的中国人在主张统一全国的教育管理的时候对此感到十分为难。尽管如此，我们必须承认，他们在中国推广了教育。

随着西方宗教、贸易、学术和文明的导入，尤其是在最近的四十到五十年间，东方人的思想开放了，越来越多的女子学校开办了起来。下面是一九一四年中国的几个地区中的在校男女学生的统计数字：

	男孩	女孩	总数
北京	52 499	4 212	56 661
江苏	238 416	32 080	270 496
广东	215 307	3 902	219 209
云南	202 366	13 502	215 868
新疆	2 477		2 477
陕西	283 060	4 564	287 624
热河	10 996	510	11 506[iv]
吉林	28 102	2 989	31 091

这些数字是从中华民国的教育部收集的统计资料中随意挑选出来的。它们之所以有意义，是因为这些地区都相隔很遥远的距离。发展得较差的地区，比如最最西北的新疆，和原来是满族皇帝的狩猎区，在北京的东北面的热河，其统计结果一点也不出我们所料。我们得不到最近几年的完整数字，但学生人数保持了稳定的增长。因此一九一四年学生的总数用整数来说是三百五十万人，在一九一七年就是四百万人。学校和大学的总数在一九一四年是十万零八千所，在一九一七年是十二万所。

让我们进一步比较一下在校女生的数目和学龄女童的总数。

一九一〇年，中国内务部通报给美国国务院的人口数是三亿三千一百一十八万八千。[①] 在《一些管理问题》（Some Problems in Administration）一书中，G. D. 斯泰俄博士认为美国学龄儿童占总人口的比例为百分之十七点四。假设在中国这一比例大致相同，那么今天中华民国学龄儿童的数目大约是五千六百六十二万六千七百一十二名。其中大约一半，即二千八百三十一万三千三百五十六是女孩。[②]

一九一二年，天主教传教团报告说在校女生有四万九千九百八十一名；一九一六年，新教传教团报告说有四万九千九百八十七名；在一九一八年，政府报告说在公立学校有十七万零七百八十九名女生。这样，把我们可以得到的教育的三个分支的统计数字相加，得到的在校女生总数是二十七万零六百九十二名。[③] 没有入学的女孩大约是二千八百零四万二千四百一十二名。学龄女孩中未受教育的比例是百分之九十五。另外，路易丝博士指出，进入教育机构学习的女生的五分之四只读了开头三年的课程。[④] 实际上，中国的女子教育，才刚刚开始。[⑤]

尽管如此，女子教育正变得越来越广泛起来。爱国的妇女教育家所树立的榜样，也为在这方面赢得公众的支持做出了不少的贡献。十年前，湖北总督要求满族朝廷嘉奖一位吴夫人，因为她捐献了五十万两白银，给湖北省政府支付教育费用。如果没有这笔慷慨资助的话，几家公立学校因为经费紧张就要关门了。几乎同时，另一位在日本旅行过许多地方的魏夫人，捐了五万元来建立了一个专门的机构，翻译有助于启迪她的湖南同乡的书籍。因此，一九一四年的湖北、湖南两省就有如下的统计数字，比其他省份的都要好：

---

① 巴须福德：《中国》，第19页。

② 路易丝：《中国女孩的教育》，第40—41页。

③ 天主教传教团：《传教学杂志》；新教传教团：《传教团年鉴》，1917；《政府报告》，1918。

④ 见路易丝：《中国女孩的教育》，第三章。

⑤ 但如果认为只有上了学的女孩才接受了教育的话，那就是犯了大错；另外，必须记住，女子学校相对来说是新生事物，过去我们的女孩都是在私人教师制度下受教育的，这种制度至今依然存在。

	男生	女生	总数
湖北	231 327	6 971	238 298
湖南	163 339	2 831	166 170[①]

推动女子教育的下一步是派女学生出国完成学业。满族总督端方开始了政府资助女学生出国留学的制度，但这并非中国女学生留学外国的开端。有些家境好或受传教士资助的女生在这之前几十年就出洋了。所以，在一八八五年，就有（浙江）宁波人金亚美（Yamei King，音译）博士在康奈尔大学获医学博士毕业。在她之后十年，又有玛丽·斯通（Mary Stone）、爱达·康（Ida Kahn）和胡金恩（King-eng Hu）从美国大学获得医学方面学位毕业。有许多人遵循这些开路先锋留下的道路，但这四人仍被视为女医生中的翘楚。[②]

一九〇五年，清政府响应民众对政府改革的要求，派遣五名大臣去西方考察宪政，作为起草一部中国宪法的准备。这些大臣之一是开明的满族人端方，他在被派往一度是南中国的首都南京任总督之职以后，马上把他在外国旅行过程中学到的东西付诸实施。当时，耶鲁、哈佛和韦尔斯利等美国大学答应给中国学生奖学金。端方总督于是下令，所有想在政府资助下去美国学习的人都需参加考试，而考试对男、女都开放。在一九〇七年七月，共有六百多名考生，其中包括五十名妇女，参加了考试，在其中选拔出了十二名男生，三名女生。第二年，美国答应放弃它在庚子赔款中所占的一千三百万金元的份额。中国政府为了对这样的慷慨表示感谢，决定把这笔钱花在派中国学生去美国大学及类似学校受教育上面。在一九〇九年派遣了第一批年轻人。后来决定用同一笔款子同时派遣女生。在一九一四年，第一批女生到达了美国。从此以后，政府或私人资助的留洋学生增加了。

因为年轻女子在外国大学学习已属寻常，所以改革的下一步似应是在中国实行男女同校。但这似乎还为时太早，还有很多的偏见有待克

---

① 这些是教育部的统计数字。

② 《中国传教团年鉴》，1915 年。

服。直到最近，这一问题在中国教育界还是个很大的问题。进步的年轻男子和女子联合起来扫除过时的传统观念，他们热情地支持男女同校，将其视为妇女解放的基本步骤。这一新的步骤像野火一样扩展开来。说到中国男女同校的历史，[①] 广东的基督教学院（Christian College）和上海的布拉克学校（Beulak School）和乌托邦学校（Utopia）是这方面的先锋。一九一三年，政府的教育委员会公布“小学制度”，规定七岁到十一岁之间的男孩和女孩可以在同一教室上课。去年，在山西举行的国家教育大会通过决议，规定在学院和大学可以继续实行男女同校。这一决议的第一个成果是北京的法语学院，一所去法国留学的学生的预备学校，招收了两名女生；还有北京政府大学招收了七名女生作为特别学生。同时，上海的世界中国学生联合会的日校也招收了一些女生，波同中学（Potung Middle School）也招收了女生。随着这一做法的普及，许多学院和学校，比如南京的国立师范学院和杭州的第一师范学校，正安排在下个学期招收女生，几百个女孩将在这些学校入学。

四、经济地位

在讨论妇女经济地位的时候，我们必须如斯本塞所要求的那样，记住她们所属的特殊国家的经济结构。因为社会环境主要是在经济结构上形成的。在现代工业几乎不存在，经济主要是家庭或手工业形式的情况下，妇女的工作一般主要局限于照料家庭、管理家庭支出，尽管她们在某些情况下可能生产家庭消费的产品的一大部分。只要经济生活不改变，性别之间的分工肯定也不会受影响。那些对中国妇女被严格地局限于家中的状况感到吃惊的人，只要回想一下工业革命之前的英国妇女，或家庭制度还是经济社会基础的殖民时代的美国妇女的处境，就可以感到释然了。

在妇女的活动局限于指导家庭消费的前提下，把她们看做在经济上是非生产性的就是错误的了。当然，做一顿早餐是值一毛钱还是一毛五

① 《米拉德评论》，关于男女同校的文章，1920 年 5 月 29 日。

分钱，抚养一个孩子是值多少的白银或黄金，这些都很难计算。但家庭服务具有巨大的经济价值，这一点是毫无疑问的。事实上，无论丈夫做的是什么职业，他的成功部分地，如果说不是主要地，依赖于主妇的节俭或奢侈，不论东西方都是这样。仅在这一意义上，好的主妇就是一个生产性力量。换句话说，女人是一个社区的保守力量。女权的维护者玛丽·沃尔斯通克莱芙特证明了以下的错误，即妇女在创造中的地位完全取决于她是否讨男人喜欢，是否对男人有用，但她从未低估妇女在家庭中的职责的重要性，并对这些职责的神圣性有深刻的认识。①

因此，中国女孩受到一种实用的教育，使她们成为称职的妻子、能干的母亲。她们的活动领域注定是她们的家庭。她们在经济上的依赖地位来源于那种根深蒂固的观念，即妇女不应参与家庭范围以外的任何事情。因此，在压抑她的主动性、剥夺她的个性的教条、传统甚至是迷信中成长起来的中国妇女，很少会想到现代的女权主义者最强烈地要求的经济上的独立。

在中国，和在别处一样，家庭是女人的领地，在那里她是受到认可的统治者。作为家庭主妇，她一般担负起照管整个家庭的责任。她管理家产，控制开销。她（几乎无一例外地）熟悉烹饪艺术，并须为全家烧菜煮饭。她甚至不能忽视烘烤糕点的技术，因为只有下层阶级才去糕饼店买东西。由于缝纫的行业发展得还不完善，一个普通家庭主妇必须学会缝纫的艺术，为自己、丈夫和孩子做各色各样的衣服。各种服饰，包括鞋子，不折不扣都是用手工缝制的，床垫和棉被也是如此。被子和填塞棉花的衣服一样，必须不时拆开和更新棉花。当然，孩子的存在又给她增添了额外的负担。如果她还有点滴的空余时间的话，她就会从事她最喜欢的刺绣，这是中国妇女经常谈论的一个话题。

如果在缝纫和烹调上面
你能省下一些宝贵光阴的话，
你就应该把它花在刺绣

① 《妇女问题》，《妇女权利的合理性》前言，第46页。

装饰的树叶和花朵上面。①

如果我们去考察农村的情况，我们会吃惊于所有农夫的妻子的吃苦耐劳精神。除了完成一个家庭主妇一般的工作以外，她还必须帮助耕作。赫德兰教授写道："经常可以看到她和丈夫、驴子一起拉着犁，让儿子扶着把。"②当麦子的收获开始的时候，全家凡是可以出力的妇女都去帮助收割，在秋天的收获季节也是同样，在每个打谷场上都可以看到许多妇女。在种植棉花的地区，中青年妇女大部分时间都在田间劳作。

几百万名中国妇女都忙于棉花这种生活必需品的处理，从田间的采集——这是一种极为辛苦的劳作，因为这种作物的成长极为缓慢——到变为衣物，直到它最后被纳成鞋底而消失。"轧棉、清棉或分离纤维、纺纱、纺线、缠绕、上浆，尤其是织布，都是繁重辛苦的工作。"③ 在某些地区，每家都有一只老式的纺机，勤劳的农村妇女在这方面要花掉好多时间。可以顺便一提的是，在最近的几年里，中国产棉区的人们感到了来自机纺纱线的严重竞争，许多以前仅可糊口的人，现在面临饥饿。

在丝绸业中，妇女同样起着极为重要的作用。H. C. 陈博士对这一不可思议的行业的精细工序作了令人钦佩的描述。④ 在东部的省份，尤其是浙江和江苏，那里的巨大丝绸产量很早就使中国成为最大的产丝国之一。根据最近的估算，不少于二千万的中国人口和这一行业相关。⑤在好年成，一个勤劳妇女的辛勤劳作，可以得到一小笔利润，这要么成为她一年的积蓄，要么供急用之需。

做帮佣和做奶妈是中国社会里面妇女最普通的职业。在"忙季"过后，农村妇女涌入城镇，寻找工作。她们一般被雇作女服务员，或者更确切地说是女佣。奶妈是另外一种工作机会。因为中国人喜欢给婴儿吃人奶，所以好的奶妈常常可以要个高价。在城市里，经常可以看到女人做店员，帮丈夫或其他近亲的忙。

---

①② 赫德兰，《中国新的一天》，第53页。

③ A. H. 史密斯：《中国的乡村生活》，第276页。

④ H. C. 陈：《孔子及其学派的经济原则》，第66—68页。

⑤ 《新青年·劳工特刊》，1920年5月，《上海的劳工状况》，第30页。

中国妇女承担着照顾大家庭的繁重工作，还参与种庄稼等家庭外的苦活，而报酬丰厚的工作机会却很少对她们开放，这确实是一种可悲的情形。但随着西方文明的引入，我们的姐妹们对新的形势作出了反应，并第一次模糊地看到，正如玛丽·沃尔斯通克莱芙特在一百三十年前看到的那样，对妇女开放劳动的世界，允许她们赚钱谋生，将给她们带来多大的尊严和独立。

今天的中国妇女正变得越来越自立，她们不再依赖自己的兄弟来表达自己的委屈和要求。她们从现代学校获得的教育，使她们适于在社区活动中发挥很大的作用；她们已经不能再被局限于家庭的四壁中。她们早已全心全意地投入救济和其他慈善工作。两年前在北京建立的中国妇女红十字会的荣誉主席是中华民国的总统徐世昌的夫人，而主席是前总理熊希龄的夫人。① 这些杰出妇女树立的服务榜样，为全国的女同胞们热烈地追随着。

在现代受过教育的妇女所从事的职业中，最普通的是教育，但护士和医生正成为越来越受青睐的职业。一九一二年，留法归国的女律师们在北京成立了一所政法学院，但它不久就销声匿迹了。一位刚在巴黎获得法律学位的程小姐，作为几家当地报纸的记者参加了一九一九年的和平大会，数月前还在美国代表中国人民作巡回演讲。其他妇女正在进入商业和制造业。一个年轻的寡妇正管理着一家欣欣向荣的中国银行——上海商业储蓄银行——女子储蓄部；妇女还正在成为熟练的制造商，尤其在广东，那里有不下四十家制造袜子、衬衫之类物品的工厂，完全为妇女所拥有和经营，而在其他的这一类工厂里面，所有劳动力都是中青年妇女。例如，裕红（Yu Hung）编织公司一年的生意量超过十万美元，其经理就是一个女人石藻希夫人（Mrs. Sheh Tsao-see）。②

中国肯定已经进入了工业革命的阶段。无法阻挡的工厂制度，带来了中国历史上从未存在过的问题，其中之一是妇女劳动力的问题，尤其值得考虑。著名的《新青年》最近为五一劳动节出版了一期劳动特刊，

---

① 《远东评论》，《中国妇女社会地位的提高》，1918 年 8 月。
② 《跨太平洋》，1920 年 3 月，第 58 页。

里面有关于全国的劳工状况的详细报告。下面的表格① 列出了雇用妇女的主要行业，每个行业雇用的女工数目，她们的工作时间，和在中国的制造业中心——上海她们的工资多少：

行业	工人数	工作时间	工资（每天）
纺织业	50 000	12 小时	0.20—0.45 美元
印刷出版	1 400	9 小时	0.20—0.45 美元
缫丝	50 000	12 小时	0.20—0.40 美元
制袜	12 000	无规定	0.5—1.00 美元
制烟	10 000	无规定	0.20—0.30 美元
制纸	6000	9 小时	0.20—0.25 美元
发电	300	无规定	0.25—0.45 美元
火柴制造	500	无规定	0.15—0.20 美元
甜食制造	600	无规定	0.17—0.33 美元
垃圾处理	500	9 小时	0.15—0.40 美元
茶叶采摘及挑选			0.15—0.20 美元
制鞋	150 000	—	—
猪鬃	5 000	—	—
缝纫	—	—	—
家庭服务			0.10—0.50 美元

在上面的表格中，我们注意到工作时间长和工资低是家常便饭。最近去远东旅行的杜威教授及夫人在访问了一些工厂以后，作出了如下的报告："根本没有什么劳工法……纺纱车间里的操作员的工资是三十美

① 《新青年·劳工特刊》，1920 年 5 月，《上海的劳工状况》，第 1—83 页。

分一天，最高是三十二美分。在编织车间实行的是计件工资制，最多可拿到四十美分。”[①] 工资确实是令人吃惊地低，所以生活水平也极低。根据今天的一位工业巨头莫先生的说法，纺织工人的工资自民国[②]（1912年）以来已经增加了百分之八十，十年前，十七或十八美分的日工资是普通的；五年前二十四或二十五美分；现在是三十美分或更多。莫先生强调，工资的上升很好地跟上了物价的上涨。

对于工作时间没有法律的规定。为了达到最高的产量，纺织业的老板找借口保留了两班制，每班十二小时。有些雇用女工的工厂甚至把工作时间延长到十三点五小时。[③] 工厂里的卫生条件同样不良。许多厂房都是很久以前建造的，因此卫生设备不足。虽然既没有雇主责任法也没有社会保险，但多数老板还是为生病的工人提供了治疗，并为因事故或其他原因造成的残废提供了相当充足的养老金。除此之外，还鼓励工人储蓄，在某些情形下工人的孩子也得到免费的基础教育。

下面是一个具体的例子，可以说明上海的女工受到的文明待遇。

商务印书馆[④] 是远东最大的印刷机构，雇用了大约四百名中青年妇女，多数被分配在装订工场，做折叠、装订等比较轻松的工作。这些妇女，还有其他部门的女工，和男子并肩工作，这在中国是很少见的。这一实验经过深思熟虑，结果也非常令人满意。在下班的时间，女工有比男子早离开五分钟的优先权。女工得到很好的报酬；根据她们的工作记录和岗位的重要性，她们得到一笔奖金，还留下一部分钱作为年老退休的职工的养老金和身故职工家庭的抚恤金。利润分享是制度的一部分，每个部门身居要职的人都是公司的股东。印书馆经营一个储蓄部，雇员的定期存款支付百分之九的年息，活期存款百分之八的年息。这据说鼓励了职工把钱存起来，以备不时之需。车间空间广阔，通风良好。工人的孩子可以得到从幼儿园到中学教育的福利。公司还为年轻职工办了一所夜校，并资助工人自己开办了一所有学校设备的自学俱乐部。公司还

---

① J．杜威：《中国及日本来信》。

② 《最近的工业问题》，《新青年》，第21页。

③ 《最近的工业问题》，《新青年》，第22页。

④ 商务印书馆1918年的年度报告。

为生病和在车间中受伤的职工办了一家小医院。医院里总是有一名护工，并有一位受过良好训练的医生来每天查房一次。这一诊所既对外界也对公司职工及其家属开放。公司保持了九小时工作制和星期天休息的制度，这在中国工厂中是很难得的。

在印刷部门中，女工在育儿期间不但可以保留她的职位，而且在分娩前后都可获得一个月的假期。在她离厂时，还可以得到额外的五美元，回厂时又可以得到五美元。在工厂里工作的母亲，可以在工作时间里面把吃奶的孩子带进来喂奶。一座种植着灌木、花卉，草坪上散布着座位的漂亮花园，是工人下班后悦人的憩息处。印书馆对待其工人的所有这些开明的方式，对其事业的巨大成功做出了很大的贡献。

中国的多数女工都未组成工会。但最近的一次制袜厂女工的罢工，①给罢工者带来了有利的结果，它给这些工业上的苦工上了基本的一课，即组织工会是斗争的必需武器。因此，在当地的报纸上首次出现了妇女行业工会招收新的会员或进行重组的公告。还可以顺便提一下的是她们从新的知识阶层得到的鼓励和道德上的支持也是值得赞赏的。因为妇女解放的问题正在从形而上的阶段向实际的阶段过渡，女工问题正成为知识圈中一个新鲜的、令人感兴趣的讨论话题。

前面的叙述已经说明，中国妇女如何在经济上对社会做出贡献。在我们结束这一题目之前，我们最好还是花一些篇幅来讨论一下一个贫穷的中国姑娘的命运。问题主要在三个阶段出现，即：杀害女婴、家庭奴役和卖淫。

读传教士写的关于中国的书，不可能不碰到描写和悲叹杀害女婴的非人做法的段落。有的甚至认为，这是中国的婴儿死亡率居高不下的主要原因。下面的引文，不过是他们变蚁垤为丘山的无数异想天开的叙述之一："人们皱着眉头，迎接一个女婴的到来。她受到人们鄙视和唾弃。她的襁褓可能就是葬衣，因为杀害婴儿在中国是常有的事。她的父亲可能把她丢进一座婴儿塔中，鸟儿会来到那里啄食她的皮肉。她也可能在附近的一条河中被水葬。她也可能被活埋在她出生的那间黑暗、肮脏的

---

① 《东方时报》，1920年5月25—29日。

房间的泥地里。”[①] 另外一个著名的传教士[②] 也作了类似的叙述，大意是他多次目睹残酷的父母把婴儿扔在垃圾堆上，饱家畜的馋吻。当然，很多人已经不再相信这种说法，因为许多访问过东方的旅行家驳斥了这种可耻的诽谤。

对那些理解传教士们的动机的人来说，他们的报告是不值得批评或驳斥的。另一方面，我们不想否认上述做法确实存在。确实有失去人性的人，在绝望的一刻，或为了掩盖不幸，会抛弃新生的婴儿；但这是任何一种形式的法律都加以惩罚的犯罪，在中国和在美国或欧洲一样常常受到惩处。贫穷和堕落总是导致相同的结果。据说父母的贫困是弃婴的原因。这种观点基本上是错误的；贫困的程度并没有人们描述的那么严重，而且有许多现存的措施保护儿童不致缺衣少食。首先，法律把杀害婴儿作为谋杀近亲来加以惩罚；除此之外，国家还资助公共的抚养弃婴的机构。[③] 另外还有私人创办的慈善机构，在那里弃婴可以得到收容和保护。这些机构不但有规定的目的，而且对带来弃婴或揭发杀害婴儿的情况的接生婆予以奖赏。

在城市里极少听到杀害婴儿的情况，那里生存的办法比在乡村要多得多。（实际上，可能除广东和福建以外，在其他省份“育婴堂”的机构几乎是不存在的。）但即便在乡村，还是存在着一些习俗，鼓励抚养儿童，尤其是女孩。在贫穷的农业地区，女孩经常在婚前就被带到订婚的家庭。她的母亲推卸了一项责任，而她的婆母也很愿意增加一个帮手。当她的丈夫达到一定年龄的时候，才举行正式的婚礼，允许他们同居。这有助于我们理解，一种习俗是如何从经济需要中产生的。

对贫穷父母来说，还有另外一种方法可以摆脱贫困，保护他们的女婴的生存；这就是把孩子卖给一个富有的家庭，在那里她会成为一名仆人。

娇贵的耳朵会受不了“卖”这个字眼，它似乎有一点奴隶制的色彩；但我们不应拘泥于字眼。被出售的儿童由购买他们的家庭抚养，并

① 莫纳布：《中国妇女》，第14—15页。
② 但尼特：《亚洲的民主化倾向》。
③ 见朱玉音博士所著的《中国的慈善精神》。

为其工作直到成年。这时她们会得到一笔嫁妆，然后结婚，并成为自由人。这些从购买的儿童成长起来的妇女可以得到作为母亲的一切权利，她们的出身并非污点。这种约定俗成的惯例帮助了众多的家庭，甚至增加了它们的人口。但我们不能不假责备地接受这种做法。显然，经济上的困窘迫使这些可怜的父母和他们的孩子分离。同样明显的是，只要穷人的命运不改善，尤其在农村——也就是说，只要这种做法的根本原因不消除——用法律手段取缔“儿童买卖”，不可避免地会引起比这种制度本身更不好的后果。自从民国建立以来，法律禁止这种习俗的延续，但只得到不严格的实施。

最后，中国并未摆脱几乎全世界都有的社会罪恶——卖淫，许多未谙世故的女子成为这一制度的牺牲品。总的来说，如杉俄博士（Dr. Sanger）所安全地推测的那样，贫穷是“这一罪恶的直接原因”，但这样来解释中国的情形还是太简单。

在老式的中国社群里面，家庭成员之间的相互义务得到充分的认可，因此妇女对职业训练或经济自立没有很大的需求。但在沿海省份和在大的商业城市，家庭制度正在很快地崩溃，个人的责任也没有如此清晰的确认。没有叔伯照顾的孤儿，找不到丈夫的姑娘，没有儿子或其他亲戚来供养的无依无靠的寡妇和被抛弃的妻子和小老婆，这种人在农村地区偶尔一见，但在城市和在改善的交通已引起旧制度发生巨大变化的那些农村地区，人数越来越多。在这一越来越大的妇女阶层中，百分之九十九是文盲，只知道做家务活，没有任何专业。即使在农村社区，家庭对仆佣的需求也不足以完全吸收她们。一般的中国妇女如果孤独无靠，只能在乞讨、卖淫和自杀之间作出选择。

那些年轻漂亮的很大一部分进了公共或私人的妓院。这些妇女不仅不能自立，因为她们没有机会也没有受过训练，而且她们很少认识到自立的必要性，因为传统让她们认为女人是附属物，她们根本不习惯负起管理自己的事务的责任。因为女人没什么可做，没什么适合她做；因为她对邪恶的命运分配给她的不幸作出如此无力的抵抗；最主要的是，过去提供给妇女几乎足够保护的社会制度正在崩溃，所以在中国的每个大商业中心，有组织的卖淫都发展到巨大的规模，而且极难控制。当一个民族几乎全部受经济传统驱使的时候，不管多少道德说教或立法都不能阻止这样一个趋势。

在一个老式的中国社区里面，和外国人的看法相反，所有阶层都是特别正经和禁欲的。人们对道德上的放纵极为憎恶，而且不知“卖淫”为何物。因此，可以想像一种高度有组织的罪恶的出现对这样的社区的一般道德水准造成的冲击。要救治在中国大的商业中心十分明显的普遍道德解体的强烈倾向，没有比教育和工作更有效的了。中国必须在所有社区都发展工业，这样才能提供给贫穷和文盲阶层的妇女诚实谋生的手段，并给越来越多的受过教育的中国妇女她们所需要的做职员和专业工作的机会。

结　论

我们现在准备总结一下中国妇女的现状。妇女解放运动在反裹脚的宣传中开端，在前面的一章中我们对后者进行了详细的讨论。一九一一年的革命使所有社会力量都行动起来。在我们的姐妹们看来它是一种挑战，要求她们承担起对社会所负的责任。对此她们作出了英勇的响应，并对全世界宣称，她们现在觉悟到了并决心完成她们的使命。因此，以一位一九〇七年在针对腐败的清政府的一次秘密计划中牺牲的女革命烈士所树立的榜样，不久即为许多人所效仿。在革命期间，数千名女子参加了“敢死队”的女兵队伍。许多在战争前线做红十字会的护士。她们经常遭到炮火袭击，有的人还受了伤。

在二十世纪，西方的妇女呼喊“妇女要有选择举权”；在十多个国家，包括保守主义的顽固堡垒英国，妇女现在有了政治权利。一九一二年，一部分中国妇女也呼喊“妇女要有选择举权”。一群要求妇女参政的女子入侵了中国一切进步的灯塔广东省的省议会，同样喧嚷着要求政治权利，这使得她们的欧美姐妹们感到高兴。

尽管这次令人惊讶的骚动只持续了九天，之后就悄无声息，最近妇女又重新增强了争取代表权的努力。一九二〇年二月底，受过现代教育的妇女在广东召开了一次群众大会，① 讨论如何争取这个省的男性领袖认可的这一权利。这次大会的结果是选出了一个有十一名成员的委员会，承担执行工作。还举行了更多的会议，来讨论如何争取国会中的位置的方法。这一运动由三类受过教育的妇女组成：基督教女青年会的成员和教会学校的毕业生，还有运动的骨干力量教师，她们的策略是妥协与和平的，最后是那些在一九一二年要求过议会代表权的妇女。这一运动的起因是广东目前正在制订宪法。她们要求新的宪法包含妇女的政治权利。

但这并非全部。中华民国今天的妇女致力于比政治自由更可称道的抱负。当然，如果由全国的国会自由投票，这一妇女渴望的特权或权利不会被拒绝，但发动一个支持它的全国性运动时机还不成熟。但解放中国妇女，使他们"晃摇篮"的双手，不是在议会里作为立法者，而是在其他同样有用的领域里，能够真正统治世界，发动这样的一个全国性运动，时机已经成熟。这正受到教育手段的有力推动——在最广泛意义上的教育。

从起源于"文学革命"，在"学生运动"中达到高潮的这一新的文艺复兴，或者如杜威教授② 所说的"思想觉醒"以来，解放妇女的问题得到了有力推动，并引起了新闻界，尤其是杂志上的热烈讨论。例如，几个月前开始出版的一家名叫《解放和重建》（Emancipation and Reconstruction）的半月刊，几乎在每一期上都讨论妇女解放的某个阶段。流行的月刊，如《文艺复兴》（Renaissance）和《青年中国联合会刊》（The Journal of Young China's Association），也突出了这一紧要的问题。后者曾出版过一期妇女专刊，登载中国妇女写作的文章。妇女本身也出版了一批期刊，其中《中国妇女杂志》（Chinese Ladies Journal）、《新女性》（The New Women）和《女性之声》（The Voice of Women）对公众的影响最大。

随着正在成长起来的一代中国妇女逐渐获得教育，可以预料的是她

---

① 《远东双周刊》，1920 年 2 月 14 日。

② 杜威教授写了许多关于"思想觉醒"和"学生运动"的文章，发表在《新共和》、《亚洲》等期刊上。

们争取解放的第一步会与爱情和婚姻有关——这些是她们极为感兴趣的问题。过去的“包办婚姻”，结婚的双方几乎毫无发言权，这种做法可能适合她们的祖先，但近五年来“自由恋爱”已几乎成了她们的战斗口号。听说过有姑娘为逃避旧的传统婚姻而自杀的。人们已逐渐习惯了旧式和新式婚姻的混合。父母们对孩子的环境变化并非一无所知，许多正明智地与改革运动合作。结果是今天的年轻人自己选择配偶，但在作出决定之前也咨询自己的父母。

翻译《中国妇女杂志》上面一篇题为《如何挑选丈夫》[1] 的文章的一部分，可能会有点意思，可以让我们看到现在的中国婚姻的风尚：

> 根据现代中国的习惯，儿子或女儿有权在婚姻上作出自己的选择，不受父母的干扰。数千年来，中国人遵守让父母选择配偶的习俗，而不是年轻人自己作出选择。这一坏的习俗经常造成不幸，因为父母很少关心年轻人之间爱的因素。自西风东渐，习俗已慢慢地发生变化。年轻恋人经常误用“自由结婚”这个名词，造成许多不道德的事件。
>
> 因为爱情必须是终生的，而且没有比爱情更优美的了，所以年轻人的婚姻不应取决于一时冲动。有必要仔细调查男子的习惯和性格，以避免订婚双方将来后悔。下面是中国妇女在选择丈夫时必须考虑的要点，我们把它们罗列出来，和正在寻找如意郎君的年轻姑娘们讨论：
>
> 一、相貌和知识。一个美人应该嫁一个受过良好教育、相貌英俊的丈夫。一个肥胖的女子应该找一个魁梧的夫君。既要判断男子的智力，也要判断他的性格，这样夫妻才能和谐。
>
> 二、年龄。最好的结婚年龄是 20 与 28 岁之间。找丈夫不能太老也不能太年轻。一般来说，丈夫应该大两到三岁。
>
> 三、职业。你未来的丈夫有独立的职业吗？他在做什么工作？他的收入足够他不靠父亲的财产，独立生活吗？

---

① 《中国妇女杂志》，1919 年 10 月。

四、产业。你未婚夫的房子有多大？是租的还是他自己的产业？他有没有存一些钱？他还有其他产业吗？他的财产应该和你家的相当。

五、亲戚。他的父母在世吗？他有兄弟姐妹吗？有几名仆人？他的父母喜欢他吗？他们是否干涉他做的一切事情？他跟他的兄弟姐妹或其他家庭成员的感情怎样？

六、健康。他健康吗？有任何遗传疾病吗？

七、生活。他过日子奢侈还是节俭？他抽烟、喝酒或赌博吗？他的收入有多少，怎么花？在支付各种开销以后，还有剩余吗？

八、脾气。他如何对待自己的朋友和仆人？这能够让你了解他的脾气。

九、品格。他对公共事务的意见如何？他有没有做过什么事情，使公众失去对他的尊敬？

十、其他调查。他生活和饮食习惯清洁吗？他的朋友又怎么样？

以以上几点可以通过面谈或通信来了解，也可以向他的邻居了解。如果他的道德是无懈可击的，那么可以订婚。这样你永远不会后悔你的行动。如果你嫁了一个不熟悉的丈夫，你们怎么能够相爱呢？这是非常重要的事情，所有年轻女子都应当考虑。不要不好意思去了解。这是一件极为重要的事情，因为它意味着你一生的幸福。

很难说妇女在多大程度上会照上面的忠告办，但可以确定的是她们正逐渐接受新的原则。老式的婚礼很复杂，而新式的结婚仪式是不张扬的。现代的新郎不仅穿西式的夜礼服或晨礼服，而且在举行仪式后新婚夫妇驾车去外地度蜜月，这和老式的令人生畏的婚宴形成了强烈的对比。

因此，西方的影响正在慢慢起作用。我们可能会问，今天的中国姑娘比她的母亲或祖母要更浪漫吗？确实如此。随着旧的束缚正在慢慢放松，她会坚持获得自己的权利。

年轻的一代一边争取男女同校，一边强烈要求社会改革。在过去，年轻人社交的欲望只是部分地得到了满足，因为聚会或会议总是排斥异性。即便在今天，青年男女只能找到很少的地方碰面，进行健康和有合适监护的社交。在这方面，有必要提一下基督教女青年会的工作人员，他们和基督教男青年会在促进这方面的改革上面进行了良好的合作。他们至少每周举行一次联合会议。以北京的基督教女青年会为例，下面的引文可以作为证据："青年会所在的开放庭院里男男女女人来人往，他们参与晚上的游戏和娱乐的热心，很好地预示着将来会有正常和足够的社交生活。"①

在争取求职自由方面，在前面的一章里我已经给出了足够的细节。简而言之，在上海和其他大城市里，由于外国雇主树立的榜样，工厂已经开始雇用女工。在一些社区里，女店员也已开始出现。但在内地，女人还只能做能在家里干的活，比如纺棉纱、编草绳。最近，妇女自己组织了协会，争取经济机会。其主要目的一方面是消除对妇女的传统偏见，给她们提供新的机遇，另一方面是使她们获得足够的知识和训练，以从事合适的职业。前途是有希望的，尽管要达到目的还需时间。

最近震动了全国的学生运动，是现代中国妇女在社区事务中承担起责任的最好例子。在几个学生会组织起了全国学生联合会以后，女学生们使自己的学生会成为全国学生联合会的会员。在天津召开的成立大会上，那里的第一女子师范学校的一位王小姐，因为群众的拥护而成为会议主席。据报道，她在发言中说："现状非常黑暗。有些人认为责任全在我们不开明的政府。小妹妹我认为，最不开明的是我们中国妇女。第一，我们裹脚；第二，我们的头脑都受到了桎梏；第三，我们是丈夫的仆佣和奴隶。今天，我们把女学生会和学生总会联系起来，也是在摆脱自古以来的束缚。"②

这是中国正在崛起的妇女的声音，她们不再隐居于深闺之中，而是走出门来，负起对公众的责任。一位女演说家说得很好："先贤教导我们服从父母，但民国是所有四万万人民的父母。在反对裹脚、蓄妾、家

---

① 《妇女地位的提高》，《远东评论》，1918年8月。
② 译自《新女性》，1919年10月。

庭奴役和其他社会改革的运动中，中国妇女正做着扎扎实实的工作。只有时间，才会显示出她们的影响的程度。”

参考书目

(1) 巴须福德，《解释中国》(Bashford, China: An Interpretation)。

(2) 伯顿，《中国妇女的教育》(Burton, The Education of Women in China)。

(3) 伯顿，《现代中国的杰出妇女》(Notable Women of Modern China)。

(4) 伯各斯，《中国妇女》(Boggs, Chinese Womanhood)。

(5) 中国传教团年鉴 (China Mission Year Books)。

(6)《中国的社会与经济状况》，美国政治学与社会学学院，1912 年 (China, Social and Economic Conditions, American Academy of Political and Social Science, 1912)。

(7) 塞西尔，《变化中的中国》(Cecil, Changing China)。

(8) 狄金森，《一位中国官员的来信》(Dickingson, Letters from a Chinese Official)。

(9) 但尼特，《亚洲的民主化趋势》(Dennet, Democratizing Tendency in Asia)。

(10) 杜威，《中国与日本来信》(Dewey, Letters from China and Japan)。

(11) 费博，《中国的著名女子》(Faber, Famous Women in China)。

(12) 贾尔斯，《中华文明》(Giles, The Civilization of China)。

(13) 古塞尔，《家庭》(Goodsell, The Family)。

(14) 赫德兰，《中国的家庭生活》(Headland, Home Life in China)。

(15) 赫德兰，《中国的新的一天》(Headland, The New Day of China)。

(16) 梁与陶，《中国的乡村生活》(Liang and Tao, Village Life in China)。

(17) 莫纳布，《中国妇女》（Monabb, Women in the Middle Kingdom）。

(18) 帕森斯，《家庭的人种学和历史学概述》（Parsons, The Family: An Ethnographical and Historical Outline）。

(19) 波特，《中国的非常时刻》（Pott, The Emergency in China）。

(20) 罗斯，《变化中的中国人》（Ross, The Changing Chinese）。

(21) 史密斯，《中国的乡村生活》（Smith, Village Life in China）。

(22) 魏纳，《中国人的中国》（Werner, China of the Chinese）。

(23) 魏纳，《中国的描述社会学》（Werner, Descriptive Sociology of the Chinese）。

(24) 威斯特马克，《人类婚姻史》（Westermarck, The History of Human Marriage）。

(25)《妇女问题》：爱伦·基，G·洛斯·狄金森等（The Woman Question: Ellen Key, G. Lowes Dickingson, etc.）。

杂　志

(1)《亚洲》(Asia)。

(2)《远东评论》(Far Eastern Review)。

(3)《远东共和》(The Far Eastern Republic)。

(4)《远东双周刊》(The Far East Fortnightly)。

(5)《米拉德评论》(Millard's Review)。

(6)《新青年》(La Jeunese, 中文)。

(7)《中国妇女杂志》(Chinese Ladies' Journal)。

(8)《新女性》(The New Women, 中文)。

(9) 其他中文参考材料。

一九二二年

徐志摩散文全编

A Collection of Prose of Xu Zhimo

PROSE

雨后虹[1]

我记得儿时在家塾中读书，最爱夏天的打阵。塾前是一个方形铺石的“天井”，其中有石砌的金鱼潭，周围杂生花草，几个积水的大缸，几盆应时的鲜花，——这是我们的“大花园”。南边的夏天下午，蒸热得厉害，全靠傍晚一阵雷雨，来驱散暑气。黄昏时满天星出，凉风透院，我常常袒胸跣足和姊嫂兄弟婢仆杂坐在门口“风头里”，随便谈笑，随便歌唱，算是绝大的快乐。但在白天不论天热得连气都转不过来，可怜的“读书官官”们，还是照常临帖习字，高喊着“黄鸟黄鸟”，“不亦说乎”；虽则手里一把大蒲扇，不住地扇动，满须满腋的汗，依旧蒸炉似透发，先生亦还是照常抽他的大烟，哼他的“清平乐府”。在这样烦溽的时候，对面四丈高白墙上的日影忽然隐息，清朗的天上忽然满布了乌云，花园里的水缸盆景，也沈静阇澹，仿佛等候什么重大的消息，书房里的光线也渐渐减淡，直到先生榻上那只烟灯，原来只像一磷鬼火，大放光明，

① 一九二二年八月六日作；载一九二三年七月二十一日、二十三日、二十四日上海《时事新报》副刊《学灯》；一九八八年一月陕西人民出版社《徐志摩研究资料》存目。采自《学灯》。

满屋子里的书桌，墙上的字画，天花板上挂的方玻璃灯，都像变了形，怪可怕的。突然一股尖劲的凉风，穿透了重闷的空气，从窗外吹进房来，吹得我们毛骨悚然，满身腻烦的汗，几乎结冰，这感觉又痛快又难过；但我们那时的注意，却不在身体上，而在这凶兆所预告的大变，我们新学得的什么：洪水泛滥、混沌、天翻地覆、皇天震怒；等等字句，立刻在我们小脑子的内库里跳了出来，益发引起孩子们：只望烟头起的本性。我们在这阴迷的时刻，往往相顾悍然，热性放开，大噪狂读，身子也狂摇得连坐椅都磔格作响。

同时沈闷的雷声，已经在屋顶发作，再过几分钟，只听得庭心里石板上劈拍有声，仿佛马蹄在那里踢踏；重复停了；又是一小阵沥淅；如此作了几次阵势，临了紧接着坍天破地的一个或是几个雳霹——我们孩子早把耳朵堵住——扁豆大的雨块，就狠命狂倒下来，屋溜屋檐，屋顶，墙角里的碎碗破铁罐，一齐同情地反响；楼上婢仆争收晒件的慌张咒笑声关窗声；间壁小孩的欢叫；雷声不住地震吼；天井里的鱼潭小缸，早已像煮沸的小壶，在那里狂流溢——我们很替可怜的金鱼们担忧；那几盆嫩好的鲜花，也不住地狂颤；阴沟也来不及收吸这汤汤的流水，石天井顷刻名副其实，水一直满出尺半了的阶沿，不好了！书房里的地平砖上都是水了！闪电像蛇似钻入室内，连先生肮脏的炕床都照得铄亮；有时外面厅梁上住家的燕子，也进我们书房来避难，东扑西投，情形又可怜又可笑。

在这一团和糟之中，我们孩子反应的心理，却并不简单。第一我们当然觉得好玩，这里品林嘭朗、那里也品林嘭朗，原来又炎热又乏味的下午忽然变得这样异乎寻常地闹热，小孩那一个不欢迎。第二，天空一打阵，大家起劲看，起劲关窗户，起劲听，当然写字的阁笔，念书的闭口，连先生（我们想）有时也觉得好玩！然而我记得我个人从前亲切的心理反应。仿佛猪八戒听得师父被女儿国招了亲，急着要散伙的心理。我希望那样半混沌的情形继续，电光永闪着，雨永倒着，水永没上阶沿，漏入室内，因此我们读书写字的责务也永远止歇！孩子们照例怕拘束，最爱自由，爱整天玩，最恨坐定读书，最厌这牢狱一般的书房——犹之猪八戒一腔野心，其实不愿意跟着穷师父取穷经整天只吃些穷斋。所以关入书房的孩子，没有一个心愿的，底里没有一个不想造反；就是思想没有连贯力，同时书房和牢房收敛野性的效力也逐渐进大，所以孩子们至多短期逃学，暗祝先生生瘟病，很少敢昌言从此不进书房的革命谈。但暑天的打阵，却符合了我们潜伏的希冀，俄顷之间，天地变色，书房变色，有时连先生亦变色，无怪这聚锢的叛儿，这勉强修行的猪八戒，感觉到十二分的畅快，甚至盼望天从此再不要清明，雷雨从此再不要休止！

我生平最纯粹可贵的教育是得之于自然界，田野，森林，山谷，湖，草地，是我的课室；云彩的变幻，晚霞的绚烂，星月的隐现，田里的麦浪是我的功课；瀑吼，松涛，鸟语，雷声是我的教师，我的官觉是他们忠谨的学生，爱教的弟子。

大部分生命的觉悟，只是耳目的觉悟；我整整过了二十多年含糊生活，疑视疑听疑嗅疑觉的一个生物！我记得我十三岁那年初次发现我的眼是近视，第一副眼镜配好的时候，天已昏黑，那时我在泥城桥附近和一个朋友走路，我把眼镜试带上去，仰头一望，异哉！好一个伟大蓝净不相熟的天，张着几千百只指光闪铄的神眼，一直穿过我眼镜眼睛直贯我灵府深处，我持永不得大声叫道，好天，今天才规复我眼睛的权利！

但眼镜虽好，只能助你看，而不能使你看；你若然不愿意来看，来认识，来享乐你的自然界，你就带十副二十副托立克、克立托也是无效！

我到今日才再能大声叫道，“好天，今日才知道使用我生命的权利!”

我不抱歉“叫”得迟，我只怕配准了眼镜不知道“看”。

我方才记起小时在私塾里夏天打阵的往迹，我现在想记我三日前冒阵待虹的经验。

猫最好看的情形，是在春天下午她从地毡上午寐醒来，回头还想伸懒腰，出去游玩，猛然看见五步之内，站着一只傲梗不参的野狗，她不禁大怒，把她二十个利爪一起尽性放开，搐紧在地毡上，把她的背无限地高控，像一个桥洞，尾巴旗杆似笔直竖起，满身的猫毛也满溢着她的义愤，她圆睁了她的黄睛，对准她的仇敌，从口鼻间哈出一声威吓。这是猫的怒，在旁边看她的人虽则很体谅她的发脾气，总觉得有趣可笑。我想我们站得远远地看人类的悲剧，有时也只觉得有趣可笑。我们在稳固的山楼上，看疾风暴雨，看牛羊牧童在雷震电飚中飞奔躲避，也只觉得有趣可笑。

笑，柏格森说，纯粹是智慧的，示深切的同情感兴，不能同时并存。所以我们需要领会悲剧或深的情感——不论是事实或表现在文字里的——的意义，最简捷的方法是将我们自身和经验的对象同化，开振我们的同情力来替他设身处地。你体会伟大情感的程度愈高，你了解人道的范围亦愈广。我们对待自然界我以为也是如此。我们爱寻常上原，不如我们爱高山大水，爱市河庸沼，不如流涧大瀑，爱白日广天，不如朝彩晚霞，爱细雨微风，不如疾雷迅雨。

简言之，我们也爱自然界情感奋切的际会，他所行动的情绪，当然也不是平常庸汽。

所以我十数年前私塾爱打阵，如今也还是爱打阵，不过这爱字意义不尽同就是。

有一天我正在房里看书，列兰（房东的小女孩，她每次见天象变迁总来报告我，我看见两个最富贵的落日，都是她的功劳）跑来说天快打阵了。我一看窗外果然完全矿灰色，一阵阵的灰在街心里卷起，路上的行人都急忙走着，天上已经叠好无数的雨饼，此等信号一动就下，我赶快穿了雨衣，外加我们的袍，戴上方帽，出门骑上自行车，飞快向我校背赶去。一路雨点已经雹块似抛下。河边满树开花的栗树，曼陀罗，紫丁香，一齐俯首觳觫，专待恣暴，但他们芬芳的呼吸，却彻浃重实的空气，似乎向孟浪的狂且，乞情求免。

我到校门的时候，满天几乎漆黑，雷声已动，门房迎着笑道："呀，你到得真巧，再过一分钟，你准让阵雨漫透！"我笑答道，"我正为要漫透来的！"

我一口气跑到河边，四围估量了一下，觉得还是桥上的地位最好，我就去靠在桥栏上老等，我头顶正是那株靠河最大的橘树，对面是棵柳树，从柳丝里望见先华亚学院的一角，和我们著名教堂的后背（King's Chapel）①；两树的中间，正对校友居（Fellows' Building）的大部，中隔着百码见方齐整匀净葱翠的草庭。这是在我的右边。从柳树的左手望见亭亭倩倩三环洞的先华亚桥，她的妙景，整整地印在平静的康河里，河左岸的牧场上，依旧有几匹马几条黄白花牛在那里吃草，啮啮有声，完全不理会天时的变迁，只晓得勤拂着马鬃牛尾，驱逐愈很的马蝇牛虫。此时天色虽则阴沈可怕，然我眼前绝美的一幅图画——绝色的建筑，庄严的寺角，绝色的绿草，绝色的河与桥，绝色的垂柳高桥〈橘〉——只是一片异样恬静，绝不露仓皇形色。草地上有三两只小雀，时常地跳跃；平常高唱好画者黑雀却都住了口，大约伏在巢里看光景，只远处偶然的鸦啼，散沙似从半天里撒下。

记得，桥上有我站着。

---

① King's Chapel：国王小教堂。

来了！雷雨都到了猖獗的程度，只听见自然界一体的喧哗；雷是鼓，雨落草地是沈溜的弦声，雨落水面是急珠走盘声，雨落柳上是疏郁的琴声，雨落桥栏是击草声。

西南角——牧场那一边我的左手，正对校友居——的云堆里，不时放射出电闪，穿过树林，仿佛好几条紧缠的金蛇掠过光景，一直打到教堂的颜色玻璃和校友居的青藤白石和凹屈别致的窗坡上，像几条铜扁担，同时打一块磨石大的火石，金花四射，光惊骇目。

雨忽注不休。云色虽稍开明，但四围都是雨激起的烟雾苍茫，克莱亚的一面几乎看不清楚。我仰庇掬〈橘〉老翁的高荫，身上并不大湿，但桥上的水，却分成几道泥沟，急冲下来，我站在两条泥沟的中间，所以鞋也没有透水。同时我很高兴发现离我十几码一棵大榆树底下，也有两个人站着，但他们分明是避雨，不是像我来看来经验打阵。他们在那里划火抽烟，想等过这阵急寐。

那边牧场方才不管天时变迁尽吃的朋友，此时也躲在场中间两枝榆树底下，马低着头，牛昂着头，在那里抱怨或是崇拜老天的变怒。

雨已经下了十几分钟，益发大了。雷电都已经休止，天色也更清明了。但我所仰庇的掬〈橘〉老翁，再也不能继续荫庇我，他老人家自己的胡髭，也支不住淋漓起来，结果是我浑身增加好几斤重量。有时作恶的水一直灌进我的领子，直溜到背上，寒透肌骨；桥栏也全没了；我脚下的干土，也已经渐次灭迹，几条泥沟，已经迸成一大股浑流，踊跃进行，我下体也增加了重量，连胫骨都湿了。到这个时候，初阵的新奇已经过去，满眼只是一体的雨色，满耳只是一体的雨声，满身只是一体的雨感觉，我独身——避雨那两位已逃入邻近的屋子里——在大雨里听淹，头上的方巾已成了湿巾，前后左右淋个不住，倒觉得无聊起来。

但我有希望，西天的云已经开解不少，露出夕阳的预兆，我想这雨一停一定有奇景出现——我于是立定主意与雨赌耐心。我向地上看，看无数的榆钱在急涡里乱转，还有几个不幸的虫蚁也葬身在这横流之中，我忽然想起道施滔奄夫斯基的一部小说里的一个设想，他说你若然发现你自己在一沧海中一块仅仅容足的拳石上，浪涛像狮虎似向你身上扑来，你在这完全绝望的境地，你还想不想活命？我又想起康赖特的《大风》，人和自然原质的决斗。我又想像我在西伯利亚大雪地，穿着皮裘，手拿牧杖，站在一大群绵羊中间。我想战阵是冒险，恋爱是更大的冒险，死是最大的冒险。我想起耶稣，魔鬼，薇纳司，福贺司德；我想飞出这雨圈，去踏在雨云的背上，看他们工作。我想……半点钟已过，我心海里至少涌起了几万种幻想，但雨还是倒个不住。

又过了足足十分钟，雨势方才收敛。满林的鸟雀都出了家门，使劲的欢呼高唱；此时云彩很别致，东中北三路，还是满布着厚云，并且极低，似乎紧罩在教堂的H形尖阁上，但颜色已从乌黑转入青灰，西南隅的云已经开张了一只大口，从月牙形的云絮背后冲射出一海的明霞，仿佛菩萨背后的万道佛光，这精悍的烈焰，和方才初雨时的电闪一样，直照在教堂和校友居的上楼，将一带白玻璃窗尽数打成纯粹的黄金，教堂颜色玻璃窗上的反射更为强烈，那些画中人物都像穿扮整齐，在金河里游泳跳舞。妙处尤在这些高宇的后背及顶头，只是一片深青，越显得西天云罅月漏的精神，彩焰奔腾的气象。

未雨之先，万象都只是静，现在雨一过，风又敛迹，天上虽在那里变化，地上还是一体的静；就是阵前的静，是空气空实的现象，是严肃的静，这静是大动大变的符号先声，是火山将炸裂前的静；阵雨后的静不同，空气里的浊质，已经澈底洗净，草青树绿经过了恐怖，重复清新自喜，益发笑容可掬，四围的水气雾意也完全灭迹，这静是清的静，是平静，和悦安舒的静。在这静里，流利的鸟语，益发调新韵切，宛似金匙击玉磬，清脆无比。我对此自然从大力里产出的美，从剧变里透出的和谐，从纷乱中转出的恬静，从暴怒中映出的微笑，从迅奋里结成的安闲，只觉得胸头塞满——喜悦惊讶，爱好，崇拜，感奋的情绪，满身神经都感受强烈痛快的震撼，两眼火热地蓄泪欲流，声音肢体愿随身旁的飞禽歌舞；同时，我自顶至踵完全湿透浸透，方巾上还不住地滴水，假如有人见我，一定疑心我落了水，但我那时绝对不觉得体外的冷，只觉得体内高乐的热。(我也没有受寒。)

我正注目看西方渐次扫荡满天云锢的太阳，偶然转过身来，不禁失声惊叫。原来从校友居的正中起直到河的左岸，已经筑起一条鲜明五彩的虹桥！

八月六日

印度洋上的秋思[①]

昨夜中秋。黄昏时西天挂下一大帘的云母屏，掩住了落日的光潮，将海天一体化成暗蓝色，寂静得如黑衣尼在圣座前默祷。过了一刻，即听得船梢布篷上悉悉索索啜泣起来，低压的云夹着迷濛的雨色，将海线逼得像湖一般窄，沿边的黑影，也辨认不出是山是云，但涕泪的痕迹，却满布在空中水上。

又是一番秋意！那雨声在急骤之中，有零落萧疏的况味，连着阴沉的气氲，只是在我灵魂的耳畔私语道："秋！"我原来无欢的心境，抵御不住那样温婉的浸润，也就开放了春夏间所积受的秋思，和此时外来的怨艾构合，产出一个弱的婴儿——"愁"。

天色早已沈黑，雨也已休止。但方才啜泣的云，还疏松地幕在天空，只露着些惨白的微光，预告明月已经装束齐整，专等开幕。同时船烟正在莽莽苍苍地吞吐，筑成一座蟒鳞的长桥，直联及西天尽处，和船轮泛出的一流翠波白沫，上下对

① 一九二二年十月六日作；载一九二二年十二月二十九日《晨报副刊》，署名志摩；初收一九八〇年台湾时报文化出版事业有限公司《徐志摩诗文补遗》。采自《晨报副刊》。

照，留恋西来的踪迹。

北天云幕豁处，一颗鲜翠的明星，喜孜孜地先来问探消息，像新嫁媳的侍婢，也穿扮得遍体光艳。但新娘依然姗姗未出。

我小的时候，每于中秋夜，呆坐在楼窗外等看“月华”。若然天上有云雾缭绕，我就替“亮晶晶的月亮”担忧，若然见了鱼鳞似的云彩，我的小心就欣欣怡悦，默祷着月儿快些开花，因为我常听人说只要有“瓦楞”云，就有月华；但在月光放彩以前，我母亲早已逼我去上床，所以月华只是我脑筋里一个不曾实现的想像，直到如今。

现在天上砌满了瓦楞云彩，霎时间引起了我早年许多有趣的记忆——但我的纯洁的童心，如今那里去了！

月光有一种神秘的引力。她能使海波咆哮，她能使悲绪生潮。月下的喟息可以结聚成山，月下的情泪可以培畤百亩的畹兰，千茎的紫琳耿。我疑悲哀是人类先天的遗传，否则，何以我们儿年不知悲感的时期，有时对着一泻的清辉，也往往凄心滴泪呢？

但我今夜却不曾流泪。不是无泪可滴，也不是文明教育将我最纯洁的本能锄净，却为是感觉了神圣的悲哀，将我理解的好奇心激动，想学契古特白登来解剖这神秘的“眸冷骨累”。冷的智永远是热的情的死仇。他们不能相容的。

但在这样浪漫的月夜，要来练习冷酷的分析，似乎不近人情，所以我的心机一转，重复将锋快的智刃剧起，让沈醉的情泪自然流转，听他产生什么音乐，让绻缱的诗魂漫自低回，看他寻出什么梦境。

明月正在云岩中间，周围有一圈黄色的彩晕，一阵阵的轻霭，在她面前扯过。海上几百道起伏的银沟，一齐在微叱凄其的音节，此外不受清辉的波域，在暗中愤愤涨落，不知是怨是慕。

我一面将自己一部分的情感，看入自然界的现象，一面拿着纸笔，痴望着月彩，想从她明洁的辉光里，看出今夜地面上秋思的痕迹，希冀他们在我心里，凝成高洁情绪的菁华。因为她光明的捷足，今夜遍走天涯，人间的恩怨，那一件不经过她的慧眼呢?

印度的Ganges[①]（埂奇）河边有一座小村落，村外一个榕绒密绣的湖边，坐着一对情醉的男女，他们中间草地上放着一尊古铜香炉，烧着上品的水息，那温柔婉恋的烟篆，沈馥香浓的热气，便是他们爱感的象征——月光从云端里轻俯下来，在那女子胸前的珠串上，水息的烟尾上，印下一个慈吻，微哂，重复登上她的云艇，上前驶去。

一家别院的楼上，窗帘不曾放下，几枝肥满的桐叶正在玻璃上摇曳斗趣，月光窥见了窗内一张小蚊床上紫纱帐里，安眠着一个安琪儿似的小孩，她轻轻挨进身去，在他温软的眼睫上，嫩桃似的腮上，抚摩了一会。又将她银色的纤指，理齐了他脐圆的额发，霭然微哂着，又回她的云海去了。

一个失望的诗人，坐在河边一块石头上，满面写着幽郁的神情，他爱人的倩影，在他胸中像河水似的流动，他又不能在失望的渣滓里榨出些微甘液，他张开两手，仰着头，让大慈大悲的月光，那时正在过路，洗沐他泪腺湿肿的眼眶，他似乎感觉到清心的安慰，立即摸出一管笔，在白衣襟上写道：

“月光，

你是失望儿的乳娘!”

面海一座柴屋的窗棂里，望得见屋里的内容：一张小桌上

---

① Ganges：今译恒河。

放着半块面包和几条冷肉，晚餐的剩余。窗前几上开着一本家用的《圣经》，炉架上两座点着的烛台，不住地在流泪，旁边坐着一个绉面驮腰的老妇人，两眼半闭不闭地落在伏在她膝上悲泣的一个少妇，她的长裙散在地板上像一只大花蝶。老妇人掉头向窗外望，只见远远海涛起伏，和慈祥的月光在拥抱密吻，她叹了声气向着斜照在《圣经》上的月彩嗫道：

“真绝望了！真绝望了！”

她独自在她精雅的书室里，把灯火一齐熄了，倚在窗口一架藤椅上，月光从东墙肩上斜泻下去，笼住她的全身，在花瓶上幻出一个窈窕的倩影，她两根垂辫的发梢，她微澹的媚唇，和庭前几茎高峙的玉兰花，都在静秘的月色中微颤，她加她的呼吸，吐出一股幽香，不但邻近的花草，连月儿闻了，也禁不住迷醉，她腮边天然的妙涡，已有好几日不圆满：她瘦损了。但她在想什么呢？月光，你能否将我的梦魂带去，放在离她三五尺的玉兰花枝上。

威尔斯西境一座矿床附近，有三个工人，口衔着笨重的烟斗，在月光中闲坐。他们所能想到的话都已讲完，但这异样的月彩，在他们对面的松林，左首的溪水上，平添了不可言语比说的妩媚，惟有他们工余倦极的眼珠不阖，彼此不约而同今晚较往常多抽了两斗的烟，但他们矿火熏黑，煤块擦黑的面容，表示他们心灵的薄弱，在享乐烟斗以外；虽经秋月溪声的戟刺，也不能有精美情绪之反感。等月影移西一些，他们默默地扑出了一斗灰，起身进屋，各自登床睡去。月光从屋背飘眼望进去，只见他们都已睡熟；他们即使有梦，也无非矿内矿外的景色！

月光渡过了爱尔兰海峡，爬上海尔佛林的高峰，正对着静默的红潭。潭水凝定得像一大块冰，铁青色。四围斜坦的小峰，全都满铺着蟹青和蛋白色的岩片碎石，一株矮树都没有。沿潭间有些丛草，那全体形势，正像一大青碗，现在满盛了清洁的月辉，静极了，草里不闻虫吟，水里不闻鱼跃；只有石缝里潜涧沥淅之声，断续地作响，仿佛一座大教堂里点着一星小火，益发对照出静穆宁寂的境界，月儿在铁色的潭面上，倦倚了半晌，重复扱起她的银泻，过山去了。

昨天船离了新加坡以后，方向从正东改为东北，所以前几天的船梢正对落日，此后“晚霞的工厂”渐渐移到我们船向的左手来了。

昨夜吃过晚饭上甲板的时候，船右一海银波，在犀利之中涵有幽秘的彩色，凄清的表情，引起了我的凝视。那放银光的圆球正挂在你头上，如其起靠着船头仰望。她今夜并不十分鲜艳；她精圆的芳容上似乎轻笼着一层藕灰色的薄纱；轻漾着一种悲喟的音调；轻染着几痕泪化的露霭。她并不十分鲜艳，然而她素洁温柔的光线中，犹之少女浅蓝妙眼的斜瞟；犹之春阳融解在山颠白云反映的嫩色，含有不可解的迷力，媚态，世间凡具有感觉性的人，只要承沐着她的清辉，就发生也是不可理解的反应，引起隐复的内心境界的紧张，——像琴弦一样，——人生最微妙的情绪，戟震生命所蕴藏高洁名贵创现的冲动。有时在心理状态之前，或于同时，撼动躯体的组织，使感觉血液中突起冰流之冰流，嗅神经难禁之酸辛，内藏汹涌之跳动，泪腺之骤热与润湿。那就是秋月兴起的秋思——愁。

昨晚的月色就是秋思的泉源，岂止，直是悲哀幽骚悱怨沈郁的象征，是季候运转的伟剧中最神秘亦最自然的一幕，诗艺界最凄凉亦最微妙的一个消息。

今夜月明人尽望，不知秋思在谁家。

中国字形具有一种独一的妩媚，有几个字的结构，我看来纯是艺术家的匠心：这也是我们国粹之尤粹者之一。譬如

“秋”字，已经是一个极美的字形；“愁”字更是文字史上有数的杰作：有石开湖晕，风扫松针的妙处，这一群点画的配置，简直经过柯罗的书篆，米佗朗其罗的雕圭，Chopin[①] 的神感；像——用一个科学的比喻——原子的结构，将旋转宇宙的大力收缩成一个无形无纵的电核；这十三笔造成的象征，似乎是宇宙和人生悲惨的现象和经验，吒喟和涕泪，所凝成最纯粹精密的结晶，满充了催迷的秘力。你若然有高蒂闲（Gautier）[②] 异超的知感性，定然可以梦到，愁字变形为秋霞黯绿色的通明宝玉，若用银槌轻击之，当吐银色的幽咽电蛇似腾入云天。

我并不是为寻秋意而看月，更不是为觅新愁而访秋月；蓄意沈浸于悲哀的生活，是丹德所不许的。我盖见月而感秋色，因秋窗而拈新愁：人是一簇脆弱而富于反射性的神经！

我重复回到现实的景色，轻裹在云锦之中的秋月，像一个遍体蒙纱的女郎，她那团圆清朗的外貌像新娘，但同时她幂弦的颜色，那是藕灰，她踟躇的行踵，掩泣的痕迹，又使人疑是送丧的丽姝。所以我曾说：

“秋月呀！

我不盼望你团圆。”

这是秋月的特色，不论她是悬在落日残照边的新镰，与“黄昏晓”竞艳的眉钩，中宵斗没西陲的金碗，星云参差间的银床，以至一轮腴满的中秋，不论盈昃高下，总在原来澄爽明秋之中，遍洒着一种我只能称之为“悲哀的轻霭”，和“传愁的以太”。即使你原来无愁，见此也禁不得沾染那“灰色的音

---

① Chopin：今译肖邦（1810—1849），波兰作曲家、钢琴家，1831 年后定居法国，其音乐灵感源于自己和波兰的悲剧性经历，兼具浪漫气质和古典法度。

② Gautier：今译戈蒂埃（1811—1872），法国诗人、小说家、评论家、新闻记者，早期参与浪漫主义运动，后在长篇小说《莫班小姐》的前言中首先提出“为艺术而艺术”的唯美主义主张。另有诗集《珐琅与玉雕》等。

调”，渐渐兴感起来!

秋月呀!

谁禁得起银指尖儿

浪漫地搔爬呵!

不信但看那一海的轻涛，可不是禁不住她玉指的抚摩，在那里低徊饮泣呢! 就是那

无聊的云烟，

秋月的美满，

熏暖了飘心冷眼，

也清冷地穿上了轻缟的衣裳，

来参与这

美满的婚姻和丧礼。

十月六日

徐志摩张幼仪离婚通告[①]

目前情况，离姻的结果，还不见女的方面缺亏。男子再娶绝对不成问题；女子再嫁的机会，即使有总不平等。固然，我们同时应该打破男必娶女必嫁的谬见，但不平等的现象依然存在。这非但这女子不解放，也是男子未尽解放的证据。我们希望大家努力从理性方面进行，扫除陋习迷信，实现男女平权的理想。

（六）我们不知不觉已经说上一大串，但家庭方面总不应得略过不问，实际上家庭是个极重大的原则。“极重大”是一定要牵连到的意思，并不是离婚不经过家庭就不成功，好像没有糯米裹不成粽子，没有豆板做不成豆腐。只要当事人同意负责，婚姻离合的原素就完全。固然能得到家庭同意最好，但非必要。如其当事人愿意离婚而第三者的家庭有异议，这一定是误解，迟早讲得明白。若说反对更是笑话。屋子里失火，子女

---

① 载一九二二年十一月六日、八日《新浙江报·新朋友》；一九八八年一月陕西人民出版社《徐志摩研究资料》存目。采自一九九五年八月上海书店《徐志摩全集》第八册，仅一九二二年十一月八日刊载的后半篇，据该全集编者说，六日的报纸未找到。

当然逃命，住在城外的父母说不行，你们未得家庭同意，如何擅敢逃命，这不是开玩笑吗！解除辱没人格的婚姻，是逃灵魂的命，爱子女的父母，岂有故意把他们的出路堵住之理，并且他们也决计堵不住。但离婚没有朋友绝交的简单，往往有具体清算的必要，则如财产子女，□□地要商榷家庭了。旧式制度使然，但事实清理是理性的事务，只要命题合理，总有答数算出来。我们应该研究的是，老辈也有老辈的是，如何可以使得旧社会的家长了解新时代的精神，免去无谓的冲突，酿成不愉快的结局。你我有你我的意见，老辈也有老辈的意见，疏通是我们的责任。要使他们了解我们，我们也得了解他们。同情产生同情，误解反应误解。顽固无可理喻！家庭革命的呼声常常听见，我们青年就犯一个嗜好，不是完全健康的嗜好——浪漫主义。家庭革命四个字是染透了浪漫色彩的，我们不是为革命而革命，我们对家长说的话很简单，我们说：你们父母是最怜爱我们子女，我们的幸福就是你们的幸福，我们的痛苦就是你们的痛苦，以往的是非不提，谁也不必抱怨谁，现在我们觉悟——我们已经自动，挣脱了黑暗的地狱，已经解散烦恼的绳结，已经恢复了自由和独立人格，现在含笑来报告你们这可喜的消息，请你们参与我们的欢畅。慈爱、同情永远是人道的经纬，理性是南针。我们想果然当事人能像我们一样，欢欢喜喜的同时解除婚约，有理性的父母决不会不赞成，除非真是父母根本不爱儿女，愿意他们痛苦，不愿他们救度。我们相信这样异乎寻常的父母，世上不多，若然当事人不幸而逢到真正异乎寻常的家长，那时要有革命行为发生，谁是谁非就不辨自明。

我们要说的话还很多，但这不是做大文章的地方，我们很盼望再有机会讨论这个重要问题。我们相信道德的勇敢是这新时期的精神，人道是革新的标准。

罗素与中国[①]

——读罗素著《中国问题》

罗素去年回到伦敦以后，他的口液几乎为颂美中国消尽，他的门限也几乎为中国学生踏穿。他对我们真挚的情感，深刻的了解，彻底的同情，都可以很容易从他一提到中国奋烈的目睛和欣快的表情中看出。他有一次在乡下几于和卫伯（Sidney Webb）[②] 夫妇吵起嘴来，因为他们一对十余年来只是盲目地崇拜日本，蔑视中国。他对人说他很愿意舍弃欧洲物质上舒服的高等生活，到中国来做一个穿青布衫种田的农人。他说中国虽遭天灾人患，其实人民生活之快乐直非欧洲人所能想像。他说中国的青年是全世界意志最勇猛，解放最彻底，前途最无限的青年；他确信中国文艺复兴不久就有大成功。然而他也知道我

① 一九二二年十一月十七日作；载一九二二年十二月三日《晨报副刊》；初收一九八〇年台湾时报文化出版事业有限公司《徐志摩诗文补遗》。采自《晨报副刊》。

② Sidney Webb：今译锡德尼·韦布（1859—1947），英国经济学家、社会史学家，费边社会主义的倡导者之一。妻比阿特丽丝·韦布（Beatrice Webb，1858—1943），英国费边社会主义者、社会活动家。俩人合著多本著作，有《工联主义史》、《工业民主主义》和《英国地方政府》等。

们的危险。他在英国每次发言，总告诫人说最美最高尚最优闲的中国文化，现在正在危险中，有于不知不觉中，变化为最俗最陋最匆促的青年会文化之倾向：他说现在耶稣教在中国的魔力，就蕴在青年会的冷水浴和哑铃操里面。太平洋那边吹过来的风，虽则似乎温和，却是充满了硝酸的化力。我离伦敦前接到他从瑞士来的电报，要我到巴黎去会他，后来彼此还是莫有会成，但他寄来送我一本他的新书《中国问题》，叫我到国内来传布他的意见，我答应回来温习过自己的社会人民以后，替他做一篇书评。如今我回国已有一月，文章还不曾做出，现在我姑且先用中文来传达他书里的一番厚意，好让爱敬罗素的诸君，知道我们得了一个真正知心多情的朋友在海外哩。

罗素这本书，在中西文化交融的经程中，确实地新立了一块界石。他是真了解真爱惜中国文化的一个人，说的话都是同情化的正确见解，不比得传教士的隔着靴子搔痒，或是巡捕房头目的蹲在木堆里钓鱼。他唯其了解，所以明白我国过去文化的价值，和将来发展的方向；唯其爱惜，所以不厌回复地警告欧人不要横加干涉，责备日本不应故意蹂躏，隐讽美国不要用喜笑的脸温存的手，来丑变低化我们的遗产。他开头就说在中国的三大问题——政治，经济，文化——中关于全人类和中国自身最重要的是文化问题；只要这个问题解决的满意，不论政治经济化成如何样式，他都不在乎了。他说中国好比一个美术家的国，有美术家的好处也有他的坏处，但这好处是有益于人的，坏处只报应在他自身。他就问一个重要的问题，他问如此说来，全世界是否应得设法保全他的好处呢，还是逼迫他去学欧洲的坏样子，专做损人不利己的事业呢？他再问果然有一日中国有力量，即以其人之道还诸其人之身，来对付东西洋人，那时全世界又成何面目呢？

罗素知道老大帝国黄脸病夫的实力和潜伏的能力，所以他最怕他被逼迫而走最没出息的武力主义那条路。此点他书里屡屡提及，他最近在米郎的一个平和会里又说同样的话。我们固然很感觉东西两面急急锋的压迫，固然有铤而走险的倾向，但我们可以告慰知爱我们的罗先生，中国国民不到走头〈投〉无路的时刻，决不会去效法野蛮人的行为，同类自残的下策。

所以罗素注意的，是文化，是民族创造精神的表现，不是物质的组织，盲目的发展。他说我不管旁的，我只管知识，美术，本能的快乐，友谊和感情。他接着解释知识也不是呆板的事实，堆积的工夫，艺术也不仅是美术家手里做出来的物件。他所谓美术直包及俄国的村农，中国的苦力，他们似乎有一种不自觉的努力去寻赏真美。那种产生民歌的冲动，曾在清教徒时期前盛行，如今只可向村舍前农园后访去了。本能的快乐，就是单纯生活的幸福，欧美人原来干净的人道全教工业的烟煤熏黑，原来活的泉源全教笨重的钞票塞住。他告我说他见湖南的种田人，杭州的车轿夫，他们那样欢欢喜喜做工过日，张开口就笑，一笑就满头满面满心的笑，他几乎滴下泪来，因为那样轻爽自然的生活，轻爽自然的笑容，在欧美差不多已经灭迹了，欧美人所最崇拜的，只是进步与速率，中国人根本就莫有知道这会事。他们靠了进步与速率，得到了力与钱，也造成了现在惴惴不可终日的西方文明；中国人终是慢吞吞地不进不退，却反享受了几千年平安有趣的生活。

他说让中国人管他们自己的事，不要干涉，他们自会得在百十年间吸收外来他们所需要的原素，或成一个兼具东西文明美质的一个好东西。他只怕两个方向：他怕中国变成个物质文明的私生子，丧尽原有的体面；他又怕中国变成守旧的武力国。

他说欧战使欧洲觉悟自己文明的漏洞，游俄游中的经验使得他相信这两个国家可以指示欧洲人那里是漏洞，怎样的补法。他说中国人的生活习惯若然大家都采用，全世界就会快活享福。欧美人的生活刚正是反面，他们只要奋斗，变动，不足，破坏。物质文明的尾巴已经大得掉不过来，除了到安定的东方来请教，恐竟没有法子防止灭亡。下面容我节译一段他在一九二〇年的夏天，跟著英国工党的代表团，到俄国去观察，正当鲍尔雪微克想用全力来根本改造俄民的习惯，想把原来有亚洲气息的俄民，改赶入纯粹机械性质的生活。他那时正在鄂尔迦（Volga）[①] 河中：

吾舟驶于鄂河，日复一日，经一荒凉诡异之乡。舟中人皆嚣杂，欣忭，好争持，善为捷易之说理，喜以巧言释百业，咸谓天下宜无事不可解，诚能如其言为政，则人事之利害可铢铢而算，人类之进向可节节而定也。有一人病且死，斗弱斗恐、斗健康者之漠视甚力，而同舟人之辩之争，之琐笑，之扬声求爱，喧逐，几如雷动，夜以继日，曾不念病苦者之难堪。舟以外，鄂河之波，鄂河之岸，皆静如死，诡如天。愿此静秘，舟中人莫或有暇以听察焉；余独内感不宁，断不能寄心耳于诡辩者之辩，与通事实者无尽藏之事实。一日，既迟暮，吾舟泊于一荒落之所，杳不见房屋，但有沙堤长亘，其背则白杨成列，明月升焉。余默然登岸，行沙中不远，而见一人类之奇集，似古游民，盖来自灾荒之极域，家族麇聚，绕以家用杂具，有立者，有卧者，有悄然积小枝作火者。火成焰发，照人面历历，皆髯节蓬生，男子野鲁北耐，妇人粗陋，童子亦严肃迟重，如其亲。其为人也无疑，愿求习于猫于犬于马，宜若易于是族之男妇童子。我知彼等必且竣息于此荒凉之

① Volga：今译伏尔加河，俄罗斯西部的一条大河。

域，日焉月焉，以冀船来载去传闻天人不尽吝酷之乡；然其闻之确否，又谁得而知之。将有死于途运者，若饥与渴，日中之炎热，则殆莫或能免，然即其茹苦，犹噤不呻。余观览之余，不禁兴感，念是殆庞俄魂灵之征识，默不能自吐，力挫于失望，彷徨转侧，西欧犹且翘然自分党别，或进而争，或退而处，熟视此无告者若无睹焉。俄之体大，间有能者，亦如蚪碛之于广漠，不可得而识。彼硁硁于主义者，方且强柳杞以为杯棬，将屈人类原始之本能，为学理之试验；然余窃不敢信幸福之可以工业主义与强迫劳役钳刺而致也。

然及晨曦之复转，而舟中之哓哓于唯物史观及共和政体之得失者犹然如故，余亦口耳其间，不复自省。与余辩者未尝见岸上游弋之灾民，即见之亦且类之于砂石草木，以其穷野不可训，非社会主义福音之所宜及也。然彼民宁忍之静默，既深入于余心，辨虽亟，论虽便习，而寂寞难言之思，犹耿耿于中焉久之。卒之余奋然自谓政治者魔实趣使之，强者黠者承其意以刑楚羸弱之民族，为利，为权力，为主义，其害则均。吾舟犹前进不息，日侵饥民之余粮，仰庇于军士，则饥者之子也；受之惠如此，我不知且何以报之。

鄂水风来，鄂水波动而居民愁惨之歌，白拉拉加之音，萧然缭绕吾舟，此景不可忘已。声之来，与俄土荒伟之静默俱，止于余心而为不可解之问，不可苏之隐痛，东人乐生之色，于焉黯矣。

此方余来向中国以求新望，心境盖如此。

上面这一段话，文情兼至，实在太好了，令我不忍不翻，而翻之结果，竟成了几于古文调子。罗素是现代最莹澈的一块理智结晶，而离了他的名学数理，又是一团火热的情感，再加之抗世无畏道德的勇敢，实在是一个可作榜样的伟大人格，古今所罕有的。你看那段文中——其实是首好诗——他从鄂尔迦河荒野的静穆里从月夜难民宿处的沈默里感觉到西方物质生活之浅狭，感觉到科学知识所窥测之浅狭，他原来灵敏的感觉，更从这伟大消息的分光镜里，翻成无数的彩色；连风里传来俄民的乐音，也在他心里产生了一种可怖责问的隐痛——这是何等境界哟！他见了中国不失天真的生活，仿佛在海洋里遭风的船，盼到了个停泊的所在，他那时滴下来的泪，迸出来的热泪，才是替欧洲文明清还宿欠呢！

在这里就有人说：他原来是对欧洲文明的反动，他的崇拜中国，多半是感情作用，处处言过其实，并且他在中国日子很少，如何会得了解。不错，是反动；但他所厌恶的，却并非欧化的全体——那便成了意气作用——而是工业文明资本制度所产生的恶现象；他的崇拜中国，也并非因为中国刚巧是欧化的反面，而的确是由贯刺的理智和真挚的情感，交互而产生的一种真纯信仰，对于种种文明文化背后的生命自身更真确的觉悟与认识。我现在敢说这话，因为我自己也是过来人；我当初何尝不疑心他是感情的反动，借东方来发泄他自己的牢骚，但我此次回来看了印度人和中国人的生活，从对照里看出欧美生活之伪之浮之险，不由得我不信罗素感情之真切。我们千万不要单凭着生长在中国的事实，就自以为对于中国当然有正确的见解。大多数人连他自己都不认识，何况生活本体呢！至于那班青年会脑筋的论调，尤其在门外的门外了。

但罗素虽则从游俄国游中国感觉到人类的运命，生活的消息，人道的范围，他却并莫有十分明了中国文化及生活何以会形成现在这个样子。他第一就不了解孔子的影响，他书里老实说他对于繁文缛节的孔子莫有多大感情；第二他以为中国的好处，老庄很负责任，他就很想利用老庄来补添他原有无治主义倾向的思想（他书开篇就引庄子浑沌凿七窍而死的话）。虽他不知道中国人生活之所以能乐天自然，气概之所以宏大，不趋极端好平和的精神，完全还是孔子一家的思想，而老庄之影响于思想惯习，其实是不可为训。

在“中国人的品格”那一章里，他又说起中国人的三大毛病，一贪，二忍，三懦。这三点刚巧是智仁勇的反面，却是孔家理想生活不实现的一个证据。现在我国正当文艺复兴，我们要知道罗素先生正在伸长了头颈，盼望我们新青年的潮流中，涌出无量数理想的人格，来创造新中华的文明的哩！他说我们只要有真领袖，看清楚新文化方向，想像到所要的新文化的模样，一致向创造方面努力，种种芝麻零碎什么政治经济的困难就都绝对不成问题。我们要知道盲目的改良政治危险；盲目的发展工商危险；盲目的发展教育也是危险：我们千万不要拿造成文化的大事业，托付在有善意而无理想力的先生们手里！

十一月十七日南京成贤学舍

ART AND LIFE①

One can speak neither of art nor of life without drawing, first of all, an indictment and one can't be too vehement at it — against the prevailing social conditions to which we are all of us compelled to adapt ourselves. If the materialistic West is a civilization without a heart as we are accustomed to regard it nowadays, ours, on the other hand, is one without a soul, or at any rate with no consciousness of its ever having one. If the Westerners are being dragged along by their own machinery of efficiency, all bustle and hustle, to nobody knows whither, my almost brutal imagery of the society we know, would be a deadly stagnant pool of water, dark with mud and noisy with base insects and worms swarming over and about it, it smacks all but of decay and lifelessness. Indeed it would not require an extreme cynic to

① 这是作者一九二二年秋末在清华大学讲演的英文稿；载一九二三年五月一日《创造季刊》第二卷第一期，署名徐志摩（英文）；文末有成仿吾写的附记。英文稿初收一九八〇年台湾时报文化出版事业有限公司《徐志摩诗文补遗》，中文译稿初收一九八八年一月陕西人民出版社《徐志摩研究资料》，虞建华、邵华强译。英文稿采自《创造季刊》，成仿吾的附记附后。

aver, that, here in China, one finds a magnificent nation of physical weaklings, intellectual invalids, moral cowards and withal, spiritual paupers. In a community, like ours, where one experiences but extremely rarely, if indeed ever, thrills of music, excitements of the intellect, delights and sorrows of worthy love, or raptures of religious and aesthetic moments where idealism of any kind is not only unacceptable, but doomed to be misunderstood and laughed to scorn should ever any such appear, one possesses a body without a soul joined to it or is, as the poet Shelly would say, spiritually dead.

Now let us look around and see what happened with our arts — music, painting, poetry, sculpture, drama, architecture, and dance. We had a great period of sculpture in Wei, that is some fourteen or fifteen centuries ago, but how many of us have seen and sincerely appreciated even a fragment of it, not to say the grand achievement, possibly one of the finest exhibits of sculpture in the world, at Sansi Yinkwang? Music is a paradise lost to us long long ago, perhaps never to be regained, and today that divine function is sadly degenerated into the vulgar hands of 京胡 and 琵琶 that help to animate the socalled theatres and 落子馆. Painting is another sad story. A dim memory of the fact that we once have seen the vast generous sweeps of 吴道子, and the large and subtle compositions of 王维, or, to name a more recent instance, the calm and sure vision of 金冬心, revolts us to think that for many a day, we have seen but at best skillful technicians, sham imitators and frank humbugs, totally devoid of originality and creative force. And then there are those 9th rate followers of European method, who are as puerile in technique as void in imagination, worse than the tame practitioners of traditional type in the sense that the latter generally puts you into humour and makes you smile while the former frequently puts you out of humour and excites your Saddist complex to distinction. Drama as an art, is quite unspeakable although some old fashion plays are admirable as a form of vulgar amusement and give a fair sense of what Mr. Dickinson calls the Chinese sense of humour. "The greatness of a people," says the eminent dramatic critic Granville Barker, "the depth of a race's soul, is to be measured by the attainment it makes of tragic poetry, and drama." The essence of tragedy is an artistic presentment of spiritual crises and we Chinese not having developed that art, nor any adequate substitute, possesses no means of fathoming our own tragic capability, or, rather, having never been aware of the reality, at once beautiful and terrible, of the soul, are proud that we have chosen, obviously wisely, a safer walk by shunning and ignoring it at all. Modern architecture, again, is anything but artistic and as far as Peking is concerned, I have discovered its hideous culmination in the monument of 公理战胜 that inevitably jumps upon your nerve when you enter the Central Park. As to dance, needless to say, we are quite satisfied with the beautiful gestures of a 梅兰芳 or a 琴雪芳 in the " Heavenly Maids Scattering Flowers" or "嫦娥 Running to the Moon".

When we come to poetry, we can't fancy a more poverty-stricken predicament. A mere mention of the names of 樊樊山 and 易实甫 as our poets has something of nauseating effect. The patriotic poets of 庚子 type have wasted their tears and wailed sufficiently to make their poetry quite forgotten. Of versifiers indeed, there are as many today as there ever have been, but as for a true poet we have been rubbing our eyes for centuries to behold in vain. But then, there is the socalled new poetry, some one will interpose. Quite so, and that is about the only thing we can yet look to without despair. And yet a promising future may not induce our critical faculty to sleep and delude us into believing that really we are having true poetry already. On the contrary, the experiments so far, are quite unflattering and everywhere — in magazines, newspapers, school annals, love letters — one is fated to encounter what I should call preposterous applications of undigested theories. In the new verse there is, ostensibly, realism, the salient characteristic of which, however, is its fatal unreality; there is, further, naturalism which is anything but natural; there is symbolism, which succeeds in devising symbols devoid of meaning: or, when any ism is actually achieved, nobody would venture to call it poetry. I shall omit to give examples to support my criticism here, but those of you who keep up with the movement will know that I am not indulging extravagancy in this my unfavorable verdict.

Well! This brief survey amounts to as much as to say that we have no arts to speak of whatever. The question arises as to why this deplorable state of affairs possible; how it has come into being. The answer, it seems to me, is to be found in the simple statement, that *we have no art precisely because we have no life*.

With all our virtues and qualities, we Chinese as a race, have never realized and expressed ourselves completely, as the Greeks and the Romans did, through the medium of art-which is the consciousness of life. "In oriental thought," remarked the perfect critic Walter Pater, "there is a vague conception of life everywhere, but no true appreciation of life itself by the mind, no knowledge of the distinction of man's nature, in its consciousness of itself humanity is still confused with fantastic, indeterminate life of the animal and vegetable world." He mentioned that as being a contrast to the Greek sculpture where the "Lordship of the soul" is established and gives authority and divinity, as Pater beautifully puts it, to human eyes and hands and feet.

"No true appreciation of life itself by the mind, and no recognition of the distinction of noble humanity." That is a most cogent piece of criticism on our culture I ever know. Our sages are preoccupied, like the Bolshevist leaders of today, although in perhaps different fashion, with the not very easy task in itself of equilibrating and harmonising the obvious impulses that men share with their fellow beings — such as food, sex, etc — but alas! How they forget to contemplate man as a spiritual as well as physical being, and the necessary considerations and provisions for such. Hence the Confucian system — admirable as it is — when rendered to practice after later distortions and alterations, resulted in a sort of culture resting upon a comfortable basis of mere sentimentalities amiable perhaps, but no more than sentimentalities, leaving out, as it did, man's spirit as unworthy of attention.

And as they forget the spirit they suppress the sense. Confucius, with a superb gesture, delimited man's sensual extention and enjoyment by refering us to a standard which he never defined, namely, Li.

Lou and Chuang, with even a sweeter voice, pointed our bewitched mind to an ideal monster as being life completing itself, which like Shakespeare's old babe of the Seventh Age, was to be sans teeth, sans eyes, sans taste, sans everything. That gentleman, the Wondon, would not have preserved his vital integrity were he once given organs of the senses, which they thought to be at once distractive and destructive of one's innate energy. The stupid Moutze, likewise, would have been ecstatic should human beings consent to feed on grass and shelter in cave and renounce, of course, all forms of delight our natural senses are likely to discover.

With his soul unrecognized and senses denied, together with an ingenious device in operation by which his natal forces are directed, partly through repression, partly through sublimation into "safe" and practical channels, the Chinese has come to be a creature, human enough to be sure yet capable neither of religion nor of love, nor indeed of any spiritual adventures. We are admired, as by sincere friends like G. Lowes Dickinson, and Bertrand Russell, Miss Eileen Power, for our dispassionate attitude towards life, love of moderation, reasonableness and compromising spirit and so forth, a compliment we assuredly deserve, yet I for one, in accepting it, can't help feeling the poignancy of the irony that is behind it. For what is dispassionate attitude towards life but a patent nagation of life by smothering the divine flame of passions almost to extinction? What is love for moderation but an amiable excuse for cowardice in thought and action, for shallowness and flatness in life-activities? And what is obsequiously called rationalistic and compromising spirit has produced nothing but a habit of laziness at large and that ridiculous monster which we are told to regard as the Chinese Repulican Government! O, do not our friends know with what a price have we managed to secure an apparent, though not real, peaceful mode of life, which the extremist and turbulent West has of late come to envy and admire? What we want today, Mr H. G. Wells once told me, "is peace, peace and peace, but mind you, not that sort of peace which is timid, flat, breathless, easygoing and all that — that is not peace in my sense — but a peace that must be ever active, vivid, creative — the kind of peace the ancient Athens, for instance, once realized." And since so, we have come to be, indeed, too rational and reasonable for passionate love, as for passionate religious thoughts. For love, that Divine Madness as Plato had it is anything but reasonable, and those who are familiar with catholic teaching will have heard that, in that creed, love is exalted into a "great Sacrament" holding that, with transsubstantiation — which it resembles — it is unreasonable only because it is above reason. "Indeed," writes Coventry Patmore, "the extreme unreasonableness of this passion which gives cause for so much blaspheming to the foolish, is one of its surest sanctions and a main cause of its inexhaustible interest and power. For who but a scientist values greatly or is greatly moved by anything we can understand — that which can be comprehended being necessarily less than we are ourselves? Love, therefore, like religion, which is but divine or cosmic love as the case may be, is transcendental and transfiguring, and being transfigured through that mysterious force one's mortal eyes are, for once to behold visions that belong to the spiritual realm and are commonly denied to matter-of-fact preception, and his ears are to be overwhelmed by the grand and sublime music that come, like mighty waves in the sea, from the spheres. It is through that transcendental elevation of one's spirit that the creative energy heretofore inert and latent, begins to liberate itself and strives—by whatever medium it may happen to choose — to realize its own volume and shape. Love is rooted deeper in the earth than any other passion; and for that cause its head, like that of the Holy Tree soars higher into the Heaven. The heights demand and justify the depths, as giving them substance and credibility. Indeed it is but a commonplace to claim for love the most vital and potent fountain of creation. Subtract the element of sexual passion and all that radiates from it and you will be shocked to see the irretrievable bankruptcy of European literature and arts. And every man or woman, without necessarily being a Freudian, who has not denied or sophisticated life and truth will admit, or at any rate feels, that love, though the least serious, is the most significant of all things. And yet this simple truth has never been recognized in the sickeningly long history of China and even today my personal experience has only discovered two classes of people in China, regrading this matter: namely cynics who despise love and cowards that are afraid of it. Had the tree of knowledge been planted in the middle of Chinese Empire, instead of the garden of Edan, Adam and Eve would have remained superb creatures, blind of heart as of eye and insensible to the life promptings within, and God Himself would have been spared of all the indignations and troubles consequent of the snake's heroism and Eve's curiosity.

And another fatal consequence of our Sage's defining and planning for us the scope of life which is all but an unattractive series of ethical platitudes, is the baring and curbing influence upon our faculty of imagination. You have only to look into our fiction and poetry to be convinced of how extremely narrow the rôle of imagination therein is. Isn't it significant that none of our poets, with the only possible exception of Li Po, can be said to be of cosmic character? Isn't it striking that we look in vain in the scroll of our literary fames for even the least resemblance of a Goethe, a Shelley, a Wordsworth even not to say Dante and Shakespeare? And as for the other arts, who is there here to rank with the vast genius of men like Michelangelo, Leonardo Da Vinci, Turner Corregio, Velasquez, Wagner, Beethoven — to name but a few? Is it then inherent in our race's nature that, in art as in other things, we are to be always unlike the rest of the world, or is it rather due predestined to the undergrowth and ill-nourishment of an imaginative power, since the difference is not so much of kind as of degree, that we possess an artistic heritage, essentially inferior to that of the West, in that it fails *to comprehend life as a whole*, which must be required of all great works of art? The training of our mind and eyes from a very early age to adapt to the practical details and appropriate etiquettes of an unexciting living rather than opening up for them of the secret and enchanting possibilities of a great life, is the greatest failure in Chinese education and is responsible for the death of true personality and endless manufacturing excellent mediocrities.

The fount and source of life and joy, as well as the faculty of imagination, being relentlessly thwarted of its natural flow, what remains to our mortal existence is obvious and wretched indeed. *And poverty of life necessarily begats poverty of art* as a full and beautiful life spontaneously flowers into tangible beauties that will ultimately claim upon our notion of immortality. As a tree that is full of vital energy cannot but yield its fertility in the form of either of superb foliage or of fruit of exquisite color, so a life overflowing with self-consciousness, is certain to crystallize itself in thought which will be art, or in action, which will be deeds worthy of remembrance. *Therefore, enrich, augment, multiply, intensify and above all spiritualize your life and art will come of itself.*

I have said enough to explain or rather condemn, the sluggish and superficial aspect of Chinese art and life. Now let us pause a moment to cast a cursory glance at the correspondence of art and life discoverable in the Western History; and for this, as for anything else we can't do better than turn to Ancient Greeks and the Renaissance Italy for light and intelligence.

The supremest achievement of the Hellenic culture, it seems to me, is not its politics, much less its science and metaphysics, but the discovery of the dignity and beauty of the human body. "By no people," says Winckelmann, the great German Renaissance Artist, "has beauty been so esteemed as by the Greeks. The priests of a youthful Jupiter at Aegae, of the Ismenian Appollo, and the priest who at Tanagra led the processions of Mercury, bearing a lamb upon his shoulders, were always youths to whom the prize of beauty had been awarded…And as beauty was so longed for and prized by the Greeks, every beautiful person sought to become known to the whole people by this distinction, and above all to approve himself to the artists, because they awarded the prize; and this was for the artists an opportunity of having supreme beauty ever before their eyes. Beauty even gave a right to fame: and we find in Greak histories the most beautiful people distinguished... The general esteem for beauty went so far that the Spartan women set up in their bedchambers a Nireus, a Narcissus, or a Hyacinth, that they might bear beautiful children." And in this, as in other things, nature had its responsible portion too. For the happiest readiness with which the Greeks eagerly transformed their thoughts about themselves and their relation to the world in general, into objects for the senses, was not accidental: they were given of beauty in bodily form as of comprehensiveness in intellect. The delicate air nimbly and sweetly recommending itself to the senses, the finer aspects of nature, the finer lime and clay of the human form, and modelling of the dainty framework of the human countenance: these are the good luck of the Greek when he enters upon life. Beauty becomes a distinction, like genius, or noble places. Open an ethnological book of comparative physiology where you find the nude bodies of the various races exposed, or read that cruel description of a Japanese nude dancer by I think the Frenchman Courier... I am not sure I remember it right... and then turn to the supreme beauties of a Venus de Milos, or the Appollo Belvedere and you will have some fascinating yet uncomfortable sense of the playful unfairness of Nature in shaping for the different peoples different form and proportion, not to mention the color and smell, as in the case of a black beauty.

Yet this preoccupation with beauty does not argue that, on

that account, the Greeks are therefore a nation of irresponsible aesthets. On the contrary the Greeks are concerned with beauty only in so far as it contributes to the realization of a good life, to the blending together in a perfect harmony of the various elements of the soul. And it was only by the perfect and robust intellect of Greeks that the ultimate good was deemed only conceivable and ultimately expressible in terms of the beautiful. One of the greatest human documents — Plato's Republic — which is itself aesthetic through and through, deals with establishing the relation between the good and the beautiful, which leads to the identification of the ideal citizenship with the good life. It is unique of the Greeks that their attitude to life is the same as their attitude to art; to them, and to them alone, life and art are one. The standard by which art and life are judged are the same: in the Greek view art is truly the consciousness of life. It is significant that their word for gentleman was *kalos kagathos*, the beautiful good.

If the salient heritage the Greeks have left us with is the discovery of human body, the gift of the Renaissance from the fifteenth Century Italy is the discovery and embodiment of human spirit. It is, like the present China, a great age of revolt. It is a many-sided but yet united movement in which man, after a long period of oppression and repression, struggles to recover his dignity and independence, and the love of the things of the intellect and the imagination for their own sake, the desire for a more liberal and comely way of conceiving life, make themselves felt, urging those who experience this desire to search out first one and then another means of intellectual or imaginative enjoyment, and directing them not merely to the discovery of old and forgotten sources of this enjoyment, but to the divination of fresh sources thereof — new experiences, new subjects of poetry, new forms of art. It is an age — the age of Lorenzo may be fairly compared to that of Pericles, — productive in personalities, many-sided, centralized, complete. "Here, artists and philosophers and these whom the action of the world has elevated and made keen, do not live in isolation, but breathe a common air, and catch light and heat from each other's thoughts. There is a spirit of general elevation and enlightenment in which all alike communicate. It is the unity of the spirit which gives unity to all the various products of the Renaissance and it is to this intimate alliance with mind, this participation in best thoughts which that age produced, that the art of the 15th Century Italy owes much of its grave dignity and influence."

The unity of spirit is important; it pervades art as well as life, the same force that gives birth to so many splendid personalities and ministers to the efflorescence thereof in the shape of fine art of astonishing beauty instinct with the warmth of life and expressive of the deepest and noblest feelings the human soul is ever capable of. It moves towards the recognition of the individual rights to complete self-expression, which it ultimately achieved and the recognition of the objective reality of the universe, which initiated the scientific method and led to the subsequent discoveries.

I have selected the Hellenic and the Renaissance period to the exclusion of all other movements, in order to show that in these, more clearly than in any other, the human spirit enjoyed the happy opportunity of realizing itself in a cultural unity, in a coherent demonstration of the utmost capabilities of a life, which is full, intense, vivid, and self-conscious. If our modern China to which the name Renaissance is not wholly inapplicable has anything to learn from the Western history, it will be to the Hellenic culture and Renaissance spirit that we must do well to look. As for the cock-sure rationalism and baldheaded materialism that originated from the 18th and grew rampant in the 19th Century, they have made their charming turn and ended in contradicting themselves to disaster, leaving a few pseudo-scientists clinging to their experi mental tools in fury and the Sanguine-colored Bolshevists worshiping their infallible God Karl Marx against a general awakening of a new idealism embracing humanity as its creed and art as its religion. And into this movement, China, if she has not, as yet, completely exhausted her vitality and smothered her genius, will, we believe, with a delighted heart and awakened soul, throw herself and prove, ultimately, a factor worthy of her old inheritance. And if so, it will not be long before we shall be able to get rid of the lethargic habits and conventional trammelings that are characteristic of Chinese culture and once more, after a long interval, as the Renaissance after the Dark Ages, to behold and delight in ideal personalities — of which we must admit we have detected but little sign — and works of art that will embody and manifest what is fundamental in man in general and in our race in particular. I have always fancied myself that the appearance of a great musician, or rather a composer of music who will not only revivify what we have lost in the past but also give utterance to the long suppressed voice of our mighty nation, will probably do well to signify the now inceptive spirit maturing into fruition. For music, rather than any other art, is the true type and measure of perfected art and it also touches deeper into the fibres of the human heart as it conveys thoughts and emotions to those who have an ear for it, more convincingly, more irresistibly, more forcibly, and more ideally.

I shall sum up what I intend to convey in this paper: — I have shown, very sketchily why the Chinese arts fail, as the European arts more or less succeed, in comprehending life as a whole and interpret it wholly through the faculty of imagination; I have argued a relative position of our life and art, taking the latter as being reflective of the former, and the former as being responsible for the latter.

I have also instanced the Hellenic antiquity and Renaissance achievements as signifying a unity of spirit revealing itself in perfect forms of art, which is largely humanistic, as must be our own.

I have also dared forth the dictum, namely, mind your life and art will take care of itself. By minding life I mean the conscious opening up of the natural resources, so to speak, inherent in our nature and making use of every opportunity of having them turned to profitable account: in other words, we must consciously cultivate our self-consciousness and having attained that let our indwelling creative spirit do its own work. For indeed not many of us here dare say "I have completely made my own acquaintance." And remember, seek to express always results in self-revealing and understanding, often enough to your own surprise. And the opening up of what is native will depend for its inspiration and efficacy on what is imbibed in from without. Aesthetic appreciation will prove a potent factor in this regard and a delicate sensibility for what is beautiful is by far more important and fruitful to life than a strong intellect or moral character. Do well to court artistic thrills and you will know beauty and value of being alive. If you are not moved by a Hamlet or a Prometheus unbound, Shakespeare and Shelly are not to be blamed. If you do not slip into ecstasies when a well conducted Beethoven symphony is in its full sway you'd better consult an ear-specialist to see if your auditory organ is in normal condition. If a Tristan and Isolde fail to stir you to your soul' s depths — unless you dislike Wagner by taste — you ought to feel at least as much disgraced as you would when flanked in mathematics or gymnastics, which is not saying much. If you do not stand entranced in front of the statue of Moses in Rome or the Coln Cathedral; if you see nothing in Turner and Whistler and Matisse but a mass of pretty colour, you may safely persuade yourself that after all, your education is not half so perfect as you might have thought it yourself. If you don't detect any secret joy when you pass the inner yard of 顺治门 where a magnificent array of ceramic beauties is exquisitely arranged against walls of grave antiquity, you'd better give up your effort to appreciate the Postimpressionists, Cezanne for instance, and relapsing into your easy chair curse the world about you for being shabby in beautiful things. And so on. I do not propose, of course, that all of us can, without previous training or acquaintance at all, fall in love with European arts as nimbly as a professional critic; on the contrary the fundamental idea embodied in Western arts, as well as the technique, are always baffling, because unfamiliar, to a normal Oriental intelligence and I suspect not even one percent of the Chinese students abroad has the least sense of the arts, beyond a shallow sort of sensual pleasure about them. But forget not nothing worth while getting could be got without difficulty and after all, it is only the silly education and sluggish habits that prevent us from feeling and enjoying things as they are; remove them and you will recover your aesthetic intuition, starved perhaps, to its passionate avidity and penetrating fervour. And then life itself should be treated as a piece of art, as an artistic problem. We are givern this earthly body and the mind and the heart much as an artist is given a subject or situation for painting or casting into stones. And having mastered the material, as we all hope to do, oughtn't we feel a sense of responsibility when applying our pen or knife to the limited and delicate substance which may be spoiled by a single stroke, as well as may be transformed into a work of beauty? As the passionate Italian poet D'annunzio says, we can yet, even in this world, only if we will and try, make of our life a beautiful fable. And there is no better way of attaining to the good than through being beautiful; as we are glad enough to follow the wisdom of the Greeks, our aesthetic intuition is by far a safer and surer ultimate standard than our indistinct, evasive sense of moral goodness. Life as a work of art! So prepare yourself for the final retrospect, say at the age of seventy, when every blush of youth will be turned into hideous wrinkles in the skin and sweetness of voice into harshness of aged cough, and see if then you are not well pleased with the eventful career that your own hands have been helping to shape and form. Read biographies of great men like Goethe's, or any lesser soul's and regard it as a standard by which to judge your own, and see how the comparison comes out. For a great life that of Goethe's cannot fail to be recognized as no less an accomplished work of art, a masterpiece, than the St. Peter's of Rome for instance is a work of art; equally full of beautiful mysteries, and mysterious beauties. But as for admonitions in & principles of a worthy and sensible life, I can do no better than to quote once more Walter Pater from his famous "Conclusion" to the studies in Renaissance.

"The service of philosophy, of speculative culture, towards the human spirit is to rouse, to startle it into sharp and eager observation. Every moment some form grows perfect in hand or face; some tone on hills or the sea is choicer than the rest; some mood of passion or insight or intellectual excitement is irresistible, real and attractive for us — for that moment only. Not the fruit of experience, but experience itself, is the end. A counted number of pulses is given to us of a variegated, dramatic life. How may we see in them all that is to be seen in them by the finest senses? How shall we pass most swiftly from point to point, and be present always at the focus where the greatest number of vital forces unite in their purest energy? To burn always with this hard, gemlike flame, to maintain this ecstasy, is success in life."

And again:

"Well! We are all condamned, as Victor Hugo says: we are all under sentence of death but with a sort of indefinite reprieve: we have an interval, and then our place knows us no more. Some spend this interval in listlessness, some in high passions, the wisest, at least among the "children of this world", in art and song.

For our one chance lies in expanding that interval, in getting as many pulsations as possible into the given time. Great passions may give us this quickened sense of life, ecstasy and sorrow of love, the various forms of enthusiastic activity, disinterested or otherwise, which come naturally to many of us. Only be sure it is passion — that it does yield you this fruit of a quickened multiplied consciousness. Of such wisdom, the poetic passion, the desire of beauty, the love of art for art's sake, has most. For art comes to you professing frankly to give nothing but the highest quality to your moments as they pass, and simply for those moments' sake."

附一：《艺术与人生》译文[1]

倘若不首先指斥我们每个人都不得不随遇而安的现行社会状况，艺术或人生便无从谈起；而对社会现状的抨击，无论怎样激烈也不会过分。我们现今习以为常地将实利主义的西方看作是一个没有心脏的文明，如果是这样，那么，我们的文明则是没有灵魂的文明，或者说至少从没意识到其灵魂的存在。如果说西方人被他们自己的高效机械，被一片喧扰忙闹拖向无人所知的去处，那么，我们所知的这个社会，则是一潭死水，带着污泥的脏黑，成群结队的虫蝇在它上方嗡嗡营营，在四周拥挤嘈杂，只有陈腐和僵死才是它的口味。确实，不只是极端愤世嫉俗的人才会断言，在中国，人们看到的是一个由体质上的弱者、理智上的残废、道德上的懦夫、以及精神上的乞丐组成的堂皇国家。在我们这样的社会里，人们几乎体验不到音乐的激情、理智上的振奋、高尚的爱的悲喜或宗教上、美学上的极乐瞬间；任何形式的理想主义即使能够出

---

① 虞建华、邵华强译。

现，也不仅不能被接受，而且必然遭到误解遭到嘲笑挖苦。在这里，人们拥有的是没有灵魂的躯壳，或者如雪莱所说那样，是精神上的死亡。

现在让我们环顾四周，看看我们的艺术景况如何——看看我们的音乐、绘画、诗歌、雕塑、戏剧、建筑和舞蹈。在十四或十五个世纪以前的北魏时期，我们的雕塑就非常繁盛，且不说也许展示了世界雕塑最杰出成就之一的辉煌的山西云岗石窟，我们之中有几个看到过并真正欣赏过这一古代艺术的甚至一鳞半甲？音乐很久很久以前已成了我们丢失的天堂，也许再也不能失而复得了。而今天，音乐的神圣职能可悲地败落到了粗俗的京胡手琵琶手手里，用来为所谓的剧场和落子馆造气氛。绘画也同样令人沮丧。我们曾看到过吴道子开阔流畅的画面，领略过王维宽广精细的构图，年代近一些的，欣赏过金冬心平静稳健的景致，只稍对这一事实尚有的模糊记忆，我们就无法忍受目前的状况：多少日子来我们看到的，充其量只不过是熟练的技工，假冒的模仿者和直接了当的行骗，根本没有独到之处和创造力。还有的就是那些第九流的欧洲创作法的追随者，他们技巧上的幼稚就如他们想像力的贫乏一样，他们比驯顺地从事传统板式绘图的画家们更糟，因为后者往往还能使人感到舒畅，还能使人微笑，而前者则常常破坏人的情绪，激起虐待狂变态心理。戏剧作为一种艺术是不足挂齿的，虽然一些老式戏剧作为一种大众娱乐形式还是令人敬佩的，很好地说明了狄更生先生所说的中国人的幽默感。杰出的戏剧批评家格兰维尔·巴克说：“一个民族之伟大，一个种族灵魂之深沉，要以它在悲剧性的诗歌和戏剧方面的成就来衡量。”悲剧的实质是精神危机的一种艺术再现，我们中国人尚未产生这种艺术，也没有任何足以取而代之的东西，因此无法测定我们自己的悲剧的程度；或者说，我们从未意识到既美好又可怕的灵魂的现实，为自己无疑明智地选择了全然回避、忽视现实的安全之道而感到沾沾自喜。现代建筑也毫无艺术价值，就拿北京来说，我发现建筑学在“公理战胜”纪念碑上达到丑恶的顶点，当你走进中央公园，这座纪念碑必然使你顿感扫兴。至于舞蹈，不用说，我们十分满足于梅兰芳或琴雪芳在《天女散花》或《嫦娥奔月》中的优美动作。

谈及诗歌，我们想不出更贫乏的处境了。如果把樊樊山和易宾甫算作我们的诗人，只要提及他们的名字就够令人作呕了。庚子爱国诗人白淌了他们的眼泪，他们悲天恸地，却没能让人们记住他们的诗。诗歌的作者确实比比皆是，但是真正的诗人，我们几世纪来拭目而待，却无从发现。但是有人会说，我们还有所谓的新诗。不错，这几乎是我们还不至于绝望的惟一东西。然而一个有希望的前途也许不能够使我们的批评才能就此罢休，不能诱发我们相信我们确实已经有了真正的诗歌。而相反，迄今为止的尝试无所成就但到处都有——杂志上、报纸上、学校年刊上、情书中——人们不可避免地要遇到我所说的生搬硬套没消化的理论这一过程。新诗的表面上是现实主义，然而其显著的特征却是它的根本的非现实性；此外还有毫不自然的自然主义；还有象征主义，成功地发明了没有意义的象征。也就是说，达到了何种主义，没人再敢称它诗了。我这里不一一举例来证明我的评判，但是你们中间了解这一运动的人会知道，在我不恭维的评决中，我并不偏激过火。

好吧，我这一扼要的评述也就是想说明我们没有艺术可言。问题随之产生了：为什么这一可悲的事态能够存在？它是如何产生的？在我看来，答案很简单：我们没有艺术正因为我们没有生活。

我们中国人虽然是一个有善德有品行的种族，但是我们却从来没有完全认识自己、表达自己，而希腊人、罗马人则通过艺术认识、表达了他们，这种艺术就是对生活的觉悟。“在东方人的思想中”，杰出的批评家沃尔特·佩特说：“到处是对人生的模糊概念，但却没有精神上对人生本身的真正赏识，不懂得人本性的特征。人类对其本身的意识中，仍把自己与动植物世界异想天开的、变幻莫测的生活混同起来。”佩特提出这些与希腊雕塑作对照。他精辟地指出，希腊雕塑中建立了“心灵的统治”，向人的眼睛、手、脚施发权威和神力。

“没有精神上对人生本身的真正赏识，对崇高的人类特性无所认识。”这是我所知的对我们的文化最有说服力的批判。我们的圣人，就像今日的布尔什维克领袖一样（虽然也许形式不同），致力于一项本身并不容易的事业：平衡、协调人与人间共有的明显的欲望冲动，如食物、性等等。但是很遗憾，他们忘记考虑到人不仅是物质的人，而且也是精神的人，需要精神上照顾和食粮。因此孔教虽说令人敬佩，但经过后人的歪曲篡改后用于实践，产生的只是一种安坐于感伤基础之上的文化，也许使人感到亲切，但除了多愁善感，别无所有，把人的精神当作不值得理会的东西。

由于他们忘却了精神，他们压制感觉。孔夫子大手一挥，把我们委托给一个他从未说明过的准则，也就是礼，从而给人的感觉外延和享乐划定了范围。

老子和庄子用更动听的声音，使我们迷惘的头脑意识到，生活达到圆满是一个理想的怪物，这个怪物就像莎士比亚笔下年已古稀的老娃娃一样，没有牙齿，没有眼睛，没有口味，没有一切。要是那位混沌绅士长了感觉器官，就不能保存他必不可少的完整。他们认为这种感觉不但会分散而且会摧毁人的固有精力。愚蠢的墨子也是一样，要是人类满足于吃青草住洞穴，抛弃我们的自然感官可能发现的一切乐趣，那么他就欣喜万分了。

中国人没有认识他的灵魂，否认了他的知觉，而且他的固有生力，部分地通过镇压，部分地通过升华，被一种现行的高明手法引进了“安全”和实惠的渠道。这样，他就变成了一种生物——当然还是人——但却既不懂宗教、不懂爱，也确实不会进行任何精神的探险。我们对待生活的冷静态度，有节制的爱，我们的通情达理和妥协谦让等等，都被我们真诚的朋友如狄更生、罗素和艾琳·鲍尔小姐等所赞慕。我们是值得称赞的，但在接受这种称赞的同时，比如说我，不禁感到在这背后辛辣的讽刺。因为对待生活的冷静态度，除了是把感情的神圣火焰闷得几乎熄灭外，除了显然是对生活的否定外，还能是什么呢？所谓生活的节制，除了是作为思想、行为胆怯，生活浅薄贫乏的圆滑借口外，还能是什么呢？受人奉承的理性主义和谦让精神，只是产生了一种普遍的懒惰习性，产生了让我们称作中华民国政府的荒唐怪物！呵！我们的朋友们是否知道，我们化了多大的代价，才终于维持了一个近来为极端主义的、动乱的西方所妒忌羡慕的貌似安宁而其实不然的生活方式？H.G. 威尔斯先生曾对我说：“我们今天所需要的，是安宁，安宁，再安宁，但请你注意，不是那种懦怯、单调、死气沉沉、懒散轻松之类——那不是我所说的安宁——而必须是积极的、生动的、有创造力的安宁，比方说古代雅典人曾实现的那种安宁。”既然如此，那么我们确实已是太出于理性，太合乎情理，因而我们不能产生热烈的爱，就如我们没有热烈的宗教观念一样。至于柏拉图称作“神圣的疯狂”的爱，决非是合乎情理的东西，熟悉天主教教义的人可能听到过，在他们的信条中，爱被视作“伟大的圣餐”，最后导致化体——爱确实与这一圣礼相似——它不合理性正是因为它超然于理性之上。科文特里·帕特莫尔写道：“的确，这一激情的极端非理性成了蠢人们百般辱骂的原因，但这种极端非理性是爱的最可靠的保证之一，也是爱永不枯竭的情趣和力量的主要源泉。因为除了科学家，谁还会对那些比我们自己低等因而能被我们理解的东西大加赞赏，被这些东西深深打动呢?”因此，爱就像宗教一样(宗教本身也是神圣的宇宙的爱)，是超越，是纯化，由于被那种神秘的力量所纯化，人凡俗的眼睛就能看见属于精神领域的图景，这种图景是实际眼光通常无法看到的；人的耳朵将充满庄严崇高的音乐，像浩瀚的海浪自天际滚滚而来。人的精神只有通过这样的升华超脱，以前无生气的潜在创造力才得以解放自己，以它自己选择的某种途径，努力认识自己的体积和形态。“爱比其他任何感情更深地扎根于土地上，因此它的头像圣树那样高高耸入天堂。深度提供了物质和可信性，高度需要深度，证明了深度的必要。”把爱说成是最有生气最有潜力的创造源泉，实不是言过其实。如果在欧洲文学艺术中抽去性激情以及一切与其有关的成分，你会吃惊地看到这一文化不可挽回的破产。任何男女，无须是弗洛伊德的信徒，只要他不否定或曲解人生和真理，都会承认，或者至少会感觉到爱虽然最不严肃，但却是万事中最最意义深刻的。然而这一简单的真理，在使人难忍的漫长的中国历史中，从未被认识过。甚至今天，我的个人经历告诉我，这方面中国只有两类人：一类是蔑视爱的挖苦者，另一类是害怕爱的懦夫。要是知识之树长在中华帝国的中央，而不在伊甸园里，那么亚当和夏娃将仍然是完美的创造物，他们的心和他们的眼睛一样没有识别能力，对内在的生活呼唤麻木不仁。上帝本人也无须由于蛇的英雄主义和夏娃的好奇心造成的结果而大动肝火，也无须为此感到烦恼不安。

这位圣人为我们划定安排的人生范围几乎是一系列乏味的伦理陈词滥调，这种限制还有另一个严重后果，它的影响剥夺、抑制了我们的想像能力。只需看一下我们的小说和诗歌，我们就能认识到想像的作用在其中是何等的狭窄。我们的诗人中，大概除了李白外，没人可以被说成是世界性的人物，这难道不说明什么吗？在我们文学伟人的名册里，找不到有一点儿接近像歌德、雪莱、华滋华斯的人来，更不用说但丁和莎士比亚了，这难道不令人吃惊吗？在其他艺术方面，有谁能与米盖朗琪罗、达·芬奇、特纳、伽里略、瓦格纳、贝多芬等等众多的天才相伦比？那么是不是在艺术或其他方面，我们种族的本性决定我们总是与世界其他地方不同，既然不同是程度上的而不是类别上的，是不是我们的想像力注定营养不足发育不良，因此我们所拥有的艺术遗产，由于不能在总的方面包含生活，而在本质上比西方的低等呢？一切伟大的艺术作品都必须包含生活。我们从小开始接受视觉和意识上的训练，以便应付实用的细琐，适应平淡生活的合适礼节；这种训练不为人们开拓伟大生活的神秘迷人的前景，而是无休无止地造就着杰出的庸才，这是中国教育的最大失败，也招致了真正人格的死亡。

人生与欢乐的根本，想像的能力，这些自然的泉流遭到了无情的阻截，我们世间的生存还剩有的显然十分可怜了。人生的贫乏必然导致艺术的贫乏，而丰满美好的人生，自发地会绽放出实体的美，这种美最终将影响我们对永恒的概念。一棵充满活力的树必将丰盛多产：或者枝叶繁茂，或者硕果累累；同样，充满自我意识的人生，必定有它思想上的结晶，那就是艺术，或行动上的结晶，那将是值得记忆的行为。因此要丰富、扩大、繁衍、激化你们的生活，最主要的要赋予它精神上的意义，这样艺术就会随之而来了。

中国艺术和人生的呆滞与肤浅方面，我已经说明或者谴责得够多了。让我们现在稍停片刻，粗略地看一下西方历史上显示的艺术与人生的一致性；就像在其他方面一样，我们最好还是求助于古希腊和文艺复兴时期的意大利，以得到启迪与智慧。

在我看来希腊文化最光辉的成就，不是政治，更不是科学和玄学，而是发现了人身体的尊严和美。伟大的德国文艺复兴艺术家温凯尔曼说："没有任何民族像希腊人那样珍重美。主管在埃加礼拜年轻的朱庇特神的，礼拜伊斯米尼的阿波罗神的牧师们，还有走在塔纳格拉礼拜墨丘利神的行列之首，肩上抬着羔羊的牧师，那些人总是受过美的荣誉的青年……由于希腊人如此渴望，如此珍视美，每个漂亮的人都试图使自己的美貌为众人所知，更主要的，每个人都想向艺术家证实自己的美，因为艺术家授予这样荣誉；艺术家一直有在面前欣赏至上美的机会。美甚至能带来名声：我们在希腊历史中看到了最美丽的民族。对美的普遍尊重如此强烈，致使斯巴达的妇女们在她们的卧室里放上一张传说中的美男子纳里厄斯、或纳西休斯或海厄西斯的像，希望她们生下的孩子也美貌无比。”在这里，就像在其他方面一样，自然也有着其一份重要的作用。希腊人非常乐于热切地将他们对自己的看法以及他们同普遍世界的关系转化成感官能接受的物体，这决非偶然：他们有着体型上的美，也有着理智上的理解能力。向感觉发出轻捷甜美呼唤的优雅姿态，美丽的自然风貌，得天独厚的健美体型，人面容的清秀轮廓：这些是希腊人走进人生时的幸运。美像天才或高贵的地位一样，成为一种荣誉。翻开人种学书本，看看其比较生理学中各种族裸露的人体，或者读一读也许是法国人库里埃（我不知记得对不对）对日本裸体舞蹈者作的无掩饰的描写，然后再看一看维纳斯或阿波罗这样的绝世美女美男子，你会产生一种神奇但又令人不安的感觉，你会感到自然在塑造不同民族的不同体型和比例中——更别提黑人的不同肤色不同气味了——所开的不公正的玩笑。

然而这种对美的热衷并不说明希腊人由此便是一个不负责任的唯美主义者组成的民族。相反，希腊人注重美，只由于美对实现好的生活的贡献，美在极其和谐地将心灵各成分融合一体方面的作用。由于希腊人杰出健全的智力，最终的善才能通过美得到理解，最终得到表达。布拉图的《共和国》是人类最伟大的文献之一，本身也从头至尾充满美，这个文献讲的是建立善与美之间的联系，这种联系的建立使我们看到理想的公民身份与美好的生活的同一性。希腊人的与众不同之处，是他们以同样的态度对待人生和艺术。在他们眼里，只有在他们眼里，人生与艺术才是个统一体。用以衡量艺术与人生的标准也是相同的：在希腊人看来，艺术就是人生的觉悟。他们“上等人”这一词是“kalos kagathos”，意思是美丽的善，这点也意味深长。

如果说希腊人留给我们的宝贵遗产是对人体的发现，那么十五世纪意大利文艺复兴带给我们的礼物就是对人精神的发现和体现。就像现时的中国一样，文艺复兴是一个伟大的反叛时期，是一个多方面但又统一的运动，人们长时期遭受压迫和抑制后，在这一运动中努力恢复他们的尊严和独立，恢复对理智和想像的事物的爱，恢复更自由更美好地建立生活的愿望，努力使自己有所作为，激发有这种愿望的人一个又一个地发掘理智享受或想像享受的意义，引导他们不仅去发现这种享受过去的被人遗忘的源泉，而且去预见其新的源泉——新的生活经验，新的诗歌主题，新的艺术形式。这是一个个性丰富、多面、集中、完整的时代——洛伦佐的时代好比培里克里斯的时代。“在这里，艺术家和哲学家，以及那些在世间活动中变得高尚敏锐的人，并不孤立地生活着，他们呼吸同样的空气，互相在别人的思想上，找到光和热。他们中存在着普遍向上的精神和人人开诚布公的启蒙精神。精神上的一致带来了文艺复兴一切产物的一致性。十五世纪意大利的尊严和她对世界的影响，很大程度上取决于精神的密切联盟，取决于与这个时代最先进思想的结合。”

这种精神统一是十分重要的，它遍及人生和艺术的每一部分，促使无数杰出人物诞生的同一力量，也促使了他们在美术中的鼎盛，表现了充满人生热情的极度的美，表达了人类灵魂能够表达的最深切最崇高的感情。这一力量促使人们逐渐认识完全自我表达的个人权力，最终达到完全自我表达；也促使了对宇宙客观现实的逐渐认识，从而开创了科学的方法，导致了随之而来的众多发现。

我选择了希腊和文艺复兴时期，而不谈其他的运动，因为这两个时期比任何其他时期都更清楚地显示了人的精神在一个文化统一体中，在生活能量最大限度的协调发挥中所享有的认识自己的幸福时机，而这种生活是充分、激烈、生动和自觉的。文艺复兴这个名称对我们的现代中国也不是全然不适用的。如果我们能在西方历史中学点什么的话，我们必须认真注意希腊文化和复兴精神。至于过分自信的理性主义和起源于十八世纪风靡于十九世纪的秃了头的唯物主义，它们可爱地转了向，最后自相矛盾，不可收拾，只剩下几个伪科学家疯狂地死抱着他们的实验工具，以及一些乐观的布尔什维克，在一个把博爱作为自己的信条，把艺术作为自己宗教的新的理想主义普遍觉醒的背景中，把卡尔·马克思当作一贯正确的上帝崇拜。如果中国还没有完全耗尽她的活力，扼杀她的天才，我们将带着欣喜的心和觉悟的魂，相信她会投身于这场运动，并最终证明她无愧于中国的古老传统。倘是这样，我们摆脱作为中国文化特点的昏沉习惯和传统桎梏将为期不远。在漫长的间隔之后，就像在欧洲中世纪之后出现文艺复兴一样，我们将又能看到理想的人性（必须承认我们至今很少找到这种迹象）以及能够体现、表达全人类的，特别是我们种族的根本方面的艺术品，并为此欢欣鼓舞。我自己总是在想，要是我们能有一个不仅能恢复我们过去丢失的东西，而且能奏响我们伟大民族长期压制的呼声的伟大音乐家，或者应该说作曲家，他也许会预示我们萌芽状态的精神成熟结果。因为音乐与其他艺术不同，是真正的艺术类型，是衡量完美艺术的尺度；音乐能更深地打动人心的素质，能更信服，更不可阻挡，更强有力，更理想地向有鉴赏力的人传递思想和感情。

让我把我在这篇讲演中想说的总括一下：我非常粗略地说明了在完全通过想像能力理解、说明人生总体方面，为什么中国的艺术失败，而欧洲的艺术或多或少获得成功，我探讨了我们的人生与艺术的相对地位，后者是前者的反映，前者对后者负责。

我也列举了希腊的古典和意大利文艺复兴的成就，说明以完美的艺术形式出现的精神的统一，这种艺术主要地是人道主义的。我们的艺术也必须如此。

我也冒昧地断言：人生丰富艺术必繁荣。所谓的人生丰富，我指的是有意识地开发我们本性中固有的自然资源，利用每一个机会将它转化为有益的东西——换句话说，我们必须有意识地培养我们的自我觉悟，有了这种觉悟后，让内在的创造精神自行发挥其作用。说实话，在座的很少有人敢说："我已经完全认识了自己。"请记住，对表达的追求总会带来自我揭示和理解，常常会使自己也感到吃惊。内在之物的开发有赖于从外部吸收的东西中得到灵感和效验。在这方面，美的赏鉴是一个重要因素。美的敏感比强烈的理智或道德品性对人生的意义更重要，更富有成效。只要努力追求艺术的激情，你就能懂得美和生活的意义。如果你没被《哈姆莱特》或《解放了的普罗米修斯》所感动，这怪不得莎士比亚和雪莱。如果一个指挥得当、演奏热烈的贝多芬交响乐不能把你带入陶醉的心境，那么你最好找一下耳科医生，查一查听觉器官是否正常。如果《特里斯坦和依索尔德》不能打动你的心灵深处（除非瓦格那的作品不合你的口味），你至少应该像数学或体操不及格一样感到羞愧——当然这样说是客气的。如果你站在罗马或科隆大教堂前，面对摩西的雕像而无动于衷，如果你在特纳、惠斯勒和马蒂斯的绘画中只看到一组漂亮的颜色，那么你可以放心地说服自己，你受的教育远不像你认为的那样好。如果你走过顺治门的内院，看到堂皇的陶瓷艺术品精致地陈列在肃穆的古墙边而不发现有内心的欢乐，你最好别费神去欣赏后期印象派画家，如塞尚，你还是躺在安乐椅上为好，诅咒周围世界太破落，没有美。当然我并不是说，我们每个人不须经过训练，事先无所了解，就都能像专业批评家一样轻而易举地爱上欧洲艺术；恰恰相反，西方艺术和技术体现的根本思想，由于一般东方人比较陌生，往往使人迷惑不解。我猜想中国留学生中，有超于肤浅的感官乐趣之外的起码艺术感的人，大概还不到百分之一。但别忘了，值得获取的东西从不是唾手可得的东西。我们不能感受、欣赏事物的原貌，毕竟是愚蠢的教育和懒散的习惯带来的后果。排除这些因素，你就能恢复审美的直觉，这种直觉也许由于饥饿而变得贪婪强烈，敏锐炽热。然后，生活本身应被当作一件艺术品，一个艺术问题来对待。我们凡俗的身体、头脑和心脏很像艺术家绘图或雕刻的主题和场景。如果我们如愿地掌握了物质材料，当我们将画笔或刻刀伸向有限的脆弱的材料时，我们难道不应该觉得有一种责任感吗？我们的一刀一笔，可能把原材料转变成美的杰作，也可能把它糟踏了。正如意大利激情的诗人丹农雪乌说的，只要我们愿意并努力，即使在这个世界上，我们还是能够将我们的生活变成一个美好的寓言。达到善的最好方法是通过美。既然我们十分乐意追随希腊人的智慧，我们的审美直觉，比起我们含糊其词难以捉摸的道德善感来，是一个安全得多，可靠得多的最终标准。生活是一件艺术品！所以，为你的最后回顾作好准备吧。当你到了七十岁，青春的红云变成了皮肤上难看的皱纹，甜柔的嗓音变成老年沙哑的咳嗽时，再追溯一下你是不是对用自己的双手帮助形成建立的丰富的一生感到欣慰。读一读歌德之类伟人的传记，次要点的人物也可以，并以此作为衡量你自己一生的尺度，看一看对比的结果是什么。像歌德这样伟大的一生，完全可以被视为一件成功的艺术品，一件杰作，较之罗马圣·彼得的杰作毫不逊色，同样充满着美的神秘和神秘的美。至于高尚、敏锐的生活中能得到的告诫以及这种生活的原则是什么，我想最好还是再一次引用沃尔特·佩特对文艺复兴研究中著名的《结论》里的话：

哲学、理性修养对人精神的作用是唤起它，惊醒它，使它敏锐、热切地去观察；每一瞬间某种形态在手上脸上变得完美；来自山上海里的某种声音比其他的更动听；某种热情、顿悟、或理智兴奋显得无比真实，有吸引力——一切只为了那样的瞬间。不是经历的果实而是经历本身才是目的。在我们多样的、戏剧性的一生中，脉搏跳动的次数是有限的。我们怎样在这些跳动的次数中，以最敏感的知觉看一看所能看到的一切呢？我们怎样最迅速地经过一个又一个的位置，总是在生命力聚集了它最纯能量的焦点上出现呢？永远与这种炽烈的宝石般的火焰一起燃烧，永远保持这种心醉神迷的心境，这就是人生的成功。

他又说：

正如雨果所说：我们都是罪人，我们都被判了死刑，只是缓刑的期限不明确：我们都有这么一个时期，过后，这个世界再也不知道我们了。有些人在倦怠中，有些人在激情中度过了这一时期，最聪明的——至少在“这一世界的孩子们”中最聪明的人，则在艺术和歌声中度过一生。我们唯有的机会在于扩大这个时期，在限定的年月内，最大可能地增加脉搏的跳动。伟大的激情能给我们带来苏醒的生活感、爱的悲伤与欢乐以及热烈活动的各种形式，不管我们关心与否，这些形式自然地降落在我们的许多人中间。但必须真正是激情——真正给你带来苏醒的、扩大的意识成果的激情。诗的激情、美的愿望以及为艺术而对艺术的热爱蕴藏着最丰富的智慧。艺术向你走来时坦率地宣声，它带给你流逝的生命瞬间的，只是最高的品质；它的到来也仅仅是为了这些生命的瞬间。

附二：成仿吾附记

这篇英文是徐志摩君在清华文学会所讲演的底稿，他在上海时交给我们的。原稿是他的一位朋友用打字机打好的，虽经他自己改正了不少，可是还有不少的错误。拿去付印时，我把全文仔细看了一遍，改了不少，引用文中我也改了一处，这是我应当在这里声明的。

文中论艺术与生活的关系极详而明，他把我们现代所以没有好艺术的产生，归因于我们中国人没有真的充实的生活，本想把他翻译出来，再想一想，却又觉得未免多事，所以毕竟没有翻译了。

（仿　吾）

一九二三年

徐志摩散文全编

A Collection of Prose of Xu Zhimo

PROSE

就使打破了头，也还要保持我灵魂的自由[①]

照群众行为看起来，中国人是最残忍的民族。照个人行为看起来，中国人大多数是最无耻的个人。慈悲的真义是感觉人类应感觉的感觉，和有胆量来表现内动的同情。中国人只会在杀人场上听小热昏，决不会在法庭上贺喜判决无罪的刑犯；只想把洁白的人齐拉入混浊的水里，不会原谅拿人格的头颅去撞开地狱门的牺牲精神。只是“幸灾乐祸”，“投井下石”，不会冒一点子险去分肩他人为正义而奋斗的负担。

从前在历史上，我们似乎听见过有什么义呀侠呀，什么当仁不让，见义勇为的榜样呀，气节呀，廉洁呀，等等。如今呢，只听见神圣的职业者接受蜜甜的“冰炭敬”，磕拜寿祝福的响头，到处只见拍卖人格“贱卖灵魂”的招贴。这是革命最彰明的成绩，这是华族民国最动人的广告!

“无理想的民族必亡”，是一句不刊的真言。我们目前的社会政治走的只是卑污苟且的路，最不能容许的是理想，因为理

① 载一九二三年一月二十八日《努力周报》第三十九期；初收一九六九年台湾传记文学出版社《徐志摩全集》第六辑。

想好比一面大镜子，若然摆在面前，一定照出魑魅魍魉的丑迹。莎士比亚的丑鬼卡立朋（Caliban）[①] 有时在海水里照出他自己的尊容，总是老羞成怒的。

所以每次有理想主义的行为或人格出现，这卑污苟且的社会一定不能容忍；不是拳打脚踢，也总是冷嘲热讽，总要把那三闾大夫硬推入汨罗江底，他们方才放心。

我们从前是儒教国，所以从前理想人格的标准是智仁勇。现在不知道变成什么国了，但目前最普通人格的通性，明明是愚闇残忍懦怯，正得一个反面。但是真理正义是永生不灭的圣火，也许有时遭被蒙盖掩翳罢了。大多数的人一天二十四点钟的时间内，何尝没有一刹那清明之气的回复？但是谁有胆量来想他自己的想，感觉他内动的感觉，表现他正义的冲动呢？

蔡元培所以是个南边人说的“戆大”，愚不可及的一个书呆子，卑污苟且社会里的一个最不合时宜的理想者，所以他的话是没有人能懂的；他的行为是极少数人——如真有——敢表同情的；他的主张，他的理想，尤其是一盆飞旺的炭火，大家怕炙手，如何敢去抓呢？

“小人知进而不知退。”

“不忍为同流合污之苟安。”

“不合作主义。”

“为保持人格起见……”

“生平仅知是非公道，从不以人为单位。”

这些话有多少人能懂？有多少人敢懂？

这样的一个理想者，非失败不可；因为理想者总是失败的。若然理想胜利，那就是卑污苟且的社会政治失败——那是一个过于奢侈的希望了。

---

① Caliban：今译凯列班，莎士比亚《暴风雨》中的野性而丑怪的奴隶。

有知识有胆量能感觉的男女同志，应该认明此番风潮是个道德问题；随便彭允彝、京津各报如何淆惑，如何谣传，如何去牵涉政党，总不能掩没这风潮里面一点子理想的火星。要保全这点子小小的火星不灭，是我们的责任，是我们良心上的负担；我们应该积极同情这番拿人格头颅去撞开地狱门的精神!

关于《一个不很重要的回想》的讨论[①]

第四十一期《努力》登了那篇《一个不很重要的回想》，现在我想从适之的意思改名为《春痕》，以后我曾经接到一封极有意味批评的信。我现在把原信的见解节述如下：

那故事前三节描写青年的意境很好，但第四节“桃花李花处处花”写得其实是太难了。但作者却是个诚实的男子。诚实的意思不在刻划变态的春痕，而在泄露一般男子的本性！男子所要的无非是青年与美貌，但人间世的惨剧，正在青年与美貌非但没有永久性而且过去得很快。男子只知道享用女子暂时的迷力，好比在戏园中看戏，明知道戏是假的并且一扯即过的，但在当时却看得十分的得意忘情。

那小说里的主人公逸，一见变了形的春痕，便发生了不可名状的十二分厌恶，我倒很觉得好奇，假如当年他自

① 一九二三年三月十五日作；载一九二三年三月二十五日《努力周报》第四十五期；一九八八年一月陕西人民出版社《徐志摩研究资料》存目。

己娶了她，因之她从可爱的少女变形为“臃肿卷曲的中年妇人”，变形为左男右女粗头乱服的母亲，以及小孩们的顽皮笑闹，都成为他自己整天到晚目睹的怪现状，我不知道他又怎样的感想，怎样的厌恶呢。

反之，若然他早年就回去，正看到娇艳的春痕结婚，跟着她丈夫度蜜甜的蜜月去，我猜想他一定觉得十二分的伤心妒意，只怨天不做美，命不凑巧，把他的恋爱，他的幸福，他的希望，他的一切，一起夺尽——作者以为是否？我知道男子们正是那个样子!!!

所以我以为那篇的结局，不如作为那主人公隔了二十年再回日本，遇见她的女儿正当妙年，告诉他她母亲之死，使他想起当年的艳迹，也许他还会得滴几滴真情之泪哩！即不然，他也免得像原文里那样感受幻灭的痛苦，引起无端的厌恶!!

男子们啊！真有你们的!!!

多么厉害的弹劾案呀！这位Chivalrous Feminist[①] 的舌剑，这位厌男主义者的义愤，实在强迫着不幸的作者，使他不得不代表男子们出席来一个简单的答覆。我先把应答覆之点说明白了。那篇小说里引起或包涵的问题有：（一）永久性是否恋爱的必要条件；若然，非永久性的爱感，是否便不算真恋爱?（二）恋爱与色相的关系，两者是否平行的，因色方起恋，色弛恋即衰?（三）为恋爱而恋爱是不是不合人情的?（四）易变Fickleness[②] 是否为男子的通性。

这几个问题都很有趣，很可以研究，但我此时却只能把问

① Chivalrous Feminist：勇武的，骑士般的。
② Fickleness：易变。

题提出而不能发挥。

现在我所能说明的，就只那篇文字本身的意义并非像我那位义愤填胸的朋友所假定，是单纯的厌世观；非但不是厌世观，而且还有很积极的意思包涵着。你若然仅仅看出厌世观，你实在只见其表而不知其里，并且作者也何至于那样的“浅薄无聊”。

那里子便是一个人道的抗议，所抗的对象，便是世俗的习惯，便是世俗的做妻做母负担之惨酷。

初期的春痕，是个纯粹的美的自然之产物，像一朵含苞待放的花，所接受的只是阳光与雨露。但——注意！——后期的春痕，却是做了十年妻母后的春痕，却是个完全物质化，环境化，俗化，人为的产物。她那庸俗的丈夫与庸俗的家庭——文中表得很明白——便是她自美变丑之负责者。固然从另一观点看来，一个女子嫁了人，只要能忠顺地伺候丈夫，殷切地产育子女，奴役似地看管家务，上帝创造夏娃的本旨已经完全达到；她自身对家庭社会的责任也就十分尽了，并没有什么可怜的地方，良妻贤母，的确是一般女子的理想标准。并且大多数的女子，恐怕也只会做妻做母，只会依着本能朦瞳地过活，而不能以智力之自觉为起点，以发展她性灵上可能的真纯人格，只能在单凭制度个性湮灭的社会里做一个无所谓的分子，而不能做一个活泼的创造的自然界的一个原素。萧伯纳说：“生命中真纯的悲惨在于被只知自利的人（或一盲目的制度）所利用，所为又是你明知是不高尚的目的，那是真苦恼，真奴辱，阳间的地狱。反之生命真纯的快乐在于为一目的而生存，在于为你自认为强有力的目的而生存，在于将生命的能力充分使用，用到筋疲力绝，然后再让这皮囊扔进垃圾桶里。”

所以，现在回到本题，春痕有那样天赋的才（丽质就是天才之一式）而也无罪地被打入机器性质的做妻做母的牢狱，结果不但原有性灵之美，就是当初可爱的声音笑貌，也被这惨酷的牢狱生活所耗尽。庸俗的非人道的社会之手，当然只能丑变低化本来的美质，那里能像无锡做泥菩萨匠的，从泥土里捏出可爱的灵动的人物来。所以第四节里有那句沉痛的话：

“十年来做妻做母负担的专制，早已将她原有的浪漫根性，灭除尽净。”

那是厌世观，还是人道的呼声，我想明白的读者当然看得出。

所以从逸——浪漫的恋爱者——看出来，春痕的变形，只是个不可信的幻象。他十年后逢到左男右女的三井夫人，并不是十年前活泼可爱、引起他恋感的春痕。粗俗的环境化的，他不能承认就是纯美的自然的产物之化身。他是个理想主义者，现实里无常的变幻他只绝对否认其为真，他的理想是“……恋爱是长生的；因为精神的现象决不受物质法律的支配；是的，精神的事实，是永久不可毁灭的”。在他的心里，三井夫人自三井夫人，春痕自春痕，两个永远混不到一起；所以临了“他的心中，依旧涵葆着春痕当年可爱的影像”。

所以我现在回答我那批评者的话，是：（一）不要把那段故事看作单纯的厌世观；（二）不要因为一般男子的只见色相，而断定那就是所有的男子的通性；（三）不要以为恋感之往往起端于色相，而断定恋之存在完全凭藉色相的幻象；（四）不要以为一切的男子都像三井夫人的丈夫庸俗与可厌，逸若然娶了她——假定他是个理想的恋爱者——春痕就不会变形为可怜的三井夫人；（五）作者正是极端同情于女子的人权，而并非刻划了一个三井夫人来嘲讽色相之不足恃；（六）来信另一写法的主张，固然很好，但包涵的意义也就大异了。我很感谢来信批评的诚意，并愿知道其余读者的感想与意见。

三月十五日

曼殊斐尔[①]

这心灵深处的欢畅，
这情绪境界的壮旷：
任天堂沉沦，地狱开放，
毁不了我内府的宝藏！

——康河晚照即景

美感的记忆，是人生最可珍的产业。认识美的本能，是上帝给我们进天堂的一把秘钥。

有人的性情，例如我自己的，如以气候作喻，不但是阴晴相间，而且常有狂风暴雨，也有最艳丽蓬勃的春光。有时遭逢幻灭，引起厌世的悲观，铅般的重压在心上，比如冬令阴霾，

① 载一九二三年五月十日《小说月报》第十四卷第五号，题名《曼殊斐儿》；初收一九二四年十一月商务印书馆《曼殊斐儿》，后收入一九二七年七月商务印书馆《曼殊斐尔小说集》，改题名为《曼殊斐尔》。采自《曼殊斐尔小说集》。曼殊斐儿：今译曼斯菲尔德（Katharine Mansfield，1888—1923），英国女作家，短篇小说大师。生于新西兰惠灵顿，19 岁到英国，从事文学创作。1918 年同麦雷（John Middleton Murry，1889—1957，英国批评家、编辑、诗人）结婚。代表作有短篇小说集《幸福》、《园会》等。

到处冰结，莫有些微生气；那时便怀疑一切：宇宙，人生，自我，都只是幻的妄的；人情，希望，理想，也只是妄的幻的。

Ah, human nature , how,
If utterly frail thou art and vile,
If dust thou art and ashes, is thy heart so great?
If thou art noble in part,
How are thy loftiest and impulses and thoughts
By so ignoble causes kindled and put out?
"Sopra un ritratto di una bella donna."①

这几行是最深入的悲观派诗人理巴第（Leopardi）② 的诗。一座荒坟的墓碑上，刻着冢中人生前美丽的肖像，激起了他这根本的疑问——若说人生是有理可寻的，何以到处只是矛盾的现象；若说美是幻的，何以引起的心灵反动能有如此之深刻，若说美是真的，何以也与常物同归腐朽？但理巴第探海灯似的智力虽则把人间种种事物虚幻的外象，一一给褫剥了，连宗教都剥成了个赤裸的梦，他却没有力量来否认美，美的创现他只能认为神奇的；他也不能否认高洁的精神恋，虽则他不信女子也能有同样的境界。在感美感恋最纯粹的一霎那间，理巴第不能不承认是极乐天国的消息，不能不承认是生命中最宝贵的经验。所以我每次无聊到极点的时候，在层冰般严封的心河底

① 啊，人性，如果/你是脆弱与卑下的话，/如果你是尘与灰的话，为何你的心却如此伟大？/如果你部分是高尚的话，/为何你最崇高的冲动和思想/却由如此卑贱的原因引起和扑灭？/"Sopra un ritratto di una bella donna."（最后一行似为拉丁文，无法翻译。）

② Leopardi：理巴第（1798—1837），意大利诗人、哲学家，以抒情诗著称，所写名篇有政治抒情诗《致意大利》、《但丁纪念诗》等。

里，突然涌起一股消融一切的热流，顷刻间消融了厌世的凝晶，消融了烦恼的苦冻：那热流便是感美感恋最纯粹的一俄顷之回忆。

To see a world in a grain of sand,
And a Heaven in a wild flower,
Hold Infinity in the palm of your hand,
And eternity in an hour……

Auguries of Innocence: William Blake

从一颗沙里看出世界，
天堂的消息在一朵野花，
将无限存在你的掌上，
刹那间涵有无穷的边涯……

这类神秘性的感觉，当然不是普遍的经验，也不是常有的经验。凡事只讲实际的人，当然嘲讽神秘主义，当然不能相信科学可解释的神经作用，会发生科学所不能解释的神秘感觉。但世上“可为知者道不可与不知者言”的事正多著哩!

从前在十六世纪，有一次有一个意大利的牧师学者到英国乡下去，见了一大片盛开的苜蓿在阳光中竟同一湖欢舞的黄金，他只惊喜得手足无措，慌忙跪在地上，仰天祷告，感谢上帝的恩典，使他见得这样的美，这样的神景。他这样发疯似的举动，当时一定招起在旁乡下人的哗笑。我这篇要讲的经历，恐怕也有些那牧师狂喜的疯态，但我也深信读者里自有同情的人，所以我也不怕遭乡下人的笑话!

去年七月中有一天晚上，天雨地湿，我独自冒著雨在伦敦的海姆司堆特 Hampstead 问路警，问行人，在寻彭德街第十号的屋子。那就是我初次，不幸也是末次，会见曼殊斐尔——“那二十分不死的时间!”——的一晚。

我先认识麦雷君 John Middleton murry，他是 Athenaeum[①] 的总主笔，诗人，著名评衡家，也是曼殊斐尔一生最后十余年间最密切的伴侣。

他和她自一九一三年起，即夫妇相处，但曼殊斐尔却始终用她到英国以后的“笔名” Katharine Mansfield。她生长于纽新兰 New Zealand，原名是 Kathleen Beanchamp，是纽新兰银行经理 Sir Harold Beanchamp 的女儿。她十五年前离开了本乡，同着三个小妹子到英国，进伦敦大学皇后学院读书。她从小就以美慧著名，但身体也从小即很怯弱。她曾在德国住过，那时她写她的第一本小说“In a German Pension”[②]。大战期内她在法国的时候多。近几年她也常在瑞士、意大利及法国南部。她常住外国，就为她身体太弱，禁不得英伦雾迷雨苦的天时，麦雷为了伴她，也只得把一部分的事业放弃，（“Athenaeum”之所以并入“London Nation”就为此。）跟着他安琪儿似的爱妻，寻求健康。据说可怜的曼殊斐尔战后得了肺病证明以后，医生明说她不过两三年的寿限，所以麦雷和她相处有限的光阴，真是分秒可数。多见一次夕照，多经一次朝旭，她优昙似的余荣，便也消减了如许的活力，这颇使人想起茶花女一面吐血一面纵酒恣欢时的名句：

“You know I have not long to live, therefore I will live fast!”——你知道我是活不久长的，所以我存心喝他一个痛快!

我正不知道多情的麦雷，眼看这艳丽无双的夕阳，渐渐消

① Athenaeum：《雅典娜神殿》，杂志名。

② In a German Pension：《在德国公寓里》，曼斯菲尔德的短篇小说集。

翳，心里“爱莫能助”的悲感，浓烈到何等田地!

但曼殊斐尔的“活他一个痛快”的方法，却不是像茶花女的纵酒恣欢，而是在文艺中努力；她像夏夜榆林中的鹃鸟，呕出缕缕的心血来制成无双的情曲，便唱到血枯音嘶，也还不忘她的责任是牺牲自己有限的精力，替自然界多增几分的美，给苦闷的人间几分艺术化精神的安慰。

她心血所凝成的便是两本小说集，一本是“Bliss”[①]，一本是去年出版的“Garden Party”[②]。凭这两部书里的二三十篇小说，她已经在英国的文学界里占了一个很稳固的位置。一般的小说只是小说，她的小说是纯粹的文学，真的艺术；平常的作者只求暂时的流行，博群众的欢迎，她却只想留下几小块“时灰”掩不闇的真晶，只要得少数知音者的赞赏。

但唯其是纯粹的文学，她的著作的光彩是深蕴于内而不是显露于外的，其趣味也须读者用心咀嚼，方能充分的理会。我承作者当面许可选译她的精品，如今她去世，我更应当珍重实行我翻译的特权，虽则我颇怀疑我自己的胜任。我的好友陈通伯他所知道的欧洲文学恐怕在北京比谁都更渊博些，他在北大教短篇小说，曾经讲过曼殊斐尔的，这很使我欢喜。他现在也答应也来选译几篇，我更要感谢他了。关于她短篇艺术的长处，我也希望通伯能有机会说一点。

现在让我讲那晚怎样的会晤曼殊斐尔。早几天我和麦雷在Charing Cross[③] 背后一家嘈杂的A. B. C. 茶店里，讨论英法文坛的状况，我乘便说起近几年中国文艺复兴的趋向，在小说里感受俄国作者的影响最深，他喜的几于跳了起来，因为他们

---

① Bliss：《幸福》，曼斯菲尔德的短篇小说集。

② Garden Party：《园会》，曼斯菲尔德的短篇小说集。

③ Charing Cross：伦敦一街名，为旧书店集中的所在。

夫妻最崇拜俄国的几位大家，他曾经特别研究过道施滔庖符斯基，著有一本“Dostoievsky：A Critical Study”[①]，曼殊斐尔又是私淑契诃甫（Tchekhov）的，他们常在抱憾俄国文学始终不曾受英国人相当的注意，因之小说的质与式，还脱不尽维多利亚时期的Philistinism[②]。我又乘便问起曼殊斐尔的近况，他说她一时身体颇过得去，所以此次敢伴着她回伦敦住两星期，他就给了我他们的住址，请我星期四晚上去会她和他们的朋友。

所以我会见曼殊斐尔，真算是凑巧的凑巧。星期三那天我到惠尔斯（H. G. Wells）乡里的家去了（Easten Glebe），下一天和他的夫人一同回伦敦，那天雨下得很大，我记得回寓时浑身全淋湿了。

他们在彭德街的寓处，很不容易找（伦敦寻地方总是麻烦的，我恨极了那回街曲巷的伦敦），后来居然寻着了，一家小小一楼一底的屋子，麦雷出来替我开门，我颇狼狈的拿著雨伞，还拿着一个朋友还我的几卷中国字画。进了门，我脱了雨具，他让我进右首一间屋子，我到那时为止对于曼殊斐尔只是对于一个有名的年轻女子作者的景仰与期望；至于她的“仙姿灵态”我那时绝对没有想到，我以为她只是与Rose Macaulay[③]，Virginia Woolf[④]，Roma Wilon[⑤]，Venessa Bell[⑥]几位女文学家的同流人物。平常男子文学家与美术家，已经尽

① Dostoievsky：A Critical Study：《陀斯妥耶夫斯基：批评的研究》。

② Philistinism：庸俗。

③ Rose Macaulay：麦考利（1881—1958），著有小说《我的荒芜世界》、游记《他们去葡萄牙》及文学评论集、诗集等。

④ Virginia Woolf：伍尔芙（1882—1941），英国女小说家、评论家，运用内心独白和意识流手法写作，著有长篇小说《黛洛维夫人》、《到灯塔去》等。

⑤ Roma Wilon：不详。（疑有拼法错误。）

⑥ Venessa Bell：贝尔（1879—1961），英国女画家，小说家伍尔芙之姊。

够怪僻，近代女子文学家更似乎故意养成怪僻的习惯，最显著的一个通习是装饰之务淡朴，务不入时，务“背女性”；头发是剪了的，又不好好的收拾，一团和糟的散在肩上；袜子永远是粗纱的；鞋上不是沾有泥就是带灰，并且大都是最难看的样式；裙子不是异样的短就是过分的长，眉目间也许有一两圈“天才的黄晕”，或是带着最可厌的美国式龟壳大眼镜，但她们的脸上却从不见脂粉的痕迹，手上装饰亦是永远没有的，至多无非是多烧了香烟的焦痕；哗笑的声音，十次有九次半盖过同座的男子；走起路来也是挺胸凸肚的，再也辨不出是夏娃的后身；开起口来大半是男子不敢出口的话：当然最喜欢讨论是Freudian Complex[①]，Birth Control[②]，或是 George Moore[③] 与 James Joyce[④] 私人印行的新书，例如“A Story-teller's Holiday”[⑤] 与“Ulysses”[⑥]。总之她们的全人格只是一幅妇女解放的讽刺画。（Amy Lowell[⑦] 听说整天的抽大雪茄！）和这一班立意反对上帝造人的本意的“唯智的”女子在一起，当然也有许多有趣味的地方，但有时总不免感觉她们矫揉造作的痕迹过深，引起一种性的憎忌。

---

① Freudian Complex：弗洛依德情结。

② Birth Control：节育。

③ George Moore：穆尔（1852—1933），爱尔兰小说家，将自然主义笔法引入英国小说，主要作品有小说《埃斯特·沃特斯》和自传体小说《欢呼与告别》三部曲等。

④ James Joyce：乔伊斯（1882—1941），爱尔兰小说家，多用“意识流”，手法，后期著作语言晦涩。主要作品有《一个青年艺术家的画像》、《都柏林人》和《尤利西斯》等。

⑤ A Story-teller's Holiday：《一个小说家的假日》。

⑥ Ulysses：《尤利西斯》，乔伊斯的长篇小说。

⑦ Amy Lowell：洛威尔（1874—1925），美国女作家，意象派诗歌的代表，著有诗集《彩色玻璃大厦》、《几点钟》等。

我当时未见曼殊斐尔以前，固然没有想她是这样一流的Futuristic①，但也绝对没有梦想到她是女性的理想化。

所以我推进那门时我就盼望她——一个将近中年和蔼的妇人——笑盈盈的从壁炉前沙发上站起来和我握手问安。

但房里——一间狭长的壁炉对门的房——只见鹅黄色恬静的灯光，壁上炉架上杂色的美术的陈设和画件，几张有彩色画套的沙发围列在炉前，却没有一半个人影。麦雷让我一张椅上坐了，伴着我谈天，谈的是东方的观音和耶教的圣母，希腊的Virgin Diana②，埃及的Isis③，波斯的Mithraism④里的Virgin⑤等等之相仿佛，似乎处女的圣母是所有宗教里一个不可少的象征……我们正讲着，只听门上一声剥啄，接着进来了一位年轻的女郎，含笑着站在门口。“难道她就是曼殊斐尔——这样的年轻……”我心里在疑惑，她一头的褐色卷发，盖着一张小圆脸，眼极活泼，口也很灵动，配着一身极鲜艳的衣装——漆鞋，绿丝长袜，银红绸的上衣，酱紫的丝绒裙，——亭亭的立着，像一棵临风的郁金香。

麦雷起来替我介绍，我才知道她不是曼殊斐尔，而是屋主人，不知是密司B—什么，我记不清了，麦雷是暂寓在她家的；她是个画家，壁上挂的画，大都是她自己的作品。她在我

---

① Futuristic：未来主义的，未来派的。

② Virgin Diana：处女狄安娜。但狄安娜实为罗马神话中对月亮和狩猎女神的称呼，希腊神话中称为阿尔特弥斯。

③ Isis：伊希斯，古代埃及司生育和繁殖的女神，其形象是给一个圣婴哺乳的圣母。

④ Mithraism：密特拉教，流行于帝国时期的罗马密传宗教之一。密特拉(Mithra)原为上古印度—波斯神灵之一，传入罗马后被奉为主神而形成密特拉教。

⑤ Virgin：处女。这里可能指阿娜希塔(Abahita)，古波斯女神，主管河川、丰产和生育。

对面的椅子上坐了。她从炉架上取下一个小发电机似的东西拿在手里，头上又戴了一个接电话生戴的听箍，向我凑得很近的说话，我先还当是无线电的玩具，随后方知这位秀美的女郎的听觉是有缺陷的！

她正坐定，外面的门铃大响——我疑心她的门铃是特别响些。来的是我在法兰先生（Roger Fry）[①] 家里会过的 Sydney waterloo[②]，极诙谐的一位先生，有一次他从巨大的口袋里一连掏出了七八枝的烟斗，大的小的长的短的，各种颜色的，叫我们好笑。他进来就问麦雷，迦赛林[③] 今天怎样，我竖了耳朵听他的回答。麦雷说："她今天不下楼了，天气太坏，谁都不受用……" 华德鲁先生就问他可否上楼去看她，麦说可以的。华又问了密司 B 的允许站了起来，他正要走出门，麦雷又赶过去轻轻的说："Sydney, don't talk too much!"[④]

楼上微微听得步响，W 已在迦赛林房中了。一面又来了两个客，一个短的 M 才从游希腊回来，一个轩昂的美丈夫，就是 London Nation and Athenaeum[⑤] 里每周做科学文章署名 S 的 Sullivan。M 就讲他游历希腊的情形，尽背着古希腊的史迹名胜，Parnassus[⑥] 长，Mycenae[⑦] 短，讲个不住。S 也问麦雷迦赛琳如何，麦雷说今晚不下楼，W 现在楼上。过了半点钟

---

① Roger Fry：今译弗赖（1866—1934），英国画家、美术评论家，推崇塞尚及后期印象派画家，曾任剑桥大学美术教授。

② Sydney Waterloo：不详。

③ Katharine，曼斯菲尔德的名。

④ Sydney，don't talk too much：锡德尼，不要谈得太多！

⑤ London Nation and Athenaeum：伦敦的《国家与雅典娜神殿》杂志。

⑥ Parnassus：帕纳塞斯山，位于希腊中部，古时被认作太阳神和文艺女神们的灵地。

⑦ Mycenae：迈锡尼，希腊南部古城，是希腊大陆青铜晚期时代文化的主要遗址。

模样，W笨重的足音下来了，S问他迦赛林倦了没有，W说："不，不像倦，可是我也说不上，我怕她累，所以我下来了。"再等一歇，S也问了麦雷的允许上楼去，麦也照样叮咛他不要让她乏了。麦问我中国的书画，我乘便就拿那晚带去的一幅赵之谦的"草书法画梅"，一幅王觉斯的草书，一幅梁山舟的行书，打开给他们看，讲了些书法大意，密司B听得高兴，手捧着她的听盘，挨近我身旁坐着。

但我那时心里却颇觉失望，因为冒着雨存心要来一会Bliss的作者，偏偏她不下楼，同时W，S，麦雷的烘云托月，又增了我对她的好奇心。我想运气不好，迦赛琳在楼上，老朋友还有进房去谈的特权，我外国人的生客，一定是没有分的了。时已十时过半了，我只得起身告别，走出房门，麦雷陪出来帮我穿雨衣。我一面穿衣，一面说我很抱歉，今晚密司曼殊斐尔不能下来，否则我是很想望会她一面的，不意麦雷竟很诚恳的说，"如其你不介意，不妨请上楼去一见。"我听了这话喜出望外，立即将雨衣脱下，跟着麦雷一步一步地走上楼梯……

上了楼梯，扣门，进房，介绍，S告辞，和M一同出房，关门，她请我坐下，我坐下，她也坐下……这么一大串繁复的手续我只觉得是像电火似的一扯过，其实我只推想应有这么些的经过，却并不曾觉到：当时只觉得一阵模糊。事后每次回想也只觉得是一阵模糊，我们平常从黑暗的街上走进一间灯烛辉煌的屋子，或是从光薄的屋子里出来骤然对着盛烈的阳光，往往觉得耀光太强，头晕目眩的，得定一定神，方能辨认眼前的事物。用英文说就是Senses overwhelmed by excessive light[①]；不仅是光，浓烈的颜色有时也有"潮没"官觉的效能。我想我那时，虽不定是被曼殊斐尔人格的烈光所潮没，她房里的灯光

① Senses overwhelmed by excessive light：过强的光线使感官觉得晕眩。

陈设以及她自身衣饰种种各品浓艳灿烂的颜色，已够使我不预防的神经，感觉刹那间的淆惑，那是很可理解的。

她的房给我的印象并不清切，因为她和我谈话时，不容我去认记房中的布置，我只知道房是很小，一张大床差不多就占了全房大部分的地位，壁是用画纸裱的，挂着好几幅油画大概也是主人画的。她和我同坐在床左贴壁一张沙发榻上，因为我斜倚她正坐的缘故，她似乎比我高得多（在她面前那一个不是低的，真是!）。我疑心那两盏电灯是用红色罩的，否则何以我想起那房，便联想起“红烛高烧”的景象？但背景究属不甚重要，重要的是给我最纯粹的美感的——The purest aesthetic feeling[①]——她；是使我使用上帝给我那把进天国的秘钥的——她；是使我灵魂的内府里，又增加了一部宝藏的——她。但要用不驯服的文字来描写那晚的她！不要说显示她人格的精华，就是单只忠实地表现我当时的单纯感象，恐怕就够难的了。从前一个人有一次做梦，进天堂去玩了，他异样的欢喜，明天一起身就到他朋友那里去，想描写他神妙不过的梦境。但是，他站在朋友面前，结住舌头，一个字都说不出来，因为他要说的时候，才觉得他所学的在人间适用的字句，绝对不能表现他梦里所见天堂的景色，他气得从此不开口，后来抑郁而死。我此时妄想用字来活现出一个曼殊斐尔，也差不多有同样的感觉，但我却宁可冒猥渎神灵的罪，免得像那位诚实君子活活的闷死。她的打扮与她的朋友B女士相像：也是铄亮的漆皮鞋，闪色的绿丝袜，枣红丝绒的围裙，嫩黄薄绸的上衣，领口是尖开的，胸前挂着一串细珍珠，袖口只齐及肘弯。她的发是黑的，也同密司B一样剪短的，但她栉发的样式，却是我在欧美从没有见过的。我疑心她是有心仿效中国式，因

① The purest aesthetic feeling：最纯粹的美感。

为她的发不但纯黑，而且直而不卷，整整齐齐的一圈，前面像我们十余年前的“刘海”，梳得光滑异常；我虽则说不出所以然，但觉得她发之美也是生平所仅见。

至于她眉目口鼻之清之秀之明净，我其实不能传神于万一；仿佛你对着自然界的杰作，不论是秋水洗净的湖山，霞彩纷披的夕照，或是南洋莹澈的星空，或是艺术界的杰作，培德花芬的沁芳，南怀格纳的奥配拉，密克朗其罗的雕像，卫师德拉（Whistler）[①] 或是柯罗（Corot）[②] 的画；你只觉得他们整体的美，纯粹的美，完全的美，不能分析的美，可感不可说的美；你仿佛直接无碍的领会了造化最高明的意志，你在最伟大深刻的戟刺中经验了无限的欢喜，在更大的人格中解化了你的性灵。我看了曼殊斐尔像印度最纯澈的碧玉似的容貌，受着她充满了灵魂的电流的凝视，感着她最和软的春风似的神态，所得的总量我只能称之为一整个的美感。她仿佛是个透明体，你只感讶她粹极的灵澈性，却看不见一些杂质。就是她一身的艳服，如其别人穿着，也许会引起琐碎的批评，但在她身上，你只是觉得妥贴，像牡丹的绿叶，只是不可少的衬托，汤林生（H. M. Tomlingson，她生前的一个好友），以阿尔帕斯山岭万古不融的雪，来比拟她清极超俗的美，我以为很有意味的；他说：

曼殊斐尔以美称，然美固未足以状其真，世以可人为美，曼殊斐尔固可人矣，然何其脱尽尘寰气，一若高山琼

① Whistler：惠斯勒（1834—1903），徐译“卫师德拉”，美国画家，长期侨居英国，提出“为艺术而艺术”的主张，对欧美画家有较大影响。

② Corot：柯罗（1796—1875），法国画家，使法国风景画从传统的历史风景画过渡到现实主义风景画的代表人物。

雪，清澈重霄，其美可惊，而其凉亦可感。艳阳被雪，幻成异彩，亦明明可识，然亦似神境在远，不隶人间。曼殊斐尔肌肤明皙如纯牙，其官之秀，其目之黑，其颊之腴，其约发环整如髹，其神态之闲静，有华族粲者之明粹，而无西艳伉杰之容；其躯体尤苗约，绰如也，若明蜡之静焰，若晨星之澹妙，就语者未尝不自讶其吐息之重浊，而虑是静且澹者之且神化……

汤林生又说她锐敏的目光，似乎直接透入你的灵府深处，将你所蕴藏的秘密，一齐照澈，所以他说她有鬼气，有仙气；她对着你看，不是见你的面之表，而是见你心之底，但她却不是侦刺你的内蕴，不是有目的的搜罗，而只是同情的体贴。你在她面前，自然会感觉对她无慎密的必要；你不说她也有数，你说了她不会惊讶。她不会责备，她不会怂恿，她不会奖赞，她不会代你出什么物质利益的主意，她只是默默的听，听完了然后对你讲她自己超于善恶的见解——真理。

这一段从长期的交谊中出来深入的话，我与她仅仅一二十分钟的接近当然不会体会到，但我敢说从她神灵的目光里推测起来，这几句话不但是可能，而且是极近情的。

所以我那晚和她同坐在蓝丝绒的榻上，幽静的灯光，轻笼住她美妙的全体，我像受了催眠似的，只是痴对她神灵的妙眼，一任她利剑似的光波，妙乐似的音浪，狂潮骤雨似的向我灵府泼淹。我那时即使有自觉的感觉，也只似开茨 Keats① 听鹃啼时的：

---

① Keats：济慈（1795—1821），徐译“开茨”，英国浪漫主义诗人，著名作品有《夜莺颂》、《希腊古瓮》、《秋颂》等，年仅 26 岁时死于肺病。

My heart aches, and a drowsy numbness pains
My sense, as though of homlock I had drunk...
'Tis not through envy of thy happy lot.
But being too happy in thy happiness...[①]

曼殊斐尔的声音之美，又是一个 Miracle[②]。一个个音符从她脆弱的声带里颤动出来，都在我习于尘俗的耳中，启示着一种神奇的异境，仿佛蔚蓝的天空中一颗一颗的明星先后涌现。像听音乐似的，虽则明明你一生从不曾听过，但你总觉得好像曾经闻到过的，也许在梦里，也许在前生。她的，不仅引起你听觉的美感，而竟似直达你的心灵底里，抚摩你蕴而不宣的苦痛，温和你半冷半僵的希望，洗涤你窒碍性灵的俗累，增加你精神快乐的情调，仿佛凑住你灵魂的耳畔私语你平日所冥想不到的仙界消息。我便此时回想，还不禁内动感激的悲慨，几于零泪；她是去了，她的音声笑貌也似蜃彩似的一翳不再，我只能学 Aft Vogler[③] 之自慰，虔信：

Whose voice has gone forth, but each survives for the melodist when eternity affirms the conception of an hour.
...
Enough that he heard it once, we shall hear it by & by.[④]

---

① “我的心在痛，困顿麻木折磨着/我的知觉，我仿佛饮了毒鸩/……/这并非我嫉妒你的好运，/而是你的快乐使我太欢欣。”引自济慈诗《夜莺颂》。

② Miracle：奇迹。

③ Aft Vogler：不详。

④ 她的声音已经飘逝，但每个音符对作曲家来说仍存在，他会让一个小时变成永恒……只要让他听见过一次就够了，我们就会再有机会听见。

曼殊斐尔，我前面说过，是病肺痨的，我见她时正离她死不过半年，她那晚说话时，声音稍高，肺管中便如荻管似的呼呼作响。她每句语尾收顿时，总有些气促，颧颊间便也多添一层红润，我当时听出了她肺弱的音息，便觉得切心的难过，而同时她天才的兴奋，偏是逼迫她音度的提高，音愈高，肺嘶亦更呖呖，胸间的起伏，亦隐约可辨，可怜！我无奈何，只得将自己的声音特别的放低，希冀她也跟着放低些。果然很应效，她也放低了不少，但不久她又似内感思想的戟刺，重复节节的高引。最后我再也不忍因我而多耗她珍贵的精力，并且也记得麦雷再三叮嘱 W 与 S 的话，就辞了出来，总计我进房至出房——她站在房口送我——不过二十分的时间。

我与她所讲的话也很有意味，但大部分是她对于英国当时最风行的几个小说家的批评——例如 Rebecca West[①]，Romer Wilson[②]，Hutchingson[③]，Swinnerton[④]，等——恐怕因为一般人不稔悉，那类简约的评语不能引起相当的兴味所以从略。麦雷自己是现在英国中年的评衡家最有学有识的一人——他去年在牛津大学讲的“The problem of style[⑤]”有人誉为安诺德(Mathew Arnold)[⑥] 以后评衡界最重要的一部贡献——而他总

---

① Rebecca West：韦斯特（1892—1983），英国小说家、评论家，原名 Cecily Isabel Fairfield Andrews，作品有长篇小说《士兵归来》、《法官》等。

② Romer Wilson：不详。

③ Hutchingson：赫金森（1907—1975），英国小说家，作品有《未被遗忘的囚徒》和《继母》等。

④ Swinnerton：斯温纳顿（1884—1982），英国小说家和评论家，作品有小说《夜曲》、《戈登广场的一月》等。

⑤ 风格的问题。

⑥ Mathew Arnold：阿诺德（1822—1888），英国维多利亚时代的诗人和评论家，主要著作有抒情诗集《多佛海滩》、叙事诗《邵莱布和罗斯托》及论著《文化与无政府状态》等。

常常推尊曼殊斐尔，说她是评衡的天才，有言必中肯的本能，所以我此刻要把她那晚随兴月旦的珠沫，略过不讲，很觉得有些可惜。她说她方才从瑞士回来，在那里和罗素夫妇寓所相距颇近，常常说起东方的好处，所以她原来对中国景仰，更一进而为爱慕的热忱。她说她最爱读 Arthur Waley[①] 所翻的中国诗，她说那样的艺术在西方真是一个 Wonderful Revelation[②]，她说新近 Amy Lowell 译的很使她失望，她这里又用她爱用的短句 That's not the thing![③] 她问我译过没有，她再三劝我应当试试，她以为中国诗只有中国人能译得好的。

她又问我是否也是写小说的，她又问中国顶喜欢契诃甫的那几篇，译得怎么样，此外谁最有影响。

她问我最喜欢读那几家小说，我说哈代，康德拉，她的眉稍耸了一耸笑道！

"Isn't it! We have to go back to the old masters for good literature——the real thing!"[④]

她问我回中国去打算怎么样，她希望我不进政治，她愤愤地说现代政治的世界，不论那一国，只是一乱堆的残暴和罪恶。

后来说起她自己的著作。我说她的太是纯粹的艺术，恐怕一般人反而不认识，她说：

"That's just it, then of course, popularity is never the thing for us."[⑤]

---

① Arthur Waley：韦利（1889—1966），英国汉学家、汉语和日语翻译家，译作有《汉诗 170 首》等。

② Wonderful Revelation：奇妙的启示。

③ That's not the thing：不是那么回事。

④ 是啊！我们必须回到过去的大师们那里，才能读到真正的好文学！

⑤ 确实如此。但流行从来不是我们追求的东西。

我说我以后也许有机会试翻她的小说，愿意先得作者本人的许可。她很高兴地说她当然愿意，就怕她的著作不值得翻译的劳力。

她盼望我早日回欧洲，将来如到瑞士再去找她，她说怎样的爱瑞士风景，琴妮湖怎样的妩媚，我那时就仿佛在湖心柔波间与她荡舟玩景：

> "Clear, placid Leman! ...
>
> Thy soft murmuring sounds sweet as if a sister's voice reproved.
>
> That I with stern delights should ever have been so moved..."①

我当时就满口的答应，说将来回欧一定到瑞士去访她。

末了我恐怕她已经倦了，深恨与她相见之晚，但盼望将来还有再见的机会。她送我到房门口，与我很诚挚地握别。

将近一月前我得到曼殊斐尔已经在法国的芳丹卜罗去世。这一篇文字，我早已想写出来，但始终为笔懒，延到如今，岂知如今却变了她的祭文了！

---

① "清澈、平静的莱蒙湖啊！/……你那温柔的波涛声/就像姐妹的责备声那样动听，/对这种严厉我从未这样快乐与感动过。"引自拜伦诗《恰尔德·哈罗德游记》第三诗章第85节。拜伦（1788—1824），英国浪漫主义诗人，代表作有《恰尔德·哈罗德游记》、《唐璜》等。

看了《黑将军》以后[①]

好的剧本，不论是希腊古代的悲剧，莫利庵的趣剧，莎士比亚的史剧，伊卜生的社会剧，都是高品的艺术。好戏要好艺员来演，要不然原著作的意义与价值与效用，就不能充分显出。出一个真诗人不容易，出一个真好戏子也不容易。戏子做得好的时候，真能在台上神化剧中的情节，真能充分的发挥剧本里应有尽有的意味，也许有时还加入他个人人格的贡献，他便是个创造的艺术家，他的演术便能独立的要求艺术的品评，他便是编剧者最深的知己。莎士比亚，我们只有一个；在台上解释莎士比亚的真艺术家也不常有，更不多有。譬如 Henry Irving[②]（欧文亨利）便是莎翁的三百年来难得的一个知己，他是戏台上的天才，入化境的艺术家。他扮海姆雷德，便是莎士比亚想像中的海姆雷德，真的活现的丹麦王子。他扮夏洛克，便是莎翁想象中的夏洛克，真的活现的犹太老。我们常听

① 一九二三年四月三日作；载一九二三年四月十一日、十二日、十三日、十四日《晨报副刊》；一九八八年一月陕西人民出版社《徐志摩研究资料》存目。采自《晨报副刊》。

② Henry Irving：亨利·欧文（1838—1905），杰出的英国演员，一生曾扮演300多部戏中的400个不同角色，成为英国第一个获爵士封号的演员。

人说老谭唱碰碑，便是个真老令公，唱卖马，便是个活现潦倒的秦二爷，黄三去曹操，真是人人想像中的真阿瞒，这就是他们的扮演凭着艺术的天才能入化境，能给人一个艺术化的真的印象。老谭，杨小楼，乃至于梅兰芳，在旧戏范围之内，不能说不是很难得的艺术家。我们戏剧价值不高的理由，在于剧本材料之不高，我们至多有几个玩世不恭的狄卡唐脱的元曲字，而从没有智力无边的萧伯讷，从没有个理想高超的席勒，不要说葛德，莎士比亚，或是希腊的老前辈了。

所以我虽则不否认中国的戏剧，不论昆曲皮黄，犹之中国的音乐与画，是艺术，而且有时是很精的艺术，我却不能不抱怨我国艺术范围之浅之狭。我是认定了艺术一定从真丰富的生命里自然地流出来或是强迫地榨出来的。所以我看了现在艺术的浅薄无聊，益发认定了艺术的问题，就是生命的问题。艺术与生命是互为因果的。承古圣贤的恩典，把生命的大海用礼教的大幔子障住了，却用伦常的手指，点给我们看一个平波无浪的小潭，说这就是生命的全部，这就是我们智力可以合法游泳的界限，也就是我们创造本能可以活动的边沿。结果是八股文章，姨太太，冬烘头脑，“三六”调，七律诗，……一面浅薄的生命，产生了浅薄的艺术，反过来浅薄的艺术，又限制了创造的意境，掩塞了生命强烈的冲动。

在戏剧里，不错，我们有很俏皮的趣剧，情节串插，有时我看比欧美的结构更有趣些，但如葛德说的一民族能表现天下最集中的仪式，是悲剧，我们的悲剧却在那里?

悲剧不仅是不团圆的爱史，不仅是全台上都横满死尸的戏情，不仅是妻儿被强盗抢去的悲伤，不仅是做了一辈子老童生的凄惨；这些和相类的情节，我们可以承认都含有些悲剧的味儿，但不是艺术上的悲剧。

真粹的悲剧是表现生命本质里所蕴伏的矛盾现象冲突之艺

术。心灵与肉体之冲突，理想与现实之冲突，先天的烈情与后天的责任与必要之冲突，冷酷的智力与热奋的冲动之冲突，意志与运命之冲突，这些才是真纯悲剧的材料。生活的外象只是内心的理想不完全的符号。所以真悲剧奏演的场地，不仅在事实可寻可按的外界，而是在深奥无底的人的灵府里。要使啮噬，搅扰，烧烙，撕裂，磨毁，人的灵魂的纤微之事实经过，真实地化成文字，编为戏剧，那便是艺术，那便是悲剧的艺术化。

（我并不是在下悲剧的定义，我只在略说悲剧组成的主要原则。）

一般的中国人，和平习惯成性。调和敷衍苟且习惯成性的民族，根本上就懂不得悲剧的意义与价值，因为一则他们在生活里从没有过依稀仿佛的经验，二则我们从没有出过悲剧的大诗人，从没有人曾经深入灵府里最秘奥最可怕亦最伟大的境界去探过险，回来用文艺的方法记载他希有的经验。用一山水的比喻，我们现有较为有价值的悲剧，说得最好也无非是一个西湖；小小的山，小小的水，小小的亭台楼阁；这也未尝不是精品，但有谁，除了从不曾见过世面的江浙人，敢说西湖是世上唯一的名胜，可以代表所有山水的变化。中国的艺术，也一样的，除了从没有开过眼的爱国志士，谁敢说便是人间最高的艺术，就可以代表所有艺术的深浅。我们在艺术界里，都只是看惯了西湖和城隍山的人，平常就很难想像到泰岳的庄严，阿尔伯斯的雄丽，等等。我们只能领略和风丽日，浅水清波的情味，而不能体会绝海大洋，惊浪洪涛的意趣，平常又是娇养惯了的，禁不起风险，就使有时面对着宇宙的大观，也只会瑟瑟的嚷头痛脚冷，再也不能放怀恣赏。

所以我们就是有机会遇见真伟大的艺术，我们也不会认识的；我们就是看了烈情的悲剧，我们也很难同情的。我们如其要眼界进步，如其要艺术的同情心扩大，第一个条件就在打破浅陋的成见；成见都是浅陋的，都应该打破的。

《黑将军》或《奥赛洛》便是全世间最有名的悲剧之一，作者是莎士比亚，大家知道的，但莎士比亚生前不过是个自编自演的戏子，如今何以被尊为人类历史上最伟大诗人之一；他当初在衣力剎白女皇时代点火把的“露天草台”上演的，娱乐一般出三两个铜子没有座位站着看的群众的戏，何以现在被尊为人类的宝库里最精之一部？何以他一生事迹不传，如今千百个的学者还在聚讼他究竟是否“莎士比亚”的作者，会得是欧洲文化打底的一个大天才？我们东方与欧西交通的年数已经不少，从他们学得花样，也已经够多，但何以我们对于欧西文化的本体始终没有相当的认识，何以我们只见他们的糟粕，却从不过问他们的真精华？莎士比亚，葛德，我们至多给他们一个滥用的徽号，至多称他们为诗人，为文豪。但一般人心目中的诗人文豪，非但不能概摄他们伟大的人格，实际上是一种亵渎的比称。我们的诗人做的是什么诗，我们的文豪做的是什么文，性质，动机，艺术，造诣各各不同，如何可以并论呢？

我们了解莎士比亚的程度，（可怜！）止于“文豪”林琴南的吟边燕语，只知道了那几段故事——又只是糟粕。莎士比亚之所以为莎士比亚，其所以为最伟大的艺术家，而不仅是编故事的作者，我们根本没有知道。我们也许不敢否认莎士比亚是伟大的，但却从不认识，因为从不曾感觉，他伟大在那里。最近我们方听见有人翻了《海姆雷德》的原文，好否不论，就只翻译莎士比亚的事实已是很难得的了。

平常学校里听见也有读莎士比亚的，但最普通用的是几篇趣剧，例如 Merchant of Venice①，The Taming of the Shrew②，The Comedy of Errors③，etc. 而莎士比亚最当行出色的四大悲剧 Hamlet④，Othello⑤，Macbeth⑥，King Lear⑦，读的人却很少，也许为比较的难读一点。但要知道凡是值得一读的东西，决不是可以随便容易取得的：成绩与工夫总是正比例的。你若然问有知识的英国人，英文应该念什么，他总是保荐莎士比亚与米尔顿，犹之要研究中文总离不了庄子与司马迁；要知道水，总不能不研究海一样的理由。

但莎士比亚的戏，虽是文学里最颠扑不破的杰作，同时也是戏台上最颠扑不破的杰作。最好是先念了书上的戏，再看台上的戏，回来再读书上的戏，再看再读，再读再看，若然你读时认真，又有机会看好戏，那时真可以希望了解莎士比亚了。但在中国那里有这种机会，就是偶尔学校里排演一二趣剧，其成绩至多也不过把戏里的故事讲个明白。学校里教莎士比亚的教师也不少，但如其你去问他莎士比亚的好处在那里，恐怕十个里有九个瞪着眼说不出来，或是拿几句不着边际的套话来搪塞。

但莎士比亚是的确值得一懂的。放着最高等的文学不去研究，放着最纯粹的艺术不去寻味，倒反而费了光阴去上无聊批评家的当，讲什么主义，论什么潮流，除了标题浅识以外，什么也辨认不出，鱼目就是珍珠，珍珠就是鱼目，一样的费精

① Merchant of Venice：《威尼斯商人》，莎士比亚的剧作。

② The Taming of the Shrew：《驯悍记》，莎士比亚的剧作。

③ The Comedy of Errors：《错误的喜剧》，莎士比亚的剧作。

④ Hamlet：《哈姆莱特》，徐译“海姆雷德”，莎士比亚的著名悲剧。

⑤ Othello：《奥赛罗》，徐译“海姆雷德”，莎士比亚的著名悲剧。

⑥ Macbeth：《麦克白》，徐译“海姆雷德”，莎士比亚的著名悲剧。

⑦ King Lear：《李尔王》，徐译“海姆雷德”，莎士比亚的著名悲剧。

力，偏喜欢咬嚼未入流的作品，这真是何苦来呢？

虽则我们很难实现政治或经济的国际主义，但文学与美术，总是人类共同的产业，文艺的国际主义是不容疑问了。人总是人，人道总是人道，制度言语习尚的区别，掩没不了人类底公同的原则。所以莎士比亚，不仅是英国人的，莫利庵不仅是法国人的，而是各民族所共有的。英美各国这一时尽在讲李白白居易，我们却从不会认真的研究过莎士比亚与米尔顿，这不是我们甘心吃亏吗？

所以这一次我见了《奥赛洛》电影的广告，而且是德国人演的，我就很喜欢；以为到底我们可以看一次名剧了，虽则是有影无声的电戏我也去看了，而且那天是冒了雨去的。结果是一百二十分的失望。在大雨里饱受了一肚子气回家。后来愈想气愈大，所以忍不住做了这篇不整齐的文字来发泄我的气。

第一我就疑问电影可以演认真的作品。电影可以布戏台上不能布的景，可以演出复杂的情节，但因为少了声的原因，结果只可在表情做工上加倍的下工夫，往往至于“过火”。最近各国的影戏，为宣传文化起见，很起劲排演大家的名著，这趋向当然比专演谋财害命和奸捉奸的滥调，或是替国家主义的政府当宣传机关，较为有出息些。譬如史谛文孙，狄更司的小说，伊卜生的戏，最近 John Drinkwater[①] 的《林肯》，大仲马的《三剑客》，莎士比亚的《奥赛洛》，也都上了影片。原来有版权不容易排演的戏，现在就是远东各国，也可以从电帘上“慰情聊胜无”了，这不能说不是件应该奖励的事。

但据我个人经验，影摄名作的成绩其实不能说好，有时简直支离窜变得不成东西，很少可使人满意的代表原作的身分。

---

① John Drinkwater：德林克沃特（1882—1937），英国诗人、剧作家和评论家，著有《诗集》、历史剧《林肯》等。

譬如Dr. Jakyl and Mr. Hyde,[①] 虽则因为John Barrymore[②]（美国最有名的艺员）的缘故还可以看得，但原书似是似非引人入胜的好处，全让影片只能明写不能暗表的缺陷把西洋镜开头就拆破了。再譬如伊卜生的《娜拉》(Nora) 全剧最精彩的一段，就在末了突如其来的二段“正经话”，康白尔夫人（Mrs Patrick Campbell)[③] 演此剧之所以得名，正在她能充分的解释那段话的力量与意义，她体会入微谈话的音节便是魔力，不但剧中的丈夫不知所答，就是看戏人的心里，也只是充满了最强烈的同情。最后楼下澎的一声门响——她真去了！——更是在书成了飞得起的龙上，点了一点神极灵极的睛。但在影片上，那段精神贯注的谈话，只变了三两节札出来的说明，那门也关而不响，结果全剧的神韵就乏。再譬如大仲马的《三剑客》。本是一篇很有历史价值的小说，一上影片我们却已见一个外江派武生的Douglas Fairbanks[④] 乱冲乱跳，再也看不出一些大仲马的手笔与文学的结构；原来高等的艺术如今一变而为全武行的一个大玩笑。又如 George Meredith[⑤] 的Diana of the Crossways[⑥] 更演得荒谬不成话了。

大概原作的意义愈深，结构的艺术愈精，电影公司也就愈

---

① Dr. Jakyl and Mr. Hyde：《杰古尔博士与海德先生》。

② John Barrymore：巴里莫尔（1882—1942），著名美国演员，巴里莫尔戏剧世家成员，曾成功塑造莎士比亚戏剧角色理查三世和哈姆雷特，后步入影坛。

③ Mrs Patrick Campbell：今译坎贝尔夫人（1865—1940），曾扮演莎士比亚、易卜生、萧伯纳等的剧作中的重要角色。

④ Douglas Fairbanks：范朋克（1883—1938），美国电影演员、制片人，主演过《三剑客》、《罗宾汉》和《驯悍记》等影片。

⑤ George Meredith：梅瑞狄斯（1828—1909），英国小说家、诗人，擅长人物心理刻画，主要作品有长篇小说《利己主义者》、诗作《现代爱情》等。

⑥ Diana of the Crossways：《克劳斯威的黛安娜》，英国作家G. 梅瑞狄斯(1828—1909）的小说。

没有办法。

概括说起来，电影演名著所以失败的原因，有下列几种：

一，作品多避直写明写，电影却不能不直白地叙述——原作结构的匠心因之掩没。

二，电影急于将故事说明（看客只求浅而易见），致使应详处裁略，应略处衍长。

三，戏剧止是声色：电影无色尚可以想像会意，但哑巴的影子，终是无法补救的缺陷。

四，电影总是贸利主义，只是迎合群众；群众只是庸俗，懂不得艺术；所以娱乐他们的片子，无论原作如何有价值，总只是文艺的骸骨，不是精华。

假如电影所演止于黄金岛鲁滨孙一类片子，即使不甚满意，总还不至于大谬不然。但他们有时竟来尝试最难讨好的真名著，例如《奥赛洛》，又不经相当的批评与校按，结果一定是大糟而特糟。承认了电影有限的可能性，单是减损原作的光彩我们可以原谅；单是变换结构，也可以原谅；不能充分发挥原作的本旨，也可以原谅；但如为缺乏相当知识与判力而不能了解，甚至于误解原作的意义，却只为投机贸利起见，勉强排演，结果只是亵渎了作者，糟蹋了作品，欺哄了不识不知的群众——那我们为维持文艺尊严起见，决不能随便照准。这次开明演的《黑将军》便是件应受裁判的罪案。那一班蠢德国人简直亵渎了莎士比亚，糟蹋了《奥赛洛》，还给了急于看莎士比亚名剧的学生们，一个最背谬的印象，全让冤了！

我现在先把那影片所给我们的印象，简单的说一说，然后希望把那原剧的本意乘便一讲。但我最高的希望却在引起读者对于莎士比亚原著的兴趣，自己去仔细的研究，再来印证我这篇里粗简的批评。

《奥赛洛》里的主角除了奥赛洛，就只 Iago（挨各），我们看了《黑将军》以后，对于这两主角所得的印象大概如此：

奥赛洛像今非洲的黑人（其实并不是），长得又丑又蠢，看中了代思代蒙娜（Desdemona），硬把她抢了去成婚，引起了挨各的妒忌，做成圈套想把他们一起害死。

奥赛洛，照影片上看来，只是个蠢物，残忍，轻信，莽撞。他扼死代思代蒙娜，只使我们联想起近年来的“大帅”们，一样的蠢，一样的丑，一样的残忍莽撞，仿佛他们的三妻四妾中有了外遇的嫌疑，他们再也不问个仔细，一把拿人来挤死了再说。

挨各像个神通广大闹天宫的猴子，东跳西窜，上自奥赛洛下至那可怜的罗特立各（Roderigo），都是他掌心里的泥丸，随他任意的抛掷。

全剧的印象，只是个“不真”。原来是庄严的悲剧，如今却变成了流血的谐剧，原来奥赛洛是主人公，为全剧的中心，如今却只见捣乱的挨各——如其罗特立各是人——可怜的傻子（a pitiable fool），奥赛洛看来只是他堂房的弟兄，只是个大傻子（a huge fool）。

全剧只是原作的滑稽化，悲剧的意味与价值全没有了。统看起来，除了那片子里的奇蠢的德国人本不配演莎士比亚以外，还有几个排演上的大错误。

（一）原剧的情节程序窜改得太不成样子。

（二）为招引看客的好笑，把不重要的部分任意拉长，穿插了许多无意识的开玩笑（譬如罗特立各躲在酒桶里），再加之全剧精彩所在不能充分表现，致使剧情失其平衡，悲剧演成玩笑剧。

关于窜改剧情，我此地只能约略的指出几点。

第一幕黑将军朝见是添出来的，并且奥赛洛与代思代蒙娜并不是那样粗促的会面，那样的强抢。

奥赛洛非但与代思代蒙娜早已相识，并且也很为她父亲所爱，常请到家去讲他一生非常的事业，倒是代思代蒙娜崇拜英雄倾心相许，这是她自己的话：

> I saw Othello's visage in his mind,
> And to his honors and his valiant parts
> Did I my soul and fotunes consecrate.
> …
>
> 原文 Act I Scene 3[①]

还有奥赛洛的那篇慷慨的演说"Her father love thee [②]..."以及 Act Ⅲ Sc 3[③] 的话都证明他们是两情相得的自由结婚。而电影公司单凭罗特立各妒疯了的话，编作半路强抢，真是荒谬。若然代思代蒙娜，照影片所演，只在朝会时和他见一面，又被他强抢了去，就肯心悦诚服的和他结婚，那不是太不近情理了？假使事实是如此，代思代蒙娜便是个没有品格的女子。而原剧的本意，正在他们相互情爱之真，不但奥赛洛真的爱她，她也最诚挚的爱他，但看她受了无端的委曲，还是绝无丝毫怨艾（参看 Act Ⅳ Sc 2）[④]。唯其两面的情都是真而且纯的，所以因奸人播弄而发生的悲剧，方是真而且纯的悲剧，方能从恐怖与怜悯的情绪里引起想像的同情。

第二个任意窜改的例，就是那块手帕的轇轕。手帕是造成这悲剧很重要的一个关键；从前十七世纪有个批评莎士比亚的

---

① 朱生豪译："我先认识他那颗心，然后认识他那奇伟的仪表；我已经把我的灵魂和命运一起呈献给他了。"（原文第一幕第三场）

② 她的父亲爱你。

③ 第三幕第三场。

④ 第四幕第二场。

人 Thomas Rymer[1]，他嘲笑奥赛洛这戏，说只是出“手帕的悲剧”（Tragedy of the handkerchief)。奥赛洛在先听了挨各的谮讽，总只是将信将疑的，后来他亲眼看见他给代思代蒙娜的那块手帕在喀西乌（Cassio）手里，——一个亲眼看见的铁证——方才认真的怀疑他妻子的靠不住。莎士比亚借用这手帕的关键，明知道是抄一条戏剧上必要（drametic neces sity）的险路，所以他聚精会神一步步很当心的走，方才勉强走通了。我现在把原文里的程序说一说。

代思代蒙娜受了她丈夫给她的定情帕以后，一天到晚只放在她自己身上，并不是像影片里的随便放在衣箱里，让阿米拉(Emilia）去掌管。参看原文第三幕第三景阿米拉的话：

> Emil：I am glad I have found this napkin；... But she so loves the token.
>
> That she reserves it evermore about her,
>
> To kiss and talk to...[2]

后来她为拿出那帕子来替奥赛洛裹头痛，无意中掉落了，方才被阿米拉拾得的（第三幕第三景)，电影里却把这段删了而改为阿米拉整理衣箱时挨各突然来抢去此帕。

再下去电影里改得更离奇了。奥赛洛妒昏了在做梦，滚下床来，神志昏瞀时，挨各进来拿出那帕子替他揩汗，故意让他看见诘问，他就说是从喀西乌处拾得的。

---

① Thomas Rymer：赖默（1641—1713)，英国新古典主义文学评论家，1678年发表的《上一时代的悲剧》，批评了博蒙特、弗莱彻和弥尔顿的作品；1693 年发表的《对悲剧的浅见》，对莎士比亚的《奥赛罗》进行了批评。

② 朱生豪译：“我很高兴我拾到了这方手帕；……她非常喜欢这玩意儿，……她随时带在身边，一个人的时候就拿出来把它亲吻，对它说话。”

这一段情节完全是电影公司的，不是莎士比亚的。照原文是挨各从他的妻阿米拉（电影里作为代思代蒙娜的侍婢，又不说明是挨各的妻，皆谬）那里抢得了那块帕子，他就放在喀西乌的房里使他拾得。后来喀西乌拿拾得的帕子交给他相识的一个女人Bianca[①]——电影里不曾露面——叫她照样做一块。挨各一面先对奥赛洛说他见那块手帕在喀西乌那里，一面又设法叫奥赛洛偷听他自己和喀西乌的谈话。他对着喀西乌，就提起他的女人皮恩加，却只是隐隐吐吐的使躲着的奥赛洛听了以为所讲的就是他的妻子代思代蒙娜。一面他正听得愤火中烧，又见皮恩加进来手里拿着那块帕子，硬说是喀西乌新情人的赠品，不肯照样仿做。

奥赛洛亲耳听得，亲眼看到了代思代蒙娜不忠的证据，方才完全中了挨各的诬毒，立定主意杀人泄愤。他原来并不是疑妒成性的人，代思代蒙娜再三替他辩，挨各也明知道，他自己临死也说：

> ...One not easily jealous, but, being wrought, perplexed in the extreme...[②]

挨各所以层云累雾的布了好几重迷阵，方才把这Constant, noble, loving nature[③] 的性灵抹杀，却惹起了他无明的妒焰仇火。所以第三幕挨各进谮的一幕，要有真好艺员演奥赛洛时——例如以演奥赛洛最著名的意大利人Salvlui，或是现在

① Bianca：比恩卡，《奥赛罗》中人物。

② 朱生豪译：“一个不容易发生嫉妒的人，可是一旦被人煽动以后，就会糊涂到极点。”

③ 忠贞、高尚、仁爱的天性。

伦敦的Matheson Lang——那时我们方能充分的佩服莎翁出神入化的匠心艺术，不仅从他灵魂底里发出来烈情的大爆动，就是因挨各极巧的浸润所引起内心的波折澜纹，也一一在他的神情声容里极细微地表出。海慈立德（William Hazlitt）[①]是最大莎士比亚评衡家之一，他的话真值得一听：

“奥赛洛的本性是高尚，坦率，温和，大量的；但他也是个烈性人，他的血可以滚沸到极点；所以他只要相信自己受了欺，他就火山爆裂似的再也没有顾虑，只是用极端的办法来发泄他的恚愤。莎士比亚的艺才，在于将这原来坦率高尚的本性，经迅疾而亦渐进的过渡，转入无有退步的极端，从琐细的事实里急渐直上的引起猖獗的暴情，描画灵府里爱与恨最深刻的冲突，慈和与愤怨，嫉妒与怜悯的冲突，展露人性中的强点与弱点，揉合高粹的思想与骤遭奇祸的痛感，解放心府里潜伏着的种种强烈的冲动，把他们一起和杂在那深刻高尚烈情的狂澜之中，猖獗而庄严，‘滔滔的前涌直抵泼洛彭敌克，更没有退潮的预兆’，莎士比亚的天才，他总摄人的心灵之天才与势力，在这一段里可算最踌躇满志的施展了。他不仅单独的写出品性与烈情，他难能的地方在于并合品性的研究与烈情的表现，在于用最高粹的艺术，调和自然的外象与深奥的内工，惨酷痛苦剧烈的表情与强自抑制忍痛的痕迹……”

但电影里差不多把这最吃紧的一幕，整体的删了（也许其实因为电影没有法子做），结果看客所得的印象与原作的本意却得一个相反。

因为莎士比亚构成这悲剧背景的匠心，一起让抹煞了，我

---

① William Hazlitt：今译赫兹列特（1778—1830），英国作家、评论家，著有重要的莎评著作《莎剧人物》、评论集《英国戏剧概观》和散文集《炉边闲谈》等。

们当然既看不出奥赛洛那品格之伟大高尚，只能断定他是个莽撞轻信的大傻瓜；既看不出这悲剧造成逐步逼紧，不可免的原则，当然不能感觉这悲剧所表现的情绪之真；既没有受深切的感动，当然只觉得处处漏洞的穿插之可笑；既看不出剧之所以为悲的实在，当然只能看作一出大流血的玩笑剧。

总之全剧被删改得几于不可认识原有的精神不必说，就是情节的脉络也被生生的割残，这分明不是莎士比亚而他们偏要利用莎士比亚之名来骗我们的时间与钱，岂不是诈欺取财，应受刑事审判?

这类贸利投机的片子，本来不值得使着大劲来批评，但为借此机会许可以引起一部分认真爱文艺的人研究莎士比亚的杰作，我也就不厌烦琐，零零碎碎的说上了一大篇。我原来想乘便把这戏里的几个人物，分析的研究一下，但转想念过原文的人已经不多，对于莎士比亚戏剧的艺术有特别兴趣的人更少，恐怕详细的研究只是劳而无功的事业，且等下次再适当些的机会罢。

四月三日

狗食盆[①]

我早已想做一种西洋诗话，记述西洋人有趣味的逸事，他们各个人的诗的概念，以及他们各个人砥砺工具的方法。我想他们有时随意说出来的话，例如勃兰克（Blake）[②]、开茨（Keats）、罗刹蒂（Rossetti）[③] 剩下来的杂记和信札，William Archer[④] 集的那本From Ibsen′s Workshop[⑤]，契考夫Tchekov[⑥] 的信札，都是他们随意流露的真心得，虽则不是长成的木料，

---

① 载一九二三年《努力周报》四月二十二日第四十九期，原题《杂记》；初收一九六九年台湾传记文学出版社《徐志摩全集》第六辑。

② Blake：布莱克（1757—1827），英国浪漫主义诗人，作品有诗集《天真之歌》和《经验之歌》等。

③ Rossetti：但丁·盖布里尔·罗塞蒂（Dante Gabriel Rossetti，1828—1882），英国意大利裔画家、诗人，“先拉斐尔兄弟会”创建者之一，1850年创办先拉斐尔派杂志《萌芽》。

④ William Archer：阿切尔（1856—1924），苏格兰戏剧评论家和翻译家，曾任多家报纸的戏剧评论员，并以翻译易卜生的作品而闻名。作品有《当代英国剧作家》和翻译《易卜生全集》等。

⑤ From Ibsen′s Workshop：《来自易卜生的创作室》。

⑥ Tchekov：契诃夫（1860—1904），俄国小说家、剧作家，著名作品有中篇小说《第六病室》、短篇《套中人》、剧本《海鸥》、《樱桃园》等。

却都是适之比况杜威的 Creative Seeds[①]，这些灵活的种子要你有适当的心田来收留培畤就会发芽生长。我昨天从通伯那里借得一本葛莱符司 Robert Graves[②] 的《论诗》(On Poetry)，里面很多有意味的启示，我忍不住翻过几则来让大家看看。

> 葛莱符司是英国的一个诗人，牛津大学的，打了好几年仗，在濠沟里做诗，也是乔治派诗人（The Georgians)[③] 之一。他的诗长于短歌，艺术很不错，虽则天才不见得很高。他这册论诗却颇值得一看。

狗食盆

“侄儿，实在对不起，但我真是没有法子懂你的‘新诗’。新诗真叫人看的厌恶；我看来大都是无理取闹不要脸。”

“很好，伯父，但是人家也没有盼望你懂得！看家的老狗到了吃饭时候走到他那盆子外面写明狗食的去吃他的碎饼干，摇着尾巴顶得意的。明天你要是给他一个新盆子里面放了他不认识的鲜味儿，他过来嗅上几嗅满瞧不起的转身就跑。你看了他那样不开眼儿的蠢，他那样不识抬举，他那只知道爱碎饼干可笑的脾气，你就恨不得抬起脚来踢他；可是你慢着！

“他原先吃的那盆子外面写明狗食的，照科学先生们说，他只要一见就引起了他满狗嘴的馋涎。你现在给他的，他满不

① Creative Seeds：创造的种籽。

② Robert Graves：今译格雷夫斯（1895—1985)，英国评论家、小说家、诗人，著有诗集多部及历史小说《克劳狄乌斯》等。

③ The Georgians：(1910—1920 年间的）乔治时代的英国诗人。

认识，没有兴起他的馋嘴，他满不舒服，反而以为让你冤了。

“可是你要是掷给小巴儿们试试；他们一见就狠命的抢着吃，回头他们看着那糊涂的老狗老恋着他那狗食盆里的碎饼干，他们哼哈着老实说有点儿瞧不起。”

这段挖苦话的妙处不仅是对付了一般自居高明的老伯伯们，就连一群努力创造的新青年们也得了个最确当的比喻——只是一群乐天主义什么都是好吃的小巴儿们!

得林克华德的《林肯》[①]

本月二十四那天晚上霍路会（W. E. Holloway[②]）的剧团在平安演《林肯》。

那晚看客里中国人颇不少，楼下有梅姚和他们的侍从，楼上有新剧家陈大悲，大悲看得乐疯了，口里不住的遏着气，嚷好，忘情之极，甚至使劲的踢脚，踢得他前排看客的腰背都痛了！我独自靠在楼阑上，一面看戏，一面看看戏的人，心想今天的好戏有这几位新旧剧大家赏识总算不虚演的了，同时看了戏里的林肯又想起“我们的政治家”他们一样的在忙什么南北问题，一样的在主张什么统一，放着这样高明前辈的教训不来请教，到在忙什么退还不信任案，岂不可怜。

此次霍路会剧团来京，演的又是认真的戏，很是个难得的机会，《晨报》上又有胡适之先生的特别广告，我以为好艺若渴的新青年们一定蜂涌而去的了，岂知事实上几乎绝无学生的

---

① 一九二三年四月二十九日作；载一九二三年五月三日、五日、六日、七日《晨报副刊》采自《晨报副刊》。

② W.E.Holloway：生平不详。

踪迹。第二天演 Pinero[①]的 The Second Mrs. Tanqueray[②]我在那里，中国人到的不满十数，连翻译那戏的大悲先生都没有到。《林肯》那晚中国人多些，但据我所知除了女子师范有两位学生在场以外，北大高师美专戏剧诸大学校的学生，连单个的总代表都没有。我真觉得奇怪，后来我和通伯谈了，他说学生嫌戏价太贵。不错，表面看来戏价似乎是贵些。但凭着良心讲，这样远道来的剧团演这样认真的戏，要你三两块钱的戏价，只要演的过得去，你能说太贵吗？梅兰芳卖一圆二毛，外加看座茶钱小账，最无聊的坤角也要卖到八毛一块钱，贾波林的滑稽戏电影也要卖到一块多——谁都不怨价贵，每演总是满座而且各大学的学生都是最忠诚的主顾。偏是真艺术真戏剧的《林肯》，便值不得两块钱，你们就嫌贵，我真懂不得这是什么打算！

看坤剧只是煽动私欲的内焰，看旧剧只是封锁艺术的觉悟，就是看男女两"芳"的杰作，所得至多也不过极浅薄的官快。但是真纯艺术——戏剧亦艺术之一——最高的效用，在于扩大净化人道与同情，戟动，解放心灵中潜伏的天才，赋与最醇澈的美感，使于生命自觉中得一新境界，于人生观中得一新意趣。能负这样的使命者只有美的实现，实现美的艺术。艺术的美是一架三角的分光镜，我们在晶棱里看出分析了的自然与人生，复杂的变成单纯，事物解脱了迷离的外象，只呈露着赤裸的本体，善恶真伪平常不易捉摸的精灵，都被美的神光分明地照出。

古今来不知有多少文学美术的天才，从舞台上得到他们初度的感悟与戟刺！莎士比亚自己就是从戏台上混出来的。莎士

① Pinero：平内罗（Sir Arthur Wing Pinero，1855—1934），英国演员、戏剧家，主要作品有闹剧《花花公子迪克》和问题剧《坦克瑞的续弦夫人》等。

② 《坦克瑞的续弦夫人》。

比亚的戏不知曾经神感了多少伟大艺剧，真是那一个近代的戏剧家不曾到莎翁的清泉去饮濯过，那一个英国的大文学家不曾从英译的约书里探得真文学的消息？我想严又陵当时若然能屯出些工夫来翻译莎士比亚或是希腊的古剧，若然四五十年来就有适当的人着手介绍适当的文艺，我们今日的舞台决不至寂寞如此，我们文艺家的创作，也不至幼稚如此。提高标准，拿出真好的榜样来，是我以为今日文艺界所须要的事业。阳光一出，烛燃的微芒当然消翳，典型一定，既可杜绝侥幸投机的心理，又可将新时期芽吐的天才引上纯正的法轨，使不至如今日之纷窜自毁。

得林克华德的《林肯》，便是近代作品中之可为法典者，是真纯的艺剧，我们只怕寻不出相当的文字来赞扬，不怕他的杰作当不起我们的颂美。

（我此次看了以后下一天去平安问讯，可否专为学界再演一次，但该剧团已离京他去，真太可惜了。我想下次若再有此类机会时，负有介绍责任的人应得想法子预为有力的提倡，免得再有遗憾。乘便我可以报告不久有大手琴家克拉士勒 Kreisler 来京，他是近代有数的音乐大天才，爱真音乐的人，千万不可错过这最最难得的好机会。就是你们耗费了半月的薪水去听他一度的弦琴，结果还是你便宜的。）

我现在想略略的讲《林肯》那戏好在那里，你们愿意补苴的，也还来得及，琉璃厂商务书馆还有二三十册原文的剧本，是美国版，印得也还不讨厌，你们爱文学的应该化这两块二毛五分钱，买一册回家看去，值得一化的，如其你们相信我的话。

得林克华德（John Drinkwater）是现代英国有名诗人之一，

他写的三剧——Mary Stuart[①], Oliver Cromwell[②], Abraham Lincoln.[③] ——都可算是历史戏（Chronicle Play）。他的《林肯》是近代戏剧中希有的成功，不但英美，就是欧陆诸国也都排演，一般的受非常的欢迎。伦敦的《林肯》，振兴了一个偏僻的 Hammersmith Lyric Theatre[④]。也复兴了一个久晦的 Lyceum[⑤]，连演了两足年，真是上自王家，下至庶民，没有一个人看了不称许。普通看戏消遣的人看了满意，最严格的批评家看了也赞美，我们所以要研究他成功的秘密在那里。

历史戏在英国文学里自从莎士比亚以来，几于成为绝调。原因第一在于风尚之变迁，第二也为历史戏取材剪裁之不易。我的好友狄更生先生（G.Jowes Dickinson）[⑥] 早年曾经有志继续莎士比亚的衣钵，想写历史戏，目的在于以哲学的精神解释，以诗剧的乐音美化，历史上重大的关节。所以他最早的文学贡献就是一篇历史诗剧，叫做“From King to King”[⑦] 剧情就是十七世纪的英国革命格林威尔的事略，文字结构都是上乘，可惜那时评衡界不曾注意，没有相当的奖励，狄更生因之没有继续他的尝试，如今说起，他自己也觉得很可惜的。后来老当益壮的汤麦司哈代印行了他那骇人的大诗剧 The Dynasts[⑧]，剧情是拿破仑的历史，满充了活力的一篇杰作，就可

---

① Mary Stuart：《玛丽·斯图亚特》。

② Oliver Cromwell：《奥利弗·克伦威尔》。

③ Abraham Lincoln：《亚伯拉罕·林肯》

④ Hammersmith Lyric Theatre：海默斯密斯歌剧院。

⑤ Lyceum：兰心剧院，位于英国伦敦的一座具有悠久历史的剧院。

⑥ G.Lowes Dickinson：徐志摩在英国的朋友，剑桥大学教授，著有《一个中国人的通信》、《一个现代聚餐谈话》等。

⑦ From King to King：《从国王到国王》。

⑧ The Dynasts：《列王》。

惜太复杂了，始终没有人尝试排演过。

所以得林克华德历史剧的大成功，很引起一班人的研究。我先把他的两剧的特色说一说。

欧洲自从伊卜生以下，舞台上见的只是社会剧。社会剧的动机不是金钱就是男女。性的问题永远是欧洲文艺家摆脱不了的 Obsession[①]。

恋爱——神秘的恋爱，理想的恋爱，“深铁门独儿”的恋爱，寝室里的恋爱，田场里的恋爱，种种浪漫的不规则的反常的恋爱——恋爱，恋爱，永远是恋爱。固然男女是文艺的一个大动机，但东方人冷静惯的头脑，到西方去不论进画馆，进戏馆，进酒馆，进公园，闻到的只是热烘烘的性臭（Sexual Smell)，见到的只是耀眼的性彩（Sexual Color)，听到的只是令人肉爬的“性话”，真可以把人的神智都“性”昏了。得林克华德的克林威尔与林肯却是个例外，他是第一个慈悲的西方文学家，居然给了我们没有性味儿的高等作品，我们看他的著作，仿佛从烟蒸气闷的饭馆里步入风清草香的园子里，空气里有的只是补益的原素。我们尽可放胆的呼吸了。

所以他的第一特点就在脱离性味与铜臭。第二个特点是剧情结构之简单爽快。得林克华德是知道怎样服从典型的一个人，他并不是盲目守旧，他是知道从法律里实现自由的秘诀。他的布局，他的章法，他的文笔，都一承古典文学的家法——单纯，切题，一贯，明了，集中，廉净。他仿佛是在雕刻石像，应用力处用力，应不着力处不着力，目的只在写出一个单纯的概念，谱出整体一贯的韵节。我们看惯了近代社会剧结构之复杂，情节之生凑与不自然，好容易得到了这样轮廓清明意旨澄澈的作品，正如我此时坐在雾天写这篇文字，一庭只是极

① Obsession：强迫观念，困扰人的东西。

暖的阳光，蹇先生看我写热了，吩咐打水浇花，一时间水龙喷处产生了满院的清凉，满心的快爽。

高品的艺术往往借单纯的外形，阐显深奥的内境，线索分明的结构却蕴涵着探讨不尽的意义。林肯那戏，看来似乎一笔直写，从选举直到被刺，仅仅就事言事，不易看出作者的匠心。其实直写而不陷于弱，明写不流于浅，文字自简易而笔力因简而愈著，像白纸写黑字点画分明，这就是作者的成功。我们但看古希腊的造像与建筑，自会领悟单纯艺式之价值与意趣。

《林肯》是一篇历史戏，但他的效用决不仅在写出历史。我们要知道《林肯》是艺术。艺术的目的在于实现美和美的实现里所阐明的真。这就是林肯的作者的目的。他的取材——例如英国革命与美［国］南北［战］争——是偶然的，他主意在于用艺术的方法来实现历史之真与人格之真，精神胜利之真。所以真艺术之可爱犹之钻石纯晶之可爱，譬之一颗猫儿眼宝石，骤看只是乳青的晶体，但如放在阳光中仔细审睇时，因折光之妙变，有人看来是三月麦田的新绿，又一人看来是火焰似的红锦。历史学生看了《林肯》，我想他在这三点钟内之所得，远胜于课室内年月研究的结果，因为史乘所载只是历史的骸骨而艺术所示是一时代最集中的精神，一是死的，描写的，一是想像的，有创造生命的。崇拜英雄的人看了《林肯》，也是十二分的满意，也许在这艺术所创造的人格中，得到最强烈的神感。研究政治的人看了《林肯》，也可以领悟人类历史内蕴的消息，历史不仅是盲目的物质势力的游戏场，而是超于物质势力的理想与意志所创造的成绩。这戏尤其是我们中国的所谓政治家的对症妙药，是一架政治家的照形镜，孙文一班人来照时只见一堆自大的私欲，黎元洪一班人来照时只见一篓无用的肥肉或一堆破碎的烂布，一班学者的政客来照时，只见几只烂泥里污住臃肿的螃蟹……只要他们还有一点子可以为善的天良，他们若然看了这戏一定满身流着臭汗，也许经了这一度道德的蒸发，他们以后的臭味不至像过去与现在的难堪。

但这是题外的话。《林肯》那戏真精神真价值之所在，就在他的艺术，我们评衡他也只能当作艺品评衡而不应夹入历史的研究或道德的动机。我们看他的戏也只有取赏鉴艺术的观点，方能充分的体会作者的深心，和他运用史材之灵妙。

所以得林克华德写《林肯》，只是解决了一个艺术的问题，戏的价值也就在他独有的艺术创造力，其余的好处虽有，却只是附属的。我现在想把林肯之所以为艺术的问题，分析研究，然后再审案得林克华德解决的方法。

历史譬同一条伟大的河流，他所经过的地域有高原，有平原，有谷地，有滩险，因之河流的外象就有平易与湍急，直泻与缓进，又因天时的作用，在形势奇特的所在产生波涛的壮观，汹涌的大乐。史流的进行也是不一致的。历史只是人类心力的外现，有时和缓平易，有时激成伟大的起伏，那便是历史的关键。论支配史流方向的元素，我们固然不能否认物质的势力，但我们尤不能否认伟大人格的动力，不能不承认自由意志占有重要的位置。

个人临到危险关头，方才显出他全人格最集中的能耐，历史也要临到转变的大关键，方能显出人类最集中努力的境界。艺术家的责任就在体验变化的消息，用适当的艺式，活现已往的精神。

这种时期，比较的是很希有的，法国革命是一例，俄国革命也是一例，美国的南北战争也是一例。

南北战争前的情形，可以很简单的说明。南方用奴，北方反对，南方因此有脱离的联邦倾向。林肯的主张也很简单，第一是无条件的拥护宪法（！），第二是放奴。护宪就是不让南方独立。但事实上南方对于用奴是不肯让步，他们宁可牺牲宪法，不肯解放黑奴。结果是不可免的冲突。林肯就毅然的下决心，我是决不调和的，统一是不容破坏的，黑奴是一定要解放的，如其流血不可免，战争不可免，只有准备流血，准备战争。当时北方的舆论对于林肯的主张是疑信参半，他们懂得他政治的主义，但不能参有他坚确的信仰。群众临到危险总是踌躇的，怕牺牲的。林肯的内阁更不一致了，非但背地怀疑他的，就是明白地反对他的尽有。林肯的地位所以是孤独的，犹之他的理想是孤独的。但他强烈的正谊的冲动，和他政治的天才，在他不曾接受共和党总统候补以前还是农夫的时代，早已使他预见不可免的战争与不可免的胜利。林肯的人格只是个最高道德的象征，他所以是个理想的政治家，他胸中只是慈悲正谊的圣火，他所以结果能战胜环境，实现理想，创造历史，也只是他人格的胜利。

这是林肯政治的人格，但为满足艺术的要求，单是描写在政治上抗世无畏的精神，还是画像只画了半幅，不完全的。林肯不但是理想的政治家，他也是历史上有数的几个伟人之一，我们同时能敬之如神，也能爱之如亲。他的乡人都叫他做 Father Abraham（亚爹），我以为这个称谓，最可以表现林肯只是慈爱肫挚的印象。他是个农夫出身，强健，粗鲁，一辈子不曾受过学校训练，勤劳，耐苦，落拓，仁慈，有灵敏的感觉性与广博的同情心，嫉恶如仇，见定了是非便绝对的不让步，慷慨，随时能掏出自己的心肝来给人看，……这是林肯品性的大概，得林克华德的问题就在怎样在三四幕的戏里，使看的人能得到一个他全人格准确的印象，怎样去选择他一生事实，使组成一篇艺术的结构，怎样用美的方式来实现“真”。我们来看。

在研究这出戏，我自喜以为得到了一个发现。我自以为得到为研究作者艺术的一个线索，寻出了他的“Motif”[①]。关于林肯传记的文学不少，然我以为林肯最确当真切的估计是出之于最富于真知灼见的一位大诗人之口。这诗人也是他最密切的朋友，就是惠特曼（Walt Whitman）[②]，他给他的四个单字，在我的心版印了一个不灭的意象——“This large and sweet soul.”翻出来约略是“这个博大而柔和的灵魂”，但不如原文的深切动人。

宽泛的说，博大二字可以概括林肯的政治人格，他的见解，他的主持正谊，他的山岳似的尊严与固定；柔和二字可以概括他私人的品性，对人对家对敌的态度。

我以为博大与柔和就是林肯那戏每幕中潜在的两大“动机”（motif）。得林克华德选材的标准（艺术只是材料的取舍）就在实现一个博大与柔和两特点所构成的希有人格。只看他那戏可称是林肯的独脚戏，所有的配角与穿插，只是烘托的云彩。随意引一两个例证。第一幕他两个乡友的对谭，他们对于Abraham[③]的信心与爱感，他对他们态度之和霭；他夫人逼他买新帽子的家常谐话，他夫人对他的信与爱，他自视之谦抑；都是写他的柔和，而柔和中尤见他本怀之磊落浩大。他对代表团的演说，骤如泻瀑，热如盛焰，仿佛他政治天才的双眼直望到五年后天未黎明李将军求和顺服时的情景，也料到他任期内所遭逢的种种阻力与困难，他的道德的烈情与统盖力（Moral passion and Domination），正如夏日的层云骤雨不可抵御的掩塞了大空；但他的气概滂薄处也正是他真情流露处，博大中露

---

① Motif：主题，中心思想。

② Walt Whitman：惠特曼（1802—1847），美国诗人，作品有《草叶集》、《桴鼓集》等。

③ Abraham：亚伯拉罕，林肯的名。

柔和，柔和中见博大，这就是他人格的特彩。

又如第三幕他对付 Mrs Otherly[①]与 Mrs Biow[②]的两种态度，也只是第一幕变样的写法。他对奥色莱夫人——一个诚恪的妇人，她本性就恨战争，又加之她爱儿从战而死的悲伤——是何等的同情，何等的恳切解导，何等的忧人之忧，何等的自艾战争之不得已，只是仁心慈意，只是倾吐一胸浩瀚的人道；他回头对白露夫人的一番教训，骂尽了战时一般不负责任幸灾乐祸的心理，义愤溢涌的泻出，字字只是真纯的血泪，我们听他悲哽的演说时那一个不情愿化入他伟大的音波，化入他伟大的心搏，化入他道德的神明。这又是博大与柔和并写的匠心。

此外几于幕幕有同样艺迹之可寻，他的苏三（Susan），他的 Douglas[③]，他的 "Slanney"[④] 都是衬出他博大中的柔和；他的对付阁员，纯用全人格奋斗，走险路取胜，而又无往不披心见胆，无往不声泪俱下，应敌对友，只是一体的纯正坦白；全剧中无一赘语，无一赘景，我们只见我们的作者集中了心力，一笔有一笔的分称，一字有一字的价值，最后的成绩是一个实现的《林肯》，艺术里实现的一个博大柔和的人格。

我想我已经讲够了，你们爱文学爱艺术的得了我一点子介绍，一定可以从原文里得到更深切的领会。我前面说的，真高品的艺术，决不是一人的口，甚至一时期的评鉴力，所能说得尽的。各人有各人的看法，一时期有一时期的看法，艺术有永久的继续的创造性，这是艺术的价值，也是艺术的神秘性。太阳光的创造力一天不枯竭，我们的莎士比亚与密仡郎其罗与贝

---

① 即下文所说的奥色莱夫人。

② 即下文所说的白露夫人。

③ Douglas：道格拉斯，《林肯》一剧中的人物。

④ Slanney：斯兰尼，《林肯》一剧中的人物。

德花芬的创造力，也就一天的不止息。我们即不能做创造的艺术家，至少也应得做创造的赏鉴艺术家，创造是最高的快乐。

至于那晚平安的演戏，应受我们极诚意的赞美。霍路会先生的《林肯》，真是十二分的卖力气，也许有时稍为过火一点，但我们当然不能以 Wren[①]或 John Barrymore 来比称。我尤其要赞美 Miss Cherry Hardy[②]的 Chronicler[③]，她为那戏生色不少，她的充满感觉性的声音与优美的音节，很表出原诗的情感与思想，我个人可说受她朗诵的感动更深于受演剧的感动。最后一幕布景太差，做亦较弱，但我们看到戏的人我想一定很感谢霍路会剧团给我们这样珍贵的机会。

四月二十九日

① Wren：莱恩，生平不详。

② Miss Cherry Hardy：切莉·哈迪小姐，生平不详。

③ Chronicler：编年史家。

坏诗，假诗，形似诗[①]

到底什么是诗，谁都想来答复，谁都不曾有满意的答复。诗是人天间基本现象之一，同美或恋爱一样，不容分析，不能以一定义来概括的，近来有人想用科学方法来研究诗，就是研究比量诗的尺度，音节，字句，想归纳出做好诗的定律，揭破历代诗人家传的秘密；犹之有人也用科学方法来研究恋爱，记载在恋中人早晚的热度，心搏的缓急，他的私语，他的梦话等等，想勘破恋爱现象的真理。这都是人们有剩余能耐时有趣味的尝试，但我们却不敢过分佩服科学万能的自大心。西洋镜从镜口里望过去，有好风景，有活现的动物世界，有繁华的跳舞会，有科学天才的孩子们揎拳捋臂的不信影子会动，一下子把镜匣拆了，里面却除了几块纸版，几张花片，再也寻不出花样的痕迹。

所以“研究”做诗的人，尽让他从字句尺度间去寻秘密，结果也无非把西洋镜拆穿，影戏是看不成了，秘密却还是没有

① 载一九二三年五月六日《努力周报》第五十一期，原题《杂记（二）坏诗，假诗，形似诗》；文末标“未完”，似未续作；初收一九六九年台湾传记文学出版社《徐志摩全集》第六辑。

找到。一面诗人所求的只是烟士披里纯，不论是从他爱人的眉峰间，或是从弯着腰种菜的乡女孩的歌声里，神感一到，戏法就出，结果是诗，是美，有时连他自己看了也很惊讶，他从没有梦想到能实现这样的境界。恋爱也是这样，随他们怎样说法，用生理解释也好，用物理解释也好，用心理分析解释也好，只要闭着眼赤体"小爱"的箭锋落在你的身上，你张开眼来就觉得天地都变了样，你就会作为你不能相信的作为，人家看来就说你是疯了——这就是恋爱的现象。受了"小爱"箭伤的人，只愿在他蜜甜的愁思，鲜美的痛苦里，过他糊里糊涂无始无终的时刻，他那时听了人家头冷血冷假充研究恋爱者的话，他只是冷笑。

所以宇宙间基本的现象——美，恋爱，诗，善——只是各个人自己体验去。你自身体验去，是惟一的秘诀。高尔斯华绥 John Galsworthy[①] "皮局" Skin Game 那戏里，女孩子问她的爹说：

By the way, Dad, That is A Gentleman?

Hillcrist: No; You can't define it, you can only feel it.[②]

但我们虽则不能积极的下定义，我们却都承认我们多少都有认识评判诗与美的本能，即使不能发现真诗真美，消极的我们却多少都能指出这不是诗，这不是美。一般的人只是知其然而不知其所以然。评衡的责任就在解释其所以然。一般人评论美术，只是主观的好恶，习惯养成的趋向。评衡者的话，虽则不能脱离广义的主观的范围，但因他的感受性之特强，比较的

---

① John Galsworthy：高尔斯华绥（1867—1933），英国小说家和剧作家，1932年获诺贝尔文学奖，代表作为《福尔赛世家》三部曲。

② 爸爸，顺便问一句，那是个绅士吗？希尔克里斯特：不是；你说不清楚，你只能感觉到。

能免除成见，能用智理来翻译他所感受的情绪，再加之学力，与比较的丰富的见识，他就能明白地写出在他人心里只是不清切的感想——他的话就值得一听。评衡者（The Critic）的职务，就在评作品之真伪，衡作品之高下。他是文艺界的审判官。他有求美若渴的热心，他也有疾伪如仇的义愤。他所以赞扬真好的作品，目的是奖励，批评次等的作品，目的是指导，排斥虚伪的作品，目的是维持艺术的正谊与尊严。

人有真好人，真坏人，假人，没中用人；诗也有真诗，坏诗，形似诗（Mere verse）。真好人是人格和谐了自然流露的品性；真好诗是情绪和谐了（经过冲突以后）自然流露的产物。假人或作伪者仿佛偷了他人的衣服来遮盖自己人格之穷乏与丑态；假诗也是剽窃他人的情绪与思想来装缀他自己心灵的穷乏与丑态。不中用人往往有向善的诚心，但因实现善最需要的原则是力，而不中用人最缺乏的是力，所以结果只是中道而止，走不到他心想的境界；做坏诗的人也未尝不感觉适当的诗材，但他因为缺乏相当的艺力，结果也只能将他想像中辛苦地孕成的胎儿，不成熟地产了下来，结果即不全死也不免残废。Charles Sorley[①]有几句代坏诗人诉苦的诗：

We are the homeless even as you,
  Who hope but never can begin.
Our hearts are wounded through and through
  Like yours, but our hearts bleed within;
Who too make music but our tones.

---

① Charles Sorley：索利（1895—1915），英国诗人，年方二十就在第一次世界大战中战死。他只留下三十七首完成的诗歌，死后出版的诗集《马尔伯勒及其他诗歌》获得评论界的好评。

Shake not the barrier of our bones.[①]

坏诗人实在是很可怜的，他们是俗话所谓眼泪向肚里落的，他们尽管在文字里大声哭叫，尽管滥用最骇人的大黑杠子，——尽管把眼泪鼻涕浸透了他们的诗笺，尽管满想张开口把他们破碎了的心血，一口一口的向我们身上直喷——结果非但不能引起他们想望的同情，反而招起读者的笑话。

但如坏诗以及各类不纯粹的艺术所引起的止于好意的怜与笑，假诗（Fake Poetry）所引起的往往是极端的厌恶。因为坏诗的动机，比如袒露着真的伤痕乞人的怜悯，虽则不高明，总还是诚实的；假诗的动机却只是诈欺一类，仿佛是清明节城隍山上的讨饭专家，用红蜡烛油涂腿装烂疮，闭着眼睛装瞎子，你若是看出了他们的作伪，不由你不感觉厌恶。

葛莱符司的比喻也很有趣。他是我们康桥的心理学和人种学者 Rivers[②]的好友，所以他也很喜从原民的风俗里求诗艺的起源。现代最时髦的心理病法，根据佛洛德的学理，极注重往昔以为荒谬无理的梦境与梦话，这详梦的办法也是原民最早习惯之一。原民在梦里见神见鬼，公事私事取决于梦的很多，后来就有详梦专家出现，专替人解说梦意，以及补说做梦人记不清切或遗忘了的梦境。他为要取信，他就像我们南方的关魂婆肚仙之类，求神祷鬼，眼珠白转的出了神，然后说他的“鬼话”或“梦话”。为使人便于记忆，这类的鬼话渐渐趋向于有韵的语体——比如我们的弹弦子算命。这类的巫医，研究人种学者就说是诗人的始祖。但巫医的出入神（trance）也是一种

---

① 我们和你们一样无家可归，/我们只能希望却从不开始。/我们的心和你们的一样受到了彻底的伤害，/但我们的心只在里面流血；/我们也谱写乐曲，但我们的音调不能振动我们的骨骼的屏障。

② Rivers：里弗斯（William Halse Rivers，1864—1922），英国医学心理学家和人类学家，有著名的人种学著作《托达人》和《美拉尼西亚社会史》。

艺术，有的也许的确是一种利用“潜识”的催眠术，但后来成了一种营利的职业，就有作伪的人学了几句术语，私服麻醉剂，入了昏迷状态，模仿“出神”；有的爽性连麻醉剂也不用，竟是假装出了神，仿效从前巫医，东借西凑的说上一大串鬼话骗人敛钱。这是堕落派的巫医，他们嫡派的子孙，就是现代作伪的诗人们。

适之有一天和我说笑话，他说我的“尝试”诗体也是作孽不浅，不过我这一派，诗坏是无可讳言的，但总还不至于作伪；他们解决了自己情绪的冲突，一行一行直直白白的写了出来，老老实实的送到报上去登了出来，自己觉得很舒服很满意了，但他们却没有顾念到读他们诗的人舒服不舒服，满意不满意。但总还好，他们至少是诚实的。此外我就不敢包了。现在 fake poetry 的出品至少不下于 bad poetry[1]的出品。假诗是不应得容许的。欺人自欺，无论在政治上，在文艺里，结果总是最不经济的方策；迟早要被人揭破的。我上面说坏诗只招人笑，假诗却引人厌恶。诗艺最重个性，不论质与式，最忌剿袭，Intellectual honesty[2]是最后的标准。无病呻吟的陋习，现在的新诗犯得比旧诗更深。还有 Mannerism of pitch and sentiments[3]，看了真使人肉麻。痛苦，烦恼，血，泪，悲哀等等的字样不必说，现行新文学里最刺目的是一种 Mannerism of description[4]，例如说心，不是心湖就是心琴，不是浪涛汹涌，就是韵调凄惨；说下雨就是天在哭泣，比夕阳总是说血，说女人总不离曲线的美，说印象总说是网膜上的……

---

① bad poetry：坏诗。

② Intellectual honesty：知识分子的诚实。

③ Mannerism of pitch and sentiments：基调多愁善感的怪癖。

④ description：描写上的做作。

我记得有一首新诗，题目好像是重访他数月前的故居，那位诗人摩按他从前的卧榻书桌，看看窗外的云光水色，不觉大大的动了伤感，他就禁不住——

“……泪浪滔滔”

固然做诗的人，多少不免感情作用，诗人的眼泪比女人的眼泪更不值钱些，但每次流泪至少总得有个相当的缘由。踹死了一个蚂蚁，也不失为一个伤心的理由。现在我们这位诗人回到他三月前的故寓，这三月内也并不曾经过重大变迁，他就使感情强烈，就使眼泪“富余”，也何至于像海浪一样的滔滔而来!

我们固然不能断定他当时究竟出了眼泪没有，但我们敢说他即使流泪也不至于成浪而且滔滔——除非他的泪腺的组织是特异的。总之形容失实便是一种作伪，形容哭泪的字类尽有，比之泉涌，比之雨骤，都还在情理之中，但谁能想像个泪浪滔滔呢？最后一种形似诗，就是外表诗而内容不是诗，教导诗，讽刺诗，打油诗，酬应诗都属此类。我国诗集里十之七八的五律七律都只是空有其表的形似诗。现在新诗里的形似诗更多了，大概我们日常报上杂志里见的一行一行分写的都属此类。分析起来有分行写的私人日记，有初学做散文而还不甚连贯的练习，有逐句抬头的信札，有小孩初期学话的成绩，等等。

（未完）

我们看戏看的是什么[①]

有时候菩萨也会生气的，不要说肉体的人。西滢是个不容易生气的人，但他在这篇文章里分明是生气了。他的气是有出息的，要不然我们那里看得到这篇锋利谐诙的批评文章?

我很觉得惭愧，因为我自己和我的朋友那晚在新明瞻仰《娜拉》的，也是没有等戏完就“戴帽子披围巾走的看客”，所以，照仁陀芳信两先生的见解，也是“不配看有价值戏”，不懂得艺术的名著，“脑筋里没有人格两个字”一类的可怜虫。我自己很抱歉不曾仔细拜读两先生的大文，所以也不曾生气，但我的友人却看到了文字，也动了一点小气，也曾经愤愤的对我说要我也出来插几句嘴。我当时实在因为心里没有一点子气，所以到如今还是无气可出。今天西滢的文章果然出现了，他原来想不发表的，这次的付印大半还是我的擅主。我以为这篇文章，除了答辩以外，本身很有趣味，他的笔锋虽则在嘲讽的液体浸透了的，但他抬高评衡标准与纠正纯凭主观骂人者的用意，平心静气的读者当然看得出来。

---

① 一九二三年五月二十日作；载一九二三年五月二十四日《晨报副刊》。采自《晨报副刊》。

他说“戏剧的根本作用在于使人愉快”，这话是极有意味的。艺术，不论那一种，最明显的特点，就在作品自身能创造一整个的境界，不论他的经程手段如何。有艺术感觉性的人看了高等的艺术，就能在他自己的想像中实现造艺者的境界。那时他所感觉的只是审美的愉快（Aesthetic Joy），这便是艺术神秘的效用。易卜生那戏不朽的价值，不在他的道德观念，不在她解放不解放，人格不人格；《娜拉》之所以不朽是在他的艺术。主义等，只是一种风尚，一种时髦，发生容易，消灭也容易，只有艺术家在作品里实现的心灵才是不可或不容易磨灭的，犹之我们真纯的审美的情绪也是生命里最不易磨灭的经验。我觉得现在的时代，只是深染了主义毒观念毒，却把艺术之所以为艺术的道理绝不顾管。所以如其看了《娜拉》那戏所得的只是道德的教训，只是人格不人格，解放不解放，我们也许看到了戏里的主义，却不曾看出主义里实现的戏（艺术）。主义都是浅薄的，至多只是艺术的材料；若然他专为主义而编戏他便是个 Doctrinaire[①]，不是个艺术家。看戏的人若然只看主义，他们也就配看 Melodrama[②]，不曾领会到艺术的妙处。

所以我应该要求的是：——

戏的最先最后的条件是戏，一种殊特的艺式，不是东牛西马不相干的东西；我们批评戏最先最后的标准也只是当作戏，不是当作什么宣传主义的机关。

这是个艺术上很大的问题，就是艺质与艺式的关系，我此时不及研究了。

我那晚去看《娜拉》，老实说也很有盼望，和西滢一样的心理。并且事前就存心做一篇评衡文字：绝对不曾豫料到后来

① Doctrinaire：教条主义者。

② Melodrama：闹剧。

实际上必不得已不等戏完动身就走的“悲剧”。我就也没有动笔，因为实在是无话可说，现在既然西滢做了一长篇的文章我又硬拿他来发表了，我觉得有不得不附几句话在后面的责任。我最后一句话是要预先劝被西滢批评着的诸君，不要闹意气，彼此都是同志，共同维持艺术的尊严与正谊，是我们唯一的责任，此外什么事我们都不妨相让的。

五月二十日

诗人与诗[①]

你们若有研究文学的兴趣，先要问自己能不能以自己的生活的大部分来从事于文艺；这个问题解决之后，再问自己生活的态度是怎样。最好是采取一种孤独的生活，经营你内心的生活，去创造你自己的文学的产品。诗人的作品的实质决不是在繁华的生活所能得到的。文学家的修养的起点，就是保持我们的活泼的态度，远避这恶浊的社会。若是实在不能孤独的去生活，而强伏于公同生活的环境；只要你能有你自己意志的主宰，对于外边的引诱也就无妨了。

要想专门的去研究诗的文学，或者想做一个诗人，也应该经过这个程序的疑问而后去决定。

诗人究竟是什么东西？这句话急切也答不上来。诗人中最好的榜样：我最爱中国的李太白，外国的 Shelley[②]。他们生平的历史就是一首极好的长诗；所以诗人虽然没有创造他们的作

---

① 这是作者一九二三年五月在北师大附中讲演的记录整理稿，整理者为朱大枏；载一九二三年六月《新民意报》副刊《朝霞》第六期；文末有朱大枏的附记。初收一九九五年八月上海书店《徐志摩全集》第八册。朱大枏附记附后。

② Shelley：雪莱（1797—1851），英国浪漫主义诗人，主要作品有长诗《伊斯兰的反叛》、诗剧《解放了的普罗米修斯》及抒情诗《西风颂》、《致云雀》等。

品，也还能够成其为诗人。我们至少要承认：诗人是天生的而非人为的（poet is born not made），所以真的诗人极少极少。广义地说，一个小孩子也是诗人，因为他也有他的想像力，及他的天真烂漫的观察力。我想英国能写诗的人不下三十万，不过在里面只寻找得出二十个真诗人，在各大学中当得起诗人之称的不过一二人。

有人说："道德不好的人不能做诗人。"好像 Villon① 是一个滥喝酒而且做贼的人；还有意大利文艺复兴时代做情歌的 Malatasta② 也是道德不甚好的人；还有英国的 Byron③ 为英国社会所不容而赶到别国去的，他有天赋的狂放的天才，兼之那时又是浪漫的时期，他所得的境界是纯粹的美，他的宗教的第一信仰就是美的实在，出乎普通的道德，和人们的成见及偏见的制裁。这三人中，只有 Malatasta 实在是个坏人，所以他的诗也只能算伪的文学。

诗人不能兼作数学家。如像德国的 Goethe④，他的政治，历史，哲学，文学……都好，只有数学一种学科不行。你们数学不见长的，来学诗一定是很适宜的；因为诗人的情重于智，数学家却只重印板式的思构；数学不好的人，他的想像力一定很发达，所以他不惯受拘于那呆板的条例。

诗人是半女性的（poet is half woman）如像但丁……等是

---

① Villon：维庸，（1431—1463?），法国诗人，品行不端，曾多次入狱，主要作品有《小遗言集》、《大遗言集》等。

② Malatasta：马拉它撒，不详。

③ Byron：拜伦（1788—1824），英国浪漫主义诗人，代表作有《恰尔德·哈罗尔德游记》、《唐璜》等。唐琼（Don Juan），今译唐璜。

④ Goethe：今译歌德（1749—1832），德国诗人、作家，青年时代为狂飙运动的代表人物，在文学、艺术、哲学、政治、自然科学等领域皆有可观的成就，代表作有诗剧《浮士德》、小说《少年维特之烦恼》等。

在英国除了伯克外，Shelley 同 Keats 都是美男子，都是三十四五岁上就夭折了。但是所谓半女性，自然不是生理上的，也不是容貌上的，乃是性情上的——一种缠绵的多愁性。

诗人不是实际的实行家。然而也有例外，如像 Shakespeare，他既做过小生意，又当过戏园的掌班，办事很有条理的。

上面几条反面的说法，看了之后大概可以知道诗人是什么了。但是诗人的产物——诗到底又是什么东西呢？

这个尤其难说了。只有一个滑稽而较确切的解释："诗就是诗。"但是这个解释还是等于不解释，对于我们的求知心，自然不能算满足。

勉强的说：诗是写人们的情绪的感受或发生。情绪的义很广，不仅是哭，笑，喜，怒，……等情：比如我们写一棵树，写一块石头，只要你能身入其境，与你所写及的东西有同化的境界，就是情绪极真的表现。

现在的诗人几乎占据了中国的新文坛，所以发表出来的诗也太滥了。反对白话诗的人常常持这种论调："散文分行写就是一首白话诗，白话诗要改成连贯的写就是一篇白话文。"这也不怪他们说得这样过份，作者原不能辞其责呀。虽然，这种努力也是一种极好的预备。

外来的感觉不能刺激我们的灵性怎样深。天赋我们的眼睛，我们要运用他能看的本能去观察；天赋我们的耳，我们要运用他能听的本能去谛听；天赋我们的心，我们要运用他能想的本能去思想；此外还要依赖一种潜识——想像化，把深刻的感动让他在潜识内融化，等他自己结晶，一首诗这才能够算成功。所以写诗单靠 Inspiration① 是不行的。

我们还要有艺术的自觉心。写我们有价值的经验，不是关

---

① Inspiration：灵感。

于各个人的价值，应该把他客观化，——就是由我写出来，别人看了也要有同情的感动。

诗是极高尚极纯粹的东西，不要太容易去作，更不要为发表而作。我们得到一种诗的实质，先要溶化在心里；直至忍无可忍，觉得几乎要迸出我心腔的时候，才把他写出。那才能算一首真的诗。

诗的灵魂是音乐的，所以诗最重音节。这个并不是要我们去讲平仄，押韵脚，我们步履的移动，实在也是一种音节啊。所以散文也可以说是有音节的。作白话诗我们也要在大范围内去自由。

诗是一种最高的语言，所以诗要非常贯连的。外国的一首好诗，一个音节不能省，一个不恰当的字不能用。本来作诗如造屋，屋中的一根柱头没有放好，全座的房子都要受影响。

我们想作诗，先要多读几篇散文。因为散文比较上有发展的余力，美的散文所得的快慰也不下于一首诗。想做诗还要多学几种艺术，如像音乐，图画，……与诗的音节和描写都很有关系的。

附：朱大枏附记

这次我们请徐志摩先生来北京曦社讲演，我们非常感谢，承他惠然肯来。他对我们说：他不愿意一个人据在高高的讲坛上滔滔的演讲，还允许我们随时提出疑问，来互相讨论，虽然我们没有实行。这次只是徐先生对于我们随便的谈话，关于速记者的笔记诚然很难下手了。我本不主张发表这篇讲演稿，但是曦社同人都同意把他整理出来，讲者的原辞一定有许多遗漏或误记的，请读者原谅我整理的粗忽。

朱大枏　五、三〇、整理后记

天下本无事[①]

我在《努力》第五十一期上做了一篇杂记，题目是《假诗，坏诗，形似诗》，却不道又引起了一场官司，一面仿吾他们不必说，声势汹汹的预备和我整个儿翻脸，振铎他们不消说也在那里乌烟瘴气的愤恨，为的是我同声嘲笑“雅典主义”以“取媚创造社”，这双方并进的攻击，来得凶猛，结果我也只得写了一封长信，一则答复成仿吾君，乘便我也发表联带想起的意见，请大家来研究研究，仇隙是否宜解不宜结；如其要解，是否彼此应得平心静气的。我最看不起吵架的文字，因为吵架的文字最不费劲最容易写，每当吵架的时候，我总觉得口齿特别的捷给，文笔也异常的流利。难怪吵架这样的盛行！晨报的副刊这一时倒颇不寂寞，张君劢的人生观，张竞生的爱情，惹出一天星斗，光怪陆离的只是好看；现在我又来凑趣，也许凑不识趣，重新提起评诗的问题，又要占据副刊不少的地位，我又觉得抱歉，又觉得可笑，所以这篇，虽则是封致仿吾的信，

---

① 一九二三年六月七日作；载一九二三年六月十日《晨报副刊》；又载一九二三年六月十四日上海《时事新报》副刊《学灯》；初收一九八〇年台湾时报文化出版事业有限公司《徐志摩诗文补遗》。采自《晨报副刊》。

就定名为《天下本无事》!

仿吾兄:

这封信我特别请求你在《创造周报》上公布。

方才一位友人，气急败坏的到我们清静的图书馆里来，拿一张《创造周报》向我手里一塞，口说“坏了坏了，徐志摩变了‘Fake man[①]’了!”

我看完了那《通信四则》以后，感想颇不单纯，现在我提起笔来平心静气的写一封复信，盼望你和其余看到这信的诸君，也都能平心静气的看。

我说平心静气，仿佛我心原来不平气原来不静似的，但这又是用字句的随便（世上多少口角只是原因于用字句之随便!），因为实际上我非但无气，而且有极真的心想来消解在他人心里已经发动的不必有的气哩。如其我感觉到至少的不安，那就为的是你不曾问我的允许，将我给你私人的信随手发表了。固然你是乘着一股嫉伪如仇的义愤，急于“暴露”“假人”的真凭实据，再也不顾常情与友谊，但我猜想你看了我这篇说明以后，也许不免觉得作事有时过于操切罢?

在我解释一切以前，我先要来一个小小的引子，请你原谅。骞司德顿（G. K. Chesterton)[②] 有一句妙语，他说一个人受过最高教育的凭据，就在他能嘲笑自己，戏弄自己，高兴他自己可笑的作为：这也是心灵健全的证据。最大的亦最可笑的悲剧，就是自信为至高无上的理想人，永远不会走错路，永远不会说错话。是人总是不完全的。最大的诗人可以写出极浅

① Fake man：假人。

② G.K.Chesterton：今译切斯特顿（1874—1936），英国作家、新闻记者，著有小说、评论、诗歌、传记等，作品有小说《诺丁山的拿破仑》及以布朗神父为主人公的侦探系列小说等。

极陋的诗。能够承认自己的缺陷与短处，即使不是人格伟大的标记，至少也证明他内心的生活，决不限于狃狃地悻悻地保障他可怜稀小畏葸的自我。我个人念了几年心理学的成绩，只在感觉到在我“高等教育”所养成神气活现的外形底里，还有不时在密谋猖獗的一个兽性的动物，一个披发的原人，一个顽皮的孩子。上帝知道我们深奥的灵魂里，不更有奇丑的怪物，可怖的陷阱暗室隐藏着!

这段小引是不很切题的；我所急于盼望我自已和他人共有而且富有的，就是一句不易翻出的英国话——A Sense of Humour[①]。万事总得看透一点：人们都是太认真了，结果把应得认真的反而忽略了!

适当的义愤是人类史上许多奇事伟迹的动机，但任性的恚怒，只是产生不必有的扰攘，并且自伤贵体；我们知道世上多少大战变乱灾难，都是起源于人体的生理作用，原因于神经的反射性过强；我们应得咀嚼“文王一怒而天下平”的怒字，不应得纵容自己去学那些 Externally exasperated housewives!![②]

我的友人多叫我“理想者”，因为我不开口则已，一开口总是与现实的事理即不相冲突也很难符合的。我是去年年底才从欧洲回来的，所以不但政情商情，就连文界艺境的种种经纬脉络，都是很隔膜的；而且就到现在我并不致憾我的隔膜。比如人家说北京是肮脏黑暗，但我在此地整天的只是享乐我的朝采与晚色，友谊与人情：只要你不存心去亲近肮脏黑暗，肮脏黑暗也很不易特地来亲近你的。政治上我似乎听说有什么交通党

① A Sense of Humour：幽默感。

② Externally exasperated housewives：总是怒气冲冲的家庭妇女。

国民党安福党研究党种种的分别，教育上也似乎听说有南派北派之不同，就连同声高呼光明自由的新文学界里，也似乎听说有什么会与什么社——老实说吧，文学研究会与创造社——的畛畦。我一向只是一体的否认这些党派有注意之价值，但近来我期望最深的文艺界里，不幸也常有情形发现使我不得不认为是可悲的现象——可悲因为是不必有的。

我到最近才知道文学会与创造社是过不去的，创造社与努力报也是不很过得去的。但在我望出来，却不曾看见什么会与什么社与什么报，我所见的只是热心创造新文学新艺术的同志；我既不隶属于此社，也不曾归附于彼会，更不曾充何报的正式主笔。所以我自己极浅薄无聊的作品之投赠，只问其所投之出版物宗旨之纯否与真否，而不计较其为此会之机关或彼社之代表。我至今还是大声的否认，可耻的卑琐的党派气味，Petty party bias[①] ——会得有机会侵入高尚纯粹的艺术家的心灵里。

我如其曾经有过评衡的文字，我决不至于幼稚至于以笼统的个人为单位；评衡的标准，只是所评衡的作品的自身。为的是一个简单的理由。人在行为上可以做好，也可以做坏；作者的作品也可以有时比较的好，有时比较的坏。说雪莱的 Deamon of the world[②] 幼稚，并不连带说 Prometheus Unbound[③] 或 The Cenci[④] 是幼稚。说宛次宛士（Wordsworth）[⑤] 大部分的诗是绝对的无聊，并不妨害宛次宛士是我们最大诗人之一的

① Petty party bias：小集团的偏见。

② Deamon of the world：《世界之魔》。

③ Prometheus Unbound：《解放了的普鲁米修斯》。

④ The Cenci：《钦契》，指雪莱诗《钦契一家》。

⑤ Wordsworth：今译华滋华斯（1770—1850），英国浪漫派诗人，重要作品有与柯勒律治合著的《抒情歌谣集》，另有长诗《序曲》和组诗《露西》等，1843年被封为英国桂冠诗人。

评价。仿吾兄，你自己也是位评衡家，而且我觉得你是比较的见过文艺界的世面来的，我就不懂你如何会做出那样离奇的搭题——怎么，我评了一首诗的字句之不妥，你就下相差不可衡量的时空的断语，说我全在“污辱沫若的人格”，真是旧戏台上所谓“这是那里说起呀!”

你是没有看懂我那篇杂记的意思。我前面说过我如其有评衡文字发表——我不自信曾有正式评衡发表过——我的标准，决不逾越所评衡的对象之范围。我那篇文字里所评的是悬拟的坏诗与假诗，至于我很不幸的引用那“泪浪滔滔……”固然因为作文时偶然记到——我并不曾翻按原作——其次也许不自觉的有意难为沫若那一段诗，隐示就是在新诗人里我看来最有成绩的尚且不免有笔懈的时候，留下不当颂扬的标样，此外更是可想而知了。仿吾，平心说，你我下笔评衡的时候若然要引证来解释一条原则，我们是否应该向比较有声望的作品里去寻访，还是向无奇不有的报纸与杂志上去随意乱引呢?

不过有一点我到此刻想起应得乘便声明的。我回想那篇杂记通篇只是泛论，引文却就只“泪浪滔滔……”那四字，而且又回反重复自得其乐的把那四字 Reductio ad absurdum①，我倒觉得我也不能过分，深怪你竟以为我有意与沫若“抬杠”。我很盼望沫若兄的气没有仿吾这样标类的（typical）湖南人那样急法，但如其他也不幸的下了主观的断语，怀疑我有意挑拨，我只有深深的道歉。还有由假诗而牵涉到假人，更是令我失笑的大搭题。我绝对的不曾那样的存心。

我自信我的天性，不是爱衅寻仇的，我最厌恶笼统的对人的攻击。但为维持文艺的正谊的尊严起见——如其我可以妄想有万一的这样资格与能力——我老实说我非但不怕得罪人，而

---

① Reductio ad absurdum：拉丁文，归谬法。

且决不踌躇称扬，甚至于崇拜真好的作品。比如每次有人问我新诗里谁的最要得，我未有不首推郭沫若的，同时我也不隐讳他初期尝试作品之不足为法。我那天路过上海由达夫会到你们创造社诸君，同时也由瞿菊农的介绍，初识《小说月报》的诸编辑。我当时只觉得你们都是诚心为新文艺的个人，你就一斧劈开我的脑子，你也寻不出此会彼社的印象来！后来我到京与菊农谈起，都觉得两面争吵之无谓，胡适之说的彼此同是一家弟兄，何必闹意气，老实说你若然悬一个理想的文艺的标准，来绳按现有的作品，不问是什么书局或是什么会社的出版物，至多也无非彼善于此，百步与五十步之间。我们应得悉心侦候与培养的是纯正的萌芽，应得引人注意的只是新辟的纯正的路径；反之，应得爬梳与暴露的只是杂芜与作伪。我们的对象，只是艺术，我们若然决心为艺术牺牲，那里还有心意与工夫来从事无谓的纠缠，纵容嫉忌鄙陋倔强等等应受铲灭的根性，盲干损人不利己的勾当，耗费可宝的脑力与文才，学舌老妈子与洋车夫的谰骂。

艺术只是同情！评衡只是发现。发现就是创造之一式，是无上的快乐。百年前爱丁堡评论（Edinburgh Review）的主笔骂死了开次（Keats）的人，却骂不死开次的诗。所有大评衡家——圣伯符，裴德，高柳列其——不朽的声誉，都是建筑于发现与赞美之上，不是从破坏刻薄的事业得来的。固然有时有排斥抉剔的必要，但总是消极的作用，用意无非在衬出真的与纯的。评衡是赞美的美术，是创造的；是扩大同情心，不是发泄一己的意气。

这一段话与我们“假人假诗”的打架，似乎并不相关，但我满腔只是理不清的悲绪，我其实想借这个机会凭我一己有限的爱艺术与爱友谊的热心，感动所有未能解除意气或竟沾染党同伐异的陋习却一样的有大热的心来建造新文化的诸君，此后彼此严自审验，有过共认共谅，有功共标其赏，消除成见的暴戾与专愎，在真文艺精神的温热里互感彼此心灵之密切。那岂不是一件痛快的大事？

> 真的，随你什么社什么会也分不开彼此共同表现的现代精神。对抗这新精神的真仇敌多著哩，我们何苦不协力来防御我们辛苦得来的新领土，何苦不协力来抵抗与扫平隐伏在我们周围的疑忌与侵凌！精神的兄弟是分不了家的！

最后我还要声明一句，我说的话我句句都认帐的。我恭维沫若的话，是我说的。我批评“泪浪滔滔”这一类诗的疏忽，是我说的。我笑话“雅典主义”与“手势戏”，是我说的。但我恭维沫若的人，并不防止我批评沫若的诗；我只当沫若和旁人一样，是人，不是神圣不可侵犯的。我说“泪浪滔滔”这类句法不是可做榜样的，并不妨害我承认沫若在新文学里最有建树的一个人。我在创造上偶然发表文字，我并不感到对于创造的作品有 Taboo[①]甚至无条件的崇拜的义务，犹之我在《小说月报》上投稿，并无取销我与创造诸君结识的权利。

我说一首诗是坏是假，随是东洋或西洋的逻辑家也不能引证我有断定那作诗人是坏人或是假人的涵义。（那天我写那篇杂记的时候，也曾想从我自己的作品去寻标本，因为适之也曾经说有人说我的诗有 Affectation[②] 的嫌疑；结果赦免了自己却套上了沫若，实在是偶然的不幸，我现在真觉得负歉，因为人家都是那样的认真。）

---

① Taboo：避忌。

② Affectation：矫情，装腔作势。

我说以血比日以琴比心的可厌，是证明就是新文学也有趋滥调（Mannerism）的危险，并不断定凡是曾经以血比日以心比琴的作者都是作伪的：我自己就以琴喻心过好几次！其实我指出新诗有假与坏与形似的种类，我并不除外我自己的作品，我很愿意献我自己的丑，但我因为自己不介意，就随意推想旁人也不会怎样的介意——那里知道我就错在这里。

再说我笑“雅典主义”的荒谬，不见得就是取媚创造社，犹之我笑“手势戏”，并不表示我对犯错误的作者，有除此以外的蔑视与嘲笑——真是，谁免得了错误，要存心吹求起来，世上既没有完全的作者，更没有无纰的译者！你们一方面如其以为我骂假诗就是骂创造，所以就是取悦文学研究会，他一方面当然又以我的嘲笑雅典主义等等的信，为骂文学研究会，所以就是取悦创造社。结果作伪一暴露，两面不讨好两面受攻击，——“虚与周旋”，“放冷箭”，什么都发现了！哈哈！我到不曾想到也有这样幸福走入党见曲解的重楼复阁之中，多好玩呀！

但我关于自己的表白，是无所谓的，我如其希望什么事，就只前面再三说过的劝各方面平心静气的消仇解隙。槐尔德说的 Where there is no love there is no understanding[①]，你们把“偏忌障”打开看看，同情的本能自然会活动，从前只见丑恶，现在却发现清洁，从前只见卑琐，现在却发现可爱的境界，云雾消翳了，青天和星月的光明，当然会照露的。说了半天，我还是个顽固不化的“理想者”，我确信世上没有不可消解的嫌隙，我话也完了，请你们鉴谅我一番的至意。

六月七日

① 没有爱便没有理解。

国际著作者协社[1]

一九二一年十月英国文学家高尔斯华绥（John Galsworthy）等发起了一个国际著作者协社（Interna tional Writers' Club）简名是P. E. N. Club，目的是在于联合各国的著作家，发展相互的同情。总机关在伦敦，就叫做伦敦本部，此外各国都会，只要有会员一人以上就可以组织支部，到现在为止，伦敦外已有八处支部，著作家游历时，各部应相互招待，敦睦友谊。各支部得自由制治，不受本部支配，但为一部部员，同时即取得各部的部员资格。照伦敦本部的办法，每月有会餐一次，此外还有计画，不久实行。会长就是高尔斯华绥君，他这次来信请梁任公先生做伦敦部的名誉会员，并且请他去参与五月一日的会餐（五万里路的请客!）。

这未始不是东西文化实际携手的一个好消息。东方人加入的只有两位，一是印度的泰谷尔。其他即是梁任公（到现在为止，还没有日本人)。

---

① 一九二三年六月初作；载一九二三年六月十一日《晨报·文学旬刊》；初收一九八〇年台湾时报文化出版事业有限公司《徐志摩诗文补遗》。采自《晨报·文学旬刊》。

我想北京也有组织支部的必要，泰谷尔快来了，威尔士也快来了，将来西伯利亚一通路，西欧的著作家，一定会得源源而来，这里如其有一相当的组织，专司介绍与招待的责任，岂非实际上很有利便。文学家最不愿亲近的是势利机关，政治外交的官员，他们就爱私人的交谊，与不事铺张却真有同情的接待。而且此后我们的著作家去欧美游历的一定也有，有了这样一个机关，我们便可与各国大都会的文艺界直接有呼应，岂非是创举?

P.E.N.Club 的会籍上尽是当代的名家，大都是不朽的作者，现在约举如下：——

名誉会员

英格兰	汤麦司　哈代	Thomas Hardy[①]
苏格兰	占姆士　白利	Sir James Barrie[②]
爱尔兰	叶茨	W.B.Yeats[③]
	“A.E.”	“A. E.”（George Russell）[④]
美国	阿林登　洛滨孙	E.Arlington Robinson[⑤]
	佛洛司德	Robert Frost[⑥]
法国	法兰士	Anatole France[⑦]
	罗兰	Romain Rolland[⑧]

① Thomas Hardy：哈代（1840—1928），英国小说家、诗人。

② Sir James Barrie：巴里（1860—1937），英国小说家和剧作家。

③ W.B.Yeats：今译叶芝（1865—1939），爱尔兰诗人、剧作家。

④ A.E.（George Russell）：AE，爱尔兰诗人拉塞尔（George William Russell，1867—1935）的笔名。

⑤ E.Arlington Robinson：今译罗宾逊（1869—1935），美国诗人。

⑥ Robert Frost：今译弗罗斯特（1874—1963），美国诗人。

⑦ Anatole France：今译法朗士（1844—1924），法国小说家、文艺评论家。

⑧ Romain Rolland：罗曼·罗兰（1866—1944），法国作家。

比利时　梅德林克　Maurice Maeterlinck[①]

　　　　脑威　汉姆孙　Knut Hamsun[②]

　　　　鲍杰　Johan Bojer[③]

丹麦　勃兰地司　Georg Brandes[④]

奥国　西业蚩拉　Arthur Schnitzler[⑤]

　　　霍夫莽司滔尔　Hugo von Hofmannsthal[⑥]

德国　霍夫门　Gerharat Hauptmann[⑦]

　　　苏特曼　Hermann Sudermann[⑧]

俄国　梅里什可夫斯奇　D. Merezhkovsky[⑨]

　　　高尔该　Maxim Gorky

印度　泰谷尔　Rabindranath Tagore[⑩]

中国　梁启超　Liang-chi-chiao

伦敦本部的名籍上差不多现代的作者十九在内，我们最稔悉的威尔思，得林克华德，罗素，等皆是。

---

① Maurice Maeterlinck：今译梅特林克（1862—1949），比利时法语诗人和剧作家、象征派戏剧的代表作家。

② Knut Hamsun：汉姆孙（1859—1952），挪威作家。

③ Johan Bojer：不详。

④ Georg Brandes：今译布兰代斯（1842—1927），丹麦学者、文学批评家。

⑤ Arthur Schnitzler：今译施尼茨勒（1862—1931），奥地利剧作家、小说家。

⑥ Hugo von Hofmannsthal：今译霍夫曼斯塔尔（1874—1929），奥地利诗人、剧作家与小品文作家。

⑦ Gerhart Hauptmann：今译豪普特曼（1862—1946），德国剧作家。

⑧ Hermann Sudermann：今译苏德尔曼（1857—1928），德国小说家、剧作家，德国自然主义运动的代表人物之一。

⑨ D. Merezhkovsky：今译梅列日科夫斯基（1865—1941）。俄国诗人、小说家、批评家和思想家。

⑩ Rabindranath Tagore：泰戈尔（1861—1941），徐译“太谷尔”，印度诗人、作家。

我过的端阳节[①]

我方才从南口回来。天是真热，朝南的屋子里都到了九十度以上，两小时的火车竟如在火窖中受刑，坐起一样的难受。我们今天一早在野鸟开唱以前就起身，不到六时就骑骡出发，除了在永陵休息半小时以外，一直到下午一时余，只是在高度的日光下赶路。我一到家，只觉得四肢的筋肉里像用细麻绳扎紧似的难受，头里的血，像沸水似的急流，神经受了烈性的压迫，仿佛无数烧红的铁条蛇盘似的绞紧在一起……

一进阴凉的屋子，只觉得一阵眩晕从头顶直至踵底，不仅眼前望不清楚，连身子也有些支持不住。我就向着最近的藤椅上瘫了下去，两手按住急颤的前胸，紧闭着眼，纵容内心的浑沌，一片黯黄，一片茶青，一片墨绿，影片似的在倦绝的眼膜上扯过……

直到洗过了澡，神志方才回复清醒，身子也觉得异常的爽快，我就想了……

---

① 一九二三年六月二十日作；载一九二三年六月二十四日《晨报副刊》；又载七月九日上海《时事新报》副刊《学灯》；初收一九八〇年台湾时报文化出版事业有限公司《徐志摩诗文补遗》。采自《晨报副刊》。

人啊，你不自己惭愧吗?

野兽，自然的，强悍的，活泼的，美丽的；我只是羡慕你，

什么是文明人：只是腐败了的野兽！你若然拿住一个文明惯了的人类，剥了他的衣服装饰，夺了他作伪的工具——语言文字，把他赤裸裸的放在荒野里看看——多么“寒村”的一个畜生呀！恐怕连长耳朵的小骡儿，都瞧他不起哪！

白天，狼虎放平在丛林里睡觉，他躲在树荫底下发痧；

晚上清风在树林中演奏轻微的妙乐，鸟雀儿在巢里做好梦，他倒在一块石上发烧咳嗽——着了凉了！

也不等狼虎去商量他有限的皮肉，也不必小雀儿去嘲笑他的懦弱；单是他平常歌颂的艳阳与凉风，甘霖与朝露，已够他的受用：在几小时之内可使他脑子里消灭了金钱名誉经济主义等等的虚景，在一半天之内，可使他心窝里消灭了人生的情感悲乐种种的幻象，在三两天之内——如其那时还不曾受淘汰——可使他整个的超出了文明人的丑态，那时就叫他放下两支手来替脚平分走路的负担，他也不以为离奇，抵拼撕破皮肉爬上树去采果子吃，也不会感觉到体面的观念……

平常见了活泼可爱的野兽，就想起红烧野味之美，现在你失去了文明的保障，但求彼此平等待遇两不相犯，已是万分的侥幸……

文明只是个荒谬的状况：文明人只是个凄惨的现象，——

我骑在骡上嚷累叫热，跟着哑巴的骡夫，比手势告诉我他整天的跑路，天还不算顶热，他一路狠快活的不时采一朵野花，折一茎麦穗，笑他古怪的笑，唱他哑巴的歌；我们到了客寓喝冰汽水喘息，他路过一条小涧时，扑下去喝一个贴面饱，同行的有一位说“真的，他们这样的胡喝，就不会害病，真贱!”

回头上了头等车，坐在皮椅上嚷累叫热，又是一瓶两瓶的冰水，还怪嫌车里不安电扇；同时前面火车头里司机的加煤的，在一百四五十度的高温里笑他们的笑，谈他们的谈……

田里刈麦的农夫拱着棕黑色的裸背在作工，从清早起已经做了八九时的工，热烈的阳光在他们的皮上像在打出火星来似的，但他们却不曾嚷腰酸叫头痛……

我们不敢否认人是万物之灵，我们却能断定人是万物之淫；

什么是现代的文明，只是一个淫的现象；

淫的代价是活力之腐败与人道之丑化；

前面是什么，没有别的，只是一张黑沈沈的大口，在我们运定的道上张开等着，时候到了把我们整个的吞了下去完事!

六月二十日

太戈尔来华[①]

太戈尔在中国，不仅已得普遍的知名，竟是受普遍的景仰。问他爱念谁的英文诗，十余岁的小学生，就自信不疑的答说太戈尔。在新诗界中，除了几位最有名神形毕肖的太戈尔的私淑弟子以外，十首作品里至少有八九首是受他直接或间接的影响的。这是很可惊的状况，一个外国的诗人，能有这样普及的引力。

现在他快到中国来了，在他青年的崇拜者听了，不消说当然是最可喜的消息，他们不仅天天竖耳企踵的在盼望，就是他们梦里的颜色，我猜想，也一定多增了几分妩媚。现世界是个堕落沉寂的世界；我们往常要求一二伟大圣洁的人格，给我们精神的慰安时，每每不得已上溯已往的历史，与神化的学士艺才，结想像的因缘。哲士，诗人，与艺术家，代表一民族一时代特具的天才；可怜华族，千年来只在精神穷窭中度活，真生命只是个追忆不全的梦境，真人格亦只似昏夜池水里的花草映

① 一九二三年七月六日作；载一九二三年九月十日《小说月报》第十四卷第九号；初收一九六九年台湾传记文学出版事业有限公司《徐志摩全集》。采自《小说月报》。

影，在有无虚实之间。谁不想念春秋战国才智之盛，谁不永慕屈子之悲歌，司马之大声，李白之仙音；谁不长念庄生之逍遥，东坡之风流，渊明之冲淡？我每想及过去的光荣，不禁疑问现时人荒心死的现象，莫非是噩梦的虚景，否则何以我们民族的灵海中，曾经有过偌大的潮迹，如今何至于沉寂如此？孔陵前子贡手植的楷树，圣庙中孔子手植的桧树，如其传话是可信的，过了二千几百年，经了几度的灾劫，到现在还不时有新枝从旧根上生发；我们华族天才的活力，难道还不如此桧此楷？

什么是自由？自由是不绝的心灵活动之表现。斯拉夫民族自开国起直至十九世纪中期，只是个庞大喑哑在无光的空气中苟活的怪物，但近六七十年来天才累出，突发大声，不但惊醒了自身，并且惊醒了所有迷梦的邻居。斯拉夫伟奥可怖的灵魂之发现，是百年来人类史上最伟大的一件事迹。华族往往以睡狮自比，这又泄漏我们想像力之堕落；期望一民族回复或取得吃人噬兽的暴力者，只是最下流“富国强兵教”的信徒，我们希望以后文化的意义与人类的目的明定以后，这类的谬见可以渐渐的销匿。

精神的自由，决不有待于政治或经济或社会制度之妥协。我们且看印度。印度不是我们所谓已亡之国吗？我们常以印度朝鲜波兰并称，以为亡国的前例。我敢说我们见了印度人，不是发心怜悯，是意存鄙蔑（我想印度是最受一班人误解的民族，虽则同在亚洲：大部分人以为印度人与马路上的红头阿三是一样同样的东西！）就政治看来，说我们比他们比较的有自由，这话勉强还可以说。但要论精神的自由，我们只似从前的俄国，是个庞大喑哑在无光的气圈中苟活的怪物，他们（印度）却有心灵活动的成绩，证明他们表面政治的奴溥〈仆〉非但不曾压倒，而且激动了他们潜伏的天才。在这时期他们连出了一个宗教性质的政治领袖——甘地——一个实行的托尔斯泰；两个大诗人，加立大塞 Kalidasa[①] 与太戈尔。单是甘地与太戈尔的名字，就是印度民族不死的铁证。

东方人能以人格与作为，取得普通的崇拜与荣名者，不出在“国富兵强”的日本，不出在政权独立的中国，而出于亡国民族之印度——这不是应发人猛省的事实吗?

太戈尔在世界文学中，究占如何位置，我们此时还不能定，他的诗是否可算独立的贡献，他的思想是否可以代表印族复兴之潜流，他的哲学（如其他有哲学）是否有独到的境界——这些问题，我们没有回答的能力。但有一事我们敢断言肯定的，就是他不朽的人格。他的诗歌，他的思想，他的一切，都有遭遗忘与失时之可能，但他一生热奋的生涯所养成的人格，却是我们不易磨翳的纪念。〔太戈尔生平的经过，我总觉得非是东方的，也许印度原不能算东方（陈寅恪君在海外常常大放厥词，辩印度之为非东方的。)〕所以他这回来华，我个人最大的盼望，不在他更推广他诗艺的影响，不在传说他宗教的哲学的乃至于玄学的思想，而在他可爱的人格，给我们见得到他的青年，一个伟大深入的神感。他一生所走的路，正是我们现代努力于文艺的青年不可免的方向。他一生只是个不断的热烈的努力，向内开豁他天赋的才智，自然吸收应有的营养。他境遇虽则一流顺利，但物质生活的平易，并不反射他精神生活之不艰险。我们知道诗人艺术家的生活，集中在外人捉摸不到的内心境界。历史上也许有大名人一生不受物质的苦难，但

① Kalidasa：今译迦梨陀娑（公元 4—5 世纪），印度笈多王朝诗人、剧作家，梵文古典文学代表作家之一，传世作品有剧作《沙恭达罗》等。

决没有不经心灵界的狂风暴雨与沉郁黑暗时期者。葛德是一生不愁衣食的显例，但他在七十六岁那年对他的友人说他一生不曾有过四星期的幸福，一生只是在烦恼痛苦劳力中。太戈尔是东方的一个显例，他的伤痕也都在奥密的灵府中的。

我们所以加倍的欢迎太戈尔来华，因为他那高超和谐的人格，可以给我们不可计量的慰安，可以开发我们原来瘀塞的心灵泉源，可以指示我们努力的方向与标准，可以纠正现代狂放恣纵的反常行为，可以摩挲我们想见古人的忧心，可以消平我们过渡时期张皇的意气，可以使我们扩大同情与爱心，可以引导我们入完全的梦境。

如其一时期的问题，可以综合成一个，现代的问题，就只是“怎样做一个人”？太戈尔在与我们所处相仿的境地中，已经很高尚的解决了他个人的问题，所以他是我们的导师，榜样。

他是个诗人，尤其是一个男子，一个纯粹的人；他最伟大的作品就是他的人格。这话是极普通的话，我所以要在此重复的说，为的是怕误解。人不怕受人崇拜，但最怕受误解的崇拜。葛德说，最使人难受的是无意识的崇拜。太戈尔自己也常说及。他最初最后只是个诗人——艺术家如其你愿意——他即使有宗教的或哲理的思想，也只是他诗心偶然的流露，决不为哲学家谈哲学，或为宗教而训宗教的。有人喜欢拿他的思想比这个那个西洋的哲学，以为他是表现东方一部的时代精神与西方合流的；或是研究他究竟有几分的耶稣教，几分是印度教，——这类的比较学也许在性质偏爱的人觉得有意思，但于太戈尔之为太戈尔，是绝对无所发明的。譬如有人见了他在山氏尼开顿 Santiniketan 学校里所用的晨祷——

“Thou are our Father. Do you help us to know thee as

Father. We bow down to Thee. Do thou never afflict us, O Father, by causing a separation between Thee and us. O thou self-revealing One, O Thou Parent of the universe, purge away the multitude of our sins, and send unto us whatever is good and noble. To Thee, from whom spring joy and goodness, nay who art all goodness thyself, to Thee we bow down now and for ever."①

耶教人见了这段祷告一定拉本家，说太戈尔准是皈依基督的，但回头又听见他们的晚祷——

"The Deity who is in fire and water, nay, who pervades the Universe through and through, and makes His abode in tiny plants and towering forests—to such a Deity we bow down for ever & ever."②

这不是最明显的泛神论吗？这里也许有 Lucretius③，也许有 Spinoza④，也许有 Upanishads⑤，但决不是天父云云的一神

① "您是我们的天父。请您帮助我们了解您。我们向您致敬。哦天父，请您不要把我们和您分开，让我们遭受痛苦。哦自我揭示者，哦宇宙之父，请荡涤我们的罪，赐予我们善良与高尚。幸福与善来源于您，不，您就是至善，我们向您永远致敬。"

② "火中与水中的神，不，充斥了全宇宙，并居住在细小的植物和高大的森林中的神——我们向这样的一个神永远致敬。"

③ Lucretius：卢克莱修（约公元前93—约前50），拉丁诗人和伊壁鸠鲁学派哲学家，传世之作有长诗《物性论》。

④ Spinoza：斯宾诺莎（1632—1677），荷兰哲学家，唯理论的代表之一，著有《神学政治论》和《伦理学》等。

⑤ Upanishads：《奥义书》，阐述印度教古代吠陀教义的思辨作品。

教，谁都看得出来。回头在揭檀迦利的诗里，又发现什么 Lia 既不是耶教的，又不是泛神论。结果把一般专好拿封条拿题签来支配一切的，绝对的糊涂住了，他们一看这事不易办，就说太戈尔的宗教思想不彻底，等等。实际上唯一的解释是太戈尔是诗人，不是宗教家。也不是专门的哲学家。管他神是一个或是两个或是无数或是没有，诗人的标准，只是诗的境界之真；在一般人看来是不相容纳的冲突（因为他们只见字面），他看来只是一体的谐合（因为他能超文字而悟实在）。

同样的在哲理方面，也就有人分别研究，说他的人格论是近于讹的，说他的艺术论是受讹影响的……这也是劳而无功的。自从有了大学教授以来，尤其是美国的教授，学生忙的是：比较学，比较宪法学，比较人种学，比较宗教学，比较教育学，比较这样，比较那样，结果他们竟想把最高粹的思想艺术，也用比较的方法来研究——我看倒不如来一门比较大学教授学还有趣些！

思想之不是糟粕，艺术之不是凡品，就在他们本身有完全，独立，纯粹不可分析的性质。类不同便没有可比较性，拿西洋现成的宗教哲学的派别去比凑一个创造的艺术家，犹之拿唐采芝或王玉峰去比附真纯创造的音乐家，一样的可笑，一样的隔着靴子搔痒。

我们只要能够体会太戈尔诗化中的人格，与领略他满充人格的诗文，已经尽够的了，此外的事自有专门的书呆子去顾管，不劳我们费心。

我乘便又想起一件事。一九一三年太戈尔被选得诺贝尔奖金的电报到印度时，印度人听了立即发疯一般的狂喜，满街上小孩大人一齐欢呼庆祝，但诗人在家里，非但不乐，而且叹道：“我从此没有安闲日子过了!”接着下年英政府又封他为爵士，从此，真的，他不曾有过安闲时日。他的山氏尼开顿竟变了朝拜的中心，他出游欧美时，到处受无上的欢迎，瑞典丹麦几处学生，好像都为他举行火把会与提灯会，在德国听他讲演的往往累万，美国招待他的盛况，恐怕不在英国皇太子之下。但这是诗人所心愿的幸福吗，固然我不敢说诗人便能完全免除虚荣心，但这类群众的哄动，大部分只是葛德所谓无意识的崇拜，真诗人决不会艳羡的。最可厌是西洋一般社交太太们，她们的宗教照例是英雄崇拜；英雄愈新奇，她们愈乐意，太戈尔那样的道貌岸然，宽袍布帽，当然加倍的搔痒了她们的好奇心，大家要来和这远东的诗圣，握握手，亲热亲热，说几句照例的肉麻话……这是近代享盛名的一点小报应，我想性爱恬淡的太戈尔先生，临到这种情形，真也是说不出的苦。据他的英友恩厚之告诉我们说他近来愈发厌烦嘈杂了，又且他身体也不十分能耐劳，但他就使不愿意却也很少显示于外，所以他这次来华，虽则不至受社交太太们之窘，但我们有机会瞻仰他言论丰采的人，应该格外的体谅他，谈论时不过分去劳乏他，演讲能节省处节省，使他和我们能如家人一般的相与，能如在家乡一般的舒服，那才对得他高年跋涉的一番至意。

七月六日

开痕司[①]

最近英国新闻界有一个可注意的改变。就是伦敦的《国民周刊》（The London Nation and Athenaeum）改由梅涅德开痕司（J. Maynard Keynes）[②] 主办。开痕司就是 Economic Consequences of the Peace[③]的作者。上次罗素离中国时，推荐开痕司来中国，后来，讲学社就去请他，但他为事忙不能离欧。这位先生，留心欧洲政治的，应该特别的注意；因为他不仅是第一流的经济学者，不仅是统计学与名学的专家，他，我们可以预言，尤其是未来的大政治家。他那部震惊一世的伟著，不但把凡尔塞和会的内容亲切痛快有声有色的写出，不但把作者抗世无畏的义勇精神，永镂在战后的政史上，不但使作者成为战败国崇敬的偶像，他书里论经济的预言，到今日差不多一字一句的都已在事实上证实；他的主张不仅供给英国政府对欧方策一个合理的平衡与标准——实际上在全欧各国的政论界中产生一

① 载一九二三年七月八日《晨报副刊》；初收一九八〇年台湾时报文化出版事业有限公司《徐志摩诗文补遗》。采自《晨报副刊》。

② J. Maynard keynes：今译凯恩斯（1883—1946），英国经济学家，凯恩斯主义创始人。

③ Economic Consequences of the Peace：《和平的经济后果》。

种横贯的联合，综合智识阶级的势力，反抗与批评法国人强暴的方略，同时亦纠防德人之狡展。《孟骞斯德报》发刊的《欧洲改造号》(The Reconstruction of Europe—Manchester Guardian)，就是他专力在编辑的，其中不少有价值的文字，各国都有翻版。此次他又兼并《国民周刊》，据狄更生先生给我的信，说他要借此发挥他改造欧洲的政策与对于人口问题的主张。(他以为欧陆纷扰的政像，只是原因于人口问题的压迫。)他不讲社会主义，他是自由党员，但他宏博的学识与精密的见解，却一体的受各党诚意的爱敬。不但鲁意乔治(Lloyd George)①，就是麦克庚诺尔特(Ramsay Macdonald)②，不但爱斯葵斯(Asquith)③，就是保纳劳(Bernard Shaw)④，都是一体的推崇他。如其英国这几年内工党与自由党的一部分有联合的机会，开痕司一定是首领之一人；如其欧洲的改造有端倪可寻，他一定是负责之一人；如其对德有合式的解决，保全各方的安全，他一定是有功之一人。总之开痕司的前涂，我看来在英国比谁都远大些，因为他，具备种种的资格，可当得英民族政治天才的代表者。他的才，理事之捷，与应付之敏，不让于鲁意乔治！他眼界之广博，判断之准确，头脑之清晰，现代政界中少有其比，而且他正当盛年(今不过四十许)精力尤健。

我在康桥时他告我每日正式工作不过三小时，——但我的

---

① Lloyd George：今译劳合·乔治(David Lloyd George，1863—1945)，英国首相(1916—1922)、自由党领袖，第一次世界大战后英国政界的首要人物，其社会福利政策影响深远。

② Ramsay Macdonald：麦克唐纳(James Ramsay Macdonald，1866—1937)，英国首相。

③ Asquith：阿斯奎斯(1852—1928)，英国自由党内阁首相(1908—1916)。

④ Bernard Shaw：今译萧伯纳，徐在别处也有译萧件纳的，见《萧伯纳的格言》一文。

三小时！——余时都消于看小说与闲谈。他的朋友多为文学家与美术家，他艺术的兴趣亦甚深。

五月五号与十二号的《国民周刊》上，载有他的文章，一篇叫做《英国在欧洲的政策》，一篇叫做《德国的呈请与法国的答复》。

他先责备鲁意乔治任内对欧政策之无用，保纳劳又是个不中用的，但现时情况却需要积极有力的主张，不是如葛莱(Grey)[1] 等单想靠傍有名无实的国际联盟，便含有进步希望的，更不可再有迁延，像过去的四年一样，只是不澈底的苟且。他提出此后应注意的几点——

一，应认明事实，估量现况，以定方策。和约基本的错误，就在假定战后的协约国彼此相互的利益观念，也能如战时之一致。实际上公敌破后，只有各国自利的动机，更无所谓协约的精神。这样的大战局，决不是仅由胜利国的支配，便可善后的。战败国的参与改造，是决不可少的。结果一面把德国人的兵器夺尽了，却让法国变成了最大的武备国；这难道是协约的利益吗？至于英国一班人整天的责备政府的无用，说从此英国在欧洲的势力竟可以消灭尽净；政府的回答就是说正是，我们实在是无可为的，又有什么办法呢？

但开痕司看来这时局虽则为难，却不至于绝望。问题就在怎样的行使我们的外交权与力？当然不是武力的问题。我们的力量，就在经济与财政界，我们可以提出我们意愿的经济助力，一面引导全世界的舆论。

二，但一面虽则说我们要为全欧和平准备牺牲，同时我们

---

① Grey：今译格雷（Sir Edward Grey，1862—1933），英国外交大臣(1905—1916)，奉行亲法反德政策，在第一次世界大战爆发后，说服内阁对德宣战，战后支持国际联盟。

也不可忽略了外交上一个最重要的原则——就是本国的利益。侠性的作为只可能于非常的时期，只可能于民情异常的激动时。但所谓国家的利益，当然是合理合法的要求，不是侵占的意思。国际间非侵略的利益关系，只是互助而不是冲突的。譬如此次我们若然对法国提出相当的经济帮忙，对于本国不但无损而且有益的。

三，其次努力的方面，就在唤起全球同情的舆论。我们的话应该基本于现实的情况，恳切的说，以前种种的外交手段是决计不可行使的了；欺谎迟早要发现的。旧法利用情感作用的宣传法也不应该奖励，因为只有事实的真理可以得到普遍的承认。一个国家如要希望影响全世界的态度，第一个条件当然是他说话之正确与用意之诚恳。

四，我们此后的政策应该一循法规，不可为争权而利用在政党之弱点，致有矫枉过正的结果。自己的地位站稳了，方才可以盼望有纯正的世界舆论出现。比如现前有两种态度，我们应得立即修正的——一是要德国赔款来作为补偿金，一是罗尔的问题。我们应得正式抛弃前者的要求，对于后者我们也应得老实说法国的态度我们不能认为根基于条约的。这虽是口头的话，但如其用大英帝国全体的主权来正式宣布，我们相信一定极有影响的。至少可以证明我们愿意以平等的公法处置国际间的事实。如其连这点子的诚意都没有，更不必高谈理想——废兵防战等的计画——了。只有明言解除了战胜国与战败国的地位，彼此平等相待，方才有国际研究之可言。我们如其对于法比侵占罗尔这类越法的行为，没有相当的表示，间接的我们就不忠于国际联盟的约言。也许这样的苟且与懦怯，对于世界和平之将来，负罪比法比侵占罗尔的事实，还要难辩些。

第二篇论德国最近关于赔款问题的呈请，大意证明这次德国说帖的内容的确是诚意的。对于赔款的付法，确已尽他力之所能及。其次关于地域的支配，不再坚持改变。第三赞成美国许斯国际公决的办法。这点子实情，我们不能不认为德国方面态度之渐进。法国却又独断的，也不曾商榷协约国，回文反驳了。法国的态度，是绝对不可容许的。太不近人情了。他们硬是纵容贪狠仇毒，嫉忌的劣性，想把德国人一把生生的挤死。开痕司主张英国还是单独的发表意见，一凭理性去答复德国人。他说我们真盼望有政治家出现，有热诚有力量的来说话。在现在情形之下，彼此都有各逞意气的倾向，只要果真能说有重量的有理性的至诚话，不问有否立见的效用，至少不失为顾全人道的呼声，我们不信人类的前途只是虚无与恐怖。

“德国人”是个古怪的现象。如其一个国民性的特点，可以从家常的饭桌子上探消息，我们就可以相信日耳曼民族的秘密就在他们的半尺许圆径玻璃杯里的黑啤，与三寸左右圆径的猪肠里。法国的文学家巴莱斯（Maurice Barrès）[①]曾经说全字典上只有一个字可以概括他们邻居的品性，尤其要特别的念法：那个字是 Colossal[②]，念时尤应侧重最后的母音，——咼罗奢——奢——奢——尔。你房东太太的鞋。她最初交给你那把钥匙——开皇帝库藏的也不过如此——他们的大门，屋子里的磁火炉，房东老爷的裤腰宽，他的笑响，饭店里堂官光头上的汗球——以及德皇威廉一口吞尽的政策，都是一体的表现他们民族的天才，咼罗奢——奢——奢——尔！

你们不曾到过莱因河以东的，只要曾经侧眼望见过最近在北京那位出类拔萃的“弗拉扈踱刻推儿泼老翻稍”的丰彩与颜色与姿态，一定会羡慕多才多艺的造物主之有时诙谐：多么活

---

① Maurice Barrès：巴莱斯（Auguste Maurice Barrès，1862—1923），法国作家。

② Colossal：巨大的，庞大的。

现的一幅讽刺画呀？

几句话可以说明白的道理。我们的“吼儿踱推儿泼老翻稍”（Herr Doktor Professor）[①]，也许原因于过量的黑啤与猪肠在作用，至少要写上中下三大册连他自己都看不懂的论文。只要笨，就有理！只要蠢，就是媚！只要讲个没人懂得，就有人崇拜。

我们来看看欧洲的现局。法国像个宠坏了的孩子，也不知为什么发了大火，拿起东西来就砸，台上的贡瓷也好，水晶的烟碟也好，只要发泄，只要出气，宁可回头自己的脚心踏在晶绛瓷屑上流血，再大声的嚷痛。历史上的德国人，照例临到一个难关，总要大吹大擂的：拿破伦蹂躏以后，普法战争以前，我们都可以想像一个五丈多高的迦门大汉，高高的站在“拉嗜吁他辩”（Reich tag）[②] 的屋顶上，手拿着北海龙宫里借来的大法螺，吹，吹，吹得震天彻地的响，吹得全国国民血管里的红液暴烈地沸腾——法塔轮（Father-land）[③]，快救，当兵!!但自从凡尔塞条约以来，我们眼看着这只桀傲的大雄鸡，再也竖不起他一度壮丽的鸡冠。临到逾分的侮迫时，虽则也还想引吭高啼，但不幸每次的成绩，不是走腔，便是漏气，也许嵤罗奢尔的精神，从此竟会永灭无疆的了！

同时疯兽似的法国，益发无法无天的在发疯狂噬。现在他们在敌境上实行的恐怖政策，不但使所有的邻邦骇悚，就是大部的法国人自己，也觉得有些过分。最近法国军队跑到克鲁伯炮厂去，平空的杀了十一个工人，自己不曾受毫发的损伤，法军司令处反把 Krupp Von Boelen[④] 拿去军法审判，最近的消息

---

① Herr Doktor Professor：德文，教授博士先生。

② Reich tag：德文，（法西斯时候的）帝国议会。

③ Father-land：德文，祖国。

④ Krupp von Boelen：克鲁普·冯·伯伦，生平不详。

已经断定他十五年的监禁与一兆的马克。还有一个厂里人同三个不在场的董事，都赏给二十年的禁锢与一兆的罚金。这样的重罚，为的是什么？什么也不为：只是发疯，只是出气，只是发泄。三月间屠杀，还不是这会事！当年卢骚的理想是“高尚的野人”（The noblesavage），如今那红眼的小屠夫 Poincaré[①]领袖的法国，至少实现了他们大哲学一半的理想：他们至少是变了野人了！

在这野人或野兽的疯威之前，可怜的德国连话都说不连贯了。最近德国关于赔款的呈请开头第一节是：

It has always been the point of view, of the German Government, which they are induced to restate in the present international discussion, that questions, upon the statement of which depend the reconstruction of the devastated area, equally desired by Germany, and beyond that, the economic restoration and peace of Europe, can find their solution only through mutual agreement[②].

笴罗奢尔，又来了！在这五十五个大字里，开痕司一点不错的指出，除了加书〈划〉的十个字[③]以外，都是北京人说的废话，不但无用，而且有语病。

---

① Poincaré：普恩加莱（Raymond Poincaré，1860—1934），法国总统(1913—1920)、总理（1912—1913；1922—1924；1926—1929），在第一次世界大战期间努力保持国家团结，战后拒绝德国延期偿付赔偿，为此命令法军进入鲁尔。

② “现在的国际讨论使德国政府重述它一贯的见解，即与德国想望的受破坏地区的重建，和在更大范围里的欧洲经济复苏与和平相关的问题，必须通过达成双方一致的意见，才能获致解决。”

③ 原文只有九个字（词）下面加划。

一封公开信[①]

伏庐兄：

徐志摩主张废弃新圈点！我自己听了都吓了一大跳。承副刊投稿诸君批评与责问，我又不得不来说几句话了。

我年初路过上海时，柯一岑君问我要稿子，我说新作没有，在国外时的烂笔头倒不少，我就打开一包稿子，请他选择，看到《康桥西野暮景》[②]"（见《学灯》七月七日）我就说这诗很糟，只是随口曲，前面一段序，也是无所谓的，（那时我正在看 James Joyce 哄动一时的 Ulysses 所以乘兴写了下来，）不要登吧，后来他还是一起拿了去，陆续在《学灯》上发表。除了《康桥再会罢》那首长诗，颠前倒后的错的实在太凶，曾经有信去更正过，此外我就很少看见，因为我没有定报。就是这次的诗，我见了《晨报》才知道登在《学灯》。我找来看时，只见无数的错字，（《晨报副刊》的校对实在应受恭维；上次

---

① 一九二三年七月十八日作；载一九二三年七月二十二日《晨报副刊》，文末有孙伏庐（伏园）的附记；初收一九八〇年台湾时报文化出版事业有限公司《徐志摩诗文补遗》。采自《晨报副刊》，孙伏庐的附记附后。

② 正式题名为《康桥西野暮色》，收入本全集诗卷。

《学灯》登我那首康桥，错讹至于不可读，最可笑把母亲的代名词，印做“它”！）所有的外国字，不用说，全让印得不认识了，偏偏碰了巧那几个外国名字却是很紧要，因为我“一部分的诗文可废（不是可废，而是不必要）圈点”的意见，是完全根据于那几位作者的作品的，我现在再来说一遍。一部是George Moore的Brook Kerith[①]，圈点符号还是有的；一部是James Joyce的Ulysses，（前六百数十页也还分章节有符号的，最后的百余页，才是绝对的不分章节，无句头大写，无一切的符号。）

这是文字里见所未见的新意境，我当时随意用什么牛酪呀，大理石呀，瀑布呀，白罗呀，等等的意象去形容他散文的美，只是瞎扯，绝对不曾说出他原文真妙处之所在，犹之用“此曲只应天上有……”等等去形容喀拉士拉的梵和琳，只是等于不曾形容！

我是根据于这两位大文学家的试验，觉得任何文字内蕴的宽紧性（Elasticity）实在是纯粹文学进化的秘密所在（比如The English Bible[②]与Walt Whitman[③]的诗）。中国文字因为形似单音的缘故，宽紧性最不发达，所以离纯粹散文的理想也是最远；新近赵元任改良汉字的主张，很可注意，因为我个人觉得“罗马字化”至少有两个好处，一是规复我所谓文字内蕴的宽紧性，一是启露各个字音乐的价值——这两层我以为是我们未来的文学很重要的问题。

这是重要的问题，但我的能力只能提出，不能解决。这是应得讨论的，因为是文学改良的建设方向，不是奖励说废话的

① Brook Kerith：《凯里斯溪》，穆尔的小说。

② The English Bible：英语《圣经》。

③ Walt Whitman：惠特曼（1802—1847），美国诗人。

空题目。

现在回到圈点的问题。我相信我并不曾主张无条件的废弃圈点，至少我自己是实行圈点的一个人。一半是我自己的笔滑，一半也许是读者看文字太认真了，想不到我一年前随兴写下的，竟变成了什么“主张”，不，我并不主张废弃圈点。圈点问题虽小，我如其果然有主张时，也应得正式写一篇文字，题目什么都可以，但决不会是《康桥西野暮景》，这是很明显的。

就是我所谓一部分的诗文可以不用圈点，也决不是主张回到从前浑混的旧办法去，决不是 Anachronism①；我只说“可以不凭借符号的帮助的纯粹散文，是一个理想；这个理想现在有好几位文学家要想法来实现，比如 Joyce 已经试验出可惊的成绩。这种创造的精神，我们不应得不注意的，虽则我们文学的现况还很幼稚，够不上跑得这么快。”

这是我的主张，如其你们硬要派我主张这样或那样。至于一般的新圈点之应用，我又不发疯，我来反对干什么；我连女子参政，自由恋爱，社会主义……都不反对哪!

伏庐，乘便我要声明一个可笑的误会。“西滢”写了一篇剧评，我后面附了几句，听说一般人都疑心全篇是我做的，因此认定我徐志摩是反对现有的艺术的新剧的，因此认定徐志摩是崇拜梅兰芳的，还有这样那样种种的见解都一张张像捕苍蝇纸似的粘到我身上来。伏庐你至少应该明白，徐志摩不配那么的上流也不会那么的下流。想像是公有的一种能力：诗人就运用来做诗，画家就运用来作画，马克斯就运用来写

① Anachronism：时代错误。

Das Kapital[①]，列宁就运用来制造苏维埃，黎元洪就运用来发五路讨贼总司令的命令，嫉妒的妻子就运用来揣摩丈夫在外面荒唐的情形，——一般人就运用来无中生有的揣详附会，要没有这群人的帮助，我们就看不成新闻纸。我们当然不怪嫌他们，也许我们还应得感谢他们。但晨报的副刊，比较的有文艺的色彩；所以我劝你，伏庐，选稿时应得有一个标准：揣详附会乃至凭空造谎都不碍事，只要有趣味——只要是"美的"——这是编辑先生，我想，对于读者应负的责任。

我还要声明一句，我发表的文字到现在为止总是签名的，不是志摩就是徐志摩，此后也许用一个"摩"字，此外的名字我都不负责任：我听说近来有用假名骂人的"新文化"，但我自己相信我情愿永远留在"化"外，我爱惜我自己，也爱惜代表我的名字，更爱惜表现我的文字。

七月十八日

附：伏庐附记

辩论而至于教训记者，我想这是下下策。说到底，所教训的也无非是"标准"不标准的问题。换一句话，作者（尤其是在辩论的时候）多半是这样想："对于我的文章，标准应该放低；对于别人的，这样已经太低了。"因此而骂记者"箝制舆论"，"袒护私党"，以至于"新闻界之败类"，"报贼"等等恶毒的名词。这种骂声，几乎是我的家常便饭；像志摩先生这封信，总算是非常客气的。其实，这是一厢情愿的便宜事情：要制胜对手的时候，只要吩咐记者不许登载对手的东西——说得好

---

① Das Kapital：德语，《资本论》。

听一点就是定一个标准，这个标准对于他自己的东西是否适用，这是谁也不曾提起的。但在记者，实际上决不会没有标准，不过在辩论者的双方看来，都要说是“这标准对于我未免太严而对于别人未免太宽”罢了。至于用假名发表文字，也是同样的情形。一方面千嘱咐万叮咛的“不让记者把真姓名告诉别人”；一方面又一千次一万遍的来考问记者“他的真姓名究竟是什么”：这种中间人自然是难做的，但记者每天在这个当中过活，也往往于无可奈何中设法应付过去了。不过记者的能力只能做到应付，如说打破，那恐怕要牵涉许多人类的大问题，现在还说不到。这并不关系于什么“新文化”旧文化，也更不必说什么“化外”化内。到底，还是记者挨几句家常便饭的骂；不过今天是公开的，平常一百封中有九十九封只是记者私自享受罢了。徐志摩先生如果能平心一想，不必我劝慰，盛气自然会平和下去，知道劝记者定选稿的标准一句话，已落了平常作者被人驳倒无可声诉却迁怒于编辑人的窠臼，大文学家是不屑为的。即如攻击徐志摩先生废弃圈点的文字，在本刊上已经登载三篇了，他们三位绝没有提起一句《学灯》记者，请他“应定一个标准”，这便是徐志摩先生不及人的地方。

（记者）

泰山日出[①]

振铎来信要我在《小说月报》的“太戈尔号”上说几句话。我也曾答应了，但这一时游济南游泰山游孔陵，太乐了，一时竟拉不拢心思来做整篇的文字，一直挨到现在期限快到，只得勉强坐下来，把我想得到的话不整齐的写出。

我们在泰山顶上看出太阳。在航过海的人，看太阳从地平线下爬上来，本不是奇事；而且我个人是曾饱饫过江海与印度洋无比的日彩的。但在高山顶上看日出，尤其在泰山顶上，我们无餍的好奇心，当然盼望一种特异的境界，与平原或海上不同的。果然，我们初起时，天还暗沉沉的，西方是一片的铁青，东方些微有些白意，宇宙只是——如用旧词形容——一体莽莽苍苍的。但这是我一面感觉劲烈的晓寒，一面睡眼不曾十分醒豁时的约略的印象。等到留心回览时，我不由得大声的狂

① 一九二三年七月作；载一九二三年九月十日《小说月报》第十四卷第九号，署名志摩；初收一九六九年台湾传记文学出版社《徐志摩全集》第六辑。采自《小说月报》。

叫——因为眼前只是一个见所未见的境界。原来昨夜整夜暴风的工程，却砌成一座普遍的云海。除了日观峰与我们所在的玉皇顶以外，东西南北只是平铺着弥漫的云气，在朝旭未露前，宛似无量数厚毳长戎的绵羊，交颈接背的眠着，卷耳与弯角都依稀辨认得出。那时候在这茫茫的云海中，我独自站在雾霭溟濛的小岛上，发生了奇异的幻想——

我躯体无限的长大，脚下的山峦比例我的身量，只是一块拳石；这巨人披着散发，长发在风里像一面墨色的大旗，飒飒的在飘荡。这巨人竖立在大地的顶尖上，仰面向着东方，平拓着一双长臂，在盼望，在迎接，在催促，在默默的叫唤；在崇拜，在祈祷，在流泪——在流久慕未见而将见悲喜交互的热泪……

这泪不是空流的，这默祷不是不生显应的。

巨人的手，指向着东方——

东方有的，在展露的，是什么?

东方有的是瑰丽荣华的色彩，东方有的是伟大普照的光明——出现了，到了，在这里了……

玫瑰汁，葡萄浆，紫荆液，玛瑙精，霜枫叶——大量的染工，在层累的云底工作；无数蜿蜒的鱼龙，爬进了苍白色的云堆。

一方的异彩，揭去了满天的睡意，唤醒了四隅的明霞——光明的神驹，在热奋地驰骋……

云海也活了；眠熟了兽形的涛澜，又回复了伟大的呼啸，昂头摇尾的向着我们朝露染青馒形的小岛冲洗，激起了四岸的水沫浪花，震荡着这生命的浮礁，似在报告光明与欢欣之临在……

再看东方——海句力士已经扫荡了他的阻碍，雀屏似的金霞，从无垠的肩上产生，展开在大地的边沿。起……起……用力，用力，纯焰的圆颅，一探再探的跃出了地平，翻登了云背，临照在天空……

歌唱呀，赞美呀，这是东方之复活，这是光明的胜利……

散发祷祝的巨人，他的身彩横亘在无边的云海上，已经渐渐的消翳在普遍的欢欣里；现在他雄浑的颂美的歌声，也已在霞彩变幻中，普澈了四方八隅……

听呀，这普澈的欢声；看呀，这普照的光明！

这是我此时回忆泰山日出时的幻想，亦是我想望太戈尔来华的颂词。

近代英文文学[①]

第一讲

我现在要和诸君谈谈“文学的兴趣”。中国人说小说是娱乐的，这是根本错误。我们即使不以文学为职业，也应该养成文学的兴味。人的品格是以书为标准的。读书是一种艺术，看完一遍，一个个字都认识，看过一点也不记得，这不能算是读书。我们读书应当对他有种批评或是见解，这是极不易得的天才，大批评家才是这样；但普通人最低的限度，总应该领略一些，轻视文学是极不应当的态度。每每人们对于科学书就细心去读，文学书以为是消遣的，看过便算，我们当矫正这种习气。西洋方面文学作品很多成了商品化，差不多一个作者一个月可以写一两本书的，这样粗制滥造，自然出不了好货；不过作者如果作得不多，又不易维持生活；所以文学作品好的很少。英国在银行和商店做事的人每过地道电车，总要带一两本

① 一九二三年夏在南开大学暑期学校所讲，赵景深记录整理；初收赵景深编、一九二五年十一月上海新文化书社《近代文学丛谈》。

小说来看。他们每月可以看好几十本，人家问他记得不记得，他是答不出来的。他们只机械的读去，拿小说来消遣罢了。如果我们真是爱好文艺的，必须费力，方能得着人生的滋养料。

我所看的文学书，有几部在我生命上开了一个新纪元。天赋我们以耳目口鼻，似乎是一切具备了，但那是不清切的存在：有了文学的滋润，便可从这种存在警醒过来。例如，我们和知己的朋友是无话不说的，忽然你有了秘密，便吞吞吐吐的不说出来，后来忍不住终于说了："呀，伊真是一个好女子!"他觉得所恋爱的女子是天仙，所谓"情人眼里出西施"便是，这真是极神秘的事。是他感觉得不对么？不是，当时他所身受是千真万真的。受了强烈的激刺，才有强烈的感觉；心和外界发生了自然的关系，便在这时了。文学与人的感应也正是如此。无论文学作品的哲理怎样深，和生命总是有长时间的恋爱的。(参看我在《创造》杂志作的《艺术与人生》。)

孔子要我们非礼勿视，非礼勿听，非礼勿动；老子要我们浑沌，说是人一凿破便不能生存。中国文学吃了他们的亏不少。因此不能体察实事。想像既不切实在，又不能深入。现在是我们报仇的时候了。非礼勿视一定要视，勿动一定要动。(这自然不行。)我是说只能听视，而不必实做去。

我看文艺看到真处，才知无穷的奥秘。华德屋斯说："花深深的激动我的泪儿了。"文艺既有这样的美妙境界，我们必须先有决心去学。为什么莎翁能够成为大戏剧家，哥德能够成为大诗人，他们著作之力我们不能及其千万分之一？他们就在于他们的同情心的广阔，和自觉心的深挚。天下事千变万化，自然不能一一经历，莎翁剧中人却一个个都是活的，无论苦乐悲欢，都设身处地去描写，即是无知识的草木，也给他灵性，他实是领略了文艺的真境界并且表现出来了。读文学书可以使人的人生观和宇宙观根本变化，所以必须用全副精力去读。

一部文艺著作能成为 Classic[①] 都是时间严格取出来的，他不偏不私，下了一个极苛的批评，到后来才渐渐从灰堆里发出宝光。但 Public[②]（少数的热爱者如宾那脱）却要从已发现的美里再去求别人所没有发现过的。

西洋书局有 Professional Reader[③] 专看外来投稿。剑桥大学和牛津大学标准较高。乔治梅吕笛斯和爱德华德加奈德 Edward Garnett[④] 都曾担任过这事。一万册中至多可寻出几册来。大半的看题目便弃掉，或者看一二句不通便不用。后来一千本中有十本决定要看的，这便不能不细看，后又看看三本不好，便留下七本，又看一遍。经过这两次的阅读后，便要停几天再看，到那时看看脑中还有印象没有，如果没有，一定稿子不好；因为稿子看过两次，都记不住，稿子的不能用也就可以知道了。这样淘汰下来，所剩的不过沧海一粟罢了。萧伯纳以前的稿子亦曾被弃过。返视中国的文坛，以不知为知的不知多少，真可慨叹。最低限度也应该对那篇作品有“了解”才行呢。中国文艺出版界实在也太滥了。

第二讲

读书当能同化，我们看一首诗或是一幅画可以激起我们的同情心。大著作是百读不厌的；我们读过后，必有相当的报酬给与我们。曹拉乃自然派鼻祖，他的作品过于写实，极为精

① Classic：经典。
② Public：公众。
③ Professional Reader：专业审稿人。
④ Edward Garnett：今译伽尼特（1892—1891），英国小说家与批评家。

致，极有天才，惜为主义所毁。所以人人多不愿意看第二遍。真名作要用想像力，方更有趣味。用想像力一来可以发出原有的现像力，二来也可以从作品里增加自己的想像力。这样，著者丰富的经验，我们便都可得到。我们读小说和诗时每每同化于里面的人物，例如读《红楼梦》便自以为是宝二爷，读《三国志》便自以为是张飞等。文学作品不仅能使我们同化，他是逼迫着我们不得不同化，也就是自然而然的同化。

现在我再总起来说一说：

一，文学不仅是娱乐，他是实现生命的。

二，文学的真价我们必要知道，要养成嗜好的性情，和评判的能力。

三，读书时应用想像力。

四，最深奥的文学境地，我们必须冒险旅行一次。

我们还不能忽略从前人伟大的名作。近代的作品为应潮流固当研究，以前的文学作品也不可不读，因为他是文艺的源泉。

要读西洋的文学作品，若不知道他们的种种风俗习惯和制度，必不易明了。所以在这一点上我要略略的说一些：

一，女子的地位和恋爱的观念。

二，社会上的道德观念和标准。

三，中古时代的制度以及因此发生的风俗和习惯。

四，希腊和拉丁神话中的故实。

五，宗教。

六，艺术的起源和发展。

英国小泉八云在日本帝国大学教授时对于此点极为尽力。他为日本人没有到过英国的设想，将英国的著作择重要的加以解释，作有《文学的解释》一书，分两卷，又选本《书与习惯》。

妇女在西方有宗教的背景，因为圣母是女子，所以很尊崇女性。倘若西洋文学里抽出女性，他们的文学作品便要破产了。翻开他们的诗一看，差不多十首总有九首是抒情诗。只有华德屋斯没有性的表现，这是特别的例外。司梯芬生的作品里女子为主要人物的也没有。他们尊重女性有一个故事可以看出：假如一个船里坐了三种人：一个是犹太人，一个是中国人，一个是西洋人。船破将沉时犹太人一定先拿钱，中国人一定先救父母，西洋人一定先救恋人。我在德国听音乐，大都奏的是男女恋爱热烈的情绪。法国女子和英国的不同，英国的，父母每嘱女儿说：“你的终身大事，要自己留意。”但在法国却是父母作主，极为顽固，就连订婚后的夫妇都还不能在一起。此外如瑞典、挪威也都是尊重女性的。丁尼生和梅吕笛斯的作品中常常见到对于女性的称颂。恋爱的意义很多，从“性”一直到“精神的恋爱”。Ward[1] 把恋爱分为自然的、浪漫的、夫妇的、亲属的等等。不管它有多少种类，主要的原则，只是两性相吸罢了。

西人诗或小说里大多引用神话。例如：Cupid 是罗马神话里的爱神，后来人便用以寓“爱”。所以神话的解释我们也是应当注意的。

第三讲

关于神话的知识，我们至少应该看两种书：

古希腊及意大利神话，Knightly[2] 作。Theocritus，安德·

---

① Ward：沃德。英美名人中姓 Ward 者甚多，不知此系何指。

② Knightly：不详。

路兰译。Theocritus 是十三世纪希腊一个很重要的诗人。他是最初写实的。在希希利地方唱牧歌的很多。恋爱的神话，他都采取来作为他的材料。

文学和艺术很有密切的关系。倘若我们不明白英国的艺术——如雕刻、绘画、建筑、音乐等——我们对于他们的文学也必感到了解的困难，尤其是象征派的作品。

研究西洋文学非研究莎士比亚不可，犹之须读我国屈原和司马迁的东西是一样的道理。我愿你们有勇气到莎氏宝库里去探寻一番。（当然不是指的 Lamb[①] 的散文。）我知道你们读他的东西一定感到困难，因为不知道他的背景。

《哈孟雷特》的悲剧里，有喜剧的角色，非常莫名其妙。后来我才知道文艺决没有闲笔，那两个掘坟人就是全剧主要的人物。莎翁的戏剧，到处都可以发见“诗的美”。不仅美在表面，（如雕刻绘画等），而内在的情绪尤能引起人们无限的同情。

实演布景和扮演者的精神很难恰当。但我们知道一个名作必有他本国的演者，以实现他固有的民族性。德国柏林有一演剧指导员最著名，他教演《哈孟雷特》中“何处是我的父亲?”一句话教到七次，“父亲”一字音特别的重，形容当时绝望的情形，可见排剧的重要和演作的应当审慎了。

第四讲

今天我要讲一讲哥德的《浮士德》。我觉得这是一部极伟

① Lamb：兰姆（Charles Lamb，1775—1834），英国散文家、评论家，著有《伊利亚随笔集》等。

大的著作，我们不可以不知道。他二十一岁时便想作这部书。二十五岁时开始作起，全书作完离死只有几天，这部书整整作了有六十个年头。诗难译，有音节的诗尤难译；但我们当取可靠一些的英文译本。《浮士德》的英译本 Haward[①] 最可靠，Swan，Anster[②]，Taylor[③] ——Taylor 的只译第一部，全书有两部分。……等译的也很好。诸君若初看长诗，必定要感到困难。但我们只要努力，必定可以有懂的时候。从前日本有一个学生，要在一个德人面前学《浮士德》。那个德人笑他，以为他没有读过德文，一开始便要读《浮士德》，那是不可能的。后来那个日本人气极了，努力了二十年，作了一篇论文，专论《浮士德》，得了很可惊的成绩。我们很可以效法他呢！

《浮士德》的大意是这样的：浮士德博士因为处在人生的现实里，感到烦闷；他就想"上穷碧落下黄泉"，一探世界的秘密。于是他将他的灵魂卖给一个鬼，立定合同二十四年，用血签字；二十四年后浮士德的生命即为鬼所有。在这二十四年中他过的都是堕落生活。他要想娶妻，鬼不答应，后来领他看地狱和天堂，他忽然看到希腊海伦公主的魂，穿了一件极美丽的深紫袍，头发闪金色光，披在膝盖上，乌黑的眼珠，圆圆的颈项，樱口，鹅一般白的颈子，玫瑰红的两颊。他为伊的美所惑，想要娶伊。鬼被他缠得没法，终于替他们做了媒。到了合同期满，最末的那一天，夜十二点的时候，大风刮来，有无量数的蛇舞动，又听得浮士德喊救命的声音，后来便无声息。第二天开门一看，浮士德的身体已经被拉得粉碎了。

---

① Hayward：黑沃德（Abraham Hayward，1801—1884），英国散文家、美食家，著有《吃的艺术》与五卷的《传记与评论散文》，并翻译了歌德的《浮士德》。

② Swan．Anster：不详。

③ Taylor：泰勒（James Bayard Taylor，1825—1878），美国作家、诗人，以游记《途中见闻》及所译歌德的《浮士德》著称。

我们要知道，西洋在中古时代，也是极其迷信的。这篇浮士德是德国很老的一个传说，有二十多人都有野心想写这故事，只有哥德成功。因为他的结果，并非是被魔鬼取去，而是精神救了他。不是肉体的放纵，而是求真理，永远向上，在罪恶世界先受一番训练。

第五讲

宾那脱的《文学的兴趣》上说："买书愈买得多愈好。"伦敦有条街名叫Charing Cross Road[①]，里边有好几十家书店，店主有许多是老著作家。那地方的书都是旧书，售价极廉。剑桥大学也有廉价书的一部，管理人是一个犹太人，他的脸色就和书一样。

文学是没有什么系统的。一个作品的本领是完全而且绝对的。

研究文学最好从传记入手，可以神交古人。华德屋斯说："爱他的作品，就爱他的为人。"我们常有崇拜英雄的心，拿他来当作我［们］理想中的人格。因为他的生命和知识的问题，和我们一样，也就是我们要解决的问题，不过他是经过了的，所以要效法他。哥德伟大的人格，从他的《浮士德》中可以看出，是他心灵的象征，亦即是他人格的表现。他的传记有G.H.Lewes[②]作的一本，收入《人民丛书》中。

文学史是很有危险性的东西。有一个文学家说：

---

① Charing Cross Road：伦敦一街名，为旧书店集中的所在。

② G.H.Lewes：刘易斯（1817—1878），英国哲学家、文学评论家和科学家。

“我们只爱那我们所爱看的书便完了，很无须有文学分期的纷扰。”本来以科学的方法来研究文学，是很杀风景的。其实一个人作文章，只是灵感的冲动；他作时决不存一种主义，或是要写一篇浪漫派的文，或是自然派的小说，实在无所谓主义不主义。文学不比穿衣，要讲时髦；文学是没有新旧之分的。他是最高的精神之表现，不受任何时间的束缚，永远常新，只有“个人”，无所谓派别。

下面我介绍你们几本书：

Walter Pater——Renaissance[①]

从他起，散文才有艺术化。他的文好像一颗颗的明珠，穿成珠花，金光四闪。这是我个人的圣经。

文学的童话有最深的哲理，不但儿童爱看，大人看也是极有意思的。

《爱俪司漫游奇境记》

《安徒生童话集》

《莎士比亚戏曲集》

《新旧约圣经》

罗希金的著作

Dickinson——《从中国来的信》

笛肯生是中国人最好的朋友，他这本书文字的美得未曾有，一字不多，一字不少，好像涧水活流一样。此人我也认识他。他这本书里盛称中国的文明。

信札也是我们所当宝贵的。诸如考贝、雪利、克芝、司梯芬生的信札都很好。

---

① Renaissance：佩特的著作《文艺复兴史研究》的简称。佩特（1839—1894），英国文艺批评家、散文作家。

第六讲

我介绍诸君一些英文文学书，这些书是我所喜爱的。

(A) 批评及传记

戈斯——History of English Literature[①]

Critical Kitkats

Dowden——Life of Shelley[②]

这两个人和 Saintsbury[③] 的批评都受了圣皮韦的影响。

Symons[④] 是个印象批评家。

J.M.Murry 是 Athenaeum[⑤] 的主笔，现自己办一周刊，名 Adelpni[⑥]，他讲过六次“风格”，人均惊讶为得未曾有。

约翰特林瓦透和威廉俄彭——《文学艺术大纲》

Myers[⑦] ——《华茨华斯》

Colvin[⑧]——《济慈》

---

① History of English Literature Critical Kitkats：《英国文学史批评的半身像》。《英国文学史》和《批评的半身像》似应为两书。

② Life of Shelley：《雪莱传》，多顿著。多顿（1843—1913），爱尔兰批评家、传记作家、诗人、莎士比亚研究学者。

③ Saintsbury：圣茨伯里（1845—1933），英国批评家、文学史家。

④ Symons：西蒙思（1865—1945），徐译沙孟士，英国诗人、文学评论家，是法国象征派诗歌的热情支持者，并将象征主义引入英国。

⑤ Athenaeum：《雅典娜神殿》，1828—1921 年间出版的一本著名英国文学与评论杂志。

⑥ Adelpni：《阿德尔菲》。

⑦ Myers：麦厄斯（Frederic William Myers，1843—1901），英国诗人、评论家、散文家。他是研究华兹华斯诗歌的权威。

⑧ Colvin：科尔文（Sir Sidney Colvin，1845—1927），英国艺术和文学评论家。

Nichol[①] ——《摆伦》

(B) 戏剧

王尔德——《一个不重要的妇人》

《同名异娶》

萧伯纳——《人与超人》

《华伦夫人之职业》

高尔士华绥——《银盒》

《彼得盘神》

沈琪[②]——Shadows of Glen[③]

The play boy of the Western World[④]

The Tinkler's Wedding[⑤]

(C) 诗歌

Golden Treasury[⑥]

A book of English Verse[⑦]

(D) 小说

哈代是现存作家中最伟大的一个，四十多岁才发表他的著作，真可谓“大器晚成”了。他是悲观的人，诗人兼小说家。他作有一剧，论到拿破仑，凡一百五十幕，称为空前之杰作。我觉得读他一册书比受大学教育四年都要好。

康拉特下笔凝练，愈看愈深。他善于描写海洋生活。

---

① Nichol：不详。疑有拼法错误。

② 今译辛格（1871—1909），爱尔兰剧作家，爱尔兰文艺复兴运动的代表人物。

③ Shadows of Glen：《峡谷阴影》。

④ The play boy of the Western World：《西方世界的花花公子》。

⑤ The Tinkler's Wedding：《补锅匠的婚礼》。

⑥ Golden Treasury：金库。当指《英诗金库》。

⑦ A book of English Verse：《英国诗选》。

哈代——Wessex Tales[①]
Jude the Obscure[②]
Three Strangers[③]
Life's Little Ironies[④]
Tess of the D'urberville[⑤]
The Return of the Native[⑥]
A Pair of Blue Eyes[⑦]
康拉特——Typhoon[⑧]
Mirror of the Sea[⑨]
Betwist Land and Sea Tales[⑩]

第七讲

麦考莱——《危险时代》
Austen—Emma[⑪]
Pride and Prejudice[⑫]

---

① Wessex Tales：《韦塞克斯故事》。
② Jude the Obscure：《无名的裘德》。
③ Three Strangers：《三个陌生人》。
④ Life's Little Ironies：《生活中的小讽刺》。
⑤ Tess of the D'urberville：《德伯家的苔丝》。
⑥ The Return of the Native：《还乡》。
⑦ A Pair of Blue Eyes：《一双湛蓝的眼睛》。
⑧ Typhoon：《台风》。
⑨ Mirror of the Sea：《海的镜子》。
⑩ Betwist Land and Sea Tales：《陆与海之间的故事》。
⑪ Austen—Emma：奥斯丁：《爱玛》。奥斯丁（1775—1817），英国女小说家，善于描绘中产阶级家庭生活。
⑫ Pride and Prejudice：《傲慢与偏见》。

罗曼罗兰——《约翰克里斯多弗》

《米舍郎日传》

《比多芬传》

《托尔斯泰传》

Faquet——On Reading Nietzsche[①]

尼采以为人类总要求社会改善，是由于不满足宇宙和生命的本体和所在的社会以及文化的状况。萧伯纳说：三十岁以下的人看现在的社会，不变成革命党，也要变成劣等人。人的天赋不同，因之对于社会的反动也不同。如哈代便是完全消极的，极其厌世悲观。他问朋友说："倘你未生时，你愿意到人间来么?"他的朋友没有说话，他接着便说："要是我，我一定不来的。"他觉得人和运命奋斗，常常被运命压倒，有小说叙这件事。Owen[②] 是从教育入手的社会主义。雪莱想飞人云端，他的诗是用恋爱的黄金线织成的。摆伦痛骂世界的卑污。曹拉烛照人间的罪恶。萧伯纳是兼写实和嘲讽。

尼采生于一八四四，死于一九〇〇。彼时的英国正是所谓承平时代，厌武修文，工业发达，大享庸福。因之伟大心灵的雪莱、摆伦都被摒国外。尼采觉得全欧没有一些儿活气，全都在睡。他又以为德行便是懦弱，怜悯是妇人之仁，助弱者为恶，这是奴隶的道德。

---

① Faquet——On Reading Nietzsche：法奎特：《读尼采》。法奎特，生平不详。

② Owen：欧文（Robert Owen，1771—1858），英国空想社会主义者，合作社运动的先驱，著作有《新社会观》等。

第八讲

我今天要讲王尔德 Oscar Wilde[①]。

我可以说他是一个殉道者。他愤世嫉俗，乱为而死。我们对于任一个作家，应该用批评的眼光去看，不应该一味盲目的去崇拜。哥德说他一生最怕人家崇拜他一件东西，而这件东西是他所没有的。我想就是王尔德——或竟可说一切作家——也有这样的心理罢。阑珊和 Frank Harris[②] 对于这个作家都有适当的评论。

他一身有两个关键，一个是他父亲把他送到牛津大学，一个是社会把他送进监狱。他受白特尔的影响比罗希金多。但白特尔的生活和王尔德却恰恰相反。前者过的是学者的生活，无妻，只有一个小猫做他的伴侣。而后者却是花花公子，无所不为。王尔德自己也说："我是要在生命中实现诗的。"所以他的生活便是一部诗集，异常的浪漫。法国荀特 Gautier 爱服装，他也是一样。每每穿着怪服，拿着孔雀翎，招摇过市。他极会说话，一说起来满座春风，没有不愉快的。

他思想的最大的刺激便是入狱这一件事。以一个素来豪放奢侈惯了的少年，一旦铁锁啷咝，两者情形相比，使他感到极大的痛苦。他说他这一入狱，便有了更深一层的觉悟。他的《狱中记》文极流畅，全书差不多是抒情诗的，一个个的字都

---

① Oscar Wilde：奥斯卡·王尔德（1854—1900），爱尔兰剧作家、小说家、批评家、诗人，19 世纪末英国唯美主义的主要代表，主要作品有喜剧《认真的重要》等。

② Frank Harris：哈里斯（1856—1931），爱尔兰新闻记者、作家。以自传《我的生活和恋爱》闻名。

有雕刻的意味。

第九讲

今天且起始来讲萧伯纳 Bernard Shaw。在研究萧伯纳之前，我们至少要了解一些尼采的思想。尼采可以说是一个预言家，他的“超人”的思想，到萧氏方完全实现出来。萧氏是一个终身主张超人的人。有人说他不是寻常人，是上帝。他现在还生存着，我曾见过他好几次。他的言语很锋锐，谈起话来，直没有你插话的机会。他的声音很沉着，很纯正。他爱穿绿色的服饰，因为爱尔兰的标帜是绿色；形式都是独出心裁，因为他自己便是个艺术家。他不好烟酒。

了解萧氏是很难的，没有身临西方境地的人，真不知他的话是说些什么。他的话多似是而非的颠倒语。他是自己的好批评家。在他的戏剧作品里，每篇剧前都有一个序论，有时序论竟比原剧还长。如果将他的序论都凑在一处，直可以当作一部“政治科学史大纲”看。

在一千八百七十年代，英国戏剧界消沉极了，差不多的作品都是中下级，没有特出的。到一八八九才有易卜生的戏剧输入国内。那时有个演剧家名白茵的，和萧伯纳是好友。白茵正急的要选择一个优美的剧本，萧氏便替他作了一篇《寡妇之室》，一八九四年他又出了《不快意的戏剧》三卷，英国戏剧界方才大放光彩。

萧伯纳反抗浪漫派。他的作品虽有人说他有些像浪漫，但他却不是堕落的浪漫。

他所讲的恋爱，不是痴情，是使人不得不恋爱的生命力。他说人为生命力所压迫才恋爱的。

第十讲

我今天的讲题是威尔斯 H. G. Wells。他是《世界史纲》的作者。我认识他。他的母亲是个女仆出身，他父亲是个园丁，以打球为生。威尔斯因为家寒，十三岁便出校做事，先在药店里当伙计，以后又到衣店里学做买卖。竭力的将费用节省，才入了大学。后来又作新闻事业。他最初作的东西有一本《时间机》，是一本幻想的小说，根据于科学思想的。他的科学小说著得很多，后又从事社会小说。他作的书不下三四十册。他的绰号是“群众的超人”，因为他是入世的，并没有怪僻的地方，而萧伯纳却是极明显的超人了。

萧伯纳的思想是一贯的，但他的思想却是时有变迁。彼时他们都是属于社会改良派的。后来威尔斯忽不满意于此派，遂退出，另立一世界主义，和萧伯纳抗衡，于是便有一九〇五年萧威二氏的辩论。这场辩论很是有名，威尔斯不及萧伯纳语言便捷，因之结果威尔斯失败。

威尔斯主张艺术只是一种表达思想的工具，恰又逢到偏重艺术的詹姆士，两人又辩了起来，后来竟常常为这事起争论。他和易卜生是不同的。易卜生完全为了自己的感情冲动而作戏剧，而他却是为了社会而作社会小说的。在这里我想起一个笑话。有一个女权运动会，会员们看易卜生戏剧里这样的鼓吹妇女革命，尊崇得了不得，要替他造铜像，还请他来演说。他便说破他一点成心也没有，并不晓什么叫女权运动，大笑而返。威尔斯却不然，他攻击现社会一切风俗制度和习惯，不遗余力；工业上的不平等待遇，他尤为愤慨。

威尔斯和康拉得也不同。康拉得是以人为本位，而他是以社会为本位的。

威尔斯对于人类抱无限的乐观。他觉得人类是胸[①] 的进化史。

现在我要再说一说我和威尔斯认识的经过，使诸君对于这位大著作家的生活有个明了的印象。

有一天清晨，我正坐在窗口写字，打开窗子，放阳光尽量的进来。那时我还没有盥洗呢！忽然看见门外停了一辆汽车，我知道是来找我的，忙出门去看，看见陈通伯和章行严两位先生走下车来，我立即向前招呼，他们和我握手。我看见汽车上有一个司机人对着我笑，弄得我莫名其妙。陈君说话很急，拉着我的臂说："这就是……"说了好久说出："这就是威尔斯！"我听说忙将他接下来，同入室内谈话。他说他很爱吃中国饭。谈了许久方才辞去。

威尔斯住在索司地顿地方，他约我到他那里去玩。那时我正在伦敦，我便去了。到了车站，有他的两个小孩子接我。我便跟着他们走。那地方一带尽是树林，没有别的居民，可以算是威尔斯家的所有了。那里有一个华维克花园。我们走，走，走，后来看见一所房子，我知道是快到了。那时我看见威尔斯正背着手，低着头在那里走来走去。两个孩子笑着指着向我说："你看这位老哲学家又在那里不知想什么了呢！"

他家门口有一株银柏。我进去和他谈了一会，他的声音很尖，但不是音乐的。人称他是"极精的说谎者"。他只要看见一个人的屋子，说连鼠洞都记得，完全是一种科学的观察。

我在他家吃午饭。他后来领我看他的房子，有棕色的房子，也有黄色的。他家人口很少。他的妻也是一个小说家。除去他们老两口子和他们的两个孩子，此外只有几个女仆，一个

---

① 原文如此。

园丁。他住在伦敦，这乡村是他的别墅。他现年五十多岁，精神仍极好。我去时他正在同时著三本书，一本是小说《似神的人》，另外还有一本关于历史的，一本关于教育的。他著作没有一定的时候，半夜想到好意思，衣服也不穿，便立刻爬起来，拧燃电灯，将那感想写下。他常在夜间写，到第二天早上，他的妻拍拍拍拍用打字机打了出来，便送到书局去印去了。

萧伯纳虽是攻击旧道德，而他自己却好似一个清教徒，循规蹈矩，连英伦海峡都没有迈出一步。威尔斯却是吃烟喝酒，斗牌打球，无一不来。

饭后我们同到华维克花园散步。我们谈到近代小说，他要我把中国近代的作品译出来出小说集，他要办一个书局，将来可以由他出版。我们谈得非常高兴。正走的时候，忽然有一个篱笆拦住。他说："我们跳过去罢!"我说："好!"我倒跳过去了，但他却跌了一交，弄得他衣服都撕破了。

后来我们又打球。晚饭后又喝威士忌酒，谈到十一点方才就寝。

未来派的诗[①]

前几年我在美洲乔治湖畔的一个人家做苦工。我的职务是打杂，每天要推饭车，在厨房和饭厅之间来来往往的走。饭车上装着一二百碗碟刀叉之类，都是我所要洗刷的。我每次推着小车在轨道上走，口里唱着歌儿，迎着习习的和风，感到一种异样的兴趣；不过这也仅是在疲极的时候所略得的休息罢了。实在说来，我在那里是极苦的。有一天不知怎样，车翻了，碗碟刀叉都跌了下来，打得歪斜粉碎。我那时非常惶恐，后来幸亏一个西班牙人——我的助手——帮着我把碎屑弄到阴沟里去，可怜我那时弄得两手都是鲜血，被碎屑刺破。回家时便接着梁任公给我的信，他的信上有几句话：

顷在罗马，
与古为徒，
现代意大利

① 一九二三年夏在南开大学暑期学校讲，赵景深记录整理；初收赵景深编、一九二五年十一月上海新文化书社《近代文学丛谈》。赵景深在《近代文学丛谈·序》中对《近代英文文学》和《未来派的诗》有所说明，附后。

熟视若无睹！

他的意思是说意大利风物之美，都是古罗马的遗迹，与现代之意大利丝毫无关。

意大利曾有一位 Maranetti[①]，他觉得许多人把意大利都当作图书馆或是博物院，专考究古代的文明，蔑视现在他们的艺术，心中极为愤恨，于是主张破坏意大利旧有的一切文明，无论雕刻绘画建筑文学，一概不要，另外创造新的。一个作者只能有二十岁到四十岁可以算作他著作的时期，此外的作品便须毁过重做。他有一篇宣言，有一段是，“未来派的自觉心”，便是竭力推阐他的主张的。

现在一切都为物质所支配，眼里所见的是飞艇，汽车，电影，无线电，密密的电线和成排的烟囱，令人头晕目眩，不能得一些时间的休止，实是改变了我们经验的对象。人的精神生活差不多被这样繁忙的生活逐走了。每日我在纽约只见些高的广告牌，望不见清澈的月亮；每天我只听见满处汽车火车和电车的声音，听不见萧瑟的风声和嘹亮的歌声。凡在西洋住过的人，差不多没有不因厌恶而生反抗的。

未来派的人知道这是不可挽回的现象，于是不但不求超出世外，反向前进行。现世纪的特色是：

一、迅速。例如坐车总要坐特别快车。

二、激刺。例如爱看官能感觉的东西。

三、嘈杂。例如听音乐爱听大锣大鼓。

四、奇怪。例如现代什么样希奇的病症都出现了。

未来派觉得外界现象变了，情绪也应当变，所以也就依着这样的特色来制作他们的诗。

---

① Maranetti：马拉内蒂，生平不详。

诗无非是由内感发出，使人沉醉，自己也沉醉；能把泥水般的经验化成酒，乃是诗的功用。千变万化，神妙莫测，极自然的写出，极不连贯，这便是未来派诗人的精神。他们觉得形容词是多余的，可以用快慢的符号来表明，并且无论牛唤羊声，乐谱，数学用字，斜字，倒字，都可以加到诗里去。他们又觉得一种颜色不够，于是用红绿各色来达意，字也可以自由制造。他们是极端的诚实，不用伪美的语句，铲除一切的不自然。看来虽好似乱七八糟，据说读起来音节是很好听的，虽然我没有听见过。关于未来派的诗我且不下什么批评，无论如何，他们一番革命的精神，已是为我们钦敬了！

现有的文字不能完全达出思想。我且举几个不能描绘的妙景，我认为须用未来派的诗写出才有声色的，作我这次讲演的结束：

“北京大学石狮搬家。石狮很重，工人们抬不动，便将木排垫在石狮下，捆绳在狮身上，许多人拉着绳前进，吆吆喝喝的拉着，拉一步，唱一声，石狮也摇摆了一下。狗在旁边看见狮子动，便吓跑了，停了，又跑到石狮的面前来吠叫。

“船泊南洋新加坡时，丢钱到海水里，马来土人便去钻入水底，拾起钱来。入水时浪花四溅，和那马来人黑皮肤与赤红的阳光相映，都是极难描写的。

“一条小河上，两个肥兵官在桥上打了起来，彼此不相让，两边的兵士只好在旁边呐喊，却不敢前近。忽然卟咚一声，两个肥兵官全跌到水里去了。”

附：赵景深《近代文学丛谈·序》（片断）

［这］是我笔记志摩师的讲演稿，那时是一九二三年，志摩师在南

开暑期学校讲学，我也是听讲员的一个，《未来派的诗》一篇曾经志摩师校阅，《近代英文文学》志摩师不曾看过，其中误记的地方想是不少，我对他甚是抱歉；倘此书有再版的机会，而志摩师也有暇，当请他校改一遍，重与诸君相见，再者，《近代英文文学》中第九讲是菊隐兄记的，应在此声明一句。

鬼　话[①]

慧珈，我只是自然崇拜者。我生平教育之校择者，都从眷爱自然得来。但看我眼中有夏星与秋月；我感情有山岭之雄厚，彷佛大川之潮澜；我思想似山涧之清，似海之阔，似雷电之迅，似枝头好鸟之妙舌；我肢体似雏鹿，似春草，似春云；我想像似电似金似火，有天堂之瑰丽，有地狱之诡幻，有春日之和，有秋花之艳；我爱情如蜜，如蚕丝之不绝，如瀑，如常青之松柏，如石之坚，如月之秘。

慧珈，我只是个自然崇拜者，我以为自然界种种事物，不论其细如涧石，暂如花，黑如炭，明如秋月，皆孕有甚深之意义，皆含有不可理解之神秘，皆为至美之象征。我爱汝，因汝亦美之征，我实隐敬畏汝，因汝亦具神之秘。

汝手挽我臂，及汝行稍倦，我将以手承汝腰。

假令汝蹇不能行，我手必常承汝不辍；假令我盲不能视，汝亦必以至媚之词，状星与月与涧瀑，以娱我常阙之视。月或

① 约一九二三年的初秋作；载一九二四年四月一日《晨报·文学旬刊》，署名志摩，文末有王统照（剑三）的附记；初收一九八〇年台湾时报文化出版事业有限公司《徐志摩诗文补遗》。采自《晨报·文学旬刊》，《剑三附记》附后。

有盈昃，潮或有涨落，然我不能想像汝我历千难万苦所凝成之恋晶，遭受毫芒之挫损。慧珈，汝我肉虽各体，灵已相和，嘻！汝其东望！美滃初升之满月，至烈至大，披靡云翳，若劲风铲叶。慧珈，忆否年前汝我之奋斗生涯，大敌小寇，巨难隐挫之梗汝我成功之径者，指不可尽数，然美满卒生于黑暗，若潜涧之骤睹光明，若此满月之出雾锢，自此长天晴朗，安行无碍。慧珈，汝试以手觉我心搏，此方寸灵府碎而复全者再再三三，即汝手，此纤纤柔荏之手，亦尝亲傅利刃其中，幸而未殊，然草木不因春荣而怨冬杀，我慧珈仁勇犹天，即使寸寸磔我，成尘成灰。以散入广漠，我魂而有知，犹且感恋，况灾难终解，幸福大来，汝纤美之手，此日竟抚我怀，汝最美丽之灵魂，我竟敢呼为己有。慧珈，我乐良不可支，愿月常圆，愿汝常美，汝泪又盈盈汝眶，月辉出林我视甚清，可爱者泪也，我常呼为人间无价之珍珠。我慧，汝不见我睫亦湿，然今夕彼此怀欢，不能复如春间，在汝园前梨花荫下之交泪成流也。愿汝泪已粗，颓然欲滴，无已容我热吻，咽此情珠。慧乎。汝应登记。汝泪又一度济我情渴，听否桥下涧声凿凿，似讽似妒，且复前进何似？

楚王宫殿月轮高，
碧琉璃翠烟笼罩。

慧珈，汝我真身入仙境矣，如此琉璃，如此昭庙，如此寒烟，如此明月，慧珈吾爱，且为奈何此良宵。李长吉当此冬夜，必念“火井温泉”，太白在并，当不吝质裘换酒，然我有慧珈在手，我有慧珈在心，长生情焰，燎尽寒愁，况有蜜吻，何羡庸胶。

慧，汝见否昭庙前盘根巨干，决垣破垒而出，宁其难，不屈其性，美哉勇士，来岁春荣时，再来当以花冠宠之。

慧，不意冬令清温如此，干草生香，松馨可嗅，此道引向双清，引向玉乳，然汝我不如赴彼新亭一“看云起”，半山凉椽，早动我攀登之念，然前昨游山，屐总北向，何如此夕，慰彼寂寥。且月轮正倚此峰下窥，溯影上寻，别饶逸趣，汝但密抱我袖，当减援蹭之乏，但小心足下，勿为莽棘所扰，勿使乱石为踣，此境清幽圣洁，即有山鬼，亦必雅驯，不敢盂浪我钟爱之麋。

慧，我爱幽秘，不矜明显，故爱月色，甚于昭阳；我童年见月，每每滴泪，但感其悲，不知何以，即今新愁未起，欢满衷肠，然徘徊之顷，便可写泪。大概感美动情，因情生泪，乐之与悲，原相交络，即我与汝年来恋迹他人视为温柔享尽，然我初不知有无悲之欢，无泪之会。汝我回顾来踪，青茵馥郁，何莫非清泪所滋培，即此往夷路从容，亦岂能循庸福之安步。佛说色即是空，空即是色，世俗谬解，负色负空。我谓从空中求色，乃为真色，从色求空，乃得真空；色，情也恋也，空，想像之神境也。汝我自诩识真，舍心在远，岂能局促于皮肉饮食之间哉。

故我爱月，即谓爱其幽秘也可。试看此林此谷，若无秘意，便无神趣昙花泡影之美。正在其来之神，其潜之秘。世每以优昙比人生，设想甚美，然结论以惟其暂忽，应避空虚，则其谬可诛，其愚可怜。人生本非优昙，独见真见美之一俄顷，真生命之消息，乃如电光之涌现。彼牧奴，彼市贾，彼政客，惟日营营于货利泥溷，宁知生命宁有生命，复何优昙之可言。且生命诚是幻境，善生者不虚幻境之易灭，而惟恐其一灭而不复生，苟能如日之出没，生命之优昙朝荣而莫殊，生命之幻境，常绝亦常生，旦旦有希望，息息是危机，（则不其为生命之王欤?）世即有荣华，复何羡?

故我崇拜幽秘，崇拜月，崇拜月夜，夜亦自然之尤秘者。我爱夜，我爱星夜，我爱无星之夜，我爱黑暗中之微芒，我爱星芒下之黑夜。幽秘尤为赋与生命之原素，慧，汝不云乎！西山莫色，钝如铅，呆若木鸡方初星之未露方薇纳司之未现，天圜若冢盖，地偃若古尸，沙云谐色，松柏无声，几疑是沈沈者方且终古，然及明星之独与，顿转钝氲为凉霭，生命复起于沈寂，泄露宇宙生生无已之精神。因其闪耀，因其纯辉，远山近树，并感神明，一若内受神动，回舞欢欣，即石上枯藤，涧底残水，亦似耿耿欲为吟舞，颂美景良辰。慧，汝常爱独凭小牖，默察蓝空，静伺星起。一若展瞭春野，于一涨纯翠之中，忽见罗兰如目，粲笑相迎，讶喜未定，诸饔并出，星定无极，一体神灵。尔时汝慧心频跃，喜溢长眉。慧珈我爱，汝非凡种，汝来本自神阙，我常有想，天上七星，列汝秀额，无怪汝爱星甚于爱珍。妙盼常在祥云飘渺之间。

慧，枯荆果茧汝行，刺不深否？是藤卷亦大可怜，经霜往雪，色剥根殊，但亘道际，仰啜星光，偶当游踵，辄前纠搂，其意可怜，其情可悯。然汝无端遭刺，痛即不深，亦算小恼，然为常为变，莫非因缘，不如展汝慈腕，温抚而撤置之，彼若有灵，亦当感愧。

慧，汝闻涧声否，似是双清之裔。今冬不冷，泉涧少封，况受星月之惠，流光绰约，宜其韵节连绵，欢惬生平。我尝称山涧为自然界之忠臣义士，自然界之多情种子，休道此潺潺一曲，其来远在云天高处，不知须经过几层地狱，冲度多少林菁，洗磨千万个石堁，涤净几万条荇草，几度幽咽，几番喟息，然其精灵所系，永失勿萱，任难任险，一往无前；慧，汝不尝见流涧合湖，音色并谐，此真克践素愿之欢悰，正不让汝我此夕之踏月林边也。

慧，“看云起”已可望见，月正初卸云衣，散辉如雪蕊缤纷，汝我试立岩松中望月洗之香山，从黑处望光明，益见光明之妩媚，况此尤为神秘之光明。

慧我爱友，汝不感我肢体微震乎？方我见美，神经似感烈电，但觉纤微狂舞，人格辄欲解化，我今又神荡矣！

莎翁尝言，事汝不尝强聒汝客以所恋之誉，汝意未纯。我今欲赋月美以证我恋。慧，汝每讽我以神经逾分之词来相颂汝。然汝当知，苟我不尝因意恋而感神明，则我爱良不足数；我唯从汝纯美的人格中，得窥神圣之奥义，得起悟神禁之境界，故我不得不神汝而圣汝，非滥文字以为夸也。慧乎，汝永为九天明烛，照我入信仰之门！况人道之粹即是神经，神经固人类应有之德。世之猥俗，正生教育习惯之惨堙圣源，汝精神身体之皎洁神明，正不让前峰满月，慧，汝当知吾言之非过誉也。

请为汝颂月：与其谓日为美之象，不如称之为慈悲之征。吾国诗人莫不咏月，然皆止于写态绘形而无深切之同情。惟唐诗“今夜月明人尽望，不知秋思在谁家”韵味俱长，可谓随手检得之宝石。盖月之秘，月之美，月之人道，正在其慨锡慈辉，慰旅人之倦，慰夜莺之寂，慰倚阑啜泣之少女，慰石间独秀之野花，时或轻披帘幕，俯吻眠熟之婴孩，河边沉思之诗人，时或仰天默祷明辉照泪，粲若露珠。天真纯洁之孩童，见天上疾驶之圆艇而啼求焉。而展腴白之小手，以擒清光于怀以示爱焉；此月之秘，此月之美，此月之人道，月之慈悲之效也。我因而每见明月愈不能自折其悲，不能自制其泪，然悲怀益深，泪落益多，而得慰，得灵魂之安慰，亦愈深且多。慧，汝最知此秘，吾不尝谓汝母愿我泣，泣实慰我。

美哉月！此圆此洁，此自由自在惠地不疑，行天无碍。美哉神话！

此高立婆娑者非玉桂乎，此瞿瞿欲动者非嫦娥之蟾乎，兔乎，彼捣玄霜者，何其春之迁徐，广寒之宫禁，何常靳而不启？慧，然汝喜科学，问言天文者月何似，使即量镜而望月，则向之婆娑者今坼侈为谷骸，为岩髅，向之灵动者今僵寂如石沟如败椽，向妩媚流盼如少女，今皱颓丑首如老妇，予我慰使我爱者今骇我视惑我思，向之神秘，向之美，今变为科学之事实；幻象消而美秘俱逝。以此视焚琴煮鹤，其煞风景为何似？慧，设汝有择于真灵之间，汝将焉取？虽然，科学何足以知月，量镜何足以知月，唯见事物之灵者，乃见其真，故讶月之秘之美，而月之真已全。汝不闻开慈之：——Endymion，全诗实一月赋，证美而真目显，宇宙间有途程，理暗文捷，文所不能行，独真觉之灵翼乃得突击而过者，此其一也。开慈之言曰：“我年益长，月之和丽我情热者亦益切；汝犹深谷；汝犹山巅，汝犹圣贤之慧笔，诗人之琴，知己之声音，中天之日；汝犹大口，犹凯得之光荣；汝犹我临阵之鼓角，之战驹，我承美酒之古爵，最高明之勋业；汝犹妇人之媚，汝可爱之明月！”

附：剑三附记

志摩这篇《鬼话》，他本不愿刊出，是我逼他从抽屉内检出的。我第一次看他这篇文字，是在去年的初秋日。那时正是繁阴映窗，斜阳反射着他室内的曼殊斐儿小影，栩栩欲活，我一气读过之后生无限灵感。这次我又记起这篇文字，所以索出刊登。我们且不管是文言，是白话，像这样想像丰富，文词郁艳的文字，现在的作品确不多见。最令我感动的尚不在其词句的幽丽，而在其思想的夐绝。我想读者自然会悟，原不用介绍，不过在发刊时我却不能自禁的要说这几句话。剑三。

太戈尔来华的确期[1]

方才我收到太戈尔九月四日从加尔各答来的信，说要到明年二月中或二月底方能动身到中国来。来信简译如下——

徐君：

来信收到，甚感且喜。余本期早日来华，不意到加尔各答后余与我子皆得骨痛热病（Denguefever），以致原定计画，不能实行。今幸我二人皆已痊可，本当就道，但念转瞬寒冬，不如竟待春回时节，再来中国，今定明年二月中或二月底离印，约三月间定可与贵邦人士相叙，迁延之愆，尚希鉴宥。如此时日既宽，我亦可从容预备讲义，当如君议先行寄华，俾可译成华文，以便听众。

恩厚之君（Mr.Elmhirst）来信，为言彼来华时备承渥待，及贵邦人士对印度之情感，使我来华之心益切，明春来时，欣慰可知。

① 一九二三年十月二十一日作；载一九二三年十月十日《小说月报》第十四卷第十号；又载一九二三年十月二十八日《晨报》，改称谓为“渊泉兄”；初收一九六九年台湾传记文学出版社《徐志摩全集》第六辑。采自《小说月报》。

华友多有来信欢迎者，希君代为转致谢意，君盛意尤感。此颂

安健

Rabindranath Tagore

拉平德拉那士　太戈尔

这封久盼的信，隔了四十六七天，从天津转北京，北京转硖石，硖石又转杭州方才到了我收信人的手里！我给他的信，是七月底从南开大学寄的，所以他的回信也寄到天津，差一点寄不到。

这次太氏来华的消息，早已传遍全国，我现在乘便说一说经过的大概，免得一部分人的误会。最先他的朋友英人恩厚之到北京来，说太氏自愿来华，只要此间担任旅费，因此讲学社就寄了路费给他，盼望他八月间能来；后来他来了一个电报，说十月来华；最近他的友人安德罗氏（Andrews）来信，说他在加尔各答得了热病，不能如期来华。以上各节，已经《晨报》及《时事新报》登过，但最近还有人以为太氏是中国出了钱，特请来华讲学的——这是误会——所以我又在此声明。

我们这一时，正在踌躇他的来不来。我个人承讲学社的请托，要我等他来时照顾他，所以益发的不放心。因为太氏已经是六十以外的老人，他的友人再三的嘱咐我们说他近来身体不健，夏间又病了好一时，不能过分的任劳；他又比不得杜威与罗素早晚有细心的太太跟着伺候（杜里舒虽则也有太太，但他的胖太太！与其说，她伺候老爷，不如说杜老爷伺候她！）他来时是独身的，——所以伺候这位老先生的责任，整个的落在我们招待他的身上。印度人又是不惯冷的，所以他如其冷天来，我们也就得加倍的当心。老实说，我是被罗素那场大病的前例吓坏了。

现在好了，他今年冬天不来了。等到明春天暖了再来，在他便，在我们也便，真是两便。

而且除了招待的便利，还有一样好处。太氏说他要利用延期的时间来写他要对我们说的话，我们也正好利用这半年工夫来准备，听他的使命，受他的灵感。我们既然知道含糊的崇拜是不对的，我们就应得尽相当的心力去研究他的作品，了解他的思想，领会他的艺术——现在正是绝好的机会。他到中国来一次，不是一件容易，随便的事；他的使命，世界上没有第二个人可以替代的。我们当前有这样一个难得的机会：我们可以从他的伟大，和谐，美的人格里，得到古印度与今印度文化的灵感，同时也要使他从我们青年的身上，得到一个伟大民族觉悟了的精神与发展的方向。这才不负他爱敬我们的至诚，他不惜高年跋涉的一番盛意。

这是我们的责任，是凡是曾经直接或间接从他的诗文里得到益处或是仰慕他的，对他同等负担的责任。已经多少能够了解他的，应得“当仁不让”的出来对心愿而未能的，尽一种解释，指导的责任。因为太氏到中国来，是来看中国与中国的民族，不是为部分或少数人来的。除非我们挥着手，摇着头说“我不知太戈尔是什么，我也不愿意来知道他是什么”或是“我知道他是什么会事，但是我不喜欢他，我以为他到中国来是不应该的，即使他自己要来，中国也应得拒绝他的”；除非我们取上列的态度，我们就应得趁这个时机尽相当的心力来研究他；认识他，了解他，预备他来时欢迎他，爱护他，那才不负他远渡万里的辛苦，那才可以免了“迎神赛会”的陋习。

还有一两句，我乘便要说。诗人的话，尤其是太戈尔的话，差不多像秋叶的颜色一样，没有法子可以翻译得像的。他演讲的习惯，是做成了文章拿到台上去念。谁也没有大胆，凭空来口译他这类的讲演！至少我是不敢的。所以我想了一个办法，也许可以实行。他正式的讲演，至多不过六次或八次。我要他先寄稿子来，预先翻好了，等他讲演时，连着原文一并油印好了，分给听众，那时我们可以免了粗陋的翻译的麻烦，可以不间断的领会他清风鸟鸣似的音调了。

还有太氏最喜人家演他的戏，我很盼望爱他戏剧的同志，也应得趁这个机会努力一下！

十月二十一日 西湖

给王统照的信[①]

剑三兄：

太戈儿的来信，差一点让寄跑了，现在寄给你请你在《晨报》发表，不过我以为英文的原信可以不必登，因为这也许是他口述给书记写的，所以竟有好几处文法的错讹。

他的计画变更了，我的计画也要变更了。我现在还不知道怎样的变法，不过总得变就是。也许月内我到北京来也说不定。我想在我匿迹之前，我们总还可以有会叙的机会。

现与适之在西湖上享福，想翻一点东西，但恼人的湖光秋色总不放过你，叫你什么事都做不成——怪不得天下有殉情的傻瓜！京友恕不另函了，请为多多致意。

志摩

十月二十二日西湖新新旅馆

---

① 一九二三年十月二十二日写；载一九二三年十一月一日《晨报·文学旬刊》，原题《通信》，署名志摩，另有王统照（署记者）的附言；徐文一九八八年一月陕西人民出版社《徐志摩研究资料》存目。采自《晨报·文学旬刊》，改今题，王统照（剑三）的附言附后。

附：王统照附言

志摩这封来信，已经七八天了，我们因为徐君所译泰戈儿的来信，以及他那段附意，有尽先发表的必要，故在二十八日的《晨报》上已先印出，俾大家先周知此消息，在本刊上不再发表，只将徐君致记者的信刊登于此。

记者

胡适照片后题字[①]

适之，你为什么愀然若有所思？你的病容也不曾全减。

① 约写于一九二三年十月下旬。见一九四七年三月晨光文学丛书《志摩日记》中《西湖记》所附照片及手迹。胡适的这张照片，是徐志摩给他摄的。

我的祖母之死[①]

一

一个单纯的孩子，过他快活的时光，与匆匆的，活泼泼的，何尝识别生存与死亡？

这四行诗是英国诗人华茨华斯（William Wordsworth）一首有名的小诗叫做“我们是七人”（We Are Seven）的开端，也就是他的全诗的主意。这位爱自然，爱儿童的诗人，有一次碰着一个八岁的小女孩，发卷蓬松的可爱，他问她兄弟姊妹共有几人，她说我们是七个，两个在城里，两个在外国，还有一个姊妹一个哥哥，在她家里附近教堂的墓园里埋着。但她小孩的心理，却不分清生与死的界限，她每晚携着她的干点心与小

① 一九二三年十一月二十四日作；载一九二三年十二月一日《晨报五周年纪念增刊》；初收一九二八年一月上海新月书店《自剖》。采自《自剖》。

盘皿，到那墓园的草地里，独自的吃，独自的唱，唱给她的在土堆里眠着的兄姊听，虽则他们静悄悄的莫有回响，她烂漫的童心却不曾感到生死间有不可思议的阻隔；所以任凭华翁多方的譬解，她只是睁着一双灵动的小眼，回答说：

“可是，先生，我们还是七人。”

二

其实华翁自己的童真，也不让那小女孩的完全：他曾经说“在孩童时期，我不能相信我自己有一天也会得悄悄的躺在坟里，我的骸骨会得变成尘土”。又一次他对人说“我做孩子时最想不通的，是死的这回事将来也会得轮到我自己身上”。

孩子们天生是好奇的，他们要知道猫儿为什么要吃耗子，小弟弟从那里变出来的，或是究竟先有鸡还是先有鸡蛋；但人生最重大的变端——死的见象与实在，他们也只能含糊的看过，我们不能期望一个个小孩子们都是搔头穷思的丹麦王子。他们临到丧故，往往跟着大人啼哭；但他只要眼泪一干，就会到院子里踢毽子，赶蝴蝶，就使在屋子里长眠不醒了的是他们的亲爹或亲娘，大哥或小妹，我们也不能盼望悼死的悲哀可以完全翳蚀了他们稚羊小狗似的欢欣。你如其对孩子说，你妈死了，你知道不知道——他十次里有九次只是对着你发呆；但他等到要妈叫妈，妈偏不应的时候，他的嫩颊上就会有热泪流下。但小孩天然的一种表情；往往可以给人们最深的感动。我生平最忘不了的一次电影，就是描写一个小孩爱恋已死母亲的种种天真的情景。她在园里看种花，园丁告诉她这花在泥里，浇下水去，就会长大起来。那天晚上天下大雨，她睡在床上，被雨声惊醒了，忽然想起园丁的话，她的小脑筋里就发生了绝妙的主意。她偷偷的爬出了床，走下楼梯，到书房里去拿下桌上供着的她死母的照片，一把揣在怀里，也不顾倾倒着的大雨，一直走到园里，在地上用园丁的小锄掘松了泥土，把她怀里的亲妈，谨慎的取了出来，栽在泥里，把松泥掩护着；她做完了工就蹲在那里守候—— 一个三四岁的女孩，穿着白色的睡衣，在深夜的暴雨里，蹲在露天的地上，专心笃意的盼望已经死去的亲娘，像花草一般，从泥土里发长出来！

三

我初次遭逢亲属的大故，是二十年前我祖父的死，那时我还不满六岁。那是我生平第一次可怕的经验，但我追想当时的心理，我对于死的见解也不见得比华翁的那位小姑娘高明。我记得那天夜里，家里人吩咐祖父病重，他们今夜不睡了，但叫我和我的姊妹先上楼睡去，回头要我们时他们会来叫的。我们就上楼去睡了，底下就是祖父的卧房，我那时也不十分明白，只知道今夜一定有很怕的事，有火烧，强盗抢，做怕梦，一样的可怕。我也不十分睡着，只听得楼下的急步声，碗碟声，唤婢仆声，隐隐的哭泣声，不息的响着。过了半夜，他们上来把我从睡梦里抱了下去，我醒过来只听得一片的哭声，他们已经把长条香点起来，一屋子的烟，一屋子的人，围拢在床前，哭的哭，喊的喊，我也捱了过去，在人丛里偷看大床里的好祖父。忽然听说醒了醒了，哭喊声也歇了，我看见父亲爬在床里，把病父抱持在怀里，祖父倚在他的身上，双眼紧闭着，口里衔着一块黑色的药物他说话了，很清的声音，虽则我不曾听明他说的什么话，后来知道他经过了一阵昏晕，他又醒了过来对家人说：“你们吃吓了，这算是小死。”他接着又说了好几句话，随讲音随低，呼气随微，去了，再不醒了，但我却不曾亲见最后的弥留，也许是我记不起，总之我那时早已跪在地板上，手里擎着香，跟着大众高声的哭喊了。

四

此后我在亲戚家收殓虽则看得不少，但死的实在的状况却不曾见过。我们念书人的幻想力是较比的丰富，但往往因为有了幻想力，就不管生命现象的实在，结果是书呆子，陆放翁说的“百无一用是书生”。人生的范围是无穷的：我们少年时精力充足什么都不怕尝试，只愁没有出奇的事情做，往往抱怨这宇宙太窄，青天太低，大鹏似的翅膀飞不痛快，但是……但是平心的说，且不论奇的，怪的，特别的，离奇的，我们姑且试问人生里最基本的事实，最单纯的，最普遍的，最平庸的，最近人情的经验，我们究竟能有多少的把握，我们能有多少深澈的了解，我们是否都亲身经历过？譬如说：生产，恋爱，痛苦，悲，死，妒，恨，快乐，真疲倦，真饥饿，渴，毒焰似的渴，真的幸福，冻的刑罚，忏悔，种种的情热。我可以说，我们平常人生观，人类，人道，人情，真理，哲理，本能等等名词不离口吻的念书人们，什么文学家，什么哲学家——关于真正人生基本的事实的实在，知道的——恐怕是极微至鲜，即使不等于圆圈。我有一个朋友，他和他夫人的感情极厚，一次他夫人临到难产，因为在外国，所以进医院什么都得他自己照料，最后医生宣言只有用手术一法，但性命不能担保，他没有法子，只好和他半死的夫人诀别（解剖时亲属不准在旁的）。满心毒魔似的难受，他出了医院，走在道上，走上桥去，像得了离魂病似的，心脉舂臼似的跳着，最后他听着了教堂和缓的钟声，他就不自主的跟着钟声，进了教堂，跟着在做礼拜的跪着，祷告，忏悔，祈求，唱诗，流泪，（他并不是信教的人），他这样的捱过时刻，后来回转医院时，一步步都是惨酷的磨难，比上行刑场的犯人，加倍的难受，他怕见医生与看护妇，仿佛他的运命是在他们的手掌里握着。事后他对人说“我这才知道了人生一点子的意味！”

五

所以不曾经历过精神或心灵的大变的人们，只是在生命的户外徘徊，也许偶尔猜想到几分墙内的动静，但总是浮的浅的，不切实的，甚至完全是隔膜的。人生也许是个空虚的幻梦，但在这幻象中，生与死，恋爱与痛苦，毕竟是陡起的奇峰，应得激动我们彷徨者的注意，在此中也许有可以感悟到一些幻里的真，虚中的实，这浮动的水泡不曾破裂以前，也应得饱吸自由的日光，反射几丝颜色！

我是一只不羁的野驹，我往往纵容想像的猖狂，诡辩人生的现实；比如凭藉凹折的玻璃，觉察当前景色。但时而复再，我也能从烦嚣的杂响中听出清新的乐调，在眩耀的杂彩里，看出有条理的意匠。这次祖母的大故，老家庭的生活，给我不少静定的时刻，不少深刻的反省。我不敢说我因此感悟了部份的真理，或是取得了若干的智慧；我只能说我因此与实际生活更深了一层的接触，益发激动我对于人生种种好奇的探讨，益发使我惊讶这迷谜的玄妙，不但死是神奇的现象，不但生命与呼吸是神奇的现象，就连日常的生活与习惯与迷信，也好像放射着异样的光闪，不容我们擅用一两个形容词来概状，更不容我们昌言什么主义来抹煞——一个革新者的热心，碰着了实在的寒冰!

六

我在我的日记里翻出一封不曾写完不曾付寄的信，是我祖母死后第二天的早上写的。我那时在极强烈的极鲜明的时刻内，很想把那几日经过感想与疑问，痛快的写给一个同情的好友，使他在数千里外也能分尝我强烈的鲜明的感情。那位同情的好友我选中了通伯，但那封信却只起了一个呆重的头，一为丧中忙，二为我那时眼热不耐用心，始终不曾写就，一直挨到现在再想补写，恐怕强烈已经变弱，鲜明已经透阇，逃亡的囚逋，不易追获的了。我现在把那封残信录在这里，再来追摹当时的情景。

> 通伯：我的祖母死了！从昨夜十时半起，直到现在，满屋子只是号啕呼抢的悲音。与和尚道士女僧的礼忏鼓磬声。二十年前祖父丧时的情景。如今又在眼前了。忘不了的情景！你愿否听我讲些?
>
> 我一路回家，怕的是也许已经见不到老人，但老人却在生死的交关仿佛存心的弥留着，等待她最钟爱的孙儿——即不能与他开言诀别，也使他尚能把握她依然温暖的手掌，抚摩她依然跳动着的胸怀。凝视她依然能自开自阖虽则不再能表情的目睛。她的病是脑充血的一种，中医称为“卒中”(最难救的中风)。她十日前在暗房里蹶仆倒地，从此不再开口出言，登仙似的结束了她八十四年的长寿，六十年良妻与贤母的辛勤，她现在已经永远的脱辞了烦恼的人间，还归她清净自在的来处。我们承受她一生的

厚爱与荫泽的儿孙，此时亲见，将来追念，她最后的神化，不能自禁中怀的摧痛，热泪暴雨似的盆涌，然痛心中却亦隐有无穷的赞美，热泪中依稀想见她功成德备的微笑，无形中似有不朽的灵光，永远的临照她绵衍的后裔……

七

旧历的乞巧那一天，我们一大群快活的游踪，驴子灰的黄的白的，轿子四个脚夫抬的，正在山海关外，纡回的，曲折的绕登角山的栖贤寺，面对着残圮的长城，巨虫似的爬山越岭，隐入烟霭的迷茫。那晚回北戴河海滨住处，已经半夜，我们还打算天亮四点钟上莲峰山去看日出，我已经快上床，忽然想起了，出去问有信没有，听差递给我一封电报，家里来的四等电报。我就知道不妙，果然是“祖母病危速回”！我当晚就收拾行装，赶早上六时车到天津，晚上才上津浦快车。正嫌路远车慢，半路又为水发冲坏了轨道过不去，一停就停了十二点钟有余，在车里多过了一夜，直到第三天的中午方才过江上沪宁车。这趟车如其准点到上海，刚好可以接上沪杭的夜车，谁知道又误了点，误了不多不少的一分钟，一面我们的车进站，他们的车头乌的一声叫，别断别断的去了！我若然是空身子，还可以冒险跳车，偏偏我的一双手又被行李雇定了，所以只得定着眼睛送它走。

所以直到八月二十二日的中午我方才到家。我给通伯的信说“怕是已经见不着老人”，在路上那几天真是难受，缩不短的距离没有法子，但是那急人的水发，急人的火车，几面凑拢来，叫我整整的迟一昼夜到家！试想病危了的八十四岁的老人，这二十四点钟不是容易过的，说不定她刚巧在这个期间内有什么动静，那才叫人抱憾哩！但是结果还算没有多大的差池——她老人家还在生死的交关等着！

八

奶奶——奶奶——奶奶！奶——奶！你的孙儿回来了，奶奶！没有回音。老太太阖着眼，仰面躺在床里，右手拿着一把半旧的雕翎扇很自在的扇动着。老太太原来就怕热，每年暑天总是扇子不离手的，那几天又是特别的热。这还不是好好的老太太，呼吸顶匀净的，定是睡着了，谁说危险！奶奶，奶奶！她把扇子放下了，伸手去摸着头顶上挂着的冰袋，一把抓得紧紧的，呼了一口长气，像是暑天赶道儿的喝了一碗凉汤似的，这不是她明明的有感觉不是？我把她的手拿在我的手里，她似乎感觉我手心的热，可是她也让我握着，她开眼了！右眼张得比左眼开些，瞳子却是发呆，我拿手指在她的眼前一挑，她也没有瞬，那准是她瞧不见了——奶奶，奶奶，——她也真没有听见，难道她真是病了，真是危险，这样爱我疼我宠我的好祖母，难道真会得……我心里一阵的难受，鼻子里一阵的酸，滚热的眼泪就迸了出来。这时候床前已经挤满了人，我的这位，我的那位，我一眼看过去，只见一片惨白忧愁的面色，一双双装满了泪珠的眼眶。我的妈更看的憔悴。她们已经伺候了六天六夜，妈对我讲祖母这回不幸的情形，怎样的她夜饭前还在大厅上吩咐事情，怎样的饭后进房去自己擦脸，不知怎样的闪了下去，外面人听着响声才进去，已经是不能开口了，怎样的请医生，一直到现在还没有转机……

一个人到了天伦骨肉的中间，整套的思想情绪，就变换了式样与颜色。你的不自然的口音与语法没有用了；你的耀眼的袍服可以不必穿了；你的洁白的天使的翅膀，预备飞翔出人间到天堂的，不便在你的慈母跟前自由的开豁；你的理想的楼台亭阁，也不易轻易的放进这二百年的老屋；你的佩剑，要塞，以及种种的防御，在争竞的外界即使是必要的，到此只是可笑的累赘。在这里，不比在其余的地方，他们所要求于你的，只是随熟的声音与笑貌，只是好的，纯粹的本性，只是一个没有斑点子的赤裸裸的好心。在这些纯爱的骨肉的经纬中心，不由得你不从你的天性里抽出最柔糯亦最有力的几缕丝线来加密或是缝补这幅天伦的结构。

所以我那时坐在祖母的床边，含着两朵热泪，听母亲叙述她的病况，我脑中发生了异常的感想，我像是至少逃回了二十年的光阴，正如我膝前子侄辈一般的高矮，回复了一片纯朴的童真，早上走来祖母的床前，揭开帐子叫一声软和的奶奶，她也回叫了我一声，伸手到里床去摸给我一个蜜枣或是三片状元糕，我又叫了一声奶奶，出去玩了，那是如何可爱的辰光，如何可爱的天真，但如今没有了，再也不回来了。现在床里躺着的，还不是我的亲爱的祖母，十个月前我伴着到普渡〈陀〉登山拜佛清健的祖母，但现在何以不再答应我的呼唤，何以不再能表情，不再能说话，她的灵性那里去了，她的灵性那里去了？

九

一天，一天，又是一天——在垂危的病榻前过的时刻，不比平常飞驶无碍的光阴，时钟上同样的一声的嗒，直接的打在你的焦急的心里，给你一种模糊的隐痛——祖母还是照样的眠着，右手的脉自从起病以来已是极微仅有的，但不能动掸的却反是有脉的左侧，右手还是不时在挥扇，但她的呼吸还是一例的平匀，面容虽不免瘦削，光泽依然不减，并没有显着的衰象，所以我们在旁边看她的，差不多每分钟都盼望她从这长期的睡眠中醒来，打一个哈欠，就开眼见人，开口说话——果然她醒了过来，我们也不会觉得离奇，像是原来应当似的。但这究竟是我们亲人绝望中的盼望，实际上所有的医生，中医，西医，针医，都已一致的回绝，说这是“不治之症”，中医说这脉象是凭证，西医说脑壳里血管破裂，虽则植物性机能——呼吸，消化——不曾停止，但言语中枢已经断绝——此外更专门更玄学更科学的理论我也记不得了。所以暂时不变的原因，就在老太太本来的体元太好了，拳术家说的“一时不能散工”，并不是病有转机的兆头。

我们自己人也何尝不明白这是个绝症;但我们却总不忍自认是绝望:这“不忍”便是人情。我有时在病榻前,在凄悒的静默中,发生了重大的疑问。科学家说人的意识与灵感,只是神经系最高的作用,这复杂,微妙的机械,只要部分有了损伤或是停顿,全体的动作便发生相当的影响;如其最重要的部分受了扰乱,他不是变成反常的疯癫,便是完全的失去意识。照这一说,体即是用,离了体即没有用;灵魂是宗教家的大谎,人的身体一死什么都完了。这是最甘脆不过的说法,我们活着时有这样有那样已经尽够麻烦,尽够受,谁还有兴致,谁还愿意到坟墓的那一边再去发生关系,地狱也许是黑暗的,天堂是光明的,但光明与黑暗的区别无非是人类专擅的假定,我们只要摆脱这皮囊,还归我清静,我就不愿意头戴一个黄色的空圈子,合着手掌跪在云端里受罪!

再回到事实上来，我的祖母——一位神智最清明的老太太——究竟在那里？我既然不能断定因为神经部分的震裂她的灵感性便永远的消灭，但同时她又分明的失却了表情的能力，我只能设想她人格的自觉性，也许比平时消澹了不少，却依旧是在着，像在梦魇里将醒未醒时似的，明知她的儿女孙曾不住的叫唤她醒来，明知她即使要永别也总还有多少的嘱咐，但是可怜她的睛球再不能反映外界的印象，她的声带与口舌再不能表达她内心的情意，隔着这脆弱的肉体的关系，她的性灵再不能与她最亲的骨肉自由的交通——也许她也在整天整夜的伴着我们焦急，伴着我们伤心，伴着我们出泪，这才是可怜，这才真叫人悲戚哩!

十

到了八月二十七那天，离她起病的第十一天，医生吩咐脉象大大的变了，叫我们当心，这十一天内每天她只咽入很困难的几滴稀薄的米汤，现在她的面上的光泽也不如早几天了，她的目眶更陷落了，她的口部的筋肉也更宽驰了，她右手的动作也减少了，即使拿起了扇子也不再能很自然的扇动了——她的大限的确已经到了。但是到晚饭后，反是没有什么显象。同时一家人着了忙，准备寿衣的，准备冥银的，准备香灯等等的。我从里走出外，又从外走进里，只见匆忙的脚步与严肃的面容。这时病人的大动脉已经微细的不可辨，虽则呼吸还不至怎样的急促。这时一门的骨肉已经齐集在病房里，等候那不可避免的时刻。到了十时光景，我和我的父亲正坐在房的那一头一张床上，忽然听得一个哭叫的声音说——“大家快来看呀，老太太的眼睛张大了!”这尖锐的喊声，仿佛是一大桶的冰水浇在我的身上，我所有的毛管一齐竖了起来，我们踉跄的奔到了床前，挤进了人群。果然，老太太的眼睛张大了，张得很大了！这是我一生从不曾见过，也是我一辈子忘不了的眼见的神奇。（恕罪我的描写！）不但是两眼，面容也是绝对的神变了(Transfigured)：她原来皱缩的面上，发出一种鲜润的彩泽，仿佛半瘀的血脉，又一度满充了生命的精液，她的口，她的两颊，也都回复了异样的丰润；同时她的呼吸渐渐的上升，急进的短促，现在已经几乎脱离了气管，只在鼻孔里脆响的呼出了。但是最神奇不过的是一只眼睛！她的瞳孔早已失去了收敛性，呆顿的放大了。但是最后那几秒钟！不但眼眶是充分的张开了，不但黑白分明，瞳孔锐利的紧敛了，并且放射着一种不可形容，不可信的辉光，我只能称他为“生命最集中的灵光”！这时候床前只是一片的哭声，子媳唤着娘，孙子唤着祖母，婢仆争喊着老太太，几个稚龄的曾孙，也跟着狂叫太太……但老太太最后的开眼，仿佛是与她亲爱的骨肉，作无言的诀别，我们都在号泣的送终，她也安慰了，她放心的去了。在几秒时内，死的黑影已经移上了老人的面部，遏灭了生命的异彩，她最后的呼气，正似水泡破裂，电光杳灭，菩提的一响，生命呼出了窍，什么都止息了。

十一

我满心充塞了死象的神奇，同时又须雇管我有病的母亲，她那时出性的号啕，在地板上滚着，我自己反而哭不出来；我自己也觉得奇怪，眼看着一家长幼的涕泪滂沱，耳听着狂沸似的呼抢号叫，我不但不发生同情的反应，却反而达到了一个超感情的，静定的，幽妙的意境，我想像的看见祖母脱离了躯壳与人间，穿着雪白的长袍，冉冉的上升天去，我只想默默的跪在尘埃，赞美她一生的功德，赞美她一生的圆寂。这是我的设想！我们内地人却没有这样纯粹的宗教思想；他们的假定是不论死的是高年厚德的老人或是无知无忿的幼孩，或是罪大恶极的凶人，临到弥留的时刻总是一例的有无常鬼，摸壁鬼，牛头马面，赤发獠牙的阴差等等到门，拿着镣链枷锁，来捉拿阴魂到案。所以烧纸帛是平他们的暴戾，最后的呼抢是没奈何的诀别。这也许是大部分临死时实在的情景，但我们却不能概定所有的灵魂都不免遭受这样的凌辱。譬如我们的祖老太太的死，我只能想像她是登天，只能想像她慈祥的神化——像那样鼎沸的号啕，固然是至性不能自禁，但我总以为不如匐伏隐泣或祷默，较为近情，较为合理。

理智发达了，感情便失了自然的浓挚；厌世主义的看来，眼泪与笑声一样是空虚的，无意义的。但厌世主义姑且不论，我却不相信理智的发达，会得妨碍天然的情感；如其教育真有效力，我以为效力就在剥削了不合理性的“感情作用”，但决不会有损真纯的感情；他眼泪也许比一般人流得少些，但他等到流泪的时候，他的泪才是应流的泪。我也是智识愈开流泪愈少的一个人，但这一次却也真的哭了好几次。一次是伴我的姑母哭的，她为产后不曾复元，所以祖母的病一直瞒着她，一直到了祖母故后的早上方才通知她。她扶病来了，她还不曾下轿，我已经听出她在啜泣，我一时感觉一阵的悲伤，等到她出轿放声时，我也在房中嘘唏不住。又一次是伴祖母当年的赠嫁婢哭的。她比祖母小十一岁，今年七十三岁，亦已是个白发的婆子，她也来哭她的“小姐”，她是见着我祖母的花烛的唯一个人，她的一哭我也哭了。

再有是伴我的父亲哭的。我总是觉得一个身体伟大的人，他动情感的时候，动人的力量也比平常人伟大些。我见了我父亲哭泣，我就忍不住要伴着淌泪。但是感动我最强烈的几次，是他一人倒在床里，反覆的啜泣着，叫着妈，像一个小孩似的，我就感到最热烈的伤感，在他伟大的心胸里浪涛似的起伏，我就感到母子的感情的确是一切感情的起原与总结，等到一失慈爱的荫蔽，仿佛一生的事业顿时莫有了根柢，所有的快乐都不能填平这唯一的缺陷；所以他这一哭，我也真哭了。

但是我的祖母果真是死了吗？她的躯体是的。但她是不死的。诗人勃兰恩德说（Bryant）：①

So live, that when thy summons comes to join the innumerable caravan, which moves to that mysterious r-ealm where each one takes his chamber in the silent halls of death, then go not, like the quarry slave at night scourged to his dungeon, but sustained and soothed.

By an unfaltering truth, approach thy grave like one that wraps the drapery of his couch, adout him, and lies down to pleasant dreams.②

如果我们的生前是尽责任的，是无愧的，我们就会安坦的走近我们的坟墓，我们的灵魂里不会有惭愧或悔恨的啮痕。人生自生至死，如勃兰恩德的比喻，真是大队的旅客在不尽的沙漠中进行，只要良心有个安顿，到夜里你卧倒在帐幕里也就不怕噩梦来缠绕。

我的祖母，在那旧式的环境里，到我们家来五十九年，真

---

① Bryant：今译布赖恩特（1794—1878），美国诗人，代表作为《死亡观》、《致水鸟》等。

② “活下去吧，当你受到召唤，去加入向那神秘的领域行进的无穷无尽的旅行队伍，去死亡的府第入住的时候，不要像那逃奴，在深夜里被鞭子抽着回到他的地牢，而应该是镇定与平静的。/因为对真理的毫不动摇的信念，你在走近坟墓的时候要像一个上床睡觉的人，把毯子卷卷好，躺下准备做一夜的美梦。”

像是做了长期的苦工，她何尝有一日的安闲，不必说子女的嫁娶，就是一家的柴米油盐，扫地抹桌，那一件事不在八十岁老人早晚的心上！我的伯父快近六十岁了，但他的起居饮食，还差不多完全是祖母经管的，初出世的曾孙如其有些身热咳嗽，老太太晚上就睡不安稳；她爱我宠我的深情，更不是文字所能描写；她那深厚的慈荫，真是无所不包，无所不蔽。但她的身心即使劳碌了一生，她的报酬却在灵魂无上的平安；她的安慰就在她的儿女孙曾，只要我们能够步她的前例，各尽天定的责任，她在冥冥中也就永远的微笑了。

十一月二十四日

罗素又来说话了[①]

一

每次我念罗素的著作或是记起他的声音笑貌，我就联想起纽约城，尤其是吴尔吴斯五十八层的高楼。他们好像是二十世纪的两个敌对的象征，——罗素先生与五十八层的高楼。罗素的思想言论，仿佛是夏天海上的黄昏，紫黑云中不时有金蛇似的电火在冷酷地料峭地猛闪，骇人的电闪，在你的头顶眼前隐现！

矗入云际的高楼，不危险吗？一半个的霹雳，便可将他锤成粉屑——震的赫真江边的青林绿草都兢兢的摇动！但是不然！电火尽闪着，霹雳却始终不到，高楼依旧在层云中矗着，纯金的电光，只是照出他的傲慢，增加他的辉煌！

---

① 载一九二三年十二月十日《东方杂志》第二十卷第二十三期，文末标有“《时事新报》”，似由该报转载；初收一九六九年台湾传记文学出版社《徐志摩全集》第六辑。采自《东方杂志》。

罗素最近在他一篇论文叫做：《余闲与机械主义》（见 Dial, For August, 1923）[①]，又放射了一次他智力的电闪，威吓那五十八层的高楼。

我们是踮起脚跟，在旁边看热闹的人；我们感到电闪之迅与光与劲，亦看见高楼之牢固与崛强。

二

一二百年前，法国有一个怪人，名叫凡尔太的，他是罗素的前身，罗素是他的后影，他当时也同罗素在今日一样，放射了最敏锐的智力的光电，威吓当时的制度习惯，当时的五十八层高楼。他放了半世纪冷酷的，料峭的闪电，结成一个大霹雳，到一七八九那年，把全欧的政治，连着比士梯亚的大牢城，一起的打成粉屑。罗素还有一个前身，这个是他同种的，就是大诗人雪莱的丈人，著《女权论》的吴尔顿克辣夫脱的丈夫，威廉古德温，他也是个崇拜智力，崇拜理性的，他也凭着智理的神光，抨击英国当时的制度习惯。他是近代各种社会主义的一个始祖，他的霹雳，虽则没有法国革命那个的猛烈，却也打翻了不少的偶像，打倒了不少的高楼。

罗素的霹雳，要到什么时候才能轰出，不是容易可以按定的；但这不住的闪电，至少证明空中涵有蒸热的闷气，迟早总得有个发泄，疾电暴雨的种子，已经满布在云中。

---

① Dial, For August, 1923：《刻度盘》，Dial 杂志，1923 年 8 月号。

三

他近年来最厌恶的对象，最要轰成粉屑的东西，是近代文明所产生的一种特别现象，与这现象所养成的一种特别心理。不错，他对于所谓西方文明，有极严重的抗议；但他却不是印度的甘地，他只反对部分，不反对全体。

他依然是未能忘情的，虽则他奖励中国人的懒惰，赞叹中国人的懦怯，慕羡中国人的穷苦——他未能忘情于欧洲真正的文化。“我愿意到中国去做一个穷苦的农夫，吃粗米，穿布衣，不愿意在欧美的文明社会里，做卖灵魂，吃人肉的事业。”这样的意思，他表示过好几次。但研究数理，大胆的批评人类；却不是卖灵魂，更不是吃人肉；所以罗素虽则爱极了中国，却还愿意留在欧洲，保存他：Honorable[①]的高贵，这并不算言行的不一致，除非我们故意的讲蛮不讲理。

When I am tempted to wish the human race wiped out by some passing comet I think of scientific knowledge and of art; those two things seem to make our existence not wholly futile.[②]

四

罗素先生经过了这几年红尘的生活——在战时主张和平；

① Honorable：可敬的。

② 在我企望人类被某个过路的彗星所毁灭的时候，我就想到了艺术和科学知识；只有这两样东西才使我们的存在显得不是完全无益。

反抗战争；与执政者斗，与群众斗，与癫狂的心理斗，失败，屈辱，褫夺教职，坐监，讲社会主义，赞扬苏维埃革命，入劳工党，游鲍尔雪微克之邦，离婚，游中国，回英国，再结婚，生子，卖文为生——他对他人生的观察与揣摹，已经到了似乎成熟的（所以平和的）结论。

他对于人生并不失望；人类并不是根本要不得的，也并不是无可救度的。而且救度的方法，决计是平和的，不是暴烈的：暴烈只能产生暴烈。他看来人生本来是铄亮的镜子，现在就只被灰尘盖住了；所以我们只要说擦了灰尘，人生便可回复光明的。

他以为只要有四个基本条件之存在，人生便是光明的。

第一是生命的乐趣——天然的幸福。

第二是友谊的情感。

第三是爱美与欣赏艺术的能力。

第四是爱纯粹的学问与知识。

这四个条件只要能推及平民——他相信是可以普遍的——天下就会太平，人生就有颜色。

五

怎样可以得到生命的乐趣？他答，所有人生的现象本来是欣喜的，不是愁苦的；只有妨碍幸福的原因存在时，生命方始失去他本有的活泼的韵节。小猫追赶她自己的尾巴，鹊之噪，水之流，松鼠与野兔在青草中征逐：自然界与生物界只是一个整个的欢喜。人类亦不是例外；街上褴褛的小孩，那一个不是快乐的。人生种种苦痛的原因，是人为的，不是天然的；可移去的，不是生根的；痛苦是不自然的现象。只要彰明的与潜伏的原始本能，能有相当的满足与调和，生活便不至于发生变态。社会的制度是负责任的。从前的学者论政治或论社会，亦未尝不假定一分心理的基础；但心理学是个最较发达的科学，功利主义的心理假定是过于浅陋，犹之马克思派的心理假定是错误的。近代心理学尤其是心理分析对于社会科学最大的贡献，就在证明人是根本的自私的动物。利他主义者只见了个表面，所以利他主义的伦理只能强人作伪，不能使人自然的为善。几个大宗教成功的秘密，就在认明这重要的一点：耶稣教说你行善你的灵魂便可升天；佛教说你修行结果你可证菩提；道教说你保全你精气神你可成仙。什么事都没有自己实在的利益澈底；什么事都起源于自觉的或不自觉的利己的动机。但同时人又是善于假借的；他往往穿着极体面的衣裳，掩盖他丑陋的原形。现在的新心理学，仿佛是一座照妖镜；不论芭蕉裹的怎样的紧结，他总耐心的去剥。现在虽然剥近，也许竟已剥到了蕉心了。

所以，人类是利己的，这实在是现代政治家与社会改良家所最应认明与认定的。这个真理的暴露，并不有损人类的尊严，如其还有人未能忘情于此；并且亦不妨碍全社会享受和平与幸福的实现。认明了事实与实在，就不怕没有办法，危险就在隐匿或诡辨实在与事实。病人讳病时，便有良医也是无法可施的。现代与往代的分别，就在自觉与非自觉；社会科学的希望，就在发现从前所忽略的，误解的，或隐秘的病候。理清了病情，开明了脉案，然后可以盼望对症的药方；否则，即使有偶逢的侥幸，决不能祛除病根的。

六

实际的说，身体的健康当然是生命的乐趣的第一个条件；有病的与肝旺的人，当然不能领略生命自然的意味。所以体育是重要的。但这重要也是相对的，我们如其侧重了躯体，也许因而妨碍智力的发展，像我们几个专诚尊崇运动学校的产品，蔡孑民先生曾经说到过，也是危险的。肌肉与脑筋，应受同等的注意。如男女都有了最低限制的健康，自然的幸福便有了基础，此外只要社会制度有相当的宽紧性，不阻碍男女个人本能相当的满足，消极的不使发生压迫状态致有变态与反常之产生。工作是不可免的，但相当的余闲也是必要的；罗素以为将来的社会不容不工作的份子，亦不容偏重的工作，据经济学家计算，每人每日只需三四小时工作，社会即可充裕的过去，现有的生产率，一半是原因于竞争制度的糜费。

七

工业主义的一个大目标是“成功”（Success)，本质是竞争，竞争所要求的是“捷效”（Efficiency)。成功，竞争，捷效，所合成的心理或人生观，便是造成工业主义，日趋自杀现象，使人道日趋机械化的原因。我们要回复生命的自然与乐趣，只有一个方法，就在打破经济社会竞争的基础，消灭成功与捷效的迷信——简言之，切近我们中国自身的问题说，就在排斥太平洋那岸过来的主义，与青年会所代表的道德，我前天会见一个有名的报馆经理，他说，报的事情，如其你要办他个发达，真不是人做的事！又有一个忠慎勤劳的银行经理，与一个忠慎劳勤的纱厂经理，也同声的说生意真不是人做的，整天的忙不算，晚上梦里的心思都不得个安稳，究竟为的是什么，我们自己都不知道。这是实情。竞争的商业社会，只是萧伯讷所谓零卖灵魂的市场。我们快快的回头，也许可以超脱；再不要迷信开纱厂。比如说，发大财——要知道蕴藻滨华丽宏大的大中华的烟囱，已经好几时不出烟。我们与其崇拜新近死的北岩公爵（他最大的功绩，就在造成同类相残的心理，摧残了数百万的生灵，他却取得了威望与金钱与不朽的荣誉）与美国的十大富豪，不如去听聂云台先生的忏悔谈，去请他演说托尔斯泰与甘地的真谛吧！

八

罗素说他自从看过中国以后，他才觉悟“累进”(Progress）与“捷效”的信仰是近代西方的大不幸。他也悟到固定的社会的好处——这是进步的反面——与情性，或懒惰主义的妙处——这是捷效的反面——。他说：“I have hopes of laziness as a gospel .”①

懒惰是济世的福音！我们知道罗素所谓“懒惰”的反面不是我们农业社会之所谓勤——私人治己治家的勤是美德，永远应受奖励的——而是现代机械式的工商社会所产生无谓的慌忙与扰攘，灭绝性灵的慌忙与扰攘。这就是说，现代的社会趋向于侵蚀，终于完全剥夺合理的人生应有的余闲，这是极大的危险与悲惨。劳力的工人不必说，就是中等社会，亦都在这不幸

① 我对懒惰能够成为福音抱有期望。

的旋涡中急转。罗素以为，譬如就英国说，中级社会之顽，愚，嫉妒，偏执，迷信，劳工社会之残忍，愚闇，酗酒的习惯，等等，都是生活的状态失了自然的和谐的结果。

九

所以现代社会的状况，与生命自然的乐趣，是根本不能相容的。友谊的情感，是人与人，或国与国相处的必需原素，而竞争主义又是阻碍真纯同情心发展的原因。又次，譬如爱美的风尚，与普遍的艺术的欣赏，例如当年雅典或初期的罗马曾经实现过的，又不是工商社会所能容恕的。从前的技士与工人，对于他们自己独出心裁所造成的作品，有亲切真纯的兴趣；但现在伺候机器的工作，只能僵瘪人的心灵，决不能奖励创作的本能。我们只要想起英国的孟骞斯德，利物浦；美国的芝加哥，毕次保格，纽约，中国的上海，天津；就知道工业主义只能孕育丑恶，庸俗，龌龊，罪恶，嚣尨，高烟囱与大腹贾。

又次，我们常以为科学与工业文明有不可分离的关系。是的，关系是有的；但却不是不可分离的。没有科学，就没有现代的文明；但科学有两种意义，我们应得认明：一是纯粹的科学，例如自然现象的研究，这是人类凭着智力与耐心积累所得的，罗素所谓“The most god—like thing that men can do”[①]。一是科学的应用，这才是工业文明的主因。真纯的科学家，只有纯粹的知识是他的对象，他绝对不是功利主义的，绝对不问

① 人所能做的最接近神的事情了。

他所寻求与人生有何实际的关系。孟代尔（Mendel）[①] 当初在他清静的寺院培养他的豆苗，何尝想到今日农畜资本家的利用他的发明？法蓝岱（Faraday）[②] 与麦克士惠尔（Maxwell）[③] 亦何尝想到现代的电气事业？

当初的先生们，竭尽他们一生精力，开拓人类知识的疆土，何尝料想到，照现在的状况看来，他们到似乎变了人类的罪人；因为应用科学的成绩，就只（一）倍增了货物的产品，促成资本主义之集中；（二）制造杀人的利器，奖励同类自残的劣性；（三）设备机械性的娱乐，却掩没了美术的本能。我们再看，应用科学最发达的所在是美国，资本主义最不易摇动的所在，是美国；纯粹科学最不发达的，亦是美国：他们现在所利用的科学的发现，都不是美国人的成绩。所以功利主义的倾向，最是不利于少数的聪明才智，寻求纯粹智识的努力。我们中国近来很讨论科学是否人生的福音，一般人竟有误科学为实际的工商业，以为我们若然反抗工业主义，即是反对科学本体，这是错误的。科学无非是有系统的学术与思想，这如何可以排斥；至于反抗机械主义与提高精神生活，却又是一件事了。

所以合理的人生，应有的几种原素——自然的幸福，友谊的情感，爱美与创作的奖励，纯粹知识——科学——的寻求——都是与机械式的社会状况根本不能并存的。除非转变机械主义的倾向，人生很难有希望。

---

① Mendel：今译孟德尔（Gregor Johann Mendel，1822—1884），奥地利遗传学家，1865 年发现遗传基因原理，总结出分离定律和独立分配定律。

② Faraday：今译法拉第（Michael Faraday，1791—1867），英国物理学家和化学家，发现电磁感应现象、电解定律和磁与光的关系。

③ Maxwell：今译麦克斯韦（James Clerk Maxwell，1831—1879），英国物理学家，创立电磁场理论，并指出光的本质是电磁波。

十

这是我们也都看得分明的；我们亦未尝不想转变方向，但却从那里做起呢？这才是难处。罗素先生却并不悲观。他以为这是个心理——伦理的问题。旧式的伦理，分别善恶与是非的，大都不曾认明心理的实在，而且往往侧重个人的。罗素的主张，就在认明心理的实在，而以社会的利与弊，为判定行为善恶的标准。罗素看来，人的行为只是习惯，无所谓先天的善与恶。凡是趋向于产生好社会的习惯，不论是心的或是体的，就是善；反之，产生劣社会的习惯，就是恶。罗素所谓好的社会，就是上面讲的具有四种条件的社会；他所谓劣社会就是反面，因本能压迫而生的苦痛（替代自然的快乐），恨与嫉忌（替代友谊与同情）；庸俗少创作，不知爱美，与心智的好奇心之薄弱。要奖励有利全体的习惯，可以利用新心理学的发现。我们既然明白了人是根本自私自利的，就可以利用人们爱夸奖恶责罚的心理，造成一种绝对的道德（Positive Morality），就是某种的行为应受奖掖，某种的行为应受责辱。但只是折衷于社会的利益，而不是先天的假定某种行为为善，某种行为为恶。从前台湾土人有一种风俗：一个男子想要娶妻，至少须杀下一个人头，带到结婚场上；我们文明社会奖励同类自残，叫做勇敢，算是美德，岂非一样可笑？

这样以结果判别行为的伦理，就性质说，与边沁及穆勒父子所代表的伦理学，无甚分别；罗素自己亦说他的主张并不是新奇的，不过不论怎样平常的一个原则，若然全社会认定了他的重要，着力的实行去，就会发生可惊的功效。以公众的利益判别行为之善恶：这个原则一定，我们的教育，刑律，我们奖与责的标准，当然就有极重要的转变。

十一

归根的说，现有的工业主义，机械主义，竞争制度，与这些现象所造成的迷信心理与习惯，都是我们理想社会的仇敌，合理的人生的障碍。现在，就中国说，唯一的希望，就在领袖社会的人，早早的觉悟，利用他们表率的地位，排斥外来的引诱，转变自杀的方向，否则前途只是黑暗与陷阱。罗素说中国人比较的入魔道最浅，在地面上可算是最有希望的民族。他说这话，是在故意的打诳，哄骗我们呢，还是的确是他观察现代文明的真知灼见？——但吴稚晖先生曾叮嘱我们，说罗素只当我们是小孩子，他是个大滑头骗子！

政治生活与王家三阿嫂[①]

我这篇《政治生活与王家三阿嫂》是去年冬天在硖石东山脚下独居时写的。那时张君劢他们要办一个月刊，问我要稿子，我就把这篇与另外两篇一起交给了他。那是我的老实。那月刊定名叫《理想》。理想就活该永远出不了版！我看他们成立会的会员名字至少有四五十个。都是“理想”会员！但是一天一天又一天，理想总是出不了娘胎，我疑心老实交过稿子去的就只我。后来我看情形不很像样，所谓理想会员们都像是放平在炉火前地毯上打呼的猫——我独自站在屋檐上竖起一根小尾巴生气也犯不着。理想想没了；竟许本来就没有来。伤心！我就问收稿人还我的血本。他没有理我。我催他不作声，我逼他不开口。本来这几篇零星文字是一文不值的，这一来我倒反而舍不得拿回了。好容易，好容易，原稿奉还。我猜想从此理想月刊的稿件抽屉可以另作别用了。理想早就埋葬了。

① 约一九二三年冬作；一九二四年十二月二十六日加序；载一九二五年一月四日、五日、六日《京报副刊》；初收一九二六年六月北京北新书局《落叶》。采自《落叶》。

昨天在北海见着伏庐，他问我要东西，我说新作的全有主儿了，未来的也定出了，有的只是陈年老古董。他说好，旧的也可以将就，只要加上一点新注解就成。我回家来把这篇古董校看了一遍，叹了一声气。这气叹得有道理的。你想一年前英国政治是怎样，现在又是怎样；我写文的时候麦克唐诺尔德还不曾组阁，现在他已经退阁了；那时包尔温让人家讥评得体无完肤，现在他又回来做老总了。他们两个人的进退并不怎样要紧，但他们各人代表的思想与政策却是可注意的。“麦克”不仅有思想，他〈也〉有理想；不仅有才干，他〈也〉有胆量。他很想打破说谎的外交，建设真纯的国际友谊。他的理想也许就是他这回失败的原因，他对我们中国国民的诚意，就一件事就看出来。庚子赔款委员会里面他特聘在野的两个名人，狄更生与罗素。这一点就够得上交情。现在坏了（参看现代评论第二期），包首相容不得思想与理想，管不到什么国际感情。赔款是英国人的钱，即使退给中国也只能算是英国人到中国来化钱；英国人的利益与势力首先要紧，英国人便宜了，中国人当然沾光。听说他们已经定了两种用途：一是扬子江流域的实业发展（铁路等等）及实业教育，一是传教。我们当然不胜感激涕零之至！亏他们替我们设想得这样周到！发展实业意思是饱暖我们的肉体，补助传道意思是饱暖我们的灵魂。

所以难怪悲观者的悲观。难得这里那里透了一丝一线的光明，一转眼又没了。狄更生先生每回给我来信总有悲惨的话，这回他很关切我们的战祸，但也不知怎的，他总以为东方人，尤其是中国人，比较总是有希望的，他对我们还不曾绝望！欧洲总是难，他竟望不见平安的那一天，他说也许有那一天，但他自己及身（他今年六十三四）总是看不见的了。狄更生先生替人类难受，我们替他难受。罗素何尝不替人类难受，他也悲观；但他比狄更生便宜些，他会冷笑，他的讥讽是他针砭人类的利器。这回他给我的信上有一句冷话——I am amused at the progress of Christianity in China.[①] 基督教在中国的进步真快呀！下去更有希望了，英国教会有了赔款帮忙，教士们的烟士披里纯那得不益发的灿烂起来！别说基督将军、基督总长，将来基督酱油基督麻油基督这样基督那样花样多着哪，我们等着看吧。

所以我方才校看这篇文字，不由的叹了一声长气，时间里的"爱伦内"真多着哩！这一段话与本文并没有多大关系，随笔写来当一个冒头就是。

十三年十二月二十六日

一

从前西方一位老前辈说，"人是一个政治的动物"；好比麻雀会得做窝，蚂蚁会得造桥，人会得造社会，建设政治。这是一个有名的"人的定义"。那位老前辈的本乡，是个小小的城子，周围不过十里，人口不过十万，而且这十万人里，真正的"市民"不过四分之一，其余不是奴隶，便是客民。但他们却真是所谓"政治的动物"；凭他们造社会与建筑政治的天才，和着地理与地势的利便，他们在几千年前，在现代欧美文明没有出娘胎以前，已经为未来政治的（现在不说文艺的或科学

① 我对基督教在中国的进步只觉得好笑。

的）人类定下了一个最完善的模型，一个理想的标准，也可以说是标准的理想——实行的民主政治，或是实现的“共和国”。我们现在不来讨论他们当时的奴隶问题；我们只在想像中羡慕他们政治的幸福，羡慕他们那座支配社会生活的机器的完美，运转是敏捷的，管理是简单的，出货是干净的——而且又是何等的美观！我们如其借用童话里的那个神奇的玻璃球来看，我们就可以在二千年前时间的灰堆里，掏出他们当时最有趣味的生活的活动写真。我们来看看这西洋镜的玩艺。天气约略是江南的五月初，黄梅渐〈潮〉已经过去，南风吹得暖暖的，穿单衣不冷，穿夹衣也不热。他们是终年如此的，真是“四时常春，风和日丽”，雨水都不常有的，所以他们公共会所如议会剧场市场都是秃顶没有盖的。城子中央是一个高冈，天生成花冈石打底的高阜，这上面留有人类的一个大纪念：最高明的建筑，最高明的石刻，最高明的美术都在这里；最高明的立法与行政的会场也在这里；最高明的戏剧与最伟大最壮观的剧场也在这里；最高明的哲学家，政治家，艺术家，诗人的踪迹也常在这里。路上行人，很少戴帽的，有穿草鞋式的鞋的，有赤脚的，身上至多裹一块方形的布当衣裳，往往一双臂腿袒露在外，有从市场回家的，有到前辈家里去领教学问的，有到体育场去掷铁饼或赛跑的，有到公共浴所去用雕花水瓶浇身的，有到（如其是春天，春天是节会与共乐的时候）大戏场上去占坐位的，有到某剃头店或某铜匠店铺子里去找朋友闲谈的，有出城去到河沿树荫下散步的，有到高冈上观览美术的，有到亲戚家去的妇女，前后随从有无数男女仆役的，有应召的歌女，身披彩衣手弄弦琴的，有新来客民穿着异样的服装的，有乡下来的农夫与牧童背着遮太阳的大箬笠，掮着赶牲畜的长竿，或是抗着新采的榨油用的橄榄果与橄榄叶（他们不懂得咬生橄榄，广东乡下听说到现在还是不会吃青果的！）一个个都像从画图上走下来的……这一群阔额角，阔肩膀，高鼻子，高身材的人类，在这个小小的城子里，熙熙的乐生，活泼，愉快，闲暇，艺术是他们的天性，政治是他们的本能——他们的躯壳已经几度的成灰成泥，但是他们的精神，却是和他们花冈石的高冈一样的不可磨灭；像衣琴海上的薰风，永远含有鼓舞新生命的秘密。

这不是演说乌托邦，这是实有的史迹。那小城子便是雅典，这人民便是古希腊人，说人是政治的动物的，便是亚里士多德。他们当时凡是市民（即除外奴隶与客民）都可以出席议会，参与政治，起造不朽的巴戴廊（Parthenon）[①] 是群众决议的；举菲地亚士（Phidias）[②] 做主任是群众决议的；筹画打波斯的海军政策是群众决议的；举米梯亚士做将军是群众决议的。这群众便是全城的公民，有钱的与穷人，做官的与做工的，经商的与学问家，剃头匠与打铁匠，法官与裁缝，苏格拉底斯与阿理士道文尼斯，沙福克利士与衣司沟拉士，柏拉图与绥克士诺丰……都是组成这独一的共和政治的平等的分子。政治是他们的生活，是他们的共同的职业，是他们闲谈的资料，是他们有趣的训练。所以不论是在露天的议会里列席，不论是在杂货铺门口闲话，不论是在客厅里倦倚在榻上饮酒杂谈，不论是在某前辈私宅的方天井里徘徊着讨论学识，不论是在法庭上听苏格拉底士的审判，不论是在大剧场听戏拿橘子皮或无花果去掷台上不到家的演员（他们喝倒彩的办法），不论是在美术厅里参观菲地亚士最近的杰作，不论是在城外青枫树荫下溪

① 今译帕台农神庙，建于公元前5世纪，是雅典卫城上供奉城邦的保护神雅典娜女神的主神庙。

② Phidias：今译菲迪亚斯，公元前5世纪时的希腊雅典雕刻家，主要作品有雅典卫城的3座雅典娜神像和奥林匹亚宙斯神庙的宙斯坐像，原作今已不存。

水里濯足时（苏格拉底士最爱的）的诙谐——他们的精神是一致的，是乐生的，是建设的，是政治的。

二

但这是已往的希腊，我们只能如孔子所谓心向往之了。至于现代的政治，不论是国内的与国际的，都不是叫人起兴的题目。我们东方人尤其是可怜，任清朝也好，明朝也好，政治的中国人（最近连文学与艺术的中国人都是）只是一只串把戏的猴子，随它如何伶俐，如何会模仿，如何像人，猴子终究[是]猴子，不是人，也许它会得穿起大褂子来坐在沙发椅上使用杯匙吃饭，就使它自己是正经的，旁观的总觉得滑稽好笑。根本一句话，因为这种习惯不是野畜生的习惯，它根性里没有这种习惯的影子，也许凭人力选择的科学与耐心，在理论上可以完全变化猴子的气质，但这不是十年八年的事，明白人都明白的。

不但东方人的政治，就是欧美的政治，真可以上评坛的能有多少。德国人太蠢，太机械性；法国人太淫，什么事都任性干去，不过度不肯休；南欧人太乱，只要每年莱因河两岸的葡萄丰收。拉丁民族的头脑永没有清明的日子；美国人太陋，多数的饰制与多数的愚阇，至多只能造成一个“感情作用的民主政治”（Sentimental Democracy）。此外更不必说了。比较像样的，只有英国。英国人可称是现代的政治民族，这是大家都知道的。英国人的政治，好比白蚁蛀柱石一样，一直啮入他们生活的根里，在他们（这一点与当初的雅典多少相似），政治不但与日常生活有极切极显的关系，我们可以说政治便是他们的生活，“鱼相忘乎江湖”，英国人是相忘乎政治的。英国人是

“自由”的，但不是激烈的；是保守的，但不是顽固的。自由与保守并不是冲突的，这是造成他们政治生活的两个原则；唯其是自由而不是激烈，所以历史上并没有大流血的痕迹（如大陆诸国），而却有革命的实在，唯其是保守而不是顽固，所以虽则“不为天下先”，而却没有化石性的僵。但这类形容词的泛论，究竟是不着边际的，我们只要看他们实际的生活，就知道英国人是不是天生的政治的动物。我们初从美国到英国去的，最浅显的一个感想，是英国虽则有一个册名国王，而其实他们所实现的民主政治的条件，却远在大叫大擂的美国人之上——英国人自己却是不以为奇的。我们只要看一两桩相对的情形。美国人对付社会党的手段，与乡下老太婆对付养媳妇一样的惨酷，一样的好笑。但是我们到礼拜日上午英国的公共场地上去看看：在每处广场上东一堆西一堆的人群，不是打拳头卖膏药，也不是变戏法，是各种的宣传性质的演说。天主教与统一教与清教；保守党与自由党与劳工党；赞成政府某政策与反对政府某政策的；禁酒令与威士克公司；自由恋爱与鲍尔雪微主义与救世军：——总之种种相反的见解，可以在同一的场地上对同一的群众举行宣传运动；无论演讲者的论调怎样激烈，在旁的警察对他负有生命与安全与言论自由的责任，他们决不干涉。有一次萧伯讷（四十年前）站在一只肥皂木箱上冒着倾盆大雨在那里演说社会主义，最后他的听众只剩了三四个穿雨衣的巡士!

这是他们政治生活的一斑，但这还是最浅显的。政治简直是他们的家常便饭，政府里当权的人名是他们不论上中下那一级的口头禅。每天中下人家吃夜饭时老子与娘与儿女与来客讨论的是政治，每天智识阶级吃下午茶的时候，抽着烟斗，咬着牛油面［包］的时候谈的是政治；每晚街角上酒店里酒鬼的高声的叫嚷——鲁意乔治应该到地狱去！阿斯葵斯活该倒运！等等——十有八九是政治。(烟酒加了税，烟鬼酒鬼就不愿意。)每天乡村里工人的太太们站在路口闲话，也往往是政治（比如他们男子停了工，为的是某某爵士在议会里的某主张)。政治的精液已经和入他们脉管里的血流。

我在英国的时候，工党领袖麦克唐诺尔，在伦敦附近一个选区叫做乌立克的做候补员，他的对头是一个政府党，大战时的一个军官，麦氏是主张和平的，他在战时有一次演说时脑袋都叫人打破。有一天我跟了赖世基夫人（Mrs. Harold J. Laski)[①] 起了一个大早到那个选区去代麦氏“张罗”（Canvassing)（就是去探探选民的口气，有游说余地的，就说几句话，并且预先估计得失机会)。我那一次得了极有趣味的经验，此后我才深信英国人政治的训练的确是不容易几及的。我们至少敲了二百多家的门（那一时麦氏衣襟上戴着红花坐着汽车到处的奔走，演说)，应门的有男有女，有老有小，但他们应答的话多少都有些分寸，大都是老练，镇静，有见地的。那边的选民，很多是在乌立克兵工厂里做工过活的，教育程度多是很低的，而且那年是第一次实行妇女选举权，所以我益发惊讶他们政治程度之高。只有一两家比较的不讲理的妇人，开出门来脸上就不戴好看的颜色，一听说我们是替工党张罗的，爽性把脸子沈了下来，把门嘭的关上了。但大概都是和气的，很多说我们自有主张，请你们不必费心，有的狠情愿与我们闲谈，问这样问那样。有一家有一个烂眼睛的妇人，见我们走过了，对她们邻居说（我自己听见)“你看，怪不得人家说麦克唐诺尔是卖国贼，这不是他利用‘剧泼’（Jap 即日本鬼意）来替他

---

① Mrs. Harold J. Laski：赖世基，今译拉斯基（1893—1950)，英国政治家、政治学家，曾任工党主席（1945—1946)，著作有《现代国家的权力》、《政治典范》等。

张罗!”

三

这一次英国的政治上，又发生极生动的变相。安置失业问题，近来成为英国政府的唯一问题。因失业问题涉及贸易政策，引起历史上屡现不一现〈致〉的争论，自由贸易与保护税政策。保守党与自由党，又为了一个显明的政见的不同，站在相对地位；原来分裂的自由党，重复团圆，阿斯葵斯与鲁意乔治，重复亲吻修好，一致对敌。总选举的结果，也给了劳工党不少的刺激，益发鼓动他们几年来蕴涵着的理想。我好久不看英国报了，这次偶然翻阅，只觉得那边无限的生趣，益发对比出此地的陋与闷，最有趣的是一位戏剧家（A. A. Milne）[①]的一篇讥讽文章，很活现的写出英国人政治活动的方法与状态，我自己看得笑不可仰，所以把他翻译过来，这也是引起我写这篇文字的一个原因。我以为一个国总要像从前的雅典，或是现在的英国一样，不说有智识阶级，就这次等阶级社会的妇女，王家三阿嫂与李家四大妈等等，都感觉到政治的兴味，都想强勉他们的理解力，来讨论现实的政治问题。那时才可以算是有资格试验民主政治，那时我们才可以希望“卖野人头”的革命大家与做统一梦的武人归他们原来的本位，凭着心智的清明来清理政治的生活。这日子也许很远，但希望好总不是罪过。

保守党的统一联合会，为这次保护税的问题，出了一本小

---

① A. A. Milne：米尔恩（1850—1913），英国幽默作家，作品有轻喜剧《皮姆先生过去了》等。

册子，叫做《隔着一垛园墙》（“Over the Garden Wall”），里面是两位女太太的谈话，假定说是王家三阿嫂与李家四大妈。三阿嫂是保守党，她把为什么要保护贸易的道理讲给四大妈听，末了四大妈居然听懂了。那位滑稽的密尔商先生就借用这个题目，做了一篇短文，登在十二月一日的《伦敦国民报》——The Nation and the Athenaeum——里，挖苦保守党这种宣传方法，下面是翻译。

她们是紧邻；因为她们后园的墙头很低，她们常常可以隔着园墙谈天。你们也许不明白她们在这样的冷天，在园里有什么事情干，但是你不要忙，她们在园里是有道理的。这分明是礼拜一，那天李家四大妈刚正洗完了衣服，在园里挂上晒绳去。王家三阿太，我猜起来，也在园里把要洗的衣服包好了，预备送到洗衣作里去的。三阿太分明是家境好些的。我猜想她家里是有女佣人的，所以她会有工夫去到联合会专为妇女们的演讲会去到会，然后回家来再把听来的新闻隔着园墙讲给四大妈听，四大妈自己看家，没有工夫到会。大冷天站在园里当然是不会暖和的，并且还要解释这样回答那样，隔壁那位太太正在忙着洗衣服，她自己头颈上围着她的海獭皮围巾；但是我想像三阿太站在那里，一定不时的哈气着她冻冷的手指，并且心里还在抱怨四大妈的家境太低；或是她自己的太高，否则，她们倒可以舒舒服服，坐在这家或是那家的灶间里讲话，省得在露天冒风着冷。但是这可不成功。上帝保佑统一党，让邻居保留她名分的地位。李家四大妈有一个可笑的主意（我不知道她那里来的，因为她从不出门），她以为在这个国度里，要是实行了保护政策，各样东西一定要贵，我料想假如三阿太有这样勇气，老实对她说不是的，保护税倒反而可以使东西着实着实便宜，那时四大妈一定一面从她口里取出一只木钉，把她男人的衬裤别在绳子上，一面回答三阿太说“噢那就好了”，下回她要去投票，她准投统一党了；这样国家就有救了。但是在这样的天气站在园子里，不由得三阿太或是任何人挫气。三阿太哈着她的手指，她决意不冒险。她情愿把开会的情形从头至尾讲一个清楚。东西是不会得认真的便宜多少，但是——呒，你听了就明白了。

我恐怕她过于自信了。

所以三阿太就开头讲，她说外国来的工人，比我们自己的便宜，因为工会（“可不是!”她急急的接着说）一定要求公平的工资，短少的工作时间，以及工厂里的种种设备——她忽然不说下去了，心里在迟疑不知道说对了没有。四大妈转过身子去，这一会儿她像是要开口问什么蠢话似的；可是并不。她转过身去，也就把她小儿子亨利的衬裤，从衣篮里拿了出来。一面王三阿太立定主意把在保护政策的国家的工资，工时，工厂设备等等暂时放开不提，她单是说国家是要采用了保护政策，她们的出货一定便宜得多。结果怎么样呢。“你同我以及所有做工的妇人临到买东西的时候，就拣顶便宜的买，再也不想想——意思说是买外国货。”“不一定不想。”四大妈确定的说。三阿太老实说她的小册子上是什么说。照书上写着，四大妈在这里是不应得插嘴的。这一路的解说都是不容易的。总选举要是在夏天多好！在这样大冷天叫谁用心去？这段话也不容易讲不是？但是她最末了的那句话，至少是没有错儿；这不是在小册子上明明的印着：“你与我以及所有做工的妇人都拣到最便宜的东西买再也不想想。”再也不想想，真是的！一个做工的妇人临到买东西不想想，还叫她想什么去？

那是闲话，再来正经，四大妈还不明白大家要是尽买便宜的外国货，结果便怎么样。她要是真不明白，让她别害怕，老实的说就是。三阿太是妇女工会里的会员，她最愿意讲解给她听。

四大妈懂得。结果货物的价钱愈落愈低。

三阿太又着急的翻开了那本小册子来对，但是这一次四大妈的答话没有错。现在来打她一下。

“不，四大妈，平常人的想法就错在这儿。市上要是只有便宜的外国货，我们就没有得钱去买东西，因为我们的丈夫就要没有事情做，攒不了钱了。”四大妈是打倒了。不，她并不是。她亮着嗓音说她的丈夫还是有事情做并没有失业。这女人多麻烦！她的男人是怎么回事？小册子里并没有提起他。三阿太只当做没有听见男人不男人，只当她说（她应该那么说，要是她知道小册子上是这样的派定她），“你倒讲一讲里面的道理给我听听”，三阿太抽了一口长气，讲给她听了。“要是我们都买外国货，那就没有人去买英国本国工人做的东西了；既然没有人买，也就没有人做了，这不是工作少了，我们自己大部分的工人就没有事情做了；这不是我们化了钱让德国法国美国的工人吃得饱饱赚得满满的，我们自己人倒是失了业，捱饿。可不是！这你没有法子反驳了不是？”

还是不一定。四大妈转过身来说，“你说什么，我的乖？”这一来三阿太可是真不愿意了。她说“噢嘿！”这不是小册子上规定的，但方才不多一忽儿四大妈曾经叹了一声完完全全的“哼呼！”三阿太心里想（我想她想得对的）在这种情形之下，她也应分来一个“噢嘿！”

“你说什么来了？乖呀？这风吹过衣服来把我的头都蒙住了。我像是听你说什么做工。你也说天冷，是不是你哪？天这么冷，你又没有事做，何必跑到园里来冒凉呢。”三阿太顿她的脚。

“有的是。我分该跑出来，把统一党的保护政策的道理讲给你听。我说‘只要你耐心的听一忽儿，我就简简单单的把这件事讲给你听。’可是你又不耐心听，你应该是这么说的：——‘可不是，三阿太！够明白了。你这么一讲，我全懂得了。’可是你又没有那么说！你倒反而尽在叫着我乖呀，乖呀。我也说，‘所以顶好是去做一个统一党联合会的女会员，去到她们的会里，你瞧！什么事你都明白得了。在那儿！我自己就亏到了会才明白。’我全懂得怎么样！我们要是一加关税，外国货就不容易进来，我们自己的劳工就受了保护不是？”

“再说他们要是进来，就替我们完税，我们还得让自己属地澳大利亚洲的进口货不出钱，省得自己抢自己的市场；还有什么‘报复主义’，这就是说外国货收税，保护了自己的工人，替我们完了税，奖励了帝国的商业，这就可以利用来威吓外国。我全懂得，顶明白——可是你现在只叫着我乖呀，乖呀，一面我冷得冻冰，我本没有人家那么强壮，我想这真是不公平。”她眼泪都出来了。“得了，得了，我的乖！”四大妈说。“你快进屋子去，好好的喝一杯热茶。……喔，我说我就有一句话要问你。”

“不要太难了，”三阿太哽咽着说。“别急，乖呀。我就不懂得为什么他们叫做统一党党员？”三阿太赶紧跑回她的灶间去了。

四

王家三阿太是已经逃回她的暖和的灶间去了；李家四大妈也许还在园里收拾她的衣服，始终没有想通什么叫做统一党，也没有想清楚保护究竟是便宜还是吃亏，也没有明白这么大冷天隔壁三阿太又不晒衣服，冒着风站在园里为的是什么事……这都是不相干的，我们可以不管。这篇短文，是一篇绝妙的嘲讽文章，刻薄尽致，诙谐亦尽致，他在一二千个字里面，把英国中下级妇女初次参与政治的头脑与心理以及她们实际的生活，整个儿极活现的写了出来。王家三阿太分明比她的邻居高明得多，她很要争气，很想替统一党（她的党）尽力，凭着一本小册子的法宝，想说服她的比邻，替统一党要多挣几张票。但是这些政治经济政策以及政党张罗的玩意儿，三阿太究竟懂得不懂得，她自己都不敢过分的相信——所以结果她只得逃回去烤火！

这种情形是实在有的。我们尽管可怜三阿太的劳而无功，尽管笑话四大妈的冥顽不灵，但如果政治的中国能够进化到量米烧饭的平民都有一天感觉到政治与自身的关系，也会得仰起头来，像四大妈一样，问一问究竟统一党联合会是什么意思，——我想那时我们的政治家与教育家（果真要是他们的功劳）就不妨着实挺一挺眉毛了。

一九二四年

徐志摩散文全编

A Collection of Prose of Xu Zhimo

PROSE

山中来函[①]

剑三，我还活著；但是我至少是一个“出家人”。我住在我们镇上的一个山里，这里有一个新造的祠堂，叫做“三不朽”，这名字肉麻得凶，其实只是一个乡贤祠的变名：我就寄宿在这里。你不要见笑徐志摩活著就进了祠堂，而且是三不朽！这地方倒不坏，我现在坐著写字的窗口，正对著山景，烧剩的庙，精光的树，常青的树，石牌坊戏台，怪形的石错落在树木间，山顶上的宝塔，塔顶上徘徊著的“饿老鹰”有时卖弄著他们穿天响的怪叫，累累的坟堆，享亭，白木的与包著芦席的棺材，都在嫩色的朝阳里浸著。隔壁是祠堂的大厅，供著历代的忠臣孝子清客书生大官富翁棋国手（陈子仙）数学家（李善兰壬叔）以及我自己的祖宗，他们为什么“不朽”我始终没有懂；再隔壁是节孝祠，多是些跳井的投河的上吊的吞金的服盐卤的也许吃生鸦片吃火柴头的烈女烈妇以及无数咬紧牙关的

① 一九二四年一月二十日作；载一九二四年三月十一日《晨报·文学旬刊》，是作者从硖石老家致王统照（剑三）的信，题为王统照所拟，署名志摩，另有王统照附言；徐文初收一九八三年商务印书馆香港分馆《徐志摩全集》第四册。采自《晨报·文学旬刊》，王统照附言附后。

"望门寡"，抱牌位做亲的，教子成名的，节妇孝妇，都是牺牲了生前的生命来换死后的冷猪头肉，也还不很靠得住的；再隔壁是东寺，外边墙壁已是半烂殿上神像只剩了泥灰。前窗望出去是一条小河的尽头，一条藤萝满攀著磊石的石桥，一条狭堤，过堤一潭清水，不知是血污还是蓄荷池（土音同），一个鬼客栈（厝所）一片荒场也是墓墟累累的；再望去是硖石镇的房屋了。这里时常过路的是：香客，挑菜担的乡下人，青布包头的妇人，背著黄叶蒌子的童子，戴黑布风帽手提灯笼的和尚，方巾的道士，寄宿在戏台下与我们守望相助的丐翁，牧羊的童子与他的可爱的白山羊，到山上去寻柴，掘树根，或掠干草的，送羹饭与叫姓的（现在眼前就是，真妙，前面一个男子手里拿著一束稻柴口里喊著病人的名字叫他到"屋里来"，后面跟著一个著红棉袄绿背心的老妇人，撑著一把雨伞，低声的答应著那男子的叫唤。）晚上只听见各种的声响，塔院里的钟声，林子里的风响，寺角上的铃声，远处小儿啼声，狗吠声，枭鸟的咒诅声，石路上行人的脚步声——点缀这山脚下深夜的沈静，管祠堂人的屋子里，不时还闹鬼，差不多每天有鬼话听！

这是我的寓处。世界，热闹的世界，离我远得很；北京的灰砂也吹不到我这里来——博生真鄙吝，连一份《晨报》附张都舍不得寄给我；朋友的信息更是杳然了。今天我偶尔高兴，写成了三段"东山小曲"，现在寄给你，也许可以补补空白。

我唯一的希望只是一场大雪。

志摩问安　一月二十日

小曲是要打我们土白念或是唱，才有神气。

附：王统照附言

志摩与我的私人通信本不必在旬刊上占篇幅，不过我想这样有文学趣味的也是大家所共同欢喜看的，故此写了山中来函的题目发表出来，只是日子已经不少，我没在京，所以迟延了几日，还望志摩谅及！

剑三

汤麦司哈代的诗[①]

一

跟着我来一同老!
最好的年分还不曾到。

上帝说:我"计画了一个整个儿的,
青年只展露了一半;信任主者:看一个整的,更不须怕惧!"

Grow old along with me!
The best is yet to be.

Who saith "A whole I planned,
Youth shows but half; trust God: See all, nor be afraid!"

这是西方诗人赞美老年的名句;这不是气馁了自慰的呼

① 载《东方杂志》一九二四年一月二十五日第二十一卷第二号;初收一九九二年上海书店出版社《徐志摩全集》第八卷。

声，也不是自己躲在路旁喘息，却来鼓励旁人向前的诡辩——这是生命的烈焰，依旧燃烧着，生命的灵泉，依旧流动着，自觉心与自信心满溢着的表现：

Youth ended，I shall try
My gain or loss thereby：
Leave the fire ashes，what survives is gold：

Young，all lay in dispute；I shall know，being old.

青年完了，我要知道
这是我的损失还是利益；
烧剩的火灰算了，烧不烬的便是黄金：

年轻，什么都是争论；老了，如今什么都见分明。

这不是苏东坡酒后的朱颜，也不是西方人说的擦热了面皮假装健康的色彩。这是丈夫的精神，还是壮健的人生观！我们东方的诗人，为什么便那样的颓唐？真的老年不须说，就是正当少年的，亦只在耗费他吟咏的天才，不是自怜他的“身世”，便是计算他未来的白发！

我疑心这不仅是诗文的呻吟病传染的结果，我怕是我们民族的一个症候。斯宾塞的格言——健康的心智寄寓于健康的身体——不定是绝对的，但个人的创作力与个人的活力，许有内隐与外现的类别，有极密切的因果关系，我们却不能不承认。我每次会见西欧的“文坛老将”（Veteran writers），面对着矍铄的精神与磅礴的气概，我钦佩心理的后背总有一幅对比的影像，一个弯腰曲背残喘苟延的中国老翁！就我们民族看，年纪的重量不仅压坏人的腰背，就连心智的能力，也永绝了伸展的希望。为什么在现在的世纪，思想像浪花似的翻新着式样，西欧的民族里总有少数的天才，永远卓立在思潮的前驱，永远不受时代移转的影响，永远不屈伏于时间的重压，永远葆存着心灵的青春？我们只要想起法国的佛朗士，德国的霍卜曼，英国的萧伯纳，卡本德，霭理斯；再比照的想起我们的“圣人”与译述的“文豪”——就知道我们物质贫乏的背后，还躲着更可耻的心灵贫乏哩！他们的须发也许变白了，他们的创造力却永远是青的；他们的筋骨也许变硬了，但他们的心智却永远是柔和的。在他们是——真如勃朗宁说的——拨开了灰烬，炼成了纯金；在我们只是耗尽了资本，养成了废物！

过去的锁闭的时代不必说，就如现在解放了的青年，给我们的印象也只是易荣易萎的春花，山石间轻嗤的涧水，益发增加我们想见茂荫大木的忧心，想见“黄河之水天上来，奔流到海不复还……”的气象。我现在要研究的诗人，他一生不绝的创造之流便是近代文艺界里可惊的一个现象，不但东方艺术史上无有伦比，即在西欧亦是件不常有的奇事。

二

哈代就是一位“老了什么都见分明”的异人。他今年已是八十三岁的老翁。他出身是英国南部道塞德（Dorset）地方的一个乡人，他早年是学建筑的。他二十五岁（?）那年发表他最初的著作“Desperate Remedies”①，五十七岁那年印行他最后的著作“The Well-beloved”②，在这三十余年间他继续的创

① Desperate Remedies：《计出无奈》。
② The Well-beloved：《被钟爱的》。

作，单凭他四五部的长篇（Jude the Obscure[①]；Tess of the D'urberville[②]；Return of the Native[③]；Far from the Madding Crowd[④]），他在文艺界的位置已足够与莎士比亚，鲍尔札克并列。在英国文学史里，从“哈姆雷德”到“裘德”（Jude）仿佛是两株光明的火树，相对的辉映着，这三百年间虽则不少高品的著作，但如何能比得上这伟大的两极，永远在文艺界中，放射不朽的神辉。再没有人，也许陀斯妥也夫斯基除外，能够在艺术的范围内，孕育这样想像的伟业，运用这样宏大的题材，画成这样大幅的图画，创造这样神奇的生命。他们代表最高度的盎格鲁撒克逊天才，也许竟为全人类的艺术创造力，永远建立了不易的标准。

但哈代艺术的生命，还不限于小说家，虽则他三十年散文的成就，已经不止兼人的精力。一八九七年那年他结束了哈代小说家的使命，一八九八那年，他突然的印行了他的诗集，“Wessex Poems”[⑤]。他又开始了，在将近六十的年岁，哈代诗人的生命。散文家同时也制诗歌原是常有的事：Thackcry[⑥]，

---

① Jude the Obscure：《无名的裘德》。

② Tess of the D'urberville：《德伯家的苔丝》。

③ Return of the Native：《还乡》。

④ Far from the Madding Crowd：《远离尘嚣》。

⑤ Wessex Poems：《韦塞克斯诗集》。

⑥ Thackcry：萨克雷（1811—1863），英国小说家，有长篇小说《名利场》等。

Ruskin[①]，George Eliot[②]，Macaulay[③]，the Brontes[④]，都是曾经试验过的。但在他们是一种余闲的尝试，在哈代却是正式的职业。实际上哈代的诗才在他的早年已见秀挺的萌芽（他最早的诗歌是二十五六岁时作的）。只是他在以全力从事散文的期间内，不得不暂遏歌吟的冲动，隐密的培养着他的诗情，眼看着维多利亚时代先后相继的诗人，谭宜孙、勃郎宁、史文庞、罗刹蒂、莫利斯，各自拂拭他们独有的弦琴，奏演他们独有的新曲，取得了胜利的桂冠，重复收敛了琴响与歌声，在余音缥缈中，向无穷的大道上走去。这样热闹的过景，他只是间暇的不羡慕的看着，但他成熟的心灵里却已渐次积成了一个强烈的反动。维多利亚时代的太平与顺利，产生了肤浅的乐观，庸俗的哲理与道德，苟且的习惯，美丽的阿媚群众的诗句——都是激起哈代反动的原因。他积蓄着他的诗情与谐调，直到十九世纪将近末年，维多利亚主义渐次的衰歇，诗艺界忽感空乏的时期，哈代方始与他的诗神缔结正式的契约，换一种艺术的形式，外现他内蕴的才力。一九〇二年他印他的"Poems of the Past and Present"[⑤]。又隔八年印他的"Time's Laughing-Stocks"[⑥]。在这八年间,他创制了一部无双的杰作——"The Dynasts"[⑦]，分三次印行，写拿破仑的史迹总计一百六十余幕

① Ruskin：罗斯金（1819—1900），英国艺术评论家和社会改革家。

② George Eliot：乔治·艾略特（1819—1880），英国女作家，原名 Mary Ann Evans，开创现代小说心理分析的创作方法。

③ Macaulay：麦考利（1881—1958），著有小说《我的荒芜世界》、游记《他们去葡萄牙》及文学评论集、诗集等。

④ the Brontes：勃朗蒂姐妹，英国女作家，指夏洛特·勃朗蒂（1816—1855），艾米莉·勃朗蒂（1818—1848），安妮·勃朗蒂（1820—1849）。

⑤ Poems of the Past and Present：《今昔诗篇》。

⑥ Time's Laughing-Stocks：《时光的笑柄》。

⑦ The Dynasts：《列王》。

的伟剧，这是一件骇人的大业。欧战开始后，他又印行一本诗集，题名“Satires of Circumstance”[①]。一九一八年即欧战第四年又出“Moments of Vision”[②]。去年（一九二二）又出他最后的诗集“Late Lyrics and Earlier”[③]。到现在为止，除了三本诗剧，共有六大册诗集，是他二十年来诗的成绩，他现在虽已八十三岁，我们却不能拿年岁来断定他的诗艺的生命；实际上他最近的诗歌并没有力量渐衰的痕迹，我们正应得盼望这只“希腊的神鸟”永远舒展着高亢的歌音，弥漫寂寞的长空！我手头没有他的全集，也没有相当的时间，所以只能勉竭我短视的目光，偷觑这位大天才的神彩，勉强我极粗笨的手笔，写述我私人的欣赏。

三

六十年继续的创造的生涯！六十年继续的心灵活动，继续的观察，描写，考虑，分析，解释，问难，天地间最伟大的两个现象，“自然”与“人生”；六十年继续的，一贯的寻求，寻求人生问题的一个解答！他是个真的思想家：他不是在空虚的整套的名词砌成的暗弄中摸索，不是在暗房里捉黑猫；他是运用他最敏锐的心力来解剖人类的意志与情感，写实的不是幻想的，发现平常看不见的锁链，自然界潜伏着的势力，看不见的威权，无形的支配着人生的究竟，无形的编排着这出最奥妙的戏剧，悲与趣互揉的人生。

---

① Satires of Circumstance：《即事讽刺诗集》。

② Moments of Vision：《幻想时刻》。

③ Late Lyrics and Earlier：《早期与晚期的抒情诗》，1922 年出版。

哈代的名字，我们常见与悲观厌世“写实派”等字样相联；说他是个悲观主义者，说他是个厌世主义者，说他是个定命论者，等等。我们不抱怨一般专拿什么主义什么派别来区别，来标类作者；他们有他们的作用，犹之旅行指南，舟车一览等也有他们的作用。他们都是一种“新发明的便利”。但真诚的读者与真诚的游客却不愿意随便吞咽旁人嚼过的糟粕；什么都得亲口尝味。所以即使哈代是悲观的，或是勃郎宁是乐观的，我们也还应得费工夫去寻出他一个“所以然”来。艺术不是科学，精采不在他的结论，或是证明什么；艺术不是逻辑，在艺术里，题材也许有限，但运用的方法各各的不同；不论表现方法是什么，不问“主义”是什么艺术，作品成功的秘密就在能够满足他那特定形式本体所要求满足的条件，产生一个整个的完全的，独一的审美的印象抽象的形容词，例如悲观浪漫等等，在用字有轻重的作者手里，未始没有他们适当的用处，但如用以概状文艺家的基本态度，对生命或对艺术，那时错误的机会就大了。即如悲观一名词，我们可以说叔本华的哲学是悲观的，夏都勃理安（Chateau Briand[①]）是悲观的，理巴第的诗是悲观的，马尔萨斯的《人口论》是悲观的，或是哈代的哲学是悲观的。但除非我们为这几位悲观的思想家各个的下一个更正确的状词，更亲切的叙述他们思想的特点，仅仅悲观一个字的总冒，绝对不能满足我们对这各作者的好奇心。在现在教科书式的文学批评盛行的时代，我们如其真有爱好文艺的热诚，除了耐心去直接研究各大家的作品，为自己立定一个“口味”（Taste）的标准，再没有别的速成的路径了。

---

① Chateau Briand 应为 Chateaubriand：今译夏多布里昂（Vocomte de Francois Chateaubriand，1768—1848），法国早期浪漫主义作家、外交家，写有《墓畔回忆录》和小说《阿塔拉》等。

"哈代是个悲观主义者"，这话的涵义就像哈代有了悲观或厌世的成心，再去做他的小说，制他的诗歌的。"成心"是艺术的死仇，也是思想大障。哈代不曾写《裘德》来证明他的悲观主义，犹之雪莱与华茨华士不曾自觉的提倡"浪漫主义"，或"自然主义"。我们可以听他自己的辩护，去年他印行的那诗集"Late Lyrics and Earlier"[①] 的前面作者的自叙里，有辨明一般误解他基本态度的话，当时很引起文学界注意的，他说他做诗的本旨，同华茨华士当时一样，决不为迁就群众好恶的习惯，不是为讴歌社会的偶像。什么是诚实的思想家，除了大胆的，无隐忌的，袒露他的疑问，他的见解，人生的经验与自然的现象，影响他心灵的真相？百年前海涅说的"灵魂有她永久的特权，不是法典所能翳障，也不是钟声的乐音所能催眠。"哈代但求保存他的思想的自由，保存他灵魂永有的特权。——保存他的 Obstinate Questionings（倔强的疑问）的特权。实际上一般人所谓他的悲观主义（Pessimism），其实只是一个人生实在的探险者的疑问；他引证他一首诗里的诗句：——

If way to the better there be, it exacts a full look at the worst.[②]

这话是现代思想家，例如罗素，萧伯纳，华理士常说的，也许说法各有不同；意思就是："即使人生是有希望改善的，我们也不应故意的掩盖这时代的丑陋，只装没有这回事。实际上除非澈底的认明了丑陋的所在，我们就不容易走入改善的正道。"一般人也许很愿意承认现世界是"可能的最好"，人生是有价值的，有意义的，有希望的，幸福与快乐是本分，不幸与挫折是例外或偶然，云雾散了还是青天，黑夜完了还是清晨。

---

① Late Lyrics and Earlier：《早期与晚期的抒情诗》，1922 年出版。

② 我们首先需要直面最糟的情形，才有可能找到通向进步的路。

但这种肤浅的乐观，当然经不起更深入的考案，当然只能激起澈底的思想家的冷笑；在哈代看来，这派的口调，只是“骷髅面上的笑容”!

所以如其在哈代的诗歌里，犹之在他的小说里，发现他对于人生的不满足；发现他不倦的探讨着这猜不透的迷谜，发现他的暴露灵魂的隐秘与短处；发现他悲慨阳光之暂忽，冬令的阴霾；发现他冷酷的笑声与悲惨的呼声；发现他不留恋的戡破虚荣或剖开幻象；发现他尽力的描画人类意志之脆薄与无形的势力之残酷；发现他迷失了“跳舞的同伴”的伤感；发现他对于生命本体的嘲讽与厌恶；发现他歌咏“时乘的笑柄”或“境遇的讽刺”，在他只是大胆的，无畏的尽他诗人，思想家应尽的责任，安诺德所谓 Application of ideas to life[①]，在他只是露他“内在的刹那的彻悟”；在他只是反映着，最深刻的也是最真切的，这时代心智的度量；我们如其一定要怪嫌什么，我们还不如怪嫌这不完善的人生，一切文艺最初最后的动机!

至于哈代个人的厌世主义，最妙的按语是英国诗人老伦士平盈（Laurence Binyon[②]）的，他说：如其他真是厌世，真是悲观，他也决不会得不倦不厌的歌唱到白头，背上抗着六十年创造文艺的光明。一个作者的价值，本来就不应得拿他著作里表现的“哲理”去品评；我们只求领悟他创造的精神，领悟他，扩张艺术的境界与增富人类经验的消息。况且老先生自己已经明言的否认他是什么悲观或厌世；他只是，在这六十年间，“倔强的疑问”着。

---

① Application of ideas to life：把思想应用于生活。

② Laurence Binyon：今译比尼恩（1869—1943），英国诗人、剧作家和艺术史家。因翻译但丁的《神曲》出名。

四

我手头有的就只他的一本诗选（“Selected Poems of Thomas Hardy”——Golden Treasury Series[①]）和他最后出的那本集子（Later Lyrics and Earlier——1922[②]）。很可惜有几首应得引用的诗都不在这里，譬如“The Tramp Woman”[③]、“The Church Clock”（Samuel C. Chew：Thomes Hordy）[④]、“On Shakespeare”[⑤]（?）、“My Cicely”[⑥]、“The Widow”[⑦]。

如其你早几年，也许就是现在，到道骞司德的乡下去，你或许碰得到《裘德》的作者，一个和善可亲的老者，穿着短裤便服精神飒爽的，短短的脸面，短短的下颏，在街道上闲暇的走着，招呼着，答话着，你如其过去问他卫撒克士（Wessex[⑧]）小说的名胜，他就欣欣的从详指点讲解；回头他一扬手，已经跳上了他的自行车，按着车铃，向人丛里去了。我们读过他的著作的，更可以想像这位貌不惊人的圣人，在卫撒克士广大的、起伏的草原上，在月光下，或在晨曦里，深思地徘徊着。天上的云点，草里的虫吟，远处隐约的人声都在他灵敏

① Selected Poems of Thomas Hardy——Golden Treasury Series：《托玛斯·哈代诗选》——金库系列。

② Later Lyrics and Earlier——1922：《早期与晚期的抒情诗》，1922年出版。

③ The Tramp Woman：《流浪的女子》。

④ The Church Clock（Samuel C. Chew：Thomes Hordy：《教堂的钟》（塞缪尔·C.楚：《托玛斯·哈代》），括号中注解为何义不详。

⑤ On Shakespeare：《论莎士比亚》。

⑥ My Cicely：《我的西瑟莉》。

⑦ The Widow：《寡妇》。

⑧ Wessex：今译“韦塞克斯”，英格兰西南部一地区。

的神经里印下不磨的痕迹；或在残败的古堡里拂试乱石上的苔青与网结；或在古罗马的旧道上，冥想数千年铜盔铁甲的骑兵曾经在这日光下驻踪，或在黄昏的苍茫里，独倚在枯萎的大树下，听前面乡里的青年男女，在笛声琴韵里，歌舞他们节会的欢欣；或在开茨或雪莱或史文龙的遗迹，悄悄的追怀他们艺术的神奇……在他的眼里，像在高蒂闲（Theophile Gautier①）的眼里，这看得见的世界是活着的，在他的"心眼"（The Inward Eye）里，像在他最服膺的华茨华士的心眼里，人类的情感与自然美好的景象是相联合的；在他的想像里，像在所有大艺术家的想像里，不仅伟大的史迹，就是眼前最琐小最暂忽的事实与印象，都有深长，奥妙的意义，平常人所忽略或竟不能窥测的。从他那八十年不绝的心灵生活——观察，考量，揣度，会悟，印证，——从他那八十年不懈不弛的真纯经验里，哈代，像春蚕吐丝制茧似的，抽绎他最微妙最轻灵最可爱的音乐，纺织他最缜密最鲜艳最经久的诗歌——这是他献给我们可珍的礼物。

所以哈代乡土的色彩，给我们最深的印象。在他的诗文里，卫撒克士，从前一个冷落的少人注意的区域，取得了不朽的生命，犹之西北部的"湖区"（Lake District）在华茨华士的诗歌里留存了不磨的纪念。莎士比亚是最广博最普遍的艺术家，但同时他也是最富于地方彩色的作者。哈代所创造的艺术世界之广博与普遍，我们只能想起世上最伟大的作者去比拟他。但同时又有谁，除了莎士比亚，我们可以承认最是代表英民族特有的天才？没有真伟大的艺术家可以鄙弃他所从来的乡土；艺术的原则是从特殊的事物里去求普遍的共性，这共性就

---

① Theophile Gautier：今译戈蒂埃（1811—1872），法国诗人、小说家、评论家、新闻记者。

是真理；其实，在艺术的范围里，也只有从剥尽个性的外皮，方可以见到真理的内核。所以哈代书里的主人公，男的女的，老的小的，没有一个不在他的品格里带着卫撒克士的护照。但同时那一个不是纯粹人道的标本，那一个不要求我们“艺术真”的认识？

哈代的诗，与华茨华士或与他同代的满垒狄士（George Meredith）① 的诗是绝对的不相同：但他诗艺的灵感的泉源与原则，却是分明与他们的可比：他们都以自然为他们艺术的对象，以人生为组成有灵性的自然的一个原素。我们可以说他们的态度与方法是互补的：华茨华士与满垒狄士看着了阳光照着的山坡涧水，与林木花草都在暖风里散布他们的颜色与声音与香味——一个黄金的世界，日光普照着的世界；哈代见的却是山的那一面，一个深黝的山谷里。在这山冈的黑影里无声的息着，昏夜的气象，弥布着一切，威严，神秘，凶恶。所以华茨华士大声的宣布，

We live by Hope, Admiration and Love.②

他诗里形容神灵的自然最雄伟的诗句是：

The mighty Being is awake,
And doth with her eternal motion make.
A sound like thunder, everlastingly.③

或是满垒狄士，他永远的不怀疑人生的趣味：——

Sweet as Eden is the air,
And Eden-Sweet the ray.④

---

① George Meredith：梅瑞狄斯（1828—1909），英国小说家、诗人，擅长人物刻画。

② 我们依靠希望、敬仰和爱情生活。

③ 伟大的存在苏醒了，/用她永恒的运动制造了/一种永恒的雷霆般的声音。

④ 空气就像伊甸园里一样甜蜜，/光线也像伊甸园里一样甜蜜。

他自己就是个“上腾的百灵”（The Lark Ascending）。但哈代到了最颓丧的时刻，竟至于愤懑的喊道：

“Mankind shall cease——So let it be.”①

他的自然的概念也是华茨华士的反面，他看这宇宙只是个神灵灭绝了的躯壳，存下冷酷的时间与盲目的事变。像一群恶魔似的驱逐着，戏弄着无抵抗的人生！

所以他思想的途向与维多利亚中期的同时者所取由的，分明是相背的，在春朝群鹊的欢噪里，秋雁在云外的哀鸣是不能谐合的。他的忍耐是酬报的，如其他早二十几年便露布他的诗歌，那时决不会引起他应得的注意，至多不过取得一个与“痉挛派诗人”（The Spasmodics）相似的知名，也许竟至阻碍他那无双的诗剧的成功。况且他又在史文庞的身上寻得了一个最强有力的知己，与他一样的厌恶维多利亚主义之庸俗，一样的反抗物质胜利的乐观论调，一样的厌烦盛行的嚣情主义（Sentimentalism），在他的前面开放了瀑布似的大声，预报思想与文艺的转向；等到一般的歌音已经流水似的消淡了，他的（史文庞的）还是——

“Thine swells more and more.”②

所以无怪他对史文庞那样热烈的同情与崇拜——

I...read with a quick glad surprise
  new words, in classic guise, ——
The passionate pages of his earlier years,
Fraught with hot sighs, and laughters.
    kisses, tears;
Fresh-fluted notes, yet from a minstrel who

---

① 人类应当灭亡——那就让它去吧。

② 你的（歌音）还在增强。

Blew them not natively, but as one who know

Full we why thus he blew.

—— "A Singer Asleep", 1910.[①]

"这新鲜的歌调不是偶然吹到的，而是自觉的艺术家表现他新思想正确的语言"，这几行诗句意译了，我们正可以当作哈代自傲的陈词。

哈代与史文庞都是孤高的歌吟者；他们诗歌的内容既与维多利亚主义分野，他们诗歌的形式也是创作。哈代最爱卫撒克士民歌的曲调及农村的音乐，他从小就听熟的，后来影响他的诗艺甚深。

他诗段变化（Stanzaic variation）的试验最多，成功亦很显著，他的原则是用诗里内蕴的节奏与声调，状拟诗里所表现的情感与神态。我们念他的"Lizbie Browne"[②] 或是"Two Wives"[③] 或是"Tess's Lament"[④]，或是"Dynasts"[⑤] 里的歌调，便可以知道艺术家刻苦的匠心。

五

我们现在来看，哈代为什么人家都说他是悲观或厌世；究

---

① 我……吃惊而快乐地快速阅读着/在古典的伪装下的新辞丽句，/他早年的那些热情的作品，/充满了火热的叹息，大笑，/亲吻，眼泪；/长笛声般轻柔新鲜的音符，但这些音符/并不是一个游吟诗人自然而然地吹奏出来的，/而是来自一个知道自己为何这样吹奏的诗人。——《一个睡着的歌者》，1910年。

② Lizbie Browne：《丽丝比·布朗》。

③ Two Wives：《两位太太》。

④ Tess's Lament：《苔丝的哀怨》。

⑤ Dynasts：《列王》。

竟他的诗可以沉闷到什么程度；究竟他是否应得这样的一个称号。最烦恼他的是：

The eternal question of what life was,
And why we were here, and by whose strange laws
That which mattered most could not be.①

最烦恼他的是这终古的疑问，人生究竟是什么？我们为什么要活着？既然活着了，为什么又有这种种的阻碍？使我们最想望的最宝贵的不得自由的实现。我先引用他有名的那首"Yell Ham-wood's Story"——

Coomb-Firtress say that life is a moon,
　　and clyffe-hill clump says "yea!"
But Yell' ham says a thing of its own:
　　It's not "Gray, gray
　　Is life alway!"
　　Nor that life is for ends unknown
It says that life would signity
　　A thwarted purposing:
That we come to live, and are called to die.
　　yes, that's the thing
　　In fall, in Spring,
　　That yell' ham says: ——

① 永恒的问题是生命是什么，/还有为什么我们在此地，还有谁的古怪法律规定/我们最想望的却不能实现？

"Life offers-to deny!"①

"一个挫折了的意志"(A thwarted purposing),"生命付与了——终还撤销"(Life offers-to deny),"证实生命的意义与价值那一点,偏偏的不能实现"(That which mattered most could not be)。

这一点究竟是什么——也许是理想的恋爱,也许是理想的自由?——哈代始终不曾明白的说出;他只是反覆的申说生命现在的可能不能使他满意,不能使他信仰。《我对爱神说》(I Said to Love)那首诗的末了一节,诗人的愤慨到了极端了:——

"Depart then, Love...
Man's race shall perish, threatenest thou,
Without thy kindling Coupling-vow?
The age to come the man of now
know nothing of? ——
We fear not such a threat from thee:
We are too old in apathy?
Mankind shall cease, ——So let it be."
I said to Love.②

哈代有时竟可以这样极端的狠毒,这样的斩钉截铁——

---

① 《耶尔汉森林的故事》——峡谷中的冷杉说生命是一声呻吟,/悬崖上的树丛说:"对!"/但耶尔汉却有独到之见:/它没有说"生命总是/灰不溜丢,灰不溜丢!"/也没说生命的目的只是茫然。/它说生命显示的/是一种受挫的意愿:/我们生来要活,又注定得死。/是的,正是这个意思,/在秋天,在春天,/耶尔汉说的就是:——/"生命先奉献——然后否定!"

② "走开吧,爱情!……/——你威胁说,没有了你的海誓山盟,/人类会灭绝?/在现在人们一无所知的/那个未来的时代?——/我们不怕你这样的威胁;/我们无动于衷得已经太久了!/人类会灭绝。——那就让它去吧。"我对爱情说。

“人类必定灭绝——也就让他去休”——同样的愤慨，他在“Jude the Obscure”[①]里，借“裘德”那古怪的儿子 Father Time[②] 的说话与行为尽情的发泄。那部书的后半，神经稍为软弱些的读者竟有些“受不了”，也就为此。

但有时，我们也可以在他倔强的疑问中听出比较的温驯，近人情的语气，比如他的“To Life”——

O Life with the sad teared face,
　I weary of seeing thee
And thy draggled cloak, and thy hobbling pace,
　　And thy too-forecd pleasantry!

I know what thou would'st tell
　Of Death Time, Destiny——
I have known it long, and now, too, well
　What it all means for me,
　　But Canst thou not array
　　Thyself in rare disguise,
And feign like truth, for one mad day,
　　That earth is paradise?

I'll turn me to the mood,
　　And mumm with thee till eve;
And maybe what as interlude

① Jude the Obscure：《无名的裘德》。
② Father Time：《时间父亲》。

I feign, I shall believe![1]

这实在是极可怜的语声！一个人在生活里总得有一个依据，有一个感情的中心，不论是上帝是金钱或是恋爱，总得有一个不曾消灭的幻象，鬼磷似的在他的面前闪亮着，仿佛说："还有希望，跟我来吧。"哈代这首诗是写一个人对于生命一切的依据与信仰都没有了，一切的幻景都破灭了；但他又不能在这绝对的"价值——无"与"标准——无"的生活里呼吸，所以他又不得已又来靦覥的与设想的生命讲价，与他商量情愿讨回一张撕破了的面具来遮盖绝对的空虚，重新借一个虚幻的景象，来鼓励他继续生活的勇气；他甚至于卑伏的自认，也许他的已经倒偃了的信仰，竟有机会重竖起来都还难说！

《在树林里》(In a Wood) 的那首诗，也是代表作者在"不得已"中求强勉的得已的苦衷。

In a Wood

Pale beech and pine so blue,
　　Set in one clay,
Bough to bough cannot you
　　Line out your day?
When the rains skim and skip.
Why mar sweet comradeship.
Blighting with poison-drip
　　Neighbourly spray?

---

① 《致生命》——哦脸色悲哀干枯的生命，/我讨厌看见你，/还有你那在地上拖脏了的长袍，蹒跚的步履，/还有强颜欢笑！/我知道关于死亡、时间、命运/你会说些什么——/我早就知道了，并且很清楚/它对我意味着什么。/但为什么你不能/难得把自己装扮起来，/假装，就那疯狂的一天，/大地是天堂？/我会调整好自己的情绪，/和你化装作乐，一直到晚上；/也许那幕间幽默短剧，/我会假装，我会相信！

Heart-halt and spirit-lame,
　　City opprest,
Unto this wood I came
　　As to a nest;
Dreaming that sylvan peace
Offered the harrowed ease——
Nature a soft release
　　From men's unrest.

But, having entered in,
　　Great growths and small
Show them to men akin——
　　Combatants all!
Sycamore shoulders oak,
Bines the slim sapling yoke,
Ivy-spun halters choke
　　Elms stout and tall.

Toucles frm ask, O wych,
　　Sting you like scorn!
You, too, brave hollies, twitch
　　Sidelong from thorn,
Even the rank poplars bear
Poorly a rival's air,
Cankering in blank despair
　　If overborne.
Since, then, no grace I find
　　Tought me of trees,

Turn I back to my kind,
Worthy as these.
There at least smiles abound,
There discourse trills around.
There, now and then are found
Life-loyalties.①

1887: 1896

最初他饱受了生活的烦闷与压迫，想起安宁的自然或者可以给他慰藉，他就走入了一个静定的树林，心想这样的 Sylvan peace②，这样温柔的境界，当然能够舒解他心里的烦恼。但是他在林中仔细观察时只见：

Great Growths and small
Show them to men akin——
Combatants all!③

下面两节列述他所见植物界生存竞争的惨剧，逼迫他急急的逃

① 《在树林中》/扎根在一片土地上的/苍白的山毛榉和忧郁的松树，/为什么你们不能/枝并枝地生活呢？/在雨滴飘洒的时候，/为何要损害美丽的同志关系，/用有毒的汁液/使附近的小树丛枯萎？/我的心脏虚弱，精神萎靡，/在城市中感觉压抑，/我来到这座林中，/就像倦鸟回巢；/梦想着那林中的清静/会使人们从那被破坏的宁静中/从纷繁扰乱的生活中/获得在自然中舒适的放松。/但是，进入树林之后，/我发现大大小小的树木/表现得和人一样——/它们全都是战斗者！/槭树排挤着橡树，/藤蔓缠缚着纤细的幼树，/常青藤变成的缰绳/勒死了高大结实的榆树。/白蜡树的触摸，哦就像轻蔑一样/刺痛了无毛榆！/还有你，勇敢的冬青，/在荆棘边顽强地生长着，/即便那粗鄙的杨树/也令人厌恶地摆出竞争者的架式，/如果自己被压倒/就在黑色的绝望中腐烂。/于是，树木给了我教训，/在它们身上我没有找到优雅，/我还是回到我的同类，/那些可敬重的人。/那里至少有许多的微笑，/那里回荡着欢声笑语，/那里，有时，可以找到终生不渝的忠诚。

② 森林中的寂静。

③ 我发现大大小小的树木/表现得和人一样——/它们全都是战斗者！

出了树林，从此再不向自然讨慰安，还是——

Turn I back to
　　Worthy as these.
There at least smiles abound.
There discourse trills around,
There, now and then, are found
　　Life-loyalties.①

我们再读他的《希望歌》(Song of Hope)：

Song of Hope

O sweet To-morrow! ——
　　After to-day
　　There will away
This sense of sorrow.
Then let us borrow
Hope, for a gleaming
Soon will be streaming
　　Dimmed by no gray——
　　　　No gray!
While the winds wing us
　　Sighs from the gone,
　　Nearer to dawn
Minute-beats bring us;
When there will sing us
Larks, of a glory
Waiting our story

---

① 我还是回到我的同类，/那些可敬重的人。/那里至少有许多的微笑，/那里回荡着欢声笑语，/那里，有时，可以找到终生不渝的忠诚。

Further anon——
Anon!

Doff the black token,
Don the red shoon,
Right and retune
Viol-strings broken;
Null the words spoken
In speeches of rueing,
To-morrow shines soon——
Shines soon![①]

再念他轻灵如竹林里流水声的小调：——

First or Last（Song）

If grief come early
Joy comes late,
If joy come early
Grief will wait;
Aye, my dear and tender!
Wise ones joy then early
While the cheeks are red,
Banish grief till surly

---

① 《希望之歌》/哦美丽的明天！——/在今天之后/这种悲哀的感觉将会逝去。/那么让我们去借得/希望，因为光线/不久即将照射，/没有阴霾的遮蔽，——/没有阴霾！/当风把过去的叹息/吹来的时候，/细密的节拍把我们/引向清晨，/在那儿云雀会歌唱/我们的光荣，/等待着我们的故事/在不久的将来——/不久！/脱下那黑色的丧服，/穿上那红色的鞋子，/换好、调好/提琴的断弦；/取消在悲悼的言辞中/所说的那些话，/晚霞色彩正艳，/不久就会有灿烂的明天——/不久！

Time has dulled their dread.
And joy being ours
Ere youth has flown,
The later hours
May find us gone;
Aye, my dear and tender![①]

这差不多到了我们“行乐及时”的老话了。

但他也有时几于疑问他自己的疑问，有时他专看黑影的视觉，竟瞥到了刹那间的光明，他几于跳出了他的灰色的“迷圈”。在“The Darkling Thrush”[②] 那首诗里，例如，他就逢到了这样一个境界：大冷天天惨地暗的，一些生气都寻不着，干确的地皮僵直的横着像是这“世纪的尸体”，低压的云与悲嚎的风像他的帐幕与哭声，在这个光景里，忽然——

A voice arose amony
The bleak twigs overhead
In a full-hearted even song
Of joy illimited;
An aged thrush, frail, gaunt and small,
In blast-beruffled plume,
Had chosen thus to fling his soul
Upon the growing gloom.
So little cause for carollings
Of such estatic sound

---

① 《最早或最晚》（歌）/如果悲哀来得早/快乐就来得晚，/如果快乐来得早/悲哀就会等；/唉，我的亲爱、温柔的人！/聪明的人趁脸颊红润/尽早享乐，/放逐悲哀，直到乖戾的时间/迟钝了他们的恐惧。/当青春还未逝去/快乐还是我们的，/晚一些时候/我们就已经去了；/唉，我的亲爱、温柔的人！

② The Darkling Thrush：《黑暗中的鸫鸟》。

Was written on terrestrial things
　　After or nigh around,
That I could think there trembled through
　　His happy good-night air
Some blessed hope, where of he knew
　　And I was unaware.①
　　　——Dec. 1900

在那样荒凉的一幅冬景里，那只“上年纪的冬雀”，正应得与他的同伴噤声的躲在巢里守寒，即使要放歌声，他也得怨诉他的饥与寒，或是咒诅天地的沉闷——他哪里来的无限的欢欣？那雀儿，欢畅的歌声，引起我们诗人的疑问：难道在这寒惨的气氲里，果真有什么可喜的消息，无形的传布着，虽则我看不见听不出，也许雀儿他倒知道的呢？所以我们长于咒诅的诗翁，也一度取下了他的眼镜，仔细的拂拭个干净，疑心玻璃上积着的尘埃或水气牵强了他所见的事物，冤了他的观察！

读哈代的诗，不仅感觉到 That which mattered most could not be② 的悲哀，并且仿佛看得见时间的大喙，凶狠的张着，人生里难得有刹那的断片的欢娱与安慰与光明，他总是不容情

① 有个声音/在头顶上的萧瑟细枝中升起；/一曲充满情意的夜歌/唱出了无限欣喜！/一只年老的鸫鸟，虚弱、瘦小，/羽毛被阵风吹乱，/却决心把他的灵魂/掷向那渐浓的黑暗。/远远近近，在地面的万物上，/值得欢唱的原因是这么少，/是什么使它发出/如此狂喜的音调？/这使我觉得：/它欢乐的晚安曲调中/颤动着某种幸福希望——为它所知，/而不为我所晓。

② 我们最想望的却不能实现。

的吞了下去，只留下黑影似的记忆，在寂寞的风雨夜，在寂寞的睡梦里，刑苦你的心灵，嘲笑你的希望。

哈代老年的诗，很多是旧情与旧景的追忆；他仿佛是独立在光阴不尽的长桥上，吹弄着最动人的笛音，从雾霾重裹的一端，招回憧憧的鬼影，这是三十年前灯下的微笑，这是四十年前半夜里待车时的雨声，这是被现实剐残了的理想，这是某处山谷中回响的松涛，这是半凉了的美感，这是想像遗忘了的婴孩……

我这样录他这类性质最有名的 Beyond the Last Lamp：——

Beyond the Last Lamp

（Near Tooting Common，London）

（1）

While rain，with eve in partnership，
Descended darkly，drip，drip，drip，
Beyond the last lone lamp I passed
    Walking slowly，whispering sadly，
    Two linked loiterers，wan，downcast：
Some heavy thought constrained each face，
    And blinded them to time and space.

（2）

The pair seemed lovers，yet absorbed
In mental scenes no longer orbed
By love's young rays. Each Countenance
    As it slowly，as it sadly
    Caught the lamplight's yellow glance，
Held insuspense a misery，
At things which had been or might be.

(3)

When I retrod that Watery way
Some hours beyond the droop of day,
Still I found pācing there the twain
    Just as slowly just as sadly,
    Heedless of the night and rain.
One could but wonder who they were,
And what wild woe detained them there.

(4)

Though thirty years of blur and blot
Have slid since I beheld that spot,
And saw in curious converse there
    Moving slowly, moving sadly,
    That mysterious tragie pair,
Its olden look may linger on——
All but the couple; they have gone.

(5)

Whither? who knows, indeed......and yet
To me, when nights are weird and wet,
Without those comrades there at tryst
    Creeping slowly, creeping sadly,
    That lone lane does not exist.
There they seem brooding on their pain,

And will, while such a lane remain.[①]

这真是诗人里的代珈（Degas）[②]！如其我们在代珈的画里，——跳舞场艳色灯光下的裙影与捷舞，枯坐在咖啡馆外罪恶与懊丧的面色——看出了文明社会败象的警告；我们在哈代这首诗的意境里——荒凉的街道，惨白的街灯，淅沥的雨声，一双私语着的人影，在这悲惨的背景里，迟缓的，永远的徘徊着——岂不也感悟到更深刻的意义，在诗的音节里潜隐着？

---

① 《在最后那盏路灯后面》/（在图亭公地附近，伦敦）/一/当雨，和夜晚结伴，/嘀嗒嘀嗒，阴沉沉地降下，/在最后那盏孤独的路灯后面，我走过/两个相挽着的漫步者，他们倦怠、沮丧，/拖着脚步，悲哀地低语，/沉重的思想压迫着他们的脸，/使他们对时间和地点视而不见。/二/他们似乎是一对恋人，但沉浸在/不再为爱情的年轻光采所包围的/一些记忆之中。那两张脸慢慢地、悲哀地/抓住路灯光黄色的一瞥，/把为已经发生或可能会发生的事/感到的痛苦暂时中止。/三/在夜幕降临后几小时/我再次走过那条湿淋淋的小巷时，/我发现这一对还在那里漫步，/一样地拖着脚步，一样地悲哀，/对夜色和雨滴毫不在意。/人们不禁揣测他们是谁/是何种深刻的悲哀使他们淹留此处。/四/在我看到那个地点，/并在那奇异的对比中/见到那神秘而悲剧性的一对/慢慢地、悲哀地走着，/三十年的岁月已经流逝，/但这块地方的老样子依然存在……/一切，除了那两个人；他们已经离去。/五/去哪儿了？谁知道呢……但/对我来说，当夜晚是神秘而潮湿的时候，/没有这对恋人在那里相会/慢慢地、悲哀地漫步，/那条孤独的小巷就不存在。/只要这一条小巷还存在，/他们就会在那儿品味他们的痛苦。

② Degas：今译德加（1834—1917），法国画家，从古典派转为印象派，主要作品有《洗衣妇》、《芭蕾舞女》等。

给抱怨生活干燥的朋友[①]

得到你的信，像是掘到了地下的珍藏，一样的希罕，一样的宝贵；

看你的信，像是看古代的残碑，表面是模糊的，意致却是深微的；

又像是在尼罗河旁边暮夜，在月亮正照著金字塔的时候，梦见一个黄金袍服的帝王，对著我作谜语，我知道他的意思，他说，我无非是一个体面的木乃伊；

又像是我在雾里山脚下半夜梦醒时听见松林里夜鹰的Soprano[②]，可怜的遭人厌毁的鸟，他虽则没有子规那样天赋的妙舌，但我却懂得他的怨忿，他的理想，他的急调是他的嘲讽与咒诅；我知道他怎样的鄙蔑一切，鄙蔑光明，鄙蔑烦嚣的燕雀，也鄙弃自喜的画眉；

又像是我在普渡山发现的一个奇景；外面看是一大块的岩

① 一九二四年二月二十六日作；载一九二四年三月十日《小说月报》第十五卷第三号，题为《一封信（给抱怨生活干燥的朋友）》；又载一九二四年三月二十一日《晨报·文学旬刊》，改题为《给生活干燥的朋友》，署名志摩；初收一九六九年台湾传记文学出版社《徐志摩全集》第六辑。采自《晨报·文学旬刊》。

② Soprano：女高音。

石，但里面却早被海水蚀空，只剩罗汉头似的一个脑壳，每次海涛向这岛身搂抱时，发出极奥妙的音响，像是情话，像是咒诅，像是祈祷，在雕空的石笋，钟乳间呜咽，像是大和琴的谐音在皋雪格的花椽，石楹间回荡——但除非你有耐心与勇气，攀下几重的石岩，俯身下去凝神的察看与倾听，你也许永远不会想像，不必说发现这样的秘密；

又像是……但是我知道，朋友，你已经听够了我的比喻；也许愿意听我自然的嗓音，与不做作的语调，不愿意收受用幻想的亮箔包裹着的话，虽则，我不能不补一句，你自己就是最喜欢从一个弯曲的白银喇叭里，吹弄你的古怪的调子。

你说风大土大生活干燥；这话仿佛是一阵奇怪的凉风，使我感觉一个恐惧的战栗；像一团飘零的秋叶，使我的灵魂里吊下一滴悲悯的清泪；

我的记忆里，我似乎自信，并不是没有葡萄酒的颜色与香味，并不是没有妩媚的微笑的痕迹，我想我总可以抵抗你那句灰色的语调的影响——

是的，昨天下午我在田里散步的时候，我不是分明看见两块凶恶的黑云消灭在太阳猛烈的光焰里，五只小山羊，兔子一样的白净，听著她们妈的吩咐在路旁寻草吃，三个捉草的小孩在一个稻屯前抛掷镰刀，自然的活泼给我不少的鼓舞，我对著白云里的宝塔喊说我知道生命是有意趣的；

今天太阳不会出来，一捆捆灰色的云在空中紧紧的挨著，你的那句话碰巧又来添上了几重云蒙，我又疑惑我昨天的宣言了：

我也觉得奇怪，朋友，何以你那句话在我的心里，竟像白垩涂在玻璃上，这半透明的沉闷是一种很巧妙的刑罚，我差不多要喊痛了；

我向我的窗外望，阇沉沉的一片，也没有月亮，也没有星光，日光更不必想,他早已离别了,那边黑蔚蔚的是林子,树上,我知道,是夜鸮的寓处,树下累累的在初夜的微芒中排列著,我也知道,是坟墓,僵的白骨埋在硬的泥里,磷火也不见一星,这样的静,这样的惨,黑夜的胜利是完全的了;

我闭著眼向我的灵府里问讯,呀,我竟寻不到一个与干燥脱离的生活的意像,干燥像一个影子永远跟著生活的脚后,又像是葱头的葱管,永远附著在生活的头顶,这是一件奇事。

朋友,我抱歉,我不能答复你的话,虽则我很想;我不是爽恺的西风,吹不散天上的云罗,我手里只有一把粗拙的泥锹,如其有美丽的理想或是希望要埋葬时,我的工作到底是现成的——我也有过我的经验;

朋友,我并且恐怕,说到最后,我只得收受你的影响,因为你那句话已经凶狠的咬入我的心里,像一个有毒的蝎子,已经沈沈的压在我的心上,像一块盘陀石,我只能忍耐,我只能忍耐……

二月二十六日

泰谷尔来信[①]

上月泰谷尔的朋友英人恩厚之从印度来电，问拟于今春与泰氏同来，此间招待便否，我当时就发出欢迎的回电，随后又写了一封信去，今天接到恩厚之君（L. K. Elnhirst）的复信，说泰氏定于三月中动身，中途稍有停逗，大约至迟四月中必可到华。同来除恩厚之君外，有泰氏大弟子 Kaildas Nay (拟留京专研中国学问)，及女书记美国人葛玲姑娘（Miss Green)。今将来信节译如下——

圣谛尼开登　孟买　印度　一月二十八日

> 徐君……来信给我异常的欢喜，我已经决定与诗人同来，再不肯错过这样难得的机会，去年泰氏虽在病中，还想勉强来华，但他所有的朋友都不愿意他冒险；我从英国回到此地后，想伴他抄过西伯利亚到中国，管他危险不危险，但始终不曾走成。他见了你的来信，高兴的不得了，

① 一九二四年二月二十八日作；载一九二四年三月七日《晨报副刊》和上海《时事新报》副刊《学灯》；采自《晨报副刊》。

他立刻要我去定三月中的船位，等定妥后再通知你。他想乘便到缅甸香港停逗几天。他同来有他的学生南君(Kalidas Nay)，极有学问，人也有趣；还有一位葛玲姑娘，美国人，是他的书记。他的计划是想一到上海，就去北京（约四月底），也许南京等处稍为停逗，因为他要先把南君安置在北京，让他接近相当的中国学者，葛玲姑娘他也想放下在北京的；然后我们出去游历，最好是上溯杨子江，一直到四川，因为他最企慕那边的风色。只要他的身体好，我们这一次真是有趣极了！他是真正伟大的人格，你知道我们怎样的爱戴他。

L. K. Elmhirst

二月二十八日

征译诗启[①]

我们都承认短的抒情诗之可爱；我们也知道真纯的抒情诗才（Lyrical genius）之希罕：——谁不曾见过野外的草花，但何以华茨华士的《野水仙》独传不朽，谁不曾听过空中的鸟鸣，但何以雪莱的《云雀歌》最享殊名，谁不曾见过燕子的飞舞，但何以只有谭宜生与史温庞能从这样寻常的经验里细出异常的情调与音响？“Tennyson：“O Swallow，Swallow，flying，flying south”[②]；Swinburne：“Itylus”)[③] 华茨华士见了地上的一颗小花，止不住惊讶与赞美的热泪；我们看了这样纯粹的艺术的结晶，能不一般的惊讶与赞美？诗人蓝涛

① 载一九二四年三月十日《小说月报》第十五卷第三号，文后有郑振铎的附言；又载三月二十二日《晨报副刊》；初收一九六九年台湾传记文学出版社《徐志摩全集》第六辑。采自《小说月报》。

② Tennyson：丁尼生：“哦燕子，燕子，向南飞的燕子。”Tennyson，今译丁尼生（1809—1892），英国诗人，主要诗作有《尤利西斯》等，1850 年被封为英国桂冠诗人。

③ Swinburne：斯温伯恩：《伊蒂鲁斯》。斯温伯恩（1837—1909），英国诗人、文学评论家。

(Savage Landor)[①] 说我们人只是风与气，大海与大地所造成的；我们不应得说我们可贵的性灵的生活大半是诗人与艺术家的厚惠？“诗是最高尚最愉快的心灵经历了最愉快最高尚的俄顷所遗留的痕迹”；但这痕迹是永久的，不可磨灭的；如其我们应得用爱赏文学的热心，研究古宗教的典籍，我们正应得预备宗教的虔诚，接近伟大的艺术的作品，不论是古希腊残缺的雕像，贝德花芬断片的音乐，或开茨与雪莱的短歌。因为什么是宗教只是感化与解放的力量；什么是文艺只是启示与感动的功能；在最高的境界，宗教与哲理与文艺无区别，犹之在诗人最超轶的想像中美与真与善，亦不更不辨涯沿。

“最高尚最愉快的心灵的最愉快最高尚的俄顷的遗迹”，是何等的可贵与可爱！我们相信凭著想像的同情与黾勉的心力，可以领悟事物的真际，融通人生的经验，体会创造的几微；我们想要征求爱文艺的诸君，曾经相识与否，破费一点工夫，做一番更认真的译诗的尝试：用一种不同的文字，翻来最纯粹的灵感的印迹。我们说“更认真的”，因为肤浅的或疏忽的甚至亵渎的译品我们不能认是满意的工作；我们也不盼望移植钜制的勇敢；我们所期望的是要从认真的翻译，研究中国文字解放后表现致密的思想与有法度的声调与音节之可能；研究这新发现的达意的工具，究竟有什么程度的弹力性与柔韧性与一般的应变性；究竟比我们旧有的方式是如何的各别；如其较为优胜，优胜在那里？为什么，譬如，苏曼殊的拜轮译不如郭沫若的部分的莪麦译，（这里的标准当然不是就译论译，而是比照译文与所从译）；为什么旧诗格所不能表现的意致的声调，现在草创时期的新体即使不能满意的，至少可以约略的传达？如

① Savage Landor：通译兰道（1775—1864），全名 Walter Savage Landor，英国诗人、散文家，代表作为多卷本散文著作《想像的对话》。

其这一点是有凭据的，是可以共认的，我们岂不应该依著新开辟的涂径，凭著新放露的光明，各自的同时也是共同的致力，上帝知道前面没有更可喜更可惊更不可信的发现!

我现在随便提出三四首短诗，请你们愿意的先来尝试，译稿（全译不全译随便）请于一月内寄北京西单石虎胡同七号，或交王剑三君亦可。将来或许有极薄的赠品，但也或许没有。译稿选登《小说月报》或文学旬刊。我还得声明我并不敢替居“主考”的地位，将来我想请胡适之先生与陈通伯先生做“阅卷大臣”，但也不曾定规，总之此次征译，与其说是相互竞争，不如说是共同研究的性质，所以我们同时也欢迎译诗的讨论。

徐志摩敬启

拜　伦[1]

荡荡万斛船，影若扬白虹；
自非风动天，莫置大水中。
——杜甫

今天早上，我的书桌上散放著一垒书，我伸手提起一枝毛笔蘸饱了墨水正想下笔写的时候，一个朋友走进屋子来，打断了我的思路。“你想做什么?”他说。“还债，”我说，“一辈子只是还不清的债，开销了这一个，那一个又来，像长安街上要饭的一样，你一开头就糟。这一次是为他，”我手点著一本书里 Westall[2] 画的拜伦像（原本现在伦敦肖像画院）。“为谁，拜伦!”那位朋友的口音里夹杂了一些鄙夷的鼻音。“不仅做文章，还想替他开会哪，”我跟着说。“哼，真有工夫，又是戴东原那一套!”——那位先生发议论了——“忙著替死鬼开会演

① 一九二四年四月二日作；部分载一九二四年四月十日《小说月报》第十二卷第四号；全文载四月二十一日《晨报·文学旬刊》，题名《摆仑》；初收一九二八年八月上海新月书店《巴黎的鳞爪》，改题名为《拜伦》。采自《巴黎的鳞爪》。

② Westall：不详。

说追悼，哼！我们自己的祖祖宗宗的生忌死忌，春祭秋祭，先就忙不开，还来管姓呆姓摆的出世去世；中国鬼也就够受，还来张罗洋鬼！那国什么党的爸爸死了，北京也听见悲声，上海广东也听见哀声；书呆子的退伍总统死了，又来一个同声一哭。二百年前的戴东原还不是一个一头黄毛一身奶臭一把鼻涕一把尿的娃娃，与我们什么相干，又用得著我们的正颜厉色开大会做论文！现在真是愈出愈奇了，什么，连拜伦也得利益均沾，又不是疯了，你们无事忙的文学先生们！谁是拜伦？一个滥笔头的诗人，一个宗教家说的罪人，一个花花公子，一个贵族。就使追悼会纪念会是现代的时髦，你也得想想受追悼的配不配，也得想想跟你们所谓时代精神合式不合式，拜伦是贵族，你们贵国是一等的民主共和国，那里有贵族的位置？拜伦又没有发明什么苏维埃，又没有做过世界和平的大梦，更没有用科学方法整理过国故，他只是一个拐腿的纨绔诗人，一百年前也许出过他的风头，现在埋在英国纽斯推德（Newstead）的贵首头都早烂透了，为他也来开纪念会，哼，他配！讲到拜伦的诗你们也许与苏和尚的脾味合得上，看得出好处，这是你们的福气——要我看他的诗也不见得比他的骨头活得了多少。并且小心，拜伦到是条好汉，他就恨盲目的崇拜，回头你们东抄西剿的忙著做文章想是讨好他，小心他的鬼魂到你梦里来大声的骂你一顿！”

那位先生大发牢骚的时候，我已经抽了半枝的烟，眼看著缭绕的氤氲，耐心的挨他的骂，方才想好赞美拜伦的文章也早已变成了烟丝飞散：我呆呆的靠在椅背上出神了——

拜伦是真死了不是？全朽了不是？真没有价值，真不该替他揄扬传布不是？

眼前扯起了一重重的雾幔，灰色的，紫色的，最后呈现了一个惊人的造像，最纯粹，光净的白石雕成的一个人头，供在一架五尺高的檀木几上，放射出异样的光辉，像是阿博洛，给人类光明的大神，凡人从没有这样庄严的“天庭”，这样不可侵犯的眉宇，这样的头颅，但是不，不是阿博洛，他没有那样骄傲的锋芒的大眼，像是阿尔帕斯山南的蓝天，像是威尼市的落日，无限的高远，无比的壮丽，人间的万花镜的展览反映在他的圆睛中，只是一层鄙夷的薄翳；阿博洛也没有那样美丽的发卷，像紫葡萄似的一穗穗贴在花岗石的墙边；他也没有那样不可信的口唇，小爱神背上的小弓也比不上他的精致，口角边微露著厌世的表情，像是蛇身上的文彩，你明知是恶毒的，但你不能否认他的艳丽；给我们弦琴与长笛的大神也没有那样圆整的鼻孔，使我们想像他的生命的剧烈与伟大，像是大火山的决口……

不，他不是神，他是凡人，比神更可怕更可爱的凡人；他生前在红尘的狂涛中沐浴，洗涤他的遍体的斑点，最后他踏脚在浪花的顶尖，在阳光中呈露他的无瑕的肌肤，他的骄傲，他的力量，他的壮丽，是天上瑳奕司与玖必德的忧愁。

他是一个美丽的恶魔，一个光荣的叛儿。

一片水晶似的柔波，像一面晶莹的明镜，照出白头的“少女”，闪亮的“黄金篦”，“快乐的阿翁”。此地更没有海潮的啸响，只有草虫的讴歌，醉人的树色与花香，与温柔的水声，小妹子的私语似的，在湖边吞咽。山上有急湍，有冰河，有幔天的松林，有奇伟的石景。瀑布像是疯癫的恋人，在荆棘丛中跳跃，从巉岩上滚坠，在磊石间震碎，激起无量数的珠子，圆的，长的，乳白的，透明的，阳光斜落在急流的中腰，幻成五彩的虹纹。这急湍的顶上是一座突出的危崖，像一个猛兽的头颅，两旁幽邃的松林，像是一颈的长鬣，一阵阵的瀑雷，像是他的吼声。在这绝壁的边沿站著一个丈夫，一个不凡的男子，怪石一般的峥嵘，朝旭一般的美丽，劲瀑似的桀傲，松林似的忧郁。他站着，交抱着手臂，翻起一双大眼，凝视着无极的青天，三个阿尔帕斯的鸷鹰在他的头顶不息的盘旋；水声，松涛的呜咽，牧羊人的笛声，前峰的崩雪声——他凝神的听著。

只要一滑足，只要一纵身，他想，这躯壳便崩雪似的坠入深潭，粉碎在美丽的水花中，这些大自然的谐音便是赞美他寂灭的丧钟。他是一个骄子：人间踏烂的蹊径不是为他准备的，也不是人间的镣链可以锁住他的鸷鸟的翅羽。他曾经丈量过巴南苏斯的群峰，曾经搏斗过海理士彭德海峡的凶涛，曾经在马拉松放歌，曾经在爱琴海边狂啸，曾经践踏过滑铁卢的泥土，这里面埋著一个败灭的帝国。他曾经实现过西撒凯旋时的光荣，丹桂笼住他的发卷，玫瑰承住他的脚踪；但他也免不了他的滑铁卢；运命是不可测的恐怖，征服的背后隐着僇辱的狞笑，御座的周遭显现了狴犴的幻景；现在他的遍体的斑痕，都是诽毁的箭镞，不更是繁花的装缀，虽则在他的无瑕的体肤上一样的不曾停留些微污损。……太阳也有他的淹没的时候，但是谁能忘记他临照时的光焰?

"What is life, what is death, and what are we.
That when the ship sinks, we no longer may be."①

虬哪 Juno② 发怒了。天变了颜色，湖面也变了颜色。四围的山峰都披上了黑雾的袍服，吐出迅捷的火舌，摇动着，仿佛是相互的示威，雷声像猛兽似的在山坳里咆哮，跳荡，石卵

① 生是何物，死是何物，我们又是何物。/当船沉没的时候，我们就不再存在。

② Juno：朱诺，罗马神话中的主神朱庇特之妻。

似的雨块，随著风势打击着一湖的磷光，这时候（一八一六年，六月，十五日）仿佛是爱俪儿（Ariel）的精灵耸身在绞绕的云中，默唪着咒语，眼看着——

Jove's lightnings, the precursors
O'the dreadful thunder-claps…
The fire, and cracks
Of sulphurous roaring, the most mighty Neptune
Seem'd to besiege, and make his bold waves trem-
ble,
Yea his dread tridents shake.①

(Tempest)

在这大风涛中，在湖的东岸，龙河（Rhone）合流的附近，在小屿与白沫间，飘浮着一只疲乏的小舟，扯烂的布帆，破碎的尾舵，冲挡着巨浪的打击，舟子只是着忙的祷告，乘客也失去了镇定，都已脱卸了外衣，准备与涛澜搏斗。这正是卢骚的故乡，这小舟的历险处又恰巧是玖荔亚与圣潘罗（Julia and St.Preux）② 遇难的名迹。舟中人有一个美貌的少年是不会泅水的，但他却从不介意他自己的骸骨的安全，他那时满心的忧虑，只怕是船翻时连累他的友人为他冒险，因为他的友人是最不怕险恶的。厄难只是他的雄心的激刺，他曾经狎侮爱琴

---

① “朱庇特的闪电，那/可怕的炸雷的先驱……/散发着硫磺味的火光与霹雳声/似乎在围攻那威风凛凛的海神，使他的怒涛颤抖/使他的三叉戟不禁摇晃。”引自莎士比亚《暴风雨》。

② Julia and St.Preux：不详。

海与地中海的怒涛，何况这有限的梨梦湖中的掀动，他交叉着手，静看着萨福埃（Savoy）的雪峰，在云罅里隐现。这是历史上一个希有的奇逢，在近代革命精神的始祖神感的胜处，在天地震怒的俄顷，载在同一的舟中，一对共患难的，伟大的诗魂，一对美丽的恶魔，一对光荣的叛儿！

他站在梅锁朗奇（Mesolonghi）的滩边（一八二四年，一月，四至二十二日）。海水在夕阳光里起伏，周遭静瑟瑟的莫有人迹，只有连绵的砂碛，几处卑陋的草屋，古庙宇残圮的遗迹，三两株灰苍色的柱廊，天空飞舞着几只阔翅的海鸥，一片荒凉的暮景。他站在滩边，默想古希腊的荣华，雅典的文章，斯巴达的雄武，晚霞的颜色二千年来不曾消灭，但自由的鬼魂究不曾在海砂上留存些微痕迹……他独自的站著，默想他自己的身世，三十六年的光阴已在时间的灰烬中埋着，爱与憎，得志与屈辱，盛名与怨诅，志愿与罪恶，故乡与知友，威尼市的流水，罗马古剧场的夜色，阿尔帕斯的白雪，大自然的美景与恚怒，反叛的磨折与尊荣，自由的实现与梦境的消残……他看着海砂上映着的曼长的身形，凉风拂动着他的衣裾——寂寞的天地间的一个寂寞的伴侣——他的灵魂中不由的激起了一阵感慨的狂潮，他把手掌埋没了头面。此时日轮已经翳隐，天上星先后的显现，在这美丽的暝色中，流动着诗人的吟声，像是松风，像是海涛，像是蓝奥孔苦痛的呼声，像是海伦娜岛上绝望的吁叹——

This time this heart should be unmoved,
  Since others it hath ceased to move;
Yet, though I cannot be beloved,
  Still let me love!

My days are in the yellow leaf;
    The flowers and fruits of love are gone;
The worm, the canker, and the grief;
    Are mine alone!

The fire that on my bosom preys
    As lone as some volcanic isle
No torch is kindled at its blaze—
    A funeral pile!

The hope, the fear, the jealous care,
    The exalted portion of the pain
And power of love, I cannot share,
    But wear the chain.

But 'tis not thus—and' tis not here—
    Such thoughts should shake my soul, nor now.
Where glory aecks the hero' s bier
    Or binds his brow.

The sword, the banner, and the field,
    Glory and Grace, around me see!
The Spartan, born upon his shield,
    Was not more free.

Awake! (not Greece—she is awake!)
    Awake, my spirit! Think through whom
The life-blood tracks its parent lake,

And then strike home!

Tread those reviving passions down;
Unworthy manhood! —unto thee
Indifferent should the smile or frown
Of beauty be.

If thou regret'st thy youth, why live;
The land of honorable death
Is here: —up to the field, and give
Away thy breath!

Seek out—less sought than found—
A dier's grave for thee the best;
Then look around, and choose thy ground,
And take thy rest.

年岁已经僵化我的柔心,
我再不能感召他人的同情;
但我虽则不敢想望恋与悯,
我不愿无情!

往日已随黄叶枯萎,飘零;
恋情的花与果更不留踪影,
只剩有腐土与虫与怆心,
长伴前途的光阴!

烧不尽的烈焰在我的胸前,

　　孤独的，像一个喷火的荒岛；
更有谁凭吊，更有谁怜——
　　一堆残骸的焚烧！

希冀，恐惧，灵魂的忧焦，
　　恋爱的灵感与苦痛与蜜甜，
我再不能尝味，再不能自傲——
　　我投入了监牢！

但此地是古英雄的乡国，
　　白云中有不朽的灵光，
我不当怨艾，惆怅，为什么
　　这无端的凄惶？

希腊与荣光，军旗与剑器，
　　古战场的尘埃，在我的周遭，
古勇士也应慕羡我的际遇，
　　此地，今朝！

苏醒！不是希腊——她早已惊起！
　　苏醒，我的灵魂！问谁是你的
血液的泉源，休辜负这时机，
　　鼓舞你的勇气！

丈夫！休教已往的沾恋
　　梦魇似的压迫你的心胸，
美妇人的笑与颦的婉恋，
　　更不当容宠！

再休眷念你的消失的青年，
　　此地是健儿殉身的乡土，
听否战场的军鼓，向前，
　　毁灭你的体肤！

只求一个战士的墓窟，
　　收束你的生命，你的光阴；
去选择你的归宿的地域，
　　自此安宁。

他念完了诗句，只觉得遍体的狂热，壅住了呼吸，他就把外衣脱下，走入水中，向着浪头的白沫里纵身一窜，像一只海豹似的，鼓动着鳍脚，在铁青色的水波里泳了出去……

“冲锋，冲锋，跟我来！”

冲锋，冲锋，跟我来！这不是早一百年拜伦在希腊梅锁龙奇临死前昏迷时说的话？那时他的热血已经让冷血的医生给放完了，但是他的争自由的旗帜却还是紧紧的擎在他的手里……

再迟八年，一位八十二岁的老翁也在他的解脱前，喊一声，“Mere licht！”①

“不够光亮！”“冲锋，冲锋，跟我来！”

火热的烟灰吊在我的手背上，惊醒了我的出神，我正想开口答复那位朋友的讥讽，谁知道睁眼看时，他早溜了！

十四年四月二日

① Mere licht：德文，“微弱的光芒”。徐译“不够光亮”。

泰谷尔最近消息[①]

剑三兄，今天午前十时泰谷尔踏上了中国的土地，我简直的没有力量来形容我们初见他时的情绪；他的[②] 实在超过我们的理想。但我此时讲事实要紧。

他们这次来日子很急促，他们在北京大概只有三个星期耽阁，在中国一起也不过六个星期。他们预备五月底或六月初就去日本，住二星期再回上海搭船回印，因为泰翁怕信风期的缘故。所以我们预定的计划也得变更了。我现在简单的告诉你。后天（十四）早车到杭州，十六夜车回上海，十七上海大会，十八到南京，二十北上，沿途过曲阜泰山济南等处，约至迟二十四五抵京。

现在最要紧的是你的活动。你幸亏不曾南来，我盼望你赶快与山东接洽，你和孔二爷或是谁一定得在曲阜等着我们，你二十前必得到济南等候我的快信或是电报，由教育会转，你先

① 一九二四年四月十二日半夜作；载一九二四年四月十九日《晨报副刊》，署名志摩。初收一九八〇年台湾时报文化出版事业有限公司《徐志摩诗文补遗》。采自《晨报副刊》。

② 此处似有脱漏的字。

去信知照一声我想总可以接头。你回信（快信）请立即发出寄南京东南大学任叔永先生转交不误。

泰翁在京预备六次正式讲演，此外他很不愿形式的集会或宴会，能避掉的总以避掉为是。上海各团体的请求一概不与通融，青年会昨晚大登广告请他讲演也是今天临时取销的。这都是顾管诗人的意思，他的朋友恩厚之是他们旅行队的经理人，他绝对不让诗人受须微不必要的烦恼，我们也是一样的意思，但这意思也得大家体谅才好。

他同来的人除了恩厚之君与葛玲姑娘外，有他的大学里的三位教授，一位是 Kalidas Nag，是一位梵文学者很精博的，一位是 Mr. Bose，印度最有名的一位美术家，一位是 Mr. Sen，是宗教学教授，他们都要到北京见中国学者讨论他们各自的问题的。但泰氏最侧重的一个意思是想与北京大学交换教授，他们自己供给费用，只要我们给他与我们学者共同研究的机会就是，这意思到京后再详谈。现在我也没有工夫写了，只盼望你早些安排山东的事情，余外情节大约可在时事新报上看到，这信或者可以在副刊上发表，以后有暇再作报告。百里先生处盼立即告知，并为道此间事过忙不及另书。

十二日半夜

泰戈尔[1]

我有几句话想趁这个机会对诸君讲，不知道你们有没有耐心听。泰戈尔先生快走了，在几天内他就离别北京，在一两个星期内他就告辞中国。他这一去大约是不会再来的了。也许他永远不能再到中国。

他是六七十岁的老人，他非但身体不强健，他并且是有病的。去年秋天他还发了一次很重的骨痛热病。所以他要到中国来，不但他的家属，他的亲戚朋友，他的医生，都不愿意他冒险，就是他欧洲的朋友，比如法国的罗曼罗兰，也都有信去劝阻他。他自己也曾经踌躇了好久，他心理常常盘算他如其到中国来，他究竟能不能够给我们好处，他想中国人自有他们的诗人，思想家，教育家，他们有他们的智慧，天才，心智的财富与营养，他们更用不著外来的补助与戟刺，我只是一个诗人，我没有宗教家的福音，没有哲学家的理论，更没有科学家实利的效用，或是工程师建设的才能，他们要我去做什么，我自己

① 一九二四年五月十二日在北京真光剧场讲；载一九二四年五月十九日《晨报副刊》，又载六月二日《文学》周报第一二四期；初收一九八〇年台湾时报文化出版事业有限公司《徐志摩诗文补遗》。采自《晨报副刊》。

又为什么要去，我有什么礼物带去满足他们的盼望。他真的很觉得迟疑，所以他延迟了他的行期。但是他也对我们说到冬天完了春风吹动的时候（印度的春风比我们的吹得早），他不由的感觉了一种内迫的冲动，他面对着逐渐滋长的青草与鲜花，不由的抛弃了、忘却了他应尽的职务，不由的解放了他的歌唱的本能，和着新来的鸣雀，在柔软的南风中开怀的讴吟，同时他收到我们催请的信，我们青年盼望他的诚意与热心，唤起了老人的勇气。他立即定夺了他东来的决心。他说趁我暮年的肢体不曾僵透，趁我衰老的心灵还能感受，决不可错过这最后唯一的机会，这博大，从容，礼让的民族，我幼年时便发心朝拜，与其将来在黄昏寂静的境界中萎衰的惆怅，何如利用这夕阳未暝时的光芒，了却我晋香人的心愿？

他所以决意的东来。他不顾亲友的劝阻，医生的警告，不顾他自身的高年与病体，他也撇开了在本国一切的任务，跋涉了万里的海程，他来到了中国。

自从四月十二在上海登岸以来，可怜老人不曾有过一半天完整的休息，旅行的劳顿不必说，单就公开的演讲以及较小集会时的谈话，至少也有了三四十次！他的，我们知道，不是教授们的讲义，不是教士们的讲道，他的心府不是堆积货品的栈房，他的辞令不是教科书的喇叭。他是灵活的泉水，一颗颗颤动的圆珠从地心里兢兢的泛登水面都是生命的精液；他是瀑布的吼声，在白云间，青林中，石罅里，不住的啸响；他是百灵的歌声，他的欢欣，愤慨，响亮的谐音，弥漫在无际的晴空。但是他是倦了。终夜的狂歌已经耗尽了子规的精力。东方的曙色亦照出她点点的心血，染红了蔷薇枝上的白露。

老人是疲乏了。这几天他睡眠也不得安宁。他已经透支了他有限的精力。他差不多是靠散拿吐瑾过日的，他不由的不感觉风尘的厌倦，他时常想念他少年时在恒河边沿拍浮的清福，他想望椰树的清荫与曼果的甜瓤。

但他还不仅是身体的惫劳，他也感觉心境的不舒畅。这是很不幸的。我们做主人的只是深深的负歉。他这次来华，不为游历，不为政治，更不为私人的利益，他熬著高年，冒著病体，抛弃自身的事业，备尝行旅的辛苦，他究竟为的是什么？他为的只是一点看不见的情感！说远一点，他的使命是在修补中国与印度两民族间中断千余年的桥梁，说近一点，他只想感召我们青年真挚的同情。因为他是信仰生命的，他是尊崇青年的，他是歌颂青春与清晨的，他永远指点着前途的光明。悲悯是当初释迦牟尼证果的动机，悲悯也是泰戈尔先生不辞艰苦的动机。现代的文明只是骇人的浪费，贪淫与残暴，自私与自大，相猜与相忌，飓风似的倾覆了人道的平衡，产生了巨大的毁灭。芜秽的心田里只是误解的蔓草，毒害同情的种子，更没有收成的希冀。在这个荒惨的境地里，难得有少数的丈夫，不怕阻难，不自馁怯，肩上抗著铲除误解的大锄，口袋里满装着新鲜人道的种子，不问天时是阴是雨是晴，不问是早晨是黄昏是黑夜，他只是努力的工作，清理一方泥土，施殖一方生命，同时口唱著嘹亮的新歌，鼓舞在黑暗中将次透露的萌芽。泰戈尔先生就是这少数中的一个。他是来广布同情的，他是来消除成见的。我们亲眼见过他慈祥的阳春似的表情，亲耳听过他从心灵底里迸裂出的大声，我想只要我们的良心不曾受恶毒的烟煤熏黑，或是被恶浊的偏见污抹，谁不曾感觉他至诚的力量，魔术似的，为我们生命的前途开辟了一个神奇的境界，燃点了理想的光明？所以我们也懂得他的深刻的懊怅与失望，如其他知道部分的青年不但不能容纳他的灵感，并且成心的诬毁他的热忱。我们固然奖励思想的独立，但我们决不敢附和误解的自由。他生平最满意的成绩就在他永远能得青年的同情，不论在德国，在丹麦，在美国，在日本，青年永远是他最忠心的朋友。他也曾经遭受种种的误解与攻击，政府的猜疑与报纸的诬捏与守旧派的讥评，不论如何的谬妄与剧烈，从不曾扰动他优容的大量。他的希望，他的信仰，他的爱心，他的至诚，完全的托付青年。我的须，我的发是白的，但我的心却永远是年青的，他常常的对我们说，只要青年是我的知己，我理想的将来就有著落，我乐观的明灯永远不致暗淡。他不能相信纯洁的青年也会坠落在怀疑，猜忌，卑琐的泥溷。他更不能信中国的青年也会沾染不幸的污点。他真不预备在中国遭受意外的待遇。他很不自在，他很感觉异样的怆心。

因此精神的懊丧更加重他躯体的倦劳。他差不多是病了。我们当然很焦急的期望他的健康，但他再没有心境继续他的讲演。我们恐怕今天就是他在北京公开讲演最后的一个机会。他有休养的必要。我们也决不忍再使他耗费他有限的精力。他不久又有长途的跋涉，他不能不有三四天完全的养息。所以从今天起，所有已经约定的集会，公开与私人的，一概撤消，他今天就出城去静养。

我们关切他的一定可以原谅，就是一小部分不愿意他来作客的诸君也可以自喜战略的成功。他是病了，他在北京不再开口了，他快走了，他从此不再来了。但是同学们，我们也得平心的想想，老人到底有什么罪、他有什么负心，他有什么不可容赦的犯案？公道是死了吗，为什么听不见你的声音？

他们说他是守旧，说他是顽固。我们能相信吗？他们说他是“太迟”，说他是“不合时宜”，我们能相信吗？他自己是不能信，真的不能信。他说这一定是滑稽家的反调，他一生所遭逢的批评只是太新，太早、太急进、太激烈，太革命的，太理想的，他六十年的生涯只是不断的斗奋与冲锋，他现在还只是冲锋与斗奋。但是他们说他是守旧，太迟，太老。他顽固斗奋的对象只是暴烈主义，资本主义，帝国主义，武力主义，杀灭牲灵的物质主义；他主张的只是创造的生活，心灵的自由，国际的和平，教育的改造，普爱的实现。但他们说他是帝国政策的间谍，资本主义的助力，亡国奴族的流民，提倡裹脚的狂人！肮脏是在我们的政客与暴徒的心里，与我们的诗人又有什么关连？昏乱是在我们冒名的学者与文人的脑里，与我们的诗人又有什么亲属？我们何妨说太阳是黑的，我们何防说苍蝇是真理？同学们，听信我的话，像他的这样伟大的声音我们也许一辈子再不会听著的了。留神目前的机会，预防将来的惆怅！他的人格我们只能到历史上去搜寻比拟，他的博大的温柔的灵魂我敢说永远是人类记忆里的一次灵迹，他的无边际的想像与辽阔的同情使我们想起惠德曼；他的博爱的福音与宣传的热心使我们记起托尔斯泰；他的坚韧的意志与艺术的天才使我们想起造摩西像的米佗郎其罗；他的诙谐与智慧使我们想像当年的苏格拉底与老聃；他的人格的和谐与优美使我们想念暮年的葛德；他的慈祥的纯爱的抚摩，他的为人道不厌的努力，他的磅礴的大声，有时竟使我们唤起救主的心像；他的光彩，他的音乐，他的雄伟，使我们想念奥林必克山顶的大神。他是不可侵凌的，不可逾越的，他是自然界的一个神秘的现象。他是三春和暖的南风，惊醒树枝上的新芽，增添处女颊上的红晕。他是普照的阳光。他是一派浩瀚的大水，从来不可追寻的渊源，在大地的怀抱中终古的流著，不息的流著，我们只是两岸的居民，凭着这慈恩的天赋，灌溉我们的田稻，苏解我们的消渴，洗净我们的污垢。他是喜马拉雅积雪的山峰，一般的崇高，一般的纯洁，一般的壮丽，一般的高傲，只有无限的青天枕藉他银白的头颅。

人格是一个不可错误的实在。荒歉是一件大事，但我们是饿惯了的，只认鸠形与鹄面是人生本来的面目，永远忘却了真健康的颜色与彩泽。标准的低降是一种可耻的堕落；我们只是踞坐在井底的青蛙，但我们更没有怀疑的余地。我们也许揣详东方的初白，却不能非议中天的太阳。我们也许见惯了阴霾的天时，不耐这热烈的光焰，消散天空的云雾，暴露地面的荒芜，但同时在我们心灵的深处，我们岂不也感觉一个新鲜的影响，催促我们生命的跳动，唤醒潜在的想望，仿佛是武士望见了前峰烽烟的信号，更不踌躇的奋勇向前？只有接近了这样超轶的纯粹的丈夫，这样不可错误的实在，我们方始相形的自愧我们的口不够阔大，我们的嗓音不够响亮，我们的呼吸不够深长，我们的信仰不够坚定，我们的理想不够莹澈，我们的自由不够磅礴，我们的语言不够明白，我们的情感不够热烈，我们的努力不够勇猛，我们的资本不够充实……

我自信我不是恣滥不切事理的崇拜，我如其曾经应出浓烈的文字，这是因为我不能自制我浓烈的感想。但我最急切要声明的是，我们的诗人，虽则常常招受神秘的徽号，在事实上却是最清明，最有趣，最诙谐，最不神秘的生灵，他是最通达人情，最近人情的。我盼望有机会追写他日常的生活与谈话。如其我是犯嫌疑的，如其我也是性近神秘的（有好多朋友这么说），你们还有适之先生的见证，他也说他是最可爱最可亲的个人；我们可以相信适之先生绝对没有“性近神秘”的嫌疑！所以无论他怎样的伟大与深厚，我们的诗人还只是有骨有血的人，不是野人，也不是天神。唯其是人，尤其是最富情感的人，所以他到处要求人道的温暖与安慰，他尤其要我们中国青年的同情与情爱。他已经为我们尽了责任，我们不应，更不忍辜负他的期望。同学们，爱你的爱，崇拜你的崇拜，是人情不是罪孽，是勇敢不是懦怯！

十二日在真光讲

北戴河海滨的幻想[①]

他们都到海边去了。我为左眼发炎不曾去。我独坐在前廊，偎坐在一张安适的大椅内，袒着胸怀，赤着脚，一头的散发，不时有风来撩拂。清晨的晴爽，不曾消醒我初起时睡态；但梦思却半被晓风吹断。我阖紧眼帘内视，只见一斑斑消残的颜色，一似晚霞的余赭，留恋地胶附在天边。廊前的马樱，紫荆，藤萝，青翠的叶与鲜红的花，都将他们的妙影映印在水汀上，幻出幽媚的情态无数；我的臂上与胸前，亦满缀了绿荫的斜纹。从树荫的间隙平望，正见海湾：海波亦似被晨曦唤醒，黄蓝相间的波光，在欣然的舞蹈。滩边不时见白涛涌起，迸射着雪样的水花。浴线内点点的小舟与浴客，水禽似的浮着；幼童的欢叫，与水波拍岸声，与潜涛呜咽声，相间的起伏，竞报一滩的生趣与乐意。但我独坐的廊前，却只是静静的，静静的无甚声响。妩媚的马樱，只是幽幽的微辗着，蝇虫也敛翅不飞。只有远近树里的秋蝉在纺纱似的缍引他们不尽的长吟。

在这不尽的长吟中，我独坐在冥想。难得是寂寞的环境，

① 载一九二四年六月二十一日《晨报·文学旬刊》；初收一九二八年一月上海新月书店《自剖》。采自《自剖》。

难得是静定的意境：寂寞中有不可言传的和谐，静默中有无限的创造。我的心灵，比如海滨，生平初度的怒潮，已经渐次的清翳，只剩有疏松的海砂中偶尔的回响，更有残缺的贝壳，反映星月的辉芒。此时摸索潮余的斑痕，追想当时汹涌的情景，是梦或是真，再亦不须辨问，只此眉稍的轻绉，唇边的微哂，已足解释无穷奥绪，深深的蕴伏在灵魂的微纤之中。

青年永远趋向反叛，爱好冒险；永远如初度航海者，幻想黄金机缘于浩淼的烟波之外：想割断系岸的缆绳，扯起风帆，欣欣的投入无垠的怀抱。他厌恶的是平安，自喜的是放纵与豪迈。无颜色的生涯，是他目中的荆棘；绝海与凶巘，是他爱取由的途径。他爱折玫瑰：为她的色香，亦为她冷酷的刺毒。他爱搏狂澜：为他的庄严与伟大，亦为他吞噬一切的天才，最是激发他探险与好奇的动机。他崇拜冲动：不可测，不可节，不可预逆，起，动，消歇皆在无形中，狂风似的倏忽与猛烈与神秘。他崇拜斗争：从斗争中求剧烈的生命之意义，从斗争中求绝对的实在，在血染的战阵中，呼嗷胜利之狂欢或歌败丧的哀曲。

幻象消灭是人生里命定的悲剧；青年的幻灭，更是悲剧中的悲剧，夜一般的沈黑，死一般的凶恶。纯粹的，猖狂的热情之火，不同阿拉亭的神灯，只能放射一时的异彩，不能永久的朗照；转瞬间，或许，便已敛熄了最后的焰舌，只留存有限的余烬与残灰，在未灭的余温里自伤与自慰。

流水之光，星之光，露珠之光，电之光，在青年的妙目中闪耀，我们不能不惊讶造化者艺术之神奇；然可怖的黑影，倦与衰与饱餍的黑影，同时亦紧紧的跟着时日进行，仿佛是烦恼，痛苦，失败，或庸俗的尾曳，亦在转瞬间，彗星似的扫灭了我们最自傲的神辉——流水涸，明星没，露珠散灭，电闪不再!

在这艳丽的日辉中，只见愉悦与欢舞与生趣，希望，闪烁的希望，在荡漾，在无穷的碧空中，在绿叶的光泽里，在虫鸟的歌吟中，在青草的摇曳中——夏之荣华，春之成功。春光与希望，是长驻的；自然与人生，是调谐的。

在远处有福的山谷内，莲馨花在坡前微笑，稚羊在乱石间跳跃，牧童们，有的吹着芦笛，有的平卧在草地上，仰看变幻的浮游的白云，放射下的青影在初黄的稻田中缥渺地移过。在远处安乐的村中，有妙龄的村姑，在流涧边照映她自制的春裙；口衔烟斗的农夫三四，在预度秋收的丰盈，老妇人们坐在家门外阳光中取暖，她们的周围有不少的儿童，手擎着黄白的钱花在环舞与欢呼。

在远——远处的人间，有无限的平安与快乐，无限的春光……

在此暂时可以忘却无数的落蕊与残红；亦可以忘却花荫中掉下的枯叶，私语地预告三秋的情意；亦可以忘却苦恼的僵瘪的人间，阳光与雨露的殷勤，不能再恢复他们腮颊上生命的微笑；亦可以忘却纷争的互杀的人间，阳光与雨露的仁慈，不能感化他们凶恶的兽性；亦可以忘却庸俗的卑琐的人间，行云与朝露的丰姿，不能引逗他们刹那间的凝视；亦可以忘却自觉的失望的人间，绚烂的春时与媚草，只能反激他们悲伤的意绪。

我亦可以暂时忘却我自身的种种；忘却我童年期清风白水似的天真；忘却我少年期种种虚荣的希冀；忘却我渐次的生命的觉悟；忘却我热烈的理想的寻求；忘却我心灵中乐观与悲观的斗争；忘却我攀登文艺高峰的艰辛；忘却刹那的启示与澈悟之神奇；忘却我生命潮流之骤转；忘却我陷落在危险的旋涡中之幸与不幸；忘却我追忆不完全的梦境；忘却我大海底里埋着的秘密；忘却曾经刳割我灵魂的利刃，炮烙我灵魂的烈焰，摧毁我灵魂的狂飙与暴雨；忘却我的深刻的怨与艾；忘却我的冀与愿；忘却我的恩泽与惠感，忘却我的过去与现在……

过去的实在，渐渐的膨涨，渐渐的模糊，渐渐的不可辨认；现在的实在，渐渐的收缩，逼成了意识的一线，细极狭极的一线，又裂成了无数不相联续的黑点……黑点亦渐次的隐翳？幻术似的灭了，灭了，一个可怕的黑暗的空虚……

给郭子雄的题词[①]

约会不如邂逅，有心不如无意，我们在庐山相共的日子，我想彼此都不容易忘怀的；十年，二十年，也许到我们出白胡子的日子，也消灭不了此地几个山峰的记忆，尤其是汉阳峰，这是不用说了；你的声音，我们也想永久的记住。这是一本英国诗选，人类共有的一部分可贵的菁华，我们盼望你可以时常在这里得到不仅你文学天才的营养与灵感，你也可以在你忧伤或悲哀，或惆怅，或沮丧的时候寻得精神上的无上的安慰。我们这里小天池多的是迷云与惨雾，人生亦不见得一路有阳光的照亮；但这就异是重要的，天时与人生都少不了相替的阴晴与寒燠；否则这些闪亮的钻宝似的诗歌到如今不免深埋在原始的人心的矿石里。我们应得寻求幸福，我们却不应躲避苦恼，只有这里面我们有机会证明人的灵魂的高贵与伟大。话说得太认真了，小郭，我们还是讨论山峰的好！

志摩歆海　十三年八月

① 一九二四年八月作。这是写在赠给郭子雄的一本书上的题词。载一九三六年七月《文艺月刊》第八卷第三期郭子雄《忆志摩》文中。

落　叶[1]

前天你们查先生来电话要我讲演，我说但是我没有什么话讲，并且我又是最不耐烦讲演的。他说：你来罢，随你讲，随你自由的讲，你爱说什么就说什么。我们这里你知道这次开学情形很困难，我们学生的生活很枯燥很闷，我们要你来给我们一点活命的水。这话打动了我。枯燥，闷，这我懂得。虽则我与你们诸君是不相熟的，但这一件事实，你们感觉生活枯闷的事实，却立即在我与诸君无形的关系间，发生了一种真的深切的同情。我知道烦闷是怎么样一个不成形不讲情理的怪物，他来的时候，我们的全身仿佛被一个大蛛蜘网盖住了，好容易挣出了这条手臂，那条又叫黏住了。那是一个可怕的网子。我也认识生活枯燥，他那可厌的面目，我想你们也都很认识他。他是无所不在的，他附在个个人的身上，他现在个个人的脸上。你望望你的朋友去，他们的脸上有他，你自己照镜子去，你的脸上，我想，也有他。可怕的枯燥，好比是一种毒剂，他一进

① 这是作者一九二四年秋在北京师范大学讲演的讲演稿。载一九二四年十二月一日《晨报六周年纪念增刊》；初收一九二六年六月北京北新书局散文集《落叶》。采自《落叶》。

了我们的血液，我们的性情，我们的皮肤就变了颜色，而且我怕是离着生命远，离着坟墓近的颜色。

我是一个信仰感情的人，也许我自己天生就是一个感情性的人。比如前几天西风到了，那天早上我醒的时候是冻着才醒过来的，我看着纸窗上的颜色比往常的淡了，我被窝里的肢体像是浸在冷水里似的，我也听见窗外的风声，吹着一颗枣树上的枯叶，一阵一阵的掉下来，在地上卷着，沙沙的发响，有的飞出了外院去，有的留在墙角边转着，那声响真像是叹气。我因此就想起这西风，冷醒了我的梦，吹散了树上的叶子，他那成绩在一般饥荒贫苦的社会里一定格外的可惨。那天我出门的时候，果然见街上的情景比往常不同了，穷苦的老头小孩全躲在街角上发抖，他们迟早免不了树上枯叶子的命运。那一天我就觉得特别的闷，差不多发愁了。

因此我听着查先生说你们生活怎样的烦闷，怎样的干枯，我就很懂得，我就愿意来对你们说一番话。我的思想——如其我有思想——永远不是成系统的。我没有那样的天才。我的心灵的活动是冲动性的，简直可以说痉挛性的。思想不来的时候，我不能要他来，他来的时候，就比如穿上一件湿衣，难受极了，只能想法子把他脱下。我有一个比喻，我方才说起秋风里的枯叶；我可以把我的思想比作树上的叶子，时期没有到，他们是不很会掉下来的；但是到时期了，再要有风的力量，他们就只能一片一片的往下落；大多数也许是已经没有生命了的，枯了的，焦了的，但其中也许有几张还留着一点秋天的颜色，比如枫叶就是红的，海棠叶就是五彩的。这叶子实用是绝对没有的；但有人，比如我自己，就有爱落叶的癖好。他们初下来时颜色有很鲜艳的，但时候久了，颜色也变，除非你保存得好。所以我的话，那就是我的思想，也是与落叶一样的无用，至多有时有几痕生命的颜色就是了。你们不爱的尽可以随意的踩过，绝对不必理会；但也许有少数人有缘分的，不责备他们的无用，竟许会把他们检起来揣在怀里，夹在书里，想延留他们幽澹的颜色。感情，真的感情，是难得的，是名贵的，是应当共有的；我们不应得拒绝感情，或是压迫感情，那是犯罪的行为，与压住泉眼不让上冲，或是掐住小孩不让喘气一样的犯罪。人在社会里本来是不相连续的个体。感情，先天的与后天的，是一种线索，一种经纬，把原来分散的个体织成有文章的整体。但有时线索也有破烂与涣散的时候，所以一个社会里必须有新的线索继续的产出，有破烂的地方去补，有涣散的地方去拉紧，才可以维持这组织大体的匀整。有时生产力特别加增时，我们就有机会或是推广，或是加添我们现有的面积，或是加密，像网球板穿双线似的。我们现成的组织，因为我们知道创造的势力与破坏的势力，建设与溃败的势力，上帝与撒但的势力，是同时存在的。这两种势力是在一架天平上比着，他们很少平衡的时候，不是这头沉，就是那头沉。是的，人类的命运是在一架大天平上比着，一个巨大的黑影，那是我们集合的化身，在那里看着，他的手里满拿着分两的法码，一会往这头送，一会又往那头送，地球尽转着，太阳，月亮，星，轮流的照着，我们的运命永远是在天平上称着。

我方才说网球拍，不错，球拍是一个好比喻。你们打球的知道网拍上那里几根线是最吃重，最要紧，那几根线要是特别有劲的时候，不仅你对敌时拉球，抽球，拍球格外来的有力，出色，并且你的拍子也就格外的经用。少数特强的分子保持了全体的匀整。这一条原则应用到人道上，就是说，假如我们有力量加密，加强我们最普通的同情线，那线如其穿连得到所有跳动的人心时，那时我们的大网子就坚实耐用，天津人说的，就有根。不问天时怎样的坏，管他雨也罢，云也罢，霜也罢，风也罢，管他水流怎样的急，我们假如有这样一个强有力的大网子，那怕不能在时间无尽的洪流里——早晚网起无价的珍品，那怕不能在我们运命的天平上重重的加下创造的生命的分量？

所以我说真的感情，真的人情，是难能可贵的，那是社会组织的基本成分。初起也许只是一个人心灵里偶然的震动，但这震动，不论怎样的微弱，就产生了及远的波纹；这波纹要是唤得起同情的反应时，原来细的便并成了粗的，原来弱的便合成了强的，原来脆性的便结成了韧性的，像一缕缕的苎麻打成了粗绳似的；原来只是微波，现在掀成了大浪，原来只是山罅里的一股细水，现在流成了滚滚的大河，向着无边的海洋里流着。比如耶稣在山头上的训道（Sormon on the Mount），还不是有限的几句话，但这一篇短短的演说，却制定了人类想望的止境，建设了绝对的价值的标准，创造了一个纯粹的完全的宗教。那是一件大事实，人类历史上一件最伟大的事实。再比如释迦牟尼感悟了生老病死的究竟，发大慈悲心，发大勇猛心，发大无畏心，抛弃了他人间的地位，富与贵，家庭与妻子，直到深山里去修道，结果他也替苦闷的人间打开了一条解放的大道，为东方民族的天才下一个最光华的定义。那又是人类历史上的一件奇迹。但这样大事的起原还不止是一个人的心灵里偶然的震动，可不仅仅是一滴最透明的真挚的感情滴落在黑沉沉的宇宙间？

感情是力量，不是知识。人的心是力量的府库，不是他的逻辑。有真感情的表现，不论是诗是文是音乐是雕刻或是画，好比是一块石子掷在平面的湖心里，你站着就看得见他引起的变化。没有生命的理论，不论他论的是什么理，只是拿石块扔在沙漠里，无非在干枯的地面上添一颗干枯的分子，也许掷下去时便听得出一些干枯的声响，但此外只是一大片死一般的沉寂了。所以感情才是成江成河的水泉，感情才是织成大网的线索。

但是我们自己的网子又是怎么样呢？现在时候到了，我们应当张大了我们的眼睛，认明白我们周围事实的真相。我们已经含糊了好久，现在再不容含糊的了。让我们来大声的宣布我们的网子是坏了的，破了的，烂了的；让我们痛快的宣告我们民族的破产，道德，政治，社会，宗教，文艺，一切都是破产了的。我们的心窝变成了蠹虫的家，我们的灵魂里住着一个可怕的大谎！那天平上沉着的一头是破坏的重量，不是创造的重量；是溃败的势力，不是建设的势力；是撒但的魔力，不是上帝的神灵。霎时间这边路上长满了荆棘，那边道上涌起了洪水，我们头顶有骇人的声响，是雷霆还是炮火呢？我们周围有哭声与笑声，哭是我们的灵魂受污辱的悲声，笑是活着的人们疯魔了的狞笑，那比鬼哭更听的可怕，更凄惨。我们张开眼来看时，差不多更没有一块干净的土地，那一处不是叫鲜血与眼泪冲毁了的；更没有平安的所在，因为你即使忘得了外面的世界，你还是躲不了你自身的烦闷与苦痛。不要以为这样混沌的现象是原因于经济的不平等，或是政治的不安定，或是少数人的放肆的野心。这种种都是空虚的，欺人自欺的理论，说着容易，听着中听，因为我们只盼望脱卸我们自身的责任，只要不是我的分，我就有权利骂人。但这是，我着重的说，懦怯的行为；这正是我说的我们各个人灵魂里躲着的大谎！你说少数的政客，少数的军人，或是少数的富翁，是现在变乱的原因吗？我现在对你说：先生，你错了，你很大的错了，你太恭维了那少数人，你太瞧不起你自己。让我们一致的来承认，在太阳普遍的光亮底下承认，我们各个人的罪恶，各个人的不洁净，各个人的苟且与懦怯与卑鄙！我们是与最肮赃的一样的肮赃，与最丑陋的一般的丑陋，我们自身就是我们运命的原因。除非我们能起拔了我们灵魂里的大谎，我们就没有救度；我们要把祈祷的火焰把那鬼烧净了去，我们要把忏悔的眼泪把那鬼冲洗了去，我们要有勇敢来承当罪恶；有了勇敢来承当罪恶，方有胆量来决断罪恶。再没有第二条路走。如其你们可以容恕我的厚颜，我想念我自己近作的一首诗给你们听，因为那首诗，正是我今天讲的话的更集中的表现——

一、毒　药

今天不是我唱歌的日子，我口边涎着狞恶的微笑。不是我说笑的日子，我胸怀间插着发冷光的利刃；相信我，我的思想是恶毒的，因为这世界是恶毒的，我的灵魂是黑暗的，因为太阳已经灭绝了光彩，我的声调是像坟堆里的夜鸮，因为人间已经杀尽了一切的和谐，我的口音像是冤鬼责问他的仇人，因为一切的恩已经让路给一切的怨；

但是相信我，真理是在我的话里，虽则我的话像是毒药，真理是永远不含糊的，虽则我的话里仿佛有两头蛇的舌，蝎子的尾尖，蜈蚣的触须；只因为我的心里充满着比毒药更强烈，比咒诅更狠毒，比火焰更猖狂，比死更深奥的不忍心与怜悯心与爱心，所以我说的话是毒性的，咒诅的，燎灼的，虚无的；

相信我，我们一切的准绳已经埋没在珊瑚土打紧的墓宫里，你们最劲冽的祭肴的香味也穿不透这严封的地层：一切的准则是死了的；

我们一切的信心像是顶烂在树枝上的风筝，我们手里擎着这道断了的鹞线：一切的信心是烂了的；

相信我，猜疑的巨大的黑影，像一块乌云似的，已经笼盖着人间一切的关系：人子不再悲哭他新死的亲娘，兄弟不再来携着他姊妹的手，朋友变成了寇仇，看家的狗回头来咬他主人的腿：是的，猜疑淹没了一切；

在路旁坐着啼哭的，在街心里站着的，在你窗前探望的。都是被奸污的处女：池潭里只见烂破的鲜艳的荷花；

在人道恶浊的涧水里流着，浮荇似的，五具残缺的尸体，他们是仁义礼智信，向着时间无尽的海澜里流去；

这海是一个不安靖的海，波涛昌厥的翻着，在每个浪头的小白帽上分明的写着人欲与兽性；

到处是奸淫的现象：贪心搂抱着正义，猜忌逼迫着同情，懦怯狎亵着勇敢，肉欲侮弄着恋爱，暴力侵陵着人道，黑暗践踏着光明；

听呀，这一片淫猥的声响，听呀，这一片残暴的声响；

虎狼在热闹的市街里，强盗在你们妻子的床上，罪恶在你们深奥的灵魂里……

二、白　旗

来，跟着我来，拿一面白旗在你们的手里——不是上面写着激动怨毒，鼓励残杀字样的白旗，也不是涂着不洁净血液的标记的白旗，也不是画着忏悔与咒语的白旗（把忏悔画在你们的心里）；

你们排列着，噤声的，严肃的，像送丧的行列，不容许脸上留存一丝的颜色，一毫的笑容，严肃的，噤声的，像一队决死的兵士；

现在时辰到了，一齐举起你们手里的白旗，像举起你们的心一样，仰看着你们头顶的青天，不转瞬的，惶恐的，像看着你们自己的灵魂一样；

现在时辰到了，你们让你们熬着，壅着，迸裂着，滚沸着的眼泪流，直流，狂流，自由的流，痛快的流，尽性的流，像山水出峡似的流，像暴雨倾盆似的流……

现在时辰到了，你们让你们咽着，压迫着，挣扎着，汹涌着的声音嚎，直嚎，狂嚎，放肆的嚎，凶狠的嚎，像飓风在大海波涛间的嚎，像你们丧失了最亲爱的骨肉时的嚎……

现在时辰到了，你们让你们回复了的天性忏悔，让眼泪的滚油煎净了的，让悲恸的雷霆震醒了的天性忏悔，默默的忏悔，悠久的忏悔，沈澈的忏悔，像冷峭的星光照落在一个寂寞的山谷，像一个黑衣的尼僧匐伏在一座金漆的神龛前；

……

在眼泪的沸腾里，在嚎恸的酣澈里，在忏悔的沈寂里，你们望见了上帝永久的威严。

三、婴　儿

我们要盼望一个伟大的事实出现，我们要守候一个馨香的婴儿出世：——

你看他那母亲在她生产的床上受罪！

她那少妇的安详，柔和，端丽，现在在剧烈的阵痛里变形成不可信的丑恶：你看她那遍体的筋络都在她薄嫩的皮肤底里暴涨着，可怕的青色与紫色，像受惊的水青蛇在田沟里急泅似的，汗珠贴在她的前额上像一颗颗的黄豆，她的四肢与身体猛烈的抽搐着，畸屈着，奋挺着，纠旋着，仿佛她垫着的席子是用针尖编成的，仿佛她的帐围是用火焰织成的；

一个安详的，镇定的，端庄的，美丽的少妇，现在在绞痛的惨酷里变形成魔鬼似的可怖：她的眼，一时紧紧的阖着，一时巨大的睁着，她那眼，原来像冬夜池潭里反映着的明星，现在吐露着青黄色的凶焰，眼珠像是烧红的炭火，映射出她灵魂最后的奋斗，她的唇，原来是朱红色的，现在像是炉底的冷灰，她的口颤着，撅着，扭着，死神的热烈的亲吻不容许她一息的平安，她的发是散披着，横在口边，漫在胸前，像揪乱的麻丝，她的手指间，还紧抓着几穗拧下来的乱发；

这母亲在她生产的床上受罪：——

但是她还不曾绝望，她的生命挣扎着血与肉与骨与肢体的纤微，在危崖的边沿上，抵抗着，搏斗着，死神的逼迫；

她还不曾放手，因为她知道（她的灵魂知道！）这苦痛不是无因的，因为她知道她的胎宫里孕育着一点比她自己更伟大的生命的种子，包涵着一个比一切更永久的婴儿；

因为她知道这苦痛是婴儿要求出世的征候，是种子在泥土里爆裂成美丽的生命的消息，是她完成她自己生命的使命的机会；

因为她知道这忍耐是有结果的，在她剧痛的昏瞀中，她仿佛听着上帝准许人间祈祷的声音，她仿佛听着天使们赞美未来的光明的声音；

因此她忍耐着，抵抗着，奋斗着……她抵拚绷断她遍体的纤微，她要赎出在她胎宫里动荡着的生命，在她一个完全，美丽的婴儿出世的盼望中，最锐利，最沈酣的痛感逼成了最锐利最沉酣的快感……

这也许是无聊的希冀，但是谁不愿意活命，就使到了绝望最后的边沿，我们也还要妄想希望的手臂从黑暗里伸出来挽着我们。我们不能不想望这苦痛的现在只是准备着一个更光荣的将来，我们要盼望一个洁白的肥胖的活泼的婴儿出世！

新近有两件事实，使我得到很深的感触。让我来说给你们听听。

前几时有一天俄国公使馆挂旗，我也去看了。加拉罕站在台上，微微的笑着，他的脸上发出一种严肃的青光，他侧仰着他的头看旗上升时，我觉着了他的人格的尊严，他至少是一个有胆有略的男子，他有为主义牺牲的决心，他的脸上至少没有苟且的痕迹，同时屋顶那根旗杆上，冉冉的升上了一片的红光，背着窈远没有一斑云彩的青天。那面簇新的红旗在风前料峭的袅荡个不定。这异样的彩色与声响引起了我异样的感想。是腼腆，是骄傲，还是鄙夷，如今这红旗初次面对着我们偌大的民族？在场人也有拍掌的，但只是断续的拍掌，这就算是我想我们初次见红旗的敬意；但这又是鄙夷，骄傲，还是惭愧呢？那红色是一个伟大的象征，代表人类史里最伟大的一个时期；不仅标示俄国民族流血的成绩，却也为人类立下了一个勇敢尝试的榜样。在那旗子抖动的声响里我不仅仿佛听出了这近十年来那斯拉夫民族失败与胜利的呼声，我也想像到百数千年前法国革命时的狂热，一七八九年七月四日那天，巴黎市民攻破巴士梯亚牢狱时的疯癫。自由，平等，友爱！友爱，平等，自由！你们听呀，在这呼声里人类理想的火焰一直从地面上直冲破天顶，历史上再没有更重要更强烈的转变的时期。卡莱尔(Carlyle)[①] 在他的法国革命史里形容这件大事有三句名句，他说，“To describe this Seene trans ends the talent of mortals. After four hours of world Bed'am it surrenders. The Bastille is down!”他说：“要形容这一景超过了凡人的力量。过了四小时的疯狂他（那大牢）投降了。巴士梯亚是下了！”打破一个政治犯的牢狱不算是了不得的大事，但这事实里有一个象征。巴士梯亚是代表阻碍自由的势力，巴黎士民的攻击是代表全人

---

① Carlyle：卡莱尔（1795—1811），苏格兰散文作家、历史学家，作品有《法国革命》和《论英雄、英雄崇拜和历史上的英雄事迹》等。

类争自由的势力，巴士梯亚的“下”是人类理想胜利的凭证。自由，平等，友爱！友爱，平等，自由！法国人在百几十年前猖狂的叫着。这叫声还在人类的性灵里荡着。我们不好像听见吗，虽则隔着百几十年光阴的旷野。如今凶恶的巴士梯亚又在我们的面前堵着；我们如其再不发疯，他那牢门上的铁钉，一个个都快刺透我们的心胸了！

这是一件事。还有一件是我六月间伴着泰戈尔到日本时的感想。早七年我过太平洋时曾经到东京去玩过几个钟头，我记得到上野公园去，上一座小山去下望东京的市场，只见连绵的高楼大厦，一派富盛繁华的景象。这回我又到上野去了，我又登山去望东京城了，那分别可太大了！房子，不错，原是有的；但从前是几层楼的高房，还有不少有名的建筑，比如帝国剧场、帝国大学等等，这次看见的，说也可怜，只是薄皮松板暂时支着应用的鱼鳞似的屋子，白松松的像一个烂发的花头，再没有从前那样富盛与繁华的气象。十九的城子都是叫那大地震吞了去烧了去的。我们站着的地面平常看是再坚实不过的，但是等到他起兴时小小的翻一个身，或是微微的张一张口，我们脆弱的文明与脆弱的生命就够受。我们在中国的差不多是不能想着世界上，在醒着的不是梦里的世界上，竟可以有那样的大灾难。我们中国人是在灾难里讨生活的，水，旱，刀兵，盗劫，那一样没有，但是我敢说我们所有的灾难合起来也抵不上我们邻居一年前遭受的大难。那事情的可怕，我敢说是超过了人类忍受力的止境。我们国内居然有人以日本人这次大灾为可喜的，说他们活该，我真要请协和医院大夫用 X 光检查一下他们那几位，究竟他们是有没有心肝的。因为在可怕的运命的面前，我们人类的全体只是一群在山里逢着雷霆风雨时的绵羊，那里还能容什么种族政治等等的偏见与意气？我来说一点情形给你们听听，因为虽则你们在报上看过极详细的记载，不曾亲自察看过的总不免有多少距离的隔膜。我自己未到日本前与看过日本后，见解就完全的不同。你们试想假定我们今天在这里集会，我讲的，你们听的，假如日本那把戏轮着我们头上来时，要不了的搭的搭的搭的三秒钟，我与你们与讲台与屋子就永远诀别了地面，像变戏法似的，影踪都没了。那是事实，横滨有好几所五六层高的大楼，全是在三四秒时间内整个儿与地面拉一个平，全没了。你们知道圣书里面形容天降大难的时候，不要说本来脆弱的人类完全放弃了一切的虚荣，就是最猛鸷的野兽与飞禽也会在刹时间变化了性质，老虎会像小猫似的挨着你躲着，利喙的鹰鹞会得躲入鸡棚里去窝着，比鸡还要驯服。在那样非常的变动时，他们也好似觉悟了这彼此同是生物的亲属关系，在天怒的跟前同是剥夺了抵抗力的小虫子，这里面就发生了同命运的同情。你们试想就东京一地说，二三百万的人口，几十百年辛勤的成绩，突然的面对着最后审判的实在，就在今天我们回想起当时他们全城子像一个滚沸的油锅时的情景，原来热闹的市场变成了光焰万丈的火盆，在这里面人类最集中的心力与体力的成绩全变了燃料，在这里面艺术教育政治社会人的骨与肉与血都化成了灰烬，还有百十万男女老小的哭嚷声，这哭声本体就可以摇动天地，——我们不要说亲身经历，就是坐在椅子上想像这样不可信的情景时，也不免觉得害怕不是？那可不是顽儿的事情。单只描写那样的大变，恐怕至少就须要荷马或是莎士比亚的天才。你们试想在那时候，假如你们亲身经历时，你的心理该是怎么样？你还恨你的仇人吗？你还不饶恕你的朋友吗？你还沾恋你个人的私利吗？你还有欺哄人的机会吗？你还有什么希望吗？你还不搂住你身旁的生物，管他是你的妻子，你的老子，你的听差，你的妈，你的冤家，你的老妈子，你的猫，你的狗，把你灵魂里还剩下的光明一齐放射出来，和着你同难的同胞在这普遍的黑暗里来一个最后的结合吗？

但运命的手段还不是那样的简单。他要是把你的一切都扫灭了，那倒也是一个痛快的结束；他可不然。他还让你活着，他还有更苛刻的试验给你。大难过了，你还喘着气；你的家，你的财产，都变了你脚下的灰，你的爱亲与妻与儿女的骨肉还有烧不烂的在火堆里燃着，你没有了一切；但是太阳又在你的头上光亮的照着，你还是好好的在平定的地面上站着，你疑心这一定是梦，可又不是梦，因为不久你就发现与你同难的人们，他们也一样的疑心他们身受的是梦。可真不是梦，是真的。你还活着，你还喘着气，你得重新来过，根本的完全的重新来过。除非是你自愿放手，你的灵魂里再没有勇敢的分子。那才是你的真试验的时候。这考卷可不容易交了，要到那时候你才知道你自己究竟有多大能耐，值多少，有多少价值。

我们邻居日本人在灾后的实际就是这样。全完了，要来就得完全来过，尽你及身的力量不够，加上你儿子的，你孙子的，你孙子的儿子的儿子的孙子的努力也许可以重新撑起这份家私，但在这努力的经程中，谁也保不定天与地不再捣乱；你的几十年只要他的几秒钟。问题所以是你干不干？就只甘脆的一句话，你干不干，是或否？同时也许无情的运命，扭着他那丑陋可怕的脸子在你的身旁冷笑，等着你最后的回话。你干不干，他仿佛也涎着他的怪脸问着你！

我们勇敢的邻居们已经交了他们的考卷；他们回答了一个甘脆的干字，我们不能不佩服。我们不能不尊敬他们精神的人格。不等那大震灾的火焰缓和下去，我们邻居们第二次的奋斗已经庄严的开始了。不等运命的残酷的手臂松放，他们已经宣言他们积极的态度对运命宣战。这是精神的胜利，这是伟大，这是证明他们有不可摇的信心，不可动的自信力；证明他们是有道德的与精神的准备的，有最坚强的毅力与忍耐力的，有内心潜在着的精力的，有充分的后备军的，好比说，虽则前敌一起在炮火里毁了，这只是给他们一个出马的机会。他们不但不悲观，不但不消极，不但不绝望，不但不矮着嗓子乞怜，不但不倒在地下等救，在他们看来这大灾难，只是一个伟大的戟刺，伟大的鼓励，伟大的灵感，一个应有的试验，因此他们新来的态度只是双倍的积极，双倍的勇猛，双倍的兴奋，双倍的有希望；他们仿佛是经过大战的大将，战阵愈急迫愈危险，战鼓愈打得响亮，他的胆量愈大，往前冲的步子愈紧，必胜的决心愈强。这，我说，真是精神的胜利，一种道德的强制力，伟大的，难能的，可尊敬的，可佩服的。泰戈尔说的，国家的灾难，个人的灾难，都是一种试验：除是灾难的结果压倒了你的意志与勇敢，那才是真的灾难，因为你更没有翻身的希望。

这也并不是说他们不感觉灾难的实际的难受，他们也是人，他们虽勇，心究竟不是铁打的。但他们表现他们痛苦的状态是可注意的；他们不来零碎的呼叫，他们采用一种雄伟的庄严的仪式。此次震灾的周年纪念时，他们选定一个时间，举行他们全国的悲哀；在不知是几秒或几分钟的期间内，他们全国的国民一致的静默了，全国民的心灵在那短时间内融合在一阵忏悔的，祈祷的，普遍的肃静里（那是何等的凄伟!）；然后，一个信号打破了全国的静默，那千百万人民又一致的高声悲号，悲悼他们曾经遭受的惨运；在这一声弥漫的哀号里，他们国民，不仅发泄了蓄积着的悲哀，这一声长号，也表明他们一致重新来过的伟大的决心（这又是何等的凄伟!）

这是教训，我们最切题的教训。我个人从这两件事情——俄国革命与日本地震——感到极深刻的感想；一件是告诉我们什么是有意义有价值的牺牲，那表面紊乱的背后坚定的站着某种主义或是某种理想，激动人类潜伏着一种普遍的想望，为要达到那想望的境界，他们就不顾冒怎样剧烈的险与难，拉倒已成的建设踏平现有的基础，抛却生活的习惯，尝试最不可测量的路子。这是一种疯癫，但是有目的的疯癫；单独的看，局部的看，我们尽可以下种种非难与责备的批评，但全部的看，历史的看时，那原来纷乱的就有了条理，原来散漫的就成了片段，甚至于在经程中一切反理性的分明残暴的事实，都有了他们相当的应有的位置。在这部大悲剧完成时，在这无形的理想“物化”成事实时，在人类历史清理节账时，所得便超过所出，赢余至少是盖得过损失的。我们现在自己的悲惨就在问题不集中，不清楚，不一贯；我们缺少——用一个现成的比喻——那一面半空里升起来的彩色旗（我不是主张红旗我不过比喻罢了！）使我们有眼睛能看的人都不由的不仰着头望；缺少那青天里的一个霹雳，使我们有耳朵能听的不由的惊心。正因为缺乏这样一个一贯的理想与标准（能够表现我们潜在意识所想望的），我们有的那一部疯癫性——历史上所有的大运动都脱不了疯癫性的成分——就没有机会充分的外现，我们物质生活的累赘与沾恋，便有力量压迫住我们精神性的奋斗；不是我们天生不肯牺牲，也不是天生懦怯，我们在这时期内的确不曾寻着值得或是强迫我们牺牲的那件理想的大事，结果是精力的散漫，志气的怠惰，苟且心理的普遍，悲观主义的盛行，一切道德标准与一切价值的毁灭与埋葬。

人原来是行为的动物，尤其是富有集合行为力的，他有向上的能力，但他也是最容易堕落的，在他眼前没有正当的方向时，比如猛兽监禁在铁笼子里。在他的行为力没有发展的机会时，他就会随地躺了下来，管他是水潭是泥潭，过他不黑不白的猪奴的生活。这是最可惨的现象，最可悲的趋向。如其我们容忍这种状态继续存在时，那时每一对父母每次生下一个洁净的小孩，只是为这卑劣的社会多添一个堕落的分子，那是莫大的亵渎的罪业；所有的教育与训练也就根本的失去了意义，我们还不如盼望一个大雷霆下来毁尽了这三江或四江流域的人类的痕迹！

再看日本人天灾后的勇猛与毅力，我们就不由的不惭愧我们的穷，我们的乏，我们的寒伧。这精神的穷乏才是真可耻的，不是物质的穷乏。我们所受的苦难都还不是我们应有的试验的本身，那还差得远着哪；但是我们的丑态已经恰好与人家的从容成一个对照。我们的精神生活没有充分的涵养，所以临着稀小的纷扰便没有了主意，像一个耗子似的，他的天才只是害怕，他的伎俩只是小偷；又因为我们的生活没有深刻的精神的要求，所以我们合群生活的大网子就缺少最吃分量最经用的那几条普遍的同情线，再加之原来的经纬已经到了完全破烂的状态，这网子根本就没有了联结，不受外物侵损时已有溃散的可能，那里还能在时代的急流里，捞起什么有价值的东西？说也奇怪，这几千年历史的传统精神非但不曾供给我们社会一个巩固的基础，我们现在到了再不容隐讳的时候，谁知道我们发现的桩子，只是在黄河里造桥，打在流沙里的！

难怪悲观主义变成了流行的时髦！但我们年轻人，我们的身体里还有生命跳动，脉管里多少还有鲜血的年轻人，却不应当沾染这最致命的时髦，不应当学那随地躺得下去的猪，不应当学那苟且专家的耗子，现在时候逼迫了，再不容我们霎那的含糊。我们要负我们应负的责任，我们要来补织我们已经破烂的大网子，我们要在我们各个人的生活里抽出人道的同情的纤维来合成强有力的绳索，我们应当发现那适当的象征，像半空里那面大旗似的，引起普遍的注意；我们要修养我们精神的与道德的人格，预备忍受将来最难堪的试验。简单的一句话，我们应当在今天——过了今天就再没有那一天了——宣布我们对于生活基本的态度。是是还是否；是积极还是消极；是生道还是死道；是向上还是堕落？在我们年轻人一个字的答案上就挂着我们全社会的运命的决定。我盼望我至少可以代表大多数青年，在这篇讲演的末尾，高叫一声——用两个有力量的外国字——

"Everlasting yea!"[①]

① "Everlasting yea!"：永远的是；yea，口头表决表示同意的说法。

莪默的一首诗[①]

胡适之尝试集里有莪默诗的第七十三首的译文，那是他最得意的一首译诗，也是在他的诗里最“脍炙人口”的一首。新近郭沫若把 Edward FitzGerald[②] 的英译完全翻了出来，据适之说关于这一首诗他在小注里也提起了他的译文——可惜沫若那本小册子我一时找不到，不能参照他的译文与他的见解。昨天适之在我书桌子又把他那首名译用“寸楷”的大字写了出来，并且打起了徽州调高声朗唱了一两遍（我想我们都懂得适之先生的感慨；谁都免不了感慨不是?）方才我一时手痒，也尝试了一个翻译，并不敢与胡先生的“比美”，但我却以为翻诗至少是一种有趣的练习，只要原文是名著，我们译的人就只能凭我们各人的“懂多少”，凭我们运用字的能耐，“再现”一次原来的诗意，结果失败的机会固然多，但亦尽有成品的——

① 一九二四年十一月二日作；载一九二四年十一月七日《晨报副刊》，落款误作“十二月二日”；初收一九八〇年台湾时报文化事业出版有限公司《徐志摩诗文补遗》。采自《晨报副刊》。

② Edward FitzGerald：菲茨杰拉德（1809—1883），英国作家，曾以意译的方式，翻译波斯诗人欧玛尔·海亚姆（Omar Khayyám，1048? —1122?，即徐志摩所说的莪默）的《鲁拜集》。

比如斐氏波诗的英译，——虽则完全的译诗是根本不可能的。现在我把那首原译与胡译与我的译文录在一起，供给爱译诗的朋友们一点子消遣；如其这砖抛了出去，竟能引出真的玉来，那就更有兴致了。

一、斐氏英译

Ah Love! could thun and I with Fate conspire
To grasp this sorry Scheme of Things entire,
Could not we shatter it to bits—and then
Remodel it near to the Heart's Desire?

二、胡　译

要是天公换了卿和我，
该把这糊涂世界一齐都打破，
再磨再炼再调和，
好依着你我的安排，
把世界重新造过!

三、徐　译

爱阿！假如你我能勾著运神谋反，

一把抓住了这整个儿“寒尘”[①] 的世界，
我们还不趁机会把他完全捣烂——
再来按我们的心愿，改造他一个痛快？

十二月二日

① 原注：寒尘一作寒伧。

悼沈叔薇[1]

沈叔薇是我的一个表兄，从小同学，高小中学（杭州一中）都是同班毕业的，他是今年九月死的。

叔薇，你竟然死了，我常常的想着你，你是我一生最密切的一个人，你的死是我的一个不可补偿的损失。我每次想到生与死的究竟时，我不定觉得生是可欲，死是可悲，我自己的经验与默察只使我相信生的底质是苦不是乐，是悲哀不是幸福，是泪不是笑，是拘束不是自由：因此从生入死，在我有时看来，只是解化了实体的存在，脱离了现象的世界，你原来能辨别苦乐，忍受磨折的性灵，在这最后的呼吸离窍的俄顷，又投入了一种异样的冒险。我们不能轻易的断定那一边没有阳光与人情的温慰，亦不能设想苦痛的灭绝。但生死间终究有一个不可掩讳的分别，不论你怎样的看法。出世是一件大事，死亡亦是一件大事。一个婴儿出母胎时他便与这生的世界开始了关系，这关系却不能随着他去后的躯壳埋掩，这一生与一死，不

① 一九二四年十一月一日作；载一九二四年十一月十九日《晨报副刊》，署名志摩；初收一九二八年一月上海新月书店《自剖》。采自《自剖》。

论相间的距离怎样的短，不论他生时的世界怎样的仄——这一生死便是一个不可销毁的事实：比如海水每多一次潮涨海滩便多受一次泛滥，我们全体的生命的滩沙里，我想，也存记着最微小的波动与影响……

而况我们人又是有感情的动物。在你活着的时候，我可以携着你的手，谈我们的谈，笑我们的笑，一同在野外仰望天上的繁星，或是共感秋风与落叶的悲凉……叔薇，你这几年虽则与我不易相见，虽则彼此处世的态度更不如童年时的一致，但我知道，我相信在你的心里还留着一部分给我的情意，因为你也在我的胸中永占着相当的关切。我忘不了你，你也忘不了我。每次我回家乡时，我往往在不曾解卸行装前已经亟亟的寻求，欣欣的重温你的伴侣。但如今在你我间的距离，不再是可以度量的里程，却是一切距离中最辽远的一种距离——生与死的距离。我下次重归乡土，再没有机会与你携手谈笑，再不能与你相与恣纵早年的狂态，我再到你们家去，至多只能抚摩你的寂寞的灵帏，仰望你的惨淡的遗容，或是手拿一把鲜花到你的坟前凭吊！

叔薇，我今晚在北京的寓里，在一个冷静的秋夜，倾听着风催落叶的秋声，咀嚼着为你兴起的哀思，这几行文字，虽则是随意写下，不成章节，但在这舒写自来情感的俄顷，我仿佛又一度接近了你生前温驯的，谐趣的人格，仿佛又见着了你瘦脸上的枯涩的微笑——比在生前更谐合的更密切的接近。

我没有多少的话对你说，叔薇，你得宽恕我：当你在世时我们亦很少相互罄吐的机会。你去世的那一天我来看你，那时你的头上，你的眉目间，已经刻画着死的晦色，我叫了你一声叔薇，你也从枕上侧面来回叫我一声志摩，那便是我们在永别前最后的缘分！我永远忘不了那时病榻前的情景！

我前面说生命不定是可喜，死亦不定可畏：叔薇，你的一生尤其不曾尝味过生命里可能的乐趣，虽则你是天生的达观，从不会慕羡虚荣的人间；你如其继续的活着，支撑着你的多病的筋骨，委蛇你无多沾恋的家庭，我敢说这样的生转不如撒手去了的干净！况且你生前至爱的骨肉，亦久已不在人间；你的生身的爹娘，你的过继的爹娘（我的姑母），你的姊姊——可怜娟姊，我始终不曾一度凭吊——还有你的爱妻，他们都在坟墓的那一边满开着他们天伦的怀抱，守候着他们最爱的“老五”，共享永久的安闲……

十一月一日早三时你的表弟志摩

两个世界的老头儿的来信[①]

自从六月初与泰谷尔及其同伴在香港别后，直至前十天才得泰氏亲笔来信，他说回印度后因跋涉劳顿生了一时病到如今（他信上日期是八月二十五）还觉得疲倦，但他还是要到南美洲去赴约，定九月底动身赴欧，由西班牙迳去南美，明年二月回意大利。他此时大致已在西班牙了。他要我明春到意大利去会他，那是我答应过他的，至于我能否享这样的闲福——伴着老诗人漫游南欧北欧——只有我的星知道！老翁到东方来辛苦了一趟，至少结识了少数的朋友，那是他唯一的慰藉；如今他去了已经有不少的时候，好几个月了，原来不存心记着他的，已经尽够从容的完全忘怀了他，但或许还有少数人见过他的容貌听过他的声音的，偶然还有机会联想到或是存念着老人的，那就是他的幸福了。这少数人或者愿意知道他的行止，所以我胆敢把他给我的私人的信在这里公开了。

最近我又接到一封远道来的有趣味的信，那是嘉本特

① 载一九二四年十一月二十四、二十六日《晨报副刊》；初收一九八〇年台湾时报文化出版事业有限公司《徐志摩诗文补遗》。采自《晨报副刊》。

(Edward Carpenter) 给我的，嘉本特的名字应得很有人知道，尤其是晨报的读者，因为他就是那本名著爱之成年“Love's Coming Age”的作者。我在英国时是经狄更生先生（G. Lowes Dickinson）介绍到他住处去“朝拜”过他的，去年在文友会里一次讲演（“Personal impressions of H. G. Wells, Edward Carpenter and Katherine Mansfield”）[①] 我曾经叙述过那段可纪念的事实。他今年八月间八十岁整生日，据说全球各国——尤其是劳工阶级——都有贺电给他，祝嘏这位歌唱和平，友爱，真人道与真平民精神的老诗翁。近来他的精神很差，写字都觉得困难，因为他的手颤震得很凶，你们看他来信的笔迹就知道。我把他原信印在这里，给爱他《爱之成年》的与他的人格的朋友们看看。

他信里还附着一份答复各国贺他生日的一封公函，我也乘便译在这里——

> 从我八十岁生日老髦的高处，我敬谢各地的朋友借这个机会来表示他们对我的爱心与好意。他们真挚的盛情使我深深的感激；但同时我要说出我心里隐着的希冀，我盼望我们不久便可以无须这种文字上的表示，因为在将来他们这次所表示的爱心与好意即是人类普遍的产业，各个人共有的快乐的泉源。
>
> 有许多人要知道我对于现代的文明社会与他的可疑的健康状态有什么感想。但是虽则我很明白我们的文明曾经（现在还是）受病很深，并且“去死不远”！我还是不曾放弃我的希望，这病是有法子医治的。其实我应当说这世界

① Personal impressions of H. G. Wells, Edward Carpenter and Katherine Mansfield:《我对H.G.威尔士、爱德华·卡朋特和凯瑟琳·曼斯斐尔德的印象》。

是没有什么的，或是不会有什么的，只要这里面的人们些微有一点常识！或是换一种说法，只要他们能够有一点子真的信心，认明白他们生活的共同性与相互靠傍的那件基本的实际的事实。有那个信心或是实际世界上就不会得出乱子。没有那一点什么都会得弄糟的。

在今天事业（Business）那个字，字面上看着平常，实在掩盖着无穷的恶业与伪迹。多少残暴的反人道的行为只是假托着事业的名字，他那动机无非是普遍的猜疑与嫉忌。曾经有人计算过我们十分之九的商业与财政的活动只是消耗在彼此对抗的记帐上（包括结算书，证券，契约，抵押，保险，以及各样的文书与手续），这一切无谓的麻烦只是打算来强迫单纯的诚实与相互的帮助，但碰巧这两件事情根本就不是可以强迫的事情。如其这种情形不是发疯的行为，我不知他是什么！

我只能说这种黯惨的蠢拙的纠纷是商业时期给我们的一份家产，所以我们只能盼望早早从这个可憎恶的时期进行到常识与真的共同生活的时期。

我的感谢是给所有帮助实现这我们最想像的伟大工程的人们。

爱特华特卡本德

济慈的夜莺歌[①]

诗中有济慈（John Keats）的《夜莺歌》，与禽中有夜莺一样的神奇。除非你亲耳听过，你不容易相信树林里有一类发痴的鸟，天晚了才开口唱，在黑暗里倾吐她的妙乐，愈唱愈有劲，往往直唱到天亮，连真的心血都跟着歌声从她的血管里呕出；除非你亲自咀嚼过，你也不易相信一个二十三岁的青年有一天早饭后坐在一株李树底下迅笔的写，不到三小时写成了一首八段八十行的长歌，这歌里的音乐与夜莺的歌声一样的不可理解，同是宇宙间一个奇迹，即使有那一天大英帝国破裂成无可记认的断片时，夜莺歌依旧保有他无比的价值：万万里外的星亘古的亮着，树林里的夜莺到时候就来唱着，济慈的夜莺歌永远在人类的记忆里存着。

那年济慈住在伦敦的 Wentworth Place。[②] 百年前的伦敦与现在的英京大不相同，那时候“文明”的沾染比较的不深，所以华次华士站在威士明治德桥上，还可以放心的讴歌清晨的伦

① 一九二四年十二月二日作；载一九二五年二月《小说月报》第十六卷第二号；初收一九二七年八月上海新月书店《巴黎的鳞爪》。采自《巴黎的鳞爪》。

② Wentworth Place：温特沃斯广场。

敦，还有福气在“无烟的空气”里呼吸，望出去也还看得见“田地，小山，石头，旷野，一直开拓到天边”。那时候的人，我猜想，也一定比较的不野蛮，近人情，爱自然，所以白天听得着满天的云雀，夜里听得着夜莺的妙乐。要是济慈迟一百年出世，在夜莺绝迹了的伦敦市里住着，他别的著作不敢说，这首夜莺歌至少，怕就不会成功，供人类无尽期的享受。说起真觉得可惨，在我们南方，古迹而兼是艺术品的，止淘成了西湖上一座孤单的雷峰塔。这千百年来雷峰塔的文学还不曾见面，雷峰塔的映影已经永别了波心！也许我们的灵性是麻皮做的，木屑做的，要不然这时代普遍的苦痛与烦恼的呼声，还不是最富灵感的天然音乐；——但是我们的济慈在那里？我们的《夜莺歌》在那里？济慈有一次低低的自语——“I feel the flowers growing on me”。意思是“我觉得鲜花一朵朵的长上了我的身”，就是说他一想着了鲜花，他的本体就变成了鲜花，在草丛里掩映着，在阳光里闪亮着，在和风里一瓣瓣的无形的伸展着，在蜂蝶轻薄的口吻下羞晕着。这是想像力最纯粹的境界：孙猴子能七十二般变化，诗人的变化力更是不可限量——莎士比亚戏剧里至少有一百多个永远有生命的人物，男的女的，贵的贱的，伟大的，卑琐的，严肃的，滑稽的，还不是他自己摇身一变变出来的。济慈与雪莱最有这与自然谐合的变术；——雪莱制“云歌”时我们不知道雪莱变了云还是云变了雪莱；歌“西风”时不知道歌者是西风还是西风是歌者；颂“云雀”时不知道是诗人在九霄云端里唱着还是百灵鸟在字句里叫着；同样的济慈咏“忧郁”（Ode on Melancholy）[①] 时他自己就变了忧郁本体，“忽然从天上吊下来像一朵哭泣的云”；他赞美“秋”（To Autumn）时他自己就是在树叶底下挂着的叶子中心那颗

① Ode on Melancholy：《忧郁颂》。

渐渐发长的核仁儿，或是在稻田里静偃着玫瑰色的秋阳！这样比称起来，如其赵松雪关紧房门伏在地下学马的故事可信时，那我们的艺术家就落粗蠢，不堪的“乡下人气味”！

他那夜莺歌是他一个哥哥死的那年做的，据他的朋友有名肖像画家 Robert Hayden① 给 Miss Mitford② 的信里说，他在没有写下以前早就起了腹稿，一天晚上他们俩在草地里散步时济慈低低的背诵给他听——“…in a low, tremulous undertone which affected me extremely.”③ 那年碰巧——据著济慈传的 Lord Houghton④ 说，在他屋子的邻近来了一只夜莺，每晚不倦的歌唱，他很快活，常常留意倾听，一直听得他心痛神醉逼着他从自己的口里复制了一套不朽的歌曲。我们要记得济慈二十五岁那年在意大利在他一个朋友的怀抱里作古，他是，与他的夜莺一样，呕血死的！

能完全领略一首诗或是一篇戏曲，是一个精神的快乐，一个不期然的发现。这不是容易的事；要完全了解一个人的品性是十分难，要完全领会一首小诗也不得容易。我简直想说一半得靠你的缘分，我真有点儿迷信。就我自己说，文学本不是我的行业，我的有限的文学知识是“无师传授”的。斐德 Wal-

---

① Robert Hayden：海顿，全名应为 Benjamin Robert Hayden（1786—1846），英国历史画家，以其《自传与日记》最为著名。海顿是济慈、华滋华斯、赫兹列特等英国文人的朋友，他生动的日记中载有很多他同时代人的轶事。

② Miss Mitford：米特福德小姐，英国女剧作家、诗人和散文作家，作品有《杂诗集》等。

③ “他的低沉、颤抖的嗓音深深地打动了我。”

④ Lord Houghton：霍顿勋爵，米尔尼斯（Richard Monckton Milnes，1809—1885）继承男爵爵位以后的称呼。英国诗人，但其最著名的作品是《济慈生平与书信集》。

ter Pater[①]是一天在路上碰着大雨到一家旧书铺去躲避无意中发现的，哥德（Goethe）——说来更怪了——是司蒂文孙(R. L. S.)[②] 介绍给我的（在他的 Art of Writing [③]那书里他称赞 George Henry Lewes[④] 的葛德评传；Everyman edition[⑤] 一块钱就可以买到一本黄金的书），柏拉图是一次在浴室里忽然想着要去拜访他的。雪莱是为他也离婚才去仔细请教他的，杜思退益夫斯基，托尔斯泰，丹农雪乌，波特莱耳，卢骚，这一班人也各有各的来法，反正都不是经由正宗的介绍：都是邂逅，不是约会。这次我到北大教书也是偶然的，我教着济慈的夜莺歌也是偶然的，乃至我现在动手写这一篇短文，更不是料得到的。友鸾再三要我写才鼓起我的兴来，我也很高兴写，因为看了我的乘兴的话，竟许有人不但发愿去读那《夜莺歌》，并且从此得到了一个亲口尝味最高级文学的门径，那我就得意极了。

但是叫我怎样讲法呢？在课堂里一头讲生字一头讲典故，多少有一个讲法，但是现在要我坐下来把这首整体的诗分成片段诠释他的意义，可真是一个难题！领略艺术与看山景一样，只要你地位贴〈站〉得适当，你这一望一眼便吸收了全景的精神；要你“远视”的看，不是近视的看；如其你捧住了树才能

---

① Walter Pater：今译佩特（1839—1894），英国文艺批评家、散文作家，主张“为艺术而艺术”，主要著作有《文艺复兴史研究》和《伊壁鸠鲁信徒马利乌斯》等。

② R. L. S.：即司蒂文孙（Robert Louis Stevenson，1850—1894），英国小说家，19世纪末新浪漫主义的代表，主要作品有小说《金银岛》、《化身博士》、《绑架》等。

③ Art of Writing：《写作的艺术》。

④ George Henry Lewes：刘易斯（1817—1878），英国哲学家、文学评论家和科学家，著有《歌德的生平与著作》、《生活与思想问题》等。

⑤ Everyman edition：普通人版。

见树，那时即使你不惜工夫一株一株的审查过去，你还是看不到全林的景子。所以分析的看艺术，多少是杀风景的：综合的看法才对。所以我现在勉强讲这《夜莺歌》，我不敢说我能有什么心得的见解！我并没有！我只是在课堂里讲书的态度，按句按段的讲下去就是，至于整体的领悟还得靠你们自己，我是不能帮忙的。

你们没有听过夜莺先是一个困难。北京有没有我都不知道。下回萧友梅先生的音乐会要是有贝德花芬的第六个“沁芳南”（The Pastoral Symphony）[①] 时，你们可以去听听，那里面有夜莺的歌声。好吧，我们只要能同意听音乐——自然的或人为的——有时可以使我们听出神：譬如你晚上在山脚下独步时听着清越的笛声，远远的飞来，你即使不滴泪，你多少不免“神往”不是？或是在山中听泉乐，也可使你忘却俗景，想像神境。我们假定夜莺的歌声比我们白天听着的什么鸟都要好听；她初起像是龚云甫，嗓子发沙的，很懈的试她的新歌；顿上一顿，来了，有调了。可还不急，只是清脆悦耳，像是珠走玉盘（比喻是满不相干的！）。慢慢的她动了情感，仿佛忽然想起了什么事情使她激成异常的愤慨似的，她这才真唱了，声音越来越亮，调门越来越新奇，情绪越来越热烈，韵味越来越深长，像是无限的欢畅，像是艳丽的怨慕，又像是变调的悲哀——直唱得你在旁倾听的人不自主的跟着她兴奋，伴着她心跳。你恨不得和着她狂歌，就差你的嗓子太粗太浊合不到一起！这是夜莺；这是济慈听着的夜莺，本来晚上万籁静定后声音的感动力就特强，何况夜莺那样不可模拟的妙乐。

好了；你们先得想像你们自己也教音乐的沈醴浸醉了，四肢软绵绵的，心头痒荠荠的，说不出的一种浓味的馥郁的舒

---

① The Personal Symphony：《田园交响曲》。

服，眼帘也是懒洋洋的挂不起来，心里满是流膏似的感想，辽远的回忆，甜美的惆怅，闪光的希冀，微笑的情调一齐兜上方寸灵台时——再来——“in a low, tremulous undertone”[1] ——开诵济慈的夜莺歌，那才对劲儿!

这不是清醒时的说话；这是半梦呓的私语：心里畅快的压迫太重了流出口来绻缱的细语——我们用散文译过他的意思来看——

一

“这唱歌的，唱这样神妙的歌的，决不是一只平常的鸟；她一定是一个树林里美丽的女神，有翅膀会得飞翔的。她真乐呀，你听独自在黑夜的树林里，在枝干交叉，浓荫如织的青林里，她畅快的开放她的歌调，赞美着初夏的美景，我在这里听她唱，听的时候已经很多，她还是恣情的唱着；啊，我真被她的歌声迷醉了，我不敢羡慕她的清福，但我却让她无边的欢畅催眠住了，我像是服了一剂麻药，或是喝尽了一剂鸦片汁，要不然为什么这睡昏昏思离离的像进了黑甜乡似的，我感觉着一种微倦的麻痹，我太快活了，这快感太尖锐了，竟使我心房隐隐的生痛了!”

二

“你还是不倦的唱着——在你的歌声里我听出了最香冽的美酒的味儿。呵，喝一杯陈年的真葡萄酿真痛快呀！那葡萄是

---

① 用低沉、颤抖的嗓音。

长在暖和的南方的，普鲁罔斯那种地方，那边有的是幸福与欢乐，他们男的女的整天在宽阔的太阳光底下作乐，有的携着手跳春舞，有的弹着琴唱恋歌；再加那遍野的香草与各样的树馨——在这快乐的地土下他们有酒窖埋着美酒。现在酒味益发的澄静，香冽了。真美呀，真充满了南国的乡土精神的美酒，我要来引满一杯，这酒好比是希宝克林灵泉的泉水，在日光里滟滟发虹光的清泉，我拿一只古爵盛一个扑满。阿，看呀！这珍珠似的酒沫在这杯边上发瞬，这杯口也叫紫色的浓浆染一个鲜艳；你看看，我这一口就把这一大杯酒吞了下去——这才真醉了，我的神魂就脱离了躯壳，幽幽的辞别了世界，跟着你清唱的音响，像一个影子似澹澹的掩入了你那暗沉沉的林中。”

三

想起这世界真叫人伤心。我是无沾恋的，巴不得有机会可以逃避，可以忘怀种种不如意的现象，不比你在青林茂荫里过无忧的生活，你不知道也无须过问我们这寒伧的世界，我们这里有的是热病，厌倦，烦恼，平常朋友们见面时只是愁颜相对，你听我的牢骚，我听你的哀怨；老年人耗尽了精力，听凭痺症摇落他们仅存的几茎可怜的白发；年轻人也是叫不如意事蚀空了，满脸的憔悴，消瘦得像一个鬼影，再不然就进墓门；真是除非你不想他，你要一想的时候就不由得你发愁，不由得你眼睛里钝迟迟的充满了绝望的晦色；美更不必说，也许难得在这里，那里，偶然露一点痕迹，但是转瞬间就变成落花流水似没了，春光是挽留不住的，爱美的人也不是没有，但美景既不常驻人间，我们至多只能实现暂时的享受，笑口不曾全开，愁颜又回来了！因此我只想顺着你歌声离别这世界，忘却这世界，解化这忧郁沉沉的知觉。”

四

“人间真不值得留恋,去吧,去吧! 我也不必乞灵于培克司(酒神)与他那宝辇前的文豹,只凭诗情无形的翅膀我也可以飞上你那里去。阿,果然来了! 到了你的境界了! 这林子里的夜是多温柔呀,也许皇后似的明月此时正在她天中的宝座上坐着,周围无数的星辰像侍臣似的拱着她。但这夜却是黑,闇阴阴的没有光亮,只有偶然天风过路时把这青翠荫蔽吹动,让半亮的天光丝丝的漏下来,照出我脚下青茵浓密的地土。”

五

“这林子里梦沉沉的不漏光亮,我脚下踏着的不知道是什么花,树枝上渗下来的清馨也辨不清是什么香;在这薰香的黑暗中我只能按着这时令猜度这时候青草里,矮丛里,野果树上的各色花香;——乳白色的山楂花,有刺的野蔷薇,在叶丛里掩盖着的芝罗兰已快萎谢了,还有初夏最早开的麝香玫瑰,这时候准是满承着新鲜的露酿,不久天暖和了,到了黄昏时候,这些花堆里多的是采花来的飞虫。”

我们要注意从第一段到第五段是一顺下来的:第一段是乐极了的谵语,接着第二段声调跟着南方的阳光放亮了一些,但情调还是一路的缠绵。第三段稍为激起一点浪纹,迷离中夹着一点自觉的愤慨,到第四段又沉了下去,从“already with thee!”①

① “早已和你在一起。”《夜莺颂》中的一句。

起，语调又极幽微，像是小孩子走入了一个阴凉的地窖子，骨髓里觉着凉，心里却觉着半害怕的特别意味，他低低的说着话，带颤动的，断续的；又像是朝上风来吹断清梦时的情调；他的诗魂在林子的黑荫里闻着各种看不见的花草的香味，私下一一的猜测诉说，像是山涧平流入湖水时的尾声……这第六段的声调与情调可全变了；先前只是畅快的惝恍，这下竟是极乐的谵语了。他乐极了，他的灵魂取得了无边的解脱与自由，他就想永保这最痛快的俄顷，就在这时候轻轻的把最后的呼吸和入了空间，这无形的消灭便是极乐的永生；他在另一首诗里说——

I know this being's lease,
My fancy to its utmost bliss spreads,
Yet could I on this very midnight cease,
And the world's gaudy ensign see in shreds;
Verse, Fame and Beauty are intense indeed,
But death intenser - Death is Life's high meed. ①

在他看来，（或是在他想来），“生”是有限的，生的幸福也是有限的——诗，声名与美是我们活着时最高的理想，但都不及死，因为死是无限的，解化的，与无尽流的精神相投契的，死才是生命最高的蜜酒，一切的理想在生前只能部分的，相对的实现，但在死里却是整体的绝对的谐合，因为在自由最博大的死的境界中一切不调谐的全调谐了，一切不完全全完全了。他这一段用的几个状词要注意，他的死不是苦痛；是“Easeful death”舒服的，或是竟可以翻作“逍遥的死”；还有他说“Quiet breath”，幽静或是幽静的呼吸，这个观念在济慈诗里常见，很可注意；他在一处排

---

① “我知道此生的寿限，/我的想象向它的极乐伸展着，/可是我能就在今晚上死去，/并把这尘世的浮名弃若敝屣。/诗，名，美确实是强烈的，/但死更强烈——死是生活最高的报酬。”引自济慈诗《我今晚上为什么笑？没有声音能够告诉》。

列他得意的幽静的比象——

Autumn Suns
Smiling at eve upon the quiet sheaves,
Sweet Sapphos Cheek - a sleeping infant's breath—
The gradual sand that through an hour glass runs
A woodland rivulet, a poet's death.①

秋田里的晚霞,沙浮女诗人的香腮,睡孩的呼吸,光阴渐缓的流沙,山林里的小溪,诗人的死。他诗里充满着静的,也许香艳的,美丽的静的意境,正如雪莱的诗里无处不是动,生命的振动,剧烈的,有色彩的,嘹亮的。我们可以拿济慈的"秋歌"对照雪莱的"西风歌",济慈的"夜莺"对比雪莱的"云雀",济慈的"忧郁"对比雪莱的"云",一是动,舞,生命,精华的,光亮的,搏动的生,一是静,幽,甜熟的,渐缓的,"奢侈"的死,比生命更深奥更博大的死,那就是永生。懂了他的生死的概念我们再来解释他的诗:

"但是我一面正在猜测着这青林里的这样那样,夜莺她还是不歇的唱着,这回唱得更浓更烈了。(先前只像荷池里的雨声,调虽急,韵节还是很匀净的;现在竟像是大块的骤雨落在盛开的丁香林中,这白英在狂颤中缤纷的堕地,雨中的一阵香雨,声调急促极了。)所以我竟想在这极乐中静静的解化,平安的死去,所以我竟与无痛苦的解脱发生了恋爱,昏昏的随口编着钟爱的名

① "秋阳/在黄昏时对寂静的草丛微笑。/甜蜜的莎孚的面颊—睡婴的呼唤——/从沙漏里逐渐留下的沙粒/林地上的一条小溪,诗人死了。"引自济慈诗《当黑暗的雾气笼罩了我们的平原》。莎孚,公元前600年左右的希腊女诗人。

字唱着赞美她，要她领了我永别这生的世界，投入永生的世界。这死所以不仅不是痛苦，真是最高的幸福，不仅不是不幸，并且是一个极大的奢侈；不仅不是消极的寂灭，这正是真生命的实现。在这青林中，在这半夜里，在这美妙的歌声里，轻轻的挑破了生命的水泡，阿，去吧！同时你在歌声中倾吐了你的内蕴的灵性，放胆的尽性的狂歌好像你在这黑暗里看出比光明更光明的光明，在你的叶荫中实现了比快乐更快乐的快乐：——我即使死了，你还是继续的唱着，直唱到我听不着，变成了土，你还是永远的唱着。"

这是全诗精神最饱满音调最神灵的一节，接着上段死的意思与永生的意思，他从自己又回想到那鸟的身上，他想我可以在这歌声里消散，但这歌声的本体呢？听歌的人可以由生入死，由死得生，这唱歌的鸟，又怎样呢？以前的六节都是低调，就是第六节调虽变，音还是像在浪花里浮沈着的一张叶片，浪花上涌时叶片上涌，浪花低伏时叶片也低伏；但这第七节是到了最高点，到了急调中的急调——诗人的情绪，和着鸟的歌声，尽情的涌了出来：他的迷醉中的诗魂已经到了梦与醒的边界。

这节里 Ruth[①] 的本事是在旧约书里 The Book of Ruth[②]，她是嫁给一个客民的，后来丈夫死了，她的姑要回老家，叫她也回自己的家再嫁人去，罗司一定不肯，情愿跟着她的姑到外国去守寡，后来她在麦田里收麦，她常常想着她的本乡，济慈就应用这段故事。

---

① Ruth：今译路得。

② The Book of Ruth：《路得记》。

七

“方才我想到死与灭亡，但是你，不死的鸟呀，你是永远没有灭亡的日子，你的歌声就是你不死的一个凭证。时代尽迁异，人事尽变化，你的音乐还是永远不受损伤，今晚上我在此地听你，这歌声还不是在几千年前已经在着，富贵的王子曾经听过你，卑贱的农夫也听过你：也许当初罗司那孩子在黄昏时跕〈站〉在异邦的田里割麦，她眼里含着一包眼泪思念故乡的时候，这同样的歌声，曾经从林子里透出来，给她精神的慰安；也许在中古时期幻术家在海上变出蓬莱仙岛，在波心里起造着楼阁，在这里面住着他们摄取来的美丽的女郎，她们凭着窗户望海思乡时，你的歌声也曾经感动她们的心灵，给她们平安与愉快。”

八

这段是全诗的一个总束，夜莺放歌的一个总束，也可以说人生的大梦的一个总束。他这诗里有两相对的（动机）；一个是这现世界，与这面目可憎的实际的生活：这是他巴不得逃避，巴不得忘却的；一个是超现实的世界，音乐声中不朽的生命，这是他所想望的，他要实现的，他愿意解脱了不完全暂时的生，为要化入这完全的永久的生。他如何去法，凭酒的力量可以去，凭诗的无形的翅膀亦可以飞出尘寰，或是听着夜莺不断的唱声也可以完全忘却这现世界的种种烦恼。他去了，他化入了温柔的黑夜，化入了神灵的歌声——他就是夜莺，夜莺就是他。夜莺低唱时他也低唱，高唱时他也高唱，我们辨不清谁是谁，第六第七段充分发挥“完全的永久的生”那个动机，天空里，黑夜里已经充塞了音乐——所以在这里最高的急调尾声一个字音 forlorn[①] 里转回到那一个动机，他所从来那个现实的世界，往来穿着的还是那一条线，音调的接合，转变处也极自然；最后揉和那两个相反的动机，用醒（现世界）与梦（想像世界）结束全文，像拿一块石子掷入山壑内的深潭里，你听那音响又清切又谐和，余音还在山壑里回荡着，使你想见那石块慢慢的，慢慢的沉入了无底的深潭……音乐完了，梦醒了，血呕尽了，夜莺死了！但他的余韵却袅袅的永远在宇宙间回响着……

十三年十二月二日夜半

① forlorn：孤寂。

这回连面子都不顾了![①]

英国人不是不会杀人，实际上他杀的比谁都多，分别就在他的杀法不同，他有本领杀人不让见血：他是天才的刽子手。所以顾面子是他交际的秘诀；他有时说话竟许比刀还锋利，可是他总不取消他的笑脸。有一次我听 George Lansbury[②] 在讲台上骂鲁意乔治，说他是一个热心的祈祷者，一个穷凶的大谎家“That frevent praver and trememdous Liar”，他骂的不仅是鲁意乔治那老狐狸；政治界事业界里的英国人多少全让他骂尽了。

但就这“顾面子”在现代世界上已经是一种难能的德性。你去看礼拜天的英国人：衣服，头发，鞋，脸子，他的良心，他的灵魂，那一样不是整洁而且体面——虽则礼拜一下去的六天另是一个问题。

我是恭维英国政治的一个。他们那天生的多元主义的宇宙观与人生观真配干政治。就是他们的笑脸，虽则明知是假的，

---

① 载一九二四年十二月二十日《现代评论》第一卷第二期；初收一九八〇年台湾时报文化出版事业有限公司《徐志摩诗文补遗》。采自《现代评论》。

② George Lansbury：兰斯伯里（1859—1940），英国工党领袖。

有时也不讨厌。所以对英国人讲主义，论理性，谈道德，说良心，演逻辑，求一致等等，那你就是自愿做傻爪，他们根本就不懂得主义，良心，道德那一套，他们也用不着，你得给他们讲实际，论事实，谈方略，说对付，计较利害，尤其是张罗面子——那才对劲儿。

这回麦克唐诺尔德的失败（我不说工党的失败，因为在我看来，这回工党内阁的起与落几乎完全是麦氏一人的起与落）就为了麦氏太老实，太不顾英国政治外交的传统精神；他顺着自己的信仰做事，他的纯金的人格与火热的理想就是他实际政治失败的伏线。我们拿一件事情来看。比如那赔款事情，英国人也不定比旁人慷慨，不过因为美国人日本人甚至俄国人都说还，英国人也只能说还。英国方面聘定了几个赔款委员，其中有两位是中国人的真知己，罗素与狄更生（G.Lowes Dickinson）。他们自从“爱上了”中国以后，曾经替我们（言论的与私人的）帮过不少的忙，这回当了赔款委员，当然更可以具体的帮忙了，那是我们私下很佩服很感激麦氏的诚意的一件事。不幸麦氏退了，包尔温先生又回来了。麦克唐诺尔德是信社会主义的，包尔温先生是信保守政策的。单这字面上的分别并不大；有时社会党人来得守旧，保守派人竟许偏偏激烈；但麦氏与包氏的分别可不小；我们竟可以说麦氏是要国际和平的，包氏简直奉行旧派帝国主义的一个顺奴！包氏一回来，麦氏的政策全教推翻。推翻政策不碍事，这回他们简直连面子都不顾了。旁的事情我们暂且不管，单只中国赔款委员的一件小事就发生了变化。据前天报载，包氏已经知会罗素与狄更生说，上次麦内阁请他们当赔款委员，现在作为罢论。作为罢论！包首相另请高明去！并且还听说辞退他们两位的原因，是为他们教育的见解与执政人的教育见解不合式，不投机。换一句话说，罗素与狄更生是信国际和平的，包首相与他的同事是信帝国主义的；罗素与狄更生是信人权，人道，与自由的，包首相与他的同事是不信的；罗素与狄更生是真懂得中国，真知道中国弊病的源委，并且（我们相信）真有力量给我们有价值的建议与主张的，包首相与他的同事——我们不敢说他们不懂中国，或是存心给我们怎么样，但我们确不敢相信他们夹袋里的人物会得比罗狄两先生更适当更合式。我们不知道，我们政府对于这件事有没有话讲，也许他们“建国”太忙顾不到，或许顾得到也说不著话；我们现在只能盼望我们的教育界有相当的表示，因为第一，这本是我们教育界的事情；第二，罗素与狄更生两位先生的人格与思想与主张竟许也就只我们无枪无产的教育界多少体会得到。在英国也不少明白事理的人，我们敢说这回赔款委员的变更他们也不一定觉得舒服，但我们这里有先开口的义务，我们相信我们有了话，他们那边也一定有同情的响应。我们要知道这不是一件小事；我们教育界的领袖应得发电去表示我们的意思，盼望包尔温先生的政府知道我们怎样的敬仰，尊崇罗素狄更生两位先生；这回的消息如其成了事实，我们不仅觉得极端的抱憾，并且恐怕将来关于赔款处置的商榷彼此间失去了个最重要的同情的线索。

杂　碎[①]

一

南京城里有不少凯旋庆祝的牌坊：凯旋军分两种，一种是受伤的，一种是完全的；受伤的臂膀上套著金镯子银镯子，手指上戴著金戒宝石戒，肚袋里装满了袁世凯；完全的在下关开拍卖铺子，字画每卷两元，未付钱不准打开看，有的买著吴墨卿，金冬心，有的买著不知那一家祖宗的神主，平均起来祖宗比美术家多。

---

① 约一九二四年十二月作；载一九二五年一月三日《现代评论》第一卷第三期，署名鹤。

二

鸡公山上有一位诗人住著，喝一大口酒，叹一声长气，写一首律诗，再喝一大口酒，再叹一声长气：——

酌酒与君君自欢，
人情翻覆似波澜。

请呀！忽的一大杯。

算起千般浑似梦，
何如急早念弥陀？

请呀！忽的又是一大杯。“先生干一杯：酌酒与君君自欢，洛阳的雁子打下来味道甚美，因为他（雁）是吃麦芽的，到了岳州衡阳就不好吃，因为吃了鱼腥就有臊气！”请呀！忽的又是一大杯。

一九二五年

徐志摩散文全编

A Collection of Prose of Xu Zhimo

PROSE

再来跑一趟野马[①]

伏园:

方才我看了《东方杂志》上译的惠尔思那篇世界十大名著，忽然想起了年前你寄给我那封青年应读书十部的征信，现在趁机会答复你吧。我却不愿意充前辈板着教书匠的脸沉着口音吩咐青年们说这部书应得读的，那部书不应得念的；认真的说，我们一辈子读进去的书能有几部，且不说整部的书，这一辈子真读懂了的书能有几行——真能读懂了几行书，我们在这地面上短短的几十年时光也就尽够受用不是？贵国人是爱博学的，所以恭维读书人不是说他是两脚书柜子，就说他读完了万卷书——只要多就可以吓人，实在你来不及读，书架上多摆几本也好，有许多人走进屋子看见书多就起敬，我从前脑筋也曾简单过来，现在学坏了，上当的机会也递减了。

我并不是完全看不起数量、面积、普及教育、平民主义等等；“看不起什么”是一种奢侈品，您得有相当的身份，我哪配？但同时我有我的癖气，单是多，单是“横阔”，单是“竖

① 载一九二五年二月十六日《京报副刊》；一九八八年一月陕西人民出版社《徐志摩研究资料》存目。采自《京报副刊》。

大”，是不容易吓倒我的。譬如有人对我说某人学问真不错，他念了至少有二千本书——我只当没有听见。第二个朋友对我说某人的经历真不少，他环游地球好几回，什么地方都到过——我只当没有听见。第三个朋友报告我某人的交游真广，那一个不是他的好友——我只当没有听见。反过来说：假如我听说某人真爱柏拉图的《共和国》，他老是念不厌；或是某人真爱某城子某山某水，那里的一草一木一花一鸟一间屋子一条街道都像是他自己的家里人似的；或是某人真懂得某人，全世界骂他是贼，他一个人说他是圣人；——这一说我就听见，我就懂得了。到过英国的谁没有逛过大英博物院——可是先生您发见了个什么；您也去过国王油画馆不是，您看中了那几幅画？近几年我们派出去的考查团很多，在伦敦纽约的街道上常见有一群背后拖着燕子尾巴的黄脸绅士施施地走着路，像一群初放出笼的扁嘴鸭子，他们照例到什么地方一定得游玩名胜的——很好，很好，不错，不错，真不错，纽约的高楼有五十七，唔，五十八层，自由神像的脑袋里都爬得进去，我们全到过，全看过，真好。你如其不知趣再要往下问时，他们就到他们的抽屉里去找他们的报告书给你看，有图有表顶整齐的报告书，这里面多的是材料。真细心的调查，不错，维也纳的强迫教育比柏林的强迫教育差百分之四零二，孟骞斯德比利物浦多五十三个纱厂十五个铁厂；不错不错，我们是调查教育的，我们是调查实业的，不错不错，下回你到外国去，我有朋友介绍给你。

念书也有这种情形。现代的看书更是这个问题了。从前的书是手印手装手钉的；出书不容易，得书不容易，看书人也就不肯随便看过；现在不同了，书也是机器造的，一分钟可以印几千，一年出的书可以拿万来计数，还只嫌出版界迟钝，著作界沉闷哪！这来您看我们念书的人可不着了大忙？眼睛还只是一双，脑筋还只是一副，同时这世界加快了几十倍，事情加多了几十倍，我们除了“混”还有什么办法！

再说念书也是一种冒险。什么是冒险，除了凭你自己的力量与胆量到不曾去过的地方去找出一个新境界来？真爱探险真敢冒险的朋友们永远不去请教向导；他们用不着；好奇的精神便是他们的指南。念书要先生就比如游历请向导；稳当是稳当了，意味可也就平淡了。结果先生愈有良心，向导愈尽责任，你得好处的机会愈少。小孩子瞒着大人偷出去爬树，就使闪破了皮直流血，他不但不嚷痛哭，倒反得意的；要是在大人跟前吃了一点子小亏，他就不肯随便过去，不嚷出一只大苹果来就得三块牛奶糖去补他的亏。这自走路自跌跤就不怨，是一个教育学的大原则。我妈时常调着我说，你看某人的家庭不是顶好的，他们又何尝是新式！某家的夫妇当初还不是自相情愿的，现在糟得不成话。谁说新式一定好老式一定坏？我就不信！我就说：妈呀，你懂事，你给我打譬如：年轻人恨的不是栽筋斗，他恨的是人家做好了筋斗叫他栽。让他自己做筋斗栽去，栽断了颈根他也没话说！

婚姻是大事情，读书也是大事情。要我充老前辈定下一大幅体面的书目单吩咐后辈去念，我就怕年轻人回头骂我不该做成了筋斗叫他去栽。介绍——谈何容易！介绍一个朋友，介绍一部书，介绍一件喜事——一样的负责任，一样的不容易讨好；比较的做媒老爷的责任还算是顶轻的。老太爷替你定了亲，要你结婚，你不愿意，不错。难道前辈替你定下了书，你就愿意看了吗？

就说惠尔思先生吧。他的学问，他的见解，不是比我们高明了万倍。他也应了《京报》记者的征信，替我们选了十部名著，当然你信仰我还不如你信仰他；可是你来照他的话试试去。他的书单上第一第二就是《新旧约》书，第三种就是我们自己家有的《大学》，第四是回回的《可兰经》……得了，得了，那我早知道，那是经书教书，与我们青年人有什么相干！您看，惠尔思的书单还不曾开全早就叫你一句话踢跑了。不，就使你真有耐心赶快去买《保罗书》、《可兰经》、《中庸》、《大学》来念时，要不了十五二十分钟你不打哈欠不皱眉头才怪哪！

不，这事情真的没有那么容易。青年人所要的是一种“开窍”的工夫；我们做先生的是好比拿着钻子锤子替他们“混沌”的天真开窍来了。有了窍，灵性才能外现，有了窍，才能看、才能听、才能呼吸、才能闻香臭辨味道。“爱窍”不通，比如说，那能懂得生命？“美窍”不通，那能懂得艺术？“知识窍”不通，那能认识真理？“灵窍”不通，那会想望上帝？不成，这话愈说愈远愈不可收拾了！得想法说回来才好。记得我应得说的是那十部书是青年人应该读的。我想起了胡适之博士定下的那十本书目，我也曾大胆看过一遍。惭愧！十本书里至少有九本是我不认识它的。碰巧那天我在他那里，他问我定的好不好；我吞了一口唾液，点点头说不错。唔，不错！我是顶佩服胡先生的，关于别的事我也很听他话的，但如其他要我照他定的书目用功，那就叫我生吞铁弹了！

所以我懂得，诱人读书是一件功德——但就这诱字难，孔夫子不可及就为他会循循地诱人进径；他决不叫人直着嗓子吞铁弹，你信不信？我喜欢柏拉图，因为他从没有替我定过书目，我恨美国的大学教授，因为他们开口是参考闭口是书。

Up! Up! my friend, and clear your books;
Why all this toil and trouble?
……

Books! It’s a dull and endless strife.[①]

这是我的先生的话！你瞧，你的那儿比得上我的！顶好是不必读书——

Come hear the woodland linnet,
How sweet his music! Oh my life.
There ’s more of wisdom in it.[②]

可是留神，这不读书的受教育比读书难；明知画不成老虎你就不用画老虎；能画成狗也就不坏，最怕是你想画老虎偏像狗，存心画狗又不像狗了。上策总是做不到的；下去你就逃不了书；其实读书也不坏，就要你不靠傍先生；你要做探险家就不要向导；这是中策。但中策也往往是难的，听你的下策吧。我又得打比喻。学生比如一条牛（不要生气，这是比喻），先生是牧童哥。牧童哥知道草地在那里，山边的草青，还是河边的草肥——牛，不知道。最知趣的牧童就会牵了他的朋友到草青草肥的田里去，这一“领到”，他的事情就完了，他尽可以舒舒服服的选一个阴凉的树荫下做好梦去，或是坐在一块石头上掏出芦笛来吹他的《梅花三弄》。我们只能羡慕他的清福。至于他的朋友的口味，他爱咬什么，凤尾草还是团边草，夹金钱花的青草还是夹狗尾巴的莠草，等等，他就管不着，也不用管。就使牛先生大嚼时有牛虱来麻烦他的后部，也自有他的小尾巴照拂，再不劳牧童哥费心。

这比喻尽够条畅了不是？再往下说就是废话了。其实伏园，你这次征求的意思当作探问各家书呆子读书的口味倒是很

① 赶快！赶快！我的朋友，快将你的书本抛开；/为何总做这辛苦麻烦之事？/……/书本啊！这是枯燥无边的纠缠。（原文“It’s”误作“tis”。）

② 来听这林间红雀的鸣叫，/那声音是多么的甜美！我的生活啊。/有更多的学问就在其中。

有趣的，至于于青年人实际的念书我怕这忙帮不了多少；为的是各家的口味一定不同，宁波人喜欢打翻酱缸不怕口蓠，贵州人是很少知道盐味的，苏州人爱吃醋，杭州人爱吃臭，湖南人吃生辣椒，山东人咬大蒜，这一来你看多难，叫一大群张着大口想尝异味的青年朋友跟谁去“试他一试”去？

话又得说回来，肯看书终究是应得奖励的。就说口味吧！你跟湖南人学会吃辣椒，跟山东人学会吃大蒜，都没有什么，只要你吞得下，消得了；真不合式时你一口吐了去漱漱口也就完事不是？就是一句话得记在心里：舌头是你自己的，肚子也是你自己的，点菜有时不妨让人，尝味辨味是不能替代的；你的口味还得你自己去发现（比如胡先生说《九命奇冤》是一部名著你就跟着说《九命奇冤》是一部名著，其实你自己并不曾看出他名在那里，那我就得怪你），不要借人家的口味来充你自己的口味，自骗自决不是一条通道。

我不是个书虫；我也不十分信得过我自己的口味；竟许我并不曾发现我自己真的口味；但我却自喜我从来不曾上过先生的当，我宁可在黑弄里仰着头瞎摸，不肯拿鼻孔去凑人穴的铁钩。你们有看得起我愿意学我的，学这一点就够了。趁高兴我也把我生平受益（应作受感）最深的书开出来给你们看看，不知道有没有十部——

《庄子》（十四五篇）

《史记》（小半部）

道施妥奄夫斯基的《罪与罚》

汤麦司哈代的 Jude the Obscure[①]

尼采的 Birth of Tragedy[②]

---

① Jude the Obscure：《无名的裘德》。

② Birth of Tragedy：《悲剧的诞生》。

柏拉图的《共和国》
卢骚的《忏悔录》
华尔德裴德（Walter Pater）Renaissance[①]
葛德《浮士德》的前部
George Henry Lewes[②] 的《葛德评传》
够了。

① Renaissance：Walter Pater 所著 Studies in the History of the Renaissance 的简称。今译《文艺复兴史研究》。

② George Henry Lewes：刘易斯（1817—1878），英国哲学家，文学评论家和科学家，著有《生活与思想问题》、《歌德的生平与著作》等。

《玛丽玛丽》后记及附注[①]

这篇小说是爱尔兰作者 James Stephens[②] 有名的精品，他的谐趣，他的人道，他的想像的同情是最可爱不过的。这里是全书的前几章，前年我住在硖石东山时偶尔高兴时翻成的，到今天还不曾翻完，我还想有一天鼓起兴来写完他的，但这话难说得很，我自己都不敢相信，我起头的事情太多，完工的事情其实太少——也许这是我长寿的预兆，做事情永远不着急的，一时做不完就阁在一旁，有时记在心里，有时整个儿忘了，良心也不来责备，我朋友们有时到来责备，但我一笑一摇头也就算了。今天博生又来敲竹杠——小心主笔先生上你屋子里去，只要你抽屉里柜子里阁着未发表的稿子他们就嗅出了味儿，像夜耗子似的，总有法子爬进去拖了出来才完事，随你防备得多严紧！他问我要小说，我说新鲜的没有，有的就是老旧的，也许已经发酸味了，你要是真有胃口不怕酸你就拿去，我倒不在

---

① 一九二五年二月六日作；载一九二五年二月十八日《晨报副刊》，《后记》署名志摩，《附注》署名摩。一九八八年一月陕西人民出版社《徐志摩研究资料》存目。采自《晨报副刊》。

② James Stephens：斯蒂芬斯（1880—1950），爱尔兰作家，代表作为小说《金坛子》，其他作品还有诗集《叛乱》、小说《女佣的女儿》等。

乎，出空些抽屉了好!

二月六日

附　注

好极了，这篇小说有译完的希望了。沈性仁女士已经回到北京，承她好意愿为接续成翻译：这是一个好消息，我第一个高兴，让我在这里预先深深的谢她。

青年运动[①]

我这几天是一个活现的Don Quixote[②]，虽则前胸不曾装起护心镜，头顶不曾插上雉鸡毛，我的一顶阔边的“面盆帽”，与一根漆黑铄亮的手棍，乡下人看了已经觉得新奇可笑；我也有我的Sancho Panza[③]，他是一个角色，会憨笑，会说疯话，会赌咒，会爬树，会爬绝壁，会背《大学》，会骑牛，每回一到了乡下或山上，他就卖弄他的可惊的学问，他什么树都认识，什么草都有名儿，种稻种豆，养蚕栽桑，更不用说，他全知道，一讲着就乐，一乐就开讲，一开讲就像他们田里的瓜蔓，又细又长又曲折又绵延（他姓陆名字叫炳生或是丙申，但是人家都叫他鲁滨孙）；这几天我到四乡去冒险，前面是我，后面就是他，我折了花枝，采了红叶，或是检了石块（我们山上有浮石，掷在水里会浮的石块，你说奇不奇！）就让他抗着，

① 一九二五年阴历正月二十四日（公历二月十六日）作；载一九二五年三月十三日《晨报副刊》，署名志摩；初收一九二六年六月北京北新书局《落叶》。采自《落叶》。

② Don Quixote：堂吉诃德，西班牙小说家塞万提斯的同名小说中的主人公，后成为不切实际的理想主义者的代名词。

③ Sancho Panza：堂吉诃德的仆从，后指堂吉诃德式人物的伴侣。

问路是他的份儿，他叫一声大叔，乡下人谁都愿意与他答话；轰狗也是他的份儿，到乡下去最怕是狗，他们全是不躲懒的保卫团，一见穿大褂子的他们就起疑心，迎着你嗥还算是文明的盘问，顶英雄的满不开口望着你的身上直攻，那才麻烦，但是他有办法，他会念降狗咒，据他说一念狗子就丧胆，事实上并不见得灵验，或许狗子有秘密的破法也说不定，所以每回见了劲敌，他也免不了慌忙。他的长处就在与狗子对嗥，或是对骂，居然有的是王郎种，有时他骂上了劲，狗子到软化了，但是我总不成，望见了狗影子就心虚，我是淝水战后的苻坚，稻草塍儿，竹篱笆，就够我的恐慌。有时我也学 Don Quixote 那劲儿，舞起我手里的梨花棒，喝一声孽畜好大胆，看棒！果然有几处大难让我顶潇洒的蒙过了。

我相信我们平常的脸子都是太像骡子——拉得太长；忧愁，想望，计算，猜忌，怨恨，懊怅，怕惧，都像魇魔似的压在我们原来活泼自然的心灵上，我们在人丛中的笑脸大半是装的，笑响大半是空的，这真是何苦来。所以每回我们脱离了烦恼打底的生活，接近了自然，对着那宽阔的天空，活动的流水，我们就觉得轻松得多，舒服得多。每回我见路旁的息凉亭中，挑重担的乡下人，放下他的担子，坐在石凳上，从腰包里掏出火刀火石来，打出几簇火星，点旺一杆老烟，绿田里豆苗香的风一阵阵的吹过来，吹散他的烟氛，也吹燥了他眉额间的汗渍；我就感想到大自然调剂人生的影响：我自己就不知道曾经有多少自杀类的思想，消灭在青天里，白云间，或是像挑担人的热汗，都让凉风吹散了。这是大家都承认的，但实际没有这样容易。即使你有机会在息凉亭子里抽一杆潮烟，你抽完了烟，重担子还是要挑的，前面谁也不知道还有多少路，谁也不知道还有没有现成的息凉亭子，也许走不到第二个凉亭，你的精力已经到了止境，同时担子的重量是刻刻加增的，你那时再懊悔你当初不应该尝试这样压得死人的一个负担，也就太迟了！

我这一时在乡下，时常揣摩农民的生活，他们表面看来虽则是继续的劳瘁，但内里却有一种涵蓄的乐趣，生活是原始的，朴素的，但这原始性就是他们的健康，朴素是他们幸福的保障，现代所谓文明人的文明与他们隔着一个不相传达的气圈，我们的争竞，烦恼，问题，消耗，等等，他们梦里也不曾做着过；我们的坠落，隐疾，罪恶，危险，等等，他们听了也是不了解的，像是听一个外国人的谈话。上帝保佑世上再没有懵懂的呆子想去改良、救渡、教育他们，那是间接的摧残他们的平安，扰乱他们的平衡，抑塞他们的生机！

需要改良与教育与救渡的是我们过分文明的文明人，不是他们。需要急救，也需要根本调理的是我们的文明，二十世纪的文明，不是洪荒太古的风俗，人生从没有受过现代这样普遍的咒诅，从不曾经历过现代这样荒凉的恐怖，从不曾尝味过现代这样恶毒的痛苦，从不曾发现过现代这样的厌世与怀疑。这是一个重候，医生说的。

人生真是变了一个压得死人的负担，习惯与良心冲突，责任与个性冲突，教育与本能冲突，肉体与灵魂冲突，现实与理想冲突，此外社会政治宗教道德买卖外交，都只是混沌，更不必说。这分明不是一块青天，一阵凉风，一流清水，或是几片白云的影响所能治疗与调剂的；更不是宗教式的训道、教育式的讲演、政治式的宣传所能补救与济渡的。我们在这促狭的芜秽的狴犴中，也许有时望得见一两丝的阳光，或是像拜轮在

Chillon[①] 那首诗里描写的，听着清新的鸟歌；但这是嘲讽，不是慰安，是丹得拉士（Tantalus[②]）的苦痛，不是上帝的恩宠；人生不一定是苦恼的地狱。我们的是例外的例外。在葡萄丛中高歌欢舞的一种提昂尼辛的颠狂（Dionysian madness[③]），已经在时间的灰烬里埋着，真生命活泼的血液的循环，已经被文明的毒质瘀住，我们仿佛是孤儿在黑夜的森林里呼号生身的爹娘，光明与安慰都没有丝毫的踪迹。所以我们要求的——如其我们还有胆气来要求——决不是部分的，片面的补苴，决不是消极的慰藉，决不是恇夫的改革，决不是傀儡的把戏……我们要求的是，"澈底的来过"；我们要为我们新的洁净的灵魂造一个新的洁净的躯体，要为我们新的洁净的躯体造一个新的洁净的灵魂；我们也要为这新的洁净的灵魂与肉体造一个新的洁净的生活——我们要求一个"完全的再生"。

我们不承认已成的一切，不承认一切的现实；不承认现有的社会，政治，法律，家庭，宗教，娱乐，教育；不承认一切的主权与势力。我们要一切都重新来过：不是在书桌上整理国故，或是在空枵的理论上重估价值，我们是要在生活上实行重新来过，我们是要回到自然的胎宫里去重新吸收一番资养。但我们说不承认已成的一切是不受一切的束缚的意思，并不是与现实宣战，那是最不经济也太琐碎的办法；我们相信无限的青天与广大的山林尽有我们青年男女翱翔自在的地域；我们不是

① Chillon：指拜伦的长诗《锡雍的囚徒》。这首诗描写十六世纪时瑞士的爱国志士博尼瓦尔（Fran，Cois de Bonnivard，1496？—1570），被囚禁在日内瓦湖边的锡雍古堡中达六年之久。在他濒临疯狂边缘的时候，一只鸟的歌声挽救了他。

② Tantalus：今译坦塔罗斯，希腊神话中的宙斯之子，因触怒诸神在冥界受到惩罚，站在齐颈的水里，他口渴低头想喝水时，水就退去；他头上有果树，他腹饥想吃果子时，风就把果子吹开。

③ Dionysian madness：今译狄俄尼索斯，希腊神话中的酒神。

要求篡取已成的世界，那是我们认为不可医治的。我们也不是想来试验新村或新社会，预备感化或是替旧社会做改良标本，那是十九世纪的迂儒的梦乡，我们也不打算进去空费时间的；并且那是训练童子军的性质，牺牲了多数人供一个人的幻想的试验的。我们的如其是一个运动，这决不是为青年的运动，而是青年自动的运动，青年自己的运动，只是一个自寻救渡的运动。

你说什么，朋友，这就是怪诞的幻想，荒谬的梦不是？不错，这也许是现代青年反抗物质文明的理想，而且我敢说多数的青年在理论上多表同情的；但是不忙，朋友，现有一个实例，我要乘便说给你听听，——如其你有耐心。

十一年前一个冬天在德国汉奴佛（Hanover[①]）相近一个地方，叫做Cassel[②]，有二千多人开了一个大会，讨论他们运动的宗旨与对社会、政治、宗教问题的态度，自从那次大会以后这运动的势力逐渐张大，现在已经有一百多万的青年男女加入——这就叫做Jugendbewegung“青年运动”，虽则德国以外很少人明白他们的性质。我想这不仅是德国人，也许是全欧洲的一个新生机，我们应得特别的注意。“西方文明的坠落只有一法可以挽救，就在继起的时代产生新的精神的与生命的势力”。这是福士德博士说的话，他是这青年运动里的一个领袖，他著一本书叫做Jugendseele[③]，专论这运动的。

现在德国乡间常有一大群的少年男子与女子，排着队伍，弹着六弦琵琶唱歌，他们从这一镇游行到那一镇，晚上就唱歌跳舞来交换他们的住宿，他们就是青年运动的游行队，外国人

---

① Hanover：今译汉诺威，德国下萨克森州首府。

② Cassel：卡塞尔，德国城市。

③ Jugendseele：《青年的精神》。

见了只当是童子军性质的组织，或是一种新式的吉婆西（Gipsy[1]），但这是仅见外表的话。

德国的青年运动是健康的年轻男女反抗现代的坠落与物质主义的革命运动，初起只是反抗家庭与学校的专权，但以后取得更哲理的涵义，更扩大反叛的范围，简直决破了一切人为的制限，要赤裸裸的造成一种新生活。最初发起的是加尔菲喧（Karl Fischer of Steglitz[2]），但不久便野火似的烧了开去，现在单是杂志已有十多种，最初出的叫作 Wandervogel[3]。

这运动最主要的意义，是要青年人在生命里寻得一个精神的中心（the spiritual center of life），一九一三年大会的铭语是"救渡在于自己教育"（Salvation Lies in Self—Education），"让我们重新做人。让我们脱离狭窄的腐败的政治组织，让我们抛弃近代科学家们的物质主义的小径，让我们抛弃无灵魂的知识钻研。让我们重新做活着的男子与女子"。他们并没有改良什么的方案，他们禁止一切有具体目的的运动；他们代表一种新发现的思路，他们旨意在于规复人生原有的精神的价直。"我们的大旨是在离却坠落的文明，回向自然的单纯；离却一切的外骛，回向内心的自由；离却空虚的娱乐，回向真纯的欢欣；离却自私主义，回向友爱的精神；离却一切懈弛的行为，回向郑重的自我的实现。我们寻求我们灵魂的安顿，要不愧于上帝，不愧于己，不愧于人，不愧于自然"。"我们即使存心救世，我们也得自己重新做人"。

这运动最显著亦最可惊的结果是确实的产生了真的新青年，在人群中狠容易指出，他们显示一种生存的欢欣，自然的

---

① Gipsy：今译吉普赛。

② Karl Fischer of Steglitz：不详。

③ Wandervogel：《候鸟》。

热心，爱自然与朴素，爱田野生活。他们不饮酒（德国人原来差不多没有不饮酒的），不吸烟，不沾城市的恶习。他们的娱乐是弹着琵琶或是拉着梵和玲唱歌，踏步游行跳舞或集会讨论宗教与哲理问题。跳舞最是他们的特色。往往有大群的游行队，徒步游历全省，到处歌舞，有时也邀本地人参加同乐——他们复活了可赞美的提昂尼辛的精神！

这样伟大的运动不能不说是这黑魆魆的世界里的一泻清辉，不能不说是现代苟且的厌世的生活（你们不曾到过柏林与维也纳的不易想像）一个庄严的警告，不能不说是旧式社会已经蛀烂的根上重新爆出来的新生机，新萌芽；不能不说是全人类理想的青年的一个安慰，一个兴奋，为他们开辟了一条新鲜的愉快的路径；不能不说是一个新的洁净的人生观的产生。我们要知道在德国有几十万的青年男女，原来似乎命定做机械性的社会的终身奴隶，现在却做了大自然的宠儿，在宽广的天地间感觉新鲜的生命的跳动，原来只是屈伏在蠢拙的家庭与教育的桎梏下，现在却从自然与生活本体接受直接的灵感，像小鹿似的活泼，野鸟似的欢欣，自然的教训是洁净与朴素与率真，这正是近代文明最缺乏的原素。他们不仅开发了各个人的个性，他们也规复了德意志民族的古风，在他们的歌曲、舞蹈、游戏、故事与礼貌中，在青年们的性灵中，古德意志的优美，自然的精神又取得了真纯的解释与标准。所以城市生活的堕落，淫纵，耗费，奢侈，饰伪，以及危险与恐怖，不论他们传染性怎样的剧烈，再也沾不着洁净的青年，道德家与宗教家的教训只是消极的强勉的，他们的觉悟是自动的，自然的，根本的，这运动也产生了一种真纯的友爱的情谊在年轻的男子与女子间；一种新来的大同的情感，不是原因于主义的激刺或党规的强迫；而是健康的生活里自然流露的乳酪，洁净是他们的生活的纤维，愉快是营养。

我这一点感想写完了，从我自己的野游蔓延到德国的青年运动，我想我再没有加案语的必要，我只要重复一句滥语——民族的希望就在自觉的青年。

正月二十四日

丹农雪乌[①]

一、绪言

下面是我初读丹农雪乌的《死城》（The Dead City）后的一段日记：

“三月三日，初读丹农雪乌——辛孟士（Arthur Symons）[②]

---

① D'Annunzio，今译邓南遮（1863—1938），意大利诗人、小说家、戏剧家。深受唯美主义和尼采超人哲学的影响，后来成为狂热的法西斯分子。著作有诗集《新歌》、小说《死的胜利》、剧本《约里奥的女儿》等。这是作者一九二二年在英国时写的一篇介绍丹农雪乌的文章，共五节。约一九二五年春末修改，新写了《绪言》。《绪言》、《意大利与丹农雪乌》、《丹农雪乌的青年时期》分别刊载于一九二五年五月八日、十一日、十三日《晨报副刊》，《丹农雪乌的作品》、《丹农雪乌的戏剧》分别刊载于同年五月十五日《晨报·文学旬刊》，《丹农雪乌的小说》载于同年五月十九日、二十一日、二十二日《晨报副刊》；初收一九八〇年台湾时报文化出版事业有限公司《徐志摩诗文补遗》。采自《晨报副刊》和《晨报·文学旬刊》。

② Arthur Symons：西蒙思（1865—1945），徐译辛孟士，英国诗人、文学评论家，是法国象征派诗歌的热情支持者，并将象征主义引入英国。作品有诗集《剪影》、《伦敦之夜》和论著《象征主义文学运动》等。

译的《死城》，无双的杰作：是纯粹的力与热；是生命的诗歌与死的赞美的合奏。谐音在大空中回荡着；是神灵的显示，不可比况的现象。文字中有锦绣，有金玉，有美丽的大焰；有高山的庄严与巍峨；有如大海的涛声，在寂寞的空灵中啸吼着无穷的奥义；有如云，包卷大地、蔽暗长空的云，掩塞光明，产育风涛；有如风，狂风，暴风，飓风，起因在秋枝上的片叶，一微弱的颤栗，终于溃决大河，剖断冈岭。伟大的烈情！无形的酝酿着伟大的、壮丽的悲剧；生与死，胜利与败灭，光荣与沉沦，阳光与黑夜，帝国与虚无、欢乐与寂寞；绝对的真与美在无底的深潭中；跳呀，勇敢的寻求者……”

我当初的日记是用英文记的，接下去还有不少火热的赞美，现在我自己看了都觉得耀眼，只得省略了。一个人生命的觉悟与艺术的觉悟，往往是同时来的：这是一个奥妙的消息，霎时的你自己初次感觉了你血管里的热液，霎时的你感觉了心脏的跳动；不成形的愿望，不可言状的隐痛，初次在你的心灵中发现；霎时的花瓣的色与香，小鸟的歌音，天边的云彩，岩石上攀附着的藤萝，山涧铺底的石碟，都呈露了不可解说的妩媚，不可钩索的奥义；霎时的你发现你的灵感力增加了敏锐，你的同情心，无限的扩大，你的好奇心又回复了童年时的桀傲与无厌；霎时的你僚解了你友人的沉默，他眉目间的皱纹，你愿意参与他的隐秘，体贴他的烦闷；霎时的你在壁上挂着的画片中，会悟了不曾领略过的妙趣，也许是临风的柳丝，也许是圣母怀抱着圣婴的微颦，也许是牧羊人弄笛时的姿态，也许是稻田中颤动着的阳光；霎时的你也参透了文字的征象，一简短的字句，一单独的状词，也许显示出真与美神奇的彩泽……这是觉悟，艺术的，也是生命的。我初读丹农雪乌的时候，正当我生平最重大的一个关节，也是我在机械教育的桎梏下自求解脱的时期，所以我那时的日记上只是泛滥着洪水，狂窜着烈焰，苦痛的呼声参和着狂欢的叫响，幻想的希望蜃楼似的隐现着，自艾的烦懑连锁着自傲的猖狂；现在我翻阅我自己的记载，回想当时的变幻，仿佛是安坐在园池里，静看着舞台上一幕幕的转换，幻象中的幻象，傀儡场上的傀儡，我心头火热的一方不辨是悲楚的烙痕，还是嘲讽的冰激的反感，此外的一切，正如哈姆雷德在瞑目时说的，只是沉默了。

丹农雪乌著作的英译本，多半已经绝版；辛孟士是他在英国的一个知己，他的三篇最有名的剧本都是辛孟士亲自翻译的——(1)《The Dead City》，(2)《La Gioconda》[①]，(3)《Francesca Remini》[②]——(一)(二)是散文，(三)是诗剧。我那时看过了，便不忍放手，但我访问了无数的书铺，在康桥与伦敦，都是一例的失望，图书馆里借来的又不便匿据，我发了一个狠，想把这三部书一齐翻成中文，回国时也是一件外国带回来的礼物。我先着手《死城》；花了六个下午与黄昏的工夫，也不顾腕酸与背痛，居然完成了一部，此后我又翻阅了丹农雪乌的小说与诗文，在一月内又草成了一篇粗率的介绍，放在我的书箧内已经有三个年头，也不知是舍不得，还是难为情，这一小方的礼物始终不曾送出。这一点子的礼物，即使可算是礼物，实在是太不成体统，此次我在山里闲着掏出来看时，自己也不觉颜赧：那篇论文是像一个蒸烂的寿桃，也许多少的糯米香还在着，但体态是不堪问的了；那篇译文是像一个初次进城的村姑。脂粉太浓了不好，鞋袜太素了也不好。最简便的办法，当然是不让露面；最不简便的办法，当然是重新来过；但我既不肯牺牲，又没有勇气，结果只有修改一法，虽则明知是不能满意的。

---

① La Gioconda：《乔康达夫人》。乔康达夫人即达·芬奇名画《蒙娜丽莎》中所画的夫人。

② Francesca Remini：《弗朗西斯卡·雷米尼》。

二、意大利与丹农雪乌

一个民族都有他独有的天才，对于人类的全体，玛志尼说的，负有特定的天职，应尽殊特的贡献。这位热心的先觉，爱人道，爱自由，爱他的种族与文化，在意大利不曾统一以前，屡次宣言他对于本国前途无限的希望。他确信这“第三的意大利”，不但能摆脱外国势力的羁绊，与消除教会的弊恶，重新规复他民族的尊荣，统一与独立，并且还能开放他创造的泉源，响应当年罗马帝国与文艺复兴的精神与文采，向西欧文化不绝的洪流，再输新鲜的贡献；施展他民族独有的天才，增益人类的光荣，调谐进化的音节。如今距意大利统一已经半世纪有余，玛志尼的预言究竟应验了不曾？他的期望实现了不曾？知道欧洲文化消长的读者，不用说，当然是同意肯定的。这第三的意大利，的确是第二度的文艺复兴，“他的天才与智力”，汉复德教授（Prof. C. H. Herford[①]：TheHigher Mind of Italy[②]，1920）说的，“又是一度的开花与结果，最使我们惊讶的，是他的个性的卓著；新欧的文化，又发现了这样矫健、活泼的精神，真是可喜的现象。我们随便翻阅他们新近出版的著述，便可以想像这新精神贯彻他们思想的力量，新起的诗文，亦是蓬勃中有修练，回看十九世纪中期的散漫与惫懒，这差别是大极了”。

拉丁民族原来是女性的民族，意大利山水的清丽与温柔，更是天生的优美的文艺的产地。但自文艺复兴时期的兴奋以后

---

① Prof. C. H. Herford：今译C. H. 赫福德教授。

② The Higher Mind of Italy：《崇高的意大利》。

的几百年间，意大利像是烈焰遗剩下的灰烬，偶尔也许有火星跳动着，再炽的希望，却是无期的远着；同时阿尔帕斯北方刚健的民族，不绝的活动着，益发反衬出他们娇柔的静默。但如政治统一以来，意大利已经证明她自己当初只是暂时的休憩，并不是精力的消竭，现在伟大的动力又催醒了她潜伏的才能；这位妩媚的美人，又从她倦眠着的榻上站了起来，用手绢拂拭了她眉目间的倦态，对着艳丽的晨光鞭然的微笑。她这微笑的消息是什么，我们只要看意大利最近的思想与文艺的成就。现在他们的哲学家有克洛審（Benedetto Croce）[①] 与尚蒂尔（Gentile）[②]；克洛審不仅是现代哲学界的一个大师，他的文艺的评衡学理与方法，也集成了十九世纪评衡学的精萃，他这几年只是踞坐在评衡的大交椅上，在他的天平上，重新评定历代与各国不朽的作品的价值。阿里乌塔（Aliotta）也是一个精辟的学者，他的书——The Idealistic Reaction against Science in the Nineteenth Century[③] ——虽则知道的不多，也是一部极有价值的著作。文艺界新起的彩色，更是卓著：微提（Verdi）[④]

---

① Benedetto Croce：今译克罗齐（1866—1952），意大利哲学家、史学家和文艺批评家、新黑格尔主义者，创立精神哲学体系，代表作为《精神哲学》。

② Gentile：今译秦梯利（1875—1944），意大利唯心主义哲学家、政治家、教育家和编辑，有“法西斯主义的哲学家”之称。曾主编《意大利百科全书》，并著有《意大利现代哲学的源流》、《教育改革》、《艺术哲学》、《我的宗教》等。

③ The Idealistic Reaction against Science in the Nineteenth Century：《十九世纪唯心主义对科学的反动》。

④ Verdi：今译威尔第（1813—1901），意大利作曲家，一生作歌剧 30 余部，著名的有《弄臣》、《茶花女》、《游吟诗人》等。

的音乐，沙梗铁泥（Segantini）① 的画，卡杜赛（Carducci）②、微迦（Verga）③、福加沙路（Fogazzaro）④、巴斯古里（Pascoli）⑤ 与丹农雪乌的诗：都是一代的宗匠，真纯的艺术家。

但丹农雪乌在这灿烂的群星中，尤其放射着骇人的异彩，像一颗彗星似的，曳着他光明的长尾，扫掠过辽阔的长天。他是一个怪杰，我只能给他这样一个不雅驯的名称。他是诗人，他是小说家，他是戏剧家；他是军人，他是飞行家；他是演说家，他自居是"大政治家"，他是意大利加入战争的一个主因，他是菲沪榾⑥ 那场恶作剧的主角；他经过一度爱国的大梦，实现过——虽则霎那的——他的"诗翁兼君王"的幻想；他今年六十二岁，瞎了一眼（战时），折了一腿，但他的精力据说还不曾衰竭；这彗星，在他最后的翳隐前，也许还有一两次的

① Segantini：今译塞冈第尼（1858—1899），意大利画家，作品的特征是糅合了象征主义的内容和新印象主义的画法。著名画作有《奢侈的惩罚》、《矫揉造作的母亲们》和《生命泉边的爱情》等。

② Carducci：今译卡尔杜齐（1835—1907），意大利诗人，1906 年获诺贝尔文学奖，曾被意大利人尊为民族诗人。主要作品有诗集《撒旦颂》和《讽刺诗与抒情诗》。

③ Verga：今译维尔加（1840—1922），意大利小说家和剧作家，意大利现实主义小说派中最著名的人物。著名作品有短篇小说集《田野生活》和《乡村故事》，长篇小说《马拉沃利亚一家》和《堂·吉苏阿多师傅》及剧本《乡村骑士》等。

④ Fogazzaro：今译福加扎罗（1842—1911），意大利小说家，作品有《妇人》、《达尼埃莱·科尔蒂斯》、《诗人的秘密》和《小小的旧世界》等。

⑤ Pascoli：意大利诗人，擅写抒情短诗，作品有诗集《柽柳集》、《卡斯忒维丘之歌》、《宴歌》等。

⑥ 菲沪榾：Fiume，今译阜姆，亚得里亚海港城市，意大利与南斯拉夫在第一次世界大战后曾对之有一场争夺。1919 年 9 月 12 日，邓南遮纠集了一小支志愿部队，占领了阜姆，并自称为"驻阜姆意大利摄政团"的"摄政"。直到 1921 年，邓南遮才被逐出阜姆。1924 年，在墨索里尼的压力下，南斯拉夫被迫承认阜姆为意大利所有。第二次世界大战后，阜姆被归还南斯拉夫，改名里耶卡。

闪亮。

他是一个异人，我重复的说，我们不能测量他的力量，我们只能惊讶他的成绩。他不是像寻常的文人，凭着有限的想像力与有限的创作力，尝试着这样与那样；在他，尝试便是胜利：他的诗，他的散文，他的戏剧，他的小说，都有独到的境界，单独的要求品评与认识。他的笔力有道斯妥奄夫斯基的深彻与悍健，有弗洛贝的严密与精审，有康赖特（Joseph Conrad）[①] 禽捉文字的本能，有斐德的神韵，有高蒂靄（Theophile Gautier）雕字琢句的天才。他永远在幻想的飓风中飞舞，永远在烈情的狂涛中旋转。他自居是超人：拿破仑的雄图，最是戟刺他的想像。他是最浪漫的飞行家：他用最精贵的纸张，最端秀的字模，印刷他黄金的文章，驾驶着他最美丽的飞艇，回首向着崇拜他的国民，微笑的飞送了一个再会的手吻，冉冉的没入了苍穹。他在满布着网罗的维也纳天空，雪片似的散下他的软语与强词，热情与冷智；他曾想横度太平洋，在白云间饱览远东的色彩。他在国会中倾泻他的雄辩，旋转意大利的政纽，反斗德奥，自开战及订和约，他是意大利爱国热的中心，他是国民热烈的崇拜的偶像，他的家在水市的威尼士：便是江朵蜡（Gondola 威尼士渡船名）的船家，每过他的门前，也高高的举着帽子致敬，“意大利万岁！丹农雪乌万岁！”的呼声，弥漫在星河似的群岛与蛛网似的运河间。他往来的信札，都得编号存记着，因为时常有人偷作纪念。他生平的踪迹，听了只像是一个荒诞的童话。我们单看在非沪楣时期的丹农雪乌，那时他已经将近六十，但他举措的荒唐，可以使六岁的儿童失笑。每

---

① Joseph Conrad：今译康拉德（1857—1924），英国小说家，出生于俄国的波兰人家庭，当过水手、船长，1886 年入英国籍。作品多取材于他的航海生活经历，著名小说有《水仙号上的黑家伙》、《吉姆老爷》和《黑暗的中心》等。

次他的军队占了胜利，他就下令满城庆祝，他自己也穿了古怪的彩衣，站在电扎的花楼上，与菲沪榻半狂的群众，对晃着香槟的高杯，烂醉了一切，遗忘了一切。玫瑰床是一个奢侈的幻想；但我们这位“诗翁君王”的卧房里与寝榻上，不仅是满散着玫瑰的鲜花，并且每天还得撒换三次：朝旭初起时是白色，日中天时是绯色，晚霞煊染时是绛色！他的脚步是疾风，他的眼光是闪电，他的出声如金钲，他的语势如飞瀑；这不是状词的滥用，这是会过他的人确切的印象；英国人 Lewis Hind 有一次在威尼士的旅馆餐室里听他在旁桌上谈话，他说除非亲自听着没有人肯相信或能想像的，即使亲自听着了，比方我自己，他也不容易相信一样的口与舌，喉管与声带，会得溢涌出那样怒潮与大瀑与疾雷似的语言与音调。

这样的怪人，只有放纵与奢侈的欧南可以产出，也只有纵容怪僻，崇拜非常如意大利的社会，可以供给他自由的发展与表现的机会。他的著作，就是他异常的人格更真切的写照；我们看他的作品，仿佛是面对着赤道上的光炎，维苏维亚的烈焰，或是狂吼着的猛兽。他是近代奢侈、怪诞的文明的一个象征，他是丹德与米佗朗其罗与菩加佉乌的民族的天才与怪僻的结晶。汉复德教授说：“...Whose（D'Annunzios'）personality might be called a brilliant impressionist sketch of the talents and failings of the Italian character, reproducing sense in heightened but veracious illumination, others in glaring caricature or paradoxical distortion...”①

① “……他（邓南遮）的性格可以说是意大利性格的优点与缺点的一幅精彩的印象派速写，用加强的光线忠实地再现了意大利人的智慧，又用夸张的漫画式手法或悖理的歪曲再现了意大利人的其他品质……”

三、丹农雪乌的青年期

丹农雪乌的故乡是在爱得利亚海边上的一个乡村，叫做早试加拉·阿勃鲁栖省（Abruzzi）的一个地方。他出世的年分是一八六三年，距今六十一年。那一带海边是荒野的山地，居民是朴实、勇健、粗鲁、耐苦，他的父亲大概是一个农夫：他的自传里说，他的铁性的肌肉是他父亲的遗传，他的坚强的意志与无餍的热情是他的母亲的遗传。他有三个姊妹，都不像他。他有一个乳娘，老年时退隐在山中，他有一部诗集是题赠给她的，对照着他自己的“狂风暴雨”的生涯，与她的山中生活的安闲与静定：

妈妈，你的油灯里的草心，
缓缓的翳泯，前山
松林中的风声与后山的虫吟，
更番的应和着你的纺车
迟迟的呻吟，慰安你的慈心。
（意译 Dedication of “Ⅱ Poema Paradisiaco”）

他在他的自传——《灵魂的游行记》——里，并没有详细的记述他幼年期的事迹。但他自己所谓“酣彻的肉欲”，他的人格与他的艺术的最主要的元素，在他的童年时已经颖露了。“肉欲”是 Sensuality 不确切的译名，这字在这里应从广义解释，不仅是性欲，各种器官的感觉力也是包括在内的。因为他的官感力殊特的强悍与灵敏，所以他能勘现最秘奥与最微妙的现象与消息，常人的感官所不易领略的境界。他的生命只是一个感官的生命，自然界充满着神秘的音乐，他有耳能听；精微的色彩，他有目能察；馥郁的香与味，他有鼻与舌能辨析；人间无穷的隐奥的变幻与结合，他有锐利的神经能认识，能区别，能通悟。他的视觉在他的器官中尤其是可惊的敏锐；他的思想的材料，仿佛只是实体的意像，他与法国的绿帝 Pierre Loti [①]一样，开口即是想像的比喻。他的性欲的特强，更不必说；这是他的全人格的枢纽，他的艺术创作的灵感的泉源。在他早年的诗里，我们可以想像一个聪明、活泼的孩子，在他的本乡的海边，山上，乡村里，田垅间，快活的闲游着；稻田里的鸟语，舂米，制乳酪，机梭，种种村舍的音籁，山坡上的牲畜的鸣声，他听来都是绝妙的音乐；海，多变幻的爱得利亚海，尤其是他的想像力的保姆与师傅（单就他的写海的奇文，他已经足够在文学界里占一个不朽的地位，史温庞——Swinburne[②] ——也不如他的深刻与细腻）。不但有声有色的世界，就是最平庸最呆钝的事物，一经他的灵异的感觉的探检，也是满蕴着意义与美妙。单就事物的区别，白石是白石，珊瑚是珊瑚，白掬不是红枫，青榆不是白杨，——即此“物各有别”的一个抽象概念，也可以给他不可言状的惊讶与欣喜，仿佛他已经猜透了宇宙的迷谜。

他的青年期当然是他的色情的狂吼时代。性的自觉在寻常人也许是缓渐的、羞怯的发现，在他竟是火岩的炸裂，摧残了一切的障碍与拘束，在青天里摇着猛恶的长焰。他在自传里大胆的叙述，绝对的招认，好比如饿虎吃了人，满地血肉狼藉

① Pierre Loti：今译洛蒂（1850—1923），法国小说家，作品富异国情调，主要著作有《冰岛渔夫》、《菊子夫人》等。

② Swinburne：今译斯温伯恩（1837—1909），英国诗人、文学评论家，和拉斐尔前派关系密切，著名作品有诗剧《阿塔兰忒在卡吕东》、长诗《日出前的歌》和论著《论莎士比亚》。

的，他却还从容的舐净他的利爪，摇舞着他的劲尾，大吼了几声，报告他的成绩。“肉呀!”他叫着，我将我自己交付给你，像一个年青无髭的国王，将他自己交给那美丽的、可怖的戎装的女郎。看呀，她来了！她得了胜利回来。在欢呼着的市街中庄严的走来了。这温柔的国王，一半是惊，一半是爱，他的希望嘲笑着他的怕惧。这是他的大言，实际上他并不曾单纯的纵欲，他不是肉体的奴隶，成年期性欲的冲动，只是解放他的天才的大动力，他自此开始了他的创造的生命。“肉呀，你比如精湛的葡萄被火焰似的脚趾蹂躏着，比如白雪上淋漓着鲜血的踪迹。”

他第一部的诗集——Primo Vere[①] ——是他十八岁那年印行的，明年印行他的 Canto Novo[②]，又明年他的 Intermezzo di Rime[③]。那时卡杜赛（Carducci）是意大利领袖的诗人，丹农雪乌早年的诗，最受他的影响。他的词藻，浓艳而有雅度，馥郁而不失逸致，是他私淑卡氏的成绩。同时他也印行他的短篇小说，第一本是 Terra Virgine[④] 1883，第二本 Il Libro delle Virgini[⑤]，第三本 Sanpanta loere[⑥]。他的材料是他的本乡的野蛮的习俗。他的短篇小说的笔调，与他早年的诗不同，他受莫泊桑的感化，用明净的点画写深刻的心理，但这是他的比较不重要的作品。

他的第二个时期从他初次到罗马开始。这不凡的少年，初次从他的鄙塞的本乡来到了最光荣的大城，从他的朴野的伴侣

① Primo Vere：《早春》。
② Canto Novo：《新歌》。
③ Intermezzo di Rime：不详。
④ Terra Virgine：不详。
⑤ Il Libro delle Virgini：不详。
⑥ Sanpanta Loere：不详。

交接了最温文的社会，从他的粗沧的海滨睹面了最伟大的艺术——我们可以想像这伟大的变迁如何剧烈的影响他正苞放着的诗才，鼓动他的潜伏着的野心。意大利一个有名的评衡家说，“阿勃鲁栖给他民族的观念，罗马给他历史的印象”。罗马不仅是伟大的史迹的见证，不仅是艺术的宝库，他永远是人类文化的标准；这是一个朝拜的中心，我们想不起近代的一个诗人或美术家他不曾到这不朽的古城来挹取他需要的灵感。自从意大利政治统一以来，这古城又经一度的再生，当初帝国的威灵，又一度的显应，意人爱国的狂热，仿佛化成了千万道的虹彩，在纯碧的天空中，临照着彼得寺与古剧场的遗迹，庆祝第三意大利与罗马城的千古。卡杜赛一群的诗人，当然也尽力的讴歌，助长爱国的烈焰。丹农雪乌初到罗马，正当民族主义沸腾的时期，他也就投身在这怒潮中，尽情的倾泻出他的讴歌的天才，他的“Italianita”（意大利主义）虽则不免偏激，如今看来很是可笑的，但他自此得了大名，引起了全国的注意，隐伏他未来的政治生涯。

四、丹农雪乌的作品

紧接着罗马，丹农雪乌又逢到了一个伟大的势力：他读了尼采。丹农雪乌的艺术的性灵已经充分的觉悟，凭着他的天赋的特强的肉欲，在物质的世界里无厌的吸收想像的营养，他也已经发现他自己内在的倾向：爱险，好奇，崇拜权力，爱荒诞与殊特，甚至爱凶狠，爱暴虐，爱胜利与摧残，爱自我的实现。他是不愿走旁人踏平了的道路，他爱投身到荆棘丛中去开辟新蹊，流血是他的快乐，危险是他的想望；超人早已是他潜伏的理想。现在他在尼采的幻想的镜中，照出了他自己的体魄。他的原来盲目的冲动得到了哲理的解释，原来纠杂的心绪呈露了联贯的意义，原来不清切的欲望转成了灵感他的艺术的渊泉。尼采给了他标准，指示了他途径，坚强了他的自信，敦促了他的进取。后来尼采死在疯人院里，丹农雪乌做了一首挽诗吊他，尊为“伟大的破坏者，重起希腊的天神于‘将来的大门’之前”。尼采是一个“生迟了二千年的希［腊］人”；所以丹农雪乌自此也景仰古希腊的精神，崇拜奥林配克的天神，伟大、胜利与镇静的象征；纯粹的美的寻求成了他的艺术的标的。

但他却不是尼采全部思想的承袭者；他只节取了他的超人的理想，那也还是他自己主观的解释。他的特强的官觉限制了他的推理的能力，他的抽象的思想的贫弱与他的想像力的丰富，一样的可惊；他是纯粹的艺术家。

此后“超人主义”贯彻了他的生活的状态，也贯彻了他的作品。他的小说与戏剧里的人物，只是他的理想中的超人的化身，男的是男超人，女的是女超人，灵魂与肉体只是纯粹的力的表现，身穿着黄金的衣服，口吐着黄金的词采，在恋爱的急湍中寻求生命，在现实的世界里寻求理想。

那时欧洲的文艺界正在转变的径程中。法国象征派诗人，沿着美国的波（Poe）[①] 与波特莱亚 Baudelaire[②]开辟的路径，专从别致的文字的结构中求别致的声调与神韵，并且只顾艺术的要求与满足，不避寻常遭忌讳或厌恶的经验与事实：用惨死

① Poe：今译坡（1809—1849），美国诗人、小说家、文艺评论家，美国哥特式小说和侦探小说的创始人，其诗歌还曾影响法国象征主义者。著名作品有诗歌《乌鸦》、短篇小说集《述异集》和《莫格街凶杀案》等。

② Baudelaire：今译波德莱尔（1827—1867），法国诗人，象征派诗歌的先驱，主要作品为诗集《恶之花》。

的奇芒，嚣俄[①] 说的，装潢艺术的天堂；文学里发现了一个新战栗。高蒂霭的赞美肉体的艳丽的诗章与散文；弗洛贝与左拉的丑恶与卑劣的人生的写照；斐德与王尔德的唯美主义；道施妥奄夫斯基的深刻的心理病学——都是影响丹农雪乌的主要的元素。他的《无辜者》与《罪与罚》有狠明显的关系；《死的胜利》有逼肖左拉处。

但丹农雪乌虽则尽量的吸收同时代的作者的思想与艺术，他依旧保存着他特有的精彩：他的阿尔帕斯南的拉丁民族的特色。只有俄罗斯可以产生郭郭儿（Gogol）[②]，只有法兰西可以产生法朗司（Anatole France），只有英吉利可以产生奥斯丁（Jane Austen），只有意大利可以产生丹农雪乌。北欧民族重理性，尚敛节；南欧民族重本能，喜放纵。丹农雪乌的特长就是他的“酣彻的肉欲”与不可驾驭的冲动，在他生命即是恋爱，恋爱即是艺术。生活即是官觉的活动，没有敏锐的感觉，生活便是空白，所有美的事物的美，在他看来，只是一种结构极微妙的实质，从看得见的世界所激起的感觉，快感与痛感，凝合而成的，这消息就在经验给我们最锋利的刺激的霎那间。这是他的“人生观”，这是他的实现自我，发展人格的方法——充分的培养艺术的本能，充分的鼓励创作的天才，在极深刻的快感与痛感的火焰中精炼我们的生命元素，在直接的经验的糙石上砥砺我们的生命的纤维。

从一切的经验中（感官的经验）领略美的实在；从女性的神秘中领略最纯粹的美的实在。女性是天生的艺术的材料，可

① 嚣俄：今译雨果（1802—1885），法国作家。主要作品有长篇小说《悲惨世界》、《九三年》等。

② Gogol：今译果戈理（1809—1852），俄国作家，批判现实主义文学的奠基人，主要作品有长篇小说《死魂灵》、喜剧《钦差大臣》等。

以接受最幽微的音波的痕迹，可以供诗人的匠心任意的裁制。一个女子将去密会她的情人时的情态：她的语音，她的姿势，她的突然的兴奋，与骤然的中止，她的衣裳泄露着她的肌肉的颤动，她的颊上忽隐忽现的深浅的色泽，她的热烈的目光放射着战场上接刃时的情调，她的朱红的唇缝间偶然逸出的芳息：这是艺术家应该集中他的观察的现象。

所以他的作品，只是他的变相的自传，差不多在他的每一部小说里，我们都可以看出丹农雪乌的化身，在最繁华、最艳丽的环境中，在最咆哮的热情与最富丽的词藻中，寻求他的理想的人生的实现。恋爱的热情永远是他的职业，他的科学，他的宇宙；不仅是肉体的恋爱，也不仅是由肉体所发现精神的爱情，这都是比较的浅一层的。最是迷蛊他的，他最不能解决的，他最以为神奇的，是一种我们可以姑且称为绝对的恋爱，是一种超肉体超精神的要求，几乎是一个玄学的构想。我们知道道施妥奄夫斯基曾经从罪犯的心理中戡求绝对的价值——The absolute value[①]——丹农雪乌是从恋爱中戡求绝对的满足。这也许是潜伏在人的灵府里最奥妙亦最强烈的一个欲望，不是平常的心理的探讨所能发现的；这是芭蕉的心，只有抽剥了紧裹着的外皮方可显露的。丹农雪乌的工夫就是剥芭蕉的工夫；他从直接的恋爱的经验中探得了线索与门径，从剧烈的器官的感觉中烘托出灵魂的轮廓。他的方法所以是澈底的主观的，他的小说只是心理的描写：他至多布置一个相当的背景——地中海的海滨或是威尼士的河中——他绝对的忽略情节与结构，有时竟只是片段的，无事实亦无结局（如 Virgins of the Rock[②]）。所以他的特长，不在描写社会，不在描写人物，而在描写最变

---

① The absolute value：绝对的价值。

② Virgins of the Rock：《岩下的处女们》。

幻、最神奇的自我，有时最亲密的好友，有时最恶毒的仇敌，我们最应得了解，但实际最不容易认识的——深藏在我们各个人心里的鬼；他展览给我们看的是肉欲的止境，恋爱的止境，几于艺术自身的止境。

所有伟大的著作，多少含有对他的时期反动或抗议的性质。丹农雪乌也曾经一部分人的痛斥，说他的作品是不道德的，猥亵的，奖励放纵的。但我们也应该知道近代的生活状态，只是不自然，矫揉的，湮塞本能的。我们的作者也许走了那一个极端，他不仅求在艺术中实现生命，他要求生活的艺术化："永远沉醉在热情里"，是他的训条。他在他的小说 Fervour[①] 里说："现代的诗人不必厌恶庸俗的群众，亦不必怨恨环境的拘束，我们天生有力量在掌握里的人，就在这个世界上，还是一样的可以实现我们生命里的美丽的佳话。我们应该向着漩涡似的生命里凝神的侦察，像从前达文謇教他的弟子们注视着墙壁上的斑点，火炉里的灰烬，天上的云，或是街道上的泥潭，要看出新奇的结构与微妙的意义。"他又说："诗人是美的使者，到人间来展览使人忘一切的神品。"

但他的理想的生活当然是过于偏激的；他的纵欲主义，如其不经过诗的想像的清滤，容易流入丑恶的兽道，他的唯美主义，如其没有高尚的思想的基筑，也容易流入琐碎的饰伪。至于他的理想的恋爱的不可能，他自己的小说即是证据，道施妥奄夫斯基求绝对的价值的结果只求着了绝对的虚无，一个凄惨的，可怖的空，他所描写的纵欲与恋爱的结果也只是不可闪避的惨剧。丹农雪乌与王尔德一样，偏重了肉体的感觉；他所谓灵魂只是感觉感觉的本体。纵容肉欲（此篇用肉欲处都从广义释）最明显的条件，是受肉的支配；愈纵欲，满足的要求亦愈

① Fervour：《热情》。

迫切，欲亦愈烈，人力所能满足的止境愈近，人力所不能满足的境界亦愈露——最后唯一的疗法或出路，只是生命本体的灭绝。在《死的胜利》里，男子与女子的热恋超过了某程度以后，那男子，他是一个绝对的恋爱的寻求者，便发现了恶兆的思想——

“她所以是我的仇敌，”他想，“她有一天活着——尽她能用她的魔力来迷着我的日子——我就不能踏进我所发现的门限，她永远牵制着我……我理想中的新世界，新生命，都只是枉然的。恋爱有一天存在着，地球的轴心总是在单个人的身上，所有的生命也只是包围在一个狭小的圈子里。要想站起来，要想打出去，我非脱离恋爱不可——非先将我自己救出敌围不可。”

他又冥想她死了。“死了以后，她只能做幻梦的资料，到成了一个纯粹的理想。她可以从一个不完全的生存，上升到一个完全的永远平安的居处，她所有的肉体的斑点与欲念，也从此解脱了。摧残正是真的占有，灭绝正是真的不朽。到恋爱里求绝对的人再没有第二条路可走。”

“他也明白仇恨着她是不公平的，他知道运数的铁臂不仅是绾住了他，也绾住了她。他的烦恼并不是别人的缘故，这是从生命的精髓里来的。如其恋爱着的人们逢到了这样的难关，谁也不能抱怨谁，他们只能咒诅恋爱自身。恋爱！他的生命的纤维，像铁屑迎着磁石似的，向着恋爱直奔，谁也不能克制；恋爱是地面上所有不幸的事物里的最凄惨最不幸的一件，但是他活着的日子恐怕再也逃不了这大不幸。”

“每个灵魂里载着的恋爱的质量是有限的，恋爱也有消耗尽净的日子。到了那个最悲惨的时刻，再没有方法可以救济恋爱的死。现在你爱我的时间已经狠久，快近两年了！”

五、丹农雪乌的小说

丹农雪乌英译的小说共有九种，分为三族，每族三书。(一) 玫瑰丛谭是《快乐儿》(The Child of Pleasure)，《无辜者》(The Sacrifice) 与《死的胜利》(The Triumph of Death)；(二) 莲花丛谭。最主要的是《死的胜利》，《无辜者》，《快乐儿》，《热情》，与《石女》。

自从 V. Courte de Vogue[①] (法国人，著名评衡家) 在 Revue des deux Mondes[②] 里初次介绍丹农雪乌，极力的推崇说他是拉丁民族的天才的化身，又经文学家 Herlle[③]等的翻译，他在大陆上的声誉便野火似的烧了开去。在英国介绍他的最有名的作者是 Onida[④]，Henry James[⑤]，William Sharp[⑥]，Arthur Symons。最近汉福德教授也有论他的戏剧的文，现在收在他的文集里 "Shakespeare on Love and Marriage, and Other

---

① V. Courte de Vogue：疑应为 Vicomte de Vogüé，即德·伏盖子爵，法国小说家、评论家，对俄国作家屠格涅夫、陀斯妥耶夫斯基、托尔斯泰的介绍对法国文学较有影响，另有小说《说话的死亡》和《大海的主人》等。

② Revue des deux Mondes：《双宇评论》，杂志名。

③ Herlle：不详。(疑有拼法错误。)

④ Onida：不详。(疑有拼法错误。)

⑤ Henry James：詹姆斯 (1843—1916)，美国小说家、评论家，长期旅居欧洲，晚年入英国籍。主要作品有长篇小说《一位妇女的画像》和论著《小说的艺术》等。

⑥ William Sharp：夏普 (1855—1905)，苏格兰作家，笔名 Fiona Macleod，用本名著有罗塞蒂、雪莱等人的传记，并用笔名写有凯尔特人的神话故事、传奇数种，如小说《山地情侣》、剧本《不朽的时刻》等。

Essays[①]”。

小说（the novel）在文学里是最后的产儿；十八世纪以前，现在所谓小说是没有人知道的。十九世纪是小说的世纪，但从司考德到嚣俄，从嚣俄到陶代，小说只是叙述故事的散文，不是想像的艺术（Imaginative Art），不能与诗与音乐并列的。散文到了斐德的手里，成功了一种新发现的美术，他的散文是有翅膀的，是热情与冷智在音乐厅中的合婚，但他却不是小说家，虽则他有他的无双的《玛黎葛士》与《想像的肖影》。丹农雪乌以求美为他的著作的动机，也正想在艺术殿上把小说的位置提高一级。他虽则写散文，他的原料是诗，他把诗的灵魂装入他的新发现的散文的躯壳。所以斐德的散文是散文的艺术化，还是散文，丹农雪乌的散文是散文的诗化，可以说是散文诗。他的文体与声调在近代文学里是独一的，他是最奢侈、最从容的“字的艺术家”。

《死的胜利》是他的最醇的一部著作。情节只要一两句话可以说完的：书里的主人公（不用说，又是丹翁自己的影子）与一有夫的女人发生了恋爱，女的想法脱离了她的丈夫，伴着他隐居在海边，结果是——

> “你疯了不成?”她狂喘的叫着。但他没有答话，又扑了过来，禽住她的身子，向着危险的崖边狠劲的拖着。她忽然的明白了他的意思，她的灵魂被恐怖的重量压住了。“不，不，箕安！放我！放我！等一等！——听我，听我！再等一等！我有话说！……”她已经是吓昏了，只是苦苦的求着他。“一分钟！听我！我爱你！你饶了我！你饶了

① Shakespeare on Love and Marriage, and Other Essays：《莎士比亚论爱情与婚姻，及其他散文》。

我!”她的舌头已经打了结，她快挣不住了，凶恶的死已经在她的眼前晃着。“救命，”她大声的喊着。她还想脱身，指爪掐着，牙齿咬着，像野兽一样。“害命！救命呀!”她觉得她的头发被他抓住了，头里一阵的昏，腿里一发软，她倒在绝壁的边沿，她失败了。

这时他的狗对着他的倒在地上扭斗着的主人狂嗥着。

一场剧烈的搏斗，像是两个死仇碰着了。他们胶成了一堆，向外一滚——完了。

这是到恋爱里去求绝对的结局。

丹农雪乌，因为他的精神与方法是与左拉的颇相似的，一样澈底的查究人生，大胆的露布他的研求的报告，也受一般人的非难，说他是不道德的，描写淫秽与病象的作者。他的确有他的过分的地方，与《娜娜》（Nana[1]）的作者一样；但这过分，有见地的读者应得同意，决不是应用社会上流行的道德标准的案语，而是艺术的评判。繁杂琐碎与重复是近代文学尤其是拉丁民族的出品最显著的通病；所谓心理写实派的小说尤其如瞎子摸路，多的是磕撞与转折，丹农雪乌有时也不免有这个倾向。所以他的缺憾不在惨刻的心理的解剖或猥亵的情态的描写，而在他的这类描写的过多，过繁，有时过琐碎。但我们同时也应得认明丹农雪乌艺术的天才远过左拉，在他的最琐碎的篇章里也还看得出许多未易的优点，他的文字是精炼的，他的音调是调谐的，不比左拉的琐碎只是琐碎，左拉的写实只是写实；所以《娜娜》一类的书已经在文学的墓园里埋着，而《死的胜利》与 Madame Bovary[2]，单凭他们所实现的文字的优胜，

① Nana：《娜娜》，法国自然主义小说家左拉的小说。

② Madame Bovary：《包法利夫人》，法国小说家福楼拜的作品。

还是继续着他们有光荣的生命。在《死的胜利》里，可爱的节段不少，譬如海的描写，莺歌的描写，槐格南的 Tristan und Isolde① 的分析，意大利市街的描写，等等，都是绝美的文章，有意义有精采的结构。我们明知翻译是最不易讨好的，但我姑且试译几节，使不能读他的书的人也可以多少知道一点他的特别的写法。

他们走到了山脚边，天色已经昏暗了。月亮正在上升；一股露渍的清芬从四围的草木丛中吐布着，方才雷雨的余震还不曾减杀。每张叶片上都提着一颗泪珠，在新月的明辉里像钻石似的闪耀着，林木间呈露着一种异常的情调。箕安在无意中碰着一株小树，一阵繁星似的水点，从畸错着的树枝上纷纷的掉落，溅湿了逸宝的全身。

她呀的一声轻叫，她也笑了。

"倒乱，哼!"她叫着，她以为箕安有意的作弄她，叫她洗一个灌水浴；她立即想法报复。

她把住一堆的青丛，使劲的摇着，耸着，洒下了一群流液的珠玑；在这清脆的淅沥声中，逸宝娇憨的笑响，一阵阵的，满布着山麓。箕安也笑了，方才满心的幻象顿时的消泯，重复开怀的投入了青年的诱惑，日夜生动的清鲜，绿茵与丛灌的芳馨，重复兴奋了他酣彻的官感。他想先赶到一株满载着露溥的稚松，她也飞箭似的射下了滑腻的斜坡。他们同时赶到那株树底，同时捧着树干狂摇，同

① Tristan und Isolde：德文，《特里斯坦与依索尔德》。特里斯坦是英国亚瑟王传奇中的圆桌骑士之一，为康恩沃国王迎娶公主依索尔德为妻，途中二人误饮爱情药，遂坠入爱情。槐格南，今译瓦格纳（1813—1883），德国作曲家、音乐戏剧家。

时渍着鲜甜的银泻。在颤荡的青荫底，逸宝的贝齿与妙眼，一闪闪的亮着，钻眉似的细滴，在她的前额惺松的发鬈上，在她的腮边与唇上，两眼的睫毛上，星星的闪耀着，在她的忞笑里颤震着。

“呀，妖精！”箕安叫着，双手放开了树干，搂紧了妇人，她在这艳色的月下忽然又放射了不可抵御的妖冶，他又被迷蛊住了。

他骤雨似的在她的面上猛吻着，狂接着，他的情热的口唇啜着清凉的露浥，像是枝头的鲜果似的。

“这儿——这儿——这儿。”她喃喃的唪着，他吻着她的口，她的腮，她的眼，她的眉，她的咽喉，像是饿久了似的，像是初次尝味似的。她受着这一阵的孟浪，在他的热烈的怀抱里神魂迷醉的倚着，这是她每会知道他“真个销魂”时际酥懒的故态。她像是从她的灵魂深处呼泄出最鲜甜，最锐利的恋爱的幽香，恣容他的迷醉，直到快感被锐逼成绝对的刺痛。

“啊——”他停了；他已经得到了最高度的官快，他再不能容忍了。

下面一段的描写与方才一节不同，是用清简的笔致写其活泼的情景——

听着碗碟响，他问：“你饿了吗？”这话又亲昵，又殷勤，又带点儿孩子气，逸宝听得笑了。

“是有一点儿，”她笑着答话；他转过头去望着那株橡树荫下布置齐整了的饭桌。过了几分钟饭来了，箕安说，“这里随便得狠，你只好勉强一点。”“好说哩，我在这儿吃草都愿意。”

她欣欣的走到桌边，仔细的看看桌布，刀叉，杯盘，她看得什么都有意思，像一个孩子爱上了白磁器的青花似的。

“这儿什么都好，我真乐。”

她低着头去闻桌上放着的那一大整块的圆面包，金黄色的松脆的外皮，还是热热的。“啊，这味儿多好！”她忍不住她的孩子气，拿手去拧下了一小块，放近了她的白净的牙关。

“面包真好！”

她的口唇的一开一阖，她的牙齿的闪亮，她的欣喜的眼波，都表示她吃得满意；这时她的全身仿佛是呼泄着一种新鲜的纯粹的娇柔与达人的情调，她的情人站着看痴了。

“好极了，箕安，真好，快来吃呀。”

《快乐儿》是丹农雪乌的第一部的小说，情节可说是一个才子（又是他自己的化身）在贵族社会里的艳迹。这书的背景是罗马，他的景色的描写是不易磨灭的。他的姿趣，他的颜色，他的声调，他的意境，都有不可模拟的异彩；他不仅有优美的韵节，不仅有浓艳的采色，他的文字是馨香的，也许有时应用过分些；有人批评水让[①] 画的葱头，不仅是一个葱头，而且是一个有葱臭的葱头，丹农雪乌也有这样的手腕，他是描写官感的圣手。他的文字的天才是可惊的；他不但能融会希腊文、拉丁文、意大利文，以及法文、英文的精华，他实际上也兼包科学的名词，与意大利各地最庞杂的方言，像冶金似的，在他的洪炉中，一切都溶成了精液，供给他的铸造新器的原

① Paul Cézanne：今译塞尚（1839—1906），法国画家，后期印象派代表。

料。他是丹德的一个肖子。

《无辜者》是他的第二部小说。这是一篇忏悔录，又是一个天才的诗人，他的放纵的生活，激起了他的良心的反动，想抛弃了外恋规复他的家庭幸福；他忽然发现了他的妻子，在他自己的放纵期内，也结了非法的因缘，并且孕怀了不幸的果实。但他的母亲却不知底里，只是欣欣的想望抱孙。他的妻子有一天对他自首她的罪状，求他准她自杀——

> 她低着她的头。忽然她捉住我的双手，暴雨似的狂吻着，我只觉得手背上她的口唇的热和着眼泪的热。我想把手缩开，但她从椅上溜了下去，跪在我的跟前，很劲的禽住我的手，啜泣着，抬起她的可怜的泪透了的脸向着我，她的口颤动着，抽搐着，泄露她的不可言喻的苦痛后扭着她的灵魂。我浑身仿佛是瘫痪了似的想扶她起来想开口说话，都没有效力。一阵情绪的狂潮淹没了我的灵府，她的可怜的战栗着的形容感动了我的慈悲，所有的怨毒与意气，霎时的消灭了。只有人生的凄惨与恐怖与苦痛，在我与我的眼前匐伏着的妇人的心里的。人间的不幸，罪孽制定的惩罚，肉体的负担，运命的恐怖，在我们生命的根株里盘结着的。所有情爱的刺痛与悲哀，压迫着我的灵魂——我也不自主的跪了下去，一阵突起的强烈的冲动使我情愿与这不幸的妇人共同惨刻的命运。我也悲泣了。我们的眼泪重复一度揉合了。这是多沸烫的热泪，但也不能转变我们的运命。

他不许她死，但彼此心里的苦痛，依旧深深的纠缠着。她生产了一个男孩。他的母亲只当是她嫡亲的孩子，异常的钟爱，他历尽了无限的精神的痛苦，最后他认定牺牲，非此即彼，是唯一的出路。他设法把小孩害死了，但旁人只当是病死的，也许他的妻子多少猜着了。最末的一章是他在教堂里亲见这死孩的葬礼。这书的结构与写法，都与道施妥奄夫斯基的《罪与罚》有亲切的关系，但也有作者特长的地方。最先肉体的要求与责任心的交斗，他怀疑的萌芽，心灵磨折的奇楚，他的妻子的供状与他两难的境地，他伏侍妻子生产时怜悯与厌恶交揉的心理，最后的决心，谋害的情况——一长篇充实的细密的记载，照相般的详尽，中间穿插着自然景色的描写陪衬心理的分析。我现在试译他的听杜鹃的一段美文：

杜鹃唱了。初起是像一腔谐音的欢畅的爆裂；一流轻捷的颤音的劲瀑，激入空中，像是珍珠泻落在八音琴的玻璃上。一小顿，一片颤荡着的音波徐徐的升起，轻灵的，悠然长引的，像是小试着她的力量，傲慢的挑逗着她的无形的敌侣。

第二顿。此次是三音符的一节，像在发问似的，每次的语调有些微的变更，复唱了五六遍，柔软的音调，像一支纤弱的芦笛吹着山歌。

第三顿。歌声转入悲调，较前低半音，喟息似的轻柔；仿佛是呻吟指画着寂寞的恋爱者的惆怅，碎心的想愿，无聊的希冀；迸出最后的呼吁，急就的，锐音的，像悲痛的呼嗷：停了。

又一较久的停顿。一新起的音调，像是又一声带的颤动，怯弱的，纤细的，像雏禽的啾唧，小雀的啁吱；忽然神异的转变了，原来嘈杂的呜咽化成了狂激的高歌；颤音急进的增快着，翻入音响险兀的飞翻，跳荡着，扩张着，腾跃着，逼入至高无上的音阶。唱歌者为她自己的歌酿陶醉了。她出神的唱着，呼吸都没有间隙，一调不曾完毕，一调又接着来了，将她一腔的狂热翻成神化莫测的谐调，奋切而婉转，矜持而响入云，轻盈而庄重，有时阑入零落的吁喟，有时发为哀悼与恳切，有时喷激着热烈的急就的情歌，刳心沥血的声诉。满园静静的像在倾听着，天空俯盖着一枝老树，在这重荫深处，这愤世的诗人，泛滥着她的狂潮似的妙乐。鲜花在深深的、静静的呼吸着。一带黄色的光芒在西天边留恋着，垂绝的白天延滞着惨淡的衰光。一单颗的明星已经升起，静寞的，颤动的，像一颗光明的露珠。

这是真的杜鹃曲，我们也听醉了。

《热》也是一部奢侈的奇书。书中的主人还是他自己的化身，这一次他的爱人不是爵夫人（如《快乐儿》），也不是有夫之妇（如《死的胜利》），而是一个半老的名优；背景不是古色斑斓的罗马而是诗梦缠绵的威尼市。我只得割爱不再摘译了，因为一开始便如一只蝴蝶飞入百花丛中，再也不忍舍弃了。

《岩石的处女》更没有可说的情节，作者开始就说——

“我在简短的期间内，不揣我的俗眼，观察这一枝三穗无比的灵魂，从最初秾丽的苞萼始，至最后的凋谢止。

我所稔悉不过家常琐细。但我的心头已经满贮了悲感与凄惋。事迹虽不足奇，但道是我生平磨不灭的记忆。”

全书完全是心理的描写；在他的小说中，这部书最是中和，没有猥亵的章句。

六、丹农雪乌的戏剧

十九世纪的末年，欧洲的文坛上正在讨论丹农雪乌非常的诗与非常的小说，他又接连的出了好几部非常的戏剧，要求认识与评价。

他的长剧是——

（一）La Citta morta[①]

（二）Gioconda[②]

（三）La Gloria[③]

（四）Francesca di Remini[④]

（五）La figlia di Iorio[⑤]

（六）The Honey Suckle[⑥]

短剧有名的是——

（一）Sogno d'un Tramonts d'autumno[⑦]

（二）Sogno di'un mattino di primavera[⑧]

长的（一）（二）（四）都有辛孟士的英译，（一）（二）是散文，（四）是按原文体例的诗剧，（六）也有英译。法文长短剧都有译本。他的两篇短剧我不曾看过，据William Sharp的评案，说也是罕有的精品（William Sharp：Drama of D'aunnzio[⑨]，在他的Studies and Appreciations[⑩]那本书里）。（五）是他的本乡的一段轶事。

丹农雪乌不论是他的诗里，他的小说里，或是他的戏剧

---

① La Citta morta：意大利文，《死城》。

② Gioconda：意大利文，《乔康达夫人》。

③ La Gloria：意大利文，《光荣》。

④ Francesca di Remini：《弗朗西斯卡·雷米尼》。

⑤ La figlia di Iorio：意大利文，《约里奥的女儿》。

⑥ The Honey Suckle：《忍冬花》。

⑦ Sogno d'un Tramonts d'autumno：不详。

⑧ Sogno di'un mattino di primavera：意大利文，《春日之梦》。

⑨ William Sharp：Drama of D'annuzio：威廉·夏普著：《邓南遮的剧本》。

⑩ Studies and Appreciations：《研究与欣赏》。

里，总还是丹农雪乌；他的戏剧里所表现的主义与艺术还是他的小说里的主义与艺术，前面已经论过了。美，恋爱，死，总是他做文章的骨子，不论他是复写中古的轶事，像Francesca，写现代，像Gioconda，写朴野的单纯的情感，像La Figlia，写理想的背谬的色狂，像La Citta morta。只有在La Gloria里，他的超人的观念穿上一件政治野心的袍服，较为不同。实际自从他进了政治舞台（1900?）以后，丹农雪乌的艺术家已经和我们至少暂时告别；他不但想在政治里实验他的超人的理想，并且想证明他的意大利也是超人的意大利。他这一场把戏虽则从他的传记方面看来不少趣味，但艺术界却不免惆怅他的离别。

我现在只能将我下面翻的《死城》略为解释；以后也许再有评论的机会，我很希望这一点微薄的劳力，或亦可以供给热心的青年一些美感的兴奋与艺术的戟刺。

《死城》的背景与剧中的征引，也许不［熟］悉希腊文学的人看了不甚清楚，所以我现在将戏里的事实从简叙述一遍，乘便把那些生疏的古希［腊］人名略为诠释。

从前荷马诗里描写天神与“英雄”的事略；后来诗人如Aeschylus[①] 和Sophocles[②] 又把荷马的诗里主要的事迹写成悲剧。《死城》的历史背景就是荷马的诗与他们一人一出的戏：一是Sophocles的《安铁刚纳》(Antigone)[③]，第一幕里“玛丽亚”念给安娜听的就是。一出是Aeschylus的《阿加孟龙》

---

① Aeschylus：埃斯库罗斯（公元前525? —前456），古希腊三大悲剧作家之一，现存作品有《被缚的普罗米修斯》、《波斯人》、《阿伽门农》等。

② Sophocles：索福克勒斯（公元前496? —前406），古希腊三大悲剧作家之一，传世剧作有《埃阿斯》、《安提戈涅》等。

③ Antigone：今译《安提戈涅》。

(Agamemnon)[①]。

你们如其不嫌烦琐，我愿意把这两出戏的内容讲一点；那两位古诗人的著作，我乘便告诉你们，在世界文学里占有最重要的位置，和莎士比亚，丹德，一样的不朽；讲欧洲文学如其不知道他们，犹之讲中国诗不知道三百首。

安铁刚纳是一个国王的女儿，她的两个哥哥为争夺王位互相杀死了。后来她的一个姨夫也不知道姑丈当了权，把她两个杀死的阿哥，一个照例埋葬了，一个叫抛弃在荒野让鹰狗吃，因为他恨他借外兵来侵犯本土。他下令吩咐人民敢去埋他的人得死罪。安铁刚纳去把她的哥哥的尸首埋了，自己到国王面前去认当。国王就判她闷死在墓穴里，永远不见天日，虽则她是他自己儿子的未婚妻。她所以，在《死城》的节引里，悲悼她自己的惨途，不曾得享新婚恋爱的欢乐，为了埋她的亲兄的义勇的作为，遭受如此黑暗的报酬。玛丽亚读这段故事感动的缘故，就因为她自己的运命和安铁刚纳很相仿佛：她曾经发誓终身伺奉她的哥哥，舍弃恋爱，和安铁刚纳为她的哥哥牺牲了生命与幸福相像。

这是一节。《阿加孟龙》是一段更荒唐的故事，或者像当时希腊人相信，是一段最凄惨的历史。挨各司（Argos）是当初这段惨史，与下面的悲剧，发现的地方。那时海拉司（就是希腊）的国王是Atreus（阿脱鲁司）的两个儿子，他们是“并肩王”，一个叫孟内老斯（menelaus）一个就是阿加孟龙。他们的妻子是一对姊妹，阿加孟龙的叫做Clytemnestra（克利推姆内斯脱拉），孟内老斯的就是□□传话的中心人物，也是古代美妇人的象征，大名鼎鼎的Helen（海伦）女。海伦被屈劳哀城的巴黎诱了去，他们两兄弟就大诱发海军去征讨屈劳哀。

① Agamemnon：今译《阿伽门农》。

后来在半路上发现了困难，阿加孟龙没有法子只好牺牲了他的女儿，就是Ipnigluia（衣飞琴妮恶），下文玛丽亚口里也讲起她。她的母亲克利推姆内斯脱拉（外国名字其实太啰嗦，翻成华音简直荒谬绝伦，不过此人是古代传话淫后之一，和凯撒与安滔内的情妇，埃及后克利奥巴屈拉一样的有名，我们应该记得），在挨各司配洛匹提（Pelopidae）的大宫里听见了这个消息，从此痛恨她的丈夫阿加孟龙，想法要替女儿报仇。这配洛匹提的宫也是很出名，因为许多可怖的罪恶都在那里发现的，同时阿脱鲁司家的一个老冤家（被他屠杀的）的余孽（Aegisthus）异杰土脱斯也回到了挨各司，也想乘机报仇，王后和他就结合在一起，打算等阿加孟龙打仗回来的时候，共同下手。后来海拉司的兵打破了屈劳哀城，阿加孟龙得胜回朝，带了一个半神产的女预言者，就是卡牲特拉，这件事更使得王后愤怒。卡牲特拉一到配洛匹提的宫里就知道有躲避不了的大祸顷刻就要发作。临了王后非但把她丈夫阿加孟龙亲手杀死，并且连卡牲特拉与他的从臣一齐谋杀了。后来接下去另外一出戏里阿加孟龙的儿子奥累司推斯（Orestes）又转报他父亲的仇，亲手杀死他的娘，也杀死她的情人与通谋者异杰士德斯，益发荒惨的可怖，我们现在可以不管。这“死城”就是挨各司的故城，传话说是地下埋着阿加孟龙与卡牲特拉等的尸体，照荷马诗里谈，坟里都是黄金异宝，《死城》里的雷昂，玛丽亚的哥，就想发掘这些古墓，你们念下去就知道详情。

这两段是本剧历史的背景，现在我可以讲戏里的情节了。这故事充满了鬼气与死气与邪气，你们看了不要害怕，我们最应该注意的是作者的写法，他的艺术，故事本身没有多大意味。但这故事是极非常的故事。雷昂和他的妹子玛丽亚，在希腊的沿海到处发掘古墓，后来在挨各司的附近住下了，继续他的工作，那边天气像沙漠一样的干热，戏里随时有详细的描写；他的好朋友，亚莱，一个诗人，和他的新近丧明的妻子安娜，与他们兄妹一起住着。玛丽亚曾经发誓终身跟她的哥，但是她不知不觉的与亚莱发生了恋爱，二人都很感觉痛苦因为中间碍着一个安娜与一个雷昂，一样是他们亲爱而不愿意牺牲的亲人。安娜虽然盲了，但她的心眼却比兔子还看得清楚。她知道他们两人彼此恋爱，也知道他们顾碍着她，所以她想自己横直是废人乐得让路，正在那里踌躇想逃走或是自杀，好让他们实现他们的生命与幸福。

但雷昂却没有猜到他们的关系，同时雷昂整天在秽氛的古坟里工作，新近忽然神情变了，大家都疑心他是病，但是总不了解他苦恼的原因。玛丽亚的苦恼更深，因为他每次见了她，好像又是厌恶，又是恐怖，一种说不出不自然的态度。所以在这个时候，四个人大家惴惴的觉到预兆不佳，但是谁也没有看出运命的方向。

后来亚莱逼着雷昂叫他说明不自然的原因,因为他们原来彼此是无话不谈的,比兄弟还好。雷昂后来讲了。一个可怖的泄露！他说他好像被魔鬼占住了,满心只是扑不灭的狂焰,想侵犯他的圣洁、温柔的妹子玛丽亚。第二幕最后一景他和亚莱坐在鬼气森森的黑暗屋子里,自首他鬼气森森黑暗的邪欲,在文学里我从没有经验过这样叫人毛骨悚然的情景。

他讲是讲了！但他的邪热依旧不减。后来他从安娜口里初次发现亚莱和他妹子的隐恋并且还发现安娜想自杀了让路,他益发骇然,知道凶恶的运神已经把他们一起禽在手里,免不了一场惨剧。他想了许久,想出一条“出路”,——牺牲他无辜的妹妹！他乘他妹子在喷泉里伏着喝水的时候,把她拧在水里淹死了,亚莱赶到时(第五幕)玛丽亚已经断气,雷昂对着他忏悔,说妹子死了他的灵魂重新复了元来的清洁,他重复能以纯洁的爱情给他无辜的妹子了。

闭幕：这一段也是很有力量的——

安娜：

玛丽亚！玛丽亚！

（盲妇人自石背现，兀然摇曳黑影中。二人未答，盲妇复前扪道怆惶万状。）

亚莱！雷昂！

（行近尸伏处，几触其足，亚雷舌娇体僵，不能动，亦不能声。）

亚莱！（安娜足且践尸。）

留步！留步，安娜！

（然安娜已觉沉沉前在者。屈躬伸手向尸，忝至□遽，手触其体，及面，及发，水犹淋沥，既触冰尸，安遍体噤战，狂叫，声撼泉石，一若灵魂迸裂然。）

安娜：

啊！我知道了！我知道了！

幕落

再说一说曼殊斐儿[①]

我翻译这篇矮矮的短篇，还得下注解。现在什么事都得下注解。有时注解愈下，本文愈糊涂，可是注解还得下，这是一个下注解的时代，谁都得学时髦。要不然我们那儿来这么多的文章。

男人与女人永远是对头，永远是不讲和不停战的死冤家。没有拜天地——我应当说结婚，拜天地听的太旧，也太浪漫——以前，双方对打的子弹，就化上不少，真不少，双方的战略也用尽了，照例是你躲我追，我躲你追，但有时也有翻花样的，有的学诸葛亮用兵，以攻为守；有的学甲鱼赛跑，越慢越牢靠。这还只是一篇长序，正文还没有来哪，虽则正文不定比序文有趣。坐床撒帐——我应当说交换戒指，度蜜月，我说话真是太古气——以后就是濠沟战争，那年分可长了，彼此望是望得见的，抓可还是抓不到，你干着急也没有用，谁都盼望总攻击时的那一阵的浓味儿，出了性拼命时有神仙似的快乐，但谁都摸不准总司令先生的脾胃，大家等着那一天，那一天可

① 载一九二五年三月十日《小说月报》第十六卷第三号；一九八八年一月陕西人民出版社《徐志摩研究资料》存目。采自《小说月报》。

偏是慢吞吞的不到。

宕着，悬着，挂着。永不生根，什么事都是的。像我们的地球一样，滚是滚着，可没有进步。男的与女的：好像是最亲密不过，最亲热不过，最亲昵不过的两口子不是？可是事情没有这样简单；他们中间隔着的道儿正长着哩！你是站在纽约五十八层的高楼上望着，她是在吴淞炮台湾那里瞭着；你们的镜头永远对不准。

不准才有意思，才是意思。愈看不准，你愈要想对，愈幌着镜子对，愈没有准儿，可是这里面就是生活，悲剧，趣剧，哈哈，眼泪，文学，艺术，人生观，大学教授，《京报》附刊，全是这一个网里捞出来的鱼。

我说的话，你摸不清理路不是？原要你摸不清，谁要你摸得清？你摸得清，就没有我的落儿！

十九世纪出了一个圣人。他现在还活着。圣人！谁是圣人，什么是圣人？不忙，我记得我口袋里有的是定义，让我看看。“圣人就是他。”——这外国句法不成，你须得轮过头来。“谁要能说一句话或是一篇话，只要他那话里有一部分人人想得到可是说不上的道理，他就是圣人。”“我未见好德如好色者也。”那是我们的孔二爷。这话说的顶平常，顶不出奇，谁都懂得，谁都点头儿说对。好比你说猫鼻子没有狗鼻子长，顶对。这就是圣。圣人的话永远是平常的，一出奇他也许是一个吴稚晖，或是谁，那也不坏，可就不是圣人。

可是我说的现代的圣人又是谁？他有两个名字：在外国叫勃那萧，在中国叫萧伯讷。他为什么是圣人？他写了一本戏，谁都知道的叫做《人与超人》。一篇顶长、顶繁、顶啰嗦的戏，前面还装着一篇一样的长、繁、啰嗦的长序。但是他说的就是一句话，证明的就是一句；这话就是——凡是男与女发生关系时，女的永远是追的那个，男的永远是躲的那个。这话可没有我们孔二爷的老实。不错，分别是有，东洋圣人与西洋圣人，道理同是一个，看法说法，各各不同。我们孔二爷是戴着平天冠，捧着白玉圭，头顶朝着天，脚跟踏着地，眼睛看着鼻子，鼻子顾着胡子，大胡子挂在心坎儿上，条缕分明的轻易不得吹糊；他们的萧伯讷是满脸长着细白毛，像是龙井茶的毛尖，他自己说是叫虫子龃过的草地；他的站法顶别致，他的不是A字式的站法，他的是Y字式的站法，他不叫他的腿站在地上，那太平常不出奇，他叫他的脑袋支着地，看时一双手都不去帮忙，两条脚直挺挺的开着顶对天花板，只是难为了他的项根酸了一点。他这三四十年来就是玩着这把戏——一块朝天马蹄铁的思想家，一个“拿大鼎”的圣人。这分别你就看出来了不是？用腿的站得住（那也不容易，有人到几十岁还闪交哪），用头的也站住了，也许萧先生比孔先生觉着累一点，可是他的好看多了；这一来他们的说话的道儿就不同，一是顺着来的，一是反着来的，反正他们一样说得回老家就是——真理是他们的老家。

孔二爷理想中的社会是拿几条粗得怕人的大绳子拴得稳稳的社会，尤其是男与女的中间放着一座掀不动钻不透的“大防”。孔二爷看事情真不含糊，黄就是黄，青就是青，男就是男，女就是女，干脆，男女是危险的。你简直的得想法子，要不然就出乱子。你得防着他们，真的你得防着他们。把野兽装进了铁笼子，随他多凶猛也得屈伏。别的不必说，就是公公媳妇大伯弟妇都得要防；哥哥妹妹弟弟姊姊都得要防；六岁以上就不准他们同桌子吃饭。夫妇也不准过分的亲近；老爷进了房太太来了一个客人。家里来了外人，太太爱张张也得躲到屏风背后去。这来不但女子没法子找男子，就是男子也不得机会找女子了。结果防范愈严，危险愈大；所以每回一闹乱子我们就益发的佩服孔二爷见解高明。不错，这野兽其实是太不讲理，太猖獗，只有用粗索子去拴住他，拿铁笼子去关住他。我们从不反过头来想想——假如把所有的绳子全放宽了，把一切的笼子全打开了，看这一大群的野畜生又打什么主意。

萧伯讷的回答说不碍，随你放得怎样宽，人类总是不会灭的，废弃了一切人为的法律，我们还得遵守天然的法律；逃避了一切人群的势力，我们还是躲不了生命的势力（life force）。男人着忙的去找女人，或是女人着忙的去带住一个男人：这就是潜在的生命的势力活动的证据。男人的事务是去寻饭吃，女人的事务是生殖；男人的作用是经济的，女人的作用是生物的。女人天生有极强极牢固的母性；她为要完成她的天职，她就（也许不觉得的）想望生活的固定，顶要紧是一个家。但是男人却往往怕难，自己寻食吃已经够难，替一家寻食吃当然更是麻烦；他有时还存心躲懒；实际上他怕的是一个永久固定的家。还有一个理由为什么女人比男人更着急，那是因为女性的美是不久长的，她的引诱力是暂时而且有限的，所以她得赶紧；一个女儿过了三十岁还不出嫁父母就急，连亲戚都替担忧。其实她自己何尝不急，只是在老社会情况底下她没有机会表示意志就是。她急的缘故也不完全是为要得男人的爱，她着急是为要完成她的职务，为要满足她的母性。所以萧伯讷是不错的，他说在一个选择自由的社会里男女间有关系发生时，女的往往是追的那个，男的倒反是躲的那个。王尔德说男子总不愿意结婚除非他是厌倦了，女子结婚为的是好奇。这话至少一半是对的；平常一个有志气爱自由的男子那肯轻易去冒终身企业的危险，去担负养活一个家的仔肩，反面说女人倒是常常在心里打算的（她们很少肯认账，竟许也有自己不感觉到的，但实际却有这种情形），打算她身世的寄托，打算她将来的家，打算亲手替她亲生子打小鞋做小袜子。并不是女子的羞耻，这正是她的荣耀。这是她对人道的义务。要是有一天理性的发展竟然消灭了这点子本性，人类种族的生产与生存也就成了问题了。我们不盼望有那一天，虽则我们看了“理性的”或是“智理的”的女人一天一天的增加数目，有远虑的就多少不免担忧。

曼殊斐儿是个心理的写实家，她不仅写实，她简直是写真。你要是肯下相当工夫去读懂她的作品，你才相信她的天才是无可疑的；她至少是二十世纪最重要的作者的一个。她的字一个个都是活的，一个个都是有意义的，在她最精粹的作品里我们简直不能增也不能灭更不能改动她一个字；随你怎样奥妙的细微的曲折的，有时刻薄的心理她都有恰好的法子来表现；她手里擒住的不是一个个的字，是人的心灵变化的真实，一点也错不了。法国一个画家叫台迦（Degas）能捉住电光下舞女银色衣裳急旋时的色彩与情调；曼殊斐儿就能分析出电光似急射飞跳的神经作用；她的艺术，（仿佛是高尔斯华绥说的，）是在时间与空间的缝道里下工夫，她的方法不是用镜子反映，不用笔白描，更不是从容幻想。她分明是伸出两个不容情的指头，到人的脑筋里去捉住成形不露面的思想的影子，逼住他们现原形！短篇小说到了她的手里，像在柴霍甫（她唯一的老师）的手里，才是纯粹的美术（不止是艺术）；她斵成的玉是不仅没有疤瘢，不玷土灰，她的都是成品的。最高的艺术是形式与本质（form and substance）化成一体再也分不开的妙制；我们看曼殊斐儿的小说就分不清那里是式，那里是质，我们所得的只是一个印象，一个真的、美的印象，仿佛是在冷静的溪水里看横斜的梅花的影子，清切、神妙、美。

这篇《夜深时》并不是她最高的作品，但我们多少可以领略她那特别的意味。她写的一段心理是很普通很不出奇的；一个快上年纪的独身女子着急要找一个男人；她看上了一个，她写信给他，送袜子给他；碰了一个冷钉子；这回晚上独自坐在火炉前。冥想；羞，恨，怨，自怜，急，自慰，悻，自伤。想丢，丢不下；想抛，抛不了；结果爬上床去蒙紧被窝淌眼泪哭。她是谁，我们不必问，我们只知道她是一个近人情的女子；她在白天做什么事，明天早起说什么话，我们也全不必管，我们有特权窃听的就是她今夜上单个儿坐在渐灭的炉火前的一番心境，一段自诉。她并不曾说出口，但我们仿佛亲耳听着她说话，一个字也不含糊。也许有人说损，这挖苦女人太厉害了，但我们应得问的是她写的真不真，只要真就满足了艺术的条件，损不损是另外一件事。

乘便我们在这篇里也可以看出萧伯讷的“女追男躲”说的一个解释。这当然也可以当作佛洛依德心理学的注解者，但我觉得陪衬“萧”更有趣些，所以南天北海的胡扯了这一长篇，告罪告罪！

十八日

给新月[①]

新月的朋友，这时候你们在那里？太阳还不曾下山，我料想你们各有各的职务，在学堂的，上衙门的，有在公园散步的，也有弄笔墨的调颜色的，我亲爱的朋友们，我在这里想念着你们!

我现在的地方是你们大多数不曾到过的。你们知道西伯利亚有一个贝加尔湖；这半天，我们的车就绕着那湖的沿岸走。我现在靠窗口震震的写字，左首只是巉岩与绝壁，右面就是那大湖；什么湖，简直是一个雪海，上帝知道这底下冰结的多深。对岸是重峦叠嶂的山岭，无数戴雪帽的高峰在晚霞中自傲着他们的高洁。这里的天光也好像是格外的澄清，方才下午的天真是一清到底，一屑云气都没有，这时候沿湖蒸起了薄霭，也有三两条古铜色的冻云在对岸的山峰间横亘着。方才我写信给一个朋友说这雪地里的静是一种特有的意境，最使人发生遐想。我面对着这伟大的自然，不由我不内动了感兴；我的身体

① 一九二五年三月十四日写；载一九二五年四月二日《晨报副刊》，原题《欧游漫录——第一函　给新月》，署名徐志摩；初收一九八〇年台湾时报文化出版事业有限公司《徐志摩诗文补遗》。采自《晨报副刊》，改今题。

虽只是这冰天雪地里的一个微蚁，但我内心顿时扩大了的思想与情感却仿佛要冲破这渺小的躯体，向没遮拦的天空飞去。朋友们，你们有我的想念；我早已想写信给你们，要你们知道我是随时记着你们的，我不曾早着笔也有我的打算；这一路来忙着转车，不曾有一半天的安逸；长白山边，松花江畔，都叫利欲的人间薰改了气味，那时我便提笔亦只有厌恶与愤慨；今天难得有这贝加尔湖的晴爽，难得有我自己心怀的舒畅，所以我抖擞精神，决意来开始这番漫游的通信。

今天我不仅想念我的朋友，我也想念我的新月。

我快离京的时候有几位朋友，听说我要到欧洲去，就很替新月社担忧；他们说你这一去新月社一定受影响，即使不至于关门，恐怕难免狼狈。这话我听了很不愿意，因为在这话里可以看出一般人对于新月社究竟是什么一会事并没有应有的了解。但这也不能深怪，因为我们志愿虽则有，到现在为止却并不曾有相当的事迹来证实我们的志愿，所以外界如其不甚了解乃至误解新月社的旨趣时，我们除了自己还怨谁去？我是发起这志愿最早的一个人，凭这个资格我想来说几句关于新月的话。

组织是有形的，理想是看不见的，新月初起时只是少数人共同的一个想望，那时的新月社也只是个口头的名称，与现在松树胡同七号那个新月社俱乐部可以说并没有怎样密切的血统关系。我们当初想望的是什么呢？当然只是书呆子们的梦想！我们想做戏，我们想集合几个人的力量，自编戏自演，要得的请人来看，要不得的反正自己好玩。说也可惨，去年四月里演的契玦腊要算是我们这一年来唯一的成绩，而且还得多谢泰谷尔老先生的生日逼出来的！去年年底也曾忙了两三个星期，想排演西林先生的几个小戏，也不知怎的始终没有排成。随时产生的主意尽有，想做这样，想做那样，但结果还是一事无成。

同时新月社的俱乐部，多谢黄子美先生的能干与劳力，居然有了着落，房子不错，布置不坏，厨子合式，什么都好，就是一件事为难——经费。开办费是徐申如先生（我的父亲）与黄子美先生垫在那里的，据我所知，分文都没有归清。经常费当然单靠社员的月费，照现在社员的名单计算，假如社员一个个都能按月交费，收支勉强可以相抵。但实际上社费不易收齐，支出却不能减少，单就一二两月看，已经不免有百数以外的亏空。有亏空时问谁借钱弥补去？当然是问管事的。——但这情形是决不可以为常的。黄先生替我们大家当差，做总管事，社里大小的事情那一样能免得了烦他，他不问我们要酬劳已是我们的便宜，再要他每月自掏腰包贴钱，实在是太说不过去了。所以怪不得他最初听说我要到欧洲去，他真的眼睛都瞪红了。他说你这不是成心拆台，我非给你拼命不可！固然黄先生把我与新月社的关系看得太过分些，但在他的确有他的苦衷，这里也不必细说，反正我住在里面，碰着缓急时他总还可以抓着一个，如果我要是一溜烟走了，跟着大爷们爱不交费就不交费，爱不上门就不上门。这一来黄爷岂不吃饱了黄连，含着一口的苦水叫他怎么办？原先他贴钱赔工夫费心思原想博大家一个高兴，如果要是大家一翻脸说办什么俱乐部这不是你自个儿活该，那可不是随便开的玩笑？黄爷一灰心，不用提第一个就咒徐志摩，他真会拿手枪来找我都难说哩！所以我就为预防我个人的安全起见也得奉求诸位朋友们协力帮忙，维持这俱乐部的生命。

这当然是笑话。认真说，假如大多数的社员的进社都是为敷衍交情来的，实际上对于新月社的旨趣及他的前途并没有多大的同情，那事情倒好办。新月社有的是现成的设备，也不能算恶劣，我们尽可以趁早来拍卖，好在西交民巷就在间壁，不怕没有主顾，有余利可赚都说不定哩！搭台难坍台还不容易，要好难，下流还不容易。银行家要不出相当的价钱，政客先生们那里也可以想法，反正只要开办费有了着落，大家散伙就完事。

但那是顶凄惨的末路，不必要的一个设想；我们尽可以向有光亮处寻路。我们现在不必问社员们究竟要不要这俱乐部，俱乐部已经在那儿，只要大家尽一分子的力量，事情就好办。问题是在我们这一群人，在这新月的名义下结成一体，宽紧不论，究竟想做些什么？我们几个创始人得承认在这两个月内我们并没有露我们的棱角。在现今的社会里，做事不是平庸便是下流，做人不是懦夫便是乡愿。这露棱角（在有棱角可露的）几乎是我们对人对己两负的一种义务。有一个要得的俱乐部，有舒服的沙发躺，有可口的饭菜吃，有相当的书报看，也就不坏；但这躺沙发决不是我们结社的宗旨，吃好菜也不是我们的目的。不错，我们曾经开过会来，新年有年会，元宵有灯会，还有什么古琴会书画会读书会，但这许多会也只能算是时令的点缀，社友偶尔的兴致，决不是真正新月的清光，决不是我们想象中的棱角。假如我们的设备止是书画琴棋外加茶酒，假如我们举措的目标止是有产有业阶级的先生太太们的娱乐消遣，那我们新月社岂不变了一个古式的新世界或是新式的旧世界了吗？这 Petty bourgeois①的味儿我第一个就受不了！

同时神经敏锐的先生们对我们新月社已经发生了不少奇妙的揣详。因为我们社友里有在银行里做事的就有人说我们是资本家的机关。因为我们社友有一两位出名的政客就有人说我们是某党某系的机关。因为我们社友里有不少北大的同事就有人说我们是北大学阀的机关。因为我们社友里有男有女就有人说我们是过激派。这类的闲话多着哩；但这类的脑筋正仿佛那位

① Petty bourgeois：小资产阶级。

躺在床上喊救命的先生，他睡梦中见一只车轮大的怪物张着血盆大的口要来吃他，其实只是他夫人那里的一个跳蚤爬上了他的腹部!

跳蚤我们是不怕的，但露不出棱角来是可耻的。这时候，我一个人在西伯利亚大雪地里空吹也没有用，将来要有事情做，也得大家协力帮忙才行。几个爱做梦的人，一点子创作的能力，一点子不服输的傻气，合在一起，什么朝代推不翻，什么事业做不成？当初罗刹蒂一家几个兄妹合起莫利思朋琼司几个朋友在艺术界里就打开了一条新路，萧伯讷卫伯夫妇合在一起在政治思想界里也就开辟了一条新道。新月新月，难道我们这新月便是用纸版剪的不成？朋友们等着，兄弟上阿尔帕斯的时候再与你们谈天。

三月十四日西伯利亚

欧游途中致刘勉己[1]

勉己兄：

我记得临走那一天交给你的稿子里有一首《庐山石工歌》，盼望你没有遗失。那首如其不曾登出，我想加上几句注解。庐山牯岭一带造屋是用本山石的，开山的石工大都是湖北人，他们在山坳间结茅住家，早晚做工，赚钱有限，仅够粗饱，但他们的精神却并不颓丧（这是中国人的好处）。我那时住在小天池，正对鄱阳湖，每天早上太阳不曾驱净雾气，天地还只暗沉沉的时候，石工们已经开始工作，浩唉的声音从邻近的山上度过来，听了别有一种悲凉的情调。天快黑的时候，这浩唉的声音也特别的动人。我与歆海住庐山一个半月，差不多每天都听着那石工的喊声，一时缓，一时急，一时断，一时续，一时高，一时低，尤其是在浓雾凄迷的早晚，这悠扬的音调在山谷里震荡着格外使人感动，那是痛苦人间的呼吁，还是你听着自

① 这是作者赴欧途中在西伯利亚写给刘勉己的信，一九二五年三月十六日写；载一九二五年四月十三日《晨报副刊》，作为《庐山石工歌》的附录，题为《徐志摩欧游途中来函》；初收一九二七年九月上海新月书店《翡冷翠的一夜》，仍作为《庐山石工歌》的附录，改题为《致刘勉己函》。采自《翡冷翠的一夜》，改今题。

己灵魂里的悲声？Chaliapin（俄国著名歌者）有一只歌叫做《鄂尔加河上的舟人歌》（Volga Boatmen's Song），是用回返重复的低音，仿佛鄂尔加河沉着的涛声，表现俄国民族伟大沉默的悲哀。我当时听了庐山石工的叫声，就想起他的音乐，这三段石工歌便是从那个经验里化成的。我不懂得音乐制歌不敢自信，但那浩唉的声调至今还在我灵府里动荡，我只盼望将来有音乐家能利用那样天然的音籁谱出我们汉族血赤的心声！

志摩　三月十六日西伯利亚

欧游漫录[①]

——西伯利亚游记

一、开篇

你答应了一件事，你的心里就打上了一个结；这个结一天不解开，你的事情一天不完结，你就一天不得舒服，“不做中人不做保，一世无烦恼”，就是这个意思。谁教我这回出来，答应了人家通讯？在西伯利亚道上我记得曾经发出过一封，但此后，约莫有个半月了，一字都不曾寄去，债是愈积愈不容易清呢，我每天每晚燃住了心里的那个结对自己说。同时我知道国内一部分的朋友也一定觉着诧异，他们一定说：“你看出门人没有靠得住的，他临走的时候答应得多好，说一定随时有信来报告行踪，现在两个月都快满了，他那里一个字都不曾寄来！”

① 与下两节《自愿的充军》、《离京》，总题为《欧游漫录（二）——西伯利亚游记》，载一九二五年六月十二日《晨报副刊》，这里的“欧游漫录（二）”，系与《给新月》接续排为二，下同。初收一九二八年一月上海新月书店《自剖》，与《旅伴》等节合为“游俄辑第三”，题名为《欧游漫录——西伯利亚游记》，下同。采自《自剖》，下同。

但是朋友们，你们得知道我并不是成心叫你们失望的：我至今不写信的缘故决不完全是懒，虽则懒是到处少不了有他的分。当然更不是为无话可说，上帝不许！过了这许多逍遥的日子还来抱怨生活平凡。话多的很，岂止有，难处就在积满了这一肚子的话，从那里说起才是。这是一层，还有一个难处，在我看来更费踌躇，是这番话应该怎么说法？假如我是一个甘脆的报馆访事员，他唯一的金科是有闻必录，那倒好办，只要把你一双耳朵每天收拾干净，出门不要忘了带走，轻易不许他打盹，同时一手拿着纪事册，一手拿着“永远尖”，外来的新闻交给耳朵，耳朵交给手，手交给笔，笔交给纸，这不就完事了不是？可惜我没有做访事的天赋；耳朵不够长，手不够快。我又太笨，思想来得奇慢的，笔下请得到的有数几个字也都是有脾气的，只许你去凑他们的趣，休想他们来凑你的趣；否则我要是有画家的本事，见着那处风景好，或是这边人物美，立刻就可以打开本子来自描写生，那不是心灵里的最沉细最飘忽的消息，都有法子可以款留踪迹，我也不怕没有现成文章做了。

我想你们肯费工夫来看我通讯的，也不至于盼望什么时局的新闻。莫索列尼的演说，兴登堡将军做总统，法国换内阁等等，自有你们驻欧特约通信员担任，我这本记事册上纸张不够宽恕不备载了。你们也不必期望什么出奇的事项，因为我可以私下告诉你们我这回到欧洲来并不想谋财，也不想害命，也不愿意自己的腿子叫汽车压扁或是牺牲钱包让剪绺先生得意。不，出奇也是不会得的，本来我自己是一个平淡无奇的游客，我眼内的欧洲也只是平淡无奇的几个城子；假如我有话说时，也只是在这平淡无奇的经验的范围内平淡无奇的几句话，再没有别的了。

唯其因为到处是平淡无奇，我这里下笔写的时候就格外觉得为难。假如我有机会看得见牛斗，一只穿红衣的大黄牛和一个穿红衣的骑士拼命，千万个看客围着拍掌叫好的话，我要是写下一篇“斗牛记”，那不仅你们看的人合式，我写的人也容易。偏偏牛斗我看不着（听说西班牙都禁绝了）；别说牛斗，人斗都难得见着，这世界分明是个和平的世界，你从这国的客栈转运到那国的客栈见着的无非仆欧们的笑脸与笑脸的“仆欧”们——只要你小钱凑手你准看得见一路不断的笑脸。这刻板的笑脸当然不会得促动你做文章的灵机。就这意大利人，本来是出名性子暴躁轻易就会相骂的，也分明涵养好多了；你们念过 W. D. Howells' Venetian Life[①]的那段两位江朵蜡船家吵嘴的妙文，一定以为到此地来一定早晚听得见色彩鲜艳的骂街；但是不，我来了已经有一个多月却还一次都不曾见过暴烈的南人的例证。总之这两月来一切的事情都像是私下说通了，不叫我听到见到或是碰到一些异常的动静！同时我答应做通讯的责任并不因此豁免或是减轻；我的可恨的良心天天掀着我的肘子说：“喂，赶快一点，人家等着你哪！”

寻常的游记我是不会得写的，也用不着我写，这烂熟的欧洲，又不是北冰洋的尖头或是非洲沙漠的中心，谁要你来饶舌。要我拿日记来公开我有些不愿意，叫白天离魂的鬼影到大家跟前来出现似乎有些不妥当——并且老实说近来本子上记下的也不多。当作私人信札写又如何呢？那也是一个写法，但你心目中总得悬拟你一个相识的收信人，这又是困难，因是假如你存想你最亲密的朋友，他或是她，你就有过于啰嗦的危险，同时如其你假定的朋友太生分了，你笔下就有拘束，一样的不讨好。阿！朋友们，你们的失望是定的了。方才我开头的时候

① W. D. Howells' Venetian Life：W. D. 霍威尔斯的《威尼斯生活》。霍威尔斯（1837—1920），美国小说家、评论家，曾任美国驻威尼斯的领事四年，根据他在那里的生活经验，著《威尼斯生活》。

似乎多少总有几句话说给你们听，但是你们看我笔头上别扭了好半天，结果还是没有结果：应得说什么，我自己不知道，应得怎么说法，我也是不知道！所以我不得不下流，不得不想法搪塞，笔头上有什么来我就往纸上写，管得选择，管得体裁，管得体面！

二、自愿的充军

“谁叫你去来，这不是活该?”我听得见北京的朋友们说。我是个感情的人；老头病了，想我去，我不得不去，我就去。那时候有许多朋友都反对，他们说：“老头快死了，你赶去送丧不成？趁早取销吧！至于意大利你那一个年头去不得，等着有更好的机会再去不好?”如今他们更有话说了：“你看老头不是开你玩笑？他要你去，自己倒反早跑了。现在你这光棍吊空在欧洲，何苦来，赶快回家吧！”

三、离　京

我往常出门总带着一只装文件的皮箱，这里面有稿本，有日记，有信件，大都多是见不得人面的。这次出门有一点特色，就是行李里出空了秘密的累赘，甘脆的几件衣服几本书，谁来检查都不怕，也不知怎的生命里是有那种不可解的转变，忽然间你改变了评价的标准。原来看重的这时不看重了，原来隐讳的这时也无庸隐讳了，不但皮箱里口袋里出一个干净，连你的脑子里五脏里本来多的是古怪的复壁夹道，现在全理一个清通，像意大利麦古龙尼似的这头通到那头。这是一个痛快。

做生意的馆子逢到节底总结一次帐，进出算个分明，准备下一节重新来过；我们的生命里也应得隔几时算一次总帐，赚钱也好，亏本也好，老是没头没脑的窝着堆着总不是道理。好在生意忙的时期也不长，就是中间一段交易复杂些，小孩子时代不会做买卖，老了的时候想做买卖没有人要，就这约莫二十岁到四十岁的二十年间的确是麻烦的，随你怎样认真记帐总免不了挂漏，还有记错的隔壁帐，糊涂帐，吃着的坍帐混帐，这时候好经理真不容易做！我这回离京真是爽快，真叫是："一肩行李，两袖清风，俺就此去也！"但是不要得意，以前的帐务虽到暂时结清（那还是疑问），你店门还是开着，生意还是做着，照这样热闹的市面，怕要不了一半年，尊驾的帐目又该是一塌糊涂了！

四、旅伴[①]

西班牙有一个俗谚，大旨是"一人不是伴，两人正是伴，三数便成群，满四就是乱"。这旅行，尤其是长途的旅行，选伴是一桩极重要的事情。我的理论，我的经验，都使我无条件的主张独游主义——是说把游历本身看做目的。同样一个地方你独身来看，与结伴来看所得的结果就不同。理想的同伴（比如你的爱妻或是爱友或是爱什么）当然有，但与其冒险不如意同伴的懊怅，不如立定主意独身走来得妥当。反正近代的旅行其实是太简单太容易了，尤其是欧洲，哑巴瞎子聋聋傻瓜都不妨放胆去旅行，只要你认识字，会得做手势，口袋里有钱，你

① 载一九二五年六月十七日《晨报副刊》，正题为《欧游漫录（三）——西伯利亚游记》。

就不会丢。

我这次本来已经约定了同伴，那位先生高明极了，他在西伯利亚打过几年仗，红党白党（据他自己说）都是他的朋友，会说俄国话，气力又大，跟他同走一定吃不了亏。可是我心里明白，天下没有无条件的便宜，况且军官大爷不是容易伺候的，回头他发现假定的“绝对服从”有漏孔时他就对着这无抵抗的弱者发威，那可不是玩！这样一想我觉得还是独身去西伯利亚冒险，比较的不可怖些。说也巧，那位先生在路上发现他的公事还不曾了结，至少须延迟一星期动身，我就趁机会告辞，一溜烟先自跑了！

同时在车上我已经结识了两个旅伴，一位是德国人，做帽子生意的，他的脸子，他的脑袋，他的肚子都一致声明他决不是别一国人。他可没有日耳曼人往常的镇定，在他那一双闪烁的小眼睛里你可以看出他一天害怕与提防危险的时候多，自有主见的时候少。他的鼻子不消说完全是叫啤酒与酒精薰糟了的，皮里的青筋全都纠盘的拱着活像一只霁红碎瓷的鼻烟壶。他常常替他自己发现着急的原因，不是担忧他的护照少了一种签字，便是害怕俄国人要充公他新做的衬衫。他念过他的叔本华；每次不论讲什么问题他的结句总是“到不错，叔本华也是这么说的”！

还有一个更有趣的旅伴在车上结识的是意大利人。他也是在东方做帽子生意的。如其那位德国先生满脑子装着香肠啤酒与叔本华的，我见了不由得不起敬，这位腊丁族的朋友我简直的爱他了。我初次见他，猜他是个大学教授，第二次见他猜他是开矿的，到最后才知道他也是卖帽子给我们的。我与他谈得投机极了，他有的是谐趣，书也看得不少，见解也不平常，像这种无意中的旅伴是很难得的，我一途来不觉着寂寞就幸亏有他，我到了还与他通信。你们都见过大学眼药的广告不是？那有一点儿像我那朋友。只是他漂亮多了，他那烧胡是不往下挂的，修得顶整齐，又黑又浓又紧，骤看像是一块天鹅绒；他的眼最表示他头脑的敏锐，他的两颊是鲜杨梅似的红，益发激起他白的肤色与漆黑的发。他最爱念的书是 Don Quixote, Ariosto[①]是他的癖好，丹德当然更是他从小的陪伴。

五、两个生客[②]

我是从满洲里买票的。普通车到莫斯科票价共一百二十几卢布，国际车到赤塔才有，我打算到了赤塔再补票。到赤塔时耿济之君到车站来接我，一问国际车，票房说要外加一百卢布，同时别人分两段（即自满洲里至赤塔，再由赤塔买至莫斯科）买票的只花了一百七十多卢布。我就不懂为什么要多花我二三十卢布，一时也说不清，我就上了普通车，那是四个人一间的。但是上车一看情形有些不妥，因为房间里已经有波兰人一家住着，一个秃顶的爸爸，一个搽胭脂的妈妈，一个十三四岁的男孩，一个几个月的乳孩；我想这可要不得，回头拉呀哭呀闹呀叫我这外客怎么办，我就立刻搬家，管他要我添多少，搬上了华丽舒服的国际车再说。运气也正好，恰巧还有一间三人住的大房空着，我就住下了；顶奇怪是等到补票时我满想挨化冤钱，谁知他只要我四十三元，合算起来倒比别人便宜了十个左右的卢布，这里面的玄妙我始终不曾想出来。

---

① Ariosto：阿里奥斯托（1474—1533），意大利诗人，代表作为长篇传奇叙事诗《疯狂的奥兰多》。

② 载一九二五年六月十九日《晨报副刊》，正题为《欧游漫录（五）——西伯利亚游记》。

车上伺候的是一位忠实而且有趣的老先生。他来替我铺床，笑着说："呀，你好福气，一个人占上这一大间屋子；我想你不应得这样舒服，车到了前面大站我替你放进两位老太太陪你，省得你寂寞好不好?"我说多谢多谢，但是老太太应得陪像你自己这样老头子的；我是年轻的，所以你应得寻一两个一样年轻的与我作伴才对。

我居然过了三天舒服的日子，第四天看了车上消息说今晚有两个客人上来，占我房里的两个空位。我就有点慌，跑去问那位老先生这消息真不真，他说："怎么会得假呢？你赶快想法子欢迎那两位老太太吧!"（俄国车上男女是不分的）回头车到了站，天已经晚了，我回房去看时，果然见有几件行李放着：一只提箱，两个铺盖，一只装食物的篾箱。间壁一位德国太太过来看了对我说："你舒服了几天，这回要受罪了，方才来的两位样子顶古怪的，不像是西方人，也不像是东方人，你留心点吧。"正说着话他们来了，一个高的，一个矮的；一个肥的，一个瘦的；一个黑脸，一个青脸——（他们两位的尊容真得请教施耐庵先生才对得住他们，我想胖的那位可以借用黑旋风的雅号，瘦的那位得叨光杨志与王英两位："矮脚青面兽"。）两位头上全是黑松松的乱发，身上都穿着青辽辽的布衣，衣襟上都针着红色的列宁像。我是不曾见过杀人的凶手；但如其那两位朋友告诉我们方才从大牢里逃出来的，我一定无条件的相信！我们交谈了。不成，黑旋风先生很显出愿意谈天的样子，虽则青面兽先生绝对的取缄默态度；黑先生只会三两句英国话，再来就是俄国话，再来更不知是什么鸟话。他们是土耳其斯坦来的。"你中国!"他似乎很惊喜的回话。阿孙逸仙……死？你……国民党？哈哈哈哈，你共产党？哈哈，你什么党？哈哈……到莫斯科？哈哈？

一回见他们上饭车去了；那位老车役进房来铺房，见我一个人坐着发愣，他就笑说你新来的朋友好不好？我说算了，劳驾，我还是欢迎你的老太太们！“你看年轻人总是这样三心两意的，老的不要，年轻的也不……”喔！枕垫底下可不是放着一对满装子弹的白郎林手枪？他捡了起来往上边床上一放，慢慢的接着说：“年轻的也确太危险了，怪不得你不喜欢。”我平常也自夸多少有些“幽默”的，但那晚与那两位形迹可疑的生客睡在一房，心里着实有些放不平，上床时偷偷的把钱包塞在头枕底下，还是过了半夜才落腮，黑旋风先生的鼾声真是雷响一般，你说我那晚苦不苦？明早上醒过来我还有些不相信，伸手去摸自己的脑袋，还好，没有搬家，侥幸侥幸！

六、西伯利亚①

一个人到一个不曾去过的地方不免有种种的揣测，有时甚至害怕；我们不很敢到死的境界去旅行也就如此。西伯利亚：这个地名本来就容易使人发生荒凉的联想，何况现在又变了有色彩的去处，再加谣传，附会，外国存心诬蔑苏俄的报告，结果在一般人的心目中这条平坦的通道竟变了不可测的畏途。其实这都是没有根据的。西伯利亚的交通照我这次的经验看，并不怎样比旁的地方麻烦，实际上那边每星期五从赤塔开到莫斯科（每星期三自莫至赤）的特快虽则是七八天的长途车，竟不曾耽误时刻，那在中国就是很难得的了。你们从北京到满洲

① 一九二五年五月九日作；从开头至“谁说这不是拿翁再世的相儿”，载一九二五年六月十八日《晨报副刊》，正题为《欧游漫录（四）——西伯利亚游记》；从“西伯利亚只是人少，并不荒凉”到本节完，载一九二五年七月三日《晨报副刊》，总题为《欧游漫录（六）——西伯利亚［游记］》。

里，从满洲里到赤塔，尽可以坐二等车，但从赤塔到俄京那一星期的路程我劝你们不必省这几十块钱（不到五十），因为那国际车真是舒服，听说战前连洗澡都有设备的，比普通车位差太远了。坐长途火车是顶累人不过的，像我自己就有些晕车，所以有可以节省精力的地方还是多破费些钱来得上算。固然坐上了国际车你的同道只是体面的英美德法人；你如其要参预俄国人的生活时不妨去坐普通车，那就热闹了，男女不分的，小孩是常有的，车间里四张床位，除了各人的行李以外，有的是你意想不到的布置。我说给你们听听：洋磁面盆，小木坐凳，小孩坐车，各式药瓶，洋油锅子，煎咖啡铁罐，牛奶瓶，酒瓶，小儿玩具，晾湿衣服绳子，满地的报纸，乱纸，花生壳，向日葵子壳，痰唾，果子皮，鸡子壳，面包屑……房间里的味道也就不消细说，你们自己可以想像。老实说我有点受不住，但是俄国人自会作他们的乐，往往在一团氤氲（当然大家都吸烟）的中间，说笑的自说笑，唱歌的自唱歌，看书的看书，磕睡的磕睡，同时玻璃上的蒸气全结成了冰屑，车外只是白茫茫的一片，静悄悄的莫有声息。偶尔在树林的边沿看得见几处木板造成的小屋，屋顶透露着一缕青灰色的烟痕，报告这荒凉境地里的人迹。

吃饭一路上都有餐车，但不见佳而且贵，愿意省钱的可以到站时下去随便买些食物充饥，这一路每站上都有一两间小木屋（要不然就是几位老太太站在露天提着篮端着瓶子做生意）卖杂物的：面包、牛奶、生鸡蛋、薰鱼、苹果都是平常买得到的（记着我过路的时候是三月，满地还是冰雪，解冻的时候东西一定更多）。

我动身前有人警告我说："苏俄的忌讳多的很，你得留神；上次有几个美国人在餐车里大声叫仆欧（应得叫 Comrade 康姆拉特，意思是朋友同志或伙计），叫他们一脚踢下车去死活不知下落，你这回可小心!”那是不是神话我不曾有工夫去考据；但为叫一声仆欧就得受死刑（苏州人说的“路倒尸”）我看来有些不像，实际上出门人莫谈政治，倒是真的，尤其在革命未定的国家，关于苏俄我下面再讲。我们餐车的几位康姆拉特都是顶年轻的，其中有一位实在不很讲究礼节，他每回来招呼吃饭，就像是上官发命令，斜瞟着一双眼，使动着一个不耐烦的指头，舌头上滚出几个铁质的字音，嘭的关上你的房门，他又到间壁去发命令了！他是中等身材，胸背是顶宽的，穿一身水色的制服，肩上放一块擦桌白布，走路像疾风似的有劲；但最有意思的是他的脑袋，椭圆的脸盘，扁平的前额上斜撩着一两卷短发，眼睛不大但显示异常的决断力，颧骨也长得高，像一个有威权的人；他每回来伺候你的神情简直要你发抖：他不是来伺候他是来试你的胆量，（我想胆子小些的客人见了他真会哭的!）他手里的杯盘刀叉就像是半空里下冰雪一片片直削到你的面前，叫你如何不心寒；他也不知怎的有那么大气，绷紧着一张脸我始终不曾见他露过些微的笑容；我也曾故意比着可笑的手势想博他一个和善些的顾盼，谁知不行，他的脸上笼罩着西伯利亚一冬的严霜，轻易如何消得；真的，他那肃杀的气概不仅是为威吓外来的过客，因为他对他的同僚我留神观察也并没有更温和的嘴脸；顶叫人不舒服的是他那口角边总是紧紧的咬着一枝半焦的俄国纸烟，端菜时也在那里，说话时也在那里，仿佛他一腔的愤慨只有永远嚼紧着牙关方可以勉强的耐着！后来看惯了倒也不觉得什么，我可是替他题上一个确切不过的徽号，叫他做“饭车里的拿破仑”，我那意大利朋友十二分的称赞我，因为他那体魄，他那神气，他的简决，尤其是他前额上斜着的几根小发，有时他悻悻的独自在餐车那一头站着，紧攒着肩头，一只手贴着前胸，谁说这不是拿翁再世的相儿?

七、西伯利亚（续）

西伯利亚只是人少，并不荒凉。天然的景色亦自有特色，并不单调；贝加尔湖周围最美，乌拉尔一带连绵的森林亦不可忘。天气晴爽时空气竟像是透明的，亮极了，再加地面上雪光的反映，真叫你耀眼。你们住惯城里的难得有机会饱尝清洁的空气；下回你们要是路过西伯利亚或是同样地方，千万不要躲懒，逢站停车时，不论天气怎样冷，总得下去散步，借冰清尖锐的气流洗净你恶浊的肺胃；那真是一个快乐，不仅你的鼻孔，就是你面上与颈根上露在外面的毛孔，都受着最甜美的洗礼，给你倦懒的性灵一剂绝烈的刺戟，给你松散的筋肉一个有力的约束，激荡你的志气，加添你的生命。

再有你们过西伯利亚时记着，不要忙吃晚饭，牺牲最柔媚的晚景。雪地上的阳光有时幻成最娇嫩的彩色，尤其是夕阳西渐时，最普通是银红，有时鹅黄稍带绿晕。四年前我游小瑞士时初次发现雪地里光彩的变幻，这回过西伯利亚看得更满意；你们试想像晚风静定时在一片雪白平原上，疏玲玲的大树间，斜刺里平添出几大条鲜艳的彩带，是幻是真，是真是幻，那妙趣到你身亲经历时从容的辨认吧。

但我此时却不来复写我当时的印象，那太吃苦了，你们知道这逼紧了你的记忆召回早已消散了的景色，再得应用想像的光辉照出他们颜色的深浅，是一件极伤身的工作，比发寒热时出汗还凶。并且这来碰记着不清的地方你就得凭空造，那你们又不愿意了不是？好，我想出了一个简便的办法；我这本记事册的前面有几页当时随兴涂下的杂记。我就借用不是省事，就可惜我做事情总没有常性，什么都只是片断，那几段琐记又是在车上用铅笔写的英文，十个字里至少有五个字不认识，现在要来对号，真不易！我来试试。

（1）西伯利亚并不坏，天是蓝的，日光是鲜明的，暖和的，地上薄薄的铺着白雪，矮树，丛草，白皮松，到处看得见。稀稀的住人的木房子。

（2）方才过一站，下去走了一走，顶暖和。一个十岁左右卖牛奶的小姑娘手里拿瓶子卖鲜牛奶给我们。她有一只小圆脸，一双聪明的蓝眼，白净的皮肤，清秀有表情的面目，她脚上的套鞋像是一对张着大口的黄鱼，她的褂子也是古怪的样子，我的朋友给她一个半卢布的银币。她的小眼睛滚上几滚，接了过去仔细的查看，她开口问了。她要知道这钱是不是真的通用的银币；“好的，好的，自然好的！”旁边站着看的人（俄国车站上多的是闲人）一齐喊了。她露出一点子的笑容，把钱放进了口袋，一瓶牛奶交给客人，翻着小眼对我们望望，转身快快的跑了去。

（3）入境愈深，当地人民的苦况益发的明显。今天我在赤塔站上留心的看。褴褛的小孩子，从三四岁到五六岁，在站上问客人讨钱，并且也不是客气的讨法，似乎他们的手伸了出来决不肯空了回去的。不但在月台上，连站上的饭馆里都有，无数成年的男女，也不知做什么来的，全靠着我们吃饭处的木栏，斜着他们呆顿的不移动的注视看着你蒸气的热汤或是你肘子边长条的面包。他们的样子并不恶，也不凶，可是晦塞而且阴沉，看着他们的面貌你不由得不疑问这里的人民知不知道什么是自然的喜悦的笑容。笑他们当然是会得的；尤其是狂笑当他们受足了 Vodka[①] 的影响，但那时的笑是不自然的，表示他们的变态，不是上帝给我们的喜悦。这西伯利亚的土人，与

---

① Vodka：伏特加。

其说是受一个有自制力的脑府支配的人的身体，不如说是一捆捆的原始的人道，装在破烂的黑色或深黄色的布褂与奇大的毡鞋里，他们行动，他们工作，无非是受他们内在的饿的力量所驱使，再没有别的可说了。

（4）在 lrkutsk[1] 车停一时许，他们全下去走路，天早已黑了，站内的光亮只是几只贴壁的油灯，我们本想出站，却反经过一条夹道走进了那普通待车室，在昏迷的灯光下辨认出一屋子黑魆魆的人群，那景象我再也忘不了，尤其是那气味！悲悯心禁止我尽情的描写；丹德假如到此地来过，他的地狱里一定另添一番色彩！

对面街上有一山东人开着一家小烟铺，他说他来了二十年，积下的钱还不够他回家。

（5）俄国人的生活我还是懂不得。店铺子窗户里放着的各式物品是容易认识的，但管铺子做生意的那个人，头上戴着厚毡帽，脸上满长着黄色的细毛，是一个不可捉摸的生灵；拉车的马甚至那奇形的雪橇是可以领会的，但那赶车的紧裹在他那异样的袍服里，一只戴皮套的手扬着一根古旧的皮鞭，是一个不可思议的现象。

我怎样来形容西伯利亚天然的美景？气氛是晶澈的，天气澄爽时的天蓝是我们在灰沙里过日子的所不能想像的异景。森林是这里的特色：连绵，深厚，严肃，有宗教的意味。西伯利亚的林木都是直干的；不问是松，是白杨是青松或是灌木类的矮树丛，每株树的尖顶总是正对着天心。白杨林最多，像是带旗帜的军队，各式的军徽奕奕的闪亮着；兵士们屏息的排列着，仿佛等候什么严重的命令。松树林也多茂盛的：干子不大，也不高，像是稚松，但长得极匀净，像是园丁早晚修饰的

① lrkutsk：伊尔库次克，前苏联东西伯利亚城市。

盆景。不错，这些树的崛强的不曲性是西伯利亚，或许是俄罗斯，最明显的特性。

——我窗外的景色极美；夕阳正从西北方斜照过来，天空，嫩蓝色的，是轻敷着一层纤薄的云气，平望去都是齐整的树林，严青的松，白亮的杨，浅棕的笔竖的青松——在这雪白的平原上形成一幅色彩融和的静景。树林的顶尖尤其是美，他们在这肃静的晚景中正像是无数寺院的尖阁，排列着，对高高的蓝天默祷。在这无边的雪地里有时也看得见住人的小屋，普通是木板造屋顶铺瓦颇像中国房子，但也有黄或红色砖砌的。人迹是难得看见的；这全部风景的情调是静极了，缄默极了，倒像是一切动性的事物在这里是不应得有位置的；你有时也看得见迟钝的牲口在雪地的走道上慢慢的动着，但这也不像是有生活的记认……

八、莫　斯　科[①]

阿，莫斯科！曾经多少变乱的大城！罗马是一个破烂的旧梦，爱寻梦的你去；纽约是 Mammon[②] 的宫阙，拜金钱的你去；巴黎是一个肉艳的大坑，爱荒淫的你去；伦敦是一个煤烟的市场，慕文明的你去。但莫斯科？这里没有光荣的古迹，有的是血污的近迹；这里没有繁华的幻景，有的是斑驳的寺院；这里没有和暖的阳光，有的是泥泞的市街；这里没有人道的喜

① 一九二五年五月二十六作；载一九二五年七月六日、七月七日、七月九日、七月十一日《晨报副刊》，正题分别为《欧游漫录（七）》、《欧游漫录（八）》、《欧游漫录（九）》、《欧游漫录（十）》。

② Mammon：财神。

色，有的是伟大的恐怖与黑暗，惨酷，虚无的暗示。暗森森的雀山，你站着；半冻的莫斯科河，你流着：在前途二十个世纪的漫游中，莫斯科是领路的南针，在未来文明变化的经程中，莫斯科是时代的象征。古罗马的牌坊是在残阙的简页中，是在破碎的乱石间；未来莫斯科的牌坊是在文明的骸骨间，是在人类鲜艳的血肉间。莫斯科，集中你那伟大的破坏的天才，一手拿着火种，一手拿着杀人的刀，趁早完成你的工作，好叫千百年后奴性的人类的子孙，多多的来，不断的来，像他们现在去罗马一样，到这暗森森的雀山的边沿，朝拜你的牌坊，纪念你的劳工，讴歌你的的不朽！

这是我第一天到莫斯科在 Kremlin[①] 周围散步时心头涌起杂感的一斑。那天车到时是早上六时，上一天路过的森林，大概在 Vladimir[②] 一带，多半是叫几年来战争摧残了的，几百年的古松只存下烧毁或剔残的余骸纵横在雪地里，这底下更不知掩盖着多少残毁的人体，冻结着多少鲜红的热血。沟堑也有可辨认的，虽则不甚分明，多谢这年年的白雪，他来填平地上的邱壑，掩护人类的暴迹，省得伤感派的词客多费推敲，但这点子战场的痕迹，引起过路人惊心的标记，在将到莫斯科以前的确是一个切题的引子。你一路来穿度这西伯利亚白茫茫人迹希有的广漠，偶尔在这里那里看到俄国人的生活，艰难，缄默，忍耐的生活；你也看了这边地势的特性，贝加尔湖边雄踞的山岭，乌拉尔东西博大的严肃的森林，你也尝着了这里空气异常的凛冽与尖锐，像钢丝似的直透你的气管，逼迫你的清醒——你的思想应得已经受一番有力的洗刷，你的神经一种新奇的戟刺，你从贵国带来的灵性，叫怠惰，苟且，顽固，龌龊，与种

① Kremlin：克里姆林宫。

② Vladimir：弗拉基米尔，前苏联西部城市，在莫斯科之东。

种堕落的习惯束缚，压迫，淤塞住的，应得感受一些解放的动力，你的功名心，利欲，色业翳蒙了眸子也应得觉着一点新来的清爽，叫他们睁开一些，张大一些，前途有得看；应得看的东西多着，即使不是你灵魂绝对的滋养，至少是一帖兴奋剂，防磕睡的强烈性注射！

因此警醒！你的心；开张！你的眼；——你到了俄国，你到了莫斯科，这巴尔的克海以东，白令峡以西，北冰洋以南，尼也帕河以北千万里雪盖的地圈内一座着火的血红的大城！

在这大火中最先烧烂的是原来的俄国，专制的，贵族的，奢侈的，淫靡的，ancien regimv[①] 全没了，曳长裙的贵妇人，镶金的马车，献鼻烟壶的朝贵，猎装的世家子弟全没了，托尔斯泰与屠及尼夫小说中的社会全没了——他们并不曾绝迹，在巴黎，在波兰，在纽约，在罗马你倘然会见什么伯爵夫人什么vsky[②] 或是子爵夫人什么 owner[③]，那就是叫大火烧跑的难民。他们，提起俄国就不愿意。他们会得告诉你现在的俄国不是他们的国了，那是叫魔鬼占据了去的（因此安琪儿们只得逃难)！俄国的文化是荡尽的了，现在就靠流在外国的一群人，诗人，美术家等等，勉力来代表斯拉夫的精神。如其他们与你讲得投机时，他们就会对你悲惨的历诉他们曾经怎样的受苦，怎样的逃难，他们本来那所大理石的庄子现在怎样了；他们有一个妙龄的侄女在乱时叫他们怎样了……但他们盼望日子巳经很近，那班强盗倒运，因为上帝是有公道的，虽则……

你来莫斯科当然不是来看俄国的旧文化来的；但这里却也不定有“新文化”，那是贵国的专利；这里来见的是什么你听

① ancien regimv：法语，旧制度。

② vsky：夫斯基。

③ owner：拥有者，所有者。

着我讲。

你先抬头望天。青天是看不见的，空中只是迷濛的半冻的云气，这天（我见的）的确是一个愁容的，服丧的天；阳光也偶尔有，但也只在云罅里力乏的露面，不久又不见了，像是楼居的病人偶尔在窗纱间看街似的。

现在低头看地。这三月的莫斯科街道应当受咒诅。在大寒天满地全铺着雪凝成一层白色的地皮也是一个道理；到了春天解放时雪全化了水流入河去，露出本来的地面，也是一个说法；但这时候的天时可真是刁难了，他不给你全冻，也不给你全化；白天一暖，浮面的冰雪化成了泥泞，回头风一转向又冻上了，同时雨雪还是连连的下，结果这街道简直是没法收拾，他们也就不收拾，让他这“一蹋糊涂”的窝着，反正总有一天会干净的！（所以你要这时候到俄国千万别忘带橡皮套鞋。）

再来看街上的铺子，铺子是伺候主客的；瑞蚨祥的主顾全没了的话，瑞蚨祥也只好上门；这里漂亮的奢侈的店铺是看不见的了，顶多顶热闹的铺子是吃食店，这大概是政府经理的；但可怕的是这边的市价：女太太的丝袜子听说也买得到，但得化十五二十块钱一双，好些的鞋在四十元左右，橘子大的七毛五小的五毛一只；我们四个人在客栈吃一顿早饭连税共付了二十元；此外类推。

再来看街上的人。先看他们的衣着，再看他们的面目。这里衣着的文化，自从贵族匿迹，波淇洼（bourgeois[①]）销声以后，当然是“荡尽”的了；男子的身上差不多不易见一件白色的衬衫，不必说鲜艳的领结（不带领结的多），衣服要寻一身免强整洁的就少；我碰着一位大学教授，他的衬衣大概就是他的寝衣，他的外套，像是一个癞毛黑狗皮统，大概就是他的被

① bourgeois：资产阶级。

窝，头发是一团茅草再也看不出曾经爬梳过的痕迹，满面满腮的须毛也当然自由的滋长，我们不期望他有安全剃刀；并且这位先生决不是名流派的例外，我猜想现在在莫斯科会得到的“琴笃儿们”多少也就只这样的体面；你要知道了他们起居生活的情形就不会觉得诧异。惠尔思先生在四五年前形容莫斯科科学馆的一群科学先生们，说是活像监牢里的犯人或是地狱里的饿鬼。我想他的比况一点也不过分。乡下人我没有看见，那是我想不会怎样离奇的，西伯利亚的乡下人，着黄胡子穿大头靴子的，与俄国本土的乡下人应得没有多大分别。工人满街多的是，他们在衣着上并没有出奇的地方，只是襟上戴列宁徽章的多。小学生的游行团常看得见，在烂污的街心里一群乞丐似的黑衣小孩拿着红旗，打着皮鼓瑟东东的过去。做小买卖在街上摆摊提篮的不少，很多是残废的男子与老妇人，卖的是水果，烟卷，面包，朱古律糖（吃不得）等（路旁木亭子里卖书报处也有小吃卖）。

街上见的娘们分两种。一种是好百姓家的太太小姐，她们穿得大都很勉强，丝袜不消说是看不见的。还有一种是共产党的女同志，她们不同的地方除了神态举止以外是她们头上的红巾或是红帽，不是巴黎的时式（红帽），在雪泥斑驳的街道上倒是一点喜色!

什么都是相对的：那年我与陈博生从英国到佛朗德福那天正是星期；道上不问男女老小都是衣服铺裁缝店里的模型，这一比他与我这风尘满身的旅客真像是外国叫化子了！这回在莫斯科我又觉得窘，可不为穿的太坏，却为穿的太阔；试想在那样的市街上，在那样的人丛中，晦气是本色，褴褛是应分，忽然来了一个头戴獭皮大帽身穿海龙领（假的）的皮大氅的外客；可不是唱戏似的走了板，错太远了，别说我，就是我们中国学生在莫斯科的（当然除了东方大学生）也常常叫同学们眨眼说他们是“波淇洼”，因为他们身上穿的是荣昌祥或是新记的蓝哔叽！这样看来，改造社会是有希望的；什么习惯都打得破，什么标准都可以翻身，什么思想都可以颠倒，什么束缚都可以摆脱，什么衣服都可以反穿……将来我们这两脚行动厌倦了时竟不妨翻新样叫两只手帮着来走，谁要再站起来就是笑话，那多好玩！

虽则严敛，阴霾，凝滞是寒带上难免的气象，但莫斯科人的神情更是分明的忧郁，惨淡，见面时不露笑容，谈话时少有精神，仿佛他们的心上都压着一个重量似的。

这自然流露的笑容是最不可勉强的。西方人常说中国人爱笑，比他们会笑得多，实际上怎样我不敢说，但西方人见着中国人的笑我怕不免有好多是急笑，傻笑，无谓的笑，代表一切答话的笑；犹之俄国人的笑多半是 Vodka 入神经的笑，热病的笑，疯笑，道施妥奄夫斯基的 idiot① 的笑！那都不是真的喜笑，健康与快乐的表情。其实也不必莫斯科，现世界的大都会，有那几处的人们的表情是自然的？Dublin（爱尔兰都城），听说是快乐的，维也纳听说活泼的，但我曾经到过的只有巴黎的确可算是人间的天堂，那边的笑脸像三月里的花似的不倦的开着，此外就难说了；纽约，支加哥，柏林，伦敦的群众与空气多少叫你旁观人不得舒服，往往使你疑心错入了什么精神病院或是“偏心”病院，叫你害怕，巴不得趁早告别，省得传染。

现在莫斯科有一个希奇的现象，我想你们去过的一定注意到，就是男子抱着吃奶的小孩在街上走道，这在西欧是永远看不见的。这是苏维埃以来的情形。现在的法律规定一个人不得多占一间以上的屋子，听差，老妈子，下女，奶妈，不消说，

① idiot：白痴。

当然是没有的了，因此年轻的夫妇，或是一同居住的男女，对于生育就得格外的谨慎，因为万一不小心下了种的时候，在小孩能进幼稚园以前这小宝贝的负担当然完全在父母的身上。你们姑且想想你们现在北京的，至少总有几间屋子住，至少总有一个老妈子伺候，你们还时常嫌着这样那样不称心哪！但假如有一天莫斯科的规矩行到了我们北京，那时你就得乖乖的放弃你的宅子，听凭政府分配去住东花厅或是西花厅的那一间屋子，你同你的太太就得另做人家，桌子得自己擦，地得自己扫，饭得自己烧，衣服得自己洗，有了小东西就得自己管，有时下午你们夫妻俩想一同出去散步的话，你总不好意思把小宝贝锁在屋子里，结果你得带走，你又没钱去买推车，你又不好意思叫你太太受累，（那时候你与你的太太感情会好些的，我敢预言！）结果只有老爷自己抱，但这男人抱小孩其实是看不惯，他又往往不会抱，一个“蜡烛封”在他的手里，他不知道直着拿好还是横着拿好；但你到了莫斯科不看惯也得看惯，到那一天临着你自己的时候，老爷你抱不惯也得抱他惯！我想果真有那一天的时候，生小孩决不会像现在的时行，竟许山格夫人与马利司徒博士等等比现在还得加倍的时行；但照莫斯科情形看来，未来的小安琪儿们还用不着过分的着急——也许莫斯科的父母没有余钱去买“法国橡皮”，也许苏维埃政府不许父母们随便用橡皮，我没有打听清楚。

你有工夫时到你的俄国朋友的住处去看看。我去了。他是一位教授。我打门进去的时候他躺在他的类似“行军床”上看书或是编讲义。他见有客人连忙跳了起来，他只穿着一件毛绒衫，肘子胸部都快烂了，满头的乱发，一脸斑驳的胡髭。他的房间像一条丝瓜，长方的，家具有一只小木桌，一张椅子，墙壁上几个挂衣的钩子，他自己的床是顶着窗的，斜对面另一张床，那是他哥哥或是弟弟的，墙壁上挂着些东方的地图，一联倒挂的五言小字条（他到过中国知道中文的），桌上乱散着几本书，纸片，棋盘，笔墨等等，墙角里有一只酒精锅，在那里出气，大约是他的饭菜，有一只还不知两只椅子，但你在屋子里转身想不碰东西不撞人已经是不易了。

这是他们有职业的现时的生活。托尔斯泰的大小姐究竟受优待些，我去拜会她了，是使馆里一位屠太太介绍的，她居然有两间屋子，外间大些，是她教学生临画的，里间大约是她自己的屋子，但她不但有书有画，她还有一只顶有趣的小狗，一只顶可爱的小猫，她的情形，他们告诉我，是特别的，因为她现在还管着托尔斯泰的纪念馆。我与她谈了。当然谈起她的父亲（她今年六十），下面再提，现在是讲莫斯科人的生活。

我是礼拜六清早到莫斯科，礼拜一晚上才去的，本想利用那三天工夫好好的看一看本地风光，尤其是戏。我在车上安排得好好的，上午看这样，下午到那里，晚上再到那里，那晓得我的运气真叫坏，碰巧他们中央执行委员那又死了一个要人，他的名字像是叫什么“妈里妈虎”——他死得我其实不见情，因为为他出殡整个莫斯科就得关门当孝子，满街上迎丧，家家挂半旗，跳舞场不跳舞，戏馆不演戏，什么都没了，星期一又是他们的假日，所以我住了三天差不多什么都没看着，真气，那位“妈里妈虎”其实何妨迟几天或是早几天归天，我的感激是没有问题的。

所以如其你们看了这篇杂凑失望，不要完全怪我，妈里妈虎先生至少也得负一半的责。但我也还记得起几件事情，不妨乘兴讲给你们听。

我真笨，没有到以前，我竟以为莫斯科是一个完全新起的城子，我以为亚力山大烧拿破仑那一把火竟化上了整个莫斯科的大本钱，连 Kremlin（皇城）都乌焦了的，你们都知道拿破仑想到莫斯科去吃冰其林那一段热闹的故事，俄国人知道他会打，他们就躲着不给他打，一直诱着他深入俄境，最后给他一个空城，回头等他在 Kremlin 躺下了休息的时候，就给他放火，东边一把，西边一把，闹着玩，不但不请冰其林吃，连他带去的巴黎饼干，人吃的，马吃的，都给烧一个精光，一面天公也给他作对，北风一层层的吹来，雪花一片片的飞来，拿翁知道不妙，连忙下令退兵已经太迟，逃到了 Berezinz[①] 那地方，叫哥萨克的丈八蛇矛“劫杀横来”，几十万的长胜军叫他们切菜似的留不到几个，就只浑身烂污泥的法兰西大皇帝忙里捞着一匹马冲出了战场逃回家去半夜里叫门，可怜 Berezinz 河两岸的冤鬼到如今还在那里欷歔，这盘糊涂帐是无从算起的了！

但我在这里重提这些旧话，并不是怕你们忘记了拿破仑，我只是提醒你们俄国人的辣手，忍心破坏的天才原是他们的种性，所以拿破仑听见 Kremlin 冒烟的时候，连这残忍的魔王都跳了起来——“什么?”他说，“连他们祖宗的家院都不管了!”正是：斯拉夫民族是从不希罕小胜仗的，要来就给你一个全军覆没。

莫斯科当年并不曾全毁；不但皇城还是在着，四百年前的教堂都还在着。新房子虽则不少，但这城子是旧的。我此刻想起莫斯科，我的想像幻出了一个年老退伍的军人，战阵的暴烈已经在他年纪里消隐，但暴烈的遗迹却还明明的在着，他颊上的刃创，他颈边的枪瘢，他的空虚的注视，他的崛强的髭须，都指示他曾经的生活；他的衣服也是不整齐的，但这衣着的破碎也仿佛是他人格的一部，石上的苍苔似的，斑驳的颜色已经染蚀了岩块本体。在这苍老的莫斯科城内，竟不易看出新生命

① Berezinz：别列津纳河，在白俄罗斯境内。1812 年拿破仑从莫斯科撤退，在河边与俄罗斯追兵发生激战。

的消息——也许就只那新起的白宫，屋顶上飘扬着鲜艳的红旗，在赭黄，苍老的 Kremlin 城围里闪亮着的，会得引起你注意与疑问，疑问这新来的色彩竟然大胆的侵占了古迹的中心，扰乱原来的调谐。这决不是偶然，旅行人！快些擦净你风尘眯倦了的一双眼，仔细的来看看，竟许那看来平静的旧城子底下，全是炸裂性的火种，留神！回头地壳都烂成齑粉，慢说地面上的文明！

其实真到炸的时候，谁也躲不了，除非你趁早带了宝眷逃火星上面去——但火星本身炸不炸也还是问题。这几分钟内大概药线还不至于到根，我们也来赶早，不是逃，赶早来多看看这看不厌的地面。那天早上我一个人在那大教寺的平台上初次瞭望莫斯科，脚下全是滑溜的冻雪，真不易走道，我闪了一两次，但是上帝受赞美，那莫斯科河两岸的景色真是我不期望的眼福，要不是那石台上要命的滑，我早已惊喜得高跳起来！方向我是素来不知道的，我只猜想莫斯科河是东西流的，但那早上又没有太阳，所以我连东西都辨不清，我很可惜不曾上雀山出去，学拿破仑当年，回头望冻云笼罩着的莫斯科，一定别有一番气概，但我那天看着的也就不坏，留着雀山下一次再去，也许还来得及。在北京的朋友们，你们也趁早多去景山或是北海饱看看我们独有的“黄瓦连云”的禁城，那也是一个大观，在现在脆性的世界上，今日不知明日事，“趁早”这句话真有道理，回头北京变了第二个圆明园，你们软心肠的再到交民巷去访着色相片，老绉着眉头说不成，那不是活该！

如其北京的体面完全是靠皇帝，莫斯科的体面大半是靠上帝。你们见过希腊教的建筑没有？在中国恐怕就只哈尔滨有。那建筑的特色是中间一个大葫芦顶，有着色的，蓝的多，但大多数是金色，四角上又是四个小葫芦顶，大小的比称很不一致，有的小得不成样，有的与中间那个不差什么。有的花饰繁复，受东罗马建筑的影响，但也有纯白石造的，上面一个巨大的金顶，比如那大教堂，别有一种朴素的宏严。但最奇巧的是皇城外面那个有名的老教堂，大约是十六世纪完工的；那样子奇极了，你看了永远忘不了，像是做了最古怪的梦；基子并不大，那是俄国皇家做礼拜的地方，所以那儿供奉与祈祷的位置也是逼仄的；顶一共有十个，排列的程序我不曾看清楚，各个的式样与着色都不同：有的像我们南边的十楞瓜，有的像岳传里严成方手里拿的铜锤，有的活像一只波罗蜜，竖在那里，有的像一圈火蛇，一个光头探在上面，有的像隋唐传里单二哥的兵器，叫什么枣方槊是不是？总之那一堆光怪的颜色，那一堆离奇的式样，我不但从没有见过，简直连梦里都不曾见过——谁想得到波罗蜜，枣方槊都会跑到礼拜堂顶上去的！

莫斯科像一个蜂窝，大小的教堂是他的蜂房。全城共有六百多（有说八百）的教堂，说来你也不信，纽约城里一个街角上至少有一家冰其林沙达店，莫斯科的冰其林沙达店是教堂，有的真神气，戴着真金的顶子在半空里卖弄，有的真寒伧，一两间小屋子，一个烂芋头似的尖顶，挤在两间壁几层屋子的中间，气都喘不过来。据说革命以来，俄国的宗教大吃亏，这几年不但新的没法造，旧的都没法修，那波罗蜜做顶的教堂里的教士，隐约的讲些给我们听，神情怪凄惨的。这情形中国人看来真想不通，宗教会得那样有销路，仿佛祷告比吃饭还起[劲]，做礼拜比做面包还重要；到我们绍兴去看看——“五家三酒店，十步九茅坑”，庙也有的，在市梢头，在山顶上，到初一月半再去不迟——那是何等的近人情，生活何等的有分称；东西的人生观这一比可差得太远了！

再回到那天早上，初次观光莫斯科。不曾开冻的莫斯科河上面盖着雪，一条玉带似的横在我的脚下，河面上有不少的乌鸦在那里寻食吃。莫斯科的乌鸦背上是灰色的，嘴与头颈也不像平常的那样贫相，我先看竟当是斑鸠！皇城在我的左边，默沉沉的包围着不少雄伟的工程，角上塔形的瞭台上隐隐有重裹的卫兵巡哨的影子，塔不高，但有一种凌视的威严，颜色更是苍老，像是深赭色的火砖，他仿佛告诉你："我们是不怕光阴，更不怕人事变迁的，拿破仑早去了，罗曼诺夫家完了，可仑斯基跑了，列宁死了，时间的流波里多添一层血影，我的墙上加深一层老苍，我是不怕老的，你们人类抵抵拼再流几次热血？"我的右手就是那大金顶的教寺；隔河望去竟像是一只盛开的荷花池，葫芦顶是莲花，高梗的，低梗的，浓艳的，澹素的，轩昂的，葳蕤的——就可惜阳光不肯出来，否则那满池的金莲更加亮一重光辉，多放一重异彩，恐怕西王母见了都会羡慕哩！

五月二十六斐伦翠山中

九、托尔斯泰[①]

我在京的时候，记得有一天，为《东方杂志》上一条新闻，和朋友们起劲的谈了半天，那新闻是列宁死后，他的太太到法庭上去起诉，被告是骨头早腐了的托尔斯泰，说他的书，是代表波淇洼的人生观，与苏维埃的精神不相容的，列宁临死的时候，叮嘱他太太一定得想法取缔他，否则苏维埃有危险。法庭的判决是列宁太太的胜诉，宣告托尔斯泰的书一起毁版，现在的书全化成灰，从这灰再造纸，改印列宁的书，我们那时候大家说这消息太离奇了，也许又是美国人存心诬毁苏俄的一

① 载一九二五年八月一日《晨报副刊》，正题为《欧游漫录（十一）——莫斯科游记续》。

种宣传，但同时杜洛茨基为做了《十月革命》那书上法庭，被软禁的消息又到了，又似乎不是假的，这样看来苏俄政府，什么事情都做得出，托尔斯泰那话竟许也有影子的。

我们毕竟还有些“波淇洼”头脑，对于诗人文学家的迷信，总还脱不了，还有什么言论自由，行动自由，出版自由，那一套古董，也许免不了迷恋，否则为什么单单托尔斯泰毁版的消息叫我们不安呢？我还记得那天陈通伯说笑话，他说这来你们新文学家应得格外当心了。要不然不但没饭吃，竟许有坐牢监的希望，在坐的人，大约只有郁达夫可以放心些，他教人家做贼，那总可以免掉波淇洼的嫌疑了！

所以我一到莫斯科，见人就要听托尔斯泰的消息，后来我会着了老先生的大小姐，六十岁的一位太太，顶和气的，英国话德国话都说得好，下回你们过莫斯科也可以去看看她，我们使馆李代表太太认识她，如其她还在，你们可以找她去介绍。

托尔斯泰大小姐的颧骨，最使我想起她的老太爷，此外有什么相似的地方，我不敢说。我当然问起那新闻，但她好像并没有直接答复我，她只说现代书铺子里他的书差不多买不着了，不但托尔斯泰，就是屠格涅夫，道施妥奄夫斯基等一班作者的书都快灭迹了；我问她现在莫斯科还有什么重要的文学家，她说全跑了，剩下的全是不相干的。我问她这几年他们一定经尝了苦难的生活，她含着眼泪说可不是，接着就讲她们姊妹，在革命期内过的日子，天天与饿死鬼做近邻，不知有多少时候晚上没有灯火点，但是她说倒是在最窘的时候，我们心地最是平安，离着死太近了也就不怕，我们往往在黑夜里在屋内或在门外围坐着，轮流念书唱歌，有时和着一起唱，唱起了劲，什么苦恼都忘了；我问她现在的情形怎样，她说现在好了，你看我不是还有两间屋子，这许多学画的学生，饿死总不至于，除非那恐怖的日子再回来，那是不能想的了，我下星期就得到法国去，那边请我去讲演。我感谢政府已经给我出境的护照，你知道那是很不易得到的。她又讲起她的父亲的晚年，怎样老夫妻们吵闹，她那时年轻也懂不得，后来托尔斯泰单身跑了出去，死在外面，他的床还在另一处记念馆里陈列着，到死不见家人的面!

她的外间讲台上坐着一个袒半身的男子，黑胡髭，大眼睛，有些像乔塞夫康赖特，她的学生们都在用心的临着画；一只白玉似纯净的小猫在一张桌上跳着玩，我们临走的时候，她的姑娘进来了，还只十八九岁模样，极活泼的，可是在小姑娘脸上，托尔斯泰的影子都没了。

方才听说道施妥奄夫斯基的女儿快饿死了。现在德国或是波兰，有人替她在报上告急；这样看来，托尔斯泰家的姑娘们，运气还算是好的了。

十、犹太人的怖梦①

我听说俄国革命以来，就只戏剧还像样，尤其是莫斯科美术戏院（Moscow Art Theater）一群年轻人的成绩最使我渴望一见，拔垒舞（ballet dance）② 也还有，虽则有名的全往巴黎纽约跑了。我在西伯利亚就看报，见那星期有《青鸟》、《汉姆雷德》，与一个想不到的戏，G. k. Chesterton③ 的“The man

① 载一九二五年八月二日《晨报副刊》，正题为《欧游漫录（十二）——莫斯科游记续》。

② ballet dance：芭蕾舞。

③ G. k. Chesterton：今译切斯特顿（1874—1936），英国作家、新闻记者，著有小说、评论、诗歌、传记等，作品有小说《诺丁山的拿破仑》及以布朗神父为主人公的侦探系列小说等。

who was Thursday"[①]，我好不高兴，心想那三天晚上可以不寂寞了。谁知道一到莫斯科刚巧送妈里妈虎先生的丧，什么都看不着，就只礼拜六那晚上一个犹太戏院居然有戏，我们请了一位会说俄国话的做领路，赶快跳上马车听戏去。本来莫斯科有一个年代很久的有名犹太戏院，但我们那晚去了是另外一个，大约是新起的。我们一到门口，票房里没有人，一问说今晚不售门票，全院让共产党俱乐部包了去请客，差一点门都进不去，幸亏领路那位先生会说话，进去找着了主人，说上几句好话，居然成了，为我们特添了椅座，一个大子都不曾化，犹太人会得那样破格的慷慨是不容易的，大约是受莫斯科感化的结果吧。

那晚的情景是不容易忘记的。那戏院是狭长的，戏台的正背面有一个楼厢，不卖座的，幔着白幕，背后有乐队作乐，随时幕上有影子出现，说话或是唱曲，与台上的戏角对答。剧本是现代的犹太文，听来与德国话差不远。我们入座的时候，还不曾开戏，幕前站着一位先生，正在那里大声演说。再要可怖的面目是不容易寻到的。那位先生的眼眶看来像是两个无底的深潭，上面凸着青筋的前额，像是快翻下去的陡壁，他的嘴开着说话的时候是斜方形的，露出黑漠漠的一个洞府，因为他的牙齿即使还有也是看不见。他是一个活动的枯髅。但他演说的精神却不但是饱满，而且是剧烈的，像山谷里乌云似的连绵的涌上来，他大约是在讲今晚戏剧与"近代思想潮流"的关系，可惜我听不懂，只听着卡尔马克思，达司开辟朵儿，列宁，国际主义等，响亮的字眼像明星似的出现在满是乌云的天上。他嗓子已快哑了，他的愤慨还不曾完全发泄，来看戏的弟兄们可等不耐烦，这里一声嘘，那里一声嘘，满场全是嘘，枯髅先生

① The man who was Thursday：《一个名叫礼拜四的人》。

没法再嚷，只得商量他的唇皮挂出一个解嘲的微笑，一鞠躬没了。大家拍掌叫好。

戏来了。

我应当说怖梦或是发魇开场了。因为怖梦是我们做小孩子时代的专利：墙壁里伸出一只手来，窗里钻进一个青面獠牙的鬼来，诸如此类；但今晚承犹太人的情，大家来参观一个最十全的理想的怖梦。谁要是胆子小些的，准会得凭空的喊起来。

我实在没法子描写；有人说画鬼顶容易，我有些不信，我就不会画，虽则画人我也觉得难，也许这两样没有多大分别。但戏里的意义却被我猜中了些，我究竟还有几分聪明，我只能把大意讲一讲。

那戏除了莫斯科，别地方是不会得有的，莫斯科本身就是一个怖梦制造厂，换换口味也好，老是寻甜梦做好比老吃甜菜，怪腻烦的，来几盆苦瓜苦笋爽爽口不合式?

你们说史德林堡的戏也是可怕的：不错，但今晚的怖的更透。

那戏的底子，是一个犹太诗人（叫什么我忘了）早二十几年前做的一首不到两页的诗，他也早十年死了，新近这犹太戏院拿来编成戏，加上音乐，在莫斯科开演。

不消说满台全是鬼。鬼不定可怖，有时鬼还比人可亲些，但今晚的鬼是特选的。我都有些受不住，回头你们听了，就有趣。

这戏的意思（我想）大致是象征现代的生活，台上布景，正中挂着一只多可怖的大手，铁青色的筋骨全暴在皮外，狰狞的在半空里宕着；这手想是象征运命，或是象征资本阶级的压迫，在这铁手势力的底下现代生活的怖梦风车似的转着。

戏里有两个主要的动因（Motif），一是生命，一是死。但生命是已经迷失了路径的，仿佛在暗沉沉山谷里寻路，同时死的声音从墓窟的底里喊上来，嘲弄他，戏弄他，悲怜他，引诱他。

为什么生命走入了迷路，因为上面有资本阶级的压迫。为什么死的鬼灵敢这样大胆的引诱，因为生命前途没有光亮，它的自然的趋向是永久的坟墓。

布景是一个市场，左右旁侧都有通道，上去有桥，下去有窖，那都是鬼群出入的孔道，配色，电光，布置，动作，唱，——都跟着一个条理走，——叫你看的人害怕。最先出场我记得是四五个褴褛的小孩，叫着冷，嚷着饿，回头鬼来伴着他们玩——玩鬼把戏。他们的老子娘是做工人，资本家的牛马，身上的脂肪全叫他们吸了去，一天瘦似一天，生下来的子女更是遭罪来的，没衣穿，没饭吃，尤其是没玩具玩，只得寻鬼作伴去。

来了两个工人，一［个］是打铁的，一个是做［木］工的。打铁的觉悟了，提起他的铁槌子，袒开了胸膛，赌气寻万恶的资本家算账去：生命的声音鼓励着他，怂恿他去革命，死的声音应和着他。做木工的还不曾觉悟，在他奴隶的生活中消耗他的时光，生命的声音对着他哭泣，死的声音嘲弄他的冥顽。

又来了一男一女，男的是一个醉子，不知是酒喝醉还是苦恼的生活迷醉的；女的是一个卖淫的，她卖的不是她自己的皮肉，是人道的廉耻，她糟蹋的不是她自己的身体，是人类的圣洁。

又来了一［个］强盗，一个快生产的女子；强盗是叫他的生活逼到杀人，法律又来逼着他往死路走；女子是受骗的，现在她肚子里的小冤鬼逼着叫她放弃生命，因为在这“讲廉耻的社会”里再没有她的地位。

这一群人，还有同样的许多，都跑到生命的陡壁前，望着时间无底的潭壑跳；生命的声音哭丧的唱他的哀词，死的声音在坟墓的底里和着他的歌声——那时间的欲壑有填满的时候吗?

再下去更不得了了！地皮翻过身来，坟里墓底的尸体全竖了起来，排成行列，围成圆圈，往前进，向后退，死的精灵狂喜的跳着，尸体们也跟着跳——死的跳舞。

他们行动了，在空虚无际的道上走着，各样奇丑的尸体：全烂的，半烂的，疮毒死的，饿死的，冻死的，瘦死的，劳力死的，投水死的，生产死的（抱着她不足月的小尸体），淫乱死的，吊死的，煤矿里闷死的，机器上轧死的，老的，小的，中年的，男的，女的，拐着走的，跳着走的，爬着的，单脚窜的，他们一齐跳着，跟着音乐跳舞，旋绕的迎赛着，叫着，唱着，哭着，笑着——死的精灵欣欣的在前面引路，生的影子跟在后背送行，光也灭了，黑暗的光也灭了，坟墓的光，运命的光，死的青光也全灭了——那大群色彩斑斓的尸体在黑暗的黑暗中舞着唱着，……死的胜利（?）

够了！怖梦也有醒的时候，再要做下去，我就受不住。

犹太朋友们做怖梦的本领可真不小，那晚台上的鬼与尸体至少有好几十，五十以上，但各个有各个的特色，形状与色彩的配置各各不同，不问戏成不成，怖梦总做成了，那也不易。但那晚台上固然异常的热闹——鬼跳鬼脸鬼叫鬼笑，什么都有，台下的情形，在我看来至少有同样的趣味。司蒂文孙如其有机会来，他一定单写台下，不写台上的。你们记得今晚是共产党俱乐部全包请客，这戏院是犹太戏院，我们可因此推定看客里大约十九是犹太人，并且是共产党员。你们不是这几年来各人脑筋里都有一个鲍尔雪微克或是过激派的小影，英美各国报纸上的讽刺画与他们报的消息或造的谣言都是造成那印象的资料。我敢说我们想像中标类的鲍尔雪微克至少有下列几种成分——杀猪屠，刽子手，长毛，黑旋风李逵，吃人的野人或猩猩，谋财害命的强盗；黑脸，蓬头，红眼睛，大胡子，长长毛的大手，腰里挂一只放人头的口袋……

所以我那晚特别的留意，心想今晚才可以“饱瞻丰采畅慰生平”了！初起是失望，因为在那群“山魈后人”的脸上一些也看不出他们祖上的异相：拉打胡子，红的眉毛，绿着眼。影子都没有！我坐在他们中间，只是觉着不安，不一定背上有刺，或是孟子说的穿了朝衣朝冠去坐在涂炭上，但总是不舒服，好像在这里不应得有我的位置似的。我定了一定神，第一件事应得登记的，是鼻子里的异味。俄国人的异味我是领教过的，最是在 Irkutsk 的车站里我上一次通讯讲起过，但那是西伯利亚，他们身上的革皮，屋子里的煤气潮气，外加烧东西的气味，造成一种最辛辣最沉闷的怪臭；今晚的不同，静的多，虽则已经够浓，这里面有土白古，有 Vodka，有热气的薰蒸，但主味还是人气，虽则我不敢断定是斯拉夫，是莫斯科或是希伯来的雅味。第二件事叫我注意的是他们的服装。平常洗了手吃饭，换好衣服看戏，是不论东西的通例，在英国工人们上戏院也得换上一个领结，肩膀上去些灰渍，今晚可不同了，康姆赖特们打破习俗的精神是可佩服的：因为不但一件整齐的褂子不容易看见，简直连一个像样的结子都难得，你竟可以疑心他们晚上就那样子溜进被窝里去，早上也就那样子钻出被窝来；大半是戴着便帽或黑呢帽，——歪戴的多；再看脱了帽的那几位，你一定疑问莫斯科的铺子是不备梳子的了，剃头匠有没有也是问题。女同志们当然一致的名士派，解放到那样程度才真有意思，但她们头上的红巾终究是一点喜色。但最有趣的是她们面上的表情，第一你们没有到过俄国来的趁早取消你们脑筋里鲍尔雪微克的小影，至少得大大的修正，因为他们，就今晚在场的看，虽则完全脱离了波淇洼的体面主义，虽则一致拒绝安全剃刀的引诱，虽则衣着上是十三分的落拓，但他们的面貌还是官正的多，他们的神情还是和蔼的多，他们的态度也比北京捧角园或南欧戏院里看客们文雅得多（他们虽则嘘跑了那位热心的枯髅先生，那本来是诚实而且公道，他们看戏时却再也不露一些焦躁)。那晚大概是带“恳亲”的意思，所以年纪大些的也很多；我方才说有趣是为想起了他们。你们在电影的滑稽片里，不是常看到东伦敦或是东纽约戏院子里的一群看客吗？那晚他们全来了：胡子挂得老长的，手里拿着红布手巾不住擦眼的，鼻子上开玫瑰花的，嘴边溜着白涎的，驼背的，拐脚的，牙齿全没了下巴往上掬的，秃顶的，祖眼的，形形色色，什么都来了。可惜我没有司蒂文孙的雅趣，否则我真不该老是仰起头跟着戏台上做怖梦，我正应得私下拿着纸笔，替我前后左右的邻居们写生，结果一定比看鬼把戏有趣而且有味。

十一、契诃夫的墓园[①]

诗人们在这喧豗的市街上不能不感寂寞；因此“伤时”是他们怨愫的发泄，“吊古”是他们柔情的寄托。但“伤时”是感情直接的反动：子规的清啼容易转成夜鸮的急调，吊古却是情绪自然的流露，想像已往的韶光，慰藉心灵的幽独：在墓墟间，在晚风中，在山一边，在水一角，慕古人情，怀旧光华；像是朵朵出岫的白云，轻沾斜阳的彩色，冉冉的卷，款款的舒，风动时动，风止时止。

吊古便不得不憬悟光阴的实在：随你想像它是汹涌的洪

① 载一九二五年八月十日《晨报副刊》，题为《一个美丽的向晚》，副题为《莫斯科游记之一》，收入《自剖》改此题。

湖，想像它是缓渐的流水，想像它是倒悬的急湍，想像它是无踪迹的尾闾，只要你见到它那水花里隐现着的骸骨，你就认识它那无顾恋的冷酷，它那无限量的破坏的馋欲：桑田变沧海，红粉变枯髅，青梗变枯柴，帝国变迷梦，梦变烟，火变灰，石变砂，玫瑰变泥，一切的纷争消纳在无声的墓窟里……那时间人生的来踪与去迹，它那色调与波纹，便如夕照晚霭中的山岭融成了青紫一片，是邱是壑，是林是谷，不再分明，但它那大体的轮廓却亭亭的刻画在天边，给你一个最清切的辨认。这一辨认就相联的唤起了疑问：人生究竟是什么？你得加下你的按语，你得表示你的“观”。陶渊明说大家在这一条水里浮沉，总有一天浸没在里面，让我今天趁南山风色好，多种一棵菊花，多喝一杯甜醸；李太白，苏东坡，陆放翁都回响说不错，我们的“观”就在这酒杯里。古诗十九首说这一生一扯即过，不过也得过，想长生的是傻子，抓住这现在的现在尽量的享福寻快乐是真的——“不如饮美酒，被服纨与素”，曹子建望着火烧了的洛阳，免不得动感情；他对着渺渺的人生也是绝望——转蓬离本根，飘飘随长风，何意回飙举，吹我入云中，高高上无极，天路安可穷。光阴“悠悠”的神秘警觉了陈元龙：人们在世上都是无俦伴的独客，各个，在他觉悟时，都是寂寞的灵魂。庄子也没奈何这悠悠的光阴，他借重一个调侃的枯髅，设想另一个宇宙，那边生的进行不再受时间的制限。

所以吊古——尤其是上坟——是中国文人的一个癖好。这癖好想是遗传的；因为就我自己说，不仅每到一处地方爱去郊外冷落处寻墓园消遣，那坟墓的意象竟仿佛在我每一个思想的后背阑着，——单这馒形的一块黄土在我就有无穷的意趣——更无须蔓草，凉风，白杨，青磷等等的附带。坟的意象与死的概念当然不能差离多远，但在我，坟与死的关系却并不密切：死仿佛有附着或有实质的一个现像，坟墓只是一个美丽的虚无。在这静定的意境里，光阴仿佛止息了波动，你自己的思感也收敛了震悸，那时你的性灵便可感到最纯净的慰安，你再不要什么。还有一个原因为什么我不爱想死，是为死的对象就是最恼人不过的生，死止是中止生，不是解决生，更不是消灭生，止是增剧生的复杂，并不清理它的纠纷。坟的意象却不暗示你什么对举或比称的实体，它没有远亲，也没有近邻，它只是它，包涵一切，覆盖一切，调融一切的一个美的虚无。

我这次到欧洲来倒像是专做清明来的；我不仅上知名的或与我有关系的坟（在莫斯科上契诃夫、克鲁泡德金的坟，在柏林上我自己儿子的坟，在枫丹薄罗上曼殊斐儿的坟，在巴黎上茶花女、哈哀内的坟；上菩特莱《恶之花》的坟；上凡尔泰、卢骚、嚣俄的坟；在罗马上雪莱、基茨的坟；在翡冷翠上勃郎宁太太的坟，上密佐郎其罗、梅迪启家的坟；日内到 Ravenna[①] 去还得上丹德的坟，到 Assisi[②] 上法兰西士的坟，到 Mantua[③] 上浮吉尔（Virgil[④]）的坟）。我每过不知名的墓园也往往进去留连，那时情绪不定是伤悲，不定是感触，有风随风，在块块的墓碑间且自徘徊，等斜阳淡了再计较回家。

你们下回到莫斯科去，不要贪看列宁，那无非是一个像活的死人放着做广告的（口孽罪过!），反而忘却一个真值得去的好所在——那是在雀山山脚下的一座有名的墓园，原先是贵族埋葬的地方，但契诃夫的三代与克鲁泡德金也在里面，我在莫斯科三天，过得异常的昏闷，但那一个向晚，在那噤寂的寺园里，不见了莫斯科的红尘，脱离了犹太人的怖梦，从容的怀

① Ravenna：拉文纳，又译腊万纳，意大利东北部港市。

② Assisi：意大利翁市里亚区城镇。

③ Mantua：曼图亚，意大利北部城市。

④ Virgil：今译维吉尔（公元前70—19），古罗马诗人，作品有《牧歌》10首、《农事诗》4卷和史诗《埃涅阿斯纪》。

古，默默的寻思，在他人许有更大的幸福，在我已经知足。那庵名像是 Monestiere Vinozositch（可译作圣贞庵），但不敢说是对的，好在容易问得。

我最不能忘情的坟山是日本神户山上专葬僧尼那地方，一因它是依山筑道，林荫花草是天然的，二因南侧引泉，有不绝的水声，三因地位高亢，望见海涛与对岸山岛。我最不喜欢的是巴黎 Montmartre[①] 的那个墓园，虽则有茶花女的芳邻我还是不愿意，因为它四周是市街，驾空又是一架走电车的大桥，什么清宁的意致都叫那些机轮轧成了断片，我是立定主意不去的；罗马雪莱、基茨的坟场也算是不错，但这留着以后再讲；莫斯科的圣贞庵，是应得赞美的，但躺到那边去的机会似乎不多!

那圣贞庵本身是白石的，葫芦顶是金的，旁边有一个极美的钟塔，红色的，方的，异常的鲜艳，远望这三色——白，金，红——的配置，极有风趣；墓碑与坟亭密密的在这塔影下散布着，我去的那天正当傍晚，地下的雪一半化了水，不穿胶皮套鞋是不能走的；电车直到庵前，后背望去森森的林山便是拿破仑退兵时曾经回望的雀山，庵门内的空气先就不同，常青的树荫间，雪铺的地里，悄悄的屏息着各式的墓碑：青石的平台，镂像的长碣，嵌金的塔，中空的享亭，有高踞的，有低伏的，有雕饰繁复的，有平易的；但他们表示的意思却只是极简单的一个，古诗说的“下有陈死人，杳杳即长暮，潜寐黄泉下，千载永不寤”。

我们向前走不久便发现了一个颇堪惊心的事实：有不少极庄严的碑碣倒在地上的，有好几处坚致的石栏与铁栏打毁了的；你们记得在这里埋着的贵族居多，近几年来风水转了，贵

① Montmartre：蒙马特尔，巴黎的一个区。

族最吃苦，幸而不毁，也不免亡命，阶级的怨毒在这墓园里都留下了痕迹——楚平王死得快还是逃不了尸体受刑——虽则有标记与无标记，有祭扫与无祭扫，究竟关不关这底下陈死人的痛痒，还是不可知的一件事：但对于虚荣心重实的活人，这类示威的手段却是一个警告。

我们摸索了半天，不曾寻着契诃夫；我的朋友上那边问去了，我在一个转角站着等，那时候忽的眼前一亮（那天本是阴沈），夕阳也不知从那边过来，正照着金顶与红塔，打成一片不可信的辉煌；你们没见过大金顶的，不易想像他那回光的力量，平常玻窗上的返光已够你的耀眼，何况偌大一个纯金的圆穹，我不由得不感谢那建筑家的高见，我看了西游记封神传渴慕的金光神霞，到这里见着了！更有那秀挺的绯红的高塔，也在这俄顷间变成了粲花摇曳的长虹，仿佛脱离了地面，将次凌空飞去。

契诃夫的墓上（他父亲与他并肩）只是一块瓷青色的石碑，刻着他的名字与生死的年分，有铁栏围着，栏内半化的雪里有几瓣小青叶，旁边树上掉下去的，在那里微微的转动。

我独自倚着铁栏，沉思契诃夫今天要是在着，他不知怎样；他是最爱“幽默”，自己也是最有谐趣的一位先生：他的太太告诉我们他临死的时候还要她讲笑话给他听；有幽默的人是不易做感情的奴隶的，但今天俄国的情形，今天世界的情形，他要是看了还能笑否，还能拿着他的灵活的笔继续写他灵活的小说否？……我正想着，一阵异样的声浪从园的那一角传过来打断了我的盘算，那声音在中国是听惯了的，但到欧洲来是不提防的；我转过去看时有一位黑衣的太太站在一个坟前，她旁边一个服装古怪的牧师（像我们的游方和尚）高声念着经咒，在晚色团聚时，在森森的墓门间，听着那异样的音调（语尾曼长向上曳作顿），你知道那怪调是念给墓中人听的，这一想毛发间就起了作用，仿佛底下的一大群全爬了上来在你的周围站着倾听似的。同时钟声响动，那边庵门开了，门前亮着一星的油灯，里面出来成行列的尼僧，向另一屋子走去，一体的黑衣黑兜，悄悄的在雪地里走去……

克鲁泡德金的坟在后园，只一块扁平的白石，指示这伟大灵魂遗蜕的歇处，看着颇觉凄惘，关门铃已经摇过，我们又得回红尘去了。

十二、"一宿有话"[①]

——真正老牌"迦门"

那晚上车我的手提包里有烟，有糖，有橘子蜜酒。

睡车每间两个床位，我的是上铺，他在下面。

你是日本人?

不。

中国人?

是的。

你喝威司克? 唉什欧! (他意思是沙达水，不是威司克。)

不，多谢。抽烟?

你到巴黎去长住?

不。

我当过军官——在德皇御队里的。

是的；那你打仗了?

从头到底——我一共打了七十二仗。

大英雄! 你对敌是谁——是英是法?

---

① 一九二五年六月七日作，载一九二五年八月五日《晨报·文学旬刊》。

全打过。

你杀死了多少人？

三千法国人，一千英国人。

谁会打些？

英国人；法国人不成。

为什么？

喝的太多。女人太多。

所以你杀了他们，还是看不起他们。法国女人呢？你们一定多的是机会。

喔要多少？她们可不干净你知道。洗得不够你知道。司墨漆希，哈哈。

她们可长得好看不是？不比贵国人差对不对？

喔好看是有的，可没有用。她们不行，没有好身体，有病的你知道，不成。

你打了那么多仗，没有受伤？

喏你看！（他脱了褂子，剥开里衣，露出一个奇形的肩膀，骨骼像是全断了，凹下一个大坑，皮扭扭绉绉怪难看的。）

现在没有事了？

啊，你试试。（他伸出手臂，叫我摸他铁打似的栗子筋）我是一个打拳的。

先打他的正面，再打旁面，打中就破了——我带了十三个大的。

你打了美国兵没有？

没有，我打法国黑兵，顶没有用，比小鸡还容易捉。

再抽烟，请。你现在做什么事？

做生意——衣服生意。你看我身上穿的就是我自己店里的。

你还愿意打仗吗？

当然！十年内你看着，德国打败英国法国。

怎么打法？

俄国人会得帮我们。他们先拿波兰，法国人的左腿就跛了。

阿那你少不了中国人帮忙！

不错不错；日耳曼，俄罗斯，支那联成一起，全世界翻身，法国“卡波脱”（破），日本卡波脱，美国卡波脱，英国更不用提了。

你也不爱日本？

不，日本人不成，他们自己没有文化，有文化就是支那、德意志，日本人是猴子。

喝蜜酒吧，请，祝福我们将来联合的胜利！再来一杯。

……

你有家了没有？

你问我有老婆？没有没有，有了家没有自由，我做生意，今天到这里，明天到那里，有了家就……（他想不出字。）

Handicapped[①]？

啊不错，Handicapped！你看我的身体多好！你有刀吗？

（他低了头去到表链上去解小刀，我看着他光秃的头顶，有三个大疤，像老寿星的头，我忍不住笑了。）

你笑什么？

你怎么受伤的？

开花弹炸破的。我在这儿站着，弹子炸了，正当着我面，我赶快旋转身这里着了。

你倒了没有？

一点也不倒。

---

① Handicapped：捆住了手脚；有了累赘。

那你得进医院?

是的，在医院住五个星期，又回家去五个星期。那是十七年的年底。下年正月我又回前敌去打，又弄死了不少法国人。

你是步队?

是的，步队；我专打“汤克”(Tank)。

怎么打法?——汤克不是顶可怕的吗?

我笑法国人，(这时候他已经把小刀剥开，拿过刀尖叫我摸它的锋利，我莫明其妙。)刀尖快不快?

快。

你看。(他伸出他的右腿，迸着气，手拿着刀，尖头向下，提得高高的，一撒手，刀尖着股，咄的一声，弹下了地去，像是砸着一块有弹性的金属，再来一次。)

了不得。不得了!(他得意笑了，头皮发亮。)好汉!所以你不爱女色?

喔有时候。女人多的是，我们付钱，她们爱——哈哈，可是打仗顶好玩，比女人还有趣。

我信，所以你只盼望再打?你的政党当然是德意志国民党?

当然，你看这三色的党徽。

你看这次选举谁有希望。

胜利一定是我们——兴登堡将军顶好。

你崇拜他?

一百分。

好，我们再喝酒，祝你们政党的胜利!

昨晚柏林有好戏你看了没有?他问。

"Oscar Wilde[①]"？那是第一晚，我嫌贵没有去，你去了？

去了。

做得好？

不错，槐尔德——的事情你信不信？

许有的；他就好奇。

好奇？我看是人们的天性。你们中国有没有？

变例自然到处有；德国怎么样？

时行得很，没有什么希奇；学校里，军队里，柏林有俱乐部，你知道吗？

不知道；所以你们竟不以为奇？

一点也不；你到 Munchen[②] 去住几时就知道了。

呕，你们德国人真是伟大的民族，时候不早了，休息吧，夜安。

夜安。

（这是我从柏林到巴黎那晚车上我自以为有趣的谈话。当晚我说过夜安上床去在枕上就记下了一些……英文……今天无意中检着，觉得还是有趣，所以翻了出来。但你们却不要误会以为德国全是这样的，蠢，粗，忍，变性的，虽则像他同样脑筋的一定不少，要不然兴登堡将军那里会有机会。我在这里又碰到一个德国人，他是我的好友，与那位先生刚巧相反。他也是打了四年的仗，但他恨极了打仗……他是一个深思，勤学，爱和平，有见地，敦厚，可亲的一个少年。只可惜一个人教育入了骨髓，思想有了分寸，他的外表的趣味就淡，你替他写就不易，不比那位先生开口见喉咙，粗极，却也趣极，你想拿刀

---

① "Oscar Wilde"：《奥斯卡·王尔德》，德国剧作家卡尔·斯特恩海姆（Karl Sternheim）所作的一出关于爱尔兰作家王尔德的剧本。

② Munchen：慕尼黑。

尖来扎大腿的那类手势，在文明社会里，是否不可多得？

斐伦翠山中　六月七日

十三、血[①]

——谒列宁遗体回想

过莫斯科的人大概没有一个不去瞻仰列宁的“金刚不烂”身的。我们那天在雪冰里足足站了半句多钟（真对不起使馆里那位屠太太，她为引导我们鞋袜都湿一个净透），才挨着一个入地的机会。

进门朝北壁上挂着一架软木做展平的地球模型；从北极到南极，从东极到西极（姑且这么说），一体是血色，旁边一把血染的镰刀，一个血染的锤子。那样大胆的空前的预言，摩西见了都许会失色，何况我们不禁吓的凡胎俗骨。

我不敢批评苏维埃的共产制，我不配，我配也不来，笔头上批评只是一半骗人，一半自骗。早几年我胆子大得多，罗素批评了苏维埃，我批评了罗素，话怎么说法，记不得了，也不关紧要，我只记得罗素说“我到俄国去的时候是一个共产党，但……”意思说是他一到俄国，就取销了他红色的信仰。我先前挖苦了他。这回我自己也到那空气里去呼吸了几天，我没有取销信仰的必要，因我从不曾有过信仰，共产或不共产。但我的确比先前明白了些，为什么罗素不能不向后转。我怕我自己的脾胃多少也不免带些旧气息，老家里还有几件东西总觉得有

---

① 一九二五年五月二十九日作；载一九二五年八月六日《晨报副刊》，题为《血——莫斯科游记之一》，收入《自剖》改此题。

些舍不得——例如个人的自由，也许等到我有信仰的日子就舍得也难说，但那日子似乎不狠近。我不但旧，并且还有我的迷信；有时候我简直是一个宿命论者——例如我觉得这世界的罪孽实在太深了，枝节的改变，是要不得的，人们不根本悔悟的时候；不免遭大劫，但执行大劫的使者，不是安琪儿，也不是魔鬼，还是人类自己。莫斯科就仿佛负有那样的使命。他们相信天堂是有的，可以实现的，但在现世界与那天堂的中间却隔着一座海，一座血污海，人类泅得过这血海，才能登彼岸，他们决定先实现那血海。

再说认真一点，比如先前有人说中国有过激趋向，我再也不信，种瓜栽树也得辨土性，不是随便可以乱扦的。现在我消极的把握都没有了。“怨毒”已经弥漫在空中，进了血管，长出来时是小疽是大痈说不定，开刀总躲不了，淤着的一大包脓，总得有个出路。别国我不敢说，我最亲爱的母国，其实是堕落得太不成话了；血液里有毒，细胞里有菌，性灵里有最不堪的污秽，皮肤上有麻疯。血污池里洗澡或许是一个对症的治法，我究竟不是医生，不敢妄断。同时我对我们一部分真有血性的青年们也忍不住有几句话说。我决不怪你们信服共产主义，我相信只有骨里有髓，管里有血的人才肯牺牲一切，为一主义做事；只要十个青年里七个或是六个都像你们，我们民族的前途不至这样的黑暗。但同时我要对你们说一句话，你们不要生气：你们口里说的话大部分是借来的，你们不一定明白，你们说话背后，真正的意思是什么；还有，照你们的理想，我们应得准备的代价，你们也不一定计算过或是认清楚；血海的滋味，换一句话说，我们终究还不曾大规模的尝过。叫政府逮捕下狱，或是与巡警对打折了半只臂膀，那固然是英雄气概的一斑，但更痛快更响亮的事业多着，——耶稣对他的妈（她走了远道去寻他）说：“妇人，去你的！”“你们要跟从我。”耶稣对他的门徒说："就得渔夫抛弃他的网，儿子，他的父母，丈夫，他的妻儿。"又有人问他我的老子才死，你让我埋了他再来跟你，还是丢了尸首不管专来跟你，耶稣说，让死人埋死人去。不要笑我背圣经，我知道你们不相信的，我也不相信，但这几段话是引称，是比况，我想你们懂得，就是说，照你现在的办法做下去时，你们不久就会觉得你们不知怎的叫人家放在老虎背上去，那时候下来的好，还是不下来的好？你们现在理论时代，下笔做文章时代，事情究竟好办，话不圆也得说他圆来，方的就把四个角剪了去不就圆了，回头你自己也忘了角是你剪的，只以为原来就是圆的，那我懂得。比如说到了那一天有人拿一把火种一把快刀交在你的手里，叫你到你自己的村庄你的家族里去见房子放火，见人动刀——你干不干？话说不可怕一点，假如有一天我想看某作者的书，算是托尔斯泰的，可是有人告诉你不但如他的书再也买不到，你有了书也是再也不能看的——你的反感怎样？我们在中国别的事情不说，比较的个人自由我看来是比别国强的多，有时简直太自由了，我们随便骂人，随便谣言，随便说谎，也没人干涉，除了我们自己的良心，那也是不狠肯管闲事的。假如这部分里的个人自由有一天叫无形的国家威权取缔到零度以下，你的感想又怎样？你当然打算想做那时代表国家威权的人，但万一轮不到你又怎样？

莫斯科是似乎做定了运命的代理人了。只要世界上，不论那一处，多翻一阵血浪，他们便自以为离他们的理想近一步，你站在他们的地位看出来，这并不背谬，十分的合理。

但就这一点（我搔着我的头发），我说有考虑的必要。我们要救度自己，也许不免流血；但为什么我们不能发明一个新鲜的流法？既然血是我们自己的血，为什么我们就这样的贫，理想是得问人家借的，方法又得问人家借的？不错；他们不说莫斯科，他们口口声声说国际，因此他们的就是我们的。那是骗人，我说；讲和平，讲人道主义，许可以加上国际的字样，那也待考，至于杀人流血有甚么国际？你们要是躲懒，不去自己发明流自己的血的方法，却只贪图现成，听人家的话，我说你们就不配，你们辜负你们骨里的髓，辜负你们管里的血！

英国有一个麦克唐诺尔德便是一个不躲懒的榜样，你们去查考查考他的言论与行事。意大利有一个莫索利尼是另一种榜样，虽则法西士的主义你们与我都不一定佩服，他那不躲懒是一个实在。

俄国的橘子卖七毛五一只，为什么？国内收下来的重税，大半得运到外国去津贴宣传，因此生活程度便不免过分的提高，他们国内在饿莩的边沿上走路的百姓们正多着哩！我听了那话觉得伤心；我只盼望我们中国人还不至于去领他们的津贴，叫他们国内人民多挨一分饿！

我不是主张国家主义的人，但讲到革命，便不得不讲国家主义。为什么自己革命自己作不了军师，还得运外国主意来筹画流血？那也是一种可耻的堕落。

革英国命的是克郎威尔，革法国命的是卢骚、丹当、罗珮士披亚、罗兰夫人，革意大利命的是马志尼、加利包尔提；革俄国命的是列宁——你们要记着。假如革中国命的是孙中山，你们要小心了，不要让外国来的野鬼钻进了中山先生的棺材里去！

翡冷翠山中　一九二五年五月二十九日

翡冷翠山居闲话[①]

在这里出门散步去，上山或是下山，在一个晴好的五月的向晚，正像是去赴一个美的宴会，比如去一果子园，那边每株树上都是满挂着诗情最秀逸的果实，假如你单是站着看还不满意时，只要你一伸手就可以采取，可以恣尝鲜味，足够你性灵的迷醉。阳光正好暖和，决不过暖；风息是温驯的，而且往往因为他是从繁花的山林里吹度过来，他带来一股幽远的澹香，连着一息滋润的水气，摩挲着你的颜面，轻绕着你的肩腰，就这单纯的呼吸已是无穷的愉快；空气总是明净的，近谷内不生烟，远山上不起霭，那美秀风景的全部正像画片似的展露在你的眼前，供你闲暇的鉴赏。

作客山中的妙处，尤在你永不须踌躇你的服色与体态；你不妨摇曳着一头的蓬草，不妨纵容你满腮的苔藓；你爱穿什么就穿什么；扮一个牧童，扮一个渔翁，装一个农夫，装一个走江湖的桀卜闪，装一个猎户；你再不必提心整理你的领结，你尽可以不用领结，给你的颈根与胸膛一半日的自由，你可以拿

---

① 载一九二五年七月四日《现代评论》第二卷第三十期；初收一九二七年八月上海新月书店《巴黎的鳞爪》。采自《巴黎的鳞爪》。翡冷翠，今译佛罗伦萨。

一条这边艳色的长巾包在你的头上，学一个太平军的头目，或是拜伦那埃及装的姿态；但最要紧的是穿上你最旧的旧鞋，别管他模样不佳，他们是顶可爱的好友，他们承着你的体重却不叫你记起你还有一双脚在你的底下。

这样的玩顶好是不要约伴，我竟想严格的取缔，只许你独身；因为有了伴多少总得叫你分心，尤其是年轻的女伴，那是最危险最专制不过的旅伴，你应得躲避她像你躲避青草里一条美丽的花蛇！平常我们从自己家里走到朋友的家里，或是我们执事的地方，那无非是在同一个大牢里从一间狱室移到另一间狱室去，拘束永远跟着我们，自由永远寻不到我们；但在这春夏间美秀的山中或乡间你要是有机会独身闲逛时，那才是你福星高照的时候，那才是你实际领受，亲口尝味，自由与自在的时候，那才是你肉体与灵魂行动一致的时候；朋友们，我们多长一岁年纪往往只是加重我们头上的枷，加紧我们脚胫上的链，我们见小孩子在草里在沙堆里在浅水里打滚作乐，或是看见小猫追他自己的尾巴，何尝没有羡慕的时候，但我们的枷，我们的链永远是制定我们行动的上司！所以只有你单身奔赴大自然的怀抱时，像一个裸体的小孩扑入他母亲的怀抱时，你才知道灵魂的愉快是怎样的，单是活着的快乐是怎样的，单就呼吸单就走道单就张眼看耸耳听的幸福是怎样的。因此你得严格的为己，极端的自私，只许你，体魄与性灵，与自然同在一个脉搏里跳动，同在一个音波里起伏，同在一个神奇的宇宙里自得。我们浑朴的天真是像含羞草似的娇柔，一经同伴的抵触，他就卷了起来，但在澄静的日光下，和风中，他的姿态是自然的，他的生活是无阻碍的。

你一个人漫游的时候，你就会在青草里坐地仰卧，甚至有时打滚，因为草的和暖的颜色自然的唤起你童稚的活泼；在静僻的道上你就会不自主的狂舞，看着你自己的身影幻出种种诡异的变相，因为道旁树木的阴影在他们于〈纡〉徐的婆娑里暗示你舞蹈的快乐；你也会得信口的歌唱，偶尔记起断片的音调，与你自己随口的小曲，因为树林中的莺燕告诉你春光是应得赞美的；更不必说你的胸襟自然会跟着曼长的山径开拓，你的心地会看着澄蓝的天空静定，你的思想和着山壑间的水声，山罅里的泉响，有时一澄到底的清澈，有时激起成章的波动，流，流，流入凉爽的橄榄林中，流入妩媚的阿诺河去……

并且你不但不须应伴，每逢这样的游行，你也不必带书。书是理想的伴侣，但你应得带书，是在火车上，在你住处的客室里，不是在你独身漫步的时候。什么伟大的深沉的鼓舞的清明的优美的思想的根源不是可以在风籁中，云彩里，山势与地形的起伏里，花草的颜色与香息里寻得？自然是最伟大的一部书，葛德说，在他每一页的字句里我们读得最深奥的消息。并且这书上的文字是人人懂得的；阿尔帕斯与五老峰，雪西里与普陀山，莱因河与扬子江，梨梦湖与西子湖，建兰与琼花，杭州西溪的芦雪与威尼市夕照的红潮，百灵与夜莺，更不提一般黄的黄麦，一般紫的紫藤，一般青的青草同在大地上生长，同在和风中波动——他们应用的符号是永远一致的，他们的意义是永远明显的，只要你自己性灵上不长疮瘢，眼不盲，耳不塞，这无形迹的最高等教育便永远是你的名分，这不取费的最珍贵的补剂便永远供你的受用；只要你认识了这一部书，你在这世界上寂寞时便不寂寞，穷困时不穷困，苦恼时有安慰，挫折时有鼓励，软弱时有督责，迷失时有南针。

十四年七月

意大利的天时小引[①]

我们常听说意大利的天就比别处的不同："蓝天的意大利"，"艳阳的意大利"，"光亮的意大利"。我不曾来的时候，我常常想像意大利的天，阴霾，晦塞，雾盲，昏沈那类的字在这里当然是不适用不必说，就是下雨也一定像夏天阵雨似的别有风趣，只是在雨前雨后增添天上的妩媚；我想没有云的日子一定多，头顶只见一个碧蓝的圆穹，地下只是艳丽的阳光，大致比我们冬季的北京再加几倍光亮的模样。有云的时候，也一定是最可爱的云彩，鹅毛似的白净，一条条在蓝天里挂着，要不然就是彩色最鲜艳的晚霞，玫瑰、琥珀、玛瑙、珊瑚、翡翠、珍珠什么都有；看着了那样的天（我想）心里有愁的人一定会忘却愁，本来快活的一定加倍的快活……

那是想像中的意大利的天与天时，但想望总不免过分；在这世界上最美满的事情离着理想的境界总还有几步路：意大利的天，虽则比别处的好，终究还不是"洞天"，你们后来的记

① 约一九二五年六月上旬作；载一九二五年八月十九日《晨报副刊》，原题《意大利的天时小引——欧游漫录之一》；初收一九八〇年台湾时报文化出版事业有限公司《徐志摩诗文补遗》。采自《晨报副刊》，改今题。

好了，不要期望过奢，我自己幸亏多住了几天，否则不但满意，差一些不曾十分的失望。

初入境时的印象我敢说一定是很强的，我记得那天钻出了阿尔帕斯的山脚，连环的雪峰向后直退。郎巴德的平壤像一条地毯似的直铺到前望的天边，那时头上的天与阳光的确不同，急切说不清怎样的不同，就只蓝天比往常的蓝，白云比寻常的白，阳光比平常的亮。你身边站着的旅伴说“阿，这是意大利”，你也脱口的回答“阿，这是意大利”，你的心跳就自然的会增快，你的眼力自然的会加强，田里的草，路旁的树，湖里的水都仿佛微笑着轻轻的回应你，阿，这是意大利!

但我初到的两个星期，从米兰到威尼市，经翡冷翠去罗马，意大利的天时，你说怎样，简直是荒谬!威尼市不曾见着它有名夕照的影子，翡冷翠只是不清明，罗马最不顾廉耻，简直连绵的淫雨了四天，四月有正月的冷，什么游兴都给毁了，临了逃回翡冷翠那天我真忍不住咒了。

我的彼得[①]

新近有一天晚上，我在一个地方听音乐，一个不相识的小孩，约莫八九岁光景，过来坐在我的身边，他说的话我不懂，我也不易使他懂我的话，那可并不妨事，因为在几分钟内我们已经是很好的朋友，他拉着我的手，我拉着他的手，一同听台上的音乐。他年纪虽则小，他音乐的兴趣已经很深：他比着手势告我他也有一张提琴，他会拉，并且说那几个是他已经学会的调子。他那资质的敏慧，性情的柔和，体态的秀美，不能使人不爱；而况我本来是欢喜小孩们的。

但那晚虽则结识了一个可爱的小友，我心里却并不快爽；因为不仅见着他使我想起你，我的小彼得，并且在他活泼的神情里我想见了你，彼得，假如你长大的话，与他同年龄的影子。你在时，与他一样，也是爱音乐的；虽则你回去的时候刚满三岁，你爱好音乐的故事，从你褓褓时起，我屡次听你妈与你的“大大”讲，不但是十分的有趣可爱，竟可说是你有天赋的凭证，在你最初开口学话的日子，你妈已经写信给我，说你

① 载一九二五年八月十五日《现代评论》第二卷第三十六期；初收一九二八年一月上海新月书店《自剖》。采自《自剖》。

听着了音乐便异常的快活，说你在坐车里常常伸出你的小手在车栏上跟着音乐按拍；你稍大些会得淘气的时候，你妈说，只要把话匣开上，你便在旁边乖乖的坐着静听，再也不出声不闹——并且你有的是可惊的口味，是贝德花芬是槐格纳你就爱，要是中国的戏片，你便盖没了你的小耳，决意不让无意味的锣鼓，打搅你的清听——你的大大（她多疼你！）讲给我听你得小提琴的故事：怎样那晚上买琴来的时候你已经在你的小床上睡好，怎样她们为怕你起来闹赶快灭了灯亮把琴放在你的床边，怎样你这小机灵早已看见，却偏不作声，等你妈与大大都上了床，你才偷偷的爬起来，摸着了你的宝贝，再也忍不住的你技痒，站在漆黑的床边，就开始你“截桑柴”的本领，后来怎样她们干涉了你，你便乖乖的把琴抱进你的床去，一起安眠。她们又讲你怎样喜欢拿着一根短棍站在桌上模仿音乐会的导师，你那认真的神情常常叫在座人大笑。此外还有不少趣话，大大记得最清楚，她都讲给我听过；但这几件故事已够见证你小小的灵性里早长着音乐的慧根。实际我与你妈早经同意想叫你长大时留在德国学习音乐——谁知道在你的早殇里我们不失去了一个可能的毛赞德（Mozart）：在中国音乐最饥荒的日子，难得见这一点希冀的青芽，又教运命无情的脚根踏倒，想起怎不可伤？

彼得，可爱的小彼得，我“算是”你的父亲，但想起我做父亲的往迹，我心头便涌起了不少的感想；我的话你是永远听不着了，但我想借这悼念你的机会，稍稍疏泄我的积愫，在这不自然的世界上，与我境遇相似或更不如的当不在少数，因此我想说的话或许还有人听，竟许有人同情。就是你妈，彼得，她也何尝有一天接近过快乐与幸福，但她在她同样不幸的境遇中证明她的智断，她的忍耐，尤其是她的勇敢与胆量；所以至少她，我敢相信，可以懂得我话里意味的深浅，也只有她，我敢说，最有资格指证或相诠释，在她有机会时，我的情感的真际。

但我的情愫！是怨，是恨，是忏悔，是怅惘？对着这不完全，不如意的人生，谁没有怨，谁没有恨，谁没有怅惘？除了天生颟顸的，谁不曾在他生命的经途中——葛德说的——和着悲哀吞他的饭，谁不曾拥着半夜的孤衾饮泣？我们应得感谢上苍的是他不可度量的心裁，不但在生物的境界中他创造了不可计数的种类，就这悲哀的人生也是因人差异，各各不同，——同是一个碎心，却没有同样的碎痕；同是一滴眼泪，却难寻同样的泪晶。

彼得我爱，我说过我是你的父亲。但我最后见你的时候你才不满四月，这次我再来欧洲你已经早一个星期回去，我见着的只你的遗像，那太可爱；与你一撮的遗灰，那太可惨。你生前日常把弄的玩具——小车，小马，小鹅，小琴，小书——你妈曾经件件的指给我看，你在时穿着的衣褂鞋帽，你妈与你大大也曾含着眼泪从箱里理出来给我抚摩，同时她们讲你生前的故事，直到你的影像活现在我的眼前，你的脚踪仿佛在楼板上踹响。你是不认识你父亲的，彼得，虽则我听说他的名字常在你的口边，他的肖像也常受你小口的亲吻，多谢你妈与你大大的慈爱与真挚，她们不仅永远把你放在她们心坎的底里，她们也使我，没福见着你的父亲，知道你，认识你，爱你，也把你的影像，活泼，美慧，可爱，永远镂上了我的心版。那天在柏林的会馆里，我手捧着那收存你遗灰的锡瓶，你妈与你七舅站在旁边止不住滴泪，你的大大哽咽着，把一个小花圈挂上你的门前——那时间我，你的父亲，觉着心里有一个尖锐的刺痛，这才初次明白曾经有一点血肉从我自己的生命里分出，这才觉着父性的爱像泉眼似的在性灵里汩汩的流出：只可惜是迟了，这慈爱的甘液不能救活已经萎折了的鲜花，只能在他纪念日的周遭永远无声的流转。

彼得，我说我要借这机会稍稍爬梳我年来的郁积；但那也不见得容易；要说的话仿佛就在口边，但你要它们的时候，它们又不在口边：像是长在大块岩石底下的嫩草，你得有力量翻起那岩石才能把它不伤损的连根起出——谁知道那根长的多深！是恨，是怨，是忏悔，是怅惘？许是恨，许是怨，许是忏悔，许是怅惘。荆棘刺入了行路人的胫踝，他才知道这路的难走；但为什么有荆棘？是它们自己长着，还是有人成心种着的？也许是你自己种下的？至少你不能完全抱怨荆棘，一则因为这道是你自愿才来走的，再则因为那刺伤是你自己的脚踏上了荆棘的结果，不是荆棘自动来刺你——但又谁知道？因此我有时想，彼得，像你倒真是聪明：你来时是一团活泼、光亮的天真，你去时也还是一个光亮、活泼的灵魂；你来人间真像是短期的作客，你知道的是慈母的爱，阳光的和暖与花草的美丽，你离开了妈的怀抱，你回到了天父的怀抱，我想他听你欣欣的回报这番作客——只尝甜浆，不吞苦水——的经验，他上年纪的脸上一定满布着笑容——你的小脚踝上不曾碰着过无情的荆刺，你穿来的白衣不曾沾着一斑的泥污。

但我们，比你住久的，彼得，却不是来作客；我们是遭放逐，无形的解差永远在后背催逼着我们赶道：为什么受罪，前途是那里，我们始终不曾明白，我们明白的只是底下流血的胫踝，只是这无思的长路，这时候想回头已经太迟，想中止也不可能，我们真的羡慕，彼得，像你那谪期的简净。

在这道上遭受的，彼得，还不止是难，不止是苦，最难堪的是逐步相追的嘲讽，身影似的不可解脱。我既是你的父亲，彼得，比方说，为什么我不能在你的生前，日子虽短，给你应得的慈爱，为什么要到这时候，你已经去了不再回来，我才觉着骨肉的关连？并且假如我这番不到欧洲，假如我在万里外接到你的死耗，我怕我只能看作水面上的云影，来时自来，去时自去：正如你生前我不知欣喜，你在时我不知爱惜，你去时也不能过分动我的情感。我自分不是无情，不是寡思，为什么我对自身的血肉，反是这般不近情的冷漠？彼得，我问为什么，这问的后身便是无限的隐痛：我不能怨，我不能恨，更无从悔，我只是怅惘，我只能问！明知是自苦的揶揄，但我只能忍受。而况揶揄还不止此，我自身的父母，何尝不赤心的爱我；但他们的爱却正是造成我痛苦的原因：我自己也何尝不笃爱我的亲亲，但我不仅不能尽我的责任，不仅不曾给他们想望的快乐，我，他们的独子，也不免加添他们的烦愁，造作他们的痛苦，这又是为什么？在这里，我也是一般的不能恨，不能怨，更无从悔，我只是怅惘——我只能问。昨天我是个孩子，今天已是壮年；昨天腮边还带着圆润的笑涡，今天头上已见星星的白发；光阴带走的往迹，再也不容追赎，留下在我们心头的只是些揶揄的鬼影；我们在这道上偶尔停步回想的时候，只能投一个虚圈的“假使当初”，解嘲已往的一切。但已往的教训，即使有，也不能给我们利益，因为前途还是不减启程时的渺茫，我们还是不能选择取由的途径——到那天我们无形的解差喝住的时候，我们唯一的权利，我猜想，也只是再丢一个虚圈更大的“假使”，圆满这全程的寂寞，那就是止境了。

白地亚（Badia，Florence）[1]

斐冷翠有两个白地亚（Badia，可译作修道院），一个是城里，那边前后左右多的是丹德的遗迹与纪念，还有一个白地亚是在菲蔼莎利（Fiesole）的底下，Mugnone 河谷的上边，那是我常去留连的地方。这寺院的内部是勃罗内勒司奇(Brunelleschi，斐冷翠的名建筑家，与唐那推诺 Donatello 大造像家同时，他们俩是好朋友）造的，大约在十五世纪的早年，但前面的砖墙与正中大理石——白色与墨青的——的大门，还是十一世纪的遗产，雕工极精，古雅得很。这寺的内院也是勃罗内勒司奇的手绩，当年讲柏拉图的 Marsilio Ficino[2] 的柏拉图学院就在这里，还有那有名的美少年大学者，曾经

① 约一九二五年六月初作；载一九二五年七月四日《现代评论》第二卷第三十期；又载一九二五年八月二十五日《晨报·文学旬刊》，均另有正题《翡冷翠山居闲话——欧游漫录之一》。原拟续写，《白地亚》为本节标题。文中斐冷翠，其他文章作翡冷翠。采自《晨报·文学旬刊》，用此题。

② Marsilio Ficino：菲奇诺（1433—1499），哲学家、神学家和语言学家。他对柏拉图和其他古典希腊作家的作品的翻译和注释，促成了佛罗伦萨柏拉图主义的复兴，影响欧洲思想达两个世纪之久。

"Wandering over the crooked hills of delicious Pleasure[①]"，但到斐冷翠后抛弃了一切虚荣专心研究柏拉图，想调和古希腊与耶教的思想的 Pico delle Mirandola（皮谷·台拉·米郎独拉，多好听的名字！）当年也在道院内住着著书。这一带附近是 Lorenzo[②] 时代文化的中心，这边上曾经印过 Lorenzo the Magnificent 自己与皮谷的足迹，丹德也一定来过的；Sarrnarola[③] 火热的训道曾经在这谷内回响过；上边庄菲莎利山坳里有古罗马戏院，公共澡堂，古庙的遗迹，现在却只偏长着野花与蔓草；这里附近多的是历史上有名的别墅，Mutticelli[④] 的在这里，他朋友诗人 Palmien[⑤] 的庄子在这里，那是最有名的讲故事大家 Boceaccio[⑥] 在一三八四年斐冷翠遭疫劫时讲他绝妙的滑稽的猥亵的故事的地方，Lorenzo 自己的 Villa Medici[⑦] 在森森的松林里掩映着，也在山上。

但我爱这一带地方却不全为历史的关系，菲蔼莎利是闹的时候多，但白亚地是很少游客的踪迹，寺前有一大块平地，极边一行 Linden 大树，满地的浓荫，有矮石墙围着，上面可以坐卧，下面是 Mugnone 的山谷，望得见斐冷翠的全城。我不时在夕阳斜时去，踞坐在矮石墙上眺望，等太阳在对面山岭的背后沉了下去，晚风凉透了才独自缓步回家。

---

① 在美妙快感的险恶山丘间徜徉。

② Lorenzo：应指 Lorenzo de Medici，洛伦佐·德·美第齐（1449—1492），在1469—1492 年间任佛罗伦萨的统治者，提倡诗歌和艺术。

③ Sarrnarola：不详，疑有拼写错误。

④ Mutticelli：不详，疑为波提切利（Botticelli）之误。波提切利（1445—1510），意大利文艺复兴时期画家，代表作有《春》、《维纳斯的诞生》等。

⑤ Palmien 诗人：不详，疑有拼写错误。

⑥ Boceaccio：似应为 Boccaccio，薄伽丘（1313—1375），意大利文艺复兴时期作家，人文主义的代表人物，代表作为《十日谈》。

⑦ Villa Medici：美第奇别墅。

一个译诗问题[①]

去年我记得曾经为翻莪默一首四行诗引起许多讨论，那时发端是适之，发难是我，现在又来了一个同样的问题，许比第一次更有趣味些，只是这次发端是我，发难是适之了。

翻译难不过译诗，因为诗的难处不单是他的形式，也不单是他的神韵，你得把神韵化进［形］式去，像颜色化入水，又得把形式表现神韵，像玲珑的香水瓶子盛香水。有的译诗专诚拘泥形式，原文的字数协韵等等，照样写出，但这来往往神味浅了；又有专注重神情的，结果往往是另写了一首诗，竟许与原作差太远了，那就不能叫译，例如适之那首莪默，未始不可上口，但那是胡适，不是莪默。

这且不讲，这回来的是我前几天在《晨报副刊》印出的葛德的四行诗，那是我在斐冷翠时译的，根据的是卡莱尔

① 一九二五年八月二十三日作；载一九二五年八月二十九日《现代评论》第二卷第三十八期；初收一九六九年台湾传记文学出版社《徐志摩全集》第六辑。采自《现代评论》。徐文发表后，朱家骅、李兢何著文商榷，分别载于一九二五年十月三日、十一月二十一日《现代评论》第二卷第四十三期、第五十期，附录于后。

(Thomas Carlyle)[①] 的英译：

Who never ate his bread in sorrow,
Who never spent the midnight hours
Weeping and waiting for the morrow,
He knows you not, ye heavenly powers!

我译的是：

谁不曾和着悲哀吞他的饭，
　谁不曾在半夜里惊心起坐，
泪滋滋的，东方的光明等待，
　他不曾认识你，阿伟大的天父！

第二天适之跑来笑我了，他说："志摩，你趁早做诗别用韵吧，你一来没有研究过音韵，二来又要用你们的蛮音来瞎叫，你看这四行诗你算是一二三四叶的不是；可是'饭'那里叶得了'待'，'坐'那里跟得上'父'？全错了，一古脑子有四个韵！"

他笑我的用韵也不是第一次，可是这一次经他一指出，我倒真有些脸红了。

这也不提，昨天我收到他一封信，他说前晚回家时在车上试译葛德那四行诗，居然成了。他译的是——

谁不曾含着悲哀咽他的饭，
　谁不曾中夜叹息，睡了又重起，

① Thomas Carlyle：卡莱尔（1795—1811），苏格兰散文作家、历史学家，作品有《法国革命》和《论英雄、英雄崇拜和历史上的英雄事迹》等。

泪汪汪地等候东方的复旦，
　　伟大的天神呵，他不会认识你。

他也检出了葛德的原文：

Wer nie sein Brot mit Thrärnen ass,
Wer nie die kummervollen Nächte
Auf seinen Bette weinend sass,
Der Kennt euch bicht ihr himmlischen Mächte.

卡莱尔的英译多添了“Waiting for the morrow”的那几个字。“ye heavenly powers”或“ihr himmlischen Mächte”，我翻作“阿伟大的天父”指定了上帝，狠不对，适之译作天神，也不妥。方才他来电话说今天与前北大教授 Lessing 讲起这首诗，也给他看了译文，莱新先生，他中文也顶好的，替改了一个字，就是把“天神”改作“神明”。

我方才又试译了一道：

谁不曾和着悲泪吞他的饭，
　　谁不曾在凄凉的深夜，怆心的，
独自偎着他的枕衾幽叹——
　　伟大的神明阿，他不认识你。

这三种译文那一个比较的要得，我们自己不能品评，那也不关紧要；应注意的是究竟要怎样的译法才能把原文那伟大、怆凉的情绪传神一二，原文不必说，就是卡莱尔的英译也是气概非凡，尝过人生苦趣的看了，我敢说，决不能不受感动。

莱新先生也说起一段故事，他说葛德那首诗 Harfen spieler

是一七九七年印行的，隔了十年拿破仑欺负普鲁士，揩了有美名的露意洒皇后（Queen Luissa）不少的油，结果政策上一些不退让，差一点不把露意洒后气死了，她那时出奔，路过Konisburg，住在一个小客栈里，想起了她自己的雄心与曾经忍受的耻辱，不胜悲感，她就脱下手指上的钻戒来，把葛德那四行诗，刻画在客栈玻窗上。

这是一件事，我也记起一件故事，王尔德（Oscar Wilde）在他的"De profundis"里讲起怎样他早年是一个不羁的浪子，把人生看作游戏，一味的骄奢淫逸，从不认人间有悲哀，但他的妈却常常提起葛德那四行诗。后来等到他受了奇辱，关在监牢里，他想起了他母亲，也想起了葛德那四行诗，他接着还加上几句极沈痛忏悔的话，他说：

"There are times when sorrow seems to me to be the only truth."

(有时候我看来似乎只有悲哀是人间唯一的真理。)

从这两个故事我们可以看出那四行诗的确是一个伟大心灵的吐属：蕴蓄着永久的感动力与启悟力，永远是受罪的人们的一个精神的慰安，因此我想我们在自家没有产生那样伟大的诗魂时，应得有一个要得的翻译。这里这三道译文我觉得都还有缺憾，我很盼望可以引起能手的兴趣，商量出一个不负原诗的译本。

方才又发现了小泉八云的一个英译：

Who ne'er his bread in sorrow ate,
Who ne'er the lonely midnight hours,
Weeping upon his bed has sat,
He knows ye not, ye Heavenly powers.

八月二十三日

附一：关于一个译诗问题的批评

朱家骅

前天胡适之先生出示他所译的四行葛德《弹竖琴人》(Goethe's Harfen spieler)，他译的是：

谁不曾含着眼泪咽他的饭，
　谁不曾中夜叹息，睡了又重起，
泪汪汪地等候东方的复旦，
　伟大的天神呵，他不会认识你。

欲我根据原文及徐志摩先生的译文下一批评。我因不复记忆原文，且尚未读过志摩先生的两道译文，当时未能下断语。回家以后，检出《现代评论》第三十八期徐志摩先生之《一个译诗问题》，第一道是：

谁不曾和着悲哀吞他的饭，
　谁不曾在半夜里惊心起坐，
泪滋滋的，东方的光明等待，
　他不曾认识你，阿伟大的天父！

第二道是：

谁不曾和着悲泪吞他的饭，
　谁不曾在凄凉的深夜，怆心的，
独自偎着他的枕衾幽叹，
　伟大的神明阿，他不认识你。

阅读之后，觉得兴趣颇多，惟我对于作诗，素来是门外汉，要我批评，真是有如造屋请教箍桶匠一样。但是既承适之先生的美意，只得班门弄斧的下笔写来。查葛德的原文是：

Wer nie sein Brot mit Thränen ass,
Wer nie die kummervollen Nächte
Auf seinen Bette weinend sass,
Der Kennt euch micht，ihr himmlischen Mächte!

卡莱尔（Thomas Carlyle）的英译是：

Who never ate his bread in sorrow,
Who never spent the midnight hours
Weeping and waiting for the morrow,
He knows you not，ye heavenly powers!

徐先生已经声明他是根据卡莱尔的英译。我看胡先生亦未免偏重英译。读卡莱尔的英译，则与葛德原文颇多不同之点；因其注重英文形式与音韵，已失葛德本意，例如 in sorrow（在忧愁中）原文本是 with tears（和泪）之意。spent（消磨）一字为原文所无的。Midnight hours 依照原文应译 sorrowful nights 并无中夜时间之意。Weeping and waiting for the morrow 则完全是卡莱尔任意加入，为原文所无。所以依照徐先生所说，就应该那是卡莱尔不是葛德。徐先生说："有的译诗专诚拘泥形式，原文的字数协韵等等，照样写出，但这来往往神味浅了；又有专注重神情的，结果往往是另写了一首诗，竟许与原作差太远了，那就不能叫译。"这就是徐先生以适之先生那首莪默为例的说法。又说："应注意的是究竟要怎样的译法才能把原文那伟大、怆凉的情绪传神一二。"徐、胡两先生的译文依英译视之，果然甚好，但徐先生的第二道改得比第一道更好，却仍不免斧凿痕迹，似与原文不合。讲到胡先生的译文，思想很周密的，音韵亦颇自然，本是四行好诗，惟与原文依然有不同之处，故照志摩先生批评适之先生那首莪默说起来，则他们的译文，只能算是胡适与徐志摩，或者算是胡适与徐志摩译卡莱尔的葛德，可不能说是葛德。

何以见得，例如徐先生的第一道译文中之第一行“谁不曾和着悲哀吞他的饭”，则悲哀两字，似难替眼泪。第二行“谁不曾半夜里惊心起坐”，原文与英译都没有惊而起之意。第三行“泪滋滋的，东方的光明等待”，系直翻英译；本与原文纯粹不同。第四行“他不曾认识你，阿伟大的天父”，不曾二字，非原文之意，即天父两字，亦不得当。至徐先生的第二道翻译与胡先生之四行译文，均在伯仲之间，都是好的。总之，翻译是很难，译诗更不容易，因受了胡先生的委托，现在姑用直译的方法，直接把葛德《弹竖琴人》第三首之德文原作完全翻出，以资参考。还请适之、志摩两先生的批评。我译的是：

谁从不曾含着眼泪吃过他的面包，
　谁从不曾把充满悲愁的夜里，
在他的床上哭着坐过去了，
　他不认识你们，你们苍天的威力！

你们引导我们进尘寰，
　你们使这苦恼的人们罪过，
然后你们交给他痛苦忧患；
　因为人间一切罪孽报应无差。

我检出了葛德后四行的原文：

Ihr führt ins Leben uns hinein,
Ihr lass't den armen schuldigwerden,
Dann überlass't ihr ihn der pein;
Denn alle Schuld. rächt sich auf Erden.

附二：关于哥德四行诗问题的商榷

李竞何

（一）对于胡徐二先生译文的意见

译书难，译诗更不容易。因为译诗不但要对于外国文有精深的研究，而且要明白了解原著者的感情和思想。否则常常有陷入错误之虞。胡适之和徐志摩二先生翻译的哥德四行诗，就是这种的例子。朱家骅先生对于二先生译文的批评（见本刊第二卷第四十三期）真是不错，可惜他可以说是只对于卡莱尔（Thomas Carlyle）的英译下了批评，没有把二先生真正的错误明白指了出来。我觉得这个错误非同小可，能够令人把哥德根本的思想误会，所以这回特地写出来，以资商榷。

没有写出二先生的错误以先,可把哥德的宇宙观说一说。哥德是不相信上帝的人,他是一位泛神主义者。我们在他的文章里面到处可看出他是一位进化论家,虽然当时拉马克和达尔文还没有发表他们进化学说的论文。他的这篇《弹竖琴人》(四行诗之名)也可以表现他的泛神学说。他所说的 himmliche mächte 是指各种自然力而言,并不是他所反对的上帝。英译为 heavenly powers(注意 power 后边的"s")还不失他的原意,但是徐胡二先生把这字从英文译出来就不同了。哥德所说的力(各种自然力)是无量数的,胡先生译的"伟大的天神",徐先生译的"伟大的天父"和"伟大的神明"虽然没有把数量写出,可是已经容易令人推想这个天父(或天神或神明)只有一个了。及从这句以后(或以前)的"他不会认识你"或"他不(曾)认识你"那句上的"你"字(原文作 ihr 完全不能译成单数的"你",英译作 ye,虽然不甚明显,然从 heavenly powers 上面看去就知其意是指多数的你们了)看去,则完全明晓胡徐二先生把哥德所说的 heavenly powers 认作独一的了。这独一的天父(或神明或天神)不是上帝是谁呢?所以二先生的译文好像把哥德根本的宇宙观改了似的。朱先生译时用"你们"二字确能改正这个错误,他用"苍天的威力"一辞确比"天父"、"天神"、"神明"

等等字样好得多，不过没有写出徐胡二先生的错误就是了。

（二）对于朱先生译文的意见

朱先生译文的第一段，确是很好的，不过第二段的翻译我却不很满意了。查第二段的原文是：

Ihr führt ins Leben uns hinein,
Ihr lass't den armen schuldigwerden,
Dann überlass't ihr ihn der pein,
Denn alle Schuld. rächt sich auf Erden.

朱先生的译文是：

你们引导我们进尘寰，
　你们使这苦恼的人们罪过，
然后你们交给他痛苦忧患，
　因为人间一切罪恶报应无差。

1．哥德原文的 ins Leben hinein 是“入生命界里”的意思，朱先生译作“进尘寰”，我以为不很恰切。

2．朱先生把 arm 译作苦恼，也不恰切，因为这个字译成英文就是 poor，即是“可怜”的意思，并无苦恼的意思涵在里边。

3．朱先生把 den armen 译作“苦恼的人们”，多了一个“们”字，与胡徐二先生译 heavenly powers，少了一个“们”字的恰好相反，但是错误是一样的。因为这里若是多数，则下行的 ihn（就是英文的 him）指的是那一个字呢?

4．朱先生对于 the definite article 的翻译，也不免有小小的错误。The definite article 通常加在公名上边，并没有“这”字的意义，如 the pencil 译出来就是“铅笔”，并不是“这支铅笔”；若是译成这支铅笔，则将原字变成 this pencil 了。这里的 den armen（译成英文就是 the poor）

亦然，朱先生把它译成“这苦恼的（实在是可怜的）人们”，不是把原字改成 diese arme（these poors）了吗?

5．哥德的 der pein（朱先生译为痛苦忧患）是 in direct object，所以放在第三格（The 3rd Case：the dative）；ihn（him）是 direct object，所以放在第四格（The 4th case：the accusative）。今依朱先生的译文：“然后你们交给他痛苦忧患”看来，则简直把哥德的 ihn 变成 indirect object，der pein 变成 direct object 了。这虽然于哥德意思没有违背，但我觉得总不很妥当。

6．朱先生译文的第四行把人间作为形容一切罪孽的字，看作极无紧要，可是哥德则把 auf Erden（在世间上）放在本行的末项，作为本行最要紧的字，因此两人的意思完全不同；哥德的意思是“一切罪愆都报应无差”，就很容易令人想到地狱里边的报应去了。

（三）我的哥德四行诗后段的翻译和讨论的结果

我译的是：

你们引导我们进生命界里，
　　你们使可怜的人干犯罪愆，
然后你们把他交给苦虑；
　　因为一切罪愆都报应在这世间。

胡徐朱三先生对于外国文都有特别的研究，所以翻译还不免有错误的缘故，就是不明哥德的宇宙观或疏忽所致。各个著作家的思想都要明了，和翻译要无处疏忽是很不容易的，所以翻译的错误或不确，是很无须惊异的事情。现在国人批评译文的很多，虽是一种好现象，但多数属于谩骂的性质。他们的意思，以为自己能指摘出译者的错误，自己的学问俨然高一等的样子，这个观点，完全错误，完全够不上批评的资格。这回《现代评论》胡徐朱三先生用讨论式忠厚的互相批评，真可为批评译文界的模范，我觉很得满意，所以免不得也出来说一说。至于我的翻译还望三位先生参考英译加以指正。

我为什么来办我想怎么办[1]

我早就想办一份报，最早想办《理想月刊》，随后有了“新月社”又想办新月周刊或月刊；没有办成的大原因不是没有人，不是没有钱，倒是为我自己的“心不定”：一个朋友叫我云中鹤，又一个朋友笑我“脚跟无线如蓬转”，我自己也老是“今日不知明日事”的心理，因此这几年只是虚度，什么事都没办成，说也惭愧。我认识陈博生，因此时常替《晨报》写些杂格的东西。去年黄子美随便说起要我去办副刊，我听都没有听；在这社会上办报本来就是没奈何的勾当，一个月来一回比较还可以支持，一星期开一次口已经是极勉强了，每天要说话简直是不可思议——垃圾还可以当肥料用，拿泻药打出来的烂话有什么去路！我当然不听。三月间我要到欧洲去，一班朋友都不肯放我走，内中顶蛮横不讲理的是陈博生与黄子美，我急了只得行贿，我说你们放我走我回来时替你们办副刊，他们果然上了当立刻取销了他们的蛮横，并且还请我吃饭饯行。其实我只是当笑话说，那时赌咒也不信有人能牵住我办日报，我

① 载一九二五年十月一日《晨报副刊》；初收一九八〇年台湾时报文化出版事业有限公司《徐志摩诗文补遗》。采自《晨报副刊》。

心想到欧洲去孝敬他们几封通信也就两开不是？七月间我回来了，他们逼着我要履行前约，比上次更蛮横了，真像是讨债。有一天博生约了几个朋友谈，有人完全反对我办副刊，说我不配，像我这类人只配东飘西荡的偶尔挤出几首小诗来给他们解解闷也就完事一宗；有人进一步说不仅反对我办副刊并且副刊这办法根本就要不得，早几年许是一种投机，现在可早该取销了。那晚陈通伯也在座，他坐着不出声，听到副刊早就该死的话他倒说话了，他说得俏皮，他说他本来也不赞成我办副刊的，他也是最厌恶副刊的一个；但为要处死副刊，趁早扑灭这流行病，他倒换了意见，反而赞成我来办《晨报副刊》，第一步逼死别家的副刊，第二步掐死自己的副刊，从此人类可永免副刊的灾殃。他话是俏皮可是太恭维我了；倒像我真有能力在掐死自己之前逼死旁人似的！那晚还是无结果。后来博生再拿实际的利害来引诱我，他说你还不是成天想办报，但假如你另起炉灶的话，管你理想不理想，新月不新月。第一件事你就得准备贴钱，对不对？反过来说，副刊是现成的，你来我们有薪水给你，可以免得做游民，岂不是一举两得！这利害的确是很分明，我不能不打算了；但我一想起每天出一张的办法还是脑袋发胀，我说我也愿意帮忙，但日刊其实太难，假如晨报周刊或是甚至三日刊的话，我总可以商量……这来我可被他抓住了，他立即说好，那我们就为你特别想法，你就管三天的副刊那总合式了。我再不好意思拒绝，他们这样的恳切。过一天他又来疏通说三天其实转不过来，至少得四天。我说那我只能在字数里做申缩，我想尽我能力的限度只能每周管三万多字，实在三天匀不过来的话，那我只能把三天的材料摊成四分，反正多少不是好歹的标准不是？他说那就随你了。这来笑话就变成了实事，我自己可想不到的。但同时我又警告博生，我说我办就办，办法可得完全由我，我爱登什么就登什么，万一将来犯什么忌讳出了乱子累及晨报本身的话，只要我自以为有交代，他可不能怨我；还有一层，在他虽则看起我，以为我办不至于怎样的不堪，但我自问我决不是一个会投机的主笔，迎合群众心理，我是不来的，谀附言论界的权威者我是不来的，取媚社会的愚闇与褊浅我是不来的；我来只认识我自己，只知对我自己负责任，我不愿意说的话你逼我求我我都不说的，我要说的话你逼我求我我都不能不说的：我来就是个全权的记者，但这来为他们报纸营业着想却是一个问题。因为我自信每回我说话比较自以为像话的时候，听得进听得懂的读者就按比例的减少；一个作者往往因为不肯牺牲自己思想的忠实结果暗伤读者的私心，这也是应得虑到的，所以我来接手时即使不闹大乱子也难免使一部分读者失望的危险（这就是一个理由日报不应该有副刊），你不久许曾听着各方面的抱怨，说“从前的副刊即使不十分出色总还是妥妥贴贴看得过去，这来你瞧尽让一个疯子在那里说疯话，我们可没有闲工夫来消化，我们再也不请教副刊了”。本来报纸这东西是跟着平民主义工商文明一套来的；现代最大的特色是一班人心灵的疲懒；教一个人能自己想，是教育最后的成功，但一班人与其费脑力想还不如上澡堂躺着打盹去，谁愿意想来？反面说有思想人唯一的目标是要激动一班人的心灵活动，他要叫你听了他的话不舒服，不痛快，逼着你张着眼睛看，骂着你领起精神想；他不来替你出现成的主意像政府的命令，或是说模棱两可的油话，像日报上的社论，或是通知你某处有兵打架某处有草棚子着火，像所有的新闻；他不来替你菜蔬里添油，不来替你铺地毯省得你脚心疼；他第一叫你难受；第二叫你难受，第三还是叫你难受。这样的人来办报在营业上十九是不免失败的。也许本来这思想的事业是少数人的特权与天职；报纸是为一班人设的，这就根本不能与思想做紧邻。但这番话读者你也许说对。我们那位大主笔先生还是不信，他最后一句话是“你来办就得了”！

所以我不能不来试试。同时我自己也并不【不】感觉我说话的卤莽；《晨报副刊》嘿！说起来头大着哩！你们不见晨报的广告上说什么“思想的前驱”，这大约是指副刊的。因为我们不能在正张新闻里找思想，更不能在经济界什么界里找前驱。不，我也很知道晨副过去光荣的历史，现在谁知道却轮着我来续貂！所以假如我上面的话有地方犯什么亵渎或夸口的嫌疑，我赶快在这里告无心的罪；我这一条臂膀能有多大能耐，能举起多少分量？不靠朋友帮忙是做不成事的，我也很放心是我的朋友（相识或不相识）决不会袖手的，要不然我那敢冒昧承当这副重担；我只盼望我值得你们的帮忙。这回封面广告的大字是“副刊的提高及革新”，那大概是营业部拟的启事，我并没有那样的把握，革新还可以说，至少办事方面换了手，印刷方面也换了样那就是革新，提高的话可就难说了，我就不明白高低的标准在那里，我得事前声明；我知道的只是在我职期内尽我的力量来办就是。

我自己是不免开口，并且恐怕常常要开口，不比先前的副刊主任们来得知趣解事，不到必要的时候是很少开口的。我盼望不久就有人厌弃我，这消息传到了我的上司那边，我就有恢复自由的希望了！同时我约了几位朋友常常替我帮忙。我特别要介绍我们朋友里最多才多艺的赵元任先生，他从天上的星到我们肠子里的微菌，从广东话到四川话，从音乐到玄学，没有一样不精；他是一个真的通人；但他顶出名的是他的“幽默”，谁要听赵先生讲演不发笑他一定可以进圣庙吃冷肉去！我想给他特开一栏，随他天南地北的乱说，反正他口里没有没趣味的材料。他已经答应投稿；但我为防他懒，所以第一天就替他特别登广告，生生的带住了他再说。老话说的“一将难求”，我这才高兴哪！此外前辈方面，梁任公先生那杆长江大河的笔是永远流不尽的，我们这小报也还得占光他的润泽。张奚若先生，先前《政治学报》的主笔，是一位有名的炮手；我这回也特请他把他的大炮安在顺治门大街的后背。金龙荪傅孟真罗志希几位先生此时还在欧洲，他们的文章我盼望不久也会来光我们的篇幅。我们特请姚茫父余越园先生谈中国美术，刘海粟钱稻孙邓以蛰诸先生谈西洋艺术；余上沅赵太侔先生谈戏剧，闻一多先生谈文学；翁文灏任叔永诸先生专撰科学的论文，萧友梅赵元任先生谈西洋音乐。李济之先生谈中国音乐，上海方面我亲自约定了郭沫若吴德生张东荪诸先生随时来稿；武昌方面，不用说，有我们钟爱的郁达夫与杨金甫。陈衡哲女士也到北京来了，我们常可以在副刊上读她的作品，这也是个可喜的消息；我此时是随笔列举，并不详备；至于我们日常见面的几位朋友，如西林西滢胡适之张歆海陶孟和江绍原沈性仁女士凌叔华女士等更不必我烦言，他们是不会旷课的，万一他们躲懒我要叫他们知道我的夏楚厉害！新近的作者如沈从文焦菊隐于成泽钟天心陈镈鲍廷蔚诸先生也一定当有崭新的作品给我们欣赏。宗白华先生又是一位多方面的学者，他新从德国回来，一位江西谢先生快从法国回来，专研文学的；我盼望他们两位也可以给我们帮助。

这是就我个人相知的说，我们当然更盼望随时有外来精卓的稿件，要不然我们虽则有上面一大串的名字，还是不易支持的。酬报是个问题；我是主张一律给相当酬润的，但据陈博生先生说晨报的经济也很支绌，假如要论文付值的话报馆破产的日子就不在远，我也知道他们的困难，但无论如何我总想法不叫人家完全白做，虽则公平交易的话永远说不上；这一点我倒立定主意想提高，多少不论；靠卖文过活的不必说。拿到一点酬报可以多买一点纸笔，就是不介意稿费的，拿到一点酬劳也算是我们家乡话说的一点“希奇子”，可以多买几包糖炒良乡吃。同时我当然不敢保证进来的稿件都有登的希望，虽则难免遗珠，我这里选择也不得不谨慎，即使我极熟的朋友的来件也一样有得到“退还不用”的快乐。我预先声明保留这点看稿的为难的必要；我永远托庇你们的宽容。

《中秋晚》附言[①]

为应节起见，我央着凌女士在半天内写成这篇小说，我得要特别谢谢她的。还有副刊篇首广告的图案也都是凌女士的。

---

① 这是作者为凌叔华小说《中秋晚》写的附言；载一九二五年十月一日《晨报副刊》，初收一九九五年八月上海书店《徐志摩全集》第八册。采自《晨报副刊》。

迎上前去[①]

这回我不撒谎，不打隐谜，不唱反调，不来烘托；我要说几句至少我自己信得过的话，我要痛快的招认我自己的虚实，我愿意把我的花押画在这张供状的末尾。

我要求你们大量的容许我，在我第一天接手《晨报副刊》的时候，介绍我自己，解释我自己，鼓励我自己。

今天碰巧是我这辈子一个转向的日子，我新近经验过在我算是严重、惨刻、极痛心的经验：这经验撼动我全身的纤维，像大风摇动一株孤立的树，在这剧震中谁知道掉下了多少不曾焦透的叶子？但我却因此得到一种心地的清明，近年来不曾尝味过的；因此我敢放胆的说我要说的话：我的呼吸这时候是洁净的，我的嗓音是浏亮的，像大风雨后的空气，原有的芜秽与杂质都叫大自然的震怒洗刷一个净尽，我此时觉着在受重伤的过去的我里，重新透出了一团新来的勇气，一部新来的健康；

① 载一九二五年十月五日《晨报副刊》，题名《“迎上前去”》；初收一九二八年一月上海新月书店《自剖》，目录题名《迎上前去》，正文题仍为《“迎上前去”》；正文中删去第三自然段。采自《自剖》，题从《自剖》目录，删去的第三自然段补入。

一个更确定的我，更倔强的我，更有力的我。

我相信真的理想主义者是受得住眼看他往常保持着的理想萎成灰，碎成断片，烂成泥，在这灰这断片这泥的底里他再来发现他更伟大更光明的理想。我就是这样的一个。

只有信生病是荣耀的人们才来不知耻的高声嚷痛，这时候他听着有脚步声，他以为有帮助他的人向着他来，谁知是他自己的灵性离了他去！真有志气的病人，在不能自己豁脱苦痛的时候，宁可死休，不来忍受医药与慈善的侮辱。我又是这样的一个。

我们在这生命里到处碰头失望，连续遭逢“幻灭”，头顶只见乌云，地下满是黑影；同时我们的年岁，病痛，工作，习惯，恶狠狠的压上我们的肩背，一天重似一天，在无形中嘲讽的呼喝着：“倒，倒，你这不量力的蠢才！”因此你看这满路的倒尸，有全死的，有半死的，有爬着挣扎的，有默无声息的……嘿！生命这十字架，有几个人抗得起来？

但生命还不是顶重的担负，比生命更重实更压得死人的是思想那十字架。人类心灵的历史里能有几个天成的孟贲乌育？在思想可怕的战场上我们就只【衹】有数得清有限的几具光荣的尸体。

我不敢非分的自夸；我不够狂，不够妄。我认识我自己的力量的止境，但我却不能制止我看了这时候国内思想界萎瘪现象的愤懑与羞恶。我要一把抓住这时代的脑袋，问他要一点真思想的精神给我看看——不是借来的税来的冒来的描来的东西，不是纸糊的老虎，摇头的傀儡，蜘蛛网幕面的偶像；我要的是筋骨里迸出来，血液里激出来，性灵里跳出来，生命里震荡出来的真纯的思想。我不来问他要，是我的懦怯；他拿不出来给我看，是他的耻辱。朋友，我要你选定一边，假如你不能站在我的对面，拿出我要的东西来给我看，你就得站在我这一边，帮着我对这时代挑战。

我预料有人笑骂我的大话。是的，大话。我正嫌这年头的话太小了，我们得造一个比小更小的字来形容这年头听着的说话，写下印成的文字；我们得请一个想像力细致如史魏夫脱(Dean Swift) 的来描写那些说小话的小口，说尖话的尖嘴。一大群的食蚁兽！他们最大的快乐是忙着他们的尖喙在泥土里垦寻细微的蚂蚁。蚂蚁是吃不完的，同时这可笑的尖嘴却益发不住的向尖的方向进化，小心再隔几代连蚂蚁这食料都显太大了！

我不来谈学问，我不配，我书本的知识是真的十二分的有限。年轻的时候我念过几本极普通的中国书，这几年不但没有知新，温过都说不上，我实在是固陋，但我却抱定孔子的一句话“知之为知之，不知为不知，是知也”，决不来强不知为知；我并不看不起国学与研究国学的学者，我十二分的尊敬他们，只是这部分的工作我只能艳羡的看他们去做，我自己恐怕不但今天，竟许这辈子都没希望参加的了。外国书呢？看过的书虽则有几本，但是真说得上“我看过的”能有多少，说多一点，三两篇戏，十来首诗，五六篇文章，不过这样罢了。

科学我是不懂的，我不曾受过正式的训练，最简单的物理化理，都说不明白，我要是不预备就去考中学校，十分里有九分是落第，你信不信！天上我只认识几颗大星，地上几棵大树；这也不是先生教我的；先生那里学来的，十几年学校教育给我的，究竟有些什么，我实在想不起，说不上，我记得的只是几个教授可笑的嘴脸与课堂里强烈的催眠的空气。

我人事的经验与知识也是同样的有限，我不曾做过工，我不曾尝味过生活的艰难，我不曾打过仗，不曾坐过监，不曾进过什么秘密党，不曾杀过人，不曾做过买卖，发过一个大的财。

所以你看，我只是个极平常的人，没有出人头地的学问，更没有非常的经验。但同时我自信我也有我与人不同的地方。我不曾投降这世界。我不受它的拘束。

我是一只没笼头的野马，我从来不曾站定过。我人是在这社会里活着，我却不是这社会里的一个，像是有离魂病似的，我这躯壳的动静是一件事，我那梦魂的去处又是一件事。我是一个傻子：我曾经妄想在这流动的生里发现一些不变的价值，在这打谎的世上寻出一些不磨灭的真，在我这灵魂的冒险是生命核心里的意义；我永远在无形的经验的巉岩上爬着。

冒险——痛苦——失败——失望，是跟着来的，存心冒险的人就得打算他最后的失望；但失望却不是绝望，这分别很大。我是曾经遭受失望的打击，我的头是流着血，但我的脖子还是硬的；我不能让绝望的重量压住我的呼吸，不能让悲观的慢性病侵蚀我的精神，更不能让厌世的恶质染黑我的血液。厌世观与生命是不可并存的；我是一个生命的信徒，初起是的，今天还是的，将来我敢说，也是的。我决不容忍性灵的颓唐，那是最不可救药的堕落，同时却继续躯壳的存在；在我，单这开口说话，提笔写字的事实就表示后背有一个基本的信仰，完全的没破绽的信仰；否则我何必再做什么文章，办什么报刊?

但这并不是说我不感受人生遭遇的痛创；我决不是那童骙性的乐观主义者；我决不来指着黑影说这是阳光，指着云雾说这是青天，指着分明的恶说这是善；我并不否认黑影，云雾与恶，我只是不怀疑阳光与青天与善的实在；暂时的掩蔽与侵蚀不能使我们绝望，这正应得加倍的激动我们寻求光明的决心。前几天我觉着异常懊丧的时候无意中翻着尼采的一句话，极简单的几个字却涵有无穷的意义与强悍的力量，正如天上星斗的纵横与山川的经纬在无声中暗示你人生的奥义，祛除你的迷惘，照亮你的思路，他说“受苦的人没有悲观的权利”（The sufferer has no right to pessimism)，我那时感受一种异样的惊心，一种异样的澈悟：

> 我不辞痛苦，因为我要认识你，上帝；
> 我甘心，甘心在火焰里存身，
> 到最后那时辰见我的真，
> 见我的真，我定了主意，上帝，再不迟疑！

所以我这次从南边回来，决意改变我对人生的态度，我写信给朋友说这来要来认真做一点“人的事业”了：

> 我再不想成仙，蓬莱不是我的分；
> 我只要这地面，情愿安分的做人。

在我这“决心做人，决心做一点认真的事业”，是一个思想的大转变；因为先前我对这人生只是不调和不承认的态度，因此我与这现世界并没有什么相互的关系，我是我，它是它，它不能责备我，我也不来批评它。但这来我决心做人的宣言却就把我放进了一个有关系，负责任的地位，我再不能张着眼睛做梦。从今起得把现实当现实看：我要来察看，我要来检查，我要来清除，我要来颠扑，我要来挑战，我要来破坏。

人生到底是什么？我得先对我自己给一个相当的答案。人生究竟是什么？为什么这形形色色的，纷扰不清的现象——宗教，政治，社会，道德，艺术，男女，经济？我来是来了，可还是一肚子的不明白，我得慢慢的看古玩似的，一件件拿在手里看一个清切再来说话，我不敢保证我的话一定在行，我敢担保的只是我自己思想的忠实；我前面说过我的学识是极浅陋的，但我却并不因此自馁，有时学问是一种束缚，知识是一层障碍，我只要能信得过我能看的眼，能感受的心，我就有我的话说；至于我说的话有没有人听，有没有人懂，那是另外一件事我管不着了——“有的人身死了才出世的”，谁知道一个人有没有真的出世那一天？

是的，我从今起要迎上前去！生命第一个消息是活动，第二个消息是搏斗，第三个消息是决定；思想也是的，活动的下文就是搏斗。搏斗就包含一个搏斗的对象，许是人，许是问题，许是现象，许是思想本体。一个武士最大的期望是寻着一个相当的敌手，思想家也是的，他也要一个可以较量他充分的力量的对象，“攻击是我的本性，”一个哲学家说，“要与你的对手相当——这是一个正直的决斗的第一个条件。你心存鄙夷的时候你不能搏斗。你占上风，你认定对手无能的时候你不应当搏斗。我的战略可以约成四个原则——第一，我专打正占胜利的对象——在必要时我暂缓我的攻击等他胜利了再开手。第二，我专打没有人打的对象，我这边不会有助手，我单独的站定一边——在这搏斗中我难为的只是我自己。第三，我永远不来对人的攻击——在必要时我只拿一个人格当显微镜用，借它来显出某种普遍的，但却隐遁不易踪迹的恶性。第四，我攻击某事物的动机，不包含私人嫌隙的关系，在我攻击是一个善意的，而且在某种情况下，感恩的凭证。”

这位哲学家的战略，我现在僭引作我自己的战略，我盼望我将来不至于在搏斗的沉酣中忽略了预定的规律，万一疏忽时我恳求你们随时提醒。我现在戴我的手套去！

徐志摩散文全编

A Collection of Prose of Xu Zhimo

韩石山／编

天津人民出版社

图书在版编目（CIP）数据

徐志摩散文全编／韩石山编．—天津：天津人民出版社，2005（2006重印）
ISBN 7-201-05047-8

Ⅰ．徐… Ⅱ．韩… Ⅲ．散文－作品集－中国－现代 Ⅳ．I266

中国版本图书馆CIP数据核字（2006）第023688号

《副刊殃》附注[1]

不好，我才接手副刊，就犯上了一个毛病，而且还不是创作的毛病。孤桐先生在他的《甲寅》里照例在每篇来稿的背后加几句话，这我叫做爱替人家装尾巴的毛病。孤桐还只替人家装短尾巴，我的不得了，简直是长得荒谬的大长尾巴，往往因为太长了拖在背后其实不像样，爽性甩了它过来安在前面当幌子用。这其实是不好，盼望以后改得掉。

但是别人文章背后或许可以省装尾巴，奚若先生文章的后背不能不加尾巴；但这回他的本身来得奇短，我真不好意思叫他拖大长尾巴，我答应这次看面情替他来一个比较短的吧。

奚若这位先生，如其一个人可以用一个字来形容，是个“硬”人。他是一块岩石。还是一块满长着苍苔的，像老头儿的下巴；这附生的青绿越显出他的老硬，同时也是他的姿态。他是个老陕，他的身体是硬的，虽则他会跳舞；他的品性是硬的，有一种天然不可侵不可染的威严；他的意志，不用说，更

---

① 这是作者为奚若《副刊殃》写的附记；载一九二五年十月五日《晨报副刊》，署名志摩；初收一九八〇年台湾时报文化出版事业有限公司《徐志摩诗文补遗》。采自《晨报副刊》。奚若为张奚若，文附后。

是硬的。他说要做什么就做什么，他说不做什么就不做什么；他的说话也是硬的，直挺挺的几段，直挺挺的几句，有时这直挺挺中也有一种异样的妩媚，像张飞与牛皋那味道；他的文章，更不用说了，不但硬，有时简直是僵的了！所以至少在写文章里，他的硬性不完全是一种德性了。但他，我一样侧重的说，有他救济老硬的苍苔；他有他的妩媚。要不然他就变了一个天主教一流的“圣人”了，也许可敬，当然可畏，不一定可亲可爱的了。但他是可亲可爱的，同时也是可敬可畏的——在你相当认识他的时候。这一类人是比较不容易认识的，就比如石头是不容易钻洞的。你初几次见他，你手上看他的著作，你的感想是不会怎样愉快的，但你如其有耐心时，迟早有你的报酬。我最初在纽约会着他时，我只把他看作一个死僵的乏味的北方佬——同时他看我当然也是百二十分的看不起——一个油滑的“南边人”。

他那时候办《政治学报》，他可以每天化上至少八九个实心的钟点至图书馆里，用至少三个月的实心工夫写成一篇文章——当然是没有一个人要看，并且即使要看也看不下去的，牡砺壳炒榧子一类的文章！结果他的《政治学报》居然卖掉了十几册全是书！这话许说过分一点，他自己听了许不愿意，但他那枝笔的硬，简直是僵，光光的几块石头，这里苍苔都没有长上去，是没有问题的了。但他那文章因此没有价值吗？正是反面；他的才是真正学者的出品，一点也不偷懒，一点也不含糊。我们现在反过来看看现在每天看见印出来东西，用机器摇也没有那样快！什么人都动手做文章了；岂止，什么人都动手做诗了；什么人都来发表意见露布他们高深的学问了。

张先生看了这情形不能不生气，比他性子软十倍的都要生气。副刊就是造成这现象的一个原因，每天得出，不能不想法［找］材料；一等材料没有时只得将就次等的，次等材料都没有时只得勉强用更次等的——结果是现在的出版界。在今天这“发表热”真变了恶症；副刊真变成了，张先生说的，“殃”。我这回来办副刊并不敢妄想来“提高”什么；我只知道，我前天说的，尽我的责任做去，放胆说我的话。我才经手出了一期，已经感觉材料的困难。一班应得做的偏不做，不应该做的(至少没有到时候)偏要来做。还有一层困难不怎样明显的是，即便有名望的人有稿子来时，他们往往是为敷衍副刊或是周旋副刊的记者，成心选他们自己不看重多少随便的东西拿来；也不能全怪他们，因为副刊只是副刊，一来没有钱的报酬，二来又是在他们好像与“哙等伍”；这时候记者的困难是“登还是退”：照他良心是该退的，顾着买卖就得迁就。所以我来主稿，有张先生这样丝毫不苟且的学者，认真（不消说他永远是认真的）来替我写文章，我真是觉着绝大的鼓励，再也不愁孤单的了。我但愿别的作家也能看起我这点子真切的心，起一点劲，结结实实的替今后的副刊撰几篇文章来。我等着。

还有一句话我也得附带声明。张先生主张用火烧所有的副刊；他用很露骨的话来骂所有的副刊。只是你们得听清楚了：副刊办不好是副刊本身的缘故，实在是不容易，简直十分的难办好；我没有做副刊记者以前，就十分的同情副刊记者吃力不讨好的困难。所以假如副刊有办得像样的时候，简直可以说是一个奇迹；办不好是应分的。

还有一班发表热的同学们，我也给他们充分的同情，我并不附和张先生的笼统的“骂完了”；这病，如其是病，是长在这时代身上的，不仅是我们各个人的病。但同时我要对你们说，假如你们诚心盼望出版界的提高时，你们就不能抱怨副刊记者，比如说，有时退还你们的稿子；你们要知道，假如你们信得过副刊乃至于别的报的主稿者的诚意，他所求的利益不是他个人的利益，他求的，归根说，也是你们自己的利益，思想界与出版界的利益。

附：张奚若《副刊殃》

徐志摩先生的魔力真算不小，他竟能使我替他的《晨报副刊》写东西。这并不是说我的文章值钱，我意思是现在的副刊其实太恶劣了，应该放火大烧，不应使谬种流传，毒害青年。我还记得一月前《晨报》主笔宴请徐先生时，在座诸人先后发表他们对于《晨报副刊》改良的办法，最后有人问到我的意见，我便老实不客气的说道："这并不是个改良问题，这只是个停办问题。到现在才停办，已经太迟，但若现在还不停办，那简直是有意作恶，无心悔过了。"

我为甚么这样的讨厌副刊呢！说来也很简单。第一，今日一般学生在学堂里不肯读书，不能读书，单靠这种副刊作他们的校外讲义和百科全书，而副刊里却连年累月除胡说乱写瞎抄外，空无一物。"缘木求鱼"，那会有结果。第二，看副刊的是学生，做副刊的也是学生。拿副刊作教科书，固属荒时，藉副刊作出风头的场所，更属堕志。学荒志堕，他们将来的造就可想而知了。第三，报纸原来是为社会上一般人看的，不单是为学生阶级看的。拿投好于学生的废纸，日日去讨厌那非学生的阅者，似乎有点不公道，似乎不是营业家所应取的手段。有这三个理由，所以我主张将今日流行症性的副刊全行废止，如果有报馆记者真愿提倡学问，灌输智识，那么，我倒有一个建议，就是将现在每日的副刊改为每星期一两次的特刊，页数加多，程度提高，每一特刊专讨论一种特别问题，例如经济、文学、外交等。每一特刊不妨延请国内学术界有名人物专力主持，倘若报馆无此财力，那就只有采取"宁缺毋滥"的政策。这是我那晚在晨报馆里所发的人不爱听的讲论，当时在座的人——尤其是主笔——多说做不到。可是现在《晨报》居然改添几种特刊，虽其内容完全不是我所希望的，但总算是向正经路上走。只要有徐图改良的决心，未见得长为变相的副刊。

以上只是说我讨厌今日一般副刊的理由。但我现在何故又为这副刊作文章呢？岂是别人办的副刊应该骂，徐志摩办的副刊便应该恭维吗？我以为这完全看志摩怎样办法。他若拿办副刊的办法去办副刊，那结果，用不着问，一定糟，一定和旁的副刊差不多（即好也有限），那就应该骂，应该放火大烧，但他若是因为要看《晨报》老板的面情，仅留副刊之名，别具一副精神去办出一份“疯子说疯话”的志摩报，那就应该恭维，那也就是我允许给他做文章的本心和希望。此外还有一层。我是个不会说话的人，说上十次话，大概总有八九次要碰撞几个人，因此久而久之，也就没有说话的地方了。但要住在今日黑白混淆，是非颠倒，狐狸横行，小子狂叫的中国，要不说话，难道还教人白白气死不成！所以结果还是免不掉要常常发泄发泄。恰好志摩约我常去为他助助篇幅，我起先还以向来不为副刊作文章为词，极力拒绝，但是志摩拉拢人的本事，我想凡是认识他的人，都知道一点，被他缠不过，我也就只得随便答应他，横竖他许我以“尽量发泄”的自由权，我又何乐不为？

从小说讲到大事[①]

初刊时的按语：本来这一段应该附在下面这篇译文后背的，但在我没有写完的时候，我已经决定不仅把它放在译文的前面，并且还当作本期的正文。

我最厌怕翻译，尤其是小说，但这篇短篇也不知怎的竟像它自己逼着我把它翻了出来。原文载在 London Mercury[②]的九月号。我想有几层理由为什么我要翻这篇给你们看，第一这篇小说本身就写得不坏，紧凑有力；第二它的背景是我的新宠翡冷翠，文里的河，街道，走廊，钟塔，桥，都是我几月前早晚留恋过来的；第三这小说里顺便点出的早几年意大利的政情于我们现在的政情狠可比较，有心人可以在这里得到历史的教训。单说这末了一点。小说里的玛利亚不仅是代表人的意志的贞，品格的洁，与灵魂的勇敢，她也代表，我们可以说，意大利或是任何大民族不死的国魂。正如一条大河，风暴时翻着

① 这是作者为翻译小说《生命的报酬》所写的附记；载一九二五年十月七日《晨报副刊》，署名志摩；文前有一句按语（加括号）；初收一九二七年八月上海新月书店《巴黎的鳞爪》，按语删去。采自《巴黎的鳞爪》，初刊时的按语补入。

② London Mercury：《伦敦信使杂志》，1919 年创办的一家伦敦文学月刊。

浪，支流会合处湍急，上源暴发时汹涌，阳光照着时闪金，阴云盖着时惨黑，任凭天时怎样的转变，河水还是河水，它的性是不变的，也许经受了风雨以后河身更展宽一些，容量更扩大一些，力量更加厚一些；同样的一个民族在它的沿革里自然的发展了它的个性，任凭经受多少次政治的，甚至于广义的文化的革命，只要它受得住，河道似的不至泛滥不至旁窜改向，他那性还是不变，不但不变，并且表面的扰动归根都是本原的滋补。真的一个个人的灵性里要没有，比象的说，几座火烧焦的残破的甚至完全倒塌的雷峰古塔，他就使有灵性也只是平庸的，没趣味的，浅薄的；民族也是的，在那一个当得住时间破坏力的民族的灵魂里，就比在它的躯壳里，不是栉比的排列着伟大的古迹？一个人的意志力与思想力不是偶然的事情：远一点说，有他的种与族的遗传的来源；近一点说，有他自己一生的经验。造成人格的不是安逸的生活与安逸的环境，是深入骨髓的苦恼，是惨酷的艰难；造成国民性或国魂的是革命。在这里我们可以看出在分明破坏性的事实里，往往涵有真建设的意义。在平常的时候，国民性比较浅薄甚至可厌或可笑的部分，可以在这民族个人里看出；到了非常的时候，它的伟大的不灭的部分在少数或是甚至一二人的人格里要求最集中最不可错误的表现。我们是儒教国，这是逃不了的事实。儒教给我们的品性里有永远可珍的两点，一是知耻，一是有节，两样是连着来的。极端是往往碰头的，因此在一个最无耻的时代里往往挺生出一个两个最知耻的个人，例如宋末有文天祥，明末有黄梨洲一流人。在他们几位先贤，不比当代我们还看得见的那一群遗老与新少，忠君爱国一类的概念脱卸了肤浅的字面的意义，却取得了一种永久的象征的意义，他们拚死保守的不是几套烂墨卷，不是几句口头禅，他们是为他们的民族争人格，争“人之所以为人”，在这块古旧的碑上刻着历代义烈的名字，渍着他们的血，在他们性灵的不朽里呼吸着民族更大的性灵。玛利亚，一个做手工的贱女，在这篇小说里说："但是我还是照旧戴上我的小国旗，缝在我衣上的，就使因此他们杀了我也是甘心的。"我们可以想像当初文天祥说同样的一句话，我们可以想像当初黄梨洲说同样的一句话。现在呢？我们离着黄梨洲的时代快三百年了；并且非常的时候又在我们的头上盖下来了。儒教的珍品——耻，节——到那里去了？我们张着眼看看，我们可以寻到一百万个大篓子装得满的懦弱，或是三千部箱车运不完的卑鄙，但是我们却不易寻到指头上捻得出或是鼻观里闻得出的一点子勇敢，一点子耻心，一点子节！在王府井大街上一晚有一百多的同胞跟在两个行凶的美国兵背后联声喊打，却没有一个敢走近他们，别提动手；这事实里另有一个"幽默"现代评论的记者不曾看出来的，就是我们中国人特有的一种聪明——他们想把恇怯合起来，做成他一个勇敢！而且你们可以相信，这种现象不仅是在王府井大街上看得到！倒好像拼拢一群灰色的耗子来可以变一个猫，或是聚集一百万的虱子可以变一只老虎！玛利亚只靠了她自己不大明白的一个理想；"我是爱我的国。"她说。究竟为什么爱，她也不定说得分明，她只觉得这样是对的。是对的！这是力量，这是力量。在这一个小小想像事实的跟前，莫索里尼失去了他的威风，拿破仑的史迹没有了重量：这是人类不灭性本体的表现。多可爱呀这单纯的信仰！多可亲呀这精神的勇敢！

我们离着意大利有万千里路程，你们也许从没有见过一个意大利人；他们近年来国运的转变，战前战后人民遭受的苦痛，我们只看作与长安街上的落叶一般的不关紧要。但在玛利亚口音里，只要你有相当的想像力，你可以听出意大利民族的声音；岂止，人类不灭性在非常的时节最集中最不可错误的声音。我们应当在这里面发现我们自己应有的声音，现在叫重浊的物质生活生生的压在里面，但这时代的紧急正在急迫的要求它再来一次的吐露。我们还可以在那位奇奥基太太的描写里找着我们自己怪寒伧的小影：“她自己逼窄的舒服的生活，新近为了共产党到处的闹也感觉不安稳与难过，这一比下来显得卑鄙而且庸劣了。”我们每天上街去，也与奇太太一样聪明，就拣一件“顶克己的衣服穿上为的是要避免人家的注目”。玛利亚有胆量“戴着她信仰的徽章昂昂的上街去走——一个十字架，一块国旗”；你自己查考查考你每天戴着上街去的是什么徽章——国务院的？宪法起草会的？还是懦弱与苟且的徽章？这次我碰着不少体面人，有开厂的，有办报的，有开交易所的，他们一听见我批评共产，他们就拍手叫好，说这班人真该死，真该打，成心胡闹，不把他们赶快打下去这还成什么世界？唔！好让你们坐汽车的坐汽车，发横财的发横财，娶小老婆的娶小老婆！在他们看来，正如小说里的奇太太看来，“那班人只是野畜生的啃断了铁链乱咬人来了”。单只从为给这班人当头一个教训看法，什么形式的捣乱在上帝跟前都取得了许可。他们那颟顸的漆黑的心窝里从没有过一丝思想的光亮，他们每晚只是从自私的里床翻身到自利的外床，再从自利的外床翻回到自私的里床！同时这时代是真的危险，所有想像得到与想像不到的灾殃都像烘干了的爆竹似的在庭心里放着，只要一根火纸就够着了。灾难，危险，你们想躲吗？躲是躲不了的；灾难，危险，是要你去挡的，是要你去抗的，是要你伸手去擒的；你擒不住它，它就带住了你。只有单纯的信仰可以给我们勇敢。只有单纯的理想可以给我们力量。“他们是对的，要不然他们就是错的。”奇太太受了玛利亚的感动第一次坚决的这样想。我们在没有玛利亚这样人格摇醒我们的神志以前，我们至少得凭常识的帮助，认清眼前的事物，澈底的想它一个澈底。这“敢想”是灵性的勇敢的进门；敢反着你自以为见解的见解想，是思想的勇敢的初步。在你不能认真想的时候你做人还不够资格；在你还不能得到你自己思想的透彻时你的思想不但没有力量并且没有重量；在你不能在你思想的底里发现单纯的信心时勇敢的事业还不是你的分；——等到你发见了一个理想在你心身的后背作无形的动力时，你不向前也得向前，不搏斗也得搏斗，到那时候事实上的胜利与失败倒反失却了任何的重要，就只那一点灵性的勇敢永远不灭的留着，像是天上的明星。

玛利亚只是个极寻常的女子；她没有受过高深的教育，她只是个工女；但一个单纯理想的灵感就使她的声音超越的代表意大利民族的声音，高傲的，清越的，不可错误的。莫索利尼法西士的成功，不是因为他有兵力，不是因为法西士主义本体有什么优殊，也不完全因为他个人非常的人格；归根说成功的政治家多少只是个投机事业家。他就是一个。我们不必到马契亚梵立（Machiaveli）[①] 的政论里去探讨法西士主义的远源，不必问海格尔或是尼采或是甚至马志尼的学说里去垦寻“神异的”莫索里尼的先路；他的成功的整个的秘密，我们可以说，我们可以在这想像的工女玛利亚的声音里会悟到。你们要知道大战后几年在意大利共产与反共产的斗争不只是偶尔的爆发，报纸上的宣传，像我们今天在中国开始经常的；至少在那边东北部几个大城子里这斗争简直把街坊画成了对垒的战壕，把父子兄弟朋友逼成了扼咽喉的死仇——这情形我怕我们不久也见得着，虽则我们中国人的根性似乎比西方人多少缓和些（但这有时是我们的贼不是我们的德）。其实你只要此刻亲自到广东

---

① Machiaveli：今译马基雅弗利（1469—1527），意大利政治思想家、历史学家，主张君主专制和意大利的统一，并认为君主为达政治目的可不择手段。著作有《君主论》、《佛罗伦萨史》等。

去就可以知道人类烈情压住理智时的可怖——就是在政治上。但这极端性，我说，正是西方人的特色，这来两方搏斗的目标就分明的揭出，绝对的不混，不含糊——不比我们贵国的打仗，姑且不问他们打仗的平时究竟有没有主义在心头，并且即使在他们昌言有的时候你还是一分钟都不能相信说红的的确是红，说青的的确是青。因此我们多打一回仗，只是加深一层糊涂，越打越糟，越打越不分明。这正是针对着那一班人，无忌惮的只知私利，无忌惮的利用一切，我们应得耸起了耳朵倾听玛利亚的声音。她说——

> 我是一个意大利人，我傲气我是一个意大利人，傲气做一个有过几千年文化民族的一个。为什么要我恨我自己的国，为什么要我恨比我运气好，比我聪明，或是比我能干的街坊，为什么我得这样做，就因为一班无知识的告诉我这样做，他们自己可怜吃苦受难的上了人家的当走上了迷路，其实那真在背后出主意的既没有吃过苦也没有遭过难吧！……

还有一班专赶热闹的在红色得意的日子就每晚穿上“红绸子衣服戴着大红花上共产党跳舞会去跳舞”，回头红色叫黑色打倒了的时候他们的办法还是一样的简单，他们就来欣欣的“剥下了烈焰似的红衣换上了黑绸的衬衫”！他们会有一天“认真”吗？

所以玛利亚与她无形的理想站在一边；在她对面的是叫苦难逼得没路走同时叫人煽惑了趋向暴烈的无辜平民与他们的愚闇，躲在背后主使捣乱的一群与他们的奸与毒，两旁一面爬在地下的是奇太太代表的一流人物，在苟且中鬼混，一样的只知私利；一面就是那穿上红绸子跳舞剥下红绸子还是跳舞的一群。

现在时候逼紧了！我们把这幅画记在心里，再来张眼看看在我们中间究竟有没有像玛利亚那样牢牢的抱住她的理想的一个生灵！

十四年十月

给孙伏园的信[1]

伏园兄：

这回《晨报副刊》篇首的图案是琵亚词侣的原稿，我选定了请凌叔华女士摹下来制版的。我谢了她，却没有提画的来源。重馀先生不耐烦了。该的。他骂了。幸亏我不是存心做贼，一点也不虚心，赶快来声明吧。第一我先得把重馀先生这份骂完全承担在我一个人身上再说，绝对没有旁人的份。那天出了报以后我的朋友就问我为什么没有声明那是琵亚词侣的原画；叔华更是着急，她说又该人家骂了！我说不忙，我正想长长的做一篇说明我为什么选用那个姿态，我正在着忙寻一本卡图勒斯 Catulius 的集子哪。琵氏原画是像图解卡图勒斯一节诗的，那诗的内容我不知道，所以我得看了书再写。我问了好几个朋友都没有那书。同时我忙着编稿，就搁了下来，直到今天一早一个朋友摇电话给我，把我从暖被窝里挖出来，告我说有人骂了。该的！可不要错怪了人，这疏忽的份全是我的。其实琵亚词侣的黑白素绘图案，就比如我们何子贞张廉卿的字，是

① 一九二五年十月八日写；载一九二五年十月九日《京报副刊》；一九八八年一月陕西人民出版社《徐志摩研究资料》存目。

最不可错误的作品，稍微知道西欧画事的谁不认识，谁不爱他？我们朋友里就有不少一见那图案就指说是他的，没有错儿。我还记得那晚最先认出的是徐祖正与邓以蛰两位。所以我即使存心做贼，我也决不会到团城里去偷了那尊大玉佛回来供在家堂说这是我亲手雕的。太笑话了。只是卡图勒斯的诗集始终找不到，我想做的一篇说明因此没有做，我倒要乘便问问那位要是碰巧有在手头愿意借给我的，我一定道谢（顶好是英译本)。

真对不起，伏园，这来得沾光贵刊的篇幅，请你就替我登出，并且有便时转致重馀先生以后多多教正。同时我得对替我摹制图案人深深的道歉，因为我自己不小心连累她也招人错怪了。还有那原画有一小块林木的黑影没有摹上的，乘便声明。

有空来谈，顺颂

撰安

徐志摩　十月八日

葛德的四行诗还是没有翻好[①]

自从我在《现代评论》第二卷第三十八期提起了一个译诗的问题以来，德文学者朱家骅先生也来了一道译文。我这里又收到周开庆先生的一封信，内附他的三种译法，此外还有郭沫若先生在上海我见他时交给我他的译稿，我现在把各家的译文按次序写上，再来讨论。

（一）徐初译——

谁不曾和着悲哀吞他的饭，
谁不曾在半夜里惊心起坐，
泪滋滋的，东方的光明等待——
他不曾认识你，阿伟大的天父！

（二）胡适之先生译——

谁不曾含着悲哀咽他的饭，
谁不曾中夜叹息，睡了又重起，

① 载一九二五年十月八日《晨报副刊》；一九八八年一月陕西人民出版社《徐志摩研究资料》存目。采自《晨报副刊》。

泪汪汪地等候东方的复旦，
伟大的天神呵，他不会认识你。
（“天神”改“神明”）

（三）徐再译——

谁不曾和着悲泪吞他的饭，
谁不曾在凄凉的深夜，怆心的，
独自偎着他的枕衾幽叹——
伟大的神明阿，他不认识你。

（四）朱骝先先生译——

谁从不曾含着眼泪吃过他的面包，
谁从不曾把充满悲愁的夜里
在他的床上哭着坐过去了，
他不认识你们，你们苍天的威力！

（五）周开庆先生译——

(1)
谁不曾和着悲哀把饭咽下，
谁不曾在幽凄的深夜里，
独坐啜泣，暗自咨嗟，
伟大的神明呵，他不曾认识你！

(2)
谁不曾和着悲哀把饭吞，
谁不曾中夜幽咽，
愁坐待天明，
他不曾认识你，呵伟大的神灵！

(3)（略）

（六）郭沫若先生译——

人不曾把面包和眼泪同吞，
人不曾悔恨煎心，夜夜都难就枕，

独坐在枕头上哭到过天明，
他是不会知道你的呀，天上的威棱。

卡来尔英译——

Who never ate his bread in Sorrow,
Who never spent the midnight hours
Weeping and waiting for the morrow,
He Knows you not, ye heavenly Powers.

葛德原文——

Wer nie Sein Brot mit Tnrären ass,
Wer nie die kummervollen Nächte
Auf Seinem Bette Wlrend Sass,
Der Kennt Euch micht, ihr himmlischen Mächte.

朱先生说胡译与我译的都是根据卡莱尔氏的英译，“不能说是葛德”，所以他的是按字直译。周先生就译论译说我的初译“不甚好，第二首音韵佳而字句似不甚自然；胡译的字句似较自然，而又不及徐译第二首的深刻——这大概是二位先生诗的作风的根本差别吧”。

沫若看了我与适之的译文有两个批评，我以为多少是切题的。他说第一这“谁不曾怎么样，他不曾怎样”的句法在中文里不清楚，意思容易混；谁不曾是像问话而带确定的口气，比如“谁没有吃过鸡头米?”意思是什么人都吃过的。他不曾或是他没有怎样倒是特指的口气。所以这“谁……他”的文法关系不清，至少不熟，应得斟酌。第二点他批评的是原诗的意境比我们译的，深沈得多，因为“幽叹”，“叹息”，“睡了重起”的字样不能就表示我们内心怎样深刻的痛苦与悲哀；我们往往为了比较不重要的失意事因而晚上睡不安稳是常有的事，但这类的情形决不是葛德那诗里的意境。一个人非到受精神痛苦到极深极刻的时候不会完全忘却他的有限的自身，不完全忘却或是超越这有限的自身就不能感悟无形中无限的神明，威灵，或是随你给它一个什么名字。这点我是很同意的。我们来看看郭先生的译文。第一他把谁字换了人字。但我仔细揣摩下来。觉着这“人……他”的文法与语气也不定比“谁……他”看得出或念得出改良多少。我原先为表明文法起见本想在谁字底下加个“要”字，“若是”的意思，再在他字底下加一个“就”字，这“谁要怎么样他就怎么样”的语气应该听得顺些，但这类啰嗦的字眼多放在诗里究竟讨人厌，所以后来还是从省。方才有一个朋友在旁边说既然“谁……他”不妥，“人……他”又不当，那何必不就来一个“谁……谁”呢？比如说“谁敢来我就打谁”，或是更简些，“谁来我打谁”，这里文法语气不全合式了吗？这话初听似乎有理，但你应用试试还是不十分妥当。无论如何，我们又发明一个小办法是真的。关于第二点沫若的译文我也觉得还不妥当，他的中间两行是——

人不曾悔恨煎心，夜夜都难就枕，
独坐在枕头上哭到过天明，

这来朱先生第一个不答应。“枕头！你的枕头那儿来的？”这是说笑话，当然。但“坐在枕头上”确是不很妥当。

不易，真不易！就只四行。字面要自然，简单，随熟；意义却要深刻，辽远，沈着，拆开来一个个字句得没有毛病，合起来成一整首的诗，血脉贯通的，音节纯粹的。我自己承认我译的两道都还要不得，别家的我也觉得不满意。一定还有能手。等着看。

这来我们应得看出一个极简单的道理，就是：诗，不论是中是西是文是白，决不是件易事。这译诗难，你们总该同意了吧？进一步说，做诗不是更难吗？译诗是用另一种文字去翻已成的东西，原诗的概念，结构，修词，音节都是现成的；就比是临字临画，蓝本是现成的放在你的当前，尚且你还觉得难。你明明懂得不仅诗里字面的意思，你也分明可以会悟到作家下笔时的心境，那字句背后的更深的意义。但单只懂，单只悟，还只给了你一个读者的资格，你还得有表现力——把你内感的情绪翻译成联贯的文字——你才有资格做译者，做作者。葛德那四行诗（我只要这四行，后面四行暂且不管它）里的意义我们看来多么亲切，就像是我们要说的话他替我们说了似的，就像在精神境界里发见了一个故知似的。但为什么你自己就说不出来？这里面有消息。葛德那首诗，本身虽则只有几十个字，正不知是多少真经验里绞沥出来的。别的东西可以借，真的经验是不能借的，我们在没有真经验的时候往往抓住经验的虚影当是真的，就在这上面妄想建设文艺的楼阁——但是它站得住吗？

近年来做新诗成了风尚。谁都来做诗了。见了月亮做诗，游园做诗，讲故事做诗——假如接一次吻，更不用说，那是非做诗不可的了。我这里副刊收到的稿子除了"新诗"，差不多就没有别的了。一个朋友说，活该！都是你们自己招出来的。这真变了殃了——白话诗殃。有消解的一天吗？一个法子是教一班创作热的青年们认识创作的难。我所以重新提起这四行诗的译事，要一班同学们从知道翻译难这件事认清创作的更不易。

唈死木死[1]

到巴黎的中国人大约没有一个省得了到皇宫画院去走一转，但大部分人得到的利益无非腿酸肩疼眼花心烦，再没有别的了。就是稍微有美术知识的少数，到了这真的艺术的宫里，从希腊看到罗马，从复兴时代看到近代，从上午走到下午，从南宫看到北宫，也只像是一个没有胃口的病人坐上了一桌无珍不备的满汉全席，明知一碗碗蒸着热汽的都是异味，但他只能对着呆看，即使勉强夹一筷放进了口去，也还是辨不出所以然来，他们从乔岳陀（Giotto）[2] 看到法仑奢斯加（Francesca）[3]，

---

① 这是作者就同期刊出的刘海粟《特拉克洛洼与浪漫主义》一文写的评论；载一九二五年十月八日《晨报副刊》，署名志摩；初收一九八〇年台湾时报文化出版事业有限公司《徐志摩诗文补遗》。采自《晨报副刊》，刘文附后。

② Giotto：今译乔托（1267—1337），意大利文艺复兴初期画家、雕塑家和建筑师，作品有教堂壁画《圣方济各》等。

③ Francesca：今译弗朗切斯卡（1420—1492），意大利文艺复兴时期画家，著名作品有《圣十字架故事》和《耶稣复活》等。

从铁青（Titian）[①] 看到夏尔屯（Chardin）[②]，从普善(Poussin)[③] 看到特拉克洛洼（Delacroix）[④]，从华都（Watteau）[⑤] 看到米勒与哥罗——他们只觉没有一张他们敢下批评，都是好的，但那些伟作各有的妙处在那里，他们画法与画理的不同在那里，在这一群名家相承的中间曾经有过多少艺术与一般人生观的革命，在现在做紧邻的画家当初曾经在艺术上做过怎样几于不共戴天的仇敌——这些事本来不用他们随便看看的先生们管，他们也往往不愿意费闲工夫去过问，反正做官的盼到了升官，做生意的盼到了发财，学铁路工程的管着了火车头，学纺织的招足了纱厂股份，他们这辈子就有了堂皇的交代，还来管什么艺术，管什么人生！但如果教育的目的是不仅叫你怎样到社会上去混一碗饭啖，如果教育的目的是在启发我们内在的灵性的人格，引起我们在物质生活外同时实现性灵的生活，那我们就得注意到人类共有的艺术，那是人类性灵活动的成绩，凡是受过教育的人们应得有至低限度的了解与会悟，因为只有在性灵生活普遍的活动的平面上，一民族的文化方才有向前进步的希望。我们不轻视伟大的火车头，它的吼声可以使睡梦中的乳孩们哭醒，它前头八千枝烛光的电灯可以使一切

---

① Titian：今译提香（1490？—1576），意大利文艺复兴盛期画家，著名作品有《乌尔宾诺的维纳斯》、《圣母升天》、《文德明拉全家肖像》等。

② Chardin：今译夏尔丹（1699—1779），法国画家，擅长描绘市民阶层生活和日常用品，著名画作有《碗橱》、《一个女人在喝茶》等。

③ Poussin：今译普桑（1594—1665），法国画家，法国古典主义绘画奠基人，重要作品有《四季》、《圣母升天》、《台阶上的圣家族》等。

④ Delacroix：今译德拉克洛瓦（1798—1863），法国浪漫主义画家，对印象派和后期印象派均有影响，主要作品有《自由领导人民》、《但丁与维吉尔在地狱里》等。

⑤ Watteau：今译华托（1684—1721），法国画家，作品具现实主义倾向，作品有油画《发舟西苔岛》、《哲尔桑古董店》和《丑角纪勃》等。

野鬼们惊心；但我们同时也盼望同胞们对于艺术的信仰增高，兴趣加深，不要把弄颜色的仅仅看做“画师”，上戏台的一例看作“戏子”，因为迟早有一天你们会知道（也许你们本身来不及知道）画师的颜色里有你自己最秘密的情感，戏子的调门里有你们最隐讳的想望。

艺术，人生，解放，自由，这些不随熟的字就比如一件毛蓑衣，除非你亲自贴肉穿上了身去你不会觉得真的他们有叫你浑身发痒的怪事。如其你这辈子从不曾有过这浑身发痒的经验，我不仅替你可惜，我还替你可怜，因为这不曾发过痒的人还只是在孟婆亭前喝了孟婆汤原封未动的来路货，他在这世上除了骨头见天加硬再没有别的变化！他是一个活着的木乃伊！就比如夏天中了暑头眩脑胀的昏沈，得靠行军散的力量，叫鼻子尽义务，恶狠狠的打上几个大喷涕，脑筋才能回复清醒，这时代的性灵生活也得靠一撮行军散的力量使劲的打上几个大喷涕才有惊醒的希望。我们最敬爱的教育家先生们呀，在你高谈道尔顿毛尔顿派格司马克司的时候，千万不要忘了学生们的鼻子，他们现在唯一的巴望是一大串强有力的喷涕！

我本来是想在刘海粟先生这篇短文后背附加几句切题的话，谁知这来又跑了野马。刘先生说特拉克洛洼是十九世纪画史里浪漫派的先驱者，关于浪漫主义应有的状词动词助动词刘先生的讲义里已经齐备用不着我来帮忙；他也说明了古典派与浪漫派相反的特点与特拉克洛洼一生的贡献；我想添说的是几句题外的话。我是不狠喜欢德国人的，因此我也不狠喜欢他们做学问的方法，尤其是他们的玄学与他们的文艺批评。想着德国的批评家，我就联想起中西大药房一类的药铺子，铺子里架上排列着整齐的药瓶，药瓶上贴着整齐的签条，签条上写着整齐的药名：散拿吐瑾不是泼拉图，百灵机不是玉树神油。德国派（现在差不多征服全球了！）批评的分类题签是各式各样的

"咆死木死"("—isms")[1],古典咆死木死,浪漫咆死木死,自然咆死木死……他们不把一个作者生生的装进一个瓶子塞上软木贴上题签放上分类架上去万寿无疆的永远安着才算完事,他们的良心,就不得安顿,晚上就不得安眠。我们未尝不佩服他们的勤劳以及给我们浅学者间或的便利;但我们同时也得知道文艺的作品究竟不是药房的产品,它那特点是和不是异,是一致不是分歧,是不变的传统精神,不是一时间一运动浅薄的乖僻。运动就比如水闸,它那一拦激起水的下流的动力,使平流变成急瀑,溅起无穷的珠沫,但水的性质,河的本体却并不因此改变。我们看东西站得太近了反而看不出等量与匀分的要素,容易把偶然或附带的情形看作不变的品格;我们容易宣言一个美妇人脸上的毛孔有茶碗口一般大,却忘了声明我们的观察是应用显微镜的结果。美妇人的脸是不应得用显微镜去看的,人类智力与灵性的活动也不能勉强用主义去标类的。就比如刘先生讲的特拉克洛洼,我们就用这个凑手的例:我不知道刘先生见过特拉克洛洼的本画没有,但是曾经认真看过巴黎画院的,我敢说,一定不会在事实面前这样坚确的肯定主义与运动的分界;复兴时代的画,不论是威尼斯派,翡冷翠派,西安尼斯派,朗巴提派,我们现在都看作古典派,至少"古派",但就事实看,一个铁青与丁涛莱朵 Tintoretto[2] 的色彩至少也有特拉克洛洼的浓烈与放纵,更不说鲁彭斯 Rubens[3] 或是西

① —isms:主义。

② Tintoretto:今译丁托列托(1518—1594),意大利文艺复兴后期威尼斯画派画家,著名作品有《圣马克拯救奴隶》、《最后的审判》等。

③ Rubens:今译鲁本斯(1577—1640),佛兰德斯画家,巴洛克艺术的代表人物,著名作品有《维纳斯和阿多尼斯》、《农民的舞蹈》和《基督下十字架》等。

班牙的哀儿葛莱各（El Greco）[①] 了，就是与特拉克洛洼站在敌对地位的恩格莱（Ingres）[②] 的画，在现在看来，也未始没有与特氏的相承，甚至显然同时期的记认。所以在我一个完全外行看来，这种严格的分类这种过分侧重运动的说法，不但是艺术教育的一个帮助，并且容易使一个诚心想欣赏艺术的初进者惶惑。这地方的确有一个分别，我以为现在讲艺术的应得注意：澈底的讲，拿一套没有真经验托底的大字，什么主义等等，放在口里当"留兰香糖"咀嚼，虽则没有多大害处，到底真味道也很有限；我们要逼着年轻人们觉悟的，如其我们有这样能力，使他们内在的认识美的本能，使他们肉眼的背后开张一只灵眼，使他们对着伟大的艺术或大自然时候可以自然的感着一种异样感美的激震，再从这情绪的反动里得到扩大性灵境界的补剂。这是我们期望的目的。再说实际学画的人更应得躲避"唔死木死"的灾殃，因为我个人就不信有人能按着某种主义来画画，或是拿定某概念来雕刻雕刻；即使他能的话他那成功的秘密还是他原有的艺术天才，决不是别的什么。从事美术的学生们，不论你们是画是雕是造，反正你们的事务是在经由你们的手，不是你们的口，在某种特定的材料里实现你们特种的心灵活动——"艺术思想"（Art thought or aesthetic idea）。再则你们的事务是在经由你们的眼，不是你们的耳，摄取事物形体内蕴的意义，以及感悟色彩的秘密；这看进去的经验就是你们艺术思想的来源与营养。所以说得过分一点（有时话是要说过分些才能引起注意），你们在从事艺术的时候简直可以塞

---

① El Greco：今译艾尔·格列柯（1541—1614），西班牙画家，原名Domenikos Theotocopoulos，作品多为宗教画、肖像画，代表作有《奥尔加斯伯爵下葬》等。

② Ingres：今译安格尔（1780—1867），法国画家，古典主义画派的最后代表，名作有《浴女》、《泉》等。

住你们的耳，关起你们的口，集中你们的注意给你们的眼与你们的手，把你们内在的艺术思想不仅“实现”，并且“活现”在你们的颜色里，或是石头上；只要你们的作品成功，自会有人发明一种新式的唈死木死来装潢你们，用不着你们事前拿没生气的唈死木死来羼杂你们的思想。

你们可得听清了，我的话决不是反驳刘先生的意思，我只来顺便说几句外行话。说起特拉克洛洼，在他当初的确是一种很显著的反抗努力，从他的工作里我们可以得到教训与灵感。他初起也是穷出身，虽则他父亲曾经做过短期的外交总长；他画成第一张作品（“The Bargue of Dante”）[①] 时他穷得连架子都配不起，胡乱拿几条木块钉成四方涂上黄颜色拿去展览过的。所谓浪漫运动里面的几个大师，不论是诗人、画师或是小说家，换一句说法，为是“重新张开了眼来看宇宙看人生，并且张开的确是他们自己的眼”这么一句话。华茨华斯，开茨，康斯太勃儿（Constable）[②]，兜纳（Turner）[③]，佛洛贝尔，特拉克洛洼，全是的。特氏长在马赛，法国的南部，那边阳光亮，地面色调浓，这也是他画术重色的一个原因，英国康斯太勃儿那张名画《干草车》在巴黎展览使他在两星期内修改他已成的一张画，《西乌屠杀图》，色彩浓烈到他同时的作者绝对不能容恕的极度，有人讥笑说这不是西乌的屠杀，这是画术的屠杀。但特氏在那时大胆的尝试的背后，与英国的兜纳一样，确有独到的心得衬托着，不是好奇，不是炫异，所以他的颜色在他的画本上是活的呼吸，不是死的质料。他颜色的研究极深，

---

① The Bargue of Dante：《但丁渡过冥河》。

② Constable：今译康斯特布尔（1776—1837），英国风景画家，主要作品有《白马》、《干草车》、《斯托尔小景》等。

③ Turner：透纳（1775—1851），英国风景画家，擅长水彩画，融合油画和水彩技法。著名作品有《迪埃普港》、《运输船的遇难》和《雨、蒸汽和速度》等。

他自己会调制，这是他的贡献。他的画都取材于诗人，充有强烈的情感，这点刘先生文里已经有了，还有一点刘先生不曾讲起的是当时有所谓东方派（Orentalists）者，也是他的始创，那是他到非洲摩洛哥去游行的结果。

特拉克洛洼，虽则在当时画界里是一个“叛徒”，但他自己是极谦恭的一个学生，他最尊重传统精神，他的灵感的远源是米格郎其罗，铁青，鲁彭斯几位大师；水让（Paul Cézanne），他的同乡，是很崇拜他的，他常常临摹他的素绘。

附：刘海粟《特拉克洛洼与浪漫主义》

叹美古代艺术而创立之古典主义，因时代之推移，而渐失其势力，对此拘束于沈冷法则与空虚形式之艺术，首先为反抗之运动者，浪漫主义诸人也。

艺术本为无限创造，而不许分秒停滞者也。浪漫主义，对前者之尊重形式放弃自我，一意摹古而为客观之描写者，极端反对；主张饱足个性之威权，反抗形式之规律，以自由解放为号召，求内心表现为鹄的，盖抒情之艺术也。有古典派之模仿典型，崇尚形式；乃有浪漫之轻视形式而求热烈之情感；弃幽黯之空想世界，而吸清鲜之自然，盖亦势所必然也。

浪漫派之声浪，亦非突然而起者，十八世纪罗哥来艺术反对纯理主义，已肇其思想之端矣，惟考之艺术史，十八世纪仍未脱离寒冷之理智时代；然思想所趋，而促成艺术革命之机。人间自我实在之呼声，亦时时喧噪于当时人之耳鼓，而思深养感情于自然也。脱尽古型之拘束，呼觉自我之表现，由感情激动而流露其生命者，乃浪漫主义之天才特拉克洛洼也（Delacroix，1798－1863）。

特拉克洛洼实为富于理想之诗人，有真实创造之画家，彼尝自言艺术必超现实而为想像之创造，彼以至浓厚之兴味与热情探求艺术，故其作品皆为由内而外之创造，非由外而内之摄录也。

特氏杰作俱取但丁、沙士比亚（Shakespeare 1564－1616）、拜伦(Byron 1788－1824）以及中世纪之传记谚语。其色感热烈，富于表情，而含有诗的趣味，其技巧爽适，一无拘滞，一扫古典派柔弱之弊，遂为后来印象派辟一新途径焉！批评家有讥特氏之作品为病的鲁本斯（Rubens 1577－1640)，无不安谷亚（Goya 1740－1828）者，绝不能灭损其价值，所谓桀犬吠尧，尧无伤也。

特氏对于色的感情，既有独特之发见，乃与恩格尔等之古典主义，以线条为生命者，当然与以极烈之反抗，而恩格尔亦目特氏为蛇蝎而称特氏绘画上之恶魔。但溯流所趋，古典主义之势力终为浪漫主义所屈伏焉！

特拉克洛洼从自我之观察，而发现彻底色彩主义，故特拉克洛洼实为印象主义之先驱者。亦近代新艺术之先觉者也。特氏常利用补色与对比色之配列而发见新调子显其光艳颤动，与人以强烈之刺戟。

重热情富思像之浪漫主义，绝对以情绪为乐。个人生命，发展无限，破坏一切形式的典型的桎梏，求自我之高扬，而启发现代艺术之原则。古典主义之绘画，沈酣于典型之中。往往与生命脱离，浪漫主义之艺术，脱离典型之桎梏直抉生命者也。故古典派重严肃之线条，浪漫派重热情之色彩。

文艺复兴前之美术，形式美悉被抹杀，十二世纪之绘画，绘人不知解剖，故手足不匀，缺少活气；绘物不知透视，故远近大小投影不明，古典主义起，因重形式之美，亦趋于知识，而感情又被受抑勒，于是有浪漫主义，扬感情而倾抑于知识之形式美，其极也，进而为自然科学观察，故自然主义之勃兴，亦源于此也。

又从苏俄回讲到副刊[①]

——勉己先生来稿的书后

勉己先生今早交来一篇文章，要我立即在副刊上登出，并且得“登在与张奚若先生论文同位置”，所以我遵命将原稿一字不动的付印。他在他的来信里还许我自由说话，对他的意见不妨尽量批评。勉己先生可以放心，自由说话不仅是我认为我的特权并且也是我的责任；要我不自由说话或是说话不自由，在我有自由可享的时候，怕不是怎样容易的事。这次社会周刊载了陈启修先生一篇论文，这件事分明引起了不少人的兴趣，或者我应该说兴奋。张奚若先生第一个就忍不住说了话。现在勉己先生又来了一篇，并且还预告在晨报正张与社会周刊里还有更详尽的文章。这是好消息，在我看来，中国对苏俄的问题，乃至共产主义与中国，和国内共产党一类问题，到今天为止，始终是不曾开刀或破口的一个大疽，里面的脓水已经痈聚到一个无可再淤的地步，同时各地显著与隐伏着的乱象已经不

① 这是作者为刘勉己《应怎样对苏俄——答陈启修张奚若两先生》写的附记；载一九二五年十月十日《晨报副刊》，署名志摩；初收一九八〇年台湾时报文化出版事业有限公司《徐志摩诗文补遗》。刘文附后。

容我们须臾的忽视。假如在这时候，少数有独立见解的人再不应用理智这把快刀，直剖这些急迫问题的中心，我怕多吃一碗饭多抽一枝烟的耽误就可以使我们追悔来不及。理智是一把解决纠纷的快刀，我信。我前天那篇论文《从小说讲到大事》也就只希望少数有思想力的人，有胆量认清眼前的事实独立的从头想一个透澈，因为只有忠实的思想才可以给我们机会到我们自己的心灵底里去发现单纯的理想与信心；就只单纯的理想与信心可以灵感我们到救度我们自身伟大的事业。我恨的是糊涂的头脑，它是个偾事的专家；我敬爱的是锐利的理智，它是把破妖法的神剑。中国人灵魂是完全没有的，那是没有问题的；现在我们要知道的是中国人究竟有多少脑筋，有多少真的思想力：有力的思想，不是挑小差错说俏皮话或是“打偷来拳头”那一套可笑的猴子戏。没有灵魂的下文是不能进天国，那倒是省却不少麻烦；但是欠缺头脑或是甚至完全没有头脑那可不是玩儿，结果我们勉强在地面上过活的机会都会叫旁人抢了去的。我们目前的政府仿佛是很奋发有为，多的是这样那样“整理会”。我倒想上一个条陈请政府来个更根本的，最根本的“思想整理会”清理清理我们的头脑才是道理哪!

勉己先生这篇文章的题目是《应怎样对苏俄》，但他这题目只是一张“期票”，要取现钱你得等到《晨报》正张与《社会》周刊里的文章印出。他讲了他——《社会》周刊主任的他——为什么登载陈启修先生那篇论文的理由；说明了《晨报》正副的界限，怎样应该保持副刊“学术性的门墙”；但“应怎样对苏俄”的本题几于完全没有说到，所以我这里也不来多说话，且等勉己先生更切题的文章出来了再看。

但有一点勉己先生的论断我以为还不十分精密。他说副刊是完全学术性的，因此政治战略的口号是不应得侵入它的门墙的。我完全赞成；但这句话的涵义却并不是，请你们注意，我们就可以容忍巧妙的宣传文字大踏步跨入我们严密的学术性的门墙，就只为它来的时候穿上了一件科学，哲学，或是旁的什么学的外衣。（这话我声明，并不反射到启修先生那篇论文，我只是泛论。）还有，反对某种事情固然往往是政治的或是什么战略作用，但同时忠实的思想，在接触现世界事物时，也可以引致我们，有时甚至逼迫我们，到一个坚决的行为上的结论，赞成或是反对。我办什么报，不论是副刊或是什么，要保持的第一是思想的尊严与它的独立性，这是不能让步的。单这一句话，别看说出口容易，就包含极大的危险与责任。为了这一点不让步，苏格腊底斯老头就得吞毒药，勃罗诺进火焰去，加立里窝受刑讯，最近罗素坐监牢。因此我当初不敢冒昧的接手副刊，因为说小一点，有时副刊许不免受报馆主张大纲的影响。后来博生允许给我全权我才来的。所以这来我更高兴这个机会有勉己先生再来声明一次副刊的独立性，主任的可以绝对不受牵制的发表他的思想，登载他的稿件。奚若先生责备晨报主张不一致的话因此并不完全对，却也不是不对。晨报正张的宗旨我不与闻，至于我办副刊期内所认定的一个标准只是思想的忠实，此外都不关紧要。危险我是不怕的。

附：刘勉己《应怎样对苏俄》
——答陈启修张奚若两先生

国人对俄问题，从前一味瞎恭维，瞎攻击，现在渐进入着实研究讨论的时期了。这是极好的现象。陈启修先生在本月六日本报《社会》周刊第一号作了一篇《帝国主义有白色和赤色之别吗?》的论文，狠引起外间的注意，当我选稿时，即预料此篇文章出去，会引了许多的文章，果然张奚若先生连接着就有一篇文章来驳难，他不但驳难，而且对于《晨报》为什么登载那篇文章，也有种种的意见，我是《社会》周刊编辑上负责的人，对这问题，应有几句话声明。况且对俄的问题，是目前政治上外交上的大问题，我也饶有兴趣，所以趁此机会发表我个人的意见。

我先要申明我选定陈启修先生那篇文章时的感想：

第一，陈先生的文章，题为《帝国主义有白色和赤色之别吗?》，我从首至尾读了两遍，末段读了三遍；我初读到题目时，还以为陈先生的结论，是说“帝国主义不是白色所专有，赤俄也有这种可能的”（我个人也曾有此种观念），读了陈先生末段的结论，才明白陈先生的主旨是说赤俄不能有帝国主义，所以照他的文章的题目，最好是改为《赤俄也有帝国主义的可能吗?》。张奚若先生所预定反驳他的文章的《帝国主义果无赤色和白色之别吗?》的题目，也不如改为《赤俄就没有帝国主义的可能吗?》较为明白了当。(张先生后改题目，有他的理由，详见八日副刊。)

第二，我读毕陈先生的文章，也不禁一声道，哼，老陈！你不免多少为赤俄宣传吧？汝欧游归后，我虽与你晤面数次，然而彼此从未曾作过政治谈，汝的政见如何，我不知道，然而汝这篇文章，从《社会》周刊主任的我的眼光看来，是极欢迎的；因为汝的立论是有科学的根据，——虽则末段的结论，尚须补充——这是惬合我们所理想《社会》周刊的条件。副刊的文章——尤其是社会学科方面，是最不易找的。第一副刊和正张社论不同，不容登载政治味的文章；第二副刊不是杂志书籍，不宜登载冗长沉闷的作品。按此两个条件去寻稿，所得的往往不能如意（这不是内容价值的问题)，叫我自已执笔去做，分寸也不易寻，这也是我自已知难而退的一个原因。陈先生！汝的文章，不能说尽合我——《社会》周刊主任的我——的理想，然而所谓完全理想这个东西，世界上究竟有没有？研究社会学科的人，对于社会问题，政治问题，都能免掉偏见吗？陈先生！就使你有宣传的成心，这种科学的宣传，是相对可以容认的。

以上许多的废话，是声明我登载陈先生那篇文章的动机。我个人信念上不是赞成共产主义，尤其反对赤色的共产主义；我审阅陈先生那篇文章时，极力压抑感情和成见，我学识浅陋，不配主撰《社会》周刊，但信相当的判断力不至没有的。我不是书痴（其实我尚不配），以十年来——其中有间断——操觚的经验，却嫌遇事神经过敏，颇想完全恢复从前学究的本色，无奈为职业上所不许。陈先生那篇文章最后的结论，我也觉得颇有可以议论的地方，但全体看来，我至今还认为副刊理想的文章。假如反对赤俄的人，赞成大英帝国主义的人，赞成意大利西班牙法西底主义的人，乃至赞成法国帝制派保皇党的人（不忙！他们的主张，有生物学上的根据，我异日还想在《社会》周刊介绍并批评他呢。）都本着科学者的态度来做文章，我们的《社会》周刊，是一样欢迎的。

我既编定了陈先生的文章，同时我感到在陈先生文章下，要附加几句话的必要；但问题发端太大，不是几句话说得完，遂决定宣告独立；当时拟定的题目，即为今题，已快脱稿了，后因卧病两日，未能赓续，只将陈先生的文章付手民。假如附带的文章有绝对的必要，那末，我也应扶病去继续未了之稿，即不能，亦可请社友代拟，然而我觉得此着无甚关系，因为副刊——尤其是《社会》周刊——的论文，不是正张的社说，并且不容与正张社说混为一谈的（当然不是内容价值问题）。这是《晨报副刊》历年不文的宪法，其主旨即使学术与政治分离。《社会》周刊譬如一个社会各种问题的化验所，各人按其技术，可以得到各种的结论；所以副刊的结论，不但不必与正张社论强同，同一问题，在同时同一副刊中，不妨有正反的结论，此副刊之所以为副刊；这也是我个人的信念。我抱歉得狠，议论多，成功少，从前选稿尚不能完全达到这个理想。

张奚若先生说："对于社会上重大问题总要有一种一贯的主张，若见今日说东，明日说西，那就近于儿戏了……"

张先生这个责备，就由对于《晨报》正副张的界限，发生误会。我——《社会》周刊主任的我，正张记者的我——敢自夸诩道，我们这种态度并不儿戏，是极严正的，是永远应该保持的。

我们要知道，做新闻记者的人（正张记者为多），念念都要记着"社会"这两字。他听人意见是原则，自己主张是例外，尤其《晨报》是社会报，不是党报，也不是营业报；他不必像党报一样，排斥一切异己的言论，所以他在正张上，广辟时论一栏，博征一切有价值的论著；

遇各种问题发生，我们，当然随时在社论要明白表示意见，但我们殊不敢以编辑部几个人的意见，垄断社会全体之意见，尤其是关于真正的制度主义问题，我们狠虚心静气的去研究他，批评他。我也知道政论家有时也不能没有战略（Tactics），对于赤色的苏俄，我虽然从科学上没有判决他为“有帝国主义的可能”的信念，然而从政治外交方便〈面〉上认为苏俄对外所惯行的暴力手段，和国家利益冲突时（这时期确到了），我们为战略起见，也不妨大呼“赤祸”，乃至“赤色帝国主义祸”，因为对民众说话是要直截明了的。然而像这种政治的战略，至多用到正张上，学术的副刊门墙，是不应打进去的，更不应迎接进去的。

信笔写来，已占了篇幅不少，关于理论上狠说的还多，并且我今日所说的话，还没有进入本题——应怎样对苏俄——发稿时候逼了，对不住得狠，只好就此搁笔，在正张或次期《社会》周刊中再来请教罢。

《天鹅哀歌》附言[①]

此译与 Constance Garnett 似有小出入处，我今晚头疼不及代校，印出后盼菊隐自己再去复校一次，恕我躲懒了。志摩记。十月十日。

附：焦菊隐《更正》

我试译的那一篇《天鹅哀歌》忘了把原英译者提出。我所根据的本子是 Charles Scribner's Sons Co.[②] 的"Plays"书中的一篇，乃 Marian Fell[③] 英译者。此篇以后也被 Alice M. Smith 收入"Short Plays by Repre-

---

① 一九二五年十月十日写；《天鹅哀歌》系契诃夫的话剧，焦菊隐由英译本转译，载一九二五年十月十七日、十九日《晨报副刊》，本文载十九日《晨报副刊》，署名志摩；一九八八年一月陕西人民出版社《徐志摩研究资料》存目。采自《晨报副刊》。十月二十六日《晨报副刊》刊出焦菊隐《更正》，附后。

② Charles Scribner's Sons Co.：出版社名。查尔斯里伯纳父子出版公司。

③ Marian Fell：不详，疑有拼写错误。

sentative Authors"[1] 中。大概与 C. Garnett[2]的英译本略有不同，容一半日再拿 Garnett 的本子复对一下。还有一件事是我理合向附刊的读者声明的，剧中间演《哈孟雷特》中对话一段，系根据的田汉君的汉译本。

焦菊隐

① Alice M. Smith "Short Plays by Reprentative Authors"：爱丽丝·M·史密斯：《代表性作家的短剧》。

② C. Garnett：应为 D. Garnett，伽尼特（1892—1981），英国小说家与批评家。重要作品除徐译《万牲园里的一个人》外，还有《水手的归来》等。

读桂林梁巨川先生遗书[①]

前七年也是这秋叶初焦的日子，在城北积水潭边一家临湖的小阁上伏处着一个六十老人；到深夜里邻家还望得见他独自挑着荧荧的灯火，在那小楼上伏案疾书。

有一天破晓时他独自开门出去，投入净业湖的波心里淹死了。那位自杀的老先生就是桂林梁巨川先生，他的遗书新近由他的哲嗣焕鼐与漱冥两先生印成六卷共四册，分送各公共阅览机关与他们的亲友。

遗书第一卷是“遗笔汇存”，就是巨川先生成仁前分致亲友的绝笔，共有十七缄，原迹现存彭冀仲先生别墅楼中（我想一部分应归京师图书馆或将来国立古物院保存），这里有影印的十五缄。遗书第二卷是先生少时自勉的日记（感叩山房日记节钞一卷）；第三卷侍疾日记是先生侍疾他的老太太时的笔录；第四卷是辛亥年的奏疏与民国初年的公牍；第五卷“伏卯录”是先生从学的札记；末第六卷“别竹辞花记”是先生决心就义前在缨子胡同手建的本宅里回念身世的杂记二十余则，有以

① 载一九二五年十月十二日《晨报副刊》，署名志摩；初收一九二六年六月北京北新书局《落叶》。采自《落叶》。

“而今不可得矣”句作束的多条。

梁巨川先生的自杀在当时就震动社会的注意。就是昌言打破偶像主义与打破礼教束缚的新青年，也表示对死者相当的敬意，不完全驳斥他的自杀行为。陈独秀先生说他“总算是为救济社会而牺牲自己的生命，在旧历史上真是有数人物……言行一致的……身殉了他的主义”。陶孟和先生那篇《论自杀》是完全一个社会学者的看法；他的态度是严格批评的。陶先生分明是不赞成他自杀的，他说他“政治观念不清，竟至误送性命，够怎样的危险啊”！陶先生把性命看得很重。“自杀的结果是损失一个生命，并且使死者之亲族陷于穷困……影响是及于社会的”。一个社会学家分明不能容许连累社会的自杀行为。“但是梁先生深信自杀可以唤起国民的爱国心”；“为唤醒国民的自杀”，陶先生那篇论文的结句说，“是藉着断绝生命的手段做增加生命的事，岂能有效力吗”？

“岂能有效力吗?”巨川先生去世以来整整有七年了。我敢说我们都还记得曾经有这么一回事。他为什么要自杀？一般人的答话，我猜想，一定说他是尽忠清室，再没有别的了。清室！什么清室！今天故宫博物院展览，你去了没有？坤寿〈宁〉宫里有溥仪太太的相片，长得真不错，还有她的亲笔英文，你都看了没有？那老头多傻！这二十世纪还来尽忠！白白的淹死了一条老命！

同时让我们来听听巨川自表的话——

“我身值清朝之末，故云殉清；其实非以清朝为本位，而以幼年所学为本位。……幼年所闻以对于世道有责任为主义，此主义深印于吾脑中，即以此主义为本位故不容不殉。”

“殉清又何言非本位？曰义者天地间不可歇绝之物，所以保全自身之人格，培补社会之元气，当引为自身当行之事，非因外势之牵迫而为也……诸君试思今日世局因何故而败坏至于此极。正由朝三暮四，反覆无常，既卖旧君，复卖良友，又卖主帅，背弃平时之要约，假托爱国之美名，受金钱收买，受私人嗾使，买刺客以坏长城，因个人而破大局，转移无定，面目腼然。由此推行，势将全国人不知信义为何物，无一毫拥护公理之心，则人既不成为人，国焉能成为国……此鄙人所以自不量力，明知大势难救，而捐此区区，聊为国性一线之存也。”

“……辛亥之役无捐躯者为历史缺憾，数年默审于心，今更得正确理由，曰不实行共和爱民之政（口言平民主义之官僚，锦衣玉食，威福自雄，视人民皆为奴隶，民德堕落，民生蹙穷，南北分裂，实在不成事体），辜负清廷禅让之心。遂于戊午年十月初六夜或初七晨赴积水潭南岸大柳根一带身死……”

由这几节里，我们可以看出巨川先生的自杀，决不是单纯的“尽忠”；即使是尽忠，也是尽忠于世道（他自己说）。换句话说，他老先生实在再也看不过革命以来实行的，也最流行的不要脸主义；他活着没法子帮忙，所以决意牺牲自己的性命，给这时代一个警告，一个抗议。“所欲有甚于生者”，是他总结他的决心的一句话。

这里面有消息，巨川先生的学力，智力，在他的遗著里可以看出，决不是寻常的；他的思想也绝对不能说叫旧礼教的迷信束缚住了的。不，甚至他的政治观念，虽则不怎样精密，怎样高深，却不能说他（像陶先生说他）是“不清”，因而“误送了命”。不，如其曾经有一个人分析他自己的情感与思路的究竟，得到不可避免自杀的结论，因而从容的死去，那个人就是梁巨川先生。他并不曾“误送了”他的命。我们可以相信即使梁先生当时暂缓他的自杀，去进大学校的法科，理清他所有的政治观念（我敢说梁先生就在老年，他的理智摄收力也决不比一个普通法科学生差），结果积水潭大柳根一带还是他的葬身地。这因为他全体思想的背后还闪亮着一点不可错误的什么——随你叫他“天理”，“义”，信念，理想，或是康德的道德范畴——就是孟子说的“甚于生”的那一点，在无形中制定了他最后的惨死。这无形的一点什么，决不是教科书知识所可淹没，更不是寻常教育所能启发的。前天我正在讲起一民族的国民性，我说“到了非常的时候它的伟大的不灭的部分，就在少数或是甚至一二人的人格里要求最集中最不可错误的表现……因此在一个最无耻的时代里往往挺生出一两个最知耻的个人，例如宋末有文天祥，明末有黄梨洲一流人。在他们几位先贤，不比当代看得见的一群遗老与新少，忠君爱国一类的观念脱卸了肤浅字面的意义，却取得了一种永久的象征的意义，……他们是为他们的民族争人格，争‘人之所以为人’……在他们性灵的不朽里呼吸着民族更大的性灵”。我写那一段的时候并不曾想起梁巨川先生的烈迹，却不意今天在他的言行里（我还是初次拜读他的遗著），找到了一个完全的现成的例证。因此我觉得我们不能不尊敬梁巨川自杀的那件事实，正因为我们尊敬的不是他的单纯自杀行为的本体，而是那事实所表现的一点子精神。“为唤醒国民的自杀”，陶孟和先生说，“是藉着断绝生命的手段做增加生命的事”；粗看这话似乎很对，但是话里有语病，就是陶先生拢统的拿生命一个字代表截然不同的两件事：他那话里的第一个生命是指个人躯壳的生存，那是迟早有止境的，他的第二个生命是指民族或社会全体灵性的或精神的生命，那是没有寄居的躯壳同时却是永生不灭的。至于实际上有效力没有效力，那是另外一件事又当别论的。但在社会学家科学的立场看来，他竟许根本否认有精神生命这回事，他批评一切行为的标准只是它影响社会肉眼看得见暂时的效果；我们不能不羡慕他的人生观的简单，舒服，便利，同时却不敢随闻附和。当年钱牧斋也曾立定主意殉国，他雇了一只小船，满载着他的亲友，摇到河身宽阔处死去，但当他走上船头先用手探入河水的时候他忽然发明“水原来是这样冷的”的一个真理，他就赶快缩回了温暖的船舱，原船摇了回去。他的常识多充足，他的头脑多清明！还有吴梅村也曾在梁上挂好上吊的绳子，自己爬上了一张桌子正要把脖子套进绳圈去的时候，他的妻子家人跪在地下的哭声居然把他生生的救了下来。那时候吴老先生的念头，我想竟许与陶先生那篇论文里的一个见解完全吻合：“自杀的结果是损失一个生命，并且使死者的亲属陷于穷困之影响是及于社会的”，还是收拾起梁上的绳子好好伴太太吃饭去吧。这来社会学者的头脑真的完全占了实际的胜利，不曾误送人命哩！固然像钱吴一流人本来就没有高尚的品格与独立的思想，他们的行为也只是陶先生所谓方式的，即使当时钱老先生没有怪嫌水冷居然淹了进去，或是吴先生硬得过妻子们的哭声居然把他的脖子套进了绳圈去勒死了——他们的自杀也只当得自杀，只当得与殉夫殉贞节一例看，本身就没有多大精神的价值，更说不上增加民族的精神的生命。但他们这要死又缩回来不死，可真成了笑话——不论它怎样暗合现代社会学家合理的论断。

顺便我倒又想起一个近例。就比如蔡孑民先生在彭允彝时代宣言，并且实行他的不合作主义，退出了混浊的北京，到今天还淹留在外国。当初有人批评他那是消极的行为。胡适之先生就在《努力》上发表了一篇极有精彩的文章——《蔡元培是消极吗?》——说明蔡先生的态度正是在那时情况下可能的积极态度，涵有进取的、抗议的精神，正是昏朦时代的一声警钟。就实际看，蔡先生这走的确并不曾发生怎样看得见的效力；现在的政治能比彭允彝时期清明多少是问题，现在的大学能比蔡先生在时干净多少是问题。不，蔡先生的不合作行为并不曾发生什么社会的效果。但是因此我们就能断定蔡先生的出走，就比如梁巨川先生的自杀，是错误吗？不，至少我一个人不这么想。我当时也在《努力》上说了话，我说："蔡元培所以是个南边人说的'憨大'，愚不可及的一个书呆子，卑污苟且社会里的一个最不合时宜的理想者。所以他的话是没有人能懂的；他的行为只有极少数人——如真有——敢表同情的；他的主张，他的理想，尤其是一盆飞旺的炭火，大家怕炙手，如何敢去抓呢?""小人知进而不知退"，"不忍为同流合污之苟安"，"不合作"，"为保持人格起见"，"生平仅知是非公道，从不以人为单位"——这些话有多少人能懂，有多少人敢懂？这样的一个理想主义者非失败不可，因为理想主义者总是失败的。若然理想胜利，那就是卑污苟且的社会政治失败——那是一个过于奢侈的希望了。

我先前这样想，现在还是这样想。归根一句话，人的行为是不可以一概论的；有的，例如梁巨川先生的自杀，甚至蔡先生的不合作，是精神性的行为，它的起源与所能发生的效果，决不是我们常识所能测量，更不是什么社会的或是科学的评价标准所能批判的。在我们一班信仰（你可以说迷信）精神生命的痴人，在我们还有寸土可守的日子，决不能让实利主义的重量完全压倒人的性灵的表现，更不能容忍某时代迷信（在中世是宗教，现代是科学）的黑影完全淹没了宇宙间不变的价值。

叔本华与叔本华的妇女论[①]

我们又来犯大不韪了！叔本华的妇女论是一篇无忌惮的“毁文”，他的古怪脾气，他的偏僻性，他的厌世观，他的打破偶像主义，都在这篇短文里得到了尽情的发泄。哲学家的头脑不是平常人的头脑；他的视觉，比如诗人与艺术家的，也不止是平常人的视觉。在我们肉眼看来，椅子只是椅子，一只猫就是一只猫；在哲学家看来，椅子却不仅是椅子，他要问他自己关于椅子同时又绝对不关椅子种种古怪的问题，在不能得到满意答复以前他是不会舒服的。“什么是椅子?”“为什么一只椅子不是一只猫，一只猫又不是一只狗?”这还是比较简单的。哲学家就比是顶顽皮的孩子，什么东西一到他的手就保不周全，虽则他把东西拆烂了心里还不一定痛快，不过总比不拆好些就是。偌大这一个宇宙，这样复杂的生的现象，都经不起那哲学家大孩子的拆，要不了几分钟，整体的宇宙与人生都没了；很多次他自己怀疑到正在运思中的脑袋，他得往墙上去碰

① 载一九二五年十月十四日《晨报副刊》；初收一九八〇年台湾时报文化出版事业有限公司《徐志摩诗文补遗》。采自《晨报副刊》。

出口里一声阿唷来才能无条件的相信他自身的存在。但他们的顽皮还不止单纯的破坏；他们还想来把他们拆烂了的断片按着自己意思重新给造起来，那才是我们觉得哲学家们真正麻烦讨人厌的地方。白马就是白马，白玉就是白玉好了；即使你说你骑在胯下的那匹白马实在是在你自己的心里，实在没有这样东西，那也还不要紧；不，他偏要来无中生有的从白马与白玉与白什么的句里面抽出一个白的性来，叫做白性。这来就是无穷麻烦的开场。因此就有了种种的人生观，宇宙观，你的放不进我的里面去，他的也放不进你的里面去，你说他的没有上底，他说我的漏了缝盛不了水，彼此谁都不肯让谁，大家挤在鬼怪作祟的文字的暗弄里巴望发现光亮。中国哲学家离不了他的性与道，西洋的玄学家离不了他的怎么实在论与认识论。我们凡人头脑简单的实在是摸不清这个有趣的麻烦，跟不上这热闹。有一天我在洋车上与一个朋友无意中说洋话，却不道恼了拉车的那位先生，他扭过头来说："先生你们说的是什么话呀？我们真的听不懂阿！"我想我们也很想扭过头去对哲学家们说一样的话："先生你们说的是什么话呀？我们真的听不懂啊！"但同时我们却不疑惑他们的确是比我们聪明，他们的话里不能完全没有道理，犹之拉车的对着坐车的也总有相当的佩服。所以每回一个哲学家的腔调能够放平到我们平常人听得懂的时候，我们一定不肯失掉机会的。

叔本华就是这样一个哲学家。他的话至少有时不至于过分的高深，他居然能体谅我们的浅陋，不来成天嘛咪叭咪哄的吓诃我们乡曲。并且他不仅用比较明显的文字来说明他的"系统"，他居然大讲讨论过女人来的。

尼采说他不能设想一个有太太的哲学家。不，我简直不能设想一个与任何女人发生任何关系的哲学家。至少在这一点他得"超人"。他是单身站在一个高峰的顶上，男女性的云霞却在山腰里涌着，永远沾不着他。苏格腊底斯过了性欲年纪，有人去吊唁他的不幸，他回答说假如一个人在老虎的利爪下逃了命，你们吊他还是贺他。英国的边沁活到八十多，只学会了逗着小猫玩。康德，罗素叫他“寇尼市贝格的老太监”，不用说，更是一辈子碰不到女人。斯宾塞也是一个老童男。尼采自己也只会击剑与喝啤酒。叔本华更寒伧，整天在法郎克福德城里带着一条小狗（人家叫它“小叔本华”）飞快的走路。哲学家有太太的当然也不少，比如海格尔，休谟，但都是循规蹈矩的，我们很少听见正宗的哲学家有什么艳迹，除非你也算上从前的卢骚，那是到处碰钉子的，与现在的罗素，他是出名的 Ladykiller[①]。

哲学家很少直接讨论女人的。希腊人论恋爱，永远是同性恋，不关女人的事。中世纪的哲学家都是和尚，他们怕女人抢他们的灵魂正如他们怕老虎吃他们的肉。女人，在古代，在中世纪，只当得是女人；山里有老虎，草里有蛇，世界上有女人，再没有讨论的余地。罗马的屋维特，不错，讲过女人，但他在这里也只是个唯实主义者，他的 Amores[②] 是与叶德辉先生编的双梅景闇丛书同性质的著述，并且屋维特是诗人的分类多。

女性好像是诗人们的专利，哲学家是没分的。他们因为缺乏经验，也就没得话说。在他们有相当经验的时候，他们看作不够重要，不值得认真的讨论。叔本华第一个破例。并且也不是因为他的女性的经验一定比那“寇尼市贝格的老太监”高明多少，他比众不同的只是他的坏脾气；也算是女性该晦气，叫他消化不良时做的一篇短文骂一个透彻。叔本华是悲观哲学的

---

① Ladykiller：美男子。

② Amores：奥维德，徐译屋维特。

近祖（什么哲学的远祖都得到希腊去寻）；他只认痛苦是实在，快乐只是痛苦的缺席；他奖励自杀，这是从印度来的，从身体的毁灭中求灵的解脱；女人，不消说，他当然看作一种必要的恶业。有人说他的悲观哲学是完全从他早年恋爱失败里来的。我却不曾查考过他是否有过任何的恋爱经验。他的宇宙的中心是他自己，周围也是他自己；他只有他自己。他的虚荣是磅礴的。他一辈子没有密切的朋友，男女都没；自己的娘与妹子都与他吵断到死不见面的。谁都跟他合不上，除了他的小狗。他就会怪人；前半世不曾出名的时候他就成天抱怨社会不认识他的天才，后半世还是成天抱怨，怨社会对他的恭维不够过他的瘾。他咒诅生命，同时他自己最最怕死，一小点子危险的影子就可以赶他远远的逃命。他的同行嫉妒是不能信的；他骂海格尔、菲希德诸家的话永远是他自身的大污点。为了小小的事情他有一次发了大脾气，把一个女人从屋子里直摔出去，成了残疾，结果招了好几年的官司，还得养老她终身。像卢骚一样，他也叫"自馁隐组"（Inferiority complex[①]，我随便翻的）追了他一辈子。

这是我们的哲学家，肆意毁谤女性的哲学家。我们不能不佩服他的大胆。我不知道当时的反响怎样。反正他的脑袋没有叫女权论者打扁；德国的妇女终究还是温和的。不，叔本华倒反因此得了读者们的殊宠，到如今还是的，西欧那一个有知识的女子不曾笑吟吟朗诵过他的大文。尼采说，每回你去接近女人，不要忘了带一根鞭子。有地方男人不打女人是没有感情的确证。英国爱看萧伯纳的戏也是同一心理作用——骂得舒服。但这也不全是的，叔本华与萧伯纳会得写文章是真的。在他的意志论、他的康德哲学批评一类文章再没有人请教的时候，他

① Inferiority complex：心理学术语，今译"自卑情结"。

的妇女论还是可诵的；但这并不是我们今天把它译登的本意。慰慈的译文并不怎样仔细，他本来自己加上一段道歉的话并且警告缺少幽默的读者不必冒生气的险。但高等教育的一个凭据，骞司特登说，是不仅捱人家不生气，并且会得自骂自己不生气。我们盼望我们的男女读者们都有某程度的幽默，不至于对六十五年前的死老儿闹不实际的意气。

叔本华的女性观察，当然不仅十分的过火，并且有地方是不对的。但他在他那时期，在他那一级社会里的妇女，我们可以推想的确是给他骂苦了——全骂着了。我是相信进化原则的，人类不论男女当然不是完全的，但他是可进化的，并且历史的看的确是进化的，我们现有的文化，不容讳言，确是完全男性的事业。女性是叫男性压着的，全世界都是的，不仅中国。但这近百年来却大大的换样了。不仅在学理上我们对女性的根本观念完全的改变了，不仅妇女在社会上的地位改变了，不仅她的人格在人类所有的活动里取得了与男子同等的认识，并且女子们实际上已经给了我们可惊的成绩，在学识上，在事业上，甚至于在创作的艺术界里（一个嘴巴给我们的哲学家，他说女子不但不能创作并且不能领会艺术）。我们已经眼见着伟大的女科学家，女学问家，女音乐家，女画家，女雕刻家，女诗人，女小说家，甚至女政治家，女法律家，在任何智力与创造力的活动里她们已经充分证明她们的能耐，在一切压迫的势力让步的时候。跟着这智力的增加与灵性的扩大，她们原先在不平等甚至野蛮的社会状况底下养成的习惯与性情，也当然经受了极大的变化。所以叔本华那篇文章可以当作一篇节帐看，他这里结束了欧洲封建遗蜕的社会里的妇女——不负责任，没有公德心，孩子气，欺骗，作伪，见识浅薄，奢华，琐碎，虚荣心，嫉妒等等——此后却开始了一个新的光荣的妇女的纪元。这也是我们中国现代社会可以借镜的一篇文章，我们不妨拿我们在北京看得见的社交妇女去比较叔本华当初骂而且完全骂着的欧洲妇女，看是否在他们已经僵成化石的在我们还是亭亭的鲜艳的花草，看是否在他们已经渐次完全脱离的缺陷的女性在我们正在尽情的仿制；同时我们也应得想想在他们已经实现的女性的尊严与天才在我们这里有影子见着了没有；在他们女性新得的权利是她们应得的权利，能耐与成绩公正的报酬，在我们是否还不免是不应分的要求。

新近罗素夫人勃兰克女士出了一本小册子，叫《哈哀贝希亚》（Hypatia，中世纪一个被判异端罪烧死的一个女学者)，总结这百年来女性的成绩与此后的希望（许已见中译，如未颇值得译)。提倡女权的小说家乔治（W. L. George）也出一书单叫《女人》，极同情极精湛的一篇论文，讲尼采哲学的鲁屠维基（Ludovlci)，也有论妇女将来的新书，比较的有“反革命性”。又有一个奥国怪人叫 Otto Weininger[①] 十九岁（他二十三岁就死了）写的一本《性与品》（Sex and Character）听说见解极怪，那又是骂女人的，一点是说女人是没有灵魂的（他是天主教)。但这一点并不新奇，百年前悲观派诗人理巴第（Leopardi）早就说过，他说因此男子最高的精神性的恋爱，比如丹德的，女子就永远不能领会。

---

① Otto Weininger：魏凝格（1880—1903)，奥地利哲学家，《性与性格》（徐译《性与品》）是他的惟一著作，有反犹太观点，发表后不久他即自杀。

《把戏》附言[①]

徐君此诗原题《假情》，今僭改《把戏》并质徐君。

① 这是作者为徐雉诗《把戏》写的附言；载一九二五年十月十四日《晨报副刊》。

《再论梁巨川先生的自杀》附言[1]

陶孟和先生是我们朋辈中的一位隐士：他的家远在北新桥的北面；要不是我前天无意中从尘封的书堆检出他的旧文来与他挑衅，他的矜贵的墨沈是不易滴落到宣武门外来的。我想我们都很乐意有机会得读陶先生的文章，他的思路的清澈与他文体的从容永远是读者们一个有利益的愉快。这是再用不着我的不识趣的蛇足。我也不须答辩；陶先生大部分的见解都是我最同意的。活着努力，活着奋斗，陶先生这样说，我也这样说。我又不是干傻子，谁来提倡死了再去奋斗？——除非地下的世界与地上的世界同样的不完全。不，陶先生不要误会，我并不曾说自杀是“改良社会，挽回世道人心”的一个合理办法。我只说梁巨川先生见到了一点，使他不得不自杀；并且在他，这消极的手段的确表现了他的积极的目的；至于实际社会的效果不但陶先生看不见，就我同情他自杀的一个也是一样的看不见。我的信仰，我也不怕陶先生与读者们笑话，我自认永远在

① 本文系作者为陶孟和《再论梁巨川先生的自杀》写的按语；载一九二五年十月十五日《晨报副刊》，署名志摩；初收《落叶》。采自《落叶》。陶文附后。

虚无缥渺间。

志摩附言

附：陶孟和《再论梁巨川先生的自杀》

志摩：

你未免太挖苦社会学的看法了。我的那篇没有什么价值的旧作是不是社会学的或科学的看法，且不必管，但是你若说社会学家科学的人生观是“简单”，“舒服”，“便利”，我却不敢随声附和，我有点替社会科学家抱不平。我现在还没有工夫替社会科学做辩护人，我且先替我自己说几句罢。

在我读你的在今日（十月十二日）《晨报副刊》的大作之先，我也正读了梁漱冥先生送给我的那部遗书。我这次读了巨川先生的年谱，辛壬类稿的跋语，伏卵录，别竹辞花记几种以后，我对于巨川先生坚强不拔的品格，谨慎廉洁的操行，忠于戚友的热诚，益加佩服。在现在一切事物都商业化的时代里，竟有巨川先生这样的人，实在是稀有的现象。我虽然十分的敬重巨川先生，我虽然希望自己还有旁人都能像巨川先生那样的律己，对于父母，家庭，朋友，国家或主义那样的忠诚，但是我总觉得自杀不应该是他老先生所采的办法。

志摩，你将来对于自杀或者还有什么深微奥妙的见解，像我这样浅见的人，总以为自杀并不是挽救世道人心的手段。我所不赞成的是消极的自杀，不是死。假使一个人为了一个信仰，被世人杀死，那是一个奋斗的殉道者的光荣的死。这是我所钦佩的，假使一个人因为自己的信仰，不为世人所信从，竟自己将自己的生命断送，这是一种消极的行为，是失败后的愤激的手段，虽然自杀者自己常声明说这个死是为的要唤醒同胞。假使一个医生因为没法支配微生物，反为微生物侵入身体内部而死，这是科学家牺牲的精神，这是最可景仰的行为。假使一个军官因为他的军人都不听从他的命令，他想要用他的自己的死感化他们，叫他们听从，这未免有点方法错误。我觉得巨川先生的死是这一类。

为唤醒一个人，一个与自己极有关系的人，用“尸谏”或者可以一时的有效。至于挽回世道人心总不是尸谏所能奏功的。

世界上曾有一个大教主是用死完成他的大功业的，他就是耶稣。但是耶稣并不是自杀。他的在十字架上的死是证明他的卫道的忠心，而他的徒弟们采用唯理的解释法说他是为人类赎罪孽。

一般的说来，物理的生命是心理的生命的一个主要条件。没有身体那里还有理想呢？诚然的，在世界上也常有身体消灭反能使理想生存的时候。苏格拉底饮鸩而哲学的思想大昌，文天祥遇害而忠气亘古今。但是所谓“杀身成仁”只限于杀身是奋斗的必不可免的结果的时候，杀身有种种的情形，有种种的方法，绝不是凡是杀身都是成仁的，更不是成仁必须杀身的。

但是，志摩：你千万不要以为这个见解就是爱惜生命，而不爱惜主义或理想。爱惜生命正是因为爱惜一种主义。志摩：假使你有一个理想是你认为在你的生命的价值以上无数倍的，你怎样想得到那个理想？你用自杀的方法去得到那个理想呢？你还是活着用种种的方法去得到那个理想呢？假使你——或随便一个男子恋爱了一个女子，好像丹梯的爱毗亚特里斯，或哥德小说中少年维特的爱夏罗特（我举这个例，但是不要忘记维特的苦恼不过是一本小说，并且他的恋爱又有复杂的情形），这个男子用自杀的方法赢取那女子的爱呢，还是用种种恋爱的行为与表示去赢取那女子的爱呢？这个男子在有的时候或者以为即使他自己失去了生命，果然那女子能对于他有爱意，他也情愿，他也就达到了他的理想，但是像我这样的俗人，你或者称为一个功利主义者，总觉得这不过是失望者的自己安慰自己，与恋爱的本意不同。

我也并不是根本的反对自杀，我承认各人有自杀的自由。但是如以改良社会，挽回世道人心或忠于一种主义、信仰或精神的生命为志愿，便不应该自杀，因为自杀与这些种志愿是相矛盾的。凡是志愿必须活着的人努力才有达到的希望，如巨川先生一生高洁的救世的行为尚不能唤起多人的注意与模仿，他老先生的一死会可以唤醒全世人吗？即使他老先生的自杀一时的可以警醒了许多人，那也不过是一般人一时的感情的表现，人类本能的爱惜生命的感情的表现，又于世道人心有什么关系呢？无论巨川先生的志愿是救世，或是醒世，都必须积极努力，以本人为始，联合无数人努力的做去。救世或醒世没有捷径的，只有持久不懈的努力。我钦佩巨川先生之余还不得不说他老先生的自杀实是一个遗憾。这或者是因为我曾进过大学法科的缘故！

孟和　十月十二日

关于苏俄仇友问题讨论的前言[①]

我登陈翔君的来稿，因为他虽则没有什么独到的见解，但他的意思是极恳切的；我猜想陈翔君还是年纪不大的，所以有这样愤慨的真。平常人说年轻人意志不定，易受诱惑。倒像是年纪就是强固的意志！

我有时想这时代如其有希望，希望就在青年们身上，不，我该说在他们的心里；就这点子直觉得到“真”，不计较不顾虑的直着嗓子叫喊便是力量。年纪=经验=世道的聪明=童真的湮灭。“真”是最无敌的力，最后的胜利是它的。假如我们没有这个信念，一切的奋斗都失去了意义。可爱的青年们，你们鼓噪着，欢嚷着，赶那圆圆的皮球进球门去；你们也该来鼓噪着，欢嚷着，把那完全的真理赶进国民的心里去！

陈均先生有一段话我觉得很痛切，就是中国人只学会了

---

① 《关于苏俄仇友问题的讨论》共收有三篇文章，一为作者的《前言》，署名志摩，二为陈均的《来稿一》，三为陈翔的《来稿二：友乎，仇也!》，均载一九二五年十月十五日《晨报副刊》；作者文章初收一九八〇年台湾时报文化出版事业有限公司《徐志摩诗文补遗》。采自《晨报副刊》，用此题，陈均、陈翔文章附后。

“全是你不好害得我……”一句对人的话，却从不反省他自己的病源，我们现在应该学第二句话了，还是对于自己说的：“全是你自个儿不争气看今天多倒霉！”“物必自腐而后虫生之”这话虽则不科学的，到底还是一句名言，我们正应该在这上面揣摩，且慢说谁来欺负我，呜呜！谁又来欺负我，呜呜！呸，这懦怯的呻吟声我们听厌了。思想着实嫌浅薄，脑筋着实嫌简单，这刻骨的惰性与童骙气是成人的民族的耻辱哩！这一潭水混浊到凝成固体的状态了；我们的工作是在到这溷浊的底里去挑开原来清澈活泼的泉眼，让它一汩一汩的再从地心里溢出地面，你等着看，要不了多少时候，完全的混浊可以戏法似的变成澈底的澄清，那时候你漱口也成，濯缨也好，反正死的活了过来，正经的事业才有上场的日子！这又是一个无影踪的信念；人类是靠理想活着的。

附一：陈均《来稿一》

启修先生……在《晨报》的《社会》周刊上拜读了大著——《帝国主义有白色和赤色之别吗?》，很为先生惋惜，以先生之高明也发出这种议论，难道“苏俄果无侵略中国的事实”吗？有名称的错误，有事实的错误，因事实的错误可变更名称，只是名称的错误不能抹灭事实。譬如：小儿呼虎为狗，名称固然错误，虎的事实不能因之取消，现在一般人喊赤色的帝国主义，名称对不对是一个问题，所指摘的事实有没有又是一个问题。三个高呼反对帝国主义的学者所下的帝国主义的定义尚且各各不同，普通人对于帝国主义见解的混乱可想而知了。老实说：中国有许多人对于帝国主义是当作侵略主义的别号。狂喊的赤色的帝国主义或新帝国主义就是赤色的侵略主义或新侵略主义的别号。帝国主义纵然不能占据侵略主义的全部，但是可以说是侵略主义的一种。吾人对于一般人名称不妥，当加以相当的宽恕，且当进而审查他们所指摘的对景，而定正确的名称。任何名称皆非无因而发，若苏俄并没有任何不满意的举动施诸中国，中国人亦何至大起恶感，甚至主张亲俄的国民党党人亦有发其悲痛的言论？侵略政策多端，动机亦多端，不专因生产力的澎涨与溢利的维持或增进。若谓帝国主义当反对，而其他之侵略主义则不必反对，设使不幸吾人早生几千年，几百年，对于罗马、蒙古的武力侵略，应否反对？设使有盖世枭杰发明一与帝国主义差异的侵略政策，吾人应否反对？苏俄之抛弃宣言，继续占据中东路；唆使蒙古独立；中俄会议延不举行；最近之擅捕华人……种种举动，是否不含侵略的色彩？若谓有财政资本始足为患，而财政资本薄弱者（苏俄并非全无财政资本，不过很薄弱），则可不措意，则日本谋韩时的财政资本是否丰富？避帝国主义之名，而行侵略政策之实，何等可畏！若只认定帝国主义是我们的敌人，不管别的侵略政策，那便是拒虎进狼，名称的辩护有何益处？

对于一切政治，外交，当考察它们的实际，不能只钦佩它们的门面语。苏俄名为工人专政，实则共产党一党专政；名为代表劳动阶级的利益，实则愚弄、压迫劳动者；名为扶助弱小民族，实则以政治手腕侵略弱小民族的种种非难岂出无因。难道先生毫无所闻？希望先生加以详密考虑，再发赞美的言论。先生在社会上的地位甚高，不宜轻于随波逐流，导青年趋入迷途，再者中国人向来有一种倚赖心理。年来联络各弱小民族共起革命的论调极为流行。但是默察一般人的心理，似乎皆有待世界的殖民地革命成功后，中国始得解放的怯懦愿望，缺乏先求中国独立，自由，再负解放各弱小民族使命的勇气。是不自比于土耳其，摩洛哥，而愿为待林肯放释的黑奴，结果恐只成为亲日，亲俄，亲清，三头不着，终归亡国的朝鲜。不谋中国的独立，而斤斤于苏俄仇友的分辩，已非良策。况且苏俄侵略中国已有若干难于掩饰的事实吗？先生当尚非赤化者流。故敢进逆耳之言，愿先生以后多发不倚赖的指引中国到独立自由之路的言论，更不必为苏俄不利中国的行动作种种辩护，自损令名！

陈均　十月九日病中，北京

附二：陈翔《来稿二：友乎，仇也!》

自我看见奚若先生为陈启修先生的《帝国主义有白色和赤色之别吗?》而作的《苏俄究竟是不是我们的朋友?》以后，心里就发生一种感想。奚若先生此文之作，赤裸裸地显露其爱国热忱，我非常敬仰他！我们贵国人，盲目的居于多数，私利存心的，更是十中八九，这种劣根性，一日存在，国家一日不能脱离危险状态。我常痛恨那班贪心鬼，务求不正当的金钱，凡可以遂其私利的，无论败名毁身，都可以不顾，国家拍卖，有什么要紧？真是可伤！真是可痛！这种国民的劣根性!

陈先生是个有名的教授，《帝国主义有白色和赤色之别吗?》是纯然为学理上的讨论，还是带有宣传的色彩，我未知其素行，不敢断定。但我认苏俄之对我们中国，与帝［国］主义者不差其旨趣。帝国主义者今日侵略吾国，算是尽其能事。然而借友华之名而施侵华之实的苏俄，又何肯松其压迫，使我们国民翻身一下呢？国人若不相信，我可举出苏俄侵略的证据来：

（一）经济的侵略——苏俄口口声声道：扶助被压迫民族，援助中国。但其行为，则大背驰。外蒙之俄国银行，横然设立，以东印度公司之形式，明目张胆的侵略，毫不让帝国主义者一步。即此一例，余可概见。蒙古之俄人经济势力，咄咄迫人，直使我们卧榻之旁，要容俄大爷鼾睡。

（二）政治的侵略——苏俄以共产主义，标榜于世，口口声声，以扶助劳工为任。孰知这就是他政治侵略的张本。苏俄之共产主义其最终目的，就是这样。我们试看广东的政局，真可痛心疾首！现时俄国人，居然做起军官，这非苏俄宣传共产主义之丰功，侵略中国政治之伟绩吗？受卢布的朋友们！苏俄做中国的朋友，就是这样的呢！你们可曾知道?

（三）文化的侵略——什么良心，廉耻，受卢布的朋友们，都抛诸九天云外了。他们甘愿人格破产，做苏俄的走狗。月受二十元，就可卖身，摇尾迎客，反首噬主人，这是多么奇怪！但是这些人，看来可恶，实也可怜。他们忘却国家，受人愚弄，都是苏联的捣鬼。苏俄之文化侵略，实是最可怕的一件事。每年不惜费巨万卢布，由莫斯科运过来，将青年良心之苗压倒，腐蚀我们经几许心血栽培的爱国性，可恶而直可杀！同胞们！英日之帝国主义，是我们的国仇；苏俄之共产主义，也是我们的国仇。

（四）治外法权之侵略——苏俄侵略我国，可谓驾英日帝国主义者而上之。治外法权，是任何独立国家之驻外使节所应享的。然而苏俄——貌亲善而实侵略的苏俄，竟横然毫无理由的探围我国在俄使馆，要捕馆员。把万国公认之治外法权，悍然蹂躏。岂不是苏俄任意破坏我们中国的国际荣誉。

俄国人又无端，把我国留俄学生及他种侨民捕去，禁诸囹圄；东正教堂所占之大面积的旧俄侵略土地，亦不交还，而谓苏俄是我们的朋友，此话只有叫鬼信，人谁也不敢信。我这段话，在四围都是共产化的空气中发出，定有许多人起而攻击，骂我是帝国主义的走狗，或指为帝国主义套出来的，以攻人方法，去掩他们俄大爷的侵略，替他们俄大爷缓颊。这可不必，受卢布的朋友们！你们的国家未亡，不可先泯其良心。苏俄若是中国真正的朋友，是最爱惜你们的生父，那你们尽管去和他亲善。然而到了今日，苏俄已赤裸裸地露其侵略之锋刃，你们还不知悔悟，是与西蒽之奉承帝国主义者而不知廉耻为何、国家为何者同一丧心病狂！我老实告你们受卢布的朋友，苏俄于中国，仇也，非友也，别再昏迷！卢布不贵，人格要紧！国家要紧！

《志摩的诗》附注[①]

周容先生来信说他不认识我，他“认识的只是志摩的诗”；他为志摩的诗出了好久没人理会所以自己写了这篇小评。没人理会？不，周先生错了；有人理会的。我就见过好几处的批评：有人仿佛怪嫌我线装绢包角的印法；有人仿佛把资本家与志摩的诗联在一起，怎么说法我记不清了；有人仿佛说我油腔滑调；还有人仿佛说我不该把老爷太太的称呼放进诗里去。不，我们的评坛一点也不寂寞，周先生错怪了。方才我收到周先生的评文，我就想退回去，因为我粗粗看了一遍觉着说我诗要得的地方多，这就大大的不妥当。一来我是不惯受宠的，二来在自己编辑的篇幅上登载称赞自己作品的来稿，似乎有些不怎么合式。但我结果还是把它发了出去付印，也许这是我的软弱，我也不来替自己粉饰。谁不爱夸奖，谁不要鼓励？但我，做诗的我，只觉着通体全是病，精神离着健全，即使有那一

① 此处《志摩的诗》，既是作者诗集名也是周容评论文章的名；载一九二五年十月十七日《晨报副刊》，此文系为周文写的附记，署“志摩附注”；初收一九八〇年台湾时报文化出版事业有限公司《徐志摩诗文补遗》。采自《晨报副刊》，用此题，周文附后。

天，还差得远着；我所以狠愿意吃药，我决不怕苦，只要我信得过给我药吃的人的确有医治我病的诚意。周先生给我吃了糖，甜的，怕不是医病的材料。我这第一本当然是一碗杂碎，黄瓜与西瓜拌在一起，羊肉与牛肉烧成一堆，想着都有些寒伧。至少这集子里该删的诗还不少；周先生念不下去的那首《康桥》简直不是东西，当然应该劈去，就是周先生喜欢的几首留别日本的沙扬娜拉，我以为也是极要不得的，这样格式许有办法，但那十八首里却没有一两首站得住的。不，我还得好好请教医生去。

附：周容《志摩的诗》

志摩的诗，一共五十五首；从它的装钉和印刷的美丽上看来，觉得是新诗界的一件可喜的事。然而中国的人们，太会静默了，志摩的诗，出来了这么许多时日，还不见有些回响，大概是中国人都太匆忙了吧。

我读志摩的诗，使我感觉得欣悦，也使我感觉得苦闷；自然，多面体的人生，是无奇不有的，我在这五十五首诗中，领略到人生的复杂的味儿了。

我虽然不是一个乐天主义者，可是一想到悲哀，总有些软弱。为着大家的片刻的欢娱，且先把志摩的喜剧，作这篇小评的第一幕。

人生的欢欣，是不可多得的；犹其一个诗人的心情中流露出来的欢欣：活现着一颗洁白的美丽的童心，我最爱——乡村里的音籁：

小舟在垂柳荫间缓泛——
　　一阵阵初秋的凉风，
　　吹生了水面的漪绒，
　吹来两岸乡村里的音籁。

我独自凭着船窗闲憩，
　静看着一河的波幻，
　静听着远近的音籁——
又一度与童年的情景默契！

这是清脆的稚儿的呼唤，
　田场上工作纷纭，
　竹篱边犬吠鸡鸣；
但这无端的悲感与凄惋！

白云在蓝天里飞行：
　我欲把恼人的年岁，
　我欲把恼人的情爱，
托付与无涯的空灵——消泯。

回复我纯朴的，美丽的童心：
　像山谷里的冷泉一勺，
　像晓风里的白头乳鹊，
像池畔的草花，自然的鲜明。

在这首诗里，我沉醉着童心的美丽，像浸润在清晨的新鲜空气中一般，这自然是不可多得的景象。

可是童心的美丽，是不容易长存的；“梦里的颜色，不能永葆鲜妍。”我们再听他对于童心丧失的叹息罢：

不再是我的乖乖（三）

今天！咳，为什么要有今天？
不比从前，没了我的疯癫，
再没有小孩时的新鲜，
这回再不来这大海的边沿！

头顶不见天光的方便，
海上只暗沉沉的一片，
暗潮侵蚀了砂字的痕迹，
却不冲淡我悲惨的颜色——
我喊一声海，海！
你从此不再是我的乖乖！

这集子里有不少的抒情诗，都是新诗界水平线以上的作品。落叶小唱这一首，犹其是表现得蕴藉温柔，一幅秋凉与离合的景状，无端的吹动了人生如梦的怅惘。

一阵声响转上了阶沿
(我正挨近着梦乡边)；
这回准是她的脚步了，我想——
　在这深夜！

一声剥啄在我的窗上
(我正在靠紧着睡乡旁)；
这准是她来闹着玩——你看！
　我偏不张皇！

一个声息贴近我的床
我说（一半是睡梦，一半是迷惘）——
“你总不能明白我，你又何苦
　多叫我伤心！”

一声喟息落在我的枕边
(我已在梦乡里留恋)；
“我负了你”你说——你的热泪
　烫着我的脸！

这音响恼着我的梦魂
(落叶在庭前舞，一阵——又一阵)；
梦完了，阿，回后清醒；恼人的——
　　却只是秋声！

志摩的诗长处，是在那丰富的想像，温柔的情绪，再运用着清丽的词句，在新诗坛也创造出几种奇格；这几种奇格，是几首大胆写下的散文诗——婴儿，毒药，和常州天宁寺闻礼忏声等，都算是新诗坛的异帜。

沙扬娜拉十八首，都是成熟的作品，我们只看最后一首，已经领略这种小诗表现的力量的可爱了。

最是那一低头的温柔，
　　像一朵水莲花不胜凉风的娇羞，
道一声珍重，道一声珍重，
　　那一声珍重里有蜜甜的忧愁——
　　　　沙扬娜拉！

然而志摩的诗，也有些令人读了会感觉得疲倦的；大概是太不爱剪裁的原故，似乎成了凑杂的风味。因此，康桥再会罢，是一首令我读不完的作品了。

志摩的诗，还有一种咀咒与恐怖的作品——毒药，白旗，婴儿；还有受了自然主义和平民文学的影响所产生的写实纪事诗——太平景象，一小幅的穷乐图……这些作品，刺激性实在锐利，几乎使我再没有读第二次的勇气。但是，我认识得这些都是现代的病的社会里应当产生的作品。至于不朽的价值问题，是我猜想不着的了。

十四，十，八日

道　谢[1]

这幅新图案是闻一多先生制赠的，我们多多道谢。

① 载一九二五年十月十七日《晨报副刊》，未署名。

吊刘叔和[①]

一向我的书桌上是不放相片的。这一月来有了两张，正对我的坐位，每晚更深时就只他们俩看着我写，伴着我想；院子里偶尔听着一声清脆，有时是虫，有时是风卷败叶，有时，我想像，是我们亲爱的故世人从坟墓的那一边吹过来的消息。伴着我的一个是小，一个是“老”：小的就是我那三月间死在柏林的彼得，老的是我们钟爱的刘叔和，“老老”。彼得坐在他的小皮椅上，抿紧着他的小口，圆睁着一双秀眼，仿佛性急要妈拿糖给他吃，多活灵的神情！但在他右肩的空白上分明题着这几行小字：“我的小彼得，你在时我没福见你，但你这可爱的遗影应该可以伴我终身了。”老老是新长上几根看得见的上唇须，在他那件常穿的缎褂里欠身坐着，严正在他的眼内，和蔼在他的口颔间。

让我来看。有一天我邀他吃饭，他来电说病了不能来，顺便在电话中他说起我的彼得。（在襁褓时的彼得，叔和在柏林也曾见过。）他说我那篇悼儿文做得不坏；有人素来看不起我

---

① 一九二五年十月十五日作；载一九二五年十月十九日《晨报副刊》，署名志摩；初收一九二八年一月上海新月书店《自剖》。采自《自剖》。

的笔墨的，他说，这回也相当的赞许了。我此时还分明记得他那天通电时着了寒发沙的嗓音！我当时回他说多谢你们夸奖，但我却觉得凄惨，因为我同时不能忘记那篇文字的代价，是我自己的爱儿。过了几天适之来说："老老病了，并且他那病相不好，方才我去看他，他说适之我的日子已经是可数的了。"他那时住在皮宗石家里。我最后见他的一次，他已在医院里。他那神色真是不好，我出来就对人讲，他的病中医叫作湿瘟，并且我分明认得它，他那眼内的钝光，面上的涩色，一年前我那表兄沈叔薇弥留时我曾经见过——可怕的认识，这侵蚀生命的病征。可怜少鳏的老老，这时候病榻前竟没有温存的看护；我与他说笑："至少在病苦中有妻子毕竟强似没妻子，老老，你不懊丧续弦不及早吗?"那天我喂了他一餐，他实在是动弹不得；但我向他道别的时候，我真为他那无告的情形不忍。(在客地的单身朋友们，这是一个切题的教训，快些成家，不要过于挑剔了吧；你放平在病榻上时才知道没有妻子的悲惨！——到那时，比如叔和，可就太晚了。)

叔和没了。但为你，叔和，我却不曾掉泪。这年头也不知怎的，笑自难得，哭也不得容易。你的死当然是我们的悲痛，但转念这世上惨淡的生活其实是无可沾恋，趁早隐了去，谁说一定不是可羡慕的幸运？况且近年来我已经见惯了死，我再也不觉着它的可怕。可怕是这烦嚣的尘世：蛇蝎在我们的脚下，鬼祟在市街上，霹雳在我们的头顶，噩梦在我们的周遭。在这伟大的迷阵中，最难得的是遗忘；只有在简短的遗忘时，我们才有机会恢复呼吸的自由与心神的愉快。谁说死不就是个悠久的遗忘的境界？谁说墓窟不就是真解放的进门？

但是随你怎样看法，这生死间的隔绝，终究是个无可奈何的事实，死去的不能复活，活着的不能到坟墓的那一边去探望。到绝海里去探险我们得合伙，在大漠里游行我们得结伴；

我们到世上来做人，归根说，还不只是惴惴的来寻访几个可以共患难的朋友，这人生有时比绝海更凶险，比大漠更荒凉，要不是这点子友于的同情我第一个就不敢向前迈步了。叔和真是我们的一个。他的性情是不可信的温和："顶好说话的老老"；但他每当论事，却又绝对的不苟同，他的议论，在他起劲时，就比如山壑间雨后的乱泉，石块压不住它，蔓草掩不住它。谁不记得他那永远带伤风的嗓音，他那永远不平衡的肩背，他那怪样的激昂的神情？通伯在他那篇《刘叔和》里说起当初在海外老老与傅孟真的豪辩，有时竟连"呐呐不多言"的他，也"免不了加入他们的战队"。这三位衣常敝，履无不穿的"大贤"在伦敦东南隅的陋巷，点煤汽油灯的斗室里，真不知有多少次借光柏拉图与卢骚与斯宾塞的迷力，欺骗他们告空虚的肠胃——至少在这一点他们三位是一致同意的！但通伯却忘了告诉我们他自己每回加入战团时的特别情态，我想我应得替他补白。我方才用乱泉比老老，但我应得说他是一窜野火，焰头是斜着去的；傅孟真，不用说，更是一窜野火，更猖獗，焰头是斜着来的；这一去一来就发生了不得开交的冲突。在他们最不得开交时，劈头下去了一剪冷水，两窜野火都吃了惊，暂时翳了回去。那一剪冷水就是通伯；他是出名浇冷水的圣手。

阿，那些过去的日子！枕上的梦痕，秋雾里的远山。我此时又想起初渡太平洋与大西洋时的情景了。我与叔和同船到美国，那时还不熟；后来同在纽约一年差不多每天会面的，但最不可忘的是我与他同渡大西洋的日子。那时我正迷上尼采，开口就是那一套沾血腥的字句。

我仿佛跟着查拉图斯脱拉登上了哲理的山峰，高空的清气在我的肺里，杂色的人生横亘在我的眼下。船过必司该海湾的那天，天时骤然起了变化：岩片似的黑云一层层累叠在船的头顶，不漏一丝天光，海也整个翻了，这里一座高山，那边一个深谷，上腾的浪尖与下垂的云爪相互的纠拿着；风是从船的侧面来的，夹着铁梗似粗的暴雨，船身左右侧的倾欹着。这时候我与叔和在水发的甲板上往来的走——那里是走，简直是滚，多强烈的震动！霎时间雷电也来了，铁青的云板里飞舞着万道金蛇，涛响与雷声震成了一片喧阗，大西洋险恶的威严在这风暴中尽情的披露了。“人生，”我当时指给叔和说，“有时还不止这凶险，我们有胆量进去吗？”那天的情景益发激动了我们的谈兴，从风起直到风定；从下午直到深夜，我分明记得，我们俩在沈酣的论辩中遗忘了一切。

今天国内的状况不又是一幅大西洋的天变？我们有胆量进去吗？难得是少数能共患难的旅伴；叔和，你是我们的一个，如何你等不得浪静就与我们永别了？叔和，说他的体气，早就是一个弱者；但如其一个不坚强的体壳可以包容一团坚强的精神，叔和就是一个例。叔和生前没有仇人，他不能有仇人；但他自有他不能容忍的对象：他恨混淆的思想；他恨腌臜的人事。他不轻易斗争；但等他认定了对敌出手时，他是最后回头的一个。叔和，我今天又走上了暴风雨中的甲板，我不能不悼惜我侣伴的空位！

十月十五日

记者的声明[①]

——“仇友赤白的仇友赤白”讨论的前言

先前有人告诉我办副刊的一个秘诀是引起问题的争论。照往例看，问题越浅薄，告奋勇的人越多。编辑先生只要在旁边扇；越扇越旺，副刊就不愁填不满空白了。我是一个滴青外行——不论做什么事。又是天生的傲气，内行话老成话我都不愿听，宁可办糟了吃他们的“如何！我告诉你的！”

也真巧，我才来，问题就跟着到。而且我信这回的问题决不是浅薄的。但这话有语病，因为问题本身只有宽窄大小的区别，浅薄不浅薄得看你怎样讨论法。

有时谈小问题可以发见大道理，同时大题目底下的文章不定是高明。

这回的问题，说狭一点，是中俄邦交问题；说大一点，是

---

① “仇友赤白的仇友赤白”讨论，共收四篇文章，一为作者的《前言　记者的声明》，二为奚若的《联俄与反对共产》，三为江绍原的《来信》，四为抱朴的《苏俄不是帝国主义吗?》，均载一九二五年十月二十二日《晨报副刊》；作者文章署名志摩；初收一九八〇年台湾时报文化出版事业有限公司《徐志摩诗文补遗》。采自《晨报副刊》，改今题。江绍原文章系致作者的信，附后。

中国将来国运问题，包括国民生活全部可能的变态的。这题目不能算小。自从陈启修张奚若在本副刊对垒以来，来稿真不少，有的说是仇，有的说是友，有的说是赤，有的说是白。

假如我们一起发表的话，每期都是这问题的专号了！这是应该的。但同时我以做副刊记者的资格，也以我个人的资格，得在这里声明几句话，免得一部分人误解。这时代，我有时想，有的就是误解，存心或不存心。我每回想着看着觉着就难受，因为这一点分明反映时代的心理。

我第一要声明的是本副刊（每周星一星三星四星六是志摩主编的，此外不关我的事）决不是任何党派的宣传机关；本副刊撰稿选稿是我个人完全除外的特权与责任。《晨报》主人有一天干涉我的时候，竟许就是我解职的时候，因为我不能忍受不完全的信任。《晨报》本身的主张我绝对不与闻，我也管不着，也不想管。我知道的只是凭我自定的标准与能力编辑这每周四张的副刊。办好是我的功，办坏是我的罪，没有第二人分得着。再讲切实一点，就比如这回在讨论中的中俄问题，我个人自信是无成见的。我天天抓紧了拳头问这时代要的只是忠实的思想，不问它是任何的倾向。谁要看懂我上星期那篇《从小说讲到大事》，他就认清了我的评价的标准。我恨一切私利动机的活动，我恨作伪，恨愚闇，恨懦怯，恨下流，恨威吓与诬陷。我爱真理，爱真实，爱勇敢，爱坦白，爱一切忠实的思想。我曾经登载张奚若反对俄国人帮助中国人进天堂的文章，因为我信得过张奚若的见解至少是独立的，不含别种动机的，忠实的。他也许错误，他也许有他看不到的地方，谁知道；但他的议论至少是对他自己完全忠实的。同时我决不拒绝反驳他的文章，只要来者合我的标准——忠实。有一部分我不刊出的来稿，是为它本身没有什么新发见，或是写得太不清楚；但我决不以正反定取舍。奚若最初说《晨报》不应该登载赞成或隐利苏俄的文章，我不这样想。我心目中的友只是我上面列举的几条“我爱”；我的敌人也就是上面列举的几条“我根”，这标准似乎狠空泛，不着实际，但我再也想不出更合理的标准。绍原说我“尚不失赤子的心”，我觉着安慰，因为我信得过他这句话里没有混入“爱伦内”。就凭着这一点“赤子之心”，如果我真的不曾完全失去，我才敢来与你们相见。

我现在特辟这“仇友赤白的仇友赤白”一栏，专为登载关于中俄关系乃至联起的中国将来国运问题，盼望国内有思想的特权与责任的朋友们共同来讨论这件大事。

附：江绍原来信

志摩兄：

你编辑的副刊，有几期我拜读过。我们二人的兴趣、气味和处世立身之道，颇不相同。但是我认你是个不失赤子之心的好人；所以你来办什么副刊如果有时用的着我这个青年，我是乐于效劳的。

陈启修先生论有无赤色帝国主义之文，以及它引起的讨论（至少是一部分），我都看见了。我也有几句久想说的话，此刻草草写出，给你补白。

苏俄近来在蒙古的势力，似乎狠使不少的中国人眼红。他们所说的赤色帝国主义，正指这一类的事实而言。像我这样一个对于蒙事俄事俱无研究的人，本可不必为了此点浪费笔墨。但是天下如果还有些事，是那些有特别研究的少数人们以外的人能够看清的，我自然可以把我所见到的表示出来。横竖旁人不会过于尊重我的意见。

第一，中国历来对蒙的关系，只怕也是帝国主义的——这自然既不是白色的又不是赤色的而是黄色的帝国主义。第二，民国成立以来，因为种种原因，汉蒙的关系似乎未曾进到真真民国主义的关系。第三，据说所谓民族自决的思想，近来在蒙人中也颇盛行。所以第四，假使蒙古人不满于现在的汉蒙关系而力谋改善，我不懂我们为什么不认为正当的要求。汉蒙间应有怎样的关系，蒙人自然须享有二分之一的自由，除非汉人靠他们的人数众，文化优，硬把这二分之一打个折扣。

蒙人如能取得与汉人真真平等的地位，在所谓“中华民国”里作个自由的一员，自然最善。他们若得不到这种地位，去而另成一个独立的国家，汉人似乎不能怨他们。至于他们的国家采什么政体和经济组织，更完全是蒙人自己的事；我们靠人数众，文化优，或任何他种理由去横加干涉，便是行黄色帝国主义。

汉人们最好把自己的眼睛睁大点，看看十八省或二十一省的局面是种什么局面，看看其中的男男女女们是些什么样子的人。我们自己如果恨那些到处骚扰的丘八，蒙人为什么不可加倍的恨；我们自己如果憎恶那些一见大凶的狗官，蒙人为什么不可加倍的憎恶。是的，蒙人是有双重的理由恨丘八和憎恶狗官的，一因他们是吃人的丘八和狗官，二因他们是吃蒙古人——忽必烈汗的子孙——的汉丘八汉狗官。汉人还有好兵好官，还有财力人才吗？如果有，留下给自己吧！汉人也知道痛恨白色的赤色的帝国主义吗？如果痛恨，就莫行黄色帝国主义吧！

我个人对于西藏的态度，和上面所说对于蒙古的完全一样。据英国官 Sir Charles Bell 的书，英国过去和现在都曾供给西藏人许多军用器，实力援助他们抵抗中国；不过英国并不是完全为藏人打算，所以甚至于西藏关税的自主，英国将来也不会答应（参看我替《晨报》七周年纪念刊翻译的一篇文，标题为《英帝国对藏政策》）。将来西藏能知道英国帝国主义也是该打倒的，西藏才有真自由。

泰戈尔以为印度人上级社会对于下级社会以及富者对于贫民的待遇如不改善，他们便没有“道德的权利”去反抗英国人虐待印度人。我乐于说我对于汉蒙汉藏问题的意见，与泰戈尔是有几分相像的：中国人如不先扑灭自己的黄色帝国主义（或云黄龙帝国主义），便没有道德的权利去打倒什么白色的赤色的帝国主义。

下面的一段，是全信中最有关系的一段呵。志摩，你如果是个有心眼儿的编辑人，登稿时就千万不可删去。（一段什么话呢？）读！读后不要笑！

我，姓江名绍原，郑重宣誓，我从来没拿过苏俄的津贴，也没吃过苏俄的酒饭。苏俄大使馆开馆时，诚然送了请帖给我，而且请帖上，仿佛印有“略备茶点”的字样，但是，我，姓江名绍原，仿佛知道里面有迷魂药，可没去吃。皇天后土，实闻此言。

然而志摩是个不失赤子之心的人，也许他看不懂上面的一段宣誓，竟于发稿时删去。于是又劳有识之士兴“人格”之狱了。

即颂　人格没被人疑问。

弟江绍原

再论自杀[①]

我不狠明白陈女士这里“自杀的愿念”的意义。乡下人家的养媳妇叫婆婆咒了一顿就想跳河死去；这算不算自杀的愿念？做生意破了产没面目见人想服毒自尽；这皇〈还〉不是自杀的愿念？有印度人赤着身子去喂恒河里的鳄鱼；有在普渡山舍身岩上跳下去粉身碎骨的；有跟着皇帝死为了丈夫死的各种尽忠与殉节；有文学里维特的自杀；奥赛洛误杀了玳思玳蒙娜的自杀，露米欧殉情的自杀，玖丽亚从棺材里醒过来后的自杀……如其自杀的意义只是自动的生命的舍弃，那上面约举的各种全是自杀，从养媳妇跳河起到玖丽亚服毒止，全是的。但这中间的分别多大：乡下死了一个养媳妇我们至多觉着她死得可怜，或是我们听得某处出了节烈，我们不仅觉得怜，并且觉得愤：“呒，礼教又吃了一条命！”但我们在莎士比亚戏里看到玖丽亚的自杀或是在葛德的小说里看到维特的自杀，我们受感动（天生永远不会受感动的人那就没法想，而且这类快活人世上也不少！）的部分不是我们浮面的情感，更不是我们的理智，

① 载一九二五年十月二十四日《晨报副刊》，署名志摩；初收一九二六年六月北京北新书局《落叶》。采自《落叶》。

而是我们轻易不露面的一点子性灵。在这种境地一切纯理的准绳与判断完全失却了效用，像山脚下的矮树永远够不到山顶上吞吐的白云。玖丽亚也许痴。但她不得不死；假如玖丽亚从棺材里醒回来见露米欧毒死在她的身旁，她要是爬了起来回家另听父母替她择配去，你看客答应不答应？虽则你明知道（在想像中）那样可爱一个女孩白白死了是怪可惜的——社会的损失！再比如维特也许傻，真傻，但他，缚住在他的热情的逻辑内，也不得不死，假如维特是孟和先生理想的合理的爱者而不是葛德把他写成那样热情的爱者，他在得到了夏洛德真爱他的凭据（一度亲吻）以后，就该堂皇的要求她的丈夫正式离婚，或是想法叫夏洛德跟他私奔，成全他们俩在地面上的恋爱——你答应不答应？办法当然是办法，但维特却不成“维特”了，葛德那本小书，假如换一个更“合理”的结局，我们可以断言，当年就不会轰动全欧，此时也决不会牢牢的留传在人的记忆中了。

所以自杀照我看是决不可以一概论的；虽则它那行为结果只是断绝一个身体的生命。自杀的动机与性质太不同了，有的是完全愚闇，有的是部分思想不清，有的是纯感情作用，有的殉教，有的殉礼，有的殉懦怯，有的殉主义。有的我们绝对鄙薄，有的我们怜悯，有的使我们悲愤，有的使我们崇拜。有的连累自杀者的家庭或社会；有的形成人类永久的灵感。“死有轻于鸿毛，有重于泰山”，这一句话概括尽了。

但是我们还不曾讨论出我们应得拿什么标准去评判自杀。陶孟和先生似乎主张以自杀能否感化社会为标准（消极的自杀当然是单纯懦怯，不成问题）。陈衡哲女士似乎主张自杀的发愿或发心在当事人有提高品格的影响。我答陶先生的话是社会是根本不能感化的，圣人早已死完了，我们活着都无能为力，何况断气以后，陶先生的话对的。陈女士的发愿说亦似不尽然。你说曾经想自杀而不曾实行的人，就会比从没有想过自杀的人不怕死，更有胆量？我说不敢肯定这一说。就说我自己，并且我想在这时代十个里至少九个半的青年，曾经不但想而且实际准备过自杀，还不止一次；但却不敢自信我们因此就在道德上升了格，不再是“畏葸的细士”。不，我想单这发愿是不够的，并且我们还得看为什么发愿。要不然乡下养媳妇几乎没有不想寻死过的，这也是发愿，可有什么价值？反面说，玖丽亚与维特事前并不存心死，他们都要认真的活，但他们所处的境地连着他们特有的思想的逻辑逼迫他们最后的舍生，他们也就不沾恋，我们旁观人感受的是一种纯精神性的感奋，道德性的你也可以说，但在这里你就说不上发愿不发愿。热恋中人思想的逻辑是最简单不过的：我到生命里来求爱，现在我在某人身上发见了一生的大愿，但为某种不可克胜的阻力我不能在活着时实现我的心愿，因此我勉强活着是痛苦，不如到死的境界里去求平安，我就自杀吧。他死因为他到了某时候某境地在他是不得不死。同样的，你一生的大愿如其是忠君或是爱国，或是别的什么，你事实上思想上找不到出路时你就望最消极或是最积极的方向——死——走去完事。

这里我想我们得到了一点评判的消息。就是自杀不仅必得是有意识的，而且在自杀者必定得在他的思想上达到一个“不得不”的境界，然后这自杀才值得我们同情的考量。这有意识的涵义就是自杀动机相对的纯粹性，就是自杀者是否凭藉自杀的手段去达到他要的“有甚于生”的那一点。我同情梁巨川先生的自杀就为在他的遗集里我发见他的自杀不仅是有意识的，而且在他的思想上的确达到了一个“不得不”的境界。此外愤世类的自杀，乃至存心感化类的自杀我都看不出许可的理由，而且我怕我们只能看作一种消极的自杀，借口头的饰词自掩背后或许不可告人的动机——因为老实说，活比死难得多，我们不能轻易奖励避难就易的行为，这一点我与孟和先生完全同意。

附：陈衡哲致徐志摩信

志摩：到京后尚不曾以只字奉助，惭愧得很。但你们的副刊真不错，我读了叔本华的妇女论，张陈两先生的苏俄论辨，以及你和孟和先生的论自杀，都感觉到一种激刺，觉得非也说两句话不行。这三个题目岂不都是很值得讨论的吗？但苏俄及妇女论的两个题目太大了；虽然他们都在逼着我讲话，但我却尚只得忍耐着。现在且抄一首关于自杀的旧作给你和副刊的读者看看。你我当记得，叔永的兄弟任季彭，是为袁世凯要做皇帝，投入西湖的葛洪井而死的。这首诗是我对于这件事的一点意见；这个意思至今还不曾改变。请你注意，我的着眼处，乃在自杀的愿念；因为自杀的愿念，未必定等于自杀的行为。比如无此愿念而愿效此行为，则结果便不免要如钱牧斋的闹笑话；有此愿念而暂时无此行为，则结果即不能杀身成仁，至少也能增加不少无畏的精神，至少可以不怕死。此意不知你与孟和先生以为何如？原诗附后。

衡哲谨白

吾闻任子，
愤世自裁。
任子如未死，
今日此生当属谁？
浏阳谭子昔有言：
“吾死者屡今幸存，
此生不应复我有。”
生非我有无我相，
何汤不赴火不走？

呜呼!
自杀之行不足羡,
自杀之愿乃可念:
譬如人人皆能怀愿如任子,
世又安有畏葸之细士?

零　碎[①]

积了不少零星的事情，应得及早声明的，偏偏自己贪懒，阁着不问，今天喝饱了早茶，想来理一理了。

一

第一件事情得声明的是承我的前任刘先生遗交给我好些文稿，我得补谢他代劳的好意。有一部分我已经还给刘先生，有一部分我留着要用的。请来稿诸君不要着急，如其我这里不能及时登载。现在我先将这部分留用的来稿篇名登出，好叫他们放心他们的作品有我经管着，并不曾失掉。

杨柏森君撰的近代戏剧的发展及其趋势（就正余上沅先生）

沈从文君的来件

敬慈君译的《天才的优人》

---

① 载一九二五年十月二十四日《晨报副刊》，署名记者；初收一九八〇年台湾时报文化出版事业有限公司《徐志摩诗文补遗》。采自《晨报副刊》。

(顺便，以后如有译稿寄来，务盼译者在篇首声明原著及作者原名，版数，出版期，及那一家印行，至要。)

于成泽君的《垂钓》

徐葆炎君的《不谢的玫瑰》

徐丹歌君的《两湖之滨》

许君远君的《别幕》

梁思成君的《挚友》

二

做编辑先生得到的第一个虚荣的满足是信多。有人爱信，有人不爱信；我总算是爱的。有时我的“信欲”极亢张，却偏不得信，那是最难受不过的。这一时我阔极了，每天早晚报馆送来总是一包，通信人大都是“神交”，不相识的，各式各样的字体，各式各样的文体，各式各样的信纸信封，我才享受半个月光景的尊荣心里还没有生厌的感觉，不，我见了一大堆信就乐，像是小孩子见了大堆的糖果。我回信怕有时靠不住，忘了时候有，存心躲懒也有，但我总想督着自己做到相当的勤度。关于我办的副刊，来信说要得的有，说还得改良这点那点的有（比如有人反对长条印法，有人反对长稿，更多人反对我自己老长的烂文——我懂，这时代要的是简易，例如白话文职业教育一类)，有一位不留名姓住址的连着投来谁都看不懂分行写的怪文，在最后一封的末尾我的同事替我发现这几个字“奚若志摩两先师，革命节”（难道我与奚若前世收过学生来的)；有一位先生责备我不该滥用编辑（他应该是个哑巴）的权利成天的滥写，这我认罪，而且疑心我专诚骂他，这分明冤枉，我不能不叫屈，因为我谁都不曾并且不敢骂，别提那位来信的。

三

关于四行诗的来信一共有好几十封，我实在没有本事爬梳，一起发表良心不答应，说老实话我不曾寻出什么新的贡献，因此我决意完全不要，等以后有真要得的来时再说，要不然葛德的四行诗目前就不提了，请大家原谅。

同时郭沫若先生有封信来：

“志摩：在友人处看见你所编纂的晨报副刊，看见你把我译的歌德的那几行诗也一道发表了，甚是惭愧。你说‘还是没有翻好’，是一些也不错的。不过其中错了一个字，我不能负责，倒要请你为我改正一下。便是第三行的‘独坐在枕头上哭到过天明’的‘枕’字，我决不会有那样荒唐，会连德文的Bett（床）字也要译成枕字的。我所以特别写这封信来请求你，请你替我改正。郭沫若上，十月十二日。”

你们记得我说主张准确的朱先生第一个就不答应郭先生有“枕头”。现在照郭先生的更正他那第三行应改作：

“独坐在床头上哭到过天明。”

但是我还得声明那枕头，如其是谁的，还是郭先生的，决不是我的枕头，有沫若的亲笔作证。那天我在上海到他寓里去看他时他当时提笔写了给我的。这里许多朋友也都见过。我想一定是沫若那天自己的笔误，这是很分明的，要不然我即使荒唐也决不至于任意窜改人家的原文还来取乐的。可惜我一时找不到那张原稿了，否则我就寄还给沫若。反正不关紧要，顺便说起好玩的。我想沫若想起了也一定发笑的，什么枕头不枕头谁都不认帐，到底那儿来的！

四

我写东西太大意了，有时竟会不自觉的得罪人，我这回有些知道了。海粟是我的好友，他那爽恺，他那豪放，最合我的脾胃。他知道我办副刊，他就投稿来帮忙。碰巧他忙不及替我另做，被我一逼就抽了他的一篇讲义寄来。我看了一时高兴就涂了一篇叫什么《唃死木死》。我一说开了话，我就让话作主尽它说开去。这来可危险！幸亏海粟一来大量，二来明白，否则他真会疑我存心跟他开顽笑，那可不是顽！这年头真不得了，一不小心就出乱子，爱变成恨，信任变疑忌，朋友变仇敌，亲人变路人，想着叫人害怕。我在这世界上还是初到的生客，但已经觉到了使我不安的消息。少数相知的朋友是我生命的生命，我决不能让时代的流行毒侵蚀我们辛苦得来的一点子真纯友谊。我以后一定格外的审慎。在别的地方我许敢大胆的宣言独立，但在感情上我决离不了少数知友的同情。

海粟新近来信说：

“……但我也不是盲于主义的人。我记得三年前曾做过一篇文章，主张冲决一切主义派别的网罗；所谓画者生机纯从心灵活处跃出。现在你着实有点误会我那一段短文的意思，不过那一段讲义本是随便抽出来的一节，前后文你没有看见，也难怪你要说我坚确的肯定主义与运动的分界。《晨报》第五周年纪念刊上我也有一篇论近代艺术的文章，你倘若看见了就明白我的意思。我的生命本来在画布上，色彩里，决不是排在铅字里的。你要我做文章所以不得不拿些东西给你，你这样一说，更使我觉醒了……”

是的，画者的生机纯从心灵里出来的。刘先生的生命是在画布上，色彩里。顺便我给读者们一个可喜的消息：刘先生自己及他同志们的画有一二百幅（国画西画都有）已经从上海运来北京，不久在公园展览，主持人是高仁山先生，到时另有通告，你们等着来看上海这班“艺术叛徒”同志们的成绩吧。

同时我还得请海粟宥恕我那篇瞎扯。

话匣子[①]（一）
——《汉姆雷德》与留学生

一个自命时新甚至激进的人多的是发见他自己骨子里其实守旧甚至顽固的时候。最显著的是讲政治：在三四年前热烈的崇拜列宁，信仰劳工革命的先生们这时候在中国不仅笑骂想望共产天国的青年，并且私下祷祝俄国革命快快完全失败，给他一个自夸高见的机会。思想上也是的：十年前的老虎这时候全变了猫了，而且大都有煨灶的倾向，从此不要说人，连耗子都“办不了”了；入后的转变更快了，在这时候张牙舞爪的能有几天威势，看着，不久我们的孩子都会到椅子底下拉住他们的尾巴把他们倒拖出来！神奇化为腐朽，我们每天见得着；但谁见过腐朽复化为神奇？

前年我记得有一晚我与西滢西林在新朋剧场差一点乐破了肠胃；我们买了一个包厢看李悲世一群新剧家演的《汉姆雷德》，据陈大悲的道歉辞令说，那是莎士比亚的四世孙：莎翁的戏兰姆先生写成故事，林琴南先生又从兰姆翻成古文，郑正

① 载一九二五年十月二十六日《晨报副刊》，署名志摩；初收一九八〇年台湾时报文化出版事业有限公司《徐志摩诗文补遗》。采自《晨报副刊》。

秋先生又从林琴南编成新剧，最末了特烦李悲世先生开演这空前的中国汉姆雷德。我们不能不乐。同时看客中受感动的自然有，穿天鹅绒衫子的女太太们看到奥菲利亚疯了的时候偷揩眼泪的不少。我们这几个人特别的受用，人家愁时我们乐，人家哭时我们笑，有我们的理由。我们是去过大英国，莎士比亚是英国人，他写英文的，我们懂英文的，在学堂里研究过他的戏，至少《汉姆雷德》，在戏台上也看过，许还不止一次，我们当然不仅懂得莎士比亚，并且认识丹麦王子汉姆雷德，我们想像里都有一个他，穿丧服的，见鬼的，蹙着眉头捻紧拳头自己同自己商量——“死好还是不死好?”李悲世先生的汉姆雷德是一个新式汉姆雷德，穿一身燕尾服，走路比奥菲利亚还要婀娜，口气（一口蓝青官话，父王长，母后短）比奥菲利亚还要温柔，一时候跪下一条腿去亲吻奥菲利亚的手算是求婚的意思，顺便博得池子里的鼓掌。我们眼睛长在头发心里的英国留学生怎的不笑断肚肠根？所以这算是我们新剧的成绩，汉姆雷德，丹麦王子，莎士比亚一定在他那坟里翻身哪……

英国留学生难得高兴时讲他的莎士比亚，多体面多够根〈哏〉儿的事情，你们没到过外国看不完全原文的当然不配插嘴，你们就配扁着耳朵悉心的听。要说艺术的戏剧，听清楚了，戏剧不是娱乐是艺术，纯粹的最高的艺术，是莎士比亚莫利哀一流的神品，不是杨小楼去盗马，余叔岩去闹府，说起艺术两个字管子里的血都会转得快些的，这事情当然更是我们留学生的专利了；我们不出手艺术那蜗牛就永远躲在硬壳里面不透出来，没有我们是不成的，信不信？哼，穿燕尾服的汉姆雷德，猫都笑瞎眼珠了！

这是我们高明新派人腔子里的话，虽则在事实上我们还不屑多费唾液多难为呼吸跟那班人生气，几声冷笑，一小串的鼻音，也尽够表现我们的蔑视了。

同时报仇的神永远在你的背后跟着，随你跑得多快。

最近伦敦戏剧界的新花样是一出老戏，不是别的，就是汉姆雷德，并且还是莎先生的原本，没有重要的改动。大得发，没有一篇评文不称赞，最难服事的批评家都笑着点头了。你知道这新汉姆雷德不同的地方在那里？第一点，顶要紧的，是这丹麦王子，连着他的父王母后，不成事实的丈人，生生疯死的奥菲利亚一群人的衣服全都就近请教彭街上的裁缝，没有跑回三百年去作成依理查白斯时代的成衣师父。奥菲利亚穿短裙子，太子穿白法兰绒运动裤，戴艳色领结（服制都不管了），在朝廷上大大方方的做他的戏。第二个新花样是跟着短裙子白绒裤来的；说话也变活了，原先是一顿一顿的念诗，因为不如此莎翁的诗就给糟蹋了，这回可随熟了，鲍郎尼斯教训儿子也就比你家尊大人在你出门时嘱咐你几句小心话不差什么神气，汉姆雷德自得其乐的演说也就比我们日常空下来没事做自言自语不差什么威严，奥菲利亚对太子说话也就比你的爱人怕你生气跑来陪小心不差什么温存。简单一句话，这回伦敦的新汉姆雷德离着李悲世先生们在新明剧场做的比在我们大英国留学生的想像中的莎翁杰作距离贴近得多！

留学生当然不服气，当然还有自解的话说，但我们现在没工夫听了，唯一崭新的教训是不要太自以为是了，有时候分明极荒谬可笑的试验未始不包涵着相当的暗示，分明山重水曲的转弯未始没有花明柳暗的去处。势利是群性动物的一个通性，本质不同就是：有名利的势利，旧儒林外史式的势利；有知识的势利，新儒林外史式的势利，方向不一样，势利还不［一］样是势利。我们里面狠少人反省到单这会一点洋文的小事，暗里全把我们变成了不自觉的“夜郎”，这是危险的，因为做夜郎的结果往往是把自大的烂泥砌满了原来多少通气的灵窍。那晚我们上新明去看丹麦王子还不是存心去取乐？谁也不曾在直乐的时候抽空想一想这古戏也未始不可新做的可能。我们明里或暗里都赞成活时代用活语言造活文学，但等得丹麦王子穿上了北京饭店里跳舞适用的“活”衣服，我们就下面顿足上面笑酸牙根骂人家胡闹!

等着：古戏新做，古诗新读，古话新说一类的可能性大着哩。我此时想像一个空城计的诸葛军师穿一件团花蓝缎袍戴一顶面盆帽，靠着北海漪澜堂一类的栏杆心平气和的对一个脸上不擦白粉的司马懿谈天。为什么不成？这回我在柏林见一次新衣装的茶花女奥配拉，唱还是照旧，姿势也还是照旧，说老实话，有点看不惯，就比如梅兰芳唱时装新戏，拿着一块丝巾左牵右牵的唱二簧慢板，其实有点看不惯。狠可惜我们看不到伦敦的新汉姆雷德，听说他们还要继续试验别的旧戏，撇开了不自然的戏台惯习，用自然的演法来发明剧本里变不掉的精彩。至少是有趣并且有意味的尝试，我敢说。

临了话还得说回来。我开篇第一句话是“一个自命时新甚至激进的人多的是发见他骨子里其实守旧甚至顽固的时候”。我们如其想望我们的心灵永远能像一张紧张的弦琴，挂在松林里跟着风声发出高下疾徐的乐音，我们至少消极方面就得严防势利与自大与虚荣心的侵入。肚子里塞满茅草固然是不舒服，心坎化生了硬石头也不见得一定是卫生。留学生的消化力本来就衰弱，因为不是一时间吃得太多就是吃得太快。胃病是怪难受的。

话匣子[①]（二）

——一大群骡；一只猫：赵元任先生

我第一次见识赵元任先生是在美国绮色佳地方一个娱乐性质的集会场上。赵先生站在台上唱《九连环》，得儿儿得儿儿的滚着他灵便的舌头。听的人全乐了。赵元任是个天生快活人——现代最难得的奇才。胡适之有一个雅号，叫做“不可救药的乐观主义者”，他的嘴唇上（有小胡子时小胡子里）永远——用一个新字眼——“荡漾”着一种看了叫人忘忧的微笑。这已经是狠难得了；但他还不能算是天生快活人。赵先生才是的。赵先生的微笑比胡先生的“幽雅精致”得多：新月式的微笑；但是你一见他笑你就看出他心坎里不矫揉的快乐，活动的，新鲜的，像早上草瓣上的露水。

真快活的人没有不爱音乐，不爱唱歌的。赵先生就爱唱。莲花落，山歌，道情，九连环，五更，外国调子，什么都会。他是一只八哥。

---

① 载一九二五年十月二十八日《晨报副刊》，署名志摩；初收一九八〇年台湾时报文化出版事业有限公司《徐志摩诗文补遗》。采自《晨报副刊》。

因此赵先生的脸子比较算是圆的。看现代的心理状态，地支里应得加入一只骡子。悲哀。忧愁。烦闷。结果我们年轻人的脸子全遭了骡化！因此赵先生在我们中间，就比是一群骡子中间夹了一只猫。

赵先生对这时代负的责任不轻。我们悲，赵先生得替我们止；我们愁，赵先生得替我们浇；我们闷，赵先生得替我们解。

好了！好容易赵先生光降我们副刊了。我们听听他的开场是什么调子？

"得儿铃的钉，得儿弄的冬，得儿浪的当，得儿拉的打——放开胆子来，请大家做个乐观家。"

"这年头活着不易！"悲调固然往往比喜调动听，但老唱一个调子，不论多么好听，总是腻烦的。在不能完全解除悲观的时候，我们无论如何也还得向前希望。我们希冀健康，想望光明，希冀快乐，想望更光明更快乐的希望。生命的消息终究不是悲哀。它是快乐，不是眼泪；是笑，在大笑的冲洗里，我们的心灵得到完全的解放，生机得到完全的活动，兴味，勇敢，斗奋的精神，那时全跟着来了。春天雷震过后泥土里萌芽的豁裂，是大自然的笑；我们劫难过后心坎里欢欣的豁裂，是生命的笑。时候到了，我们不妨暂时忘却十字架上头颈倒挂的那个；忘却锡兰岛上闭着眼睛瞎修行的那个；忘却"天生德于予，桓魋其如予何"自解嘲的那个。我们要另外寻宗教，寻神道，寻信仰。我们要更近人情的，更近生命的，更自然的一个象征，指导我们生活的方向与状态。我们要积极动的，活泼的，发扬的，没怕惧的。

我动议我们回到古希腊去寻访我们的心愿。

水草间逍遥下半身长长毛的“彭”（Pan）[1]何似？树林里躲着性馋最狼藉的绥透士（Satyr）[2]何似？维奴斯堡格山洞里躺着肉艳的维奴斯何似？

还是那伟大的达昂尼素斯（Dionysus）[3]，他的生命是狂歌，他的表情是狂舞？

大家来呀：

得儿铃的钉（轻轻地），
得儿弄的冬（渐响），
得儿浪的当，
得儿拉的打（极响）——

---

① Pan：今译“潘”，希腊神话中人身羊足、头上有角的畜牧神。

② Satyr：今译萨梯，希腊神话中的森林之神，人形而有羊的尾、耳、角等，性好色、爱嬉戏。

③ Dionysus：今译狄俄尼索斯，希腊神话中的酒神。

《如何才能完成国庆的意义》订误[①]

二十八日《如何才能完成国庆的意义》文末“未完”两字系“完”字之误，应行订正。

① 载一九二五年十月二十九日《晨报副刊》，原题《订误》，未署名。《如何才能完成国庆的意义》是梁启超的连载文章。

罗曼罗兰[1]

罗曼罗兰（Romain Rolland），这个美丽的音乐的名字，究竟代表些什么？他为什么值得国际的敬仰，他的生日为什么值得国际的庆祝？他的名字，在我们多少知道他的几个人的心里，唤起些个什么？他是否值得我们已经认识他思想与景仰他人格的更亲切的认识他，更亲切的景仰他；从不曾接近他的赶快从他的作品里去接近他？

一个伟大的作者如罗曼罗兰或托尔斯泰，正像是一条大河，它那波澜，它那曲折，它那气象，随处不同，我们不能划出它的一湾一角来代表它那全流。我们有幸【福】在书本上结识他们的正比是尼罗河或扬子江沿岸的泥坲，各按我们的受量分沾他们的润泽的恩惠罢了。说起这两位作者——托尔斯泰与罗曼罗兰，他们灵感的泉源是同一的，他们的使命是同一的，他们在精神上有相互的默契（详后），仿佛上天从不教他的灵光在世上完全灭迹，所以在这普遍的混沌与黑暗的世界内，往往有这类禀承灵智的大天才在我们中间指点迷途，启示光明。

① 载一九二五年十月三十一日《晨报副刊》；初收一九二七年八月上海新月书店《巴黎的鳞爪》。采自《巴黎的鳞爪》。

但他们也自有他们不同的地方；如其我们还是引申上面这个比喻，托尔斯泰，罗曼罗兰的前人，就更像是尼罗河的流域，它那两岸是浩瀚的沙碛，古埃及的墓宫，三角金字塔的映影，高矗的棕榈类的林木，间或有帐幕的游行队，天顶永远有异样的明星；罗曼罗兰，托尔斯泰的后人，像是扬子江的流域，更近人间，更近人情的大河，它那两岸是青绿的桑麻，是连栉的房屋，在波鳞里泅着的是鱼是虾，不是长牙齿的鳄鱼，岸边听得见的也不是神秘的驼铃，是随熟的鸡犬声。这也许是斯拉夫与拉丁民族各有的异禀，在这两位大师的身上得到更集中的表现，但他们润泽这苦旱的人间的使命是一致的。

十五年前一个下午，在巴黎的大街上，有一个穿马路的叫汽车给碰了，差一点没有死。他就是罗曼罗兰。那天他要是死了，巴黎也不会怎样的注意，至多报纸上本地新闻栏里登一条小字："汽车肇祸，撞死了一个走路的，叫罗曼罗兰，年四十五岁，在大学里当过音乐史教授，曾经办过一种不出名的杂志叫 Cahiers de la Quinzaine① 的。"

但罗兰不死，他不能死；他还得完成他分定的使命。在欧战爆裂的那一年，罗兰的天才，五十年来在无名的黑暗里埋着的，忽然取得了普遍的认识。从此他不仅是全欧心智与精神的领袖，他也是全世界一个灵感的泉源。他的声音仿佛是最高峰上的崩雪，回响在远近的万壑间。五年的大战毁了无数的生命与文化的成绩，但毁不了的是人类几个基本的信念与理想，在这无形的精神价值的战场上罗兰永远是一个不仆的英雄。对着在恶斗的漩涡里挣扎着的全欧，罗兰喊一声彼此是弟兄放手！对着蜘网似密布，疫疠似蔓延的怨恨，仇毒，虚妄、疯癫，罗兰集中他孤独的理智与情感的力量作战。对着普遍破坏的现

① Cahiers de la Quinzaine：《半月丛刊》，法文杂志名。

象，罗兰伸出他单独的臂膀开始组织人道的势力。对着叫褊浅的国家主义与恶毒的报复本能迷惑住的智识阶级，他大声的唤醒他们应负的责任，要他们恢复思想的独立，救济盲目的群众。“在战场的空中”——“Above the Battle Field”——不是在战场上，在各民族共同的天空，不是在一国的领土内，我们听得罗兰的大声，也就是人道的呼声，像一阵光明的骤雨，激斗着地面上互杀的烈焰。罗兰的作战是有结果的，他联合了国际间自由的心灵，替未来的和平筑一层有力的基础。这是他自己的话——

“我们从战争得到一个付重价的利益，它替我们联合了各民族中不甘受流行的种族怨毒支配的心灵。这次的教训益发激励他们的精力，强固他们的意志。谁说人类友爱是一个绝望的理想？我再不怀疑未来的全欧一致的结合。我们不久可以实现那精神的统一。这战争只是它的热血的洗礼。”

这是罗兰，勇敢的人道的战士！当他全国的刀锋一致向着德人的时候，他敢说不，真正的敌人是你们自己心怀里的仇毒。当全欧破碎成不可收拾的断片时，他想像到人类更完美的精神的统一。友爱与同情，他相信，永远是打倒仇恨与怨毒的利器；他永远不怀疑他的理想是最后的胜利者。在他的前面有托尔斯泰与道施滔奄夫斯基（虽则思想的形式不同），他的同时有泰谷尔与甘地（他们的思想的形式也不同），他们的立场是在高山的顶上，他们的视域在时间上是历史的全部，在空间里是人类的全体，他们的声音是天空里的雷震，他们的赠与是精神的慰安。我们都是牢狱里的囚犯，镣铐压住的，铁栏锢住的，难得有一丝雪亮暖和的阳光照上我们黝黑的脸面，难得有喜雀过路的欢声清醒我们昏沉的头脑。“重浊，”罗兰开始他的《贝德花芬传》：

“重浊是我们周围的空气。这世界是叫一种凝厚的污浊的秽息给闷住了——一种卑琐的物质压在我们的心里，压在我们的头上，叫所有民族与个人失却了自由工作的机会。我们全让掐住了转不过气来。来，让我们打开窗子好叫天空自由的空气进来，好叫我们呼吸古英雄们的呼吸。”

打破我执的偏见来认识精神的统一；打破国界的偏见来认识人道的统一。这是罗兰与他同理想者的教训。解脱怨毒的束缚来实现思想的自由；反抗时代的压迫来恢复性灵的尊严。这是罗兰与他同理想者的教训。人生原是与苦俱来的；我们来做人的名分不是咒诅人生因为它给我们苦痛，我们正应在苦痛中学习，修养，觉悟，在苦痛中发现我们内蕴的宝藏，在苦痛中领会人生的真际。英雄，罗兰最崇拜如密仡朗其罗与贝德花芬一类人道的英雄，不是别的，只是伟大的耐苦者。那些不朽的艺术家，谁不曾在苦痛中实现生命，实现艺术，实现宗教，实现一切的奥义？自己是个深感苦痛者，他推致他的同情给世上所有的受苦者；在他这受苦，这耐苦，是一种伟大，比事业的伟大更深沈的伟大。他要寻求的是地面上感悲哀感孤独的灵魂。“人生是艰难的。谁不甘愿承受庸俗，他这辈子就是不断的奋斗。并且这往往是苦痛的奋斗，没有光彩，没有幸福，独自在孤单与沈默中挣扎。穷困压着你，家累累着你，无意味的沈闷的工作消耗你的精力，没有欢欣，没有希冀，没有同伴，你在这黑暗的道上甚至连一个在不幸中伸手给你的骨肉的机会都没有”。这受苦的概念便是罗兰人生哲学的起点，在这上面他求筑起一座强固的人道的寓所。因此在他有名的传记里他用力传述先贤的苦难生涯，使我们憬悟至少在我们的苦痛里，我们不是孤独的，在我们切己的苦痛里隐藏着人道的消息与线索。“不快活的朋友们，不要过分的自伤，因为最伟大的人们也曾分尝【味】你们的苦味。我们正应得跟着他们的努奋自勉。假如我们觉得软弱，让我们靠着他们喘息。他们有安慰给我们。从他们的精神里放射着精力与仁慈。即使我们不研究他们的作品，即使我们听不到他们的声音，单从他们面上的光彩，单从他们曾经生活过的事实里，我们应得感悟到生命最伟大，最生产——甚至最快乐——的时候是在受苦痛的时候"。

我们不知道罗曼罗兰先生想像中的新中国是怎样的；我们不知道为什么他特别示意要听他的思想在新中国的回响。但如其他能知道新中国像我们自己知道它一样，他一定感觉与我们更密切的同情，更贴近的关系，也一定更急急的伸手给我们握着——因为你们知道，我也知道，什么是新中国，只是新发见的深沈的悲哀与苦痛深深的盘伏在人生的底里！这也许是我个人新中国的解释；但如其有人拿一些时行的口号，什么打倒帝国主义等等，或是分裂与猜忌的现像，去报告罗兰先生说这是新中国，我再也不能预料他的感想了。

我已经没有时候与地位叙述罗兰的生平与著述；我只能匆匆的略说梗概。他是一个音乐的天才，在幼年音乐便是他的生命。他妈教他琴，在谐音的波动中他的童心便发见了不可言喻的快乐。莫察德与贝德花芬是他最早发见的英雄。所以在法国经受普鲁士战争爱国主义最高激的时候，这位年轻的圣人正在"敌人"的作品中尝味最高的艺术。他的自传里写着："我们家里有好多旧的德国音乐书。德国？我懂得那个字的意义？在我们这一带我相信德国人从没有人见过的。我翻着那一堆旧书，爬在琴上拼出一个个的音符。这些流动的乐音，谐调的细流，灌溉着我的童心，像雨水漫入泥土似的淹了进去。莫察德与贝德花芬的快乐与苦痛，想望的幻梦，渐渐的变成了我的肉的肉，我的骨的骨。我是它们，它们是我。要没有它们我怎过得了我的日子？我小时生病危殆的时候，莫察德的一个调子就像爱人似的贴近我的枕衾看着我。长大的时候，每回逢着怀疑与懊丧，贝德花芬的音乐又在我的心里拨旺了永久生命的火星。每回我精神疲倦了，或是心上有不如意事，我就找我的琴去，在音乐中洗净我的烦愁。”

要认识罗兰的不仅应得读他神光焕发的传记，还得读他十卷的 Jean Christophe[①]，在这书里他描写他的音乐的经验。

他在学堂里结识了莎士比亚，发见了诗与戏剧的神奇。他的哲学的灵感，与葛德一样，是泛神主义的斯宾诺塞。他早年的朋友是近代法国三大诗人：克洛岱尔（Paul Claudel[②] 法国驻日大使），Ande Suares[③]，与 Charles Peguy[④]（后来与他同办 Cahiers de Ja Quinzaine）。那时槐格纳是压倒一时的天才，也是罗兰与他少年朋友们的英雄。但在他个人更重要的一个影响是托尔斯泰。他早就读他的著作，十分的爱慕他，后来他念了他的艺术论，那只俄国的老象——用一个偷来的比喻——走进了艺术的花园里去，左一脚踩倒了一盆花，那是莎士比亚，右一脚又踩倒了一盆花，那是贝德花芬，这时候少年的罗曼罗兰走到了他的思想的歧路了。莎氏，贝氏，托氏，同是他的英雄，但托氏愤愤的申斥莎、贝一流的作者，说他们的艺术都是要不得，不相干的，不是真的人道的艺术——他早年的自己也是要不得不相干的。在罗兰一个热烈的寻求真理者，这来就好似青天里一个霹雳；他再也忍不住他的疑虑。他写了一封信给托尔斯泰，陈述他的冲突的心理。他那年二十二岁。过了几个星期罗兰差不多把那信忘都忘了，一天忽然接到一封邮件：三

---

① Jean Christophe：《约翰·克利斯朵夫》。

② Paul Claudel：克洛岱尔（1868—1955），法国外交官、诗人、剧作家，有剧作《给玛丽报信》、《缎子鞋》和诗作《五大颂歌》等。

③ Ande Suares：不详。疑拼法有误。

④ Charles Peguy：贝玑（1873—1914），法国诗人、哲学家，《半月丛刊》的撰稿人，有作品《圣女贞德》、《贞德仁慈之谜》和《夏娃》。

十八满页写的一封长信，伟大的托尔斯泰的亲笔给这不知名的法国少年的！“亲爱的兄弟，”那六十老人称呼他，“我接到你的第一封信，我深深的受感在心。念你的信，泪水在我的眼里。”下面说他艺术的见解：我们投入人生的动机不应是为艺术的爱，而应是为人类的爱。只有经受这样灵感的人才可以希望在他的一生实现一些值得一做的事业。这还是他的老话，但少年的罗兰受深彻感动的地方是在这一时代的圣人竟然这样恳切的同情他，安慰他，指示他，一个无名的异邦人。他那时的感奋我们可以约略想像。因此罗兰这几十年来每逢少年人有信给他，他没有不亲笔作复，用一样慈爱诚挚的心对待他的后辈。这来受他的灵感的少年人更不知多少了。这是一件含奖励性的事实。我们从此可以知道，凡是一件不勉强的善事就比如春天的薰风，它一路来散布着生命的种子，唤醒活泼的世界。

但罗兰那时离着成名的日子还远，虽则他从幼年起只是不懈的努力。他还得经尝身世的失望（他的结婚是不幸的，近三十年来他几于是完全隐士的生涯，他现在瑞士的鲁山，听说与他妹子同居），种种精神的苦痛，才能实受他的劳力的报酬——他的天才的认识与接受。他写了十二部长篇剧本，三部最著名的传记（密仡朗其罗，贝德花芬，托尔斯泰），十大篇Jean Christophe，算是这时代里最重要的作品的一部，还有他与他的朋友办了十五年灰色的杂志，但他的名字还是在晦塞的灰堆里掩着——直到他将近五十岁那年，这世界方才开始惊讶他的异彩。贝德花芬有几句话，我想可以一样适用到一生劳悴不怠的罗兰身上：

> 我没有朋友，我必得单独过活；但是我知道在我心灵的底里上帝是近着我，比别人更近。我走近他我心里不害怕，我一向认识他的。我从不着急我自己的音乐，那不是

坏运所能颠仆的，谁要能懂得它，它就有力量使他解除磨折旁人的苦恼。

十四年十月

征文启事[①]

卡立大斯那格先生（Kalidas Nag，加尔各搭大学历史教授，上年与泰谷尔同来中国）新近有信给我，专为法国罗曼罗兰明年六十整寿征文。他们预备出一本纪念集子，收集各国作者关于罗曼罗兰的各类文章；代表印度的有泰谷尔与甘地。他信上说起罗曼罗兰先生自己极想望从“新中国”听到他思想的回响。他们正在筹备替他“做生”，那是一九二六年（明年）正月，但纪念集子须赶前印出，所以国内如有投稿（英文法文均可）至迟须于十一月付寄。来稿可由晨报馆徐志摩转或径寄下址：

Emil Roniger（Publisher）
Rheinfelden，Switzerland

但为审慎起见，我盼望愿意投稿诸君事前与我通函接洽，我还想请几位胜任的朋友担任校阅。

---

① 载一九二五年十月三十一日《晨报副刊》，未署名，在作者《罗曼罗兰》文前。采自《晨报副刊》，题名是编者拟的。

下期预告[①]

（一）英国经济学者开痕司（John Maynard Keynes）新著《论苏俄》论文，载在伦敦国民周刊（The Natim and the Atheuaeum），第一篇特约张慰慈译出，下期起载本刊，阅者注意。

（二）下期有张奚若先生答陈启修先生文。

① 载一九二五年十月三十一日《晨报副刊》，原题《预告》，未署名。开痕司，今译凯恩斯。

刘侃元先生来件前言[1]

刘先生寄了这篇长文来。他并不逼迫我登，但他来信的语气似乎还不能相信我在本刊上重复的宣言，就是我去取来稿是我个人的全权，决不受任何外力的影响。

刘先生写这篇文章，自信“良心是纯直的”。我也信。但我却不是没有批评。第一刘先生的文章其实是长，而且是据我看不必要的长，这就是使我做编辑的为难。登的话，似乎过占篇幅；不登的话又虑犯不纳异己的嫌疑。第二刘先生忠实的精神虽则是可佩服的，但他文中的主张却不一定同样的可佩服。刘先生似乎在他想望的热奋中把长江看作了田沟，以为一抬腿就可以跨过去的；长江当然有法子渡过，但怕不是跨得过去的——除非你是神仙。刘先生劝我们学俄国，比如说，他意思我们只要学会俄国人的夸口，列强就会对我们低头，一句话就可以废除一切不平等的条约，只有利益，没有危险，刘先生十分的相信。我不敢这样乐观，虽则我很愿意。这是刘先生的第

① 这是作者为发表刘侃元《中国的建国策与对苏俄》写的评论；载一九二五年十一月四日《晨报副刊》，署名徐志摩；初收一九八〇年台湾时报文化出版事业有限公司《徐志摩诗文补遗》。采自《晨报副刊》。

一步——骇人的大步。对内刘先生主张实行共产，苏俄式的共产，学者们叫做什么国家资本主义——刘先生说他的文章“干脆是一篇共产主义的讴歌文”。如其论外交刘先生把长江看成了田沟，这里论内治我怕刘先生简直把太平洋又看成田沟了。什么，只要中央政府宣言一切财产收归国有，我们就赶上了、“学成了”苏俄，从此天下太平再没有事了？并且刘先生相信对内与对外一样，中国人好在性格温驯，到处好说话，在苏俄拿几年的血战，饥荒，与普遍的破坏换来尚且还不定靠得住的境界，中国人可以上承揖让的遗风在反掌间实现。这样滑腻的梦谁不愿意做？只是你张开眼来床里床外还不一样是黑暗，那又怎办呢？不，刘先生，你理想中平和的革命，不流血的革命，是梦，是梦，太是梦了。佛家说作孽的人得泅过血污池才有净度的希望。除非你说中国人根本没有造孽，我怕这当前的血污池里灭顶是万万躲不了的。我自己还不是与刘先生同样着急想望真革命的实现，但正是在这一点上，我最不能懂刘先生一类人为什么劝我们“学俄国”或是学任何国的道理？我曾经在一地方说过：

“……我们要救度自己，也许不免流血；但为什么我们不能自己发明一个新鲜的流法，既然血是我们自己的血。为什么我们就这样的贫，理想是得问人家借的，方法又得问人家借的？……

“我不是主张国家主义的人，但讲到革命，便不得不讲国家主义；为什么自己革命自己作不了军师，还得运外国主意来筹画流血？那也是一种可耻的堕落。

“……假如革中国命的是孙中山，你们要小心了，不要让外国来的野鬼钻进了中山先生的棺材里去！”

但我此时并不想批评刘先生的见解，我只想僭说几句引语。我现在决意登载刘先生的来件，不是因为文章本身的价值，也不是为刘先生“纯直的良心”，单靠良心有时是不够的，为的是另一个理由。

刘先生的主张，如其可以说是主张，虽则我看来经不起审查，却不仅代表刘先生一个人的思想。现在多的是一片血诚的青年们，我想，他们的想望与刘先生的一样的高尚与纯洁，但他们吃亏的地方也正如刘先生一样，我不得不说，容易把辽阔的河海看成跨得过的沟渠，这在道德上并不犯什么错误，但在思想上还是不能发生力量。新近为了仇友赤白的问题零星的稿件来得真不少，但登载本刊的，似乎十九是反对联俄非议共产的文章；说反面话的来件大都是不连贯的议论。刘先生这篇文章至少是连贯的，这就难得，所以我想登了这一篇或许可以省登无数篇零星的是非，见解不同的人因此也可以得到一个相与讨论的凭藉。至于有人说副刊的篇幅不该尽让一个问题独占，我只能回答我希望我与至少部分的读者不曾把这问题过分的看重。

《论苏俄》按语[①]

开痕司先生是欧战以后全欧——不仅英国——最有名的经济学者，他那部论战后经济的名著，不但把凡尔塞和会的内容亲切痛快有声有色的写出，不但把作者抗世无畏的义勇精神永镂在战后的政史上，不但使作者成为战败崇敬的对象，他那书里经济的预言，到今日差不多一字一句的都已在事实上证实；他的主张不仅供给英国政府对欧方策一个合理的平衡与标准——实际上在全欧列强的政论界中产生了一种横贯的联合，综合智识阶级的势力，反抗与批评法国人强暴的方略，同时亦纠防德国人的狡展。（参看十二年七月《晨报副刊》“开痕司”论文。）开痕司是康桥大学的讲师。他主有伦敦出版的国民周刊——“The Nation and the Athenaeum”，下译的论苏俄文就在该刊上发表的（十月十日）。这是第一篇，以后当续译登载本刊，开痕司的观察不仅有价值并且有趣味，请读者注意。开痕司先生新娶一位有名的俄国舞女，因此我们可以猜想他可以得

① 这是作者为张慰慈译开痕司《论苏俄》写的按语；载一九二五年十一月四日《晨报副刊》，署名记者；一九八八年一月陕西人民出版社《徐志摩研究资料》存目。采自《晨报副刊》。

夫人的帮助间接看俄文书，虽则他自己没有到俄国去过。讲学社曾经去请过他到中国来讲学，当初罗素先生推荐的，他为事忙不能答应，但我们还盼望这位论事如神的学者不久可以有机会到这混乱的远东来看看。

《水夫阿三》按语[1]

剑三，真想不到你近来会得这样的大胆，这样的无忌惮，这样的惨刻！我意思是说你的小说，不指你的行为。前好几天我初接到你的来稿，我好不欢喜，我就随手回你一个信说立即付印。但我看不到一半我心里已经觉得老大的不自在；看完以后我益发踌躇了。像这样粗恶的描写下等人的性欲生活的东西，我这体面的《晨报副刊》，小姐太太们都看得到的，如何能登？而况这正是提倡风化，整饬纪纲的明时，这类恶滥的作品如何可以占据清白的篇幅？并且还得从我个人编辑的名誉着想。不，我得考虑。反正我即使不登，剑三也决不会见怪的。

那晚我自己这样想。

后来我又顺便请一两个朋友替我看，他们的批评力都比我高明；他们的案语是，“不狠看懂”。

这篇稿已经在我桌上有两星期了。我并没有看第二遍，但

---

① 这是作者为王统照的小说《水夫阿三》所写的按语；载一九二五年十一月五日《晨报副刊》，署名志摩；《水夫阿三》文后有王统照的附言。一九八八年一月陕西人民出版社《徐志摩研究资料》存目。采自《晨报副刊》，王统照附言附后。

“水夫阿三”的影子只是更浓浓的在我的记忆里或是想像里动着。我可以说这篇写得还不好，用字还着实欠经济，许多粗浊的字样可以避去同时不至损及作者要表现的粗浊的意致；但我凭良心不能说这篇东西是完全要不得，虽则我从不怎样喜欢曹拉派的写实小说。我们可以批评文学家运用题材的方法，但我们不能干涉他运用任何的题材；所以我们至多只能说剑三的水夫阿三写得还不好，却不能说剑三你不该写这样的文章。

现今的作品，尤其是小说与所谓新诗，其实是本质太单薄，都像是小器主人拿出来的面汤，只见混水，捞不到几梗面条。这原因是作者们自身没有真实的经验的背景，单想凭幻想来结构幻景，或是把不曾亲自“实现”的经验认作了现成的题材，更说不上想像的洗炼，结果写出来的都是不关痛痒的“乱抓抓”——叫你看了不乐也不恼，反正是这么一回事。这是最难受不过的。剑三这篇东西至少叫你不得轻易看过就算，你不叫好，就得叫骂，而且我猜一定有不少人看了会着恼的。剑三可以自傲也就是这一点。因此我把它压了两个星期的结果还是忍不住拿来付印，抵拼分捱一部分的痛骂，剑三，我想我这当编辑的总算是负责任的了！

附：王统照《水夫阿三》附记

志摩连写了几次信来，嘱我为他的“新副刊”作文，我实在忙得很，一时做不及，只有复信“延期”而已。但是这位新编辑拉人做文字的手段也不弱，——我听见过余上沅先生说的——恰好他又来信了；也恰好《自由周刊》因为被人家扣留停寄，便暂且停刊，于是我这一篇《水夫阿三》也没曾被《自由》攫去。本来这是我在最近两天的深夜中工作的余暇，在睡眼迷离中乱写的，《自由》早已经预定下了。现在好了，我就此送与志摩暂作搪塞罢。还请新编辑先生不要说我拿了别处的稿子做人情!

守旧与“玩”旧[①]

一

走路有两个走法：一个是跟前面人走，信任他是认识路的，一个是走自己的路，相信你自己有能力认识路的。谨慎的人往往太不信任他自己；有胆量的人往往过分信任他自己。为便利计，我们不妨把第一种办法叫作古典派或旧派，第二种办法叫作浪漫派或新派。在文学上，在艺术上，在一般思想上，在一般做人的态度上，我们都可以看出这样一个分别。这两种办法的本身，在我看来，并没有什么好坏，这只是个先天性情上或后天嗜好上的一个区别。你也许夸他自己寻路的有勇气，但同时就有人骂他狂妄；你也许骂跟在人家背后的人寒伧，但同时就有人夸他稳健。应得留神的就只一点：就只那个“信”

① 载一九二五年十一月十一日《晨报副刊》，原题《守旧与“玩”旧——孤桐先生的思想书店》；初收一九二六年六月北京北新书局《落叶》，改题为《守旧与“玩”旧》。采自《落叶》。

字是少不得的；古典派或旧派就得相信——完全相信——领他路的那个人是对的，浪漫派或新派就得相信——完全相信——他自己是对的。没有这点子原始的信心，不论你跟人走，或是你自己领自己，走出道理来的机会就不见得多，因为你随时有叫你心里的怀疑打断兴会的可能；并且即使你走着了也不算希奇，因为那是碰巧，与打中白鸽票的差不多。

二

在思想上抱住古代直下来的几根大柱子的，我们叫作旧派。这手势本身并不怎样的可笑，但我们却盼望他自己确凿的信得过那几条柱子是不会倒的。并且我们不妨进一步假定上代传下来的确有几根靠得住的柱子，随你叫它纲，叫它常，礼或是教，爱什么就什么，但同时因为在事实上有了真的便有假的，那几根真靠得住的柱子的中间就夹着了加倍加倍的幻柱子，不生根的，靠不住的，假的。你要是抱错了柱子，把假的认作真的，结果你就不免伊索寓言里那条笨狗的命运：它把肉骨头在水里的影子认是真的，差一点叫水淹了它的狗命。但就是那狗，虽则笨，虽则可笑，至少还有它诚实的德性：它的确相信那河里的骨头影子是一条真骨头。假如，譬方说，伊索那条狗曾经受过现代文明教育，那就是说学会了骗人上当。明知道水里的不是真骨头，却偏偏装出正经而且大量的样子，示意与它一同站在桥上的狗朋友们，它们碰巧是不受教育的因此容易上人当，叫它们跳下水去吃肉骨头影子，它自己倒反站在旁边看趣剧作乐，那时我们对它的举动能否拍掌，对它的态度与存心能否容许?

三

寓言是给有想像力并且有天生的幽默的人们看的，它内中的比喻是“不伤道”的；在寓言与童话里——我们竟不妨加一句在事实上——就有许多畜生比普通人们——如其我们没有一个时候忘得了人是宇宙的中心与一切的标准——更有道德，更诚实，更有义气，更有趣味，更像人！

四

一面说完了原则，使用了比方，现在要应用了。在应用之先，我得介绍我说这番话的缘由。“孤桐”在他的《再疏解辑义》——《甲寅》周刊第十七期——里有下面几节文章——

> ……凡一社会能同维秩序，各长养子孙，利害不同，而游刃有余，贤不肖浑殽而无过不及之大差，雍容演化，即于繁祉，共游一藩，不为天下裂，必有共同信念以为之基，基立而构兴，则相与饮食焉，男女焉，教化焉，事为焉，涂虽万殊，要归于一者也。兹信念者，亦期于有而已，固不必持绝对之念，本逻辑之律，以绳其为善为恶，或衷于理与否也……（圈是原有的也是我要特加的。摩。）
>
> ……此诚世道之大忧，而深识怀仁之士所难熟视无睹者也。笃而论之，如耶教者，其罅陋焉得言无；然天下之大，大抵上智少而中材多，宇宙之谜，既未可以尽明，因

葆其不可明者：养人敬畏之心，取使彝伦之叙，乃为忧世者意念之所必至，故神道设教，圣人不得已而为之，固不容于其义理，详加论议也。

……过此以往，稍稍还醇返朴，乃情势之所必然；此为群化消长之常，甲无所谓进化，乙亦无所谓退化，与愚曩举辖义，盖有合焉。夫吾国亦苦社会公同信念之摇落也甚矣，旧者悉毁而新者未生，后生徒恃己意所能判断者，自立准裁，大道之忧，孰甚于是，愚为此惧。论人怀己，趣申本义，昧时之讥，所不敢辞。

五

孤桐这次论的是美国田芮西州新近喧传的那件大案；与他的“辖义有合”的是判决那案件的法官们所代表的态度，就是特举的说，不承认我们人的祖宗与猴子的祖宗是同源的，因为圣经上不是这么说，并且这是最污辱人类尊严的一种邪说。关于孤桐先生论这件事的批评，我这里暂且不管，虽则我盼望有人管，因为他那文里叙述兼论断的一段话，并不给我他对于任何一造有真切了解的印象。我现在要管的是，孤桐在这篇文章里泄露给我们他自己思想的基本态度。

自分是“根器浅薄之流”，我向来不敢对现代“思想界的权威者”的思想存挑战的妄念，《甲寅》记者先生的议论与主张，就我见得到看得懂的说，狠多是我不敢苟同的，但我这一晌只是忍着不说话。

同时我对于现代言论界里有孤桐这样一位人物的事实，我到如今为止，认为不仅有趣味，而且值得欢迎的。因为在事实上得着得力的朋友固然不是偶然，寻着相当的敌手也是极难得的机会。前几年的所谓新思潮只是在无抵抗性的空间里流着；这不是“新人们”的幸运，这应分是他们的悲哀，因为打架大部分的乐趣，认真的说，就在与你相当的对敌切实较量身手的事实里：你揪他的头发，他回揪你的头毛，你腾空再去扼他的咽喉，制他的死命，那才是引起你酣兴的办法；这暴烈的冲突是快乐，假如你的力量都化在无反应性的空气里，那有什么意思？早年国内旧派的思想太没有它的保护人了，太没有战斗的准备，退让得太荒谬了；林琴南只比了一个手势就叫敌营的叫嚣吓了回去。新派的拳头始终不曾打着重实的对象；我个人一时间还猜想旧派竟许永远不会有对垒的能耐。但是不，《甲寅》周刊出世了，它那势力，至少就销数论，似乎超过了现行任何同性质的期刊物。我对于孤桐一向就存十二分敬意的，虽则明知在思想上他与我——如其我配与他对称这一次——完全是不同道的。我敬仰他因为他是个合格的敌人。在他身上，我常常想，我们至少认识了一个不苟且，负责任的作者，在他的文字里，我们至少看着了旧派思想部分的表现。有组织的根据论辨的表现。有肉有筋有骨的拳头，不再是林琴南一流棉花般的拳头了；在他的思想里，我们看了一个中国传统精神的秉承者，牢牢的抱住几条大纲，几则经义，决心在“邪说横行”的时代里替往古争回一个地盘；在他严刻的批评里新派觉悟了许多一向不曾省察到的虚陷与弱点。不，我们没有权利，没有推托，来蔑视这样一个认真的敌人，我常常这么想，即使我们有时在他卖弄他的整套家数时，看出不少可笑的台步与累赘的空架。每回我想着了安诺尔德说牛津是“败绩的主义的老家”，我便想像到一轮同样自傲的彩晕围绕在《甲寅》周刊的头顶；这一比量下来，我们这方倚仗人多的势力倒反吃了一个幽默上的亏输！不，假如我的祈祷有效力时，我第一就希冀《甲寅》周刊所代表的精神“亿万斯年”！

六

因为两极端往往有碰头的可能。在哲学上，最新的唯实主义与最老的唯心主义发现了彼此是紧邻的密切；在文学上，最极端的浪漫派作家往往暗合古典派的模型；在一般思想上，最激进的也往往与最保守的有联合防御的时候。这不是偶然，这里面有深刻的消息。“时代有不同，”诗人勃兰克说，“但天才永远站在时代的上面。”“运动有不同，”英国一个艺术批评家说，“但传统精神是绵延的。”正因为所有思想最后的目的就在发见根本的评价标源，最浪漫（那就是最向个性里来）的心灵的冒险往往只是发见真理的一个新式的方式，虽则它那本质与最旧的方式所包容的不能有可称量的分别。一个时代的特征，虽则有，毕竟是暂时的，浮面的：这只是大海里波浪的动荡，它那渊深的本体是不受影响的；只要你有胆量与力量没透这时代的掀涌的上层你就淹入了静定的传统的底质。要能探险得到这变的底里的不变，那才是攫着了骊龙的颔下珠，那才是勇敢的思想者最后的荣耀。旧派人不离口的那个“道”字，依我浅见，应从这样的讲法，才说得通，说得懂。

七

孤桐这回还有顶谨慎的捧出他的“大道”的字样来作他文章的后镇——“大道之忧，孰甚于是?”但是这回我自认我对于孤桐，不仅他的大道，并且他思想的基本态度，根本的失望了！而且这失望在我是一种深刻的幻灭的苦痛。美丽的安琪儿的腿，这样看来，原来是泥做的！请看下文。

我举发孤桐先生思想上没有基本信念。我再重复我上面引语加圈的几句：“………兹信念者亦期于有而已，固不必持绝对之念，本逻辑之律，以绳其为善为恶，或衷于理与否也。”所有唯心主义或理想主义的力量与灵感就在肯定它那基本信念的绝对性；历史上所有殉道殉教殉主义的往例，无非那几个个人在确信他们那信仰的绝对性的真切与热奋中，他们的考量便完全超轶了小己的利益观念，欣欣的为他们各人心目中特定的“恋爱”上十字架，进火焰，登断头台，服毒剂，尝刀锋。假如他们——不论是耶稣，是圣保罗，是贞德，勃罗诺，罗兰夫人，或是甚至苏格腊底斯——假如他们各个人当初曾经有刹那间会悟到孤桐的达观：“固不必持绝对之念”，那在他们就等于澈底的怀疑，如何还能有勇气来完成他们各人的使命？

但孤桐已经自认他只是一个“实际政家”，他的职司，用他自己的辞令，是在“操剥复之机，妙调和之用”，这来我们其实“又何能深怪”？上当只是我自己。“我的腿是泥塑的”，安琪儿自己在那里说，本来用不着我们去发见。一个“实际政家”往往就是一个“投机政家”，正因他所见的只是当时与暂时的利害，在他的口里与笔下，一切主义与原则都失却了根本的与绝对的意义与价值，却只是为某种特定作用而姑妄言之的一套，背后本来没有什么思想的诚实，面前也没有什么理想的光彩。“作者手里的题目，”阿诺尔德说，“如其没有贯彻他的，他一定做不好：谁要不能独立的运思，他就不会被一个题目所贯彻。”（Matthew Arnold：Preface to Merope）[①] 如今在孤桐的文章里，我们凭良心说，能否寻出些微“贯彻”的痕迹，能否发见些微思想的独立？

八

一个自己没有基本信仰的人，不论他是新是旧，不但没权利充任思想的领袖，并且不能在思想界里占任何的位置；正因为思想本身是独立的，纯粹性的，不含任何作用的。他那动机，我前面说过，是在重新审定，劈去时代的浮动性，一切评价的标准，与孤桐所谓“第二者（即实际政家）之用心：“操剥复之机，妙调和之用”，根本没有关连。一个“实际政家”的言论只能当作一个“实际政家”的言论看；他所浮泅的地域，只在时代浮动性的上层！他的维新，如其他是维新，并不是根基于独见的信念，为的只是实际的便利；他的守旧，如其他是守旧，他也不是根基于传统精神的贯彻，为的也只是实际的便利。这样一个人的态度实际上说不上“维”，也说不上“守”，他只是“玩”！一个人的弊病往往是在夸张过分；一个“实际政家”也自有他的地位，自有他言论的领域，他就不该侵入纯粹思想的范围，他尤其不该指着他自己明知是不定靠得住的柱子说“这是靠得住的，你们尽管抱去”，或是——再引喻伊索的狗——明知水里的肉骨头是虚影——因为他自己没有

---

① Matthew Arnold：Preface to Merope：马休·阿诺德，《〈梅罗珀〉的前言》。阿诺德（1822—1888），英国维多利亚时代的诗人和评论家，主要著作有抒情诗集《多佛海滩》、叙事诗《邵莱布和罗斯托》及论著《文化与无政府状态》等。《梅罗珀》是阿诺德所著的一部悲剧。

信念——却还怂恿桥上的狗友去跳水，那时他的态度与存心，我想，我们决不能轻易容许了吧！

志摩的欣赏[①]

这是多美丽，多生动的一幅乡村画。作者的笔真像是梦里的一支小艇，在波纹瘦鳒鳒的梦河里荡着，处处有着落，却又处处不留痕迹；这般作品不是写成的，是“想成”的。给这类的作者，批评是多余的，因为他自己的想像就是最不放松的不出声的批评者；奖励也是多余的，因为春草的发青，云雀的放歌，都是用不着人们的奖励的。

① 这是作者为沈从文散文《市集》写的附记；载一九二五年十一月十一日《晨报副刊》，署“志摩的欣赏”；初收一九八〇年台湾时报文化出版事业有限公司《徐志摩诗文补遗》。采自《晨报副刊》。

介绍《燕大周刊》[①]

《燕大周刊》自第八十二期起归焦菊隐君编辑，单印成册，本期有刘大钧、周作人、俞平伯诸先生论文，特为介绍。

① 载一九二五年十一月十一日《晨报副刊》，未署名。

《关于〈市集〉的声明》附记[①]

从文，不碍事，算是我们副刊转载的，也就罢了。有一位署名“小兵”的劝我下回没有相当稿子时，就不妨拿空白纸给读者们做别的用途，省得搀上烂东西叫人家看了眼疼心烦。我想另一个办法是复载值得读者们再读三读乃至四读五读的作品，我想这也应得比乱登的办法强些。下回再要没有好稿子，我想我要开始印《红楼梦》了！好在版权是不成问题的。

附：沈从文《关于〈市集〉的声明》

志摩先生，看到报，事真坏，想法声明一下罢。近来正有一般小捣鬼遇事寻罅缝，说不定因此又要生出一番新的风浪。那一篇《市集》先送到《晨报》，用“休芸芸”名字，久不见登载，以为不见了，接着因《燕大周刊》上有个熟人拿去登过；后又为一个朋友不候我的许可转录到《民众文艺》上——此面又见，是三次了。小东西出现到三次，不是

---

① 载一九二五年十一月十六日《晨报副刊》；署名志摩介绍《燕大周刊》；一九八八年一月陕西人民出版社《徐志摩研究》存目。采自《晨报副刊》，沈从文《关于〈市集〉的声明》附后。

丑事总也成了可笑的事!

这似乎又全是我过失，因为前次你拿我那一册稿子问我时，我曾说统未登载过，忘了这篇。这篇文字既已曾登载过，为甚我又连同那另外四篇送到晨报社去？那还有个原由：因我那个时候正同此时一样，生活悬挂在半空中，伙计对于欠账逼得不放松，故写了三四篇东西并录下这一篇短东西做一个册子，送与勉己先生，记到附函曾有下面的话：

"……若得到二十块钱开销一下公寓，这东西就卖了。《市集》一篇，曾登载过……"

至于我附这短篇上去的意思，原是想总把来换二十块钱，让晨报社印一个小册子。当时也曾声明过。到后一个大[①] 不得，而勉己先生尽[管] 我写信问他去退这一本稿子又不理。我以为必是早失落了，失落就失落了，我那来追问同编辑先生告状打官司的气力呢？所以不问。

不期望稿子还没有因包花生米而流传到人间，不但不失，且更得了新编辑的赏识，填到篇末还加了几句受来背膊发麻的按语，纵无好搅闲事的虫豸们来发见这足以使他自己为细心而自豪的事，但我自己看来，已够可笑了。且前者署"休芸芸"而今却变成"沈从文"，我也得声明一下：实在果能因此给了虫豸们一点钻蛀的空处，就让他永久是两个不同的人名罢。

从文上
于新窄而霉斋

① 大，"大钱"的略称，此处指钱。

《陶孟和函》附言[①]

我只有一句话：我切盼陶先生多做几朵“丑花”给我们醒醒眼。

附：陶孟和函

志摩：

你所办的副刊向来是高尚优美的，现在你叫我来写一篇这样“龌龊相”的文章，讨论一个高尚优美的人所不屑听不屑道的问题，未免太煞风景了罢。但是永远看好看的花，没有丑花做陪衬，日久也就看不出好花的好看。我这篇文章只充你们文学作品的对照。如何？

孟和　十一，十八夜

① 一九二五年十一月二十一日陶孟和在《晨报副刊》上刊出《职业与生殖》，文末附致徐志摩函，这是徐在陶函后的附言。原无题，未署名。陶函附后。

小启一则[1]

罕思君请示新址，以便寄件。

① 载一九二五年十一月二十一日《晨报副刊》，原无题，未署名。题名是编者拟的。

《人权保障宣言》附言[①]

这样看来，还是上海人文明些：非法杀了人还有许多旁人出来说话的。北京呢?

① 这是作者为《人权保障宣言》写的附言；载一九二五年十一月二十五日《晨报副刊》，署名记者。《人权保障宣言》是上海文化人的一个声明。

《梁启超来函》附志[①]

梁先生本学年在清华讲学，这一两月来著述的数量已不下十余万言，从奴婢制讲到佛教史。我们不能不惊讶梁先生过人的精力；反过来我们不能不自讶力量的浅薄。梁先生自从三十年前提起笔杆以来，他的笔尖上的墨沈从不曾干过；说少一点，我们可以预言梁先生当前还有三十年的著述生涯！“著作等身”：梁先生手笔的原稿经保存而已订成册子的已够等身又等身，散逸了的更不可计数。而他那悍炼不苟的笔致，三十年来不见稍懈，这是多可讶异的精力！

再没有比梁先生更博学的；再没有比梁先生更勤学的；同时更没有比梁先生更虚心求学的。十一年冬天欧阳竟无先生在南京支那内学院讲唯识，每朝七时开讲。我那时在南京也赶时髦起了两个或是三个大早冒着刺面的冷风到秦淮河畔去听庄严的大道。一来是欧阳先生的乡音进入我的耳内其实比七弦琴的

① 梁启超将《佛教教理概要》寄徐志摩时附函说明原委，徐刊出梁文时，将梁函刊于文前并写附记；载一九二五年十一月二十八日《晨报副刊》，署“志摩附志”；一九八八年一月陕西人民出版社《徐志摩研究资料》存目。采自《晨报副刊》，梁启超来函附后。

琴音不相上下，二来这黎明即起的办法在我是生活的革命，我终于听不满三两次拿着几卷讲义也就算完事一宗。梁先生（那时梁先生也在南京讲学）也听欧阳先生的讲。我怀疑我们能在当今三十岁以下的学生里寻出比他更勤慎，更恭敬，更高兴的学生！是的，不止是勤慎，不止是恭敬，梁先生做学问，就比他谈天或打麻雀一样，有的是不可压迫的真兴会：这是梁先生学问成功——也是一切事业成功——的秘密。他听江西老表话的程度我想也不一定比我们强，他喜欢天不亮爬起床冒冷风跑路一类也不见得比我们甚；但他好学的热心可以使他废寝与馈，可以使他忘忧；学问上的发见，不论怎样细小，可以给他莫大的欢喜，真的使他“手之舞之足之蹈之”的欢喜，就比如小孩子在水里捞着了鱼，在鸟窠里探得了鸟卵一般。这时代真乏，什么真的东西都是越来越稀少了。连学生都快灭迹了！在浅蓝漆木凳上坐着，在浅蓝漆木桌上靠着，手指间擎着不情愿的笔杆，眼睛里擒着极奥妙的睡态，脑帘间映着变态心理类的画片的一流——是学生吗？他们是为什么来的？学问；为学问来的才是学生；但连学问的烟头都不曾望见的，更不谈寻求真理一类的高调，我们也可以滥称学生吗？谁想到为寻一个真纯的学生，那是认涵葆真理的学问为唯一努力的对象的，我们还得到五十开外头童齿豁如梁先生几个少数人身［上］找去！

但反过来说，今天所谓大学教授们，也那禁得起“哲学猫”的一笑——“哼，什么话！”

但正如亚里士多德认真理是他先生的先生，在今天我们有志气做一个学生的也正应得放开眼界，直超过一班凭博凭硕充当教席不幸的生灵们，望到那更辽阔更清澈的天边——那是无穷的真理的境界。

佛教的奥义是我们浅学人平常想懂而偏懂不到的一类恼人

的东西。有时我们也听到极高明的讲，但结果只是更糊涂。就比如欧阳竟无先生算是当代讲唯识的大师，但你去听他的讲或是读他的著作，所得到的只是似是而非一类的印象。当然只怪我们自己浅薄，承受不进去。假如我们对佛学也可以学西滢先生对古琴一般的解嘲态度，分明自己不懂，却偏说对面那东西根本没道理，那我们做人求学一类的事就可以简单得多；但不幸我们有良心干涉，不许我们过分舒服，这来事情就麻烦了，我们还免不了从头做起，得出空我们的心，得向艰难处下工夫，得一步一步不躐等的往前走去，得时时认清了我们寻求的对象——换句话说，我们得认真学做学生。

梁先生不是会说话的人，但他的笔头却真是粲着花儿的。什么艰深的学理他都有法子讲得你点头；他可以讲佛学连着三四个钟头叫全堂听讲人不倦！在欧阳先生口里笔下我们摸不清路子的微言奥义，这里在梁先生的讲义里，我们至少可以一流顺水的往下看，那就不是易事。同时我们更应得记在心里，这日子不是好过的日子，锐利的刀锋不时在我们眼前晃着，谁都不知道明天变出来的是什么玩艺。这时候要你们悉心听超出时空超出一切的道理似乎不是近人情的办法，但既然有梁先生那样不合时宜的人在那里讲，又有我这样不合时宜的人来替他宣传，在读者中间我敢猜想也一定不至于绝无不合时宜的同道愿意来看。姑且试着吧。

附：梁启超来函

志摩足下：

你问我要稿子，我实在没有时候应命，只好拿这份讲义搪塞。

这份讲义是：我们一位同事刘寿民教授讲世界通史正讲到古代的印

度，他因为我对于佛教研究颇有兴味，请我把“印度之佛教”这个题目代讲一下，我一时高兴答应了，讲了好几堂还没有讲完。这份讲义分两大部：一是“佛的时代及原始佛教教理概要”，二是“佛灭后一千年间佛教在印度传播发展之大势”。现在把“教理概要”那部分钞给你。

我对于佛教不过喜欢罢了，不能说是懂，我所讲的不敢说没有错。况且那么伟大的宗教，涵义那么丰富，在讲堂五七个钟头，如何能讲得明白且没有遗漏？所以我说的只是我认为最重要的几个题目，即：

（一）从认识论出发的因缘观

（二）业与轮回

（三）无常与无我

（四）解脱与涅槃

这四节是教理概要的正文。还有前头几节论当时印度思想界形势及佛教的特长，我认为非略加说明不能了解佛教的地位和价值，所以讲来做个楔子。

各节之中，“业与轮回”一节，我比较的做得惬心。但为学生们听得易懂且有趣味起见，里头多用譬喻话。

佛经常说：“凡譬喻不过有少分相应”，意思说是：譬喻所用的事物，不过和所譬的事物有小部分相类似罢了，所以用譬喻和听譬喻都有不小的危险，因为泥着譬喻容易走入迷途。

你既要把这讲义发表，我对于这一点不能不郑重声明请读者们注意。

志摩足下：像我这样做学问是不作兴的；今天做什么文化史里头的奴隶制度，明天做什么读荀子示例，第三天做什么佛教教理，第四天又做什么国产保护，……这样杂乱无章，断断续续，那作品如何要得？你斟酌着罢，若以为不可登，或者抽下来腾出副刊的空白纸实行你“翻印《红楼梦》”那话，我倒是极端赞成。

十四，十一，十三，启超，清华研究院。

灾后小言①

副刊多少不免寄生性质。报馆叫一把火烧了，正张出不了版，副刊也只得跟着不作声；正张醒了，副刊也只得跟着爬起来。出事以后，朋友见面第一句是慰唁，第二句是恭喜：恭喜我平空到手了几天假!《晨报》这回本来是不该停版的；欧战时伦敦一家大报馆叫德国齐伯林飞船一丸子给毁了，全毁了，可是明早上照例出报，只多了一条本报馆被炸的新闻。中国人到底脆弱，养太娇了，经不起风浪，一动活就喘不过气来。烧《晨报》的火神爷心肠还是不够辣；该毁的没有毁，机器稿子全给留了，不该毁的倒给毁了，馆员们的衣服，听差们的被褥，厨子的家当，会客室里新制的一套沙发，壁上挂的画片，全没了。所以只要我们摇笔杆儿的先生们有勇气，当晚爬进火堆里去喊齐馆员们工人们来吩咐：只当没有这回事，明儿照例出报，自家铅字乱了，就拿到别家印去，那时定报的买主们就不会白损失这星期的报，这不就合了一句老话，大事化成小事，小事化成无事了吗？原来这年头我们全犯了神经过敏一类

① 载一九二五年十二月七日《晨报副刊》，署名志摩；初收一九八〇年台湾时报文化出版事业有限公司《徐志摩诗文补遗》。采自《晨报副刊》。

的病，往往拿着显微镜看事情，什么都给看大了：偶尔的得意，耗子爬上米仓瞪眼珠，猫儿站在屋尖上竖尾巴一类的骄傲，做贼的爬进了洞捞着货又爬出了洞稳稳的得胜回家一类的锋头，算什么，真算什么！我们身子尽可以进小胡同踹烂泥闻臭味儿，可不要忘了头顶还有天，青青无底的天，白天照着太阳，晚上亮着星，永久的威严，不变的光明；我们身子尽可以钻进破帐子烂被封里去胡乱睡着，可别忘了心窝底里还有一个良心，一个哲学家迂腐的叫作道德的命令，它也是与天光一样永远在着，你兽性发作的时候尽可以杀人放火为非作奸的干去，回头还可以自夸英雄好汉，可是到时候它就会来报复，掐着你，追着你，斗着你，叫你偌大世界没缝儿躲去，什么人为的刑罚都没有它凶，没有它正确。什么都是虚荣；什么不是虚荣？这年头还是学地上草顶合式，静静的躺着，人家爱踹就让踹，踹不倒是运气好，踹倒了也还不是该？

我记得我接手副刊的时候有人说起凡是副刊全要不得，全该取销；这回差点儿连正刊都给取销了！有一位朋友提什么火烧不火烧，就有人顶着嚷宣武门外火起了，你们看着！谁知竟成了谶语，果然遭了火，您说这巧不巧？现在又上场了；朋友中有气愤的，要我以后把笔尖深深的往毒液里浸透了再来写，丹农雪乌说的“喊响些，大声的喊，叫天上的云发震，叫地下的畜生们也发震”；有谨慎的再三嘱咐我须要小心了，别逞笔头意气惹祸招殃，犯不着。我倒是不慌，也不急，火烧得了木头盖的屋子，可烧不了我心头无形的信仰，我生平经验虽则不深，可是人事肤浅的变异轻易也骇不了我，吓不倒我，我就自恨天生力量不够大，理智不够锐，感情不够烈，笔力不够强，但相当内心的平衡，我希冀，总还可以保持。本副刊以后选稿的标准还是原先的标准：思想的独立与忠实，不迎合照旧不迎合，不谀附照旧不谀附，不合时宜照旧不合时宜。世上不少明白的人，不少纯洁的心，不愁没有同情的感召，不愁没有价值的认识，迟早间——凭着这点子信心，我今天再来继续我的摇笔杆儿的生活。

记者谨启[①]

惠稿诸君鉴，报馆遭难，副刊稿件幸无恙，用否容分别函复。本刊复活，至盼投稿，共维生命。记者谨启。

① 载一九二五年十二月七日《晨报副刊》，署名记者。

火烧纪念[1]

江先生原稿第十四张在报馆被毁遗失，阙此存念；此外有沈从文君《赌徒》篇亦遭殃。

① 载一九二五年十二月九日《晨报副刊》，未署名。江先生指江绍原。

给周作人的回信[①]

启明兄，我真该长长的答你一个信，一来志谢你这细心的读者替我们校阅的厚意，二来在我们接到你的来件是一种异样的欣慰。因为本刊的读者们都应该觉出时候已经很久的了，自从作人先生因为主政《语丝》不再为本刊撰文、我接手编辑以来也快三个月了，但这还是第一次作人先生给我们机会接近他的温驯的文体，这虽只是简短的校阅，我们也可以看出作人为学的勤慎与不苟。我前天偶然翻看上年的副刊，那时的篇幅不仅比现在的着实有分两，有“淘成”，并且有生动的光彩。那光彩便是作人先生的幽默与“爱伦内”——正像是镂空西瓜里点上了蜡发出来的光彩，亮晶晶，绿滟滟的讨人欢喜。阿！但是《晨报副刊》的漂亮日子是过去的了，怕是永远过去的了？现在的本刊是另外一回事了：原来轻灵的变了笨重，原来快爽的变了迂滞，原来甜的变了——我说不出是什么味儿的了。也许一半是时代的关系：正如十九世纪因为自我意识与阶级意识

① 约一九二五年十二月十九日写；载一九二五年十二月二十一日《晨报副刊》；初收一九八〇年台湾时报文化出版事业有限公司《徐志摩诗文补遗》。采自《晨报副刊》，周作人来函附后。

发动以来，十八世纪清平的听得见笑响的日子便不可多得，我们言论界自从人妖们当道叫孤桐先生的“大道”翻跟斗以来也就不得不带上丑怪的面具，帮着这丑怪的时期，唱完这一出丑怪的大戏，原来清白的本相正不知到几时才能复辟哩！不好，我竟写出感慨一类的废话来了，这是最冒犯幽默的，我得向作人先生道歉才是。话说回来，我们恳切盼望的是作人先生以及原先常在副刊露面的作者们不要完全忘了交情，不要因为暂时的不长进就永远弃绝了它，它还得仰仗你们的爱护，培植，滋润，好叫它将来的光彩（如其有那一天）是你们的欢喜，正如现时的憔悴应分是你们的忧愁。

附：周作人来函

志摩兄：

虽然常在第一院楼梯下相遇，总是没有长谈的机会；我是住在西北的乡下，实在有点怕敢上你的松树胡同去，因为太远了，也有点生疏。我希望过些时可以去访你。

十六日晨副上登载一篇夏斧心君的《接吻发凡》译文，你说因蔼理斯原书不在手边，不曾校阅，今日无事找出第四本的性的心理来略一检查，觉得有一二点尚可商议，特报告给你。

译文第六节里，“这种情形在一切阶级都是如此，也许永久都要如此了。连握手在她们中间，也算作洋派”。这似应云，“这种情形在一切阶级现在都是如此，而且也向来如此；连握手在他们（日本人）中间也是不通行的”。末句后半云 Foreign to them，大约不能作“洋派”解，虽然我的译语也不很妥当。

第七节云，“亚剌伯有一本鼓吹社会改造底书，叫做《馨香之园》(Perfumed Garden)”。原文说这一部书表示当时有过一种高等的风化(Social refinement)，这并不是社会改造的书，乃是双梅影庵丛书的材料，专讲房中术的，看所引“一个湿的接吻”一语就可以想见，只可惜见不到这本书，似乎这只有一种法文译本。

第九节云中国“母亲不给她的孩子特别浪谲的吻”，你在句后加有一个疑问号，大约这里有点笔误。原文云不但父亲不和略大的子女接吻，“就是母亲也只偶尔偷偷地给她的孩子接一个吻”，末句后半是 A rare and furtive kiss。此外有一两处稍有出入，都不关紧要，可以不说。因为我不是“宏博的批评家”，专是寻人家的漏洞的。总之夏君这篇译文要算是很好的。不过那题目似乎不大好，因为这不是 Origin of Kiss①，却有点像 Introduction to the Art of Kissing②（or to Philematology）了。

蔼理斯讲到远东的接吻，用的材料都是转手来的，所以不很确实。小泉八云说日本向来没有接吻，不免是皮相之见，只要一查故医学博士文学博士森林太郎所著经政府禁止的小说《性的生活》（Vita Sexualis），就可知道。第恩周所说的中国的接吻，那是“嗅”，我们乡间读作 hsoong（西用切），此外似乎还有一种所谓亲嘴，或者就是亚剌伯的《馨香之园》里所说的吧？这些在中国的成年大抵都知道，也可以不必再同老兄絮说了。

十二月十八日，作人

---

① Origin of Kiss：吻的起源。

② Introduction to the Art of Kissing：关于吻的艺术的介绍。

巴黎的鳞爪[①]

咳巴黎！到过巴黎的一定不会再希罕天堂；尝过巴黎的，老实说，连地狱都不想去了。整个的巴黎就像是一床野鸭绒的垫褥，衬得你通体舒泰，硬骨头都给熏酥了的——有时许太热一些。那也不碍事，只要你受得住。赞美是多余的，正如赞美天堂是多余的；咒诅也是多余的，正如咒诅地狱是多余的。巴黎，软绵绵的巴黎，只在你临别的时候轻轻地嘱咐一声："别忘了，再来！"其实连这都是多余的，谁不想再去？谁忘得了？

香草在你的脚下，春风在你的脸上，微笑在你的周遭。不拘束你，不责备你，不督饬你，不窘你，不恼你，不揉你。它搂着你，可不缚住你：是一条温存的臂膀，不是根绳子。它不是不让你跑，但它那招逗的指尖却永远在你的记忆里晃着。多轻盈的步履，罗袜的丝光随时可以沾上你记忆的颜色！

但巴黎却不是单调的喜剧。赛因河的柔波里掩映着罗浮宫

① 一九二五年全文分三部分，序言和《五小时的萍水缘》、《先生，你见过香艳的肉没有?》，十二月二十一日作完；分载一九二五年十二月十六日、十七日、二十四日《晨报副刊》，均署名志摩；初收一九二七年八月上海新月书店《巴黎的鳞爪》。《先生，你见过香艳的肉没有?》后改题为《肉艳的巴黎》，收入一九三〇年四月上海中华书局《轮盘》。采自《巴黎的鳞爪》。

的倩影，它也收藏着不少失意人最后的呼吸。流着，温驯的水波；流着，缠绵的恩怨。咖啡馆：和着交颈的软语，开怀的笑响，有踞坐在屋隅里蓬头少年计较自毁的哀思。跳舞场：和着翻飞的乐调，迷醇的酒香，有独自支颐的少妇思量着往迹的怆心。浮动在上一层的许是光明，是欢畅，是快乐，是甜蜜，是和谐；但沈淀在底里阳光照不到的才是人事经验的本质：说重一点是悲哀，说轻一点是惆怅；谁不愿意永远在轻快的流波里漾着，可得留神了你往深处去时的发见！

一天一个从巴黎来的朋友找我闲谈，谈起了劲，茶也没喝，烟也没吸，一直从黄昏谈到天亮，才各自上床去躺了一歇，我一阖眼就回到了巴黎，方才朋友讲的情境惝恍的把我自己也缠了进去；这巴黎的梦真醇人，醇你的心，醇你的意志，醇你的四肢百体，那味儿除是亲尝过的谁能想像！——我醒过来时还是迷糊的忘了我在那儿，刚巧一个小朋友进房来站在我的床前笑吟吟喊我，“你做什么梦来了，朋友，为什么两眼潮潮的像哭似的？”我伸手一摸，果然眼里有水，不觉也失笑了——可是朝来的梦，一个诗人说的，同是这悲凉滋味，正不知这泪是为那一个梦流的呢！

下面写下的不成文章，不是小说，不是写实，也不是写梦，——在我写的人只当是随口曲，南边人说的“出门不认货”，随你们宽容的读者们怎样看罢。

出门人也不能太小心了，走道总得带些探险的意味。生活的趣味大半就在不预期的发见，要是所有的明天全是今天刻板的化身，那我们活什么来了？正如小孩子上山就得采花，到海边就得检贝壳，书呆子进图书馆想捞新智慧——出门人到了巴黎就想……

你的批评也不能过分严正不是？少年老成——什么话！老成是老年人的特权，也是他们的本分；说来也不是他们甘愿，他们是到了年纪不得不。少年人如何能老成？老成了才是怪哪！

放宽一点说，人生只是个机缘巧合；别瞧日常生活河水似的流得平顺，它那里面多的是潜流，多的是漩涡——轮着的时候谁躲得了给卷了进去？那就是你发愁的时候，是你登仙的时候，是你辨着酸的时候，是你尝着甜的时候。

巴黎也不定比别的地方怎样不同：不同就在那边生活流波里的潜流更猛，漩涡更急，因此你叫给卷进去的机会也就更多。

我赶快得声明我是没有叫巴黎的漩涡给淹了去——虽则也就够险。多半的时候我只是站在赛因河岸边看热闹，下水去的时候也不能说没有，但至多也不过在靠岸清浅处溜着，从没敢往深处跑——这来漩涡的纹螺，势道，力量，可比远在岸上时认清楚多了。

一、九小时的萍水缘

我忘不了她。她是在人生的急流里转着的一张萍叶，我见着了它，掬在手里把玩了一晌，依旧交还给它的命运，任它飘流去——它以前的飘泊我不曾见来，它以后的飘泊，我也见不着，但就这曾经相识匆匆的恩缘——实际上我与她相处不过九小时——已在我的心泥上印下踪迹，我如何能忘，在忆起时如何能不感须臾的惆怅？

那天我坐在那热闹的饭店里瞥眼看着她，她独坐在灯光最暗漆的屋角里，这屋内那一个男子不带媚态，那一个女子的胭脂口上不沾笑容，就只她：穿一身淡素衣裳，戴一顶宽边的黑帽，在鬅密的睫毛上隐隐闪亮着深思的目光——我几乎疑心她是修道院的女僧偶尔到红尘里随喜来了。我不能不接着注意她，她的别样的支颐的倦态，她的曼长的手指，她的落漠的神情，有意无意间的叹息，在在都激发我的好奇——虽则我那时左边已经坐下了一个瘦的，右边来了肥的，四条光滑的手臂不住的在我面前晃着酒杯。但更使我奇异的是她不等跳舞开始就匆匆的出去了，好像害怕或是厌恶似的。第一晚这样，第二晚又是这样：独自默默的坐着，到时候又匆匆的离去。到了第三晚她再来的时候我再也忍不住不想法接近她。第一次得着的回音，虽则是"多谢好意，我再不愿交友"的一个拒绝，只是加深了我的同情的好奇。我再不能放过她。巴黎的好处就在处处近人情；爱慕的自由是永远容许的。你见谁爱慕谁想接近谁，决不是犯罪，除非你在经程中泄漏了你的粗气暴气，陋相或是贫相，那不是文明的巴黎人所能容忍的。只要你"识相"，上海人说的，什么可能的机会你都可以利用。对方人理你不理你，当然又是一回事；但只要你的步骤对，文明的巴黎人决不让你难堪。

我不能放过她。第二次我大胆写了个字条付中间人——店主人——交去。我心里直怔怔的怕讨没趣。可是回话来了——她就走了，你跟着去吧。

她果然在饭店门口等着我。

你为什么一定要找我说话，先生，像我这再不愿意有朋友的人?

她张着大眼看我，口唇微微的颤着。

我的冒昧是不望恕的，但是我看了你忧郁的神情我足足难受了三天，也不知怎的我就想接近你，和你谈一次话，如其你许我，那就是我的想望，再没有别的意思。

真的她那眼内绽出了泪来，我话还没说完。

想不到我的心事又叫一个异邦人看透了……她声音都哑了。

我们在路灯的灯光下默默的互注了一晌，并着肩沿马路走去，走不到多远她说不能走，我就问了她的允许雇车坐上，直望波龙尼大林园清凉的暑夜里兜去。

原来如此，难怪你听了跳舞的音乐像是厌恶似的，但既然不愿意何以每晚还去?

那是我的感情作用；我有些舍不得不去，我在巴黎一天，那是我最初遇见——他的地方，但那时候的我……可是你真的同情我的际遇吗，先生？我快有两个月不开口了，不瞒你说，今晚见了你我再也不能制止，我爽性说给你我的生平的始末吧，只要你不嫌。我们还是回那饭庄去罢。

你不是厌烦跳舞的音乐吗?

她初次笑了。多齐整洁白的牙齿，在道上的幽光里亮着！有了你我的生气就回复了不少，我还怕什么音乐?

我们俩重进饭庄去选一个基角坐下，喝完了两瓶香槟，从十一时舞影最凌乱时谈起，直到早三时客人散尽侍役打扫屋子时才起身走，我在她的可怜身世的演述中遗忘了一切，当前的歌舞再不能分我丝毫的注意。

下面是她的自述。

我是在巴黎生长的。我从小就爱读《天方夜谭》的故事，以及当代描写东方的文学；阿，东方，我的童真的梦魂那一刻不在它的玫瑰园中留恋？十四岁那年我的姊姊带我上北京去住，她在那边开一个时式的帽铺，有一天我看见一个小身材的中国人来买帽子，我就觉着奇怪，一来他长得异样的清秀，二来他为什么要来买那样时式的女帽；到了下午一个女太太拿了方才买去的帽子来换了，我姊姊就问她那中国人是谁，她说是她的丈夫，说开了头她就讲她当初怎样为爱他触怒了自己的父母，结果断绝了家庭和他结婚，但她一点也不追悔，因为她的中国丈夫待她怎样好法，她不信西方人会得像他那样体贴，那样温存。我再也忘不了她说话时满心怡悦的笑容。从此我仰慕东方的私衷又添深了一层颜色。

我再回巴黎的时候已经长成了，我父亲是最宠爱我的，我要什么他就给我什么。我那时就爱跳舞，阿，那些迷醉轻易的时光，巴黎那一处舞场上不见我的舞影。我的妙龄，我的颜色，我的体态，我的聪慧，尤其是我那媚人的大眼——阿，如今你见的只是悲惨的余生再不留当时的丰韵——制定了我初期的堕落。我说堕落不是？是的，堕落，人生那处不是堕落，这社会那里容得一个有姿色的女人保全她的清洁？我正快走入险路的时候，我那慈爱的老父早已看出我的倾向，私下安排了一个机会，叫我与一个有爵位的英国人接近。一个十七岁的女子那有什么主意，在两个月内我就做了新娘。

说起那四年结婚的生活，我也不应得过分的抱怨，但我们欧洲的势利的社会实在是树心里生了蠹，我怕再没有回复健康的希望。我到伦敦去做贵妇人时我还是个天真的孩子，那有什么机心，那懂得虚伪的卑鄙的人间的底里，我又是个外国人，到处遭受嫉忌与批评。还有我那叫名的丈夫。他娶我究竟为什么动机我始终不明白，许贪我年轻贪我貌美带回家去广告他自己的手段，因为真的我不曾感着他一息的真情；新婚不到几时他就对我冷淡了，其实他就没有热过，碰巧我是个傻孩子，一天不听着一半句软语，不受些温柔的怜惜，到晚上我就不自制的悲伤。他有的是钱，有的是趋奉谄媚，成天在外打猎作乐，我愁了不来慰我，我病了不来问我，连着三年抑郁的生涯完全消灭了我原来活泼快乐的天机，到第四年实在耽不住了，我与他吵一场回巴黎再见我父亲的时候，他几乎不认识我了。我自此就永别了我的英国丈夫。因为虽则实际的离婚手续在他方面到前年方始办理，他从我走了后也就不再来顾问我——这算是欧洲人夫妻的情分！

我从伦敦回到巴黎，就比久困的雀儿重复飞回了林中，眼内又有了笑，脸上又添了春色，不但身体好多，就连童年时的种种想望又在我心头活了回来。三四年结婚的经验更叫我厌恶西欧，更叫我神往东方。东方，阿，浪漫的多情的东方！我心里常常的怀念着。有一晚，那一个运定的晚上，我就在这屋子内见着了他，与今晚一样的歌声，一样的舞影，想起还不就是昨天，多飞快的光阴，就可怜我一个单薄的女子，无端叫运神摆布，在情网里颠连，在经验的苦海里沉沦，朋友，我自分是已经埋葬了的活人，你何苦又来逼着我把往事掘起，我的话是简短的，但我身受的苦恼，朋友，你信我，是不可量的；你望我的眼里看，凭着你的同情你可以在刹那间领会我灵魂的真际！

他是菲利滨人，也不知怎的我初次见面就迷了他。他肤色是深黄的，但他的性情是不可信的温柔；他身材是短的，但他的私语有多叫人魂销的魔力？阿，我到如今还不能怨他；我爱他太深，我爱他太真，我如何能一刻忘他，虽则他到后来也是一样的薄情，一样的冷酷。你不倦么，朋友，等我讲给你听？

我自从认识了他我便倾注给他我满怀的柔情，我想他，那负心的他，也够他的享受，那三个月神仙似的生活！我们差不多每晚在此聚会的。秘谈是他与我，欢舞是他与我，人间再有更甜美的经验吗？朋友你知道痴心人赤心爱恋的疯狂吗？因为不仅满足了我私心的想望，我十多年梦魂缭绕的东方理想的实现。有他我什么都有了，此外我更有什么沾恋？因此等到我家里为这事情与我开始交涉的时候，我更不踌躇的与我生身的父母根本决绝。我此时又想起了我垂髫时在北京见着的那个嫁中国人的女子，她与我一样也为了痴情牺牲一切，我只希冀她这时还能保持着她那纯爱的生活，不比我这失运人成天在幻灭的辛辣中回味。

我爱定了他。他是在巴黎求学的，不是贵族，也不是富人，那更使我放心，因为我早年的经验使我迷信真爱情是穷人才能供给的。谁知他骗了我——他家里也是有钱的，那时我在热恋中抛弃了家，牺牲了名誉，跟了这黄脸人离却巴黎，辞别欧洲，经过一个月的海程，我就到了我理想的灿烂的东方。阿，我那时的希望与快乐！但才出了红海，他就上了心事，经我再三的逼他才告诉他家里的实情，他父亲是菲利滨最有钱的土著，性情是极严厉的，他怕轻易不能收受我进他们的家庭。我真不愿意把此后可怜的身世烦你的听，朋友，但那才是我痴心人的结果，你耐心听着吧！

东方，东方才是我的烦恼！我这回投进了一个更陌生的社会，呼吸更沉闷的空气；他们自己中间也许有他们温软的人情，但轮着我的却一样还只是猜忌与讥刻，更不容情的刺袭我的孤独的性灵。果然他的家庭不容我进门，把我看作一个"巴黎淌来的可疑的妇人"。我为爱他也不知忍受了多少不可忍的侮辱，吞了多少悲泪，但我自慰的是他对我不变的恩情。因为在初到的一时他还是不时来慰我——我独自赁屋住着。但慢慢的也不知是人言浸润还是他原来爱我不深，他竟然表示割绝我的意思。朋友，试想我这孤身女子牺牲了一切为的还不是他的爱，如今连他都离了我，那我更有什么生机？我怎的始终不曾自毁，我至今还不信，因为我那时真的是没路走了。我又没有钱，他狠心丢了我，我如何能再去缠他，这也许是我们白种人的崛强，我不久便揩干了眼泪，出门去自寻活路。我在一个菲美合种人的家里寻得了一个保姆的职务；天幸我生性是耐烦领小孩的——我在伦敦的日子没孩子管我就养猫弄狗——救活我的是那三五个活灵的孩子，黑头发短手指的乖乖。在那炎热的岛上我是过了两年没颜色的生活，得了一次凶险的热病，从此我面上再不存青年期的光彩。我的心境正稍稍回复平衡的时候两件不幸的事情又临着了我：一件是我那他与另一女子的结婚，这消息使我昏绝了过去；一件是被我弃绝的慈父也不知怎的问得了我的踪迹来电说他老病快死要我回去。阿，天罚我！等我赶回巴黎的时候正好赶着与老人诀别，忏悔我先前的造孽！

从此我在人间还有什么意趣？我只是个实体的鬼影，活动的尸体；我的心也早就死了，再也不起波澜；在初次失望的时候我想像中还有个辽远的东方，但如今东方只在我的心上留下一个鲜明的新伤，我更有什么希冀，更有什么心情？但我每晚还是不自主的到这饭店里来小坐，正如死去的鬼魂忘不了他的老家！我这一生的经验本不想再向人前吐露的，谁知又碰着了你，苦苦的追着我，逼我再一度撩拨死尽的火灰，这来你够明白了，为什么我老是这落漠的神情，我猜你也是过路的客人，我深深自幸又接近一次人情的温慰，但我不敢希望什么，我的心是死定了的，时候也不早了，你看方才舞影凌乱的地板上现在只剩一片冷淡的灯光，侍役们已经收拾干净，我们也该走了，再会吧，多情的朋友！

二、“先生，你见过艳丽的肉没有？”

我在巴黎时常去看一个朋友，他是一个画家，住在一条老闻着鱼腥的小街底头一所老屋子的顶上一个 A 字式的尖阁里，光线暗惨得怕人，白天就靠两块日光胰子大小的玻璃窗给装装幌，反正住的人不嫌就得，他是照例不过正午不起身，不近天亮不上床的一位先生，下午他也不居家，起码总得上灯的时候他才脱下了他的外褂露出两条破烂的臂膀埋身在他那艳丽的垃圾窝里开始他的工作。

艳丽的垃圾窝——它本身就是一幅妙画！我说给你听听。贴墙有精窄的一条上面盖着黑毛毡的算是他的床，在这上面就准你规规矩矩的躺着，不说起坐一定扎脑袋，就连翻身也不免冒犯斜着下来永远不退让的屋顶先生的身分！承着顶尖全屋子顶宽舒的部分放着他的书桌——我捏着一把汗叫它书桌，其实还用提吗，上边什么法宝都有，画册子，稿本，黑炭，颜色盘子，烂袜子，领结，软领子，热水瓶子压瘪了的，烧干了的酒精灯，电筒，各色的药瓶，彩油瓶，脏手绢，断头的笔杆，没有盖的墨水瓶子，一柄手枪，那是瞒不过我化七法郎在密歇耳大街路旁旧货摊上换来的，照相镜子，小手镜，断齿的梳子，蜜膏，晚上喝不完的咖啡杯，详梦的小书，还有——还有可疑的小纸盒儿，凡士林一类的油膏……一只破木板箱一类漆着名字上面蒙着一块灰色布的是他的梳妆台兼书架，一个洋瓷面盆半盆的胰子水似乎都叫一部旧板的卢骚集子给饕了去，一顶便帽套在洋瓷长提壶的耳柄上，从袋底里倒出来的小铜钱错落的散着像是土耳其人的符咒，几只稀小的烂苹果围着一条破香蕉像是一群大学教授们围着一个教育次长索薪……

壁上看得更斑斓了：这是我顶得意的一张庞那的底稿当废纸买来的，这是我临蒙内的裸体，不十分行，我来撩起灯罩你可以看清楚一点，草色太浓了，那膝部画坏了。这一小幅更名贵，你认是谁，罗丹的！那是我前年最大的运气，也算是错来的，老巴黎就是这点子便宜，挨了半年八个月的饿不要紧，只要有机会捞着真东西，这还不值得！那边一张挤在两幅油画缝里的，你见了没有，也是有来历的，那是我前年趁马克倒霉路过佛兰克福德时夹手抢来的，是真的孟督尔都难说，就差糊了一点，现在你给三千佛郎我都不卖，加倍再加倍都值，你信不信？再看那一长条……在他那手指东点西的卖弄他的家珍的时候，你竟会忘了你站着的地方是不够六尺阔的一间阁楼，倒像跨在你头顶那两爿斜着下来的屋顶也顺着他那艺术谈法术似的隐了去，露出一个爽恺的高天，壁上的疙瘩，壁蟢窠，霉块，钉疤，全化成了哥罗画帧中“飘摇欲化烟”的最美丽林树与轻快的流涧；桌上的破领带及手绢烂香蕉臭袜子等等也全变形成戴大阔边稻草帽的牧童们，偎着树打盹的，牵着牛在涧里喝水的，手反衬着脑袋放平在青草地上瞪眼看天的，斜眼溜着那边走进来的娘们手按着音腔吹横笛的——可不是那边来了一群娘们，全是年岁青青的，露着胸膛，散着头发，还有光着白腿的在青草地上跳着来了？……唵！小心扎脑袋，这屋子真扁纽，你出什么神来了？想着你的 Bel Ami 对不对？你到巴黎快半个月，该早有落儿了，这年头收成真容易——吒，太容易了！谁说巴黎不是理想的地狱？你吸烟斗吗？这儿有自来火。对不起，屋子里除了床，就是那张弹簧早经追悼过了的沙发，你坐坐吧，给你一个垫子，这是全屋子顶温柔的一样东西。

不错，那沙发，这阁楼上要没有那张沙发，主人的风格就落了一个极重要的原素。说它肚子里的弹簧完全没了劲，在主人说是太谦，在我说是简直污蔑了它。因为分明有一部分内簧是不曾死透的，那在正中间，看来倒像是一座分水岭，左右都是往下倾的，我初坐下时不提防它还有弹力，倒叫我骇了一下；靠手的套布可真是全霉了，露着黑黑黄黄不知是什么货色，活像主人衬衫的袖子。我正落了坐，他咬了咬嘴唇翻一翻眼珠微微的笑了。笑什么了你？我笑——你坐上沙发那样儿叫我想起爱菱。爱菱是谁？她呀——她是我第一个模特儿。模特儿？你的？你的破房子还有模特儿，你这穷鬼化得起……别急，究竟是中国初来的，听了模特儿就这样的起劲，看你那脖子都上了红印了！本来不算事，当然，可是我说像你这样的破鸡棚……破鸡棚便怎么样，耶稣生在马号里的，安琪儿们都在马矢里跪着礼拜哪！别忙，好朋友，我讲你听。如其巴黎人有一个好处，他就是不势利！中国人顶糟了，这一点；穷人有穷人的势利，阔人有阔人的势利，半不阑珊的有半不阑珊的势利——那才是半开化，才是野蛮！你看像我这样子，头发像刺猬，八九天不刮的破胡子，半年不收拾的脏衣服，鞋带扣不上的皮鞋——要在中国，谁不叫我外国叫化子，那配进北京饭店一类的势利场；可是在巴黎，我就这样儿随便问那一个衣服顶漂亮脖子搽得顶香的娘们跳舞，十回就有九回成，你信不信？至于模特儿，那更不成话，那有在巴黎学美术的，不论多穷，一年里不换十来个眼珠亮亮的来坐样儿？屋子破更算什么？波希民的生活就是这样，按你说模特儿就不该坐坏沙发，你得准备杏黄贡缎绣丹凤朝阳做垫的太师椅请她坐你才安心对不对？再说……

别再说了！算我少见世面，算我是乡下老戆，得了；可是说起模特儿，我倒有点好奇，你何妨讲些经验给我长长见识？有真好的没有？我们在美术院里见着的什么维纳丝得米罗，维纳丝梅第妻，还有铁青的，鲁班师的，鲍第千里的，丁稻来笃的，箕奥其安内的裸体实在是太美，太理想，太不可能，太不可思议；反面说，新派的比如雪尼约克的，玛提斯的，塞尚的，高耿的，弗朗刺马克的，又是太丑，太损，太不像人，一样的太不可能，太不可思议。人体美，究竟怎么一回事，我们不幸生长在中国女人衣服一直穿到下巴底下腰身与后部看不出多大分别的世界里，实在是太蒙昧无知，太不开眼。可是再说呢，东方人也许根本就不该叫人开眼的，你看过约翰巴里士那本沙扬娜拉没有，他那一段形容一个日本裸体舞女——就是一张脸子粉搽得像棺材里爬起来的颜色，此外耳朵以后下巴以下就比如一节蒸不透的珍珠米！——看了真叫人恶心。你们学美术的才有第一手的经验，我倒是……

你倒是真有点羡慕，对不对？不怪你，人总是人。不瞒你说，我学画画原来的动机也就是这点子对人体秘密的好奇。你说我穷相，不错，我真是穷，饭都吃不出，衣都穿不全，可是模特儿——我怎么也省不了。这对人体美的欣赏在我已经成了一种生理的要求，必要的奢侈，不可摆脱的嗜好；我宁可少吃俭穿，省下几个法郎来多雇几个模特儿。你简直可以说我是着了迷，成了病，发了疯，爱说什么就什么，我都承认——我就不能一天没有一个精光的女人躺在我的面前供养，安慰，喂饱我的“眼淫”。当初罗丹我猜也一定与我一样的狼狈，据说他那房子里老是有剥光了的女人，也不为坐样儿，单看她们日常生活“实际的”多变化的姿态——他是一个牧羊人，成天看着一群剥了毛皮的驯羊！鲁班师那位穷凶极恶的大手笔，说是常难为他太太做模特儿，结果因为他成天不断的画他太太竟许连穿裤子的空儿都难得有！但如果这话是真的鲁班师还是太傻，难怪他那画里的女人都是这剥白猪似的单调，少变化；美的分配在人体上是极神秘的一个现象，我不信有理想的全材，不论男女我想几乎是不可能的；上帝拿着一把颜色望地面上撒，玫瑰，罗兰，石榴，玉簪，剪秋罗，各样都沾到了一种或几种的彩泽，但决没有一种花包涵所有可能的色调的，那如其有，按理论讲，岂不是又得回复了没颜色的本相？人体美也是这样的，有的美在胸部，有的腰部，有的下部，有的头发，有的手，有的脚踝，那不可理解的骨格，筋肉，肌理的会合，形成各各不同的线条，色调的变化，皮面的涨度，毛管的分配，天然的姿态，不可制止的表情——也得你不怕麻烦细心体会发见去，上帝没有这样便宜你的事情，他决不给你一个具体的绝对美，如果有我们所有艺术的努力就没了意义；巧妙就在你明知这山里有金子，可是在那一点你得自己下工夫去找。阿！说起这艺术家审美的本能，我真要闭着眼感谢上帝——要不是它，岂不是所有人体的美，说窄一点，都变了古长安道上历代帝王的墓窟，全叫一层或几层薄薄的衣服给埋没了！回头我给你看我那张破床底下有一本宝贝，我这十年血汗辛苦的成绩——千把张的人体临摹，而且十分之九是在这间破鸡棚里钩下的，别看低我这张弹簧早经追悼了的沙发，这上面落坐过至少一二百个当得起美字的女人！别提专门做模特儿的，巴黎那一个不知道俺家黄脸什么，那不算希奇，我自负的是我独到的发见：一半因为看多了缘故，女人肉的引诱在我差不多完全消灭在美的欣赏里面，结果在我这双"淫眼"看来，一丝不挂的女人就同紫霞宫里翻出来的尸首穿得重重密密的摇不动我的性欲，反面说当真穿着得极整齐的女人，不论她在人堆里站着，在路上走着，只要我的眼到，她的衣服的障碍就无形的消灭，正如老练的矿师一瞥就认出矿苗，我这美术本能也是一瞥就认出"美苗"，一百次里错不了一次：每回发见了可能的时候，我就非想法找到她剥光了她叫我看个满意不成，上帝保佑这文明的巴黎，我失望的时候真难得有！我记得有一次在戏院子看着了一个贵妇人，实在没法想（我当然试来）我那难受就不用提了，比发疟疾还难受——她那特长分明是在小腹与……

够了够了！我倒叫你说得心痒痒的。人体美！这门学问，这门福气，我们不幸生长在东方谁有机会研究享受过来？可是我既然到了巴黎，又幸气碰着你，我倒真想叨你的光开开我的眼，你得替我想法，要找在你这宏富的经验中比较最贴近理想的一个看看……

你又错了！什么，你意思花就许巴黎的花香，人体就许巴黎的美吗？太灭自己的威风了！别信那巴理士什么沙扬娜拉的胡说；听我说，正如东方的玫瑰不比西方的玫瑰差什么香味，东方的人体在得到相当的栽培以后，也同样不能比西方的人体差什么美——除了天然的限度，比如骨格的大小，皮肤的色彩。同时顶要紧的当然要你自己性灵里有审美的活动，你得有眼睛，要不然这宇宙不论它本身多美多神奇在你还是白来的。我在巴黎苦过这十年，就为前途有一个宏愿：我要张大了我这经过训练的“淫眼”到东方去发见人体美——谁说我没有大文章做出来？至于你要借我的光开开眼，那是最容易不过的事情，可是我想想——可惜了！有个马达姆朗洒，原先在巴黎大学当物理讲师的，你看了准忘不了，现在可不在了，到伦敦去了；还有一个马达姆薛托漾，她是远在南边乡下开面包铺子的，她就够打倒你所有的丁稻来笃，所有的铁青，所有的箕奥其安内——尤其是给你这未入流看，长得太美了，她通体就看不出一根骨头的影子，全叫匀匀的肉给隐住的，圆的，润的，有一致节奏的，那妙是一百个哥蒂蔼也形容不全的，尤其是她那腰以下的结构，真是奇迹！你从意大利来该见过西龙尼维纳丝的残像，就那也只能仿佛，你不知道那活的气息的神奇，什么大艺术天才都没法移植到画布上或是石塑上去的（因此我常常自己心里辩论究竟是艺术高出自然还是自然高出艺术，我怕上帝僭先的机会毕竟比凡人多些）；不提别的单就她站在那里你看，从小腹接柽上股那两条交荟的弧线起直往下贯到脚着地处止，那肉的浪纹就比是——实在是无可比——你梦里听着的音乐：不可信的轻柔，不可信的匀净，不可信的韵味——说粗一点，那两股相并处的一条线直贯到底，不漏一屑的破绽，你想通过一根发丝或是吹度一丝风息都是绝对不可能的——但同时又决不是肥肉的黏着，那就呆了。真是梦！唉，就可惜多美一个天才偏叫一个身高六尺三寸长红胡子的面包师给糟蹋了；真的这世上的因缘说来真怪，我很少看见美妇人不嫁给猴子类牛类水马类的丑男人！但这是支话。眼前我招得到的，够资格的也就不少——有了，方才你坐上这沙发的时候叫我想起了爱菱，也许你与她有缘分，我就为你招她去吧，我想应该可以容易招到的。可是上那儿呢？这屋子终究不是欣赏美妇人的理想背景，第一不够开展，第二光线不够——至少为外行人像你一类着想……我有了一个顶好的主意，你远来客，也该独出心裁招待你一次，好在爱菱与我特别的熟，我要她怎么她就怎么；暂且约定后天吧，你上午十二点到我这里来，我们一同到芳丹薄罗的大森林里去，那是我常游的地方，尤其是阿房奇石相近一带，那边有的是天然的地毯，这时是自然最妖艳的日子，草青得滴得出翠来，树绿得涨得出油来，松鼠满地满树都是，也不很怕人，顶好玩的，我们决计到那一带去秘密野餐吧——至于“开眼”的话，我包你一个百二十分的满足，将来一定是你从欧洲带回家最不易磨灭的一个印象！一切有我布置去，你要是愿意贡献的话，也不用别的，就要你多买大杨梅，再带一瓶橘子酒，一瓶绿酒，我们享半天闲福去。现在我讲得也累了，我得躺一会儿，我拿我床底下那本秘本给你先揣摹揣摹……

隔一天我们从芳丹薄罗林子里回巴黎的时候，我仿佛刚做了一个最荒唐，最艳丽，最秘密的梦。

十四年十二月二十一日

杜洛斯奇[①]

杜洛斯奇终究是一个可人。罗素早年游苏俄的时候叫他给媚住了；有一晚在剧场里他隔着厢座初次瞻仰了这位天神似的过激党魁，他的眼内（罗素说）放射着不可信的神光与威棱，这应分是征服女性无上的魔力（我新近在英国才听说罗素老先生自己是一个有名的女性征服者！）。

我也爱上了他，虽则我从没机会见过他；我不是爱他的貌，也不是慕他军事的天才，我爱的是他的论事的气魄，他的卓越的见地——简单说，他的广义的政治头脑。

（插话：中国人的相貌在西洋人看来最特别的地方是眼小鼻梁扁；眼睛是像浮面画着的，鼻子是像纸剪粘上的，这来喘气的与看世界的器官先就不争气，先就寒伧，怪不得我们做事情就是气短，看事情眼光只是不宽。这眼光或视域的宽窄是一个有趣的现象。先就肉眼说：比如我自己是近视，你去了我的镜子你在我的跟前站着我就分不清你的眉眼口鼻。但肉眼的近

① 载一九二五年十二月十九日、二十一日《晨报副刊》，署名志摩；二十一日刊载时另加副题《续鲁那卡夫斯奇记杜洛斯奇》；初收一九八〇年台湾时报文化出版事业有限公司《徐志摩诗文补遗》。采自《晨报副刊》。杜洛斯奇即托洛茨基。

视还有法想，配准了镜光就行；至于我们心智的与灵性的视力先天有缺陷的时候，正因为没形迹可寻就没法修理或补偿，这与思想力想像力薄弱的结果往往使我们在在有颠仆的危险。什么是一个哲学家只是能利用他的特强的心智视力在超轶一切情感的高峰上辨认人事经验的起伏与交错？什么是一个先觉只是他的灵性视域比常人的宽，他的视力比常人的强，因此他能指示出常人看不到的远山与远海?)

在天空中盘翔着神睛的巨鹫应分是政治家的象征，在他的眼下，农场上稻塍边躲着的田鼠没有遁形的机会——虽则政治家的动机，不比那鸷禽的目的，是仁不是残，是普济不是私利。杜洛斯奇有的是巨鹫神睛；他的视力是敏锐的，准确的，透彻的。他许不是个实际政治家，没有列宁的手腕与度量；但他在苏俄革命史中当得起一个政治思想家的尊称，我看来是无可致疑的。列宁第一个佩服他。自从他二十三岁那年在瑞士(我记得）认识列宁起至列宁临死时止（见最后列宁及列宁夫人致杜氏函牍)，他始终受列宁的尊敬与信任。在他的著作里，虽则他的学问不如列宁的渊博，见解不如列宁的稳定，我们可以看出他思想的忠实与无畏性，推理论事的彻透与爽脆，“辨微知几”的卓越——巨鹫的神睛的一扫。他的思想的对象不止是苏俄实际的政况，那是比较浅显的易于调剂的一部分；他的是劳农革命本体的使命与意义：俄国民族经革命而发见的新文化的趋向与指归。怎样转移革命摧残的暴力的工作？怎样引诱创造性的表现？怎样调剂物质的生活与精神的活动？怎样实现新社会制的安宁与调谐？怎样解决人性里相反相冲突的本能？怎样拥护劳农革命的尊严？怎样建设劳农社会纯粹性的文化？这些是他想来解答的问题。

谁都知道苏俄生命的中枢在全部的红军；要没有它，几次白党反革命的势力早就摧尽了苏维埃稚弱的试验。但编制红军的是杜洛斯奇；指挥红军的是杜洛斯奇；风驰电掣似运用红军的是杜洛斯奇。真的杜洛斯奇用兵的神速几乎是奇迹一类的现象！但是同时他在思想界的活动也是一样的可惊。他是胚胎革命的一个创始人；他是它的保护人，同时他也不放松他的批评与笃饬，他是一个有想像力有理想的革命者：他的先觉性的视域下早就涌现着整个新来的大地山河。

他在苏俄实际政治上的势力在列宁死后因受三联领袖——Stalin[①]，Zinoviev[②]，Kamenev[③] ——的猜忌与打击几于完全失散了，虽则不是消灭；但他在苏俄思想界——如其苏俄能容思想这东西——的势力我敢信是不易摧残的。他是最有力的演说家，有人称他与法国的微微昂尼是近代的唯一大演说家；他的笔也是一样的不弱——便在译文中亦可以看出。我春间过俄国的时候，听说他正被软禁——说是养病——在南方一个山里，有人去看他问他病得怎样，他笑着说：“我今天没看报，自己都不知道他们怎样支配我的体温与脉搏！”但新近听说他得了一个差使了。

这样一个人物是值得知道的，他的议论是值得听的。下面我节译苏俄教育部长在他的一本小书叫作《革命的剪影》里杜洛斯奇人品的描写，使我们直接近他的思想以前领略他的生平与概况——

① Stalin：斯大林（1879—1953），苏联共产党总书记（1922—1953），苏联部长会议主席（1941—1953）。

② Zinoviev：季诺维也夫，俄国革命家，20 世纪 20 年代的苏联共产党主要领导人之一，曾任党中央政治局委员和共产国际执行委员会主席。后在 1936 年的大清洗中被枪决。

③ Kamenev：加米涅夫，俄国革命家，20 世纪 10 年代末和 20 年代的苏联共产党和苏维埃政府的重要人物，曾任政治局委员和莫斯科苏维埃主席。后在 1936 年的大清洗中被枪决。

我初会杜洛斯奇是一九〇五年，在正月事变后。他到日内瓦来，我忘了是从那儿，为到一个讨论那惨剧的大会，演说指定有他与我。杜洛斯奇那时是异常的漂亮，在我们一群人里面鹤立的，丰度极美。他那漂亮模样，再加他那不论对谁都是一例高谈阔论的架子，初起使我感觉不快。我心里满不愿意的看着那花花公子，腿甩在膝盖上，飞快的起草他临时演说的大纲。但杜洛斯奇那天讲得真好……

在一九〇五年革命期内我很少见他。他不仅不常和我们（多数党）在一起，他也不接近多数党人。他的工作大都是在工人代表的苏维埃……

我记得有人说，列宁也在场："克立斯他来夫的星已经没了，现在在苏维埃里占势力的人是杜洛斯奇。"列宁脸上似乎闇了一闇，随后他说："吒，杜洛斯奇有那地位正为他肯做事而且做得好……"

杜洛斯奇在他被捕以前在彼得堡极受劳动阶级的推重，后来他在法庭上有声色有气概的答辩更使他的身分在群众的心目中增高。我应得说杜（以下简称杜）在一九〇五至一九〇六年社会民主党诸领袖中，虽则最年轻，却是最有准备的；别人许有那亡命人褊窄一类的情形，他的痕迹最浅，这在列宁在那时候尚且不免；大规模争全政权的意义他比谁都得清楚。革命的结果他大大的得人心。列宁与马滔夫都没有多大好处。从此后杜站定在前面的了。

在司塔脱卡脱国际会议席上，杜的态度来得和平，他也劝我们同态度，以为一九〇六年的反动我们都叫闪下了马，因此不易在会议席得势。

过此杜倾向调和，主张革命派的联合。他在维也纳办了一个报叫《泼拉夫达》(Pravda)[①]，化了不少力气鼓吹他那调和的意思，其实是没办法的。

我这里得说杜不仅不能好好的组织一个党，就连小团体的结合他都弄不好……他几乎永远是孤立的，因为他不会张罗人，天生的霸性，不会或不愿拉拢敷衍人。这点列宁倒好，他有的是一种引人的趣味。我们要记得入后他的朋友——当然指政治范围内——有好几个反成他不共戴天的仇敌。

在政治团体里做事杜是不适宜的，但在历史事迹的大海里，那是私人的性格都失却了重要，我们见着的倒是他的顺利的一面了……

我始终以为杜洛斯奇是一个大人物。是的，谁说不是？在巴黎（大战期内）他在我眼内已经长成了一个大政治家，他的才干一天胜似一天——也许因为我与他熟识了缘故，他整份的身手似乎非得转移历史的大机会才能完全的显出，也许他历经几番革命艰难的经验助长了他的翅膀。

一九一七那年春间革命初期的工作……接近杜洛斯奇的人心里都以为他是真正俄国革命的大领袖。乌立刺奇Uritsky[②]，他是最尊敬杜氏的，曾经对我说过："大革命是到门了，可是你看，不论列宁是多能干，他在杜洛斯奇的天才的边旁就显出他有点儿晦色了。"

杜氏外表看得见的主要的天赋是他的演说才与他的文才。我看来杜氏是近代最伟大的演说家，我生平听过国会式以及社会主义的大演说家不在少数，但我觉得不易举出

① Pravda：《真理报》。
② Uritsky：不详。

一个可与杜氏相仿佛的，除非是法国的卓莱斯（Jaures）①。

镇压得住的人格，优美从容的姿态，强有力的节奏，响亮不倦的嗓音，字句的紧凑与雅驯，喻象的丰富，灼人的讥讽，流动的情调，尤其是一种绝对非常的逻辑，纯钢似的清劲——这些是杜氏演才的特长。他可以连着用警句演说，放几枝可惊的中的的箭，他那讨论政治的高谈真可算是前无古人的。我听过他一口气讲三个钟头，满堂人全是鸦雀无声的站着，像是叫法术迷住了似的。

但杜氏组织党的能力，我前面说的，是有限的；他缺乏手段。他的人格刻画得太清晰，轮廓太强峭。

杜氏是易怒的，专断的。只有他对列宁在他们合作以后，他永远是一种顺服与爱敬的态度。英雄惜英雄，杜氏对列宁的谦卑才真是他的本色处。

他的政治思想与他的演说天才一般的卓越。这是当然的事情。最警策的演说家要是他的议论没有真纯的思想打底，那就没有价值，他的辞令也就比是铜锡的丁东。正如圣保罗说过，演说家的心胸里许充满着，不是爱，但思想是绝对必要的……

我看来杜氏的思想竟比列宁的着实来得正宗，虽则这话许多人听了一定觉得奇怪。杜氏政治的生涯粗看似乎不径直的！他不是孟希微几也不是鲍希微几，他初去走的是中道，直到后来才把他的全流倾入鲍希微几的大河。虽则如此，杜氏却始终严格的遵从革命马克斯主义的方针。列宁自以为在政治思想里是一个创作者，所以他常常创设新

---

① Jaures：今译饶勒斯（1859—1914），法国社会主义者，《人道报》创办者之一，被暗杀。

的主张与口号，也有不少见实效的。杜氏的特色是他思想勇猛；他诋抨各种不澈底的社会主义是不遗余力的。

有人说杜氏是一个野心家。这话当然是胡说。我记得邱诺夫（Chernov）[①] 做了政府官的时候杜氏说的话：“多可鄙的野心——抛弃了历史上的地位去换一个纸提包!”这话里看出整个的杜洛斯奇。他没有一滴的虚荣……

列宁也是绝对没有野心的，我信列宁从不曾对着他自己看过一眼，从不在历史的镜子自己照影过，从不关心后世怎样想他——他就做他的工作。他专制的做他的工，不是因为他贪权，他因为把得稳他自己是对的，因此他不能容忍谁去破坏他的工程。他的爱权是从他的主义的准确与纯正里出来的，你也可以说他是不能从反对他的观点着想的，这是一个政党的领袖是极有用的。

杜氏就不同，他时常对着他自己看。他珍重他的历史的事业，为了他的使命他什么牺牲甚至他的性命都是甘心的，他要的就是在人类的记忆里留下一个真正革命领袖的荣光。他的爱权大致也与列宁同性质的，他不如列宁的地方就在他常有用权过分的情形，再兼他的性情是暴躁的，所以不免有被热情蒙蔽的时候，不比列宁永远是主意拿得稳稳的，生气都不会得的。

你们可不要以为俄国革命第二个大领袖是各方面都不如他的同事的；实际上有好多地方他比列宁强得多；他更来得精明，清楚，活动。列宁天生是坐定在他苏维埃老总

---

① Chernov：疑指 Viktor Mikhaylovich Chernov（1873—1952），今译切尔诺夫，俄国社会革命党创建人之一。第一次世界大战后侨居西欧，二月革命发生后回国，任临时政府农业部长。1918 年在彼得格勒召开立宪会议时，他当选为主席。1920 年后流亡国外。

的交椅里，凭着他的天才指挥世界革命，同时却是狠分明的他不能执行杜洛斯奇肩负的天神似的工作，他那闪电似的用兵，他那伟大的演说，咄嗟的重大的指挥，要不是他赤军如何能凭有限的力量几次击散强项的反动。地面上再没有第二个人可以替代杜洛斯奇这部分的工程。

每回一个真纯的大革命临到的时候，一个大民族总能为它各部分的事业寻得相当的人物，我们革命的伟大的一个消息是我们共产党是从革命的中心长出来的，或者可以说它是采取别党的精华造成本身的力量，结果各部分政府的机关都有出众的能人负责。

最胜任愉快的是能人中最强的两个——列宁与杜洛斯奇。

A. V. Lunacharsky①

《革命的剪影》，莫斯科，一九二三

① A. V. Lunacharsky：卢纳察尔斯基（1875—1933），徐译鲁那卡夫斯奇，俄国作家、评论家、政治家。1898 年因从事革命工作被流放。1917 年回国协助列宁、托洛茨基工作，革命胜利后任教育人民委员。1933 年任苏联驻西班牙大使。著作有《集体主义哲学大纲》等。

《接吻发凡》附言[①]

蔼理斯原书不在手边，夏君此译无从校阅，但大致似无讹，故即照登。

① 载一九二五年十二月十六日《晨报副刊》，署名记者。夏君为夏斧心，其译作为《接吻发凡》。题目是编者拟的。

法郎士先生的牙慧[①]

不，至少今晚我不能讲法郎士。我的脾气太坏，一动笔就有跑野马的倾向，何况是法郎士，这老头太逗人。今晚一来没有时候，二来没有劲，要不为做编辑没办法，这大冷的风夜，谁愿意拿笔写？躺平在床上抽着烟做“白日梦”不好吗？这一时竟没有好的来稿。许是天下不太平的缘故。前几天我急了，只好捞出一些巴黎的糟糟来凑和凑和。结果倒像居然有人看的样子。不但有人看，还有人要我再往下写。难怪，这年头就是巴黎合脾胃。可是要写也得脑子里有东西；我再有本事也不能完全凭空造不是？并且我怕——我怕我写巴黎容易偏着一面——你们明白是那一面——结果给你们一个太近兴奋一类的印象。巴黎的生活决不是偏重那一面的，它的好处就在不偏：如其你看来巴黎性欲的色彩太浓，那只是你从来的地方太淡的缘故。如其你看来巴黎人太会作乐，那只是你一向太不懂得作乐的缘故。如其你以为巴黎太自由，那只是你自己身上绑着的绳子太多的缘故。巴黎人的生活自有他的和谐，他的一致；他

① 载一九二五年十二月三十日《晨报副刊》；初收一九八〇年台湾时报文化出版事业有限公司《徐志摩诗文补遗》。采自《晨报副刊》。

才淘着了酒杯底里的樱桃!

巴黎真是值得知道的。凭你在生活的头上加什么形容词——精神的，享乐的，美术的，肉欲的，书虫的——巴黎都有可以当场出彩或是现成做得的最完美的活标本给你看。巴黎：本能不是羞耻，人性不露丑恶，可是够了，我得带住，趁早检一点法郎士的牙慧敷衍了今晚的稿子再说，巴黎留着还怕没有时候讲？因为法郎士就是巴黎文化的结晶，透明的，闪光的，多姿态的。

著作家不定是会说话的。实际上好多大作者就像是猫，除了恋爱与发怒的时候轻易不开口的。法郎士是一只老麻雀。他一天叽叽喳喳停嘴的空儿狠少；每天去看他的人几乎是不断的，他照例心里愈烦嘴里讲得愈起劲换衣服也不停嘴，除了刷着牙真没法想。我现在旁边的一本书就是他的秘书记下的他每天不经意的谈话——“Anatole France Himself：A Boswellian Record，by his Secretary Jean Jacques Brousson：English translation by John Pollock”。[①]

从前听说皇帝的左手有一个秘书，他是专记皇上说的话的；但我们在帝王的本纪里却不易寻出一句有活人气息的话来。戴平天冠坐龙床的姑且不说，就是我们的大文学家也极少给我们一个日常谈笑的人格的记认。我们接近他们的方法，除了他们的诗文，就只他们的信札与日记，但有几个作者不在他们的信札里不撑出他的“臭绅士的架子”来；有几个写日记的不打算将来公开的？这是一件大大的憾事。假如我们也曾经鲍士惠尔这样一个人，有他那样一个发明文学上的全身摄影术的

① 《阿那托尔·法朗士：他的秘书让·雅克·布鲁松所作的鲍斯威尔式的记录》，由约翰·波洛克英译。法朗士（1844—1924），法国小说家、文艺评论家，诺贝尔文学奖获得者，主要作品有《希尔维特·波纳尔的罪行》、《现代史话》等。

天才——我们的文学史就不会这样的枯燥，寂寞，没有活人气息。成文章的文章我们固然不能少，但有趣味人不经意的谈吐我们也得想法留下影子；绅士的臭架子或是臭绅士的架子许也有我们应得容忍他们存在的理由，但我们当然有权利盼望更亲切的更直接的认识一时代少数的天才——一个法子是保存他们日常谈话的姿态与内容。

现在阿那托尔·法郎士先生出场了。

一、暖　帽

玖塞芬（法郎士的女用人）拿出一篓子奇形怪状的软帽来。这位大人物接了过来，拿起一顶顶帽子来放在拳头上撑绽了，安在头去，对着一架威尼市式的衣镜照一照，都像是不大合式，踌躇了。有他踌躇的道理：那一篓子的花样实在不少。有绸子做的，有丝绒做的，有浴安布做的。有大的，戴在脑壳上直下来遮住耳朵，像罗马教皇戴的。有糖宝塔形的许多，像是土耳其人的毡帽。小精致的也不少，像是罗马教堂里唱诗小孩子头上顶着的那种大红饼形的礼帽。末了他选定了一顶红葡萄色浴安布做的。篓子里还有不少中国帽，有缨须的，像宝塔似的。

“成了，”他说，“现在我们做事情了。谁来我都不在家。”

话还没说完，一大串的客人就跟着进来了。

二、创作的接吻

在（赛因）河边一个旧书铺子里他淘着了一本塞公德著的

《接吻》。这是铁扫脱的本子，书面上一行小注打开了他的话匣子，那一行是“并附铁扫脱的几个创作的接吻”。

“吹什么牛！世界上那有这样一个傻子会得相信在那个跳冬冬的圈子里还有什么创作不创作！在创世的第一天，在伊藤园里塞公德与铁扫脱自以为懂得的，要不了三两个钟头亚当和夏娃早就全会了。再说呢，我反正不相信这班专利接吻的卖主。他们那嘴里满是腊丁什么，希腊什么，真要是他们从说理转到实习的时候，他们那美人儿的脸上少不了叫他们留上几个墨水的小圆圆。可是他们转不转？那是问题。写恋术的作者们在实际生活里往往是脚跟凉冷冷的。他们的媚术无非是墨水瓶子的变化。”

……

他又说：

“你爱不爱亲近女人？我就要那个。此外我什么都可以让给你：年纪，美，名誉。爵夫人行，乡下姑娘也成——那都只是名称上的区别！我就佩服我们最伟大的色鬼国王的主张：‘管她是谁！’路易十五对他的跟班叫来陪尔的说，‘可是你得先送她到澡盆里去，再送她到牙医生那里去了再带来。’

“那位国王是一个大人物。随你怎么批评他，我们该得叫他一声‘乖乖’。澡盆子和牙医！那就够合式了。澡盆就是卫生，那是恋爱唯一的道德律。这身体你要抱的话总得有相当准备，我相信你不是吃长素修行一类的人，见了女性顶多就到脸上去一啄，倒像是欣赏什么古董或是圣器似的。至于我呀，我要的是维纳丝整个的美。脸子！脸子是为亲戚朋友们丈夫儿女们预备的。为了家常应用的结果它变成了发硬性的。那软劲儿会变没，皮面会变木的。情人们有的是更创作性的权利；他们有，比方说，到手初版书的权利。现在我才明白什么学问都是空的。念书有什么用，一辈子多短还得在傻瓜堆里混着，求什么知识，多压得死人的事情！短短的路程带这么多的行李干什么了？人家夸奖我的学问，我再也不要别的什么学问，除了在爱的范围里。爱是我现在唯一的特定的研究。剩下有限几点热情的火星，我就全化在那一件事情上。要是我能把那小爱神灵感我的整个的写了出来！阴沉沉的假撇清（假贞节）盖住我们的文学，这假撇清要比中古世纪宗教审判更来得笨，更残，更犯罪。就我现在说，一个女人是一本书。记住，我对你说过世界上没有坏的书。只要你有耐心翻着书篇找去，你不愁不找到一段文章足值得你麻烦的。我还是找，朋友，我顶用心的找。”

说着话他黏湿了他的指头，悬空热呼呼的情艳艳的翻动着一本想像中的书本的叶子。他又接着说，眼睛里亮着少年人的光：

“每回遇有福气抱住一个上帝的生灵，我就用心研究这本杰作，一行一行的念。一句一读我都不让漏。有时候我连眼镜子都吊在书本子上的！”

三、“写别字”

在所有人身的缺陷中，在他眼里最不可饶恕的是人事的无能。对于变态的性欲他倒是够宽容的，他把它们好玩的叫作“写别字”。

“有许多男人逢着该用阴性的地方错写成阳性。也有许多女人在该写阳性的地方误用阴性。在这多愁的地面上各个人各按各的本领寻自己的生路！至于我呢，我就跟着阿戴理说她对那不识趣的岳喜说的话：‘我有我的上帝，他是我侍奉的；你去伺候你的。他们俩一样是强有力的神道。’”

……什么异端的主张法郎士都可以容许，他顶厌恶的是

"贞节"。

"就没有贞节的人。就有假人。有病人。有怪人。有疯人。这年头你要是说一个女人是贞节的，大家就笑你！你拿她说成了一个笑话是真的。阿，贞节的露克来西亚！阿，贞节的苏三！阿，达阿娜贞女！有一个神父在某处说起寡妇们'苦难'的贞节。这就是说，你看，她们一定得对着她们曾经尝味过的乐趣的记忆搏斗。但是有谁拦着她们不再回复她们先前的乐趣？就为是一个女人的丈夫死了，她的心也死了不成？他不再吃饭了，所以她也得挨饿难道说！这倒仿佛是马拉排的寡妇。实情是没有性欲就没有性灵：没有灵魂。我们愈是情热，我们愈是能干。一个人一生最快活的日子是欲望与快乐的时期，聪明人就想方法来延长它。一个老头发生了恋爱，人家就笑！再有没有更惨更蠢的事情？至于我呢，我仿效笛卡儿的方式，我说：'我爱，所以我在着。我再不爱了，所以我没有命了。'"

手指冻得直僵的一个半夜

一九二六年

徐志摩散文全编

A Collection of Prose of Xu Zhimo

PROSE

《现代评论》与校对[①]

前年《时事新报》的《学灯》替我印过一首长诗《康桥再会罢》。新体诗第一个记认是分行写。所以我那一首也是分行写。但不知怎的第一次印出时新诗的记认给取销了：变成了不分行的不整不散的一种东西。我写了信去。《学灯》主任先生客气得很，不但立即声明道歉，并且又把它复印了一遍。这回是分行的了。可是又错了。原稿的篇幅全给倒乱了：尾巴甩上了脖子，鼻子长到下巴底下去了！直到第三次才勉强给声明清楚了。

但《学灯》的校对本来是不高明的。再说呢，像我这种新诗，尾巴鼻子下巴原没有多大分别，反正是看不出什么道理来，随你自以为安对了没有。这当然完全指我自己的东西说话，别人的我怎敢随便菲薄，回头又该冒犯“中国的雪莱”、“中国的基茨”一类大诗人，那不是玩。

看情形我免不了再来“臭美”一次。承《现代评论》不

① 一九二六年一月四日作；载一九二六年一月六日《晨报副刊》，署名志摩；这是作者为重登《翡冷翠的一夜》所写的说明；初收一九八〇年台湾时报文化出版事业有限公司《徐志摩诗文补遗》。采自《晨报副刊》。

弃，在最近一期上给我印了我的一首《翡冷翠的一夜》，那是我该感谢的，可是这回的鼻子下巴又给弄倒了，那我可不怎样的领情。错字错标点，更不用提。我不能不觉得诧异。《现代评论》不该连一个校对都用不起。还是主持编辑的先生们故意给做新诗的开玩笑，意思说新诗反正是这么一回事，印倒不印倒能有多大关系？我想不通。我平常是再懒不过的一个人，每回有东西给印错了我就随它去休，真难得发心去更正的。上回《学灯》的事情要不为他们把我那诗里母亲的代名词全给印成了"它"，我还不愿意多麻烦人家哪！但我却不愿意连累《现代评论》的鼎鼎盛名。不是听说《现代评论》里载的文艺作品都是在水平线以上的吗？新诗已够念不下去，再叫弄倒了那还成话？例如：

"……算是我的丧歌，这一阵清风，
要是地狱，我单身去你更不放心"，
……
"不死也不免瓣尖儿焦萎，多可怜！
橄榄林里吹来的，带着石榴花香"，
……

这不是又给了环伺在《现代评论》周围的"小兵"们"扪虱"的一个机会？我想《现代评论》的记者先生们以后应得稍微留神些才好——为他们报的自身，当然。

省得再去更正，白占《现代评论》最宝贵的篇幅，我对他们告一个罪，恕我就在就近副刊上复登一次原诗，也好叫少数不把新诗完全当"狗屁"看的朋友们至少看一个顺溜。

《〈余痕〉之余》附案[①]

志摩附案：刘君这篇悲痛的文章，我相信句句都是实情——“我有时相信悲哀是人间唯一的真理”，王尔德在狱中说过。但文里受罪的不止作者一人；还有那位吐了几天血吐得不像人的“T 君”，你猜他是谁？T 君就是“我们最钟爱”的郁达夫先生。他这次在武昌叫人赶跑了，为的是，我听说，在某地方发表了几句不趋附群众一类的真心话。当然他活该！谁叫他不识趣，这样的不识时宜？他就往上海跑（刘大杰君跟着走的，据说），不久他就病倒了，新近也没有消息，不知他好些没有。我们当然盼望他早些健全。但是健全，我说？这世界这日子容得人健全的过活吗？达夫胸中也不知道怎的尽是些压得死人的块垒，他无聊极了就浇酒，一喝起头就不到烂醉不休，并且他几乎每天喝每天醉；他的吐血与他的纵饮分明是有关系。但为什么他甘心这样糟蹋他自己身体，为什么他是这样的消极，悲观？达夫的天才早经得到我们的认识，他的不留余

① 本文系作者为刘大杰《〈余痕〉之余》写的附记；载一九二六年一月十一日《晨报副刊》，题名志摩；初收一九八〇年台湾时报文化出版事业有限公司《徐志摩诗文补遗》。采自《晨报副刊》，改今题，刘文附后。

力的倾倒他自己的灵魂使我们惊讶，他的绝对的率真使我们爱敬。这年头收成不好，像他那样人在我们中间能有几个？真的，你能举出第二个人来吗？但他这回的病势似乎狠沈重，他又是几乎绝对不沾恋他的躯壳的，他能活吗？我们真有些着急。但是达夫决不能抛却我们，虽则时代的压迫在在认定了像他那样胸坎里只有真挚血赤的爱的少数人们，逼他们上死路去。达夫决不能死——我们再不能不留住他的一星理想主义的圣火，现有的黑暗已经够深沈的了。达夫前途还有生命，那是启发我们的力量，慰安我们的柔情。达夫还得继续奋斗，没有你我们更受不住这时代压迫的死重了。但他终究能平安吗？我们战兢兢在这里替他祷祝了。

附：刘大杰《〈余痕〉之余》

这篇东西，本是《余痕》的续篇。《余痕》，寄往《现代评论》去了！

不要哭吧，你就哭死了，还不是引起她们一声长叹。

我现在才知道情的神秘和爱的伟大了。我到了现在，还是要承认我是为情而生为爱而活的。一个人的内部的心灵，假使没有情爱的燃烧，那不就是没有灵魂的躯壳吗。躯壳没有灵魂了，还有什么希望呢！

我自己当然是承认我的内部的心灵，是有热烈的情绪的燃烧了。但是我现在的结果，仅落得一线悲观的末路，恋后的余哀。唉！情意的神秘，爱力的伟大！

我足有三天，没有洗脸了。虽说是感着上海的热水，要自己提壶去买的麻烦，但实在也是因为我这几天，没有起床的缘故！我这几天床上的生涯，已使我感着无限的厌倦。老是醒了又想，想了又睡，睡了又做梦，梦后又哭。总是这样循环不已的一刻一刻的把这种日子度过，时候当然分不清，就是连昼夜，也有点模糊起来了。

马路上汽车狂叫的声音，把我在梦中惊醒了。把眼睛打开一望，窗外射进来的一缕残阳，正照在那张今年三月，同几位朋友，在黄鹤楼照的那张相片上面，无力的余晖，把旁边写的那几个字，也照得清清楚楚。

——明年此日知谁健，怅望沙滩水碧流！

我提高喉咙念了两声，如雨一般的眼泪，滚起下来了。

唉！江水永远是碧流的，沙滩上永远是怅望的了！明年今日，恐怕已经是一缕凄楚的斜阳，拂着一堆孤独的荒冢罢。

我翻转身来，把头朝里面歪着。心里渐渐的清醒了。

现在恐怕是快到黄昏日暮的时候了。为什么今天没有醒来一次呢，大约昨晚是伤心过度一点罢。

她现在想已经用了晚餐，同几位朋友，站在山的顶端，望望暮秋的晚景。或者同几位朋友，坐在院子前面的梧桐树下，在那里唱那几个《乡思》、《闺情》的音乐！或者她一个人，坐在那间电灯没有燃的暗室里面，在那里计划她的前途，悲怀她的身世。她这几天，不知她的面庞，也黯淡到了一个什么样子。不管她对我是个什么情形，我始终是担心她的身体生病的。

我正在这样想的时候，口里一腥，舌上一咸，咳嗽了几声，吐出一块浓痰来了。我心里一惊，不好了，一定是血。T 昨晚不就是这样吐的吗！我衣也没有披的连忙站起来，燃了电灯，过细的检查了一刻，幸而没有红的痕迹。我心里虽说得了暂时的高兴，但对于胸前那块滞物，任你如何，也不能抱一点生命未来的乐观。

昨天下午，也是这个时候起来的。因为这几天心中太伤感了，也没有到 T 那里去过。我起来洗了一洗牙齿，就慢慢的踱往民厚里去。

走了半点钟，方到他那间小小的楼上。我把门拍了几下。

睡了吗？

你来了！我病了！好，等等儿，我来开门。

我走起进去，他又睡在床上了。黯淡的电光，愈显得他的面庞，除病容以外，还有无限的积郁。我看了不禁伤起心来。

怎么几天就变成这个样子了。是患什么病，没有进医院吗？

吐了几天的血了，医院里的朋友，他们到这里来的。今天的报上，冯张不是有妥协的希望吗？

我听了他的话，知道他，在沉重的病中，还要担心他的寄在北京的妻室。唉！一个可怜的病人，怎经得起外表这样的摧凌呢！我到他那里去，因为自己一肚的悲哀，想去发泄一点，谁知道他的境遇，比我还要苦呢！

冯张暂时总不至于决裂，现在的奉军，正在撤退呢！那天我们同在T书店吃饭的时候，你还是很好的，怎么这两天又病起来了。大概是多喝了两杯酒罢。

恐怕就是那晚那几杯酒引起出来的，真危险极了，刘光一也是这样死的。唉！这两年教课，创作的成绩一点也没有，假如现在就死了，真太对不起我自己了。你寒假还是去考一下，明年再到东京去罢。我再过两天，病稍为好一点，就会回浙江的乡下去的。

他说完这几句，把眼睛又闭上了。我的悲人自悲的眼泪，不敢在灯光下面长流，只好在眼帘里面乱滚。我的悲哀的情怀，愈加潮水一班的涌上来了。我坐在那里，一句话也没有说。

一间小小的房里，静寂得可怕，表声的振纹，也清清楚楚的传入我们的耳鼓。我在这样的空气之下，足坐了一点钟，任你是如何苦思，也想不出一句适当的话来。过了一忽他把眼睛看了我一眼。

现在什么时候了，恐怕也不早了罢。这里到你住的那个地方，虽说是一条灰马路，晚上不仅没有人走，连黄包车也找不出的，再迟一点，恐怕有别的危险，你早点回去罢。

我把表一看，已经九点了。我临出门的时候，向他说了一句：

——明天再来看你罢。

平坦的静寂的马路上，除我一个人影在那里一闪一闪以外，就是两旁孤立的那些树影了。几盏路灯，发出一线怆淡的光线，树上几片已经老死的黄叶，被夜静的微风，吹在我的眼前旋转，四岸八方，都静寂得可怕了。好像前后左右，都布满了鬼气的阴森。脚愈提得快，心灵也愈加颤动得厉害了。唉！要到这样的时候，才感到真正的悲哀，才感到孤独的悲哀，才感到被人摈弃的悲哀。我真愿受一瞬间死灭的枪弹，不愿受这种精神上的无穷期的痛苦了。

回到自己的房里，坐在桌旁的床沿。在枕头底下，取出她最近写给我的四封长函，从头至尾，读了一遍。我觉得这几封信，我有珍藏的必要了。我把它们放在皮箱里面以后，又取出那个旧诗的稿本，看看上年送她的十首集句。我从第一首读到第十首，最伤心的，要算最后两句了。

——日落长沙秋色远，我诗多是别君辞！

这样的句子，是多么的微妙呢！“我诗多是别君辞”七个字里面，不是把我的生命，都寄托在里面了吗！唉！想起当日写诗的情形和现在读诗的情景，我的眼泪，恐怕永远没有滚尽的时候了。人事的变迁，就是这样的吗？朋友哟，你们看我现在的悲哀的情怀，要拿什么才能够表现呢？

从窗子上面射进来的一缕斜阳，老早就逃走了。可怕的夜色，又占满了这间小小的卧室。不停的表的机声，轻轻的在空中波动。床上朝里面睡着的游人，正在那里追怀他和她的往事！

哼！亲爱的C君！亲爱的H君！你们也到上海来，看看你们这位睡在床上的可怜的朋友罢！

还是不要哭吧，你就哭死了，也不过惹起她们一声长叹！

昨天不是说过了吗？

——我要暗祝她的光明的前途！

我要努力登上我们艺术的大道！

十九于上海旅寓

《闲话》引出来的闲话[①]

西滢在《现代评论》第五十七期的《闲话》里写了一篇可羡慕的妩媚的文章。上帝保佑他以后只说闲话，不再管闲事！这回他写法郎士：一篇写照的文章。一个人容易把自己太看重了。西滢是个傻子；他妄想在不经心的闲话里主持事理的公道，人情的准则。他想用讥讽的冰屑刺灭时代的狂热。那是不可能的。他那武器的分量太小，火烧的力量太大。那还不是危险，就他自己说，单只白费劲。危险是在他自己，看来是一堆冰屑，在不知不觉间，也会叫火焰给灼热了。最近他讨论时事的冰块已经关不住它那内蕴或外染的热气——至少我有这样感觉。冰水化成了沸液，可不是玩，我暗暗的着急。好容易他有了觉悟，他也不来多管闲事了。这，我们得记下，也是“国民革命”成绩的一斑。“阿哥，”他的妹妹一天对他求告，“你不要再做文章得罪人家了，好不好？回头人家来烧我们的家，怎么好?”“你趁早把你自己的东西，”闲话先生回答说，“点清了

① 一九二六年一月十一日作；载一九二六年一月十三日《晨报副刊》，署名志摩；初收一九八〇年台湾时报文化出版事业有限公司《徐志摩诗文补遗》。采自《晨报副刊》。

开一个单子给我，省得出了事情以后你倒来向我阿哥报虚账!”

果然他有了觉悟，不再说废话了。本来是，拿了人参汤喂猫，她不但不领情，结果倒反赏你一爪。不识趣的是你自己，当然。你得知趣而且安分——也为你自身的利益着想。你学卫生工程的，努力开阴沟去得了。你学文学的，尽量吹你的莎士比亚葛德法郎士去得了。

西滢的法郎士实在讲得不坏。你看完了他的文章，就比是吃了一个檀香橄榄，口里清齐齐甜迷迷的尝不尽的余甘。法郎士文章的妩媚就在此。卡莱尔一类文章所以不耐咬嚼，正为它们的味道刚是反面，上口是浓烈的，却没有回味，或者，如其有，是油膏的，腻烦的，像是多吃了肥肉。西滢是分明私淑法郎士的，也不止写文章一件事——除了他对女性的态度，那是太忠贞了，几乎叫你联想到中世纪修道院里穿长袍喂鸽子的法兰西士派的“兄弟”们。法郎士的批评，我猜想，至少是不长进!

我狠少夸奖人的，但西滢就他学法郎士的文章说，我敢说，已经当得起一句天津话：“有根”了。年来我们新文字(还谈不到文学)的尝试不能完全没有成就。慢慢的，慢慢的，这原来看不顺眼的姿态服装看成自然了。这根辫子是剪定的了。多谢这解放了的语言，我们个性的水从此可以顺着水性流，个性的花可以顺着花性开，我们再也不希罕类似豆腐干的四字句文体，类似木排算盘珠的绝律诗体。话虽这样说，这草创期见证得到像样的作风，严一点说，能有几多?也是当然的事情。学那一家，并不是不体面的事情；只要你学个像样，我们决不吝惜我们的拍掌。但就是“学”，也决不是呆板的模仿，那是没有生命的。你学你得从骨子里，脊髓里学起，不是从外表。就这学，也应分是一种灵魂的冒险。这是一个“卖野人头”的时代。穿上一件不系领结袒开脖子的衬衣，就算是雪莱。会堆砌几个花泡的杂色的词儿，就自命是箕茨。逛窑子的是维龙；抽鸦片的藉口《恶之花》的作者。这些都是庙会场上的西洋景，点缀热闹的必要，也许。

幸而同时也还有少数人知道尊重文字的灵性，肯认真下工夫到这里面去探出一点秘密来。他们也知道这是有报酬的辛苦——远一点，也许。等到驴子们献尽了伎俩的时候，等到猴儿们跳倦了的时候，我们再留神望卖艺的台上看吧。

像西滢这样，在我看来，才当得起"学者"的名词，不是有学问的意思，是认真学习的意思。第一他自己认自己极清楚；他不来妄自尊大，他明白他自己的限度。"想像力我是没有的，耐心我可不是没有的。""我很少得到灵感的助力，我的笔没有抒情的力量。它不会跳，只会慢慢的沿着道儿走。我也从不曾感到过工作的沈醉。我写东西是很困难的。"这是法郎士自述的话；西滢就有同样的情形。他不自居作者；在比他十二分不如的同时人纷纷的刻印专集，诗歌小说戏剧那一样没有，他却甘心抱着一枝半秃的笔，采用一个表示不争竞的栏题——《闲话》，耐心的训练他的字句。我敢预言，你信不信，到那天这班出锋头的人们脱尽了锐气的日子，我们这位闲话先生正在从容的从事他那"完工的拂拭"（The finishing touch），笑吟吟的擎着他那枝从铁杠磨成的绣针，讽刺我们情急是多么不经济的一个态度，反面说只有无限的耐心才是天才唯一的凭证。

但我当然只说西滢是有资格学法郎士的。我决不把他来比傍近代文学里最完美的大师，那就几乎是笑话了。他学的是法郎士对人生的态度，在讥讽中有容忍，在容忍中有讥讽；学的是法郎士的"不下海主义"，任凭当前有多少引诱，多少压迫，多少威吓，他还是他的冷静，搅不混的清澈，推不动的稳固，他唯一的标准是理性，唯一的动机是怜悯；学的是法郎士行文的姿态："法郎士的散文像水晶似的透明，像荷叶上露珠的皎洁"，西滢说着这话，我们想见他唾液都吊出来了！他已经学到了多少都看得见；至于他能学到多少，那就得看他的天才了——意思是他的耐心。至少，他已经动身上路，而且早经走上了平稳的大道，他的前途是不易有危险的，只要他精力够，他一定可以走得很远——他至少可以走到我们从现在住脚处望不见的地方，我信。

我夸够了。我希望他再继续写他的法郎士，学他的法郎士。乘便我想在他的法郎士的简笔画上补上一条不易看得见的曲线。法郎士的耐心，谐趣，崛强，顽皮，装假，他都给淡淡的描上了。他漏了法郎士的真相。这是一个奇怪的现象，自来没有一个在心灵境界里工作的，不论是艺术家诗人文人，公认他对他自己一生的满意。随他在世俗的眼内多么幸运，他只知道苦恼；随他过的日子是多么热闹，他只知道寂寞；随他在人事里多么得意，他只知道懊丧。密仡郎其罗，尼采，贝多芬，托尔斯泰，一般人不必说；葛德总算是幸运的骄儿了吧，可是他晚年对他的朋友 Eckermann①噙着一包眼泪吐露了他的隐情，他说他一辈子从不曾享受过快乐，从不知道过安逸。法郎士也来这一手，这是更出奇了。我不知道他一辈子有那一件失意事；他有的是盛名，健康，舒服。但是，按勃罗杜的报告：

他叹一声气。

"在全世界上最不幸的生灵是我们人。老话说'人是万物的主脑'。人是苦恼的主脑，我的朋友。世上有人生这件事是没有上帝再硬不过的证据。"

"但你是人间最羡慕的一个人呢。谁不艳羡你的天才，你

---

① Eckermann：埃克曼（1792—1854），德国学者与作家，歌德晚年的知己，著有《与晚年的歌德谈话录》三卷。

的健康，你的不老的精神。”

“够了，够了！阿，只要你能看到我的灵魂里去，你就会吃吓的。”他把我的手拿在他的手里，一双发震的火热的手。他对着我的眼睛看。他的眼里满是眼泪。他的面色是枯槁的。他叹着气：“在这全宇宙间再没有一个人比我更不快活的。人家以为我快活。我从来没有快活过一天，没有快活过一个时辰。”

吸烟与文化[①]

一

牛津是世界上名声压得倒人的一个学府。牛津的秘密是它的导师制。导师的秘密，按利卡克教授说，是“对准了他的徒弟们抽烟”。真的在牛津或康桥地方要找一个不吸烟的学生是很费事的——先生更不用提。学会抽烟，学会沙发上古怪的坐法，学会半吞半吐的谈话——大学教育就够格儿了。“牛津人”，“康桥人”：还不彀斗〈逗〉吗？我如其有钱办学堂的话，利卡克说，第一件事情我要做的是造一间吸烟室，其次造宿舍，再次造图书室；真要到了有钱没地方化的时候再来造课堂。

① 载一九二六年一月十四日《晨报副刊》，署名志摩；初收一九二七年八月上海新月书店《巴黎的鳞爪》。采自《巴黎的鳞爪》。

二

怪不得有人就会说，原来英国学生就会吃烟，就会懒惰。臭绅士的架子！臭架子的绅士！难怪我们这年头背心上刺刺的老不舒服，原来我们中间也来了几个叫土巴菰烟臭薰出来的破绅士！

这年头说话得谨慎些。提起英国就犯嫌疑。贵族主义！帝国主义！走狗！挖个坑埋了他！

实际上事情可不这么简单。侵略，压迫，该咒是一件事，别的事情可不跟着走。至少我们得承认英国，就它本身说，是一个站得住的国家，英国人是有出息的民族。它的是有组织的生活，它的是有活气的文化。我们也得承认牛津或是康桥至少是一个十分可羡慕的学府，它们是英国文化生活的娘胎。多少伟大的政治家，学者，诗人，艺术家，科学家，是这两个学府的产儿——烟味儿给薰出来的。

三

利卡克的话不完全是俏皮话。“抽烟主义”是值得研究的。但吸烟室究竟是怎么一回事？烟斗里如何抽得出文化真髓来？对准了学生抽烟怎样是英国教育的秘密？利卡克先生没有描写牛津康桥生活的真相；他只这么说，他不曾说出一个所以然来。许有人愿意听听的，我想。我也叫名在英国念过两年书，大部分的时间在康桥。但严格的说，我还是不够资格的。我当初并不是像我的朋友温源宁先生似的出了大金镑正式去请教薰烟的：我只是个，比方说，烤小半熟的白薯，离着焦味儿透香还正远哪。但我在康桥的日子可真是享福，深怕这辈子再也得不到那样蜜甜的机会了。我不敢说康桥给了我多少学问或是教会了我什么。我不敢说受了康桥的洗礼，一个人就会变气息，脱凡胎。我敢说的只是——就我个人说，我的眼是康桥教我睁的，我的求知欲是康桥给我拨动的，我的自我的意识是康桥给我胚胎的。我在美国有整两年，在英国也算是整两年。在美国我忙的是上课，听讲，写考卷，啃象皮糖，看电影，赌咒。在康桥我忙的是散步，划船，骑自转车，抽烟，闲谈，吃五点钟茶牛油烤饼，看闲书。如其我到美国的时候是一个不含糊的草包，我离开自由神的时候也还是那原封没有动；但如其我在美国时候不曾通窍，我在康桥的日子至少自己明白了原先只是一肚子颟顸。这分别不能算小。

我早想谈谈康桥，对它我有的是无限的柔情。但我又怕亵渎了它似的始终不曾出口。这年头！只要贵族教育一个无意识的口号就可以把牛顿，达尔文，米尔顿，拜伦，华茨华斯，阿诺尔德，纽门，罗刹蒂，格兰士顿等等所从来的母校一下抹煞。再说年来交通便利了，各式各种日新月异的教育原理教育新制翩翩的从各方向的外洋飞到中华，那还容得厨房老过四百年墙壁上爬满骚胡髭一类藤萝的老书院的一起来上讲坛？

四

但另换一个方向看去，我们也见到少数有见地的人，再也看不过国内高等教育的混沌现象，想跳开了蹂烂的道儿，回头另寻新路走去。向外望去，现成有牛津康桥青藤缭绕的学院招着你微笑；回头望去，五老峰下飞泉声中白鹿洞一类的书院瞅着你惆怅。这浪漫的思乡病跟着现代教育丑化的程度在少数人的心中一天深似一天。这机械性买卖性的教育够腻烦了，我们说。我们也要几间满沿着爬山虎的高雪克屋子来安息□我们的灵性，我们说。我们也要一个绝对闲暇的环境好容我们的心智自由的发展去，我们说。

林玉堂先生在《现代评论》登过一篇文章谈他的教育的理想。新近任叔永先生与他的夫人陈衡哲女士也发表了他们的教育的理想。林先生的意思约莫记得是想仿效牛津一类学府，陈、任两位是要恢复书院制的精神。这两篇文章我认为是很重要的，尤其是陈、任两位的具体提议，但因为开倒车走回头路分明是不合时宜，他们几位的意思并不曾得到期望的回响。想来现在的学者们太忙了，寻饭吃的，做官的，当革命领袖的，谁都不得闲，谁都不愿闲，结果当然没有人来关心什么纯粹教育（不含任何动机的学问）或是人格教育。这是个可憾的现象。

我自己也是深感这浪漫的思乡病的一个；我只要——

“草青人远，

一流冷涧……”

但我们这想望的境界有容我们达到的一天吗？

民十五年一月十四日

再来声明一次[①]

再来声明一次，我们去年十月以来的副刊是分家做的办法：每星期二是《社会》周刊，刘勉己先生编的；每星期五是《国际》周刊，陈博生先生编的；每星期日是《家庭》周刊，德言先生编的；此外四天，星一星三星四星六，算是副刊本身，这是归我负责编辑的。此后投稿诸先生最好在来信封面上写明投给谁的，省我们一些手续，感谢之至。

再十一月份稿费迟发因本报会计主任卧病故，抱歉万分，至请原谅。

① 载一九二六年一月十四日《晨报副刊》。

我所知道的康桥[①]

一

我这一生的周折，大都寻得出感情的线索。不论别的，单说求学。我到英国是为要从罗素。罗素来中国时，我已经在美国。他那不确的死耗传到的时候，我真的出眼泪不够，还做悼诗来了。他没有死，我自然高兴。我摆脱了哥伦比亚大博士衔的引诱，买船票过大西洋，想跟这位二十世纪的福禄泰尔认真念一点书去。谁知一到英国才知道事情变样了：一为他在战时主张和平，二为他离婚，罗素叫康桥给除名了，他原来是

① 一九二六年一月十四日、十五日作；十四日所写部分（从开头到“谁不爱听那水底翻的音乐在静定的河上描写梦意与春光!”），载一九二六年一月十六日《晨报副刊》，末尾附记：“应该还得往下写，但今晚只得告罪打住了。”十五日所写部分，载二十五日《晨报副刊》，均署名志摩；初收一九二七年八月上海新月书店《巴黎的鳞爪》。采自《巴黎的鳞爪》。

Trinity College[①]的 fellow[②]，这来他的 fellowship[③]也给取销了。他回英国后就在伦敦住下，夫妻两人卖文章过日子。因此我也不曾遂我从学的始愿。我在伦敦政治经济学院里混了半年，正感着闷想换路走的时候，我认识了狄更生先生。狄更生——Galsworthy Lowes Dickinson[④] ——是一个有名的作者，他的《一个中国人通信》（Letters From John Chinaman）与《一个现代聚餐谈话》（A Modern Symposium）两本小册子早得了我的景仰。我第一次会着他是在伦敦国际联盟协会席上，那天林宗孟先生演说，他做主席；第二次是宗孟寓里吃茶，有他。以后我常到他家里去。他看出我的烦闷，劝我到康桥去，他自己是王家学院（Kings College）的 fellow。我就写信去问两个学院，回信都说学额早满了，随后还是狄更生先生替我去在他的学院里说好了，给我一个特别生的资格，随意选科听讲。从此黑方巾黑披袍的风光也被我占着了。初起我在离康桥六英里的乡下叫沙士顿地方租了几间小屋住下，同居的有我从前的夫人张幼仪女士与郭虞裳君。每天一早我坐街车（有时自行车）上学，到晚回家。这样的生活过了一个春，但我在康桥还只是个陌生人，谁都不认识，康桥的生活，可以说完全不曾尝着，我知道的只是一个图书馆，几个课室，和三两个吃便宜饭的菜食铺子。狄更生常在伦敦或是大陆上，所以也不常见他。那年的秋季我一个人回到康桥，整整有一学年，那时我才有机会接近真正的康桥生活，同时我也慢慢的“发见”了康桥。我不曾知道过更大的愉快。

---

① Trinity College：三清学院。

② fellow：研究员。

③ fellowship：研究员资格。

④ Galsworthy Lowes Dickinson：徐志摩在英国的朋友，剑桥大学教授，著有《一个中国人通信》、《一个现代聚餐谈话》等。

二

“单独”是一个耐寻味的现象。我有时想它是任何发见的第一个条件。你要发见你的朋友的“真”，你得有与他单独的机会。你要发见你自己的真，你得给你自己一个单独的机会。你要发见一个地方（地方一样有灵性），你也得有单独玩的机会。我们这一辈子，认真说，能认识几个人？能认识几个地方？我们都是太匆忙，太没有单独的机会。说实话，我连我的本乡都没有什么了解。康桥我要算是有相当交情的，再次许只有新认识的翡冷翠了。阿，那些清晨，那些黄昏，我一个人发痴似的在康桥！绝对的单独。

但一个人要写他最心爱的对象，不论是人是地，是多么使他为难的一个工作？你怕，你怕描坏了它，你怕说过分了恼了它，你怕说太谨慎了辜负了它。我现在想写康桥，也正是这样的心理，我不曾写，我就知道这回是写不好的——况且又是临时逼出来的事情。但我却不能不写，上期预告已经出去了。我想勉强分两节写，一是我所知道的康桥的天然景色，一是我所知道的康桥的学生生活。我今晚只能极简的写些，等以后有兴会时再补。

三

康桥的灵性全在一条河上；康河，我敢说，是全世界最秀丽的一条水。河的名字是葛兰大（Granta），也有叫康河（River Caun）的，许有上下流的区别，我不甚清楚。河身多的是曲折，上游是有名的拜伦潭——“Byron 's Pool”——当年拜伦常在那里玩的；有一个老村子叫格兰骞斯德，有一个果子园，你可以躺在累累的桃李树荫下吃茶，花果会吊入你的茶杯，小雀子会到你桌上来啄食，那真是别有一番天地。这是上游；下游是从骞斯德顿下去，河面展开，那是春夏间竞舟的场所。上下河分界处有一个坝筑，水流急得很，在星光下听水声，听近村晚钟声，听河畔倦牛刍草声，是我康桥经验中最神秘的一种：大自然的优美，宁静，调谐在这星光与波光的默契中不期然的淹入了你的性灵。

但康河的精华是在它的中流，著名的“Backs”①，这两岸是几个最蜚声的学院的建筑。从上面下来是 Pembroke②，St. Katharine 's③，King 's④，Clare⑤，Trinty，St. John 's⑥。最令人留连的一节是克莱亚与王家学院的毗连处，克莱亚的秀丽紧邻着王家教堂（King 's Chapel）的宏伟。别的地方尽有更美更庄严的建筑，例如巴黎赛因河的罗浮宫一带，威尼斯的利阿尔多大桥的两岸，翡冷翠维基乌大桥的周遭；但康桥的“Backs”自有它的特长，这不容易用一二个状词来概括，它那脱尽尘埃气的一种清澈秀逸的意境可说是超出了画图而化生了音乐的神味。再没有比这一群建筑更调谐更匀称的了！论画，可比的许只有柯罗（Corot）的田野；论音乐，可比的许只有萧班（Chopin）的夜曲。就这也不能给你依稀的印象，它给你的美感简直是神灵性的一种。

---

① Backs：英国剑桥大学的后花园，以景色优美著称。

② Pembroke：潘布鲁克学院。

③ St. Katharine 's：圣凯瑟林学院。

④ King 's：国王学院。

⑤ Clare：克莱尔（徐译克莱亚），即圣克莱尔学院。

⑥ St. John 's：圣约翰学院。

假如你站在王家学院桥边的那棵大椈树荫下眺望，右侧面，隔着一大方浅草坪，是我们的校友居（Fellows Building），那年代并不早，但它的妩媚也是不可掩的，它那苍白的石壁上春夏间满缀着艳色的蔷薇在和风中摇颤，更移左是那教堂，森林似的尖阁不可浼的永远直指着天空；更左是克莱亚，阿！那不可信的玲珑的方庭，谁说这不是圣克莱亚（St. Clare）的化身，那一块石上不闪耀着她当年圣洁的精神？在克莱亚后背隐约可辨的是康桥最潢贵最骄纵的三清学院（Trinity），它那临河的图书楼上坐镇着拜伦神采惊人的雕像。

但这时你的注意早已叫克莱亚的三环洞桥魔术似的摄住。你见过西湖白堤上的西泠断桥不是（可怜它们早已叫代表近代丑恶精神的汽车公司给踩平了，现在它们跟着苍凉的雷峰永远辞别了人间）？你忘不了那桥上斑驳的苍苔，木栅的古色，与那桥拱下泄露的湖光与山色不是？克莱亚并没有那样体面的衬托，它也不比庐山栖贤寺旁的观音桥，上瞰五老的奇峰，下临深潭与飞瀑；它只是怯怜怜的一座三环洞的小桥，它那桥洞间也只掩映着细纹的波鳞与婆娑的树影，它那桥上栉比的小穿阑与阑节顶上双双的白石球，也只是村姑子头上不夸张的香草与野花一类的装饰；但你凝神的看着，更凝神的看着，你再反省你的心境，看还有一丝屑的俗念沾滞不？只要你审美的本能不曾汩灭时，这是你的机会实现纯粹美感的神奇！

但你还得选你赏鉴的时辰。英国的天时与气候是走极端的。冬天是荒谬的坏，逢着连绵的雾盲天你一定不迟疑的甘愿进地狱本身去试试；春天（英国是几乎没有夏天的）是更荒谬的可爱，尤其是它那四五月间最渐缓最艳丽的黄昏，那才真是寸寸黄金。在康河边上过一个黄昏是一服灵魂的补剂。阿！我那时蜜甜的单独，那时蜜甜的闲暇。一晚又一晚的，只见我出神似的倚在桥阑上向西天凝望——

看一回凝静的桥影，
数一数螺细的波纹：
我倚暖了石阑的青苔，
青苔凉透了我的心坎……

还有几句更笨重的怎能仿佛那游丝似轻妙的情景：

难忘七月的黄昏，远树凝寂，
像墨泼的山形，衬出轻柔暝色，
密稠稠，七分鹅黄，三分橘绿，
那妙意只可去秋梦边缘捕捉……

四

这河身的两岸都是四季常青最葱翠的草坪。从校友居的楼上望去，对岸草场上，不论早晚，永远有十数匹黄牛与白马，胫蹄没在恣蔓的草丛中，纵容的在咬嚼，星星的黄花在风中动荡，应和着它们尾鬃的扫拂。桥的两端有斜倚的垂柳与椈荫护住。水是澈底的清澄，深不足四尺，匀匀的长着长条的水草。这岸边的草坪又是我的爱宠，在清朝，在傍晚，我常去这天然的织锦上坐地，有时读书，有时看水，有时仰卧着看天空的行云，有时反仆着搂抱大地的温软。

但河上的风流还不止两岸的秀丽。你得买船去玩。船不止一种：有普通的双桨划船，有轻快的薄皮舟(Canoe)，有最别致的长形撑篙船(Punt)。最末的一种是别处不常有的：约莫有二丈长，三尺宽，你站直在船梢上用长竿撑着走的。这撑是一种技术。我手脚太蠢，始终不曾学会。你初起手尝试时，容易把船身横住在河中，东颠西撞的狼狈。英国人是不轻易开口笑人的，但是小心他们不出声的皱眉！也不知有多少次河中本来优闲的秩序叫我这莽撞的外行给捣乱了。我真的始终不曾学会；每回我不服输跑去租船再试的时候，有一个白胡子的船家往往带讥讽的对我说："先生，这撑船费劲，天热累人，还是拿个薄皮舟溜溜吧！"我那里肯听话，长篙子一点就把船撑了开去，结果还是把河身一段段的腰斩了去！

你站在桥上去看人家撑，那多不费劲，多美，尤其在礼拜天有几个专家的女郎，穿一身缟素衣服，裙裾在风前悠悠的飘着，戴一顶宽边的薄纱帽，帽影在水草间颤动，你看她们出桥洞时的姿态，捻起一根竟像没分量的长竿，只轻轻的，不经心的往波心里一点，身子微微的一蹲，这船身便波的转出了桥影，翠条鱼似的向前滑了去。她们那敏捷，那闲暇，那轻盈，真是值得歌咏的。

在初夏阳光渐暖时你去买一支小船，划去桥边荫下躺着念你的书或是做你的梦，槐花香在水面上飘浮，鱼群的唼喋声在你的耳边挑逗。或是在初秋的黄昏，近着新月的寒光，望上流僻静处远去。爱热闹的少年们携着他们的女友，在船沿上支着双双的东洋彩纸灯带着话匣子，船心里用软垫铺着，也开向无人迹处去享他们的野福——谁不爱听那水底翻的音乐在静定的河上描写梦意与春光！

住惯城市的人不易知道季候的变迁。看见叶子掉知道是秋，看见叶子绿知道是春；天冷了装炉子，天热了拆炉子；脱下棉袍，换上夹袍，脱下夹袍，穿上单袍：不过如此罢了。天上星斗的消息，地下泥土里的消息，空中风吹的消息，都不关我们的事。忙着哪，这样那样事情多着，谁耐烦管星星的移转，花草的消长，风云的变幻？同时我们抱怨我们的生活，苦痛，烦闷，拘束，枯燥，谁肯承认做人是快乐？谁不多少间咒诅人生？

但不满意的生活大都是由于自取的。我是一个生命的信仰者，我信生活决不是我们大多数人仅仅从自身经验推得的那样暗惨。我们的病根是在“忘本”。人是自然的产儿，就比枝头的花与鸟是自然的产儿；但我们不幸是文明人，入世深似一天，离自然远似一天。离开了泥土的花草，离开了水的鱼，能快活吗？能生存吗？从大自然，我们取得我们的生命；从大自然，我们应分取得我们继续的滋养。那一株婆娑的大木没有盘错的根柢深入在无尽藏的地里？我们是永远不能独立的。有幸福是永远不离母亲抚育的孩子，有健康是永远接近自然的人们。不必一定与鹿豕游，不必一定回“洞府”去；为医治我们当前生活的枯窘，只要“不完全遗忘自然”一张轻淡的药方我们的病象就有缓和的希望。在青草里打几个滚，到海水里洗几次浴，到高处去看几次朝霞与晚照——你肩背上的负担就会轻松了去的。

这是极肤浅的道理，当然。但我要没有过遇康桥的日子，我就不会有这样的自信。我这一辈子就只那一春，说也可怜，算是不曾虚度。就只那一春，我的生活是自然的，是真愉快的！（虽则碰巧那也是我最感受人生痛苦的时期。）我那时有的是闲暇，有的是自由，有的是绝对单独的机会。说也奇怪，竟像是第一次，我辨认了星月的光明，草的青，花的香，流水的殷勤。我能忘记那初春的睥睨吗？曾经有多少个清晨我独自冒着冷去薄霜铺地的林子里闲步——为听鸟语，为盼朝阳，为寻泥土里渐次苏醒的花草，为体会最微细最神妙的春信。阿，那是新来的画眉在那边凋不尽的青枝上试它的新声！阿，这是第一朵小雪球花挣出了半冻的地面！阿，这不是新来的潮润沾上了寂寞的柳条？

静极了，这朝来水溶溶的大道，只远处牛奶车的铃声，点缀这周遭的沉默。顺着这大道走去，走到尽头，再转入林子里的小径，往烟雾浓密处走去，头顶着交枝的榆荫，透露着漠楞楞的曙色；再往前走去，走尽这林子，当前是平坦的原野，望见了村舍，初青的麦田，更远三两个馒形的小山掩住了一条通道。天边是雾茫茫的，尖尖的黑影是近村的教寺。听，那晓钟和缓的清音。这一带是此邦中部的平原，地形像是海里的轻波，默沈沈的起伏；山岭是望不见的，有的是常青的草原与沃腴的田壤。登那土阜上望去，康桥只是一带茂林，拥戴着几处娉婷的尖阁。妩媚的康河也望不见踪迹，你只能循着那锦带似的林木想像那一流清浅。村舍与树林是这地盘上的棋子，有村舍处有佳荫，有佳荫处有村舍。这早起是看炊烟的时辰：朝雾渐渐的升起，揭开了这灰苍苍的天幕（最好是微霰后的光景），远近的炊烟，成丝的，成缕的，成卷的，轻快的，迟重的，浓灰的，淡青的，惨白的，在静定的朝气里渐渐的上腾，渐渐的不见，仿佛是朝来人们的祈祷，参差的翳入了天听。朝阳是难得见的，这初春的天气。但它来时是起早人莫大的愉快。顷刻间这田野添深了颜色，一层轻纱似的金粉糁上了这草，这树，这通道，这庄舍。顷刻间这周遭弥漫了清晨富丽的温柔。顷刻间你的心怀也分润了白天诞生的光荣。“春”！这胜利的晴空仿佛在你的耳边私语。“春”！你那快活的灵魂也仿佛在那里回响。

……

伺候着河上的风光，这春来一天有一天的消息。关心石上的苔痕，关心败草里的花鲜，关心这水流的缓急，关心水草的滋长，关心天上的云霞，关心新来的鸟语。怯怜怜的小雪球是探春信的小使。铃兰与香草是欢喜的初声。窈窕的莲馨，玲珑的石水仙，爱热闹的克罗克斯，耐辛苦的蒲公英与雏菊——这时候春光已是缦烂在人间，更不须殷勤问讯。

瑰丽的春放。这是你野游的时期。可爱的路政，这里不比中国，那一处不是坦荡荡的大道？徒步是一个愉快，但骑自转车是一个更大的愉快。在康桥骑车是普遍的技术；妇人，稚子，老翁，一致享受这双轮舞的快乐。（在康桥听说自转车是不怕人偷的，就为人人都自己有车，没人要偷。）任你选一个方向，任你上一条通道，顺着这带草味的和风，放轮远去，保管你这半天的逍遥是你性灵的补剂。这道上有的是清荫与美草，随地都可以供你休憩。你如爱花，这里多的是锦绣似的草原。你如爱鸟，这里多的是巧啭的鸣禽。你如爱儿童，这乡间到处是可亲的稚子。你如爱人情，这里多的是不嫌远客的乡人，你到处可以“挂单”借宿，有酪浆与嫩薯供你饱餐，有夺目的果鲜恣你尝新。你如爱酒，这乡间每“望”都为你储有上好的新酿，黑啤如太浓，苹果酒姜酒都是供你解渴润肺的。……带一卷书，走十里路，选一块清静地，看天，听鸟，读书，倦了时，和身在草绵绵处寻梦去——你能想像更适情更适性的消遣吗？

陆放翁有一联诗句：“传呼快马迎新月，却上轻舆趁晚凉”；这是做地方官的风流。我在康桥时虽没马骑，没轿子坐，却也有我的风流：我常常在夕阳西晒时骑了车迎着天边扁大的日头直追。日头是追不到的，我没有夸父的荒诞，但晚景的温存却被我这样偷尝了不少。有三两幅书画似的经验至今还是栩栩的留着。只说看夕阳，我们平常只知道登山或是临海，但实际只须辽阔的天际，平地上的晚霞有时也是一样的神奇。有一次我赶到一个地方，手把着一家村庄的篱笆，隔着一大田的麦浪，看西天的变幻。有一次是正冲着一条宽广的大道，过来一大群羊，放草归来的，偌大的太阳在它们后背放射着万缕的金辉，天上却是乌青青的，只剩这不可逼视的威光中的一条大路，一群生物！我心头顿时感着神异性的压迫，我真的跪下了，对着这冉冉渐翳的金光。再有一次是更不可忘的奇景，那是临着一大片望不到头的草原，满开着艳红的罂粟，在青草里亭亭的像是万盏的金灯，阳光从褐色云里斜着过来，幻成一种异样的紫色，透明似的不可逼视，霎那间在我迷眩了的视觉中，这草田变成了……不说也罢，说来你们也是不信的！

一别二年多了，康桥，谁知我这思乡的隐忧？也不想别的，我只要那晚钟撼动的黄昏，没遮拦的田野，独自斜倚在软草里，看第一个大星在天边出现！

十五年一月十五日

再添几句闲话的闲话乘便妄想解围[①]

我先得告罪我自己的无赖；我擅把岂明先生好意寄给我看看的文章给绑住了。今晚从清华回来，心里直发愁，因为又得熬半夜凑稿子，忽然得到岂明先生的文章好不叫我开心：别说这是骂别人的，就是直截痛快骂我自己的，我也舍不得放它回去，也许更舍不得了。好在来信里有“晨附要登也可以”这句话，所以我敢希冀岂明先生不至过分见怪。

岂明先生再三声明他自己是个水兵，他却把“专门学文学的”字眼加给我。我也得赶快声明——我不但不是专门学文学的，并且严格的说，不曾学过文学。我在康桥仅仅听过“Q”先生几次讲演，跟一个 Sir Thomas Wyatt[②] 的后代红鼻子黄胡子的念过一点莎士比亚，决不敢承当专门学文学的头衔。说来

---

① 这是作者为发表周作人《闲话的闲话之闲话》写的评论；载一九二六年一月二十日《晨报副刊》，署名志摩；初收一九八〇年台湾时报文化出版事业有限公司《徐志摩诗文补遗》。采自《晨报副刊》，周文附后。

② Sir Thomas Wyatt：怀亚特（1503—1542），英国诗人，曾为英王亨利八世的宠臣，多次担任外交使节。他把意大利的十四行诗和三行连韵诗，及法国的回旋诗引入到英国文学中。

真也可笑，现在堂堂北京大学英文文学系的几个教师，除了张歆海先生他是真腔直板哈佛大学文学科卒业的博士而外，据我所知道谁都不曾正式学过文学的。温源宁先生是学法律的，林玉堂先生是言语学家，陈源先生是念政治的，区区是——学过银行的你信不信？

这是支话。目前的小问题是我夸奖了西滢的文章，岂明先生不以为然，说我不但夸错，并且根本看错了。按他的意思，似乎把西滢这样人与法郎士放在一起讲（不说相比），已够亵渎神明；但岂明先生却十二分的回护我，只说我天生这傻，看不清事理的真相，别的动机确是没有的。我十二分的感谢，但我也还有话说。既然傻，我就傻到底吧。

先说我那篇闲话的闲话。我那晚提笔凑稿子时，“压根儿”就没忖到这杆笔袅下去是夸奖西滢的一篇东西。我本想再检一点法郎士的牙慧的。碰巧上晚临睡时看了西滢讲法郎士的那篇“新闲话”，我实在佩服他写得干净，玲巧，也不知怎的念头一转弯涂成了一篇《西滢颂》。我当晚发了稿就睡，心里也没有什么“低哆”。第二天起来想起昨晚写的至少有一句话不妥当。“唯一的动机是怜悯”这话拿给法郎士已经不免遭“此话怎讲”的责问；若说西滢，那简直有些挖苦了。再下一天绍原就挑我这眼。那实在是骈文的流毒，你仔细看看那全句就知道。但此外我那晚心目中做文章的西滢只是新闲话的西滢；说他对女性忠贞，我也只想起他平时我眼见与女性周旋的神情，压根儿也没想起女师大一类的关系。

我生性不爱管闲事倒是真的。我懒，我怕烦。有人告我这长这短，我也就姑妄听之。逢着是是非非的问题，我实在脑筋太简单，闹不清楚，我也不希罕闹清楚，说实话。我不觉得我负有什么“言责”，因此我想既然不爱管闲事就甘脆不管闲事，那决不至于是犯罪的行为。这来我倒反可以省下一点精力，看我的“红的花，圆的月，树林中夜叫的发痴的鸟”，兴致来时随口编个赞美歌儿唱唱，也未始不是自得其乐的一道。

每回人来报告说谁在那里骂你了，我就问骂得认真不认真：如其认真我就说何苦来因为认真骂人是生气，生气是多少不卫生的事情；如其不认真我就问写得好玩不好玩，好玩就好，不好玩就不好。我总觉得有几位先生气性似乎太大了一点，尤其是比我们更上年纪的前辈们似乎应得特别保重些才是道理。西滢，我知道，也是个不大好惹的，有人说他一动笔就得得罪人。这道理我不明白，为什么他看出来世上别扭的事情就这么多。西滢说我也有找别扭的时候，但我每回咒或是骂的对象（他说）永远是人类的全体，不指定这个那个个人的。我想我也并没有什么不对，我真的觉得没有一件事情你可以除外你自己专骂旁人的。该骂是某时代的坏风气坏癖气，该骂是人类天成的恶根性。我们心里的心里，你要是有胆量望里看的话，那一种可能的恶、孽、罪，不曾犯过？谁也不能比谁强得了多少，老实说。我们看得见可以指摘的恶，孽，罪，是极凑巧极偶然的现象，没有什么希奇。拿实例来比喻比喻。现在教育界分明有一派人痛恨痛骂章士钊，又有一派人又在那里嘻笑怒骂骂章行严的人。好了。你退远一步，再退远一步看看，如其章某与骂章某的人的确都有该骂的地方，那从你站远一点的地位看去，你见的只是漆黑的一团，包裹着章某当然，可是骂他的也同样在它的怀抱中。假如你再退远一步，让你真正纯洁的灵魂脱离了本体往回看的时候，我敢保你见的是那漆黑的一团连你自己也圈进去了。引申这个意义，我们就可以懂得罗曼罗兰“Above the Battlefield”[1] 的喊声。鬼是可怕的；他不仅

---

① Above the Battlefield：《超乎混战之上》，罗曼罗兰在1915年所写，呼吁德、法两国在第一次世界大战的斗争中尊重真理和人性。

附在你敌人的身上，那是你瞅得见的，他也附在你自己的身上，这你往往看不到。要打鬼的话，你就得连你自己身上的一起打了去，才是公平。体会了这层意思，我们又可以明白法郎士这类作者笔头上不妨尽量的又酸又刻，骨子里却是一个伟大的悲悯。他们才真的是看透了。“讥讽中有容忍，容忍中有讥讽”，归根说，真不是容易做到的一句话。我前天说西滢学法郎士对人生的态度这般这般，也许无意中含有一种期望的意思（这话乏味透了，我知道），并且在字面上我也只说他想学，并不曾说他已经学到家，那另是一件事了。

话再说回来，我实在始终不明白我们朋友中像岂明与西滢一流人何以有别扭的必要——除非你相信“文人相欺”是一个不可摇拔的根性。不，我不信任他们俩中间（就拿他们俩作比例）有不可弥缝的罅隙！我对于他们俩个人的学问，一样的佩服，对他们俩的文章，一样的喜欢；对他们俩的品格，一样的尊敬。为什么为对某一件事情因为各人地位与交与不同的缘故发生了不同的看法稍稍龌龉以后，这别扭就得别扭到底，到像真有什么天大的冤仇纠住了他们？不，我相信我们当前真正的敌人与敌性的东西正多着，正该我们合力去扑斗才是，自家尽闹谁都没有好处，真是何苦来！

我说这话不但十九是无效，而且怕是两边都不讨好。我知道，但我不能不说我自己的话，如其得罪我道歉，如其招骂我甘愿。我来做一个最没出息最讨人厌的和事老，朋友们以为何如？

附：周作人《闲话的闲话之闲话》

一月十三日的《晨报副刊》上有徐志摩先生的一篇《闲话引出来的闲话》，是恭维陈源（西滢）先生的学问文章及品格的。陈先生的闲话真有非凡的魔力，他一出现便引出来了许多人的议论，其中有些是刘百昭司长所斥的土匪，有些是被王世杰燕树棠教授用了法律道德的办法否认过了的人，当然所说不合公理，不值得介绍，独有徐志摩先生是超然派的人物，是专门学文学的，自然最可靠了，我们理当洗耳恭听，好知道那闲话的真价值。

我曾经再三声明，我不是"学文学"的，我只是一个水兵，所知道一点的只是有些关于机器的事，但现在却已经都忘记完了：因此我对于学问文章是不敢赞一辞的。我读徐先生的闲话的闲话，自然除了佩服之外没有话说，这批评是一定对极了。然而，在很小的地方我也觉得有与徐先生的意见不能尽同之点，自然这可以有好几种解释，俗人眼与诗人眼，去年秋天在京不在京，都是这不同的小原因。

徐先生说陈先生"是分明私淑法郎士的，也不止写文章一件事——除了他对女性的态度，那是太忠贞了，几乎叫你联想到中世纪修道院里穿长袍喂鸽子的法兰西士派的兄弟们"。他又说，"他学的是法郎士对人生的态度，在讥讽中有容忍，在容忍中有讥讽；……他唯一的标准是理性，唯一的动机是怜悯"。你看，这文章写得多么好，就女大公理维持会那回事件看来，事实也似乎是有点对的，法郎士那里肯这样出力，虽然他还肯脱下拖鞋，放下古董，跟了精瘦的小学教师与络着一只手的胖铁匠去替他们的社会主义集会主席。但是这里可惜徐先生有了一点疏忽，我想这或者是因为那时不在北京，没有遇到那个所谓臭毛厕事件，所以不知道章士钊怎样地诬蔑女学生，刘百昭怎样地率领老妈子拖打女学生，而陈源先生那时是取怎样的一种态度。这些事件在世界上最公允的《现代评论》上或者找不到，那自然不为别的，实在只因事情太小了，在那样的大报上不值得记及罢了，——但是，陈先生的态度在那里却是有的。我不知道这是否有点忠贞，有点像穿长袍喂鸽子的"兄弟"们，要徐先生指教。在有一回的闲话里陈先生反对维持女师大的教员们，讥讽"重女轻男"，在又一回的闲话里陈先生援助女大，又容忍"重女轻男"了，这大约是法郎士的正统态度吧？倘若是的，那么法郎士似乎倒还不难私淑，虽然从俗人的眼看来也可以叫作卑劣，——自然，在天才这是别一问题，是一种高贵的品性。女师大已经是臭毛厕了，照"理性"讲还不应该拆散么？把女学生拖出去，这也正是"怜悯”她们的缘故。至于女大，则岂非鸽子乎？斯宜穿长袍而喂之矣。此中大有哲理与诗趣，惜俗人们不能领略耳。“不识趣的是你自己，当然”。

现在中国男子所最缺乏的实在是那种中古式的对于女性之忠贞，——我此刻是对徐先生说正经话，请读者注意。我不曾读中古史，不知到底骑士道（Chivalry）是怎样的东西，但是我是颇喜欢他的，只从文学上略略窥视，觉得那种对于弱小之侠义，对于妇女之殷勤，都是很可爱的。我最觉得有趣味的是塞文提斯小说里的英雄，那位吉诃德老爷(Don Quixote)，他被小贩、客店伙计打倒，盾牌拗折的时候，他总卧着等死，心里还是念着那个“美人”杜耳吉那，默默地说：“任凭你把我刺死，我还是说她是天下第一美人!”虽然那乡村美人自始就没有知道他的情愫。喔，喔，这真是可以风矣了。但是朋友，此刻现在那里还有这种人？忠贞于一个人的男子自然也有，然而对于女性我恐怕大都是一种犬儒态度罢。结果是笔头口头糟蹋了天下女性，而自己的爱妻或情人其实也就糟蹋在里头。我知道在北京有两位新文化新文学的名人名教授，因为愤女师大前途之棘，先章士钊，后杨荫榆而扬言于众曰：“现在的女学生都可以叫局。”这两位名人是谁，这里也不必说，反正总是学者绅士罢了。其实这种人也还多，并不止这两位，我虽不是绅士，却觉得多讲他们的龌龊的言行也有污纸笔，不想说出来了。总之许多所谓绅士压根儿就没有一点人气，还亏他们恬然自居于正人之列，容我讲一句粗野话，即使这些东西是我的娘舅，我也不认他是一个人。像陈先生那样真是忠贞于女性的人，不知道对于这些东西将取什么态度：讥讽呢，容忍呢？哈，哈哈。徐先生是个诗人，诗人多少有一点迂的，所以有时要上小当，看不清事实。我是个俗人，土匪，或者也是学棍，（还有什么呀?）坏事大约做了不少，坏事也就知道得不少；失败也时常，然而为正人君子所瞒过的时候却比较地不很多了。徐先生糊起一个蜃楼来，我就把他戳上两个小窟窿，说世上不大有这种美景，虽然没有什么恶意，但也很对不起他。不过这也怪不得我，只能怪我们的眼睛生得不同，因为徐先生是天生的诗人眼，飘来飘去到处只看见红的花，圆的月，树林中夜叫的发痴的鸟；我的呢是一双凡胎肉眼，虽然近视，却已望得见花底下的有些不洁。徐先生说，“拿了人参汤喂猫，她不但不领情，结果倒反赏你一爪。”这一句很漂亮的话倒正可以拿来作我读了他的好文章反而去顶撞他的这件事的批评。

列宁忌日[1]

——谈革命

我这里收到陈毅曲秋先生寄来一篇油印的《纪念列宁》，那是他在列宁学会的谈话稿，开头是：

> 一，列宁于一九二四年一月二十一日逝世，到了现在恰两周年，值得我们纪念。
>
> 二，在这一年中的中国，国内的国民革命运动一天一天的高涨扩大，五卅运动的爆发，反奉战争的胜利，全国驱段要求国民政府的普遍，广东革命政府对内肃清反革命派对外使香港成为荒岛，这些重要事件都是列宁主义在俄国得了胜利后的影响且为所促成。在这重要事件中尤其重要的是工农阶级表现了他的领导国民革命的力量，使一般敌人惊吓恐惧。而他自身更可称述的还在认识了他自己的党——中国共产党。所以他——工农阶级——得在中国共

① 载一九二六年一月二十一日《晨报副刊》，署名志摩；初收一九二六年六月北京北新书局《落叶》。采自《落叶》。

产党指导之下取得国民革命的领导地位。中国共产党是什么？那就是他的领袖列宁生前所训练所指导的第三国际党的中国支部。这支部以列宁主义为武器，这一年间在中国从满洲里到广州使帝国主义损失。明白的说帝国主义侵入中国八十多年，到了现在——世界革命领袖列宁逝世之第二年——才受了大打击，至少丧失了一块久为他的殖民地的地盘。

陈先生的，是一个鲜明的列宁主义信徒的论调。他肯定，(一) 列宁主义，或第三国际主义，是全世界被压迫民族唯一的希望，打倒帝国主义与资本主义唯一的武器；（二）中国共产党是间接受列宁孵育的；（三）中国共产党是中国农工阶级的党；（四）国内国民革命运动是共产党，就是农工阶级，领袖指挥的；（五）因此，所有我们国民革命运动的成绩，如上文列举的，直接是中国共产党的功劳，间接是俄国革命或列宁自身的灵感。

我们不来争功。睡梦是可怕的，昏迷是可怕的；我们要的是觉悟，是警醒我们的势力。不论是谁，不论是什么力量，只要他能替我们移去压住我们灵性的一块昏沈，能给我们一种新的自我的意识，能启发我们潜伏的天才与力量来做真的创造的工作，建设真的人的生活与活的文化——不论是谁，我们说，我们都拜倒。列宁，基督，洛克佛拉，甘地；耶稣教，拜金主义，悟善社，共产党，三民主义；——什么都行，只要他能替我们实现我们所最需要最想望的——一个重新发见的国魂。灵魂（Soul）是一个便利的名词；它并不一定得包涵神秘的宗教性的意义，那就太窄，它包括的是一切有意识有目的的动作。一个人是有灵性或是有灵魂的，如其他能认识他自己的天资，认识他的使命，凭着他有限的有生的日子，永远不退缩的奋斗着，期望完成他一己生活的意义。同样的，一个民族是有灵魂的，如其它有它的天才与使命的自觉，继续的奋斗着，期望最后那一天，完成它的存在的意义。但觉悟只是一个微妙的开端：一个花籽在春雷动后在泥土里的圻裂：离着有收成的日子，离着花艳艳果垂垂的日子正还远着哪。即使我们听着了泥土里生命消息的松脆的声响，我们正应得增加我们责任的畏惧心；在萌芽透露以后可能的是半途的摧残，危险多的是，除是傻子，谁都不能在这最紧要的关头存一丝放任的乐观心。

“认识你自己”（Know thyself），别看这句话说着容易，这是所有个人努力与民族努力唯一的最后的目标。这是终点，不是起点。这是最后一点甘露，实现玫瑰花的色香的神秘。耶稣钉在十字架上最后的号呼是彻底的自我认识完工的一笔。释迦牟尼在菩提树下的神通也是的。此外在个人的历史里更不易寻出这样一个完全的例子。在先觉中苏格拉底斯，也许，在他法庭上答辩后甘愿服毒的俄顷；在诗人里葛德，也许，在他写成《浮士德》全书的日子，都是他一生性灵生活的供状，可说是几近了那一个最后的境界：认识，实现，圆满。此外都差远了。但这少数人曾经走到或是走近那境界的事实，已经足够建设一个人类努力永久的灵感，在这流动的生的现象里悬着一个不变更不晦色的目标。

在民族的历史里，这种努力的痕迹一样的可以辨认。往古的希腊，罗马，可说在它们各个天限的范围内给我们一个民族的努力开端，发展，乃至收束的一个比较完全的例证。在近代历史里文艺复兴期的意大利，十八世纪中叶至十九世纪中叶的德意志，大彼得起至现在革命中的俄国，可说是比较不完全的例证。单就政治说，英国当然也是一个有意识努力的民族。此外都是不甚清楚的了。

但自从马克思的发见以来，最时行的意识论不再是个人，不再是民族，而是阶级的了。阶级，马克思说，是人类有历史以来到处看得见的现象；阶级，按他说，往往分成压迫的与被压迫的两种，这俩永远是在一种战争的状态，有形或是无形。在近代工业主义的社会里，马氏说，阶级化的痕迹更分明，它那进程更急促，它那战争更剧烈。他预言劳工阶级对抗资本阶级最后的胜利；为要促成这革命，先得造成劳工阶级“自我的意识”，这意识便是劳工革命基本的力量。再因为这阶级分野是普遍的现象，是超国别种别的现象，将来最后的革命也必定是普遍性，国际性的。因此提倡国家主义或民族主义，即使不至是劳工革命（它的成功是人类的天国）的汉奸，至少不免妨碍它的发展与进行。因此，我们中国也有了马克思主义党或是列宁主义党或是共产党或是第三国际（都是一样东西），正因为中国与列国一样，不仅也有阶级的分野，并且是压迫的与被压迫阶级的分野。因此，中国的共产党徒所反抗的不仅是外国的帝国主义与外国的资本主义，它也反抗国内的帝国主义与资本主义。

这看来是很明白而且合逻辑的说法。但是正是我们各个国民应得认真想一个清楚的地方，因为革命来的时候是影响我们国民生活的全体的。并且就智理方面说，革命，至少它的第一步工程，当然是牺牲，我们为要完成更伟大的使命我们也当然应得忍受牺牲——但是一个条件我们得假定，就是：我们将来的牺牲一定得是有意识的。为要避免无意识的牺牲，我们国民就不能在思想上躲懒，苟且；我们一定得领起精神来，各个人凭他自己的力量，给现在提倡革命的人们的议论一个彻底的研究，给他们最有力量的口号一个严格的审查，给他们最叫响的主张一个不含糊的评判。

我个人是怀疑马克思阶级说的绝对性的。两边军队打仗的前提是他们各家壁垒的分清；阶级战争也得有这个前提。马克思的革命论的前提是一个纯粹工业主义化的社会，这就是说社会上只有劳工与资本的分别，两造的利害是冲突的，态度是决斗的。他预言中等阶级的消灭。这来工业社会的战场上只有一边是劳工，一边是资本；等到濠沟设备齐全以后劳工这边就可以向资本那边下总攻击令——最后的胜利，他更侧重的预言，当然是劳工的。但至少就近百年看（以后我们不知道），就在马克思时代最工业化的国家，他的预言——资本集中，中等阶级消灭——并不曾灵验。不，资本集中自集中，散放自散放，并且中等阶级的势力，政治的，社会的，甚至道德的，不但不曾消灭，并且更巩固了。唯一实现了革命的地方是俄国，那是在近代强国中工业化程度最浅的一国。俄国的另一个特征是它没有中等阶级（波淇洼），这实在是它革命得势的消息。俄国革命成功的原因固然很多，但这没有中产阶级的事实，当然是重要原因的一个。所以俄国革命虽然有了相当的成功，但不能说是马克思学说所推定的革命；因为俄国的阶级分野不是工业化的结果，不是纯粹经济性的阶级。

至于中国，我想谁都不会否认，阶级的绝对性更说不上了。我们只有职业的阶级士农工商；并且没有固定性；工人的子弟有做官的，农家人有做商的，这中间是不但走得通，并且是从不曾间断过。纯粹经济性的阶级分野更看不见了——至少目前还没有。因此在我们的战场上，对垒的军队调齐，战线画清的日子，即使有那一天，也还远得很，在这时候就来谈战略在我看是神经过敏。

但这不是说我们就不应得有革命工作的努力。革命我们当然得积极准备，而且早动手一天更痛快，只是革命有种种不同的革命，目的，手段，完全不同，甚至相冲突的尽有。我是一个孤陋寡闻的人，但新近也常听见什么“国民革命”的呼声。有人告诉我说这是国民党的工作，孙文主义的花果，虽则，我不怕丢脸对你们说，我所知道的孙文主义不比我知道南美洲无花果树的生活状态多。隔天有兴致时，前天我自对自说，何妨拿什么三民主义一类的主张来揣摹揣摹，广广见识也是好的。但这次陈毅先生的话又使我糊涂住了。听他说，仿佛（岂止仿佛）领导指挥我们国民革命的不是国民党，倒是共产党。——“中国共产党是什么，”陈先生说，“那就是他的领袖列宁生前所训练所指导的第三国际党的中国支部。”那也不坏，但这来岂不是我们革命的领袖不是中国籍的孙文或是别人，而是一个俄国人。那原来是，共产党的眼里，据说，只认识阶级，不认识种族，谁要在这种地方挑眼无非泄露他自己见解的浅薄。

但革命的分别依然分明的在着。按我粗浅的想法，就中国论，革命总应得含有全体国民参加的意义；我们要革的事情多着哩，从我们各人穿衣服说话做文章娶亲一类事情革起一直革到狭义的政府，我们要革我们生活里思想里指点得出的恶根性奴性，我们要革一切社会性道德性不公道不自然的状况……反正这革命是直着来的，普及国民生活的全体的。反面说，第三国际式的革命是好比横着去的，它侧重的只是经济的生活，它联络的是别国的同党，换一句说，这共产革命，按我浅薄的推测，不是起源于我们内心的不安，一种灵性的要求，而是盲从一种根据不完全靠得住的学理，在幻想中假设了一个革命的背景，在幻想中想设了一个革命的姿势，在幻想中想望一个永远不可能的境界。这是迂执，这是书呆。

但是再说呢，有革命觉悟的，不问他的来源是莫斯科或是孙文学说或是自己的灵府，总是应得奖励的，总比混在麻木的生活里过日子的强得多。实际为革命努力的，也不问他走的是正路是小路是邪路，也是值得赞赏的，总比在势利社会里装鬼脸的强得多。思想错误不碍，只要它动活，它自然会有走入正道的机会；用力方向不对也不碍，只要精力开始往外用，它迟早有用对的一天。

我是一个不可教训的个人主义者。这并不高深，这只是说我只知道个人，只认得清个人，只信得过个人。我信德谟克拉西的意义只是普遍的个人主义；在各个人自觉的意识与自觉的努力中涵有真纯德谟克拉西的精神：我要求每一朵花实现它可能的色香，我也要求各个人实现他可能的色香。在我们这花园里，可怜！你看得见几朵开得像样的花？多的是在枝上冻瘪了的，在含苞时期被风刮掉了的。不，多的是不曾感受春信的警醒在泥封的黑暗里梦梦着的。所以我们需要的是风，是雪，是雨，是一切摧醒生命的势力，是一切滋养生命的势力，但我们不要狂风，要和风，不要暴雨，要缓雨。我们总得从有根据处起手。我知道唯一的根据处是我自己。认识你自己！我认定了这不热闹的小径上走去。

再回到列宁。他的伟大，有如耶稣的伟大，是不容否认的。他的躯壳现在直挺挺的躺在莫斯科皇城外一个肃静的地室里，每天有整千成万的活人去瞻仰他。他的精神竟可说是弥漫在宇宙间，至少在近百年内是决不会消散的。但我却不希望他的主义传布。我怕他。他生前成功的一个秘密，是他特强的意志力，他是一个 Fanatic[①]。他不承认他的思想有错误的机会；铁不仅是他的手，他的心也是的。他是一个理想的党魁，有思想，有手段，有决断。他是一个制警句编口号的圣手；他的话里有魔力。这就是他的危险性。他的议论往往是太权宜，他的主张不免偏窄；他许了解俄国，在事实上他的确有可惊的驾驭革命的能力，但他的决不是万应散。在政治学上根本就没有万应散这样东西。过分相信政治学的危险，不比过分相信宗教的危险小。我们不要叫云端里折过来的回光给迷糊了是真的。青

① Fanatic：狂热分子。

年人，不要轻易讴歌俄国革命，要知道俄国革命是人类史上最惨刻苦痛的一件事实，有俄国人的英雄性才能忍耐到今天这日子的。这不是闹着玩的事情，不比趁热闹弄弄水弄弄火捣些小乱子是不在乎的。

一月二十一日

话 匣 子[1]（三）

——新贵殃

本校毕业生○○○在美留学致函校长陈述在校考得硕士情形照录如下：

敬禀者近疏音敬抱罪万分恭维　道履迪吉为颂靡涯生于六月十五日在叙拉库大学考得硕士，口试笔试，均已及格，笔试七次，共题六十个，口试三小时，计有委员七人询问，生之论文题为 The Development of Taxation, with Special Reference to China，共做二百页，已印成一书，经各教员认为于学术上颇有价值之贡献，将生举入经济荣誉会，Ch Eta Sigma . Fraternity（Honorary Society），按此会之入会资格颇严，此次在数千人中，选出六人，其中三人，系大学教授，生幸得参与其间，据闻华人之得入此会者，以生为第一人，近来美国各大学对于华生日渐严厉，

① 一九二六年一月作；载一九二六年一月二十三日《晨报副刊》，署名大兵；一九八八年一月陕西人民出版社《徐志摩研究资料》存目。采自《晨报副刊》。

将北大列为第三等大学（因英文不佳故），凡毕业生至美，须三年方考得硕士，有该校毕业生，抵此三年，尚未考得，吾校在华，虽不如北大之负盛名，但生在此已于一年内考得硕士，各课分数，均在八十六分以上，平均约九十分，故已认法大为中国之头等大学，较北大高出二级，以后毕业生来此，可于一年内考得硕士，但须将英文程度提高，以免生为法大创设之地位，为之破坏，按生之于一年内得硕士，确为破天荒之成绩，于法大校誉，大有裨益耳，现拟于秋间入哈佛大学，考博士，大约二年后方能回国，附呈小影。祈哂存。敬请

道安

生〇〇〇谨上　六月二十日

1

我得先请问你，聪明的读者，你看了这封信有什么感想？你如其自己是留学生，而且是美国的，那你不会感觉什么新奇，因为信里讲的情形多少是你自己的经验，即使你不曾对你母校通过这样恭敬的信。假如你是没有去过外洋的，并且你的思想不是拐弯一类的，这来你一定不胜惊奇，无限钦佩！什么，笔试七次！题目六十个！口试三小时！二百页的论文！经济荣誉会！美国的大学堂多威风呀！考得硕士；平均九十分；一年内得硕士，破天荒之成绩——多可赞叹，多可羡慕，多可崇拜的替我们光宗耀祖的伟大不可一世的大留学生呀！

2

一大队的蚱蜢，草灰色的，浅藤黄的，竹叶青的，蹲在太平洋的这一岸，昂着斜方形的脑袋，亮着细小的眼珠，支着雄伟的大腿，——一，二，三！长细毛的小脚一捺，腿弯儿一耸，小身子就上了天去，再落下来的时候，太平洋已经掉在后背：蚱蜢先生们从此在新大陆上优游了。看，朋友，近年来太平洋的那一边老是有乌云似的东西飞度过来，都是些个什么呀？什么？蝗虫！吃现成庄稼替人间造灾殃的伟大的蝗虫！

蚱蜢先生们变了大蝗虫飞回来了。

3

门口蹲着大石狮子竖着大旗杆的各部衙门里。溜光的发亮的跳舞厅的地板上。伟大的各式会议的议席上。安着特制大法螺的各大学的大讲台上。锋头。成功。得意。升官。发财。硕士。博士。破天荒之成绩。

《新式婚姻制度下的危险性》附记[①]

志摩按——

婚姻：讲起太腻烦了，什么都不妨讲，就这问题看着题面就够烦。也许生在这世界里，混在这世界里，我们就免不了到时候得按着这世界讲这世界。这真是苦恼。

这类文字近来似乎别的大报小报上都看得到，按我的癖性我是真不喜欢的。余先生的态度又是百二十分的诚恳，那更使我为难；这稿子压在我抽屉里许够有一两个月，今晚也不知怎的忽然想起了。余先生要我特别注重这问题，我不知怎样回答才好。

余先生说什么"危险"，这我约略懂得，但我的答话却是——世上没有不带一些危险性的值得的经验。出娘胎来做人本身就是危险事业。就比是绝海里行舟，海是反正有波浪的，问题就在你把得稳还是把不稳。我们该注重的，按我说，不是跟

① 这是作者为余协中《新式婚姻制度下的危险性》写的附记，题为志摩按；载一九二六年一月二十五日《晨报副刊》；一九八八年一月陕西人民出版社《徐志摩研究资料》存目。采自《晨报副刊》，改此题。

海去商量要它减小它波浪的危险，我们该研究的是怎样才能练成功我们航海的本领。余先生以为怎样?

达文謇的剪影[①]

基乌凡尼鲍尔脱拉飞屋的日记　　一四九四～一四九五

(这是一本小说里的一章。那小说是一个俄国人（Merejkowski）做的，叫作《达文謇的故事》（The Romance of Leonardo da Vinci)。鲍尔脱拉飞屋是达文謇的一个学徒，这一章是他学徒期内的日记。用不着说，达文謇是意大利复兴时期内顶大的一朵牡丹，它那香气到今天还不曾散尽。这日记当然不是真本，但达文謇伟大奥妙的天才至少在这几页内留下一个灵活的剪影。他的艺术谈是这几百年来艺术学生们枕中的秘宝，我们应得知道一些的。)

一四九四年，三月二十五日，那天我进了翡冷翠大画家雷那图达文謇先生的画室当一个学徒。

这是他教给我们的课程：透视学（Perspective）；人体的

① 载一九二六年一月二十七日、二十八日《晨报副刊》，署名志摩；初收一九二七年八月上海新月书店《巴黎的鳞爪》。采自《巴黎的鳞爪》。达文謇(Leonardo da Vinci)，今译达·芬奇（1452—1519），意大利文艺复兴时期画家、雕塑家、建筑师和工程师，在艺术和科学方面均有创造性见解和成就，代表作有壁画《最后的晚餐》、肖像画《蒙娜丽莎》等。

分与量；临大画家的作品；写生画。

今天马各杜奇乌拿，我的一个同事，给了我一本书，写下的完全是老师说的话。书开头是这一节：

“人的身体从太阳的光亮得到最纯粹的快乐；人的心灵，从数学清澈的照亮。因此透视学（这透视学包涵两件事情，一是灵动的线条的考量，那是眼看的舒服，一是数理的清明，那是心智的舒服。）在各种研究与学科中应分占着最高的地位。但愿说过‘我是真的光亮’的他给我帮助，使我有法子理会这透视学，他的光亮的科学。这书我分成三部：第一，因距离故，事物形体的缩小；第二，色彩的明显度的减损；第三，轮廓清晰的减淡。”

老师像父亲似的看管着我。自从知道我穷，他再不肯收我原约定的月费。

老师说：

“等你们透视学有了把握，人体的分量心里有数以后，你们上街去就得用心留意人们的姿态与行动，看他们怎样站定，走动，谈天，吵闹；看他们怎样发笑，怎样打架；看他们有这些动作时面上的神情，看来劝散他们的旁人面上的神情；看站在一边冷眼看着的人们的神情。把你看到的全用铅笔记在你的颜色纸订成的袖珍册子里，这书随你到那儿都得带着。册子满了，再换一本；第一本摆开了，留着。保存原稿，不要损坏或是擦糊了它们：因为人体的动法是最变幻不尽的，单凭记忆是留不住的。你得把这些粗糙的底稿看作你们最好的先生。”

我也有了这样一册书。

今天在P街上，离大教堂不远，我见着我的伯父。他对我说他不认我了；他骂我到一个异教徒邪人的家里去毁灭我的灵魂。

每回我心里不高兴，只要对着他的脸看看就会轻松快活的。多奇怪他的一双眼：清，蓝，澹，冷——冰似的冷。声音，最可亲，软和极了。最凶暴、最顽固的人也抵抗不过他的温驯善诱。他坐在他的工作台上，心里盘算着什么，手捻着捋着他的金色的髭须，又长又软的像是女孩子身上的丝绸。他跟谁说话的时候，他就微微眯着一双眼，有一种高兴和蔼的神情；他的目光，从浓厚荫盖的眉毛下照出来，直透你的灵魂。

他不喜欢鲜艳的颜色，不喜欢时新累赘的式样；他也不爱薰香。他的衣料是雷尼希的棉布，异样的整洁好看。他的黑绒便帽是素净的，不装羽毛，不加装饰。他的衣色是黑的；但他穿一件长过膝盖的深红色斗篷，直裥往下垂的，翡冷翠古式。他的行动是闲暇沈静的，但也引人注意。他跟谁都不一样。

弓弩都是他的擅长，会骑，会水，精通小剑斗术。今天我见他拿一个小钱丢中一个教堂最高的圆顶。雷那图先生，凭他手臂的玲巧与力量，谁都比不过他。

他是用左手的；但别看这左手，又瘦弱又软和像是女人的，他扳得弯铁条，扭得瘪大铜钟里的垂舌。

我正看着他，甲可布那孩子笑着跑来，拍着手。“蹩腿的来了，雷那图先生，怪物来了！你快到厨房里来。我给你找了这类宝贝来，你该乐得直舐你的手哪！”

“他们那儿来的?”

"一个庙门口找来的。贝加摩地方来的叫化！我答应了他们要是他们愿意给你画你有晚饭给他们吃。"

丢开了不曾画全的圣贞，雷那图就跑厨房去，我跟着。果然有两兄弟，年纪顶老，生水肿病的，脖子上挂着怪粗的大瘤。同来还有一个女的，是那一个的妻子，一个干瘪的小老皮囊，她的名字叫拉格尼娜（意思是小蜘蛛），倒正合式。

"你看，"甲可布得意的叫着，"我说你看了准乐！可不是就我知道你喜欢什么？"

雷那图靠近着这精怪似的蹩子坐下，吩咐要酒，亲手倒给他们喝，和气的问话，讲笑话给他们听让他们乐。初起他们看着不自在，心里怀着鬼胎，摸不清叫他们进来是什么意思。但是等到他们听他讲故事，讲一个死犹太，他的同伴们为要躲避波龙尼亚境内不准犹太人埋葬的法令，私下把他的尸体割成小块，上了盐，加了香料，运到威尼市去，叫一个翡冷翠去的耶教徒给吃了的一番话，那小蜘蛛笑得差一点涨破了肚子。一会儿三个人全喝得薰薰了，笑着说着，做出种种奇丑的鬼脸。我看得恶心扭过了头去；但雷那图看着他们兴趣浓极了；等他们的丑态到了穷极的时候，他掏出他的本子来临着描，正如他方才画圣贞的笑容，同样那欣欣然认真的神气。

到晚上他给我看一大集的滑稽画；各类的丑态，不仅是人的，畜生的也有——怕人的怪样子，像是病人热昏中见着的，人兽不分的，看了叫人打寒噤。一个箭猪的莲蓬嘴，硬毛攒耸耸的，下嘴唇往下，宕着，又松又薄像是一块破布，露着两根杏仁形的长白牙，像人的狞笑；一个老妇人，鼻子扁塌的长着毛，肉痣般大小，口唇异样的厚，像是烂了的树干里长出来的那些肥胖发黏性的毒菌。

塞沙里（达文謇另一个学徒）对我说有时老师在路上见着

什么丑怪，会整天的跟着看。伟大的奇丑，他说，与伟大的美是一样的希有；只有平庸是可以忽略的。

马各做事像牛一样的蠢，先生怎么说他非得怎么做不行；他愈用功愈不成功。他有的是非常的恒心。他以为只要耐心与劳力没有事做不成的；他一点也不疑惑他有画成名的一天。

在我们几个学徒里面，他最高兴老师的种种发明。有一天他带了他的小册子到一条十字街口去看热闹，按着老师的办法，把人堆里使他特别注意的脸子全给缩写记了下来。但到家的时候他再也不能把他的缩写翻成活人的脸相。他又想学雷那图用调羹量颜色，也是一样的失败。他画出来的影子又厚又不自然，人脸子都是呆木无意趣的。马各自以为他的失败是由于没有完全遵照老师的规则。塞沙里嘲笑他。

"这位独一的马各，"他说，"是殉科学的一个烈士。他给我们的教训是所有这些度量法与规则是完全没有用的。光知道孩子是怎样生法并不一定帮助你实际生孩子。雷那图欺他自己，也欺别人；他教的是一件事，他做的另是一件事。他动手画的时候他什么规则也不管，除了他自己的灵感；可是他还不愿意光做一个大美术家，他同时要做一个科学家。我怕他同时赶两个兔子结果竟许一个都赶不到。"

塞沙里这番嘲笑话不一定完全没有道理；但对师父的爱是没有的。雷那图也听他的话，夸奖他的聪明，从来不给他颜色看。

我看着他画他的 Cenacolo（即《最后一次晚餐》，在米兰）有时一早太阳没有出，他就去修道院的饭堂工作，直画到黄昏的黑影子强迫他停止；他手里的画笔从不放下，吃喝他都记不得。有时他让几个星期过去，颜色都不碰。有时他站在绳架上，画壁前，一连好几个时辰，单是看着批评着他已经画得的。还有时候我见他在大暑天冲着街道上的恶热直跑到那庙里去；像是一个无形的力量逼着他；他到了就爬上架子去，涂上两笔或是三笔，跳下来转身就跑。

他正在工作使徒约翰的脸。今天他该得完功的。可是不，他耽在家里伴着甲可布那孩子，看苍蝇黄蜂虫子飞。他研究虫子的结构那认真的神气正比如人类的运命全在这上面放着。看出了虫子的后腿是一种橹的作用，他那快活就比如他发见了长生的秘密，这一点他看得极有用，他正造他那飞行机哪。可怜使徒约翰！今天又来了一个新岔子，苍蝇又不要了。老师正做着一个图案，又美又精致的，这是预备一个学院的门徽，其实这机关还在米兰公的脑子里且不成形哩。这图案是一个方块，上画着皇冠形的一球绳子，相互的纠着，没有头没有尾的。我再也忍不住，我就提醒他没画完的使徒。他耸耸他的肩膀，眼对着他的绳冠图案头也不抬的在牙缝中间说话："耐着！有的是时候！约翰的脑袋跑不了的！"

我这才开始懂得塞沙里的悻悻！

米兰公吩咐他在宫里造听筒，隐在壁内看不见的，仿制"达尼素斯的耳朵"。雷那图初起狠有劲，但现在冷了，推头这样那样的把事情搁了起来。米兰公催着他，等不耐烦了；今早上几次来召进宫去，但是老师正忙着他的植物试验。他把南瓜的根割了去，只存了一根小芽，勤勤的拿水浇着。这本子居然没有枯，他得意极了。"这母亲，"他说，"养孩子养得不错。"六十个长方形的南瓜结成功了。

塞沙里说雷那图是一个最不了的落拓家。他写下了有二十本关于自然科学的书，但没有一本完全的，全是散叶子上的零碎札记；这五千多页的稿子他乱放着一点没有秩序，他要寻什么总是寻不着的。

走近我的小屋子来，他说："基乌凡尼，你注意过没有，这小屋子叫你的思想往深处走，大屋子叫它往宽处去？还有你注意过不曾在雨的阴影下看东西的形像比在阳光下看更清楚？"在使徒约翰的脸上做了两天工。但是，不成！这几天忙着玩苍蝇，南瓜，猫，达尼素斯的耳朵一类的结果，那一点灵感竟像跑了似的。他还是没有画成那脸子，这来他一腻烦，把颜色匣子一丢，又躲着玩他的几何去了。他说彩油的味儿叫他发呕，见着那画具就烦。这样一天天的过去；我们就像是一只船在海口里等着风信，靠傍的就只机会的无常，与上帝的意旨。还亏得他倒忘了他那飞机，否则我们准饿死。

什么东西在旁人看来已经是尽善尽美的，在他看来通体都是错。他要的是最高无上的，不可得的，人的力量永远够不到的。因此他的作品都没有做完全的。

安德利亚沙拉拿病倒了。老师调养着他，整夜伴着他，靠在他的枕边看护他；但是谁都不敢对他提吃药。马各不识趣的给买了一盒子药，可是叫雷那图找着了，拿起手就往窗子外掷了出去。安德利亚自己想放血，讲起他认识有一个很好的医家；但老师很正当的发了气，用顶损的话骂所有的医生。

"你该得当心的是保存，不是医治，你的健康；提防医生们。"他又加了一句话，"什么人都积钱来给医生们用——毁人命的医生们。"

十五年一月

志　歉①

上月份本刊所载《衬衣》一篇，系张资平、英麟两君合译，付印时未将译者名登入，特此补白，并志歉意。

① 载一九二六年一月二十七日《晨报副刊》，未署名。

关于下面一束通信告读者们[①]

无论如何，我以本刊记者的资格得向读者们道歉，为今天登载这长篇累牍多少不免私人间争执性质的一大束通信。前天西滢来信说有这样一篇文章要我登副刊，我答应了他。但今晚我看过他的来件以后，我却着实的踌躇了一晌。登还是不登，这是问题。

不登的话，我对不起西滢。他这一篇是根据前星期见本刊的周岂明先生的那一篇；周先生的那一篇，又是批评我自己做的那篇《闲话引出来的闲话》。所以这并不是没来历的。并且我事前确已答应替他登的。但登的话，事情可就更麻烦了。我

---

① 这是作者就陈西滢《闲话的闲话之闲话引出来的几封信》写的评论，一九二六年一月二十九日作；载一九二六年一月三十日《晨报副刊》，署名志摩。陈西滢发表的几封信计：（一）西滢致岂明（即周作人教授），（二）岂明致西滢，（三）岂明致西滢，（四）西滢致凤举，（五）凤举致西滢，（六）西滢致岂明，（七）凤举致西滢，（八）西滢致凤举，（九）西滢致志摩，并附录三封计：（甲）西滢致半农（即刘复博士），（乙）半农致西滢，（丙）西滢致半农。徐文初收一九八〇年台湾时报文化出版事业有限公司《徐志摩诗文补遗》。采自《晨报副刊》，《西滢致志摩》附后。

是不主张随便登载对人攻击的来件的，一则因为意气文字往往是无结果，有损无益，二则我个人生性所近，每每妄想拿理性与幽默来消除意气——意气是病象的分数多，健康的分数少，无论如何。这回西滢的意气分明是狠盛，谁都看得出。在他个人是为这半年来受尽了旁人对他人身攻击的闲气已经到了忍无可忍的地步，这一放闸再也止不住尽情的冲了出来。他这回放开嗓子痛骂一顿这件事，在一班不当事人看来当然是过分，但我们如其接头这回争执的背景，能替他设身处地想时，也许可以相当同情他满肚子的瘴气。但他这次却不止是抵当，他也着力的回击了——他对周氏兄弟两位，尤其是鲁迅先生，丝毫不含糊的回敬了一封原礼。这究竟有好处没有？这来就能两造叫开了不？意气的反响能否是和平？人，到时候谁都不是好惹的，西洋老话说“你平空打一下罗马人，你发见一个野兽”，这样猛烈的攻击看情形决不会就此结束的。我愁的是双方的怨毒愈结愈深，结果彼此都拿出本性里的骂街婆甚至野兽一类东西来对付，倒叫旁边看热闹人中间冷心肠的耻笑，热心肠的打寒噤。这下是正得我前天冒昧想出来做和事老的本愿的反面了吗？说起做和事老那一段案语，听说我已经在不少朋友心里招受了狠大的嫌疑。不提别的，单说西滢今晚附来的一纸信上就有这一句提醒的话：“你能在后面写一段顶好，不过不要再让人说是纯粹的江浙人才好。”纯粹的江浙人！意思说是油滑，两边袒，没有骨子，乏——说轻一点。因此这也是我自己认真反省一下的机会。我究竟是不是想两边讨好，自己懦怯，临着事体不敢说良心话？这不是件小事。既然说到这里，我就不得不撑开了说我的真心话。西滢是我的朋友，并且是我最佩服最敬爱的一个。他的学问、人格都是无可致疑的。他心眼窄一点是有的；说实话，他也不是好惹的。关于他在闲话里对时事的批评，我也是与他同调的时候多，虽则我自己决没有他那样说闲话的天才与兴会。这是一造。至于他一造，周氏弟兄一面，我与他们私人的交情浅得多；鲁迅先生我是压根儿没有胆仰过颜色的，作人先生是相识的，但见面的机会不多。鲁迅先生的作品，说来大不敬得狠，我拜读过很少，就只《呐喊》集里三两篇小说，以及新近因为有人尊他是中国的尼采他的《热风》集里的几页。他平常零星的东西，我即使看也等于白看，没有看进去或是没有看懂。作人先生的作品我也不曾全看，但比鲁迅先生的看的多。他，我也是佩服的，尤其是他的博学。他爱小挑剔，我也知道的，他自己也承认。但因为我根本是一个极粗心的读者，平常文字里有深文周纳乃至些稍隐晦的地方，我就看不出来，不要说骂别人，即使骂我自己，我也是家乡人说的木而瓜之的。例如最近他那篇文章里，事后有人对我说“他岂止骂西滢他也骂苦你了”，我却不去查考，到行间字里去端详；我心头明白并且感觉到的是他有与西滢意见不合因而勃豀的地方，这在我看来不应当是什么深仇大恨，应当可以消解的。也许是我的傻想；无论如何我干下了那一段分明八面不见好的案语。周先生说本来是无围，用不着你解；西滢说得更凶，他说我“分明替他认错，替他回护，他是十二分的不领情，即使他不骂我，将来骂我的人多着哩”。(同时我也得乘便声明，周先生接续两次来信都说他对西滢个人并没有嫌隙，只是不喜欢他论事的态度罢了。)

现在西滢这来，又重新翻起了这整件的讼案；他给他的对方人定了一个言行不一致，捏造事实诬毁人的罪案。并且他文字里牵及的似乎还不止周氏两位。凭我原想出来调和的地位说，这一篦信是不该发表的（凤举先生在一封信尾也曾希望不公布此项函件），因发表了非但无益，并且不免更惹纠纷。但我如其压住了的话，一来我对西滢是失约，二来我更有“纯粹的江浙人”的嫌疑了。怎么，周岂明骂西滢的文章，你抢过来登，反过来西滢的答辩你倒不登，这不是分明怕得罪强者？我为表白我自己起见，决不能这样做。

但副刊是对读者们全体负责任，不是为少数人做喉舌的。我为要不开罪私人朋友，就难免对读者们负歉不是？我不能不踌躇。但踌躇的结果，还是把西滢的来件照登，并且担负这代登的责任。

我的理由是：（一）这场争执虽则表面看性质是私人的，但它所牵连当事人多少都是现代知名人，多少是言论界思想界的领导者，并且这争执的由来是去年教育界最重要的风潮，影响不仅到社会，并且到政治，并且到道德。在两造各执一是的时候，旁边人只觉得迷惑。这事情应分有撑开了根本洗刷一下的必要，如其我们相信是非多少还有标准的话。西滢的地位一向是孤单的，他一个人冷笃笃的说他的闲话，我们都看得见。反面说，骂西滢个人以及西滢所主持的地位的却是极不孤单的，骂的笔不止一枝，骂的机关不止一个。这终究是否西滢实在有犯众怒的地方，还是对方倚仗人多发表机关多特地来压灭这闲话所代表的见解。如其是前一个假定，那西滢是活该，否则我们不曾混入是非旋涡的人应该就事论理来下一个公正的判断。

（二）怨毒是可怕的。私人间稀小的仇恨往往酿成不预料的大祸。酝酿怨毒是危险的；脓疽到时候窝着不开，结果更不得开交。在这场争执里，两方各含积了多少的怨毒是不容讳言的：这决不是谑，这是甘脆的虐。这刀所以是应分当众开的；又为的——

（三）更基本的事实：彼此同是在思想言论界负名望负责任的人，同是对这棼乱的时期负有各尽所长清理改进的责任，同是对在迷途中的青年负有指导警觉的责任。是人就有错误，就有过失，在行为上或是在意见上；我们受教育为的是要训练理智来驾驭本性，涵养性情来节止意气。这并不是说我们因此在在就得贪图和平，处处不露棱角，避免冲突。不，我们在小地方养正是准备在大地方用，一个人如其纯粹为与己无涉的动机为正谊为公道奋斗，我们就佩服他；反过来说，如其一个人的行为或言论包含有私己的情形，那时不论他怎样藉口，我们就不能容许他。例如这一回争执，现在两造都似乎尽情发泄了，我们在旁人应分来查考查考究竟这一场纠纷的背后有没有关连人道的重大问题，值得有血性人们放进他们的力量去奋斗——例如法国的德来福斯的案子，起因虽则小，涵义却关重要——我们当前的问题是不是同性质的？还是这里面并不包含什么大问题，有的只是两造或是一造弄笔头开玩笑过分了的结果，那好办，说明了朋友还是朋友，本来不是朋友，也不至变成仇敌。

为了这几层理由，我决定登载西滢的来件。本刊也算是一个结束，从我那篇《闲话引出来的闲话》起，经过岂明先生《闲话的闲话之闲话》，到今西滢的总清帐止，以后除了有新发明的见解，关于此事辩难性质的来件，恕不登载了。

一月二十九日早四时半

附：西滢致志摩

志摩：

你看我这次生了多大的气！现在自己想来，也觉得有些好笑。这总算是半年来朝晚被人攻击的一点回响，也可以证明我的容忍还没有到家。最初人家骂我，我也是像你一般，“问写得好玩不好玩，好玩就好，不好玩便不好。”大约因为好的太少的缘故吧，以后我对于它们都漠然了。可是久而久之，大约因为骂腻了——你想就是鱼鳍海参，天天吃也得吃腻，何况这样的东西——又发生了厌恶。现在忍不住的爆发了。譬如在一条又长又狭的胡同里，你的车跟着一辆粪车在慢慢的走，你虽然掩止了口鼻，还少不得心中要作恶，一到空旷的地方，你少不得唾两口口涎，呼两口气。我现在的情景正是那样。

二十日周岂明先生的文章，举出来的有两点。第一点又是女师大。我对于女师大的态度你是知道的，用不着多说。在我们看来，利用学生做工具，把她们的学业做牺牲品，去达到有些人的特殊的目的，才"可以叫作卑劣"，不是吗？可是见仁见智，各人尽可以各自保守着自己的见解，不去说它吧。

第二点，是周先生特别"请读者注意"的"正经话"了。有两位名人说了一句什么话，周先生气得小胡子直翘。"总之许多所谓绅士压根儿就没有一点人气，还亏他们恬然自居于正人之列，容我讲一句粗野话，即使这些东西是我的娘舅，我也不认他是一个人。"你觉得到他的神气么？这才是"正人君子"的真面目！你们"这些东西"还不快些滚，让我来坐在这"正人君子"的交椅！可惜查问的结果，那一句什么话就是他自己的作品。其实，在我看来——我相信你一定也同意——我们自己虽然不说这种话，可是偶而有人在私人谈话的时候说起有几个女学生不大好，也算不得滔天的大罪，用不着即刻就给他一个嘴巴。周先生一定要打嘴巴，结果正打在自己的嘴上。

我也是主张"不打落水狗"的。我不像我们的一位朋友，今天某乙说"不打落水狗"他就说"不打落水狗"，第二天某甲说"要打落水狗"，他又连忙的跟着嚷"要打落水狗"。我见狗既然落了水，就不忍打它了。这也许就是你们说我所有的怜悯吧？此外还有一件事得通知你。我那几封信里用的字眼，都不是自己创造的。我实在没有那样的想像力。不过我觉得，这自然也许是我的偏心，我觉得这些字眼在我用的地方比在原来的地方适当得多了。你说怎样？无论如何，在此特别声明一句，省得人家说我侵犯了他们的版权。

这一件事牵涉了凤举，是我觉得非常抱歉的事。可是，你要知道，这事与他完全不相干的，虽然他竭力的往身上拉，要想排解这一个纷争。凤举虽然与周先生的交情深一点，久一点，究竟是两方面的朋友。

他虽然处处很留神，然而要是言者无心，听者有意起来，那么也就很险了。这三四月来，我们没有看见过他，可是要是我们想穿凿附会，吹毛求疵的去骂人，我们也不至于不能在他说过的话里找到很好的材料。不过这种事情我们总还不至于干出来。

前面几封信里说起了好几次周岂明先生的令兄，鲁迅，即教育部佥事周树人先生的名字。这里似乎不能不提一提。其实，我把他们一口气说了，真有些冤屈了我们的岂明先生。他与他的令兄比较起来，真是小巫遇见了大巫。有人说，他们兄弟俩都有他们贵乡，绍兴的刑名师爷的脾气。这话，岂明先生自己也好像曾有部分的承认。不过，我们得分别，一位是没有做过官的刑名师爷，一位是做了十几年官的刑名师爷。

鲁迅先生一下笔就想构陷人家的罪状。他不是减，就是加，不是断章取义，便捏造些事实。他是中国“思想界的权威者”，轻易得罪不得的。我既然说了这两句话，不能不拿些证据来。可是他的文章，我看过了就放进了应该去的地方——说句体己话，我觉得它们就不应该从那里出来——手边却没有。只好随便举一两个例吧。好在他每篇文章都可以做很好的证据，要是你要看的话。

远一些的一个例。他说我同杨荫榆女士有亲戚朋友的关系，并且吃了她许多的酒饭。实在呢，我同杨女士非但不是亲戚，简直就完全不认识。直到前年在女师大代课的时候，才在开会的时候见过她五六面。从去年二月起我就没有去代课。我从那时起直到今天，也就没有在任何地方碰到过杨女士。

近一些的一个例。我在《现代评论》增刊里泛论图书的重要。我说孤桐先生在他未下台以前发表的两篇文章里，这一层“他似乎没看到”(增刊六三页)。鲁迅先生在前一两期的《语丝》里就轻轻的代我改为“听说孤桐先生倒是想到了这一节，曾经发表过文章，然而下台了，很可惜”。你看见吗，那刀笔吏的笔尖。

再举一个与我无关的例吧。李仲揆先生是我们相识人中一个最纯粹的学者，你是知道的。新近国立京师图书馆聘他为副馆长。他因为也许可以在北京弄出一个比较完美的科学图书馆来，也就答应了。可是北大的章程，教授不得兼差的。虽然许多教授兼二三个以至五六个重要的差使，李先生却向校长去告一年的假，在告假期内不支薪。他现在正在收束他的功课。他的副馆长的月薪不过二百五十元。你想一想，有几个人肯这样干。然而鲁迅先生却一次再次的说他是“北大教授兼国立京师图书馆长月薪至少五六百元的李四光”。

好了，不举例了。不过你要知道，就是这位鲁迅先生，他是中国“思想界的权威者”，“青年叛徒的首领”。

有人同我说，鲁迅先生缺乏的是一面大镜子，所以永远见不到他的尊容。我说他说错了。鲁迅先生的所以这样，正因为他有了一面大镜子。你听见过赵子昂——是不是他？——画马的故事罢？他要画一个姿势，就对镜伏地做出那个姿势来。鲁迅先生的文章也是对了他的大镜子写的，没有一句骂人的话不能应用在他自己的身上。要是你不信，我可以同你打一个赌。

不是有一次一个报馆访员称我们为“文士”吗？鲁迅先生为了那名字几乎笑掉了牙。可是后来某报天天鼓吹他是“思想界的权威者”，他倒又不笑了。

他没有一篇文章里不放几枝冷箭，但是他自己常常的说人“放冷箭”并且说“放冷箭”是卑劣的行为。

他常常“散布流言”和“捏造事实”，如上面举出来的几个例，但是他自己又常常的骂人“散布流言”，“捏造事实”，而且承认那样是“下流”。

他常常的无故骂人，要是那人生气，他就说人家没有“幽默”。可是要是有人侵犯了他一言半语，他就跳到半天空，骂得你体无完肤——还不肯罢休。

他常常挖苦别人家抄袭。有一个学生抄了沫若的几句诗，他老先生骂得刻骨镂心的痛快。可是他自己的《中国小说史略》却就是根据日本人盐谷温的《支那文学概论讲话》里面的“小说”一部分。其实拿人家的著述做你自己的蓝本，本可以原谅，只要你在书中有那样的声明，可是鲁迅先生就没有那样的声明。在我们看来，你自己做了不正当的事也就罢了，何苦再去挖苦一个可怜的学生，可是他还尽量的把人家刻薄。“窃钩者诛，窃国者侯”，本是自古已有的道理。

他在《出了象牙之塔》的“后记”里，说起不愿译“文学者和政治家”一文的理由。他说“和中国现在的政客官僚们讲论此事，却是对牛弹琴；至于两方面的接近，在北京却时常有，几多丑态和恶行，都在这新而黑暗的阴影中开演，不过还想不出作者所说似的好招牌”，你看这才不愧为“青年叛徒的袖领”！他那种一见官僚便低头欲呕的神情，活现在纸上。可是，啊，可是他是现任教育部的佥事。据他自己的自传，他从民国元年便做了教育部的官，从没脱离过。所以袁世凯称帝，他在教育部，曹锟贿选，他在教育部，“代表无耻的袁永彝”做总长，他也在教育部，甚而至于“代表无耻的章士钊”免了他的职后，他还大嚷“佥事这一个官儿倒也并不算怎样的‘区区’”，怎样有人在那里钻谋补他的缺，怎样以为无足轻重的人是“慷他人之慨”，如是如是，这样这样……这像“青年叛徒的袖领”吗？其实一个人做官也不大要紧，做了官再装出这样的面孔来可叫人有些恶心吧了。现在又有人送他“土匪”的名号了。好一个“土匪”！

志摩，你看，这才是中国“青年叛徒的袖领”，中国的青年叛徒也可想而知了。这才是中国“思想界的权威者”，中国的思想界也就可想而知了。这才是中国的“土匪”……我不得不也来庆祝中国的土匪！

志摩，不要以为我又生气了。我不过觉得鲁迅先生是我们中间很可研究的一位大人物，所以不免拉扯了一大段吧了。可惜我只见过他一次，不能代他画一幅文字的像——这也是一种无聊的妄想吧了，不要以为我自信能画得出这样心理繁复的人物来。

说起画像，忽然想起了本月二十三日《京报副刊》里林玉堂先生画的《鲁迅先生打叭儿狗图》。要是你没有看见过鲁迅先生，我劝你弄一份看看。你看他面上八字胡子，头上皮帽，身上厚厚的一件大氅，很可以表出一个官僚的神情来。不过林先生的打叭儿狗的想像好像差一点。我以为最好的想像是鲁迅先生张着嘴立在泥潭中。后面立着一群悻悻的狗。“一犬吠影，百犬吠声”，不是俗语么。可是千万不可忘了那叭儿狗，因为叭儿狗能今天跟了黑狗这样叫，明天跟了白狗那样叫，黑夜的时候还能在暗中猛不防的咬人家一口。

不写了，不写了。无聊的话也说够了。以上的二三千字已经够支持人家半年的攻击了。我现在也要说几句正经话了。

常常有人来问我，人家天天攻击我，他们不懂为什么。他们更不懂我为什么不回答。人家为什么攻击，我也不十分明了为什么，可是我为什么不回答，我是有理由的。

中国人私人相骂，谁的声音高就是谁的理由足。所以我宁可受些委屈，不愿意也不能与人相骂。打笔墨官司的时候，谁写得多，骂得下流，捏造得新奇就谁的理由大。所以我也宁可吃些亏，不愿意也不能与人家打官司。第一，我们不会捏造无中生有的事实。第二，我们想不起那样的下流的字眼。第三，人家有的是闲功夫，好在衙门里没有别的事可做，我们不做事便没有饭吃。第四，人家能造种种的假名，看来好像人多势众，就是你的所谓朋友也可用了假名来放两枝冷箭，我们却做不出这样的勾当。第五，他们的喽啰也实在多，我们虽然不是不认识人，可是他们既然对我们有几分信任，我们总不肯亦不忍鼓励他们去做这种无聊的事情。第六，他们有的是欢迎谩骂的报纸，我们觉得自己办的一个报纸如只能谩骂，还不如没有。

可是，志摩，还有一个顶大的原因。就是你所说的“漆黑一团”很容易把你围进去。我常常觉得我们现在走的是一条狭窄险阻的小路，左面是一个广漠无际的泥潭，右面也是一片广漠无际的浮砂，前面是遥遥茫茫荫在薄雾的里面的目的地。泥潭里有的是已经陷下去的人，有的在浅处，有的已经没到了口鼻。他们在号着，叫着，笑着，骂着。你要是忍不住他们的诬辱，一停足，一回头，也许就会忘了你的目的地。你要是同他们一较量，你不能不失足，那时你再不设法拔你的脚出来，你也许会陷，陷，陷，直到没头没顶才完毕。这就是我一向不爱与人较量的理由。我觉得我们的才具虽小，我们的学问虽浅薄，究竟也有它们的适当的用处。爝火虽然没有多大的光，可是不能因为有了太阳便妄自菲薄，何况还没有太阳。所以我一向总想兢兢业业的向前走，总想不让暴戾之气占据我的心。可是，志摩，这次也危险得很了！这一次我想，我已经踏了两脚泥！我觉悟了。我大约不再打这样的笔墨官司了。

昨晚因为写另一篇文章，睡迟了，今天似乎有些发热。今天写了这封信，已经疲乏了。就打住吧。希望你恳切的指导我。

源　十五，一，二八

结束闲话，结束废话！[①]

四光先生：

你这封信来时，前函已经付印，不及删改。你的话沈痛极了，我想与你同感想的人一定不止我一个。实际上前天我们聚餐的时候我们着实讨论了这当今的问题。我们一致认为这场恶斗有从此结束的切要，不但此，以后大家应分引为前鉴，临到意气冲动时不要因为发表方便就此造下笔孽。这不仅是绅士不绅士的问题，这是像受教育人不像的问题。我不后悔我发表西滢这一束通信，因为这叫一般人看到了相骂的一个Limit[②]。这回的反动分明是不仅从一方面来的。学生们看做他们先生的这样丢丑，忍不住开口说话了。绝对没关系人看了这情形也不耐烦了，例如张克昌君的来件（我这里不登的同性质的来件另有三四起）。两边的朋友们，不消说，简直是汗透重裘了，再不能不想法制止。就是当事人，我想，除非真有神经病的，也

① 这是作者对李四光来信的回信；载一九二六年二月三日《晨报副刊》，署名志摩；初收一九八〇年台湾时报文化出版事业有限公司《徐志摩诗文补遗》。采自《晨报副刊》，李信附后。

② Limit：限度。

应分有了觉悟，觉悟至少这类争论是无谓的。“有了经验的狗”，哈代在一处说，尚且“知道节省他的呼吸，逢着不必叫的时候就耐了下去”（好像是“Far from the Madding Crowd”①），何况多少有经验的人，更何况大学的教授们，更何况负有指导青年重责的前辈！

带住！让我们对着混斗的双方喝猛一声。带住！让我们对着我们自己不十分上流的根性猛喝一声。假如我们觉得胳膊里有余力，身体里有余勇要求发泄时，让我们望升华的道上走，现在需要勇士的战场正多着哪，为国家，为人道，为真正的正谊——别再死捧着显微镜，无限的放大你私人的意气！

再声明一句，本刊此后再不登载对人攻击的文字。

附：李四光致徐志摩信

志摩先生：

昨天我在未曾读过你那一篇引启的文字以前——对不起——急忙中写了一封信，请你登载，我的意思是一方面想证明西滢先生所说的话没有差错，一方面也表示鲁迅先生骂我的话，虽然大部分都是误会，但在他也未始没有几分捕风捉影的理由。事实明了的时候，我的事完了，用不着多说话，我也是因为涵养不足，所以在前信的第三段中，又提出闲话，与你发表那篇文字的苦衷不合，于事实上也没有何等的用处，请你替我删丢了罢。

昨晚我坐在书案旁边冥想了一会，觉得天下恐怕就没有绝对的好人，也没有绝对的坏人；我们用好意待人，也许坏人就变成了好人，用恶意测人，天下人也许恶人居多。丢开意气，什么事似乎都可以平心的讨论；任意气的冲动，什么事也会弄坏了的。无论如何，我总觉得骂人是一件不好的事，不管你骂胜了还是骂败了；在个人方面没有得失，在

① Far from the Madding Crowd：《远离尘嚣》。

社会上却有极大的恶果。你想这几月来，为了几个文人的开玩笑——至少我想在发动时候一大部分是开玩笑——弄到我们这一个小小的北京社会，满城风雨，谁是谁非，我们姑且不论，但是最可惜的，是一般看报纸青年，在不知不觉间已经染上污泥。如果他们将来变本加厉的骂起来，这个社会还可以居住吗？什么学问事业没有人过问么？

假若我够得上资格，假若你的纸张还有富余，我还想用极诚恳的态度，向我们的朋友们说两句老实话。通伯与我相识有年，他的天才和热心我向来很佩服，可是他的那一枝笔，的确有时觉得太尖！我还记得他在英国的“Nation”上做了几篇文章，骂J.O.P.Bland，骂他像跳蚤那样的乱跳。可是这位英国先生也没有办法。你想像Bland那样可恶的人，竟然给他骂倒，谁不称快，然而Bland对于中国的作恶，依然如故，恐怕更进了一层，然则骂倒了以后有什么好结果？

周先生兄弟，我是久仰的，一向没有相识，岂明先生我曾在街上遇见几次，我认识他，恐怕他不认识我。我看他很像一个温和的君子，从日本的朋友方面，我也曾听见几多恭维周先生的话。他虽然曾经无故的骂我一次，我对他还有相当的谅解。我想文人都不免有那种毛病，不能因为他骂了我一次，我就菲薄他的文学。我还希望将来有一天我们能见面谈心。

鲁迅先生我绝对的没有遇见。但是我想他一定有他的天才，也许有他特别的兴趣。任我不懂文学的人妄评一句，东方文学家的风味，他似乎格外的充足，所以他拿起笔来，总要写到露骨到底，才尽他的兴会，弄到人家无故受累，他也管不着。但是只要我们能极力的容忍，天下想无不了之事；况且现在我们这个中国，已经给洋人军阀政客弄到不成局面，指导青年的人，还要彼此辱骂，制成一个恶劣的社会，这还不是自杀，什么叫做自杀？

志摩先生，我在这里胡说乱道，又太说长了，因为我这种胡说，也许又要引起周先生的痛骂，所以事先我不能不在此郑重声明，对于一切的笑骂，我以后决不答一辞，仅守幽默就罢了。这封信我觉得与现在的社会有点关系，还是要请你和前函同时发表。

李四光　十五，一，三十一

伤双栝老人[①]

看来你的死是无可致疑的了，宗孟先生，虽则你的家人们到今天还没法寻回你的残骸。最初消息来时，我只是不信，那其实是太兀突，太荒唐，太不近情。我曾经几回梦见你生还，叙述你历险的始末，多活现的梦境！但如今在栝树凋尽了青枝的庭院，再不闻“老人”的謦欬；真的没了，四壁的白联仿佛在微风中叹息。这三四十天来，哭你有你的内眷，姊妹，亲戚，悼你的私交；惜你有你的政友与国内无数爱君才调的士夫。志摩是你的一个忘年的小友。我不来敷陈你的事功，不来历叙你的言行；我也不来再加一份涕泪吊你最后的惨变。魂兮归来！此时在一个风满天的深夜握笔，就只两件事闪闪的在我心头：一是你的谐趣天成的风怀，一是髫年失怙的诸弟妹，他们，你在时，那一息不是你的关切，便如今，料想你彷徨的阴魂也常在他们的身畔飘逗。平时相见，我倾倒你的语妙，往往含笑静听，不叫我的笨涩羼杂你的莹彻，但此后，可恨这生死间无情的阻隔，我再没有那样的清福了！只当你是在我跟前，

① 一九二六年二月二日作；载一九二六年二月三日《晨报副刊》，署名志摩；初收一九二八年一月上海新月书店《落叶》。采自《落叶》。

只当是消磨长夜的闲谈，我此时对你说些琐碎，想来你不至厌烦罢。

先说说你的弟妹。你知道我与小孩子们说得来，每回我到你家去，他们一群四五个，连着眼珠最黑的小五，浪一般的拥上我的身来，牵住我的手，攀住我的头，问这样，问那样；我要走时他们就着了忙，抢帽子的，锁门的，嗄着声音苦求的——你也曾见过我的狼狈。自从你的噩耗到后，可怜的孩子们，从不满四岁到十一岁，那懂得生死的意义，但看了大人们严肃的神情，他们也都发了呆，一个个木鸡似的在人前愣着。有一天听说他们私下在商量，想组织一队童子军，冲出山海关去替爸爸报仇!

“栝安”那虚报到的一个早上，我正在你家。忽然间一阵天翻似的闹声从外院陡起，一群孩子拥着一位手拿电纸的大声的欢呼着，冲锋似的陷进了上房。果然是大胜利，该得庆祝的：“爹爹没有事!”“爹爹好好的!”徽那里平安电马上发了去，省她急。福州电也发了去，省他们跋涉。但这欢喜的风景运定活不到三天，又叫接着来的消息给完全煞尽!

当初送你同去的诸君回来，证实了你的死信。那晚，你的骨肉一个个走进你的卧房，各自默恻恻的坐下，阿，那一阵子最难堪的噤寂，千万种痛心的思潮在各个人的心头，在这沈默的暗惨中，激荡，汹涌，起伏。可怜的孩子们也都泪滢滢的攒聚在一处，相互的偎着，半懂得情景的严重。霎时间，冲破这沈默，发动了放声的号啕，骨肉间至性的悲哀——你听着吗，宗孟先生，那晚有半轮黄月斜觇着北海白塔的凄凉?

我知道你不能忘情这一群童稚的弟妹。前晚我去你家时见小四小五在灵帏前翻着跟斗，正如你在时他们常在你的跟前献技。“你爹呢?”我拉住他们问。“爹死了”，他们嘻嘻的回答，小五搂住了小四，一和身又滚做一堆！他们将来的养育是你身后唯一的问题——说到这里，我不由的想起了你离京前最后几回的谈话。政治生活，你说你不但尝够而且厌烦了。这五十年算是一个结束，明年起你准备谢绝俗缘，亲自教课膝前的子女；这一清心你就可以用功你的书法，你自觉你腕下的精力，老来只是健进，你打算再化二十年工夫，打磨你艺术的天才；文章你本来不弱，但你想望的却不是什么等身的著述，你只求沥一生的心得，淘成三两篇不易衰朽的纯晶。这在你是一种觉悟；早年在国外初识面时，你每每自负你政治的异禀，即在年前避居津地时你还以为前途不少有为的希望，直至最近政态诡变，你才内省厌倦，认真想回复你书生逸士的生涯。我从最初惊讶你清奇的相貌，惊讶你更清奇的谈吐，我便不阿附你从政的热心，曾经有多少次我讽劝你趁早回航，领导这新时期的精神，共同发现文艺的新土。即如前年泰谷尔来时，你那兴会正不让我们年轻人；你这半百翁登台演戏，不辞劳倦的精神正不知给了我们多少的鼓舞！

不，你不是“老人”；你至少是我们后生中间的一个。在你的精神里，我们看不见苍苍的鬓发，看不见五十年光阴的痕迹；你的依旧是二三十年前《春痕》故事里的“逸”的风情——“万种风情无地着”，是你最得意的名句，谁料这下文竟命定是“辽原白雪葬华颠”！

谁说你不是君房的后身？可惜当时不曾记下你摇曳多姿的吐属，蓓蕾似的满缀着警句与谐趣，在此时回忆，只如天海远处的点点航影，再也认不分明。你常常自称厌世人。果然，这世界，这人情，那禁得起你锐利的理智的解剖与抉剔？你的锋芒，有人说，是你一生最吃亏的所在。但你厌恶的是虚伪，是矫情，是顽老，是乡愿的面目，那还不是该的？谁有你的豪爽，谁有你的倜傥，谁有你的幽默？你的锋芒，即使露，也决不是完全在他人身上应用，你何尝放过你自己来？对己一如对人，你丝毫不存姑息，不存隐讳。这就够难能，在这无往不是矫揉的日子。再没有第二人，除了你，能给我这样脆爽的清谈的愉快。再没有第二人在我的前辈中，除了你，能使我感受这样的无“执”无“我”精神。

最可怜是远在海外的徽徽，她，你曾经对我说，是你唯一的知己；你，她也曾对我说，是她唯一的知己。你们这父女不是寻常的父女。“做一个有天才的女儿的父亲，”你曾说，“不是容易享的福，你得放低你天伦的辈分先求做到友谊的了解。”徽，不用说，一生崇拜的就只你，她一生理想的计划中，那件事离得了聪明不让她自己的老父？但如今，说也可怜，一切都成了梦幻，隔着这万里途程，她那弱小的心灵如何载得起这奇重的哀惨！这终天的缺陷，叫她问谁补去？佑着她吧，你不昧的阴灵，宗孟先生，给她健康，给她幸福，尤其给她艺术的灵术——同时提携她的弟妹，共同增荣雪池双栝的清名！

十五年，二月，二日，新月社

志　谢[1]

志摩今日南回，下星期起副刊编辑暂烦江君绍原代劳，先此志谢。

① 载一九二六年二月四日《晨报副刊》，署名记者；初收一九八〇年台湾时报文化事业有限公司《徐志摩诗文补遗》。采自《晨报副刊》。

志　歉[1]

早一月光景，我收到从开封寄来一封不署名的信，信里叙的是某“孙匪”犯安徽亳县（他的本土）时他家遭受的惨变。通信某君的母亲叫匪给打死，他的十三岁的妹子因被强污自尽，他的妻也受了奇辱，他自己遍体鳞伤。现在他人在开封，想相机“报仇”。那信里叙述，兵匪的凶相，真叫人不忍卒读，我当时就提笔加上几百字的案语，发出付印。也不知怎的，后来报馆说觅不到此稿，我自己这里也是遍寻不到，这真使我抱歉极了。某君的衔冤当然是实情，听说年来战域内这类事情是极平寻的。但年来河南一带好像是归“不扰民”的军队管辖，何以匪徒还有这样放肆情形？我们同情某君的奇冤，同时也不得不期望领袖军队的圣人们此后格外注意些小百姓们的幸福。

记　者

① 载一九二六年二月四日《晨报副刊》，署名记者；初收一九八〇年台湾时报文化出版事业有限公司版《徐志摩诗文补遗》。采自《晨报副刊》。

《一封情书》按语[①]

看中国二十四史乏味，看西洋传记有趣的一个理由，是中国史家只注重一个人的“立德立言立功”，而略过他的情感最集中的恋爱经验。也许我们的祖宗们并不知道这回事，除了狎妓。即使有，在个人本身，也是讳莫如深的。立志不要吃冷猪肉的，能有几个？现在时代换样，反动到了；在青年人看来，事业是虚荣，功利是虚荣，文章是虚荣，人生里真的只有一件事——恋爱。结果副刊的来稿，除了骂人，就是谈恋爱；随你当主笔的怎样当心选稿，永远拿“不要诱惑青年”一句话当作标准，结果总还是离不了“性，性，再来还是性!”明白人看了是不会生气的，至多笑笑，要不然叹一口气。本来是这么回事。近来常有人责问我为什么好好的篇幅不登些正经文章，老是这恋爱长恋爱短什么意思？因此我愈觉得有“开风气”的必要。

闲话少说，下面一篇我题名叫《一封情书》的，是新近在

① 这是作者为林宗孟（长民）《一封情书》写的按语，一九二六年二月四日作；载一九二六年二月六日《晨报副刊》，署名志摩；初收一九八〇年台湾时报文化出版事业有限公司《徐志摩诗文补遗》。采自《晨报副刊》，林宗孟文附后。

关外乱军中身亡的林宗孟先生写给我的一封信。这话得解释。分明是写给他情人的，怎么会给我呢？我的答话是我就是他的情人。听我说这段逸话。四年前我在康桥时，宗孟在伦敦，有一次我们说着玩，商量彼此装假通情书。我们设想一个情节，我算是女的，一个有夫之妇，他装男的，也是有妇之夫，在这双方不自由的境遇下彼此虚设的通信讲恋爱。好在彼此同感“万种风情无地着”的情调，这假惺惺未始不是一种心理学家叫做“升华”。下面印的是他给我最长的一封（实际上我们各写各的，情节并不对准，否则凑起倒也成一篇有趣的小说）。宗孟先生在民国元年在南京当代表遭险是实事，他这里说的他那心里的一团热火实有背景与否，他始终不曾明说过。不论怎样，他这篇文章写得有声有色，真不错。在我看是可传的；至少比他手订的中华民国大宪法有趣味有意义甚至有价值得多。将来双栝斋文集印出时，我敢保这封情书，如其收入的话，是最可诵的一篇。中古世纪政治史上多大的事情我们都忘了，单只一个尼姑与一个和尚的情书（Love letters of Heloise and Abelard[①]）到今天还放着异彩。十五十六世纪间多大的事情都变了灰，但一个葡萄牙小尼姑写给一个薄情的法国军官的情书到今天还有使我们掉泪的力量。谁敢断定奉直战争一类事实的寿命一定会比看来漫不相干的情书类的文章长久？

记得曾经有人拿“恋爱大家”的徽号给林宗孟。这也是有来历的。

早三年他从欧洲回京时，曾经标恋爱的题目公开讲演过。据说议论极彻透，我盼望过天有机会发表他的原稿（他对我说

① Love letters of Heloise and Abelard：《埃洛伊兹与阿伯拉尔的情书》。阿伯拉尔（1079—1144?），法兰西经院哲学家，所著《神学》曾被指为异端。埃洛伊兹早年师从阿伯拉尔，后与师相恋私婚，被拆散后入修道院，后为修道院长。

过他有原稿，但须改作)。我们要记得宗孟先生不是少年，他是鬓苍苍的五十老翁。但他的头脑可不是腐败名士派的头脑，他写的也不是香奁体一派的滥调。别看他老，他念的何尝不是蔼理士，马利施笃普司，以及巴尔沙克《结婚的生理学》一类的书？听他讲才痛快哪！他的心是不老的。

他文章里有几句话竟与他这回惨死的情形有相印处。“微月映雪，眼底缤纷碎玉有薄光，倏忽间人影杂遝，则乱兵也。下车步数武，对面弹发……”上次脱了险，这回脱不了，（掉一句古文调说）其命也欤！认识他非常才调的，不能不觉着惨。

二月四日

附：林宗孟《一封情书》

仲昭爱览：前书计达。未及旬日，乃有不欲相告，而又不忍不使吾仲昭一闻之讯，虽此事关吾生死，吾今无恙。昭读此万勿忧惶，忧惶重吾痛，昭为吾忍之。中旬别后，昭返常熟，吾以闽垣来电，再四受地方父老兄弟之托，勉任代表。

当时苟令吾昭知之，必以人心向背尚属一斗讧时代，不欲我遽冒艰险。然迫促上道，我亦未及商之吾昭，遂与地方来者同行赴宁，车行竟日，未得一饱，入夜抵下关，微月映雪，眼底缤纷碎玉有薄光。倏忽间人影杂遝，则乱兵也。下车步数武，对面弹发，我方急避，其人追我，连发未中，但觉耳际顶上，飞火若箭，我昏，扑地有顷，兵亦群集，讯我姓名。我呼捕徂击者，而刺客亦至，出上海新将军捕状，指我为敌探，遂绳系我送致城内军令部，囚车轹雪，别有声响。二十里间，瘦马鞭曳，车重路难，我不自痛，转怜兹畜；盖同乘者五六人，露刃夹我，载量实过马力。寒甚，我已破裘淋湿，逼体欲僵，只有一念吾昭，心头若有炽火，为增温度。夜半抵营门，立候传令，又经时许，门开，引入一厅事，曰是军法庭，数手齐下，解余衣搜索，次乃问供。我不自忆夹袋中带有多少信件，但见堂上一一翻阅，问曰黄可权何人，答曰吾友，河南代表，分道赴武昌矣。又曰昭何人，我闻昭名，神魂几荡，盖自立候营门后至此约二时间，念昭之意，已被逻骑盘问，军吏搜索，层层遮断。今忽闻之，一若久别再晤，惊喜交迸。少迟未答，咤叱随之，则曰亦吾友。曰黄函叙述事迹，尚无疑窦，昭函语气模糊，保无勾煽情事？再三诘问，我正告之曰，昭吾女友，吾情人，吾生死交，吾来生妻，函中约我相见于深山绝巘中，不欲令世间浊物闻知，无怪麾下致疑之，今若以此函故磔我，较之中弹而死，重于泰山矣；三弹不中，而死于一封书，仇我之弹，不足亡我，忧我之书，乃能为我遂解脱，吾甘之也！此虏闻我怒骂，乃微笑曰，好风流！听候明日再审。于是押送我一小室中，有褐无被，油灯向尽，烟气薰人。我困极饥极，和衣躺下，一合眼间，窗纸已白，默祝有梦，偏偏不来，忽念世事，觉得人类自家建设，自家破坏，吾勇吾智，吾仁人爱物之性，尽属枉然。此是吾平生第一次作悲观语。自分是日再审，必将处决，但愿昭函发还，使我于断脰前有嗓，尚能高声一朗读之，于是从头记忆，前后凌乱，不能成章，懊恼起步，不觉顿足。室外监卒突入，喝问何事，不守肃静？彼去我复喃喃！得背诵什八九，喜不自胜。呜呼吾昭！昭平日责我书生习气，与昭竞文思，偏不相下，今则使我倾全部心力，默记千百余字，乱茧抽绪之书，一读一叫绝，不足以偿吾过耶？吾昭，吾昭！昭闻此不当释然耶？有顷求监卒假我纸笔，居然得请，然吮墨濡写，不能成文，自笑丈夫稍有受挫折，失态至此！计时已促，所感实多，一一缩其章句，为书三通，一致吾党二三子，一致老父，一致昭也。正欲再请，乞取封面，窗外枪发，人影喧阗。问何事。监者答云，兵变。复有人驰至，曰总司令有令，传林某人，书不及封，随之而去。至一广庭。绕廊而过，候室外，有人出，则夜来审问者，揖余曰，先生殆矣！余曰，即决乎？曰否，今已无事，昨夕危耳。入则酒肉狼藉，有人以杯酒劝饮。我问谁为总司令，曰我便是，我问到底何事，彼云英士糊涂，几成大错。我知事已解，总司令且任根究，英士上海将军字也。呜乎吾昭，此时情境，恨不与昭共见之，将来或能别成一段稗史，吾才实所未逮。昭近状恐益多难堪事，我乃刺刺自述所遇，无乃为己过甚？此间事解，我已决辞所任，盼旬日内能脱身造常，与昭相见，再定大计，并请前此未及就商之罪。苍苍者留我余生，将以为昭，抑将使我更历事变苦厄，为吾两人来生幸福代价耶？旬日期近，以秒计且数十万，我心怔动，如何可支，我吻昭肌，略拟一二，亦作镇剂，望昭察之！　萱冬书

千九百十一年十二月二十四日
时在宁过第二夜新从监室移住
招待所

《神经病院中的喻森》按语[①]

我临行前接到哈埠来的这关于喻森君的消息。我几乎滴泪了。喻森君我去年在俄京遇着，谈了好几次，他那志趣的纯洁，精神的勇敢，理想的单纯，是全欧美留学生中绝无仅有的。但他，可怜，却为了一片爱国的赤心，得到这样悲惨的结果，我们有“人气”的人看了月拉君这篇通讯，作何感想？他，人现在哈埠神经病院里，伤了，疯了，痴了。这不能再是造谎，我们盼望他不久就可以回北京来，给我们亲眼看看身受苏俄厚赐的一个青年。关于运回喻森的事情，我狠抱歉不能亲自负责，但如果社会上对于这一件不幸的被难有同情时，他们应得迅速有相当的表示，这不仅是认识喻君的少数人的责任，我盼望晨报馆可以代收外来同情的捐助汇齐了款，在最近期内设法把他运回。

同时我们不能不对血性的青年们喊一声“醒起！我们的同

① 这是作者为月拉《神经病院中的喻森》所写的按语；载一九二六年二月八日《晨报副刊》；同时刊出的，除月拉文外，还有江绍原的按语，二人的按语均附于月拉文后，三文的总题为《从哈尔滨来的奇闻惨案》。徐文初收一九八〇年台湾时报文化出版事业有限公司《徐志摩诗文补遗》。采自《晨报副刊》，月拉文和江绍原按语附后。

胞无故受这样惨刻的待遇，事实现在眼前，这还不是使我们猛省的一下棒击”？政府，我早说过，是阳痿性的，我们也不期望什么。但在青年人，我们相信，相当良心的自由总还有；我们要起来问俄国政府给我们一个满意的解释，同时我们也要问曾经为这件事替俄国政府回护的人们要一个满意的解释。

附一：月拉《神经病院中的喻森》

我不知喻森的过去历史，但我知他是四川学生，曾热烈参加五四运动，反对过日本的帝国主义。

他于一九二〇年的秋天，加入上海社会主义青年团，预备到“自由”(?)的赤俄去，研究社会主义的学理。

次年春天，青年团与俄国方面，尚未将留学事接洽好，但他因经济不甚充裕，急急同着十位留俄学生，离开上海到哈尔滨去。

他们到哈尔滨后，就引起当地的注意，但他同第一批五名学生，冒险搭车往满洲里去。

他们在满洲里住了两天，最后搭着出境的火车，正预备上“反帝国主义的祖国”(?)，但不幸被当地的军警，把他们拖了下来。

军警搜查了他们几次，把衣服与鞋底撕开，并检阅耳孔与口腔，但结果仅查出一张护照，是吉黑交涉局发的。

过了几天以后，他们与第二批被捕学生，一块押解到齐齐哈尔，又重新被军警吊起来。

喻森因多说了几句话，所以被他们两手绑起，在屋梁上吊了好久，并受了许多难堪的肉刑。

他们共监禁了三个月，有几次已预备枪毙，把棺材也抬了出来，但终因各地打的营救电，致迟缓了执行期，最后北京某将军电保，说他们不过去俄留学，所以才释放了出来。

军警还怕他们偷到俄国去，所以把他们押送到哈尔滨，这时留俄学生均甚灰心，因陈独秀愿意他们在黑龙江枪毙了，以便给赤俄去报销。

其中有一个被捕学生，因此发了神经病，但喻森还是非常勇敢，仍想设法上俄国去，可惜经济窘难，不得不到北京去。

他到北京以后，暂时进某大学读书，并参加反帝国主义运动，因那时全世界基督教徒，想在北京召集大会，所以他对于拥护帝国主义的基督教，极力加以攻击。

但他始终未忘情于赤俄，所以一九二三年的夏天，又筹了一笔路费，重新结伴上俄国去，这时俄国的报章说，赤塔职工会曾开会欢迎他们。

喻森到赤色的莫斯科时，本想进东方劳动共产大学，但因他与青年团已脱离过关系，所以没法进去。最后他进了社会主义学院，研究列宁主义的学理。

当上海的五卅惨剧发生后，喻森与彭昭贤等，发起旅俄华侨反帝国主义同盟，但俄国外交人民委员会竟不准他们开会，禁止华侨反对帝国主义，后经彭昭贤交涉的结果，外交人民委员会叫他改称旅俄中国民族运动同盟，方勉强允许他们开会。

喻森等被推为留俄华侨代表，归国参加反帝国主义运动，孰知他们走到中途时，日本公使到了莫斯科。赤俄政府为表示俄日亲善，竟拘捕许多留俄学生，李家鳌曾赴俄外部交涉，但自称反帝国主义的翟趣林答道："俄国不能为二三华人，失却日俄亲善！"

喻森等数人到赤塔时，国防政治处假借护照过期的名义，把他们一齐监禁起来。

最近国防政治处忽然把金石声枪毙了，但喻森与桂丹华却释放回国。

喻森因受精神上的压迫，竟患了神经病，所以他到哈尔滨后，有人就把他送入神经病院。

我特别去拜访他，他态度还非常沈静，他开口即问道："你是什么时候来的？你知道我的情形吗？"说罢哈哈大笑道："你大概知道了，我也不再说了！"

我与他谈话的结果，才知他问我的，并不是病院的情形，而是他认定还在俄国，所以对我说道："我们想法还中国去。"

我起先还告诉他道，这儿已是中国的哈尔滨，他大骂我撒谎，并说还有五六学生在此，所以我口里不得不答应他，打电到莫斯科政府，要求释放全体学生。

我希望反帝国主义的朋友们，能使喻森的灵魂不在赤俄徘徊，特别希望一般热心的青年们，不要为红色帝国主义迷着，也与喻森犯同样的精神病!

P. S.，喻森现住的神经病院，是哈尔滨的董市会送去的，照例是过了两个月后，就要无条件的逐出，所以我希望他的亲友，从速设法援助，送到北京的中国病院。因他现住在俄国病院里，接触的都是俄国人，于他的病状恐有妨碍。他的通讯处是："哈尔滨，黄赵屯，东铁神经病院。"

附二：江绍原按语

苏俄政府禁止旅俄的华侨开会，或者不算十分可怪的消息。但是苏俄政府所禁止的是旅俄华侨"反帝国主义同盟"，便不能不说是可怪了。苏俄政府如其拘捕中国的留学生，或者也不算可怪。但是他们若因为表示日俄亲善而拘捕中国学生，便令人大惊讶了。赤塔的国防政治处枪毙个把中国学生，或者也不算希罕。但是所枪毙的竟是俄国政府未加禁止的"中国民族运动同盟"派回中国的代表，这就未免太出乎人的意料之外了。

一个对于苏俄没好感的中国人，如其因为看不惯那里的情形以至于发疯，也许不算什么奇闻。但是如其发疯的是一个特为到俄国去研究列宁主义的中国学生，而且他的发疯是因为受不过苏俄的压迫，这就是奇闻兼惨闻了。我读了月拉君的信——里面有那些奇闻的信——真长了不少见识。

假使禁止华侨开会，以及拘捕，枪毙中国留学生的，是个俄国以外的政府，我们必定称之为帝国主义的行为。但是如其作这些事的是苏俄，这又是什么主义的行为呢？月拉君诚然说那是赤色帝国主义。不过是据说这个名词极其不幸——是真正帝国主义的国家造了来转移我们的目光的。然则我们究竟该怎样称呼它才能不中“白色帝国主义”的国家的毒计呢？我对于这一类的问题，并无研究；将来或者效法旁的新闻记者：登它一个长期告白，来它一个征求吧。

志摩说我们的同胞既然无故受了惨刻的待遇，我们应该起来向俄国政府要一个满意的解释。我完全赞成这个意思。我说：我们应该起来请求苏俄对于那些未名主义的行为，给我们一个满意的解释。

但是我仔细一想，有点踌躇了：我们靠什么去要解释。假使我们竟得不到满意的解释，后面有什么“Grave consequences①”跟着没有？

契诃夫称赞过的，中国人是个怪有“礼貌”的民族。其实在现在这世界上作一个国家，单靠“礼貌”不够，“礼物”也是同样重要的——无论见友人或敌人。但是我们问苏俄要解释时，有什么礼物可以表示我们的诚恳呢？中国不比日本啊，中国的礼物只有自家的地土矿产铁路，而没有大炮那一类最有效的礼物啊！旁的不说，我只请问五卅惨案的解释在哪里？我们对于这个发生在先而且在本国的惨案，至今还没得到解释，怎生又对于那发生在后而且在友邦苏俄的小小事件，又想“起来”要“解释”了？反正一个得不着，何如安静些，幽默些，忍耐些，或者旁的民族还可以见了称赞：中国人是个怪有礼貌的民族！

喻森或者也不必设法运回；反正俄国不能枪毙有神经病的人，而且他在两月后“无条件逐出”病院之时，靠他的民族所独具的礼貌，也许可以处处受人欢迎，说“这是一个怪有礼貌的中国疯子”。把他运回中国，是否对于苏俄失礼，似乎也颇有讨论的余地。

志摩说的是诗人的话，要大家一面起来向俄国政府要解释，一面共筹一笔款把喻森运回。而我是个讲礼的人，所以以为大家不如一面睡下不要解释，一面打电报叫喻森不必回来。我们两人的意见不知谁的是幻想。下一期的副刊，可以有明白的人来判断。

我还可以答应大家一声：如其大家真起来营救喻森质问苏俄，——即使无礼也不管——那么，我也算一个就是了。一切已名主义和未名主义对于我们的无礼的举动，我们都不必顺受。

---

① Grave consequences：严重的后果。

《今日的国学研究者的自白》按语[①]

下面的文，系节录《北大研究所国学门周刊》的“一九二六年始刊词”而成。我们感谢原著者——同时又是那周刊的编辑者——顾颉刚先生，允许我们转载。我们相信，如其我们的读者诵读它完，就不会疑心这是我们太缺稿，所以剽窃旁人已刊的文字，来充《晨报副刊》的篇幅。

记　者

① 《今日的国学研究者的自白》是作者辑录顾颉刚为《北大研究所国学门周刊》所写的“一九二六年始刊词”而成的一篇文章，全文署记者辑；这是该篇的按语，载一九二六年二月二十二日《晨报副刊》，署名记者。采自《晨报副刊》。

编者代注[①]

编者代注："春河集是湖南地方，只是借用，事实也不全是写真。但杨奶奶那种人物，在敝处——潢川——很常见。"从作者来函中录出。

① 这是作者为叔翰小说《杨五奶奶》加的注；载一九二六年二月二十七日《晨报副刊》，未署名。

《长城之神》按语[①]

熊佛西先生现在美国，专研剧学。这篇《长城之神》是他三年来唯一的作品，新从美国寄来的。

① 载一九二六年三月二十二日《晨报副刊》，署名记者。采自《晨报副刊》。题名是编者拟的。

《三月十二日深夜大沽口外》订误[①]

三月二十二日副刊《三月十二日深夜大沽口外》第二诗段第三行，“谁敢说人生有自由?”说字漏印。又第三段第三行“心空如不波的湘水”应作“心定如不波的湖水”。

① 载一九二六年三月二十四日《晨报副刊》，未署名。《三月十二日深夜大沽口外》是作者自己的诗，载一九二六年三月二十二日《晨报副刊》。题名是编者拟的。

饶孟侃诗改句[1]

星四饶孟侃诗“怎么你衣襟血迹模糊”改作：“吓！你那大襟上是血……可不?”

① 载一九二六年三月二十七日《晨报副刊》，未署名。饶孟侃诗载一九二六年三月二十五日《晨报副刊》，题为《“三月十八”——纪念铁狮子胡同大流血》。

自剖[①]

我是个好动的人；每回我身体行动的时候，我的思想也仿佛就跟着跳荡。我做的诗，不论它们是怎样的“无聊”，有不少是在行旅期中想起的。我爱动，爱看动的事物，爱活泼的人，爱水，爱空中的飞鸟，爱车窗外掣过的田野山水。星光的闪动，草叶上露珠的颤动，花须在微风中的摇动，雷雨时云空的变动，大海中波涛的汹涌，都是在在触动我感兴情景。是动，不论是什么性质，就是我的兴趣，我的灵感。是动就会催快我的呼吸，加添我的生命。

近来却大大的变样了。第一我自身的肢体，已不如原先灵活；我的心也同样的感受了不知是年岁还是什么的拘絷。动的现象再不能给我欢喜，给我启示。先前我看着在阳光中闪烁的金波，就仿佛看见了神仙宫阙——什么荒诞美丽的幻觉，不在我的脑中一闪闪的掠过；现在不同了，阳光只是阳光，流波只是流波，任凭景色怎样的灿烂，再也照不化我的呆木的心灵。我的思想，如其偶尔有，也只似岩石上的藤萝，贴着枯干的粗

① 一九二六年三月二十五日至四月一日作；载一九二六年四月三日《晨报副刊》，署名志摩；初收一九二八年一月上海新月书店《自剖》。采自《自剖》。

糙的石面，极困难的蜒着；颜色是苍黑的，姿态是崛强的。

我自己也不懂得何以这变迁来得这样的兀突，这样的深彻。原先我在人前自觉竟是一注的流泉，在在有飞沫，在在有闪光；现在这泉眼，如其还在，仿佛是叫一块石板不留余隙的给镇住了。我再没有先前那样蓬勃的情趣，每回我想说话的时候，就觉着那石块的重压，怎么也掀不动，怎么也推不开，结果只能自安沉默！“你再不用想什么了，你再没有什么可想的了”；“你再不用开口了，你再没有什么话可说的了”，我常觉得我沉闷的心府里有这样半嘲讽半吊唁的谆嘱。

说来我思想上或经验上也并不会经受什么过分剧烈的戟刺。我处境是向来顺的，现在，如其有不同，只是更顺了的。那么为什么这变迁？远的不说，就比如我年前到欧洲去时的心境：阿！我那时还不是一只初长毛角的野鹿？什么颜色不激动我的视觉，什么香味不奋兴我的嗅觉？我记得我在意大利写游记的时候，情绪是何等的活泼，兴趣何等的醇厚，一路来眼见耳听心感的种种，那一样不活栩栩的丛集在我的笔端，争求充分的表现！如今呢？我这次到南方去，来回也有一个多月的光景，这期内眼见耳听心感的事物也该有不少。我未动身前，又何尝不自喜此去又可以有机会饱餐西湖的风色，邓尉的梅香——单提一两件最合我脾胃的事。有好多朋友也曾期望我在这闲暇的假期中采集一点江南风趣，归来时，至少也该带回一两篇爽口的诗文，给在北京泥土的空气中活命的朋友们一些清醒的消遣。但在事实上不但在南中时我白瞪着大眼，看天亮换天昏，又闭上了眼，拼天昏换天亮，一枝秃笔跟着我涉海去，又跟着我涉海回来，正如岩洞里的一根石笋，压根儿就没一点摇动的消息；就在我回京后这十来天，任凭朋友们怎样的催促，自己良心怎样的责备，我的笔尖上还是滴不出一点墨沈来。我也会勉强想想，勉强想写，但到底还是白费！可怕是这心灵骤然的呆顿。完全死了不成？我自己在疑惑。

说来是时局也许有关系。我到京几天就逢着空前的血案。五卅事件发生时我正在意大利山中，采茉莉花编花篮儿玩，翡冷翠山中只见明星与流萤的交唤，花香与山色的温存，俗氛是吹不到的。直到七月间到了伦敦，我才理会国内风光的惨淡，等得我赶回来时，设想中的激昂，又早变成了明日黄花，看得见的痕迹只有满城黄墙上黑彩斑烂的“泣告”！

这回却不同。屠杀的事实不仅是在我住的城子里发见，我有时竟觉得是我自己的灵府里的一个惨象。杀死的不仅是青年们的生命，我自己的思想也仿佛遭着了致命的打击，好比是国务院前的断脰残肢，再也不能回复生动与连贯。但这深刻的难受在我是无名的，是不能完全解释的。这回事变的奇惨性引起愤慨与悲切是一件事，但同时我们也知道在这根本起变态作用的社会里，什么怪诞的情形都是可能的。屠杀无辜，还不是年来最平常的现象。自从内战纠结以来，在受战祸的区域内，那一处村落不曾分到过遭奸污的女性，屠残的骨肉，供牺牲的生命财产？这无非是给冤氛围结的地面上多添一团更集中更鲜艳的怨毒。再说那一个民族的解放史能不浓浓的染着 Martyrs[①] 的腔血？俄国革命的开幕就是二十年前冬宫的血景。只要我们有识力认定，有胆量实行，我们理想中的革命，这回羔羊的血就不会是白涂的。所以我个人的沉闷决不完全是这回惨案引起的感情作用。

爱和平是我的生性。在怨毒、猜忌、残杀的空气中，我的神经每每感受一种不可名状的压迫。记得前年奉直战争时我过的那日子简直是一团黑漆，每晚更深时，独自抱着腊壳伏在书桌上受罪，仿佛整个时代的沉闷盖在我的头顶——直到写下了

---

① Martyrs：殉道者。

“毒药”那几首不成形的咒诅诗以后，我心头的紧张才渐渐的缓和下去。这回又有同样的情形；只觉着烦，只觉着闷，感想来时只是破碎，笔头只是笨滞。结果身体也不舒畅，像是蜡油涂抹住了全身毛窍似的难过，一天过去了又是一天，我这里又在重演更深独坐箍紧脑壳的姿势，窗外皎洁的月光，分明是在嘲讽我内心的枯窘！

不，我还得往更深处按。我不能叫这时局来替我思想骤然的呆顿负责，我得往我自己生活的底里找去。

平常有几种原因可以影响我们的心灵活动。实际生活的牵制可以劫去我们心灵所需要的闲暇，积成一种压迫。在某种热烈的想望不曾得满足时，我们感觉精神上的烦闷与焦躁，失望更是颠覆内心平衡的一个大原因；较剧烈的种类可以麻痹我们的灵智，淹没我们的理性。但这些都合不上我的病源；因为我在实际生活里已经得到十分的幸运，我的潜在意识里，我敢说不该有什么压着的欲望在作怪。

但是在实际上反过来看，另有一种情形可以阻塞或是减少你心灵的活动。我们知道舒服，健康，幸福，是人生的目标，我们因此推想我们痛苦的起点是在望见那些目标而得不到的时候。我们常听人说“假如我像某人那样生活无忧我一定可以好好的做事，不比现在整天的精神全化在琐碎的烦恼上”。我们又听说“我不能做事就为身体太坏，若是精神来得，那就……”我们又常常设想幸福的境界，我们想：“只要有一个意中人在跟前那我一定奋发，什么事做不到?”但是不，在事实上，舒服，健康，幸福，不但不一定是帮助或奖励心灵生活的条件，它们有时正得相反的效果。我们看不起有钱人，在社会上得意人，肌肉过分发展的运动家，也正在此；至于年少人幻想中的美满幸福，我敢说等得当真有了红袖添香，你的书也就读不出所以然来，且不说什么在学问上或艺术上更认真的工作。

那末生活的满足是我的病源吗?

“在先前的日子,”一个真知我的朋友，就说:“正为是你生活不得平衡，正为你有欲望不得满足，你的压在内里的Libido①就形成一种升华的现象，结果你就借文学来发泄你生理上的郁结(你不常说你从事文学是一件不预期的事吗?);这情形又容易在你的意识里形成一种虚幻的希望，因为你的写作得到一部分赞许，你就自以为确有相当创作的天赋以及独立思想的能力。但你只是自冤自，实在你并没有什么超人一等的天赋，你的设想多半是虚荣，你的以前的成绩只是升华的结果。所以现在等得你生活换了样，感情上有了安顿，你就发见你向来写作的来源顿呈萎缩甚至枯竭的现象;而你又不愿意承认这情形的实在，妄想到你身子以外去找你思想枯窘的原因，所以你就不由的感到深刻的烦闷。你只是对你自己生气，不甘心承认你自己的本相。不，你原来并没有三头六臂的!

“你对文艺并没有真兴趣，对学问并没有真热心。你本来没有什么更高的志愿，除了相当合理的生活，你只配安分做一个平常人，享你命里铸定的‘幸福’;在事业界，在文艺创作界，在学问界内，全没有你的位置，你真的没有那能耐。不信你只要自问在你心里的心里有没有那无形的‘推力’，整天整夜的恼着你，逼着你，督着你，放开实际生活的全部，单望着不可捉摸的创作境界里去冒险?是的，顶明显的关键就是那无形的推力或是冲动(The Impulse)，没有它人类就没有科学，没有文学，没有艺术，没有一切超越功利实用性质的创作。你知道在国外(国内当然也有，许没那样多)有多少人被这无形

① Libido:里比多，奥地利心理学家弗洛伊德所创的心理分析学用语，狭义地指性本能，广义地指追求所有爱欲和快感乃至死亡的本能。

的推力驱使着，在实际生活上变成一种离魂病性质的变态动物，不但人们所有的虚荣永远沾不上他们的思想，就连维持生命的睡眠饮食，在他们都失了重要，他们全部的心力只是在他们那无形的推力所指示的特殊方向上集中应用。怪不得有人说天才是疯癫；我们在巴黎伦敦不就到处碰得着这类怪人？如其他是一个美术家，恼着他的就只怎样可以完全表现他那理想中的形体；一个线条的准确，某种色彩的调谐，在他会得比他生身父母的生死与国家的存亡更重要，更迫切，更要求注意。我们知道专门学者有终身掘坟墓的，研究蚊虫生理的，观察亿万万里外一个星的动定的。并且他们决不问社会对于他们的劳力有否任何的认识，那就是虚荣的进路；他们是被一点无形的推力的魔鬼蛊定了的。

“这是关于文艺创作的话。你自问有没有这种情形。你也许经验过什么‘灵感’，那也许有，但你却不要把刹那误认作永久的，虚幻认作真实。至于说思想与真实学问的话，那也得背后有一种推力，方向许不同，性质还是不变。做学问你得有原动的好奇心，得有天然热情的态度去做求知识的工夫。真思想家的准备，除了特强的理智，还得有一种原动的信仰；信仰或寻求信仰，是一切思想的出发点：极端的怀疑派思想也只是期望重新位置信仰的一种努力。从古来没有一个思想家不是宗教性的。在他们，各按各的倾向，一切人生的和理智的问题是实在有的；神的有无，善与恶，本体问题，认识问题，意志自由问题，在他们看来都是含逼迫性的现象，要求合理的解答——比山岭的崇高，水的流动，爱的甜蜜更真，更实在，更耸动。他们的一点心灵，就永远在他们设想的一种或多种问题的周围飞舞，旋绕，正如灯蛾之于火焰：牺牲自身来贯彻火焰中心的秘密，是他们共有的决心。

“这种惨烈的情形，你怕也没有吧？我不说你的心幕上就没有思想的影子；但它们怕只是虚影，像水面上的云影，云过影子就跟着消散，不是石上的霤痕越日久越深刻。

“这样说下来，你倒可以安心了！因为个人最大的悲剧是设想一个虚无的境界来谎骗你自已；骗不到底的时候你就得忍受‘幻灭’的莫大的苦痛。与其那样，还不如及早认清自己的深浅，不要把不必要的负担，放上支撑不住的肩背，压坏你自己，还难免旁人的笑话！朋友，不要迷了，定下心来享你现成的福分吧；思想不是你的分，文艺创作不是你的分，独立的事业更不是你的分！天生扛了重担来的那也没法想（那一个天才不是活受罪！），你是原来轻松的，这是多可羡慕，多可贺喜的一个发见！算了吧，朋友！”

三月二十五日至四月一日

诗刊弁言[1]

我们几个朋友想借副刊的地位，每星期发行一次诗刊，专载创作的新诗与关于诗或诗学的批评及研究文章。

本来这一句话就够说明我们出诗刊的意思；但本期有的是篇幅，当编辑的得想法补满它；容我先说这诗刊的起因，再说我个人对于新诗的意见。

我在早三两天前才知道闻一多的家是一群新诗人的乐窝，他们常常会面，彼此互相批评作品，讨论学理。上星期六我也去了。一多那三间画室，布置的意味先就怪。他把墙壁涂成一体墨黑，狭狭的给镶上金边，像一个裸体的非洲女子手臂上脚踝上套着细金圈似的情调。有一间屋子朝外壁上挖出一个方形的神龛，供着的，不消说，当然是米鲁薇纳丝一类的雕像。他的那个也够尺外高，石色黄澄澄的像蒸熟的糯米，衬着一体黑的背景，别饶一种澹远的梦趣，看了叫人想起一片倦阳中的荒

① 一九二六年三月三十日作；载一九二六年四月一日《晨报副刊·诗镌》第一期；又载一九三五年上海良友图书印刷公司《中国新文学大系·史料索引集》；收一九六九年台湾传记文学出版社《徐志摩全集》第六辑。采自《晨报副刊·诗镌》。

芜的草原，有几条牛尾几个羊头在草丛中掉动。这是他的客室。那边一间是他做工的屋子，基角上支着画架，壁上挂着几幅油色不曾干的画。屋子极小，但你在屋里觉不出你的身子大；带金圈上的黑公主有些杀伐气，但她不至于吓瘪你的灵性；裸体的女神（她屈着一支腿挽着往下沈的亵衣），免不了几分引诱性，但她决不容许你逾分的妄想。白天有太阳进来，黑壁上也沾着光；晚快黑影进来，屋子里仿佛有梅斐士滔佛士的踪迹；夜间黑影与灯光交斗，幻出种种不成形的怪象。

这是一多手造的阿房，确是一个别有气象的所在，不比我们单知道买花洋纸糊墙，买花席子铺地，买洋式木器填屋子的乡蠢。有意识的安排，不论是一间屋，一身衣服，一瓶花，就有一种激发想像的暗示，就有一种特具的引力。难怪一多家里见天有那些诗人去团聚——我羡慕他！

我写那几间屋子因为它们不仅是一多自己习艺的背景，它们也就是我们这诗刊的背景。这搭题居然被我做上了；我期望我们将来不至辜负这制背景人的匠心，不辜负那发糯米光的爱神，不辜负那戴金圈的黑姑娘，不辜负那梅斐士滔佛利士出没的空气！

我们的大话是：要把创格的新诗当一件认真事情做。这话转到了我个人对于新诗的浅见。我第一得声明我决没有厚颜，自诩有什么诗才。新近我见一则短文上写："没有人会以为徐志摩是一个诗人……"对极，至少我自己决不敢这样想，因为诗人总得有天才，天才的担负是一种压得死人的担负，我想着就害怕，我那敢？实际上我写成了诗式的东西借机会发表，完全是又一件事，这决不证明我是诗人，要不然诗人真的可以充汗牛之栋了！一个时代见不着一个真诗人，是常例；有一两个露面已够例外；再盼望多简直是疯想。像我个人，归根说，能认识几个字，能懂得多少物理人情，做一个平常人还怕不够格，何况更高的？我又何尝懂得诗，兴致来时随笔写下的就能算诗吗，怕没有这样容易！我性灵里即使有些微创作的光亮，那光亮也就微细得可怜，像板缝里逸出的一线豆油灯光。痛苦就在这里；这一丝 Will—0'—the—Wisp[①]，若隐若现的晃着，我料定是我终身不得（性灵的）安宁的原因。

我如其胆敢尝试过文艺的作品，也无非是在黑弄里弄班斧，始终是其妙莫名，完全没有理智的批准，没有可以自信的目标。你们单看我第一部集子的杂乱，荒伧，就可以知道我这里的供状决不是矫情。我这生转上文学的路径是极兀突的一件事；我的出发是单独的，我的旅程是寂寞的，我的前涂是蒙昧的。直到最近我才发现在这道上摸索的，不止我一个；旅伴实际上尽有，只是彼此不曾有机会携手。这发见在我是一种不可言喻的快乐，欣慰。管得这道终究是通是绝，单这在患难中找得同情，已够酬劳这颠沛的辛苦。管得前涂有否天晓，单这在黑暗中叫应，彼此诉说曾经的磨折，已够暂时忘却肢体的疲倦。

再说具体一点，我们几个人都共同着一点信心：我们信诗是表现人类创造力的一个工具，与音乐与美术是同等同性质的；我们信我们这民族这时期的精神解放或精神革命没有一部像样的诗式的表现是不完全的；我们信我们自身灵性里以及周遭空气里多的是要求投胎的思想的灵魂，我们的责任是替它们搏造适当的躯壳，这就是诗文与各种美术的新格式与新音节的发见；我们信完美的形体是完美的精神唯一的表现；我们信文艺的生命是无形的灵感加上有意识的耐心与勤力的成绩；最后我们信我们的新文艺，正如我们的民族本体，是有一个伟大美丽的将来的。

---

① Will—0'—the—Wisp：磷火，鬼火。

上面写的似乎太近宣言式的铺张，那并不是上等的口味，但我这杆野马性的笔是没法驾驭的；我的期望是至少在我们几个人中间，我的话可以取得相当的认可。同时我也感觉一种戒惧。我第一不敢担保这诗刊有多久的生命；第二不敢担保这诗刊的内容可以满足读者们最低限度的笃责。这当然全在我们自己；这年头多的是虎头蛇尾的现象，且看我们这群人终究能避免这时髦否？

此后诗刊准每星期四印出，我们欢迎外来的投稿。

这第一期是三月十八血案的专号，参看闻一多的下文。

三月三十日夜深时

再　剖[①]

你们知道喝醉了想吐吐不出或是吐不爽快的难受不是？这就是我现在的苦恼；肠胃里一阵阵的作恶，腥腻从食道里往上泛，但这喉关偏跟你别扭，它捏住你，逼住你，逗着你——不，它且不给你痛快哪！前天那篇《自剖》，就比是哇出来的几口苦水，过后只是更难受，更觉着往上冒。我告你我想要怎么样。我要孤寂：要一个静极了的地方——森林的中心，山洞里，牢狱的暗室里——再没有外界的影响来逼迫或引诱你的分心，再不须计较旁人的意见，喝彩或是嘲笑；当前唯一的对象是你自己：你的思想，你的感情，你的本性。那时它们再不会躲避，不会隐遁，不会装作：赤裸裸的听凭你察看，检验，审问。你可以放胆解去你最后的一缕遮盖，袒露你最自怜的创伤，最掩讳的私亵。那才是你痛快一吐的机会。

但我现在的生活情形不容我有那样一个时机。白天太忙（在人前一个人的灵性永远是蜷缩在壳内的蜗牛），到夜间，比如此刻，静是静了，人可又倦了，惦着明天的事情又不得不早

① 一九二六年四月五日作；载一九二六年四月七日《晨报副刊》，文末标“（待续？）”，署名志摩；初收一九二八年一月上海新月书店《自剖》。采自《自剖》。

些休息。阿，我真羡慕我台上放着那块唐砖上的佛像，他在他的莲台上瞑目坐着，什么都摇不动他那入定的圆澄。我们只是在烦恼网里过日子的众生，怎敢企望那光明无碍的境界！有鞭子下来，我们躲；见好吃的，我们垂涎；听声响，我们着忙；逢着痛痒，我们着恼。我们是鼠，是狗，是刺猬，是天上星星与地上泥土间爬着的虫。那里有工夫，即使你有心想亲近你自己？那里有机会，即使你想痛快的一吐？

前几天也不知无形中经过几度挣扎，才呕出那几口苦水，这在我虽则难受还是照旧，但多少总算是发泄。事后我私下觉着愧悔，因为我不该拿我一己苦闷的骨鲠，强读者们陪着我吞咽。是苦水就不免薰蒸的恶味。我承认这完全是我自私的行为，不敢望恕的。我唯一的解嘲是这几口苦水的确是从我自己的肠胃里呕出——不是去脏水桶里舀来的。我不曾期望同情，我只要朋友们认识我的深浅——（我的浅?）我最怕朋友们的容宠容易形成一种虚拟的期望；我这操刀自剖的一个目的，就在及早解卸我本不该扛上的担负。

是的，我还得往底里按，往更深处剖。

最初我来编辑副刊，我有一个愿心。我想把我自己整个儿交给能容纳我的读者们，我心目中的读者们，说实话，就只这时代的青年。我觉着只有青年们的心窝里有容我的空隙，我要偎着他们的热血，听他们的脉搏。我要在我自己的情感里发见他们的情感，在我自己的思想里反映他们的思想。假如编辑的意义只是选稿，配版，付印，拉稿，那还不如去做银行的伙计——有出息得多。我接受编辑晨副的机会，就为这不单是机械性的一种任务。（感谢晨报主人的信任与容忍，）晨副变了我的喇叭，从这管口里我有自由吹弄我古怪的不调谐的音调，它是我的镜子，在这平面上描画出我古怪的不调谐的形状。我也决不掩讳我的原形：我就是我。记得我第一次与读者们相见，就是一篇供状。我的经过，我的深浅，我的偏见，我的希望，我都曾经再三的声明，怕是你们早听厌了。但初起我有一种期望是真的——期望我自己。也不知那时间为什么原因我竟有那活棱棱的一副勇气。我宣言我自己跳进了这现实的世界，存心想来对准人生的面目认他一个仔细。我信我自己的热心（不是知识）多少可以给我一些对敌力量的。我想拼这一天，把我的血肉与灵魂，放进这现实世界的磨盘里去挨，锯齿下去拉，——我就要尝那味儿！只有这样，我想，才可以期望我主办的刊物多少是一个有生命气息的东西；才可以期望在作者与读者间发生一种活的关系；才可以期望读者们觉着这一长条报纸与黑的字印的背后，的确至少有一个活着的人与一个动着的心，他的把握是在你的腕上，他的呼吸吹在你的脸上，他的欢喜，他的惆怅，他的迷惑，他的伤悲，就比是你自己的，的确是从一个可认识的主体上发出来的变化——是站在台上人的姿态，——不是投射在白幕上的虚影。

并且我当初也并不是没有我的信念与理想。有我崇拜的德性，有我信仰的原则，有我爱护的事物，也有我痛疾的事物。往理性的方向走，往爱心与同情的方向走，往光明的方向走，往真的方向走，往健康快乐的方向走，往生命，更多更大更高的生命方向走——这是我那时的一点“赤子之心”。我恨的是这时代的病象，什么都是病象：猜忌，诡诈，小巧，倾轧，挑拨，残杀，互杀，自杀，忧愁，作伪，肮脏。我不是医生，不会治病；我就有一双手，趁它们活灵的时候，我想，或许可以替这时代打开几扇窗，多少让空气流通些，浊的毒性的出去，清醒的洁净的进来。

但紧接着我的狂妄的招摇，我最敬畏的一个前辈（看了我的吊刘叔和文）就给我当头一棒：

……既立意来办报而且郑重宣言“决意改变我对人的态度”，那么自己的思想就得先磨冶一番，不能单凭主觉，随便说了就算完事。迎上前去，不要又退了回来！一时的兴奋，是无用的，说话越觉得响亮起劲，跳踯有力，其实即是内心的虚弱，何况说出衰颓懊丧的语气，教一般青年看了，更给他们以可怕的影响，似乎不是志摩这番挺身出马的本意！……

迎上前去，不要又退了回来！这一喝这几个月来就没有一天不在我“虚弱的内心”里回响。实际上自从我喊出“迎上前去”以后，即使不曾撑开了往后退，至少我自己觉不得我的脚步曾经向前挪动。今天我再不能容我自己这梦梦的下去。算清亏欠，在还算得清的时候，总比窝着浑着强。我不能不自剖。冒着“说出衰颓懊丧的语气”的危险，我不能不利用这反省的锋刃，劈去纠着我心身的累赘，淤积，或许这来倒有自我真得解放的希望！

想来这做人真是奥妙。我信我们的生活至少是复性的。看得见，觉得着的生活是我们的显明的生活，但同时另有一种生活，跟着知识的开豁逐渐胚胎，成形，活动，最后支配前一种的生活，比是我们投在地上的身影，跟着光亮的增加渐渐由模糊化成清晰，形体是不可捉的，但它自有它的奥妙的存在，你动它跟着动，你不动它跟着不动。在实际生活的匆遽中，我们不易辨认另一种无形的生活的并存，正如我们在阴地里不见我们的影子；但到了某时候某境地忽的发见了它，不容否认的踵接着你的脚跟，比如你晚间步月时发见你自己的身影。它是你的性灵的或精神的生活。你觉到你有超实际生活的性灵生活的俄顷，是你一生的一个大关键！你许到极迟才觉悟（有人一辈子不得机会），但你实际生活中的经历，动作，思想，没有一丝一屑不同时在你那跟着长成的性灵生活中留着“对号的存根”，正如你的影子不放过你的一举一动，虽则你不注意到或看不见。

我这时候就比是一个人初次发见他有影子的情形。惊骇，讶异，迷惑，耸悚，猜疑，恍惚同时并起，在这辨认你自身另有一个存在的时候。我这辈子只是在生活的道上盲目的前冲，一时踹入一个泥潭，一时踏折一枝草花，只是这无目的的奔驰；从那里来，向那里去，现在在那里，该怎么走，这些根本的问题却从不曾到我的心上。但这时候突然的，恍然的我惊觉了。仿佛是一向跟着我形体奔波的影子忽然阻住了我的前路，责问我这匆匆的究竟是为什么!

一种新意识的诞生。这来我再不能盲冲，我至少得认明来踪与去迹，该怎样走法如其有目的地，该怎样准备如其前程还在遥远?

阿，我何尝愿意吞这果子，早知有这多的麻烦! 现在我第一要考查明白的是这“我”究竟是怎么一回事；然后再决定掉落在这生活道上的“我”的赶路方法。以前种种动作是没有这新意识作主宰的；此后，什么都得由它。

四月五日

请　注　意[①]

本期挤出朱湘君新诗评之二，挪在星六副刊发表，请注意。记者。

① 载一九二六年四月八日《晨报副刊·诗镌》，又署志摩。朱湘《新诗评（二）郭君沫若的诗》，载四月十日《晨报副刊》。

“这是风刮的”[①]

本来还想“剖”下去，但大风刮得人眉眼不得清静，别想出门，家里坐着温温旧情罢。今天（四月八日）是太谷尔先生的生日，两年前今晚此时，阿琼达的臂膀正当着乡村的晚钟声里把契玦腊围抱进热恋的中心去，——多静穆多热烈的光景呀！但那晚台上与台下的人物都已星散，两年内的变动真数得上！那晚脸上搽着脂粉头顶着颤巍巍的纸金帽装“春之神”的五十老人林宗孟，此时变了辽河边无骸可托无家可归的一个野鬼；我们的“契玦腊”在万里外过心碎难堪的日子；银须紫袍的竺震旦在他的老家里病床上呻吟衰老（他上月二十三来电给我说病好些）；扮跑龙套一类的蒋百里将军在湘汉间亡命似的奔波，我们的“阿琼达”又似乎回复了他十二年“独身禁欲”的誓约，每晚对着西天的暮霭发他神秘的梦想；就这不长进的“爱之神”依旧在这京尘里悠悠自得，但在这大风夜默念光阴无情的痕迹，也不免滴泪怅触！

---

① 一九二六年四月八日作；载一九二六年四月十日《晨报副刊》，署名志摩；收一九八〇年台湾时报文化出版事业有限公司《徐志摩诗文补遗》。采自《晨报副刊》。

"这是风刮的"！风刮散了天上的云，刮乱了地上的土，刮烂了树上的花——它怎能不同时刮灭光阴的痕迹？惆怅是人生，人生是惆怅。

啊，还有那四年前彭德家〈街〉十号的一晚：

"那二十分不死的时间！"

美如仙慧如仙的曼殊斐儿，她也完了；她的骨肉此时有芳丹薄罗林子里的红嘴虫儿在徐徐的消受！麦雷，她的丈夫，早就另娶，还能记得她吗？

这是风刮的！曼殊斐儿是在澳洲雪德尼地方生长的，她有个弟弟，她最心爱的，在第一年欧战时从军不到一星期就死了，这是她生时最伤心的一件事。她的日记里有很多记念她爱弟极沈痛的纪载。她的小说大半是追写她早年在家乡时的情景；她的弟弟的影子，常常在她的故事里摇晃着。下面这篇《刮风》里的"宝健"就是，我信。

曼殊斐儿文笔的可爱，就在轻妙——和风一般的轻妙，不是大风像今天似的，是远处林子里吹来的微喟，蛱蝶似的掠过我们的鬓发，撩动我们的轻衣，又落在初蕊的丁香林中小憩，绕了几个弯，不提防的又在烂熳的迎春花堆里飞了出来，又到我们口角边惹刺一下，翘着尾巴歇在屋檐上的喜雀"怯"的一声叫了，风儿它已经没了影踪。不，它去是去了，它的余痕还在着，许永远会留着：丁香花枝上的微颤，你心弦上的微颤。

但是你得留神，难得这点子轻妙的，别又叫这年生的风给刮了去！

四月八日深夜

《昭君出塞》订误[①]

上期诗刊《昭君出塞》末章第一行应作“你瞧太阳落下了平沙”，印掉了一个“了”字。又篇末“志摩”二字赘。

① 载一九二六年四月十日《晨报副刊》，未署名。《昭君出塞》是朱湘的诗，载一九二六年四月八日《晨报副刊·诗镌》。

《关于“林宗孟先生的情书”》附识[①]

颉刚先生真细心，这一节小小索隐，在与宗孟相识的人看了一定觉得有味。我记得我当初也曾问过宗孟，他所谓“仲昭”也者究竟是谁。他第一次只是笑而不言；又一次说起，他笑着说：“事情是有的，但对方却是一个不通文墨的有夫之妇；我当时在难中想着她也是有的，但交情却并没有我信上写的那样深。”我关于“仲昭”，所知止此。宗孟在时最爱闲谈风月，他一生的风流踪迹，他差不多都对我讲过。他曾经原原本本的对我演说过他的“性恋历史”，从少年期起直到白头时。他算是供给我写小说材料。我在《努力》上登过一篇《春痕》，主人翁“逸”就是他。他却不曾提起过徐自华女士。但这回经颉刚先生提起以后，我倒也有点疑心，因为宗孟的老太爷林孝恂公在石门做知县年分很久（他也做过我们海宁的父母官），徐

---

① 这是作者为顾颉刚《关于“林宗孟先生的情书”》写的附记；一九二六年四月十日作；载一九二六年四月十二日《晨报副刊》，署志摩附识；初收一九八〇年台湾时报文化出版事业有限公司《徐志摩诗文补遗》。采自《晨报副刊》。顾文附后。

女士是石门人，他们有机会接近是很可能的。但我却不敢下断语，我想宗孟先生的近亲李释戡先生等应该知道他的事迹比我更清切些。不知他们看了颉刚这段索隐有什么发明没有。

四月十日深夜炮声如春雷时

附：顾颉刚《关于“林宗孟先生的情书”》

志摩先生：

前旬偶然翻到一本《忏慧词》。这本词集是浙江石门徐自华女士做的。里面有两首词似乎和林宗孟先生给仲昭的情书有些关系；录在下面，给先生瞧瞧。

水调歌头（和苣苳子观菊）

冷雨疏烟候，秋意淡如斯。流光惊省，一瞬又放傲霜枝，莫怪花中偏爱；别有孤标高格，偕隐总相宜。对影怜卿瘦；吟癖笑侬痴。餐佳色，谁送酒，就东篱？西风帘卷，倚声愧乏易安词。只恐明年秋暮，人在海天何处；沉醉且休辞！试向黄花问，千古几心知？

浪淘沙（和苣苳子忆旧感事词）

久客倦东游。海外归舟，爱花解语为花留。岂比五陵游侠子，名士风流。秋水剪双眸。颦笑温柔。

花前一醉暂忘忧。多少壮怀无限感，且付歌喉。

水调歌头一阕中，如“偕隐总相宜”，“西风帘卷，倚声愧乏易安词”，说得太亲密了，很使人起疑。我想，这或者便是仲昭吧？或不是仲昭而与她处同一的地位的吧？

徐女士事实，据陈巢南先生（去病）序，说她嫁梅君，丧夫后归于家，自更字曰寄尘，将奉亲守节以终其身。本书出版期，是民国前四年之冬。

顾颉刚上

十五，四，十

想　飞[1]

假如这时候窗子外有雪——街上，城墙上，屋脊上，都是雪，胡同口一家屋檐下偎着一个戴黑兜帽的巡警，半拢着睡眼，看棉团似的雪花在半空中跳着玩……假如这夜是一个深极了的啊，不是壁上挂钟的时针指示给我们看的深夜，这深就比是一个山洞的深，一个往下钻螺旋形的山洞的深……

假如我能有这样一个深夜，它那无底的阴森捻起我遍体的毫管；再能有窗子外不住往下筛的雪，筛淡了远近间飏动的市谣，筛泯了在泥道上挣扎的车轮。筛灭了脑壳中不妥协的潜流……

我要那深，我要那静。那在树荫浓密处躲着的夜鹰轻易不敢在天光还在照亮时出来睁眼。思想：它也得等。

青天里有一点子黑的。正冲着太阳耀眼，望不真，你把手遮着眼，对着那两株树缝里瞧，黑的，有橙子来大，不，有桃子来大——嘿，又移着往西了！

---

① 一九二六年四月十四日至十六日作；载一九二六年四月十九日《晨报副刊》，署名志摩；初收一九二八年一月上海新月书店《自剖》。采自《自剖》。

我们吃了中饭出来到海边去。（这是英国康槐尔极南的一角，三面是大西洋。）勖丽丽的叫响从我们的脚底下匀匀的往上颤，齐着腰，到了肩高，过了头顶，高入了云，高出了云。阿，你能不能把一种急震的乐音想像成一阵光明的细雨，从蓝天里冲着这平铺着青绿的地面不住的下？不，那雨点都是跳舞的小脚，安琪儿的。云雀们也吃过了饭，离开了它们卑微的地巢飞往高处做工去。上帝给它们的工作，替上帝做的工作。瞧着，这儿一只，那边又起了两［只］！一起就冲着天顶飞，小翅膀动活的多快活，圆圆的，不踌躇的飞，——它们就认识青天。一起就开口唱，小嗓子动活的多快活，一颗颗小精圆珠子直往外唾，亮亮的唾，脆脆的唾，——它们赞美的是青天。瞧着，这飞得多高，有豆子大，有芝麻大，黑刺刺的一屑，直顶着无底的天顶细细的摇，——这全看不见了，影子都没了！但这光明的细雨还是不住的下着……

飞。“其翼若垂天之云……背负苍天，而莫之夭阏者”：那不容易见着。我们镇上东关庙外有一座黄泥山，山顶上有一座七层的塔，塔尖顶着天。塔院里常常打钟，钟声响动时，那在太阳西晒的时候多，一枝艳艳的大红花贴在西山的鬓边回照着塔山上的云彩，——钟声响动时，绕着塔顶尖，摩着塔顶天，穿着塔顶云，有一只两只有时三只四只有时五只六只蜷着爪往地面瞧的“饿老鹰”，撑开了它们灰苍苍的大翅膀没挂恋似的在盘旋，在半空中浮着，在晚风中泅着，仿佛是按着塔院钟的波荡来练习圆舞似的。那是我做孩子时的“大鹏”。有时好天抬头不见一瓣云的时候听着虢忧忧的叫响，我们就知道那是宝塔上的饿老鹰寻食吃来了，这一想像半天里秃顶圆睛的英雄，我们背上的小翅膀骨上就仿佛豁出了一锉锉铁刷似的羽毛，摇起来呼呼响的，只一摆就冲出了书房门，钻入了玳瑁镶边的白云里玩儿去，谁耐烦站在先生书桌前晃着身子背早上【上】的多难背的书！阿飞！不是那在树枝上矮矮的跳着的麻雀儿的飞；不是那发天黑从堂扁后背冲出来赶蚊子吃的蝙蝠的飞；也不是那软尾巴软嗓子做窠在堂檐上的燕子的飞。要飞就得满天飞，风拦不住云挡不住的飞，一翅膀就跳过一座山头，影子下来遮得阴二十亩稻田的飞，到天晚飞倦了就来绕着那塔顶尖顺着风向打圆圈做梦……听说饿老鹰会抓小鸡！

飞。人们原来都是会飞的。天使们有翅膀，会飞，我们初来时也有翅膀，会飞。我们最初来就是飞了来的，有的做完了事还是飞了去，他们是可羡慕的。但大多数人是忘了飞的，有的翅膀上吊了毛不长再也飞不起来，有的翅膀叫胶水给胶住了再也拉不开，有的羽毛叫人给修短了像鸽子似的只会在地上跳，有的拿背上一对翅膀上当铺去典钱使过了期再也赎不回……真的，我们一过了做孩子的日子就掉了飞的本领。但没了翅膀或是翅膀坏了不能用是一件可怕的事。因为你再也飞不回去，你蹲在地上呆望着飞不上去的天，看旁人有福气的一程一程的在青云里逍遥，那多可怜。而且翅膀又不比是你脚上的鞋，穿烂了可以再问妈要一双去，翅膀可不成，折了一根毛就是一根，没法给补的。还有，单顾着你翅膀也还不定规到时候能飞，你这身子要是不谨慎养太肥了，翅膀力量小再也拖不起，也是一样难不是？一对小翅膀驮不起一个胖肚子，那情形多可笑！到时候你听人家高声的招呼说，朋友，回去罢，趁这天还有紫色的光，你听他们的翅膀在半空中沙沙的摇响，朵朵的春云跳过来推着他们的肩背，望着最光明的来处翩翩的，冉冉的，轻烟似的化出了你的视域，像云雀似的只留下一泻光明的骤雨——“Thou art unseen, but yet I hear the shrill delight."[①] ——那你,独自在泥途里淹着,够多难受,够多懊恼,够多寒伧! 趁早留神你的翅膀,朋友。

是人没有不想飞的。老是在这地面上爬着够多厌烦，不说别的。飞出这圈子，飞出这圈子！到云端里去，到云端里去！那个心里不成天千百遍的这么想？飞上天空去浮着；看地球这弹丸在太空里滚着，从陆地看到海，从海再看回陆地。凌空去看一个明白——这才是做人的趣味，做人的权威，做人的交代。这皮囊要是太重挪不动，就掷了它，可能的话，飞出这圈子，飞出这圈子！

人类初发明用石器的时候，已经想长翅膀。想飞。原人洞壁上画的四不像，它的背上掮着翅膀；拿着弓箭赶野兽的，他那肩背上也给安了翅膀。小爱神是有一对粉嫩的肉翅的。挨开拉斯（Icarus）[②] 是人类飞行史里第一个英雄，第一次牺牲。安琪儿（那是理想化的人）第一个标记是帮助他们飞行的翅膀。那也有沿革——你看西洋画上的表现。最初像是一对小精致的令旗，蝴蝶似的粘在安琪儿们的背上，像真的，不灵动的。渐渐的翅膀长大了，地位安准了，毛羽丰满了。画图上的天使们长上了真的可能的翅膀。人类初次实现了翅膀的观念，彻悟了飞行的意义。挨开拉斯闪不死的灵魂，回来投生又投生。人类最大的使命，是制造翅膀，最大的成功是飞！理想的极度，想像的止境，从人到神！诗是翅膀上出世的；哲理是在

---

① "我看不到你的形象,但能听见你欢乐的尖声歌唱。"引自雪莱的《致云雀》。

② Icarus：今译伊卡罗斯，希腊神话中的巧匠代达罗斯之子，与其父一起以蜡翼粘身飞离克里特岛，因不听其父警告飞得太高，蜡翼被阳光熔化，坠入海中而死。

空中盘旋的。飞：超脱一切，笼盖一切，扫荡一切，吞吐一切。

你上那边山峰顶上试去，要是度不到这边山峰上，你就得到这万丈的深渊里去找你的葬身地！“这人形的鸟会有一天试他第一次的飞行，给这世界惊骇，使所有的著作赞美，给他所从来的栖息处永久的光荣。”啊达文謇！

但是飞？自从挨开拉斯以来，人类的工作是制造翅膀，还是束缚翅膀？这翅膀，承上了文明的重量，还能飞吗？都是飞了来的，还都能飞了回去吗？钳住了，烙住了，压住了，——这人形的鸟会有试他第一次飞行的一天吗？……

同时天上那一点子黑的已经迫近在我的头顶，形成了一架鸟形的机器，忽的机沿一侧，一球光直往下注，硼的一声炸响，——炸碎了我在飞行中的幻想，青天里平添了几堆破碎的浮云。

十四～十六日

一点点子契诃甫[①]

生活是够腻烦的，谁都感得到，但我们弄笔头的似乎感受得比一般人更深刻些——至少在他们的写作里，我们缺少根底，缺少力量，缺少自信，因此容易摇惑，容易颓丧，容易失望。我们做人的步子走不稳，写作的笔杆也把不定。我们常想扭回头去问支配我们生命的运命，“我前途究竟是怎么一回事，别给我糊涂了，早些告诉我成不成?”初上场的作者们常常想望一种类似 X 光线的照透他们的灵魂，看这里面究竟胚胎着几篇有生命的文章，几首诗，几本剧文。这摸黑弄的味儿其实是太难受！这是我们的一个苦恼。还有一种常听得见的问题是：写小说的要知道小说终究应该怎样写，做诗的要知道诗终究应该怎样做。我们愈写愈糊涂，实习是一件事，原则又是一件事，写得的不定同时是懂得的，创作家不定同时是批评家。

这类的烦恼，我们有安慰知道，不是我们小人们单独感到的，实际上没有一个大艺术家不是初起（甚至终身）不怀疑自

① 载一九二六年四月二十一日《晨报副刊》，署名志摩；初收一九八〇年台湾时报文化出版事业有限公司《徐志摩诗文补遗》。采自《晨报副刊》。文中高该即高尔基。

己的能耐的。谁要自以为是怎么样，我们就可以知道他是怎么一回事。自满自是——是所有有任何深度的灵性的人们所不知道的，在我们崇拜敬爱的作者里，有不少留下给我们——我们的安慰也是我们的利益——他们当初自寻烦恼的痕迹；他们的日记，他们的私信，他们的谈话。开茨，罗刹蒂，席勒，葛德，尼采，道施滔奄夫斯奇，高该，契诃甫，王尔德，达文謇，贝德花芬，单提最伟大的几个。他们也坐更深，扭紧着眉头，手按着胸膛，眼泪在眶子里沸动，自己跟自己过不去，永远的——也不知为什么。我们要尽量知道他们的苦恼，因为这来我们可以自解，至少在苦恼这件事上，我们不是孤单的。

契诃甫是我们一个极密切的先生，极亲近的朋友。他不是云端里的天神，像我们想像中的密仡郎其罗；不是山顶上长独角的怪兽，像尼采；他也不是打坐在山洞里的先觉，像托尔斯泰；不是阴风里吹来的巨影，像安特列夫；不是吹银箔包的九曲弯喇叭的浪人，像波特莱亚。他不吓我们，不压我们，不逼迫，不窘我们；他走我们走的路，见我们见的世界，听我们听的话，也说我们完全听懂的话。他是完全可亲近的一个伟人。

我们看他的故事，爱他的感动，因为他给我们的不是用火炼，用槌子打，用水冲洗过的“艺术”；他不给我们生活的“描写”；他给我们“真的生活”。他出来接见我们，永远是不换衣服的，正如他观察的生活永远是没有衣饰的。他的是平凡的，随熟的，琐细的，亲切的，真实的生活。这是他的伟大。

我们翻过来的契诃甫，已经狠有分量，但我们知道的还止是契诃甫成篇的著作。契诃甫的杰作却不止他的小说，他的剧本；他的信札（新近陆续发见的），他的札记，也是他给我们的珍贵的遗产。是我们的利益，也是我们的安慰。可惜我没有耐心，永远不能做完成一件事；我翻过一点点法郎士又停了，一点点达文謇又没了，一点点尼采又歇了，——现在我又来介绍契诃甫了！下面只是他信札的节译，前三段是给高该(Maxim Gorki）的，末一节是给他哥哥的。我正看着他的札记(Tchekhov，Note-Books，by Hogerth Press，London)，[①] 有趣得狠，兴来时许再翻一点点给你们看，年纪大的人看了可以笑笑，年纪轻的人看了可以想想。

一

六月二十二，一八九九，莫斯科

你颓丧什么了。我的麦克席姆？为什么这样汹汹的不满意你的Foma Gordeyer？[②] 在我看来（如其你许我说)，你的情形是有两个理由。你一起写东西就出了名，你上场的锣鼓是响亮的，所以现在一落平凡你自己就不自在，叫你沮丧。这是一个理由。第二是：一个作者是不能在外省过生活的，免不了受影响。随你怎么说，你已经吃着了文学的苹果，你已经是不可救的中了毒，你是一个作者，并且你永远是一个作者了。一个作者应分的生活，是接近文学界，交接作者们，呼吸文学的空气。所以你用不着存心抵抗，合该你投降，撑开了也就罢了——快搬到彼得堡或莫斯科来吧。尽你找他们吵架，骂苦他们，瞧他们不起，都成，可是你还得跟他们一起混。

① Tchekhov，Note-Books，by Hogerth Press，London：契诃夫，《札记》，霍格斯出版社，伦敦出版。

② Foma Gordryev：《福马·高尔杰耶夫》，高尔基的长篇小说。

二

六，二［十］七，一八九九，莫斯科

上封信上我说你做东西是打了锣鼓上场并且一来就出名，我并不存什么挖苦的意思——不是箴也不是贬。我并不曾想到谁的好坏，我只要告诉你，你在文学上并不经过神学院的训练，你一来就当牧师；你现在觉着烦，因为你发见你得领袖来做礼拜却没有一个经台。我要说的是：等一年或是两年，你自会得平静下去，那时你就会明白你的可爱的 Foma Gordeyer 是完全没有关系的。

三

九月三日，一八九九，耶尔他

……我还有一个劝告：你校对的时候你得尽量拉掉所有形容名词与动词的状词。你的堆砌太多，结果看的人不容易领会，倒容易生厌。当我写“那人在草地上坐着”，谁都能明白我的意思，因为这句子是清楚，使人注意。我要是反个样儿写，看的人脑子里就觉得麻烦，就不容易懂，比如我写：“一个高高的，窄胸膛的，中等身材的，长着姜黄色胡子的，在青草地上坐着，他是叫路上人给挤倒了的；他默默的，怯怯的坐了下去，慌张的向周围望着。”这就不能一直打进人的脑筋里去，而写东西非得直打进人的脑筋里去不可，一下子的。还有一层：你天性是抒情的，组成你灵性的纤微是极柔纤的。你要是个音乐家，你不写得制进行曲的。要粗。要闹，要有牙齿咬，要大着嗓子争——这都不在你天才的范围内。所以我劝你校勘时不要怕麻烦，你得尽量的拉。

四

给他的哥，四月，一八八三（契诃甫时年二十三）

……你信上说“可是我又来随便说话了……这是我末一次给你的信”，这类话全是废话，要点不在这里。那是用不着特别着重的。你［是］有力量的人，受教育的，多念书的人，应得着重关系生命的事情，关系永久的事情，不是细小的情感，要是真纯人道的灵性。你有的是能耐。你当然有！你是辨慧的，认识生活实在的，你是一个艺术家。你那信里描写森林那段文章都好，我要是上帝，就为你能写，我就饶恕你所有的罪过，有心或是无心，说话或是作事。……但我是论写东西你也太侧重琐碎的事情，你天生不是一个主观的作者。……那样的写法于你是不天生的；那是学来的。……要丢开那学得来的主观法，就比如喝一杯凉水一样的容易。就要你自己忠实一点子：把你自己整个儿丢在一边，不要把自己拿来作自己小说里的英雄，只要你能把自己丢开有半点钟的工夫。你写的一篇小说里讲一对年轻夫妻在吃饭的时候一直亲着嘴，坐着叽叽咕咕的说废话。通篇没有一句有意思的话，完全是“自得其乐”。你不是为看的人写。你写那空话就为你自己喜欢。为什么你不描写那顿饭，他们怎么吃法，他们吃什么，那厨子是怎样一个人，你的男子是怎样的俗气，怎样懒废自满，你的女子怎样的俗气，多可笑她爱那花泡的装扮的，填太肥的雄鹅？谁都愿意看喂饱的快活的人物——那不错。但如果你要描写他们，你单写他们说些什么话亲了几回嘴是不够的。另外还得有一点子东西。你不能单就把度蜜日幸福的情形，从无成见的观者所得的印象写下就算完事。主观写法是怪讨厌的——就为它每每露出一个可怜的作者的手腕……

《我的读诗会》附识[①]

朱湘先生是最不苟且最用心深刻的一位新起作者，他这初次读诗会应分是新文学界的一个愉快！注意新诗的人们不可错过这机会。

志摩附识

附：朱湘《我的读诗会》

在西方，文学上的作者常时在一个公共的场所开一个诵读会，请喜欢听的人来听这作者自己念自己的作品。英国的狄铿士 Dickens 便是这方面的一个极有名的榜样。还有一种诵读会，是专门的诵读家举行的，他们拣选古代文人的名著，大半是诗，来朗诵。听说北大的英人教授柴思义 Chase 就曾经在京举行过这种会。这两种诵读会的目的都是在阐发文章，尤其是诗的音节，使文学的爱好者能够根据着他们的听觉来判断

① 这是作者为朱湘《我的读诗会》写的附记；载一九二六年四月二十四日《晨报副刊》，署“志摩附识”；初收一九八〇年台湾时报文化出版事业有限公司《徐志摩诗文补遗》。采自《晨报副刊》，朱文附后。

这些文章的动人与否。

我国还不曾举行过这种的会。这是一件极可惋惜的事情，因为这种诵读会是能对于新文学，尤其是诗的音节的形成上有很大的帮助的，诗这件东西，说来，是应当内容，外形，音节三样并重的。我国的新诗，它如今正在胚胎的时期中。"工欲善其事，必先利其器"，所以现在的新诗应当特别用力在音节与外形两者之上，庶几可以造成一种完善的工具；完善的工具造成之后，新诗的兴盛才有希望。如今在新诗上努力的人，注意到音节的也不少。但是这些致力于音节的人怎样才能知道他们的某种音节上的试验是成功了，可以继续努力，某种音节上的努力是失败了，应当停止进行呢？读诗会！读诗会便是解决这个问题的方法。

我个人，既不是一个大名鼎鼎的文人，像狄铿士那样，又不是一个专门的诵读家，像柴思义那样，为什么也要举行一个读诗会，来自己读自己的诗呢？这是有一层道理的。我也是一个在新诗的音节上努力的人。在从前的时候，我的梦想是我在新诗的音节上作出了相当的成绩以后，希望得到一个音乐上的朋友，他或她，没有妒忌，能够同情于我工作以来所尝过的辛苦，并且有天才，能够解释出我诗中侥幸得到的一点音乐。但是，谈何容易？英国的薛惺 Shelley 为了寻求一个合他理想的女郎的缘故，受过了多大的耻辱，经过了多少的阻挠！薛惺尚如此何况旁的人？何况旁的事？然而我终究存着希望，终究不曾向任何一个人读过我的任何一首诗，因为我想把我的一切诗，处女般的，留给我理想中的他或她来第一个读，现在不行了，现在已经有人误解我的诗了。所以我不得不暂时改变方针，暂且自己先举行一个个人的读诗会，暂且自己先试验一次。

文艺的爱好人呀，你们当中如有想听的。便请来听一个孱弱的声音读他音节上的试验作品。

时间　五月一日下午三时半

地点　东四牌楼五显庙适存中学

不收费

《朱湘启事》订误[①]

上期诗刊《朱湘君启事》中，柴思义君（Mr Lewis Chase）国籍误美为英，承彭基相君来函指正，特为声明。

① 载一九二六年四月二十九日《晨报副刊·诗镌》，署名记者。《朱湘启事》系针对《我的读诗会》之讹误而作，载四月二十四日《晨报副刊》。

契诃甫的零星[①]

在契诃甫的杂记本子里有“苏罗梦当初要智慧是一个绝大的错误”一条；在他的遗稿里我们检到下面这一段《独语》剧文，他自己亲手写的：

苏罗梦（独上）：啊！多黑暗这人生！没有一个夜的黑暗曾经使得做孩子时代的我吃吓如同这不可思议的生存使我吃吓。主啊，给大维德我的父亲你就只拿调谐字与音的天才，使他有能耐在琴弦上歌唱赞美你，使他擅长甜蜜的悲腔，感使听的人们哭泣，感是威使他们爱美；但为什么你拿给我的是一个自苦的，不得安眠的，饥饿的，心？如同一个生长在泥土里的虫子，我只是在黑暗中藏身；在恐惧与绝望中，我浑身战抖着，我在一切事物中见着听着的只是一个不可思议的迷谜。为什么有这早上？为什么这太阳从那庙的背后升起，把棕树的叶子点成黄金？为什么有女人的美？这鸟匆匆的飞上那里去；它这飞有什么意思，如其它与它的小鸟乃至它所飞去的地方将来也不免与我一样变成灰土？这还不如我永远不出娘胎来，我倒

---

① 载一九二六年五月一日《晨报副刊》，署名志摩；初收一九八〇年台湾时报文化出版事业有限公司《徐志摩诗文补遗》。采自《晨报副刊》。

愿意做一块石头，一块不长眼睛没有思想的顽石。为要到晚上使我身子疲倦，昨天一整天，正如一个寻常工人，我搬着白石到庙里去；但现在天已晚了，我还是不能睡着……让我去躺下罢。福绥士对我说只要你心想着一群飞跑的羊，一念不转仅想着，这心就会迷糊，就可以睡着。我要试试去……（下场）

关于朱湘读诗会的声明[①]

有一件该得道歉的事。早几天朱湘先生借本刊公布他的“个人读诗会”，定在五月一日。谁知朱先生临时“回”了，他寄来的第二个字条声明读诗会暂缓举行的，到今天下午（五月一日）才到我的手里！我很怕一定有人白跑了；如其有，我十分觉得抱歉，因为不能及早把“回”条贴出。还有朱先生来条上说他要等他的诗集于印出后再来“公开念”，一并代为声明。

① 一九二六年五月一日作；载一九二六年五月三日《晨报副刊》，署名记者；一九八八年一月陕西人民出版社《徐志摩研究资料》存目。采自《晨报副刊》，题名是编者拟的。

《关于〈说有这么一回事〉的信并一点小事》附识①

志摩附识：关于《说有这么一回事》，按素心这来一说，我确是犯了着急而且怠惰的罪，我在这里道歉了。

但“七拼八凑”的责任，我却不甘愿一个人担受；通伯是有份的，振声复看没有说话，当然也是有份的，分到我所以至多只有三分[之]一。但责任谁负都不关重要，有关系的是现在既然作者把线索看清了，我们就该盼望她赶快把该修的地方修起，该补的地方补齐，省得叫这篇在我看来极美的一篇文章遭受无辜的破绽。腻烦的腻烦，写了得重看再修改，但素心既知道别人更是不负责任，也只好委屈自己了。

关于“一点小事”，我早就在京副上声明过，完全是我做编辑的疏忽，连累替我帮忙人受不白之冤，我是最耿耿于心的；但在“这年头”，你知道，“这年头”，又有什么可说的呢？借机会培养培养自己的幽默，是真的。我们不说了。

---

① 《说有这么一回事》是素心（凌叔华）的一篇小说，是根据杨振声的小说《她为什么发疯了》改写的。这是作者为素心《关于〈说有这么一回事〉的信并一点小事》写的附记；载一九二六年五月五日《晨报副刊》，题为“志摩附识”。一九九八年一月陕西人民出版社《徐志摩研究资料》存目。采自《晨报副刊》，素心文附后。

附：素心《关于〈说有这么一回事〉的信并一点小事》

志摩：五月二日的副刊看见了，才知道你已找出我的《说有这么一回事》七凑八拼的颠倒登上了。也难为你，费这番工夫！我自己还记得这篇二十八九页的残稿没记上页数，乱乱的差不多搓成一个纸团儿了。以下的声明并非埋怨你的粗心，实在是敷衍我自己，因为我不说了觉得心下不安。这也只是表明我的懒怠，证明你不是不尽记者之责而已。

（一）从第七页（副刊）第十一行起连下共三小段写影曼与云罗夜游校园的情话，应放在第六页第二格第二十七行前，即她们俩说婚嫁之事以前。否则那有两个人流着泪对哭的时候，月儿反向她们“微笑道喜”，回头影曼又仰面笑，不是太可笑了吗？这也太不近人情了！

（二）第六页第二十七行以前确有一节说云罗与影曼彼此起始相慕的情形。原稿有俩人来往的信，因为学校舍监管理严，她们俩约会晚上从宿舍窗户跳出来到校园携手谈心，这样境遇很容易增加相爱者的热度。这也有些仿佛剧中的罗米欧同朱丽叶的情话。不幸这两人初次的情话的一节竟遗失了。现在这样接续得太突兀了，那有这样女孩子做了三天朋友便大谈婚姻之事？而且影曼也不能要求云罗当作嫁了她，不要回家嫁了。

在我原稿里本是第六页二十七节前有一段说（此段现在第七页第二十行）她们第一次夜游谈心后，“以后她们差不多隔一晚必携着手同走往校园去谈心……”

以上两个解说清楚没有，我也不管了，这两点只是错得太可笑，所以我耐烦些把他写出来罢了。我只怨自己太懒，所以弄出这错儿来，我从阳历正月就写完这篇小说，请朋友们看了，等到他们再说起这篇里的事，我就糊里糊涂不记得有这么一回事了。这也许是依人家事实而写出来的作品一个大病，因为我写时是照着振声的原著描写的。最难的是志摩和振声提了两次请我重检点一下页数，我说“我管不了了。”我常以为重念自己的作品一次还不如没收了叫我重写一次。有两次放在我的抽屉内好些天，我也没动手检理一下，直等志摩来说“得了，别等你改了吧，等我替你看看就行了。”不管三七二十一就捎走了。我看那幅没稿子填副刊急得瞎拉夫的神气，有些可怜又可笑，我心里想“由他罢！拿自己有用东西以济朋友急需是免不掉的人情，何况是自己不用的东西呢？登上也没有什么人看。”得，我的声明说得太远了。但是我也有我不能躲懒要声明的苦心。去年秋间你初办副刊的前几天，你满处找人画副刊目录上的图案，后来找不到人你急了就来向我诉委屈，苦丧着脸坐着不肯走。后来我们找出一册厚厚书面样本来同看，找合意的样子，结果你同我选上那个扬手女郎图。你逼着我描下来晚上好交出去付印，我心下因为痛惜那本画册不舍得交你撕下一篇来，所以就描了，以为不写上我自己名子〈字〉，描一下又何妨呢？而且当夜聚餐（大约是晨报社请的）就有许多人问这画，我就也告诉人家从那本子出来的。哼，那晓得因此却惹动了好几位大文豪小文人顺笔附笔的写上凌□□女士抄袭比斯侣大家，种种笑话，说我个人事小，占去有用的刊物篇幅事大呀！因此我总觉得那是憾事，后来就请副刊撤去这画，这真不值得一议的事情。

承便，附笔说说去年的小错谬，这是多无聊的事，我不好意思再往下谈了！占了篇幅，我告罪。

五，二，一九二六

罗素与幼稚教育[①]

我去年七月初到康华尔（Cornwall，英伦最南一省）去看罗素夫妇。他们住在离潘让市九英里沿海设无线电台处的一个小村落，望得见“地角”“Land's End”的“壁虎”尖突出在大西洋里，那是英伦岛最南的一点，康华尔沿海的“红岩”(Red Cliffs) 是有名的，但我在那一带见着的却远没有想像中的红岩的壮艳。因为热流故，这沿海一带的气候几乎接近热带性，听说冬天是极难得见冰雪的。这地段却颇露荒凉的景象，不比中部的一片平芜，树木也不多，荒草地里只见起伏的巨牛；滨海尤其是硗硗的岩地，有地方壁立万仞，下瞰白羽的海鸟在汹涌的海涛间出没。罗素的家，一所浅灰色方形的三层楼屋，有矮墙围着，屋后身凸出一小方的两廊，两根廊柱是黄漆的，算是纪念中国的意思，——是矗峙在一片荒原的中间，远望去这浅嫩的颜色与呆木的神情，使你想起十八世纪趣剧中的村姑子，发上歇着一只怪鸟似的缎结，手叉着腰，直挺挺的站着发愣。屋子后面是一块草地，一边是门，一边抄过去满种着

① 载一九二六年五月十日、十二日《晨报副刊》，署名志摩；初收一九八〇年台湾时报文化出版事业有限公司《徐志摩诗文补遗》。采自《晨报副刊》。

各色的草花，不下二三十种；在一个墙角里他们打算造一爿中国凉亭式的小台，我当时给写了一块好像“听风”还不知“□风”的扁题，现在想早该造得了。这小小的家园是我们的哲学家教育他的新爱弥儿的场地。

罗素那天赶了一个破汽车到潘让市车站上来接我的时候，我差一点不认识他。简直是一个乡下人！一顶草帽子是开花的，褂子是烂的，领带，如其有，是像一根稻草在胸前飘着，鞋，不用说，当然有资格与贾波林的那双拜弟兄！他手里擒着一只深酱色的烟斗，调和他的皮肤的颜色。但他那一双眼，多敏锐，多集中，多光亮——乡下人的外廓掩不住哲学家的灵智！

那天是礼拜，我从 Exeter①下去就只这趟奇慢的车。罗素先生开口就是警句，他说“萨拜司的休息日是耶稣教与工团联合会的唯一共同信条”！车到了门前，那边过来一个光着“脚鸭子”手提着浴布的女人，肤色叫太阳晒得比罗素的更紫酱，笑著招呼我，可不是勃兰克女士，现在罗素夫人，我怎么也认不出来，要是她不笑不开口。进门去他们给介绍他们的一对小宝贝，大的是男，四岁，有一个中国名子叫金铃，小的是女，叫恺弟。我问他们为什么到这极南地方来做隐士，罗素说一来为要静心写书，二来（这是更重要的理由）为顾管他们两小孩子的德育（“to look after the moral education of our Kids”）。

我在他们家住了两晚。听罗素谈话正比是看德国烟火，种种眩目的神奇，不可思议的在半空里爆发，一胎孕一胎的，一彩绾一彩的，不由你不讶异，不由你不欢喜。但我不来追记他的谈话，那困难就比是想描写空中的银花火树；我此时想起的就只我当时眼见他的所谓“看顾孩子们的德育”的一斑。这讲

---

① Exeret：今译埃克塞特，位于英格兰西南部，为德文郡首府，是英国的历史名城之一。现存的诺罗大教堂，为十三世纪之物。

过了，下回再讲他新出论教育的书——

On Education：Especially in Early Childhood，by Bertrand Russell，Published：London，George Allen and Unwin.[①]

金铃与恺弟有他们的保姆，有他们的奶房（Nursery），白天他们爹妈工作的时候保姆领着他们。每餐后他们照例到屋背后草地上玩，骑木马，弄熊，看花，跑，这时候他们的爹妈总来参加他们的游戏。有人说大人物都是有孩子气的，这话许有一部分近情。有一次我在威尔思家看他跟他的两个孩子在一间"仓间"里打"行军球"玩，他那高兴真使人看了诧异，简直是一个孩子——跑，踢，抢，争，笑，嚷，算输赢，一双晶亮的小蓝眼珠里活跃着不可抑遏的快活，满脸红红的亮着汗光，气吁吁的一点也不放过，正如一个活泼的孩子，谁想到他是年近六十"在英语国里最伟大的一个智力"（法郎士评语）的一个作者！罗素也是的，虽则他没有威尔思那样澈底的忘形，也许是为他孩子还太小不够合伙玩的缘故。这身体上（不止思想上与心情上）不失童真，在我看是西方文化成功的一个大秘密；回想我们十六字联"蟠蟠老成，尸居余气；翩翩年少，弱不禁风"的汉族，不由得脊背里不打寒噤。

我们全站在草地上。罗素对大孩子说，来，我们练习。他手抓住了一双小手，口唱着"我们到桑园里去，我们到桑园里去"那个儿歌，提空了小身子一高一低的打旋。同时恺弟那不满三岁的就去找妈给她一个同哥哥一样。再来就骑马，爸爸做马头，妈妈做马尾巴，两孩夹在中间做马身子，得儿儿跑，得儿儿跑，绕着草地跑个气喘才住。有一次兄妹俩抢骑木马，闹了，爸爸过去说约翰（男的名）你先来，来过了让妹妹，恺弟

① 《论教育，尤其是早期教育》，罗素著，伦敦乔治·爱伦和恩文出版社出版。

就一边站着等轮着她。但约翰来过了还不肯让，恺弟要哭了，爸妈吩咐他也不听，这回老哲学家恼了，一把拿他合仆着抱了起来往屋子里跑，约翰就哭，听他们上楼去了。但等不到五分钟，父子俩携着手笑吟吟的走了出来，再也不闹了。

妈叫约翰领徐先生看花去，这真太可爱了，园里花不止三十种，惭愧我这老大认不到三种，四岁的约翰却没一样不知名，并且很多种还是他小手亲自栽的，看着他最爱的他就蹲下去摸摸亲亲，他还知道各类花开的迟早，那几样蝴蝶们顶喜欢，那几样开顶茂盛，他全知道，他得意极了。恺弟虽则走路还勉强，她也来学样，轻轻的摸摸嗅嗅，那神气太好玩了。

吃茶的时候孩子们也下来。约翰捧了一本大书来，那是他的，给客人看。书里是各地不同的火车头，他每样讲给我听：这绿的是南非洲从那里到那里的，这长的是加拿大那里的，这黄的是伦敦带我们到潘让市来的，到那一站换车，这是过西伯利亚到中国去的，爸爸妈妈顶喜欢的中国，约翰大起来一定得去看长城吃大鸭子；这是横穿美洲过落机山的，过多少山洞，顶长的有多长——喔，约翰全知道，一看就认识！罗素说他不仅认识知道火车，他还知道轮船，他认好几十个大轮船，知道它们走的航线，从那里到那里——他的地理知识早就超过他保姆的，这学全是诱着他好奇的本能，渐渐由他自己一道一道摸出来的；现在你可以问他从伦敦到上海，或是由西特尼到利物浦，或是更复杂些的航路，他都可以从地图上指给你看，过什么地方，有什么好东西看好东西吃，他全知道！

但最使我受深印的是这一件事。罗素告诉我他们早到时，约翰还不满三岁，他们到海里去洗澡，他还是初次见海，他觉着怕，要他进水去他哭，这来我们的哲学家发恼了：“什么，罗素的儿子可以怕什么的！可以见什么觉著胆怯的！那不成！”他们夫妻俩简直把不满三岁的儿子，不管他哭闹，一把掀进了海里去，来了一回再来，尽他哭！好，过了三五天，你不叫他进水去玩他都不依一定要去了！现在他进海水去就比在平地上走一样的不以为奇了。东方做父母的一定不能下这样手段不是？我也懂得，但勇敢，胆力，无畏的精神，是一切德性的起原，品格的基础，这地方决不可含糊；别的都还可以，懦怯，怕，是不成的，这一关你不趁早替他打破，你竟许会害了他一辈子的。罗素每回说勇敢（Courage）这字时，他声音来得特别的沈着，他眼里光异样的闪亮，竟仿佛这是他的宗教的第一个信条，做人唯一的凭证！

我们谁没有做过小孩子？我们常听说孩子时代是人生最乐的时光。孩子是一片天真没有烦恼，没有忧虑，一天只知道玩，肢体是灵活的，精神是活泼的。有父母的孩子尤其是享福，谁家父母不疼爱孩子，家里添了一个男的，屋子里顶奥僻的基角都会叫喜气的光彩给照亮了的。谁不想回去再过一道蜜甜的孩子生活，在妈的软兜里窝着，问爹要果子糖吃，晚上睡的时候有人替你换衣服，低低的唱着歌哄你闭上眼，做你蜜甜的小梦去？年岁是烦恼，年岁是苦恼，年岁是懊恼：咒它的，为什么亮亮的童心一定得叫人事的知识给涂开了的？我们要老是那七八十来岁，永远不长成，永远有爹娘疼着我们；比如那林子里的莺儿，永远在欢欣的歌声中自醉，永远不知道 The weariness，the fever，and the fret here，where men sit and hear each other groan...[①] 那够多美！

这是我们理想中的孩子时代，我们每回觉得吃不住生活的负担时，往往惘怅光阴太匆匆的卷走了我们那一段最耐寻味的痕迹。但我们不要太受诗人们的催眠了，既然过去的已经是过去；我们知道有意识的人生自有它的尊严，我们经受的烦恼与

---

① 那厌倦、烦热与焦躁，在这里人们坐着听别人呻吟。

痛苦，只要我们能受得住不叫它们压倒，也自有它们的意义与价值。过分耽想做孩子时轻易的日子，只是泄漏你对人生欠缺认识，犹之过分伤悼老年同一种知识上的浅陋，不，我们得把人生看成一个整的：正如树木有根有干有枝叶与花果，完全的一生当然得具备童年与壮年与老年三个时期：童年是播种与栽培期，壮年是开花成荫期，老年是结果收成期。童年期的重要，正在它是一个伟大的未来工作的预备，这部工夫做不认真不透彻时将来的花果就得代付这笔价钱：——

The child is father of the Man.①

真的我们狠少自省到我们一生的缺陷，意志缺乏坚定，身体与心智不够健全，种种习惯的障碍使我们随时不自觉的走上堕落的方向，这里面有多少情形是可以追源到我们当初栽培与营养时期的忽略与过失。根心里的病伤难治；在弁髦时代种下的斑点，可以到班白的毛发上去寻痕迹，在这里因果的铁律是丝毫不松放的。并且我们说的孩子时期还不单指早年时狭义的教育，实际上一个人品格的养成是在六岁以前，不是以后；这里说的孩子期可以说是从在娘胎时起到学龄期止的径程——别看那初出娘胎黄毛吐沫的小团团正如小猫小狗似的不懂事，它那官感开始活动的时辰就是它来人生这学校上学的凭证。不，胎教家还得进一步主张做父母的在怀胎期内就该开始检点他们自身的作为，开始担负他们养育的责任。这道理是对的；正如在地面上仅透乃至未透一点青芽的花木，不自主的感受风露的影响，禀承父母气血的胎儿当然也同样可以吸收他们思想与行为的气息，不论怎样的微细。

但孩子它自己是无能力的，这责任当然完全落在做父母的与及其他管理人的身上。但我们一方面看了现代没有具备做父

① 儿童是成人之父。

母资格的男女们尽自机械性的活动着他们生产的本能，没遮拦的替社会增加废物乃至毒性物的负担，无顾恋的糟蹋血肉与灵性——我们不能不觉着怕惧与忧心；再一方面我们又见着应分有资格的父母们因为缺乏相当的知识，或是缺乏打破不良习惯的勇气，不替他们的儿女准备下适当的环境，不给他们适当的营养，结果上好的材料至少不免遭受部分的残废——我们又不能不觉着可惜与可怜。因为养育儿女，就算单顾身体一事，仅仅凭一点本能的爱心还是不够的；要期望一个完全的儿童，我们得先假定一双完全的父母，身体，知识，思想，一般的重要。人类因为文明的结果，就这躯体的组织也比一切生物更复杂，更柔纤，更不易培养；它那受病的机会以及病的种类也比别的动物，差得远了远。因此在猫狗牛马是一个不成问题的现象，在今日的人类就变了最费周章的问题了。

带一个生灵到世界上来，养育一个孩子成人，做父母的责任够多重大；但实际上做父母的——尤其是我们中国人——够多糊涂！中国民族是叫“不孝有三，无后为大”一句话给咒定了的；“生儿子”是人生第一件大事情。多少的罪恶，什么丑恶的家庭现象，都是从这上头发生出来的。影响到个人，影响到社会，同样的不健康。摘下来的果子，比方说，全是这半青不熟的，毛刺刺的一张皮包着松松的一个核，上口是一味苦涩，做酱都嫌单薄，难怪结果是十六字的大联“蟠蟠老成，尸居余气；翩翩年少，弱不禁风”！尤其是所谓“士”的阶级，那应分是社会的核心，最受儒家“孝”说的流毒，一代促一代的酿成世界上唯一的弱种；谁说今日中国社会发生病态与离心涣散的现象（原先闭关时代不与外族竞争所以病象不能自见，虽则这病根已有几千年的老）不能归咎到我们最荒谬的“唯生男主义”？先人所以是弱定了的，后天又没有补救的力量；中国人管孩子还不是绝无知识绝对迷信固执恶习的老妈子们的专门任务？管孩子是阃以内的事情，丈夫们管不着，除了出名请三朝满月周岁或是孩子死了出名报丧！家庭又是我们民族恶劣根性的结晶，比牢狱还来得惨酷，黑暗，比猪圈还来得不讲卫生；但这是我们小安琪们命定长大的环境，什么奇才异禀敌得过这重重“反生命”的势力？这情形想起都叫人发抖！我不是说我们的父母就没有人性，不爱惜他们子女；不，实际上我们是爱得太过了。但不幸天下事情单凭原始的感情是万万不够的，何况中国人所谓爱儿子的爱的背后还耽着一个不可说的最自私的动机——“传种”：有了儿子盼孙子，有了孙子望曾孙，管他是生疮生癣，做贼做强盗，只要到年纪娶媳妇传种就得！生育与繁殖固然是造物的旨意，但人类的尊严就在能用心的力量超出自然法的范围，另创一种别的生物所不能的生活概念，像我们这样原始性的人生观不是太挖苦了吗？就为我们生子女的唯一目标是为替祖先传命脉，所以儿童本身的利益是绝对没有地位的。喔，我知道你要驳我说中国人家何尝不想栽培子弟，要他有出息。“有出息”，是的！旧的人家想子弟做官发财；新的人家想子弟发财做官（现在因为欠薪的悲惨做父母的渐渐觉得做官是乏味的，除了做兵官，那是一种新的行业），动机还不是一样为要满足老朽们的虚荣与实惠，有几家父母曾经替子弟们自身做人的使命（非功利的）费一半分钟的考量踌躇？再没有一种反嘲（爱伦内）能比说“中国是精神文明”来得更恶毒，更鲜艳，更深刻！我们现在有人已经学会了嘲笑英国维多利亚时代所代表的理想与习俗。呒，这也是爱伦内；我们的开化程度正还远不如那所谓“菲力士挺”哪！我们从这近几十年来的经验，至少得了一个教训，就是新的绝对不能与旧的妥协，正如科学不能妥协迷信，真理不能妥协错误。我们革新的工作得从根底做起；一切的价值得重新估定，生活的基本观念得重新确定，一切教育的方针得按照前者重新筹画——否则我们的民族就没有更新的希望。

是的，希望就在教育。但教育是一个最泛的泛词，重要的核心就在教育的目标是什么。古代斯巴达奖励儿童做贼，为的是要造成做间谍的技巧；中世纪的教会是为训练教会的奴隶；近代帝国主义的教育是为侵略弱小民族；中国人旧式的教育是为维持懒惰的生活。但西方的教育，虽则自有它的错误与荒谬情形，但它对于人的个性总还有相当的尊敬与计算，这是不容否认的。所以我们当前第一个观念得确定的是人是个人，他对他自身的生命负有直接的责任；人的生命不是一种工具，可以供当权阶级任意的利用与支配。教育的问题是在怎样帮助一个受教育人合理的做人。在这里我们得假定几个重要的前提：（一）人是可以为善的，（二）合理的生活是可能的，（三）教育是有造成品格的力量的。我在这篇里说的教育几乎是限于养成品格一义，因为灌输智识只是极狭义的教育并且是一个实际问题，比较的明显单简。近代关于人生学科的进步，给了我们在教育上狠多的发见与启示，一点是使我们对于儿童教育特别注意，因为品格的养成期最重要的是在孩子出娘胎到学龄年的期间。在人类的智力还不能实现“优生”的理想以前，我们只能尽我们教育的能力引导孩子们逼近准备“理想人”的方向走去。这才真是革命的工作——革除人类已成乃至防范未成的恶劣根性，指望实现一个合理的群体生活的将来。手把着革命权威的不是散传单的学生，不是有枪弹的大兵，也不是讲道的牧师或讲学的教师；他们是有子女的父母：在孩子们学语学步吃奶玩耍最不关紧要的日常生活间，我们期望真正革命工作的活动!

关于这革命工作的性质，原则，以及实行的方法，罗素在他新出《论教育》的书里给了我们极大的光亮与希望。那本书听说陈宝锷先生已经着手翻译，那是一个极好的消息，我们盼望那书得到最大可能的宣传，真爱子女的父母们都应得接近那书里的智慧，因为在适当的儿童教育里隐有改造社会最不可错误的消息。我下次也许再续写一篇，略述罗素那本书的大意与我自己的感想。

附：罗素原书，北京饭店法文图书馆新到多册。

再谈管孩子[①]

你做小孩时候快活不？我，不快活。至少我在回忆中想不起来。你满意你现在的情况不？你觉不觉得有地方习惯成了自然，明知是做自己习惯的奴隶却又没法摆脱这束缚，没法回复原来的自由？不但是实际生活上，思想、意志、性情也一样有受习惯拘挛的可能。习惯都是养成的；我们狠少想到我们这时候觉著的浑身的镣铐，大半是小时候就套上的——记著一岁到六岁是品格与习惯的养成的最重要时期。我小时候的受业师袁花查桐荪先生，因为他出世时父母怕孩子遭凉没有给洗澡，他就带了这不洗澡习惯到棺材里去——从生到死五十几年一次都没有洗过身体！他也不刷牙，不洗头，狠少擦脸。脏得叫人听了都腻心不是？我们却狠少想到我们品格上，性情上，乃至思想上的不洁，多半是原因于小时候做父母的姑息与颟顸。中国人口头上常讲率真，实际上我们是假到自己都不觉得。讲信义，你一天在社会上不说一两句谎话能过日子吗？讲廉讲洁，

① 一九二六年五月十三日作；载一九二六年五月十五日《晨报副刊》，署名志摩；初收一九八〇年台湾时报文化出版事业有限公司《徐志摩诗文补遗》。采自《晨报副刊》。

有比我们更贪更龌龊的民族没有？讲气节——这更不容说了！

这是实际情形，不容掩讳的。我们用不著归咎这样，归咎那样，说来狠简单，只是一个教育问题：可不是上学以后，而是上学以前的教育问题。品格教育，不是知识教育。我们不敢说合理的养育就可以消灭所有的败类；但我们确信（借近代科学研究的光）环境与有意识的训练在十次里至少有八九次可以变化气质，养成品格。什么事只要基础打好就有办法；屋漏了容易修，墙坏了可以补，基础不坚实时可麻烦。管好你的孩子，帮他开好方向，以后他就会自己寻路走。

但是你说谁家父母不想管好他们的孩子？原是的。但我们要问问仔细，一般父母心目中的"好孩子"究竟是不是好孩子。究竟他们的管法是不是，我在上篇里说过，（一）替孩子本身的利益，（二）替全社会著想。我的观察是老派父母养育的观念整个儿是不对的。他们的意思是爱，他们的实效是害。我敢断定现代大多数的父母是对他们的子女负罪的。养花是多单简的一件事，但有的花不能多晒，有的不能多浇水，还有土性的关系，一不小心，花就种死，或是开得寒伧，辜负了它的种性。管孩子至少比养花更难些。狠多的孩子是晒太多浇太勤给闹坏的。这几乎完全是一个科学问题，感情的地位，如其有，狠是有限，单靠爱是不够的 。单凭成法也是不够的。养花得识花性，什么花怎么养法；管孩子得明白孩子性质，什么孩子怎么管法——每朝每晚都得用心看著，差不得一点。打起了底子，以后就好办。

这话听得太平常了，谁不知道不是？让我们来看看实际情形。我们不讲无知识阶级的父母，实际乡下人的管孩子倒是合理得多，他们比较的"接近自然"。最可痛的是所谓有知识阶级乃至于"知识阶级"的育儿情形。别笑话做母亲的在人前拖出奶来喂孩子，这是应得奖励的。有钱人家有了孩子就交给奶妈，谁耐烦抱孩子，高兴的时候要过来逗逗亲亲叫几声乖，恼了就喊奶妈抱了去，多心烦！结果我们中上等人家的孩子运定是老妈乃至丫头们的玩物！有好多孩子身上闻着老妈的臭味，脸上看出老妈的傻相！

单看我们孩子的衣著先就可笑。浑身全给裹得紧紧，胳膊，腿，也不叫露在外面，怕著凉。怕著凉，不错；可是，裤子是开裆的，孩子一往下蹲，屁股就往外露，肚子也就连带通风——这倒不怕著凉了！孩子是不能常洗澡的，洗澡又容易著凉，我们家乡地方终年不洗澡的孩子并不出奇，我不知道我自己小时候平均每年洗几回澡，冬天不用说，因为屋子不生火，当然不洗，夏天有时不得不洗，但只浅浅的一只小脚桶，水又是滚汤（不滚容易著凉！），结果孩子们也就不爱洗。我记得孩子时候顶怕两件事，一件是剃头，一件是洗澡。“今天我总得‘捉牢’他来剃头”，“今天我总得‘捉牢’他来洗澡”，我妈总是这么说；他们可不对我讲一个人一定得洗澡的理由，他们也不想法把洗的方法给弄适意些。这影响深极了，我到这老大年纪每回洗澡虽不至厌恶，总不见得热心；看作一种必要的麻烦，不是愉快的练习。泅水也没有学会，猜想也是从小对洗身没有感情的缘故。我的孩子更可笑了。跟我一样，他也不热心洗澡。有一次我在家里（他是祖母管大的），好容易拉了他一起洗，他倒也没有什么，明天再洗，成绩狠好，再来几次就可以有引起他兴趣的希望。可是他第二天碰巧有了发热，家里人对他说你看，都是你爸爸不好，硬拖你洗，又著凉了，下回再不要听他的！他们说这话也许一半是好玩，但孩子可是认了真，下回他再也不跟爸爸洗澡了！

像这类的情形真是举不胜举；但单纯关于身体的习惯比较还容易改。最坏是一般父母心目中的“好孩子”观念。再没有比父母更专制的：他们命令，他们强制，他们骂，他们打；他们却从不对孩子讲理——好像孩子比他们自己欠聪明，懂不得理似的！他们用种种的方法教孩子学大人样——简单说，愈不像孩子的孩子在他们看是愈好的孩子。孩子得听话，不许闹——中国父母顶得意的是他们的孩子听大人吩咐规规矩矩的叫人，绝对机械性的叫人——“伯伯”，“妈妈”。我有时看孩子们哭丧著脸听话叫人的时候，真觉得难受！所以叫人是孩子聪明乖的唯一标准。因为要强制孩子听大人话（孩子最不愿意听大人话!）。大人们有时就得用种种谎骗恫吓的方法。多少在成人后作伪与懦怯的品性是“别哭，老虎来了”，“别嚷，老太太来了”，“不许吃，吃了要长疮的”一类话给养成的。孩子一定得胆小怕事，这又是中国父母的得意文章。“我们的阿大真不好，胆子大极了”，或是“你们的宝宝多好，他一个人走路都不敢的”。我记得我小的时候，家里人常拿鬼来吓我，结果我胆小极了，从来不敢一个人进屋子或是单身睡一个床——说来太可笑，你们不信，我到结亲以前还是常常同妈妈睡一床的！这怕黑暗怕鬼的影响到如今还有痕迹。我那时候实在胆子并不小，什么事有机会都想试试，后来他们发明了一个特别的恐吓，骗我不是我妈生的，是“网船”（即鱼船）上抱来的，每天头上包著蓝布走进天井来问要虾不要的那个渔婆就是我的亲娘，每回我闹凶了，胆子“太大了”，他们就说“再闹叫你网船上的娘来抱回去”，那灵极了，一说我就瘪，再也不敢强了。这也有极坏的影响。我的孩子因为在老家里生长，他们还是如法炮制，每回我一回家，就奖励他走路上山，甚至爬石头，他也是顶喜欢的。有一次我带他在山上住，天天爬山乐得很，隔一天他回家了，碰巧有点发热，家里人又有了机会来破坏爸爸的威信了：“你看都是你爸，领你到山上去乱跑，著了凉发热，下回再不要听他了”！当然他再也不听信爸爸了！

但是孩子们的习惯，赶早想法转移，也是狠容易的事。就我的孩子说，因为生长在老式家庭里的缘故，所有已经将次养成的习惯多半是我们认为不对的，我们认为应分训练的习惯却一点不顾著，这由于（一）“好孩子”观念的错误，（二）拘执成法。再没有比我的父母再爱孙儿的，他病了我母亲整天整晚的抱着，有几次在夏天发热简直是一个火炉；晚上我母亲同他睡，在冬天常常通宵握住他的冷脚给窝暖；但爱是一件事，得法不得法又是一件事。这回好了，他自己的妈（张幼仪女士，不久来京，想专办蒙养教育）从德国研究蒙养教育毕业回来了。孩子一归她管不到两个月工夫，整个儿变化了，至少在看得见的习惯上。他本来晚上上床早上起身没有定时的，现在十点钟一定睡，早上也一定时候起，听说每晚到了十点钟他自己觉得大人不理他了，他就看一看钟站起来说明天会，自己去睡了。本来他晚上睡不但不换睡衣，有时天凉连棉袄都穿了睡的，现在自己每晚穿衣换衣，早上穿衣起身再也不叫旁人帮忙。本来最不愿意念书写字。现在到了一定时候，就会自动写字念书，本来走一点路就叫肚疼或腿酸的，现在长路散步成了习惯。洗澡什么当然也看作当然了。最好是他现在学会了认真刷牙（他在德国死的弟弟两岁起就自己刷牙了），舀水满脸洗，洗过用干布擦，一点也不含糊了！在知识上也一样的有进步，原先在他念书写字因为上面含有强迫性质看作一种苦恼，现在得了相当的引诱与指导，自动的兴趣也慢慢的来了。这种地方虽则小，却未始不是想认真做父母的一个启示。不要怪你们孩子性子强不好，或是愁他们身子不好，实际只要你们肯费一点心思，化一点工夫，认清了孩子本能的倾向，治水似的耐心的去疏导它，原来不好的地方很容易变好，性情，身体，都可以立刻见效的。“性相近，习相远”，这话是真理；我们或许有一天可以进一步相信“人之初，性本善”哪！没有工作比创造的工作更愉快更伟大的：做父母的都有一个创作的机会，把你们的孩子养成一个健康，活泼，灵敏，慈爱的成人，替社会造一个有用的人材，替自然完成一个有意识的工作，同时也增你们自己的光，添你们的欢喜——这机会还不够大吗？看看现代的成人，为什么都是这懒，这脏（尤其在品格上与思想上），这蠢，这丑，这破烂；看看现代的青年，为什么这弱，这忌心重，这多愁多悲哀，这种种的不健康——多半是做爹娘的当初不曾尽他们应尽的责任，一半是愚闇，一半是懒怠，结果对不起社会，对不起孩子们自身，自己也没有好处，这真是何苦来!

现在罗素先生给了我们一部关于养成品格问题极光亮的书，综合近代理论与实施所得的有价值的研究与结论，明白的父母们看了可以更增育儿的兴味，在寻求知识中的父母们看了更有莫大的利益：相信我，这部书是一个不灭的灯亮，谁家能利用的就不愁再遭黑暗的悲惨了！但我说了这半天本题还是没有讲到，时候已经不早，只好再等下回了。

五月十三日

《关于翻译来函》附记[1]

我们欢迎读者关于本刊刊物好意的批评与指正，如同雰秋先生这次的来函，虽则有时过长的来件不能尽量登出，但我们还是一样的领情。说起翻译，我怕我们还没有到完全避免错误的时候，翻的人往往胆太大，手太匆忙，心太不细；我自已闹过一个极大的笑话，虽则幸亏一位校看的朋友给改正了，不曾公开出去。那是在一篇曼殊斐儿的小说里，有一处原文是“I am thirsty，dearest，give me an orange”。意思是“我口渴的，亲爱的，给我一个橘子”，你说我给翻成了什么，你再也猜不到我手段的高妙！我翻作：“我是三十岁了，亲爱的，给我一个橘子”！Thirsty 我误认作 Thirty，又碰巧上文正讲起年岁，我的笔顶顺溜的就把“口渴”给变成“三十岁”了，你说这多 Marvelous[2]！

至于菊隐的翻译，虽则多半因为不小心狠多不正确甚至完

---

① 这是作者为雰秋《关于翻译来函》写的附记；载一九二六年五月十五日《晨报副刊》，署名志摩；初收一九八〇年台湾时报文化出版事业有限公司《徐志摩诗文补遗》。采自《晨报副刊》，雰秋来函附后。

② Marvelous：太妙了。

全错误的地方，但就全体论，他的笔致恰还灵动，不落呆木，多少还念得过去，所以我收到他的译稿往往“不付审查”就给披露了。这一半是我的不是，当然。盼望以后错误甚至笑话的“常率”可以逐渐减少，读者们不至再在纸面上摸出雀斑与花的恐怖！

志　摩

附：霁秋《关于翻译来函》

志摩先生：

大家普通都承认晨副是中国文学界里一份重要的报纸，承认他是负有率领指导的使命的；所以我劝您取材料的时候总要有一定的限度一定的水平线，不失掉读者的信仰才好。近来您在晨副上介绍契诃甫我们是很欢喜的，但看一看菊隐译的蜗洛契诃不能不怪先生失慎的过处。契诃甫的东西可以说是容易了解很清楚的，菊隐的翻译却闹出了不少的错误。只就五月一日晨副上他发表的那几节译文来看，就有两个很大很明显的错子；不知您看出来了没有？“There is a brilliant future before stotistics!”这句话不用看上下文谁都知道是说统计学的前途很光明的意思，菊隐偏把它译作“在作统计学之先我就得到光明的前途了！”

“Nothing in life is so precious as people!” Obnev thought in his emotion, as he strode along the avenue to the gate, “Nothing!”

这段话一看就可以知道欧格涅夫是说生活中再没有像人这样可贵的东西的意思，菊隐偏偏把引用号以内的话译作“在生命中莫有比人再加可珍贵的了！”“除人以外什么也没有！”这话无论与本文相符与否，本身先就不通，大谅您也看了出来吧！

霁秋　下斋

关于《罗素与幼稚教育》质疑的答问[①]

我狠高兴欧阳兰先生这封信，因为在这昏沈的社会里过昏沈的日子，我们不容易相信居然还有少数人留心到像我这些不合时宜的文章；我有时自分是一个无聊赖的闲人，既然来到这水边，也何妨顺手拣几块石片，劈几个“水碗”，多少也是一种消遣，至于这石子下去有没有响声，水面上起不起波纹，我早就没有期望的热心。说起我又得讲我自己，我不能成系统的做学问，又不能独辟一个思想的方向；我的写作大都是不期然的，不经心的；有时深夜独坐，也未始没有古怪的影像忽隐忽现的在我内心的幔壁上晃动；但我又没有神通的魔杖，怎能指住了它们喝一声“站住，美丽的幻象!”可怜我手里这杆秃毛的破笔，叫它有什么法想!

我因为拿到一本罗素论教育的新书，才想起年前在英伦极南访罗素时愉快的逝迹，又因为新近（张雪门先生猜得对）常

① 这是《关于〈罗素与幼稚教育〉质疑与答问》中的答问部分，载一九二六年五月十九日《晨报副刊》，署名志摩；徐文初收一九八〇年台湾时报文化出版事业有限公司《徐志摩诗文补遗》。采自《晨报副刊》。

听人讲起幼稚教育，所以就大胆动笔。却不料外行人的马脚一来叫内行专家们看出！谈教育，我是外行；我从没有学过什么教育原理，也没有“参观”过半个学校。但这样说来，我什么事都谈不上内行。那一门都不是我“专”的。我的自解是我这一次写文，至多是想介绍罗素这部新书，顺便，也许，跑一趟野马；我决不敢自吹懂得一丝一屑的教育，成人的或是童年的。我真的是外行。

让我按欧阳先生来信逐条作复。第一高仁山先生的话一半是对的，一半似乎不狠切题；他说我谈教育是外行是对的，但他说我上星期一那篇文里“狠多错误”“并且罗素的《论教育》我也看过，内容并不是这样”，我有些茫然，因为我那篇里叙述的只是我去年在罗素家里时身亲经历的情形，并不是罗素那册书的内容——我才提到那书，还没有讲哪！

第二欧阳先生分明是真爱儿童的一个人；他看不惯不论谁家的孩子叫老子给“一把拿他合仆著抱了起来往屋子里跑”；他似乎是绝对不主张训育儿童应用任何力的干涉与责罚；他更受不住“把不满三岁的儿子（这里我该说不满四岁，上次错了，看下文），不管他哭闹，一把掀进了海里去”。关于这点我得承认因为要侧重训练勇敢（我们张眼看看我们周围有多少称得出分量的勇敢！）我在字句间纵容了一些愤慨的意味，说得过激一点，许是有的，但我想还不至是错误。关于约翰占骑木马的情形，我完全是据实报告，这里有罗素在他书里的一段话作证：——

在“责罚”章里第一三四页上他说：在不得已时最严厉的责罚是应当的自然的愤怒的表情。有几回我的孩子对他妹妹动蛮不讲理，他妈恼了就出声呼斥。这效力狠大。孩子哭了，这来非得妈完全跟他讲好不完事。这印像下去狠深，只要看他事后对妹妹的样子就知道，有时候我们采取较温和的责罚，那是在他一定要我们不肯给他的东西，或是干涉他妹妹游戏的时候。逢到这种情形，在理喻与劝告无效时，我们就把他送进一间空屋子去，让门开著，告诉他他什么时候好了就可以下来。要不了几分钟，他哭一个痛快以后，他回来了，这来照例总是“好”了：他完全懂得他这一回来就是他应承好了的意思……

这第二种（较温和的）责罚，正是我那天亲眼见的办法，孩子不讲理，大人过去劝，不听反而闹，大人就提溜了他上楼去，他哭过了知道自己错，不等大人走回头就跟了下来。我实在看不出有什么“野蛮”的地方。欧阳先生心目中的孩子分明是理想化的孩子：安琪儿似的美丽，安琪儿似的可崇拜，安琪儿似的柔顺。安琪儿当然是轻易不该受我们支配，且不提别的责罚法。至多你只要“暗示”，“劝导”，他们就不会不乖。谁不愿意这样乐观的看事情，但实际怕没有这么简单。欧阳先生可以放心罗素先生对孩子的爱准比得上你我的真切。他反对旧法的训练责罚（例如“Fair child Family”[①]）也准不让你我的热烈，他研究儿童心理的状态也准够得上你我的用心；但他同时却并不反对对儿童有时施行相当的责罚。并且实验在他自己孩子身上曾经收效的。我与他同意。现代教育家中主张绝对不用责罚法的也有人，那当然是再好没有；但在我个人见过的孩子有时总不免有崛强任性的情形，那时候纵容你明知道不对，唯一的办法当然只有采取某种可能的最温和的责罚来治。就是蒙台梭利也自有她的以备不虞的责罚方法，虽则她的当然不是老式的办法，那才是欧阳先生所谓野蛮了。

还有关于罗素夫妇最后用强制教孩子入海的一节，也是欧阳先生对于我的叙述吃吓而怀疑的一点。本来是的，按那天讲的确是来得太兀突些，孩子究竟小，如何经得起那样暴烈的手

① Fair Child Family：美丽儿童家庭。

段，但关于“害怕”在罗素书中特别有一章，我也打算讲到时从详讨论的，那天的无非是个引子。现在为免得一部分读者（例如欧阳先生）从我的记述里得到一个罗素是一个“野蛮”的父亲，根本不配讲幼稚教育（如其我那话是实情）的错误的印象起见，我赶快得拿他的原文来供参考，虽则我不敢担保我们都能同情罗素尊重勇敢唾弃恇怯的热烈情感。那本来是，如其你期望你孩子的极度只是好脾气，见人乖乖的笑，乖乖的叫，别的品格上的问题都是次要的话，那就与罗素的见解完全不相投合了。关于这一点我供认我个人的偏见也是十分的深：我可以说我与其有一个懦怯的孩子还不如没有孩子；天下再没有比懦怯更丢脸更下流的事了。这在我也许带一种“报复”的意义，因为我现在回想起来中国父母所指望于孩子的，只是一个平庸不生是非的孩子，胆子越小越好，训练与教育的方法，有意或无意，当然也就按着这目标走——结果是我们这猪化兼鼠化的民族！

我们来看罗素怎样想法祛除他孩子的非理性的胆怯——

“到如今为止最难克制的一种怕是怕海的怕。我们最初想带孩子进海的时候，他才两岁半。初起，简直是不成功。他不喜欢水的冷，他听了波浪声响害怕，在他看来浪水只是这往里进，永远不往回退。浪大的话，要他近著海都不行。这是在他胆子一倒小的时候：活的东西，古怪的声响，还有许多别的东西，都会叫他吃吓。我们对付他的怕海一步一步的来。我们把他放在离着海的浅水洼里试着，训练他觉着水凉不再受惊；过了夏季四个暖月份，他学会了在离着海浪的浅水潭里爬着，也顶喜欢的，但他还是哭。每回我们把他放进水深够齐他腰的较深的水潭里试。我们教他习惯海浪的声响的法子，是叫他在看不见浪的海边玩儿一点钟的样子；然后我们拿他到看得见浪的地方，同时指给他看浪头进来了还是退下去的。这几种方法，连着他的爹娘与别的孩子泅水的标样，只把他教到可以带近海浪不再害怕的程度。我深信这怕是天性的；我信得过我们没有给过他什么暗示来造成这怕。下年的夏天，他三岁半，我们再来试。拿他进海浪去他还是这怕。我们怎么哄他，给他看旁人都在浪里，他还是不依。结果，我们采用了老办法。在他露出恇怯的时候，我们使他觉出我们看他不起；有勇敢的时候，我们竭力的夸奖他。每天这样来有两星期的光景，我们直把他淹进海水里去齐到脖子深，凭他怎样挣扎，怎样哭闹。他的哭闹每天好一些，在哭闹不曾完全停止以前，他已经开始要进水去。在两星期末，期望的结果收效了；他再也不怕海了。从那时候起，我们听他完全自己进水去玩，每回天气合式他就自动洗澡去——分明是有极大的兴味了。怕并没有完全去掉，只是一部分叫傲气给压住了。但是他一天惯似一天，现在一点怕都没有了。他的妹妹，才二十个月，从没有见海怕过，她见海就跑了进去，一点也不踌躇。”

（这里他加一段小注。说他自己当初同年岁时叫他的大人给一把抓住他的脚跟，往水里倒著栽，隔一会儿才给放回，这办法说也怪，竟然结果使他爱水，可是他说他不保荐这办法。）

在下一段里他说他也知道这用力强制的办法是不合近代学理的，但用来征服怕惧，他以为有时是有效验的。他书里论，怕的一章是很值得中国父母们注意的，但我此时对不起，又得暂时带住，再有话又得等下回了！

《狂喜之后》作者订误[1]

星期一蹇先艾君《狂喜之后》误排陈宝锷，特此志歉。

① 载一九二六年五月十九日《晨报副刊》，未署名。

厌世的哈提[1]

Human Shows Far Phantasies

Songs and Trifles.

——Thomas Hardy,

Macmillan, London, 1926[2]

念哈提老头的诗使你想起在一个严冬的晚上从一个热闹的宴会场中出来走进冷入骨髓的空气里，天是透明的蓝，疏朗朗的嵌着几颗星，远的，冷的，亮的，道边上有一株两株的树，靠着蓝天，挨着星芒，比着它们光干杈搓的手势，仿佛有什么深沈的消息要对你吐露似的。

——The twigs of the birch imprint the December sky

Like branching reins upon a thin old hand...[3]

---

① 一九二六年五月作；载一九二六年五月二十日《晨报副刊·诗镌》第八期，署名志摩；初收一九八〇年台湾时报文化出版事业有限公司《徐志摩诗文补遗》。采自《晨报副刊·诗镌》。

② 《人类的表演、遥远的幻想、歌谣和其他》——托玛斯·哈代著，麦克米兰出版社出版，伦敦，1926 年。哈提今译哈代（1840—1928），英国小说家、诗人，代表作为小说《德伯家的苔丝》和《无名的裘德》、历史诗剧《列王》。

③ 白桦的树枝印在十二月的天空上/就像一只老人的纤瘦的手上的血管。

哈提是老了（他今年八十三）；哈提是倦了。在他近作的古怪的音调里（这是说至少这三四十年来！）我们常常听出一个厌倦的灵魂的低声的叫喊："得，够了，够了，我看够了，我劳够了；放我走吧！让我去吧！"

光阴，人生：他解，他剖，他问，他嘲，他笑，他骂，他咒，临了他求——求放他早一天走！但无恩的铁胳膊的生的势力仿佛一把掐住这不满五尺四高的小老儿，半带嘲讽的半得意的冷笑着对他说："看吧，迟早有那么一天；可是你一天喘着气你还得做点儿给我看看！"可怜这条倦极了通体透明的老蚕，在暗屋子里茧山上麦柴的空缝里昂着他的绉旧的脑袋前仰后倒的想睡偏不得睡，同时一肚子的丝不自主的从口里尽往外吐——得知它到那时候才吐得完！下面一首短诗是他今年出的诗集子的开篇第一首，题目是《一同等着》（"Waiting Both"）：——

A star looks down at me,
And says："Here I and you
Stand，each in our degree：
What do you mean to do，——
　　Mean to do?"

I say："For all I know，
Wait，and let Time go by，
Till my change come"——"Just so，"
The star says："So mean I：——
　　So mean I."

天上一个星瞅着我望，
它说："这儿我跟你，

耽着，你在下，我在上；
你想打什么主意，——
打什么主意?”

我说：“我怎么能得知，
等着吧，让时光往前挪，
总有一天见分晓。”——“可不是，”
那星说：“我也这么说：——
我也这么说。”

这看了叫人多难受！是的，天上的星，地上的诗人：他们俩是一般的老，但他们俩何尝不是一般的照亮，一般的不承受光阴的支配！还有一首：——

The Weary walker

a plain in front of me,
And there's the road
Upon it. Wide Country,
And , too the road!

Past the first ridge another,
And still the road
Creeps on. Perhaps no other
Ridge for the road?

Ah! Past that ridge a third,
Which still the road
Has to climb furtherward——

The thin white road!

Sky seems to end its track;
But no. The road
Trails down the hill at the back.
Ever the road!

疲倦了的行路人

一片平原在我的面前，
　　正中间是一条道。
多宽，这一片平原，
　　多宽，这一条道！

过了一坡又是一坡，
　　绵绵的往前爬着，
这条道也许前途
　　再没有坡，再没有道？

阿！这坡过了一坡又到，
　　还得往前往前，
爬着这一条道——
　　瘦瘦的白白的一线！

看来天已经到了边；
　　可是不［料］这条道
又从那山背往下蜒，
　　这道永远完不了！

看著，这悠悠的无穷尽的人生的道上永远，永远悠悠的无穷尽的爬著一个倦极了的短腿的老头！你们在沙漠中或是在平原上旅行过的格外可以觉出这诗里疲倦的压迫的意味。原是的；所有的人情滤成了渣，所有的理想踩成了泥，所有的希望焙成了灰，剩下的人生还不是一个干枯的单调的沙漠似的东西？

不，哈提绝对不能和这（在他看来）到处矛盾的人生妥协：

O Life with the sad seared face,
I weary of seeing thee! ——
…
…The eternal question of what life was,
And why we were there, and by those strange laws
That which mattered most could not be.①

他厌死了这世界这活；在这绝望中唯一的报复，唯一的消遣，在他是不断的来“崛强的疑问”这人生的现象。至少他坚持他的把现实认一个彻底的分明的态度：人生前途即使万一有希冀，也得从这一点做起：——

If way to the Better there be, it exacts a full look at the Worst:②

这回生命他真的逢著了一个对头，冷的，辣的，崛强的，够格儿的。他有不得一个漏洞，有不得一条裂缝：这位悲观的

---

① 哦脸色悲哀干枯的生命，/我讨厌看见你/……/……永恒的问题是生命是什么，/还有为什么我们在此地，/还有谁的古怪法律规定/我们最想望的却不能实现？

② 我们首先需要直面最糟的情形，才有可能找到通向进步的路。

预言家有的是半空中巨鹫的神睛，什么草堆里微细的消息都逃不过他的尖锐的凝视。哈提的咒诅是可怕的，你听着：

"… We are too old in apathy!
Mankind shall cease —So let it be."
I said to Love.①

在文学里我不知道有更恶毒更难受的一个"人物"比之哈提那名著《玖德》里的孩子"时间爸爸"（"Father Time"）他一开口就咒诅生，临了谋害了他异母的兄弟们自己也跟着吊死！这"时间爸爸"是老头自己的化身：他生下来就是老的，比老槐树上长的疤节还老；生下来就是冷的，比北冰洋头顶的星光还冷，真的哈提那老头是一个异象，即使不是怪象：不说他的思想，单看他那样儿，也就够你诧异，你看了他那老相你会心里疑问他曾经有过年轻的那一天！在他的思想里，在他设想的境地与观察到的现实里，人生仿佛是叫一种最严密的逻辑的镣铐给带住了，再没有松动，躲闪，逃遁的余地；"你这丑东西你来干什么的"！他自己站在一旁厉声的责问著。

他真的只要死：他从来没有要活过；他说他爹娘当初要是在他未出世前征求他的同意他一定无条件的拒绝。他始终是这态度；在最近这集子里他连他自己的墓志铭都给做起了，我们来看看——

（1）Epitaph on a Pessimist

I'm Smith of Stoke，aged sixty—old，

① 我们无动于衷得已经太久了，人类会灭绝。——那就让它去吧。我对爱情说。

I've lived without a dame from youth—time on ;
and would to God
My, dad had done the same.

一个悲观人坟上的刻字

我是司笃克的司密斯，年纪六十，
我这辈子从年青到老苍，
不曾有过女人；要是那够多合式，——
要是我爸爸当初一样的不上当。

还有一个——

（2）**Cynic's Epitaph**
A race with the sun as he downed
I ran at evetide,
Intent who should first galn the ground
And there hide.

He beat me by some minutes then,
But I triumphed anon,
For when he'd to rise up again
I stayed on.

一个厌世人的墓志铭

太阳往西边落

　　我跟著他赛跑。
看谁先赶下地
　　到地里去躲好。

那时他赶上我前，
　　但胜利还是我的
因为他还得出现，
　　我从此躲在地底。

老头他倒放心一回死了不会再投胎！我再引一首我看了饭都吃不下的：——

The Sexton at Longpuddle

He passes down the church yard track
On his way to toll the bell;
And stops, and looks at the graves around,
And notes each finished and greening mound
Can placently,
As their shaper he,
And one who can do it well.
And with a prosperous sense of his doing,
Thinks he'll not lack
Plenty such work in the long onsuing Futurity,
For people will always die,
And he will always be nigh

To shape their cell. ①

我再没有勇气翻，诗里的意思是一个包做坟打丧钟的在墓园里走着欣欣的揣摩他自己的成绩，看一个个圆圆的坟全长了青草；他心想这辈子不愁没工作做因为下去人总得死，死了就有他来替他们经营长眠的地窟。真怪这老头，他每回想到死想到坟真像是觅到了安慰似的津津有味，一面他对生对现世绝对拒绝调和，尽他老惫的力量（那也就够凶)！使劲拉破它们的外貌正像一个妒疯了的太太下毒手毁她男子的情人的脸子似的！运命真恶作剧！哈提他且不死哪。我看他至少还有二十年活！

① 《朗普德尔的教堂司事》：他穿过教堂墓地/前去敲钟；/他停住脚步，四顾周围的坟墓，/沾沾自喜地/打量着每个新成的、正在变绿的坟头。/他是它们的塑造者，/并且可以做得很好。/他带着成功的感觉，/想着他在漫长的/未来，/不会缺乏很多这样的工作。/因为人们总是会死，/而他总是会在附近/来塑造他们的小屋。

《随便谈谈译诗与做诗》附记[①]

志摩说，天心，你得容恕我的“自由”；我不但窜改了你的诗（那译诗是我改的）这回又删改了你的信！关于译诗你这回改的我也认为比初稿好得多。盼望你再继续。关于论新诗的新方向，你的警告我们自命做新诗的都应得用心听。天下如其有一件不可勉强的事，我以为是做诗；好在真金自有真金的硬度，光彩，分量，暂时镀上金色的烂铜破铁是经不起时间的试验的。我对于新诗式的尝试却并不悲观，虽则我也不能说是绝对甚至相对的乐观。等著看吧。

---

① 这是作者为钟天心《随便谈谈译诗与做诗》（信）写的附记；载一九二六年五月二十日《晨报副刊·诗镌》第八期，署名志摩；初收一九八〇年台湾时报文化出版事业有限公司《徐志摩诗文补遗》。采自《晨报副刊·诗镌》，钟天心文附后。

附：天心《随便谈谈译诗与做诗》

志摩先生：真真是想不到，承你把我译的那首华茨华斯的小诗，采入了诗刊；又承你，也许不是你，管他是谁呢，还把它润色一遍，我是非常感谢。但是有些地方我觉得，改得还不如原稿，或虽比原稿好而仍不能满我意的。我狠愿意你能满容我自由说几句话，不要因为怕占去副刊宝贵的篇幅就要皱眉头！譬如第一节的第三句原稿是：

一个女郎，已无人爱

改稿删去了“一个”二字不要紧，可是全节诗的 Haimony 都给破坏了！又如第三节头两句的改稿

她生不留名，露茜，
她死后

固然比原稿好，然而把“露茜”夹在当中，读起来多么别嘴，多么不自然!

因为第二节我还有要自动修改的地方，所以我想不如把全诗都再修改一遍，请你重登一次吧。可以吗?

她住在人迹不到的地方，
在那多福流泉之旁，
一个女郎，既无人爱，
也少人赞赏。
一朵紫罗兰半躲半藏，
在一魂苍苔的石旁!
——美丽如一粒星，

独自闪烁在天上。

她露茜生无人知，
死时，也没有人晓，
但她是在坟中呀，
啊，
我的世界都变了！

译诗是万难的事，比做诗难得多，这至少我个人的经验是如此。自然许有天分高，学力富的人会觉得它比写散文还容易也未可知；不过，无论如何有一点谁也不能否认的，就是译诗不许有自由。你若想自由抒写你心中的情思，你最好自己去做诗。用画画来打个比喻，做诗，就是画意笔画，译诗就是写生。在根本上说，意笔画自然比写生难得多；在工作的过程上说，写生确比意笔画难得多。——如果嫌这个“难”字不妥，就改个“苦”字吧；惟其苦，所以才觉难。当你写意笔画时，你可以自由挥毫，你可以尽情想像，你可以乘风，你可以驾云。写生时，你可不许这样。你若画棵牡丹，你得笔笔不离牡丹的颜色，你得心心不忘牡丹的精神。这自然是苦，是难，但是你若怕苦，你若畏难，你最好就别干。译诗也就是这样。别的不说，你得先不怕苦，不畏难，才有资格译诗。你要译诗，你先得牺牲自由。我相信，无论谁人，他若肯以这种精神去译诗，他绝不会白费力不讨好的。你以为如何？

请你再容我自由谈谈做诗吧，徐先生！近来诗风，显然是大大的变了。从前长短不齐的句子，高低不平的格式渐渐不见了，渐渐代以整齐的句子，划一的格式了。从前认为无需有的韵脚，现在又渐渐地恢复了。许多人说，这是新诗入了正轨后必然的现象。我自然也希望这不只是一种猜想。可是我觉得这问题不是这样简单吧。这种现象之所以发生，恐怕还有一个狠不良的背景吧。你只看近来的诗，有许多形式是比较完满了，音节是比较和谐了，可是内容呢，空了，精神呢，呆了！从前的新鲜，活泼，天真，都完了，春冰似的溶消了！这个病源若不速行医治，我敢说，新诗的死期将至了！这个病源是什么呢？就是一般做新诗的人都自觉地拼命要做诗人。他们都以为诗人是无上的崇高，无限的伟大，是天之骄子，他们要做诗人的心比秀才要做状元还切。他们以为成为诗人的终南捷径，就是多多地做好诗，做好诗的方法，就是把诗的形式弄规矩一点，诗的音节弄好听一点，至于当时自己是否有灵感，是否有真实的感情是不管的。他们以为只要诗写得成，自然是有灵感，有情感的；他们甚至可以自解说，如果我没有灵感，没有情感，我的诗如何能做得成呢？不错，灵感，情感是有的，不过是他自己成心造出而不自知耳。如果这种习气不改，我敢说，新诗的生命是狠危险的。新诗的生命就是新诗人的生命，新诗人不根本去追求自己的生命，发扬光大自己的生命，而斤斤于字眼的挑选，字音的配合，新诗的生命如之何其不危险？我个人的意思，以为新诗艺术方面成功，是有待于天才的诗人多读古今中外的名著杰作，溶〈融〉会【意】贯通以后，慢慢地，自然而然的完成的；勉强的，不自然的，自觉的去做，那简直是给新诗造坟基呵！——朋友约我“到公园上课”的时间到了，见面再谈吧。

五，七。天心

我们病了怎么办[①]

“在理想的社会中，我想，”西滢在闲话里说，“医生的进款应当与人们的康健做正比例。他们应当像保险公司一样，保证他们的顾客的健全，一有了病就应当罚金或赔偿的。”在撒牟勃德腊（Samuel Butler）[②] 的乌托邦里，生病只当作犯罪看待，疗治的场所是监狱，不是医院，那是留着伺候犯罪人的。真的为什么人们要生病，自己不受用，旁人也麻烦？我有时看了不知病痛的猫狗们的快乐自在，便不禁回想到我们这造孽的文明的人类。且不说那尾巴不曾蜕化的远祖，就说湘西的苗子，太平洋群岛上的保立尼新人之类，他们所知道所受用的健康与安逸，已不是我们所谓文明人所能梦想。咳，堕落的人们，病痛变了你们的本分，至于健康，那是例外的例外了！

不妨事，你说，病了有医，有药，怕什么的？看近代的医学药学够多么飞快的进步？就北京说吧，顶体面顶费钱的屋子

① 这是作者就梁仲策《病院笔记》写的评论文章；载一九二六年五月二十九日《晨报副刊》，署名志摩；初收一九八〇年台湾时报文化出版事业有限公司《徐志摩诗文补遗》。采自《晨报副刊》，梁文附后。

② Samuel Butler：今译勃特勒（1835—1902），英国作家，著有乌托邦游记小说《埃瑞洪》和《重游埃瑞洪》等。

是什么？医院！顶体面顶赚钱的职业是什么？医生！设备、手术、调理、取费，没一样不是上乘！病，病怕什么的——只要你有钱，更好你兼有势！

是的，我们对科学，尤其是对医学的信仰，是无涯涘的；我们对外国人，尤其是对西医的信任，是无边际的。中国大夫其实是太难了，开口是玄学，闭口也还是玄学，什么脾气侵肺，肺气侵肝，肝气侵肾，肾气又回侵脾，有谁，凡是有哀皮西[①]脑筋的，听得惯这一套废话？冲他们那寸把长乌木镶边的指甲，鸦片烟带牙污的口气，就不能叫你放心，不说信任！同样穿洋服的大夫们够多漂亮，说话够多有把握，什么病就是什么病，该吃黄丸子的就不该吃黑丸子，这够多甘脆，单冲他们那身上收拾的干净，脸上表情的镇定与威权，病人就觉着爽气得多！“医者意也”是一句古话；但得进了现代的大医院，我们才懂得那话的意思。

多谢那些平均算一秒钟滚进一只金元宝之类的大大王们，他们有了钱没法用就想“留芳”，正如做皇帝的想成仙，拿了无数的钱分到苦恼的半开化的民族的国度里，造教堂推广福音来救度他们的灵魂，造医院推广仁术来救度他们的病痛。而且这也不是白来；他们往回收的不是名，就是利，狠多时候是名利双收。为什么不，我有了钱也这么来。

我个人向来也是无条件信仰西洋医学，崇拜外国医院的，但新近接连听着许多话不由我不开始疑问了。我只说疑问，不说停止崇拜，那还远着哪。在北京有的医院别号是“高等台基”，有的雅称是某大学分院，这已够新鲜，但还不妨事，医院是医病的机关，只要它这一点能名副其实的做到，你管得它其他附带的作用。但在事实上可巧它们往往是在最主要的功用

---

① 即ABC。

上使我们失望，那是我们为全社会计，为它们自身名誉计，有时不得不出声来提醒它们一声。我们只说提醒，决不敢用忠告甚至警告责备一类的字样；因为我们怎能不感念他们在这里方便我们的好意？

我们提另来说协和。因为协和，就我所知道的，岂不是在本城的医院中算是资本最雄厚，设备最丰富，人材最济济的一个机关？并且它也是在办事上最认真的一个地方，我们可以相信。它一年所化的钱，一年所医治的人，虽则我不知实在，想来一定是可惊的数目。但我们要看看它的成绩。说来也怪，也许原因是人们的本性是忘恩，也许它的“人缘”特别不佳，凡是请教过协和的病人，就我所知，简直可说是一致，也许多少不一，有怨言。这怨言的性质却不一致，综了说有这几种：

（一）种族界限　这是说看病先看你脸皮是白是黄；凡是外国人，说句公平话，他们所得的待遇就应有尽有，一点也不含糊，但要是不幸你是黄脸的，那就得趁大夫们的高兴了，他们爱怎么样理你就怎么样理你。据说院内雇用的中国人，上自助手下至打扫的，都在说这话——中外国病人的分别大着哪！原来是，这是有根据的，诺狄克民优胜的谬见一天不打破，我们就得一天忍受这类不平等的待遇。外国医院设在中国的，第一个目的当然是伺候外国人，轮得着你们，已算是好了，谁叫你们自不争气，有病人自己不会医！

（二）势利分别　同是中国人，还有分别；但这分别又是理由极充分的：有钱有势的病人照例得着上等的待遇，普通乃至贫苦的病人只当得病人看。这是人类的通性什么地方什么时候都有表见的，谁来低哆谁就没有幽默，虽则在理论上说至少医院似乎应分是“一视同仁”的。我们听见过进院的产妇放在屋子里没有人顾问，到时候小孩子自己下来了，医生还不到一类的故事！

（三）科学精神　这是说拿病人当试验品，或当标本看。你去看你的眼，一个大夫或是学生来检看了一下出去了，二一个大夫或是学生又来查看了一下出去了，三一个大夫或是学生再来一次，但究竟谁负责看这病，你得绕大弯儿才找得出来，即使你能的话。他们也许是为他们自己看病来了，但狠不像是替病人看病。那也有理，但在这类情形之下，西滢在他的闲话说得趣，付钱的应分是医院，不该是病人！

（四）大意疏忽　一般人的逻辑是不准确的，他们往往因为一个医生偶尔的疏忽便断定他所代表的学理与方法是要不得的。狠多人从极细小题外的原因推定科学的不成立。这是危险的。就医病说，从新医术跳回党参黄岐，从党参黄岐跳回祝由科符水，从符水到请猪头烧纸，是常见的事，我们忧心文明，期望“进步”的不该奖励这类“开倒车”的趋向。但同时不幸对科学有责任的新派大夫们，偏容易大意，结果是多少误事。查验的疏忽，诊断的错误，手术的马虎，在在是使病人失望的原因。但医病是何等事，一举措间的分别可以交关人命，我们即使大量，也不能忍受无谓的灾殃。

最近一个农业大学学生的死据报载是（一）原因于不及时医治，（二）原因于手术时不慎致病菌入血。这类的情形我们如何能不抗议？

再如梁任公先生这次的白丢腰子，几乎是太笑话了。梁先生受手术之前，见着他的知道，精神够多健旺，面色够多光采。协和最能干的大夫替他下了不容疑义的诊断，说割了一个腰子病就去根。腰子割了病没有割。那么病原在牙；再割牙，从一根割起割到七根，病还是没有割。那么病在胃吧；饿瘪了试试——人瘪了，病还是没有瘪，那究竟为什么出血呢？最后的答话其实是太妙了，说是无原因的出血：Essential Hoematuria。所以闹了半天的发见是既不是肾脏肿疡（Kidney Tarmour）又不是齿牙一类的作祟：原因是无原因的！我们是完全外行，怎懂得这其中的玄妙，内行错了也只许内行批评，那轮着外行多嘴！但这是协和的责任心，这是他们的见解，他们的本领手段！

后面附着梁仲策先生的笔记，关于这次医治的始末，尤其是当事人的态度，记述甚详，不少耐人寻味的地方，你们自己看去，我不来多加案语。但一点是分明的，协和当事人免不了诊断疏忽的责备。我们并不完全因为梁先生是梁先生所以特别提出讨论，但这次因为是梁先生在协和已经是特别卖力气，结果尚不免几乎出大乱子，我们对于协和的信仰，至少我个人的，多少不免有修正的必要了。“尽信医则不如无医”，诚哉是言也！但我们却不愿一班人因此而发生出轨的感想：就是对医学乃至科学本身怀疑，那是错了，当事人也许有时没交代，但近代医学是有交代的，我们决不能混为一谈。并且外行终究是外行，难说梁先生这次的经过，在当事人自有一种折服人的说法，我们也不得而知。但假如有理可说的话，我们为协和计，为替梁先生割腰子的大夫计，为社会上一般人对协和乃至西医的态度计，正巧梁先生的医案已经几于尽人皆知，我们即不敢要求，也想望协和当事人能给我们一个相当的解说。让我们外行借此长长见识也是好的！

要不然我们此后岂不个个人都得踌躇着：

我们病了怎么办？

附：梁仲策《病院笔记》

今日为四月十二日，任兄出协和，在院凡三十五日，彼之病至此遂告一结束，余得而论次之矣。平心而论，余实不能认为协和医生之成功，只能谓之为束手。质而言之，即世界之医学，仍甚幼稚而已。科学万能，或为千百年后之事实，但必不在现代耳。剖治之当日，力舒东谓余曰：下午五时许，当可将割出之腰肾查得其病源矣。五时半，余在协和见刘瑞恒，询以此事，彼云该更历两日，后数日余再问之，答亦如前。此后余亦不复问，盖问之及，彼亦何尝不可用自己之理想造一方案以相告，所望宿病既除，从此健康耳。即不然，则已覆之甑，顾亦何益。后再历十余日，余见该院医生之举动诡异，于心窃有所疑，乃覆追求其故，始知割后二十余日，尿中依然带血也。剖治时余未参观，但据力舒东之言，则当腰肾割出时，环视诸人皆愕然。力与刘作一谐语曰："非把他人之肾错割乎?" 刘曰："分明从右胁剖开，取出者当然是右肾；焉得有错。" 乃相视而笑。力又云，作副手之美国大夫，亦发一简单之语曰："吾生平所未之见也。" 以此证之，则取出之肾：颜色与形状，一如常人，绝无怪异可知。继乃将此肾中剖之，则见中有一黑点，大如樱桃，即从照片上所见，疑以为瘤者，即此物也。未入协和之先，用牛七杜仲之吴桃三，谓此病非急症，任其流血二三十年，亦无所不可。入院之后，医生谓已发见得有贫血之象征，身上之白血轮，较于常人，已少却五分之一，不亟治，则将成一人造之贫血症，而日就衰弱也。迨既割而血仍不止，病源亦复不可得，遂令余等得闻一新颖之名词，谓此乃"无理由之出血症" 与流鼻血略相似，任其流二三十年亦不相干。计人之流鼻血，或以血热，或以虚弱，或以震动，固各自有其理由。且血既不应出而出，当然是病的状态，天下岂有无理由之病，或公等未知其理由耳。且初入院时，谓血轮已少却五分之一，不亟治，将即死。今则曰，此等无理由之出血，流二三十年亦无伤。前何所见而后何所据，自相予盾，一至于此。辛苦数十日，牺牲身体上之一机件，所得之结果，乃仅与中医之论断相同耶。中医之理想，虽不足以服病人，然西医之武断，亦岂可以服中医。总而言之，同是幼稚而已。至于任兄之性情，亦复不可思议。得病已经年，家人劝彼就医，答曰"费事"，劝彼就瓶而溺，俾得交医生检查，答曰"费事"，如是不下数十次。迨未入协和之前一日，彼由清华来，余见其颜色有异，议论反常。后乃知其忽自疑为癌 Cancer，盖前年嫂氏之丧，乃膺此疾，故成惊弓之鸟，无端而自疑曰癌也癌也。余与彼为兄弟数十年，从未闻其作一颓唐语，今乃大异。因即促之入院再受检查，以安其心。日前在德医院，余之所以不愿其再查者，因见克礼似无甚把握，又见受蒙药时太辛苦耳。今彼之神经，若是其过敏，吾恐所受之刺激，必较甚于蒙药，乃毅然促其入协和。计彼得病以至于今，初则极端的不措意，一措意又复极端，此彼之所以为彼也。至于刘瑞恒，以手术论，不能不谓为高明。割后绝不发热，且平复速而完好，虽则病人身体之强健，医生认为有异于常人，然亦□工也。但余颇嫌其年尚轻而任事未久，似觉炉火未纯。任兄之病必非癌，虽自非医生，亦可以想象而得。若癌已蔓延至于压逼肾肌而使之出血，更历一年，而犹不感受痛苦，天下岂有此等便宜事。后以此问诸医学者，亦皆谓然。且谓若为癌也，四个月即感苦痛，压迫内脏之后，不两月间当死。此等道理，刘瑞恒岂能不知。迨检查后，谓病在右肾，越一日，余问刘曰："必非癌乎?"盖病人所最不放心者以此，家族亦因之而不放心，理之常也。而刘答曰："不一定不是癌。"余又问将以何法治之？答曰："全部割去。"医生而故作惊人语，似不应该，且未经剖视，即照片上亦未觉其变形，岂能遽断为必须全部割去？不太莽耶？试观后来彼等讨论治法之日，外科主任之所以答余问，何等周挚，彼即作刘副手之美国人也。闻此公乃一极有名之外科，未施手术之先，院中人有为余相庆者，谓此大夫两月后即返美国，君家之机会佳哉。今刘亦并未尝因手术之不良而生变，则最好亦不过如是耳，更无问题矣。但美大夫既诧割出之肾无异状，似以为不应因此而出血，设当日以彼主其事，是否竟毅然去之，不能无疑。今果已证明病源之不在此矣，此肾之被弃，能无冤乎。医生之言曰，左右肾来管本相同，中道而分为二，又复合为一管以入膀胱，二者同是排泄器，无异职也。所以如此组织者，乃上帝之美术的观念，觉得分左右列，较为整齐而已。此滑稽之言也。今幸而左肾之排泄功能，绝无障碍，则亦不必追悔矣。计划之所以越俎而动者，乃徇任兄之请，任兄之所以请刘动手者，乃国际观念，谓余之病疗于中国学者之手，国之光也。一旦感情冲动，遂不惜以身试法，亦奇矣。任兄乃最富于情感之人，此亦彼之所以为彼也。

《我的病与协和医院》附记①

梁先生这篇自述，我们敢说，一定可以消解一部分人这次对协和医院，乃至对西医本体，可能的误会；但同时我们还是诚恳的盼望本京有身分的几个医院，不仅协和，都能自此益发加勉，因为他们无私的责任心永远是病人们的恩典。我这里同时收到协大李振翩先生的来件，大意与《现代评论》第七十六期《闲话》里陈志潜君的见解相类，恕不并载。

记　者

附：梁启超《我的病与协和医院》

近来因为我的病，成了医学界小小的一个问题，北京社会最流行的读物——《现代评论》,《晨报副刊》,——关于这件事,都有所论列。我想,我自己有说几句的必要：一来，许多的亲友们，不知道手术后我的病态何如，

① 这是作者为梁启超《我的病与协和医院》写的附记；载一九二六年六月二日《晨报副刊》。采自《晨报副刊》，梁文附后。

都狠担心，我应该借这个机会报告一下。二来，怕社会上对于协和惹起误会。我应该凭我良心为相当的辩护。三来，怕社会上或者因为这件事对于医学或其他科学生出不良的反动观念。应当把我的感想和主张顺带说一说。

我的便血病已经一年多了。因为又不痛又不痒身体没有一点感觉衰弱；精神没有一点感觉颓败；所以我简直不把他当做一回事。去年下半年，也算得我全生涯中工作最努力时间中之一。六个月内，著作约十余万言；每星期讲演时间平均八点钟内外；本来未免太过了。到阳历年底，拿小便给清华校医一验，说是含有血质百分之七十，我才少为有一点着急，找德国、日本各医生看，吃了一个多月的药，打了许多的针，一点不见效验。后经各医生说："小便不含有毒菌，当然不是淋症之类。那么，只有三种病源：一是尿石，二是结核，三是肿疡物。肿疡又有两种：一是善性的——赘瘤之类；二是恶性的——癌病。但即不痛，必非尿石；既不发热，必非结核；剩下只有肿疡这一途。但非住医院用折光镜检察之后，不能断定。"因此入德国医院住了半个月。检察过三次，因为器械不甚精良，检察不出来。我便退院了。

我对于我自己的体子，向来是狠恃强的。但是，听见一个"癌"字，便惊心动魄。因为前年我的夫人便死在这个癌上头。这个病与体质之强弱无关，他一来便是要命！我听到这些话，沈吟了许多天。我想，总要彻底检查；不是他，最好；若是他，我想把他割了过后，趁他未再发以前，屏弃百事，收缩范围，完成我这部中国文化史的工作。同时我要打电报把我的爱女从美洲叫回来，和我多亲近些时候。——这是我进协和前一天的感想。

进协和后，仔细检查：第一回，用折光镜试验尿管，无病；试验膀胱，无病；试验肾脏，左肾分泌出来，其清如水；右肾却分泌鲜血。第二回，用一种药注射，医生说："若分泌功能良好，经五分钟那药便随小便而出。"注射进去，左肾果然五分钟便分泌了。右肾却迟之又久。第三回，用X光线照见右肾里有一个黑点，那黑点当然该是肿疡物。这种检察都是我自己亲眼看得狠明白的；所以医生和我都认定"罪人斯得"，毫无疑义了。至于这右肾的黑点是什么东西？医生说："非割开后不能预断；但以理推之，大约是善性的瘤，不是恶性的癌。虽一时不割未尝不可，但非割不能断根。"——医生诊断，大略如此。我和我的家族都坦然主张割治。虽然有许多亲友好意的拦阻，我也只好不理会。

割的时候，我上了迷药，当然不知道情形。后来才晓得割下来的右肾并未有肿疡物。但是割后一个礼拜内，觉得便血全清了。我们当然狠高兴。后来据医生说："那一个礼拜内并未全清，不过肉眼看不出有血罢了。"一个礼拜后，自己也看见颜色并没有十分清楚。后来便转到内科。内科医生几番再诊查的结果，说是"一种无理由的出血，与身体绝无妨害，不过血管稍带硬性，食些药把他变软就好了"。——这是住协和三十五天内所经过的情形。

出院之后，直到今日，我还是继续吃协和的药。病虽然没有清楚，但是比未受手术以前的确好了许多。从前每次小便都有血，现在不过隔几天偶然一见。从前红得可怕，现在虽偶发的时候，颜色也狠淡。我自己细细的试验，大概走路稍多，或睡眠不足，便一定带血。只要静养，便与常人无异。想我若是真能抛弃百事绝对的休息，三两个月里，应该完全复原，至于其他的病态，一点都没有。虽然经过狠重大的手术，因为医生的技术精良，我的体子本来强壮，割治后十天，精神已经如常，现在越发健实了。敬告相爱的亲友们，千万不必为我忧虑。

右肾是否一定该割，这是医学上的问题，我们门外汉无从判断。但是那三次诊断的时候，我不过受局部迷药，神志依然清楚；所以诊查的结［果］，我是逐层逐层看得狠明白的。据那时候的看法，罪在右肾，断无可疑，后来回想，或者他"罪不至死"或者"罚不当其罪"也未可知，当时是否可以"刀下留人"除了专门家，狠难知道。但是右肾有毛病，大概无可疑。说是医生孟浪，我觉得是冤枉。

"无理由的出血"这句话，本来有点非科学的。但是我病了一年多，精神如故，大概"与身体无妨害"这句话是靠得住了。理由呢，据近来我自己的实验，大概心身的劳动，总和这个病有些关系。或者这便是"无理由的理由"。

协和这回对于我的病，实在狠用心。各位医生经过多次讨论，异常郑重。住院期间，对于我十二分恳切。我真是出于至诚的感谢他们。协和组织完善，研究精神及方法，都是最进步的，他对于我们中国医学的前途，负有极大的责任和希望。我住院一个多月，令我十分感动，我希望我们言论界对于协和常常取奖进的态度，不可取摧残的态度。

科学呢，本来是无涯涘的。牛顿临死的时候说："他所得的智识，不过像小孩子在海边拾几个蚌壳一般。海上的‘宗庙之美，百官[①] 之富’，还没有看到万分之一。”这话真是对。但是我们不能因为现代人科学智识还幼稚，便根本怀疑到科学这样东西。即如我这点小小的病，虽然诊查的结果，不如医生所预期，也许不过偶然例外。至于诊病应该用这种严密的检察，不能像中国旧医那些“阴阳五行”的瞎猜，这是毫无比较的余地的。我盼望社会上，别要借我这回病为口实，生出一种反动的怪论，为中国医学前途进步之障碍。——这是我发表这篇短文章的微意。

① “官”疑为“宫”。

《江绍原先生来函》附言[①]

《古代的冠礼》将脱稿，约两万字！请即寄下。

志摩

附：江绍原先生来函（部分）

志摩兄：

今天我买到罗叔言（振玉）先生的《殷商贞卜文字考》，见卷末《余说》部说起古器多涂朱墨，此事与衅似有可以互相发明之处，特将罗书抄录于下，阅后乞在《晨副》披露，以饷拙著《古代的冠礼》的读者。[中略——本全集编者注。] 我买书的钱，出于你给的稿费，附笔志感，即颂撰祺。

绍原

① 这是作者为《江绍原先生来函》写的附言；载一九二六年六月二日《晨报副刊》，署名志摩；一九八八年一月陕西人民出版社《徐志摩研究资料》存目。《古代的冠礼》是江绍原的文章。《江绍原先生来函》附后。

小启一则[①]

张家瑞、钱寿二君鉴：请示详址，以便送函。前开地址均未递到。

① 载一九二六年六月二日《晨报副刊》，未署名。题名是编者拟的。

《诗刊》放假[①]

《诗刊》以本期为止，暂告收束。此后本刊地位，改印《剧刊》，详情另文发表。

《诗刊》暂停的原由，一为在暑期内同人离京的多，稿事太不便，一为热心戏剧的几个朋友，急于想借本刊地位，来一次集合的宣传的努力，给社会上一个新剧的正确的解释，期望引起他们对于新剧的真纯的兴趣；诗与剧本是艺术中的姊妹行，同人当然愿意暂时奉让这个机会。按我们的预算，想来十期或十二期剧刊，此后仍请诗刊复辟，假如这初期的试验在有同情的读者们看来还算是有交代的话。

《诗刊》总共出了十一期，在这期间内我们少数同人的工作，该得多少分数，当然不该我们自己来擅自评定：我们决不来厚颜表功；但本刊既然暂行结束，我们正不妨回头看看：究竟我们做了点儿什么？

① 一九二六年六月八日作；载一九二六年六月十日《晨报副刊·诗镌》第十一期，署名志摩；又载一九三五年上海良友图书印刷公司版《中国新文学大系·史料索引》集；初收一九六九年台湾传记文学出版社《徐志摩全集》第六辑。采自《晨报副刊》。

因为开篇是我唱的，这尾声（他们说）也得我来。实际上我虽则忝居编辑的地位，我对诗刊的贡献，即使有，也是无可称的。在同人中最卖力气的要首推饶孟侃与闻一多两位；朱湘君，凭他的能耐与热心，应分是我们这团体里的大将兼先行，但不幸（我们与读者们的不幸）他中途误了卯，始终没有赶上，这是我们觉得最可致憾的；但我们还希冀将来重整旗鼓时，他依旧会来告奋勇，帮助我们作战。我们该得致谢邓以蛰余上沅两位先生各人给我们一篇精心撰作的论文；这算是我们借来的“番兵”。杨子惠孙子潜两位应受处分，因为他们也是半涂失散，不曾尽他们应尽的责任；他们此时正在西湖边乘凉作乐，却忘了我们还在这大热天的京城里奋斗。说起外来的投稿，我们早就该有声明：来稿确是不少，约计至少在二百以上，我们一面感谢他们的盛意，一面道歉不曾如量采用，那在事实上是不可能的。在选稿上，我们有我们的偏见是不容讳言的，但是天知道，我们决不曾存心“排外”！这一点我们得求曾经惠稿诸君的亮恕。

但我们究竟做了点儿什么，这是问题。第一在理论方面，我们讨论过新诗的音节与格律。我们甘脆承认我们是“旧派”——假如“新”的意义不能与“安那其”的意义分离的话。想是我们的天资低，想是我们“犯贱”，分明有了时代解放给我们的充分自由不来享受，却甘心来自造镣铐给自己套上；放着随口曲的真新诗不做，却来试验什么画方豆腐干式一类的体例！一多分明是我们中间最乐观的，他说：“新诗的音节……确乎有了一种具体的方式可寻。这种音节的方式发现以后，我断言新诗不久定要走进一个新的建设的时期了。无论如何，我们应该承认这在新诗的历史里是一个轩然大波。这一个大波的荡动是进步还是退化，不久也就自有定论。”这话不免有点“老气”的嫌疑，许有狠多人不能附和这乐观论，这是当然的；但就最近的成绩看，至少我们不该气馁，这发见虽则离完成，期许还远著，但决不能说这点子端倪不是一个强有力的奖励。只要你有勇气不怕难，凭这点子光亮往前续续的走去，不愁走不出道儿来；绕弯，闪腿，刺脚，一类的事，都许有的，但不碍事，希望比困难大得多！

再说具体一点，我们觉悟了诗是艺术；艺术的涵义是当事人自觉的运用某种题材，不是不经心的一任题材的支配。我们也感觉到一首诗应分是一个有生机的整体，部分与部分相关连，部分对全体有比例的一种东西；正如一个人身的秘密是它的血脉的流通，一首诗的秘密也就是它的内含的音节，匀整与流动。这当然是原则上极粗浅的比喻，实际上的变化与奥妙是讲不尽也说不清的，那还得做诗人自己悉心体会去。明白了诗的生命是在它的内在的音节（Internal rhythm）的道理，我们才能领会到诗的真的趣味；不论思想怎样高尚，情绪怎样热烈，你得拿来澈底的“音节化”（那就是诗化）才可以取得诗的认识，要不然思想自思想，情绪自情绪，却不能说是诗。但这原则却并不在外形上制定某式不是诗某式才是诗；谁要是拘拘的在行数字句间求字句的整齐，我说他是错了。行数的长短，字句的整齐或不整齐的决定，全得凭你体会到的音节的波动性；这里先后主从的关系在初学的最应得认清楚，否则就容易陷入一种新近已经流行的谬见，就是误认字句的整齐（那是外形的）是音节（那是内在的）的担保。实际上字句间尽你去剪裁个齐整，诗的境界离你还是一样的远着；你拿车辆放在牲口的前面，你那还赶得动你的车？我们还可以进一步说，正如字句的排列有恃于全诗的音节，音节的本身还得起原于真纯的“诗感”。再拿人身作比，一首诗的字句是身体的外形，音节是血脉，“诗感”或原动的诗意是心脏的跳动，有它才有血脉的流转。要不然“他戴了一顶草帽到街上去走，/碰见了一只猫，又碰见一只狗”一类的谐句都是诗了！我不惮烦的疏说这一点，就为我们，说也惭愧，已经发见了我们所标榜的“格律”的可怕的流弊！谁都会运用白话，谁都会切豆腐似的切齐字句，谁都能似是而非的安排音节——但是诗，它连影儿都没有和你见面!

所以说来我们学做诗的一开步就有双层的危险，单讲“内容”容易落了恶滥的“生铁门笃儿主义”或是“假哲理的唯晦学派”；反过来说，单讲外表的结果只是无意义乃至无意识的形式主义。就我们诗刊的榜样说，我们为要指摘前者的弊病，难免有引起后者弊病的倾向，这是我们应分时刻引以为戒的。关于这点《诗刊》第八期上钟天心君给我们的诤言是值得注意的。

我已经多占了篇幅，赶快得结束这尾声。在理论上我们已经发挥了我们的“大言”，但我们的作品终究能跟到什么地位，我此时实在不敢断言。就我自己说，我开头是瞎摸，现在还是瞎摸，虽则我受《诗刊》同人的鼓励是不可量的。在我们刊出的作品中，可以“上讲坛”的虽则不多，总还有；就我自己的偏好说，我最喜欢一多三首诗。《春光》，《死水》，都是完全站得住的；《黄昏》的意境，也是上乘，但似乎还可以改好。孟侃从踢球变到做诗，只是半年间的事，但他运用诗句的纯熟，已经使我们老童生们有望尘莫及的感想，一多说是“奇迹”，谁说不是？但我们都还是学徒，谁知道谁有出师那天的希望？我们各自勉力上进吧!

最后我盼望将来继续《诗刊》或是另行别种计划的时候，我们这几个朋友依旧能保持这次合作的友爱的精神。

星二侵晨鸡啼雀噪时

《剧刊》始业[①]

歌德（Goethe）一生轻易不生气，但有一次他真的恼了。他当时是槐马（Weimar[②]）剧院的“总办”，什么事都得听他指挥，但有一天他突然上了辞职书，措辞十分的愤慨。为的是他听说“内庭”要去招一班有名的狗戏到槐马来在他的剧场里开演！这在他是一种莫大的耻辱，绝对不能容忍。什么？哈姆雷德，华伦斯丹，衣飞琴妮等出现的圣洁的场所，可以随便让狗子们的蹄子给踹一个稀脏！

我们在现代的中国却用不著着急。戏先就是游戏，唱戏是下流，管得台上的是什么蹄子？这“说不得”的现象里包含的原因当然是不简单，但就这社会从不曾把戏剧看认真，在他们心目中从没有一个适当的“剧”的观念的一点，就够碍路。真碍路！同时我们回过头来想在所谓创作界里找一个莫利哀，一个莎士比亚，一个席勒，一个槐格纳，或是一个契诃甫的七分

① 一九二六年六月十五日（端午后一日）作；载一九二六年六月十七日《晨报副刊·剧刊》第一期，署名志摩；初收一九六九年台湾传记文学出版社《徐志摩全集》第六辑。采自《晨报副刊·剧刊》。

② Weimar：今译魏玛。歌德曾在魏玛公国担任许多职务。

之一的影子……一个永远规不正的圈子，那头你也拿不住。

这年头，这世界也够叫人挫气，那件事不是透里透？好容易你从你冷落极了的梦底里捞起了一半轮的希望，像是从山谷里采得了几茎百合花，但是你往那里安去，左右没有安希望的瓶子，也没有养希望的净水，眼看这鲜花在你自己的手上变了颜色，一瓣瓣的往下萎，黄了，焦了，枯了，吊了，结果只是伤惨!

谁说我们这群人不是梦人，不是傻子？但在完全决别我们的梦境以前，在完全投降给绝望以前，我们今天又捞著了一把希望的鲜花，最后的一把，想拿来供养在一个艺术的瓶子里，看它有没有生命的幸运。这再要是完事，我们也就从此完事了。

戏剧是艺术的艺术。因为它不仅包含诗，文学，画，雕刻，建筑，音乐，舞蹈各类的艺术，它最主要的成分尤其是人生的艺术。古希［腊］的大师说艺术是人生的模仿，近代的评衡家说艺术是人生的批评：随你怎样看法，那一样艺术能有戏剧那样集中性的，概包性的，“模仿”或是“批评”人生？如其艺术是激发乃至赋与灵性的一种法术，那一样艺术有戏剧那样打得透，钻得深，摇得猛，开得足？小之震荡个人的灵性，大之摇撼一民族的神魂，已往的事绩曾经给我们明证，戏剧在各项艺术中是一个最不可错误的势力。

但戏是要人做，有舞台来演的；戏尤其是集合性的东西，你得配合多数人不同的努力才可以收获某种期望的效果，不比是一首诗或是一幅画可能由一个人单独做成的。先不说它那效力有多大，一个戏的成功是一件极复杂，极柔纤，极繁琐，不容有一丝漏缝的一种工作：一句话声调的高矮，一盏灯光线的强弱，一种姿势的配合，一扇门窗的位置，在一个戏里都占有不容含糊的重要。这幻景，这演台上的“真”，是完全人造的，但一极小部分的不到家往往可以使这幻景的全体破裂。这不仅是集合性的艺术，这也是集合性的技术。技术的意思是够格的在行。

我们有几个朋友，对于戏剧的技术（不说艺术）多少可以说是在行，虽则够格不够格还得看下文。我们想合起来做一点事。这回不光是“写”一两个剧本，或是“做”一两次戏就算完事；我们的意思是要在最短的期内办起一个“小剧院”——记住，一个剧院。这是第一部工作；然后再从小剧院作起点，我们想集合我们大部分可能的精力与能耐从事戏剧的艺术。我们现在已经有了小小的根据地，那就是艺专的戏剧科，我们现在借晨副地位发行每周的《剧刊》，再下去就盼望小剧院的实现。这是我们几个梦人梦想中的花与花瓶。我这里单说我们这《剧刊》是怎么回事。

第一是宣传：给社会一个剧的观念，引起一班人的同情与注意，因为戏剧这件事没有社会相当助力是永远做不成器的。第二是讨论：我们不限定派别，不论那一类表现法，只要它是戏剧范围内的，我们都认为有讨论的价值，同时，当然，我们就自以为见得到的特别拿来发挥，只是我们决不在中外新旧间在讨论上有什么势利的成心。第三是批评与介绍：批评国内的剧本，已有的及将来的；介绍世界的名著。第四是研究：关于剧艺各类在行的研究，例如剧场的布置，配景学，光影学，导演术等等，这是大概；同时我们也征求剧本，虽则为篇幅关系，不能在本刊上发表。我们的打算另出丛书，印行剧本以及论剧的著作，详细的办法随后再发表。

最后我个人还有一点感想。我今天替《剧刊》闹场，不由的不记起三年前初办新月社时的热心。最初是“聚餐会”，从聚餐会产生“新月社”，又从新月社产生“七号”的俱乐部，结果大约是“俱不乐部”！这来切题的唯一成绩就只前年四月八日在协和演了一次泰谷尔的《契玦珰》，此后一半是人散，一半是心散，第二篇文章就没有做起。所以在事实上看分明是失败，但这也并不是无理可说：我们当初凭藉的只是一股空热心，真在行人可是说绝无仅有——只有张仲述一个。这回我的胆又壮了起来也不是无理可说，因这回我们不仅有热心，加倍的热心，并且有真正的行家，这终究是少不了的。阿，我真高兴，我希望——但这是不用说的。说来我自己真叫是惭愧，因为我始终只是一介摇旗呐喊的小兵。我于戏是一个嫡亲外行，既不能编，又不能演，实际的学问更不必问：我是绝对的无用的一个，阿，但是，要是知道我的热心，朋友，我的热心……

端节后一日

《落叶》序[①]

这是我的散文集，一半是讲演稿：《落叶》是在师大，《话》在燕大，《海滩上种花》在附属中学，讲的。《青年运动》与《政治生活与王家三阿嫂》是为始终不曾出世的“理想”写的；此外三篇——《论自杀》，《列宁忌日——谈革命》，《守旧与“玩”旧》——都是先后在晨报副刊上登过的。原来我想加入的还有四篇东西：一是《吃茶》，平民中学的讲演，但原稿本来不完全，近来几次搬动以后，连那残的也找不到了；一是《论新文体》，原稿只剩了几页，重写都不行；还有两篇是英文，一是曾登《创造月刊》的《艺术与人生》，一是一次“文友会”的讲演——“Personal Impressions of H. G. Wells, Edward Carpenter, and Katherine Mansfield”[②]——但如今看来都有些面目可憎，所以决意给割了去。

我的懒是没法想的，要不为有人逼著我，我是决不会自己发心来印什么书。促成这本小书，是孙伏园兄与北新主人李小

① 一九二六年六月二十八日作；载一九二六年七月三日《晨报副刊》；署名志摩；初收一九二六年六月北京北新书局《落叶》。采自《落叶》。

② 《关于H·G·威尔斯、爱德华·卡彭特和凯瑟林·曼斯菲尔德的个人印象》。

峰兄，我不能不在此谢谢他们的好意与助力。

这书的书名，有犯抄袭的嫌疑，该得声明一句。《落叶》是前年九月间写的，去年三月欧行前伏园兄问我来印书，我就决定用那个名子，不想新近郭沫若君印了一部小说也叫《落叶》，我本想改，但转念同名的书，正如同名的人，也是常有的事，没有多大关系，并且北新的广告早一年前已经出去，所以也就随它。好在此书与郭书性质完全异样，想来沫若兄气量大，不至拿冒牌顶替的罪名来加给我吧。末了，我谢谢我的朋友一多因为他在百忙中替我制了这书面的图案。

上面是作者在这篇序里该得声明的话；我还想顺便添上几句不必要的。我印这本书，多少不免踌躇。这样几篇杂凑的东西，值得印成书吗？我是个为学一无所成的人，偶尔弄弄笔头也只是随兴，那够得上说思想？就这书的内容说，除了第一篇《落叶》反映前年秋天一个异常的心境多少有点分量或许还值得留，此外那几篇都不能算是满意的文章，不是质地太杂，就是笔法太乱或是太松，尤其是《话》与《青年运动》两篇，那简直是太“年轻”了，思想是不经爬梳的，字句是不经洗炼的，就比是小孩拿木片瓦块放在一堆，却要人相信那是一座皇宫——且不说高明的读者，就我这回自己校看的时候，也不免替那位大胆厚颜的“作者”捏一大把冷汗！

我有一次问顾颉刚先生他一天读多少时候书。他说除了吃饭与睡觉！我们可以想像我们《古史辨》的作者就在每天手拿著饭箸每晚头放在枕上的时候还是念念不忘他的“禹”与他的“孟姜女”！这才是做学问；像他那样出书才可以无愧。像我这样人那里说得上？我虽则未尝不想学好，但天生这不受羁绊的性情，一方在人事上未能绝俗，一方在学业上又不曾受过站得住的训练，结果只能这“狄来哨”式的东拉西凑；近来益发感觉到活力的单薄与意识的虚浮，比如阶砌间的一凹止水，暗涩涩的时刻有枯竭的恐怖，那还敢存什么“源远流长”的妄想？

六月二十八日　北京

话[①]

绝对的值得一听的话，是从不曾经人口说过的；比较的值得一听的话，都在偶然的低声细语中；相对的不值得一听的话，是有规律有组织的文字结构；绝对不值得一听的话，是用不经修练，又粗又蠢的嗓音所发表的语言。比如：正式会集的演说，不论是运动女子参政或是宣传色彩鲜明的主义；学校里讲台上的演讲，不论是山西乡村里训阎阉圣人用民主义的冬烘先生的法宝，或是穿了前红后白道袍方巾的博士衣的瞎扯；或是充满了烟士披里纯开口天父闭口阿门的讲道——都是属于我所说最后的一类：都是无条件的根本的绝对的不值得一听的话。历代传下来的经典，大部分的文学书，小部分的哲学书，都是末了第二类——相对的不值得一听的话。至于相对的可听的话，我说大概都在偶然的低声细语中：例如真诗人梦境最深——诗人们除了做梦再没有正当的职业——神魂远在祥云漂渺之间那时候随意吐露出来的零句断片，英国大诗人宛茨渥士所谓茶壶煮沸时嗤嗤的微音；最可以象征入神的诗境——例如

① 写作时间和发表报刊不详；初收一九二六年六月北京北新书局版《落叶》。

李太白的我醉欲眠卿且去，明朝有意抱琴来，或是开茨的 Then I shut her wild, wild eyes with kisses four,① 你们知道宛茨渥士和雪莱他们不朽的诗歌，大都是在田野间，海滩边，树林里，独自徘徊着像离魂病似的自言自语的成绩；法国的波特莱亚，凡尔宏他们精美无比的妙句，狠多是受了烈性的麻醉剂——大麻或是鸦片——影响的结果。这种话比较的狠值得一听。还有青年男女初次受了顽皮的小爱神箭伤以后心跳肉颤面红耳赤的在花荫间，在课室内，或在月凉如洗的墓园里，含着一包眼泪吞吐出来的——不问怎样的不成片段，怎样的违反文法——往往都是一颗颗希有的珍珠，真情真理的凝晶。但诸君要听明白了，我说值得一听的话大都是在偶然的低声和语中，不是说凡是低声和语都是值得一听的，要不然外交厅屏风后的交头接耳，家里太太月底月初枕头边的小啰嗦，都有了诗的价值了！

绝对的值得一听的话，是从不曾经人口道过的。整个的宇宙，只是不断的创造；所有的生命，只是个性的表现。真消息，真意义，内蕴在万物的本质里，好像一条大河，网络似的支流，随地形的结构，四方错综着，由大而小，由小而微，由微而隐，由有形至无形，由可数至无限，但这看来极复杂的组织所表明的只是一个单纯的意义，所表现的只是一体活泼的精神；这精神是完全的，整个的，实在的；唯其因为是完全整个实在而我们人的心力智力所能运用的语言文字，只是不完全非整个的，模拟的，象征的工具，所以人类几千年来文化的成绩，也只是想猜透这大迷谜似是而非的各种的尝试。人是好奇的动物；我们的心智，便是好奇心活动的表现。这心智的好奇性便是知识的起原。一部知识史，只是历尽了九九八十一大难却始终没有望见极乐世界求到大藏真经的一部西游记。说是快

① “随后我用四个吻，闭上了她野性的眼睛。”引自济慈诗《无情的妖女》。

乐吧，明明是劫难相承的苦恼，说是苦恼，苦恼中又分明有无限的安慰。我们各个人的一生便是人类全史的缩小，虽则不敢说我们都是寻求真理的合格者，但至少我们的胸中，在现在生命的出发时期，总应该培养一点寻求真理的诚心，点起一盏寻真求理的明灯，不至于在生命的道上只是暗中摸索，不至于盲目的走到了生命的尽头，什么发见都没有。

但虽则真消息与真意义是不可以人类智力所能运用的工具——就是语言文字——来完全表现，同时我们又感觉内心寻真求知的冲动，想侦探出这伟大的秘密，想把宇宙与人生的究竟，当作一朵盛开的大红玫瑰，一把抓在手掌中心，狠劲的紧挤，把花的色，香，灵肉，和我们自己爱美爱色爱香的烈情，绞和在一起，实现一个澈底的痛快；我们初上生命和知识舞台的人，谁没有，也许多少深浅不同，浮士德的大野心，他想"discover the force that binds the world and guides its course"①，谁不想在知识界里，做一个笼卷一切的拿破仑？这种想为王为霸的雄心，都是生命原力内动的征象，也是所有的大诗人大艺术家最后成功的预兆；我们的问题就在怎样能替这一腔还在潜伏状态中的活泼的蓬勃的心力心能，开辟一条或几条可以尽情发展的方向，使这一盏心灵的神灯，一度点着以后，不但继续的有燃料的供给，而且能在狂风暴雨的境地里，益发的光焰神明；使这初出山的流泉，渐渐的汇成活泼的小涧，沿路再并合了四方来会的支流，虽则初起经过崎岖的山路，不免辛苦，但一到了平原，便可以放怀的奔流，成河成江，自有无限的前途了。

真伟大的消息都蕴伏在万事万物的本体里，要听真值得一听的话，只有请教两位最伟大的先生。

现放在我们面前的两位大教授，不是别的，就是生活本体

① 发现控制这世界，指引其进程的力量。

与大自然。生命的现象，就是一个伟大不过的神秘：墙角的草兰，岩石上的苔藓，北冰洋冰天雪地里的极熊水獭，城河边咶咶叫夜的水蛙，赤道上火焰似沙漠里的爬虫，乃至于弥漫在大气中的微菌，大海底最微妙的生物；总之太阳热照到或能透到的地域，就有生命现象。我们若然再看深一层，不必有菩萨的慧眼，也不必有神秘诗人的直觉，但凭科学的常识，便可以知道这整个的宇宙，只是一团活泼的呼吸，一体普遍的生命，一个奥妙灵动的整体。一块极粗极丑的石子，看来像是全无意义毫无生命，但在显微镜底下看时，你就在这又粗又丑的石块里，发现一个神奇的宇宙，因为你那时所见的，只是千变万化颜色花样各各不同的种种结晶体，组成艺术家所不能想像的一种排列；若然再进一层研究，这无量数的凝晶各个的本体，又是无量数更神奇不可思议的电子所组成：这里面又是一个Cosmos[①]，仿佛灿烂的星空，无量数的星球同时在放光辉在自由地呼吸着。

但我们决不可以为单凭科学的进步就能看破宇宙结构的秘密。这是不可能的。我们打开了一处知识的门，无非又发现更多还是关得紧紧的，猜中了一个小迷谜，无非从这猜中里又引起一个更大更难猜的迷谜，爬上了一个山峰，无非又发现前面还有更高更远的山峰。

这无穷尽性便是生命与宇宙的通性。知识的寻求固然不能到底，生命的感觉也有同样无限的境界。我们在地面上做人这场把戏里，虽则是霎那间的幻象，却是有的是好玩，只怕我们的精力不够，不曾学得怎样玩法，不怕没有相当的趣味与报酬。

所以重要的在于养成与保持一个活泼无碍的心灵境地，利

① Cosmos：宇宙。

用天赋的身与心的能力，自觉的尽量发展生活的可能性。活泼无碍的心灵境界：比如一张绷紧的弦琴，挂在松林的中间，感受大气小大快慢的动荡，发出高低缓急同情的音调。我们不是最爱自由最恶奴从吗？但我们向生命的前途看时，恐怕不易使我们乐观，除了我们一点无形无踪的心灵以外，种种的势力只是强迫我们做奴做隶的势力：种种对人的心与责任，社会的习惯，机械的教育，沾染的偏见，都像沙漠的狂风一样，卷起满天的砂土，不时可以把我们可怜的旅行人整个儿给埋了！

这就是宗教家出世主义的大原因，但出世者所能实现的至多无非是消极的自由，我们所要的却不止此。我们明知向前是奋斗，但我们却不肯做逃兵，我们情愿将所有的精液，一齐发泄成奋斗的汗，与奋斗的血，只要能得最后的胜利，那时尽量的痛苦便是尽量的快乐。我们果然能从生命的现象与事实里，体验到生命的实在与意义；能从自然界的现象与事实里，领会到造化的实在与意义，那时随我们付多大的价钱，也是值得的了。

要使生命成为自觉的生活，不是机械的生存，是我们的理想。要从我们的日常经验里，得到培保心灵扩大人格的资养，是我们的理想。要使我们的心灵，不但消极的不受外物的拘束与压迫，并且永远在继续的自动，趋向创作，活泼无碍的境界，是我们的理想。使我们的精神生活，取得不可否认的实在，使我们生命的自觉心，像大雪天滚雪球一般的愈滚愈大，不但在生活里能同化极伟大极深沈与极隐奥的情感，并且能领悟到大自然一草一木的精神，是我们的理想。使天赋我们灵肉两部的势力，尽性的发展，趋向最后的平衡与和谐，是我们的理想。

理想就是我们的信仰，努力的标准，果然我们能运用想像力为我们自已悬拟一个理想的人格，同时运用理智的机能，认定了目标努力去实现那理想，那时我们在奋斗的经程中，一定可以得到加倍的勇气，遇见了困难，也不至于失望，因为明知是题中应有的文章，我们的立身行事，也不必迁就社会已成的习惯与法律的范围，而自能折中于超出寻常所谓善恶的一种更高的道德标准；我们那时便可以借用李太白当时躲在山里自得其乐时答复俗客的妙句，落花流水杳然去，别有天地非人间！

我们也明知这不是可以偶然做到的境界；但问题是在我们能否见到这境界，大多数人只是不黑不白的生，不黑不白的死，耗费了不少的食料与饮料，耗费了不少的时间与空间，结果连自己的臭皮囊都收拾不了，还要连累旁人；能见到的人已经不少，见到而能尽力做去的人当然更少，但这极少数人却是文化的创造者，便能在梁任公先生说的那把宜兴茶壶里留下一些不磨的痕迹。

我个人也许见识太偏僻了，但我实在不敢信人为的教育，他动的训练，能有多大的价值：我最初最后的一句话，只是“自身体验去”，真学问真知识决不是在教室中书本里所能求得的。

大自然才是一大本绝妙的奇书，每张上都写有无穷无尽的意义，我们只要学会了研究这一大本书的方法，多少能够了解他内容的奥义，我们的精神生活就不怕没有资养，我们理想的人格就不怕没有基础。但这本无字的天书决不是没有相当的准备就能一目了然的：我们初识字的时候，打开书本子来，只见白纸上画的许多黑影，那里懂得什么意义。我们现有的道德教育里那一条训条，我们不能在自然界感到更深彻的意味，更亲切的解释？每天太阳从东方的地平上升，渐渐的放光，渐渐的放彩，渐渐的驱散了黑夜，扫荡了满天沉闷的云雾，霎刻间临照四方，光满大地，这是何等的景象？夏夜的星空，张着无量数光芒闪铄的神眼，衬出浩渺无极的苍穹，这是何等的伟大景象？大海的涛声不住的在呼啸起落，这是何等伟大奥妙的景象？高山顶上一体的纯白，不见一些杂色，只有天气飞舞着，云彩变幻着，这又是何等高尚纯粹的景象？小而言之，就是地上一颗极贱的草花，他在春风与艳阳中摇曳着，自有一种庄严愉快的神情，无怪诗人见了，甚至内感“非涕泪所能宣泄的情绪”。宛茨渥士说的自然“大力回容，有镇驯矫饬之功”，这是我们的真教育。但自然最大的教训，尤在“凡物各尽其性”的现象。玫瑰是玫瑰，海棠是海棠，鱼是鱼，鸟是鸟，野草是野草，流水是流水，各有各的特性，各有各的效用，各有各的意义。仔细的观察与悉心体会的结果，不由你不感觉万物造作之神奇，不由你不相信万物的底里是有一致的精神流贯其间，宇宙是合理的组织，人生也无非这大系统的一个关节。因此我们也感想到人类也许是最无出息的一类。一茎草有他的妩媚，一块石子也有他的特点，独有人反只是庸生庸死，大多数非但终身不能发挥他们可能的个性，而且遗下或是丑陋或是罪恶一类不洁净的踪迹，这难道也是造物主的本意吗？

我前面说过所有的生命只是个性的表现。只要在有生的期间内，将天赋可能的个性尽量的实现，就是造化旨意的完成。我这几天在留心我们馆里的月季花，看他们结苞，看他们开放，看他们逐渐的盛开，看他们逐渐的憔悴，逐渐的零落。我初动的感情觉得是可悲，何以美的幻象这样的易灭，但转念却觉得不但不必为花悲，而且感悟了自然生生不已的妙意。花的责任，就在集中她春来所吸受阳光雨露的精神，开成色香两绝的好花，精力完了便自落地成泥，圆满功德，明年再来过。只有不自然的被摧残了，不能实现他自傲色香的一两天，那才是可伤的耗费。

不自然的杀灭了发长的机会，才是可惜，才是违反天意。我们青年人应该时时刻刻把这个原则放在心里。不能在我生命里实现人之所以为人，我对不起自己。在为人的生活里不能实现我之所以为我，我对不起生命；这个原则我们也应该时时放在心里。

我们人类最大的幸福与权力，就是在生活里有相当的自由活动，我们可以自觉的调剂，整理，修饰，训练我们生活的态度，我们既然了解了生活只是个性的表现，只是一种艺术，就应得利用这一点特权将生活看作艺术品，谨慎小心的做去。运命论我们是不相信的，但就是相面算命先生也还承认心有改相致命的力量。环境论的一部分我们不得不承认，但是心灵支配环境的可能，至少也与环境支配生活的可能相等，除非我们自愿让物质的势力整个儿扑灭了心灵的发展，那才是生活里最大的悲惨。

我们的一生不成材不碍事，材是有用的意思；不成器也不碍事，器也是有用的意思。生活却不可不成品，不成格，品格就是个性的外现，是对于生命本体，不是对于其余的标准，例如社会家庭——直接担负的责任；橡树不是榆树，翠鸟不是鸽子，各有各的特异的品格。在造化的观点看来，橡树不是为柜子衣架而生，鸽子也不是为我们爱吃五香鸽子而存，这是他们偶然的用或被利用，物之所以为物的本义是在实现他天赋的品性，实现内部精力所要求的特异的格调。我们生命里所包涵的活力，也不问你在世上做将做相做资本家做劳动者做国会议员做大学教授，而只要求一种特异品格的表现，独一的，自成一体的，不可以第二类相比称的，犹之一树上没有两张绝对相同的叶子，我们四万万人里也没有两个相同的鼻子。

而要实现我们真纯的个性，决不是仅仅在外表的行为上务为新奇务为怪僻——这是变性不是个性——真纯的个性是心灵的权力能够统制与调和身体，理智，情感，精神种种造成人格的机能以后自然流露的状态，在内不受外物的障碍，像分光镜似的灵敏，不论是地下的泥砂，不论是远在万万里外的星辰，只要光路一对准，就能分出他光浪的特性；一次经验便是一次发明，因为是新的结合，新的变化。有了这样的内心生活，发之于外，当然能超于人为的条例而能与更深奥却更实在的自然规律相呼应，当然能实现一种特异的品与格，当然能在这大自然的系统里尽他特异的贡献，证明他自身的价值。懂了物各尽其性的意义再来观察宇宙的事物，实在没有一件东西不是美的，一叶一花是美的不必说，就是毒性的虫比如蝎子比如蚂蚁都是美的。只有人，造化期望最深的人，却是最辜负的，最使人失望的，因为一般的人，都是自暴自弃，非但不能尽性，而且到底总是糟蹋了原来可以为美可以为善的本质。

惭愧呀，人！好好一个可以做好文章的题目，却被你写做一篇一窍不通的滥调；好好一个画题，好好一张帆布，好好的颜色，都被你涂成奇丑不堪的滥画；好好的雕刀与花岗石，却被你断成荒谬恶劣的怪像！好好的富有灵性可以超脱物质与普遍的精神共化永生的生命，却被你糟蹋亵渎成了一种丑陋庸俗卑鄙龌龊的废物！

生活是艺术。我们的问题就在怎样的运用我们现成的材料，实现我们理想的作品；怎样的可以像密仡郎其罗一样，取到了一大块矿山里初开出来的白石，一眼望过去，就看出他想像中的造像，已经整个的嵌稳著，以后只要下打开石子把他不受损伤的取了出来的工夫就是。所以我们再也不要抱怨环境不好不适宜，阻碍我们自由的发展，或是教育不好不适宜，不能奖励我们自由的发展。发展或是压灭，自由或是奴从，真生命或是苟活，成品或是无格——一切都在我们自己，全看我们在青年时期有否生命的觉悟，能否培养与保持心灵的自由，能否自觉的努力，能否把生活当作艺术，一笔不苟的做去。我所以回反重复的说明真消息真意义真教育决非人口或书本子可以宣传的，只有集中了我们的灵感性直接的一面向生命本体，一面向大自然耐心去研究，体验，审察，省悟，方才可以多少了解生活的趣味与价值与他的神圣。

因为思想与意念，都起于心灵与外象的接触：创造是活动与变化的结果。真纯的思想是一种想像的实在，有他自身的品格与美，是心灵境界的彩虹，是活著的胎儿。但我们同时有智力的活动，感动于内的往往有表现于外的倾向——大画家米莱氏说，深刻的印象往往自求外现，而且自然的会寻出最强有力的方法来表现——结果无形的意念便化成有形可见的文字或是有声可闻的语言，但文字语言最高的功用就在能象征我们原来的意念，他的价值也止于凭藉符号的外形暗示他们所代表的当时的意念。而意念自身又无非是我们心灵的照海灯偶然照到实在的海里的一波一浪或一岛一屿。文字语言本身又是不完善的工具，再加之我们运用驾驭力的薄弱，所以文字的表现狠难得是勉强可以满足的。我们随便翻开那一本书，随便听人讲话，就可以发现各式各样的文字障，与语言习惯障，所以既然我们自己用语言文字来表现内心的现象已经至多不过勉强的适用，我们如何可以期望满心只是文字障与语言习惯障的他人，能从呆板的符号里领悟到我们一时神感的意念。佛教所以有禅宗一派，以不言传道，是狠可寻味的——达摩面壁十年，就在解脱文字障直接明心见道的工夫。现在的所谓教育尤其是离本更远，即使教育的材料最初是有多少活的成分，但经了几度的转换，无意识的传授，只能变成死的训条——穆勒约翰说的 dead dogma[①]不是 living idea[②]，我个人所以根本不信任人为的教育能有多大的价值，对于人生少有影响不用说，就是认为灌

① dead dogma：死掉的教条。

② living idea：活着的思想。

输知识的方法，照现有的教育看来，也免不了硬而且蠢的机械性。

但反过来说，既然人生只是表现，而语言文字又是人类进化到现在比较的最适用的工具，我们明知语言文字如同政府与结婚一样是一件不可免的没奈何事，或如尼采说的是“人心的牢狱”，我们还是免不了他。我们只能想法使他增加适用性，不能抛弃了不管。我们只能做两部分的工夫，一方面消极的防止文字障语言习惯障的影响；一方面积极的体验心灵的活动，极谨慎的极严格的在我们能运用的字类里选出比较的最确切最明了最无疑义的代表。

这就是我们应该应用“自觉的努力”的一个方向。你们知道法国有个大文学家弗洛贝尔，他有一个信仰，以为一个特异的意念只有一个特异的字或字句可以表现，所以他一辈子艰苦卓绝的从事文学的日子，只是在寻求唯一适当的字句来代表唯一相当的意念。他往往不吃饭不睡，呆呆的独自坐着，绞着脑筋的想，想寻出他当心惬意的表现，有时他烦恼极了甚至想自杀，往往想出了神，几天写不成一句句子。试想像他那样伟大的天才，那样丰富的学识，尚且要下这样的苦工，方才制成不朽的文学，我们看了他的榜样不应该感动吗？

不要说下笔写，就是平常说话，我们也应有相当的用心——一句话可以泄露你心灵的浅薄，一句话可以证明你自觉的努力，一句话可以表示你思想的糊涂，一句话可以留下永久的印象。这不是说说话要漂亮，要流利，要有修词的工夫，那都是不重要的：最重要的是对内心意念的忠实，与适当的表现。固然有了清明的思想，方能有清明的语言，但表现的忠实，与不苟且运用文字的决心，也就有纠正松懈的思想与警醒心灵的功效。

我们知道说话是表现个性极重要的方法，生活既然是一个整体的艺术，说话当然是这艺术里的重要部分。极高的工夫往往可以从极小的起点做去，我们实现生命的理想，也未始不可从注意说话做起。

海滩上种花[①]

朋友是一种奢华；且不说酒肉势利，那是说不上朋友，真朋友是相知，但相知谈何容易，你要打开人家的心，你先得打开你自己的，你要在你的心里容纳人家的心，你先得把你的心推放到人家的心里去：这真心或真性情的相互的流转，是朋友的秘密，是朋友的快乐。但这是说你内心的力量够得到，性灵的活动有富余，可以随时开放，随时往外流，像山里的泉水，流向容得住你的同情的沟槽；有时你得冒险，你得化本钱，你得抵拼在巉岈的乱石间，触刺的草缝里耐心的寻路，那时候艰难，苦痛，消耗，在在是可能的，在你这水一般灵动，水一般柔顺的寻求同情的心能找到平安欣快以前。

我所以说朋友是奢华，“相知”是宝贝，但得拿真性情的血本去换，去拼。因此我不敢轻易说话，因为我自己知道我的来源有限，十分的谨慎尚且不时有破产的恐惧；我不能随便“化”。前天有几位小朋友来邀我跟你们讲话，他们的恳切折服了我，使我不得不从命，但是小朋友们，说也惭愧，我拿什么来给你们呢？

① 写作时间和发表报刊不详；初收一九二六年六月北京北新书局《落叶》。

我最先想来对你们说些孩子话，因为你们都还是孩子。但是那孩子的我到那里去了？仿佛昨天我还是个孩子，今天不知怎的就变了样。什么是孩子要不为一点活泼的天真？但天真就比是泥土里的嫩芽，天冷泥土硬就压住了它的生机——这年头问谁去要和暖的春风？

孩子是没了。你记得的只是一个不清切的影子，麻糊得紧，我这时候想起就像是一个瞎子追念他自己的容貌，一样的记不周全；他即使想急了拿一双手到脸上去印下一个模子来，那模子也是个死的。真的没了。一天在公园里见一个小朋友不提多么活动，一忽儿上山，一忽儿爬树，一忽儿溜冰，一忽儿干草里打滚，要不然就跳着憨笑；我看着羡慕，也想学样，跟他一起玩，但是不能，我是一个大人，身上穿着长袍，心里存着体面，怕招人笑，天生的灵活换来矜持的存心——孩子，孩子是没有的了，有的只是一个年岁与教育蛀空了的躯壳，死僵僵的，不自然的。

我又想找回我们天性里的野人来对你们说话。因为野人也是接近自然的；我前几年过印度时得到极刻心的感想，那里的街道房屋以及土人的体肤容貌，生活的习惯，虽则简，虽则陋，虽则不夸张，却处处与大自然——上面碧蓝的天，火热的阳光，地下焦黄的泥土，高矗的椰树——相调谐，情调，色彩，结构，看来有一种意义的一致，就比是一件完美的艺术的作品。也不知怎的，那天看了他们的街，街上的牛车，赶车的老头露着他的赤光的头颅与紫姜色的圆肚，他们的庙，庙里的圣像与神座前的花，我心里只是不自在，就仿佛这情景是一个熟悉的声音的叫唤，叫你去跟着他，你的灵魂也何尝不活跳跳的想答应一声“好，我来了，”但是不能，又有碍路的挡着你，不许你回复这叫唤声启示给你的自由。困着你的是你的教育；我那时的难受就比是一条蛇摆脱不了困住他的一个硬性的外壳——野人也给压住了，永远出不来。

所以今天站在你们上面的我不再是融会自然的野人，也不是天机活灵的孩子：我只是一个“文明人”，我能说的只是“文明话”。但什么是文明只是堕落！文明人的心里只是种种虚荣的念头，他到处忙不算，到处都得计较成败。我怎么能对着你们不感觉惭愧？不了解自然不仅是我的心，我的话也是的。并且我即使有话说也没法表现，即使有思想也不能使你们了解；内里那点子性灵就比是在一座石壁里牢牢的砌住，一丝光亮都不透，就凭这双眼望见你们，但有什么法子可以传达我的意思给你们，我已经忘却了原来的语言，还有什么话可说的？

但我的小朋友们还是逼着我来说谎（没有话说而勉强说话便是谎）。知识，我不能给；要知识你们得请教教育家去，我这里是没有的。智慧，更没有了：智慧是地狱里的花果，能进地狱更能出地狱的才采得着智慧，不去地狱的便没有智慧——我是没有的。

我正发窘的时候，来了一个救星——就是我手里这一小幅画，等我来讲道理给你们听。这张画是我的拜年片，一个朋友替我制的。你们看这个小孩子在海边砂滩上独自的玩，赤脚穿着草鞋，右手提着一枝花，使劲把它往砂里栽，左手提着一把浇花的水壶，壶里水点一滴滴的往下吊着。离着小孩不远看得见海里翻动着的波澜。

你们看出了这画的意思没有？

在海砂里种花。在海砂里种花！那小孩这一番种花的热心怕是白费的了。砂碛是养不活鲜花的，这几点淡水是不能帮忙的；也许等不到小孩转身，这一朵小花已经支不住阳光的逼迫，就得交卸他有限的生命，枯萎了去。况且那海水的浪头也快打过来了，海浪冲来时不说这朵小小的花，就是大根的树也怕站不住——所以这花落在海边上是绝望的了，小孩这番力量准是白化的了。

你们一定狠能明白这个意思。我的朋友是狠聪明的，她拿这画意来比我们一群呆子，乐意在白天里做梦的呆子，满心想在海砂里种花的傻子。画里的小孩拿着有限的几滴淡水想维持花的生命，我们一群梦人也想在现在比沙漠还要干枯比沙滩更没有生命的社会里，凭着最有限的力量，想下几颗文艺与思想的种子，这不是一样的绝望，一样的傻？想在海砂里种花，想在海砂里种花，多可笑呀！但我的聪明的朋友说，这幅小小画里的意思还不止此；讽刺不是她的目的。她要我们更深一层看。在我们看来海砂里种花是傻气，但在那小孩自己却不觉得。他的思想是单纯的，他的信仰也是单纯的。他知道的是什么？他知道花是可爱的，可爱的东西应得帮助他发长；他平常看见花草都是从地土里长出来的，他看来海砂也只是地，为什么海砂里不能长花他没有想到，也不必想到，他就知道拿花来栽，拿水去浇，只要那花在地上站直了他就欢喜，他就乐，他就会跳他的跳，唱他的唱，来赞美这美丽的生命，以后怎么样，海砂的性质，花的运命，他全管不着！我们知道小孩们怎样的崇拜自然，他的身体虽则小，他的灵魂却是大着，他的衣服也许脏，他的心可是洁净的。这里还有一幅画，这是自然的崇拜，你们看这孩子在月光下跪着拜一朵低头的百合花，这时候他的心与月光一般的清洁，与花一般的美丽，与夜一般的安静。我们可以知道到海边上来种花那孩子的思想与这月下拜花的孩子的思想会得跪下的——单纯，清洁，我们可以想像那一个孩子把花栽好了也是一样来对着花膜拜祈祷——他能把花暂时栽了起来便是他的成功，此外以后怎么样不是他的事情了。

你们看这个象征不仅美，并且有力量；因为它告诉我们单纯的信心是创作的泉源——这单纯的烂漫的天真是最永久最有力量的东西，阳光烧不焦他，狂风吹不倒他，海水冲不了他，黑暗掩不了他——地面上的花朵有被摧残有消灭的时候，但小孩爱花种花这一点："真"却有的是永久的生命。

我们来放远一点看。我们现有的文化只是人类在历史上努力与牺牲的成绩。为什么人们肯努力肯牺牲？因为他们有天生的信心；他们的灵魂认识什么是真什么是善什么是美，虽则他们的肉体与智识有时候会诱惑他们反着方向走路；但只要他们认明一件事情是有永久价值的时候，他们就自然的会得兴奋，不期然的自己牺牲，要在这忽忽变动的声色的世界里，赎出几个永久不变的原则的凭证来。耶稣为什么不怕上十字架？密尔顿何以瞎了眼还要做诗，贝德花芬何以聋了还要制音乐，密佐郎其罗为什么肯积受几个月的潮湿不顾自己的皮肉与靴子连成一片的用心思，为的只是要解决一个小小的美术问题？为什么永远有人到冰洋尽头雪山顶上去探险？为什么科学家肯在显微镜底下或是数目字中间研究一般人眼看不到心想不通的道理消磨他一生的光阴？

为的是这些人道的英雄都有他们不可摇动的信心；像我们在海砂里种花的孩子一样，他们的思想是单纯的——宗教家为善的原则牺牲，科学家为真的原则牺牲，艺术家为美的原则牺牲——这一切牺牲的结果便是我们现有的有限的文化。

你们想想在这地面上做事难道还不是一样的傻气——这地面还不与海砂一样不容你生根；在这里的事业还不是与鲜花一样的娇嫩？——潮水过来可以冲掉，狂风吹来可以折坏，阳光晒来可以薰焦我们小孩子手里拿着往砂里栽的鲜花，同样的，我们文化的全体还不一样有随时可以冲掉折坏薰焦的可能吗？巴比伦的文明现在那里？庞培城曾经在地下埋过千百年，克利脱的文明直到最近五六十年间才完全发见。并且有时一件事实体的存在并不能证明他生命的继续。这区区地球的本体就有一千万个毁灭的可能。人们怕死不错，我们怕死人，但最可怕的不是死的死人，是活的死人，单有躯壳生命没有灵性生活是莫大的悲惨；文化也有这种情形，死的文化倒也罢了，最可怜的是勉强喘着气的半死的文化。你们如其问我要例子，我就不迟疑的回答你说，朋友们，贵国的文化便是一个喘着气的活死人！时候已经狠久的了，自从我们最后的几个祖宗为了不变的原则牺牲他们的呼吸与血液，为了不死的生命牺牲他们有限的存在，为了单纯的信心遭受当时人的讪笑与侮辱。时候已经狠久的了，自从我们最后听见普遍的声音像潮水似的充满著地面。时候已经狠久的了，自从我们最后看见强烈的光明像慧〈彗〉星似的扫掠过地面。时候已经狠久的了，自从我们最后为某种主义流过火热的鲜血。时候已经狠久的了，自从我们的骨髓里有胆量，我们的说话里有分量。这是一个极伤心的反省！我真不知道这时代犯了什么不可赦的大罪，上帝竟狠心的赏给我们这样恶毒的刑罚？你看看去这年头到那里去找一个完全的男子或是一个完全的女子——你们去看去，这年头那一个男子不是阳痿，那一个女子不是鼓胀！要形容我们现在受罪的时期，我们得发明一个比丑更丑比脏更脏比下流更下流比苟且更苟且比懦怯更懦怯的一类生字去！朋友们，真的我心里常常害怕，害怕下回东风带来的不是我们盼望中的春天，不是鲜花青草蝴蝶飞鸟，我怕他带来一个比冬天更枯槁更凄惨更寂寞的死天——因为丑陋的脸子不配穿漂亮的衣服，我们这样丑陋的变态的人心与社会凭什么权利可以问青天要阳光，问地面要青草，问飞鸟要音乐，问花朵要颜色？你问我明天天会不会放亮？我回答说我不知道，竟许不！

归根是我们失去了我们灵性努力的重心，那就是一个单纯的信仰，一点烂漫的童真！不要说到海滩去种花——我们都是聪明人谁愿意做傻瓜去——就是在你自己院子里种花你都恐怕动手哪！最可怕的怀疑的鬼与厌世的黑影已经占住了我们的灵魂！

所以朋友们，你们都是青年，都是春雷声响不曾停止时破绽出来的鲜花，你们再不可堕落了——虽则陷井的大口满张在你的跟前，你不要怕，你把你的烂漫的天真倒下去，填平了它再往前走——你们要保持那一点的信心，这里面连着来的就是精力与勇敢与灵感——你们要不怕做小傻瓜，尽量在这人道的海滩边种你的鲜花去——花也许会消灭，但这种花的精神是不烂的！

《今日俞平伯》按语[①]

天气这般的闷热，大家都爱吃冰淇淋不是？虽则吃多了，你们的肚子许要作怪。方才某君送来几封朋友的信，问可否刊登。这些信的内容是否纯正，且不去管它；幸而味道倒还别致。说明算作冰淇淋发表出来，或者不致于闹乱子。“今日波罗”，“今日香蕉”……是有例可援的。我们自己的“今日俞平伯。”你们看了也许会联想到几月一五一公司门首的招牌：“新到孙中山。”

① 载一九二六年七月十日《晨报副刊》，署名记者。题名是编者拟的。采自《晨报副刊》。

启事两则[①]

有朋友愿以去年八月份《晨报副刊》合订本见让者，欲得原价或其他书报为酬，均可照办，报寄太仆寺街七十号陈先生转沈从文收，后寄璧还。

从文：请你那一个早上便到我寓处一谈。摩。

① 载一九二六年八月四日《晨报副刊》，署名摩。题名是编者拟的。

南行杂纪①

一、丑西湖

“欲把西湖比西子，浓妆淡抹总相宜”，我们太把西湖看理想化了。夏天要算是西湖浓妆的时候，堤上的杨柳绿成一片浓青。里湖一带的荷叶荷花也正当满艳，朝上的烟雾，向晚的晴霞，那样不是现成的诗料，但这西姑娘你爱不爱？我是不成，这回一见面我回头就逃！什么西湖这简直是一锅腥臊的热汤！西湖的水本来就浅，又不流通，近来满湖又全养了大鱼，有四五十斤的，把湖里袅婷婷的水草全给咬烂了。水混不用说，还有那鱼腥味儿顶叫人难受。说起西湖养鱼，我听得有种种的说法，也不知那样是内情：有说养鱼甘脆是官家贸利，放著偌大

① 此文由两个单篇组成。《丑西湖》一九二六年八月七日作，载一九二六年八月九日《晨报副刊》；《劳资问题》，写作时间不详，载一九二六年八月二十三日《晨报副刊》，均署名志摩；初收一九八〇年台湾时报文化出版事业有限公司《徐志摩诗文补遗》。采自《晨报副刊》。

一个鱼沼，养肥了鱼打了去卖不是顶现成的；有说养鱼是为预防水草长得太放肆了怕塞满了湖心；也有说这些大鱼都是大慈善家们为要延寿或是求子或是求财源茂盛特为从别地方买了来放生在湖里的，而且现在打鱼当官是不准的。不论怎么样，西湖确是变了鱼湖了。六月以来杭州据说一滴水都没有过，西湖当然水浅得像是个干血痨的美女，再加那腥味儿！今年南方的热，说来我们住惯北方的也不易信，白天热不说，通宵到天亮都不见放松，天天大太阳，夜夜满天星，节节高的一天暖似一天。杭州更比上海不堪，西湖那一洼浅水用不到几个钟头的晒就离滚沸不远什么，四面又是山，这热是来得去不得，一天不发大风打阵，这锅热汤，就永远不会凉。我那天到了晚上才雇了条船游湖，心想比岸上总可以凉快些。好，风不来还熬得，风一来可真难受极了，又热又带腥味儿，真叫你发眩作呕，我同船一个朋友当时就病了，我记得红海里两边的沙漠风都似乎较为可耐些！夜间十二点我们回家的时候都还是热虎虎的。还有湖里的蚊虫！简直是一群群的大水鸭子！你一坐定就活该。

这西湖是太难了，气味先就不堪。再说沿湖的去处，本来顶清澹宜人的一个地方是平湖秋月，那一方平台，几棵杨柳，几折回廊，在秋月清澈的凉夜去坐著看湖确是别有风味，更好在去的人绝少，你夜间去总可以独占，唤起看守的人来泡一碗清茶，冲一杯藕粉，和几个朋友闲谈着消磨他半夜，真是清福。我三年前一次去有琴友有笛师，躺平在杨树底下看揉碎的月光，听水面上翻响的幽乐，那逸趣真不易。西湖的俗化真是一日千里，我每回去总添一度伤心：雷峰也羞跑了，断桥拆成了汽车桥，哈得在湖心里造房子，某家大少爷的汽油船在三尺的柔波里兴风作浪，工厂的烟替代了出岫的霞，大世界以及什么舞台的锣鼓充当了湖上的啼莺，西湖，西湖，还有什么可留恋的！这回连平湖秋月也给糟蹋了，你信不信？“船家，我们到平湖秋月去，那边总还清静。”

“平湖秋月？先生，清静是不清静的，格歇开了酒馆，酒馆着实闹忙哩，你看，望得见的，穿白衣服的人多煞勒瞎，扇子搧得活血血的，还有唱唱的，十七八岁的姑娘，听听看——是无锡山歌哩，胡琴都蛮清爽的……”

那我们到楼外楼去吧。谁知楼外楼又是一个伤心！原来楼外楼那一楼一底的旧房子斜斜的对著湖心亭，几张揩抹得发白光的旧桌子，一两个上年纪的老堂倌，活络络的鱼虾，滑齐齐的莼菜，一壶远年，一碟盐水花生，我每回到西湖往往偷闲独自跑去领略这点子古色古香，靠在阑干上从堤边杨柳荫里望滟滟的湖光，晴有晴色，雨雪有雨雪的景致，要不然月上柳梢时意味更长，好在是不闹，晚上去也是独占的时候多，一边喝着热酒，一边与老堂倌随便讲讲湖上风光，鱼虾行市，也自有一种说不出的愉快。但这回连楼外楼都变了面目！地址不曾移动，但翻造了三层楼带屋顶的洋式门面，新漆亮光光的刺眼，在湖中就望见楼上电扇的疾转，客人闹盈盈的挤着，堂倌也换了，穿上西崽的长袍，原来那老朋友也看不见了，什么闲情逸趣都没了！我们没办法移一个桌子在楼下马路边吃了一点东西，果然连小菜都变了，真是可伤。泰谷尔来看了中国，发了狠大的感慨。他说，“世界上再没有第二个民族像你们这样蓄意的制造丑恶的精神”。怪不得老头牢骚，他来时对中国是怎样的期望（也许是诗人的期望），他看到的又是怎样一个现实！狄更生先生有一篇绝妙的文章，是他游泰山以后的感想，他对照西方人的俗与我们的雅，他们的唯利主义与我们的闲暇精神。他说只有中国人才真懂得爱护自然，他们在山水间的点缀是没有一点辜负自然的；实际上他们处处想法子增添自然的美，他们不容许煞风景的事业。他们在山上造路是依着山势回环曲折，铺上本山的石子，就这山道就饶有趣味，他们宁可牺牲一点便利，不愿斲丧自然的和谐。所以他们造的是妩媚的石径；欧美人来时不开马路就来穿山的电梯。他们在原来的石块上刻上美秀的诗文，漆成古色的青绿，在苔藓间掩映生趣；反之在欧美的山石上只见雪茄烟与各种生意的广告。他们在山林丛密处透出一角寺院的红墙，西方人起的是几层楼嘈杂的旅馆。听人说中国人处处得效法欧西，我不知道应得自觉虚心做学徒的究竟是谁！

这是十五年前狄更生先生来中国时感想的一节。我不知道他现在要是回来看看西湖的成绩，他又有什么妙文来颂扬我们的美德！

说来西湖真是个爱伦内。论山水的秀丽，西湖在世界上真有位置。那山光，那水色，别有一种醉人处，叫人不能不生爱。但不幸杭州的人种（我也算是杭州人），也不知怎的，特别的来得俗气来得陋相。不读书人无味，读书人更可厌，单听那一口杭白，甲隔甲隔的，就够人心烦！看来杭州人话会说（杭州人真会说话！），事也会做，近年来就“事业”方面看，杭州的建设的确不少，例如西湖堤上的六条桥就全给拉平了替汽车公司帮忙；但不幸经营山水的风景是另一种事业，决不是开铺子，做官一类的事业，平常布置一个小小的园林，我们尚且说总得主人胸中有些邱壑，如今整个的西湖放在一班大老的手里，他们脑子里平常想些什么我不敢猜度，但就成绩看，他们的确是只图每年“我们杭州”商界收入的总数增加多少的一种头脑！开铺子的老班〈板〉们也许沾了光，但是可怜的西湖呢？分明天生俊俏的一个少女，生生的叫一群蠢汉去替她涂脂抹粉，就说没有别的难堪情形，也就够煞风景又煞风景！天啊，这苦恼的西子！

但是回过来说，这年头那还顾得了美不美！江南总算是天堂，到今天为止。别的地方人命只当得虫子，有路不敢走，有话不敢说，还来搭什么臭绅士的架子，挑什么够美不够美的鸟眼？

八月七日

二、劳资问题

我不曾出国的时候只听人说振兴实业是救国的唯一路子，振兴实业的意思是多开工厂；开工厂一来可以解决贫民生计问题，二来可以塞住“漏卮”。那时我见着高矗的烟囱，心里就发生油然的敬意，如同翻开一本善书似的。

罗斯金与马立〈克〉思最初修正我对于烟囱的见解（那时已在美国），等到我离开纽约那一年我看了自由神的雕像都感着厌恶，因为它使我联想起烟囱。

我不喜欢烟囱另有一个理由。我那历史教师讲英国十九世纪初年的工业状况，以及工厂待遇工人的黑暗情形，内中有一条是叫年轻的小孩子钻进烟囱里去清理龌龊，不时有被薰焦了的。我不能不恨烟囱了。

我同情社会主义的起点是看了一部小说，内中讲芝加哥一个制肉糜厂，用极小的孩子看着机器的工作的；有一个小孩不小心把自己的小手臂也叫碾了进去，和着猪肉一起做了肉糜。那一厂的出货是行销东方各大城的，所以那一星期至少有几万人分尝到了那小孩的臂膀。肉厂是资本家开的，因此我不能不恨资本家。

我最初看到的社会主义是马克斯〈思〉前期的，劳勃脱欧温一派，人道主义，慈善主义，以及乌托邦主义混成一起的。正合我的脾胃。我最容易感情冲动，这题目够我的发泄了：我立定主意研究社会主义。

我在纽约那一年有一部分中国人叫我做鲍尔雪微克，因为——为什么？因为我房间里书架上碰巧有几本讲苏俄一类的书。到了英国我对劳工的同情益发分明了。在报纸上看到劳工就比是看三国志看到诸葛亮赵云，水浒看到李逵鲁智深，总是“帮”的。那时有机会接近的也是工党一边的人物。贵族，资本家：这类字样一提着就够挖苦！劳工，多响亮，多神圣的名词！直到我回国，我自问是个激烈派，一个社会主义者，即使不是个鲍尔雪微克。萧伯讷的话牢牢的记着，他说：一个在三十岁以下的人看了现代社会的状况而不是个革命家，他不是个痴子，定是个傻瓜。我年纪轻轻，不愿意痴，也不愿意傻，所以当然是个革命家。

到了中国以后，也不知怎的，原来热烈的态度忽然变了温和；原来一任感情的浮动。现在似乎要暂时遏住了感情。让脑筋凉够了仔细的想一想。但不幸这部分工夫始终不曾有机会做，虽则我知道我对这问题迟早得踌躇出一个究竟来：不经心的偶然的掼打不易把米粒从糠皮中分出。人是无远虑的多。我们在国外时劳资斗争是一个见天感受得到的实在：一个内阁的成功与失败全看它对失业问题有否相当的办法，罢工的危险性可以使你的房东太太整天在发愁与赌咒中过日子。这就不容你不取定一个态度，袒护资本还是同情劳工？中国究竟还差得远：资本和劳工同样说不到大规模的组织，日常生活与所谓近代工业主义间看不出什么迫切的关系，同时疯癫性的内战完全占住了我们的注意，因此虽则近来罢工一类的事实常有得听见，这劳资问题的实在在一般人的心目中总还是远着一步的。尤其是在北京一类地方，除了洋车夫与粪夫，见不到什么劳工社会，资本更说不上，所以尽凭“打倒资本主义”一类的呼声怎样激昂，我们的血温还是不曾增高的。就我自己说，这三四年来简直因为常住北京的缘故，我竟于几乎完全忘却了这原来极想用力研究的问题，这北京生活是该咒诅的：它在无形中散布一种惰性的迷醉剂，使你早晚得受传染；使你不自觉的退入了“反革命”的死胡同里去。新近有一个朋友来京，他一边羡慕我们的闲暇，一边却十分惊讶他几个旧友的改变：从青年改成暮年，从思想的勇猛改成生活的萎靡——他发见了一群已成和将成的“阉子”!

这所谓“知识阶级”的确有觉悟的迫要。他们离国民的生活太远了，离社会问题的真〈实〉际太远了，离激荡思想的势力太远了。本来单凭书本子的学问已够不完全，何况现在的智识阶级连翻书本子的工夫都捐给了太太小孩子们的起居痛痒!

又一个朋友新近到了苏俄也发生了极纯挚的反省：他在那边不发见什么恐怖与危机，他发见的是一团伟大勇猛的精神在那里伟大的勇猛的为全社会做事；他发见的是不容否认的理想主义与各项在实施中的理想；他发见的是一个有生命有力量的民族，他们所试验的事业即使不免有可议的地方，也决不是完全在醉生梦死中的中国人有丝毫的权利来批评的。听着：决不是完全在醉生梦死中的中国人有丝毫的权利来批评的!

在篇首说到烟囱，原为要讲此次在南方一点子关于工厂的阅历，不想笔头又掉远了。说也奇怪，我可以说从不曾看过一个工厂，在国外“参观”过的当然有，但每回进工厂看的是建筑与机器等类的设备，往往因为领导人讲解得太详尽了，结果你什么也没有听到，没有看到。我从不曾进工厂去看过工人们做工的情形。这次却有了机会，而且在我的本乡；不但是本乡，而且是我自家父亲一手经营起的。我回硖石那天，我父亲就领了我去参观。那是一个丝厂，今年夏间才办成。屋子什么全是新的。工人有一百多，全是工头从绍兴包雇来的女人，有好多是带了孩子来的。机器间我先后去了三回，都是工作时间。我先说说大概情形，再及我的感想。房子造得极宽厂，空气尽够流通的，约略一百多架“丝车”分成两行，相对的排着，女工们坐在丝车与热汤盆的中间，在机轧声中几百双手不住的抽着汤盆里泡着的丝茧，在每个汤盆的跟前站着一个自八九岁到十二三岁的女孩子，拿着杓子向沸水里捞出已经抽尽丝的茧壳。就女工们的姿态及手技看，她们都是熟练的老手，神情也都闲暇自若，在我们走过的时候，有狠多抬起头带笑容的看着我们，这可见她们在工作时并不感受过分的难堪。那天是六月中旬，天气已经节节高向上加热，大约在荫凉处已够九十度光景，我们初进机器间因为两旁通风并不觉热，但走近中段就不同，走转身的时候我浑身汗透了，我说不定温度有多高，但因为外来的太阳光（第一次去看芦帘不曾做得，随后就有了。）与丝车的沸汤的夹攻，中间呆坐着做工人的滋味，你可以揣想。工人们汗流被面的固然多，但坦然的也尽有。据说这工作她们上八府人是一半身体坚实一半做惯了吃得起，要是本地人去，半天都办不了的。这话我信，因为我自谅我要是坐下去的话怕不消三四个钟头竟会昏了去的。那些捞茧的女孩子们，十个里有九个是头面上长有热疮热痱的，这就可见一斑。

这班工人，前面说过，是工头包雇来的，厂里有宿舍给她们住，饭食也是厂里包的，除了放假日外，女工们是一例不准出门的。夏天是五点半放头螺，六点上工十二时停工半小时吃饭十二时半再开工到下午六时放工，共计做十一时有半的工。放假是一个月两天，初一与月半。工资是按钟点算的，仿佛每工人可得四角五或是四角八大洋的工资，每月抛去饭资每人可得净工资十元光景，厂里替她们办储蓄，有利息，这一层待遇情形据说比较的并不坏，一个女工到外府来做工每年年底可以捧一百多现洋钱回家，确是狠可自傲的了。

我说过这是我第一次看厂工做工。看过了心里觉着一种难受。那么大热的天在那么热的屋子里连着做将近十二小时的工！外面的帐房计算给我们听，从买进生茧到卖出熟丝的层层周折，抛去开销，每包丝可以赚多少钱。呒，马克斯的剩余价值论！这不是剥削工人们的劳力？我们是听惯八小时工作八小时睡眠八小时自由论的，这十一二小时的工作如何听得顺耳？“那末这大热天何妨让工人们少做一点时间呢？”我代工人们求恳似的问。“工人们那里肯？她们只是多做，不要少做；多做多赚钱，少做少赚钱。”我没得话说了。“那末为什么不按星期放工呢？”“她们连那两天都不愿意闲空哪！”我又没得话说了。一群猪羊似的工人们关在牢狱似的厂房里拼了血汗替自己家里赚小钱，替出资本办厂的财主们赚大钱？这情形其实有点看不顺眼——难受。“这大热天工人们不发病吗？”我又替她们担忧似的问。“她们才叫牢靠哪，狠少病的；厂里也备了各种痧药，以后还请镇上一个西医每天来一半个钟头：厂里也够卫生的。”“那末有这么许多孩子，何妨附近设一个学校，让她们有空认几个字也好不是？”“这——我们不赞成；工人们识了字有了知识，就会什么罢工造反，那有什么好处！”我又没得话说了。

我真不知道怎样想才是，在一边看，这种的工作情形实在是太不人道，太近剥削；但换一边看，这多的工人，原来也许在乡间挨饿的，这来有了生计，多少可以赚一点钱回去养家，又不能完全说是没有好处；并且厂内另有选茧一类轻易的工作，的确也替本乡无业的妇女们开一条糊口过活的路。你要是去问工人们自己满意不满意，我敢说她们是不会（因为知识不到）出怨言的。那你这是白着急？可是我总觉得心上难受，异常的难受，仿佛自身作了什么亏心事似的。自从看了厂以后，我至今还不忘记那机器间的情形，尤其在南方天气最热的那几天，我到那儿那儿都惦着那一群每天得做十一二小时工作的可怜的生灵们！也许是我的感情作用；我在国外时也何尝不曾剧烈的同情劳工，但我从不曾经验过这样深刻的感念，我这才亲眼看到劳工的劳，这才看到一般人受生计逼迫无可奈何的实在，这才看到资本主义（在现在中国）是怎样一个必要的作孽，这才重新觉悟到我们社会生活问题有立即通盘筹画趁早设施的迫切。就治本说，发展实业是否只能听其自然的委给资产阶级，抑或国家和地方有集中经营的余地。就治标说，保护劳工法的种种条例有切实施行的必要，否则劳资间的冲突逃不了一天乱似一天的。总之乌托邦既然是不可能，澈底的生计革命又一时不可期待，单就社会的安宁以及维持人道起见，我们自命有头脑的少数人，赶快得起来尽一分的责任；自觉的努力，不论走那一个方向，总是生命力还在活动的表现，否则这醉生梦死的难道真的是死透了绝望了吗？

《落叶》广告语[①]

这是徐志摩先生的散文选集，系《落叶》、《青年运动》、《话》、《海滩上种花》等共八篇，文字轻快流利，别具一种新风格，乃融会中西文学优点而独创者，现已出版。

① 这是作者为自己的散文集《落叶》拟的广告语；载一九二六年八月十八日《晨报副刊》，未署名。题名是编者拟的。

《自由意志与因果关系的关系》按语[①]

金先生嘱吩我替他校阅。我替改了几个"白字"。给补了几个漏字。金先生用字真会省俭，你一眼看下去，只见重复又重复的字样。"因"，"果"，"事实"，"关系"，"自由"，"不"，颠来倒去，就只这几个字（虽则全文有六千字数），你要是身体寡弱，竟会看头眩的！我倒真替我们的排字房着急，他们那会有这么多的现成字模。金先生的句法也不见得高明。一看就知道是湖南人写的：啰嗦，呆板，拐弯不方便。但这是篇文章。正如顺溜的说话往往不中听，因为不是"话"，流畅的文章也往往不中看，因为不是"文章"。不论是口里说的，笔下写的，只要是真纯"连贯的"思想的表现，十九是没有看相的；笨滞，拘谨，拐弯不方便的一类。思想的路径是窄的多，曲折的多，不平顺的多。全北京摇笔杆的先生们大约不会比拉洋车的少，会说话的人更多了，哑巴究竟不热闹，但我不知道

① 这是作者为金岳霖《自由意志与因果关系的关系》写的按语；载一九二六年八月二十五日《晨报副刊》，署"志摩饶舌"。初收一九九五年八月上海书店《徐志摩全集》第八册。采自《晨报副刊》。

我们平均得间几个月份（且不说年头吧），才能看到一篇文章；真听得的话似乎更来得名贵些。在北京就我所知道的，真有"话"说的人就有一个，真有文章写出来的手笔，我一时简直想不起有谁。但话又说远了，而且如果读者太拘泥了字面容易误会我是瞧不起人，但不是这回事，我有我的意思，此时却不及细说。此时我要说的是金先生这篇文章是狠用心写的，狠值得我们看，虽则这文章的面目迹近可憎，上口也是光骨头似的没有多大滋味。说实话，这类文章是不应得登入副刊的，虽则这话多少有点唐突副刊的看官们。金先生的嗜好——金先生就有这一样嗜好除了吃大西瓜——是检起一根名词的头发，耐心的拿在手里给分；他可以暂时不吃饭，但这发丝粗得怪可厌的，非给它劈分了不得舒服。说明白一点，他是个喜欢弄名学的，他为要纠正一般人（或是他自己）思想的松懈，他不得不整理表现思想的工具，那就是我们应用的字，但这工程太大，他只能选择几个凑手的词见〈儿〉，一半当作抛棉花球儿的玩艺，拿在手里给剥去点儿泥，擦去点儿脏，磨掉点儿霉，显出它们的本来面目，省得一般粗心人把象牙看作狗骨头，或是狗骨头看作象牙，这点子不弄清楚知识是不易进步的。说来一班讲学问的先生们，有时也似乎太勇敢了，听了什么大和尚的一两次讲就来讲佛经，翻了詹姆士柏格森一两篇文章就来谈哲学——Poor souls！They never know what they are talking about and yet they keep on talking as if they knew! ①

我们真用得着金先生劈头发丝一类的工作。早几年我们拜观了玄学与科学的论战，真够热闹的，有三两学问的谁不来凑一个，他们谁都祭起了法宝，金光万道的在半空耀着，多大的

① 可怜的人！他们从不知道他们在谈些什么，可是他们继续谈，就好像他们知道一样！

词儿，水牛似的一只只从墨黑的河水里爬上来，看是就好看的，谁都得承认，可惜的就只彼此不狠碰头，乾坤袋并没有把乾坤圈收了去，咬天狗并没有咬着孙悟空的腿，结果一阵冷风吹来的时候，狠多的法宝全落了地，我们都看了的，——原来全是纸剪的！话说太花泡了，有罪孽的，但我们随便说话随便要词儿的事实，也不能说是完全没有不是？金先生手里有把金鲛剪，有他来替我们剪去了思想的浮的泛的以及种种不相干的部分，我们才可以期望真的知识上的讨论出现，现在似乎还谈不到。但他的工作也还等于开头，我的偏见觉得他似乎有些能耐，但这也得看了。

志摩饶舌

更　正[①]

本刊上期姜华君《松花笺引言》中薛涛误印苏涛，合应更正。

① 载一九二六年八月三十日《晨报副刊》，未署名。

天目山中笔记[①]

佛于大众中　说我当作佛
闻如是法音　疑悔悉已除
初闻佛所说　心中大惊疑
将非魔作佛　恼乱我心耶

——莲华经譬喻品

山中不定是清静。庙宇在参天的大木中间藏着，早晚间有的是风，松有松声，竹有竹韵，鸣的禽，叫的虫子，阁上的大钟，殿上的木鱼，庙身的左边右边都安着接泉水的粗毛竹管，这就是天然的笙箫，时缓时急的参和着天空地上种种的鸣籁。静是不静的；但山中的声响，不论是泥土里的蚯蚓叫或是轿夫们深夜里“唱宝”的异调，自有一种各别处：它来得纯粹，来得清亮，来得透彻，冰水似的沁入你的脾肺；正如你在泉水里洗濯过后觉得清白些，这些山籁，虽则一样是音响，也分明有

① 载一九二六年九月四日《晨报副刊》，署名志摩；初收一九二七年八月上海新月书店《巴黎的鳞爪》。采自《巴黎的鳞爪》。

洗净的功能。

夜间这些清籁摇着你入梦，清早上你也从这些清籁的怀抱中苏醒。

山居是福，山上有楼住更是修得来的。我们的楼窗开处是一片蓊葱的林海；林海外更有云海！日的光，月的光，星的光：全是你的。从这三尺方的窗户你接受自然的变幻；从这三尺方的窗户你散放你情感的变幻。自在；满足。

今早梦回时睁眼见满帐的霞光。鸟雀们在赞美；我也加入一份。它们的是清越的歌唱，我的是潜深一度的沉默。

钟楼中飞下一声宏钟，空山在音波的磅礴中震荡。这一声钟激起了我的思潮。不，潮字太夸；说思流罢。耶教人说阿门，印度教人说“欧姆”（O——m），与这钟声的嗡嗡，同是从撮口外摄到阖口内包的一个无限的波动：分明是外扩，却又是内潜；一切在它的周缘，却又在它的中心：同时是皮又是核，是轴亦复是廓。这伟大奥妙的“Om”使人感到动，又感到静；从静中见动，又从动中见静。从安住到飞翔，又从飞翔回复安住；从实在境界超入妙空，又从妙空化生实在：——

“闻佛柔软音，深远甚微妙。”

多奇异的力量！多奥妙的启示！包容一切冲突性的现象，扩大霎那间的视域，这单纯的音响，于我是一种智灵的洗净。花开，花落，天外的流星与田畦间的飞萤，上绾云天的青松，下临绝海的巉岩，男女的爱，珠宝的光，火山的溶液：一如婴儿在它的摇篮中安眠。

这山上的钟声是昼夜不间歇的，平均五分钟打一次。打钟的和尚独自在钟楼上住着，据说他已经不间歇的打了十一年钟，他的愿心是打到他不能动弹的那天。钟楼上供着菩萨，打钟人在大钟的一边安着他的“座”，他每晚是坐着安神的，一只手挽着钟槌的一头，从长期的习惯，不叫睡眠耽误他的职司。“这和尚，”我自忖，“一定是有道理的！和尚是没道理的多：方才那知客僧想把七窍蒙充六根，怎么算总多了一个鼻孔或是耳孔；那方丈师的谈吐里不少某督军与某省长的点缀；那管半山亭的和尚更是贪嗔的化身，无端摔破了两个无辜的茶碗。但这打钟和尚，他一定不是庸流不能不去看看！”他的年岁在五十开外，出家有二十几年，这钟楼，不错，是他管的，这钟是他打的（说着他就过去撞了一下），他每晚，也不错，是坐着安神的，但此外，可怜，我的俗眼竟看不出什么异样。他拂拭着神龛，神座，拜垫，换上香烛，掇一盂水，洗一把青菜，捻一把米，擦干了手接受香客的布施，又转身去撞一声钟。他脸上看不出修行的清癯，却没有失眠的倦态，倒是满满的不时有笑容的展露；念什么经；不，就念阿弥陀佛，他竟许是不认识字的。“那一带是什么山，叫什么，和尚?”“这里是天目山。”他说。“我知道，我说的是那一带的。”我手点着问。“我不知道。”他回答。

山上另有一个和尚，他住在更上去昭明太子读书台的旧址，盖着几间屋，供着佛像，也归庙管的，叫作茅棚。但这不比得普渡山上的真茅棚，那看了怕人的，坐着或是偎着修行的和尚没一个不是鹄形鸠面，鬼似的东西。他们不开口的多，你爱布施什么就放在他跟前的篓子或是盘子里，他们怎么也不睁眼，不出声，随你给的是金条或是铁条。人说得更奇了。有的半年没有吃过东西，不曾挪过窝，可还是没有死，就这冥冥的坐着。他们大约离成佛不远了，单看他们的脸色，就比石片泥土不差什么，一样这黑刺刺，死僵僵的。“内中有几个，”香客们说，“已经成了活佛，我们的祖母早三十年来就看见他们这样坐着的！”

但天目山的茅棚以及茅棚里的和尚，却没有那样的浪漫出奇。茅棚是尽够蔽风雨的屋子，修道的也是活鲜鲜的人，虽则他并不因此减却他给我们的趣味。他是一个高身材，黑面目，行动迟缓的中年人；他出家将近十年，三年前坐过禅关，现在这山上茅棚里来修行；他在俗家时是个商人，家中有父母兄弟姊妹，也许还有自身的妻子；他不曾明说他中年出家的缘由，他只说“俗业太重了，还是出家从佛的好”，但从他沉着的语音与持重的神态中可以觉出他不仅是曾经在人事上受过磨折，并且是在思想上能分清黑白的人。他的口，他的眼，都泄漏着他内里强自抑制，魔与佛交斗的痕迹；说他是放过火杀过人的忏悔者，可信；说他是个回头的浪子，也可信。他不比那钟楼上人的不着颜色，不露曲折：他分明是色的世界里逃来的一个囚犯。三年的禅关，三年的草棚，还不曾压倒，不曾灭净，他肉身的烈火。“俗业太重了，不如出家从佛的好”；这话里岂不颤栗着一往忏悔的深心？我觉着好奇；我怎么能得知他深夜趺坐时意念的究竟？

佛于大众中　说我当作佛
闻如是法音　疑悔悉已除
初闻佛所说　心中大惊疑
将非魔所说　恼乱我心耶

但这也许看太奥了。我们承受西洋人生观洗礼的，容易把做人看太积极，入世的要求太猛烈，太不肯退让，把住这热虎虎的一个身子一个心放进生活的轧床去，不叫他留存半点汁水回去；非到山穷水尽的时候，决不肯认输，退后，收下旗帜；并且即使承认了绝望的表示，他往往直接向生存本体作取决，不来半不阑珊的收回了步子向后退：宁可自杀，甘脆的生命的断绝，不来出家，那是生命的否认。不错，西洋人也有出家做和尚做尼姑的，例如亚佩腊与爱洛绮丝，但在他们是情感方面的转变，原来对人的爱移作对上帝的爱，这知感的自体与它的活动依旧不含糊的在着；在东方人，这出家是求情感的消灭，皈依佛法或道法，目的在自我一切痕迹的解脱。再说，这出家或出世的观念的老家，是印度不是中国，是跟着佛教来的；印度何以曾发生这类思想，学者们自有种种哲理上乃至物理上的解释，也尽有趣味的。中国何以能容留这类思想，并且在实际上出家做尼僧的今天不比以前少（我新近一个朋友差一点做了小和尚!）这问题正值得研究，因为这分明不仅仅是个知识乃至意识的浅深问题，也许这情形尽有极有趣味的解释的可能，我见闻浅，不知道我们的学者怎样想法，我愿意领教。

十五年九月

订误与说明①

星期一本刊懋琳君文题应作《Lao Mei，Zuohen》。

又，本期《剧刊》未将上期俞宗杰君文稿续完，下期补印。

① 载一九二六年九月四日《晨报副刊》，未署名。题名是编者拟的。

求　医[1]

To underst and that the sky is everywhere, blue, it is not necessary to have travelled all round the world. ——Goethe[2]

新近有一个老朋友来看我，在我寓里住了好几天。彼此好久没有机会谈天，偶尔通信也只泛泛的；他只从旁人的传说中听到我生活的梗概，又从他所听到的推想及我更深一义的生活的大致。他早把我看作“丢了”。谁说空闲时间不能离间朋友间的相知？但这一次彼此又检起了，理清了早年息息相通的线索，这是一个愉快！单说一件事：他看看我四月间副刊上的两篇《自剖》，他说他也有文章做了，他要写一篇《剖志摩的自剖》。他却不曾写；我几次逼问他，他说一定在离京前交卷。有一天他居然谢绝了约会，躲在房子里装病，想试他那柄解剖的刀。晚上见他的时候，他文章不曾做起，脸上倒真的有了病

① 载一九二六年九月六日《晨报副刊》，原题《求医（续自剖）》，署名志摩；初收一九二八年一月上海新月书店《自剖》，改此题。采自《自剖》。

② “没有必要游遍全世界，才能知道天到处都是蓝的。”——歌德

容!“不成功,”他说,“不要说剖,我这把刀,即使有,早就在刀鞘里锈住了,我怎么也拉它不出来!我倒自己发生了恐怖,这回回去非发奋不可。”打了全军覆没的大败仗回来的,也没有他那晚谈话时的沮丧!

但他这来还是帮了我的忙;我们俩连着四五晚通宵的谈话,在我至少感到了莫大的安慰。我的朋友正是那一类人,说话是绝对不敏捷的,他那永远茫然的神情与偶尔激出来的几句话,在当时极易招笑,但在事后往往透出极深刻的意义,在听着的人的心上不易磨灭的:别看他说话的外貌乱石似的粗糙,它那核心里往往藏着直觉的纯璞。他是那一类的朋友,他那不浮夸的同情心在无形中启发你思想的活动,引逗你心灵深处的“解严”;“你尽量披露你自己”,他仿佛说,“在这里你没有被误解的恐怖。”我们俩的谈话是极不平等的;十分里有九分半的时光是我占据的,他只贡献简短的评语,有时修正,有时赞许,有时引申我的意思;但他是一个理想的“听者”,他能尽量的容受,不论对面来的是细流或是大水。

我的自剖文不是解嘲体的闲文,那是我个人真的感到绝望的呼[声]。“这篇文章是值得写的,”我的朋友说,“因为你这来冷酷的操刀,无顾恋的劈剖你自己的思想,你至少摸着了现代的意识的一角;你剖的不仅是你,我也叫你剖着了,正如葛德说的‘要知道天到处是碧蓝,并用不着到全世界去绕行一周’。你还得往更深处剖,难得你有勇气下手;你还得如你说的,犯着恶心呕苦水似的呕,这时代的意识是完全叫种种相冲突的价值的尖刺给交占住,支离了缠昏了的,你希冀回复清醒与健康先得清理你的外邪与内热。至于你自己,因为发见病象而就放弃希望,当然是不对的;我可以替你开方。你现在需要的没有别的,你只要多多的睡!休息,休养,到时候你自会强壮。我是开口就会牵到葛德的,你不要笑;葛德就是懂得睡的秘密的一个。他每回觉得他的创作活动有退潮的趋向，他就上床去睡，真的放平了身子的睡，不是喻言，直睡到精神回复了，一线新来的波澜逼着他再来一次发疯似的创作。你近来的沉闷，在我看，也只是内心需要休息的符号。正如潮水有涨落的现象，我们劳心的也不免同样受这自然律的支配。你怎么也不该挫气，你正应得利用这时期；休息不是工作的断绝，它是消极的活动；这正是你吸新营养取得新生机的机会。听凭地面上风吹的怎样尖厉，霜盖得怎么严密，你只要安心在泥土里等着，不愁到时候没有再来一次爆发的惊喜。”

这是他开给我的药方。后来他又跟别的朋友谈起，他说我的病——如其是病——有两味药可医，一是“隐居”，一是“上帝”。烦闷是起原于精神不得充分的怡养；烦嚣的生活是劳心人最致命的伤，离开了就有办法，最好是去山林静僻处躲起。但这环境的改变，虽则重要，还只是消极的一面；为要启发性灵，一个人还得积极的寻求。比性爱更超越更不可摇动的一个精神的寄托——他得自动去发见他的上帝。

上帝这味药是不易配得的，我们姑且放开在一边（虽则我们不能因他字面的兀突就忽略他的深刻的涵义，那就是说这时代的苦闷现象隐示一种渐次形成宗教性大运动的趋向）；暂时脱离现社会去另谋隐居生活那味药，在我不但在事实上有要得到的可能，并且正合我新近一天迫似一天的私愿，我不能不计较一下。

我们都是在生活的蜘网中胶住了的细虫，有的还在勉强挣扎，大多数是早已没了生气，只当着风来吹动网丝的时候顶可怜相的晃动着，多经历一天人事，做人不自由的感觉也跟着真似一天。人事上的关连一天加密一天，理想的生活上的依据反而一天远似一天，尽是这飘忽忽的，仿佛是一块石子在一个无底的深潭中无穷尽的往下坠着似的——有到底的一天吗，天知道！实际的生活逼得越紧，理想的生活宕得越空，你这空手仆仆的不“丢”怎么着？你睁开眼来看看，见着的只是一个悲惨的世界。我们这倒运的民族眼下只有两种人可分，一种是在死的边沿过活的，又一种简直是在死里面过活的：你不能不发悲心不是，可是你有什么能耐能抵挡这普遍“死化”的凶潮？太凄惨了呀这“人道的幽微的悲切的音乐”！那么你闭上眼罢，你只是发见另一个悲惨的世界：你的感情，你的思想，你的意志，你的经验，你的理想，有那一样调谐的，有那一样容许你安舒的？你想要——但是你的力量？你仿佛是掉落在一个井里，四边全是光油油不可攀援的陡壁，你怎么想上得来？就我个人说，所谓教育只是“画皮”的勾当，我何尝得到一点真的知识？说经验吧，不错，我也曾进货似的运得一部分的经验，但这都是硬性的，杂乱的，不经受意识渗透的；经验自经验，我自我，这一屋子满满的生客只使主人觉得迷惑，慌张，害怕。不，我不但不曾“找到”我自己；我竟疑心我是“丢”定了的。曼殊斐儿在她的日记里写——

“我不是晶莹的透澈。”

“我什么都不愿意的〈写〉。全是灰色的；重的，闷的。……我要生活，这话怎么讲？单说是太易了。可是你有什么法子？”

“所有我写下的，所有我的生活，全是在海水的边沿上。这仿佛是一种玩艺。我想把我所有的力量全给放上去，但不知怎的我做不到。”

“前这几天，最使人注意的是蓝的色彩。蓝的天，蓝的山——一切都是神异的蓝！……但深黄昏的时刻才真是时光的时光。当着那时候，面前放着非人间的美景，你不难领会到你应分走的道儿有多远。珍重你的笔，得不辜负那上升的明月，那白的天光。你得够‘简洁’的。正如你在上帝跟前得简洁。”

“我方才细心的刷净收拾我的水笔。下回它再要是漏，那它就不够格儿!”

“我觉得我总不能给我自己一个沉思的机会，我正需要那个。我觉得我的心地不够清白，不谦卑，不[①]兴。这底里的渣子新近又漾了起来。我对着山看，我见着的就是山。说实话？我念不相干的书……不经心，随意？是的，就是这情形。心思乱，含糊，不积极，尤其是躲懒，不够用工——白费时光！我早就这么喊着——现在还是这呼声。为什么这阑珊的，你？阿，究竟为什么?”

“我一定得再发心一次，我得重新来过。我再来写一定得简洁的，充实的，自由的写，从我心坎里出来的。平心静气的，不问成功或是失败，就这往前去做去。但是这回得下决心了！尤其得跟生活接近。跟这天，这月，这些星，这些冷落的坦白的高山。”

“我要是身体健，”曼殊斐儿在又一处写，“我就一个人跑到一个地方，在一株树下坐着去。”她这苦痛的企求内心的莹澈与生活的调谐，那一个字不在我此时比她更“散漫，含糊，不积极”的心境里引起同情的回响！啊，谁不这样想：我要是能，我一定跑到一个地方在一株树下坐着去。但是你能吗?

① 此处疑缺一字。

《一个态度》的按语[①]

适之先生这个态度（我不叫它新态度因为他原来对这问题的态度是不决定的）是值得注意的——值得我们想一想。他信上提及我，我想借机会再来饶舌几句。在研究这态度之先，关于适之先生我们得记著两件事：第一，适之先生是一个“努力”的讴歌者，他那最不斯文的“干！干！干！”在今天还听得到回响；第二，适之先生自从留学归来已经做了将近十年的中国人。这两件事可以帮助我们明白他这回看了苏俄的兴奋。提到我们自己，如何能不咒诅：我们这里空气的沈闷，人道的腐败，生命的消残，的确是全世界没有比的。因此你一出国游历去，不论你走那一个方向——日本，美国，英国，俄国，全是一样——你总觉得耳目一新，精神焕发，仿佛丹德走出了地狱似的爽荡：

① 这是《一个态度，及案语》中按语部分。全文包括三部分，一为慰慈的按语，一为胡适旅苏信件的摘录，一为徐志摩的按语。署名为胡适、徐志摩；均载一九二六年九月十一日《晨报副刊》。徐文一九二六年九月九日作，末尾署名志摩；初收一九八〇年台湾时报文化出版事业有限公司《徐志摩诗文补遗》。采自《晨报副刊》。慰慈按语和胡适旅苏信件摘录附后。

O'er better waves to speed her rapid course,
The light bark of my genius lifts the sail,
Well pleased to leave so cruel sea behind;
And of that second region will I sing,
In which the human spirit from sinful blot
Is purged, and for ascent to Heaven prepares.①

除非是白痴或是麻痹，谁去俄国都不免感到极大的震惊，赞成或反对他们的政治或别的什么另是一件事。在那边人类的活力几乎超到了炙手可热的度数，恰好反照我们这边一切活动低落到不可信的地位。我去年过俄国时的通讯上也说到单只吸著了西伯利亚尖锐的冷气，你的思想就应得"经受一番有力的洗刷，你的神经，一种新奇的戟刺；你从贵国带来的灵性叫怠惰苟且顽固龌龊以及种种坠落的习惯束缚住压迫住淤塞住的，应得感受一些解放的动力；你的让名心利欲色业蒙住了的眸子也应得觉着一点新来的清爽，叫它们睁开一些，张大一些，前途有得看，应得看的东西多着，即使不是你灵魂的绝对的资养，至少是一帖兴奋剂，防磕睡的强性注射……"

所以适之先生这次发见苏俄的政治试验有"使我们不能不十分顶礼佩服"的地方，也正在我们的意料中。（但是拿中国来比！说到政治，不要说苏俄，就是欧洲山缝里海边沿一些稀小的国家，恐怕也比我们"有理想，有计划，有信心"得多了多呢！）

---

① "如今我的才智的轻舟扯起了风帆，/把这残酷的大海抛在后面，/此后将在平静的海面上快速航行，/我将歌唱那第二界，/人类的灵魂在那里洗净了罪的污点，/准备好升上天堂。"引自但丁（即丹德）的《神曲·炼狱篇》。第二界即炼狱。

俄国革命所表现的伟大精神与理想主义，如同太阳是光亮的事实一样，除是真正盲目的，我想，谁都不能否认；我们中间也决没有人不承认“苏俄有作这种政治试验的权利”，适之先生的劝告，似乎把他的“研究政治思想与制度的朋友们”的心眼儿看太窄了。我们应得研究的是进一步的问题：我们应得研究苏俄所悬的那个“乌托邦理想”，在学理上有无充分的根据，在事实上有无实现的可能，正如我们研究当初圣西蒙，福利奄，以及路易白郎克他们的乌托邦理想。其次，认清了他们的目标，我们可以再进一步研究他们的方法的对不对，这经程中所包含的牺牲的值得与否；再其次，每种政治试验都有它的殊特的背景，苏维埃制在俄国有成效这件事实。（假使有）是否就可以肯定这办法的普遍适应性。我们上年在本副刊上研究过的正是这一类问题，以及一个牵得更远些的问题，就是苏俄有否权利到中国来宣传他们单独发明的“政治福音”；我们并不存什么成见，左或是右，我们想纠正的是两种我们以为同样是非逻辑的感情作用的态度，就是（一）因为崇拜俄国革命精神而立即跳到中国亦应得跟他们走路的结论，（二）因为不赞成中国行共产制而至于抹煞俄国革命不可磨灭的精神与教训。

所以说到“顶礼佩服”乃至于受感动的话，我们完全与适之先生同意。

我们也十分赞成他具体研究苏俄的计划，本来我们早该派考察团去的。

但再下去我们得留神了，因为他还有更进一步的见解，在这一点我们中间或许有未敢苟同的；他说“苏俄虽则是狄克推多，但他们却真是用力办新教育，努力想造成一个社会主义的新时代。依此趋势认真做去，将来可以由狄克推多过渡到社会主义的民治制度”。这是可惊的美国式的乐观态度：由“愚民政策”过渡到“社会主义的民治制度”！这不是等于说由俄国式共产主义过渡到英国的工党，或是由列宁过渡到麦克唐诺尔德吗？真共产派先就不感激！但这是支话，最重要的核心问题是他所说的苏俄的“新教育”。当代最博通俄国情形的大学者捷克的总统马沙里克（Masaryk），[①]那位“中欧的智慧的老人”，曾经对人说过：“顶重要的事情是去悉心研究苏俄的学校。俄国问题的秘密全在那里。”适之先生还加上更乐观的观察：“我看苏俄的教育政策，确是采取世界的新的教育学说，作大规模的试验。”我们以为他一定看到实际的情形有使他折服的地方才说这样肯定的话，但不幸他下面接著说他一个学校都不曾看到：他看到的，使他“惊叹”的，是他们的“教育统计”。但是“统计”，“统计”！我们谁不知道这句成语！“数目是不说瞎话的，但说瞎话的人可以造数目”；并且统计即使是可靠的，统计表并不告诉我们实际的情形是怎么一回事。不错，苏俄的学校，不论大小，都是男女同学的，学生自治的精神是狠充足的——但这就是“世界最新的教育学说”吗？我们不是挑剔，我们狠乐意知道苏俄“确”是在大规模的试验世界最新的教育学说，但就我所知道的，他们的教育几乎完全是所谓“主义教育”，或是“党化教育”；他们侧重的第一是宣传的能力，第二是实用的科目，例如化学与工程，纯粹科学与纯粹文学几乎占不到一个地位；宗教是他们无条件排斥的，那许是好事，但他们却拿马克思与列宁来替代耶稣，拿资本论一类书来替代圣经，阶级战争唯物史观（他们的俄国史教科书里解释历史的唯一线索是麦价的高低）一类观念来替代信条——这也许是适之先生所谓世界最新教育学说的一部吧。我们一般人头脑也许是陈腐，在这年头还来抱残守阙似的争什么自由，尤其

---

① Masaryk：马沙里克（1850—1937），捷克哲学家、捷克斯洛伐克共和国的主要缔造者，1918—1935任共和国的首任总统。

是知识的自由，思想的自由，但我们是这么回事，你有什么法想！不，我并不批评苏俄的教育政策；在他们悬定的目标下，他们的教育政策确是最有效率，最可钦佩的，问题是在你赞成不赞成他们“造成一个有充分力量的共产党员”的目标。假如你［是］赞成苏俄的共产主义的，你不能不在逻辑上赞成他们的教育；同样的，你赞许他们实际的教育，你就不得不在逻辑上归附他们的理想。

就在这一点上，到苏俄观察的人等各家得到各家的结论。我们狠期望适之先生下次有机会，撇开了统计表，去作一次实地的考察，我们急急的要知道那时候他是否肯定俄国教育有“从狄克推多过渡到社会主义的民治制度”的趋向。

话又说回来了；即使苏俄这次大试验、大牺牲的结果是适之先生所期望的社会主义的民治制度，我们还得跟在懒惰的中庸的英国人背后问一声：“难道就没有比较平和比较牺牲小些的路径不成?”但这问题大着，适之先生这次的态度一定在国内引起各方面的注意，我们深盼望有心政治的朋友们藉此作一个起点，再来一次更切实的研究，再来一次更进一步的讨论，本刊一部分的地位，（我希望，）如从前一样，还是公开的。

撇开了苏俄，我还有几句关于适之先生的话，适之先生终究还是一个勇猛有为的青年。他这次的态度就可以看出，这狠给我们安慰，因为说实话，我们中间真舍不得他那清亮的思想力与不偏颇的个性；他这次欧行是有重大意义的，不仅在他自己是一个“再生”的机会，我们期望他这次回来，对于中国社会的改造，在思想上，即使不在实施上，能有伟大的贡献。

他还是初次去欧洲，他那亲切的观察力与活泼的心智，一定可以带回狠多我们年来所期望而不会得到的“发见”：他竟许可以替我们辟一个思想的新方向，给我们一种新鼓舞。他个人的思想史是有趣味的：《新青年》是他第一个时期，这狂飙期的结束点是他的“好人政府”主义，那好比是黄梅时节的天气，晴雨不得分明；他几乎取一种 Merionist① 的态度，太倾向妥协现状一派，这在大部分青年对他是失望的。但这次他走出了国门，他分明走进了思想的新生机。这位实验主义先生是轻易不谈理想的，他有时简直鄙薄理想主义，不论在哲学上或是在实际上；但是你看，这回出国不满一月，他就重复的郑重的叮嘱我们谈政治不可无理想，不可无理想主义，这在他个人是个新现象，我们也希望这来可以在国内吸起一个高超的理想主义的思潮，一面可以扫除颓丧的悲观派，一面盖倒苟且的妥协派，在这猛烈的波涛间，我们盼望有伟大的改造社会计画出现！

志摩九月九日

附一：张慰慈按语

适之这次由西比利亚铁道赴欧，在路上的两个多星期曾经写了三封讨论政治问题的长信给我。第一封信是出了国境以后在西比利亚路上写的，可以算是他的政治哲学的一个小引子；第二封信是在莫斯科经过了三天的实地地观察后的感想；第三封是他离开莫斯科后的回想。适之是一个实验主义者，他是不肯轻易没有根基，以他主观的见解判断一切事实。他因为没有看见苏俄的情形，他对于这个问题从未发表过一句议论，就是去年我们讨论“仇友赤白”，最热闹的时候，朋友们无论怎样的劝他写文章，他始终没有写。这就可以看他的慎重态度。他这几次来信中的话句句都是极诚耿极沉痛的话，我们无论是赞成或是反对他的意

① Merionist：不详，疑拼法有误。

见，他这几句话确实可以激动我们的思想，使我们想一想，把我们脑筋中已采有意见重行估计一下。

适之又是最喜欢采纳别人的意见，最喜欢朋友们批评他的意见。他这几次信上，末了总有“此信可与某某诸君一看”一句话。可见得他是很想把他自己意见公开的与大家讨论。

所以我就他来信中节录几段最重要的话，发表出来。

慰　慈

附二：胡适旅苏信件摘录

车上读了 Morgenthan 的 All in a Life Time 很受感动。此人是一个（钱鬼子）Money Maker，中年以后，决计投身于政治社会的服务，为“好政府”奋斗，威尔逊之被选，很靠他的帮助。

前次与你谈国中的“新政客”有二大病：一不做学问，不研究问题，不研究事实；二不延揽人才，近来我想，还有一个大毛病，就是没有理想，没有理想主义。

我们不谈政治也罢。若谈政治，若干政治，决不可没有一点理想主义。我可以做一句格言：

计划不嫌切近，
理想不嫌高远。

这是莫斯科的第三晚了。

在一个地方遇见美国芝加哥大学教授 Merriam 与 Har Pers。今早同他们去参观监狱，我们都很满意。昨天我去参观 Museum of the Revolution，很受感动。

我的感想与志摩不同。此间的人正是我前日信中所说有理想与理想主义的政治家；他们的理想也许有我们爱自由的人不能完全赞同的，但他们的意志的专笃 Serionsness of Purpose 却是，我们不能不十分顶礼佩服的。他们在此做一个空前的伟大政治新试验；他们有理想，有计划，有绝对的信心，只此三项已足使我们愧死。

我们这个醉生梦死的民族怎么配批评苏俄!!

今天我同 Merriam 谈了甚久，他的判断甚公允。他说，狄克推多向来是不肯放弃已得之权力的，故其下的政体总是趋向愚民政策。苏俄虽是狄克推多，但他们却真是用力办新教育，努力想造成一个社会主义的新时代。依此趋势认真做去，将来可以由狄克推多过渡到社会主义的民治制度。

我看苏俄的教育政策，确是采取世界最新的教育学说，作大规模的试验。可惜此时各学校都放假了，不能看到什么实际的成绩。但看其教育统计，已可惊叹。

我这两天读了一些关于苏俄的统计材料，觉得我前日信上所说的话不为过当。我是一个实验主义者，对于苏俄之大规模的政治试验，不能不表示佩服。凡试验与浅尝不同。试验必须有一个假定的计划（理想）作方针，还要想出种种方法来使这个计划可以见于实施。在世界政治史上，从不曾有过这样大规模的“乌托邦”计划居然有实地试验的机会。求之中国史上，只有王莽与王安石做过两次的“社会主义的国家”的试验；王莽那一次尤可佩服。他们的失败应该更使我们了解苏俄的试验的价值。

去年许多朋友要我加入“反赤化”的讨论，我所以迟疑甚久，始终不加入者，根本上只因我的实验主义不容我否认这种政治试验的正当，更不容我以耳为目，附和传统的见解与狭窄的成见，我这回不能久住俄国，不能细细观察调查，甚是恨事。但我所见已足使我心悦诚服地承认这是一个有理想，有计划，有方法的大政治试验。我们的朋友们，尤其是研究政治思想与制度的朋友们，至少应该承认苏俄有作这种政治试验的权利。我们应该承认这种试验正与我们试作白话诗，或美国试验委员会制与经理制的城市政府有同样的正当。这是最低限度的实验主义的态度。

至于这个大试验的成绩如何，这个问题须有事实上的答案，决不可随便信任感情与成见。还有许多不可避免的困难，也应该撇开；如革命的时期，如一九二一年的大灾，皆不能不撇开。一九二二年以来的成绩是应该研究的。我这回如不能回到俄国，将来回国之后，很想组织一个俄国考察团，邀一班政治经济学者及教育家同来作一较长期的考察。

总之，许多少年人的“盲从”固然不好，然而许多学者们的“武断”也是不好的。

一个启事[①]

死，虽则说脱离这恶浊和烦恼纠结的世界不定是苦痛，终究是一件大事：往往使我们叹息，有时使我们涕泣，永远使我们在扰攘的生活道上感到半晌有蕴藏的沈默。才，古来有这句话，是容易遭忌的；人忌还有法子躲，天忌是逃不了的。我们诗刊同人本是寥寥可数的，但谁想到在三个月间，我们中间竟夭折了两个最纯洁的青年！杨子惠（宁波人）在七月间得伤寒症死在上海；前六日（九月九日）刘梦苇又在法国医院亡故。

梦苇的身世，最是可怜，他既无父母，又无同胞，流寓在北京，在呕血与苦工间挨度光阴；他病时少人护持，他呼号，有谁听得，但天佑他热烈的诗魂，这“孤鸿”如今实现了最后的自由，更不在人间啼叫了！我此时接到周赞里，魏华灼，张文亮，谢作舟，龚叶光，汪家增，朱湘，焦菊隐，王三辛，黄少谷诸君的讣告，知道承这几位朋友的义助，梦苇的遗骨已经安葬在永定门外湖南公山，等机会再来为他集会追悼。梦苇身

① 一九二六年九月十三日作；载一九二六年九月十五日《晨报副刊》；初收一九八〇年台湾时报文化出版事业有限公司《徐志摩诗文补遗》。采自《晨报副刊》。

后的弥缝，尚欠二百元左右，除朋友相将补苴外，如有惠助，请径交北河沿四十六号焦菊隐君代收不误。梦苇的《孤鸿》诗集，已交商务书馆印行，年内可以出版。如有追悼梦苇与子惠作品，不论诗文杂件，请于二星期内寄交志摩，当为汇集，选择发表，以为纪念。

九月十三日

托尔斯泰论剧一节[①]

（附论“文艺复兴”）

“说起戏，何等悲惨的戏，在我们的眼前正演着：国家的戏，阶级的戏，等第的戏！还有那个人的戏！从来有没有过像今天这样到处是惊心的苦恼，相互的残杀？只要想想这四年来我们亲眼见的惨象！在这普遍的斗杀声中，那一处不是变乱，那一处不听见大屠杀的叫嗥，残破的尸体，一堆堆的，积在市街上，横在田野间，沉在水底！现在闹声虽则过了，底里还不知有多少隐秘的杀害，隐秘的自尽，隐秘的癫狂！但戏剧的材料虽则这样丰富，我们的舞台还是照样的穷。我们没有悲剧，没有惊人的戏曲，甚至没有一个健全的有趣味的‘常演剧团’，没有幽默……

“倒像是生活与戏剧同是一块材料里做出的，如其一边分得多了，那一边派着的就少。剧场戏曲的源泉是干涸了的，就有一些沈闷的黏涩的‘改编’（Adaptation）一类的液体还留在底里。

“喔，那些改编的东西！当然，一个人饿急了总得想法子。

① 载一九二六年九月十六日《晨报副刊·剧刊》第十四期；初收一九六九年台湾传记文学出版社《徐志摩全集》第六辑。采自《晨报副刊·剧刊》。

可是改编真不是办法，太孩子气了；拿现成的一本小说或是一篇故事，给重排一道，就算是戏，这不是孩子们的玩艺？拿起一幅画，沿着线条剪下一个形象，粘在一块纸板上，把它支了起来站着，他们就快活。因为它站得起来，就当它是个塑像！一本小说或是一篇故事是绘画的工作：画家顾着的事情，是怎样使用他的笔法，怎么上颜色，怎么描背景，阴影，色调的强弱。戏曲是雕刻家的工作。你得拿凿来动手：不比把彩釉往平面上粘，这是雕镂真形象的事情。

"我开始写我那《黑暗的势力》的时候，我才明白小说与戏本间宽阔的距离。初起我只当它小说写，想用我写小说用惯的老法子。但是写不到几页我就发见根本不是这回事。例如，在戏台上要实写剧中人在紧要关头他心里实在经过情形是不可能的，你没法叫他想。唤起记忆，或是应用他的过去事迹来衬出他的品性：试验的结果只是无味，不自然，不真。你得给观众一个结构成形的心境，你得把你的思想构成形体，他们才看得见。只有这些心影（灵魂影像）——镂空成形而且相互交错的——能鼓动，能感动看的人。

"在《黑暗的势力》里，我没有办法，有几处还是用了'独语'；但是我写的时候总觉得那不是这么一回事。"

这是托尔斯泰在二十年前论剧的谈话，推内洛马（I. Teneromo[①]，原文见 Aylmer Maude[②] 的"The Life of Tolstoy"[③]）给记下来的。在这里托尔斯泰竟像是替我们在现在的中国说了话。杀，残杀，屠杀，自杀；哭声，叫声，呼救声，绝望的叹息声：多可怕的惨剧！那一天才演得完？有完的一天

① I. Teneromo：推内洛马，生平不详。

② Aylmer Maude：爱尔默·莫德，生平不详。

③ The Life of Tolstoy：《托尔斯泰生平》。

吗？我们暂时有权利坐着看的——天知道下一幕又派着谁！——眼也花了，气也喘不回来，腰也失了，可是我们还得看，无形中有一个势力逼着我们注意，不容我们些须的挪动，身子在这儿，心也得在这儿，整个儿的！

这时候来讲艺术？做诗，画画，提倡戏剧？不错，我有一时确是以为生活自生活，艺术自艺术；艺术永远可以利用生活所产生的材料，生活却干涉不到艺术的领土，那永远是独立的，逍遥的。也有人说，罗马要是命定得变灰，你我又有什么法子管得它，咱们且弹咱们的琴，唱咱们的歌吧，等到那天火烧到衣襟边再打主意不迟，这忽儿忙什么的！同时我们听见抱怨的声音："这生活太闷，太枯了，戏都看不到，不说别的。"怪，这不是现成的生活舞台上的大热闹，你们还怨没有戏看！

我们全都想躲，是真的，躲，你知道。"风声不好，太太，收拾几个箱子，去［东］交民巷躲着吧。"这是躲。"生活的面目太凶恶，太凄惨，太可怖了，我们想法子躲吧"，我们畏葸的战栗的灵魂们在商量，"躲到画图的色彩的鲜艳里去，躲到诗的境界的静定里去，躲到一支歌调的悠扬里去，躲到一幕戏的表现热烈里去"，这也是躲。平常在生活的面目比较不太丑怪的时候，我们尚且想躲，何况这时候简直是不堪又不堪？可是躲也得有地方能容你。可怜我们这蒙昧的精神境界，这儿是蔓草，那儿是荆棘，路都没有，你空着忙也是枉然！

这正是我们现在的状况。生活带着他那丑脸，他那恶相，不歇的在我们后背追赶，逼迫，走不及的就被他永远带住，运气稍好些的跑得快，还没有给追着，也快了，他们想逃进一个清静的园子去，门可是关着，他们嚷也是白费劲，或是里面没有人，或是没有收拾好。反正他们进不去，同时生活那丑怪还在不悲怜的搜捕他的逃犯……

现在我知道艺术是不能脱离生活独立的，它的生存与发展是几〈基〉于有一定条件的。生活不容许的时候，艺术就没有站住的机会。生活相当的安宁是艺术的产生的一个最主要的前提。乱世与文化是不相容的。生活与艺术，正如托尔斯泰说的，是从同一种材料里做出的，这意思是我们只有有限的注意力，只有在生活允准我们闲暇的日子，我们才可以接近艺术，创作艺术。你得有“余力”；个人如此，民族全体也是如此。因为什么是艺术只是反映一个时期的精神势力？正如水定然后能照物，一个时代或一个人，也得“定”然后能反省他内心的活动。艺术是这反省期内的产品，反省的机会又是安宁生活的赠与。所以我们不说在这生活动摇时期我们的意识停止活动；不，它的活动是永远不停止的；分别是在有否供给反省的闲暇。

我们现在的意识是破碎的，断续的，不完全的，因此不创作的。像是一面掷破的镜子，那些碎屑也未尝不能照出行云的一斑，飞鸟的逝迹，或是树叶间的清风，但这映象是不完全的，破碎的。我们现在只能期望有那一天，到时候这些断片碎屑重复能合成一个无裂痕的明洁的整体，凭着天光的妙用，再照出宇宙的异命哪。

但现在还说不到。

我们说是“文艺复兴”。有几天？

现在该说“文艺复衰”了吧！就成绩看，其实不成话，你我脸上都该带颜色，既然同是这时代的人，新诗——早没了；画，有几张，野狐禅属多；雕刻：零分；建筑：零分；音乐：零分又零分；文章：似乎谁也不愿意写，多半是不能说实话；戏剧：勉强一个未入流，惭愧。我本来想起了就觉着闷，但今天我明白些了。这还不是时候。年来那几朵小花，是烤出来的；不萎怎么着。当然，将来究竟能出品多少，如何质地，我愁没有人敢猜度，不说担保。现在的关键不在文艺本身，得看生活他老先生的意思了。

吃苦的日子往往是暗里发展的日子，我们所以也不能完全责备生活。我们只求他早天换个样儿。动了这半天，也该静了。要是生活静了，艺术还不见消息，那也甘脆，我们从此不用再想望什么。

但今天的时候还是在半空里挂着的。看吧!

关于党化教育的讨论[①]

——答张象鼎先生

如果适之先生说“苏俄在苏俄大规模的试验苏俄发明的新教育”，那我就第一个人相信，决不来疑问什么。但他来信的原文是：“我看苏俄的教育政策，确是采取世界最新的教育学说……”按张先生意思，似乎“党化教育”与“世界最新的教育学说”，或“新教育”，是一样东西；这点对不对我不敢说，因为我是不认识教育学说的，上次偶尔讲起幼稚教育，曾经受过真正教育学家的教训。这次不肯冒险了。好在我们有的是教育学专家与大家，我们相信这问题的重要值得他们破些工夫来指教指教，省得我们一群外行永远在牛角尖里瞎钻。

但张先生的意思，如我所懂，是新教育应分是党化教育(虽不定是苏俄的党化教育)，党化教育是对的。这一点值得讨论。我们先得看党是什么。撇开了少数人营私谋利的所谓党，我们姑且注定是一个政党，背后有一种主义，在学理上包含一

---

① 本文为《关于党化教育的讨论》中作者的文章；一九二六年九月十八日作；载一九二六年九月二十日《晨报副刊》。初收一九八〇年台湾时报文化出版事业有限公司《徐志摩诗文补遗》。采自《晨报副刊》，张信附后。

种社会观以至人生观，在实施一种乃至多种政策与方案，目的是为贯彻这某种主义，现在最现成的例子当然是俄国的共产党，意大利的法西士党，乃至我们这里奉行三民主义的国民党(看本期现代评论杨端六先生的报告)。这些都是党，它们的后身都有一种主义，它们的各方面的努力，是为要在社会组织上贯彻它们各有的主义；它们都利用教育来宣传主义，摄取信仰，巩固党基。这是它们的同点，虽则方法与主张不同，且竟有相互不容的，例如意大利最排斥共产主义，苏俄最诋毁法西士主义。

但新教育应分是党化教育？这话，我猜想，一定可以博得多数青年的赞许。你的思想一朝走入了一个划清的方向，正像你爱上了一个人，或是信了一种教，你就不得不专注，你心目中特定的目标，在你热奋的时候，取得了绝对性，不容他种的目标引逗你的分心。信耶稣教的同时不能接受摩哈默德，信马克思列宁的同时不能容纳，比如说，莫沙里尼。如其我们假定(一)在全社会的人共抱一种改造社会的信仰时，这社会就有改造的机会；（二）教育应用正当的方法可以完全做到划清，统一全社会政治思想；那末我们当然得承认改造社会最简捷的方法，是由教育一色清的宣传某种的政治思想。再如其这部分思想是某一党所代表的主义，那末实行党化教育当然是不可避免的结论。但这里有一点我们得注意的是这“化”字所概括的意义。教育本身所概括的当然是人生的全部，政党却只概括人的活动的一种，所以我们在说党化或主义化教育的时候，我们意思是只在渗透教育的一部分，但这一部的宽窄深浅，又得回看某党或某主义所概括的人生活动的宽窄深浅。例如：某党说只要人人穿蓝袜子不打喷涕，天下就可以太平，那么这党的改造方案关连到人生的地方，只限于穿袜子与打喷涕。它那党化教育的程度，也只要做到人人相信袜子改颜色与忍住喷涕是理，是真理，正如现在共产党信阶级战争，国民党信三民主义，是理，是真理。这化字的范围愈小，愈不干涉到人类固有的习惯与见解，事情就愈容易办；反之，如其这化的意义是得牵连到人生基本事实的，那事情就复杂，麻烦了。再说例：比如英国的自由党初起的特点是主张自由贸易，那自由党的党化教育，分明得狠，只要社会上明白自由贸易的好处以及保护贸易的短处。我不知道现在意大利法西士主义治下的教育受党化的程度有多深，但就我所知道，除了辟共产，反赤化的消极"渗透"以外，别的在实际教育所表见的法西士主义并没有多少痕迹可寻；在实际生活上，除了法西士的警卫兵戴有黑缨须的军帽以外，也看不出什么分别。在广东执政的国民党的党化教育，我不知底细，但如其只限于宣传孙文主义的话，那它"渗透"的范围也不能说是比法西士主义在意大利来得广。我想国民党员一定还保留得到，比方说，信教的自由，孙文并不限定他的党员信仰谁（除了他自己），不比法西士党员当然都是虔诚的天主教徒，简单说，这类的党化教育都只干涉到思想与活动的绝小部分。真正的党化教育，在历史上，我以为只有两个例：一是现在的俄罗斯，一是中世纪的欧洲。如其一定还要寻例的话，有人也许要提出古希腊的斯巴达，那也是近情的。在这里，那化字的意义可大了，范围也宽了；它不仅划定思想的出发点与方向，不容丝毫的含糊，并且干涉到非政治性的生活本体。在中世纪教会专政——罗马教主的狄克推多——治下，第一你的信仰是规定的，你的知识范围是圈定的，你的习惯种种也大都是有一定模型，轻易不用翻新出奇的。在思想上，不要说怀疑上帝或是怀疑教会，曾经不知有多少人，为了发表一点点细如毛发的"非正宗"的见解，叫教会派作异端，生生的送进火焰去烤一个稀烂；为了发见真理而殉生的前辈，更不胜举数了。这是历史上有名的"不容时期"——Age of

Intolerance幸生在自由已经争得几百年后的欧洲人，回望那黑暗时代的嶙峋刿目，没有不打寒噤的。但我们如其以“以党治国”的眼光来看，那中世纪的罗马教会真是一个理想的政党，它那党化的澈底与实际的成功，是绝无仅有的。自从宗教革命以及文艺复兴时期以来，人的思想自由一天宽似一天，知识上的发见，也一天深似一天，乐观派把这现象叫作“进步”。但自由似乎也有使厌了的时候，我们有幸福生在这二十世纪的，又听见什么党化教育的呼声；我们也见着了苏俄的“大规模的试验”。

是的，苏俄是中世纪政治的一个返〈反〉响。

第一，有观察力的人到过俄国的，都觉到俄国的新政治是一种新宗教；不论他们在事实上怎样的排斥宗教，他们的政治，包括目的与手段，不但是宗教性，而且是中世纪的教会性的。当然在共产主义治下，你可以得到不少的自由。正如在中世纪教皇治下，你也得到不少的自由；但你的唯一的自由——思想的自由——不再是你的了。正如中世纪有异端这个巧妙的观念，现代的苏俄也发明了一个巧妙不相让的名儿：“反革命”；收拾异端的方法是用火烧，对付反革命的手段也是同样的不含糊——你们都听见过苏俄的“欠夹”不是？这是一个“不容时期”的复活。也许是时新，下去仿效的尽有，竟许会普遍的通行，例如中国女人的裹脚，我知识浅，又无先见，不敢妄断。因为不敢信任人类的理性，我所以觉得怕。

但是“自由”！你还不如说空气，一样的无从捉摸。罗曼罗兰说：“我不懂得什么是自由”。我们究竟多少有了点阅历，再也不上空洞的大字眼的骗；现在离法国革命，已快有一世纪半了。所以自由，在思想上，乃至在行为上，至多只是相对的。但分别还是有，到时候你心里觉得，我心里觉得，怎么也诡辩不了的一个分别：自由与不自由。人类进化的一个意义，是意志自由行使的范围扩大；正如一个个人要做到他情感与本能的主人，人类的努力也只是要做到他周遭的势力的主人。(这观念，当然也是相对的。)他要支配，他不愿被支配；他要选择，他不愿被选择，他要做主，不愿做奴。他要争自由，也许是绝细的一点点，但这点点他还得争；一旦觉悟了，非到最后的一刻，他不肯，也不能舍手。我个人怀疑共产主义，怀疑党化教育（我不反对目的只在改良穿袜子与商榷打喷涕一类的党化教育），也就为顾恋一点点的私人自由。也许不时髦，但我就是这样头脑；将来许可以变样，难说，但现在还不。再说如苏俄一类的党化教育（那简直是“划一人生观”训练，说什么教育），是只能在一党完全专制治下才有实现的可能。它有几个前提是不容你辩难，不容你疑问的：天主教的上帝与圣母，共产主义的阶级说；你没有选择的权利，你只能依，不能异。

再退一步说，即使一党的狄克推多，尤其是一阶级的狄克推多，的确是改造社会最有捷效的一个路子，但单只开辟这条路！我怕再没有更血腥的工作了。我的意思是除了你用绝对的强力压在人的思想的脖子上，它是不会帖伏的；在思想不完全帖伏的时候，党的政治即不易见效，党的根基即不易巩固；换句话说，除了你“宗教化”你的党的目标（绝对的信服，不怀疑教主或教义），武力化你的党的手段，你就不能期望苏俄革命的效果：一件事是绝对的压住了思想的自由性。我们现在只能在两个态度里选择一个：或是你舍不得一点点的空洞的自由，还想从理性方面设法社会的改造；否则你就得完全倾心苏俄式的革命，抵拼最大限度的牺牲。

多谢张先生的启示，在这深夜里我还在晃动着这杆半磕睡的懒笔。我上面写的，与张先生的意思竟许不相针对，我自已先就感到抒写的不畅，以后许有更从容的机会再来饶舌，但我们这时候在文字上所能表见的，不论是谁，至多是一个趋向——也许是渐次形成一个态度的倾向。我上次用《一个态度》来标题适之先生的通信，如今回想起来，觉得也太匆促，几于太轻佻了。我十分期望再有更高明的头脑来参加我们的讨论。这应分是我们脱除意气的时候了。

九月十八日

附：张象鼎致徐志摩的信

志摩先生：

想不到你这温文尔雅的诗人，竟能勇敢地站在“反赤化”的战线上，为“反赤化”的军队的总指挥！自“赤白仇友”问题发生后，我便对于你的精神，“不能不十分顶礼佩服”，虽然主张不必相同。前日拜读你在胡适之博士通信后，写的那一段“按语”，知道你“还来抱残守缺似的争什么自由”，还要“站在懒惰的，中庸的英国人背后”，问一声“难道就没比较（比较苏俄的大试验，大牺牲）平和，比较牺牲少些的路径不成?”这种贯澈始终的“反赤化”精神，尤其使我“万分佩服”!

但是你的主张，在我，认为是理由不充足的，我不能“因为崇拜你的奋斗精神，而立刻跳到你们的那种‘反赤化’是正当的运动之结论”；更不能“因为崇拜你的奋斗精神，而立刻跳到你的‘按语’都是‘至理名言’的结论。”承你的好意，允许读者们在宝贵的贵刊上，占一些地位，讨论这个问题，我愿意乘便向你说几句话，并请在贵刊披露。（不披露也可以）

“反赤化”的整个的全部的问题，我不愿多讲，因为我不是“共产党”，也不是“法西斯蒂党”，而且对于你所说的“我们应得研究”之“苏俄所悬的那个‘乌托邦理想’，在学理上有无充分的根据”等等，未曾一项一项都有十分澈底的研究。我所要和你讨论的，只是你所“留神”的胡博士通信中的“最重要的核心问题”，“苏俄的新教育”问题。

俄国的教育，究竟怎么样，我们连它的统计表都没有见得到，“撇开统计表，去作一次实地的考察”，这更是后话，如何能骤下断定，现在所能够讨论的，也只是根据你所说的下列几段话：

“苏俄的学校，……学生自治的精神，是狠充足的——但这就是‘世界的最新的教育吗?’”

“……他们的教育，几乎完全是所谓‘主义教育’，或是‘党化教育’；他们侧重的第一是宣传的能力，第二是实用的科目，例如化学与工程，纯粹科学与纯粹文学，几乎占不到一个地位；宗教是他们无条件排斥的……但他们却拿马克思，列宁替代耶稣，资本论替代圣经，阶级战争，唯物史观一类观念，替代信条——这也许是适之先生所谓世界最新教育学说的一部吧?”

“……我并不批评苏俄的教育政策；在他们悬定的目标下，他们的教育政策确是最有效率，最可钦佩的，问题在你赞成不赞成他们‘造成一个有充分力量的共产党员’的目标。假如你赞成苏俄的共产主义的，你不能不在逻辑上赞成他们的教育；同样的，你赞许他们实际的教育，你就不得不在逻辑上，归附他们的理想。”

综观先生的话，不外是说：“俄国的教育是党化教育，不是新教育，这种教育，只宜于共产党，不赞成共产主义者，便不当‘赞许’此教育。”

其实依我看来，“党化教育”便是最新的教育，在世界的新国家里，除非你甘为“老大帝国”，不论他是共产党专政，或者别的党执政，都应该采这种教育政策。这问题，并不是仅限于教育范围内的问题，实是政治的问题。何以呢？如果你赞成“政党制度”，赞成凡一政党，都应确信本党的政策为好政策，而努力其实现，那你便不能不赞成“党化教育”！

“怀其实而迷其邦”，这种高唱不党不偏的清流政客，只是自私自利的人啊！吾友常燕生常反对我的“党化教育”主张，谓“党化教育”有不顾国家利益之弊，这是误会的话，须知党之要来“党化教育”，是为实现其政策于国家，也便是为国家的利益，而后来“党化教育”，怎会说不顾国家利益呢?他的毛病，便在把“党”看成个坏的东西。不知先生是否也持同一的见解！实际上，什么“职业教育”啦，什么“平民教育”啦，何莫非由一部分人提出一种意见来，便去“化”全国?又凡办学的人和做教育的人，谁不执著他们的成见，去做他们的事业?这虽不是“党化”，却是“意见化”和“成见化”了！你所争的“自由”，“知识自由”，“思想自由”，在那里呢?不！我想，你或者不是根本上反对“党化”教育，只是反对苏俄的“党化”教育，因为你只是批评苏俄的教育，没有批评“党化教育”的本身。

说到俄国的教育，我已说过，我是不狠清楚的，据你“所知道”的“完全是主义教育，党化教育”，如果你口中的“党化教育”是我心中的“党化教育”——即“党化教育”的本义，那末，如上所说，它是不应该反对的。即你口中的“党化教育”，只是“侧重宣传的能力，实用的科目……纯粹科学与纯粹文学几乎占不到一个地位”的主义的“党化教育”，在这时代，也不应该轻视。本来“党化教育”的着重点是要使受教育者，了解，信仰党的主义或政策，这完全是情意方面（关于了解略须借助知识）的事，此外，受教育者所应学的科目，所应具的知识，并不因实行“党化教育”而排斥，而屏弃。

只要你是一个“党化”了的人，无论你做医生也好，诗人也好，无论你学法律也好，学经济也好，“党化教育”不必限制你，事实上也不至妨害你。乃若苏俄的“党化教育”教育，竟“侧重”这个，“几乎”那样，也还是“侧重”，还是“几乎”，纯粹科学及文学，并没有被挤出学科的圈外，算不得大不了的事。再不幸，而你口中的“侧重”便是“专重”，“几乎”便是“完全”，我还要重复说一句，在这时代不应该轻视。这时代是人类实际生活最不安稳的时代，是政治上，经济上，法制上，一切实际问题，急待解决的时代，是该拿全人类的大力量，合力解决全世界的总问题的时代，侧重“宣传能力，实用科学”虽不免偏狭些，却也是“救时之弊”的办法。你所深恶乎苏俄的“党化教育”者，想尤在“以主义代宗教而束缚人们的自由”这一点。其实“党化教育”之所以配称为“新教育”，这一点也便是其一因，（胡博士是否这样想，我不知道。）宗教的好处在能陶铸人类的情意；其坏处在忽略了人类的现实生活，又利用人类天性中的怯懦之弱点，以诱人走入渺茫的幻想之途。旧教育却又只知道增加人类的知识，而忽略了情意，以致知未必行，“教育无能”。“党化教育”却一方着重“情意”，一方仍欲增加受教育者的知识，又其唤起人类的奋勇，以解决实际生活的问题，亦非宗教可比，这种教育，前此未有，故谓之新。至于“束缚自由”的罪名，更加不在“党化教育”的头上。“党化教育”的成功与否，在他能否得到受教育者之信仰；信仰和束缚绝对不能连在一块说。有所谓自由，究竟是怎样解释？难道必完全不受“心外”的——外铄的影响，才是自由吗？请问受“意见化”与“成见化”的教育的人，是否自由？又有几人没有受外来的影响？譬如你，是否享有完全自由？自由这一个问题，不是三言两语可解决之问题，这里我想，不必细说罢。许多人的误见，似乎是把一个人抱一个意见，或者少数人抱共同意见，便是自由，若要教大家同来赞成一种主张，便不是自由，唉！这完全忽略了人类天性中的“同点”了，我希望你不作这样想。这一大段话，好像完全替苏俄辨护。不！我并不是苏俄的辨护人。我只是说“党化教育”是新教育，便像你口中所说的苏俄的“党化教育”也不可轻视。党化的主义怎样，那是别一问题。

你又以为苏俄的教育（党化教育），只适于共产主义的国家，那是你根本的错误。实行共产主义的国家，固如别的“以党治国”的国家一般，以实行“党化教育”为“最可钦佩，最有效率”，但在前代的共产党人，却未曾都如是主张。反之，不是共产主义的国家，凡是一党执政，都以实行“党化教育”为“最可钦佩，最有效率”，譬如中国国民党，也主张党化教育，而一部分国家主义者，且亦相当赞成此政策。可知“共产主义”和“党化教育”的关系，正如徐志摩和吃米饭的关系相同，徐志摩以米饭最宜，而吃米饭者，却不必限定徐志摩，志摩先生：你如因为反对共产主义，因而反对“党化教育”，在你便是因噎废食。

总而言之，统而言之，“党化教育”便是新时代的新教育。苏俄能实行“党化教育”，苏俄的教育，便是新教育，（注意，这不是替胡博士的话下注脚。）这种新教育，不管是共产党专政，或者是法西斯蒂党专政，都应该行这种新教育。主义怎样是别一问题，教育政策又是别一问题，正如张象鼎好坏是别一问题，吃饭的本身，却总是一件好的维持生命的方法。

志摩先生！你说是不？完了，再见！

（附言一）听说菊农先生，又在那里诅咒“党化教育”，我没有拜读他的文章，恕不论及。

（附言二）写完了，忽又想到我这篇对于你的通信的基础，不狠稳固，因为完全建筑在“如果你赞成政党制度，……”那一个假设上。我想，你或且捻须微笑道：“我不赞成政党制度”，或“不赞成以党治国”，我这一大串话，便成“费话”了。哈哈！如果你真个那样，我只好自认失败。

一九二六，九，一八

《剧刊》终期[①]

凋零：又是一番秋信。天冷了。阶前的草花有焦萎的，有风刮糊的，有虫咬的；剩下三两茎还开着的也都是低着头，木迟迟的没一丝光彩。人事亦是一般的憔悴。旧日的荣华已呈衰象，新的生机，即使有，也还在西风的背后。这不是悲观，这是写实。前天正写到刘君梦苇与杨君子惠最可伤的夭死，我们的《诗刊》看来也绝少复活的希冀，在本副刊上，或是在别的地方。闻一多与饶孟侃此时正困处在锋镝丛中，不知下落。孙子潜已经出国。我自己虽则还在北京，但与诗久已绝缘，这整四月来竟是一行无著，在醒时或在梦中。诗刊是完了的。

《剧刊》的地位本是由《诗刊》借得，原意暑假后交还，但如今不但《诗刊》无有影踪，就《剧刊》自身也到了无可维持的地步。这终期多少不免凄恻的尾声，不幸又轮着我来演唱。《剧刊》同人本来就少，但人少不碍，只要精神在，事情就有着落；剧刊初起的成功是全仗张君嘉铸的热心；他是我们

---

① 载一九二六年九月二十三日《晨报副刊·剧刊》第十五期，署名志摩；徐文未完，后半部分系余上沅所作，署名余上沅；徐文初收一九六九年台湾传记文学出版社《徐志摩全集》第六辑。采自《晨报副刊·剧刊》，余作部分附后。

朋友中间永远潜动着的“螺轮”，要不是他，笔懒入骨的太侔，比方说，就不会写下这许多篇的论文。上沅的功劳是不容掩没的，这十几期剧刊的编辑苦工，几乎是他单独抗着的，他自己也做了最多的文章，我们不能不感谢他。但他也要走了。太侔早已在一月前离京；这次上沅与叔存又为长安的生活难，不得已相偕南下，另寻饭啴去。所以又是一个“星散”；留着的虽还有嘉铸与新来的佛西，但我们想来与其勉强，不如暂行休息。我自己也忝算剧刊同人的一个，但是说来惶恐，我的无状是不望宽恕的；在剧刊期内有一个多月我淹留在南方，一半也为是自顾阙然，不敢信口胡诌，一半当然是躲懒，他们在预定的计划上派给我做的文章，除了最初闹场与此次收场而外，我简直一字也不曾交卷！还有我们初起妄想要到几位真学问家真在行家的文章（例如丁西林先生王静庵先生以及红豆馆主先生），来光彩我们的篇幅，但我们只是太妄想了！

这篇中秋结帐的文章本应上沅写的，因为始终其事的掌柜，是他不是我，但他一定要推给我写，一半是罚的意思，决不容我躲，既然如此，我只得来勉为其难。

我已经说了剧刊不能不告终止的理由是为朋友们四散；但这十五期多少也算是一点工作，我们在关门的时候，也应得回头看看，究竟我们做了点什么事，超过或是不及我们开门时的期望，留下了什么影响，如其有，在一般读者的感想是怎么样，我们自己的感想又怎么样。

先说我们做了点什么事。在剧刊上发表的论文共有十篇：赵太侔论《国剧》，夕夕（即一多）论《戏剧的歧途》，西滢论《新剧与观众》，邓以蛰论《戏剧与道德的进化》，杨振声论《中国语言与中国戏剧》，梁实秋的《戏剧艺术辨正》，邓以蛰论《戏剧与雕刻》，熊佛西的《论剧》，余上沅论《戏剧批评》，以及冯友兰译的狄更生的论希腊的悲剧。批评文字有八篇：张嘉铸评艺专习演，叶崇智评辛额（J. M. Synge）①，余上沅评中国旧戏，张嘉铸评英国三个写剧家，萧伯纳，高斯倭绥，与贝莱勋爵，以及杨声初君的《兵变之后》与俞宗杰君的《旧戏之图画的鉴赏》。论旧戏二篇：顾颉刚君的《九十年前的北京戏剧》，与恒诗峰君的《明清以来戏剧的变迁说略》。论剧场技术的有七篇：余上沅的《演戏的困难》，戈登克雷的《戏院艺术》，该岱士的《剧场的将来》，太侔的《光影》与《布景》，舲客（即上沅）的《论表演艺术》，马楷的《小戏院之勃兴》。此外另有十几篇不易归类的杂著及附录。

附：余上沅《〈剧刊〉终期》后半部分

在“人事亦是一般的憔悴”的时候，志摩已经找着了一条出路，碰上这天上地下都团圆的清夜，不免痛饮到了陶醉。剩下的未尽之意，只好由我来勉强续完了。

上面统计的二三十篇文章，其中大部分有一种不约而同的趋向。这些作者，不但批评戏剧，而且对于艺术全体，都有相当的发挥。譬如《国剧》中之论“程式化”，《戏剧的歧途》中之论“纯形”，《旧戏评价》中之论“纯粹艺术”，《戏剧与道德的进化》中之论“除邪及涅槃”，《中国语言与中国戏剧》中之论“介体”，《病入膏肓的萧伯纳》中之论“普遍的情感”，《货真价实的高斯倭绥》中之论“艺术良心与道德良心的平衡”，《顶天立地的贝莱勋爵》中之论“反实与求实”，《戏剧与雕刻》中之论“抑制的情感”，《论戏剧批评》中之论“艺术的规律”，——这些都是一般艺术的基本观念，不限于戏剧一项。本来，艺术的元素，总是

① J.M.Synge：辛格（1871—1909），爱尔兰剧作家，爱尔兰文艺复兴运动的代表人物，作品有悲剧《骑马下海人》、喜剧《峡谷阴影》和《西方世界的花花公子》等。

息息相关的。要谈论戏剧，自然不得不涉及其他艺术；要研究戏剧，也是一样的不能不兼及一般艺术。如果有人以为只读读书本上的戏剧便算研究了戏剧，那是对戏剧有了误解，老实说，那简直是躲懒。

戏剧同人是不拘成见的，不论我们对各项艺术有无多少研究，但是我们总相信故步自封是一件要不得的事。《剧刊》不曾在比较重要些，急切些的东西之外，更讨论哑戏，傀儡戏，提线戏，影子戏，甚至于马戏，等等，等等，那是限于时间，并不是预先存过什么成见。因此，我们不避讳，不迟疑的讨论“旧戏”。听说有人误解了太侔的《国剧》和我的《旧戏评价》，那是不幸的事。旧戏当然有它独具的价值，那是不可否认的，我的意思，就是要认出它的价值，而予以相当的注意。“要是”它在外形与内容两方面都达到了一个比较理想的程度，自然可以跻入最高的艺术。太侔的意思也与我大致相似。他主张用西方的长处，来使我们的戏剧丰富。他始终没有说过一句武断的话，这种态度，原是我们研究戏剧的人所应有的。实秋虽似乎偏重文学，而他也一再声明赞成戏剧去在舞台上排演。要有不拘成见的精神，一切才能日新月异。这种态度，我相信《剧刊》同人是会永远保持的。

混乱和争斗的原因，不外乎或是偏重情感，或是偏重理知。是健全的人生，是理智与情感最调和最平衡的人生。我推重旧戏的外形，同时也责备它的内容。太侔也说使旧戏变成纯艺术固然好，可是一方面它又缺乏情绪的触动。叔存也说过与这个原理相仿佛的话。禹九更不待言，在他的“三部曲”之中，直把这个意思发挥得有条有理了。疏忽的读者，也许不能领会这三篇文章的含义。其实，这三篇东西是分不开的，其间有一个一贯的线索。萧伯纳偏重理知，贝莱偏重情感，高斯倭绥似乎有点得着了二者间之平衡的趋向。我们终究是人，不是妖怪，也不是神仙。要做一个健全的人，对于艺术的良心与道德的良心两方面，当然不得不求它们的平均发展、共同生存。这个健全是理想；要达到这个理想，才演出光怪陆离的人生之各方面。理想达不到原不要紧，要紧的是必须有一个理想，必须去求得达到。在这条曲折的线纹上，我们一般蚕虫不住的盘旋，直到咬破茧壳，振翼飞往天空。

这些文章，未免迂阔而不近于世情，我们自己知道，可又忍耐不住，不能不说，那怕说得还不十分痛快。我们要计划小剧院，却又等于秀才造反，三年也是不成。我们只好自己分头去调查，计算，接洽，直到它实现为止。我们也试过一次画报，结果也不太佳。因为少了“留法外史”，卖报人也摇头说不好，不好。高明的批评是说注脚不够。那也难怪，听说看电影的还有要求多加“字幕”的呢。依他们的要求，将来美术展览会里，图画上边下边左边右边，还得贴满讲演它的内容它的“意思”的文章，否则多数人还是不见得肯承受的。还说什么！……

《剧刊》是终期了，《剧刊》要做的工作永远没有终期。中国戏剧社不是没有希望的，它会继续这些工作。说句不祥的话，万一戏剧社也无形消灭了，依然不愁继起无人，如果中华民族还是一个民族。

《几则启事》之一①

因民鉴：来示指正甚是敬荷。志摩。

附：《几则启事》其余部分

志摩先生：我译的嚣俄诗《旅行》六个月前已经在《现代评论》印出，你大概瞧见了。怎的你又把他在《晨副》上再版？你大概是要去新婚旅行了，就把你的字纸篓里东西往《晨副》身上一推吧……

浩徐　三十日

志摩近来真是太忙。我们只得说一声“对不起”，请大家海涵。记者

① 载一九二六年十月四日《晨报副刊》，题名《几则启事》。其余两则附后，因民或系浩徐的表字。

志摩启事[①]

志摩启事：我告假回老家去几时，《晨副》的编辑自本月初起请瞿菊农先生担任，他家住后内东板桥西妞妞房五号，有事请径与瞿先生接洽可也。

① 载一九二六年十月十三日《晨报副刊》。

一九二七年

徐志摩散文全编

A Collection of Prose of Xu Zhimo

PROSE

徐志摩寻人①

秋郎先生：

请你替我在《青光》上发一个寻人的广告，人字须倒写。

我前天收到一封信，信面开我的地址一点也不错，但信里问我们的屋子究竟是在天堂上还是在地狱里，因为他们怎么也找不到我们的住处。署名人就是上次在《青光》上露过面的金岳霖与丽琳；他们的办法真妙，既然写信给我，就该把他们住的地方通知，那我不就会去找他们，可是不，他们对于他们自己的行踪严守秘密，同时却约我们昨晚上到一个姓张的朋友家里去。我们昨晚去了，那家的门号是四十九号A。我们找到一家四十九号没有A！这里面当然没有他们的朋友，不姓张，我们又转身跑，还是不知下落。昨天我在所有可能的朋友旅馆都去问了，还是白费。

我们现在倒有些着急，故而急急要你登广告，因为你想这一对天字第一号打拉苏阿木林，可以蠢到连一个地址都找不

---

① 载一九二七年七月二十七日上海《时事新报·青光》，原题为《徐志摩寻Y》。采自陈子善《文人事》，浙江文艺出版社一九九八年八月出版。

到，说不定在这三两天内碰着了什么意外，比如过马路时叫车给碰失了腿，夜晚间叫强盗给破了肚子，或是叫骗子给拐了去贩卖活口！谁知道！

话说回来，秋郎，看来哲学是学不得的。因为你想，老金虽则天生就不机灵，虽则他的耳朵长得异样的难看甚至于招过某太太极不堪的批评，虽则他的眼睛有时候睁得不必要的大，虽则——他总还不是个白痴。何至于忽然间冥顽到这不可想象的糟糕？一定是哲学害了他，柏拉图、葛林、罗素，都有份！要是他果然因为学了哲学而从不灵变到极笨，果然因为笨极了而找不到一个写得明明白白的地址，果然因为找不到而致流落，果然因为流落而至于发生意外，自杀或被杀——那不是坑人，咱们这追悼会也无从开起不是？

我想起了他们前年初到北京时的妙相。他们从京浦路进京，因为那时车子有时脱班至一二天之久，我实在是无法接客，结果他们一对打拉苏，一下车来举目无亲！那时天还冷，他们的打扮是十分不古典的：老金他簇着一头乱发，板着一张五天不洗的丑脸，穿着比俄国叫化更褴褛的洋装，蹩着一双脚；丽琳小姐更好了，头发比他的矗得还高，脸子比他的更黑，穿着一件大得不可开交的古货杏黄花缎的老羊皮袍，那是老金的祖老太爷的，拖着一双破烂得像烂香蕉的皮鞋。他们倒会打算，因为行李多不雇洋车，要了大车，把所有的皮箱木箱皮包篮子球板打字机一个十斤半沉的大梨子破书等等一大堆全给窝了上去，前头一只毛头打结吃不饱的破骡子一蹩一蹩的拉着，旁边走着一个反穿羊皮统面目黧黑的车夫。他们俩，一个穿怪洋装的中国男人和一个穿怪中国衣的外国女人，也是一蹩一蹩的在大车背后跟着！虽则那时还在清早，但他们的那怪相至少不能逃过北京城里官僚治下的势利狗子们的愤怒的注意。黄的白的黑的乃至于杂色一群狗哄起来结成一大队跟在他们背后直嗥，意思说是叫化子我们也见过，却没见过你们那不中不西的破样子，我们为维持人道尊严与街道治安起见，不得不提高了嗓子对你们表示我们极端的鄙视与厌恶！在这群狗的背后又跟着一大群的野孩子，哲学家尽走，狗尽叫，孩子们尽拍手乐！

给陆小曼的信[①]

——《巴黎的鳞爪》代序

这几篇短文，小曼，大都是在你的小书桌上写得的。在你的书桌上写得：意思是不容易。设想一只没遮拦的小猫尽跟你捣乱：抓破你的稿纸，踹翻你的墨盂，袭击你正摇着的笔杆，还来你鬓发边擦一下，手腕上踙一口，偎着你鼻尖“爱我”的一声叫又跳跑了！但我就爱这捣乱，蜜甜的捣乱，抓破了我的手背我都不怨，我的乖！我记得我的一首小诗里有“假如她清风似的常在我的左右”，现在我只要你小猫似的常在我的左右！

你又该撅嘴生气了吧，曼，说来好像拿你比小猫。你又该说我轻薄相了吧。凭良心我不能不对你恭敬的表示谢意。因为你给我的是最严正的批评（在你玩儿够了的时候），你确是有评判的本能，你从不容许我丝毫的“臭美”，你永远鞭策我向前，你是我的字业上的诤友！新近我懒散得太不成话了，也许这就是驽马的真相，但是曼，你不妨到时候再扬一扬你的鞭丝，试试他这羸倒是真的还是装的。

志摩八月二十日

---

① 一九二七年八月二十日写；初收一九二七年八月上海新月书店《巴黎的鳞爪》。采自《巴黎的鳞爪》。

《翡冷翠的一夜》序[①]

小曼：

如其送礼不妨过期到一年的话，小曼，请你收受这一集诗，算是纪念我俩结婚的一份小礼。秀才人情当然是见笑的，但好在你的思想，眉，本不在金珠宝石间！这些不完全的诗句，原是不值半文钱，但在我这穷酸，说也脸红，已算是这三年来唯一的积蓄。我不是诗人，我自已一天明白似一天，更不须隐讳；狂妄的虚潮早经销退，余剩的只一片粗确的不生产的砂田，在海天的荒凉中自艾。“志摩感情之浮，使他不能为诗人，思想之杂，使他不能为文人。”这是一个朋友给我的评语。煞风景，当然，但我的幽默不容我不承认他这来真的辣入骨髓的看透了我。煞风景，当然，但同时我却感到一种解放的快乐——“我不想成仙，蓬莱不是我的分，我只要地面情愿安分的做人”……

本来是！“如其诗句得来”，诗人济慈说：“不像是叶子那么长上树枝，那这不如不来的好。”我如其曾经有这一星星诗

---

① 一九二七年八月二十三日写；署名志摩；初收一九二七年九月上海新月书店《翡冷翠的一夜》，为该书代序。采自《翡冷翠的一夜》。

的本能，这几年都市的生活早就把它压死，这一年间我只淘成了一首诗，前途更是渺茫，唉，不来也吧，只是我怕辜负你的期望，眉，我如何能不感到惆怅！因此这一卷诗，大约是末一卷吧，我不能不郑重的献致给你，我爱，请你留了它，只当它是一件不稀奇的古董，一点不成品的纪念……

志摩

八月二十三日花园别墅

海粟的画[①]

海粟是一个有玄学思想的画家。从道德经经过邵康节到“天游主义”，或是从“天游主义”到邵康节再到道德经——这是海翁在他的玄学海里旅程的一个概况。本来作“文人画”的作家是脱离不了玄学思想的，不论是道佛或是别的什么；海翁无非是格外明显的一个例。这部分思想的渊源发见在他的作品里是一种特殊的气象，这究竟是什么，颇不易用一二个状词来概括，至少我觉得难，但无论如何我们不能否认他确能在他的画里表现一种他所独有的品性或风格。一个画家的思想的倾向往往在他的作品的题材里流露消息。有的人许不愿意把思想一类字眼和画家放在一起，仿佛一个画家就不该有或不必有什么思想似的，我理会得这个道理，但是我现在不能申辨，我只能求你们把思想这字眼放宽一点看，只当它是可与性情乃至态度一类字眼几乎可相通用的。海粟每回提起笔来作画的时候（我这里是说他的国画）在他想像中最浮现的是什么一类境界，在他内心里要求表现的是什么？（容我斗胆来一个心理的端详。）最现成的是大山岭，海，波澜，瀑布，老松，枯木，寒林；要

---

① 载一九二七年十二月《上海画报》第三〇三期。

是鸟，那就是白凤，再不然就是大鹏，“其翼若垂天之云，背负青天而莫之夭阏者”；要是花（他绝少画花），那就是曼陀罗花，或是别的什么产自神仙出处的奇葩。我们这里要问的是他要表现的是什么，是这些山水花鸟的本体，还是他借用这些形体来表现他潜伏在内心里的概念？我的拙见是他要写的是“意”，不是体。他写山海是为它们的大，波澜为它们的壮阔，泉为它们的神秘，枯木为它们的苍劲。尤其是“大”的一个概念在海粟是无处不活跃的；从新心理学说来，这几字是一种Complex[①] 是。因此在他成功的时候他的形象轮廓不止是形象轮廓；同时在他失败的时候他的形象轮廓不止是形象轮廓。他的画，至少他的国画，确乎是东方一部分玄学思想的绘事的表现。

我们再从他爱好的作家里探得消息。意识的或非意识的，海粟自己赏鉴的标准也只是一个：伟大。不嫌粗，不嫌野，他只求大。“大”是他崇拜的英雄们的一个共性。在西方他觅得了密恰朗其罗，罗丹，塞尚，梵高；在东方他倾倒八大，石涛。这不是偶然的好恶，这是个人性情自然的向往。因缘是前定的；有他的性情才有他的发见，因他的发见更确定了他的性情。

所以从他的崇仰及他自己的作品里我们看出海粟一生精神的趋向。他是一个有体魄有力量的人，他并且有时也能把他天赋的体魄和力量着实的按捺到他的作品里。我们不能否认他的胸襟的宽扩，他的意境的开展，他的笔致的遒劲。你尽可以不喜欢他的作品，你尽可以从各方面批评他的作品，但在现代作家中你不能忽略他的独占的地位。他是在那里，不论是粗是细。他不仅是在那里，他并且强迫你的注意。尤其在这人材荒

---

① Complex：心理学术语，今译“情结”。

歉的年生，我们不能不在这样一位天赋独厚的作者身上安放我们绝望中的希望。吴仓老已经作古，我们生在这时代的不由的更觉得孤寂了，海粟更应得如何自勉！自信力是一切事业的一个根脚；海粟有的是自信力。但同时海粟还得用谦卑的精神来体会艺术的真际，山外有山，海外有海，身上本来长有翅膀的何苦屈伏在卑琐的地面上消磨有限的光阴？海粟是已经决定出国去几年，我们可以预期像他这样有准备的去探宝山，决不会得空手归来，我们在这里等候着消息！这次的展览是他去国前的一个结束，关心艺术的不可错过这认识海粟的一个唯一机会。

年终便话①

一

这年头你再不用想有什么事儿如意。往东东有累坠。往西西有别纽。眼见的耳闻的满没有让你宽心的事。屋子外面缺少光亮。回家来更显得黯惨。出门去道儿不平顺。自个儿坐在空房里转念头时。满脑子也只是怕人的鬼影。大事儿是一片糊。小零星也不得干净。想找人诉诉苦。来人的脸子绷得比你的更长。你笑人家不认得真珠。你自己用锦匣儿装着的也全是机器的出品。什么都走岔了道。什么都长豁了样。这年头。这年头。

一年容易。又到了尽头。回头望望。就只烟雾似的一片。希望、理想—好词儿。希望早给劈碎了当柴烧。在这小火上面慢慢的烤糊了理想。烤糊了的栗子。烤糊了的白薯。捏上手全是灰。还热着哪。再别高谈什么人生。生活就比是小孩们在地

① 约一九二七年底作；载一九二八年一月一日《申报》；采自《申报》，标点依原报，未改。

上用绳子抽着直转的地龙。东一歪西一跛的。嗡嗡的扁着小嗓子且唱。

又来了一个冬至。冷飕飕的空气。草尖上挑着稀松的霜。黑夜赖着不肯走。好时候！我想到一个僻静的教堂里去。听穿白长袍的孩子们唱赞美诗。看二尺来高的白蜡一寸寸的往下矮。你想。不错。你是这么想来著。我可想独自关在屋子里抒写一半行从性灵暖处来的诗句。暖暖的。像打伤了小鸟的前胸的羽毛。跳着的。你想。不错。你是这么想来着。然又想……得。你想开了罢。这年头那容你有一件事儿。顶小顶轻松的事儿。如意称心。

二

可是尽说这冷落丧气话也不公平。冷急了自然只能拿希望劈成小柴生火。可是在这小火上面许还有些没有完全烤糊的理想。前天在无意中检着了一个！田寿昌上回看他自己的戏叫人家演糊了的时候，他急得直跳腿。脸上爆着粗汗。说比死还难过。他说他里面有火。一时可透不出焰来。这回他的火吐了焰了。鱼龙会那几个小戏是值得赞美的。虽则我只见着了一个半多些。我满想腾出一晚去看他的戏。可偏是这鬼忙。错了一天又是一天。前天下午。有一点钟的闲。就拉着小曼去看鱼龙，进门就听得老婆子的悲声。湖南口音的。那一间小屋子格着戏座的先叫我欢喜。台上的光也匀得好。我们一大群人成天嚷着要办小剧院。就知道抱怨世界上缺少慷慨的富翁来替我们化钱。却从不曾想到普通一间客厅就够我们试验。只要你精神饱满。什么莫利哀，莎士比亚，席勒。都不来嫌你简陋。鱼龙会的精神是一团不懈的精神。不铺张。不浮夸。不草率。小屋子里盛满了认真的兴会与努力。这是难得有的。

地方紧凑有种种好处。第一演戏的不感著拘束。他们可以放心说他们做他们的。说坏了做坏了都没有多大关系。这不矜持在演剧的成功上是一个大原则。第二地方小容易造成一种暖和的空气。在这里面谁都不觉得生分。谁都觉着舒泰。台上与台下间自会发生一种密切。台上容易讨好。台下容易见情。仿佛彼此是一家子。谁也不用防谁。这多有意思。第三是小场所可以完全动员看戏人的注意。教育的一个意义，是教人集中注意。我们平常读书听话乃至看戏狠难得专心一意的。我们平常收受经验评判经验的不是我们纯粹的性灵。在我们意识最上层浮着的往往只是种种的偏见与成见。像水面上的浮腻。这里面永远反映不出清晰的形象来。普通商业性质的戏院子。都是太大太空廓太嘈杂太散漫。因此观众的“灵窍”什么也不能自然的完全的开着。小剧场正合式。正为是小。它的同化的力量却反而大。因此往往在大舞台上不怎样成功的作品。在小剧场里却收成了最大的效果。反之小剧场的成功上舞台去不准成。这关键就在小台上的动作神情说话，台上全认得真听得清。又不费演员的劲。

三

话似乎说远了。鱼龙会的戏我只见了《爸爸回来了》、《苏州夜话》。据说还不是顶好的。《爸爸回来了》这戏编得并不好。演来也尽有可商量的地方。但这戏没有做完。小曼和我同去的朋友们都变成了泪人儿。听说有一天外客来看的只有一个！一个厨子。他的东家化钱买了券。叫他来看的。他不知看了那一个戏竟哭得把他完全油渍过的短袄又加一次泪渍。他站起来就跑。旁人留他再看。他说实在伤心得再也受不住了。这可见田先生的戏至少已经得到了眼泪的成功。戏的大致是一个酒徒兼色鬼的为了一个不相干的女人丢了家。抛下他的妻和三个小孩。最大的八岁。家私是早给他荡尽了的。他的女人一着急。就带了她的孩子投河寻死去。又没有死成。那大孩子倒有志气。吃了无穷的苦居然挣起了一份家养他的母亲。并且还帮助他的弟妹上学。这年他已经二十三了。爸爸回来了。甘脆一个要饭的。他穷得没路走又回来了。他的妻子没有心肠再责备他。他的两个小儿女也觉得爸爸怪可怜的。但大儿子可不答应。他简直的不认。如其认。不认他父亲。认他是仇人。他弟弟他妈都想留下那化子。他一人不答应。爸爸没法子只得又走了。小儿子跟了去。幕落在他妹子过来伏在他身上哭着叫哥哥。那父亲临走时几声"还是去吧"。声音极悲惨。看的人哭是哭了。对戏可有批评。他们都觉得儿子总不该这样的对付老子。他已经流落到快死的地步。他们说国贤的见解是危险性的。他的意思是负责任的父母才是父母。放弃责任同时就放弃权利。他父亲既然有这狠心丢下他的妻儿。做儿子的也正该回敬这狠心。不收容一个濒死的父亲。这是一个伦理问题。也不是没有趣味的。正如早年在易卜生的戏里挪拉该不该抛弃家庭丈夫儿女是引起议论的一个问题。但现在姑且不谈。我倒是新近听到一件实事。颇使人觉着愤慨的。想在此附带说了。

子女对父母负有孝养的责任。因为父母对子女先尽了抚育的责任。这是相对的。子女对尽责的父母不尽孝或是父母虐待尽责的子女。一样是理性上人情上说不过去的。但已往法律。似乎只承认父母有告子女忤逆的权利。子女却不能告父母不尽责。换句话说。社会的制裁只能干涉到子女。却不能干涉到父母。因为旧伦理学的假定是"天下无不是之父母"。君要臣死。臣就得死。再没有话说。但父母却不能随便处死子女。孔子说

“小杖则受。大杖则走”。这“走”字是可寻味的。这是说父母到了发毒的时候。子女就该自己打主意。但孔子却不曾说。“大杖则社会得干涉之”。

关于这一点。这时代不同的地方。就在这一句话。子女对父母或父母对子女关系。已经绝对转成相对。社会的力量。可以干涉子女。同时也可以干涉父母。这样说来。爸爸回来了。那戏里的国贤的见解并不是不合理的。虽则他如其能更进一层宽恕他父亲。因于骨肉的感情。或是因为人道的动机。我们对于那戏同情许可以更深些。现在如其有某父或母非分的虐待他的子女因而致死。这父或母是否对社会对法律负有一种责任。同时法律和社会在发见有这类事实时是否负有援助或申雪的责任。尤其是当这被虐者有特种天才对社会能有特别贡献的时候。社会是否更应得执行它干涉的责任。前几天上海死了一个有名的女伶。她虽则是病死。但她的得病却是为了不自然的由来。她是极活泼玲俐的一个孩子。在北方。在上海都博到极好的名气。替她家也赚了不少的钱。她是她妈亲自教出来的。她妈的教法。完全是科班的教法。科班的残暴无人道的内幕我们多少知道。但我们却不易相信一个母亲会得非分的虐待她亲生的一个有天才的孩子。

现在人已死了。事情也过去了。她的妈如其还有一点子人性。也应得追悔她的恶毒。我在这里说起是为在伶界里正受著同类遭遇的孩子正不知有多少。为防止此后的悲惨起见。我想社会方面相当的表示正许是必要的。这灰色的人生里。正不知包容着多少悲惨的内幕。人们只是看不见。但有文化的社会是不应得容许这种黑暗的。我们不能因为“看不见”就解卸我们的责任。

一九二八年

徐志摩散文全编

A Collection of Prose of Xu Zhimo

PROSE

《新月》的态度[①]

And God said, Let there be light: and there was light. —The Genesis[②]

If winter comes, can Spring be far behind? —Shelley[③]

我们这月刊题名《新月》，不是因为曾经有过什么“新月社”，那早已散消，也不是因为有“新月书店”，那是单独一种营业，它和本刊的关系只是担任印刷与发行。《新月》月刊是独立的。

我们舍不得新月这名子，因为它虽则不是一个怎样强有力的象征，但它那纤弱的一弯分明暗示著，怀抱著未来的圆满。

我们这几个朋友，没有什么组织除了这月刊本身，没有什么结合除了在文艺和学术上的努力，没有什么一致除了几个共

---

① 载一九二八年三月十日《新月》月刊第一卷第一号，未署名；初收一九六九年台湾传记文学出版《徐志摩全集》第六辑。采自《新月》。

② 神说，要有光：就有了光。——《创世纪》。

③ 冬天来了，春天还会远吗？——雪莱。

同的理想。

凭这点集合的力量，我们希望为这时代的思想增加一些体魄，为这时代的生命添厚一些光辉。

但不幸我们正逢著一个荒歉的年头，收成的希望是枉然的。这又是个混乱的年头，一切价值的标准，是颠倒了的。

要寻出荒歉的原因并且给它一个适当的补救，要收拾一个曾经大恐慌蹂躏过的市场，再进一步要扫除一切恶魔的势力，为要重见天日的清明，要浚治活力的来源，为要解放不可制止的创造的活动——这项巨大的事业当然不是少数人，尤其不是我们这少数人所敢妄想完全担当的。

但我们自分还是有我们可做的一部分的事。连著别的事情我们想贡献一个谦卑的态度。这态度，就正面说，有它特别侧重的地方，就反面说，也有它郑重矜持的地方。

先说我们这态度所不容的。我们不妨把思想（广义的，现代刊物的内容的一个简称。）比作一个市场，我们来看看现代我们这市场上看得见的是些什么？如同在别的市场上，这思想的市场上也是摆满了摊子，开满了店铺，挂满了招牌，扯满了旗号，贴满了广告，这一眼看去辨认得清的至少有十来种行业，各有各的色彩，各有各的引诱，我们把它们列举起来看看：——

一　感伤派

二　颓废派

三　唯美派

四　功利派

五　训世派

六　攻击派

七　偏激派

八　纤巧派

九　淫秽派

十　热狂派

十一　稗贩派

十二　标语派

十三　主义派

商业上有自由，不错。思想上言论上更应得有充分的自由，不错。但得在相当的条件下。最主要的两个条件是（一）不妨害健康的原则。（二）不折辱尊严的原则。买卖毒药，买卖身体，是应得受干涉的因为这类的买卖直接违反康健与尊严两个原则。同时这些非法的或不正当的营业还是一样在现代的大都会里公然的进行——鸦片，毒药，淫业，那一宗不是利市三倍的好买卖？但我们却不能因它们的存在就说它们不是不正当而默许它们存在的特权。在这类的买卖上我们不能应用商业自由的原则。我们正应得觉到切肤的羞恶，眼见这些危害性的下流的买卖公然在我们所存在的社会里占有它们现有的地位。

同时在思想的市场上我们也看到种种非常的行业，例如上面列举的许多门类。我们不说这些全是些“不正当”的行业，但我们不能不说这里面有狠多是与我们所标举的两大原则——健康与尊严——不相容的。我们敢说这现象是新来的，因为连著别的东西思想自由这观念本身就是新来的。这也是个反动的现象，因此，我们敢说，或许是暂时的。先前我们在思想上是绝对没有自由，结果是奴性的沈默；现在，我们在思想上是有了绝对的自由，结果是无政府的凌乱。思想的花式加多本来不是件坏事，在一个活力旁薄的文化社会里往往看得到，偎傍著刚直的本干，普盖的青荫，不少盘错的旁枝，以及恣蔓的藤萝。那本不关事，但现代的可忧正是为了一个颠倒的情形。盘错的，恣蔓的尽有，这里那里都是的，却不见了那刚直的与普盖的。这就比是一个商业社会上不见了正宗的企业，却只有种种不正当的营业盘据著整个的市场，那不成了笑话?

即如我们上面随笔写下的所谓现代思想或言论市场的十多种行业，除了“攻击”，“纤巧”，“淫秽”诸宗是人类不怎样上流的根性得到了自由（放纵）当然的发展，此外多少是由外国转运来的投机事业。我们不说这时代就没有认真做买卖的人，我们指摘的是这些买卖本身的可疑。碍著一个迷误的自由的观念，顾著一个容忍的美名，我们往往忘却思想是一个园地，它的美观是靠著我们随时的种植与铲除，又是一股水流，它的无限的效用有时可以转变成不可收拾的奇灾。

我们不敢附和唯美与颓废，因为我们不甘愿牺牲人生的阔大，为要雕镂一只金镶玉嵌的酒杯。美我们是尊重而且爱好的，但与其咀嚼罪恶的美艳还不如省念德性的永恒，与其到海陀罗凹腔里去收集珊瑚色的妙乐还不如置身在扰攘的人间倾听人道那幽静的悲凉的清商。

我们不敢赞许伤感与热狂因为我们相信感情不经理性的清滤是一注恶浊的乱泉，它那无方向的激射至少是一种精力的耗废。我们未尝不知道放火是一桩新鲜的玩艺，但我们却不忍为一时的快意造成不可救济的惨象。“狂风暴雨”有时是要来的，但狂风暴雨是不可终朝的。我们愿意在更平静的时刻中提防天时的诡变，不愿意借口风雨的猖狂放弃清风白日的希冀。我们当然不反对解放情感，但在这头骏悍的野马的身背上我们不能不谨慎的安上理性的鞍索。

我们不崇拜任何的偏激因为我们相信社会的纪纲是靠著积极的情感来维系的，在一个常态社会的天平上，情爱的分量一定超过仇恨的分量，互助的精神一定超过互害与互杀的动机。我们不意愿套上著色眼镜来武断宇宙的光景。我们希望看一个真，看一个正。

我们不能归附功利因为我们不信任价格可以混淆价直，物质可以替代精神，在这一切商业化恶浊化的急坂上我们要留住我们倾颠的脚步。我们不能依傍训世，因为我们不信现成的道德观念可以用作评价的准则，我们不能听任思想的矫健僵化成冬烘的臃肿。标准，纪律，规范，不能没有，但每一个时代都得独立去发见它的需要，维护它的健康与尊严，思想的懒惰是一切准则颠覆的主要的根由。

末了还有标语与主义。这是一条天上安琪儿们怕践足的蹊径。可怜这些时间与空间，那一间不叫标语与主义的芒刺给扎一个鲜艳。我们的眼是迷眩了的，我们的耳是震聋了的，我们的头脑是闹翻了的，辨认已是难事，评判更是不易。我们不否认这些殷勤的叫卖与斑斓的招贴中尽有耐人寻味的去处，尽有诱惑的迷宫。因此我们更不能不审慎，我们更不能不磨厉我们的理智，那剖解一切纠纷的锋刃，澄清我们的感觉，那辨别真伪和虚实的本能，放胆到这嘈杂的市场上去做一番审查和整理的工作。我们当然不敢预约我们的成绩，同时我们不踌躇预告我们的愿望。

这混杂的现象是不能容许它继续存在的，如其我们文化的前途还留有一线的希望。这现象是不能继续存在的，如其我们这民族的活力还不曾消竭到完全无望的地步。因为我们认定了这时代是变态，是病态，不是常态。是病就有治。绝望不是治法。我们不能绝望。我们在绝望的边缘搜求着希望的根芽。

严重是这时代的变态。除了盘错的，恣蔓的寄生，那是遍地都看得见，几于这思想的田园内更不见生命的消息。梦人们妄想着花草的鲜明与林木的葱茏。但他们有什么根据除了飘渺的记忆与想像?

但记忆与想像！这就是一个灿烂的将来的根芽！悲惨是那个民族，它回头望不见一个庄严的已往。那个民族不是我们。该得灭亡是那个民族，它的眼前没有一个异象的展开。那个民族也不应得是我们。

我们对我们光明的过去负有创造一个伟大的将来的使命；对光明的未来又负有结束这黑暗的现在的责任。我们第一要提醒这个使命与责任。我们前面说起过人生的尊严与健康。在我们不曾发见更简赅的信仰的象征，我们要充分的发挥这一双伟大的原则——尊严与健康。尊严，它的声音可以唤回在歧路上彷徨的人生。健康，它的力量可以消灭一切侵蚀思想与生活的病菌。

我们要把人生看作一个整的。支离的，偏激的看法，不论怎样的巧妙，怎样的生动，不是我们的看法。我们要走大路。我们要走正路。我们要从根本上做工夫。我们只求平庸，不出奇。

我们相信一部纯正的思想是人生改造的第一个需要。纯正的思想是活泼的新鲜的血球，它的力量可以抵抗，可以克胜，可以消灭一切致病的微菌。纯正的思想，是我们自身活力得到解放以后自然的产物，不是租借来的零星的工具，也不是稗贩来的琐碎的技术。我们先求解放我们的活力。

我们说解放因为我们不怀疑活力的来源。淤塞是有的，但还不是枯竭。这些浮荇，这些绿腻，这些潦泥，这些腐生的蝇蚋——可怜的清泉，它即使有奔放的雄心，也不易透出这些寄生的重围。但它是在著，没有死。你只须拨开一些污潦就可以发见它还是在那里汩汩的溢出，在可爱的泉眼里，一颗颗珍珠似的急溜著。这正是我们工作的机会。爬梳这壅塞，粪除这秽浊，浚理这瘀积，消灭这腐化；开深这潴水的池潭，解放这江湖的来源。信心，忍耐。谁说这“一举手一投足”的勤劳不是一件伟大事业的开端，谁说这涓涓的细流不是一个壮丽的大河流域的先声?

要从恶浊的底里解放圣洁的泉源，要从时代的破烂里规复人生的尊严——这是我们的志愿。成见不是我们的，我们先不问风是在那一个方向吹。功利也不是我们的，我们不计较稻穗的饱满是在那一天。无常是造物的喜怒，茫昧是生物的前途，临到“闭幕”的那俄顷，更不分凡夫与英雄，痴愚与圣贤，谁都得撒手，谁都得走；但在那最后的黑暗还不曾覆盖一切以前，我们还不一样的得认真来扮演我们的名分？生命从它的核心里供给我们信仰，供给我们忍耐与勇敢。为此我们方能在黑暗中不害怕，在失败中不颓丧，在痛苦中不绝望。生命是一切理想的根源，它那无限而有规律的创造性给我们在心灵的活动上一个强大的灵感。它不仅暗示我们，逼迫我们，永远望创造的，生命的方向走，它并且启示给我们的想像，物体的死只是生的一个节目，不是结束，它的威吓只是一个谎骗，我们最高的努力的目标是与生命本体同绵延的，是超过死线的，是与天外的群星相感召的。为此，虽则生命的势力有时不免比较的消歇，到了相当的时候，人们不能不醒起。我们不能不醒起，不能不奋争，尤其在人【与】生的尊严与健康横受凌辱与侵袭的时日！来罢，那天边白隐隐的一线，还不是这时代的“创造的理想主义”的高潮的前驱？来罢，我们想像中曙光似的闪动，还不是生命的又一个阳光充满的清朝的预告？

汤麦士哈代[①]

汤麦士哈代，英国的小说家，诗人，已于上月死了，享年八十七岁。他的遗嘱上写着他死后埋在道骞司德地方一个村庄里，他的老家。但他死后英国政府坚持要把他葬在威士明斯德大教寺里，商量的结果是一种空前的异样的葬法。他们，也不知谁出的主意，把他的心从他的胸膛里剜了出来，这样把他分成了两个遗体，他的心，从他的遗言，给埋在他的故乡，他的身，为国家表示对天才的敬意，还得和英国历代帝王卿相贵族以及不少桂冠诗人们合伙做邻居去。两个葬礼是在一天上同时举行的。在伦敦城里，千百个景慕死者的人们占满了威士明斯德的大寺，送殡的名人中最显著的有伯讷萧，约翰高斯倭绥，贝莱爵士，爱德门高士，吉波林，哈代太太，现国务总理包尔温，前国务总理麦克唐诺尔德一行人；这殡礼据说是诗人谭尼孙以来未有的盛典。同时在道骞斯德的一个小乡村里哈代的老乡亲们，穿戴着不时式的衣冠，捧着田园里掇拾来不加剪裁的花草，唱着古旧的土音的丧歌，也在举行他的殡礼，这里入土

① 载一九二八年三月十日《新月》月刊第一卷第一号；初收一九六九年台湾传记文学出版社《徐志摩全集》第六辑。采自《新月》。

的是诗人的一颗心。哈代死后如其有知感，不知甘愿享受那一边的尊敬？按他诗文里所表现的态度，我们一定猜想他倾向他的乡土的恩情，单这典礼的色香的古茂就应得勾留住一个诗人的心。但也有人说哈代曾经接待过威尔士王子，和他照过相，也并不曾谢绝牛津大学的博士衔与政府的“功勋状”（The Order of Merit），因此推想这位老诗人有时也不是完全不肯与虚荣的尘世相周旋的。最使我们奇怪的是英国的政府，也不知是谁作的主，满不尊敬死者的遗言，定要把诗人的遗骨羼厕在无聊的金紫丛中！诗人终究是诗人，我们不能疑惑他的心愿是永久依附着卫撤克斯古旧的赭色的草原与卫撤克斯多变幻的风云，他也不是完全能割舍人情的温暖，谁说他从此就不再留恋他的同类——

> There at least smiles abound,
> There discourse trills around,
> There, now and then, are found
> life-loyalties.[①]

我在一九二六年的夏天见到哈代（参看附录的《谒哈代记》[②]）时，我的感想是——

> 哈代是老了，哈代是倦了。在他近作的古怪的音调里（这是说至少这三四十年来），我们常常听出一个厌倦的灵魂的低声的叫喊：“得，够了，够了，我看够了，我劳够

---

① 意为：那里至少有许多的微笑，/那里回荡着欢声笑语，/那里，有时，可以找到终生不渝的忠诚。

② 《谒哈代记》见本全集《谒见哈代的一个下午》文。

了；放我走罢！让我去罢！”光阴，人生：他解，他剖，他问，他嘲，他笑，他骂，他悲，他诅，临了他求——求放他早一天走。但无情的铁胳膊的生的势力仿佛一把拧住这不满五尺四高的小老儿，半嘲讽半得意的冷笑著对他说：“看罢，迟早有那么一天；可是你一天喘着气你还得做点儿给我看看！”可怜这条倦极了通体透明的老蚕，在暗屋子内茧山上麦柴的空隙里，昂着他的绉襞的脑袋前仰后翻的想睡偏不得睡，同时一肚子的丝不自主的尽往外吐——得知它到那时才吐得完！……

运命真恶作剧，哈代他且不死哪！我看他至少还有二十年活。

我真以为他可以活满一百岁，谁知才过了两年他就去了！在这四年内我们先后失去了这时代的两个大哲人，法国的法郎士与英国的哈代。这不仅是文学界的损失，因为他俩，各自管领各人的星系，各自放射各人的光辉，分明是十九世纪末叶以来人类思想界的孪立的重镇，他们的生死是值得人们永久纪念的。我说“人类”因为在思想与精神的境界里我们分不出民族与国度。正如朋琼生说莎士比亚“He belongs to all ages”①，这些伟大的灵魂不仅是永远临盖在人类全体的上面，它们是超出时间与空间的制限的。我们想念到他们，正如想念到创孔一切的主宰，只觉得语言所能表现的赞美是多余的。我们只要在庄敬的沈默中体念他们无涯涘的恩情。他们是永恒的。天上的星。

他们的伟大不是偶然的。思想是最高的职业，因为它负责的对象不是人间或人为的什么，而是一切事理的永恒。在他们

① 他属于一切时代。

各自见到的异象的探检中，他们是不知道疲乏与懈怠的。“我在思想，所以我是活着的。”他们的是双层的生命。在物质生活的背后另有一种活动，随你叫它“精神生活”，或是“心灵生命”或是别的什么，它的存在是不容疑惑的。不是我们平常人就没有这无形的生命，但我们即使有，我们的是间断的，不完全的，飘忽的，刹那的。但在负有“使命”的少数人，这种生命是有根脚，有来源，有意识，有姿态与风趣，有完全的表现。正如一个山岭在它投影的湖心里描画着它的清奇或雄浑的形态，一个诗人或哲人也在他所默察的宇宙里投射着他更深一义的生命的体魄。有幸福是那个人，他能在简短的有尽期的生存里实现这永久的无穷尽的生命，但苦恼也是他的因为思想是一个奇重的十字架，要抗起它还得抗了它走完人生的险恶的道途不至在中途颠仆，决不是一件可以轻易尝试的事。

哈代是一个强者；不但抗起了他的重负，并且走到了他旅程的尽头。这整整七十年（哈代虽则先印行他的小说，但他在早年就热心写诗）的创作生活给我们一些最主要的什么印象？再没有人在思想上比他更阴沉更严肃，更认真。不论他写的是小说，是诗，是剧，他的目的永远是单纯而且一致的。他的理智是他独有的分光镜，他只是，用亚诺德的名言，“运用思想到人生上去”，经过了它的棱晶，人生的总复的现象顿然剖析成色素的本真。本来诗人与艺术家按定义就是宇宙的创造者。雪莱有雪莱的宇宙，贝德花芬有贝德花芬的宇宙，兰勃郎德有兰勃郎德的宇宙。想像的活动是宇宙的创造的起点。但只有少数有“完全想像”或“绝对想像”的才能创造完全的宇宙；倒如莎士比亚与歌德与丹德。哈代的宇宙也是一个整的。如其有人说在他的宇宙里气候的变化太感单调，常是这阴凄的秋冬模样，从不见热烈的阳光欣快的从云雾中跳出，他的答话是他所代表的时代不幸不是衣理查白一类，而是十九世纪末叶以来自我意识最充分发展的时代；这是人类史上一个肃杀的季候——

It never looks like summer now whatever weather's there……
The land's sharp features seemed to be
the century's corpse outleant
The ancient germ and birth
was shrunken hard and dry
And every spirit upon earth
Seemed fervourless as I.①

真纯的人生哲学，不是空枵的概念所能构成，也不是冥想所能附会，它的秘密是在于"用谦卑的态度，因缘机会与变动，纪录观察与感觉所得的各殊的现象"。哈代的诗，按他自己说，只是些"不经整理的印象"，但这只是诗人谦抑的说法，实际上如果我们把这些"不经整理的印象"放在一起看时，他的成绩简直是，按他独有的节奏，特另创设了一个宇宙，一部人生。再没有人除了哈代能把他这时代的脉搏按得这样的切实，在他的手指下最微细的跳动都得吐露它内涵的消息。哈代的刻画是不可错误的。如其人类的历史，如黑智尔说的，只是"在自由的意识中的一个进展"（"Human history is a progress in the Cousciousness of Freedom"），哈代是有功的：因为他推着我们在这意识的进展中向前了不可少的路。

哈代的死应分结束历史上一个重要的时期。这时期的起点是卢骚的思想与他的人格，在他的言行里现代"自我解放"与"自我意识"实现了它们正式的诞生。从忏悔录到法国革命，从法国革命到浪漫运动，从浪漫运动到尼采（与道施滔奄夫斯

① 现在不管是什么气候，看上去总不像是夏天……/嶙峋的大地似乎是斜躺着的世纪的尸体/远古的萌芽和胚胎/收缩得又硬又干，/大地上的每一个生灵/似乎都和我一样毫无热情。

基)，从尼采到哈代——在这一百七十年间我们看到人类冲动性的情感，脱离了理性的挟制，火焰似的迸窜着，在这光炎里激射出种种的运动与主义，同时在灰烬的底里孕育着“现代意识”，病态的，自剖的，怀疑的，厌倦的，上浮的炽焰愈消沉，底里的死灰愈扩大，直到一种幻灭的感觉软化了一切生动的努力，压死了情感，麻痹了理智，人类忽然发见他们的脚步已经误走到绝望的边沿，再不留步时前途只是死与沉默。哈代初起写小说时，正当维多利亚最昌盛的日子，进化论的暗示与放任主义的成效激起了乐观的高潮，在短时间内盖没了一切的不平与蹊跷。哈代停止写小说时世纪末尾的悲哀代替了早年虚幻的希冀。哈代初起印行诗集时一世纪来摧残的势力已经积聚成旦夕可以溃发的潜流。哈代印行他后期的诗集时这潜流溃发成欧战与俄国革命。这不是说在哈代的思想里我们可以发见这桩或那桩世界事变的阴影。不，除了他应用拿破仑的事迹写他最伟大的诗剧（The Dynasts）以及几首有名的战歌以外，什么世界重大的变迁哈代只当作没有看见，在他的作品里，不论诗与散文，寻不到丝毫的痕迹。哈代在这六七十年间最关心的还不只是一茎花草的开落，月的盈昃，星的明灭，村姑们的叹息，乡间的古迹与传说，街道上或远村里泛落的灯光，邻居们的生老病死，夜蛾的飞舞与枯树上的鸟声？再没有这老儿这样的鄙塞，再没有他这样的倔强。除了他自己的思想他再不要什么侣伴。除了他本乡的天地他再不问什么世界。

但如其我们能透深一层看，把历史的事实认作水面上的云彩，思想的活动才是水底的潜流，在无形中确定人生的方向，我们的诗人的重要正在这些观察所得的各殊的现象的纪录中。在一八七〇年的左右他写：

"…Mankind shall cease. So let it be." I said to Love.①

在一八九五年他写：

If way to the Better there be, it exacts a full look at the worst…②

在一九〇〇年他写：

That I could think there trembles through his happy good-night air some blessed hope, whereof he knew and I was unaware.③

在一九二二年他写：

…the greatest of things is charity…④

哈代不是一个武断的悲观论者，虽然他有时在表现上不能制止他的愤慨与抑郁。上面的几节征引可以证见就在他最烦闷最黑暗的时刻他也不放弃他为他的思想寻求一条出路的决心——为人类前途寻求一条出路的决心。他的写实，他的所谓悲观，正是他在思想上的忠实与勇敢。他在一九二二年发表的一篇诗序说到他作诗的旨趣，有极重要的一段话：——

> …That comments on where the world stands is very much the reverse or needless in these disordered years of a prematurely afflicted century: that amendment and not madness lies that way…that whether the human and kin, dred animal races survive till the exhaustion or destruction of the globe, of whether races perish and are succeeded by oth-

---

① ……我对爱情说，"人类会不复存在。所以让它去吧。"

② 我们首先需要直面最糟的情形，才有可能找到通向进步的路……

③ 在他快乐地道晚安的风度中，我觉得颤抖着某种幸福的希望，他知道这种希望的存在，我却毫无知觉。

④ ……最伟大的东西就是慈悲……

ers before that conclusion comes, pain to all upon it, tongued or dumb, shall be kept down to a minimun by Loving-kindness, operating through scientific knowledge, and actuated by the modicum of free will conjecterally possessed by organic life when the mighty necessitating forces unconscious or other, that have the 'balancings of the cloud' happen to be in equilibrium, which may or may not be often.

简单的意译过来，诗人的意思是如此。第一他不承认在他著作的后背有一个悲观的厌世的动机。他只是做他诗人与思想家应做的事——“应用思想到人生上去”。第二他以为如其人生是有路可走的，这路的起点免不了首先认清这世界与人生倒是怎么一回事。但他个人的忠实的观察不幸引起一般人的误解与反感。同时也有少数明白人同情他的看法，以为非得把人类可能的丑态与软弱彻底给揭露出来人们才有前进与改善的希望。人们第一得劈去浮嚣的情感，解除各式的偏见与谬解，认明了人生的本来面目再来说话。理性的地位是一定得回复的。但单凭理智，我们的路还是走不远。我们要知道人类以及其他的生物在地面上的生存是有期限的。宇宙间有的是随时可以消灭这小小喘气世界的势力，我们得知那一天走？其次即使这台戏还有得一时演，我们在台上一切的动作是受一个无形的导演在指挥的。他说的那些强大的逼迫的势力就是这无形的导演。我们能不感到同类的同情吗？我们一定得纵容我们的恶性使得我们的邻居们活不安稳，同时我们自己也在烦恼中过度这简短的时日吗？即使人生是不能完全脱离苦恼，但如果我们能彼此发动一点仁爱心，一点同情心，我们未始不可以减少一些哭泣，增加一些喜笑，免除一些痛苦，散布一些安慰？但我们有意志的自由吗？多半是没有。即使有，这些机会是不多的，难得的。我们非得有积极的准备，那才有希望利用偶有的机缘来为我们自己谋一些施展的余地。科学不是人类的一种胜利吗？但也得我们做人的动机是仁爱不是残暴，是互助不是互杀，那我们才可以安心享受这伟大的理智的成功，引导我们的生活往更光明更美更真的道上走。这是我们的诗人的“危言”与“庸言”。他的话是重实的，是深长的，虽则不新颖，不奇特，他的只是几句老话，几乎是老婆子话。这一点是耐寻味的，我们想想托尔斯泰的话，罗曼罗兰的话，泰谷尔的话，罗素的话，不论他们各家的出发点怎样的悬殊，他们的结论是相调和相呼应的，即使不是完全一致的。他们的柔和的声音永远叫唤着人们天性里柔和的成分，要它们醒起来，凭着爱的无边的力量，来扫除种种障碍，我们相爱的势力，来医治种种激荡我们恶性的狂疯，来消灭种种束缚我们的自由与污辱人道尊严的主义与宣传。这些宏大的音声正比是阳光一样散布在地面上，它们给我们光，给我们热，给我们新鲜的生机，给我们健康的颜色，但正因为它们的大与普遍性，它们的来是不喧哗不嚣张的。它们是在你的屋檐上，在那边山坡上，在流水的涟漪里，在情人们的眉目间。它们就在你的肘边伺候着你，先生，只要你摆脱你的迷蛊，移转你的视线，改变你的趣向，你就知道这分别有多大。有福与美艳是永远向阳的葵花，人们为什么不？

谒见哈代的一个下午[①]

一

“如其你早几年，也许就是现在，到道骞司德的乡下，你或许碰得到《裘德》的作者，一个和善可亲的老者，穿着短裤便服，精神飒爽的，短短的脸面，短短的下颏，在街道上闲暇的走着，照呼着，答话着，你如其过去问他卫撒克士小说里的名胜，他就欣欣的从详指点讲解；回头他一扬手，已经跳上了他的自行车，按着车铃，向人丛里去了。我们读过他著作的，更可以想像这位貌不惊人的圣人，在卫撒克士广大的，起伏的草原上，在月光下，或在晨曦里，深思地徘徊着。天上的云点，草里的虫吟，远处隐约的人声都在他灵敏的神经里印下不磨的痕迹；或在残败的古堡里拂拭乱石上的苔青与网结；或在古罗马的旧道上，冥想数千年前铜盔铁甲的骑兵曾经在这日光下驻踪；或在黄昏的苍茫里，独倚在枯老的大树下，听前面乡

① 载一九二八年三月十日《新月》月刊第一卷第一号，署名志摩；初收一九六九年台湾传记文学出版社《徐志摩全集》第六辑。采自《新月》。

村里的青年男女，在笛声琴韵里，歌舞他们节会的欢欣；或在济茨或雪莱或史文庞的遗迹，悄悄的追怀他们艺术的神奇……在他的眼里，像在高蒂闲（Theophile Gautier）的眼里，这看得见的世界是活著的；在他的‘心眼’（The Inward Eye）里，像在他最服膺的华茨华士的心眼里，人类的情感与自然的景象是相联合的；在他的想像里，像在所有大艺术家的想像里，不仅伟大的史迹，就是眼前最琐小最暂忽的事实与印象，都有深奥的意义，平常人所忽略或竟不能窥测的。从他那六十年不断的心灵生活——观察，考量，揣度，印证——从他那六十年不懈不弛的真纯经验里，哈代，像春蚕吐丝制茧似的，抽绎他最微妙最桀傲的音调，纺织他最缜密最经久的诗歌——这是他献给我们可珍的礼物。”

二

上文是我三年前慕而未见时半自想像半自他人传述写来的哈代。去年七月在英国时，承狄更生先生的介绍，我居然见到了这位老英雄，虽则会面不及一小时，在余小子已算是莫大的荣幸，不能不记下一些踪迹。我不讳我的“英雄崇拜”。山，我们爱踹高的；人，我们为什么不愿意接近大的？但接近大人物正如爬高山，往往是一件费劲的事；你不仅得有热心，你还得有耐心。半道上力乏是意中事，草间的刺也许拉破你的皮肤，但是你想一想登临顶峰时的愉快！真怪，山是有高的，人是有不凡的！我见曼殊斐儿，比方说，只不过二十分钟模样的谈话，但我怎么能形容我那时在美的神奇的启示中的全生的震荡？——

我与你虽仅一度相见——

但那二十分不死的时间!

果然，要不是那一次巧合的相见，我这一辈子就永远见不着她——会面后不到六个月她就死了。自此我益发坚持我英雄崇拜的势利，在我有力量能爬的时候，总不教放过一个“登高”的机会。我去年到欧洲完全是一次“感情作用的旅行”；我去是为泰谷尔，顺便我想去多瞻仰几个英雄。我想见法国的罗曼罗兰，意大利的丹农雪乌，英国的哈代。但我只见着了哈代。

在伦敦时对狄更生先生说起我的愿望，他说那容易，我给你字信介绍，老头精神真好，你小心他带了你到道骞斯德林子里去走路，他仿佛是没有力乏的时候似的！那天我从伦敦下去到道骞斯德，天气好极了，下午三点过到的。下了站我不坐车，问了 Max Gate① 的方向，我就欣欣的走去。他家的外园门正对一片青碧的平壤，绿到天边，绿到门前；左侧远处有一带绵邈的平林。进园径转过去就是哈代自建的住宅，小方方的壁上满爬着藤萝。有一个工人在园的一边剪草，我问他哈代先生在家不，他点一点头，用手指门。我拉了门铃，屋子里突然发一阵狗叫声，在这宁静中听得怪尖锐的，接着一个白纱抹头的年轻下女开门出来。

“哈代先生在家，”她答我的问，“但是你知道哈代先生是‘永远’不见客的。”

我想糟了。“慢着，”我说，“这里有一封信，请你给递了进去。”“那末请候一候。”她拿了信进去，又关上了门。

她再出来的时候脸上堆着最俊俏的笑容。“哈代先生愿意见你，先生，请进来。”多俊俏的口音！“你不怕狗吗，先生？”她又笑了。“我怕。”我说。“不要紧，我们的梅雪就叫，她可不咬，这儿生客来得少。”

---

① Max Gate：麦克斯门，地名。

我就怕狗的袭来！战兢兢的进了门，进了客厅，下女关门出去，狗还不曾出现，我才放心。壁上挂着沙琴德（John Sargent）[①]的哈代画像，一边是一张雪莱的像，书架上记得有雪莱的大本集子，此外陈设是朴素的，屋子也低，暗沈沈的。

我正想着老头怎么会这样喜欢雪莱，两人的脾胃相差够多远，外面楼梯上一阵急促的脚步声和狗铃声下来，哈代推门进来了。我不知他身材实际多高，但我那时站着平望过去，最初几乎没有见他，我的印像是他是一个矮极了的小老头儿。我正要表示我一腔崇拜的热心，他一把拉了我坐下，口里连着说"坐坐"，也不容我说话，仿佛我的"开篇"辞他早就有数，连着问我，他那急促的一顿顿的语调与干涩的苍老的口音，"你是伦敦来的？""狄更生是你的朋友？""他好？""你译我的诗？""你怎么翻的？""你们中国诗用韵不用？"前面那几句问话是用不着答的（狄更生信上说起我翻他的诗），所以他也不等我答话，直到末一句他才住了。他坐着也是奇矮，也不知怎的，我自已只显得高，私下不由的局蹋蹐，似乎在这天神面前我们凡人就在身材上也不应分占先似的！（阿，你没见过萧伯讷——这比下来你是个蚂蚁！）这时候他斜着坐，一只手搁在台上头微微低着，眼往下看，头顶全秃了，两边脑角上还各有一鬃也不全花的头发；他的脸盘粗看像是一个尖角往下的等边形三角，两颧像是特别宽，从宽浓的眉尖直扫下来束住在一个短促的下巴尖；他的眼不大，但是深窈的，往下看的时候多，只易看出颜色与表情。最特别的，最"哈代的"，是他那口连着两旁松松往下堕的夹腮皮。如其他的眉眼只是忧郁的深沈，他的口脑的表情分明是厌倦与消极。不，他的脸是怪，我从不曾见

① John Sargent：萨金特（1856—1925），美国画家，长期旅居英国，以肖像画著称。

过这样耐人寻味的脸。他那上半部，秃的宽广的前额，着发的头角，你看了觉着好玩，正如一个孩子的头，使你感觉一种天真的趣味，但愈往下愈不好看，愈使你觉着难受，他那皱纹龟驳的脸皮正使你想起一块苍老的岩石，雷电的猛烈，风霜的侵陵，雨霤的剥蚀，苔藓的沾染，虫鸟的斑斓，什么时间与空间的变幻都在这上面遗留着痕迹！你知道他是不抵抗的，忍受的，但看他那下颊，谁说这不泄露他的怨毒，他的厌倦，他的报复性的沈默！他不露一点笑容，你不易相信他与我们一样也有喜笑的本能。正如他的脊背是倾向伛偻，他面上的表情也只是一种不胜厌迫的伛偻。喔哈代！

回讲我们的谈话。他问我们中国诗用韵不。我说我们从前只有韵的散文，没有无韵的诗，但最近……但他不要听最近，他赞成用韵，这道理是不错的。你投块石子到湖心里去，一圈圈的水纹漾了开去。韵是波纹。少不得。抒情诗 Lyric 是文学的精华的精华。颠不破的钻石，不论多小。磨不灭的光彩。我不重视我的小说。什么都没有做好的小诗难。（他背了莎［氏］“Tell me where is Fancy bred”① 朋琼生（Ben Jonson）② 的“Drink to me only with thine eyes”③ 高兴的样子。）我说我爱他的诗因为它们不仅结构严密像建筑，同时有思想的血脉在流走，像有机的整体。我说了 Organic④ 这个字；他重复说了两遍：“Yes, organic, yes, organic: A poem ought to be a living thing.”⑤ 练习文字顶好学写诗；狠多人从学诗写好散文，诗

① 告诉我爱恋从何处产生。

② Ben Jonson：今译琼森（1572—1637），英国剧作家、诗人、学者，剧作有《炼金术士》、《巴托罗缪市集》等。

③ 只用你的眼睛向我祝酒。

④ Organic：有机的。

⑤ 说得对，有机的，说得对，一首诗应当是活的。

是文字的秘密。

他沈思了一晌。“三十年前有朋友约我到中国去。他是一个教士，我的朋友，叫莫尔德，他在中国住了五十年，他回英国来时每回说话先想起中文再翻英文的！他中国什么都知道，他请我去，太不便了，我没有去。但是你们的文字是怎么一回事？难极了不是？为什么你们不丢了它，改用英文或法文，不方便吗?”哈代这话骇住了我。一个最认识各种语言的天才的诗人要我们丢掉几千年的文字！我与他辩难了一晌，幸亏他也没有坚持。

说起我们共同的朋友。他又问起狄更生的近况，说他真是中国的朋友。我说我明天到康华尔去看罗素。谁？罗素？他没有加案语。我问起勃伦腾（Edmund Blunden①），他说他从日本有信来，他是一个诗人。讲起麦雷（John M. Murry）他起劲了。“你认识麦雷?”他问。“他就住在这儿道骞斯德海边，他买了一所古怪的小屋子，正靠着海，怪极了的小屋子，什么时候那可以叫海给吞了去似的。他自己每天坐一部破车到镇上来买菜。他是有〈很〉能干的。他会写。你也见过他从前的太太曼殊斐儿？他又娶了，你知道不？我说给你听麦雷的故事。曼殊斐儿死了，他悲伤得狠，无聊极了，他办了他的报（我怕他的报维持不了），还是悲伤。好了，有一天有一个女的投稿几首诗，麦雷觉得有意思，写信叫她去看他，她去看他，一个年轻的女子，两人说投机了，就结了婚，现在大概他不悲伤了。”

他问我那晚到那里去。我说到 Exeter② 看教堂去，他说

① Edmund Blunden：勃伦腾（1896—1974），英国诗人、传记作家、学者，参加过第一次世界大战，许多作品描写他在战争中的经验。作品有诗集《战争的低音》等。

② Exeter：今译埃克塞特，位于英格兰西南部，为德文郡首府，是英国的历史名城之一。现存的诺罗大教堂，为十三世纪之物。

好的，他就讲建筑，他的本行。我问你小说里常有建筑师，有没有你自己的影子？他说没有。这时候梅雪出去了又回来，咻咻的爬在我的身上乱抓。哈代见我有些窘，就站起来呼开梅雪，同时说我们到园里去走走吧，我知道这是送客的意思。我们一起走出门绕到屋子的左侧去看花，梅雪摇着尾巴咻咻的跟着。我说哈代先生，我远道来你可否给我一点小纪念品。他回头见我手里有照相机，他赶紧他的步子急急的说，我不爱照相，有一次美国人来给了我狠多的麻烦，我从此不叫来客照相——我也不给我的笔迹（Autograph），你知道？他脚步更快了，微偻着背，腿微向外［弯］一摆一摆的走着，仿佛怕来客要强抢他什么东西似的！“到这儿来，这儿有花，我来采两朵花给你做纪念，好不好?”他俯身下去到花坛里去采了一朵红的一朵白的递给我：“你暂时插在衣襟上吧，你现在赶六点钟车刚好，恕我不陪你了，再会，再会——来，来，梅雪，梅雪……”老头扬了扬手，径自进门去了。

啬刻的老头，茶也不请客人喝一杯！但谁还不满足，得着了这样难得的机会？往古的达文謇，莎士比亚，葛德，拜伦，是不回来了的；——哈代！多远多高的一个名字！方才那头秃秃的背弯弯的腿屈屈的，是哈代吗？太奇怪了！那晚有月亮，离开哈代家五个钟头以后，我站在哀克刹脱教堂的门前玩弄自身的影子，心里充满着神奇。

哈代的著作略述[①]

哈代就是一位“老了什么都见分明”的异人。他今年已是八十三岁的老翁。他出身是英国南部道塞德（Dorset）地方的一个乡下人，他早年是学建筑的。他二十五岁（?）那年发表他最初的著作（Desperate Remedies）[②]，五十七岁那年印行他最后的著作（The Well-Beloved）[③]，在这三十余年间他继续的创作，单凭他四五部的长篇，他在文艺界的位置已足够与莎士比亚，鲍尔札克并列。(Jude the obscure[④]；Tess of D'ur bervilles[⑤]；Return of the native[⑥]；Far from the madding crowd[⑦]。）在英国文学史里，从哈姆雷德到裘德，仿佛是两株光明的火树，相对的晖映着，这三百年间虽则不少高品的著作，但如何能比得上这伟大的两极，永远在文艺界中，

---

① 载一九二八年三月十日《新月》月刊第一卷第一号，署名志摩；原作为《谒见哈代的一个下午》的附录一；初收一九六九年台湾传记文学出版社《徐志摩全集》第六辑。采自《新月》。

② Desperate Remedies：《计出无奈》。

③ The Well-Beloved：《被钟爱的》。

④ Jude the obscure：《无名的裘德》。

⑤ Tess of D'ur bervilles：《德伯家的苔丝》。

⑥ Return of the native：《还乡》。

⑦ Far from the Madding crowd：《远离尘嚣》。

放射不朽的神辉。再没有人，也许道斯滔奄夫斯基除外，能够在文艺的范围内，孕育这样想像的伟业，运用这样洪大的题材，画成这样大幅的图画，创造这样神奇的生命。他们代表最高度的盎格鲁撒克逊天才，也许竟为全人类的艺术创造力，永远建立了不易的标准。

但哈代艺术的生命，还不限于小说家，虽则他三十年散文的成就，已经不止兼人的精力。一八九七那年他结束了哈代小说家的使命，一八九八年，他突然的印行了他的诗集（Wessex Poems）[①]。他又开始了，在将近六十的年岁，哈代诗人的生命。散文家同时也制诗歌原是常有的事：Thackeray[②]，Ruskin[③]，George Eliot[④]，Macaulay[⑤]，The Brontës[⑥] 都是曾经试验过的。但在他们是一种余闲的尝试，在哈代却是正式的职业。实际上哈代的诗才在他的早年已见秀挺的萌芽。（他最早的诗歌是二十五六岁时作的）只是他在以全力从事散文的期间内，不得不暂遏歌吟的冲动，隐密的培养着他的诗情，眼看着维多利亚时代先后相继的诗人，谭宜孙，勃郎宁，史文庞，罗刹蒂，莫利斯，各自拂拭他们独有的弦琴，奏演他们独有的新

---

① Wessex Poems：《韦塞克斯诗集》。

② Thackeray：萨克雷（1811—1863），英国小说家，主要作品有长篇小说《名利场》、历史小说《亨利·埃斯蒙德》和散文集《势利人脸谱》等。

③ Ruskin：罗斯金（1819—1900），英国艺术评论家和社会改革家。

④ George Eliot：乔治·艾略特（1819—1880），英国女作家，原名 Mary Ann Evans，开创现代小说心理分析的创作方法，重要作品有长篇小说《亚当·比德》和《织工马南》等。

⑤ Macaulay：麦考利（1881—1958），著有小说《我的荒芜世界》、游记《他们去葡萄牙》及文学评论集、诗集等。

⑥ The Brontës：勃朗蒂姐妹，英国女作家。指夏洛特·勃朗蒂（1816—1855），作品有《简·爱》等）；艾米莉·勃朗蒂（1818—1848），代表作为《呼啸山庄》）；安妮·勃朗蒂（1820—1849），有长篇小说《艾格尼丝·格雷》等。

曲，敢得了胜利的桂冠，重复收敛了琴响与歌声，在余音缥缈中，向无穷的大道上走去。这样热闹的过景，他只是间暇的不羡慕的看看，但他成熟的心灵里却已渐次积成了一个强烈的反动。维多利亚时代的太平与顺利产生了肤浅的乐观，庸俗的哲理与道德，苟且的习惯，美丽的阿媚群众的诗句——都是激起哈代反动的原因。他积蓄着他的诗情与谐调，直到十九世纪将近末年，维多利亚主义渐次的衰歇，诗艺界忽感空乏的时期，哈代方始与他的诗神缔结正式的契约，换一种艺术的形式，外现他内蕴的才力。一九〇二年他印他的 Poems of the Past and Present①，又隔八年印他的 Time's Laughing-stocks②。在这八年间，他创制了一部无双的杰作——The Dynasts③，分三次印行，写拿破仑的史迹总计一百三十余景的伟剧，这是一件骇人的大业。欧战开始后，他又印行了一本诗集，题名 Satires of Circumstances④，一九一八年即欧战第四年又出 Moments of Vision⑤，一九二二年又出 Late Lyrics and Earlier⑥，一九二三年出一诗剧 The Queen Cornwall⑦，曾经在他乡里演过的，一九二五年出他最后的诗集 Human Shows Far Phantasies⑧ 除了诗剧，共有六集诗，这是他近三十年来诗的成绩……

---

① Poems of the Past and Present：《今昔诗篇》。
② Time's Laughing-stocks：《时光的笑柄》。
③ The Dynasts：《列王》。
④ Satires of Circumstances：《即事讽刺诗集》。
⑤ Moments of Vision：《幻想时刻》。
⑥ Late Lyrics and Earlier：《早期与晚期的抒情诗》。
⑦ The Queen Cornwall：《康沃尔王后》。
⑧ Human Shows Far Phantasies：《人的炫耀和异想天开的幻想》。

哈代的悲观[①]

哈代的名字，我国常见与悲观厌世等字样相联；说他是个悲观主义者，说他是个厌世主义者，说他是个定命论者，等等。我们不抱怨一般专拿什么主义什么派别来区分，来标类作者；他们有他们的作用，犹之旅行指南，舟车一览等也有他们的作用。他们都是一种“新发明的便利”。但真诚的读者与真诚的游客却不愿意随便吞咽旁人嚼过的糟粕；什么都得亲口尝味。所以即使哈代是悲观的，或是勃郎宁是乐观的，我们也还应得费工夫去寻出他一个“所以然”来。艺术不是科学，精彩不在他的结论，或是证明什么；艺术不是逻辑。在艺术里，题材也许有限，但运用的方法各各的不同；不论表现方法是什么，不问“主义”是什么，艺术作品成功的秘密就在能够满足他那特定形式本体所要求满足的条件，产生一个整个的完全的独一的审美的印象抽象的形容词，例如悲观浪漫等等，在用字有轻重的作者手里，未始没有他们适当的用处，但如用以概状

① 载一九二八年三月十日《新月》月刊第一卷第一号，署名志摩；原作为《谒见哈代的一个下午》附录二；初收一九六九年台湾传记文学出版社《徐志摩全集》第六辑。采自《新月》。

文艺家的基本态度，对生命或对艺术，那时错误的机会就大了。即如悲观一名词，我们可以说叔本华的哲学是悲观的，夏都勃理安是悲观的，理巴第的诗是悲观的，马尔萨斯的人口论是悲观的，或是哈代的哲学是悲观的；但除非我们为这几位悲观的思想家各下一个更正确的状词，更亲切的叙述他们思想的特点，仅仅悲观一个字的总冒，绝对不能满足我们对这各作者的好奇心。在现在教科书式的文学批评盛行的时代，我们如其真有爱好文艺的热诚，除了耐心去直接研究各大家的作品，为自己立定一个“口味”（Taste）的标准，再没有别的速成的路径了。

“哈代是个悲观主义者”，这话的涵义就像哈代有了悲观或厌世的成心，再去做他的小说，制他的诗歌的。“成心”是艺术的死仇，也是思想的大障。哈代不曾写裘德来证明他的悲观主义，犹之雪莱与华茨华士不曾自觉的提倡“浪漫主义”或“自然主义”。我们可以听他自己的辩护。去年他印行的那本诗集（Late Lyrics and Earlier）① 的前面作者的自叙里，有辨明一般误解他基本态度的话，当时狠引起文学界注意的，他说他做诗的本旨，同华茨华士当时一样，决不为迁就群众好恶的惯习，不是为讴歌社会的偶像。什么是诚实的思想家，除了大胆的，无隐讳的，袒露他的疑问，他的见解，人生的经验与自然的现象影响他心灵的真相？百年前海涅说的“灵魂有她永久的特权，不是法典所能翳障也不是钟声的乐音所能催眠”。哈代但求保存他的思想的自由，保存他灵魂永有的特权——保存他的 Obstinate questionings（崛强的疑问）的特权。实际上一般人所谓他的悲观主义（Pessimism）其实只是一个人生实在的探检者的疑问；他引证他一首诗里的诗句：——

① 《早期与晚期的抒情诗》，1922 年出版。

If way to the better there be, it exacts a full look at the worst.[①]

这话是现代思想家，例如罗素，萧伯讷，华理士常说的，也许说法各有不同；意思就是："即使人生是有希望改善的，我们也不应故意的掩盖这时代的丑陋，只装没有这回事。实际上除非澈底的认明了丑陋的所在，我们就不容易走入改善的正道。"一般人也许狠愿意承认现世界是"可能的最好"，人生是有价值的，有意义的，有希望的，幸福与快乐是本分，不幸与挫折是例外或偶然，雪雾散了还是青天，黑夜完了还是清晨。但这种浅薄的乐观，当然经不起更深入的考案，当然只能激起澈底的思想家的冷笑；在哈代看来，这派的口调，只是"骷髅面上的笑话"！

所以如其在哈代的诗歌里，犹之在他的小说里，发现他对于人生的不满足；发现他不倦的探讨着这猜不透的迷谜，发现他暴露灵魂的隐秘与短处；发现他的悲慨阳光之暂忽，冬令的阴霾；发现他冷酷的笑声与悲惨的呼声；发现他不留恋的戳破虚荣或剖开幻象；发现他尽力的描画人类意志之脆薄与无形的势力之残酷；发现他迷失了"跳舞的同伴"的伤感；发现他对于生命本体的嘲讽与厌恶；发现他歌咏"时乘的笑柄"或"境遇的讽刺"，在他只是大胆的，无畏的尽他诗人，思想家应尽的责任，安诺德所谓 Application of ideas to life[②]；在他只是披露他"内在的刹那的彻悟"：在他只是反映着，最深刻的也是最真切的，这时代心智的度量。我们如其一定要怪嫌什么，我们还不如怪嫌这不完善的人生，一切文艺最初最后的动机！

至于哈代个人的厌世主义，最妙的按语是英国诗人老伦士

---

① 我们首先需要直面最糟的情形，才有可能找到通向进步的路。

② 把思想应用于生活。

平盈（Laurence binyon）的，他说：如其他真是厌世，真是悲观，他也决不会得不倦不厌的歌唱到白头，背上抗着六十年创造文艺的光明。一面作者的价值，本来就不应得拿他著作里表现的“哲理”去品评；我们只求领悟他创造的精神，领悟他扩张艺术境界与增富人类经验的消息。况且老先生自己已经昌言的否认他是什么悲观或厌世；他只是，在这六十年间，“崛强的疑问”着。

白郎宁夫人的情诗[①]

一

“伟大的灵魂们是永远孤单的。”不是他们甘愿孤单，他们是不能不孤单。他们的要求与需要不是寻常人的要求与需要；他们评价的标准也不是寻常的标准。他们到人间来一样的要爱，要安慰，要认识，要了解。但不幸他们的组织有时是太复杂太深奥太曲折了，这浅薄的人生不能担保他们的满足。只有生物性生活的人们，比方说，只要有饭吃，有衣穿，有相当的异性配对，他们就可以平安的过去，再不来抱怨什么，惆怅什么。一个诗人，一个艺术家，却往往不能这样容易对付。天才是不容易伺候的。在别的事情方面还可以迁就，配偶这件事最是问题。想像你做一个大诗人或大画家的太太（或是丈夫，在男女享受平等权利的时候）！你做到一个贤字，他不定见你情，

① 载一九二八年三月十日《新月》月刊第一卷第一号，署名志摩；初收一九三一年八月上海新月书店《新月》。采自《新月》。

你做到一个良字，他不定说你对，他们不定要生活上的满足，那他们有时尽可随便，他们却想像一种超生活的满足，因为他们的生活不是生根在这现象的世界上。你忙着替他补袜子，端整点心，他说你这是白忙，他破的不是袜子，他饿的不是肚子！这样的男人（或是女人）真是够别扭的，叫你摸不着他（或她）的脾胃。他快活的时候简直是发疯，也许当着人前就搂住了你亲，也不知是为些什么。他发愁的时候一只脸绷得老长，成天可以不开口，整晚可以不睡，像是跟谁不共天日的过不去，也不知是又为些什么。一百个女人里有九十九喜欢她们的丈夫是明白晓畅一流，说什么是什么，顾实家，体惜太太，到晚上睡着了就开着嘴甜甜地打呼。谁受得了一个诗人，他

"…Wants to know
What one has felt from earliest days,
Why one thought not in other ways,
And one's loves of long ago."①

因此室家这件事在有天才的人们十九是没有幸福的。"我不能想像一个有太太的思想家"，尼采说。怎怪得狠多的大艺术家，比如达文謇与密仡郎其罗，终身不曾想到过成家？他们是为艺术活着的，再没有余力来敷衍一个家。就是在成家的中间，在全部思想文艺史上，你举得出几个人在结婚这件事上说得到圆满的。拜轮的离婚，他一生颠沛的张本，就为得他那太太只顾得替他补袜子端整点心。歌德一生只是浮沈在无定的恋爱的浪花间，但他的结婚是没有多大光彩的。庐骚先生检到了一个客寓里扫地的下女就算完事一宗。哈哀内的玛蒂尔代又是一个不认字的姑娘，虽则她的颜色足够我们诗人的倾倒。史文庞孤独

① ……想知道/别人在最早时候的感觉，/为什么他没有换一种方式思考，/还有他许久以前的爱情。

了一生，济慈为了一个娶不着的女人呕血。喀莱尔蒙着了一个又俊又慧的洁痕韦尔许，但他的怪僻只酿成了一个历史上有名不快活的家庭。这一麓的人真难得知道幸福的。

二

本来恋爱是一件事，夫妻又是一件事。拿破仑说结婚是恋爱的埋葬。这话的意思是说这两件事儿是不相容的。这不是说夫妻间就没有爱。世上仅有十分相爱的夫妻。但“浪漫的爱”，它那热度不是寻常温度表所能测量的，却是提另一回事。比如罗米欧与朱丽叶那故事。它那动人，它那美，它那力量，就在一个惨死。死是有恩惠的，它成全了真有情人热情的永恒。朱丽叶要是做了罗米欧太太，过天发了福，走道都显累赘，再带着一大群的儿女，那还有什么意味？剧烈的东西是不能久长的：这是物理。由恋爱而结婚的人当然多的是，但谁能维持那初恋时一股子又泼辣又猖獗像是狂风像是暴雨的热情？结婚是成家。家本身就包涵有长久，即使不是永久的意义。有家就免不了家务，家累，尤其免不了小安琪儿们的降生。所以全看你怎样看法。如其现代多的是新发明的种种人生观，恋爱观的种类也不得单简。最发挥狭义的恋爱观的要算是哥谛霭的马斑小姐，她只准她的情人一整宵透明的浓艳的快乐，算是彼此尽情的还愿，不到天晓她就偷偷的告别，一辈子再不许他会面，她的唯一的理由就是要保全那“浪漫的热恋”的晶莹的印象。一往下拖就毁！但是话说回来，这类的见解，虽则美，当然是窄，有时竟有害，为人类繁衍的大目标计，是不应得听凭蔓延的。爱是不能没有的，但不能太热了。情感不能不受理性的相当节制与调剂。浪漫的爱虽则是纯粹的吕律格，但结婚的爱也不是一定是宽弛的散文。靠着在月光中泛蓝的白石阑干，散披着一头金黄的发丝，在夜莺的歌声中呼吸情致的缠绵，固然是好玩，但带上老棉帽披着睡衣看尊夫人忙着招呼小儿女的鞋袜同时得照料你的早餐的冷热，也未始没有一种可寻味的幽默。露水甜，雨水也不定是酸。

假如更进一步说，一对夫妻的结合不但是渊源于纯粹的相爱，不是肤浅的颠倒，而是意识的心性的相知，而且能使这部纯粹的感情建筑成一个永久的共同生活的基础，在一个结婚的事实里阐发了不止一宗美的与高尚的德性，那一对夫妻怕还不是人类社会一个永久的榜样与灵感？

三

但不幸这类完全的夫妻在人类社会上实在是难得，虽则恋爱与结婚同是普遍而且普通的一回事。好夫妻，贤孟梁，才子佳人，福寿双全子孙满堂的老伉俪，当然是有，多的是，但要一对完全创造性的配偶，在人类进化史上画高一道水平线，同时给厌世主义者一个积极的答复，那里有？男子间常有伟大的友于，例如歌德与席勒的，他们那彼此相互的启发与共同擎举的事业是一个永远不可磨灭的灵感。夫妻呢？

在女子在教育上不曾得到完全的解放，在社会不得到与男子平等的地位，我们不能得到一个正确的夫妇的观念。在一个时候女性是战利品，在又一个时候女性是玩物。在一个时候女性是装饰，是奢侈品，在又一个时候女性是家奴。在所有的时候女性是“母畜”，它的唯一的使命与用处是为人类传种。因此人类的历史是男性的光荣，它的机会是男性的专利。直到最近的百年前，跟着一般思想的解放，女性身上的压迫方始有松放的希冀，又跟着女权的运动，婚姻的观念方始得到了根本的修正，原先的谬误渐次在事实的显著中消失。

这是一件大事，因为女性的解放不仅给我们文化努力一宗新添的力量，它是我们理想中合理生活的实现的一个必要条件。夫妻是两个个性自由的化合；这是最密切的伙伴，最富创造性的一宗冒险。

四

诗人白郎宁与衣里查白·裴雷德的结合是人类一个永久的纪念。如其他们结婚以前的经过是一叶薰香的恋迹；他们结婚以后的生活一样是值得我们的赞美。如其他们彼此感情的交流是不涉丝毫强勉，他们各自的忍耐与节制同样是一宗理性的胜利。如其这婚姻使他们二人完全实现这地面上可能的幸福，他们同时为蹒跚的人类立下了一个健全的榜样。他们使我们艳羡，也使我们崇仰，他们不是那猥琐的局促的一流。如其白朗宁在这段情史中所表见的品格是男性的高尚与华贵，白夫人的则是女性的坚贞与优美与灵感。他们完全实现了配耦的理想，他们是一对理想的夫妻。

白郎宁是一个比较晚成的诗人，在他同时期的谭宜孙诗名眩耀全国的时候认识他的天才只有少数的几个人，例如穆勒约翰与诗人画家罗刹蒂，他在大英博物院中亲手抄缮白郎宁的第一首长诗。但他的诗，虽则不曾入时，已经有幸运得着了衣里查白·裴雷德在深闺中的认识与同情。同时白郎宁也看到了裴雷德的诗，发见她引用他自己的诗句，这给了他莫大的愉快。这是第一步。经由一个父执的介绍，裴雷德是他的表妹，白郎宁开始与他未来的夫人通信。裴雷德早年是极活泼的一个女孩，但不幸为骑马闪损了脊骨，终年困守在她楼上的静室里，在一只沙发上过生活，莎士比亚与古希腊的诗人是她唯一的慰藉。她有一个严厉的经商的父亲，但她的姊妹是与她同情并且随后给她帮助的。她有一个忠心的女仆叫威尔逊，一只更忠心的狗叫佛露喜。她比白郎宁大至六岁，与他开始通信的那年已是三十九岁。

你们见过她的画象不能忘记她那凝注的悲怆的一双眼，与那蓬松的厚重的两鬓垂鬈。她的本来是无欢的生活。一个废人，一个病人，空怀着一腔火热的情感与希有的天才，她的日子是在生死的边界上黯然的消散着。在这些黯惨的中间造化又给她一下无情的打击。她的一个爱弟，无端做了水鬼，这惨酷的意外几于把她震成一种失心的狂痫，正如近时曼殊斐儿也有同样的悲伤。她是一个可怜人，哀愁与绝望是人生给她的礼物。

但这哀愁与绝望是运定不久长的。当代她最崇拜的一个诗人开始对她谦卑的表示敬意，她不能不为他的至诚所感动。在病榻上每日展读矫健敦笃的来书，从病榻上每日邮送郑重绰约的去缄。彼此贡献早晚的灵感，彼此许诺忠实的批评。由文学到人生，由兴会到性情，彼此发见彼此间在在是一致的同心。在不曾会面以先，他俩已经听熟了彼此的声音——不可错误的性灵的声音。

这初期五个月密接的通信，在她感到一种新来的光明驱散了她生活上的闇塞，在他却是更深一层的认识。这还不是她理想中的伴侣？没有她人生是一个伟大的虚无，有了她人生是一个实现的奇迹，他再不能怀疑，这是造化恩赐给他的唯一的机缘。她准许他去见她，在她的病房中，他见着她，可怜的瘦小的病模样，蜷伏在她的沙发上，贵客来都不能欠身让坐！他知道这是不治的病，但他只感到无限的悲怜。他爱她，他不能不爱她。在第一次会见以后，伟大的白郎宁再不能克制他的热情。他要她。他的尽情倾吐的一封信给了温斐尔街五十号的病人一次不预期的心震，一宵不眠的踌躇。到早上她写回信，警告他再要如此她就不再见他。伟大的白郎宁这次当真红了脸，顾不得说谎，立即写信谢罪，解释前信只是感激话说过了分，请求退还原函（他生平就这一次不说真话）。信果然退了回来，他又带着脸红立即给毁了去（他们的通信单缺了这一封，这使白夫人事后颇感到懊怅的）。这风险过去，他们重复回到原先平稳的文字的因缘。裴雷德准许他的朋友过时去看她，同时邮梭的投织更显得殷勤，他讲他的意大利忻快的游踪，但她酬答他的只有她的悲惨的余生——这不使他感到单调吗？他们每周会面的一天是他俩最光亮的日子。他那时住在伦敦的近郊。这正是花香的季候，乡间的清芬，黄的玫瑰，紫的铃兰，相继在函缄内侵入温斐尔街五十号的楼房。裴雷德的感情也随着初秋的阳光渐渐的成熟。她不能不把她心里的郁积——她的悲哀，她的烦闷——缓缓地流向她唯一朋友的心里。他的感激又是一度的过分，但他还记得他三月前的冒昧，既然已经忍何妨忍耐到底。他现在早已认定，无上的幸福是他的了。她不能一天不接他的信，她不能定心，她求他“一行的慈善”，她的心已经为他跳着了。但她还不能完全放开她的踌躇。她能承受他的爱吗？这是公平吗？他，一个完全的丈夫。她，一个颓废的病人。他能不白费他的黄金吗？这砂留得住这清泉吗？她是一个对生命完全放弃的人，幸福，又是这样的幸福，这念头使她忖着时都觉得眩晕。但这些不是阻难。在他只求每天在她的身旁坐一小时，承受她的灵感，写他的诗，由此救全他的灵魂，他还有什么可求的？不，她即使是永远残废都不成问题，他要的只是性灵的化合。她再不能固执，再不能坚持，她只求他不要为她过分迁就，她如其有命，这命完全是他一手救活的，对他她只有无穷的感恩。她准许他用她的乳名称呼！

五

现在唯一的困难就只裴雷德的家庭，她的父亲。他不能想像他女儿除了对上帝和他自己的忠贞还能有别的什么感情的活动。他是一个无可通融的。他唯一的德性是他每天非得到下午六点不得回家，这一点他的女儿们都是知感的。裴雷德想到南方去，地中海的边沿，阳光暖和处去养息身体，因为她现在的生命是贵重的了。从死的黑影里劫出来，幸福已经不是不可能的梦想了。但她的父亲如何能容她有这种思想。她只要一开口这狮子就会叫吼得一屋子发震。她空怀着希望，却完全没有主意。她的朋友是永远主张抵御恶的势力的，他贡献他的勇敢，他建议积极的动作。裴雷德不能不信任他那雄健的膀臂与更雄健的意志。同时他俩的感情也已经到了无可再容忍的程度。至少在文字上他们再不能防御真情的泛滥。纯粹的爱在了解的深处流溢着。他们这时期的通信不再是书柬，不再是文字，是——“一对搏动的心”。从黑暗转到光明，从死转到爱，从残废的绝望转到健康的欢欣，爱的力量是一个奇迹。等到第二个春天回来的时候，裴雷德已经恢复她步履的愉快，走出病室的囚困，重享呼吸的清新。在阳光下，在草青与花香间，在禽鸟的歌声中，她不能不讶异生活的神秘，不能不膜拜造化的慈恩。他给她的庄严的爱在她的心中像是一盘发异香的仙花，她是在这香息中迷醉了。正如他的玫瑰，他的铃兰曾经从乡间输入她的深闺，她这时也在和风中为他亲手采撷浓蕊的蝴蝶花。在这些甜蜜的时光的流转中，她的家庭的困难一天严重似一天，她的父亲的颟顸是无法可想的，这使情人们不得不立即商量一条甘脆的出路。他们决意走。到意大利去，他俩的精神的故乡。他们先结了婚，在一个隐僻的教堂里，在上帝的跟前永远合成了一体；再过了几天他俩悄悄的离别了岛国，携着忠心的威尔逊与更忠心的佛露喜，投向自由的大陆，攀度了阿尔帕斯，在阿诺河入海处玲珑的皮萨城中小住，随后又迁去翡冷翠，在那有名的 Casa Euidi[①] 中过他们无上的幸福的生活。

这无上的幸福有十五年的生命，在这十五年中他俩不知道一天的分离。他们是爱游历的，在罗马与巴黎与伦敦间他们流转着他们按季候的踪迹。白夫人，本来一个沙发上的废人，如今是一个健游者，巴黎是她的“软弱”，意大利是她的“热情”，她也能登山，也能涉水。她的创作的成绩也不弱于她的“劳勃脱”，虽则她是常病，有时还得收拾她的“盆”儿的嘴脸与袜鞋。他俩的幸福正是英国文学的幸福。劳勃脱在他的“巴”的天才的跟前，只是低头，他自己即使有什么成就，那都是她的灵感。“盆”儿是他们最大的欢欣，忠心的佛露喜也给他们不少的快乐。在交友上他们也是十分幸运的。白郎宁的刚健与博大，他夫人的率真与温驯，使得凡是接近他们的没有不感到深彻的愉快。出名坏脾气的喀莱尔，“狂窜的火焰”似的老诗人兰道（Savage Landor）[②]，长厚的谭尼孙，伟大的罗斯金，美秀的罗刹蒂弟兄，都一致倾倒这一双无双的佳耦。罗刹蒂最说得妙，他说他就奇怪“那两个小小的人儿（指白氏夫

---

① Casa Euidi：不详。

② Savage Landor：兰道（1775—1864），全名 Walter Savage Landor，英国诗人、散文家，代表作为多卷本散文著作《想像的对话》。

妇）何以会得包容真实世界的那么多的一部分，他们在舟车上占不到多大位置，在客寓里用不到一只双人床”，他们所知道的唯一的悲伤与遗憾就只白郎宁的母亲的死和白夫人父亲的崛强，他们的幸福始终得不到他的宽恕。白夫人对意大利的自由奋斗有最热烈的同情，也正当意大利得到完全解放的那一年——一八六一——白夫人和她的劳勃脱永诀。如其她在生时实现了人生的美满，她的死更是一个美满的纪录。她并没有什么病痛，只是觉得倦，临终的那一晚她正和白郎宁商量消夏的计划。“她和他说着话，说着笑话，用最温存的话表示她的爱情；在半夜的时候，她觉着倦，她就偎倚在白郎宁的手臂上假寐着。在几分钟内，她的头垂了下来。他以为她是暂时的昏晕，但她是去了，再不回来。”那临终时一些温存的话是白郎宁终身的神圣的纪念。她最后的一句话，回答白郎宁问她觉到怎么样，是一单个无价的字——“Beautiful[①]”！“微笑的，快活的，容貌似少女一般”，她在她情人的怀抱中瞑目。

七

美！苦闷的人生难得有这样完全的美满！这不仅是文艺史的一段佳话，这是人类史上一次光明的纪录。这是不可磨灭的。这是值得永久流传的。但这段恋史本身固然是可贵，更可贵的是白夫人留给我们那四十四首十四行诗（The Sonnets from the Portuguese）[②]。在这四十四首情诗里白夫人的天才凝成了最透明的纯晶。这在文学史上是第一次一个女子澈透的供

① Beautiful：美。
② 《葡萄牙十四行诗》。

承她对一个男子的爱情，她的情绪是热烈而抟聚的，她的声音是在感激与快乐中颤震着，她的精神是一团无私的光明。我们读她的情诗，正如我们读她的情书，我们不觉得是窥探一种不应得探窥【护】的秘密，在这里正如在别的地方，真诚是解释一切，辨护一切，洁化一切的。她的是一种纯粹的热情，它的来源是一切人道与美德的来源，她的是不灭的神圣的火焰。只有白夫人才能感受这些伟大的情绪，也只有她才能不辜负这些伟大的情绪。这样伟大的内心的表现是稀有的。

关于那四十四首诗也还有一小段的佳话。白夫人发心写这一束情诗大约是在她秘密结婚以前，也许大半还是在她那楼房里写的。她不让白郎宁知道她的工作，她只在一次通信上隐隐的提过，“将来到了皮萨，”她说，“我再让你看我现在不给你看的东西。”他们夫妇俩写诗的工作是划清疆界的。在一首诗完成以前，谁都不能要求看谁的。在皮萨那时候，白夫人的书房是在楼上，照例每天在楼下吃过早饭，她就上楼去作工，让他在楼下做他的。有一天早上白夫人已经上楼去，白郎宁正站在窗前看街，他忽然觉得屋子里有人偷偷的走着，他正要回头，他的身子已经叫他夫人给推住了，叫他不许动，一面拿一卷纸塞在他的口袋里。她要他看一遍，要是不喜欢就把它撕了，话说完就逃上了楼去。这卷纸就是她那一束的情诗。白郎宁看过了就直跳了起来，说：她不但是给了他一份无价的礼物，她是给人类创造了一种独一的至宝。因此他坚持她有公开这些诗的必要。最早的单印本是一八四七年在李亭地方印的送本，书面上写着——Sonnets by E. B. B.[①] 一八五〇年的印本才改称“Sonnetsts from the portuguess”，那是白郎宁的主

① 即《E.B.B. 所作的十四行诗》。E.B.B. 为白郎宁夫人名字 Elizabeth Barret Browning 的缩写。

意。他特别挑葡萄牙因为她有过一首诗（“Cotarina to Camoens”）[①] 是讲葡萄牙的一段故事，他又常把夫人叫作“我的小葡萄牙人”。这四十四首情诗现在已经闻一多先生用语体文译出。这是一件可纪念的工作。因为“商籁体”（一多译）那诗格是抒情诗体例中最美最庄严，最严密亦最有弹性的一格，在英国文学史上从汤麦斯槐哀德爵士（Sir Thomas Wyatt）[②] 到阿寨沙孟士（Authur Symons）[③] 这四百年间经过不少名手的应用还不曾穷尽它变化的可能。这本是意大利的诗体，彼屈阿克（Petrarch）[④] 的情诗多是商籁体，在英国槐哀德与石垒伯爵（Earl of Sarrey）最初试用时是完全仿效彼屈阿克的体裁与音韵的组织，这就叫作彼屈阿克商籁体。后来莎士比亚也用商籁体写他的情诗，但他又另创一格，韵的排列与意大利式不同，虽则规模还是相仿的，这叫做莎士比亚商籁体。写商籁体最有名的，除了莎士比亚自己与史本塞，近代有华茨华士与罗刹蒂，与阿丽思梅纳儿夫人，最近有沙孟士。白夫人当然是最显著的一个。她的地位是在莎士比亚与罗刹蒂的中间。初学诗的狠多起首就试写商籁体，正如我们学做诗先学律诗，但狠少人写得出色，即在最大的诗人中，有的，例如雪莱与白郎宁自己，简直是不会使用的（如同我们的李白不会写律诗）。商籁体是西洋诗式中格律最谨严的，最适宜于表现深沉的盘旋

---

① Cotarina to Camoens：不详。

② Thomas Wyatt：怀亚特（1503—1542），英国诗人，曾为英王亨利八世的宠臣，多次担任外交使节。他把意大利的十四行诗和三行连环韵诗及法国的回旋诗引入到英国文学中。

③ Authur Symons：西蒙思（1865—1945），徐译沙孟士，英国诗人、文学评论家，是法国象征派诗歌的热情支持者，并将象征主义引入英国。作品有诗集《剪影》和论著《象征主义文学运动》等。

④ Petrarch：今译彼特拉克（1304—1374），意大利佛罗伦萨诗人、学者和人文主义者，著有爱情诗《抒情诗集》等。

的情绪。像是山风，像是海潮，它的是圆浑的有回响的音声。在能手中它是一只完全的弦琴，它有最激昂的高音，也有最呜咽的幽声。一多这次试验也不是轻率的，他那耐心先就不易，至少有好几首是朗然可诵的。当初槐哀德与石垒伯爵既然能把这原种从意大利移植到英国，后来果然开结成异样的花果，我们现在，在解放与建设我们文字的大运动中，为什么就没有希望再把它从英国移植到我们这边来？开端都是至微细的，什么事都得人们一半凭纯粹的耐心去做。为要一来宣传白夫人的情诗，二来引起我们文学界对于新诗体的注意，我自告奋勇在一多已经锻炼的译作的后面加上这一篇多少不免蛇足的散文。

第一首

我们已经知道在白郎宁远不曾发见她的时候，白夫人是怎样一个在绝望中沈沦着的病人。她简直是一个残废。年纪将近四十，在病房中不见天日，白夫人自分与幸福的人生是永远断绝缘分了的。但她不是寻常女子，她的天赋是丰厚的，她的感情是热烈的。像她这样人偏叫命运给“活埋”在病废中，够多么惨！白郎宁对她的知遇之感从初起就不是平常的，但在白夫人，这不仅使她惊奇，并且使她苦痛。这个心理是自然的，就比是一个瞎眼的忽然开眼，阳光的激刺是十分难受的。

在这第一首诗里她说她自己万不料想的叫“爱”给找到时的情形，她说的那位希腊诗人是梯奥克主德斯（Theocritus）。他是古希文化最迟开的一朵鲜花。他是雪腊古市人，但他的生活多半是西西利岛上过的。他是一个真纯乐观的诗人。在他的诗里永远映照着和暖的阳光，回响着健康的笑声。所以白夫人在这诗里说她最初想起那位乐观诗人，在他光阴不是一个警告因为他随时随地都可以发见轻松的快活的人生。春风是永远骀荡的，果子永远在秋阳中结实，少也好，老也好，人生何处不是快乐。但她一转念想着了她自己。既然按那位诗人说光阴是有恩有惠的，她自己的年头又是怎样过的呢。她先想起她的幼年，那时她是多活泼的一个孩子，那些年头在回忆中还是甜的，但自从她因骑马闪成病废以来她的时光不再是可爱，她的一个爱弟又叫无情的水波给吞了去，在这打击下她的日子益发显得黯惨，到现在在想像中她只见她自己的生命道上重重的盖着那些怆心的年分的黑影，她不由的悲不自制了。但正在这悲伤的时候她忽然觉到在她的身后晃动着一个神秘的形像，它过来一把拧住了她的头发直往后拉。在挣扎中她听着一个有权威的声音——“你猜猜，这是谁揪住你?”“是死吧。”她说，因为她只能想到死。但是那“银钟似”的声音的答话更使她奇特了，那声音说——“不是死，是爱。”

第二首

这一声银钟似的震荡顿时使她从悲惋的迷醉中惊醒。她不信吗？不，她不能不信，这声音的充实与响亮不能使她怀疑。那末她信吗？这又使她踌躇。正如一个瞎眼的重见天日，她轻易还不能信任她的感觉。她的理性立时告诉她：“这即使是真，也还是枉然的。你想你能有这样的造化吗？运命，一向待你苛刻的运命，能骤然的改变吗?”枉然的，她想不错，虽则爱乔装了死侵入了她的深闺，他还是不能留的。爱不能留，因为运命不许——造物不许，所以在这首诗里她说在爱开口的时候只有三个人听见，说话的你，听话的我，再就是无所不在的上帝。在她还不曾从初起的惊疑中苏醒，她似乎听到在她与他中间的上帝已经为他们下了案语。他说“你配吗?”她顿时觉得这句刺心的话黑暗似的障住了她的眼，这使她连睁眼对爱一看的机会都给夺去了。她巴望她自己还是死了的好，死倒也罢了：这活着受罪，已然见到光明还得回向黑暗的可怖，是太难受了。但上帝的是无上的权威，他喝一声“不行”，比别的什么阻难更没有办法。人间的阻隔是分不了我们的，海洋的阔大不能使我们变异，风雨的暴戾也不能使我们软弱。任凭地面上的山岭有多么高，我们还得到天空里去携手。即使无际的天空也来妨碍我们的结合，我们也还得超出天空到更辽远的星海中去实现我们的情爱。

第三首

所以不是阻碍，那不是情人们所怕的，但我还得凭理性来忖忖这句话“你配吗?”我配吗?我现在已然见到了你，我不能不把事实的真相认一个清切。你爱我，不错，但是，我的贵人，我俩实在不是一路上的人!我们的生活，我们的归宿，都不是一致的，即使我们曾经彼此相会，呵护你的与我的两个安琪儿们彼此是不相认的，在他们的翅膀相与交错时，他俩都显着诧异，因为我们本来是走不到一起的。你想，你自己是何等样人，我如何能攀附得着你的高贵?你是王后们的上宾，在她们的盛大的筵会上，你是一个崇仰与爱慕的目标，几百双的妙眼都望着你（它们要比我的泪眼更显得光亮），要求你施展你的吟咏的天才。这样的你与我又有什么相关，我是一个穷苦的，疲倦的，流浪的唱唱儿的，偎倚着一棵苍劲的翠柏，在黑暗中歌唱着凄凉的音调，你站在那灯光明艳的窗子里边望着我，你是什么意思，能有什么意思?在你前额上涂着的是祝福的圣油，——在我就有冰凉的露水。那样的你，这样的我，还有什么说的?在生前是无望的了，除非到了死，那平等一切的死，我们才有会合的希望。

第四首

你是一个大诗人，一个高雅的歌者，只有华丽的宫院才配款留你的踪迹。你是人中的凤，为要看着你从腴满的口唇吐露异样的清商，舞女们不由的翘企着她们的脚踪。这些才是你的去处，你为什么偏要到我的门外来徘徊？我的是卑陋的门庭，怎当得起大驾的枉顾？你难道当真舍得漫不经心的让你的妙乐掉落在我的门前，浪费你黄金比价的诗才？你不信时抬头来看这是一个什么的所在。屋子是破烂的，窗户是都叫风雨侵蚀坏了的，小心这屋椽间飞袭出怪状的蝙蝠与鸱鸮，因为它们是在这里做家的。你有你的琵琶，我这里，可怜，只有慰情长夜的秋虫。请你再不要弹唱了，因为响应你的就只一些荒凉的回音，你唱你的去罢，我的心灵深处有一个声音在悲泣着，孤独的，寂寞的。

第五首

到上首为止诗的音调是沈郁与凄怆。一份眩耀的至礼已经献致在她的跟前，但她能接受吗？她的半墓穴似的病室能霎时间容受这多的光辉与温暖吗？她已经忍着心痛低喊了一声“挡驾”，但那位拜门的贵人还是耐心的等候着。他这份礼是送定了的。他的坚决，他的忍耐，尤其是他的诚意，不能不使她踌躇。从这首诗起我们可以看出她的情绪，像一弯玲珑的新月，渐渐的在灰色的背幕里透露出来。但她还得逼紧一步。这回她声音放大了，她仿佛说，“你再不躲开，将来要有什么懊悔，你可赖不了我！我的话是说完了的”。最初她是万想不到爱会得找着她，她想到的只有死，她第一个念头以为这只是运命的一种嘲讽，她如何再能接近爱，但爱的迫切再不能使她疑惑，那么是真的，她非但不曾走入死道，在她跟前站着的的确是爱。她非但听清了它的声音，她也认清了它的面目。她又一转念这还是白费，她如何能收受它，她与他什么都是悬殊的。但爱只当没有听见她的话，一双手还是对她伸着。她有点儿动了。但她还得把话说明白了。爱如果一定要她，她也未始不知道感激，她可不能让他误会，她不是不回他的爱，她是怕害他，所以在这首诗里她说：——我严肃的捧起我的心来，如同古代的绮雷克拉捧着她那尸灰坛，我一见你眼内的神情，不由的失手倒翻了我的心坛，把所有的灰一起泼在你的跟前。这回我再不然隐瞒了，我的心已经一起倒了出来。你看看这是些什么？就是些死灰，中间隐隐还夹着些血红的火星在灰堆里透着光亮。你这一看出我的寒伧，要是你鄙蔑的一脚踹灭了这些余烬，给它们一个永远的黑暗，那倒也完事一宗，再没有麻烦了。但如其你站着不动，回头风一吹动重新把这堆死灰吹活了过来，那可危险了，亲爱的，这火要是在风前一旺，就难保不会烧着你的发肤，纵然你头上戴着桂冠，怕也不能保护你吧。因此我警告你还是站远些的好，你去你的吧。

第六首

在这五六两首的中间，评衡家高士（Edmund Gosse）[①] 狠有见地的指出白夫人另有一首绝美的短诗叫作《问与答》的应得放在一起读。那首诗与商籁体第五首（即上一首）表现同一种情调，但这是宛转的清丽的，不同上一诗的激昂嘹亮。意思是说你心目中所要的爱当然是热烈蓬勃一流，你怎么来找着我？你错了罢？你有见过在雪地里发芽开花的玫瑰没有？它不但不能长，就有也叫雪给冻死了。我的身世只是一片的冬景，满地的雪，那有什么鲜艳的生命？你一定是走错了，到这雪地里来寻花！你看你脚上不是已经踏着了雪，快洒脱吧，回头让你也给冻了。（第一段）我又好比是一处残破的古迹，几叠乱

① Edmund Gosse：今译戈斯（1849—1928），英国评论家、文学史家、翻译家，主要著作有《十八世纪文学史》、《现代英国文学史》等。

石子，长着些个冷落的青藤，你到这边来又是为什么了？你倒是要寻葡萄苹果呢，还是就为了这些可怜的绿叶？如果你是为了绿叶来的，那么好吧，既然承你情，你就不妨顺手摘三两张带回去做一个纪念也好!

但这时候白夫人心里的雪早就化了。叫白郎宁火热的爱给烫化了！所以在第六首里，她虽则开口还是“躲着我去吧”接着就是她的“软化”的招承。

趁早躲开我吧。但我从今后再不是原先的我，我此后永远在你的阴影下站着。我再不能在我单独的身世的门前呼吸我的思想，也不能在阳光里静定的举起我的手掌，而不感觉到你给我的深邃的影响。我的掌心永远存记着你的抚摩。你的心已经交互在我的心里，我的脉搏里跳荡着你的脉搏。我的思想里有你，行动里有你，梦里也有你。正如在葡萄酒里尝出葡萄的滋味，我的新来的生命里也处处按得出你造成它的原素。每回我为我自己对上帝祈求，他在我的声音里听出你的名字，在我的眼睛里他看出两个人的眼泪。

第七首

自从我听得你灵魂的脚步走近我的身畔，仿佛这整个的世界都为我改变了面目。我本来只是在死的边沿上逗留着，自分早晚都在往下吊，谁想到爱来救了我，抱住了我，教给我生命的整体，在一种新的节奏里波动着。有了你近在我的身边，我的悲苦的已往都取得了意味，多甜的意味，那是上帝为我特定下的灵魂的浸礼。有了你这地面这天都变了样，我还能怨吗?就说我现在弹着的琴，唱着的歌，它们的可爱也就为有你的名字在歌声与琴韵里回响着。

第八首

这一弯眉月似的情绪已经渐渐的开展。在每一个字里跳跃着欢喜与感激，在每一个字里预映着圆满的光明。但她还得踌躇。一层浅色的游云暂时又掩住了亮月的清光。初起“我配吗”那一个动机又浮现了上来。她说：——

你待我当然是再好没有的了，我的慷慨大量的恩人。你送我这份礼是最重也没有了。你带了你的无价的纯洁的心来，放在我的破屋子的墙外，听凭我收受或是鄙弃，可是我要是收了你这份厚礼，我又有什么东西来回敬你呢？不受太负了你，受了我又实在说不过去，人家能不骂我冷心肠说我无情义吗？但不是的，我不是冷，也不是狠，说实话，我是穷。上帝知道，不信你问他。日常的涕泪冲淡了我生命的颜色，剩下的就只这奄奄的惨白的躯体。我怎么能不自惭形秽，这是不配用作你的枕头的，实在是不配。你还是去你的吧！我这样的身世是只配供人践踏的。

第九首

但是话说回来，我也并不是完全没有东西给你，最使我迟疑的就在这“事情的对不对”。我能给你些什么？什么也没有除了眼泪，除了悲伤，因为我一辈子是这样过来的。我虽则有时也会笑，但这些笑都是不能长驻的，你劝我，你开导我，也是枉然。我实在的担忧，这是不对的！我不能让你为我这么受罪。你我不是同等人，如何能说到相爱。你待我那么厚，我待你这么寒伧，这如何能说得过去？去吧，可叹，我不能让我的灰土沾污你的袍服，我不能让我的悲苦连累你的爽恺的心胸，我也不能给你什么爱——这事情是不公平的呀！我爱，我就只爱你！再没有什么说的了。

第十首

在这首诗那一道云又扯了过去，更显得亮月的光明。她说：——

我不说我是穷得什么东西都不能给你除了我的涕泪与悲伤吗？但是我爱你是真的。我初起只是放心不下这该不该：像我这样人该不该爱你？我总觉得有些不公平，拿我这寒伧的来交换你那高贵的。但我转念一想这事情也不能执著一边看，也许在上帝的眼里，凭我的血诚，我这份回敬的礼物不至于完全没有它的价直。爱，只要是爱，不沾染什么的纯粹的爱，就不丑，就美，这份礼是值得收受的。你没有看见火吗？不论烧着的是圣庙或是贱麻，火总是明亮的。不论烧着的是松柏或是芜草，光焰是一般的。爱就是火。即如我现在，感着内心的驱使再不能隐匿我灵魂的秘密，朗声的对你供承“我爱你”——听呀，我爱你——我就觉得我是在爱的光焰里站着，形貌都变化了，神明的异彩从我的颜面对向着你的放射。说到爱高卑的分别是没有的：最渺小的生灵们也献爱给上帝，上帝还不一样接受它们的爱并且还爱它们。相信我，爱的灵感是神奇的，我又何尝不明白我自己的本真，但盘旋在我心里的那一团圣火照亮了我的思想，也照亮了我的眉目。这不是爱的伟大的力量可以“升华”造物的工程的一个凭证吗？

附：闻一多译
《白郎宁夫人的情诗》

(一)

我想起昔年那位希腊的诗人，
唱着流年的歌儿——可爱的流年，
渴望中的流年，一个个的宛然
都手执着颁送给世人的礼品：
我沈吟着诗人的古调，我不禁
泪眼发花了，于是我渐渐看见
那温柔凄切的流年，酸苦的流年，
我自己的流年，轮流掷着暗影，
掠过我的身边。马上我就哭起来，
我明知道有一个神秘的模样
在背后揪住我的头发往后掇，
正在挣扎的当儿，我听见好像
一个厉声“谁掇着你，猜猜！”
“死，”我说。“不是死，是爱，”他讲。

(二)

可是在上帝的全宇宙里，总共
才有三个人听见了你那句话——
除了讲话的你，听话的我，便是他——
上帝自己！并且我们三人之中，
还有一个答话的……那话来得可凶！
诅得我一阵的昏迷，一阵的眼花，……
我瞎了，看不见你了，……那一刹那

的隔绝，真是比“死”还要严重。
因为上帝一声“不行”比谁都厉害!
尘世的倾轧捣不毁我们的亲昵，
风雷不能屈挠我们，海洋不能更改，
我们的手伸过峻岭，互相提携，
临了，天空若滚到我们中间来，
我们为星辰起誓，还要更加激厉。

(三)

我们原不一样，爱呀，你信不信?
我们的职司和前程都不一样。
我们俩人的天使迎面飞来，翅膀
摩着翅膀，大家瞪着惊愕的眼睛。
你想想呵，你乃是后妃的上宾，
满宫的明眸飞着眼色　请你主掌歌筵!
我这一双眼睛，不用讲，
纵然流着泪，也没有那样鲜明。
那么，你还干什么那样望着我，
站在那灯光辉映的窗棂里边?
我，一个凄惶流落的歌者，靠着
柏树上，歌声通过了黑暗的园亭……
你头上是圣油!我头上是露珠;
除了死，你我间的差异怎修得圆?

(四)

你曾经奉到圣旨召入了宫庭，
翩翩的歌者，你歌着名贵的诗篇，
嫔妃们为你止舞，要你再唱一遍，
人人都注视着你那殷实的歌唇。
你真要抽起我这门闩?你果真

不嫌它辜负了你的手？你想想看，
你能让你那音乐掉在我这门前，
叠作一层层金色的富丽？你忍不忍？
你再往上瞧瞧这窗棂都被闯破，
蝙蝠和夜鹰的巢窠全在梁上！
我的蟋蟀，应和着你琵琶的高歌，
住声，别再激起回音来证实荒凉！
我心里有悲哭声，正如你在浩歌，
可怜我只是在孤独中悲伤。

（五）

我严肃的捧起了我的心来，
像当年绮雷克拉捧着那尸灰坛，
猛然看着你，把灰洒在你身畔。
请看呀，我这心里藏着的悲哀，——
偌大的一堆悲哀！你再看呀，爱，
再看火星在堆里奄奄的烁闪。
假如你肯踩它几脚，踩熄了火焰，
倒也罢了。可惜你不肯那般爽快，
偏要等在我身边，等一阵狂风
把死灰又吹活……我真为你担忧，
爱呀，那头上的桂冠原不中用，
它不能给你做什么的保障。回头
死灰又烧着了，小心火焰一迸
烧焦了头发。快走远些呀！走。

（六）

走远些。可是我心里觉着，从今
我永远要在你的身影里纠缠。
从今我徘徊在我的生命的门前，

再不能一人私自的驱使我的灵魂
也不能再把这手往日光里伸，
像从前那样，觉不到你的指尖
碰上我的掌心。劫运教万重云山
阻隔了我们，却不知道你的心
还躲在我心里跳成双响的脉息。
酒浆总尝得出葡萄的滋味，
我的起居和梦寐里也少不了你。
我为自身祈祷着上帝的慈悲，
他听见的姓名那个却是你的，
他在我眼眶里看出俩人的眼泪。

（七）

我想全世界的面目已经改变，
自从我听见你那灵魂的步履
经过我的身边，悄悄的走去，
通过了我和幽冥的边塞之间。
我跌进那幽冥的绝壑，心里盘算，
定是没救了，谁知道却是过虑，……
爱把我一手捞起，还教我了【我】一曲
生命的新歌。上帝赐我一盏辛酸，
本是给我施洗的，我情愿喝一口，
赞扬它的芬芳，因为你在我身旁。
你足迹所到，无论生前或死后，
诸天和百国的名号都要更张，
这一阕歌，一枝笛，恩情这样厚，
也只因你的名字在那里铿锵。

（八）

你那样的慷慨，又那样的豪华，

你把你灵府的宝藏全带了来，
尽量的给带了来，堆在我墙外。
任凭我拾起来也罢，丢掉也罢。
但是我什么能送你呢？你说
我冷淡？责我寡恩?! 你那样慷慨，
我却没有一些酬答？你别见怪，
我并不是寡恩！天知道，你问他！
我实在是穷得狠。缤纷的泪雨，
洗毁了我生命中的颜色，并且
留下的这东西，又灰白又枯癯，
实在不该送来给你，我不敢渎亵，
不敢送来做你的枕头。走远些，去！
这东西只配给人们踩一个瘪！

(九)

我应不应有什么，就送什么给你？
应不应让你坐下，靠着我的胸怀，
让我那样的咸泪洒上你的脸腮，
还让你听流年又在我唇边太息？
并且那嘴唇为了忙着嘘叹，所以
听凭你怎样的给我赌誓，
爱，那奄奄垂毙的微笑总救不回来。
我只怕，爱，那样待你，是不应当的！
我们不同流亚，怎好配作情耦？
我承认，我也抱歉，我这样的施主
未免太寒伧。爱呀！我不能够，不能够
叫我的尘土污秽了你的章服，
不能吹出毒气，炸了你那玻璃瓯，
我不给什么；我只爱你，便足了数。

（十）

不过只要是爱，是爱，就够你赞美，
值得你容受。你知道，爱便是火，
火总是光明的，不问是焚着楼阁，
还是荆榛；你烧着松柏，烧着芦苇，
火焰里总跳得出同样的光辉。
所以每回灵府的要求吩咐我说：
"我爱你，我爱你，"便在那顷刻，
我就会爱变成不坏的金身，并且会
觉得我脸上的灵光射到你脸上。
讲到爱，本说不上什么寒伧来；
最渺末的生灵献爱给上帝，你想，
上帝受了他的爱，还赐给他爱。
我心灵的光，闪过我丑陋的皮囊，
爱的意匠便改缮了造物的心裁。

一个行乞的诗人①

1. Collected Poems of William H. Davies②
2. Antobiography of a Super Tramp③
3. Later Days④
4. A Poet's Pilgrimage⑤

一

萧伯讷先生在一九〇五年收到从邮局寄来的一本诗集，封面上印著作者的名字，他的住址，和两先令六的价格。附来作者的一纸短简，说他如愿留那本书，请寄他两先令六，否则请

① 载一九二八年五月十日《新月》月刊第一卷第三号；初收一九六九年台湾传记文学出版社《徐志摩全集》第六辑。采自《新月》。

② Collected Poems of William H. Davies：《戴维斯诗集》。William H. Davies：戴维斯（1871—1940），徐译苔微士，英国诗人。作品有《一个超级流浪者的自传》等。

③ Antobiography of a Super Tramp：《一个超级流浪者的自传》。

④ Later Days：《晚近的生活》。

⑤ A Poet's Pilgrimage：《一个诗人的漫游》。

他退回原书。在那些日子萧先生那里常有书坊和未成名的作者寄给他请求批评的书本，所以他接到这类东西是不以为奇的。这一次他却发见了一些新鲜，第一那本书分明是作者自己印行的，第二他那住址是伦敦西南隅一所硕果仅存的“佃屋”，第三附来的短简的笔致是异常的秀逸而且他那办法也是别致。但更使萧先生奇怪的是他一着眼就在这集子小诗里发见了一个真纯的诗人，他那思想的清新正如他音调的轻灵。萧先生决意帮助这位无名的英雄。他做的第一件好事是又向他多买了八本，这在经济上使那位诗人立时感到稀有的舒畅，第二是他又替他介绍给当时的几个批评家。果然在短时期内各种日报和期刊上都注意到了这位流浪的诗人，他的一生的概况也披露了，他的肖影也登出了——他的地位顿时由破旧的佃屋转移到英国文坛的中心！他的名字是惠廉苔微士，他的伙伴叫他惠儿苔微士(Will Davies)。

二

苔微士沿门托卖的那本诗集确是他自己出钱印的。他的钱也不是容易来的。十九镑钱印得二百五十册书。这笔印书费是做押款借来的。苔微士先生不是没有产业的人，他的进款是每星期十个先令（合华银五元)，他自从成了残废以来就靠此生活。他的计画是在十先令的收入内规定六先令的生活费，另提两先令存储备作印书费，余多的两先令是专为周济他的穷朋友的。他的住宿费是每星期三先令六（在更俭的时候是二先令四，在最俭的时候是不化一个大，因为他在夏季暖和时就老实借光上帝的地面，在凉爽的树林里或是宽大的屋檐下寄托他的诗身!)，但要从每星［期］两先令积成二三十镑的巨款当然不是易事，所以苔微士先生在最后一次的发狠决意牺牲他整半年的进款积成一个整数，自己跷了一条木腿，袋了一本约书，不怎样乐观却也不绝望的投向荡荡的“王道”去。这是他一生最后一次，也是最辛苦的一次流浪，他自己说：——

再下去是一回奇怪的经验，无可名称的一种经验；因为我居然还能过活；虽则我既没有勇气讨饭，又不甘心做小贩。有时我急得真想做贼；但是我没有得到可偷的机会，我依然平安的走着我的路。在我最感疲乏和饥慌的时候——我的实在的状况益发的黑暗，对于将来的想望益发的光鲜，正如明星的照亮衬出黑夜的深荫。

我是单身赶路的，虽则别的流氓们好意的约我做他们的旅伴，我愿意孤单因为我不许生人的声音来扰我的清梦。有好多人以为我是疯子，因为他们问起我当天所经过的市镇与乡村我都不能回答。他们问我那村子里的“穷人院”是怎样的情形，我却一点也不知道因为我没有进去过。他们要知道最好的寓处，这我又是茫然的因为我是寄宿在露天的。他们问我这天我是从那一边来的，这我一时也答不上；他们再问我到那里去，这我又是不知道的。这次经验最奇怪的一点是我虽则从不看人家一眼，或是开一声口问他们乞讨，我还是一样的受到他们的帮助。每回我要一口冷水，给我的却不是茶就是奶，吃的东西也总是跟着到手。我不由的把这一部生活认作短期的牺牲，消磨去一些无价值的时间为要换得后来千万个更舒服的；我祝颂每一个清朝，它开始一个新的日子，我也拜祷每一个安息日晚上，因为它结束了又一个星期。

这不使我们想起旧时朝山的僧人，他们那皈依的虔心使他们完全遗忘体肤的舒适？苔微士先生发见流浪生活最难堪的时候是在无荫蔽的旷野里遇雨，上帝保佑他们，因为流浪人的行装是没有替换的。有一天他在台风的乡间检了一些麦柴，起造了一所精致的，风侵不进，露零不着的临时公馆，自幸可以暖暖的过一夜，却不料：

> 天下雨了。在半小时内大块的雨打漏了屋顶，不到一小时这些雨点已经变成了洪流。又只能耐心耽着，在这大黑夜如何能寻到更安全的荫蔽。这雨直下了十个钟头，我简直连皮张都浸透了，比没身在水里干不了多少——不是平常我们叫几阵急雨给零潮了的时候说的“浸透了皮”。我一点也不沮丧，把这事情只看作我应分经受的苦难的一件。到了第二天早上我在露天选了一个行人走不到的地点，躺了下来，一边安息，一边让又热又强的阳光收干我的潮湿。有两三次我这样的遭难，但在事后我完全不觉得什么难受。

头三个月是这样过的，白天在路上跑，晚上在露天寄宿，但不幸暖和的夏季是有尽期的，从十月到年底这三个月是不能没有荫蔽的。一席地也得要钱，即使是几枚铜子，苔微士先生再不能这样清高的流浪他的时日。但高傲他还是的，本来一个残废的人，求人家帮助是无须开口的，他只要在通衢上坐着，伸着一只手，钱就会来。再不然你就站在巡警先生不常到的街上唱几节圣诗，滚圆的铜子就会从住家的窗口蝴蝶似的向着你扑来。但我们的诗人不能这样折辱他的身分，他宁可忍冻，宁可挨饿，不能拉下了脸子来当职业的叫化。虽则在他最窘的日子，他也只能手拿着几副鞋带上街去碰他的机会，但他没有一个时候肯容自己应用乞丐们无耻的惯技。这样的日子他挨过了两个月，大都在伦敦的近郊，最后为要整理他的诗稿他又回到他的故居，亏了旧时一个难友借给他一镑钱，至少寄宿的费用有了着落。他的诗集是三月初印得的，但第一批三十本请求介绍的送本只带回了两处小报上冷淡的案语。日子飞快的过去，同时他借来的一点钱又快没了，这一失望他几乎把辛苦印来的本子一起给毁了！最后他发明了寄书求售的法子，拼着十本里卖出一两本就可以免得几天的冻饿，这才蒙着了萧先生的同情，在简短的时日内结束了他的流浪的生涯。

三

但这还只是苔微士先生多曲折的生活史里最后的一个顿挫，最逼近飞升的一个盘旋。在他从家乡初到伦敦的时候，他虽则身体是残废，他对于自己文学的前途不是没有希望。他第一次寄稿给书铺，满想编辑先生无意中发见了天才竟许第二天早上就会赶来求见他，或是至少，爽快的接受他的稿件，回信问他要预支多少版税。他的初作是一篇诗剧，题目叫《强盗》。邮差带回来的还是他的原稿，除了标题，竟许一行都不曾邀览！他试了又试，结果还是一样，只是白化了邮资，污损了稿本。他不久就发见了缘故。他的寓址是乞丐收容所的变相，他的题目又不幸是《强盗》，难怪深于世故的书店主人没有敢结交他做朋友！但是他还得尝试。他又脱稿了一首长诗，在这诗里他荟集了山林的走兽，空中的飞禽，甚至海底的鱼虾，在一处青林里共同咒骂人类的残忍，商量要秘密革命，乘黑夜到邻近的一个村庄里去谋害睡梦中的居民！这回他聪明了另换了不露形迹的地址，同时寄出了两个副本，打算至少一处总有希望。一星期过去没有消息，我们的作者急了，不为别的，怕是两处同时要定了他的非常的作品。再等了几天一份稿件回来了，不用，那一份跟着也回来了，一样的不用。苔微士先生想这一定是长诗不容易销，短诗一定有希望，他一坐下来又产生了几百首的短诗，但结果还是一样的为难，承印是有人了，但印费得作者自己担负。一个靠铜子过活的如何能拿得出几十个金镑？但为什么不试试知名的慈善家？他试了。当然是无结果。他又有了主意，何妨先印两千份一两页的“样诗”，卖三个辨士一份，自己上街兜卖去，卖完了不就是六千个辨士，合五百个先令，整整二十五个金镑，恰巧印书的费用！但这也得印费，要三十五先令，他本有一些积蓄，再熬了几星期的饿，这一笔款子果然给凑成了。二千份样诗印了来，明天起一个大早，满心的高兴和希望，苔微士先生抱了一大卷上街零售去了。他见了人就拉生意，反复的说明他想印书的苦衷，请求三辨士的帮助。他走了三十家，说干了嘴，没有人明白他是什么意思，也没有人理会他，一本也卖不掉！难得有一半个人想做好事，但三辨士换一张纸，似乎太不值得了。诗，什么是诗？诗是干什么的？你再会说话他们还是不明白。最后他问到了一所较大的屋子，一个女佣出来应门。他照例说明他的来意，那位姑娘瞪大了眼望着他。“玛丽，谁在那里？”女主人在楼梯上面问。她回说有人来卖字纸的。“给他这个铜子，叫他去吧”，一个铜子从楼梯上滚了下来。苔微士先生到手了一个铜子，但他还是央着玛丽拿这张纸给她主人看。竟许她是有眼光的，竟许她赏识我，竟许她愿意出钱替我印书，谁知道！但是楼梯上的声音更来得响亮而且凶狠了：“玛丽，不许拿他什么东西，你听见了没有？”在几秒钟内苔微士先生站在已经关紧的门外，掌心里托着一个孤独的辨士！得，饿了肚子跑酸了腿说干了嘴才到手了一个铜子，这该几十年才募得成二十五个金镑？而况回去时实在跑不动了还得化三辨士坐电车！苔微士先生一发狠把二千份样诗一口气给毁了，一页也没有存。

四

为了这一次试验的损失，苔微士先生为格外节省起见迁居到一个救世军的收容机关。他还是不死心，还是想印行他的诗集。这回的灵感是打算请得一张小贩的执照，下乡做买卖去。这样生活有了着落，原来每星期的进款不是可以从容积聚起来了吗？况且贩卖鞋带针簪钮扣还难说有可观的盈余。这样要不了半年工夫就可以有办法。苔微士先生的眼前着实放了一些光亮。但要实行这计划也不是没有事前的困难。第一他身上这条假腿，化他十几镑钱安上的，经了两三年的服务早已快裂了，他那有钱去另买一条腿？好容易他探得了一处公立的机关，可以去白要一只“锥脚”。但这也有手续。你得有十五封会员的荐信。苔微士先生这回又忙着买邮花发信了。在六星期内他先后发了一百多封信（这是说化了他一百多分邮花外加信纸费），但一半因为正当夏天出门的人多，他得到的回信还是不够数。在这个时候一个慈善机关忽然派人来知照他说有人愿意帮他的忙。他当然如同奉到圣旨似的赶了去，但结果，经过了无数的手续，无数的废话，受了无数的闷气，苔微士先生还是苔微士先生！不消说那慈善机关的贵执事们报告给那位有心做好事的施主，说他是一个不值得帮助的无赖！如此过了好些时日才凑齐了必需的荐信，锥脚是到手了，但麻烦还是没有完。因为先前荐信只嫌不够，现在来得又太多了，出门人回了家都有了回信，苔微士先生又忙着退信道谢，又白化了他不少的邮花！

锥脚上了身，又进齐了货，针，骨簪，鞋带，钮扣，我们的诗人又开始了一种新生活。但他初下乡的时候因为口袋里还剩几个先令，他就不急急于做生意，倒是从容的玩赏初夏的风景：

> 第一晚到了圣亚尔明斯，我在镇上走了一转，就在野地里拿我那货包当枕头仰天躺下了。那晚的天上仿佛多出了不少星，拥护着，庆祝着一个美丽的亮月的成年。肢体虽则是倦了的，但为贪着这夜景又过了三两小时才睡。我想在这夏季里只要有足够的钱在经过的乡村里买东西吃，这还不是一种光荣的生活？如此三四天我懒散着走着路，站在沟渠上面看那水从黑暗冲决到光明；听野鸟的歌唱；或是眺望远处够高的一个尖顶，别的不见，指点著在千树林中隐伏着的一个僻静的乡村。

但等得他化完了带着的钱，打开货包来正想起手做生意，苔微士先生发见那包货，因为每晚用做枕头，不但受饱了潮湿，并且针头也钻破了包衣发了锈，鞋带也有皱有疲的，全失了样，都是不能卖的了！他只能听天由命。他正快饿瘪的时候在路边遇见了一个穷途的同志，他，一个身高血旺的健全汉子，问得了他的窘况，安慰他说只要跟他一路走不愁没有饭吃。这位先生是有本事的。喝饱了啤酒，啃饱了面包，先到了一条长街的尾梢，他立定了脚步，对苔微士先生说，“看着，我就在这儿工作了。你只要跟在我后背检地上的钱，钱自会来的。”“你只管检铜子好了，只要小心不要给铜子检了去！”他意思是只要小心巡警。这是他的法术：偻了背，摇着腿，嗄着嗓子，张着大口唱。唱完了果然街两边的人家都掷铜子给他们，但那位先生刚住口就伸直了身子向后跑，诗人也只得跟了跑——果然那转角上晃过了一位高大的“铜子”来！

在这一路上苔微士先生学得了不少的职业的秘密，但他流浪到了终期重复回到伦敦的时候，他出发时的计划还是没有实现，三个月产息的积蓄只够他短时期的安息，出书的梦想依旧是在虚无飘渺间。穷困的黑影还是紧紧的罩住他，凭他试那一个方向，他的道是没有一条通达的。但在这穷困的道上，他虽则检不到黄金，他却发见了不少人道的智慧，那不是黄金所能买，也不是仅有黄金的人们所能希冀。这里是他的观察：

家当全带在身上的人的最大的对头，是雨。日光有的时候他也不怎样在意，但在太阳西沈后他要是叫雨给带住了，他是应受哀怜的。他不是害怕受了潮湿在身体上发生什么病痛，如同他的有福分的同胞，但是他不喜欢那寒颤的味道，又是没有地方去取暖。这种尴尬的感觉逢空肚子更是加倍的难受。本来他御寒的唯一保卫就只是一个饱肚，只要肠胃不空他也不怎样介意风雨在他体肤上的侵袭。海上人看天边有否黑点，天文家看天上有否新光，这无家的苦人比他们更急急于看天上有否雨兆。为躲避未来的泛滥他托蔽于公共图书馆，那是唯一现成公开的去处；在这里空坐着呆对着一叶书，一个字也没有念着，本来他那有心想来念。如其他一时占不到一个空座，他就站在一张报纸的跟前施展那几乎不可能的站直了睡着的本领，因为只有如此才可以骗过馆里的人员以及别的体面人们，他们正等着想看那一张报纸。要能学到这一手先得经过多次不成功的尝试，呼吸疏了神，脑袋晃摇，或是身体向着报柜磕碰，都是可能的破绽；但等得工夫一到家，他就会站直在那里睡着，外表都明明是专心在看一段最有趣味的新闻。……往往他们没有得衣服换，因此时常可以见到两个人同时靠近在一个火的跟前，一个人烤着他的湿袜子。还有那个烤着他那僵干的面包……就在这下雨天我们看到只有在极穷的人们中间看得到的细小的恩情；一个自己只有一些的帮助那赤无所有的同胞。一个人在市街上攒到了十八个铜子回去，付了四个子的床费，买过了吃，不仅替另一个人付床钱，他还得另请一个人来分吃他的东西，结果把余下的一个铜子又照顾了一个人。一个人上天生意做得不错，就慷慨的这里给那里给直到他自己不留一个大。这样下来虽则你在早上只见些呆钝与着急的脸，但到了中午你可以看到大半数的寓客已经忙着弄东西吃，他们的床位也已经有了着落。种种的烦恼告了结束，他们有的吹，有的哼，也有彼此打着趣常开着口笑的。

这些细小的恩情是人道的连锁，他们使得一个人在极颓丧时感到安慰，在完全黑暗的中心不感到怕惧。但我们的诗人还是扪索不着他成名的运道。如其他在早上发见了一丝的希望，要不了天黑他就知道这无非又是一个不可充饥的画饼。他打听着了一个成名的文学家，比方说，他那奖掖后进的热心是有多人称道的，他当然不放过这机会，恭敬的备了信，把文稿送了去请求一看，但他得到唯一的回音是那位先生其实是太忙，没有余闲拜读他的大作，结果还是原封退回！这类泡影似的希冀连着来刻薄一个时运未济的天才。但苔微士先生是不知道绝望的。他依旧耐心的，不怨尤的守候着他的日子。

五

上面说的是他想在文学界里占一席地的经过的一个概况，现在我们还得要知道苔微士先生怎样从健全变成残废，他回到英国以前的生活。因为要不为那次的意外他或许到如今都还不肯放弃他那逍遥的流浪生涯，依旧在密西西比或是落机山的一带的地域款留他的踪迹。非到了这一边走到了尽头，他才回头来尝试那一边的门径。他不是一个走半路的人。

他是生长在英国威尔斯的，他的母亲在他父亲死后就另嫁了人，他和他的两个弟妹都是他祖父母看养大的。他的家庭，除了他的祖父母，一个妹子，一个痴呆的弟弟，还有“一个女用人，一狗，一猫，一鹦鹉，一班鸠，一芙蓉雀。”他从小就是大力士，他的亲属十分期望他训练成一个职业的“打手”。所以每回他从学校里回来带着“一个出血的鼻子或是一只乌青的眼睛”，他一家子就显出极大的高兴，起劲的指点他下回怎样报复他敌手的秘诀。在打架以外他又在学校里学到了一种非凡的本领——他和他的几个同学结合了一个有组织有计划的“扒儿手团”。他们专扒各式的店铺，最注意的当然是糖果铺。这勾当他们极顺利的实行了半年，但等得我们的小诗人和他的党羽叫巡警先生一把抓住颈根的日子，他挨了十二下重实的肉刑，他的祖父损失了十来镑的罚金。在他将近成年的时候他的二老先后死了，遗剩给他的有每星期十先令息金的产业。他已然做过厂工，学习过装制画框，但他不羁的天性再不容他局促在乡里间，新大陆，那黄金铺地的亚美利加，是他那时决定去施展身手的去处。到了美国，第一个朋友他交着的，是一个流浪的专家，从加拿大的北省到墨西哥的南部，从赫贞河流域到太平洋沿海，都是他遨游无碍的版图。第一个本领他学到的，是怎样白坐火车：最舒服是有空车坐，货车或牲口车也将就，最冒险是坐轨头前面的挡梗，车底有并行的铁条，在急的时候也可以蜷着坐，但最优游是坐车的顶蓬，这不但危险比较的少，而且管车人狠少敢上来干涉他们。跳车也不是容易，但为要逃命三十哩的速度有时都得拼着跳。过夜是不成问题的，美国多的是菁密的森林，在这里面生起一个火还不是天生的旅舍？有时在道上发见空屋子，他们就爬窗进去占领（他们不止一次占到的是出名的鬼屋!)。

“做了三年叫化子，连皇帝都不要做了”。但如其我们的乞丐要过三年才能认清此中的滋味，苔微士先生一到美国就狠聪明的选定了这绝对无职业的职业。在那时的美国饿死是几乎不可能的事，因为谁家没有富余的面包与牛乳，谁人不愿意帮助流浪的穷人？只要你开口，你就有饭吃，就有衣穿。不比在英国，为要一碗热汤吃，你先得鹄立多少时候才拿得到一张汤券，还得鹄立多少时候才能拿那券换得一碗汤。那些汤是“用不着调匙的，吃过了也没有剔牙的愉快；就是这清清的一汪，没有一颗青豆，一瓣葱，或是一粒萝葡的影子；什么都没有，除了苍蝇”。他们叫化可纪录的一次是在鲍尔铁穆，那边的居民是心好的多，正如那边的女人是美的多。只要你“站定在大街上饱餐过往的秀色，你就相信上帝是从不曾亏待你的”。他们是三个人合作的，我们的诗人当然经验最浅。他的职司是拿着一个口袋在街角上等候运道，他的两个同志分头向街两边的人家“工作”去。他们不但是有求必应，而且连着吃了三家的晚饭；在不到一个钟头，不但苔微士先生提着的口袋已经装得泼满，就连他们身上特别博大的衣袋也都不留一些余地。这次讨饭的经验，我们的诗人说，是“不容易忘记的”。因为他们回得家清理盈余的时候，他们又惊又喜的发见不仅他们想要的东西应有尽有，而且给下来的没有一个纸包是仅仅放着面包与牛油。“煎熟的蛤蜊，火鸡，童子鸡，牛排，羊腿，火肉与香肠；爱尔兰白薯，甜山薯与香芋艿；黑面包，白面包；油煎薄饼，各种的果糕，各式花样的蛋糕；香蕉，苹果，葡萄与橙子；外加一大堆的干果与一整袋的糖果”——这是他们讨得的六十几包的内容简单的清单。只有三家没有给的，但另有两家分付他们再去。

到了夏天他们当然去“长岛”的海滨去销夏。太阳光，凉风，柔软而和暖的海水，是不要钱也不须他们的募化。他们不是在软浪里拍浮，就在青荫下倦卧，要不然就踞坐在盘石上看潮。但如其他们的销夏计划是可羡慕，他们的销寒办法更显得独出心裁。美国北省的冬天是奇冷的，在小镇上又没有像在英国乡里似的现成的贫人院可以栖息或是小客寓里出四五个铜子可以买一席地。但如其这里没有别的公开寓所，这里的牢狱是现成的。在牢中的犯人不但有好饭吃而且有火可以取暖，并且除非你犯的是谋杀等罪，你有的是行动的自由，在“公共室”里你可以唱歌，可以谈天，可以打哈哈，可以打纸牌。苔微士先生的同志们都知道这些机关，他们只要想法子进牢狱去，这一冬天就不必担心衣食住的问题了。但监牢怎么进法？当然你得犯罪。但犯罪也有步骤，你得事前有接洽。你到了一个车站，你先得找到那地方的法警，他只要一见就明白你的来意，他是永远欢迎你的。你可以跟他讲价，先问他要一饼的板烟，再要几毛钱的酒资。你对他说你要多少日子，一个月或是两个月，这就算定规了。回头你只要到他那指定的酒店去喝酒玩儿，到了将近更深的时候乘着酒兴上街去唱几声或是什么，声音自然要放高一些。法警先生就会从黑暗里走过来，一把带住了你，就说“喂，伙计，怎么了？在夜深时闹街是扰乱平安，犯警章第几百几十条，你现在是犯人了。”到了法官那里，你见那法警先生在他的耳边嘱付了几句话，他就正颜的通知你说你确然是犯了罪，他现在判决你处七元或十五元的罚金，罚不出的话，就得到监牢里去一个月或两个月（如你事前和法警先生商定的）。从这晚上起你什么都有了，等到满期出来你还觉得要休养的话，你只须再跑几里路到另一个市镇里再“犯一次罪”。你犯了罪不但自己舒服，就连着守监狱的，法警先生，乃至堂上的法官，都一致感谢你的好意；因为看监牢的多一个犯人就多开一支报销，法警先生提到一名犯人照例有一元钱的奖金，法官先生判决一件犯罪也照例另得两元钱的报酬。谁都是便宜的，除了出租税的市民们，所有的公众机关都是他们维持的。但这类腐败而有幽默的情形，虽则在那时是极普通，运命是当然不久长的。

但苔微士先生有时也中止他的泊浮的生涯，有机会时也常常歇下来做几天或是几星期短期的工。乡里收获的时候，果子成熟的时候，或是某处有巨大的建筑工程的时候，我们的诗人就跟着其他流氓的同志投身工作去。工作满了期，口袋里盛满了钱，他们就去喝酒，非得喝瘪了才完事。他最后一次的职业是“牲口人”，从美国护送牛羊到英国去。他在大西洋上往还不止一次，在这里他学得了不少航海的经验与牲畜受虐待的惨象，这些在他的诗里都留有不磨的印象。

在这五年内，危险是常有的，困难经过不少，但他的精神是永远活泼而愉快的。在贼徒与流丐们的中间他虚心的承受他的教育。在光明的田野间，在馥郁的森林中，在多风的河岸上，在纷呶的酒屋里，他的诗魂不踌躇的吸收它的健康的营养。他偶尔唯一的抱憾是他的生活太丰满，他的诗思太显屯积，但他没有余闲坐定下来从容的抒写。他最苦恼的一次是他在奥林斯得了一次热病。

我不知道为什么我不上火车，却反而向着乡里走去，这使我十分的后悔。因为我没有力气走了，路旁有一大块的草沼，我就爬进去，在那里整整躺了三天三夜，再也支持不起来走路。这一带常见饿慌的野豖，有时离我近极了，但它们见我身体转动就呶吼着跑了开去。有几十只饿鹰栖息在我头顶的树枝上，我也知道这草地里多的是毒蛇。我口渴得苦极了，就喝那草沼的小潭里的死水，那是微菌的渊薮，它的颜色是天上的彩虹，这样的水往往一口就可以毒死人的。我发冷的时候，我爬到火热的阳光里去，躺着寒战；冷过了热上了身，我又蜒回到树荫下去。四天工夫一口没有得吃，到这里以前的几天也没有吃多少。我望得见火车在轨道上来去，但我没有力气喊。狠多车放回声，我知道它们在离我不到一哩路停下来装水或是上煤。明知在这恶毒的草沼里耽下去一定是死，我就想尽了法子爬到那路轨上，到了邻近一个车站，那里车子停的多。距离不满一哩路，但我费了两个多钟头才到。

他自以为是必死了，但他在医院里遇到一个同乡的大夫用心把他治好了。这样他在他理想中黄金铺地的新世界飘泊了五年，他来时身上带着十多镑钱，五年后回家时居然还掏得出三先令另几个辨士。但他还不死心于他的黄金梦，他第二次又渡过大西洋，这回到加拿大去试他的运道。正好，他的命运在那里等候着他。他到了加拿大当然照例还是白坐火车，但这一次他的车价可付大了！他跳车跳失了腿，车走得太快他踹了一个空，手还拉住车，给拖了一程，到地时他知道不对了，他的右脚给拉断了。经过了两次手术，锯了一条腿，在死的边沿停逗了好多天，苔微士先生虽则没有死，却从此变成了残废。他这才回还英国，放弃了他的黄金梦，开始他那（如上文叙述的）寻求文学机缘的努力。

这是苔微士先生从穷到通的一个概状。他的自传（The Autobiography of a Super Tramp）不是一本忏悔录，因为他没有什么忏悔的。他是一个急性的人，所以想到怎么做就怎么

做，谨慎的美德不是他的。在现代生活一致平凡而又枯索的日子念苔微士先生自传的一路书，我们感觉到不少“替代的”快乐，但单是为那个我们正不少千百本离奇的侦探案与耸动的探险谈。分别是在苔微士先生的不仅是身亲的经验，而且他写的虽则是非常的事实，他的写法却只是通体的简净，没有铺张，没有雕琢，完全没有矜夸的存心。最令我们发生感动的尤其是这一点：他写的虽多是下流的生活，黑暗，肮脏，苦恼的世界，乞儿与贼徒的世界，我们却只觉得作者态度的尊严与精神的健全。他的困穷与流离是自求的，我们只见他到处发见“人道的乳酪”，融融的在苦恼的人间交流着。任凭他走到了绝望的边沿，在逼近真的（不是想像的）饿死与病死的俄顷，他的心胸只是坦然。他不怨人，亦不自艾。他从不咒诅他所处的社会，不嫉忌别人的福利，不自夸他独具的天才，不自伤他遭遇的屯邅，不怨恨他命运的不仁——他是一个安命的君子。他跌断了一只腿，永远成了残废，但他还只是随手的写来，萧伯讷先生说他写他自己的意外正如一只龙虾失了一根须或是一只蜥蜴落了他的尾过了阵子就会重长似的。不，他再不浪费笔墨来描写他自己的痛苦，在他住院时他最注意最萦念的是那边本地人对待一个不幸的流浪人的异常的恩情。

有了苔微士先生那样的心胸，才有苔微士先生那样的诗。他的诗是——但我们得等另一个机会来谈他的诗了。

《自剖》广告语[①]

《自剖》是一部不愉快的文集，看书如要热闹要"窝心"的不必看这部书。看书为要学得现成代嚼烂的学问为现成口号的不必过问它。看书为要照见读者自己丰腴可喜的俊脸的也不必揭它的篇页。它只是叫你不愉快；它是一只拉长的脸子，它是作者的一腔苦水。第一辑"自剖"是作者烦闷的呼声。第二辑"哀思"是他对于生死的感想。第三辑"游俄"是他前两年经过俄国时的观察，这辑里至少末了一篇标题叫《血》的似乎值得"有心人"们的一瞥。

① 载一九二八年五月十日《新月》月刊第一卷第三号，未署名。《自剖》，徐志摩著，一九二八年一月上海新月书店出版。

书《白居易新丰折臂翁》跋[①]

丁在君发明古诗新读法，最擅诵此诗，声容并茂，新丰翁得交江北公，亦不朽矣！玉堂要我写字，录此诗博粲，欧行前一日深夜，志摩涂。

① 一九二八年六月十四日作，陈从周辑；载一九四九年陈从周自编自印、一九八一年一月上海书店复印再版《徐志摩年谱》。采自陈编《徐志摩年谱》。玉堂为林语堂原名。题目为编者拟。

《玛丽玛丽》广告语[①]

假如我们上海，一个十四五岁的小家碧玉，刚刚发觉了生活里那最迷人的一点滋味儿，忽然情不自禁，看上了一位又高又大雄纠纠的红头阿三，于是一出趣剧，和一出悲剧，便同时开始了。在如今这高呼解放的年头，这种事很有发生的可能；只是我们那里去寻 Janmes Stephens 那一支又滑稽，又隽妙的笔来描写它？

《玛丽玛丽》里叙一个同样的小姑娘，和一个同样的大汉子（一个巡警，可不是印度人）发生了恋爱。作者是爱尔兰文坛中后起的健将。《玛丽玛丽》又是著名的作品。至于两位译者，徐先生和沈女士，都是熟人，更用不着介绍。

短篇小说我们应该读腻了，现在换一本长的读读罢！

---

① 载一九二八年十二月十日《新月》月刊第一卷第十号，未署名。《玛丽玛丽》，翻译小说，徐志摩、沈性仁合译，一九二七年八月上海新月书店出版。

关于女子[①]

——苏州女中讲稿

苏州！谁能想像第二个地名有同样清脆的声音，能唤起同样美丽的联想，除是南欧的威尼市或翡冷翠，那是远在异邦，要不然我们就得追想到六朝时代的金陵广陵或许可以仿佛？当然不是杭州，虽则苏杭是常常联着说到的；杭州即使有几分美秀，不幸都教山水给占了去，更不幸就那一点儿也成了问题：你们不听说雷峰塔已经教什么国术大力士给打个粉碎，西湖的一汪水也教大什么会的电灯给照干了吗？不，不是杭州；说到杭州我们不由的觉得舌尖上有些儿发锈。所以只剩了一个苏州准许我们放胆的说出口，放心的拿上手。比是乐器中的笙箫，有的是袅袅的余韵。比是青青的柏子，有的是沁人心脾的留香。在这里，不比别的地处，人与地是相对无愧的；是交相辉映的；寒山寺的钟声与吴侬的软语一般的令人神往；虎丘的衰草与玄妙观的香烟同样的勾人留恋。

① 一九二八年十二月十五日作，十七日讲；载一九二九年十月《新月》月刊第二卷第八期；初收一九六九年台湾传记文学出版社《徐志摩全集》第五辑。采自《新月》。

但是苏州——说也惭愧，我这还是第二次到，初次来时只匆匆的过了一宵，带走的只有采芝斋的几罐糖果和一些模糊的影像。就这次来也不得容易。要不是陈淑先生相请的殷勤。——聪明的陈淑先生，她知道一个诗人的软弱，她来信只淡淡的说你再不来时天平山经霜的枫叶都要凋谢了——要不是她的相请的殷勤，我说，我真不知道几时才得偷闲到此地来，虽则我这半年来因为往返沪宁间每星期得经过两次，每星期都得感到可望而不可即的惆怅。为再到苏州来我得感谢她。但陈先生的来信却不单单提到天平山的霜枫，她的下文是我这半月来的忧愁：她要我来说话——到苏州来向女同学们说话！我如何能不忧愁？当然不是愁见诸位同学，我愁的是我现在这相儿，一个人孤伶伶的站在台上说话！我们这坐惯冷板凳日常说废话的所谓教授们最厌烦的，不瞒诸位说，就是我们自己这无可奈何的职务——说话（我再不敢说讲演，那样粗蠢的字样在苏州地方是说不出口的）。

就说谈话吧，再让一步，说随便谈话吧，我不能想像更使人窘的事情！要你说话，可不指定要你说什么，“随便说些什么都行”，那天陈先生在电话里说。你拿艳丽的朝阳给一只芙蓉或是一只百灵，它就对你说一番极美丽动听的话；即使它说过了你冒失的恭维它说你这“讲演”真不错，它也不会生气，也不会惭愧，但不幸我不是芙蓉更不是百灵。我们乡里有一句俗话说宁愿听苏州人吵架，不愿听杭州人谈话。我的家乡又不幸是在浙江，距着杭州近，离着苏州远的地处。随便说话，随你说什么，果然我依了陈先生扯上我的乡谈，恐怕要不到三分钟你们都得想念你们房间里备着的八卦丹或是别的止头痛的药片了！

但陈先生非得逼我到，逼我献丑，写了信不够，还亲自到上海来邀。我不能不答应来。“但我去说什么呢，苏州，又是女同学?”那天我放下陈先生的电话心头就开始踌躇。不要忙，我是安慰我自己说，在上海不得空闲，到南京有一个下午可以想一想。那天在车上倒是有福气看到镇江以西，尤其是栖霞山一带的雪叶。虽则那早上是雾茫茫的，但雪总是好东西，它盖住地面的不平和丑陋，它也开拓你心头更清凉的境界，山变成了银山，树成了玉树，窗以外是彻骨的凉，彻骨的静，不见一个生物，鸟雀们不知藏躲在那里，雪花密团团的在半空里转。栖霞那一带的大石狮子，雄踞在草田里张着大口向着天的怪东西，在雪地里更显得白，更显得壮，更见得精神。在那边相近还有一座塔，建筑雕刻，都是第一流的美术，最使人想见六朝的风流，六朝的闲暇。在那时政治上没有统一的野心家，江以南，江以北，各自成家，汉也有，胡也有，各造各的文化。且不说龙门，且不说云冈，就这栖霞的一些遗迹，就这雄踞在草田里的大石狮，已够使我们想见当时生活的从容，气魄的伟大，情绪的俊秀。

我们在现代感到的只是局促与匆忙。我们真是忙，谁都是忙。忙到倦，忙到厌。但忙的是什么？为什么忙？我们的子孙在一千年后，如其我们的民族再活得到一千年，回看我们的时代，他们能不能了解我们的匆忙？我们有什么东西遗留给他们可以使他们骄傲，宝贵，值得他们保存，证见我们的存在，认识我们的价值，可以使他们永久停留他们爱慕的纪念——如同那一只雄踞在草田里的大石狮？我们的诗人文人贡献了些什么伟大的诗篇与文章？我们的建筑与雕刻，且不说别的，有那样可以留存到一百年乃至十年五年而值得一看的？我们的画家怎样描写宇宙的神奇？我们那一个音乐家是在解释我们民族的性灵的奥妙？但这时候我眼望着的江边的雪地已经戏幕似的变形成为北方赤地几千里的灾区，黄沙天与黄土地的中间只有惨淡的风云，不见人烟的村庄以及这里那里枝条上不留一张枯叶的林木。我也望得见几千万已死的将死的未死的人民在不可名状的苦难中为造物主的地面上留下永久的羞耻。在他们迟钝的眼光中，他们分明说他们的心藏〈脏〉即使还在跳动他们已经失去感觉乃至知觉的能力，求生或将死的呼号早已逼死在他们枯竭的咽喉里；他们分明说生活，生命，乃至单纯的生存已经到了绝对的绝境，前途只是沙漠似的浩瀚的虚无与寂灭，期待着他们，引诱着他们，如同春光，如同微笑，如同美。我也望见钩结在连环战祸中的区域与民生；为了谁都不明白的高深的主义或什么的相互的屠杀，我也望见那少数的妖魔，踞坐在跸卫森严的魔窟中计较下一幕的布景与情节，为表现他们的贪，他们的毒，他们的野心，他们的威灵，他们手擎着全体民族的命运当作一掷的孤注。我也望见这时代的烦闷毒气似的在半空里没遮栏的往下盖，被牺牲的是无量数春花似的青年。这憧憬中的种种都指点着一个归宿，一个结局——沙漠似的浩瀚的虚无与寂灭，不分疆界永不见光明的死。

我方才不还在眷恋着文化的消沈吗？文化，文化，这呼声在这可怖的憧憬前，正如灾民苦痛的呼声，早已逼死在枯竭的咽喉里，再也透不出声响。但就这无声的叫喊已经在我的周围引起怪异的回响，像是哭，像是笑，像是鸱枭，像是鬼……

但这声响的来源是我座位邻近一位肥胖的旅伴的雄伟的呵欠。在这呵欠声中消失了我重叠的幻梦似的憧憬，我又看到了窗外的雪，听到车轮下的响动。下关的车站已经到了。

我能把我这一路的感想拉杂来充当我去苏州谈话的资料吗，我在从下关进城时心里计较。秀丽的苏州，天真的女同学们，能容受这类荒伧，即使不至怪诞的思想吗？她们许因为我是教文学的想从我听一些文学掌故或文学常识。但教书是无可奈何，我最厌烦的是说本行话。他们又许因为我曾经写过一些诗是在期望一个诗人的谈话，那就得满缀着明月和明星的光彩，透着鲜花与鲜草的馨香，要不然她们竟许期待着雪莱的玄雀或是济慈的夜莺。我的倒像是鸱枭的夜啼，不是太煞尽了风景？这，我又转念，或许是我的过虑，他们等着我去谈话正如他们每月或每星期等着别人去谈话一样，无非想听几句可乐的插科与诙谐（如其有的话，那算是好的），一篇，长或是短，陈腐的勉励或训诲（那是你们打哈欠乃至磕睡的机会），或是关于某项专门知识的讲解（那你们先生们示意你们应得掏出铅笔在小本子上记下的），写了几句自己谦让道歉不曾预备得好的话，在这末尾【与】他鞠躬下台时你们多少间酬报他一些鼓掌，就算完事一宗，但事实上他讲的话，正如讲的人，不能希望（他自己也不希望）在你们的脑筋里留有仅仅隔夜的印象，某人不是到你们这里来讲过的吗，隔几天许有人问。嗄，不错是有的，他讲些什么了？谁知道他讲什么来了，我一句也没有听进去，不是你提起，我忘都忘了我听过他讲哪！

这是一班到处应酬讲演人的下场头。他们事实上也只配得这样的下场头。穷，窘，枯，干，同学们，是现代人们的生活。干，枯，窘，穷，同学们，是现代人们的思想。不要把上年纪的人们，占有名气或地位的人们看太高了，他们的苦衷只有他们自家得知，这年头的荒歉是一般的。

也不知怎的我想起来说些关于女子的杂话。不是女子问题。我不懂得科学，没有方法来解剖“女子”这个不可思议的现象。我也不是一个社会学家，搬弄着一套现成的名词来清理恋爱，改良婚姻或家庭。我也没有一个道学家的权威，来督责女子们去做良妻贤母，或奖励她们去做不良的妻不贤的母。我没有任何解决或解答的能力。我自己所知道的只是我的意识的流动，就那个我也没有支配的力量。就比是隔着雨雾望远山的景物，你只能辨认一个大概。也不知是那里来的光照亮了我意识的一角，给我一个辨认的机会，我的困难是在想用粗笨的语言来传达原来极微纤的印象，像是想用粗笨的铁针来绣描细致的图案。我今天所要查考的，所以，不是女子，更不是什么女子问题，而是我自己的意识的一个片段。

我说也不知怎的我的思想转上了关于女子的一路。最显浅的原由，我想，当然是为我到一个女子学校里来说话。但此外也还有别的给我暗示的机会。有一天我在一家书店门首见着某某女士的一本新书的广告，书名是《蠹鱼生活》。这倒是新鲜，我想，这年头有甘心做书虫的女子。三百年来女子中多的是良妻贤母，多的是诗人词人，但出名的书虫不就是一位郝夫人王照圆女士吗？这是一件事，再有是我看到一篇文章，英国一位名小说家做的，她说妇女们想从事著述至少得有两个条件：一是她得有她自己的一间屋子，这她随时有关上或锁上的自由。二是她得有五百一年（那合华银六千元）的进益。她说的是外国情形，当然和我们的相差得远，但原则还不一样是相通的？你们或许要说外国女人当然比我们强，我们怎好跟她们比；她们的环境要比我们的好多少，她们的自由要比我们的大多少；好，外国女人，先让我们的男人比上了外国的男人再说女人吧！

可是你们先别气馁，你们来听听外国女人的苦处。在Queen Anne[①] 的时候，不说更早，那就是我们清朝乾隆的时候，有天才的贵族女子们（平民更不必说了）实在忍不住写下了些诗文就许往抽屉里堆着给蛀虫们享受，那敢拿著作公开给庄严伟大的男子们看，那不让他们笑掉了牙。男人是女人的“反对党”（The Oppose facfion），Lady Winchilsea[②] 说。趁早，女人，谁敢卖弄谁活该遭殃，才学那是你们的分！一个女人拿起笔就像是在做贼，谁受得了男人们的讥笑。别看英国人开

① Queen Anne：安妮女王（1665—1714），英国女王。

② Lady Wingchilsea：温切尔西娅夫人，生平不详。

通，他们中间多的是写“妇学篇”的章实斋。倒是章先生那板起道学面孔公然反对女人弄笔墨还好受些。他们的蒲伯，他们的John Gray①，他们管爱文学有才情的女人叫做蓝袜子，说她们放着家务不管，“痒痒的就爱乱涂”（Mar garet of Newcastle）②。另一位才学的女子，也愤愤的说“女人像蝙蝠或猫头鹰似的活着，牲口似的工作，虫子似的死……”且不说男人的态度，女性自己的谦卑也是可以的。Dorothy Osburne③ 那位清丽的书翰家一写到那位有文才的爵夫人就生气，她说，“那可怜的女人准是有点儿偏心的，她什么傻事不做到来写什么书，又况是诗，那不太可笑了，要是我就算我半个月不睡觉我也到不了那个。”奥斯朋自己可没有想到自己的书翰在千百年后还有人当作宝贵的文学作品念着，反比那“有点儿偏心胆敢写书的女人”风头出得更大，更久！

再说近一点，一百年前英国出一位女小说家，她的地位，有一个批评家说，是离着莎士比亚不远的 Jane Austen——她的环境也不见得比你们的强。实际上她更不如我们现代的女子。再说她也没有一间她自己可以开关的屋子，也没有每年多少固定的收入。她从不出门，也见不到什么有学问的人；她是一位在家里养老的姑娘，看到有限几本书，每天就在一间永远不得清静的公共起坐间里装作写信似的起草她的不朽的作品。

---

① John Gray：格雷（1866—1934），英国诗人，作品有长诗《飞鱼》等。

② Margaret of Newcastle：纽卡斯尔的玛格丽特，生平不详。

③ Dorothy Osburne：奥丝本（1627—1695），徐译奥斯朋，英国政治家和外交家坦普尔爵士的妻子。她在 1648 年与坦普尔相识，其婚事受到家庭很大的阻挠，到 1654 年终于得成眷属。她在 1652—1654 年间写给坦普尔的书信在 19 世纪发表后，得到文学界的好评。

"女人从没有半个钟头，" Florence Nightingale① 说，"女人从没有半个钟头可以说是她们自己的。" 再说近一点，白龙德(Brontë) 姊妹们，也何尝有什么安逸的生活。在乡间，在一个牧师家里，她们生，她们长，她们死。她们至多站在露台上望望野景。在雾茫茫的天边幻想大千世界的形形色色，幻想她们无颜色无波浪的生活中所不能的经验。要不是她们卓绝的天才，蓬勃的热情与超越的想像，逼着她们不得不写，她们也无非是三个平常的乡间女子，郁死在无欢的家里，有谁想得到她们——光明的十九世纪于她们有什么相干，她们得到了些什么好处？

说起来还是我们的情形比他们的见强哪。清朝的大文人王渔洋，袁子才，毕秋帆，陈碧城都是提倡妇女文学最大的功臣。要不是他们几位间接与直接的女弟子的贡献，清朝一代的妇女文学还有什么可述的？要不是他们那时对于女子做诗文做学问的铺张扬厉，我们那位文史通义先生也不至于破口大骂自失身份到可笑的地步。他在妇学里面说：——

> 近有无耻文人以风流自命，蛊惑士女，大率以优伶杂剧所演才子佳人惑人，大江以南名门大家闺阁多为所诱，征诗刻稿标榜声名，无复男女之嫌，殆忘其身之雌矣。此等闺娃，妇学不修，岂有真才可取，而为邪人播弄，浸成风俗，人心世道大可忧也。

章先生要是活到今天看见女子上学堂，甚至和男子同学，上衙门公司店铺工作和男子同事，进这个那个的党和男子同

① Florence Nightingale：南丁格尔（1820—1910），英国女护士，近代护理学和护士教育的创始人。

志，还不把他老人家活活的给气瘪了！

所以你们得记得就在英国，女权最发达的一个民族，女子的解放，不论那一方面，都还是近时的事情。女子教育算不上一百年的历史。女子的财产权是五十年来才有法律保障的。女子的政治权还不到十年。但这百年来女性方面的努力与成绩不能不说是惊人的。在百年以前的人类的文化可说完全是男性的成绩，女性即使有贡献是极有限的或至多是间接的，女子中当然也不少奇才异能，历史上不少出名的女子，尤其是文艺方面，希腊的沙浮至今还是个奇迹。中世纪的 Hypatia①，Heloise② 是无可比的。英国的衣里沙白，唐朝的武则天，她们的雄才大略，那一个男子敢不低头？十八世纪法国的沙龙夫人们是多少天才和名著的保姆。在中国，我们只要记起曹大家的汉书，苏若兰的回文，徐淑蔡文姬左九嫔的词藻，武曌的升仙太子碑，李若兰鱼玄机的诗，李清照朱淑真的词，明文氏的九骚——那一个不是照耀百世的奇才异禀。

这固然是，但就人类更宽更大的活动方面看，女性有什么可以自傲的？有女莎士比亚女司马迁吗？有女牛顿女倍根吗？有女柏拉图女但丁吗？就说到狭义的文艺，女性的成绩比到男性的还不是培塿比到泰山吗？你怪得男性傲慢，女性气馁吗？

在英国乃至在全欧洲，奥斯丁以前可以说女性没有一个成家的作者。从衣里沙白到法国革命查考得到的女子作品只是小诗与故事。就中国论，清朝一代相近三百年间的女作家，按新

---

① Hypatia：希帕蒂娅（370—415），亚历山城新柏拉图主义哲学学派领袖和历史上第一位著名的数学家，并以口才、美丽著称于世。

② Heloise：埃罗伊兹（1098—1164），法兰克福女隐修院院长，神学家和哲学家阿伯拉尔之妻。

近饯〈钱〉单夫人的《清闺秀艺文略》看，可查考的有二千三百十二人之多，但这数目，按胡适之先生的统计，只有百分之一的作品是关于学问，例如考据历史算学医术，就那也说不上有什么重要的贡献，此外百分之九十九都是诗词一类的文学，而且妙的地方是这些诗集诗卷的题名，除了风花雪月一类的风雅，都是带着虚心道歉的意味，仿佛她们都不敢自信女子有公然著作成书的特权似的，都得声明这是她们正业以外的闲情本算不上什么似的，因之不是绣余，就是爨余，不是红余，就是针余，不是脂余梭余，就是织余绮余（陈圆圆的职业特别些她的词集叫《舞余词》），要不然就是焚余烬余未焚未烧未定一类的通套，再不然就是断肠泪稿一流的悲苦字样（除了秋瑾的口气那是不同些）。情形是如此，你怪得男性的自美，女性的气短吗？

但这文化史上女性远不如男性的情形自有种种的解释，自然的趋势男性当然不能藉此来证明女子的能力根本不如男子，女子也不能完全推托到男性有意的压迫。谁要奇怪女性的迟缓，要问何以女权论要等到玛丽乌尔夫顿克辣夫德方有具体的陈词，只须记得人权论本身也要到相差不远的日子才出世。人的思想的能力是奇怪的，有时他连窜带跳在短时期内发见了狠多，例如希腊黄金时代与近一百五十年来的欧洲，有时睡梦迷糊的长时期一无新鲜，例如欧洲的中世纪或中国的明代。它不动的时候就像是冬天，一切都是静定的无生气的，就像是生命再不会回来，但它一动的时候那就比是春雷的一震，转眼间就是蓬勃绚烂的春时。在欧洲从阿里士多德直到卢梭乃至叔本华，没有一个思想家不承认男女的不平等是当然的，绝对不值得并且也无从研究的；即使偶有几个天才不容自掩的女子，在中国我们叫作才女，那还是客气的，如同叫长花毛的鸭作锦鸡，在欧洲百年前叫做蓝袜子，那就不免有嘲笑的意思。但自从约翰弥勒纯正通达论妇女的大文出世以来，在理论上所有女性不如男性或是女性不能和男性享受平等机会以及共同负责文化社会的生存与进步的种种谬见偏见与迷信都一齐从此失去了根据，在事实上在这百年来女性自强的努力也已经显明的证明女性只要有同等的机会不论在那样事情上都不能比男性不如；人类的前途展开了一个伟大的新的希望，就是此后文化的发展是两性共同的企业，不再是以前似的单性的活动。在这百年来虽则在别的方面人类依然不免继续他们的谬误，愚蠢，固执，迷信，但这百余年是可纪念的因为这至少是一个女性开始光荣的世纪。在政治上，在社会上，在法律与道德上，在理论方面，至少女性已经争得与男性完全平等的地位。在事实上，女子的职业一天增多一天，我们现在不易想像一种职业男性可以胜任而女性不能的——也许除了实际的上战场去打仗，但这项职业我们都希望将来有完全淘汰的一天，我们决不希望温柔的女性在任何情形下转变成善斗杀的凶恶。文学与艺术不用说，女子是早就占有地位的，但近百年来的扩大也是够惊人的。诗人就说白朗宁夫人罗刹蒂小姐梅耐儿夫人三个名字已经是够辉煌的。小说更不用说，英美的出版界已有女作家超过男作家的趋势，在品质方面一如数量。George Eliot①，George Sand②，Brontë Sisters，近时如曼殊斐儿，薇金娜吴尔夫等等都是卓然成家为文学史上增加光彩的作者。演剧方面如沙拉贝娜 Duse③，

---

① George Eliot：乔治·艾略特（1819—1880），英国女作家，原名 Mary Ann Evans，开创现代小说心理分析的创作方法，重要作品有长篇小说《亚当·比德》和《织工马南》等。

② George Sand：乔治·桑（1804—1876），法国女小说家，主要作品有《安蒂亚娜》、《康索埃洛》和《魔沼》等。

③ Duse：杜丝（1858—1924），意大利杰出的女戏剧演员，20 岁时在那不勒斯主演左拉的《黛莱丝·拉甘》获得空前成功。

Ellen Terry[①] 都是人类永久不可磨灭的记忆。论跳舞，女子的贡献更分明的超过男子，我们不能想像一个男性的 Isadora Duncan[②]。音乐，画，雕刻，女子的出人头地的也在天天的加多。科学与哲学，向来是男性的专业，但跟着教育的发展女子的贡献也在日渐的继长增高。你们只须记起 Madame Curie[③] 就可以无愧。讲到学问，现在有那一门女子提不起来的。

但这情形，就按最先进几国说，至多也不过一百年来的事，然而成绩已有如此的可观。再过了两千年，我想，男子多半再不敢对女子表示性的傲慢。将来的女子自会有她们的莎士比亚，倍根，亚里士多德，罗素，正如她们在帝王中有过衣里沙白，武则天，在诗人中有过白朗宁，罗刹蒂，在小说家中有过奥斯丁与白龙德姊妹。我们虽则不敢预言女性竟可以有完全超越男性的一天，但我们狠可以放心的相信此后女性对文化的贡献比现在总可以超过无量倍数，到男子要担心他的权威有动摇的危险的一天。

但这当然是说得狠远的话。按目前情形，尤其是中国的，我们一方面固然感到女子在学问事业日渐进步的兴奋与快慰，但同时我们也深刻的感觉到阻碍的势力还是狠活跃的在着。我们在东方几乎事事是落后的，尤其是女子，因为历史长，所以习惯深，习惯深所以解放更觉费力。不说别的，中国女子先就忍就了几千年身体方面绝无理性可说的束缚，所以人家的解放是从思想作起点，我们先得从身体解放起。我们的脚还是昨天放开的，我们的胸还是正在开放中。事实上固然这一代的青年

① Ellen Terry：特丽（1847—1928），英国著名女演员，19 岁时因主演莎剧《冬天的故事》初露头角，擅演喜剧和带温柔情感的戏剧。

② Isadora Duncan：邓肯（1877—1927），美国女舞蹈家。

③ Madame Curie：居里夫人（1867—1934），生于波兰，是著名的法国物理学家、化学家。

已经不至感受身体方面的束缚，但不幸长时期的压迫或束缚是要影响到血液与神经的组织的本体的。即如说脚，你们现有的固然是极秀美的天足、但你们的血液与纤维中难免还留有几十代缠足的鬼影。又如你们的胸部虽已在解放中，但我知道有的年轻姑娘们还不免感到这解放是一种可羞的不便。所以单说身体，恐怕也得至少到你们的再下去三四代才能完全实现解放，恢复自然发长的愉快与美。身体方面已然如此，别的更不用说了。再说一个女子当然还不免做妻做母，单就生产一件事说，男性就可以无忌惮的对女性说："这你总逃不了，总不能叫我来替代你吧!"事实上的确有无数本来在学问或事业上已经走上路的女子为了做妻做母的不可避免，临了只能自愿或不自愿的牺牲光荣的成就的希望。这层的阻碍说要能完全去除当然是不可能的，但按现今种种的发明与社会组织与制度逐渐趋向合理的情形看，我们狠可以设想这天然阻碍的不方便性消解到最低限度的一天。有了节育的方法，比如说，你就不必有生育除了你自愿，如此一个女子狠容易在她几十年的生活中匀出几个短期间来尽她对人类的责任。还有将来家庭的组织也一定与现在的不同，趋势是在去除种种不必要精力的消耗（如同美国就有新法的合作家庭，女子管家的担负不定比男子的重，彼此一样可以进行各人的事业)。所以问题倒不在这方面。成问题的是女子心理上母性的牢不可破，那与男子的父性是相差得太远了。我来举一个例。近代最有名的跳舞家 Isadora Duncan 在她的自传里说她初次生产时的心理，我觉得她说得非常的真。在初怀孕时她觉得处处的不方便，她本是把她的艺术——舞——看得比她的生命都更重要的，她觉得这生产的牺牲是太无谓了。尤其是在生产时感到极度的痛苦时（她的是难产)，她是恨极了上帝叫女人担负这惨毒的义务；她差一点死了。但等到她的孩子一下地，等到看护把一个稀小的喷香的小东西偎到她身旁去吃奶时，她的快乐，她的感激，她的兴奋，她的母爱的激发，她说，简直是不可名状。在那时间她觉得生命的神奇与意义——这无上的创造——是绝对盖倒一切的，这一相比她原来看作比生命更重要的艺术顿时显得又小又浅，几于是无所谓的了。在那时间把［母］性的意识完全盖没了后天的艺术家的意识。上帝得了胜了！这，我说，才真是成问题，倒不在事实上三两个月的身体的不便。这根蒂深而力道强的母性当然是人生的神秘与美的一个重要成分，但它多少总不免阻碍女子个人事业的进展。

所以按理论说男女的机会是实在不易说成完全平等，天生不是一个样。你有什么办法？但我们也只能说到此，因为在一个女子，母的人格，母性的实现，按理是不应得与她个人的人格，个性的实现相冲突的。除了在不合理的或迷信打底的社会组织里，一个女子做了妻母再不能兼顾别的，她尽可以同时兼顾两种以上的资格，正如一个男子的父性并不妨害他的个性。就说D，她不能不说是一个母性特强（因为情感富强）的一个女子，但她事实上并不曾为恋爱与生育而至放弃她的艺术的追求。她一样完成了她的艺术。此外做女子的不方便当然比男子的多，但那些都是比较不重要的。

我们国内的新女子是在一天天可辨认的长成，从数千年来有形与无形的束缚与压迫中渐次透出性灵与身体的美与力，像一支在箨裹中透露着的新笋。有形的阻碍，虽则多，虽则强有力，还是比较容易克除的，无形的阻碍，心理上，意识与潜意识的阻碍，倒反须要更长时间与努力方有解脱的可能。分析的说，现社会的种种都还是不适宜于我们新女子的长成的。我再说一个例，比如演戏，你认识戏的重要，知道它的力量，你也知道你有舞台表演的天赋。那为你自己，为社会，你就得上舞台演戏去不是？这时候你就逢到了阻力。积极的或许你家庭的守旧与固执，消极的或许你觅不到相当的同志与机会。这些就算都让你过去，你现在到了另一个难关。有一个戏非你充不可，比如说，那碰巧是个坏人，那是说按人事上习惯的评判，在表现艺术上是没有这种区分的，艺术须要你做，但你开始踌躇了。说一个实例，新近南国社演的沙乐美，那不是一个贞女，也不是一个节妇。有一位俞女士，她是名门世家的一位小姐，去担任主角。她只知道她当前表现的责任。事实上她居然排除了不少的阻难而登台演那戏了。有一晚她正演到要热慕的叫着“约翰我要亲你的嘴”，她瞥见她的母亲坐在池子里前排瞪着怒眼望着她，她顿时萎了，原来有热有力的音声与诗句几于嗫嚅的勉强说过了算完事。她觉得她再也鼓不住她为艺术的一往的勇气，在她母亲怒目的一视中，艺术家的她又萎成了名门世家事事依傍着爱母的小姐——艺术失败了！习惯胜利了！

所以我说这类无形的阻碍力量有时更比有形的大。方才说的无非是现成的一个例。在今日一个女子向前走一个步都得有极大的决心和用力，要不然你非但不上前，你难说还向后退——根性，习惯，环境的势力，种种都牵掣着你，阻搁〈拦〉着你。但你们各个人的成或败于未来完全性的新女子的实现都有关连。你多用一分力，多打破一个阻碍，你就多帮助一分，多便利一分新女子的产生。简单说，新女子与旧女子的不同是一个程度，不定是种类的不同。要做一个新女子，做一个艺术家或事业家，要充分发展你的天赋，实现你的个性，你并没有必要不做你父母的好女儿，你丈夫的好妻子，或是你儿女的好母亲——这并不一定相冲突的（我说不一定因为在这发轫时期难免有各种牺牲的必要，那全在你自己判清了利弊来下决断）。分别是在旧观念是要求你做一个扁人，纸剪似的没有厚度没有血脉流通的活性，新观念是要你做一个真的活人，有血有气有肌肉有生命有完全性的！这有完全性要紧——的一个个人。这分别是够大的，虽则话听来不出奇。旧观念叫你准备做妻做母，新观念并不不叫你准备做妻做母，但在此外先要你准备做人，做你自己。从这个观点出发，别的事情当然都换了透视。我看古代留传下来的女作家都有一个有趣味的现象。她们多半会写诗，这是说拿她们的心思写成可诵的文句。按传说说，至少一个女子的文才多半是有一种防身作用，比如现在上海有钱人穿的铁马甲。从周南的蔡人妻作的芣苢三章，召南申人女行露三章，卫共姜柏舟诗，陈风墓门，陶婴黄鹄歌，宋韩凭妻南山有乌句，乃至罗敷女陌上桑，都是全凭编了几句诗歌而得幸免男性的侵凌的。还有卓文君写了白头吟司马相如即不娶姨太太，苏若兰制了回文诗扶风窦滔也就送掉他的宠妾。唐朝有几个宫妃在红叶上题了诗从御沟里放流出外因而得到夫婿的（一入深宫里无由得见春题诗花叶上寄与接流人）。此外更有多少女子作品不是慕就是怨。如是看来文学于古代妇女多少都是于她们婚姻问题发生密切关系的。这本来是，有人或许说，就现在女子念书的还不是都为写情书的准备，许多人家把女孩送进学校的意思还不无非是为了抬高她在婚姻市场上的卖价？这类情形当然应得书篇似的翻阅过去，如其我们盼望新女子及早可以出世。

这态度与目标的转变是重要的。旧女子的弄文墨多少是一种不必要的装饰；新女子的求学问应分是一种发见个性必要的过程。旧女子的写诗词多少是抒写她们私人遭际与偶尔的情感；新女子的志向应分是与男子共同继承并且继续生产人类全部的文化产业。旧女子的字业是承认女子无才便是德的大条件而后红着脸做的事情，因而绣余炊余一流的道歉；新女子的志愿是要为报复那一句促狭的造孽格言而努力给男性一个不容否认的反证。旧女子有才学的理想是李易安的早年的生涯——当然不一定指她的“被翻红浪起来慵自梳头”一类的艳思——嫁一个风流跌宕一如赵明诚公子的夫婿（赖有闺房如学舍，一编横放两人看）过一些风流而兼风雅的日子；新女子——我们当然不能不许她私下期望一个风流的有情郎（易求无价宝难得有情郎），但我们却同时期望她虽则身体与心肠的温柔都给了她的郎，她的天才她的能力却得贡献给社会与人类。

十二月十五日

富士（东游记之一）[①]

富士山——有多高？一万二还是一万三千尺。不管它，反正是高得狠。我们要知道的是他们那里有一座高山，不，一个富士。

富士山，它的顶颠永远承受着太平洋轻涛的朝拜，是在日本的东海滨昂昂的站着。别的山峰，虽则有，在它的近旁都比成了培塿。白的，呼吸抵触着天的，富士它昂昂的站着。

更重要的一点是它也在日本人的想像中站着。武士们就义的俄顷，他们迸血泪壮呼一声“富士”。皇太子登基的时候，他也望得见富士终古的睥睨。横滨小海湾里在月夜捕鱼的渔夫，赤着两条毛腿的；箱根乡间的小女娃一清早拖上了木屐到露水田里采新豆去；从神户或大阪到东京的急行车上开车的火夫，他在天亮时睁着倦眼抄了煤块向火焰里泼的时候——他们，不说穿洋袜子甚而洋靴子的绅士们或文士们，他们猛一眼都瞅见了富士。富士永远瞅着他们哪，他们想。

有富士永远的站着，为他们站着，他们再也不胆寒。太阳

① 约一九二八年作，初刊何处不详；收入一九三一年中华书局《华胥社文艺论集》。

光，地土的生长力，太平洋的波澜，山溪间倒映在水里的杜鹃——全是他们的，他们欣欣的努力的作事，有富士看着他们，像一个有威严而又慈爱的老祖父。

他们再也不胆寒。地不妨震，海不妨啸，山不妨吐火；地不妨陷，房屋不妨崩裂，船不妨颠覆，人不妨死——他们还是不害怕，他们的一颗心全都寄存在富士宽大的火焰纯青的内肚里。泥鳅有时跳，巨鳌有时摇，他们的信心是永远付托在朝阳中的富士的雪意里。

“富士，富士……”他们一代继承一代的讴歌着。拖着木屐，拍着掌，越翻越激昂，越转越兴奋，他们唱和着富士的诗篇。

他们不胆寒，因为他们知道地震是更大的生命在爆裂中的消息。何况这动也许是富士自身忍俊不住欢畅的颠播！富士从他伟大的破壤中指示一个更伟大的建设。看他们那收拾灾后一切的手腕里的劲！递给我，那根烧焦的烂木；我来扒去那一堆的破瓦，那两个尸体，三郎，你去掩埋；有火子不，我要点一根烟？

这是他们的大产业，他们的幸福——这想像中永远有一座山。印度人也有同样的幸福；他们有他们的喜马拉雅。这使他们不仅认识高远，认识玄妙；他们因此认识“无穷”与“无尽”。“来呀”，苍凉的雪山们似乎在笑响中向他们叫着：为要带着他们飞去无穷尽的空闲，投入不生不灭的世界。“我从来不曾，一个陌生人”，凯萨林伯爵在喜马拉雅山里说“我从不曾感觉到有这样的翅膀安上我的灵魂。”他感觉到的是一种不可言传的“神灵的自由”。这是不可以言传的。

但我们自己家里何尝没有山。昆仑不是吗？五岳不是吗？还有匡庐，黄山，罗浮，雁荡，这何尝不是伟大的壮美的山岭？不错，但也许正因为我们有的太多了，我们的注意不能集中。正如一个人同时不能热烈爱两个人，或虔诚的容纳两个上帝，一个民族意识里也不能容留比一个更多的象征。多是有，也并不是不能并存，正如一个人尽有同时爱不少人的，但这力道可是变样了——程度的差异太大了，似乎性质都是不同的了。你我早晚间出门去在云端里望不见崑岺；你我的想像里也没有一个比上富士的，像一个伟丈夫，昂昂的站着。你我在大部的中国，不幸眼见得到的，意想得到的，至多只是些伟大的培塿，它们那内肚里既没有火与力，也不包藏神秘与幽玄，那有什么用？怪得我们中间最显著的人物，至多也这是些伟大的培塿。实在是想像造成的。

我看了富山两眼。一次是在火车上。正坐在餐车里吃早点，侍者拿一盘牛排一杯咖啡给我。我用食巾擦着玻窗上的蒸气为要看窗外的野景。天正朦亮。田里农夫已有在工作的。他们的小巧的锄头铮铮的在泥土里翻垦。有的蹲在地里——检败草想是。太阳没有起，空中有迷露。隐隐的，隔着烟云的空间，在近处或远处的山脚下，树林间，传来有鸟的喧呼。长在水田里的青绿，一方方的，长在仟佰〈阡陌〉间的丛树，一行行的，全都透着半清醒半朦眬的意态，鲜露增添它们的妩媚。田舍是像玲巧的玩具，或是东方画上兰竹丛中的点缀：几叠青杉，几株毛竹，疏淡的花叶间有稀小的人形在伛偻的操作。

多闲适的一长卷春晓图！我贪看着窗外的景色却不提防在凉雾中升起的一轮旭日已然放光，焰然照出半空里一座积雪的山颠。凌空的，像一个老人的斑白头颅，像一座海上的冰山，在蜂涌的云气中莽苍的浮着。“富士！”“富士！”“那就是富士！”同座人惊喜的指点着叫。

车似乎是绕着富士山走，正如度西伯利亚时车绕着贝加尔湖走。一个崇高的异象在朝霞中俄然的擎起。在不到一炊时间，山腰里层封着的白雾渐次的消散：消散成缕缕的断片，游龙似的，飞入无际的晴空。富士已经整个的显露在你的当前。田里的农夫们有支着锄头在休憩的。天大亮了。

船开出横滨，扶桑的海滨在回望中细成一发时，富士的睥睨还久久的在西天云空里闪亮。我又望了它一眼。

一九二九年

徐志摩散文全编

A Collection of Prose of Xu Zhimo

PROSE

《沃尼尔》按语[①]

沃尼尔（Eugene O'Neill）[②] 是美国现代最伟大的戏剧家，新近游历到了上海，张嘉铸先生就到旅馆里访问了几次；又给我们写了这一篇介绍的文字，大都是译自克拉克（Clark）[③]，从此我们可以略知沃尼尔的生平。下期本刊我们也许再登一篇关于沃尼尔的文章。

编者

---

① 载一九二九年一月十日《新月》第一卷第十一号，署名编者。

② Eugene O'Neill：奥尼尔（1888—1953），美国剧作家，主要剧作有《天边外》、《安娜·克里斯蒂》、《哀悼》等，1936 年获诺贝尔文学奖。

③ Clark：不详。

《阿丽思中国游记》广告语[①]

长篇小说的创作，现时在中国真是稀贵极了！写长篇难，而写得有结构，有见解，有幽默，有嘲讽，……那便难之又难。

《阿丽思中国游记》是近年来中国小说界极可珍贵的大创作。著者的天才在这里显露得非常鲜明，他的手腕在这里运用得非常灵敏：这是读了《蜜柑》和《好管闲事的人》更可以看得出的。沈从文先生是用不着我们多介绍的，读者自己去领略这本小说的趣味罢。

① 这是作者为沈从文长篇小说《阿丽思中国游记》第一卷拟的广告语；载一九二九年一月十日《新月》月刊第一卷第十一期，未署名。

《蜜柑》广告语[①]

沈从文先生的天才，看过《鸭子》的读者们总该知道了罢。就大体上说，他的小说，更在他的诗同戏剧之上，这假使我们说《蜜柑》是这位作者的真代表，真能代表他的天才，那决不是过分的话。

《蜜柑》里面有六七篇已经由时昭瀛先生等译成几国文字在中西各洋文报张杂志上发表过了，外国文艺界已经有人起了特别的注意了。这不但是《蜜柑》的作者沈从文先生个人的荣幸，也是我们大家共有的荣幸。

① 这是作者为沈从文短篇小说集《蜜柑》拟的广告语；载一九二九年一月十日《新月》月刊第一卷第十一期，未署名。

《花之寺》序（片断）①

写小说不难，难在作者对人生能运用他的智慧化出一个态度来。从这个态度我们照见人生的真际，也从这个态度我们认识作者的性情。这态度许是嘲讽，许是悲闵，许是苦涩，许是柔和，那都不碍，只要它能给我们一个不可错误的印象，它就成品，它就有格；这样的小说就分着哲学的尊严，艺术的奥妙……

《花之寺》是一部成品有格的小说，不是虚伪情感的泛滥，也不是草率尝试的作品，它有权利要求我们悉心的体会……

作者是有〈幽〉默的，最恬静最耐寻味的［幽］默，一种七弦琴的余韵，一种素兰在黄昏人静时微透的清芬……

节录徐志摩本书序文

① 载一九二九年二月十日《新月》月刊第一卷第十二号，原为《花之寺》广告语，末署“节录徐志摩本书序文”。《花之寺》，短篇小说集，凌叔华著，一九二八年一月上海新月书店初版，书中无徐序。

波特莱的散文诗[①]

“我们谁不曾，在志愿奢大的期间，梦想过一种诗的散文的奇迹，音乐的却没有节奏与韵，敏锐而脆响，正足以迹象性灵的抒情的动荡，沉思的纡回的轮廓，以及天良的俄然的激发?”波特莱 Charles Baudelaire[②] 一辈子话说得不多，至少我们所能听见的不多，但他说出口的没有一句是废话。他不说废话因为他不说出口除了在他的意识里长到成熟琢磨得剔透的一些。他的话可以说没有一句不是从心灵里新鲜剖摘出来的。像是仙国里的花，他那新鲜，那光泽与香味，是长留不散的。在十九世纪的文学史上，一个佛洛贝，一个华尔德裴特，一个波特莱，必得永远在后人的心里唤起一个沉郁，孤独，日夜在自剖的苦痛中求光亮者的意像——有如中古期的“圣士”们。但他们所追求的却不是虚玄的性理的真或超越的宗教的真。他们辛苦的对象是“性灵的抒情的动荡，沉思的纡回的轮廓，天良

---

① 一九二九年一月十九日作；载一九二九年十二月十日《新月》月刊第二卷第十号；又载邢鹏举译、一九三〇年四月上海中华书局《波德莱尔的散文诗》；初收一九六九年台湾传记文学出版社《徐志摩全集》第六辑。采自《新月》。

② Charles Baudelaire：波德莱尔（1827—1867），徐译波特莱，法国诗人，象征派诗歌的先驱，主要作品为诗集《恶之花》。

的俄然的激发”。本来人生深一义的意趣与价值远不是全得向我们深沉，幽玄的意识里去探检出来？全在我们精微的完全的知觉到每一分时带给我们的特异的震动，在我们生命的纤微上留下的不可错误的微妙的印痕；追摹那一些瞬息转变如同雾里的山水的消息，是艺人们，不论用的是那一种工具，最愉快亦最艰苦的工作。想像一支伊和灵弦琴（The Harp Aeolian）[①] 在松风中感受万籁的呼吸，同时也从自身灵敏的紧张上散放着不容模拟的妙音！不易，真是不易，这想用一种在定义上不能完美的工具来传达那些微妙的，几于神秘的踪迹——这困难竟比是想捉捕水波上的磷星或是收集兰蕙的香息。果然要能成功，那还不是波特莱说的奇迹？

但可奇的是奇迹亦竟有会发见的时候。你去波特莱的掌握间看，他还不是捕得了星磷的清辉，采得了兰蕙的异息？更可奇的是他给我们的是一种几于有实质的香与光。在他手掌间的事物，不论原来是如何的平凡，结果如同爱俪儿的歌里说的：——

Suffer a sea-change
Into something beautiful and strange.[②]

对穷苦表示同情不是平常的事，但有谁，除了波特莱，能造作这样神化的文句：——

Avez-vous quelquefois aperçu des veuves sur ces bancs solitaires, des veuves pauvres? Qu'elles soient en deuil ou non, il est facile de les reconnaitre. D'ailleurs il y a toujours dans le deuil du pauvre quelque chose qui manque, une ab-

① The Harp Aeolian：风弦琴。

② 让大海变成/某种美丽而奇怪的东西。

sence d'harmonie qui le rend plus navrent. Il est contraint de lêsiner sur sa douleur. Le riche porte la sienne au grand complet.

"你有时不看到在冷静的街边坐着的寡妇们吗？她们或是穿着孝或是不，反正你一看就认识。况且就使她们是穿着孝，她们那穿法本身就有些不对劲，像少些什么似的，这神情使人看了更难受。她们在哀伤上也得省俭。有钱的孝也穿得是一样。"

"她们在哀伤上也得省俭。"——我们能想像更莹彻的同情，能想像更莹彻的文字吗？这是《恶之华》的作者；也是他，手拿小物玩具在巴黎市街上分给穷苦的孩子们，望着他们"偷偷的跑开去，像是猫，它咬着了你给他的一点儿非得跑远远再吃去，生怕你给了又要反悔"（The Poor Boy's Toy）①。也是他——坐在舒适的咖啡店里见着的是站在街上望着店里的"穷人的眼"（Les Yeux des Pauvres）——一个四十来岁的男子，脸上显着疲乏长着灰色须的，一手拉着一个孩子，另一手抱着一个没有力气再走的小的——虽则在他身旁陪着说笑的一个脸上有粉口里有香的美妇人，她的意思是要他叫店伙赶开这些苦人儿，瞪着大白眼看人多讨厌！

Tant il est difficile de s'entendre, mon cher ange, et tant la pensée est in communicable même entre gens qui s'aiment. ②

他创造了一种新的战栗（A new thrill），嚣俄说。在八十

---

① 《穷男孩的玩具》。

② 法语，意为：我亲爱的天使，相处越不好，思想交流就越困难，即便在相爱的人之间，也是如此。

年前是新的，到今天还是新的。爱默深说，“一个时代的经验需要一种新的忏悔，这世界仿佛常在等候着它的诗人。”波特莱是十九世纪的忏悔者，正如卢骚是十八世纪的，丹德是中古期的。他们是真的“灵魂的探险者”，起点是他们自身的意识，终点是一个时代全人类的性灵的总和。譬如飓风，发端许只是一片木叶的颤动，他们的也不过是一次偶然的心震，一些“bagatelles laborieuses”① 但结果——谁能指点到最后一个迸裂的浪花？自波特莱以来，更新的新鲜，不论在思想或文字上，当然是有过：麦雷先生（J. M. Murry）说普鲁斯德（Marcel Proust）② 是二十世纪的一个新感性，比方说，但每一种新鲜的发见只使我们更讶异的辨认我们伟大的“前驱者”与“探险者”当时踪迹的辽远。他们的界碑竟许还远在我们到现在仍然望不见的天的那一方站着哪，谁知道！在每一颗新凝成的露珠里，星月存储着它们的光辉——我们怎么能不低头？

一月十九日

---

① 法语，即费心的琐事。

② Marcel Proust：今译普鲁斯特（1871—1922），法国小说家，以其七卷本长篇小说《追忆逝水年华》著称于世，另著有短篇小说集《优游卒岁录》等。

《现代短篇小说选》评介[①]

A Book of Modern Short Stories, edited by Dorothy Brewster, Macmillan Company[②]

在国内大学当教授的往往感到选择课本的困难。尤其是教文学的，因为教科书本就好的少，文学的教科书更不易见好。如其学校图书馆有相当的设备，教文学的本用不着特定的教科书。而事实上又不易待到这个便利。外国书尤其来得贵，做学生的实在没有力量购备所有应用的书。近来英美各国出版界也许顾到这一点，新出的各种科目的集本（Anthologies）极多，坏的固然有，好的也不少。我们这里介绍的是麦美伦出的一本现代短篇小说集。短篇小说在近代不仅是最风行的一种文学体裁，并且自从近几十年契诃甫莫泊桑诸大家以来竟然成为一种独立的文学体裁，有它本身的风格与艺术与趣味，不再是短的小说了。这部集子的好处是在编者选择的标准：一面注重各派

① 载一九二九年三月十日《新月》月刊第二卷第一号，题名《现代短篇小说选》，署名摩。初收一九九五年八月上海书店《徐志摩全集》第八册。采自《新月》，题名为编者拟。

② 《现代短篇小说选》，多萝西·布鲁斯特编，麦克米兰公司出版。

不同的写法，一面所选的作品都是这时代短篇小说名家的名著。远到契诃甫，近到 Stefan Zweig① 与 Aldous Huxley②。这集子几于篇篇都值得读，值得学做小说的人用心研究，极适宜于用作短篇小说的课本。在书的末尾有附注，说明各篇特具的风格与趣味。

① Stefan Zweig：茨威格（1881—1942），奥地利小说家、传记作家，作品有短篇小说集《初次经历》，传记《罗曼·罗兰》等。

② Aldous Huxley：赫胥黎（1894—1963），英国作家，为提倡进化论的 T.H. 赫胥黎之孙，1937 年后移居美国。著有诗歌、小说、剧本、文艺评论等。

《卞昆冈》广告语[①]

徐志摩先生的诗文我们都读过了，但是我们还没有读过他的戏剧；陆小曼女士的昆曲皮黄我们都听过了，但是我们还没有读过她的戏剧。《卞昆冈》这篇五幕悲剧，便是我们鉴赏他俩的戏剧的一个绝好机会。

这篇戏剧曾经分期在《新月》上发表过，但这单行本是著者又细心修改过的，与初出世时狠有不同，我们处处看得出修改的进步。加之余上沅先生又给这本书写了一篇序，徐志摩先生自己又给写了一篇跋，他们是请读者到“后台”去参观了。

近来中国戏剧界沉闷极了，《卞昆冈》的印行，我们相信可以发生不少的重大影响。

① 载一九二九年三月十日《新月》月刊第二卷第一号，未署名。《卞昆冈》是徐志摩和陆小曼合写的话剧剧本。一九二八年七月上海新月书店出版。

编辑后言（一）[①]

《新月》月刊的第一卷已经出齐，本期是二卷的第一期。因为连着过新旧新年种种的不方便，本刊已然愆期了一个月，这一时要赶补过来怕不得容易，此后能不再愆已是好的了。

这年头难得有满意的事。这一年来新月有否在读者们的心里留下一些痕迹？这话单一提起我们负责编辑的人便觉得惶愧。如同别的刊物一样，在开始时本刊同人也曾有过一点小小的志愿，但提到志愿我们觉得难受。不说也罢，反正是病象，原委是疏说不清的。痉挛性的兴奋，我们现在明白，是没有用的；这是虚弱不是强健的表见。我们再不敢说夸口一类的话：因为即使朋友们姑息，我们自己先就不能满意于我们已往的工作。我们本想为这时代，为这时代的青年，贡献一个努力的目标：建设一个健康与尊严的人生，但我们微薄的呼声如何能在这闹市里希冀散布到遥远？我们是不会使用传声喇叭的，也不会相机占得一个便利于呐喊的地位，更没有适宜于呐喊的天赋佳嗓：这里只是站立在时代的低洼里的几个多少不合时宜的书

① 载一九二九年三月十日《新月》月刊第二卷第一号，未署名。题后序号是编者加的。

生，他们的声音，即使偶尔听得到，正如他们的思想，决不是惊人的一道，无非是几句平正的话表示一个平正的观点，再没有别的——。因此为便于发表我们偶尔想说的“平”话，我们几个朋友决定在这月刊外（这是专载长篇创作与论著的）提另出一周刊或旬刊，取名“平论”（由平论社刊行），不久即可与读者们相见。我们希望藉此可以多结识几个同情的读者，藉此我们也希冀惕厉我们几于性成的懒散。在本刊与未来的周刊或旬刊上，我们一致欢迎外稿，得到纯凭精神相感召的朋友是一个莫大的愉快。

本期皮西先生的译文是不易得到的，我们希望能继续得到他的帮助。趣剧的妙处几于完全在对话上；《艺术家》原文的对话，按译者来信说，有如“海上的冰山，十之九是隐藏在底里的”。《观音花》那篇小说是一位不知名的青年朋友的来稿。下期有雪林女士的陆放翁研究，梁实秋与胡适之先生等的论文。志摩译的杜威的游俄印象第二篇等。

编辑后言（二）[①]

上期预告的《平论周刊》一时仍不能出版。这消息或许要使少数盼望它的朋友们失望，正如我们自己也感到怅惘。但此后的新月月刊，在平论未出时，想在思想及批评方面多发表一些文字，多少可见我们少数抱残守缺人的见解。我们欢迎讨论的来件（我们本有“我们的朋友”一栏），如果我们能知道在思想的方向上，至少我们并不是完全的孤单，那我们当然是极愿意加紧一步向着争自由与自由的大道上走去。

① 载一九二九年四月十日《新月》月刊第二卷第二号，未署名。题后序号是编者加的。

《共产主义的历史的研究》按语[①]

本篇即伦敦大学拉斯基教授所著收入家庭大学丛书(Home University Library)的《共产主义论》的第一章引论。拉斯基教授为现代政治学学者中最卓绝的一人，亦为在学理上掊击共产主义最有力的一人。但他在他的“共产主义”的书内，他取的是完全学者的态度，从历史及学理方面作研究，绝无一般专作宣传反共产者的粗犷与叫嚣的不愉快。本书早经评定为剖析共产学说最精深亦最可诵的一部书，今由天津南开大学黄肇年先生译出，全书由新月书店印行，不久出版。(志摩记)

① 载一九二九年四月十日《新月》月刊第二卷第二号，署志摩记；《共产主义的历史的研究》是黄肇年翻译的《共产主义论》的第一章，全书由新月书店出版。

美展弁言[①]

第一次的全国美术展览会，在不止一宗的困难情形下，竟能安然的正式开幕，不能不说是一件可喜的事。公开展览美术作品在中国内是到近年才时行，此次美展的性质与规模更是前此所未有的。不仅书画，雕刻建筑以及工艺美术都有，不仅本国美术家，侨民中的美术家也一例出品；不仅当代美术，古代的以及国外的作品也一并陈列以供参考；所以在规模方面是创举。就性质说，此次美展是由教育部主办，这是政府提创美术初次正式的表示。在历史上宋朝有过极裔皇的画院，前清乾隆时代也算是一叶馥郁的艺术史；但在原先美术是君王乃至达官贵人们独占的欣赏，在一般民众什么梁待诏李龙眠等等大名只比是海上仙山一流飘渺的风闻，怎么也瞻仰不到的。就到现在除了在北京有个故宫博物馆及三殿（那也难得开放）给民众一个开眼的机会以外，在别的地方那看得到什么有价值的美术，少数收藏家的大门不是用铁铸就有武装的印度人看着，除了少数有钱有势的或是洋人外谁想看得着？如其美术的成绩是一个

① 载一九二九年四月十日上海《美展》三日刊第一期；初收一九八三年十月商务印书馆香港分馆《徐志摩全集》第四册。采自《美展》。

民族最可自傲的一分家当，如其艺术是使生活发生意义与趣味的一个绝大条件，如其接近伟大艺术是启发性灵，最直接最有力量的一种教育，那政府和民众就应得如何协力合作来产生种种艺术公开的机会？关于这一点现代主要的各国没有不尽力向前猛进着的。欧洲几个文化的先进国不必说，就是机械主义与物质主义最发达的美国，乃至实行或试行共产主义的苏俄，对于艺术民众化的事业与努力说来是惊人的。在纽约一个城子里每个月内美术的展览至少是在五十个以上；在莫斯科一个城子里公开的博物馆与美术院就有到一百以上。那是何等气象？经济制不论是资本主义或共产，政治不论是共和或是独裁，时代不论是在革命中或在承平时，人生不能没有意义与趣味。所以艺术乃至艺术教育该得积极的提创与奖励，在现在只是常识的常识：只有白痴或是名利薰心的可怜虫才来否认艺术对于人生的重要。这次美展，因为事实上在意料中与非意料的种种困难，当然是不能尽如人意，这是我们希冀社会人士特别原谅的；但就我们所办到的成绩说，当着如许的为难，我们自己觉得已然是不易。除了极少数名画家为了别种缘由或是我们征集的诚意未孚不肯迁就出品以及交通过于不便的内地，不及参加以外，我们可以说当代国内著名的与未出名的作家都有代表作品在本会展览（我们抱歉的是因为地位的关系不能不限定各家出品的数量）。由此我们可以得到关于时代的艺术努力的全部的一个相当准确的（至少可供评判的）印象。如其我们记得这几十年来是我们民族进展史上一个极重要的关节，在这时期内人生种种的活动都受到由内与由外的变化，我们正可以从这次美展看出时代性在美术里反映或表现的意趣；更从参考品部古代美术的比较观，推悟到这时代的创作力的大小与强弱；更从国外美术，尤其是我们东邻的，体念到东方美术家采用欧西方法的智慧如何；更从工艺美术想念到这时代实际生活的趣味如何。这些都是有心人们该得留意到的问题。创作是不容勉强的：这就一般说往往是与民族的精力成正比。欧洲从中世纪黑暗时期转入近代光明时期经过一个伟大的精神的革命，它的最大的成功是一个美丽的新生命的诞生。革命是精力的解放，生命的力量充实到不可制止时自然迸制成创造的鲜葩。我们留心看着吧，从一时代的文艺创作得来的消息是不能错误的。

说“曲译”[①]

对不起英士先生，我要借用你批评译作后背的地位来为我自己说几句话。方才书店送来足下的原稿要去付印的，我一看到“曲译”与“直译”的妙论，不禁连连的失笑。如此看法翻译之难，难于上青天的了！除了你不翻原书来对，近年来的译作十部里怕竟有十部是糟：直了不好，曲了也不好；曲了不好，直了更不好。我只佩服一部译作，那是赵元任先生的《阿丽思奇境漫游记》。但是天知道赵先生经不经得起张着老虎眼的批评家拿“原文来对”！天知道爱曲的人不责备赵先生太直或是要直的人不责备他太曲！这且不谈，我要说的话是关于我自己的译述。我第一部翻译是La Fouqué[②] 的Undine[③]，九年前在康桥连着七个黄昏翻完，自己就从没有复看一道。就寄回

① 这是作者就英士《帝国主义与文化》一文所写的评论；载一九二九年四月十日《新月》月刊第二卷第二号，署名摩；初收一九六九年台湾传记文学出版社《徐志摩全集》第六辑。采自《新月》，英士文附后。

② La Fouqué：富凯（1777—1843），德国小说家、剧作家。主要作品是神话《水中仙女》，另有戏剧三部曲《北欧英雄》。

③ Undine：《水中仙女》，又译《翁丁》，徐译《涡堤孩》。Undine为欧洲神话中的水中女神。

中国卖给商务印成书的。隔了三两年陈通伯先生“捉”住了我！别的地方不说，有一处译者竟然僭冒作者的篇幅借题发了不少他自己的议论！那是什么话——该下西牢一类的犯罪！原因是为译者当时对于婚姻问题感触颇深，因而忍俊不住甩了一条狗尾到原书上去。此后当然再不敢那样的大胆妄为，但每逢到译，我的笔路与其说是直还不如说是来得近情些。那也带一点反动性质：说实话，虽则是个新人，我看了“句必盈尺而且的地底地的底到不可开交”的新文实在有些胆寒。同时当然自以为至少英文总不能说不懂。如此云云，几年来东涂西抹，已印成与未印成书的稿件也已不在少数。我性成的大意是出名的，尤其在翻译上有时一不经心闹的笑话在朋友中间传诵的是实繁有徒。我记得最香艳的一个被通伯妹妹给捉住的——也是译曼殊斐儿——是好像把 Thursday 认作 Thirsty 因而在文章上口渴而想吃苹果云云，幸而在付印前就发觉，否则又得浪费宝贵人们的笔墨了！

但我却要对李青崖先生道谢，因为他为我从法文原文校对出赣第德译本上不少的不准确处。可惜我手头没有英译本，不能逐条来说，但关于两点至少我现成有话。“米老德”该是个疑团吧？为什么米老德，而且又不是麦哀老德，难道 My Lord 都认不识当是人名字吗？原来是有一段注解，意思是要读者从念的声音里体会出那话的神气并且我想或许在现代的新造字里多添一个有神气的外来语，但也不知怎的那段括弧跑了，因而连略〈累〉细心的先生们奇怪，我只好道歉。

第二点是李先生批评的赣第德的“理性”。那确是我自作聪明了事。赣第德（我本想译作“戅的德”的）原字是有率真的意思。也不知当初我怎么的一转念就把理由转成了理性，还自以为顶“合式”的。

我翻那部书是为市面上太充斥了少年维特的热情，所以想拿 Voltaire[1] 的冷智来浇他一浇，同时也为凑和当时我编的晨副的篇幅。我的匆忙和大意是无可恕的，因为我自己从没有复看过一遍，从晨副付印到全稿卖给北新付印；这是我的生性最厌烦复书〈看〉自己写得的东西，有时明知印得奇错怪样，我都随他去休。

李先生也提到胡适之先生的话，但胡先生夸奖我的话是听不得的。关于他说我赣第德译本的话我这里恭请他正式收回。认我的译文好的方面至多可以说到“可念”Readable，至于坏的方面当然是说不尽说的。这时期到底是半斤八两的多——除了一两个真有自信力的伟大的青年。

关于曼殊斐儿的译文我似乎用不着再说话。通伯先生有封信给我，但我想还是忠厚些不发表它也罢。

附：英士《帝国主义与文化》评介

在《译者闲话》里面，李之鹗君告诉我们说，他“对于原书是取直译，惟于最后一章，因嫌繁冗而略减裁”。评者不敏，觉得译就是译——把甲种的文言翻成乙种的文言而已，无所谓“直译”或“曲译”。假使直译能成一个名词，那末，“曲译”二字恐怕也有成为名词的可能性，因为曲直是互相对待〈峙〉的。宇宙间苟无曲的东西，就没有直的东西。直的概念，实从曲的而来。李君既沿前人所造的累赘名词，以直译为标榜，评者不怕难为情，敬谨创造一个新的名词——曲译——来，不但作为自己批评这个译本之用，并且请求学术界姑认其为一个鉴别的标准，看看今日中国出版物中之以直译为标榜者，究竟有多少应该归入曲译之列！

---

① Voltaire：伏尔泰（1694—1778），法国启蒙思想家、作家、哲学家，著有《哲学书简》、哲理小说《戆第德》和悲剧《扎伊尔》等。

好像直译一样，曲译是一个假定的名词，没有精确的定义。研究过老几何学的人们各个都知道，一条直线是两个定点中间距离最短的路程。如果我们把原著和译本作为两个定点，那末我们就可稍会明白直译和曲译两个假定的名词各含什么意义了。凡是译本上所说的话和原著上所说的话相差不多的，便是直译的。凡是译本上所说的话和原著上所说的话相差狠远的，便是曲译的。换句话说，直译是忠实的转述，曲译是添花样的说谎。添花样有正有负，好像数学公式的加号后面可以加正量，亦可以加负量。加正量的曲译者往往凭空杜撰，无中生有，造出许多原书上所未尝明说，甚而至于未尝要说的话。加负量的曲译者往往畏难而退，遇障而跳，看见原书中看不懂的句子便不译，看见原书中与己意不合的地方亦不译。

文艺鉴赏者的眼光狠锐。他们能从一个创作品里看出作者的人格来。直译比较是一种机械的工作，译者往往牺牲自己的个性来迁就作者，所以译者的人格狠难从直译的东西上表现出来。曲译则不然。我们得到一本曲译的奇书以后，如果想要知道译者的人格或个性，实在容易的狠。只要把原书和译本对照一下，找出译本中的曲的所在，译者的人格或个性便可窥其大略了。《帝国主义与文化》是一本曲译的小书，中英文都通而于社会科学稍有研究的阅者，只消费去几个钟头的功夫，把吴尔夫的原著和李之鷃的译本比读一下，便可知道译者的英文程度非常低浅，对于原文不能了解，为了或种动机的驱使，走到出版界里来侥幸尝试，故对原著者不能不“表示歉意”，对阅者不能不欺骗。

译本第一页第一句便和原著第一句不同。原著第一句说：“Between 1800 and 1900 Europe passed through a revolution that was both internal and external.”而译本第一句只说：“在一八〇〇与一九〇〇年间，欧洲经过一次大革命”，没有把“that was both internal and external”译出来。这是第一句，译者碰到难关就跳了！这是“直译”呢？还是“因嫌繁冗而略减裁”呢？

吴尔夫先生是一个费边社派的社会主义者，对于现在的国际政治当然不能表示同情，但他对于现在的国际政治认识狠清。我们读过本书的原本以及吴氏前此发表的著作者，莫不知道吴氏认定现在的国际政治是欧洲革命的结果。这个革命不但革了欧洲旧制的命，而且影响及于欧洲以外的世界。此书第一句是吴氏的大前提，是本书的出发点。有了这一句话，而后下文才可接得下去。译者不明斯旨，对于这样一句重要的说话，于动笔翻译之初即用“腰斩式”的方法来使之残废，使之脱气，手段未免过辣。既斩其腰，再说直译。是直视彼原著者及其著作为无物，并视我阅者为毫无知觉的木石了。心术之险，委实可惊。向来有一批不自量力的译者，自己知道对于原著不能融会贯通，译出来的东西似通非通，乃以直译为搪塞，自掩其丑，已使我们听到直译两字便摇头。今李君对于所译的书，不但对于全书不能了解，甚而至于对于第一句都不能依样画葫芦地翻译，乃亦以直译为护符。直译！直译！天下几多文丐假汝之名以行扒窃之业！我为汝头痛！

第一句就曲译了，其余可想而知。如欲举例为证，不必拿出难译的部分来。谁都知道英文中之Civilization一字应译为文明，而含义等于文化的英文为Culture。文化和文明是有区别的，在许多地方不可混用。本书的名称照例应该译为帝国主义与文明，而李君译为帝国主义与文化。在第十七页内，Kaiser WilhelmⅡ被译为“凯撒第二”！在第六页内，把Queen译为女皇。这样容易的字面，虽请一个中学生来亦可找出适当的中文来迻译，而大胆的李君反而不及他们，真正不免“小材大用”了。可笑可怜！原书中常见Nationalism一字，译者用两个流行的名词来译它：属于强大的译为国家主义，属于弱小的译为民族主义。这样一来，我们似乎可以继续高呼打倒国家主义与实行民族主义了。春秋笔法，殊可钦佩。曲译之妙，有如此者！

原书第九页上，有一段大意说：“当大部分阅者的祖先还是身涂蓝色染料的生番的时候，我的祖先已经开化，得听预言家爱色亚的训示了(我想像他们也许带着不大愿意的神气而听)。双方的差别如此，而竟可以彼此不相接触，不互为影响。”从这看来，我们可以推想原著者是英籍的犹太人，原著者的祖先便是二千六百年前的希伯来人。所谓“大部分阅者”，当然是指盎格鲁萨克逊族。所谓“大部分阅者的祖先”，当然是指二千六百年前的日耳曼人。译者的英文程度太低，历史常识太少，想像能力太弱，看了这一段的原文竟至莫名其妙，于是，曲译为“我们狠可想像当我们祖先中已有人不甚信服预言家的时候，一定也有许多祖先还是文身的野蛮人，而且彼此毫无接触或影响。”（见译本第二页）

原书第二章的最末一句（第六十四页），大意是说：“在一七五〇年时——不，虽在一八〇〇年，甚或一八三〇年时——即请眼光最远的先知先觉者来，也不能预测欧洲对于世界各部的关系，在帝国主义推动之下，能于十九世纪末年之前，完成一个非常的剧变。”这一句的大意，李君“直译”如下：“实在没有一个预言家能够推断在一七五〇年，一八〇〇年，或一八三〇年，欧洲对于世界各洲的关系将有重大变化。而这个变化在帝国主义冲动之下，直到十九世纪才实现了。”（见译本第三十八页）

此种九曲三弯的缠夹句子在译本中随处发现，明显的例证不胜枚举。原书最后一章论“国际联盟与文明的综合”为全书中最有精采，最关紧要的部分，而译者自言嫌其繁冗，略予减裁。我们读过原书的人，对照之后，知道译者不但自由行使减裁的淫威而已，而且十分之九是杜撰的幼稚结论，与原著者的意见根本相左。

想像的舆论[①]

“这次的美术展览会倒是不错。你去过没有？是够你一半天消遣的。画是真不少，洋画古画，什么都有。参考品部的古代书画有极贵的，单这一部的保险听说就是一百万哪！楼上看了画，楼下还有戏看。名角，票友，小班，全有。看乏了可以到美展西菜社去点饥。地方可是真不小，东西也是真不少，亏他们布置的，我跑得腿也酸头也昏了，那一边留着等下回再看吧。”这是把此次美展看作一种热闹，和国货展览会同性质的，一类看客向别人报告新闻的话。

“这两三千幅画里面”，一个爱说俏皮话表示他见解别致的人也许说，“在这无穷的画里面，我只看到半张是要得的。果然他们能让我割买的话，我是他们的主顾。而且还得我自己动手割！”我们再想像一个书画专家停步在一幅古画跟前低声对他的同伴说：“这不是前年到过我的手里的那张吗？单看款项就不对。可笑，假古董竟来活充特别参考品！果然这都可以陈列的话，我们家楼梯下那大柜子全够得上出品了！”“话说得轻一点，”他的同伴说。一个有批评能力的来客也许要说到那门

① 载一九二九年四月十三日上海《美展》三日刊第二期；初收一九八三年十月商务印书馆香港分馆《徐志摩全集》第四册。采自《美展》。

较好那门较乏的话。我们可以想像说："新派的东西，不论是诗是画，我们终究看不惯。画精赤的人体已是够受的，何况还有种种叫人看不得的姿态？太富于革命精神了，我是敬谢不敏。"说到国画，他也许说："到底还是几个老辈，下笔就不同！苍老究竟是苍老，老牌子，就是郑太夷游戏间涂一棵松树，也看出不同的笔力，有意味！还有曾农髯的山水你看了没有？再说画佛象谁比得上一亭先生的？新起的也未始没有有些意味的，但是也不知怎么的，你看了总觉得他们自己也没有把握。专事临摹固然讨厌，这胡来也总不见妥当。你看看楼上的古画去。古人的气息确是不同，大幅有大幅的精神，小幅有小幅的趣味，饶你看不厌。这一比就显出现代的寒伧。我看不革命固然不了，革了命也还是不了，我觉得悲观。"他的一个更开通的朋友就安慰他说："你话是不错，但就此悲观我以为也不对，并且也不必。凡事一经过大变动，往往陷入一种昏迷的状态，你得容许他一个相当时期等他苏醒过来，然后看他有否一种新气象，新来的精力的表现。说我们这时代是革命的或革命性的当然是没有错，但如果我们以此就认为这时代已经完成一个或是几个阶段，因而期望甚而责成它在艺术里应有某程度的反映，那我们这前提先就不对，结论当然是误。严格的说，我们的生活的革命化（或现代化）的程度还是极浅，种种类似革命的势力，虽则已然激起不少外表的波动，还不说到是已经影响到生命的根柢去解放它潜在的力量。或是换一边说，我们民族内心里要求适应时代的一点热，（一点革命精神，）还不曾完全突破层层因习的外壳，去和外来的在活动中的势力相团合，只有在这个条件下革命才有完成的希望。还早着哪，朋友！一个火山在它的大迸裂以前，在它喷吐纯粹的光芒烛照到天外的火焰以前，它先得决破多层的地壳，先得抛掷出多量的磊块与泥砂。我们不可因为现在单看见土而忘了蕴藏在底里随后就来的万丈的光焰。"

我也“惑”①

——与徐悲鸿先生书

The opinions that are held with passion are always these for which no good ground exists; indeed the passion is the measure of the holder lack of rational conviction—From Bertrand Russel's 'Skeptical Essays.'②

悲鸿兄：

你是一个——现世上不多见的——热情的古道人。就你不轻阿附，不论在人事上或在绘事上的气节与风格言，你不是一个今人。在你的言行的后背，你坚强的抱守着你独有的美与德的准绳——这，不论如何，在现代是值得赞美的。批评或评衡的唯一的涵义是标准。论人事人们心目中有是与非，直与枉，

① 这是作者就徐悲鸿《惑》写的评论，一九二九年四月九日作；载一九二九年四月二十二日、二十五日上海《美展》三日刊第五期、第六期；初收一九八三年十月商务印书馆香港分馆《徐志摩全集》第四册。采自《美展》，徐悲鸿文附后。

② 那些被狂热地持有的见解，对我们来说总有很好的理由；实际上，持论者的狂热，便是衡量他缺乏理性的信念的尺度。——引自罗素的《怀疑论散文》。

乃至善与恶的分别的观念。艺术是独立的；如果关于艺术的批评可以容纳一个道德性的观念，那就只许有——我想你一定可以同意——一个真与伪的辨认。没有一个作伪的人，或是一个侥幸的投机的人，不论他手段如何巧妙，可以希冀在文艺史上占有永久的地位。他可以，凭他的欺朦的天才，或技巧的小慧，耸动一时的视听，弋取浮动的声名，但一经真实的光焰的烛照，他就不得不裎露他的原形。关于这一点，悲鸿，你有的，是"嫉伪如仇"严正的敌忾之心，正如种田人的除莠为的是护苗，你的嫉伪，我信，为的亦无非是爱"真"。即在平常谈吐中，悲鸿，你往往不自制止你的热情的激发，同时你的"古道"，你的谨严的道德的性情，有如一尊佛，危然趺坐在你热情的莲座上，指示着一个不可错误的态度。你爱，你就热热的爱；你恨，你也热热的恨。崇拜时你纳头，愤慨时你破口。眼望着天，脚踏着地，悲鸿，你永远不是一个走路走一半的人。说到这里，我可以想见碧薇嫂或者要微笑的插科："真对，他是一个书呆！"

但在艺术品评上，真与伪的界限，虽则是最关重要，却不是单凭经验也不是纯恃直觉所能完全剖析的。我这里说的真伪当然是指一个作家在他的作品里所表现的意趣与志向，不是指鉴古家的辨别作品的真假，那另是一回事。一个中材的学生从他的学校里的先生们学得一些绘事的手法，谨愿的步武着前辈的法式，在趣味上无所发明犹之在技术上不敢独异，他的真诚是无可致疑的，但他不能使我们对他的真诚发生兴趣。换一边说，当罗斯金指斥魏斯德勒 Whistler 是一个"故意的骗子"，骂他是一个"俗物，无耻，纨袴"，或是当托尔斯泰在他的艺术论里否认莎士比亚与贝德花芬是第一流的作家，我们顿时感觉到一种空气的紧张——在前一例是艺术界发生了重大的趣事，在后一例是一个新艺术观的诞生的警告。魏斯德勒是不是存心欺骗，“拿一盘画油泼上公众的脸，讨价二百个金几尼”？罗斯金，曾经为透纳（Turner[①]）作过最庄严的辩护的唯一艺术批评家，说是！贝德花芬晚年的作品是否“无意义的狂呓”(Meaningless ravings)？伟大的托尔斯泰说是！古希腊的悲剧家，拉飞尔，密仡朗其罗，洛坛，毕于维史，槐格纳，魏尔岺，易卜生，梅德林克等等是否都是“粗暴，野蛮，无意义”的作家，他们这一群是否都是“无耻的剿袭者”？伟大的托尔斯泰又肯定说是！美术学校或是画院是否摧残真正艺术的机关？伟大的托尔斯泰又断言说是！

难怪罗斯金与魏斯德勒的官司曾经轰动全伦敦的注意。难怪我们的罗曼罗兰看了《艺术论》觉得地土不再承载着他的脚底。但这两件事当然是不能相提并论的。罗斯金当初分明不免有意气的牵连，（正如朋琼司的嫉忌与势利，）再加之老年的昏瞀与固执，他的对魏斯德勒的攻击在艺术史上只是一个笑柄，完全是无意义的。这五十年来人们只知道更进的欣赏魏斯德勒的“滥泼的颜色”，同时也许记得罗斯金可怜的老悖，但谁还去翻念 Fors Clavigera[②]？托尔斯泰的见解却是另一回事。他的声音是文艺界天空的雷震，激起万壑的回响，波及遥远的天边；我们虽则不敢说他的艺术论完全改变了近代艺术的面目，但谁敢疑问他的博大的破坏的同时也［具］建设的力量？

但要讨论托尔斯泰的艺术观当然不是一封随手的信札，如我现在写的，所能做到，这我希望以后更有别的机会。我方才提及罗斯金与托尔斯泰两桩旧话，意思无非是要说到在艺术上

① Turner：透纳（1775—1851），英国风景画家，擅长水彩画，融合油画和水彩技法。著名作品有《迪埃普港》、《运输船的遇难》和《雨、蒸汽和速度》等。

② Fors Clavigera：拉丁文，《举着锤子的命运女神》，副题为“致大不列颠工人与体力劳动者的书信”。罗斯金的著作，发表于1871—1884年间。

品评作家态度真伪的不易——简直是难；大名家也有他疏忽或是夹杂意气的时候，那时他的话就比例的失去它们可听的价值。我所以说到这一层是因为你，悲鸿，在你的大文里开头就呼斥塞尚或塞尚奴（你译作腮惹纳）与玛蒂斯（你译作马梯是）的作品“无耻”。另有一次你把塞尚比作“乡下人的茅厕”，对比你的尊师达仰先生（DagnanBouveret）的“大华饭店”。在你大文的末尾你又把他们的恶影响比类“来路货之吗啡海绿茵”；如果将来我们的美术馆专事收罗他们一类的作品，你“个人却将披发入山，不愿再见此卑鄙昏瞶黑暗堕落也”。这不过于言重吗，严正不苟的悲鸿先生？

风尚是一个最耐寻味的社会与心理的现象。客观的说，从方跟丝袜到尖跟丝袜，从维多利亚时代的进化的乐观主义到维多利亚后期怀疑主义再到欧战期内的悲观主义，从爱司髻到鸭稍鬏，从安葛尔的典雅作风到哥罗的飘逸，从特拉克洛崔的壮丽到塞尚的“土气”再到梵高的癫狂——一样是因缘于人性好变动喜新异（深一义的是革命性的创作）的现象。我国近几十年事事模仿欧西，那是个必然的倾向，固然是无可喜悦，抱憾却亦无须。是他们强，是他们能干，有什么可说的？妙的是各式欧化的时髦在国内见得到的，并不是直接从欧西来，那倒也罢，而往往是从日本转贩过来的，这第二手的摹仿似乎不是最上等的企业。说到学袭，说到赶时髦，（这似乎是一个定律，）总是皮毛的新奇的肤浅的先得机会（你没有见过学上海派装束学过火的乡镇里来的女子吗?）。主义是共产最风行，文学是“革命的”最得势，音乐是“脚死”最受欢迎，绘画当然就非得是表现派或是旋涡派或是大大主义或是立体主义或是别的什么更耸动的啤死木死。

在最近几年内，关于欧西文化的研究也成了一种时髦，在这项下，美术的讨论也占有渐次扩大的地盘。虽则在国内能有几个人亲眼见到过罗浮宫或是乌翡栖或是特莱司登美术院里的内容？但一样的拉飞尔安葛尔米勒铁青梵尼亚乃至塞尚阿溪朋谷已然是极随熟的口头禅。我亲自听到过（你大约也有经验）学画不到三两星期的学生们热奋的争辨古典派与后期印象派的优劣，梵高的梨抵当着考莱琪奥的圣母，塞尚的苹果交斗着鲍狄乞黎的薇纳丝——他们那口齿的便捷与使用各家学派种种法宝的热烈，不由得我不十分惊讶的钦佩。这大都是（我猜想）就近由我们的东邻转贩得来的。日本是永远跟着德国走；德国是一座唈死木死最繁殖的森林，假如没有那种唈死木死的巧妙的繁缛的区分，在艺术上凭空的争论是几于不可能的。在新近的欧西画派中，也不知怎的，最受传诵的，分明最合口味的(在理论上至少)，碰巧是所谓后期印象派（“Post Impressionism”这名词是英国的批评家法兰先生 Mr. Roger Fry① 在组织1911 年的 Grafton Exhibition② 时临时现凑的，意思只是印象派以后的几个画家，他们其实也是各不相同绝不成派的，但随后也许因为方便，就沿用了）。但是天知道！在国内最早谈塞尚谈梵高谈玛蒂斯的几位压根儿就没有见过（也许除了蔡孑民先生）一半幅这几位画家的真迹！除非我是固陋，我并且敢声言最早带回塞尚梵高等套版印画片来的还是我这蓝青外行！这一派所以入时的一个理由是与在文学里自由体诗短篇小说独幕剧所以入时同一的——看来容易。我十二分同情于由美术学校或画院刻苦出身的朋友鄙薄塞尚以次一流的画，正如我完全懂得由八股试帖诗刻苦出身的老辈鄙薄胡适之以次一流的诗。你说他们的画一小时可作二三幅。这话并不过于失实，梵高当初

---

① Mr. Roger Fry：今译弗赖（1866—1934），英国画家、美术评论家，推崇塞尚及后期印象派画家，曾任剑桥大学美术教授。

② Graften Exhibition：格拉夫顿展览会。

穷极时平均每天作画三幅，每幅平均换得一个法郎的代价——三个法郎足够他一天的面包咖啡与板烟！

但这“看来容易”却真是害人——尤其是性情爱好附会的就跟着来摭拾一些他们自己懂不得一半的名词，吹动他们传声的喇叭，希望这么一来就可以勾引起，如同月亮勾引海潮，一个“伟大的”运动——革命；在文艺上掀动全武行做武戏与在政治上卖弄身手有时一样的过瘾！这你可以懂得了吧，悲鸿，为什么所谓后期印象派的作风能在，也不仅中国，几于全世界，有如许的威风？你是代表一种反动，对这种在你看来完全Anarchic① 运动的反动（却不可误会我说你是反革命，那不是顽！），所以你更不能姑息，更不能容忍，你是立定主意要凭你的“浩然之气”来扫荡这光天下的妖气！我当然不是拿你来比陪在前十年的文学界的林畏庐，你不可误会；我感觉到的只是你的愤慨的真诚。如果你，悲鸿，甘脆的说，我们现在学西画不可盲从塞尚玛蒂斯一流，我想我可以赞同——尤其那一个“盲”字。文化的一个意义是意识的扩大与深湛，“盲”不是进化的道上的路碑。你如其能进一步，向当代的艺界指示一条坦荡的大道，那我，虽则一个素人，也一定敬献我的钦仰与感激。但你恰偏偏挑了塞尚与玛蒂斯来发泄你一腔的愤火；骂他们“无耻”，骂他们“卑鄙昏聩”，骂他们“黑暗堕落”，这话如其出在另一个人的口里，不论谁，只要不是你，悲鸿，那我再也不来废工夫迂回的写这样长篇的文字（说实话，现在能有几个人的言论是值得尊重的！）；但既然你说得出，我也不能制止我的“惑”，非得进一步请教，请你更剀切的剖析，更剀切的指示，解我的，同时也解，我敢信，少数与我同感的朋友的，“惑”。

① Anarchic：无政府主义的。

我不但尊重你的言论，那是当然的，我并且尊重你的谩骂("无耻"一流字眼不能不归入谩骂一阑吧?)，因为你决不是瞎骂。你不但亲自见过塞尚的作品，并且据你自己说，见到过三百多幅的多，那在中国竟许没有第二个。也不是因为派别不同；要不然你何以偏偏：不反对皮加粟（Picasso[①]），"不反对"梵高与高根，这见证你并不是一个固执成见的"古典派"或画院派的人。换句话说，你品评事物所根据的是，正如一个有化育的人应得根据活的感觉，不是死的法则。我所以惑。再说，前天我们同在看全国美展所陈列的日本洋画时，你又曾极口赞许太田三郎那幅皮加粟后期影响极明显的裸女，并且你也"不反对"，除非我是错误，满谷国四郎的两幅作品；同时你我也同意不看起中村不折一类专写故事的画片，汤浅一郎一流平庸的无感觉的手笔；你并且还进一步申说"与其这一类的东西毋宁里见胜藏那怕人的裸象"。这又正见你的见解的平允与高超，不杂意气，亦无有成见。在这里，正如在别的地方，我们共同的批判的标准还不是一个真与伪或实与虚的区分？在我们衡量艺术的天平上最占重量的，还不是一个不依傍的真纯的艺术的境界（An independent artistic vision）[②] 与一点真纯的艺术的感觉？什么叫做一个美术家除是他凭着绘画的或塑造的形象想要表现他独自感受到的某种灵性的经验？技巧有它的地位，知识也有它的用处，但单凭任何高深的技巧与知识，一个作家不能造作出你我可以承认的纯艺术的作品。你我在艺术里正如你我在人事里兢兢然寻求的，还不是一些新鲜的精神的流露，

---

① Picasso：今译毕加索（1881—1973），西班牙画家、雕刻家，1904年起定居巴黎，为立体主义画派主要代表，作品对现代西方艺术有深远影响。其代表作有《亚威农的少女们》、《格尔尼卡》、《梳头的女人》、宣传画《和平鸽》等。

② 一种独立的艺术观。

一些高贵的生命的晶华，况且在艺术上说到技巧还不是如同在人的品评上说到举止与外貌；我们不当因为一个人衣衫的不华丽或谈吐的不隽雅而藐视他实有的人格与德性，同样的我们不该因为一张画或一尊象技术的外相的粗糙或生硬而忽略它所表现的生命与气魄。这且如此，何况有时作品的外相的粗糙与生硬正是它独具的性格的表现？（我们不以江南山川的柔媚去品评泰岱的雄伟，也不责备施耐庵不用柴大官人的口吻去表写李逵的性格，也为了同样的理由。但这当然是一个极浅的比照。）

如果我上面说的一些话你听来不是完全没有理性；如果再进一步关于品评艺术的基本原则，你也可以相当的容许，且不说顺从，我的肤浅的观察，那你，悲鸿，就不应得如此谩骂塞尚与玛蒂斯的作风，不说他们艺术家的人格。在他们俩，尤其是塞尚，挨骂是绝不希奇；如你知道，塞尚一辈子关于他自己的作品，几于除了骂就不曾听见过别的品评——野蛮，荒谬，粗暴，胡闹，滑稽，疯癫，妖怪，怖梦，在一八七四年"Communard[①]"（这正如同现代中国骂人共产党或反动派），在一九〇四年，他死的前两年，Un："Anarchiste"[②]。在一八九五年（塞尚五十六岁）服拉尔先生（Ambroise Vollard）[③] 用尽了气力组织成塞尚的第一次个人展览时，几于所有走过39 Rue Laffitte[④] 的人（因为在窗柜里放着他的有名的《休憩时的浴者》）都得，各尽本分似的，按他们各人的身分贡献他们

① Communard：法文，巴黎公社社员。

② Anarchiste：法文，一个无政府主义者。

③ Ambroise Vollard：沃拉尔（1865—1939），法国美术品商和出版商。1893年创设巴黎画廊，举办过塞尚（1898）、毕加索（1901）、马蒂斯（1904）等人的首次个人画展。他还刊印过由勃纳尔和夏加尔作插图的许多文学名著的豪华版。著有自传《画商回忆录》(1937)。

④ 39 Rue Laffitte：法文，拉斐脱路39号。

的笑骂！下女，面包师，电报生，美术学生，艺人，绅士们，太太们，尤其是讲究体面的太太们，没有一个不是羞红了脸或是气红了脸的，表示他们高贵的愤慨——看了艺术堕落到这般田地的愤慨。但在十一二年后艺史上有名的“独立派”的“秋赛”时，塞尚，这个普鲁冈司山坳里的土老儿，顿时被当时的青年艺术家们拥上了二十世纪艺术的宝座，一个不冕的君主！在穆耐，特茄史，穆罗，高根，毕于维史等等奇瑰的群峰的中间，又涌出一座莽苍浑灏的宗岳！Salle Ceza① 是一座圣殿，只有虔诚的脚踪才可以容许进去瞻仰，更有谁敢来吐漏一半句非议话的话——先生小心了，这不再是十一二年前的“拉斐脱路三十九”！

这一边的笑骂，那一边的拥戴，当然同样是一种意气的反动，都不是品评或欣赏艺术应具的合理的态度。再过五年塞尚的作品到了英国又引起了艺界相类的各走极端的风波：一边是“非理士汀”们当然的嬉笑与怒骂，一边是，“高看毛人”们一样当然反动的怒骂与嬉笑。就在现在，塞尚已然接踵着蒙内，米莱，特茄史等等成为近代的典型（Classic），在一班艺人们以及素人们提到塞尚还是不能有一致的看法，虽则咒骂的热烈，正如崇拜的疯狂，都已随着时光减淡得多的了。塞尚在现代画术上，正如洛坛在塑术上的影响，早已是不可磨灭，不容否认的事实，他个人艺术的评价亦已然渐次的确定——却不料，万不料在这年上，在中国，尤其是你的见解，悲鸿，还发见到这一八九五年以前巴黎市上的回声！我如何能不诧异？如何能不惑？

话再说回头，假如你只说你不喜欢，甚而厌恶塞尚以及他的同流的作品，那是你声明你的品味，个人的好恶，我决没有

① Salle Ceza：不详。

话说。但你指斥他是“无耻”，“卑鄙”，“商业的”。我为为古人辨诬，为艺术批评争身价，不能不告罪饶舌。如其在艺术界里也有殉道的志士，塞尚当然是一个（记得文学界的茀禄贝尔）。如其近代有名的画家中有到死卖不到钱，同时金钱的计算从不曾羼入他纯艺的努力的人，塞尚当然是一个。如其近代画史上有性格孤高，耿介澹泊，完全遗世独立，终身的志愿但求实现他个人独到的一个“境界”这样的一个人，塞尚当然是一个。换一句话说，如其近代画史上有“无耻”，“卑鄙”一类字眼是应用不上的一个人，塞尚是那一个人！塞尚足足画了五十几年的画，终生不做别的事。他看不起巴黎人因为他有一次听说巴黎有买他的静物画的人；“他们的品味准是够低的，”他在乡间说。他画，他不断的画；在室内画，在野外画；一早起画，黄昏时还是画；画过就把画掷在一边再来第二幅；画不满意（他永远不满意）他就拿刀向画布上搠，或是拿画从窗口丢下楼去，有的穿挂在树枝上像一只风筝；你（不论你是谁）只要漏出一半句夸赞他的画的话，他就非得央着把那幅画送给你（他却不虑到你带回家时见得见不得你的太太！）他搬家就把他画得的画如数丢下在他搬走的画室里！至于他的题材，他就只画他眼前与眼内的景象：山岭，山谷，房舍，苹果，大葱，乡里人（不是雇来的模特儿），他自己或是他的戴绿帽的，黄脸婆子，河边洗澡的，林木，捧泥娃娃的女小孩……他要传达他的个人的感觉，安排他的“色调的建筑”，实现他的不得不表现的“灵性的经验”！我们能想像一个更尽忠于纯粹艺术的作者不？他一次说他不愿画耶稣因为他自己对教的信仰不够虔诚，不够真。这能说是无耻卑鄙不？（在中国不久，我相信，十个画家里至少会有九个要画孙中山先生因为——因为他们都确信他们自己是三民主义的忠实的信徒！）

至于他的画的本身——但我实在再不能纵容我自己了，我话已然说得太太多；况且你是最知道塞尚的作品的，比我知道得多，虽则你的同情似乎比我少，外行侈谈美术是一种大大的罪孽，我如何敢大胆？但容我再顺便在这信尾指出：在你所慷慨列述的近代法国大师的名单中，有的，如同特拉克洛洼与孤尔倍是塞尚私淑的先生（小说家左拉 Zola[①]，塞尚的密友，死后他的画堆里发见一张画题名 Len'évement[②]，人都疑心不是特拉克洛洼自己就是门下画的，但随后发见署名是塞尚！你知道这件小掌故不？所以我们别看轻那土老儿，早年时他也会画博得我们夸壮丽雄伟等等的神话，例如伟丈夫抗走妖艳的女子之类！）有的，如同勒奴幻或 Pissarro[③]（你似乎不曾提到他，但你决不能如何恨他），或穆耐或特茄史都是他的程度，浅深间的相知（虽则塞尚说："这群人打扮得都像律师"）有的，例如马耐，你称为"庸"的，或是毕于维史，你称为伟大的，是他的冤家，他们的轻视是相互的 Homo adichtus Nature，[④]至于尊师达仰先生，他大约不曾会过塞尚，他大概不屑批评塞尚的作品，但我同时揣度他或许不能完全赞同你对他的批评。你这些还有甚么说的，既然如今塞尚，不再是一个乡里来的人，不再是 Communard 或是 Anarchist，已然是在艺术界成为典型正如布赛 Poussin[⑤]，特拉克洛洼，洛坛，米莱等一个个已然成为典型，我当然不敢不许你做第二个托尔斯泰，拓出一支巨膀

---

① Zola：左拉（1840—1902），法国作家，自然主义文学的代表人物。他的主要作品包括《小酒店》、《萌芽》、《金钱》、《娜娜》等。

② Len'évement 似有拼写错误，不详。

③ Pissarro：毕沙罗（1830—1903），法国印象派画家，主要作品有《巴黎蒙马特尔大街夜景》、《布鲁日的桥》等。

④ Homo adichtus Nature：似有拼法错误，无法翻译。

⑤ Poussin：今译普桑（1594—1665），法国画家，法国古典主义绘画奠基人，重要作品有《四季》、《圣母升天》、《台阶上的圣家族》等。

去扫掉文庙里所有的神座，但我却愿意先拜读你的《艺术论》。最后还有一句话：对不起玛蒂斯，他今天只能躲在他前辈的后背闪避你的刀锋；但幸而他的先生是你所佩服的穆罗 Moreau[①]，他在东方的伙伴或支裔又是你声言“不反对”的满谷国四郎，他今天，我知道，正在苏州玩虎邱!

四月九日写天亮

附：徐悲鸿《惑》

中国有破天荒之全国美术展览会，可云喜事，值得称贺。而最可称贺者，乃在无腮惹纳（Cézanne），马梯是（Matisse），薄奈尔（Bonnard）等无耻之作（除参考品中有一二外）。

美术之所以能安慰吾人者，乃在其自身之健全。故需一智之艺（Art savant）。若必醉心 Archaisme（简陋之原人学术），亦只可就其质而撷取其包含之善材，供吾作原料。终不当头脑简单，而返乎原始时代之生（中国之不善学北碑者亦生此病）。

法国派之大，乃在其容纳一切。如吾人虽有耳目之聪明，同时身体上亦藏有粪汁之污垢。如普吕动（Prud'hon）之高妙，安葛尔（Ingres）之华贵，特拉克罗利（Delacroix）之壮丽，毕于维史（Puvis de Chavanne）之伟大。薄奈（Bounat）爱耐（Henner）之坚卓敏锐，干连（Carrière）之漂渺虚无，达仰（Dognan-Bouveret）白司姜勒班习（Bastien-Lepage）用爱倍尔（Hebert）之精微幽深，谷洛（Corot）之逸韵，倍难尔（Bernard）之浑博，薄特理（Baudry）之清雅，吕特（Rude）之强，骆荡（Rodin）之雄，干尔波（Carpeau）之能，米莱（Millet）之

---

① Moreau：莫罗（1826—1898），法国象征主义画家，主要作品有《俄狄甫斯与斯芬克斯》、《莎乐美的舞蹈》等。

苍莽沉寂，穆耐（Monet）之奇变瑰丽，又沉着茂密如孤而倍(Courbet)，诙诡滑稽如陀绵（Daumièr），挥洒自如如穆落（Morot），便捷轻利如特茄史（Degas），神秘如穆罗（Moreau），博精动物如排理(Barye)，虽以马耐（Manet）之庸，勒怒幻（Rénoir）之俗，腮惹纳(Cèzanne）之浮，马梯是（Matisse）之劣，纵悉反对方向所有之恶性，而藉卖画商人之操纵宣传，亦能震撼一时，昭昭在人耳目。欧洲自大战以来，心理变易，美术之尊严蔽蚀，俗尚竞趋时髦。幸大奇之保存，得见昔人至德。降及今日，生存竞争益烈，无暇治及高深，是乃变象，并非进程（非谓遂无进步，顾绝非彼辈）。若吾东人尤而效之，则恰同西人欲传播中国学术于欧土，而所捆载尽系张博士竞生之书。五帝三王之史，虚无而刺探綦详黄慧如事迹，以掩饰浑体糊涂，不可笑耶。

新派中自有巨人。如毕于维史（Puvis de Chavanne），骆荡（Rodin），干连（Currière），穆耐（Monet）及尚在之倍难尔（Bernard）。又如点派之马尔当（Martin）及安茫象（Ama Geau），西蒙（Simon），勃郎雪(Berenche）亦卓绝有独造。顾最脍炙人口之美术家，多带几分商业性质。奈黄面人受 Durand Ruel（大画商）一类人愚弄，以市面上无德之 Men el，ieibl 比之 St．bats Lys．西班牙之 Lorolla，瑞典之 Forn，意大利之 Boldini，Tito，Satoris，英之 Iar gent，美国籍 Brougwyn 匈加利之 Mundatzy（皆革新不可一世之大家）之作，其名于是杳焉无闻。若吾国革命政府启其天纵之谋，伟大之计，高瞻远瞩，竟抽烟赌杂税一千万元，成立一大规模之美术馆。而收罗三五千元一幅之腮惹纳马梯是之画十大间（彼等之画一小时可作两幅），民脂民膏计，未见得就好过买来路货之吗啡海绿茵。在我徐悲鸿个人，却将披发入山，不愿再见此类卑鄙昏溃黑暗堕落也。

吾滋愿吾敬爱之中国艺人，凭吾国天赋造物之繁，有徐熙黄筌易元吉钱举舜举等大师，并与吾人以新生命工力湛深遗世独立之任伯年。不愿再见毫无真气无愿力一种 Art Cohvention[①] 之四王充塞，及外行而主画坛之吴昌老。式微式微，衰落已极。愿吾国艺术趋向光明正大之途，

---

① Art Cohvention：艺术上的传统手法。

以绍吾先人非功利（此为吾中国美术之特点，美术共同条件固在非功利，但在他国恒有求福邀功之迹，不若中国人写花鸟作山水惟抒情寄美感）之伟迹，而使一切卖买商人无所施其狡狯也（此亦过虑，但势所必然）。

志摩兄：

承再三眷念，感激万分。顾百花开放，难以同时。比来意兴都尽，其不参与盛会，并无恶意。足下之明当察及也。昨归作文一篇，谨呈教，采登与否，原所弗计；但苟登去，须校对精确，毋白字连篇，拜祷。此颂日祉。

此次布置妥当，殊见匠心，甚佩诸公贤劳。出品亦多佳作，剑父诸幅能置中间（即过几幅），亦尊重名家之意，尊意如何？

悲鸿启

南国的精神[①]

南国是国内当代唯一有生命的一种运动，我们要祝颂它。它的产生，它的活动，它的光影，都是不期然的，正如天外的群星，春野的花，是不期然的。生命，无穷尽的生命，在时代的黑暗中迸裂，迸裂成火，迸裂成花，但大都只见霎那的闪耀，依然陨灭于无际的时空。

南国至少是一个有力的彗星，初起时它也只是有无间的一点星芒，但它的光是继续生长继续明亮继续盛开，在短时期内它的扫荡的威棱已然是天空的一个异象。

南国的浪漫精神的表现——人的创造冲动为本体争自由的奋发，青年的精灵在时代的衰朽中求解放的征象。

从苦闷中见欢畅，从琐碎见一致，从穷困见精神——南国是健全的；一群面目黧黑衣着不整的朋友，一小方仅容转侧的舞台，三五人叱嗟立办的独幕剧——南国的独一性是不可错误的；天边的雁阵，海波平处的晚霞，幽谷里一泓清浅灵泉，一个流浪人思慕的歌吟，他手指下震颤着的弦索，仙人掌上俄然

① 一九二九年七月二十二日作；载一九二九年七月三十日《上海画报》第四九二期。初收一九九一年七月广西民族出版社《徐志摩全集》第四册。

擎出的奇葩——南国的情调是诗的情调，南国的音容是诗的音容。

Jugendbewegen——Jugendbewegen——①

附注：我要替南国同志向《上海画报》主撰钱芥尘先生道谢，承他的好意南国得能发刊这期的特刊，我们尤其要多谢杨吉孚先生，他最早发起这个意思并且冒着大暑天从杨树浦往回至再，都为接洽特刊的事情。

七月二十七日

① Jugendbewegen：德文，青年运动。

阿 嘤[①]

那天放在一只麻线扎口的蒲包里带回家的时候，阿嘤简直像是一只小刺猬，毛松松的拳成一堆，眼不敢向上望，也不敢叫。一天也没有听她叫，不见她跑动，你放她在什么地方她就耽着，沙发上，床上，木橙上，老是那可怜相儿的偎着，满不敢挪窝儿。结果是谁也没有夸她的。弄这么一个破猫来，又瘦，又脏，又不活动，从厨房到闺房，阿嘤初到时结不到一点人缘。尖嘴猫就会偷食，厨房说。大热天来了这脏猫满身是跳蚤的多可厌，闺房说。但老太太最耽心的是楼下客厅里窗台上放着的那只竹丝笼子里老何的小芙，她立刻吩咐说，明儿赶快得买一根长长的铁丝，把那笼子给吊了起来。吃了我的小鸟我可不答应！小芙最近就有老太太疼他。因为在楼下，老太太每天一醒过来就听得他地朝阳中发狂似的欢唱。给鸟加食换水了没有，每天她第一声开口就顾到鸟。有白菜没有，给他点儿。小芙就爱白菜在他的笼丝上嵌着。他侧着他的小脑袋，尖着嘴，亮着眼，单这望望就够快活心的。有时他撕着一块一口吞

① 载一九二九年八月二十二日《美周》第四期人体专号；又载一九九三年《香港文学》六月号。采自《香港文学》。

不下的菜叶，小嘴使劲的往上抬，脖子压得都没有了，倒像是他以为菜是滴溜得可以直着嗓子咽的。你小芙是可爱；自从那天在马路边乡下人担子上亮开嗓子逗我们带他回家以来，已经整整有六个月。谁也不如他那样的知足，啄一点清水，咬几颗小米，见到光亮就制止不住似倾泻地狂欢，直唱得听的人都愁他的小嗓子别叫炸了。他初来时最得太太的疼惜，每天管着他的吃喝洗澡晒太阳。阿秀一天挨了骂为的是忘了把他从阳台上收进来叫阵头雨给淋着了，可怜的小芙，叫雨浇得半根毛都直不起来，动着小翅膀直抖索。太太疼他且比疼人还疼得多，一点儿小鸟有什么好，倒害我挨骂，准有一天来个黄鼠狼或是野猫把他一口给吃了去的！阿秀挨了骂到厨房去不服气，就咒小芙。

近来小芙是老太太的了。所以阿嘤一进门，老太太一端详她的嘴脸就替小芙发生恐慌。这小猫是新停的奶又是这怕事相也许不至闹乱子吧，我当然回护阿嘤。

但到了第二天阿秀的报告来时我也有点不放心了。原来她下楼去一见鸟笼就跳脱了阿秀的手跑去到笼子边蹲着，小芙一见就着了慌，豁开了好久不活动的小翅膀满笼子乱扑。阿嘤更觉得好玩了，她伸出一只前脚到笼丝上去拨着玩儿，这来阿秀吓得一把抱了她直跑上楼。噢——吓得我，阿秀说。

这新闻一传到厨房，那小天井里自来水管脚边成天卖弄着步法的三个小鸭子也起了恐慌。吓，吓，他们摇着稍尾挤做一团，表示他们是弱小民族。但这话当然过于夸张阿嘤的威风。实际上她一辈子就没有发作过她的帝国主义的根性。

她第二天就大大的换了样是真的。勒粟尔的一洗把她洁白的一身毛从灰黑中救了出来，这使她增了不少的美观。嘴都不像昨儿那样尖了似的。模样儿一俊，行动也爽荡了：跳上沙发，伸一个懒腰，拱一个背，打一个呵欠，猛然一凝神，忽的又窜下了地，一溜烟不见了。再见她是在挂帘上玩把戏，一个苍蝇在她的尾尖上掠过，她舍了窗帘急转身追那小光棍，蝇子没追着，倒啃住了自个儿的尾巴。回头一玩儿倦，她就慢腾腾地漫步过来偎着太太躺下了，手一摸她的脖子她就用不放爪的前脚捧住了舔。这不由人不爱。“我也喜欢她了。”太太，本来不爱猫的，也叫阿嘤可爱的淘气给软化了。

她晚上陪着太太睡。绵似的一团窝在人的脚边。昨晚我去睡的时候，见她睡在小房间的床上，小脑袋枕着一条丝绒的围巾，匀匀的打着呼。一切都是安静的。

但今天早上发生了绝大的悲惨。老何手提着小芙的笼子，直说“完了，完了”。笼子放在楼梯边一只小桌上，笼丝上挂着三片淡金色的羽毛。笼丝也折断了两根，什么都完了，可是一点儿血迹都没有。“我说猫一进门鸟笼子就该悬中吊着不是?”老何咕哝着，仿佛有人反对过那个主意。老太太不是打前儿个就吩咐要买铁丝吊起笼子的吗?老何是太忙了，也许是太爱闲躺着，铁丝儿三天没有买，再买也来不及了。得，玩儿完!

“阿呀”，厨房里又响起一阵惊叫的声音。“我那三只鸭儿呢，怎么的不见了?”厨娘到天井去洗菜才发见那弱小民族的灾难。“好，一个芙蓉，外加三个鸭子，好大胃口，别瞧她个儿小，真可以的!”老何手捻着小芙的遗毛，嗓子都哑了。“我早知道尖嘴的一定是贼”，厨娘气红了脸心里盘算着她无端遭受的损失：买来时花了四毛半小洋，还费了多少话才讲下的价。再过两个月每只准有二斤吧，一块钱卖不到，八角钱一只总值的，三八二圆四，这损失问谁算去。况且那三条小性命，黄葱葱的一天肥似一天，生生的叫那贼猫给吃得肫肝都不剩一个，多造孽!下次再也不上当了。厨娘下回再也不上当了。

老太太听见了闹声也起床出房来问是什么事。可是这还用得着问吗?单看了老何手掌心里托着的三片黄油油的毛就够叫软心的老太太掉眼泪，还有什么问的?完了，早上醒过来他那欢迎光明的歌声，直唱得满屋子都是快活，谁听了都觉得爽气，觉得这日子是有意思的，还有他那机灵的小跳动，从这边笼丝飞扑到那边笼丝，毛彩那样美，眼珠那样亮，尤其开口唱的时候小脖下一鼓一鼓的就像是有无数精圆珠子往外流着——得，全没了，玩儿完！老太太怎样能不眼红？鸭子倒是小事，养肥了也是让人吃，到猫肚子去与到人肚子去显不了多少分别，老太太不明白厨娘为什么也要眼红，可是小芙——那多惨多美的一条小性命叫一个贪心的贼强盗给劫了去，早上的太阳都显得暗些似的。"阿秀呢?"老太太问。阿秀还睡着没有起，她昨晚睡得迟。阿秀也昏，不该把小芙放在这地方正方便贼。可怜的小芙！

老太太为公理起见再也不说话就上楼去捉贼。贼！她进小房间见阿嘤在床上睡得美美的，一发火就骂。阿嘤从甜梦中惊醒了仰头一看神情不对，眼睛里也露着慌张。"一看就知道你是贼！倒有你的，我饶了你才怪哪！"慈悲的老太太一伸手就抓住了阿嘤的领毛就带了她下楼；从老何手里要过那三片毛来给放在笼边，拿阿嘤脑袋抵笼丝叫她闻着那毛片的美味，然后腾出一支手来结实地收拾那逮着了的刑事犯。你吃，你吃！还我的小芙来！贼猫，看你小心眼倒不小，叫得多美的一只鸟被你毁了。

阿嘤急得直叫，可是她的叫实在比不上小芙的。也许是讨饶，也许是喊冤，小爪子在笼边直抓，脑袋都让打昏了。

这一闹阿秀也给惊醒了，昨晚最迟的那一个。她一下来直说"不对不对，不是她！"原来昨晚半夜里她见一只大黑猫在楼梯边亮着灯笼似的两只大眼，吓得她往屋子里躲。害命的准是那大贼，这小猫哪吃得了许多，昨儿给她一根小鸡骨头她都咬不烂哪！老太太放了手，阿嘤飞也似地逃了去。"怪不得，我说这点儿小猫会有那胃口，三个鸭子，一只鸟，又吃得那干净”，老何还是咕哝着。

回头太太给阿嘤的脖子上围上一根美美的红绒，算是给她披红的意思。小芙的破笼子还在楼下放着。

秋[①]

两年前，在北京，有一次，也是这么一个秋风生动的日子，我把一个人的感想比作落叶，从生命那树上掉下来的叶子。落叶，不错，是衰败和凋零的象征，它的情调几乎是悲哀的。但是那些在半空里飘摇，在街道上颠倒的小树叶儿，也未尝没有它们的妩媚，它们的颜色，它们的意味，在少数有心人看来，它们在这宇宙间并不是完全没有地位的。“多谢你们的摧残，使我们得到解放，得到自由。”它们仿佛对无情的秋风说。“劳驾你们了，把我们踹成粉，蹂成泥，使我们得到解脱，实现消灭，”它们又仿佛对不经心的人们这么说。因为看着，在春风回来的那一天，这叫卑微的生命的种子又会从冰封的泥土里翻成一个新鲜的世界。它们的力量，虽则是看不见，可是不容疑惑的。

我那时感着的沈闷，真是一种不可形容的沈闷。它仿佛是一座大山，我整个的生命叫它压在底下。我那时的思想简直是

---

① 约一九二九年秋作；初收一九三一年十一月上海良友图书印刷公司《秋》单行本，文前有编辑者赵家璧写的《篇前》。采自《秋》单行本，赵文附后。

毒的，我有一首诗，题目就叫《毒药》，开头的两行是——

“今天不是，我歌唱的日子，我口边涎着狞恶的冷笑，不是我说笑的日子，我胸怀间插着发冷光的刀剑；相信我，我的思想是恶毒的，因为这世界是恶毒的，我的灵魂是黑暗的，因为太阳已经灭绝了光彩，我的声调，像是坟堆里的夜枭，因为人间已经杀尽了一切的和谐，我的口音，像是冤鬼责问他的仇人，因为一切的恩已经让路给一切的怨。”

我借这一首不成形的咒诅的诗，发泄了我一腔的闷气，但我却并不绝望，并不悲观，在极深刻的沈闷的底里，我那时还模着了希望。所以我在《婴儿》——那首不成形诗的最后一节——那诗的后段，在描写一个产妇在她生产的受罪中，还能含有希望的句子。

在我那时带有预言性的想像中，我想望着一个伟大的革命。因此我在那篇《落叶》的末尾，我还有勇气来对付人生的挑战，郑重的宣告一个态度，高声的喊一声——借用两个有力量的外国字——“Everlasting yea”①。“Everlasting yea”，“Everlasting yea”。一年，一年，又过去了两年。这两年间我那时的想望有实现的没有？那伟大的《婴儿》有出世了没有？我们的受罪取得了认识与价值没有？

我不知道，我不知道。我知道的还只是那一大堆丑陋的臃肿的沈闷，厌〈压〉得瘪人的沈闷，笼盖着我的思想，我的生命。它在我的经络里，在我的血液里。我不能抵抗，我再没有力量。

我们靠着维持我们生命的不仅是面包，不仅是饭，我们靠着活命的，用一个诗人的话，是情爱，敬仰心，希望。“We

① Everlasting yea：永远的是；yea：口头表决表示同意的说法。

live by love, admiration and hope",[①] 这话又包涵一个条件，就是说这世界这人类是能承受我们的爱，值得我们的敬仰，容许我们的希望的。但现代是什么光景？人性的表现，我们看得见听得到的，倒底是怎样回事？我想我们都不是外人，用不着掩饰，实在也无从掩饰，这里没有什么人性的表现，除了丑恶，下流，黑暗。太丑恶了，我们火热的胸膛里有爱不能爱，太下流了，我们有敬仰心不能敬仰，太黑暗了，我们要希望也无从希望。太阳给天狗吃了去，我们只能在无边的黑暗中沈默着，永远的沈默着！这仿佛是经过一次强烈的地震的悲惨，思想，感情，人格，全给震成了无可收拾的断片，也不成系统，再也不得连贯，再也没有表现。但你们在这个时候要我来讲话，这使我感着一种异样的难受。难受，因为我自身的悲惨。难受，尤其因为我感到你们的邀请不止是一个寻常讲演的邀请。你们来邀我，当然不是要什么现成的主义，那我是外行，也不为什么专门的学识，那我是草包，你们明知我是一个诗人，他的家当，除了几座空中的楼阁，至多只是一颗热烈的心。你们邀我来也许在你们中间也有同我一样感到这时代的悲哀，一种不可解脱不可摆脱的况味，所以邀我这同是这悲哀沈闷中的同志来，希冀万一，可以给你们打几个幽默的比喻，说一点笑话，给一点子安慰，有这么小小的一半个时辰，彼此可以在同情的温暖中忘却了时间的冷酷。因此我踌躇，我来怕没有交代，不来又于心不安。我也曾想选几个离着实际的人生较远些的事儿来和你们谈谈，但是相信我，朋友们，这念头是枉然的，因为不论你思想的起点是星光是月是蝴蝶，只一转身，又逢着了人生的基本问题，冷森森的竖着像是几座拦路的墓碑。

不，我们躲不了它们：关于这时代人生的问号，小的，大

① 我们依靠爱情、敬仰和希望生活。

的，歪的，正的，像蝴蝶［似］的绕满了我们的周遭。正如在两年前它们逼迫我宣告一个坚决的态度，今天它们还是逼迫着要我来表示一个坚决的态度。也好，我想，这是我再来清理一次我的思想的机会。在我们完全没有能力解决人生问题时，我们只能承认失败。但我们当前的问题究竟是些什么？如其它们有力量压倒我们，我们至少也得抬起头来认一认我们敌人的面目再说。譬如医病，我们先得看清是什么病而后用药，才可以有希望治病。说我们是有病，那是无可致疑的。但病在那一部，最重要的是症候是什么，我们却不一定答得上。至少，各人有各人的答案，决不会一致的。就说这时代的烦闷，烦闷也不能凭空来的不是？它也得有种种造成它的原因，它到底是怎么回事，我们也得查个明白。换句话说，我们先得确定我们的问题，然后再试第二步的解决。也许在分析我们的病症的研究中，某种对症的医法，就会不期然的显现。我们来试试看。

说到这里，我们可以想像一班乐观派的先生们冷眼的看着我们好笑。他们笑我们无事忙，谈什么人生，谈什么根本问题，人生根本就没有问题，这都是那玄学鬼钻进了懒惰人的脑筋里在那里不相干的捣玄虚来了！做人就是做人，重在这做字上。你天性喜欢工业，你去找工程事情做去就得。你爱谈整理国故，你寻你的国故整理去就得。工作，更多的工作，是唯一的福音。把你的脑力精神一齐放在你愿意做的工作上，你就不会轻易发挥感伤主义，你就不会无病呻吟，你只要尽力去工作，什么问题都没有了。

这话初听到是又生辣又甘脆的，本来么，有什么问题，做你的工好了，何必自寻烦恼！但是你仔细一想的时候，这明白晓畅的福音还是有漏洞的。固然这时代狠多的呻吟只是懒鬼的装痛，或是虚幻的想像，但我们因此就能说这时代本来是健全的，所谓病痛所谓烦恼无非是心理作用了吗？固然当初德国有一个大诗人，他的伟大的天才使他在什么心智的活动中都找到趣味，他在科学实验室里工作得厌倦了，他就跑出来带住一个女性就发迷，西洋人说的“跌进了恋爱”；回头他又厌倦了或是失恋了，只一感到烦恼，或悲哀的压迫，他又赶快飞进了他的实验室，关上了门，也关上了他自己的感情的门，又潜心他的科学研究去了。在他，所谓工作确是一种救济，一种关栏，一种调剂，但我们怎能比得？我们一班青年感情和理智还不能分清的时候，如何能有这样伟大的克制的工夫？所以我们还得来研究我们自身的病痛，想法可能的补救。

并且这工作论是实际上不可能的。因为假如社会的组织，果然能容得我们各人从各人的心愿选定各人的工作并且有机会继续从事这部分的工作，那还不是一个黄金时代？“民各乐其业，安其生。”还有什么问题可谈的？现代是这样一个时候吗？商人能安心做他的生意，学生能安心读他的书，文学家能安心做他的文章吗？正因为这时代从思想起，什么事情都颠倒了，混乱了，所以才会发生这普通的烦闷病，所以才有问题，否则认真吃饱了饭没有事做，大家甘心自寻烦恼不成？

我们来看看我们的病症。

第一个显明的症候是混乱。一个人群社会的存在与进行是有条件的。这条件是种种体力与智力的活动的和谐的合作，在这诸种活动中的总线索，总指挥，是无形迹可寻的思想，我们简直可以说哲理的思想，它顺着时代或领着时代规定人类努力的方面〈向〉，并且在可能时给它一种解释，一种价值的估定与意义的发见。思想的一个使命，是引导人类从非意识的以至无意识的活动进化到有意识的活动，这点子意识性的认识与觉悟，是人类文化史上最光荣的一种胜利，也是最透彻的一种快乐。果然是这部分哲理的思想，统辖得住这人群社会全体的活动，这社会就上了正轨；反面说，这部分思想要是失去了它那总指挥的地位，那就坏了，种种体力和智力的活动，就随时随地有发生冲突的可能，这重心的抽去是种种不平衡现象主要的原因。现在的中国就吃亏在没有了这个重心，结果什么都豁了边，都不合式了。我们这老大国家，说也可惨，在这百年来，根本就没有思想可说。从安逸到宽松，从宽松到怠惰，从怠惰到着忙，从着忙到瞎闯，从瞎闯到混乱，这几个形容词我想可以概括近百年来中国的思想史，——简单说，它完全放弃了总指挥的地位。没有了统系，没有了目标，没有了和谐，结果是现代的中国：一团混乱。

混乱，混乱，那儿都是的。因为思想的无能，所以引起种种混乱的现象，这是一步。再从这种种的混乱，更影响到思想本体，使它也传染了这混乱。好比一个人因为身体软弱才受外感，得了种种的病，这病的蔓延又回过来销蚀病人有限的精力，使他变成更软弱了，这是第二步，经济，政治，社会，那儿不是蹊跷，那儿不是混乱？这影响到个人方面是理智与感情的不平衡，感情不受理智的节制就是意气，意气永远是浮的，浅的，无结果的；因为意气占了上风，结果是错误的活动。为了不曾辨认清楚的目标，我们的文人变成了政客，研究科学的，做了非科学的官，学生抛弃了学问的寻求，工人做了野心家的牺牲。这种种混乱现象影响到我们青年是造成烦闷心理的原因的一个。

这一个症候——混乱——又过渡到第二个症候——变态。什么是人群社会的常态？人群是感情的结合。虽则尽有好奇的思想家告诉我们人是互杀互害的，或是人的团结是基本于怕惧的本能，虽则就在有秩序上轨道的社会里，我们也看得见恶性的表现，我们还是相信社会的纪纲是靠着积极的情感来维系的。这是说在一常态社会的天平上，情爱的分量一定超过仇恨的分量，互助的精神一定超过互害互杀的现象，但在一个社会没有了负有指导使命的思想的中心的情形之下，种种离奇的变态的现象，都是可能产生的了。

一个社会不能供给正当的职业时，它即使有严厉的法令，也不能禁止盗匪的横行。一个社会不能保障安全，奖励恒业恒心，结果原来正当的商人，都变成了拿妻子生命财产来做买空卖空的投机家。我们只要翻开我们的日报，就可以知道这现代的社会是常态是变态。拢统一点说，他们现在只有两个阶级可分，一个是执行恐怖的主体，强盗，军队，土匪，绑匪，政客，野心的政治家，所有得势的投机家都是的，他们实行的，不论明的暗的，直接间接都是一种恐怖主义。还有一个是被恐怖的。前一阶级永远拿着杀人的利器或是类似的东西在威吓着，压迫着，要求满足他们的私欲，后一阶级永远是在地上爬着，发着抖，喊救命，这不是变态吗？这变态的现象表现在思想上就是种种荒谬的主义离奇的主张。拢统说，我们现在听得见的主义主张，除了平庸不足道的，大都是计算领着我们向死路上走的。这不是变态吗？

这种种变态现象影响到我们青年，又是造成烦闷心理的原因的一个。

这混乱与变态的观众又协同造成了第三种的现象——一切标准的颠倒。人类的生活的条件，不仅仅是衣食住；“人之异于禽兽者几希”，我们一讲到人道，就不能脱离相当的道德观念。这比是无形的空气，他的清鲜是我们健康生活的必要条件。我们不能没有理想，没有信念，我们真生命的寄托决不在单纯的衣食间。我们崇拜英雄——广义的英雄——因为在他们事业上所表现的品性里，我们可以感到精神的满足与灵感，鼓励我们更高尚的天性，勇敢的发挥人道的伟大。你崇拜你的爱人，因为她代表的是女性的美德。你崇拜当代的政治家，因为他们代表的是无私心的努力。你崇拜思想家，因为他们代表的是寻求真理的勇敢。这崇拜的涵义就是标准。时代的风尚尽管变迁，但道义的标准是永远不动摇的。这些道义的准则，我们问时代要求的是随时给我们这些道义准则的一个具体的表现。仿佛是在渺茫的人生道上给悬着几颗照路的明星。但现代给我们的是什么？我们何尝没有热烈的崇拜心？我们何尝不在这一件事那一件事上，或是这一个人物那一个人物的身上安放过我们迫切的期望。但是，但是，还用我说吗！有那一件事不使我们重大的迷惑，失望，悲伤？说到人的方面，那有比普遍的人格的破产更可悲悼的？在不知那一种魔鬼主义的秋风里，我们眼见我们心目中的偶像像败叶似的一个个全掉了下来！眼见一个个道义的标准，都叫丑恶的人性给沾上了不可清洗的污秽！标准是没有了的。这种种道德方面人格方面颠倒的现象，影响到我们青年，又是造成烦闷心理的原因的一个。

跟着这种种症候还有一个惊心的现象，是一般创作活动的消沈，这也是当然的结果。因为文艺创作活动的条件是和平有秩序的社会状态，常态的生活，以及理想主义的根据。我们现在却只有混乱，变态，以及精神生活的破产。这仿佛是拿毒药放进了人生的泉源，从这里流出来的思想，那还有什么真善美的表现？

这时代病的症候是说不尽的，这是最复杂的一种病，但单就我们上面说到的几点看来，我们似乎已经可以采得一点消息，至少我个人是这么想。——那一点消息就是生命的枯窘，或是活力的衰耗。我们所以得病是为我们生活的组织上缺少了思想的重心，它的使命是领导与指挥。但这又为什么呢？我的解释，是我们这民族已经到了一个活力枯窘的时期。生命之流的本身，已经是近于干涸了；再加之我们现得的病，又是直接尅伐生命本体的致命症候，我们怎样能受得住？这话可又讲远了，但又不能不从本原上讲起。我们第一要记得我们这民族是老得不堪的一个民族。我们知道什么东西都有它天限的寿命；一种树只能青多少年，过了这期限就得衰，一种花也只能开几度花，过此就为死（虽则从另一个看法，它们都是永生的，因为它们本身虽得死，它们的种子还是有机会继续发长）。我们这棵树在人类的树林里，已经算得是寿命极长的了。我们的血统比较又是纯粹的，就连我们的近邻西藏满蒙的民族都等于不和我们混合。还有一个特点是我们历来因为四民制的结果，士之子恒为士，商之子恒为商，思想这任务完全为士民阶级的专利，又因为经济制度的关系，活力最充足的农民简直没有机会读书，因此士民阶级形成了一种孤单的地位。我们要知道知识是一种堕落，尤其从活力的观点看，这士民阶级是特别堕落的一个阶级，再加之我们旧教育观念的偏窄，单就知识论，我们思想本能活动的范围简直是荒谬的狭小。我们只有几本书，一套无生命的陈腐的文字，是我们唯一的工具。这情形就比是本来是一个海湾，和大海是相通的，但后来因为沙地的胀起，这一湾水渐渐的隔离它所从来的海，而变成了湖。这湖原先也许还承受得着几股山水的来源，但后来又经过陵谷的变迁，这部分的来源也断绝了，结果这湖又干成一只小潭，乃至一小潭的止水，胀满了青苔与萍梗，纯〈钝〉迟迟的眼看得见就可以完全干涸了去的一个东西。这是我们受教育的士民阶级的相仿情形。现在所谓智识阶级亦无非是这潭死水里比较泥草松动些风来还多少吹得绉的一洼臭水，别瞧它矜矜自喜，可怜它能有多少前程？还能有多少生命？

所以我们这病，虽则症候不止一种，虽然看来复杂，归根只是中医所谓气血两亏的一种本原病。我们现在所感觉的烦闷，也只见沈浸在这一洼离死不远的臭水里的气闷，还有什么可说的？水因为不流所以滋生了水草，这水草的涨性，又帮助浸干这有限的水。同样的，我们的活力因为断绝了来源，所以发生了种种本原性的病症，这些病又回过来侵蚀本原，帮助消尽这点仅存的活力。

病性既是如此，那不是完全绝望了吗？

那也不能这么容易。一棵大树的凋零，一个民族的衰歇，决不是一朝一夕的事儿。我们当然还是要命。只是怎么要法，是我们的问题。我说过我们的病根是在失去了思想的重心，那又是原因于活力的单薄。在事实上，我们这读书阶级形成了一种极孤单的状况，一来因为阶级关系它和民族里活力最充足的农民阶级完全隔绝了，二来因为畸形教育以及社会的风尚的结果，它在生活方面是极端的城市化，腐化，奢侈化，惰化，完全脱离了大自然健全的影响变成自蚀的一种蛀虫。在智力活动方面，只偏向于纤巧的浅薄的诡辨的乃至于程式化的一道，再没有创造的力量的表示，渐次的完全失去了它自身的尊严以及统辖领导全社会活动的无上的权威。这一没有了统帅，种种紊乱的现象就都跟着来了。

这畸形的发展是值得寻味的。一方面你有你的读书阶级，中了过度文明的毒，一天一天望腐化僵化的方向走，但你却不能否认它智力的发达，只因为道义标准的颠倒以及理想主义的缺乏，它的活动也全不是在正理上。就说这一堂的翩翩年少——尤其是文化最发旺的江浙的青年，十个里有九个是弱不禁风的。但问题还不全在体力的单薄，尤其是智力活动本身是有了病，它只有毒性的戟刺，没有健全的来源，没有天然的资养。纤巧的新奇的思想不是我们需要的，我们要的是从丰满的生命与强健的活力里流露出来纯正的健全的思想，那才是有力量的思想。

同时我们再看看占我们民族十分之八九的农民阶级。他们生活的简单，脑筋的简单，感情的简单，意识的疏浅，文化的定住〈落后〉，几于使他们形成一种仅仅有生物作用的人类。

他们的肌肉是发达的，他们是能工作的，但因为教育的不普及，他们智力的活动简直的没有机会，结果按照生物学的公例，因无用而退化，他们的脑筋简直不行的了。乡下的孩子当然比城市的孩子不灵，粗人的子弟当然比不上书香人的子弟，这是一定的。但我们现在为救这文化的性命，非得赶快就有健全的活力来补充我们受足了过度文明的毒的读书阶级不可。也有人说这读书阶级是不可救药的了，希望如其有，是在我们民族里还未经开化的农民阶级。我的意思是我们应得利用这部分未开凿的精力来补充我们开凿过分的士民阶级。讲到实施，第一得先打破这无形的阶级界限以及省分界限，通婚和婚是必要的，比较的说，广东湖南乃至北方人比江浙人健全的多，乡下人比城里人健全得多，所以江浙人和北方人非得尽量的通婚，城市人非得与农人尽量的通婚不可。但是这话说着容易，实际上是极困难的。讲到结婚，谁愿意放弃自身的艳福，为的是渺茫的民族的前途上，那一个翩翩的少年甘心放着窈窕风流的江南女郎不要，而去乡村里找粗蠢的大姑娘作配，谁肯不就近结识血统逼近的姨妹表妹乃至于同学妹，而肯远去异乡到口音不相通的外省人中间去寻配偶？这是难的我知道。但希望并不见完全没有——这希望完全是在教育上。第一我们得赶快认清这时代病无非是一种本原病，什么混乱的变态的现象，都无非显示生命的缺乏，这种种病，又都就是直接尅伐生命的，所以我们为要文化与思想的健全，不能不想方法开通路子，使这几洼孤立的呆定的死水重复得到天然泉水的接济，重复灵活起来，一切的障碍与淤塞自然会得消灭——思想非得直接从生命的本体里热烈的进裂出来才有力量，才是力量。这过度文明的人种非得带它回到生命的本源上去不可，它非得重新生过根不可。按着这个目标，我们在教育上就不能不极力推广教育的机会到健全的农民阶级里去，同时奖励阶级间的通婚。假如国家的力量可以干涉到个人婚姻的话，我们尽可以用强迫的方法叫你们这些翩翩的少年都去娶乡下大姑娘子，而同时把我们窈窕风流的女郎去嫁给农民做媳妇。况且谁知道，我们现在择偶的标准本身就是不健全的。女人要嫁给金钱，奢侈，虚荣，女性的男子；男人的口味也是同样的不妥当。什么都是不健全的，喔，这毒气充塞的文明社会！在我们理想实现的那一天，我们这文化如其有救的话，将来的青年男女一定可以兼有士民与农民的特长，体力与智力得到均平的发展，从这类健全的生命树上，我们可以盼望吃得着美丽鲜甜的思想的果子！

至于我们个人方面，我也有一部分的意见，只是今天时光局促了怕没有机会发挥，但总结一句话，我们要认清我们是什么病，这病毒是在我们一个个你我的身体上，血液里，无容讳言的，只要我们不认错了病多少总有办法。我的意见是要多多接近自然，因为自然是健全的纯正的影响，这里面有无穷尽性灵的资养与启发与灵感。这完全靠我们个个〈人〉自觉的修养。我们先得要立志不做时代和时光的奴隶，我们要做我们思想和生命的主人，这暂时的沈闷决不能压倒我们的理想，我们正应得感谢这深刻的沈闷，因为在这里，我们才感悟着一些自度的消息，如我方才说的，我们还是得努力，我们还是得坚持，我们的态度是积极的。正如我两年前《落叶》的结束是喊一声，“Everlasting yea”，我今天还是要你们跟着我来喊一声“Everlasting yea”！

附：赵家璧《篇前》

预告了好久的《秋》，今天终于出版了。只可怜《秋》的作者早不在这丑恶的人间，而已长了翅膀，向无边的宇宙里，自由的翱翔去寻求他的快乐去了。

在这样的一个时代里，我们中华国民，真是万事“豁了边”，这混乱的局面，到近几天来，已渐渐上升于峰点，志摩生前，就在替我们这一族担忧，他就觉到最危险的，是近百年来，中国人民失了中心的信仰，没落了一个握住生活重心的思想，这一个缺点，看到目前国内上下陷于“无办法”的混乱中，更觉得这位诗人的话是不差的。

志摩死了，将来中国文艺界上也许有为他作传记的人，我的那篇《写给飞去了的志摩》，可供给他一些宝贵的材料。志摩在光华教了四年书，他自己也感得与他曾发生过深切的感情，而我那篇文字，十九是完全依据事实，不加半分臆造的。

志摩的《秋》，是前年在暨南大学的讲演稿，从未在社会刊物上发表过，这是一篇极美的散文，也可说是他对于中国思想界发表的一点切实可取的意见。原稿在今夏交给我，原题为《秋声》，他说声字不要它，因而成了现在的书名。书后附的英文翡冷翠日记，是最可宝贵的遗作。他的几部日记，完全在济南殉葬，这里几页，是在光华执教时一度录下而发表于学校刊物上者，除了这些以外，其他几千行用心血织成的日记，已完全在党家庄化做了黑蝴蝶，向天空里找寻他主人去了。要是这几本日记留在人间，怕比他所有的著作更值得宝贵呢！啊，我的志摩！

《中国韵文名著选本》编纂办法[①]

我们想编纂一部中国韵文名著选本的丛书，每册选一个作家的诗或词，或文学史上一个时期的诗或词，用现代眼光来选择，用新格式来写录，精校精印，廉价发行。我们希望借此可以使国人对于古今韵文生一点新兴趣，得一点新了解。我们拟出几条编纂的方法，请各位朋友指教并帮助。

一，每册约有一百首诗或词。

二，诗词部分段分行，并加标点。

三，遇必要时，酌加注释。

四，每册有引论一篇，略述作者生平，他的作风，及编者选择的意旨。引论约以三千字到六千字为度。

五，每部酌送编辑费五十元至八十元，版权归新月书店。

---

① 一九二九年冬作，未正式发表；署名胡适、徐志摩；初载张寿林《追怀志摩》文中，文刊一九三一年十二月十四日《晨报》学园副刊；又收入一九九二年七月百花文艺出版社《朋友心中的徐志摩》。

一九三〇年

徐志摩散文全编

A Collection of Prose of Xu Zhimo

PROSE

《轮盘》自序[①]

在这集子里，《春痕》，原名《一个不狠重要的回想》，是登一九二三年的《努力周报》的，故事里的主人翁是在辽东惨死的林宗孟先生。《一个清清的早上》和《船上》曾载《现代评论》；《两姊妹》，《老李的惨史》，见《小说月报》。《肉艳的巴黎》即《巴黎的鳞爪》的一则；见《晨报副刊》。《轮盘》不曾发表过。其余的几篇都登过《新月》月刊。

我实在不会写小说，虽则我狠想学写。我这路笔，也不知怎么的，就许直着写，没有曲折，也少有变化。恐怕我一辈子也写不成一篇如愿的小说，我说如愿因为我常常想像一篇完全的小说，像一首完全的抒情诗，有它特具的生动的气韵，精密的结构，灵异的闪光，我念过佛洛贝尔，我佩服。我念过康赖特，我觉得兴奋。我念过契诃甫曼殊斐儿，我神往。我念过胡尔佛夫人，我拜倒。我也用同样眼光念司德莱睿（Lytton

① 署名志摩；没有单篇发表，初收一九三〇年四月上海中华书局《轮盘》。采自《轮盘》。

Strachey)[①]，梅耐尔夫人（Mrs. Alice Meynell）[②]，山潭野衲（George Santayana）[③] 乔治马（George Moore）[④] 赫孙（W. H. Hudson）[⑤] 等的散文，我没有得话说。看，这些大家的作品，我自己对自己说，“这才是文章！文章是要这样写的：完美的字句表达完美的意境。高抑列奇界说诗是 Best words in best order[⑥]。但那样的散文何尝不是 Best words in best order，他们把散文做成一种独立的艺术。他们是魔术家。在他们的笔下，没有一个字不是活的。他们能使古奥的字变成新鲜，粗俗的雅驯，生硬的灵动。这是什么秘密？除非你也同他们似的能从文字里创造有生命的艺术，趁早别多造孽。”

但孽是造定的了！明知是糟蹋文字，明知写下来的几乎全都是 Still-born[⑦] 还得厚脸来献丑。我只有一句自解的话。除了天赋的限度是事实无可勉强，我敢说我确是有愿心想把文章当文章写的一个人。至于怎么样写才能合时宜，才能博得读者的欢心的一类念头，我从不曾想到过。这也许也是我的限度的一宗。在这一点上，我期望我自己能永远倔强：

---

① Lytton Strachey：今译斯特雷奇（1880—1932），英国传记作家、评论家，代表作为《维多利亚女王传》和《维多利亚女王时代四名人传》。

② Mrs. Alice Meynell：今译梅内尔夫人（1847—1922），英国诗人、散文家，作品有诗集《序曲》等。

③ George Santayana：今译桑塔雅那（1863—1952），西班牙哲学家、文学家。著作有《理性生活》、《存在的领域》、小说《最后的清教徒》等。

④ George Moore：穆尔（1852—1933），爱尔兰小说家，将自然主义笔法引入英国小说，主要作品有小说《埃斯特·沃特斯》和自传体小说《欢呼与告别》三部曲等。

⑤ Hudson：赫得逊（1841—1922），出生于阿根廷的布宜诺斯艾利斯，父母为英国裔的美国人，1874 年起定居于伦敦。一生写作了大量小说和关于鸟类学的故事与文章，作品有小说《绿色宅邸》等。

⑥ Best words in best order：最好秩序的最好辞藻。

⑦ Still-born：死产儿。

“我不知道风
是在那一个方向吹”……

这册小书我敬献给我的好友通伯和叔华。

志摩十八年五月

笔会缘起[①]

“笔会”是我们给“P.E.N.”[②] 在中国的译名。P.E.N.是一九二一年道生司各德夫人（Mrs.Dawson－Scott）[③] 在伦敦发起的一个作家聚餐会。但在这几年内它已经扩大成为一个国际作家的联合会。目下加入的国度有三十多个，已经设立分会的都市有四十多个。从奥斯洛到罗马，纽约到旧金山，伦敦到里加及赫尔洵福市，从蒙德里奥到蒲爱诺斯哀衣雷市，从日内瓦到南非，现在再加上我们中国，这笔会的所在地已经蛛网似的织满了全球。作家所包括的有诗人、剧曲家、编辑家、散文家，以及小说家，宽一点说，凡是以文字为职业而已得相当地位的都有被选入会的资格。

这会在发起时的本意，是给在伦敦与到伦敦的文学作家们一个联欢的机会，它唯一的举动是每月一次的聚餐，但不久它发见到可做的事项不仅是这一点，虽则关于最初特别声明过不

① 约一九三〇年五月作；初收一九八三年十月商务印书馆香港分馆《徐志摩全集》第三册。

② P.E.N.：国际笔会。即 International Association of Poets, Playwrights, Editors, Essayists, and Novelists 的缩写。

③ Mrs.Dawson－Scott：道森·斯各特夫人，生平不详。

涉政治或任何宣传的宗旨到如今还是遵守着。它在欧洲的成绩第一是打破国际的政治的界限，在欧战的余波还不曾平靖以前，德奥的作家早已经由笔会的中介和协约国的作家在一堂聚首了。

笔会会员最显著的利益，是一个作家做了一个分会的会员，同时即取得了全世界各地分会的会员资格，因而他在国外旅行时可以得到种种的利便；可以经由各分会的介绍结识别国里的文学作家。

但笔会还有它的更大的任务，更大的目的。在比京举行的那次年会通过了几条重要的决议：

一、文学的起源虽有国别，但它本身却不知有国界，国际上或政治上许不免有纠纷，文学作品应得照常流行各国之间。

二、在任何情况下，尤其在战争期内，艺术作品既为人类的共业，不当感受政治的或民族的热情的毁坏。

三、笔会的同人应得善用他们的势力，来求实现民族间相互的了解与尊敬。

以上是关于笔会的一些梗概，它从成立以来还不到十年，但它已经发见了不少可做的有用与重要的事，前途尽有更扩大的希冀。我们现在发起组织中国笔会的一个显明的意思，当然是借此我们的作家可以与全世界的作家有一个友谊的联络，并且享到因此得来的种种利便，但我们同时还有一个也许更深切一些的意思，那就是我们看了近年来国内文学界的分裂又分裂，乃至相与敌对相与寻仇的现象，觉得有些寒心，这笔会的组织，或许可以造成一个中性的调剂的势力，所谓各系各派间的成见与误解或许可以由此消灭，更正确的文学的任务或许可以由此提醒。我们但须一看各地笔会的会员录以及笔会的报告，即可以知道笔会的功用：在他的会席上不仅联坐着德奥与法比的作家（在欧战嫌隙尚未消解时），同时欣然相聚首的有在主张上绝不一致的作家。亨利巴比塞不是颇左的一位作家吗？他是笔会的会员。高尔基不是年老而不“落伍”的一个作家吗？他是笔会的会员。在英国萧伯纳与威尔思不是在时代思想的前面站着的吗？他们和保守的或“右”翼的作家一样欣欣的加入笔会的活动。这些例子应得使我们所谓各派的作家放宽一些度量，让我们至少在这一件事上彼此不时有一个友谊的聚晤的机会，至少在这一件事上彼此可以把一切的“不同”和“差异”暂时放在一边。这样也许可以节省许多在彼此无谓的斗争中的一些精力，移向更近人情的事业不更好吗？欧战时双方对垒的兵士在休息期内时常各自爬出濠沟，彼此交换着礼物，划着火柴一起吸烟，伙伴似的，弟兄似的说着话，虽则在下一点钟他们或许受长官的指挥拿无情的炮火来彼此残毁！一个诗人在他的一首诗里写一只迷了路的鸟，飞到地狱里去唱他的歌，这歌声不但使在黑暗的囚禁中的鬼魂都记起了生前的光亮与风景，并且还有：

Some one there stole forth
A hand to draw a brother to his side.①

我们这些日子只感觉到在我们周围黑暗与恐怖一天浓密似一天！这前途尽着去能有光亮吗？难道真的非得一切都陷入了黑暗才能省悟光亮的可贵吗？非得到仇恨与怨毒像剑戟似的插满了人道的营垒才能发生彼此原是同根的觉悟吗？那时候是太迟了。

现在我们下面列名的发起笔会的中国分会，谦卑的，诚恳的，邀请国内的作家加入。

---

① 有人偷偷地伸出一只手，把一位兄弟拉到自己的身边。

一个诗人[①]

我的猫，她是美丽与壮健的化身，今夜坐对着新生的发珠光的炉火，似乎在讶异这温暖的来处的神奇。我想她是倦了的，但她还不舍得就此窝下去闭上眼睡，真可爱是这一旺的红艳。她蹲在她的后腿上，两支前腿静穆的站着，像是古希腊庙楹前的石柱，微昂着头，露出一片纯白的胸膛，像是西比利亚的雪野。她有时也低头去舐她的毛片，她那小红舌灵动得如同一剪火焰。但过了好多时她还是壮直的坐望着火。我不知道她在想些什么，但我想她，这时候至少，决不在想她早上的一碟奶，或是暗房里的耗子，也决不会想到屋顶上去作浪漫的巡游，因为春时已经不在。我敢说，我不迟疑的替她说，她是在全神的看，在欣赏，在惊奇这室内新来的奇妙——火的光在她的眼里闪动，热在她的身上流布，如同一个诗人在静观一个秋林的晚照。我的猫，这一晌至少，是一个诗人，一个纯粹的诗人。

---

① 载一九三〇年六月《声色》创刊号；初收一九九五年八月上海书店《徐志摩全集》第八册。

《五言飞鸟集》序[①]

《飞鸟》（The Stray Birds）本是泰戈尔先生一集英译小诗的题名。郑振铎先生从泰戈尔先生的几本英译诗集里，采译了三百多首，书名就叫《飞鸟集》。他的语体是直译。姚茫父先生又把郑译的飞鸟集的每一首或每一节译成（该说演吧）长短不一致的五言诗，书名叫《五言飞鸟集》就是现在这集子。这是不但文言而且是古体译的当代外国诗。

这是极妙的一段文学因缘。郑先生看英文，不看彭加利文。姚先生连英文都不看。那年泰戈尔先生和姚先生见面时，这两位诗人，相视而笑，把彼此的忻慕都放在心里。泰戈尔先生把姚先生的画带回到山梯尼克登去，陈列在他们的美术馆里，姚先生在他的“莲花寺”里，闲暇的演我们印度诗人的“飞鸟”。

姚先生不幸已经作古，不及见到这集子的印成，这是可致憾的，因为他去年曾经一再写信给我问到这件事。我最后一次

① 这是作者为姚华（茫父）《五言飞鸟集》写的序；一九三〇年八月作；该书一九三一年一月中华书局出版。采自《贵阳文史资料》第十八辑（一九八六年）。

见姚先生是一九二六年的夏天，在他得了半身不遂症以后。我不能忘记那一面。他在他的书斋里危然的坐着，桌上放着各种的颜色，他才作了画。我说："茫父先生，你身体复原了吗?""病是好了，"他说，"只是只有半边身子是活的了。""既然如此，"我说，"你还要劳着画画吗?"他忽然瞪了大眼提高了声音，使着他的贵州腔喊说："没法子呀，要吃饭没法子呀!"我只能点着头，心里感着难受。

虽则他的成就也许不易说到一个大字，茫父先生在他的诗里，如同在他的画里，都有他独辟的意境。贵阳一带山水的奇特与瑰丽，本不是我们只见到平常培塿的江南人所能想像；茫父先生下笔的胆量正如他的运思的巧妙，他可以不断的给你惊奇与讶喜。山抱着山，他还到山外去插山，红的、蓝的、青的、黄的，像是看山老人，"醉归扶路"时的满头花。水绕着水，他还到水外去写水，帆影高接着天，芦苇在风前吹弄着音调。一枝花，一根藤，几件平常的静物，一块题字，他可以安排出种种绝妙的姿态。茫父先生的心是玲珑的。

至于他的译诗，我们当然不能责望他对于原作的正确。他的方法是把郑译的散体改造成五言的韵文，有时剪裁，有时引申，在他以为大致不错就是。在他比较成功的时候，也有颇流丽、清新的句子。例如：

萤火煽秋夜　零乱不成行
众星未相忌　一样是幽光
曜时天上星　缀时花头露
星沉露亦稀　向晓花如诉
缠绵岸语水　一逝吾何寻
愿留将去迹　深深印予心
幽沉黑夜里　密密锁如囊

其中有黎明　豁然见金光
心趁微风生　便挂片帆去
不管何处行　但逢碧岛住
花睡正未醒　朦胧软红里
一一寻蝶路　尔梦应可喜
独觉黑夜美　其美无人知
恰如所欢来　正当灯灭时
人情鸥与波　相遇既相狎
鸥飞波更落　离合成一霎
无住海潮音　日夜作疑语
问天何言答　默默与终古

像这类的愉快是不胜举的。同时他当然也不免有拙与晦的时候，尤其是晦，因为在了解不能完全时，一个译者往往容易有模棱的文字来勉强对付过去。但姚先生这样译泰戈尔先生诗是完全可以原恕的，如其我们可以原恕大部分佛经的译法。

顺便我想关于泰戈尔先生的诗说一句话。我曾经有幸运和这当代的大诗人共同过晨夕，我知道他的日常的生活，我也知道他的工作的常态。每天天正放亮时他就起身，在晨星的青光里他静静的坐着。他不祷告；他只把他的身心交付给大自然的神秘，他的心灵，正如他的苍皓的须发和他校园里的 shafal 的满树的花，在晓风里幽微的欣快的颤动着。他听见海的嘶鸣，他就轻轻的问它在问些什么；他又望见天的高深与沉默，他就说这就是你的答话吗？曾经有多少次我在他身旁，见他睁开他的半拢着眼，微笑着谈话似的指点着跟前的事物，多甜多软的声音——啊，他随手拈来的都是妙谛，都是我们凡夫们枉然想象的不朽的名句！“这天，”他一天在汤山时对我说：“这天的蓝想望着地的绿，风在他们中间叹息着啊！”如其这不是诗，我不知道什么是诗。他的诗的人格是和谐而完美的。像是一颗古树，他的顶颠是高耸在云中，他的根脚深入在地里。他是不可比拟的。

就是从那一点灵机，判出诗的真伪。风吹着树，树叶子摇；风吹着水，水面上发生涟漪；早阳在东陲升起，鸟雀们感到忻快，萤火在荒野里自己照着路；明月无声将它的绿的光辉寄放在睡孩的咽喉间。这些都是自然的会合，自然的感应，没有假借，也无从勉强的。泰戈尔大部分的诗作就是那样来的，他是一张琴弦调正了的琴，有轻微的吹息，他那里就有微妙的音声。

文字只有在诗人的手里是活的。这意思是只有诗人才能用文字来解脱文字。文字本是一种多少的障碍，一种不完全的工具。诗人就能使那一重障碍微薄得像一层轻纱，他使你不但在一瞥间望得见实在世界（那就是理想的世界）的本真，他还渲上一些他的人格的颜色，像晚霞在雪地里渲出使人心醉的彩色。因此关于他的翻译是分外的难。难不在文字，而在你译的人能否完全的体会到他那时的一点极微妙但极真实的灵机。你能完全得到时，你自会“解化的”来运用你的文字；否则你如果仅仅在字面上寻求，那就等于在暗中摸索，那一点子你是捉不到的了。他在他的最近的《萤火集》里说：

如同树上的叶子，
我脱落我的字句在地上，
让我的不出口的思想在你的沉默中开花。

他又说：

在沉默的声音接触我的字句时，

我认识他，因此我认识我自己。

我可以继续举引他的诗句，但我得等另一个机会再来更亲切的讨论关于泰戈尔的诗以及因他的诗所引起的有趣味的问题了。

民国十九年八月

《诗刊》序语[①]

我们在《新月》月刊的预告中曾经提到前五年载在北京《晨报副镌》上的十一期诗刊。那刊物，我们得认是现在这份的前身。在那时候也不知那来的一阵风忽然吹旺了少数朋友研求诗艺的热，虽则为时也不过三两个月，但那一点子精神，真而纯粹，实在而不浮夸，是值得纪念的。现在我们这少数朋友，隔了这五六年，重复感到"以诗会友"的兴趣，想再来一次集合的研求。因为我们有共同的信点。

第一我们共信（新）诗是有前途的；同时我们知道这前途不是容易与平坦，得凭狠多人共力去开拓。

其次我们共信诗是一个时代最不可错误的声音，由此我们可以听出民族精神的充实抑空虚，华贵抑卑琐，旺盛抑销沉。一个少年人偶尔的抒情的颤动竟许影响到人类的终古的情绪；一支不经意的歌曲，竟许可以开成千百万人热情的鲜花，绽出瑰丽的英雄的果实。

① 这是作者为《诗刊》第一期写的序语；一九三〇年十二月二十八日作；载一九三一年一月二十日《诗刊》第一期，原题《序语》，署名志摩；初收一九八〇年台湾时报文化出版事业有限公司《徐志摩诗文补遗》。采自《诗刊》，改今题。

更次我们共信诗是一种艺术。艺术精进的秘密当然是每一个天才不依傍的致力，各自翻出光荣的创例，但有时集合的纯理的探讨与更高的技术的寻求，乃至根据于私交的风尚的兴起，往往可以发生一种殊特的动力，使这一种或那一种艺术更意识的安上坚强的基筑，这类情形在文艺史上可以见到狠多。

因此我们这少数天生爱好，与希望认识诗的朋友，想斗胆在功利气息最浓重的地处与时日，结起一个小小的诗坛，谦卑的邀请国内的志同者的参加，希冀早晚可以放露一点小小的光。小，但一直的向上；小，但不是狂暴的风所能吹熄。我们记得古希阿加孟龙王战胜的消息传归时，帕南苏斯群山的山顶一致点起燎天的烽火，照出群岛间的雄涛在莽苍的欢舞。我们对着晦盲的未来，岂不也应有同样光明的指望？

我们欣幸我们五年前的旧侣，重复在此聚首，除了远在北地未及加入的几个；我们更欣幸的是我们又多了新来的伙伴，他们的英爽的朝气给了我们不少的鼓舞。但我们同时不能不枨触的记起在这几年内我们已经折损了两个最有光彩的诗友，那就是湖南刘梦苇与浙江杨子惠；我们共同祷祝他们诗魂的永安。

本期稿件的征集是梦家、洵美、志摩的力量居多；编选是大雨、洵美、志摩负责的；封面图案与大体设计是要感谢张光宇、振宇昆仲与洵美；校对梦家与萧克木君。我们尤其得致谢不少投稿的朋友，希望他们以后给我们更多的帮助。割爱是不可避免的事实，我们敬求雅意的恕谅。

关于稿件，我们要说"奇迹"是一多《三年不鸣，一鸣惊人》的奇迹；大雨的三首商籁是一个重要的贡献！这竟许从此奠定了一种新的诗体；李惟建的两首《商籁》是他的《祈祷》全部都七十首里选录的；梦家与玮德的唱和是难能的一时的热情的奔放；实秋的论诗小札是本期惟一的论文，这位批评家的见地是从来不容忽略的。

志摩僭拟　十二月二十八日

一九三一年

徐志摩散文全编

A Collection of Prose of Xu Zhimo

PROSE

《诗刊》前言[①]

《诗刊》的印行本是少数朋友的兴会所引起；说实话我们当时竟连能否继续一点都未敢自信。但自诗刊出版以来，我们这点子贡献似乎颇得到读者们一些同情的注意，这使我们意外的感到欣幸，并且因而自勉。同时稿件方面，就本期披露的说，新加入的朋友有卞之琳林徽音尺棰宗白华曹葆华孙洵侯诸位，虽则我们致憾于闻朱饶诸位不曾有新作送来。最难得的是梁宗岱先生从柏林赶来论诗的一通长函，他的词意的谨严是近今所仅见。

大雨的《自己的写照》，是他的一首一千行长诗的一部，我们请求他先在本期发表。这二百多行诗我个人认为十年来（这就是说自有新诗以来）最精心结构的诗作。第一他的概念先就阔大，用整个纽约的城的风光形态来托出一个现代人的错综的意识，这须要的不仅是情感的深厚与观照的严密，虽则我们不曾见到全部，未能下精审的按语，但单看这起势，作者的

① 这是作者为《诗刊》第二期写的前言；一九三一年四月三十日作；载一九三一年四月二十日《诗刊》第二期，原题《前言》，署名志摩；初收一九八〇年台湾时报文化出版事业有限公司《徐志摩诗文补遗》。采自《诗刊》，改今题。

笔力的雄浑与气魄的莽苍已足使我们浅尝者惊讶。我们热诚的期望他的全诗能早日完成，庶几我们至少有一篇新诗可以时常不颜汗的提到。

同时大雨的商籁体的比较的成功已然引起不少响应的尝试。梁实秋先生虽则说“用中文写Sonnet[①] 永远写不像”，我却以为这种以及别种同性质的尝试，在不是仅学皮毛的手里，正是我们钩寻中国语言的柔韧性乃至探检语体文的浑成，致密，以及别一种单纯“字的音乐”（Word-music）的可能性的较为方便的一条路：方便，因为我们有欧美诗作我们的向导和准则。

现在已经有人担忧到中国文学的特性的消失。他们说，“你们这种尝试固然也未始没有趣味，并且按照你们自己立下的标准竟许有颇像样的东西，但你们不想想如果一直这样子下去，与外国文学竟许可以近似，但与你们自己这份家产的一点精神不是相离日远了吗？你们也许走近了丹德歌德或是别的什么德，但你们怎样对得住你们的屈原陶潜李白？”

因此原来跟着“维新”的人，有不少都感到神明内疚，有的竟已回头去填他们的五言七言，长令短令，有的看到较生硬的欧化的语句引为讪笑的谈助，自己也就格外的往谨慎一边走。

看情形我们是像到了一个分歧的路口——你向那一边走？

但这问题容易说远了去，不久许有别的机会来作更翔实的讨论，在此不过顺便说到罢了。我个人的感觉是在文学上的革命正如在政治上透彻是第一义；最可惜亦最无聊是走了半路就顾忌到这样那样想回头，结果这场辛苦等于白费。就平常闲着想，总觉得这时代的解放没有一宗是说得上告段落的，且不说

① Sonnet：十四行诗。

彻底。我们都还是在时代的振荡中胚胎着我们新来的意识，只有在一个波涛低落第二个还不曾继起的一俄顷，我们或许有机会在水面上探起一个半晕眩的头，在水雾昏花里勉强辨认周围的光景。这分明离“静观自得”的境界还差得远。在不曾被潮流卷进的人固然也有，他们也许正站稳在安全的高处指点在潮流中人的狼狈。但这时代不是他们的，我们决不羡慕他们安全的幸福，我们的标准不是安全，也不能是安全，我们是要在危险中求更大更真的生活，我们要跟随这潮流的推动，即使肢体碎成粉，我们的愿望永远是光明的彼岸。能到与否乃至有否那一个想像中的彼岸完全是另一个问题，我们意识的守住的只是一点志愿的勇往，同时我们的身体与灵魂在这骇浪的击撞中争一个刹那的生存，谁说这不是无上的快感？不，别对我说天下已经太平，我们只要穿上体面的衣衫，展开一脸的笑容，虔诚的感谢上苍，从容的来粉饰这太平的天下！不，我只觉得我们还不够一半鲁莽，不够一半裂灭，不够一半野化，不够一半凶蛮。在思想上正如在艺术上，我们着实还得往深里走，往不可知的黑暗处走，非得那一天开掘到一泓澄碧的清泉我们决不住手。现在还差得远。

卞之琳与尺棰同是新起的情〈清〉音。我们觉得欣幸得能在本期初次刊印他们的作品。孙大雨的 King Lear① 试译一节也是有趣味的。我们想第一次认真的试译莎士比亚，此后也许借用诗刊地位发表一些值得研究的片段。

最后我们要致谢各地来稿的朋友，他们的作品我们虽则抱歉不能一齐刊出，但他们同情的帮助是我们最铭感的。选稿本是吃力不讨好的事，得罪人往往不免，但我们既然负责做这件事，就不能不有所去取，标准当然是主观的，这也是无可如何

① King Lear：《李尔王》，英国伟大剧作家莎士比亚的著名悲剧。

的情形。但我们不惮一再要声明的，是我们绝对没有什么派别的成见。做编辑的最大的快乐，永远是作品的发见！

志摩，硖石，四月三十日

《醒世姻缘》序①

一

去年夏天我在病中问适之先生借小说看，他给了我一部木板的《醒世姻缘》，两大函，二十大本。我打开看时，纸是黄得发焦，字印得不清亮，线装都已线断，每叶上又全有蠹鱼的痕迹，脆薄得像竹衣，一沾手就破裂。我躺在床上略略一翻动，心就着慌，因为纸片竟像是蝴蝶粉翅似的有挂宕的，有翕张的，有飞扬的，我想糟，木板书原来是备供不备看的，这二十大本如何完篇得了——结果看不到半本就放下了。

隔一天适之来看我，问醒世姻缘看得如何。我皱着眉说那部书实在不容易伺候，手拿着本子一条心直怕它变蝴蝶，故事再好也看不进去。适之大笑说这也难怪你，但书是真不坏，即不为消遣病钟点你也得看，现在这样罢，亚东正在翻印这部书，有一份校样在我那里，那是洋纸印铅字，外加标点，醒目

① 一九三一年七月十日作；载一九三二年一月一日《新月》第四卷第一号；初收一九六九年台湾传记文学出版社《徐志摩全集》第六辑。采自《新月》。

得多，我送那一部给你看罢。

果然是醒目得多！这来我一看入港，连病也忘了，天热也忘了，终日看，通宵看，眼酸也不管，还不得打连珠的哈哈。太太看我这疯样，先是劝，再来是骂，最后简直过来抢书。有什么好看，她骂说，这大热天挨在床上逼着火，你命要不要，你再不放手我点火把它烧了，看你看得成！我正看了书里的怒容，又看到太太的怒容，乐得更凶了。我乐她更恼。天幸太太是认字的，并且也是个小说迷，我就央说太太，我们讲理好不好，我翻好一两节给你看，如果你看不出妙处，如果你看了不打哈，那我认输，听凭你拿走或是撕或是烧！她还来不及回话，我随手翻了一回给她看——也许是徽州人汪为露那一回，也许是智姐急智那一回，也许是狄希陈坐"监"那一回，也许相子廷教表兄降内那一回，也许是白姑子赶贼请先生那一回，我记不得了，反正那一回都成。我一壁念，她先撅着口，还有气，再念下去她眼也跟着字句上下看，再念她口也开了，哈哈也来了……忽然她又收住了笑（我一跳），伸手说拿第一本给我！

一连几天我们眼看肿，肚子笑痛。书是真好，我们看完后同意说，只是有地方写书人未免损德过大些，世上悍妇尽有，但那有像素姐那样女人，懦夫也尽有，但那有像狄希陈那样男子。

书是真妙，我们逢人便夸，有时大清早或半夜里想起书里的妙文都掌不住大笑。

二

那写书人署名西周生的，我不久又听适之说起，原来是蒲公松龄！初起我不信，看笔法《聊斋》和《醒世姻缘》颇不易看出相似处。但考据先生说的话是有凭有证的，他说《聊斋》笔法虽不相类，你去看北京出版的《聊斋》白话韵文，他既能写那样的白话，何以不能写《醒世姻缘》。说起蒲公的作品还多着哩，我们都没有见过，新近有一位马立勋的见到了不少原稿，正在整理付印。并且就说《聊斋》，你不记得《江城》和《马介甫》两篇故事么？江城和杨尹氏就是素姐的影子，高蕃和杨万石就是狄希陈的胚子。蒲老先生想必看到听到不少凶悍恶泼的故事，有的竟超越到情理之外，决不能以常情来作解释，因而他转到果报的念头，因为除此更没有别的可能的说法。人间的恩爱夫妻（?）我们叫作好姻缘，但夫妻不完全是根据好缘法来的。他说，“大怨大仇，势不能报，今世皆配为夫妻”。这是什么道理呢？因为说到冤怨相报，别的方法都不痛快，“惟有那夫妻之中，就如脖项上瘿袋一样，去了愈要伤命，留着大是苦人；日间无处可逃，夜间更是难受，官府之法莫加，父母之威不济，兄弟不能相帮，乡里徒操月旦。即被他骂死，也无一个来解纷；即被他打死，也无一个劝开。你说要生，他偏要处置你死；你说要死，他偏要教你生。将一把累世不磨的钝刀在你头上锯来锯去，教你零敲碎受；这等报复，岂不胜于那阎王的刀山，剑树，硙捣，磨挨，十八层阿鼻地狱?”娇妻是一道，还有美妾也是供你受用的。看本书三十回第二十页：——

晁夫人又问：“你为甚么又替晁源为妾?”计氏说：“我若不替他做妾，我会他这辈子的冤仇可往那里报去报?”晁夫人说：“你何不替他做妻？单等做了妾才报的仇吗?”计氏说：“他已有被他射死的那狐精与他为妻了。”晁夫人问说：“狐精既是被他射死，如何到要与他为妻?”

计氏说："做了他的妻妾，才好下手报仇，叫他没处逃，没处躲，言语不得，哭笑不得，经不得官，动不得府，白日黑夜，风流活受，这仇才报得茁实！叫他大大的打了牙，往自己肚里咽哩！"

我现在又见着蒲留仙别的作品，果然是大手笔，《聊斋》虽好，或许还不是他的第一部杰作，看来《醒世姻缘》那样的规模确是非他不办的。

三

但关于蒲留仙作《醒世姻缘》的掌故，适之先生另有长篇考据，我现在要说的是我个人看了这部小说后的一点杂感罢了。

我说到我去夏在病中看到醒世姻缘的兴会。说也真巧，一壁我和小曼正说素姐那样人写得过火，一壁就有人——而且不止一个——来现身说法，听得我们毛骨耸然，这才知道天地真是无奇不有，再回想到蒲留仙笔下的素姐，倒反觉得她的声色也是未尝不可以理解的了！我们来看看素姐的姿态：——

素姐伸出那尖刀兽爪，在狄希陈脖子上挝了三道二分深五寸长的血口，鲜血淋漓。狄希陈忍了疼，幸得把汗布夺到手内。素姐将狄希陈扭肩膊，拧大腿，掐胳膊，打嘴巴，七十二般非刑，般般演试。拷逼得狄希陈叫菩萨，叫亲娘。

素姐拦住房门，举起右手望着狄希陈左边腮颊尽力一掌，打了呼饼似的一个焌紫带青的一个伤痕，又将左手在狄希陈脖子上一扠，把狄希陈仰面朝天，又了个“东床坦腹”，口里还说，“你是甚地？你敢不与我看！我敢这一会子立劈了你！”

这是够味儿的，但狄希陈先生的挨揍还不是他自己的情亏理缺？谁叫他放着绝艳的夫人在家里还要去沾恋旧时的闲花野草，袖内藏什么“汗巾子”，怀里揣什么“软骨装”的眠鞋？看了他那贼头狗脑的怪相谁能不招火，那怪得素姐？我们的朋友曾经为了怎样也派不到一个错字的事儿挨过类似的生活，又何尝敢回手——怪得谁？

我们再来听听素姐的娇声：——

“这样有老子生没老子管的东西，我待不见哩！一个孩子，任着他养女吊妇的，弄的那鬼，说那踢天弄井待怎样么！又没瞎了眼，又没聋着耳朵，凭着他，不管一管儿！别人看拉不上，管管儿，还说不是！……生生的拿着养汉老婆的汗巾子。我查考查考。认了说是他（希陈先生的令堂）的，连个养汉老婆也就情愿认在自己身上哩！这要不是双小鞋（她亲手抄着的现赃），他要只穿的下大拇指头去，他待不说是他哩么？儿子干的这歪营生，都搀在身上；到明日闺女屋里拿出孤老来，待不也说是自家哩？‘槽头买马看母子’，这娘们母子也生的出好东西来哩？‘我还有好几顷地哩，卖两顷给他嫖！’你能有几顷地？能卖几个两顷？只怕没得卖了，这两把老骨拾还叫他撒了哩！小冬子要不早娶了巧妮子去，只怕卖了妹子嫖也是不可知的！你夺了他去呀怎么？日子树叶儿似的多哩，只别撞在我手里！我可不还零碎使针够他哩，我可一下子是一下子的！我没见天下饿杀了多少寡妇老婆，我还不守他娘那么寡哩!”

且不说这番发作本身是绝妙的词令，素姐的话那一句不是纯粹理性，狄婆子驳不倒他，狄希陈先生更不提，你我看了前章后句又何敢批削她的一半个字？再说爽快骂出口的在事实上还不失是一位爽利的女性。素姐打是打，骂是骂，全是中锋阳性正面文章，单看她理直气壮，振振有词的模样，你就数她不上一个坏字！有的朋友还只巴望他那闺人有素姐那样的堂皇正大哩!

再说素姐虽则是薛教授的闺女，我们知道她认不到多少字，她碰巧脾气来蹊些，口气来得脆些，你能怪吗？有的朋友家里的“素姐”是出过大洋念过整本皮装书的哩!

再说单是皮肉受点罪那还算什么事，现代人发明了人有“精神”，又发明了什么叫作“精神痛苦”的，那，他们说，此〈比〉身体上的痛苦要难受到万倍！我们的狄希陈先生，皮肉虽然常烂，却从不曾提到过精神痛苦一类字样。现代的素姐有时不动手可以逼得你要发疯，上吊，跳河!

再说素姐固然是凶，说到对付丈夫，她打了他不错，但她自己又何尝不挨别人的打，真的每次打得连她都害怕——狄婆子的皮鞭她挨过，相大妗子的棒槌她挨过，刘超蔡的马弁的毒手她也挨过，且不说往后猴子的促狭和寄姐的蹂躏，她什么没有受过？现代的素姐可只许她们耍身手开胃，谁要是吹动了她一根毛发，问题就闹大了——“侮辱女性”那还得了？

再说我们听听素姐清醒时的谈吐：——

“……我只见了他（希陈先生，当然），那气不知从那里来，有甚么闲心想着这个！……这却连我自己也不省的。其实俺公婆极不琐碎，且极疼我；就是他也极不敢冲犯着我；饶我这般难为了他，他也绝没有丝毫怨我之意。我也极知道公婆是该孝顺的，丈夫是该爱敬的，但我不知怎样，一见了他，不由自己就像不是我一般，一似他们就合我有世仇一般，恨不得不与他们俱生的虎势。……他如今不在跟前，我却明白又悔，再三发恨要改，及至见了，依旧还是如此。我想起必定前世里与他家有甚冤仇，所以鬼使神差，也由不得我自己。”

如今的素姐们能有这样完全客观的清醒的时刻吗？其实这又是蒲老先生的过虑，他是担心把素姐写得太不近人情，不像人样，所以编插了整套的因果进去。声明这所有的恶毒的发源地不是一个人心，而是一个妖狐的心。我说他是过虑。这自然界那还有比人更复杂的东西，那还有比人心更多诡异的东西吗？——老实说“人”就是，你必凭空来作践别的上帝的生物？

四

说到这样我的感想更转上了严重的方向。说到夫妻，像狄希陈先生的家庭生活虽则在事实上并不是绝无仅有，但像那样的色彩丰富终究不是常例。但你能说常例都是好夫妻吗？就像这时候半夜里你想像在睡眠中的整个北京城：有多少对夫妻，穷的，富的，老的，少的，村的，俏的，都在“海燕双栖玳瑁梁”似的放平在长方形的床上或榻上或炕上做他们浓的，淡的，深的，浅的，美的，丑的，各家的夏梦！你问这里面有多少类似的明水村狄府的贤梁孟？那不敢说。那么说他们都是如胶如漆同心同德的好夫妻？那更不敢说。事实上真正纯粹的好夫妻恐怕狠近是一个理想的假设；类似狄府的家庭倒是真的有！大多数的家庭只是勉强过得去，虽则在外表上尽有不少极像样的。“家家有本难念的经”是真的。“难”的程度有不同罢了。有的甘脆是“不知”，那是本人自己知道，旁人也得明白的。老爷指说太太德性的不完备，太太诉说老爷德性的不整齐。那是比较分明的。再有许多是“不合”！这不合可就复杂了。第一本人就不明白事情别扭在那一点上，有心里明白但是狃于惯性或是什么，彼此不能或不敢说出口的。尤其在一个根本不健康的社会和家庭环境如同我们的所产生出来的男女，他们多半是从小就结成种种“伏症”（Complex）[①]和“抑止”(Iuhibilon)，形成适之先生所谓“麻子哲学”的心理，再加上配偶的种种不自然，那问题就闹不了。

人与人要能完全相【外】处如同夫妻那样密切，本是极柔纤极费周章的一件事。在从前全社会在一个礼法的大帽子底下做人的时代，人的神经没有现代人的一半微细和敏锐，思想也没一半自由和条达，那时候狠多事情比较的可以含混过去，比较的不成问题。现在可大不同了。礼法和习惯的帽子已经破烂，各个人的头颅却在挺露出来，要求自由的享受阳光与空气。男女的问题，几千年不成问题，忽然成了问题，而且是大问题。这问题在狭义的婚姻以得广义的男女！不解决，现代人说，我们就不能条畅的做人。同时科学家着了忙分头在检查细胞，观察原人和禽兽，试验各种的腺，追究各类的液，——希望直接间接以解决或减轻这大问题的复杂和困难性。

现代人至少在知识上确是猛进了很多。但知识是供给应用的；在我们中间有多少人是敢于在新知的光亮中，承认事实并且敢于拿生活来试验这新知的可恃性。最分明的一个例，是狠

---

① Complex：心理学术语，今译“情结”。

多人明知多量生育是不适宜，并且也明知只要到药剂师那里去走一趟就可以省却不少不便，但他们还是懒得动，一任自然来支配他们的运命。说到婚姻，更不知有多少人们明知拖延一个不自然的密切关系是等于慢性的谋杀与自杀，但他们也是懒得动，照样听凭自然支配他们的命运。他们心里尽明白，竟许口里也尽说。但永远不积极的运用这辛苦得来的智慧。结果这些组成社会的基本分子多半是不自然，弯曲，歪扭，疙瘩，怪僻，各种病态的男女！

这分明不是引向一个更光明更健康更自由的人类集合生活的路子。我们不要以为夫妻们的不和顺只是供给我们嬉笑的谈助，如同我们欣赏《醒世姻缘》的故事；这是人类的悲剧，不是趣剧；在这方面人类所消耗的精力，如果积聚起来，正不知够造多少座的金字塔，够开多少条的巴拿马运河哩！

五

我们总得向合理的方向走。我们如果要保全现行的婚姻制度，就得尽量尊重理性的权威——那是各种新智识的总和，在它的跟前，一切伦理的道德的宗教的社会的习惯和迷信，都得贴伏的让路。事实上它们不让也得让；因为让给理性是一种和平的演化的方式，如果一逢到本能的发作，那就等于逢到江河的横流，容易酿成不易收拾的破坏现象。革命永远是激成的。

当代的苏俄是革命可能的最澈底的一个国；苏俄的政府和民众也是在人生的多方面最勇于尝试的政府和民众。关于婚姻和男女的关系，也只有苏俄是最认清“事实”，并且是在认真的制作法令，开辟风气，设备种种的便利，为要消除或减轻人类自从“文明”以来所积受的各方面的符咒与桎梏的魔力。苏俄的男女是有法令的允许与社会的认可，在享受性择的自由。他们真的是自由结合，自由离散，并且，政府早替他们备有妥善的机关，自由防阻或销除受胎，以及自由把子女的教育权让给公众。在理论上不必废弃爱的观念，他们确是在实验的生活上，把男女这件事放到和饮食居住一类事极相近的平面上去了。有人爱吃大荤，有人爱吃净素；有人爱住闹市，有人爱住乡下，这是各人所好，谁也管不着的事。他们的婚姻男女，也就等于如此了。他们更大的目的，是在养成可能的最大多数的心智和体格一样健全可以充分为全社会工作的男子和女子。我们固然不敢说现在苏俄的男女，结婚的和不结婚的（那只是一个手续问题），平均起来，所享受的幸福，比别国的男女多，但我们颇可以相信他们在这问题上所感受的痛苦，浪漫的或非浪漫的，确是要比别种文明民族轻松得多。因而我们虽则不敢冒昧的指向苏俄说“他们是把男女问题彻底解决了的，这是人类的福音，我们也得跟着走”，但我们不能制止我们自己对他们大胆的尝试，在这一件事如同在别件事上，感到尊敬和兴趣。尊敬，因为我们明知尝试是涵有牺牲性的！兴趣，因为他们尝试的成功或失败都是我们现成的教训。

不，苏俄是不能学的。他们的人生观是一致的；除非你准备承受他们革命观的全部，你狠不易在土质与人情完全不同的地方，支节的抄袭他们的榜样。苏俄革命的重要只是一点：它告诉我们人类所有的人情礼法制度文化，都是相对而不是绝对的，因而都是可以改动的，并且，只要各部分都关照得到，即有较大的改动，也不致发生过分的不便。中国二十五年前的读书人，比方说，都把科举认作出身的唯一大路；我记得科举废止那一年，我有一个堂房伯父，他是五十岁的老童生，听到信息竟会伤心痛哭得什么似的。现在关于男女问题忧时卫道的先生们还不是都与那位老童生一鼻孔出气？你说外国人，俄国更不消说，都是禽兽，行，就叫他们禽兽，他们最可羡的地方正是他们的禽兽性，性与禽兽一样健康，一样快活！你说苏俄这样子下去一定得灭种，“乱交”不算，还要公开的打胎，节育，还要父母不管亲生儿女！那还有人样？但事实上这几年苏俄的人口反而看出可乐观的增加，并且他们的婴儿和孩童的快乐也不见比别处的不如。不，事情决不能那样看法的。

话说回来，为要减少婚姻和男女的纠纷我想我们至少应得合力来做下列几件事：——

一，我们要主张普及化关于心理生理乃至“性理”的常识。

二，我们要提倡充分应用这些智识来帮助建设或改造我们的实际生活。

三，我们要使男女结合成为夫妻的那件事趋向艰难的路。

四，我们要使婚姻解除——离婚——趋向简易而便利的路。

只有这样做我们才可以希望减少“恶姻缘”，只有这样做才可以希望增加合式的夫妻与良好的结婚生活。只有这样才可以希望把弯曲，疙瘩，疯颠，怪僻，别扭的人等的数目，低减到少数特设的博物馆容留得下，而不再是触目皆是的常例。只有这样我们才可以希望成年的男女一个个都可以相当的享受健康，愉快，自然的生活。我们要把素姐那样凶悍到没人样的妇人，狄希陈那样狼狈到没人样的男人，永远供奉在文学里，作为荒诞的想像的产物，如同封神西游的神怪一般，或作为往古曾经有过的怪异或精品，如同古物院里的恐龙或画幅上的仕女。

话虽如此，我这马可又跑“野”了！婚姻男女是多复杂的问题，在小小的篇幅内，如何谈得出什么道理？近来因为听到

乃至看到的丑恶的，有的简直醒世姻缘式的，结婚生活实在太多了，所以有了这发泄的机会就听信一枝秃笔胡乱的往下写，这是我该得向读者告罪的。我写这一篇更正当更紧要的任务是要对读者们说，这部书是写得如何的好，为何值得你看的工夫；不想正经不说，废话倒已是一大堆。现在让我来甘脆说几句正经介绍话。

一，你要看《醒世姻缘》因为它是（据我看）我们五名内的一部大小说。有人也许要把它放得更上前，有人也许嫌放得太高，那是各人的看法。“大”是并指质和量的。这是一部近一百万言整一百回的大书，够你过瘾的。当代的新小说越来越缩小，小得都不像个书样了；且不说芝麻绿豆大的短篇，就是号称长篇的也是寒伧得可怜！要不了顿饭的辰光书已露了底；是谁说的刻薄话，“现在的文人，如同现代的丈夫一样，都是还不曾开头已经完了的！”现在难得又有一部肥美的大作来供我们大嚼了，这还不好？又好在这书写的年代虽已不近，看到过的人比较不多！你赶快看，你有初次探险的满足！旧木板的本子，我在开头说过，是绝对不能看的，这次校对精良标点齐整的新本子才是你的读本。

二，你要看《醒世姻缘》因为这书是一个时代（那时代至少有几百年）的社会写生。现代最盛行的写实主义。可怜新小说家手拿着纸本铅笔想“充分”“描写”一个洋车夫的生活，结果只看到洋车夫腿上的皮色似乎比别的部分更焦黄！或是描写一个女人的结果只说到她的奶子确乎比男人的夸大！我们的蒲公才是一等的写实大手笔！你看他一枝笔就像是最新的电影，不但活动，而且有十二分的声色。更妙的是他本人似乎并不费劲；他把中下社会的各色人等的骨髓都挑了出来供我们赏鉴，但他却从不露一点枯涸或竭蹶的神情，永远是他那从容，他那闲暇，我们想像他口边常挂着一痕“铁性”的笑，从悍妇写到懦夫，从官府写到胥吏，从窑姐写到塾老师，从权阉写到青皮，从善女人写到妖姬，不但神情语气是各合各的身份（忠实的写生），他［更］有本领使我们辨别得出各人的脚步与咳嗽，各人身上的气味！他是把人情世故看烂透了的。他的材料全是平常，全是腐臭，但一经他的渲染，全都变了神奇的了。最可钦佩的是他老先生自家的态度，永远是一种高妙的冷隽，任凭笔下写的如何活跃，如何热闹，他自己永远保持一个客观的距离，仿佛在微笑的说说“这算是人，这算是人生！”书里不少写猥亵的地方，比如写程大姐写汪为露那几段，但在他的笔下，猥亵也是似乎得到了超度。用一句现成话，他永远是“俗不伤雅”。他只是不放松的刻画人性；在艺术上不知忌惮，至少在作者，是完全可以理解的。他写的十分里有九分九是人类的丑态，他从不是为猥亵而猥亵；他的是一幅画里的必要的工细。但他的行文太妙了，一种轻灵的幽默渗透在他的字句间，使读者绝不能发生厌恶的感觉。他是一个趣剧的天才。他使你笑得打滚，笑得出眼泪，他还是不管，摇着一枝笔又去点染他的另一个峰峦了。他的画幅几乎和人生这面目有同等的宽广。

三，要你看《醒世姻缘》因为这是一部以“怕老婆”作主干的一部大书。一个大名的主人翁就是希陈——希陈者当然是希陈季常先生也！这是一个最贴己最家常的题目，同时也是个最耐寻味的题目。一个男人好好的为什么会得怕太太。夫妻的必要条件，不止是相爱，还得要相敬。这敬决不是一个形式问题，老话所谓“相敬如宾”乃至“上床夫妻，下床君子”等一套；敬的意思是彼此相互的人格的尊敬。男人得像一个男人，女人也得看她的本分。男人要是品性有卑劣处被太太看透了，那这位先生就永不必想能在太太跟前抬起头来。男子最多的通病是分骛，因而虚心，因而说谎，因而种种的糟——结果“怕”。更有许多夫妻不合的大原因是向来不许说出口的男人养不活太太，太太吃不饱一口饭，这是他又看［作］他的永生责任，太太尽可据为理由向旁人诉说的。但如果男人不能尽他的“丈夫”的责任，做他太太的还不是跟贫穷一样也许更不堪的难过，但关于此道太太（在从前至少）如何能大方的说出口——有狠多是他们自己也不明白的。结果太太脾气越坏，男人的心胆越寒，那还有什么幸福可言？《江城》里有几句话颇有道理：——

……生已畏若虎狼，即偶假以颜色，枕席之上，亦震慑不能为人，女批颊而叱去之，益厌弃不以人齿。生日在兰麝之乡，如犴狴中人仰狱吏之尊也。

狄希陈的怕素姐，来源虽则是“宿怨”，但我们一路看下去，不能不觉得狄希陈这样男人确是可厌，他的受罪固然是可怜。素姐的发威几乎是没有一次没有充分理由的。狄希陈是普天下懦夫的一面明镜！

全书的结构也都好，但前面二十二回是说书主人的前生的，一个似乎过分长些的楔子；但全书没有一回不生动，没有一笔落“乏”，是一幅大气磅礴一气到底的长江万里图，我们如何能不在欣赏中拜倒！

七月十日

《猛虎集》序[①]

在诗集子前面说话不是一件容易讨好的事。说得近于夸张了自己面上说不过去，过分谦恭又似乎对不起读者。最甘脆的办法是什么话也不提，好歹让诗篇它们自身去承当。但书店不肯同意；他们说如其作者不来几句序言书店做广告就无从着笔。作者对于生意是完全外行，但他至少也知道书卖得好不仅是书店有利益，他自己的版税也跟着像样，所以书店的意思，他是不能不尊敬的。事实上我已经费了三个晚上，想写一篇可以帮助广告的序。可是不相干，一行行写下来只是仍旧给涂掉，稿纸糟蹋了不少张，诗集的序终究还是写不成。

况且写诗人一提起写诗他就不由得伤心。世界上再没有比写诗更惨的事；不但惨，而且寒伧。就说一件事，我是天生不长髭须的，但为了一些破烂的句子，就我也不知曾经捻断了多少根想像的长须！

这姑且不去说它。我记得我印第二集诗的时候曾经表示过此后不再写诗一类的话。现在如何又来了一集，虽则转眼间四

---

① 一九三一年八月二十三日作；初收一九三一年八月上海新月书店《猛虎集》。采自《猛虎集》。

个年头已经过去。就算这些诗全是这四年内写的（实在有几首要早到十三年份），每年平均也只得十首，一个月还派不到一首，况且又多是短短一橛的。诗固然不能论长短，如同Whistler说画幅是不能用田亩来丈量的。但事实是咱们这年头一口气总是透不长——诗永远是小诗，戏永远是独幕，小说永远是短篇。每回我望到莎士比亚的戏，丹丁的神曲，歌德的浮士德一类作品比方说，我就不由的感到气馁，觉得我们即使有一些声音，那声音是微细得随时可以用一个小姆指给掐死的。天呀！那天我们才可以在创作里看到使人起敬的东西？那天我们这些细嗓子才可以豁免混充大花脸的急涨的苦恼？

说到我自己的写诗，那是再没有更意外的事了。我查过我的家谱，从永乐以来我们家里没有写过一行可供传诵的诗句。在二十四岁以前我对于诗的兴味远不如我对于相对论或民约论的兴味。我父亲送我出洋留学是要我将来进“金融界”的，我自己最高的野心是想做一个中国的Hamilton①！在二十四岁以前，诗，不论新旧，于我是完全没有相干。我这样一个人如果真会成功一个诗人——那还有什么话说？

但生命的把戏是不可思议的！我们都是受支配的善良的生灵，那件事我们作得了主？整十年前我吹着了一阵奇异的风，也许照着了什么奇异的月色，从此起我的思想就倾向于分行的抒写。一份深刻的忧郁占定了我；这忧郁，我信，竟于渐渐的潜化了我的气质。

话虽如此，我的尘俗的成分并没有甘心退让过；诗灵的稀小的翅膀，尽他们在那里腾扑，还是没有力量带了这整份的累

① Hamilton：汉密尔顿（1755—1804），美国联邦党领袖，独立战争时，曾任华盛顿秘书、大陆会议代表，后担任首任财政部长（1789—1795），提出建立国家银行和加强中央政府等施政方针。

坠往天外飞的。且不说诗化生活一类的理想那是谈何容易实现，就说平常在实际生活的压迫中偶尔挣出八行十二行的诗句都是够艰难的。尤其是最近几年，有时候自己想着了都害怕：日子悠悠的过去内心竟可以一无消息，不透一点亮，不见丝纹的动。我常常疑心这一次是真的干了完了的。如同契玦腊的一身美是问神道通融得来限定日子要交还的，我也时常疑虑到我这些写诗的日子，也是什么神道因为怜悯我的愚蠢暂时借给我享用的非分的奢侈。我希望他们可怜一个人可怜到底!

一眨眼十年已经过去。诗虽则连续的写，自信还是薄弱到极点。“写是这样写下了，”我常自己想，“但准知道这就能算是诗吗?”就经验说，从一点意思的晃动到一篇诗的完成，这中间几乎没有一次不经过唐僧取经似的苦难的。诗不仅是一种分娩，它并且往往是难产！这份甘苦是只有当事人自己知道。一个诗人，到了修养极高的境界，如同泰谷尔先生比方说，也许可以一张口就有精圆的珠子吐出来，这事实上我亲眼见过来的不打谎，但像我这样既无天才又少修养的人如何说得上?

只有一个时期我的诗情真有些像是山洪暴发，不分方向的乱冲。那就是我最早写诗那半年，生命受了一种伟大力量的震撼，什么半成熟的未成熟的意念都在指顾间散作缤纷的花雨。我那时是绝无依傍，也不知顾虑，心头有什么郁积，就付托腕底胡乱给爬梳了去，救命似的迫切，那还顾得了什么美丑！我在短时期内写了狠多，但几乎全部都是见不得人面的。这是一个教训。

我的第一集诗——《志摩的诗》——是我十一年回国后两年内写的；在这集子里初期的汹涌性虽已消灭，但大部分还是情感的无关阑的泛滥，什么诗的艺术或技巧都谈不到。这问题一直要到民国十五年我和一多今甫一群朋友在《晨报副镌》刊行诗刊时方才开始讨论到。一多不仅是诗人，他也是最有兴味探讨诗的理论和艺术的一个人。我想这五六年来我们几个写诗的朋友多少都受到《死水》的作者的影响。我的笔本来是最不受羁勒的一匹野马，看到了一多的谨严的作品我方才憬悟到我自己的野性；但我素性的落拓始终不容我追随一多他们在诗的理论方面下过任何细密的工夫。

我的第二集诗——《翡冷翠的一夜》——可以说是我的生活上的又一个较大的波折的留痕。我把诗稿送给一多看，他回信说“这比《志摩的诗》确乎是进步了——一个绝大的进步”。他的好话我是最愿意听的，但我在诗的“技巧”方面还是那楞生生的丝毫没有把握。

最近这几年生活不仅是极平凡，简直是到了枯窘的深处。跟着诗的产量也尽“向瘦小里耗”。要不是去年在中大认识了梦家和玮德两个年青的诗人，他们对于诗的热情在无形中又鼓动了我奄奄的诗心，第二次又印《诗刊》，我对于诗的兴味，我信，竟可以销沈到几于完全没有。今年在六个月内在上海与北京间来回奔波了八次，遭了母丧，又有别的不少烦心的事，人是疲乏极了的，但继续的行动与北京的风光却又在无意中摇活了我久蛰的性灵。抬起头居然又见到天了。眼睛睁开了心也跟着开始了跳动。嫩芽的青紫，劳苦社会的光与影，悲欢的图案，一切的动，一切的静，重复在我的眼前展开，有声色与有情感的世界重复为我存在；这仿佛是为了要挽救一个曾经有单纯信仰的流入怀疑的颓废，那在帷幕中隐藏着的神通又在那里栩栩的生动：显示它的博大与精微，要他认清方向，再别错走了路。

我希望这是我的一个真的复活的机会。说也奇怪，一方面虽则明知这些偶尔写下的诗句，尽是些“破破烂烂”的，万谈不到什么久长的生命，但在作者自己，总觉得写得成诗不是一件坏事，这至少证明一点性灵还在那里挣扎，还有它的一口气。我这次印行这第三集诗没有别的话说，我只要藉此告慰我的朋友，让他们知道我还有一口气，还想在实际生活的重重压迫下透出一些声响来的。

你们不能更多的责备。我觉得我已是满头的血水，能不低头已算是好的。你们也不用提醒我这是什么日子；不用告诉我这遍地的灾荒，与现有的以及在隐伏中的更大的变乱，不用向我说正今天就有千万人在大水里和身子浸着，或是有千千万人在极度的饥饿中叫救命；也不用劝告我说几行有韵或无韵的诗句是救不活半条人命的；更不用指点我说我的思想是落伍或是我的韵脚是根据不合时宜的意识形态的……这些，还有别的狠多，我知道，我全知道；你们一说到只是叫我难受又难受。我再没有别的话说，我只要你们记得有一种天教歌唱的鸟不到呕血不住口，它的歌里有它独自知道的别一个世界的愉快，也有它独自知道的悲哀与伤痛的鲜明；诗人也是一种痴鸟，他把他的柔软的心窝紧抵着蔷薇的花刺，口里不住的唱着星月的光辉与人类的希望，非到他的心血滴出来把白花染成大红他不住口。他的痛苦与快乐是浑成的一片。

《诗刊》叙言[①]

本刊上期（第二期）付印后，书店的经理和总编辑曾经提出口头的抗议。他们说："我们出诗刊固然是狠好，并且销路也还不错，但这第二期的本子似乎是太厚了些。你们知道现在金价涨一切东西都贵，纸张排印工都比不得从前，同时我们书的定价又苦于不能相当的提高，这就发生了困难。诗刊第一期因为有再版总算对付了过去，书店不致于赔多少钱，但第二期凭空增加了不少的叶数，同时你们又得要精印封面考究纸张，再加定全年的又是特价，这笔帐算下来在书店方面甘脆是亏本生意，恐怕即使卖到四千本还弥补不过来。书是当然要继续出，但此后的篇幅非得想法节省一点，再要按第二期的分量出下去营业方面实在是太说不过去了，所以这件事非得请你们原谅。"

现在第三期又要付印了。方才我拿一个算盘把全份诗稿的行数一计算，不好了，竟有一千三百行，平均每页印十二行就

① 这是作者为《诗刊》第三期写的叙言，载一九三一年十月五日《诗刊》第三期，原题《叙言》，署名志摩；初收一九八〇年台湾时报文化出版事业有限公司《徐志摩诗文补遗》。采自《诗刊》，改今题。

得一百多页。如其再把论诗的散文加下去，结果比上期的本子还得加厚！平常一百几十页的一本平装书，定价至少要在五毛以上，现在诗刊每期只卖到二毛五，这无怪书店要着急。“真是一班诗人，”他们说，“一点生意的常识都没有！”

这期的稿件又来得格外多。国内有远到黑龙江四川广东的，国外有日本法国德国意国的来稿。如果我们把所有的来稿一起付印，书本至少还得加厚两三倍：对于稿件的选择我们已经觉得颇为严格；相当去取的标准是不能没有的。但我们手上这一千三百行实在是不能再有删弃，书店即使亏本我们也只能转请他们原谅的了。

为了节省篇幅，本期约定的散文稿也只能暂时不登。下一期我们想让出一半或更多的地位来给关于诗艺的论文；已约定的有孙大雨胡适之闻一多梁实秋梁宗岱徐志摩等，同时我们更希望有外来的教益。如果有相当的质量，我们也许提另出一本论诗的专号，虽则我们暂时不敢说定，得到临时看情形再说。关于论文的题材，我们姑就方便想到的提出几点——

（一）作者各人写诗的经验

（二）诗的格律与体裁的研究

（三）诗的题材的研究

（四）“新”诗与“旧”诗，词，曲的关系的研究

（五）诗与散文

（六）怎样研究西洋诗

（七）新诗词藻的研究

（八）诗的节奏与散文的节奏

本期的编者又得特别致谢孙大雨先生，因为他不仅给我们他的“声容并茂”的《自己的写照》的续稿，并且又慷慨的放弃他在别处可换得的颇大的稿费，让给我们刊载他的第二次莎士比亚试译，这工作所耗费的钟点几乎与译文的行数相等。这

精神是可贵的，且不说他的译笔的矫健与了解的透彻。我们敢说这是我们翻译西洋名著最郑重的一个尝试；有了他的贡献，我们对于翻译莎士比亚的巨大的事业，应得辨认出一个新的起点。

林徽音陈梦家卞之琳的抒情诗各自施展清新的韵味，都是可贵的愉快的工作。闻一多本定有较长的作品赶来，但自从武汉惨遭水淹以来，我们不曾得到他的消息。我们一致祝望他的无恙，同时更希望他这回目睹了空前的灾象，又是在他的故乡，当然再不能吝惜他的“灵魂的膂力”，我们要求他再给我们一个“奇迹”！

上期的校对实在是太不像样；《自己的写照》一首诗里的字句与标点的讹失就有一百向外！我们对作者与读者都觉得抱歉。从本期起编者决定兼负校对的责任。

附带声明一件事：本刊的作者林徽音，是一位女士，《声色》与以前的《绿》的作者林微音，是一位男士（现在广州新月分店主任），他们二位的名字是太容易相混了，常常有人错认，排印亦常有错误，例如上期林徽音即被误刊为“林薇音”，所以特为声明，免得彼此有掠美或冒牌的嫌疑！

诗刊的稿件请就近寄下列两个地址

（一）邵洵美　上海二马路中央大厦十九号

（二）徐志摩　北平米粮库四号